基督山伯爵（上）

Le Conte de Monte Cristo

〔法〕大仲马◎著
王东莹◎译

團结出版社
UNITY PRESS

图书在版编目(CIP)数据

基督山伯爵：全2册／（法）大仲马著；王东莹译
．--北京：团结出版社，2016.7
ISBN 978-7-5126-4262-1
Ⅰ．①基… Ⅱ．①大…②王… Ⅲ．①长篇小说-法
国-近代Ⅳ．①I565．44
中国版本图书馆CIP数据核字（2016）第170907号

出版：团结出版社
（北京市东城区东皇根南街84号　邮编：100006）
电话：(010)65228880　65244790(出版社)
(010)65238766　65113874　65133603(发行部)
(010)65133603(邮购)
网址：http：//www．tipress．com
E-mall：65244790@163．com(出版社)
fx65133603@163．com(发行部邮购)
经销：全国新华书店
印刷：北京富达印务有限公司

开本：155mm×220mm　1/16
印张：76
印数：3000册
字数：520千字
版次：2016年10月第1版
版次：2016年10月第1次印刷

书号：ISBN 978-7-5126-4262-1
定价：78．00元

前 言

《基督山伯爵》是一部充满悬疑色彩的、举世闻名的长篇历史小说，其作者是法国著名作家亚历山大·仲马。

亚历山大·仲马又称大仲马，十九世纪法国著名的小说家。其最初以剧作家出名，后来在小说界的声望更甚于剧作界，才以小说家闻名于世。他一生笔耕不辍，为后世留下数十部戏剧作品和一百多部小说，其代表作有长篇小说《基督山伯爵》《三个火枪手》、剧本《亨利第三及其宫廷》等。萧伯纳曾经评论说："仲马之于小说，犹如莫扎特之于音乐，已达到艺术的顶峰。过去、现在和将来，都无人能超越仲马的小说和剧本。"

《基督山伯爵》的主人公是爱德蒙·唐太斯，他受到押运员腾格拉尔及情敌弗尔南多的嫉恨而被诬陷与拿破仑党有牵连，代理检察官维尔福在审讯过程中发现他的父亲牵涉其中，于是悄悄将唐太斯投入监狱。在监狱中，唐太斯有幸与法利亚神甫结识，神甫不仅给了他精神力量，更给了他无穷无尽的财宝。借助神甫的死，唐太斯逃出监狱。他化名为基督山伯爵，运用手中的巨额财富，开始自己的复仇计划。经过精心的设计，他先后完成了对弗尔南多、维尔福及腾格拉尔的报复行动。最终，弗尔南多自杀，维尔福精神失常，只有腾格拉尔受到了宽恕，但是他也被吓得头发全白了。唐太斯在最后时刻醒悟过来，放弃了复仇，也找回了真我，完成了人生的升华。

《基督山伯爵》一书中充满了令人心惊胆战的冒险、神秘莫测的谋杀及思维缜密的报恩和复仇。尽管整个故事有些匪夷所思，但是在大仲马精妙的描写之下，很多读者对故事的真实性深信不疑。这部小说的叙述十分直白和简练，故事情节的设置也非常顺畅，虽然某些故事情节的发展读者完全无法预料，可是每一步的发展又都合情合理，读完之后给人一种余味无穷的感觉。与那些看了开头就能猜到结局的小说比较起来，《基督山伯爵》的确具有与众不同的魅力。

《基督山伯爵》是大仲马最受欢迎、流传最为广泛的小说之一，也是大仲马所有作品中最具正义感的著作。自一八四四年出版以来，已经被翻译成很多国家的文字，至今仍然受到各国读者的热烈追捧。

目 录

第一章　船到马赛

一八一五年二月二十四日这天，避风堰瞭望塔上的瞭望员给人们发出信号，告诉人们三桅帆船法老号马上就要进港了，一个领港员立刻被派了出去，他从伊夫堡绕过，在两个小岛之间的地方登上了船。看热闹的人马上就将圣·琪安海岛的平台挤满了。在马赛，一艘大型轮船进港毕竟是一件轰动的事，特别是像法老号这种船主是当地人，船又是建造装配于佛喜造船厂的大船，就更能吸引大家关注的目光了，因此很容易就能理解会有这么多看热闹的人的原因了。法老号慢慢行驶过来，它已然从卡拉沙林岛和杰罗斯岛之间的海峡中顺利通过，从波米琪岛绕过之后，就驶入了港口。虽然船上的三张主桅帆，一张大三角帆和一张后桅帆全都已经展开了，可是它的速度依然很慢，就像刚刚得了一场重病，一副萎靡不振的样子。这让岸上看热闹的人不由得猜测是不是发生了什么不幸的事情，于是互相询问到底出了什么事。可是内行的航海家们则不会有这样的想法，只要看一眼，他们就明白，即便发生了什么意外的情况，那也和船本身没有丝毫关系。因为从各方面的情况看来，没有丝毫的迹象能够证明它已经失控了。领港员机敏地驾驶着法老号，正从马赛港狭窄的进口通过。有一个年轻人正在领港员身边站着，利索且敏捷地打着各种手势，他正以敏锐的目光关注着船的每一个行驶动作，同时将领港员的命令一个个重复出来。

岸上那些看热闹的人慢慢变得急躁起来，看到法老号的速度这么慢，所有的人都感觉非常奇怪。终于，有人迫不及待了，他直接跳到一艘小艇上，驾驶着它向大船驶去；趁着大船行驶到里瑟夫湾对面的机会，他赶紧向大船靠近。大船上的一个年轻人发现这个人之后，马上将帽子摘了下来，离开领港员，来到了船舷边。他身材修长，看上去十八九岁的样子，满头黑发，一双眼睛黑亮亮的。尽管他有些单薄，却给人一种坚定和稳重的感觉，这种坚定和稳重是自小就在风浪和艰难中磨砺过才会有的。

“哦！原来是你，唐太斯！”小艇上的人见到年轻人之后非常高兴，“出了什么事？为什么你们的船让人感觉这么阴沉？”

“真是太不走运了，莫雷尔先生！”年轻人面色凝重地答道，“这件事情十分不幸，尤其是对我来说！在契维塔韦基亚附近，我们失去了勇敢的莱克勒船长。”

“货物呢？”船主非常着急。

“货物都十分安全，莫雷尔先生，关于这点你完全没必要担心而且会十分满意。可是我们可怜的莱克勒船长——”

“货物没问题吧？”船主再一次着急地确认道。

“货物一点损失都没有，已经安全抵达了。但是，我们可怜的莱克勒船长他……他的死因是脑膜炎，死的时候非常痛苦。”说完这句话，他便转过身去，对着船员喊道：“全体注意！准备下锚！”

听到命令之后，每个船员都行动起来。大船上总共有十多个船员，有几个人向三角帆和主帆的索子那里跑去，有几个人去操控转帆索和卷帆索，还有几个人向大帆的索子那里跑去。年轻人向四周看了看，看到所有人都准确迅捷地按照他的命令行事，于是转回身来，看着船主。“不知道这件不幸的事情是怎么发生的？”片刻之后，船主才想起之前的话题。“唉，先生！大家都没有预料到。我们从那不勒斯离开之前，莱克勒船长和那不勒斯港督还高兴地谈论了很多。到了开船的时候，船长才感觉自己的头非常难受。仅仅二十四小时的时间，他就开始发烧，吃完药也没有什么效果，三天之后就死了。遵照大海上的行船惯例，我们将他海葬了，估计他也可以安心长眠了。我们把他端端庄庄地缝到吊床里，头部和脚部分别放了两块重三十六磅左右的铅块，在艾尔及里奥岛外海葬了他。我们把他的佩剑和十字荣誉勋章带了回来，想把它们交给他的妻子留作纪念。莱克勒船长这一辈子总算活得有些价值。年轻人微微一笑，非常忧伤和抑郁，又说道：“他和英国人战斗了十年，没承想最终像个普通人一样死在了床上……”

“爱德蒙，你要明白，”船主说道，他已经比之前更放心了，“我们都是普通人，最终都逃不过死亡，人老了就会将位子让给更年轻的人，不然，年轻人永远没有出头之日，并且你都和我保证货物——”

“货物没有出任何纰漏，莫雷尔先生，请您放心。我认为您可以通过这次航行赚到至少两万五千法郎呢！”

这时，船缓缓驶过圆塔，年轻人看到后，干练地喊道：“注意，准备收主帆、后帆和三角帆！”“收帆！卷帆！”最后的命令刚刚下达，所有的帆就都被收起来了，配合得简直是完美无缺。船凭借惯性继续缓慢向前，但是很难察觉到它在移动。“莫雷尔先生，现在您可以上船来了”唐太斯说道，他发现船主此刻开始着急了，便说道，“您的押运员腾格拉尔先生已经走出船舱了，他将会把全部的情况如实告诉您的，您就不要担心了。我需要去看看抛锚以及给船挂丧的事务。”船主没有再说话，他抓住唐太斯递给他的绳子，像一个水手那样敏捷地爬上了船舷。唐太斯继续执行自己的任务了，将船主和那个叫腾格拉尔的押运员留在了一起。腾格拉尔朝船主走来。他看起来二十五六岁的样子，长着一张对上阿谀奉承对下蛮横无理的脸，十分不讨人喜欢。在船上他是押运员，光长相就够让其他水手厌恶的了，加上自身虚伪的做派就更招人烦了，船员都很讨厌他，不过都很喜欢爱德蒙·唐太斯。

“莫雷尔先生，”腾格拉尔恭谨地说，“您应该听到我们遭遇的不幸了吧？”

“唉，是啊！可怜的莱克勒船长！他确实是一位诚实而勇敢的人！”

“同时他也是一流的海员，他在蓝天与大海之间度过了一生，是负责莫雷尔父子公司这种重要而又大型的公司的最佳人才。”腾格拉尔一脸谄媚。

“可是，”船主一边说，一边把眼光盯在了正在指挥抛锚的唐太斯身上，“在我看来，腾格拉尔，一个水手要干得很内行，实在也不必像你所说的那样的老海员才行。你看，我们这位朋友爱德蒙，不需要任何人的指示，似乎也干得很不错，一切都运筹帷幄得很好，完全可以称职了。”

“是的，”腾格拉尔向爱德蒙扫了一眼，露出仇恨的目光说，“是的，他很年轻，而您知道年轻人总是自视甚高的。船长刚去世，他就跟谁也不商量一下，便自作主张地独揽指挥权，对下面发号施令起来，而且还在厄尔巴岛耽搁了一天半，没有直航返回马赛。”

“说到他执掌这只船的指挥权，”莫雷尔不赞同地说道，“他既然是船上的大副，这就应该是他的职责。至于在厄尔巴岛耽搁了一天半的事儿，是他的错，除非这只船出了什么故障。”

“这只船是像你我的身体一样，毫无毛病，莫雷尔先生，那一天半的时间完全是浪费——只是因为他要到岸上玩玩，别无他事。”腾格拉尔露出义正词严的样子，赶紧补充道。

“唐太斯!”船主转过身去喊年轻人，“到这儿来!”

“等一下，先生，”唐太斯回答，“我就来。”然后他对船员喊道：“抛锚!”锚立刻被抛下去了，铁链“哗啦啦”一阵响。尽管有领港员在场，唐太斯仍然恪尽职守，直到这项工作完成，才喊“降旗，把旗降在旗杆半中央。把公司的旗也降一半致哀”。

“看，”腾格拉尔极为不满地说，“他简直已自命为船长啦。”

“嗯，事实上，他已经是了。”船主说。

“不错，就缺您和您的合伙人签字批准了，莫雷尔先生。”

“那倒不难。”船主微笑着说，“不错，他虽然很年轻，但依我看，他的命令都下达得很好，他可以说已是一个经验丰富的海员了。”腾格拉尔的眉际掠过一片阴云，一群乌鸦从头顶飞过。“对不起，莫雷尔先生，”唐太斯走过来说，“船现在已经停妥，我可以听您的吩咐了。刚才是您在叫我吗?”腾格拉尔不自觉地向后退了一两步。“我想问问你为什么要在厄尔巴岛停泊耽搁了一天半时间。”

“究竟为什么，说真的我也不十分清楚，我只是在执行莱克勒船长最后的一个命令而已。”

“他跟你都说了些什么?”

“哦，他问了我一些关于船的事——什么时候起航开回马赛，从哪儿来，船装了些什么货。我敢说，假如船上没有装货，而我又是船主的话，他一定会把船买下来的。但我告诉他，我只是大副，船是莫雷尔父子公司的。‘哦，哦！’他说，‘我了解他们！莫雷尔这个家族的人世世代代都当船主。当我驻守在瓦朗斯的时候，我那个团里面也有一个姓莫雷尔的人。’”

“太对了！都不错！”船主非常高兴地喊道，“他说的是我的叔叔波立卡·莫雷尔，他后来被提升到上尉。唐太斯，你有机会一定要去告诉我叔叔，说陛下还记得他，你将看到那个老兵，被感动得掉眼泪的。好了，好了！”他慈爱地拍拍唐太斯的肩膀继续说，“你做得很对，唐太斯，你是应该执行莱克勒船长的命令在厄尔巴岛靠一下岸的——但是如果你曾带一包东西给元帅，并连同陛下讲过话的事被人知道的话，那你就会受连累的。”

“我怎么会受连累呢？”唐太斯微笑着问。“我连带去的是什么东西一点儿都不知道，而陛下所问及的，又是一般的人所常问的那些普通问题，我觉得谈话非常轻松。哦，对不起，海关官员和卫生部的检查员来了！”说完那年轻人就向舷门那儿迎过去了。他刚离开，腾格拉尔就凑了过来，撇撇嘴说道：“哦，看来他已拿出完美的理由来向您解释他为什么在费拉约港靠岸的原因了，是吧？”

“是的，理由很完美，我亲爱的腾格拉尔。”

“哦，那就好。”腾格拉尔一副负责正经的样子说，“看到一个同伴工作上不能尽责，心里总是很难受的。”

“唐太斯是尽了责的。”船主说道，“这件事就不必多说什么了，这次耽搁是按莱克勒船长的吩咐做的，做得很好。”

“说到莱克勒船长，唐太斯没有把一封他的信转交给您吗？”

“给我的信？没有呀。有一封信吗？”

“我相信除了那包东西外，莱克勒船长还另有一封信托他转交的。”

“你说的是一包什么东西，腾格拉尔？”

“咦，就是唐太斯在费拉约港留下的那包东西呀，他也没跟您说吗？”

“你怎么知道他曾留了一包东西在费拉约港呢？”经莫雷尔先生这样一问，腾格拉尔的脸立刻涨红了。“哦，是这样的，那天我经过船长室门口时，那门刚好是半开着的，我正好看见船长把那包东西和一封信交给了唐太斯，哦，没错的。”

“他没有跟我提到这件事，”船主略带迟疑地说，“但是如果有信，他一定会交给我的。”

腾格拉尔双眉皱成一团，思考了一阵子。“要是这样的话，莫雷尔先生，请您，”他摇了摇头说，“有关这件事的始末，请您别再去问唐太斯了，可能是我看错了或者误会了什么。”这时，那青年一派轻松地回来了，腾格拉尔便趁机溜走了。“喂，我亲爱的唐太斯，你现在还有事情吗？”莫雷尔先生问。

“一切都搞定了，没事了，先生。”

“你回来得挺快呀。”

“是的。我就拿了一份我们的进港证件给了海关官员，其他的相关证件我都交给了领港员，他们已派人和他同去了。”

“所以说你在这儿的事都做完了是吗？”

“是的，没事了，现在一切都安排妥当了。”唐太斯向四周看了一眼，满意地点了点头。

“那么我们一起去共进晚餐怎么样？”

“请您原谅，莫雷尔先生，我必须得先去看看我久未见面的父亲。对您的盛情我还是非常感激的，我会记在心里的。”

“呵呵，唐太斯，真是这样没错，我早就知道你是一个非常孝顺的好儿子。”

“嗯，”唐太斯犹豫了一下问道，“您了解我父亲的近况吗？”

“我相信他过得很好，我亲爱的爱德蒙。不过说实话最近我没见到他。”

“是啊，我父亲老爱把自己关在他那个小屋里。”

“那也没什么不好，至少可以说明，当你不在他身边的时候，他的日子还过得去。”

唐太斯微笑了一下。“我父亲是个很要强、很要面子的人，先生。即便是他饿肚子没饭吃了，恐怕除了向上帝请求帮助以外，他不会向其他任何人去乞讨以求生活的。”

“那么好吧，你先回家去看你的父亲吧，我们在这里等着你。”

“真不好意思，我恐怕还得再请您原谅，莫雷尔先生，因为我看过父亲以后，还有另外一个地方要去一下，您的好意我心领了。”

“真是的，唐太斯，我怎么就给忘记了，在迦泰罗尼亚人那里，还有一个人也像你父亲一样在焦急地等待着你呢——那美丽可爱的梅塞苔丝。”唐太斯的脸泛起了红晕。“哈哈！”莫雷尔先生打趣地说，“难怪她到我这儿来了三次，打听法老号有没有什么消息呢。嘻嘻！爱德蒙，你的这位小情人可真漂亮啊！”

“她不是我的情人，”青年水手神色庄重严肃地说，“她是我的未婚妻。”

“有时两者就是一回事呀。”莫雷尔微笑着说。

“我们俩可不是这样的，真不是这样的，先生。”唐太斯回答。

“得了，得了，我亲爱的爱德蒙，”船主又说，“我不耽搁你，不和你开玩笑了。我的事你办得很出色，我也应该让你有足够的时间去痛快地办一下自己的事了。你要钱用吗？”

“不，先生，我还不需要，我的报酬还都在这儿，差不多有三个月的薪水呢。”

“你真是一个守规矩的好小伙子，爱德蒙。”

“我还有一位可怜的父亲呢，先生。”

“不错，不错，我知道你是一个好儿子。那么赶快去吧，去看你的父亲去吧。我自己也有个儿子，如果他航海三个月回来后，竟还有人阻挠他来看我，我可是会大大地发火的。”

“那么我现在可以走了吗，先生？”

“走吧，要是你再没有什么事要跟我说的话。”

“没有了，先生。”

“莱克勒船长临终前，没有托你交一封信给我吗？”

“他当时根本已经不能动笔了，更别提写信了，先生。不过，这倒让我想起了一件事，我还得向你请两星期的假，可以吗？”

“是要去和梅塞苔丝结婚吗？”

“是的，先是去结婚，接着还得到巴黎去一趟。”

“好，好，没问题。你就离开两个星期吧，唐太斯。反正你知道的，船上卸货得花六个星期的时间。卸完货以后，还得要等三个月以后才能再出海，你只要在三个月以内回来就行，记得哦——因为法老号，”莫雷尔先生拍拍青年水手的背，又说，“没有船长是不能出海的呀。”

“没有船长！”唐太斯眼睛里闪烁着兴奋惊喜的光芒，不禁说道，“您说什么呀？您好像窥视到了我心底最为隐秘的一线希望。您真的确定要任命我做法老号的船长吗？”

“我亲爱的唐太斯，如果我是一人说了就能算数的老板，那么我现在就可以任命你，事情也就能够一言为定了，可是你也知道，意大利有一句俗话——谁有了一个合伙人，谁就有了一个主人。不过这事至少已经成功一半了，因为在两张投票之中，你已经得到了我坚定的一票。那么让我去把另外那一票也为你争取过来吧，我一定会尽力办到的。”

“啊，莫雷尔先生，”青年水手的眼睛里顿时溢满了泪水，紧握住莫雷尔的手喊道，“莫雷尔先生，我代表我父亲和梅塞苔丝谢谢您了，我会尽快赶回来投入到工作当中的。”

“好了，好了，爱德蒙，别提了，上帝保佑好心人！快到你父亲那儿去吧，再去看看梅塞苔丝吧，然后再到我这儿来。”

“我送您上岸好吗？”

“不用了，谢谢你。我还得留下来和腾格拉尔核对一下货物的账目。你在这次航行里对他的表现还满意吗？”

“那要看您这个问题是指哪一方面了，先生。要是您的意思是问，他是不是一个好伙计？那么我会说不是，因为自从那次我冲动地和他吵了一次架以后，我曾向他提议在基督山岛上停留十分钟以消除彼此间的不愉快，被他拒绝了，我想他从那以后开始讨厌我了——那次的事我想我本来就不该提那个建议的，而他拒绝我也是很对的。但是您的问题是问他做押运员是否称职，那我可以说他是无可挑剔的负责任的押运员，对他的工作您会满意的。”

“可是你得诚实地跟我说，唐太斯，如果让你掌管法老号，你会让腾格拉尔继续留在船上吗？”

“莫雷尔先生，”唐太斯坚定地答道，“不管我是做船长还是做大副，只要是能取得船主信任的人，我对他们都是极为尊重的。”

“好，好，唐太斯！我看你每个方面都是很好的。我不耽搁你的时间了，赶紧去吧，我看你已经有点迫不及待了。”

“那我能走了吗？”

“赶紧走吧。我刚刚说过了。”

“您的小艇能借我用一下吗？”

“那当然了，没问题。”

“那么，莫雷尔先生，再见吧。再一次表示感谢！”

“我很期待过不了多久就能再见到你，我亲爱的爱德蒙。祝你好运！”

青年水手动作轻盈地跳到了小艇上，坐在船尾，让划艇人向卡纳比埃尔街划去。听到命令之后，两个水手立即利索地划动起来，小船如同归巢的海鸟一般，迅速从港口驶到奥尔兰码头的数千只帆船中间敏捷地穿梭而过。莫雷尔面带微笑地注视着他，直到他上了岸，在卡纳比埃尔街上的人群中消失不见。这条街是马赛最为著名的街道，从早晨五点到晚上九点都涌动着熙熙攘攘的人群，呈现出繁华欢腾的景象。马赛的居民都对这条街道引以为豪，他们甚至看似认真地庄严宣告：“如果巴黎也有一条卡纳比埃尔街，那巴黎就能称作小马赛了。”莫雷尔转过身的时候，发现腾格拉尔正在他的身后站着。表面看来，腾格拉尔似乎是在毕恭毕敬地等着听候他的吩咐，实际上是和他一样，正远远地目送着那个青年水手。虽然他们两个都在目送爱德蒙·唐太斯，但是他们眼中蕴含的意义却截然不同。

第二章　父与子

腾格拉尔是怎样带着仇恨的心理，在船主莫雷尔面前千方百计地讲他的同事唐太斯的坏话，我们暂时不说。只说唐太斯大步走过了卡纳比埃尔街，沿着诺埃尹街转到梅兰巷，走进靠左边的一栋小房子的门里。进门之后，他一只手扶着护栏顺着河岸的楼梯向上走，一只手按在他那颗狂跳不止的心上，很快上到了四楼。来到一扇半掩着的门前，他停下了脚步。那门里是一个小房间，正是唐太斯父亲的住所。法老号抵港的消息，老人并不知情。这个时候，他正踩在一把破旧的椅子上，想在窗口上绑牵牛花和萎草花，做成一个花棚。突然间，他感到腰间一紧，只看到一双强壮有力的手臂围在他的腰上，接着一个非常熟悉的声音传到了他的耳朵里。"父亲！亲爱的父亲！"老人惊讶地叫了一声，急忙转过身来，看到是自己已经三个月没有见面的儿子，马上就脸色苍白地颤抖地倒在了儿子的怀中。

"您这是怎么回事？我最亲爱的父亲！您哪里不舒服吗？"年轻人诧异而忧虑地问道。

"不，不，我亲爱的爱德蒙——我亲爱的孩子！不，我是没预料到你回来了，我始终没有得到消息。我确实非常高兴，这样猛然间看到你让我过于激动了——天哪，我感觉我高兴得快要死了。"

"开心点，亲爱的父亲！是我——确实是我！大家都说开心是不会对身体造成伤害的，所以我悄悄地溜进来希望给您一个惊喜。嗨！向我展示一下笑容吧，不要用这种怀疑的眼光看我呀。是我回来啦，确实回来啦，并且最重要的是我们马上要过快乐的日子啦。"

“孩子，我们要过快乐的日子？”老人迷惑地问道，“但是我们怎样才能快乐呢？难道你以后都不会离开我了吗？来，赶紧告诉我你碰到了什么好事？”

“愿上帝宽恕我：我的幸福快乐是建立在另一家人丧失亲人的痛苦之上的，但上帝知道我并不是自己要这样的。事情既然已经发生了，我实在无法装出那种悲哀沉痛的样子。父亲，我们那位好心的船长莱克勒先生他死了，承蒙莫雷尔先生的厚爱和推荐，我极有可能接替他的位置成为法老号的船长。您懂吗，父亲？想想看，我二十岁就能当上船长，薪水就是一百金路易[1]了，而且还可以分红利！这可是像我这样的穷水手以前连做梦都不敢想的呀。”

“是的，我亲爱的孩子，”老人同样高兴地回答说，“是的，这真是一桩大喜事啊。”

“是啊，”唐太斯说，“我带着一个幸福远大的前程和一点儿钱回来了。看，父亲，看！”他激动地说，“拿着吧——拿着，赶快叫人去买点儿东西。”说着他翻开口袋，把钱全倒在陈旧的桌子上，一共有十几块金洋、五六块艾居[2]和一些小零币。老唐太斯的脸上顿时展开了笑容。“这些钱是谁的？”他不太确定地问。

“是我的！您的！我们的！拿着吧，去买些吃的东西。快乐些过日子吧，明天我们还会有更多的。”

“小声点，轻点声，”老人微笑着说，“我还是把你的钱节省点用吧——因为要是大家看见我一次买了那么多的东西，就会说我非得等着你回来才能买得起那些东西。”

“那就随您便吧，但最重要的是，父亲，该先雇一个用人了。我决不再让您独自一个人长期孤零零地生活了。我私下带了一些咖啡和上等烟草，我知道您喜欢这些东西，现在都放在船上的小箱子里，明天早晨我就可以把它们拿来给您了。嘘，别出声！有人来了。”

“是卡德鲁斯，他肯定是听到了你回来的消息，知道你交了好运了，

---

① 法国金币名。
② 法国银币名。

来向你道贺的。”

“哼！口是心非的家伙，”爱德蒙轻声说道，“不过，他毕竟是我们的邻居，而且曾经还帮助过我们，所以我们还是应该表示欢迎的。”爱德蒙的这句话刚轻声讲完，卡德鲁斯那个黑发蓬松的头便出现在门口了。他看上去二十五六岁的样子，手里拿着一块布料，他原是一个裁缝，这块布料是他预备拿来做衣服的衬里用的。“怎么！真是你回来了吗，爱德蒙？”他带着很重的马赛口音开口说道，露出满口白得如象牙一样的牙齿笑着。

“是的，我回来了，卡德鲁斯邻居，我正准备着想使你高兴一下呢。”唐太斯回答道，答话尽管彬彬有礼，却仍掩饰不住他内心的冷淡。“谢谢，谢谢，不过幸亏我什么都不缺。倒是有时人家需要我的帮忙呢。”唐太斯不觉困窘地动了一下。“我不是指你，我的兄弟。不，不！我借钱给你，你还了我。好邻居之间这种事是常有的，我们已经两清了，你再也不必挂怀了。”

“我们对那些帮助过我们的人是永远不会忘记的。”唐太斯说，“因为我们虽还清了他们的钱，却还欠着他们的人情。”

“还提它干什么？别提了，过去的都过去了。让我们来谈谈你这次幸运归来的事儿吧，兄弟。我刚才到码头上去配一块细花布，碰到了我们共同的朋友腾格拉尔。‘怎么！你回马赛了呀！’我当时就喊了出来。他说：‘是呀。’‘我还以为你在士麦拿呢。’‘不错，我去过那儿，但现在已经回来了。’‘我那亲爱的小家伙爱德蒙他在哪儿？’我问他。腾格拉尔就回答说：‘一定在他父亲那儿。’所以我就急忙跑来了，”卡德鲁斯接着说，“来高高兴兴地和老朋友握手，好久不见了。”

“善良的卡德鲁斯！”老人说，“他对我们多好啊！”

“是呀，我当然要这样的，我爱你们，并且敬重你们，天底下好人可不多啊！我的兄弟，听说你好像是发了财回来啦。”裁缝一面说，一面斜眼看着唐太斯抛在桌子上的那一把金币和银币。唐太斯看出了从他邻居那黑眼睛里流露出的贪婪的目光。他装作漫不经心地说：“这些钱不是我的，父亲看出我担心他当我不在的时候缺钱用，为了让我放心，就把他钱包里的钱都倒在桌子上给我看。来吧，父亲。”唐太斯接着说，

“我不担心您缺钱用了，快把这些钱收回到你的箱子里去吧——除非我们的好心邻居卡德鲁斯要用，我们倒是乐意帮这个忙的。”

“不，兄弟，不。”卡德鲁斯连忙摇摇头说，“我根本不需要，干我这行够吃的了。把你的钱收起来吧——我说，一个人的钱不一定非得很多，够用就好了。我虽用不上你的钱，可对你的好意我还是很感激的。”

“我可是真心的呀。”唐太斯接着说。

“那当然，那当然。唔，我听说你和莫雷尔先生的关系不错，你这个得宠的家伙！”

“莫雷尔先生对我一直很和善。”唐太斯答道。

“那你不应该拒绝他的邀请啊。”

“什么！你拒绝了他的邀请？”老唐太斯说，“他要请你吃饭吗？”

“没错，我亲爱的父亲。”爱德蒙一边回答，一边微笑地看着对他儿子所得的光荣感到惊讶的父亲。

“你呀，为什么要拒绝呢？”老人问道。

“为了能够快一些见到您，我亲爱的父亲，”年轻人答道，“我很想您。”

“但那一定会让可敬的莫雷尔先生感到不高兴的，”卡德鲁斯说，“特别是在你将要坐上船长的位置时，是不应该得罪船主的。”

“但我已经向他解释了我为什么不能去，”唐太斯答道，“我想他会体谅我的。”

“可作为船长，就一定要迁就船主一些。”

“我希望不迁就也可以做船长。”唐太斯说。

“那样更好，——那样更好！你这个消息老朋友听了也十分开心，而且，我知道还有一个人听了也会高兴的，她就住在圣尼古拉堡后面。”

“梅塞苔丝吗？”老人说。

“对了，我亲爱的父亲，现在我已经见到您了，知道您一切安好，并且什么也不缺。我请您同意我去迦泰罗尼亚村走一趟。”

“去吧，我亲爱的孩子，”老唐太斯说，“愿上帝像保佑我的儿子一样保佑你的妻子！”

“他的妻子！”卡德鲁斯说，“你这话说得有点早了，唐太斯老伯。

看来她和他还没有成亲呢。”

“不，可是从各方面看来，她一定会成为他的妻子的。”爱德蒙答道。

“对，对，”卡德鲁斯说，“但你这次这么快回来倒是对的，我的孩子。”

“你这句话什么意思?”

“因为梅塞苔丝是一位十分美丽的姑娘，而美丽的姑娘总是很受人欢迎的。特别是她，追求者好几打呢。”

“真的吗?”爱德蒙笑着答道，然而笑容里露出了些许不安。

“啊，真的，”卡德鲁斯又说，“而且个个都是响当当的人物呢，但你知道，你即将要做船长了，那时还有谁会拒绝你呢?”

“你的意思是，”唐太斯答道，微笑中满是焦急，“倘若我不是一个船长——”

“唉。”卡德鲁斯说。

“算了，算了，”年轻的唐太斯说，“一般来说，在女人这方面，我知道的比你清楚，特别是梅塞苔丝。我确信，不管我是不是船长，她对我的心都是坚定不移的。”

“那样最好，”卡德鲁斯说，“一个人快要结婚时，信心满满总归是不错的。但不要考虑这些，我的孩子，去报到吧，并将你的希望同她说说。”

“我这就去。”爱德蒙答道，然后拥抱了一下他的父亲，又挥手和卡德鲁斯告别，就走出了房间。

卡德鲁斯又待了一会儿，也从老唐太斯那里离开，下楼去和腾格拉尔会合了，后者正在西纳克街的拐角处等着他。

“情况就是这样，”腾格拉尔说，“你看到他了吗?”

“我刚刚离开他那儿。”卡德鲁斯回答。

“他说没说他想当船长?”

“他说得像真的一样，好像事情已经确定了似的。”

“不用着急!”腾格拉尔说，“要我说，他实在有些心急了。”

“怎么，莫雷尔先生似乎已经同意这件事情了。”

“那么他已然在那里扬扬得意了吗?”

“他简直快要得意过头了，已经想着要照顾我，好像他是一个大人物似的，并且跟我说我能找他借钱，就像是一个银行家。”

“你接受了吗?”

“当然不接受了，尽管我接受了也问心无愧，因为他第一次触摸到的那枚亮晶晶的银币是我给他的。但是现在唐太斯先生已经不需要别人的帮助了，他马上要当船长啦。”

“呸!”腾格拉尔说，“他现在还不是呢。”

“他还是不当船长的好，”卡德鲁斯说道，“否则的话我们想跟他说话都不容易。”

“假如我们不希望他当船长，”腾格拉尔说，“他就当不上，说不定他的处境还不如现在呢。”

“这话怎么说?”

“没什么，我只是自说自话而已。他对那个美丽的迦泰罗尼亚人还是那么痴情吗?”

“简直爱到无法自拔，但是除非是我搞错了，不然他在这方面可能要有些不如意的事了。”

“你讲明白一点。”

“我为什么要讲明白一点?”

“这件事可能比你想象的更为重要。你厌恶唐太斯吧?”

“我始终对骄傲自大的人感到厌烦。”

“那么，你就将你知道的所有和迦泰罗尼亚人有关的事，全都告诉我吧。”

“我了解的也不是非常准确，只是依据我见到的情况来看，我不得不相信刚才和你说的那句话，恐怕那位未来的船长会在迦泰罗尼亚村遇到麻烦。”

“你到底知道些什么，赶紧告诉我!”

“唔，我每次看到梅塞苔丝到城里来，身边总会跟着一个身体健硕的迦泰罗尼亚人，那个人有一双黑色的眼睛和褐中透红的皮肤，神态非常威严，她叫他堂哥。”

“是吗？那你觉得这位堂哥在追求她吗？”

“我不过是推测罢了。一个身强体壮的二十一岁小伙子，面对一个漂亮的十七岁少女，他还会有别的什么想法呢？”

“你刚刚说唐太斯前往迦泰罗尼亚人那里了？”

“我下来之前他就已经去了。”

“我们也走这条路吧，还能在里瑟夫酒家那里，边喝梅尔姬酒边等消息。”

“我们怎样得到消息呢？”

“我们在半路等着，观察他的神色就知道了。”

“走吧，”卡德鲁斯说，“不过先说清楚，这酒钱得由你来付。”

“当然。”腾格拉尔说道。说完后，他们赶忙去了之前所说的地点，点了一瓶酒。邦费勒老父亲对他们说，唐太斯十分钟之前才从这里经过。这就令他们知道唐太斯还在迦泰罗尼亚村，于是，他们在长着新叶的梧桐树和大枫树下面坐了下来。小鸟们正在他们头上的树枝中美妙地合唱，庆贺这春天的美好生活。

第三章　迦泰罗尼亚人的村庄

那两位朋友边喝着泛着泡沫的梅尔姬酒，边竖着耳朵，盯着大概百步以外的地方。那里，在一堵光滑的、饱受风雨侵蚀的围墙后面，就是迦泰罗尼亚人的村庄。很久之前的某一天，一群神秘的移民从西班牙迁移出来，之后在这块突出于海湾之外的地方定居下来，直至今天。当时谁也不知道他们从哪里来，也听不明白他们说的话。移民中的一位首领听得懂普罗旺斯话，于是恳请马赛市政府将这片荒凉贫瘠的海岬赐给他们，这样他们就能如古代的航海者一般把他们的小船拽到岸上来居住。市政府同意了他的恳求。仅仅过了三个月，一个小小的村庄就矗立在移民渡海时乘坐的那十四五只小帆船的周围了。这个村庄的建筑与众不同，非常漂亮，就像西班牙式和摩尔式结合在一起的样子。现在的这些居民就是那些移民的后代，他们继承了他们祖先的语言。三四百年来，他们将全部的心思都铺在这块小海岬上，就像一群海鸟似的孤立着，他们之间互相通婚，如同维持他们的语言一般维持着他们原始的习惯和祖国的风俗。唐太斯大步走过这小村子仅有的一条街，走进一栋外墙上爬满了具有乡村气息的藤类植物的房子，房子里刷的是石灰粉，与西班牙旅馆里的一样没有任何新意。阳光照射在那些枯萎的叶子上，叶子就会被抹上一层漂亮的色彩。风华正茂的梅塞苔丝长得非常美丽，此刻她正斜靠在壁板上，摆弄着一束石南花，被撕成碎片的石南花散落在地板上，十分漂亮。她的手臂一直到肘部都是裸露在外的，所以被日光晒成麦色的那部分刚好露了出来，和维纳斯女神的手一样美丽。她那双柔软白皙的脚上穿着纱袜，踝处还绣着一朵灰蓝色的小花，看上去十分可爱。她的一只脚此刻正在无规律地轻轻地拍打着地面，好像故意要把她那丰满匀称的小腿展露出来似的，但其实她只是由于内心焦躁不安。有一个年约二十二岁的高大青年正在离她不远处坐着，他的手臂支撑在一张被蛀虫侵蚀过的旧桌子上，椅子的两条后腿被他跷起，正不住地摇晃着，他在注视着她，脸上带有烦恼不安的神色。他在用眼睛询问她，但年轻姑娘以坚决而镇定的目光制止了他。“你看，梅塞苔丝，”那青年以开玩笑的口吻说道，“复活节快要到了，你说，这不正是结婚的好时候吗?”

“我已经对你说过不下百次啦，弗尔南多。你再问下去就是自寻烦恼了。”

“唉，再说一遍吧，我求求你，再说一遍吧，这样我才会相信！就算再说一百遍也好。说你拒绝我的爱，不然，我不会死心。那可是你母亲曾经许诺过的，让我进一步了解你关心你。可是你不关心我的幸福，对我的死活一点儿都不放在心上，唉！十年来我每一天都梦想着成为你的丈夫，梅塞苔丝，而现在你却使我的希望破灭了，那可是我活在世上唯一的希望啊！你怎么忍心呢?”

“但这毕竟不是我让你抱那种希望的，弗尔南多，”梅塞苔丝无奈地回答说，“你怪不得我，我从未诱惑过你。我甚至一直都对你说，‘我只把你看作我的哥哥，我们之间不可能有超出兄妹之爱的感情，因为我的心早已属于另外一个人了。’我不是一直都对你这样说的吗，我从未给过你任何暗示和希望呀，弗尔南多?”

“是的，这些我知道得很清楚，梅塞苔丝，”青年回答道，“是的，你对我很坦白，这固然很好，但毕竟太残酷了。你难道忘记了同族通婚是我们迦泰罗尼亚人的一条神圣伟大的法律吗?”

“你错了，弗尔南多，那根本就不是一条什么法律，只不过是一种传承的风俗罢了。我求你不要靠这种风俗来帮你的忙啦！我也不想再说一句拒绝的话啦！你已到了服兵役的年龄，目前只是暂时缓征，你随时都可能应征入伍的。一旦当了兵，你叫我怎么办呢？我——一个无依无靠的孤儿，没有财产，贫穷得很，只有一间快塌了的小屋和一些破烂的渔网，这少得可怜的遗产还是我父亲传给我母亲，我母亲再传给我的呢。弗尔南多，你也知道我母亲已去世一年多了，我几乎完全靠着大伙儿救济才得以维持生计。你有时装着要我帮你的忙，好借此让我分享你捕鱼得来的收获，我接受了。弗尔南多，那是因为你是我的堂兄，我们从小一起长大的，更因为，假若我拒绝，你肯定会伤心。但我心里很清楚很明白，我拿这些鱼去卖，换亚麻纺线——弗尔南多，这和施舍没什么两样！"

"那又有什么关系呢？我不在乎的，梅塞苔丝，尽管你这样孤单穷苦，但你却出色得像最骄傲的船主女儿或马赛最有钱的银行家的小姐，完全配得上我的！对我来说，我只想要一个忠心的女人和好主妇，可我现在到哪儿才能找到一个在这两方面比你更好的人呢？"

"弗尔南多，"梅塞苔丝叹息着，摇摇头说道，"一个女人能否成为一个好主妇倒很难说，但如果她爱着另外一个人甚于爱她的丈夫，谁还能说她是一个忠心的女人呢？请你满足于我们之间的友谊吧，这对我们彼此都是最好的。我对你再说一遍，只能对你许诺这些，我无法许诺我不能给你的东西，我不想欺骗你。"

"我懂了，"弗尔南多回答说，"你可以忍受自己的穷困。却怕我受穷。那么，梅塞苔丝，只要有了你的爱，我就会去努力奋斗。我相信你会给我带来好运的，我会发财的，我可以扩大我的渔业，也许还可以找到一个货仓管理员的职位，到时候我就可以成为一个商人了。"

"你是不能去做这种事的，你是个士兵，你之所以还能留在村里，那是因为现在没有战争，一旦爆发战争，你就得去当兵。所以，你还是安心做一个渔夫吧。别胡思乱想了，因为太多的梦想会使你觉得现实令人难以忍受。你就满足于我们的友谊吧，因为我实在给不了你超出这点以外的情感了。"

"那么，你说得对，梅塞苔丝。既然你看不起我们祖先传下来的这身衣服，我就脱掉它，去当一名水手，戴一顶闪光的帽子，穿一件水手衫，外加一件蓝色的短外套，纽扣上镶着铁锚。这样一身打扮该讨你喜欢了吧？"

"你这是什么意思？"梅塞苔丝愤愤地瞟了他一眼，"你在胡说些什么？我不懂。"

“我的意思是，梅塞苔丝，你之所以对我如此冷酷无情，如此彻底地拒绝我的情感，都是因为你在等一个人，他就是这样一身打扮的。不过也许你所等待的这个人是靠不住的，就算他自己可靠，大海对他是否可靠可就难说了。”

“弗尔南多!”梅塞苔丝高声喊了起来，“我一直以为你是个心地善良的人，现在我才知道是我错看你了！弗尔南多，你祈求上帝发怒来帮助你泄私愤简直太卑鄙无耻了！是的，我不否认，我是在等待着，我是爱着你所指的那个人。倘使他回不来，我也不相信他会像你所说的那样靠不住，我相信他至死都只会爱我一个人，我相信他。”弗尔南多显出愤愤的样子。“我知道你心里怎么想的，弗尔南多，就是因为我不爱你，你就对他怀恨在心了，你会用你的迦泰罗尼亚短刀去同他的匕首决斗的。可那到头来又能得到什么结果呢？如果你失败了，你就会失去我的友谊，如果你打败了他，你就会看到我对你的友谊变成了仇恨。相信我，想靠和一个男人去打架来赢得爱那个男人的女人的心，这种方法简直太笨了。不，弗尔南多，你决不能有这种坏念头。无法使我做你的妻子，你至少还可以把我看作你的朋友和妹妹的。”她的眼睛里已满含着泪水，茫然地说，“等着吧，等着吧，弗尔南多！你刚才说海是变幻莫测的，他已经去了四个月了，这四个月中曾有过几次险恶的风暴。”弗尔南多没有回答，他也不想去擦掉梅塞苔丝脸上的泪水，尽管那每一滴眼泪都好像是他的心在滴血一样。可是这些眼泪并非是为他，恰恰相反，这是为另一个人流的。他站起身来，在小屋里踱来踱去，然后他突然脸色阴沉地捏紧了拳头在梅塞苔丝面前停了下来，再次问她：“梅塞苔丝，求你再说一遍，这是不是你最后的决定？”

“我爱爱德蒙·唐太斯，”姑娘平静地说，“除了爱德蒙，我谁也不嫁。”

“你永远爱他吗？”

“我活一天，就爱他一天。”

弗尔南多像一个战败了的战士垂下了头，长长地叹了一口气，突然他又抬起头来狠狠地望着她，咬牙切齿地说：“假如他死——”

“假使他死了，我也跟着死。”

“梅塞苔丝！”这时一个声音突然在屋外兴冲冲地喊了起来，“梅塞苔丝！”

“啊！”梅塞苔丝的脸因兴奋而涨得通红，兴奋地一跃而起，“你看，他没有忘记我，他来了！”她冲到门口，打开门，说，“爱德蒙，我在这儿呢！”弗尔南多顿时脸色苍白，全身颤抖，像看见了一条赤链蛇的泳者一般，他向后缩去，踉踉跄跄地靠在椅子上，一下子坐了下去。爱德蒙和梅塞苔丝互相紧紧地拥抱着，马赛耀眼灿烂的阳光从开着门的地方钻进房间，把他们拥抱在光波里面。这时候他们忘掉了周遭的一切。极度的快活仿佛把他们与世隔绝了，他们只能断断续续地讲话，这是因为他们实在是高兴到了极点——当人们极端高兴时，表面看来反而更像悲伤。突然爱德蒙发现了弗尔南多那张阴沉的脸，这张埋在阴影里的脸带着威胁挑衅的神色。弗尔南多不自觉地动了一下，下意识地按了按腰部皮带上的短刀。“啊，对不起！”唐太斯皱着眉头转过身来说，“我不知道这儿有第三个人。”然后他转过身去问梅塞苔丝，“这位先生是谁？”“这位先生将要成为你最好的朋友，唐太斯，因为他是我最好的朋友，我的堂兄，我的哥哥，他叫弗尔南多——除了你以外，爱德蒙，他就是这个世界上我最喜爱的人了。你不记得他了吗？”

“是的，记得。”爱德蒙说道，他并没有放开梅塞苔丝的手，用一只手紧握着梅塞苔丝，另一只手亲热地伸向弗尔南多。但弗尔南多对这个友好的表示没有作出任何反应，依旧像一尊雕塑似的一动也不动。爱德蒙于是收回手，仔细看了看这边正在着急为难的梅塞苔丝，又看了看那边怀着阴狠敌意的弗尔南多。这一看他马上全明白了，脸色也变得严厉起来，有点儿发怒了。

“我如此匆忙急切地赶来，没想到在这儿会遇到一个对头。”

“一个对头！”梅塞苔丝愤怒地扫了她堂兄一眼，喊道，“你说什么，爱德蒙，我家里有一个对头？倘若果真如此，我就要挽起你的胳膊一同到马赛去，离开这个家，永远不再回来了。”弗尔南多的两只眼睛几乎射出火来。“要是你遭到什么不幸，亲爱的爱德蒙，”姑娘继续镇静地说下去，平静地看了她堂兄一眼，使弗尔南多觉得她已洞悉他心底深处的坏念头，“要是你真的遭到不幸，我就爬到莫尔吉翁海角的岩石上去，从那儿跳下去，永远葬身海底。”弗尔南多听后脸色惨白，像死人一样。“你弄错啦，爱德蒙，”她又微笑着说，“这儿没有你的对头——这儿只有我的哥哥弗尔南多，他会像一个老朋友那样跟你握手的。”她说完最后这句话，便把她那威严的眼光盯在了迦泰罗尼亚人弗尔南多身上，后者则像被那眼光催眠了一样，慢慢地向爱德蒙走来，慢慢地伸出了他的手。他的仇恨像一个来势凶猛却又无力的浪头，被梅塞苔丝所说的一番话击得粉碎。刚一触到爱德蒙的手，他就觉得再也无法忍受下去，于是便一下子冲出屋子去了。

“噢！噢！”他喊着，像个疯子似的狂奔着，双手狠狠地猛抓自己的头发，“噢！天哪！谁能帮我除掉这个人？我真是太不幸了！”

“喂，弗尔南多！喂，弗尔南多！你到哪儿去？”一个声音传来。那青年突然停了下来，环顾四周，看见卡德鲁斯和腾格拉尔在一个凉棚里对桌而坐，都在看着他。“喂，”卡德鲁斯粗声地说，“你怎么不过来呀？难道你就这么忙，忙到连向你的老朋友打声招呼的时间都没有了吗？”

“尤其是当他们面前还放着满满一瓶酒的时候。”腾格拉尔悠闲地接上一句。弗尔南多带着一种恍恍惚惚的眼神望着他们，什么也没说。“他看上去不大对劲儿。”腾格拉尔碰碰卡德鲁斯的膝盖说。

“别是我们弄错了，唐太斯得胜了吧？”

“唔，我们来问个明白吧，”卡德鲁斯说着，就转过身去对那青年说道，“喂，弗尔南多，你拿定主意了吗？”弗尔南多擦了擦额头上冒出的冷汗，慢慢地走进凉棚。在那凉棚中，荫凉似乎使他那疯狂的心平静了些，清爽的空气也使他那筋疲力尽的身体重新振作了一些。“你们好！”他缓过神来说道，“是你们叫我吗？”说着他便重重地在桌子旁边的椅子上坐了下来，像瘫下来一样。“我看你像个疯子似的乱跑，就叫了你一声，怕你去跳海，”卡德鲁斯大笑着说，“见鬼！一个人有了朋友，不但得请他喝酒，还得劝阻他不要没事找事地去喝三四品脱[①]水！”弗尔南多像是在呻吟似的沉痛地叹了一口气，一下子伏在了桌子上，把脸埋在两只宽大的手掌里。“咦，我说，弗尔南多，”卡德鲁斯一开头就

① 法国旧时一种液体容量单位，“一品脱”等于零点三九升。

戳到了对方的痛处，但他丝毫没觉得有什么不妥，这种小市民气的人由于好奇心总会忘记了说话的技巧，“你的脸色看上去很不对劲，苍白阴沉得像是失恋了似的。”说完还不客气地爆发出一阵粗鲁的大笑。“得了吧！”腾格拉尔说，“像他那样棒的青年小伙子，哪个漂亮女孩子不喜欢呀，怎么会在情场上吃败仗呢。卡德鲁斯，你就别开他的玩笑了！”

“不，”卡德鲁斯答道，“你只要听听他叹息的声音就知道了！我没猜错。得了，得了，弗尔南多，把头抬起来，跟我们说说看到底是怎么回事。朋友们可是最关心你的健康，你不回答我们可不太好呀。”

“我很好，没发生什么事！”弗尔南多紧握双拳，头依然没抬起来闷着声音说。“啊！你看，腾格拉尔，”卡德鲁斯对他的朋友使了个眼色，眉飞色舞地说道，“是这么回事，现在在你眼前的弗尔南多，他是一个勇敢的迦泰罗尼亚人，是马赛首屈一指的渔夫。他爱上了一位非常漂亮的姑娘，芳名叫梅塞苔丝，不幸的是，那位漂亮姑娘却偏偏爱着法老号上的大副，今天法老号到了——你该明白这其中的奥妙了吧！”

“不，我不明白。”腾格拉尔假装疑惑地说。

“可怜的弗尔南多，竟然被人家姑娘给拒绝了。”卡德鲁斯补充说。

“是的，可这又怎么样？”弗尔南多猛地抬起头来，眼睛直盯着卡德鲁斯，像要找谁来当出气筒似的。“谁管得着梅塞苔丝？她要爱谁就爱谁，她有这个自由不是吗？”

“哦！假如你偏要这么说，那可就是另外一回事了！”卡德鲁斯说，“我以为你是个真正的迦泰罗尼亚人呢。人家告诉我说，凡是迦泰罗尼亚人是绝不会让对手夺去一样东西的，更何况还是心头所爱。人家甚至还对我说，尤其是弗尔南多，他的报复心可重了。”

弗尔南多凄然地微笑了一下，“一个情人是永远不会使人害怕的！”他说。“可怜的人！”腾格拉尔说。他假装感动得同情起这个青年来，“唉，你看，他没想到唐太斯会这样突然地回来。他正以为他已经在海上死了，或碰巧移情别恋了！突然发生了这种事，确实是很令人难受的。”

“唉，真的，可是无论如何，”卡德鲁斯一边说话，一边喝酒，这时拉马尔格酒的酒劲儿已开始在发作了，“不管怎么说，这次唐太斯回来可是交了好运了，受打击的不只是弗尔南多一个人，是不是呀，腾格拉尔?”

“哦，你的话没错，但是要我说他自己也快要倒霉了!”

“嗯，别提了。”卡德鲁斯说，他给弗尔南多倒了一杯酒，也给自己倒了一杯，这已是他喝的也不知是第八杯还是第九杯了，而腾格拉尔始终只是抿一下酒杯而已。“没关系，你就等着看他是怎样娶那位可爱的梅塞苔丝吧——他这次回来就是来办这件事的。”腾格拉尔这时以犀利的目光盯着那青年，卡德鲁斯的话字字句句都嵌进了那青年的心里。“他们什么时候结婚?”他问。“还不知道!”弗尔南多低声地说。“不过，快了，”卡德鲁斯摇头晃脑地说，“这是肯定的，就像唐太斯肯定就要当法老号的船长一样，呃，对不对，腾格拉尔?”腾格拉尔被这个意外的攻击吃了一惊，他转过头看向卡德鲁斯，细细观察他的脸部的表情，看看他是不是有意这么说的，但他在那张醉醺醺的脸上只看到了嫉妒。“来吧，”卡德鲁斯倒满三只酒杯后说，“我们来为爱德蒙·唐太斯船长，为美丽的迦泰罗尼亚女人的丈夫干一杯!”他用哆哆嗦嗦的手把杯子送到嘴边，“咕咚”一声，一杯酒就下肚了。弗尔南多则把酒杯掉在了地上，杯子应声而碎。

“呃——呃——呃——”卡德鲁斯舌头发硬地说，“迦泰罗尼亚村那边，小山岗上那是什么东西呀?快看，弗尔南多!你的眼睛比我好使。我是一点都看不清楚。你知道酒是骗人的家伙，但我敢说那是一对情人，正手挽手肩并肩地在那儿散步。老天爷!他们不知道我们能看见他们，这会儿他们正在开心地拥抱呢!”腾格拉尔当然没那么好心放过让弗尔南多更加痛苦的机会。

“你认识他们吗，弗尔南多先生?”他状似疑惑地问道。

“认识，”弗尔南多低声回答，“那就是爱德蒙先生和梅塞苔丝小姐!”

“啊!看那儿，喏!”卡德鲁斯指着远处喊道，“你怎么竟认不出他们呢!喂，唐太斯，喂，美丽的姑娘!到这边来，告诉我们，你们什么时候举行婚礼，因为弗尔南多先生就是不告诉我们!”

“你别嚷好吗?”腾格拉尔故意出声阻止卡德鲁斯，后者却带着醉鬼的拗性一副还要说下去的样子，已把头探出了凉棚。“为人要厚道一点，你就让那对情人安安静静地去谈情说爱吧。看咱们的弗尔南多先生，向人家学习一下吧，人家一句话都没说，这才叫通情达理！”

弗尔南多已被腾格拉尔挑拨得忍无可忍了，他忽地一下站了起来，像一头被激怒的公牛，憋足了一股劲儿要向他的敌人冲去似的。正在这时，梅塞苔丝带着浅笑，优雅地抬起了她那张可爱美丽的脸，闪动着她那对亮如星辰的眸子。一看到这对闪闪发亮的眼睛，弗尔南多就想起了她先前发出的决绝的威胁，便又沉重地跌回了他的座位上了。腾格拉尔的目光在身旁两人之间穿梭着，看看这个又看看那个，一个是在发酒疯，另一个却完全陷进爱情里了。

“我跟这些个傻瓜打交道是搞不出什么名堂来的，”他自言自语道，“我竟在这儿夹在了一个醉鬼和一个懦夫中间，这真让我感到不安。可这个迦泰罗尼亚姑娘那闪光的眼睛却像西班牙人、西西里人和卡拉布兰人，而唐太斯不仅将要娶到这样一位漂亮的姑娘，而且还要做船长，他确实可以嘲笑我们这些人，除非——”腾格拉尔的嘴角浮起一个阴险的微笑，“除非我来做点儿什么改变一下。”他加上了一句。“喂！”卡德鲁斯继续大声喊道，并用手掌撑住桌子，抬起了半个身子。“喂，爱德蒙！你到底是没看见你的朋友呢，还是春风得意不屑和我们讲话？”

“不是的，我亲爱的朋友。”唐太斯笑着回答，“我并不是在骄傲着什么，我只是太高兴了，而你知道的，高兴是比骄傲更容易让人盲目的。”

“呀，这倒是一种不错的说法！”卡德鲁斯说，“噢，您好，唐太斯夫人！”

梅塞苔丝庄重地点头示意，说：“现在请先别这么称呼我，卡德鲁斯先生。在我的家乡有这样一种说法，对一个未结婚的姑娘，拿她未婚夫的姓名来称呼她的话，是会给她带来厄运的。所以，请你还是叫我梅塞苔丝吧。”

“我们得原谅这位好心的卡德鲁斯邻居，”唐太斯说，“他不小心说错话了。”

“那么，你们就赶快举行婚礼呀，唐太斯先生。”腾格拉尔向那对有情人致意说。

“谢谢您的关心，我也是想越快越好，腾格拉尔先生。今天先到我父亲那儿把一切需要的东西都准备好，明天就在这儿的瑞瑟夫酒家举行婚礼。我希望到时候我的好朋友都能来，也就是说，请您也来，腾格拉尔先生。还有你，卡德鲁斯。”

“那么弗尔南多呢？”卡德鲁斯说完便“咯咯”地笑了几声，“也请他去吗？”

“我妻子的兄长也就是我的兄长，”唐太斯庄重地说，“假如这种场合他不在的话，梅塞苔丝和我会感到非常遗憾的。”

弗尔南多张开嘴想说些什么，但话到嘴边又咽了回去。

“今天准备，明天举行婚礼！这么短的时间你也太急了点吧，船长！”

“腾格拉尔，”爱德蒙微笑着说，“我要把梅塞苔丝刚才对卡德鲁斯所说的话对你再说一遍，请不要把还不属于我的头衔戴到我的头上，那样或许会使我走霉运的。”

“对不起，”腾格拉尔假意道歉说，“我的意思是你太匆忙了点。我们的时间还很多——法老号在三个月内是不会再出海的，你们不必着急举行婚礼。”

“人总是急于抓住幸福的，腾格拉尔先生，因为我们受苦的时间简直太长了，实在不敢相信天下会有好运这种东西。我之所以这么着急，倒也并非完全是为了我自己，因为我还得去巴黎一趟。”

“去巴黎？真的？你是第一次去那儿吧？”

“是的。”

“你去那儿有什么事吗？”

“不是我的私事，是可怜的莱克勒船长最后一次的托付和差遣。你应该知道我指的是什么，腾格拉尔，这是我应尽的义务，而且，我只需不长的时间就够了。”

“是，是，我知道。”腾格拉尔点头道，然后他又在心里对自己说，“到巴黎去，一定是去送大元帅给他的信。嗯！这封信倒使我有了一个主意！一个好主意！唉，唐太斯，我的朋友，你还没有正式任命为法老号上的第一号人物呢。”于是他又好心情地转向那正要离去的唐太斯，大声说道：“一路顺风！”

“谢谢。”唐太斯友好地点一下头说。然后这对情人便又平静而欢喜地继续走他们的路去了。

第四章　阴谋

一直到爱德蒙和梅塞苔丝的背影在圣·尼古拉堡的一个拐角处消失不见了，腾格拉尔才收回始终关注他们的视线，转过头来仔细观察着弗尔南多。此时的弗尔南多已经倒在椅子里了，他面色惨白，正在颤抖，卡德鲁斯跟之前一样，一边口齿不清地唱歌，一边喝酒。“我亲爱的先生，这桩婚姻，并不能令每个人都开心。”腾格拉尔对弗尔南多说。

“它让人有些失望。”弗尔南多愤慨地说。

“难道，你也对梅塞苔丝小姐心生爱慕？”

“我崇拜她！”

“你是什么时候爱上她的？”

“我对她一见钟情。”

“这样的话，你应该努力想办法弥补呀。真该死，没承想你们迦泰罗尼亚人都是这么窝囊的。”

“但是我又能做些什么呢？”弗尔南多无精打采地问道。

“我哪里知道？难道这是我的事？别忘了，是你爱上了梅塞苔丝小姐，而不是我。‘找吧，’福音书上说，‘你总会找到的。’”

“我早就找到了。”卡德鲁斯忽然说道。

“什么？先生，你刚刚说——”弗尔南多焦急地问道。

“我刚刚说了什么？为什么我一点儿都记不得了。都怪卡德鲁斯这个酒鬼打断了我的思路。”

“爱喝就喝，只有怕酒的人才不敢喝酒，因为他们心怀鬼胎，怕被酒勾出来。”这时卡德鲁斯又用粗哑的嗓音哼唱起一首当时流传很广的歌曲的最后两句来：坏蛋个个都喝水，洪水可以做证人 。

“先生，你刚才说你很乐意帮我的忙，就是——”

“对的，我还要重申一点，我帮你的忙，是要让唐太斯娶不到你所爱的那个人——梅塞苔丝，就是这样。我看，这件事是容易办到的，而且根本没必要把唐太斯置于死地。”

“只有死才能把他们拆开。”弗尔南多颤抖着说。“看你讲话的这个样子，真像一个呆子，我亲爱的朋友，”卡德鲁斯得意地说，“要帮你忙的这位是腾格拉尔，他可是一个鬼点子多得很的智多星，他即刻就能证明你错了，马上证明给他看看，腾格拉尔。我来代你回答吧。唐太斯不一定非得要死，如果他死了，也着实太可惜了，唐太斯也是个好人呀。我喜欢唐太斯。唐太斯，祝你健康！”

弗尔南多烦躁地站起来。“让他去说吧。”腾格拉尔按住他说，“尽管他喝醉了，但讲的话却是很有道理的。分离和死亡会产生相同的结果，假若唐太斯和梅塞苔丝之间隔着一道监狱的墙的话，那么他们就只有分手了。这个结果与让他躺在坟墓里不是一样的吗？”

“话虽如此，但关在牢里的人总是会出来的，”卡德鲁斯说，他凭着仅存的一丝理智仍在努力倾听着他俩的谈话，“而他一旦出来，像爱德蒙·唐太斯这样的人，他报起仇来——”

“那有什么可怕的？”弗尔南多不屑地说。

“噢，我倒想要知道，”卡德鲁斯说，“你们凭什么把唐太斯送进监狱去？他既没有抢劫，又没有杀人，或者害人。”

“闭嘴！”腾格拉尔有些动怒地说。

“我就是要说！”卡德鲁斯继续说，“凭什么罪状把唐太斯送去吃牢饭？我喜欢唐太斯。唐太斯，我祝你健康！”他又喝了一杯酒。

腾格拉尔看到那裁缝的神色已经恍恍惚惚了，知道酒性已经完全发作了，便转过头去，对弗尔南多说：“喂，你知道没人非要他的命不可。”

“那当然了，要是像你刚才所说的那样，你有办法可以使唐太斯去坐牢，那当然就没有这个必要了。但是你有办法吗？”

“只要去找，还会没办法吗？”

“我不知道你为什么愿意帮我，”弗尔南多抓住他的手臂说，“但我敢肯定，你对唐太斯也一定怀有某种私怨和不满，不然我实在想不出你会和我站在同一条船上的理由了。”

“我？你说我怨恨唐太斯？不！我可以对天发誓！我是看到你很不快活，而我又很关心你，才会想要帮你，仅此而已。如果你认为我怀有什么私心，那就再见吧，我亲爱的弗尔南多，你自己想办法解决这事吧，我就不多管闲事了。”腾格拉尔说着便站起来装作要走的样子。

“不，不，”弗尔南多急忙拉住他的手说，“请别走！不管你恨不恨唐太斯都与我没有关系。我是非常恨他！我可以公开宣布我恨他。只要你能想出办法，我就来干——只要不杀了他就行，因为梅塞苔斯曾说过，要是唐太斯死了，她也要去自杀。”

卡德鲁斯本来已把头伏在桌子上睡着了，此刻突然抬起头来，用他那迟钝浑浊的眼睛望着弗尔南多，激动地说：“杀唐太斯！谁说要杀唐太斯？我不要他死——我不要！他是我的朋友，今天早上还说要借钱给我，像我借给他一样。我不许有人杀唐太斯——我不许！”

“没人说过要杀他，你这傻瓜！”腾格拉尔答道，“我们只是开开玩笑而已，你就当真了，来喝杯酒，祝他身体健康吧。”他给卡德鲁斯倒满了酒，又说，“别来打扰我们。”

“对，对，为唐太斯身体健康干杯！”卡德鲁斯把酒一口喝光，豪气地说，“这杯祝他身体健康！嗨！”

“可是办法——办法呢？”弗尔南多再次问道。

“你还一点儿都没头绪吗？”

“没有，主意得由你出，我听你的就是了。”

弗尔南多又给卡德鲁斯斟满酒，后者本来就是一个酒徒，一看见酒，马上放开了手中的纸，抓起了酒杯。弗尔南多一直看着卡德鲁斯，直到他在喝下空杯酒后毫无招架之力，把酒杯颤颤巍巍放到桌上再次趴下为止。

“好了！”弗尔南多看到卡德鲁斯最后的一点理智也泯灭在这杯酒里了，才又继续说道。

“好了，假如，譬如说，”腾格拉尔重又继续说道，“唐太斯现在刚刚航海回来，途中又在厄尔巴岛停靠了一天半，这次航海以后，要是有人向检察官告发，说他和拿破仑党关系密切，是一个拿破仑党的眼线的话——”

“那我去告发他！”弗尔南多连忙喊道。

“好的，但你要知道这样他们就会叫你在告发书上签字的，还会叫你和被告对质，当然，我可以给你提供告发他的相关资料，因为我对于整件事情的来龙去脉再清楚不过了。可是唐太斯不会被关在牢里一辈子的，总有一天他会被放出来。而一旦他出来，必定要找那个使他入狱的人报仇的。”

“嘿，我就盼着他来找我打架呢，我一点儿都不担心。”

“是的，可是梅塞苔丝——梅塞苔丝呢，只要你碰破她心爱的唐太斯一层皮，她就会痛恨你的呀！”

“这一点确实不错！”弗尔南多烦恼地说。

“不行，所以不能这样做！”腾格拉尔想了想继续说，“但是倘使我们决定采取我接下来所说的这个办法，那就好得多了。你看只要用这支笔，蘸着这瓶墨水，用左手（那样笔迹就不会被人认出来）写一封告密信不就得了。”腾格拉尔一面说着一面写了起来，他用左手写下了几行歪歪扭扭的、根本看不出是他自己的笔迹的文字，然后他把那篇文字交给弗尔南多，弗尔南多低声读道：

> 检察官先生台鉴，敝人系拥护王室及教会之人士，兹向您报告：有爱德蒙·唐太斯其人，系法老号之大副，今晨自士麦拿经那不勒斯抵埠，中途曾停靠费拉约港。此人受缪拉之命送信与逆贼，并受逆贼之命送信与巴黎拿破仑党委员会。犯罪证据在将其逮捕时即可获得，信件不在其身上，就在其父家中，或者在法老号上他的船舱里。

“好极了，”腾格拉尔兴奋地说，“这样你的举报就不会被人知道了，这封信自可生效，而且谁也想不到会是你，肯定追究不到你的头上来的。没什么别的什么事了，只要像我这样把信折叠起来，写上‘呈交皇家检察官阁下’，一切就都解决啦。”腾格拉尔一面说着，一面把收信人的姓名地址都写在了上面。

“不错，一切都解决了！”卡德鲁斯突然喊道，他仅凭着最后一点清醒已听到了那封信的内容，明白如果把这封信寄出去，会出现什么样的后果，“不错，一切都解决了，只是这样做你们不觉得太可耻、太不名誉了吗？”他伸手想拿那封信。

“是的，”腾格拉尔一面说，一面把信移开了，使他拿不到，“我刚才所说所做的只不过是开开玩笑而已。要是唐太斯，这位可敬可爱的唐太斯遭到了什么不幸，我会第一个感到难过的，你看！”他拿起了那封信，把它揉成一团，抛向了凉棚的一个角落里。

“这就对了！”卡德鲁斯点了点头说，“唐太斯是我的朋友，我可不能眼睁睁看着他被人陷害。”

“哪个鬼家伙想陷害他？一定不是我，弗尔南多也不会！”

腾格拉尔说着便站了起来望了一眼弗尔南多，他依旧坐着，但眼睛却直直地盯在了那被抛在角落里的告密信上。

“既然这样，”卡德鲁斯继续说道，“我们再来喝点酒吧。我想再喝几杯来祝我可爱的朋友唐太斯和那可爱的梅塞苔丝健康。”

“你已经喝得够多啦，酒鬼。”腾格拉尔拉着他说，“你要是还喝，就得睡在这儿了，你看你连站都站不起来了。”

“我喝多了？”卡德鲁斯一边说，一边带着一个醉鬼被冒犯时的那副样子站了起来，“谁说我站不起来了？我跟你打赌，我还能一口气跑上阿歌兰史教堂的钟楼，连脚步都不会乱！”

“好吧！”腾格拉尔忍让着说，“我跟你打赌，不过等明天再赌吧——今天该回去了。我们走吧，我来扶你。”

“很好，我们这就走，”卡德鲁斯摇头晃脑地说，“但我可用不着你来扶，我自己能走。走，弗尔南多，你不是要和我们一块儿回马赛吗？”

“不，”弗尔南多回答，“我不去马赛，我要回迦泰罗尼亚村。”

“噢，”卡德鲁斯说，“酒这东西真会骗人！”

“嗯，”腾格拉尔心里想，“这件事我看有了一个不错的开始，接着就静观它的发展了。”

第五章 婚宴

这是个晴朗的早晨，天空被明媚的霞光染得通红，透露着一丝喜庆，抚慰着那吐着白沫的浪潮。婚宴就设在瑞瑟夫酒家一个十分宽敞的大厅，大厅现在已经摆好了丰盛的酒筵。大厅并排开着几扇大窗子，每个窗子上都用金字写着法国各大城市的名字。在这排大窗子底下，有一条木板走廊，长度跟屋子一样。虽然预定的是十二点的筵席，但不到十一点，性急的前来贺喜的客人便早已把走廊挤满了。他们都是法老号船上的一些跟唐太斯玩得好的水手和唐太斯私下的一些朋友，全都打扮得光鲜体面，给这个喜庆的日子增加了不少气氛。大家正在讨论法老号的船主说要来参加婚宴这件事情，但好像还是不太相信唐太斯会有这么大的面子。这个消息最终被与卡德鲁斯同来的腾格拉尔证实了，他说他刚遇到了莫雷尔先生，莫雷尔先生亲口说会来赴宴。果然，没过一会儿，莫雷尔先生便走了进来。法老号的水手们纷纷向他致意、欢呼。在他们看来船主的光临恰恰证实了一个传闻，那就是唐太斯不久就真要做法老号船长了。由于唐太斯一直是船员们一致爱戴的人物，因此当船员们发现他们上司的意见和选择正好符合他们的期望时，也就禁不住欢呼雀跃起来。这一阵嘈杂而亲热的欢迎过去以后，腾格拉尔和卡德鲁斯便被派到新郎家中去通知重要人物已经到了的消息，希望新郎赶快来迎接他的贵宾。二人便火速前往，但他们还没走出百步远，就看见有一群人向他们走来，前面走着的是那对新人和一群伴随新娘的青年人，新娘的旁边是唐太斯的父亲，他们的后面则跟着梅塞苔丝的堂哥弗尔南多。他的脸上仍旧挂着一种阴险莫测的微笑。梅塞苔丝和唐太斯太高兴了，以至于都没有注意到弗尔南多脸上那种异样的表情。他们实在是感到太幸福了，所以他们的眼睛除了互相深情地注视着以外，就只能看到他们头上那明朗而美丽的天空，再也看不见其他的什么了。腾格拉尔他们完成了自己的使命，并向唐太斯亲热地道贺以后，腾格拉尔就走到了弗尔南多的身边，卡德鲁斯则和唐太斯老父亲留在了一起。老唐太斯现在已成了众人注目的焦点。腾格拉尔走近那个失恋的青年的时候，意味深长地看了他一眼。只见弗尔南多脸色苍白，像个木偶一样慢慢地跟在那对幸福的人后面，而面前那对满心欢喜的情人却似乎已完全忘记了还有他这个人存在着。他的脸偶尔会突然涨得通红，神经质地抽搐一下，时不时焦急不安地朝马赛那个方向望一眼，仿佛在期待某种惊人的大事发生似的。

唐太斯的衣着不仅很正式合身，而且也很简单，他穿着一套既像军服，又像便服的商船船员制服。他那张本来就十分英俊的脸上闪着喜悦和幸福的光芒，就显得更加英气勃发了。梅塞苔丝装扮得像塞浦路斯或凯奥斯的希腊美女一样：她的眼睛乌黑明亮，像夜空的星星；嘴唇鲜红娇嫩，像刚采摘下来的樱桃，她的步伐就像阿尔妇女和安达卢西亚妇女那样轻盈和婀娜多姿。如果她是一个城里姑娘，她一定会把她的喜悦掩藏起来，或至少垂下她那浓密的睫毛，以掩饰她那一对水汪汪的热情得会说话的眼睛流露出来的喜悦和幸福。但梅塞苔丝毕竟是一个单纯天真的人儿，所以一个劲儿地微笑着左顾右盼。当这队伴着新郎新娘的队伍进入瑞瑟夫酒家的时候，莫雷尔先生就迎上前来。他身后跟着早已聚集在那儿的士兵和水手，他们已经从莫雷尔先生那儿知道他已经许过的诺言，知道唐太斯就要接替已故的莱克勒船长成为新船长了。唐太斯一走到雇主的面前，就把他的未婚妻的手臂递给莫雷尔先生，后者就带着她踏上了木头楼梯，向摆好了酒席的大厅走去，宾客们嘻嘻哈哈地跟在后面，楼梯在拥挤的人群脚下吱吱地响着，也像是在祝贺新人似的。

“爸爸，”梅塞苔丝走到桌子前面停下来说，“请您坐到我的右边，左边这个位置要让一位始终像亲兄弟那样照顾我的人坐。”她这句温柔而甜蜜的话像一把锋利的匕首直刺入弗尔南多的心，他的嘴唇变得苍白，棕黑的皮肤下，可以看见血液突然退去，像是受到了某种意外的压缩，全都流回心脏里去了一样。这时，坐在桌子对面的唐太斯，也同样正在安排他最尊贵的来宾莫雷尔先生坐在他的右边，腾格拉尔坐在他的左边。其余的人也都各自找到了他们认为最适当的位子坐下了。接着便开始尽情地享受那些放满在桌子上的美味佳肴了。新鲜香美的阿尔腊肠，鲜红耀眼的带壳龙虾，色彩亮丽的大虾，外面有刺而里面细腻上口的海胆，还有为南方食客所极力赞美推崇、认为比牡蛎还香美可口的蛤蜊——这一切，再加上无数从沙滩上捕来的、被那些该感谢的勤劳的渔夫称为“海果”的各种珍馔美肴，都摆在了这次婚筵席上。这一切可以说已经很完美了。“真安静啊！”新郎的父亲说，他正拿起一杯黄玉色的酒举到嘴边，这杯酒是梅塞苔丝献上的，谁会想到这儿有三十个又说又笑的人呢？

“唉！”卡德鲁斯叹息道，“做丈夫的并非永远是开心的。”

“事实上，”唐太斯答，“我是感到太幸福了，所以反而快乐不起来了。假使你是这样认为的话，我可敬的朋友，我想你是说对了，有的时候，幸福会产生一种奇特的效果，它会压住我们，让我们沉静，就像悲哀一样。”

腾格拉尔忍不住向弗尔南多看了看，只见他易于激动的天性把每一个新的情绪和感受都明显地表露在脸上了。

“咦，你还有什么不快乐的吗？”他问唐太斯，“你难道是怕有什么样的灾难降临吗？我敢说今天在众人眼里你最称心如意啦。”

“使我感到不安的也正是这一点，”唐太斯答道，“在我认为，幸福似乎不该这样轻易到手的，幸福应该是我们小时候书上所读到的神奇的魔宫，有凶猛的毒龙守在入口，有各种各样大大小小的妖魔鬼怪挡住去路，要征服这一切，就非去战斗不可。我现在真的觉得有点儿不对劲，我凭什么获得这份荣耀——做梅塞苔丝的丈夫。”

“丈夫，丈夫？”卡德鲁斯大声笑着说，“还没有做成呢，我的船长，你就试试去做个丈夫吧，瞧瞧到底会是什么样子。”

梅塞苔丝脸上不禁泛起了红晕，羞涩起来。焦躁不安的弗尔南多每听到一点动静就会显得很吃惊很紧张，他不时用衣袖抹一下额头上沁出的冷汗，那汗珠就像暴风雨即将来时落下的雨蹼那样粗大。“哦，那倒没什么，卡德鲁斯邻居，这种小事是不值得拿出来说的。不错，梅塞苔丝此刻还不能真正算我的妻子，但是，”他掏出表来看了看，接着说，“再过一个半小时，她就是我的妻子了，我们就是夫妻了。”

所有的宾客都惊叫了一声，只有老唐太斯除外，他开怀大笑，露出一排很整齐的牙齿。梅塞苔丝也微笑了一下，不再羞涩了。弗尔南多则神经质地紧握着他的刀柄。

“一个小时?”腾格拉尔问，他的脸色也变白了，“这是怎么回事，我亲爱的朋友?”

“是的，”唐太斯热情地回答道，“在这儿我要特别感谢莫雷尔先生。在这世界上，除了我父亲以外，我的幸福就要完全归功于他了，由于他的帮忙，一切困难都已经解决了。我们已经付了结婚预告费，两点半的时候，马赛市长就会在维丽大酒家等候我们。现在已经是一点一刻了，所以我说再过一个半小时梅塞苔丝会变成唐太斯夫人并没有言之过早。”弗尔南多听后闭上了双眼，一种火烧一样的感觉掠过了他的眉头，他不得不将身子伏在桌子上以免跌倒。他尽管极力克制着自己，可仍不由自主地发出一声长叹，但是他的叹息声被嘈杂的祝贺声淹没了。“说真的，”老人大声说，“这事你办得简直太迅速了。昨天早晨才回到这儿的，今天下午三点钟就结婚！我不得不相信水手真是办事的快手!”

“可是，”腾格拉尔胆怯地说，“其他手续都办好了吗——婚书，文契?”

“噢，你真是!”唐太斯笑着回答说，“我们的婚书早已写好了。梅塞苔丝没有什么财产，我也没有什么财产。所以，你看，我们的婚书根本没费多长时间就写好了，而且也没花几个钱。”这个笑话引起众人一阵哄笑和掌声。

“那么，我们可以认为只不过是订婚的喜酒变成结婚的喜酒了。”腾格拉尔说。

“不，不!”唐太斯回答，“可别把我看成是小气鬼，因为我明天得动身到巴黎去，所以一切就办得匆促些。四天来回，再加一天的时间办事就够了。三月初我就能回来，回来后，第二天我就请大家喝喜酒。”

想到又有一次享受美餐的机会，宾客们更加欢乐无比。老唐太斯在宴席一开始的时候还曾嫌太安静，现在人们是如此嘈杂喧哗，他竟很想找一个安静的机会来向新娘新郎表示祝贺了。唐太斯觉察到父亲那种亲热的焦急之情，便愉快地报以感激的一笑。梅塞苔丝的眼睛不时地去瞟一眼摆在房子里的时钟，她向唐太斯做了一个手势示意。席间的气氛是愉快的，自由自在的，这是在社交集会时再正常不过的现象——大家太快乐了，因此抛开了一切拘谨礼仪的束缚。那些在席间觉得座位不称心的人已经换了位置，并找到了称心如意的邻座。很多人在乱哄哄地聊着天，不停嘴地说着话，谁也不关心谁，大家都在各说各话，尽管嘈杂却是快乐兴奋的。弗尔南多苍白的脸色似乎已传染到腾格拉尔的脸上，但是他自己却似乎正在忍受着死囚一般的痛苦。他再也坐不住了，站起来首先离开席位，像要躲开这一片震耳欲聋的声音里所洋溢的喜气似的，一言不发地在大厅另一端走来走去，不知道怎么办才好。弗尔南多似乎要躲开腾格拉尔，而腾格拉尔却偏偏又来找他，卡德鲁斯一见这种情形，也向房间的那一角走过去。

“凭良心讲，”卡德鲁斯说，由于唐太斯友善的款待，再加上他喝下的那些美酒的满足劲儿也起了作用，他脑子里对唐太斯交了好运的妒忌之意已经一扫而光了，“凭良心讲，唐太斯实在是一个顶好的人。当我看到他坐在他那漂亮的未婚妻旁边，两人一脸幸福的时候，一想到你们昨天的计划用的那套把戏，真觉得太不应该了。”

“哦，那事反正又不是真的，你就别放在心上了。”腾格拉尔回答说，“开始我是出于同情可怜的弗尔南多受到的打击，但当我看到他甚至在做着他的情敌的伴郎时，仍完全压制住他自己所有的情感，我就知道这事不必再多说什么了。”卡德鲁斯转过眼深深凝视着弗尔南多，发现弗尔南多的脸色白得像一张纸，整个人也无生气了。“话又说回来，”腾格拉尔又说，“姑娘长得可真美真讨人喜欢，这个牺牲真不算小呀。我们那位未来的船长真是个幸运的家伙！老天爷！我真希望，我如果是他就好了。”

“我们现在可以走了吗？”梅塞苔丝那银铃般的、带着无尽的喜悦的声音问道，“两点钟已经过了，你知道我们说好的在一刻钟之内到达维丽大酒家的。”

“是的，没错，我差点儿忘了！”唐太斯一边大声说，一边急忙站了起来，“我们立刻就走吧！”

于是全体宾客随声附和着，也都一起欢呼着站了起来，并开始组成一个井然有序的行列。就在这时，正在密切注意着弗尔南多的腾格拉尔看见他突然像痉挛似的抽搐了一下，接着踉踉跄跄退到了一扇开着的窗子前面，靠在身边的一把椅子上。而此时，只听见楼梯上响起了一片嘈杂声并夹杂着士兵整齐的步伐、刀剑的铿锵声以及佩挂物的撞击声，接着又传来了一片由众多声音所组成的嗡嗡声，这片嗡嗡声盖过了喜宴的喧哗声，房间里立刻罩上了一种紧张不安的气氛。那嘈杂声愈来愈近了。接着就听见房门上响起了三下叩击声。人们神色惊慌地面面相觑。

“我们是来执行法院命令的！”一个洪亮的声音喊道，但房间里谁也不敢应声。门开了，一个佩挂绶带的警长走了进来，后面跟着四个士兵和一个队伍长。在场的人们现在由不安变成了极端的恐惧，他们根本不知道发生了什么大事。

“请问警长突然驾到，有何贵干？”还是莫雷尔先生首先反应过来，走上前去对那警长说道，他们显然是彼此认识的。“我想是不是发生了什么误会了？”

“莫雷尔先生，”警长一副公事化的口吻回答道，“如果是误会，很快就能够澄清的。现在，我只是奉检察官的命令来把人带走，尽管我自己也很不愿意执行交给我的这项任务，但我又不得不完成它。在这些人当中哪位是爱德蒙·唐太斯？”人们的眼睛刷地一下都转到了唐太斯身上，他虽然也很不安，却依旧很庄严平静地挺身而出，用坚定的口吻说：“我就是，请问有什么事？”

“爱德蒙·唐太斯，”警长回答说，“我以法律的名义逮捕你！”

“逮捕我！”唐太斯应了一声，脸上微微有点变色，“请问这是为什么？我没做犯法的事呀。”

“我也不清楚，但是你在第一次被审问的时候就会知道的。”

莫雷尔先生觉得此时此刻争辩也是没用的。一个绶带军官在外执行命令时已不再是一个简单平凡的人，而变成了冷酷无情的法律的化身。老唐太斯急忙向警长走去——因为有些事情是做父母的心所无法理解的，他只是担心着他的儿子。他拼命地求情，他的恳求和眼泪虽毫无用处，但他那极度失望心痛的样子却引起了警长的同情心。“先生，”他安慰道，“请您冷静一点。您的儿子可能是触犯了海关或卫生公署的某些条例，也许在回答几个问题以后就会被释放的。”唐太斯夹在警长和士兵中间走下楼去。门口已有一辆警车在等候着他了。他钻进了车里，两个士兵和那警长也接着进去了，警车就向马赛驶去。“再见了，再见了，我亲爱的唐太斯!”梅塞苔丝扑到栏杆上向他伸出手臂泪流满面地大声喊着。唐太斯听到那最后的一声呼喊，像感受到了他未婚妻的心被撕碎了一般，他连忙从车厢里探出头来喊道：“再见了，梅塞苔丝!”然后马车就转过圣尼古拉堡的一个拐角消失不见。

“你们大家都在这儿等我!”莫雷尔先生喊道，“我立刻找一辆马车赶到马赛去，打听好了消息再回来告诉你们。”

“好的!”大家异口同声地喊道，“去吧，我们在这儿等你，快去快回!”

莫雷尔先生走了以后，留下来的那些人都有些茫然和不知所措。老唐太斯和梅塞苔丝各自怀着满腹的忧愁和伤心木然呆立着，最后，这两个遭受同一打击下的不幸的人的目光终于碰到了一块，并悲伤地拥抱在了一起。这时弗尔南多又出现了，他用一只颤抖的手给自己倒了一杯水，一口喝了下去，然后在一张椅子上坐了下来。梅塞苔丝压根儿不相信她的爱人被捕的这种说法。她一直很努力地克制着悲哀，现在突然地放声大哭起来。我们都知道，在我们这个故事发生的那个年代，被捕是多么可怕的一件事情。梅塞苔丝绝望地哭叫着，而心碎的老人则气息奄奄地倒在了一张椅子上。“腾格拉尔!”卡德鲁斯低声说，“你骗了我——昨天晚上你说的那套鬼把戏现在已成现实了。现在我明白了。但我不忍心看到一个可怜的老头子和一个无辜的姑娘忍受这样的痛苦。我要去把一切都告诉他们。”

“闭嘴，你这个傻瓜!”腾格拉尔急忙抓住他的胳膊恶狠狠地说，“不然我可不负责你自己的人身安全。在事情未查清楚以前，谁能知道唐太斯到底是有罪还是无罪？船的确停靠过厄尔巴岛，他也的确曾离船在岛上待了一整天。现在，要是从他身上找到什么有关的信件或其他文件，到那时凡是帮他说话的人都会被看作他的同谋的，你确定还要说吗?”

出于自私心的本能，卡德鲁斯马上感觉出了这番话的分量。他满脸恐惧和忧虑地望着腾格拉尔，然后连忙采取了事不关己，高高挂起的态度。唐太斯被指控为拿破仑党的眼线从而被捕的消息很快就像一阵风一样在城里流传开了。“你能相信唐太斯是拿破仑党的眼线这种事情吗，我亲爱的腾格拉尔?”莫雷尔先生问。他因急于回城去打听唐太斯的新消息，途中碰上了他的押运员和卡德鲁斯。

“你认为这种事可能吗?”

“噢，您知道，我已经跟您说过，”腾格拉尔回答说，“我觉得他在厄尔巴岛停靠这件事是极为可疑的。”

“那么你的这种怀疑除了对我以外还对其他人提起过吗?”

“当然没有!”腾格拉尔马上坚决地回答说，然后又低声和莫雷尔先生耳语道，“您知道，您的叔叔波立卡·莫雷尔先生曾在先朝当过官，而且关于这件事又不怎么避讳，所以说不定您也会有很大的嫌疑的，人家会说您也不满于拿破仑的垮台。倘若我对别人讲了我心中的疑虑，那我不是就伤害到了唐太斯和您么？我很清楚，像我这样做下属的人，不管发生了什么事情，都应该先告知船主，而且必须万分小心谨慎，不能让其他的人知道才行。”

“很好，腾格拉尔，很好!”莫雷尔先生说道，“你是一个机灵的好小伙子，本来，我在安排那可怜的唐太斯当法老号的船长的时候，也打算过安排你的职务的。”

“您说什么，先生!”

“我事先曾问过唐太斯，问他对你有什么看法，对你继续在船上任职有什么意见——因为我已看出你们之间的关系并不是那么的友好。”

“那他是怎么跟您说的呢?”

“他说他确实因某件事得罪过你，但记不清具体是为什么了。他还说不论是谁，只要是船主信任的人，他就会尊敬他。”

“伪君子!”腾格拉尔低声地骂了一句。

“可怜的唐太斯!”卡德鲁斯怜悯地说，“谁都无法否认他是一个心地高尚的好小伙子!”

“可就目前这种状况来看是比较令人担忧的，”莫雷尔先生继续说，

“我们可别忘了法老号现在是处在一个没有优秀称职的船长的管理的状态之中。”

“噢!”腾格拉尔故作安慰地回答说，“反正我们在这三个月之内是不会离开这个港口的，但愿到那时，唐太斯能被释放出来。”

“这点我没有任何怀疑，但是这期间我们要怎么办呢?”

“哦，这期间还有我在这儿呢，莫雷尔先生，”腾格拉尔答道，“您也知道，我管理船上一切事务的本事，并不比经验最丰富的现任船长差。如果您愿意让我为您效劳，这对您来说也是很有好处的，因为只要唐太斯获释回来，法老号上的人事就不必再变动了，到时候唐太斯和我各干各的本职工作就行了。这样子不仅省了很多事，还可以使一切工作正常运转。”

“谢谢，我的好伙计，谢谢你的这个好主意——这下可把所有问题都解决了。我马上任命你来指挥法老号，并监督卸货。不要因为个人出了什么事而使业务受到影响。”

“请放心好了，莫雷尔先生，我会把一切都做好的，但您想我们什么时候才去探望可怜的唐太斯呢?”

“等我见到维尔福先生以后，就可以马上知道具体的探望时间了。我会尽力要求他为唐太斯说说情，我知道他是个激烈的保王党。但是，除了这点和他那检察官的地位以外，他也是个有血有肉有感情的人，而且我不认为他是个坏人!”

“也许不是坏人，”腾格拉尔答道，“可我听说，他野心勃勃，而野心总是会使人的心肠变得坚硬!”

“唉，没有其他的办法了，也只能这样了!”莫雷尔先生无奈地说，“我们走一步看一步吧！你现在还是赶快到船上去吧，我等会儿回来到船上去找你。”说着那热心肠的船主便离开了这两位朋友，向法院的方向走去了。

“你看，”腾格拉尔对卡德鲁斯说，“事情变复杂了吧。你现在还想去为唐太斯辩护吗?”

“不，当然不会了，不过我觉得开玩笑竟开出如此严重的后果也实在太可怕了。”

“我倒要问问，这种后果是谁造成的？不是你，也不是我，而是弗尔南多。你应该知道得很清楚，我把那张纸丢在房间的角落里了，——真的，我还以为我当时把它撕了呢。”

“噢，没有！”卡德鲁斯答道，“这一点我记得非常清楚，你没有撕。我清清楚楚地看见你只是把它揉皱了丢在凉棚的角落里，我倒真希望那纸条现在还在那儿，也就不会发生这样的事了。”

“嗯，就算你的确看到过，那也没什么办法，一定是弗尔南多把它捡了起来，另外抄了一遍，或者改写了一遍，或许，他甚至根本就没重抄。现在我想起来了，天哪！他也许就是把那张纸条给送去了，谢天谢地，幸亏我那笔迹是伪装过的，不然麻烦就会找上我了。”

“那么，你是不是早就知道唐太斯参与了谋反呢？”

“不，我早就跟你说过，我还以为只不过是开一个玩笑罢了。但似乎是——像阿尔勒甘一样——我在玩笑中道出了某些实情。”

“可是，”卡德鲁斯又焦虑地说道，“我真不愿意看到发生这样的事，或就算发生了至少应该与我无关才好。你就等着瞧吧，腾格拉尔，这件事会使我们两个都倒霉的。”

“胡说！假如这件事真会带来什么灾难，那也应该落到那个真正罪人的头上，而那个人，你也知道，是弗尔南多，不是你也不是我。我们怎么会牵扯进去呢？只要我们自己保守秘密，不声不响的，对这件事不去对别人泄露一个字就行了。这样你就会看到那风波过去，而我们丝毫不受什么影响。”

“那好吧！希望是这样。”卡德鲁斯答应了一声，就挥手告别了腾格拉尔，朝梅朗港方向走去了。他一边走，一边晃动着脑袋，嘴里还念念有词的，像在向上帝祷告请求宽恕似的。

“好了，现在，”腾格拉尔自言自语地说，“一切都已遂了我的心愿。我已暂时当上了法老号的船长，而且还可能永远地当下去，只要卡德鲁斯那个傻瓜不多嘴多舌的话。我只担心唐太斯会重新放出来。不过，他已落到了法院的手里，”他又带着微笑释然地说，“而法院是公正的，他会得到应有的处罚。”说着，他便跳进了一只小艇，叫人摇到法老号上去，因为莫雷尔先生说过要在那儿见他的。

第六章　代理检察官

差不多就在唐太斯举行婚宴的同一时间里，另一场婚宴也正在大法院路上墨杜萨喷泉对面的一座豪华的贵族式的巨宅里举行。但这儿的宾客可不是水手、士兵和那些下层平民百姓；他们都是马赛上流社会的有头有脸的人物，——曾在拿破仑统治的时期辞职退休的文官和从法军里开小差并投身于外国列强的军队里的武官，而那些青年人全都在咒骂那个逆贼的环境中长大，本来五年的流放生活是可以把这个被诅咒的人变成一个殉道者，但十五年的复辟生涯却使他成了被尊为半神的人。围坐在餐桌前的宾客们，正一边吃饭一边热烈的讨论，当时使南方居民们激昂复仇的情绪在他们的谈话里无时不在，当然这都是可以理解的，毕竟法国南部的宗教斗争曾长达五百年之久，所以党派之间的对立情绪十分激烈。那个曾一度统治过半个世界，并听惯了一亿两千万臣民用十种不同的语言高呼“拿破仑万岁！”的皇帝，现在却被贬为小小的厄尔巴岛的国王，仅仅统治着五六千人。在餐桌边上的这些人的眼里，他已经永远失去了法国，永远失去了他在法国的皇位，这是一件令人兴奋无比的事。那些文官们眉飞色舞地讨论着他们的政治观点；武官们在谈论莫斯科和莱比锡战役；女人们则议论着约瑟芬皇后离婚的事。这一群保皇党人不仅是在庆祝一个人的垮台，而且还在庆祝一种主义的灭亡，他们相信政治上的繁荣已重新在他们眼前展现开来，他们已从痛苦的噩梦中醒来了，将要有一个全新的社会在等着他们。

一个佩戴着圣路易十字勋章的老人庄严地站了起来，他提议为国王路易十八的健康干杯。这位老人是圣・梅朗侯爵。这一杯酒马上使人回忆起了在哈威尔的放逐生活以及那爱好和平的法国国王，大家的情绪变得激昂，纷纷学英国人举杯祝贺的样子把酒杯举到了空中，太太小姐们则把挂在她们胸前的花束解开来如散花女神般地把花撒了一桌。一时间，席上的气氛热烈极了，充满了诗意。圣·梅朗侯爵夫人有着一对严厉而令人憎恶的眼睛，尽管已有五十高龄了，但看上去仍很有贵族气派。她说："那些革命党人，他们不但赶走我们，还抢走我们的财产，到后来在恐怖时期却只卖了一点点钱。他们要是在这儿，就必须得承认，真正的信仰还是站在我们这一边的，因为我们自愿追随一个没落的王朝而得到了重生，而他们却恰恰相反，他们只知道对一个初升的朝阳顶礼膜拜，终至万劫不复的境地。是的，是的，我们必须承认：我们这位为之牺牲了官位和财富的国王，才真正是我们'万民爱戴的路易'，而他们那个篡权夺位者却永远只是个被人诅咒的'该死的拿破仑'。我说的对不对，维尔福?"

"您说什么？请您原谅，夫人。真的请您原谅，我刚才没留心听您在说什么。"

"夫人，夫人!"刚才那个提议祝酒的老人插进来说，"别去打扰那些年轻人吧，他们快要结婚了，当然有谈不完的事，只是自然不会去谈政治就是了。"

"算了吧，我亲爱的妈妈，"一个年轻的美人说道，她有着一头浓密褐色的长头发，眼睛水灵灵的，顾盼间如珍珠般闪亮，"这都怪我不好，是我刚才缠住了维尔福先生说别的事了，致使他没有听见您说了什么。好了，现在您跟他说吧，而且您爱谈多久就谈多久。维尔福先生，我请您注意，我母亲在跟您说话呢。"

"要是侯爵夫人愿意把刚才的话再说一遍，我一定洗耳恭听并乐于答复。"维尔福先生说。

"算了，蕾妮，我饶了你。"侯爵夫人说道，她那严厉、死板的脸上露出一丝温柔、慈爱的神色。

女人都是这样的，其他的一切感情或许都会泯灭，但在母性的情怀里，总有宽厚善良体贴的一面，这是上帝特意给母爱留下的神圣之隅。"维尔福，我刚才说，拿破仑党分子没有一丁点我们这种真诚、热情和忠心。”

“啊，夫人，您说得很对，不过他们倒也有代替这些品德的东西，”青年回答说，“那就是狂热。拿破仑被称为西方的穆罕默德，他的那些庸庸碌碌却又野心勃勃的信徒们对他极为崇拜，他们除了把他看作一个领袖和立法者，还把他看作平民的化身。”

“他！”侯爵夫人不平地喊道，“拿破仑，平等的象征！天哪！那么，他们把罗伯斯庇尔[①]又比作什么？算了，不要把高贵神圣的头衔拿来赐给那个科西嘉人[②]了。我看，篡位的事已经够多的了。”

“不，夫人，假如给这些英雄们做个纪念像的话，我要给他们每个人一个正确的牌位——罗伯斯庇尔的应该立在他建立的断头台的那个地方；拿破仑的则应该刻在旺多姆广场上的廊柱上。这两个人所代表的平等，其性质上是相反的，差别就在于——前一个是降低了平等，而后一个则是抬高了平等的地位。一个是要把国王送上断头台，而另一个则是要把人民抬高到王位上。请注意，”维尔福微笑着说，“我并不是在否认我刚才说的这两个人都是闹革命的浑蛋，我承认热月九日[③]和四月四日[④]是法国的两个幸运日，是值得整个王朝和文明社会的朋友们庆祝的日子。我想说的是，尽管我相信拿破仑已永远一蹶不振，但不能否认他仍然拥有一批狂热的信徒的事实。还有，侯爵夫人，其他那些大逆不道的人也都是这样的——比如说，克伦威尔[⑤]吧，他甚至还不及拿破仑的一半，但他也有他的信徒。”

“你知道吗，维尔福，你满嘴都是革命党那种可怕的强辩论，这一点我倒可以理解原谅，一个吉伦特党徒的儿子，难保不会对恐怖保留一点兴趣。”

听到侯爵夫人这么说，维尔福的脸涨得通红。“不错，夫人，”他

---

① 法国资产阶级革命时代雅各宾派的领袖，革命政府的首脑，在热月九日政变后被处死。

② 指拿破仑。

③ 热月九日是罗伯斯庇尔等人被捕的日子。

④ 这里指的是一八一四年四月初拿破仑退位被囚的日子。

⑤ 克伦威尔（1599—1658），英国政治家，资产阶级革命的领导人。

回答道，“我的父亲的确是一个吉伦特党党员，可是他并没有去投票赞成处死国王。在恐怖时期，他也和您一样是一个受难者，也几乎和您的父亲一样在同一个断头台上被杀。”

“不错。”侯爵夫人回答，这个被唤醒的悲惨的记忆丝毫没使她停止那尖锐的话，“但我要请你记住，我们两家的父亲虽然同时被害，但他们各自被害的原因却是截然不同的。为了证明这一点，我来把旧事重新说一遍：亲王①被流放的时候，我的家庭成员依旧是他忠诚的臣仆，而你的父亲却迫不及待地去投奔了新政府，平民瓦蒂成为吉伦特党人以后，就摇身一变成了诺瓦蒂埃伯爵，并以上议员和政治家的身份出现了。”

“亲爱的妈妈，”蕾妮插进来说，“您是知道的，大家早已讲好了的，别再提这些讨厌的往事了。”

“夫人，”维尔福说道，“我同意蕾妮小姐的话，恳求您忘记过去吧，这些陈年老账还翻它做什么？我本人不仅放弃了我父亲的政治主张，而且还抛弃了他的姓。他以前是——不，或许现在还是——一个拿破仑党人，他叫他的诺瓦蒂埃。我呢，则正好相反，是一个忠诚的保皇党人，我姓我的维尔福。一棵老树上还残留着些许革命的汁液，就让它随着枯萎的老树干一起去干枯吧，至于那些新生的枝丫，它生长的地方离主干已隔开了一段距离，它很想和主干完全脱离关系，只是心有余而力不足罢了，我们就不要否定新生的枝丫了。”

“好，维尔福！”侯爵高兴地叫道，“你说得妙极了！这几年来，我一直在劝侯爵夫人，忘掉过去的事情，但从未成功过，但愿你能替我说服她，使她从过去的泥沼里走出来。”

“好了，”侯爵夫人说道，“那就让我们永远忘记过去的事吧！这样其实再好不过了。至少，可以肯定维尔福将来一定不会再动摇了。记住，维尔福，我们已用我们的身家性命向陛下为你作了担保，正因为如此，陛下才答应不追究过去（说到这里，她把她的手伸给他吻了一下），像我现在答应你的请求一样。你也要牢牢记住要是有谁犯了颠覆

① 指路易十八。

政府罪而落到了你的手里，你可一定得严惩罪犯，因为大家都知道，你出身于一个可疑的家庭，大家都看着你呢。”

“是，夫人!”维尔福回答说，“我的职业，正像我们现在所处的这个时代一样，要求我必须严厉，我已经很顺利地处理了几次公诉，都使罪犯受了应得的惩罚。不幸的是，我们现在还没到万事大吉的时候，还存在很多不稳定因素。”

“你真是这么想的吗?”侯爵夫人问。

“恐怕是这样的。那在厄尔巴岛上的拿破仑，离法国仍然太近了。正是因为他近在咫尺，他的信徒们才会仍然抱有希望。马赛到处是些领了半饷休养的军官，他们每天尽为一些鸡毛蒜皮的小事找借口跟保皇党人吵架，所以上流社会中常常闹决斗，而下层社会中则时常闹暗杀。”

“你或许也听说过吧?”萨尔维欧伯爵说，萨尔维欧伯爵是圣·梅朗侯爵的老朋友之一，又是亚托士伯爵的侍从官。“听说神圣同盟想要把他移居别处呢。”

“是的，我们离开巴黎的时候，他们正在研究这件事。”圣·梅朗侯爵说，“可是他们要把他移居到什么地方去呢?”

“到圣赫勒拿岛。”

“那好极了！正如维尔福所说的，把这样一个人留在现在那个地方真是太不保险了，那儿一边靠近科西嘉——他出生的地方，一边靠近那不勒斯——他妹夫在那儿做国王的地方，而对面就是意大利，他曾垂涎过那儿的主权，还想使他儿子做那儿的国王呢。”

“嗨，维尔福先生!”一个美丽的年轻姑娘喊道，她是萨尔维欧伯爵的女儿，圣·梅朗小姐的闺中密友，“您想想办法，让我们还在马赛的时候办几件轰动的案子吧，我从来没到过法庭看审讯案子，我听说那儿十分有趣!”

“有趣，当然咯，”维尔福答道，“和在剧院里看杜撰的悲剧比起来当然要有趣得多。在法院里，您所看到的案子可是活生生的悲剧——真正的人生悲剧。您在那儿所看到的犯人，都是脸色苍白、焦急、惊恐，而当那场悲剧落幕以后，他们已经无法回家平静地和他们的家人共进晚餐，然后休息，准备隔天再来重演一遍那悲哀的样子。他们离开了您的视线以后，就被押回到了牢房里，被交给了刽子手。您自己来决定吧，看看您的神经能否经受这样恐怖的场面。对于这种事，请您放心，一旦有什么好机会，我一定不会忘了通知您，至于到场不到场来观看审讯，自然由您自己来决定。”

蕾妮脸色苍白地说：“您难道没看见您把我们都吓成什么样了吗？您还笑呢。”

“那你们想看到些什么？这本来就是一种生死决斗。仔细算起来，我已经判处过五六个政治犯和其他罪犯的死刑了，而谁能断定此刻又有多少人正磨刀霍霍，伺机来对付我呢？”

“我的天！维尔福先生，”蕾妮惊恐地说，她已愈来愈害怕了，“您不会是在开玩笑吧？”

“我说的可是千真万确的真话。”年轻的法官面带微笑地回答说，“碰到有趣的审讯，年轻的姑娘希望满足她的好奇心，而我是希望满足我的进取心，所以这种案件只会越审越严重。譬如说，在拿破仑手下的那些士兵——您能相信吗，他们习惯于听到命令就盲目地冲向前去杀他从没见过的俄国人、奥地利人或匈牙利人，可是当他们知道了自己的私人仇敌在自己身边的时候，竟然会畏畏缩缩地不敢用小刀刺进他们的心脏。其实，这种事主要是敌意在起作用，假如没有敌意，我们的职业就毫无意义了。对我来说，当我看到被告眼中冒着怒火的时候，我就会觉得勇气倍增，精神亢奋。这已不再是一场简单的诉讼，而是一场战斗。我攻击他，他反击我，我加倍地进攻，于是战斗就结束了，像所有的实地战斗一样，其结果只有两种：不是胜就是败。整个诉讼过程其实就是这么一回事，其中的关键在于言辞争辩是否有理有据，倘使被告嘲笑我说的话，我便会想到，我肯定是哪儿说得不够好，我说的话一定是苍白无力而不能使人信服的。那么反过来，您想，当一个检察官证实被告是有罪的，并看到被告在他的雄辩之下脸色苍白，低头认罪的时候，他会感到多么得意啊！那个低下的头不久就要被砍掉了——”蕾妮轻轻地叫了一声。

“好！”有一个来宾叫道，“我所指的有意义的谈话就是这个。”

“我们现下这个时候所需要的人才也应该是这样的。”第二个说。

“您上次的那件案子办得多巧妙啊，我亲爱的维尔福！”第三个说，“我指的是那次谋杀生父的案子。说实在的，他尚未落入刽子手的手里，就已死在您的手里了。”

“噢！说到那种谋杀生父的逆子，如此可怕的人，是应该受到一切惩罚的，”蕾妮插嘴道，“至于那些不幸的无辜者，他们唯一的罪名只是为了参与政治阴谋的人——”

“什么，那样的罪名是最大逆不道的。您是否明白，蕾妮，因为君为民父，凡是做任何阴谋或计划想对三千两百万人民之父的生命和安全造成危害的人，不就是一个最坏的弑父逆子吗？”

“我对那种事情一无所知，”蕾妮答道，“但是，维尔福先生，您不是已经答应过我了吗？会将那些我为他们求情的人从宽处理嘛。”

“那一点您尽管放心好了，”维尔福面带最甜蜜的微笑答道，“有关我们的判决，您和我总是商量着处理好了。”

“我的宝贝，”侯爵夫人说道，“你就管好你的鸽子、小狗和刺绣吧。对于那些你不懂的事就不要干预。如今的这个岁月，真是武事不修，文官得道。有关这一点，有一句拉丁话说得十分深刻。”

“‘把武器换成袍笏吧。’[1]”维尔福说，并欠了欠身。

“我不敢说拉丁文。”侯爵夫人答道。

“嗯，”蕾妮说，“我真感觉有些遗憾，您为什么不另选一种职业呢，——比方说，当一位医生就不错。杀人的天使，他虽然是一位天使，但据我看来好像总是恐怖的。”

“可爱的、善良的蕾妮！”维尔福低语道，带着无法言喻的温柔注视着那可爱的发言人。

“我的孩子，”侯爵大声说道，“在这一省的道德上和政治上，维尔福先生将会是那个医生，而这份工作是十分高贵的。”

“而且就能将他父亲的行为所引起的记忆洗刷掉了。”本性难改的侯爵夫人插嘴说道。

“夫人，”维尔福面带苦笑地回答道，“我已经很荣幸地看见家父已

① 原文为拉丁文。

经——至少我是这样希望的——将他过去所犯的错误抛弃了，目前他已经是宗教和秩序的友人，且坚定而热心，——一个或许跟他儿子相比要更好的保王党，因为他要偿还过去的错误，而我的动机却仅仅是出自热情而坚定的选择和信念。”将这篇措辞适宜的演讲说完之后，维尔福就像他在法庭里对旁听席讲话一样，小心地环顾了一下四周，观察他演辞的效果。

“您是否知道，我亲爱的维尔福，”萨尔维欧伯爵大声说道，“您的这篇演讲同我那次在杜伊勒里宫中所说的话简直是一样的，那次是陛下的御前大臣问我说，一个吉伦特党徒的儿子与一个保王党军官的女儿结婚是不是有些奇特，对于这种政治上化敌为友的主张，他是很清楚的，而这也正是陛下的主张。可没想到我们的谈话竟然让陛下听见了，他插嘴说道‘维尔福’——请注意，陛下并未说道‘瓦蒂埃’这个名字，恰恰相反，却很特意地说出了‘维尔福’——‘维尔福，’陛下说道，‘是一个判断能力极好且十分小心细致的青年，他一定会在他所在的那一行成为一个顶天立地的人物，我很喜欢他，也很高兴听见他就要成为圣·梅朗侯爵夫妇的女婿。若不是高贵的侯爵猜测到我的想法，先到我这里来征求同意，我本来也打算撮合这一对的。’”

“伯爵，陛下真是那样说的吗?”维尔福喜不自禁地问道。

“我是将他的话原原本本地说给您听的。倘若侯爵肯坦白相告，他一定会对我刚才所说的，以及他六个月前晋谒陛下，向陛下请示您和他女儿的婚事时陛下和他说的话表示肯定。”

“当然，”侯爵答道，“他说的句句属实。”

“对于这位宽宏慈悲的亲王，我真是感激不尽啊！我还敢不竭尽全力来证明我衷心的感激吗?”

“这才对嘛，”侯爵夫人大声说道，“我最喜欢看你这个样子了。现在，好了，若是有一个叛党落入你的手中，那真是大可欢迎的事了。”

“至于我，亲爱的母亲，”蕾妮插嘴说，“我祈求上帝对您所说的话一概不听，请他只让维尔福先生的手中落入那些无关紧要的小犯人、穷苦的债务人和可怜的骗子，那样我就心满意足了。”

“这有什么差别，”维尔福大笑着说道，“您这就和祈祷只让一个医生治疗头痛、麻疹、蜂咬，或是别的轻微的皮肤病一样没有什么差别。如果您希望我可以做到检察官，您就必须祈祷我接受某些危险加剧的疾病，并将那些病医好，这样一个医生才会名声大噪。”

正在这时，像是维尔福的愿望一说出口就能实现似的，一个仆人走了进来，在他的耳边低声说了些什么，维尔福马上站起来离开了席位，说有要事待办，就走了出去。但没过一会他又回来了，整张脸上都洋溢着喜悦的神色。蕾妮含情脉脉地望着他，她那温雅聪明的爱人，当然了，他有英俊的外表，眼睛里闪耀着非凡的热情奋发的光芒，使他显得更加俊美，这些正是她所钦慕的。

“您刚才希望我去做一个医生，”维尔福对她说道，“好吧，同希腊神医埃斯科拉庇的教条相比我至少有一点跟他是大同小异的，那就是没有哪一天可以说是完全属于我自己的，哪怕是在我订婚的这一天。”

“刚才又要叫你到哪儿去？”圣·梅朗小姐微微带着不安的神色问道。

“唉！如果我刚才听到的话是真的，那么现在就有一个病人，已危在旦夕了，这种病很严重，已经病得无药可救了。”

“多可怕呀！”蕾妮惊叫了起来，她本来因激动而变得发红的面颊马上变得苍白起来。

“真有这么一回事？”在座的宾客们不约而同地惊喊了起来。

“噢，假如我前不久得到的消息正确的话，刚才我们又发现了一次拿破仑党的阴谋活动。”

“这次可能是真的吗？”侯爵夫人喊道。

“请让我来把这封密信念给大家听吧。”维尔福说，“‘检察官先生 敝人系拥护王室及教会之人士，兹向您报告，有爱德蒙·唐太斯其人，系法老号之大副，今晨自士麦拿经那不勒斯抵埠，中途曾停靠费拉约港。此人受缪拉之命送信与逆贼，并受逆贼之命送信与巴黎拿破仑党委员会。犯罪证据在将其逮捕时即可获得，该信件不在其身上，就在其父家中，或者在法老号上他的船舱里。’”

“但是，”蕾妮说，“这到底只是一封可能是随便乱写的匿名信，能证明些什么呢？而且又不是写给你的，这是写给检察官的。”

“是的，不过检察官不在，他的秘书便受命拆开看了这封信。他认为这事非常重要，便派人来找我，又因为找不到我，他就自作主张下了逮捕令，把那人抓了起来。”

“噢，维尔福先生！”蕾妮紧握着他的双手喊道，“今天是我们订婚的好日子，你可要对那人宽大一点啊！”维尔福绕过桌子，缓步走到那美丽的姑娘身边，靠在她的椅子上，温柔地说：“为了让您高兴，我亲爱的蕾妮，在我职责能及的范围内，我答应您尽量宽大些。但要是证据确凿的话，您就必须同意，我下命令把他杀头。”

蕾妮一听到最后两个字便痉挛似的颤抖了一下，不自觉地把头转向了一边，仿佛她那温柔的天性受不了如此冷酷无情，说要把一个活生生的人杀掉似的。

“别听那傻姑娘唠叨了，维尔福。”侯爵夫人不在意地说，“她不久就会习惯这些事情的。”说着，圣·梅朗夫人就把她那瘦骨嶙峋的手伸给了维尔福，他一边吻，一边望着蕾妮，他的眼睛仿佛在对她说，“我亲爱的蕾妮，我多么希望此刻我吻的是您的手。”

“这些都是不好的兆头！”可怜的蕾妮叹息道。

“说句实话，孩子！”侯爵夫人愤愤地说，“你真是太傻，太孩子气了。我倒想问问，你这种讨厌的怪脾气和国家大事比起来，哪个更重要！”

“啊，妈妈！”蕾妮低声埋怨地说。

“夫人，我求您宽恕她这一次小小的错误吧，”维尔福说，“我答应您，我一定尽我的职责，对罪犯严惩不贷。”可是当作为法官的维尔福在向侯爵夫人说这番话的时候，作为情人的他却向未婚妻使了个眼色，他的目光仿佛在说：“放心吧，亲爱的蕾妮，为了您的爱，我会从宽处理的。相信我吧。”蕾妮以她最甜蜜最温柔的微笑回报了他那可爱的未婚夫，于是维尔福就满怀着无比的幸福走了出去。

第七章 审问

维尔福刚走出客厅，便立刻把笑容收起来，摆出一副手握生死大权者的庄严气派。他脸部的表情变化十分丰富——这都是他经常对着镜子训练的结果，因为他知道这就是一个职业演说家应该有的表情，现在他如果要皱起他的眉头，装出一副庄严沉着的样子，必须费点劲才行。如果不是维尔福一直小心谨慎地行事，那么他现在的事业一定会被过去的那些事情影响，但是除了他父亲的政治路线这一点让他感到遗憾外，他算得上是一个特别幸福的人了。他非常有钱，虽然他才二十七岁，却已身居高位，而且他很快就要和一个年轻美丽的姑娘结婚了。他爱这个姑娘，不过是以一个代理检察官的态度，理智地做出了爱她的这个选择，并不是真正的出于热情。因为他的未婚妻，不仅十分美丽，而且家世显赫，属于名门望族之列，最重要的是，她是她家唯一的孩子，所以她的父母会把他们全部的政治势力用来辅佐自己的女婿。而且除了这些，她嫁过来的时候还会有一笔五万艾居的嫁妆，未来的某一天也许还能增加五十万遗产。综合这一切因素，维尔福感觉到了巨大的幸福，所以，当维尔福稍稍回神，静下心来观察自己的内心的时候，他自己都感到十分不可思议。

维尔福在门口遇到了正在等候他的警长和莫雷尔先生。一见到这位警长，他的思绪便从九天之外回到地面上来了，于是他的脸上马上摆出了一副道貌岸然的样子，说：“那封信我看过了，先生，你做得很对，是应该逮捕这个人。现在且告诉我，你是否发现他和造反相关的情节。”

“有关造反的情节，先生，我们至今还无从知道。所有找到的文件都已经密封放在您的办公桌上了。犯人名叫爱德蒙·唐太斯，是三桅大帆船法老号的大副，那艘船是从亚历山大和士麦拿来的，上面装载的是棉花，是马赛莫雷尔父子公司的船。”

“他在从事航海业之前，是否在海军里服过役？”

“没有，先生，他还很年轻呢。”

“年龄？”

“最多不超过十九二十岁。”

此时，维尔福已经来到康泽尔街的拐角处，有一个人好像在那里等着他，那人走到他面前，原来是莫雷尔先生。

“呀，维尔福先生，”他叫道，“很高兴能够见到您！您手下的人因为一个让人摸不着头脑的误会，刚刚拘留了我船上的大副爱德蒙·唐太斯。”

“我知道这件事，先生，”维尔福答道，“我现在便是要去审问他。”

“噢，”莫雷尔说，他对那个青年人的友谊让他不禁兴奋起来，“您对他或许不太了解，但是我对他十分了解。他是这个世上最可敬、最可靠的人。我敢保证，在所有的商船界里，没有一个人能像他这样好了。维尔福先生，我是很真诚地向您担保的！”

正如我们已经知道的，维尔福是马赛上流社会中的人物，而莫雷尔只是一个商人平民，前者是一个保皇党，而后者是一个拿破仑党的嫌疑犯。维尔福轻蔑地看了一眼莫雷尔，冷冷地说道：“你知道，阁下，一个人的私生活虽然可能是可敬可靠的，甚至可以是商船界里最好的船员，但是从政治上讲，也有可能是一个罪大恶极的人，是不是？”

代理法官维尔福这番话的语气很重，根本就是冲着船主说的，而他那审视的眼光几乎要直穿对方的内心，像是在责问说：“你竟敢为别人说人情，你应该知道你本人还需要宽大处理。”莫雷尔看见那种严厉的目光，脸刷地一下红了，因为在政治方面，他的见解并不十分明朗。此外，唐太斯曾经告诉过他有关他谒见大元帅的事，以及陛下对他说的那番话，这更增加了他内心的不安，但他仍用深为关怀的语气说：“尊敬的维尔福先生，我求您，您所做的事一向都是那样公正仁慈，早些把他送还给我们吧。”

这“给我们”三个字在代理检察官维尔福听来很有些革命的味道。

“哦，哦！”他思忖道，“难道唐太斯是烧炭党[1]分子？不然他的保护人怎么会用这种态度来求情呢？我记得他是在一个小酒店里被逮捕的，当时有许多人同他在一起。如果说他是冤枉的，那船主的求情一定不会落空的，但是如果他有罪，那也只能施以应有的惩罚，否则在目前这个敏感的时期，有罪不惩可太危险了。我必须得行使我的职权。”

这时，他已走到了自己的家门口，他的家就在法院隔壁，他态度冷淡地向船主行了个礼便进去了。那船主呆呆地立在维尔福离开的地方，仿佛还未从刚才的谈话中回过神来。客厅里挤满了警察和宪兵，在他们中间，站着那个罪犯唐太斯，他虽然被严加看管，却依然很镇定的样子，而且还带着浅浅的笑容。维尔福穿过客厅，快速瞥了唐太斯一眼，从一个宪兵手里接过一包东西，一边向里走，一边说：“把犯人带进来。”

维尔福刚才那一瞥虽然有些急促，但他对这个即将要审问的犯人却已经有了一个初步的印象和看法：他已从他那饱满的前额上看出了他的聪慧，从那乌黑的眼睛里和那弯弯的眉毛上看出了他的勇敢，从那半张着的，露出一排洁白的牙齿的厚嘴唇上看出了他的直率。

维尔福对唐太斯的第一印象很不错，但他也常常听人讲，切勿相信第一次的冲动，他把这句格言也用到印象上了，故而也不管这两者间的差别了。他克制住心头的怜悯感，板起脸来，在他的办公桌前坐了下来。过了一会儿，唐太斯进来了。他的脸色虽然还很苍白，但是很镇定，而且带着微笑。他从容有礼地向法官行了个礼，四下里看了看，像是要找个座位坐下来，仿佛他是在莫雷尔先生的客厅里似的。就在这时，他的目光和维尔福的目光碰到了一起——那是一种法官所特有的目光，像要看透嫌疑犯脑子里所有的罪恶思想似的。

“你是干什么的?”维尔福一边问，一边翻阅着一堆文件，那里面有关于这个犯人的详细材料，就是他进来时那个宪兵给他的。

“我叫爱德蒙·唐太斯，我被捕的时候刚好在请人喝喜酒，尊敬的法官大人。”唐太斯说着，他的声音有点儿微微颤抖，刚才那个快乐的

---

① 十九世纪初意大利的一个秘密政治组织，因经常装扮成烧炭人集会于树林，故称烧炭党。

时刻与现在这种痛苦的经历对照起来，差别实在是太大了，有如天上地下。而维尔福先生阴沉的脸色和唐太斯满脸红光对照起来，也实在是反差太大了。“你在请人喝喜酒？”维尔福问道，不由自主地打了个寒噤。

“是的，先生，我正要娶一位我爱了三年的姑娘。”维尔福虽然仍保持着面不改色，但却为这个巧合吃了一惊。唐太斯颤抖的声音告诉他，在他的胸膛里引起了一阵同情的共鸣。唐太斯是在他的幸福时刻被人召来的，而他自己也快要结婚了，他也是在自己的幸福时刻被人召来的，而他又是来破坏另一个人的幸福的。这种哲学上的相似之处，在圣·梅朗侯爵家里倒是一个极好的话题，可以大谈而特谈一番。他这样想着，当唐太斯等待他往下问的时候，他还在整理着他的思绪。他越想越觉得这是很好的对称话题，而演说家们通常用对称话题来获得雄辩之誉，当这篇演讲的思绪整理好之后，维尔福想到可能产生的效果，情不自禁地微笑了一下，然后他转过来对唐太斯说：“接着往下说，先生。”

“您让我继续说些什么？”

“有人报告说，你的政见很极端。”维尔福说，其实他压根儿没听说过这类事，但他就是偏要这么一提，就如同提出一项指控一样，这是他的一种策略。

“我的政见！我！”唐太斯不解地问道，“唉，法官先生，我从来没有什么政见，我还没满十九岁，我什么都不知道，我起不了什么作用。如果我得到了我所希望的那个职位，应该归功于莫雷尔先生。所以，我的全部见解——我不敢说政见，纯属私人见解——只能是这三个范围：我亲爱的父亲，我尊敬的莫雷尔先生，我喜欢的梅塞苔丝。法官先生，这就是我所能告诉您的一切，您瞧，对这些琐事您不会感兴趣的。”

唐太斯说这些话时，维尔福一直密切注视着他那温和而开朗的脸，耳边也似乎响起了蕾妮的话，蕾妮虽不认识这个嫌疑犯，但却替他求过情，请求他宽大处理。代理检察官维尔福根据案例和对犯人的审问情况来看，这个青年所说的每一个字都越来越使他相信他是无辜的。这个孩子——因为他还说不上是个成年人——单纯得很，自然说话时非常的理直气壮，充分显示出了他内心的坦然，他对每一个人都抱着好感，因为他觉得自己很幸福。而即使在幸福产生了恶果的时候，他甚至还这般和蔼可亲，说话得体礼貌，不管维尔福装出的那副可畏的目光和严厉的口吻。

“没错，”维尔福心想，“他是一个可爱的小伙子！看来我不难讨好蕾妮了，完成她第一次请求我做的事，该是一件多么美妙的事。这样我不仅可以在公开场合吻她的手，还可以私下里讨一个甜蜜的吻。”脑子里充满了这种想法，维尔福的脸也变得开朗起来了。所以当他转向唐太斯的时候，后者也注意到他脸色的转变，也微笑了起来。

“先生，”维尔福问，“你知道你有什么仇人吗？”

“我有什么仇人？”唐太斯想了想答道，“我的地位还不够那种资格。至于我自己的脾气，或许是有点急躁了，但我一直在努力地改正，应该不会有什么问题。我手下有十二三个水手，如果你问他们，他们会告诉您的，他们喜欢我，尊敬我，把我看成是长兄一般，我不敢说敬我如父，因为我太年轻了，我和他们的年龄相差无几。”

“既然没有仇人，那或许是有人嫉妒你，你才十九岁就要做船长了——这对你来说算是一个很好的职位。而且你又要和一个爱你的姑娘结婚了，这两桩幸运的事或许已引起另外一个人的嫉妒哩。”

“您说得对。您对人们的了解比我深刻得多，我承认，您所说的这种事很有可能是存在的。但如果这些嫉妒我的人是我的朋友，那我宁愿不知道他们，免得对他们产生仇恨。”

“你错了，你应该随时尽可能地看清楚你周围的环境。你看来并不是一个革命分子，倒更像是一个可敬的青年，我愿意破例帮你查出那个写这封信的发信人。信就在这儿，你认识这笔迹吗？”维尔福一边说一边从他的口袋里拿出了那封信，递给了唐太斯。唐太斯看完信，一片疑云浮上了他的眉头，他说：“不，法官先生，我不认识这笔迹，但我可以看出来这是伪装过的，不过写得很流利。无论是谁写的，写这信的人很灵巧。”他感激地望着维尔福说：“我很幸运，能遇到像您这样公正英明的人来审问我。至于这个嫉妒我的人，倒真是个仇人。”从那青年人眼里射出来的急速的一丝恨意，维尔福看出来在他温和的表面下蕴藏着惊人的力量。

“我只是做了我应该做的事，不论是谁处在我的位置上，他都会这样做的。不论在哪里，一个人快要死的时候，他的最后请求，都是神圣的。对一个水手来说，他的上司最后的请求就是命令。我奉命向厄尔巴岛驶去，第二天就到了。我命令所有的人都留在船上，而我自己一个人上岸去了，不出我所料，我想见大元帅遇到了一些困难。当我把船长交给我的那个戒指拿了出来，元帅看过之后，马上就获准进见了。他问了我一些关于莱克勒船长去世的事。而且，正如船长所说的那样，大元帅给了我一封信，要我带去给一个住在巴黎的人。我接过了那封信，并揽下这份差使，因为这是船长命令我这样做的。然后我就在此地靠岸，安排完船上的事，就赶快去看我的未婚妻了。我发现她更可爱，比以前更爱我了。但是得谢谢莫雷尔先生，一切手续他都帮我办好了，一句话，很顺利。再就是我请人喝喜酒了。再过一个小时，我就已经结婚了，我本来是预备明天动身到巴黎去的，由于这次有人告密，我就被捕了，我看您现在和我一样，是很鄙视而且不相信这次告密的。”唐太斯接着解释了事情的始末。

“是的，”维尔福说，“看来这才是实情，即使你有错，也只能算是疏忽罪，而且既然是奉了你船长的命令，这种疏忽罪就算不上什么了。你把从厄尔巴岛带来的那封信交给我们，记下你的话，然后回到你的朋友那里去吧。需要你的时候我们会通知你，到时候你再来。”

“那么，这么说我是自由的了，法官先生?”唐太斯高兴地喊道。

“是的，不过你得先把那封信给我。”

“已经在您那儿了，他们早已从我身上把它搜去了，还有其他的信，我看到都在那包东西里面。”

“等一下，”正当唐太斯去拿他的帽子和手套时，代理法官维尔福叫住了他，“那封信是写给谁的。”

“是给诺瓦蒂埃先生的，地址是巴黎高海隆路。”

就算是一个霹雷炸响，也未必能使维尔福如此震惊，如此意外，猝不及防。他脸色苍白地倒在椅子里，匆忙地翻着他的口袋，带着恐怖的神色紧紧地盯着它。维尔福急促地读完这封信后，丧气地低下了头，并用双手遮住了他的脸，一副失魂落魄的样子。

“噢，到底怎么啦?”唐太斯胆怯地问。维尔福没有说话，只是抬起头来嘘了一口气，然后又继续读那封信。

“你能向我发誓，你绝对不知晓这封信写了什么吗?”

“我向您发誓，先生。”唐太斯坚定地说。

维尔福费了很大的劲，才努力使自己镇定下来。他说："先生，这次审问的结果是你的罪名要更加严重了，我再也无法像刚才你希望的那样马上给你自由了。在做出这样的决定前，我不得不先去同预审官商讨一下，但我对你的态度如何，你是知道的。"

"噢，法官先生，"唐太斯感激地说，"您刚才待我像兄弟般友好，是一个平易近人的朋友，而不像是一个高高在上的法官。"

"那好，我要再耽搁你一点儿时间，但我会尽可能使时间缩短，你主要的罪状是这封信，你看——"维尔福走近壁炉，把信扔进了火里，直等到它完全烧掉变成灰烬才说，"你看，我已经销毁了它。"

"噢，您太公正无私了，简直是太好了。"唐太斯说道。

"听好，你刚才已经看见我所做的事了吧，现在可以完全相信我了吧，信任我了吧！"维尔福对他说。

"是的，我相信您，请您吩咐我吧，我一定遵照您的指示。"

"很好，今晚之前，我不得不把你扣留在法院里。如果有谁来审问你，对于这封信你必须得一个字都不提。"

"好，没问题，我答应。"

现在看来倒好像是代理检察官维尔福在求情，而犯人在安慰他了。维尔福拉响了铃，警长立刻走了进来，维尔福在他的耳边低声说了几句话，警长点头会意。"你跟他去吧。"维尔福对唐太斯说。唐太斯以为一切有了转机，向维尔福感激地行了个礼，便走出去了。他身后的门还没有完全关上，维尔福便已经筋疲力尽了，他再也无法支撑下去了，昏昏沉沉地躺在了一张椅子上。

没过多久，他喃喃自语地说："啊，我的上帝，如果检察官此时在马赛，如果刚才不是叫我，而是找到了预审官，那可就全完了。这封告发信，差点就把我打入十八层地狱。噢，我的父亲，难道你过去的政治行为，将永远阻碍我的事业我的成功吗？"突然他的脸上掠过了一丝阴险的微笑，他那犹豫的眼光变得坚定了起来，似乎正聚精会神地在盘算着一个计谋。

"这是个不错的办法，"他点了点头说，"这本来是封想使我完蛋的信，现在反倒成了让我飞黄腾达的东西了。"他看了看四周，确定犯人全部都已经离开之后，就赶紧往他新娘的家里走去了。

第八章　伊夫堡

正在外客厅站着的两个宪兵看到警长穿过外客厅的时候给他们做的手势，赶紧跟了上去，一个站在唐太斯的左边，一个站在他的右边。唐太斯拐了无数的弯以后，终于发现了一扇铁门。警长在门上敲了三下。唐太斯感觉自己的心也被敲了三下。门开了，两个宪兵轻轻地把他往前推了一下，他便重心不稳地跌了进去，之后那门便在他的身后猛地被关上了。他感觉空气中有一丝不同寻常的味道，那是一种略带臭味且混浊的味道。他被带到了一个房间里，房间阴暗，门窗上全部装着铁栏杆，不过还是挺干净的，所以它的冰冷外观倒还不怎么使他害怕。再说，代理检察官刚刚好像还挺关心他的，他的话好像就在他的耳边，像是在对他允诺不久以后就可以获得自由一样，他充满了信心以后更加不害怕了。

唐太斯被关进这个牢房的时间是下午四点钟，我们已经说过，这天是三月一日，所以没过多久黑夜就降临了。最后，大约到了十点钟，唐太斯开始感到绝望的时候，一把钥匙插入锁孔，并转动了一下，门闩嘎嘎地响了几声，那笨重的大铁门便突然打开了。接着，两支火把把整个房间都照亮了。借着火把的亮光，唐太斯看清了四个宪兵，他们身佩闪光的佩刀和马枪，他连忙起身迎上前去，但一看到这些新增的士兵便又不知所措地停下来。

“你们是来接我的吗？”他问。

“是的。”一个宪兵回答。

“是奉了代理检察官的命令吗？”

“我想是吧。”

“很好。”唐太斯说，“我跟你们去。”

不幸的唐太斯被告知要出去便镇定地迈步向前走去，自动地走在了宪兵的中间。门口已有一辆马车在等候，车夫坐在车座上，他的身后坐着一位下级检察官。

“这辆马车是给我坐的吗?”唐太斯问。

“是给你坐的。”一个宪兵回答。

唐太斯还想说什么，但突然觉得后边有人推了他一下，他这时候无力也无心作出什么拒绝，就登上了踏板，然后便立刻被夹在了两个宪兵之间。剩下的两个宪兵在对面的位置上坐了下来，于是马车轮子便开始在石路上笨重地滚动起来。

唐太斯看了看车窗，车窗也是钉着栏杆的。他虽然已从牢里出来，但现在正在被送到一个他所不知道的地方去，一切都显得诡异起来。通过车窗和栏杆，唐太斯看到马车正经过凯塞立街，沿着劳伦码头和塔拉密司街向港口方向驶去。不久之后，他便看到灯塔上的光穿过窗上的栏杆，照到了他的身上。

马车在这个地方停了下来，那个警官下了车向卫兵室走去。不久之后，里面便出来了十几个卫兵，并排起队来，借着码头灯塔上的光亮，唐太斯看到了他们的毛瑟枪在冰冷寒寂中闪闪发光。

“难道他们这样是为了我吗?”他想。

警官打开车门，他尽管什么也没说，但唐太斯的疑问已经得到了答案——因为他看见了两排士兵夹道排成了一条通道，从马车直排到码头。坐在他对面的两个宪兵先下来，然后命令他下了车，左右两边的宪兵则跟在他的后面。他们向一艘小船走去，那条小船是一个海关官员的，用一条铁链拴在码头旁边。

士兵们都用一种惊奇的目光看着唐太斯。刹那间，他已经被士兵们挟持着坐到了船尾，警官刚坐到船头，船只一篙就被撑离了岸，四个健壮的桨手划着它迅速地向皮隆方向驶去。只听见船上喊了一声，封锁港口的铁链就垂了下来。转眼，他们已经到了港口外面。

唐太斯一到大海上最初很是高兴，他深深地吸了一口新鲜空气——

空气是自由的，他感到了一种舒畅放松。但不久他就叹了一口气，因为他正经过瑞瑟夫酒家，这天早上他还和亲朋好友们在那儿，还是那样的快乐幸福，而现在，从那敞开的窗子里，传来了他人跳舞、欢笑、喧哗的声音，这一切都不属于他。唐太斯双手合在胸前，仰面朝天祈祷起来。

小船继续前进着，他们已经过了穆德峡，现在到了灯塔前面，正要绕过炮台。唐太斯对这一条航线感到非常陌生且有些不理解。“你们押我到哪里去?”他问。

“你一会儿就会知道。”

“但究竟——”

“我们奉令不可以向你做任何解释。”

唐太斯知道去向奉令不可以作答的下属提出问题是最无聊的行为，所以也就不说话了。

这时，他的脑子里冒出了一些奇怪的念头，他们所乘的这只小船是不能进行长途航行的，港口外面又没有大帆船停泊在那里。他想，他们是不是要在某个很偏僻的地方放他走，毕竟他没有被绑起来，而他们甚至也丝毫没有要给他戴上手铐的意图，这似乎是个好兆头。而且，那位很仁慈地对待他的法官告诉过他，要他不提到诺瓦蒂埃这个可怕的名字，他根本什么也没说，也就不必害怕了。法官不是还当着他的面把那封致命的信毁了吗，那攻击他的唯一证据也没有了。这么一想他心里顿时轻松不少。于是，他就一言不发地等着，努力在黑暗中看清航行的方向。

他们已经过了兰顿纽岛，那儿也有一座灯塔，立在他们右边。现在他们已在正对着迦泰罗尼亚村的海面上，唐太斯更加睁大了眼睛，他好像在沙滩上隐隐约约地看见了女人的身影，这个身影他是非常熟悉的，对，是梅塞苔丝在那儿。她怎么可能不预感到她的爱人就在她的身边呢？有一处微弱的灯光还隐隐约约可辨认，唐太斯认出那就是梅塞苔丝的房间。在那个小小的村落里，只有梅塞苔丝还没睡下，他真想大声喊出来，让她听到自己的声音，知道自己离她不远。但他没有喊，因为他知道如果宪兵们听到他像一个疯子似的大声喊叫起来，他们会怎么想。

他仍旧一句话都没说，但眼睛一直盯在那灯光上，小船继续前进着，他在深切地思念着他的爱人梅塞苔丝。突然一片隆起的高地挡住了那微弱的灯光。唐太斯转过头来，发现他们已经划到了海上，还在他沉思的时候，他们早已经扯开了风帆。

唐太斯尽管非常不愿意再提出疑问，但他还是禁不住转向靠近他的那个宪兵，抓住了他的一只手，毕竟这一路行驶得太让人摸不着头脑了。

“我亲爱的朋友，我以一个基督教徒和水手的身份请求您，请您告诉我，我们究竟要到哪里去？我是唐太斯船长，一个忠实的法国人，有人诬告我是革命分子是叛徒，请您告诉我你们究竟要押我到什么地方去，我以我的人格向您保证，我一定听从您的安排。”

那宪兵犹豫不决地看着他的同伴，他的同伴长叹一声，像是说告诉他也无妨。于是那宪兵回答道：“你是马赛本地人，还是一个水手，可你却对你要去的地方不清楚？”

“说实在的，我一点都不清楚。”

“这绝对不可能的。”

“我向你发誓，事实如此。告诉我吧，求求你了。”

“可我的命令呢？”

“你的命令并为阻止你，不让你和我说，在十分钟，半小时，或一小时之后我将要知道的事情呀。别让我闷在心里了。你看，我如此求你，就像你是我的朋友一样。我又不想抵抗或是逃跑，而且，我也不可以这样做。我们究竟是去哪里呀？”

“除非你是盲人或是从未离开过海港，不然你不可能不知道。”

“我的确是不知道呀。”

“那么，你看看四周。”

这时候唐太斯站起来向前望去，他看到了前方一百码处，在黑漆漆的岩石上，竖着的是伊夫堡监狱。三百多年来，这座阴森森的监狱曾有过许多恐怖的传说，所以当它突然出现在唐太斯的眼前的时候，他就像一个死囚看见了断头台一样，心顿时沉入谷底。

“伊夫堡？”他叫道，“我们去那里干吗？”

宪兵只是笑笑。

“我不是要关在那里吧，”唐太斯说，“那里关的是重要的政治犯。我并未犯罪。伊夫堡里有没有法官?”

“那里，”宪兵说，“仅有一位堡长、一队卫兵、一些狱卒以及厚厚的墙壁。算了，算了吧，不要装出如此吃惊的表情，不然我真的会感觉你是在用嘲笑来回报我的好意啦。”

唐太斯拼命地紧紧捏着那宪兵的手，像是要将它捏碎似的。

“那么，你认为，”他说，“我要关在那里吗?”

“也许吧，但即便这样也没有理由将我捏得如此痛呀。”

“无须经过任何手续了吗?”

“已经办好一切手续了。”

“不管维尔福先生曾许诺我的话了吗?”

“我们不知道维尔福先生曾许过你什么愿。”宪兵说，“我只知道我们是押你到伊夫堡监狱去，咦，你想干什么，先生，抓住他!”

宪兵那训练有素的眼睛只看见了急速一动，那是唐太斯正准备跃身跳入海里的一瞬间。可是，四只强有力的手臂比他更快，牢牢地抓住了他，以至他的脚好像被钉在了地板上一样，他疯狂地叫着，然后跌进了船舱里。

一个宪兵用膝盖顶着他的胸膛说：“你们水手的信用原来是这样的!别再相信这些花言巧语了！听着，先生，不讲信用的水手，我已经违背了我的第一个命令，我再也不会违背第二个命令了，你要是还敢动一动，我马上就叫你的脑袋开花。”他的枪对准了唐太斯，后者觉得枪已顶在了他的太阳穴上。这时，他很想就此终结那些忽然降临到他头上的厄运，但正因为那厄运是不期而至的，唐太斯又转念认为它不会坚持太久。他记起了维尔福先生的许诺，于是希望又复活了，而且他想，要是这样在船上死在一个宪兵的手里，似乎显得太平庸，太丢脸了。所以他干脆倒在船舱里，怒吼了一声，恨恨地咬着自己的手指。这当儿，一个剧烈的震动使小船全身摇晃了一下，他们已经到达目的地了。一个水手率先跳上岸去，接着一条铁索拖过滑轮，水手们已经在用缆绳系住小船。

宪兵们抓住他的手臂，硬拉他起身，拖着他踏上石级，向城堡走去。那个警长跟在后面，拿着一把上了刺刀的火枪。

唐太斯没做什么反抗，他像是一个梦游的人，浑浑噩噩的。他能看见士兵排在两旁，他也知道在有石级的地方就要抬脚迈上去，他觉得他过了一道门，然后那道门在他走过以后就关上了。他看到的所有的东西都像是蒙了一层雾似的，一切都是朦朦胧胧的，他甚至连海都看不见了——此刻海景在他的眼里是这样的令人沮丧。他只能带着美好的回忆望着眼前那一片浩瀚的海洋了，恍然间像是明白他再也不能纵横驰骋了。

他们停了一下，趁这个时候唐太斯也竭力使自己集中一下思维。他朝四周看了看，才发现他正站在一个高墙环绕的正方形天井里。他能听到哨兵们均匀的脚步声，当他在灯光前走过时，他看见了他们的毛瑟枪闪着凛凛寒光。

他们大约等候了十分钟，宪兵确信唐太斯不会再逃走时，便松手放开他。他们像在等待上级的命令，而命令终于来了。

“犯人在什么地方？”一个声音问。

“在这里。”宪兵回答。

“叫他跟我来，我领他到他的房间里去。”

“去！”宪兵推着唐太斯说。

唐太斯跟在他的引路人后面走着，后者领他走进了一个几乎埋在地下的房间，光秃秃的墙壁发出难闻的臭味，像是爬满了小动物的尸体。长凳上放着一盏小灯，昏暗地照着整个房间，唐太斯看清了他引路人的面貌，那是一个下级狱卒，衣着十分凌乱，脸色阴沉沉的。

“这是你今天晚上的房间，”他说，“时间已经晚了，监狱长先生已经睡了。明天，当他醒来看到关于如何处置你的命令的时候，他或许会给你换地方。现在，这儿有面包、水和稻草。一个犯人所希望的也就是这些东西了，晚安。”唐太斯几乎还没来得及看到狱卒把面包和水放在什么地方，也还不曾看一看稻草究竟放在什么地方，那狱卒已经拿起他那盏小灯走了。

唐太斯独自站在黑暗和寂静里，他头上的圆形拱顶发出阵阵冰冷的寒气，直逼到他火一样燃烧着的额头，而他也像那拱顶似的默默不语，一动也不动地站着，就这样过了一夜。天一亮，狱卒就回来了，并带着唐太斯无须进行房间调换的命令。他发现那囚徒还是站在那里，好像被钉在那里一样。他的双眼都哭肿了。他站在那里有一个晚上了，一刻也没睡。狱卒走上前去，唐太斯仿佛没有看到他。他碰了碰他的肩膀，爱德蒙吃了一惊。

“你站了一夜吗?”狱卒说。

“我不清楚。”唐太斯答道。狱卒呆呆地瞪了他片刻。

“你饿吗?”他又问。

“我不清楚。”

“你有什么想要的吗?”

“我想见一见监狱长。”

狱卒耸了耸他的肩膀，走出了房间。唐太斯目送他离开，对着那半开着的门将手伸了出去，可那门又被关上了。他的情感立即喷薄而出：他倒在地上，痛苦地哭泣着，他问自己，究竟是犯了什么罪，要受到如此惩罚。这一天便这样过去了。他什么也没吃，只是在斗室里来回地转着，像一只困兽一样。最让他感到痛苦的是，在这次前途无知的行进中，他竟然如此的平静和呆笨，原本他就算是要跳海十次也是可以成功的，而且他的游泳能力又是一向很有名的，他可以游到岸上躲起来，等到有热那亚船或是西班牙船停船时，跑到船上，逃往西班牙或是意大利去，梅塞苔丝和他的父亲能够在那里和他团聚。他无须担忧之后怎样生活，好海员是哪里都受欢迎的。他的意大利语和西班牙语说得就像托斯卡纳人和卡斯蒂利亚人无异。那时的他会很幸福。可如今他却被幽禁在伊夫堡里，再也无法知道他父亲和梅塞苔丝的消息了。而这一切全是由于他轻信了维尔福的许诺。他越想越生气，痛恨得在稻草上打滚。第二天早上，那个狱卒又来了。

“喂，你今天想通了吗?”狱卒问道，唐太斯没有搭腔。

“好了，振作一点，在我力所能及的范围内，你有什么要求没有?说来听听。”

“我想见监狱长。”

“唉，我已经告诉过你，这是不可能的，如果你能安安稳稳地待在这儿，你就可以去散散步，也许某一天你就碰到监狱长了。至于他能不能回答你的问题，那就全看他的了。”

“可是，我想知道我要等多久呢?”唐太斯问。

“哦，可能是一个月——也可能是六个月——或者是一年。”

“这太久了，我希望能尽快见到他。”

“噢，别老去想那些不会发生的事，否则你待不到两个星期就会变成疯子的!”狱卒劝告说。

“你凭什么这样认为呢?”

“是的，就是会发疯的，疯子一开始的时候，都是这样的，我们这里曾经就有这样一个例子。有一个神甫先前就在这个牢房里，他也总是跟监狱长说，要求得到自由，然后他就这样开始发疯了。”

“那么他离开这儿多久了?”

“两年了。”

“他是被释放了吗?”

“不是，他给关到地牢里了。”

“是这样，那么听着，我不是那个神甫，我也没有疯，或许将来有一天，我会疯，但目前还没有。我想跟你商量另外一件事。”

“商量什么事?”

“我给不了你一百万法郎，因为我现在没有那么多钱，但是假若你为我到马赛去一趟，到迦泰罗尼亚村找一个名叫梅塞苔丝的姑娘，替我带两行字，我就可以给你一百个艾居。”

“如果我听了你的话，信一旦被人搜出来，我现在这个饭碗就保不住了。我在这里一年能挣一千里弗，为了三百里弗去冒这个险，我不成了个大傻瓜了。”

“好吧，”唐太斯说，“那么你要记住，要是你不肯替我带个口信给梅塞苔丝，不肯告诉她我在这儿，总有一天，我会像疯了一样躲在门背后，当你进来的时候，我就用这张长凳把你的脑壳打碎。”

“你威胁我，”狱卒一面喊，一面退后几步做出防备的样子，“你一定要发疯了，那个神甫也像你这样开头的，不出三天，你就要像他那样穿上一件保险衣[1]，但幸好这里还有地牢，你将要被送到那里待着。”

唐太斯抓起长凳子，朝他的头上挥舞着。

“好！”狱卒气愤地说，“好极了，既然你坚持要这么做，我就去告诉监狱长。”

“这就对了。”唐太斯说完，放下长凳，坐在上面，垂下头，瞪着眼，像是真疯了一样。狱卒出去了，过了一会儿以后，他带着一个伍长和四个兵回来了。

“奉监狱长之命，把犯人带到地牢里面去。”他说。

“是的，我们必须把疯子同疯子关在一起。”士兵们过来抓住了唐太斯的胳膊，这时候唐太斯已经陷入一种虚弱的状态，没有任何反抗地随着他们去了。

他向下走了十五级楼梯，一间地牢的门已经打开了，他顺从地走了进去，喃喃自语地说：“他说得不错，疯子是应该和疯子关在一起的。”门关上了，唐太斯伸出双手摸索着向前走去，直到他碰到了墙壁，他很顺势地在角落里坐了下来，慢慢地他的眼睛已经习惯了黑暗。那狱卒说得不错，唐太斯离完全发疯已经不远了。

---

① 专门用来束缚疯子的一种衣服。

第九章　订婚之夜

维尔福匆匆忙忙赶回大法院路，当他走进屋里的时候，发现他离开后那些宾客已经移坐到客厅里了，蕾妮和那些人都在焦急地等待着他，他一进来，即刻受到大家的欢呼。

“侯爵夫人，”维尔福来到他未来岳母的跟前说道，“请您原谅我，在如此时刻离您而去。侯爵阁下，请允许我私下和您说几句话。”

“呀！这件事真的很严重吗？”侯爵问道，他已经看见了维尔福额前的愁云了。

“是的，其程度到了我必须要离开你们几天，因此，”他又转向蕾妮说，“事情是不是很严重，您自己想想就知道了。”

“您要和我们分别了吗？”蕾妮毫不掩饰她的情感，喊道。

“唉！”维尔福回答，“我也是无可奈何呀。”

“那么，你要去哪里呀？”侯爵夫人问道。

“夫人，那是法院的机密，但倘若您在巴黎有什么事要办，我有一位朋友今晚就要去那里。”宾客们都不禁面面相觑。

“你要和我单独说话？”侯爵说。

“没错，我们去您的书房谈吧。”侯爵挽着他的手臂，一起走出了客厅。

“行了！”他们刚走进他的书房，他就问道，“和我说说吧，什么事？”

“一件特别重要的大事，所以我不得不立即前往巴黎一趟。现在，请原谅我不可以告诉您这个机密，侯爵，我只想问问您，您手里是否有国家证券?”

“我的全部财产有六七十万法郎吧，全在公债上了。”

“那么卖掉它，侯爵，尽快卖掉。”

“呃！我在这里怎么能卖呢?”

“您总归有一个代理人吧?”

“有。”

“那么写一封信让我带去，告诉他尽快卖掉，一刻也不要耽搁了，或许我到那里的时候都已经太晚了!”

“见鬼!”侯爵说，“那么我们抓紧时间吧!”

于是他坐下来给他的代理人写了一封信，命令他不管什么价钱都尽快将他的公债卖掉。

“唔，现在，”维尔福一边将那封信夹到他的笔记本里，一边说，“再写一封!”

“这封是给谁的?”

“给陛下。”

“我可没有胆量写信给陛下。”

“我并非要求您写信给陛下，您还是让萨尔维欧伯爵写吧。我是要一封正式手续，以便我可以见到陛下而无须经过朝见，不然就会浪费掉诸多宝贵的时间。”

“你自己去司法大臣那里问问吧，他有进奏权，能够设法让你朝见的。”

“这是可行的，但何必要将我发现的功劳与他同分呢。司法大臣会将这份功劳独享，而将我藏在幕后的。我告诉您吧，侯爵，倘若我可以第一个前去杜伊勒里宫，我的前程就会得到保障。因为，此次我替陛下所做的事，是会让陛下记一辈子的。”

“既然是这样，你去准备准备吧，我自会让萨尔维欧为你写你所想要的那封信的。”

“最好可以尽快写出来，再过三十分钟，我必须要动身了。”

“你让马车在门口停一下。”

“您代我向侯爵夫人和蕾妮小姐道一声歉吧，今天这种时刻，我居然要离开她们，的确是非常抱歉的。”

“她们都要来我这儿，你到时候自己和她们说吧。”

“十分感谢，您快写信吧。”

侯爵将铃拉了一下，一个仆人应声而至。

“通知萨尔维欧伯爵来我这里一下。”

“现在，可以了，走吧！”侯爵说。

“好，我马上就回来。”

维尔福急匆匆地奔出了侯爵府，这时，他突然觉得，若是被人看见身为代理法官，走路却如此惊慌，肯定要引起全城骚动的，于是，他立马恢复了平日的姿态，趾高气扬地踱步而行。快到自己家门口时，他发现了一个隐匿在阴影里的人，看起来是在等他，那人便是梅塞苔丝，由于一直等不来爱人的信儿，太过着急不得不跑来这里打听消息。

当看到维尔福走过来时，梅塞苔丝立马迎了上去。唐太斯以前曾和维尔福谈过自己的这位新娘，所以当维尔福看到她的时候，随即就反应了过来，不过梅塞苔丝的美貌与端庄还是让他吃惊不小。当她询问自己情人目前的状况时，他甚至觉得梅塞苔丝才是法官，自己反而像个犯人。

“你刚刚问到的那个人是个罪人，”维尔福急声道，“恕我无法帮助你们，小姐。”听到这句话，梅塞苔丝无法自控地落下泪来，当维尔福准备大步迈过她身边时，耳边响起了梅塞苔丝带着哭泣的请求：“拜托您告诉我，他现在在哪里，我只想知道他过得如何。”

“我真不知道，他已经不由我管了。”维尔福心虚地回答。

他急于结束这样的会面谈话，所以就推开她，把门重重关上了，也仿佛是要把他的痛苦关到门外似的，但他内心的痛苦是无法这样轻易被驱逐的，像维吉尔①所说的致命箭一样，受伤的人会永远带着它。他走进去，关上门，一走到客厅，他就无法再镇定了，像呜咽似的，他长叹一声，倒在了一张椅子上。

紧接着，在那颗受伤的心灵深处，又出现一个致命创伤的图景。那

---

① 维吉尔（公元前71—公元前19），古罗马人。

个因为他的野心而被他牺牲的人，那个代他父亲受过的无辜的牺牲者，又在他的眼前出现了。他脸色苍白，带着威胁的神气，一只手牵着未婚妻，她的脸色也是一样的苍白，这种形象使他深感内疚——不是古人所说的那种猛烈急促的内疚，而是一种缓慢的、折磨人的、与日俱增直到死亡的痛苦感觉。

他沉思了一会儿。他常常主张对犯人处以极刑，且靠他那无懈可击的雄辩把他们定罪，他的眉头也从来没有留下任何阴影，因为他们是有罪——至少，他相信是这样的。但现在这件事却完全不一样，他给一个明知道是清白无辜的大好青年判了无期徒刑——那是一个站在幸福之门之外的无辜的人。这一次，他不是正义的法官，而是杀人的刽子手了。

他以前从没有过这种感觉，现在，他怀着茫然的恐惧，犹如一个受伤的人用一只手指去接触到他的伤口时，身体会本能地颤抖起来一样。这一种感觉就像是即使当伤口愈合以后，也往往还会再次裂开，并且后一次裂开的伤口更加疼痛。他的耳边似乎响起了蕾妮请求他从宽办理的甜蜜声音，还有那梅塞苔丝似乎又进来对他说："看在上帝的分上，我求您把我的未婚夫还给我吧！"假如真有这一种情形，那他就会不顾一切，用他那冰冷的手签署他的释放令。可没有任何声音来打破房间的沉寂，只有维尔福的仆人进来告诉他长途旅行的马车已经准备好了。

维尔福站起来，或者更形象地说，像是一个战胜了一次内心斗争的人那样，从椅子上一跃而起。接着他急忙打开写字台的一个抽屉，把里面所有的金子都倒出来装进他的口袋里，然后用手摸着头，一动也不动地站了一会儿。最后，他的仆人上来把他的大氅披在了他的肩上，他这才回过神来走出了门口，上了马车，吩咐车夫赶快到大法院路侯爵府。可怜的唐太斯在一切都不知情的情况下就这样被定了罪。

正如侯爵所说的，维尔福看见侯爵夫人和蕾妮都在书房里。他看见蕾妮的时候，心不由得狂跳了一下，因为在他的想象中，她又要来为唐太斯求情了，这可是他极力想逃避的事啊。唉，实际上蕾妮只是想着维尔福即将远离她了而已。

她爱维尔福，而他却要在成为她的丈夫的这一刻离她而去了，也不知道他何时才能回来。所以蕾妮现在非但不想为唐太斯求情，反而怨恨起这个人来了，就是因为他的犯罪，她和他的爱人才不得不分离了。

那么，梅塞苔丝又怎么样了呢？她在碌琪路的拐角上遇到了弗尔南多。她回到了迦泰罗尼亚村后，便绝望地躺在了床上，不言不语，眼神空洞。弗尔南多跪在了她的床边，拿起了她的手，轻轻地吻遍了它。但梅塞苔丝已没有了丝毫感觉，那一夜她就是这样过来的。灯油燃尽了，可她并没觉得黑暗，当然她也没有注意到它的光明，悲哀已把她的眼睛蒙住了。她只能看到一样东西，那就是唐太斯。

“啊，你在这儿。”她终于意识到了他的存在。

“从昨天起我就在这儿一直陪着你，没有离开过你。”弗尔南多痛苦地说。

莫雷尔先生，从没有放弃过努力去解救唐太斯。他打听到唐太斯已经被送入了监狱，就去找他认识的所有有可能帮得上忙的朋友和城里那些有钱有势的官员，但城里的风声已经传开，说唐太斯是被当作拿破仑党的密使而被捕的，而且当时再勇敢的人也认为拿破仑东山再起简直是狂妄之举，因此，莫雷尔先生也是四处碰壁，只能是失望地回家。

卡德鲁斯也感到了不安，但是他没有想办法去救唐太斯，只不过是带了一瓶酒把自己关在房子里，想用酒来忘掉那些他想要逃避的回忆。可是他始终还是没有做到这一点，尽管他已醉得腿都站不起来了，但他却仍然忘不掉那令他良心受到谴责的往事。

只有腾格拉尔一个人一点都不觉得烦恼或不安，他甚至还很高兴——他认为自己已除掉了一块绊脚石，并保全了他在法老号上的船长地位。腾格拉尔是一个一心只为自己打算的人，这种人生下来耳朵上就夹了一支笔，心眼里头放着一瓶墨水。在他看来，一切都是机械的加减乘除而已，在他眼里，一个人的生命还不如一个数字宝贵，因为数字使他的财富有所增加，而生命却只会渐渐消亡。

维尔福在看过萨尔维欧先生的信之后，激动地抱了一下蕾妮，又绅士般地亲吻了一下侯爵夫人的手，礼貌地与侯爵握手告别后，立即踏上了前往巴黎的旅途。

唐太斯年迈的老父亲一直打听不到唐太斯的情况，深陷于焦虑与悲哀之中。

第十章　杜伊勒宫里的小书

维尔福是如何披星戴月赶去巴黎，又是如何经过两三座宫殿最终迈入杜伊勒宫中的小书房的，这些暂且不谈，先讲讲杜伊勒宫里这间带着拱形窗门的小书房吧，它可是一间闻名全国的房子，因为拿破仑和路易十八都很喜欢在这里办公，而如今，这间书房的主人正是路易·菲力浦。

路易十八坐在一张胡桃木制成的办公桌旁，这桌子还是他从哈德维尔带来的，十分珍惜爱护，不过这种事也没必要大惊小怪的，哪个大人物没些怪癖呢，这东西就是路易十八的一项癖好。此刻，他正漫不经心地听着一个差不多五十多岁，灰白了头发，一副贵族模样，且极有高雅风度的人说话，他的手边有本格里夫斯版的贺拉斯[①]，他正在书上作着注释，通常国王那些博学而又聪慧的见解都源自这本书。

此时，路易十八在诗集上的空白处用小而工整的字体写了一段注释，接着，他带着一种自满的表情抬起头来，望着正在讲话的公爵，那样子仿佛在说他已经有了自己独到的见解，而对方只是在陈述别人的想法似的，他略带得意地说道："说吧，亲爱的公爵，请继续讲下去，我在听呢。"

"陛下，"勃拉卡斯公爵说，此时他很想把维尔福的功劳占为己有，"我不得不告诉你，使我如此寝食难安的并不仅仅是谣言而已。我派了我手下一个很有头脑的人去南方视察了一下动态，"公爵说这些话的时候犹豫了一会儿，"他刚才急匆匆地赶回来告诉我，说陛下的安全受到

① 贺拉斯（公元前65—公元前8），古罗马人。

了威胁，就急忙赶来了。”

“半愚半智便是最大的危机①。”路易十八仍旧在写他的注解。

“陛下是不想让我继续说完这件事吗？”

“不是，亲爱的公爵，但是您先伸手找找。”

“找什么？”

“随便什么，在您的左边。”

“这里吗，陛下？”

“我和您说的是在左边，您却在右边找。我说的是在我的左边，——对了，就在那里，您能发现警务部长昨天的报告。哟，唐德雷阁下亲自来了。”在侍从官报名之后，唐德雷先生走了进来。

“进来，”路易十八微笑着说道，“进来，男爵，和公爵说说你所知道的一切，——关于波拿巴阁下最近的动向。全部说出来，不管它有多严重。厄尔巴岛是否是一个火山，那里是否会爆发出火焰和恐怖的战争，——战争！恐怖的战争！②”

唐德雷将双手交叉背在身后，十分庄重地靠在椅背上，说：“陛下是否有检阅过昨天的报告？”

“检阅了，检阅了，你和公爵说说内容吧，他找不到那份报告呢。特别是有关逆贼在他的小岛上所做的一切，要说得详细一点。”

“阁下，”男爵向公爵说道，“在听到我们自厄尔巴岛得来的最近消息时，陛下所有的臣仆都应该感到欣慰。波拿巴，”说到此处，唐德雷看了看路易十八。后者正在纸上写一条笔记，甚至都没有抬起头，——“波拿巴，”男爵接着说道，“快要闷死了，整日都在隆江港看着矿夫们工作。”

“并且以搔痒取乐。”国王接了一句。

“搔痒？”公爵问道，“陛下的意思是？”

“没错，我亲爱的公爵。您不记得这位伟人，这位英雄，这位半仙得了一种让他痒得要死的皮肤病顽癣吗？”

---

① 原文为拉丁文。

② 原文为拉丁文。

“而且，公爵阁下，”警务部长又说道，“我们几乎能够确定，逆贼会在一个极短的时间内发疯的。”

“发疯?”

“某种程度的发疯，他已经开始神经衰弱了。有时他会痛哭，有时他会狂笑，有时他会连续好几小时地在海滩边上用石片来砍水。当那块石片在水面上连跳五六下时，他就会像又打了一次马伦戈[1]或奥斯特利茨[2]之役一样异常兴奋。您必须承认，这些无法争辩的事实都是神经衰弱的象征。”

“也许是智慧的象征，男爵阁下，——也许是智慧的象征，”路易十八笑着说道，“古代最伟大的舰长们也都是用石片在大海上砍水取乐的，倘若您不相信，您可以看看普罗塔克[3]著的《施底奥·阿菲力加努传》。”

勃拉卡斯公爵非常不能理解国王和大臣还能以这种盲目的泰然处之的态度对待。只可惜维尔福不肯泄露全部的秘密，一张嘴闭得紧紧的，深恐他的功劳被人抢去似的，不过所透露给他的那点信息已是足够使他感到不安的了。

“喂，唐德雷，”路易十八说，“勃拉卡斯还是不相信，你再讲一点逆贼的转变给他听听。”

站在身边的警务大臣躬身致意。

“逆贼的转变?”公爵喃喃地说，充满疑问地看着眼前像维吉尔诗里的牧童那样一唱一和的国王和唐德雷。“逆贼转变了?”

“是的，千真万确，我亲爱的公爵。”

“那转变成什么样了?”

“变得循规蹈矩了。男爵，你来说给他听听。”

“哦，是这样的，公爵阁下，”大臣以极其庄重的语气说，“拿破仑最近作了一次调查，他的两三个旧臣有重回法国的意思，他便给他们准

---

① 在意大利，一八〇〇年，拿破仑在此打败奥军。

② 在捷克，一八〇五年，拿破仑在此打败奥俄联军。

③ 普罗塔克（46—126），古希腊历史学家。

了假并告诫他们要‘为你们的好国王效劳’。这些都是他亲口说的，公爵阁下，我确信无疑。”

“喂，勃拉卡斯，你感觉这件事情怎么样?”国王得意扬扬地问道，暂停了片刻他的注解工作。

“我说，陛下，倘若不是警务部长阁下被骗，就是我被骗了，但是警务部长是不会被骗的，因为对陛下而言，他是您安全和荣誉的保障。因此，或许是我错了。但是，陛下，倘若我能够进一次谏言的话，陛下不妨问问我和您提过的那个人，而且我要求陛下赐予他这种光荣。”

“我十分愿意，公爵，只要您同意，一切随您，唯一的要求就是他手里不要拿枪。部长阁下，你还有比这份时间更近的报告吗?这份报告是二月二十日的，而我们现在已经是三月三日了。”

“没有，陛下，但我时刻都在等待着，没准儿今天早上我从办公室离开的这段时间里，新的报告又到了。”

“那么去取一下吧，倘若那里没有，——哦，哦，”路易十八又说，“伪造一个好了，不是经常有那样做的吗?”国王笑着说道。

“噢，陛下，”部长答道，“我们不用捏造一份报告。我们的办公桌上每天都会堆满最翔实的告密书，这些全是被革职的人员送来的，他们如今虽然还没有复职，但却十分愿意回来为陛下效力。他们相信命运，期盼着某种意外的大事能够让他们的期望成真。”

“好吧，先生，去吧，”路易十八说道，“快去快回。”

“我一来一回只需要十分钟的时间，陛下。”

“而我，陛下，”勃拉卡斯公爵说道，“我去找一下我的报信人。”

“等一下，公爵，等一下，”路易十八说，“真的，勃拉卡斯，我看你这种雄赳赳气昂昂的样子，让我想起了一则谜语。有一只展开双翅的老鹰，它的脚爪抓住了一只猎物，这个猎物想逃跑，但又逃不了，它的名字就叫作——固执。”

“陛下，我知道了。”勃拉卡斯公爵说，极其困窘地咬着他的指甲。

“我想就这句话和您商讨一下，‘气喘吁吁逃跑的胆怯的家伙;[①]’

① 原文为拉丁文。

您知道，这指的是一只在躲避狼的牡鹿。您不是猎狼官，且在狩猎方面很在行吗？好，那么，您感觉那只气喘吁吁逃跑的胆怯的家伙怎么样？”

“好极了，陛下，不过，我那个报信人可是也同您所说的那只牡鹿一样，因为他仅仅花了三天多一点的时间，就足足跑了六百六十法里呢。”

“那一定是极其疲惫且焦急的啦，我亲爱的公爵，而如今我们已有了快报，用不了三四个小时就能送到了，而且很轻松。”

“哦，还有一件事，陛下，一个热心的年轻人来给陛下送一份有用的情报，是萨尔维欧先生同我推荐的，看在萨尔维欧先生的面子上，我也求陛下您接见他一次吧。”

“萨尔维欧先生？在我弟弟身边做侍从长的吗？”

“没错，陛下。”

“他在马赛？”

“是在那里给我写的信。”

“是他和您说的这个造反消息吗？”

“不是，但他竭尽全力地介绍了维尔福先生，并要求我将他带来见陛下。”

“维尔福先生！”国王叫道，“那个报信人就是叫维尔福吗？”

“没错，陛下。”

“他是从马赛赶来的吗？”

“是的，而且是本人来的。”

“您为何不早说出他的名字呢？”国王答道，此刻的他神情有些不安。

“陛下，我以为您不认识他。”

“不，不，勃拉卡斯，这个人具有很强的见识，而且野心很大，呀，真的！您知道他父亲是谁吗？”

“他父亲？”

“没错。他父亲是瓦蒂埃。”

“就是吉伦特党徒瓦蒂埃吗？那个当过上议员的瓦蒂埃吗？”

“没错。”

“陛下连这样一个人的儿子也用？”

“勃拉卡斯，我的朋友，您不知道的东西太多了。我说过，维尔福的野心很大，只要自己可以成功，他可以牺牲一切，甚至是他的父亲。”

“那么，陛下，我能将他带来吗？”

“马上将他带过来，公爵！他在哪里？”

“就在下面，在我的马车里等着。”

“马上叫他过来。”

“是。”

公爵以一个青年人的速度跑走了，他那尽忠王室的一片赤心让他又年轻了。此刻的房间里就只有路易十八一个人，他将眼神转向那半开着的《贺拉斯诗集》上，嘴里小声地念道，“一个正直而坚定的人①。”

勃拉卡斯公爵回来时，速度和他下楼时一样快，但一到候见厅里，他就不得不停下来等候通报。维尔福没有穿朝服，再加上他风尘仆仆的外表，这让司仪大臣勃黎齐不禁感到怀疑，他对于这个青年竟然敢穿着如此服饰来晋谒国王不禁大为惊奇。但最终还是被公爵用“奉圣命”三个字消除了所有困难，因此无论这位司仪大臣有什么意见，无论他怎样尊重他的戒律，维尔福还是拜见了国王。

国王仍旧坐在公爵离开他的那张桌子旁，门一开，维尔福发现自己正面对着国王，他的第一个动作便是停住脚步。

“进来，维尔福。”国王威严地说，维尔福弯腰深鞠了一躬，然后向前走了几步就停下来了，等候国王问话。

“维尔福，”路易十八说，“勃拉卡斯公爵告诉我说你有很重要的消息要报告，有没有这回事？”

“陛下，公爵说得不错，我确实有重要的消息向您报告，我相信陛下一定会意识到它的重要性的。”

“在还没有谈正事以前，你就先告诉我吧。依你看，这件事情果真像他们对我说的那么严重吗？”

“陛下，这个事情确实很严重，我希望由于我来的正是时候，使事

---

① 原文为拉丁文。

情还能有挽救的余地。”

“那你就开始说吧，维尔福。”国王说，他已经被勃拉卡斯公爵脸上的神色和维尔福激动的语气打动了，“说吧，你可以从头说起，我喜欢一切都有条有理，清清楚楚的。”

“陛下，”维尔福说，“我向您保证我献上的是一份可靠的情报，如果由于我的焦急而使有些地方说得语无伦次意思不明，请陛下恕罪。”讲完了这一段谨慎而又委婉的开场白之后，维尔福向国王瞥了一眼，看到了他那威严的脸上露出慈色，这才放下心来。于是，继续说："陛下，我如此心急地赶到巴黎来，是向陛下报告一件我在执行任务时发现的事情，这不是像每天在下层阶级或军队里所发生的那种无足轻重的、简单平凡的暴乱，它是一次货真价实的谋反——是一次威胁到陛下王位的有预谋有筹划的谋反。陛下，逆贼武装了三条船，并制订了阴谋计划，那计划既狂妄，又可怕。此时此刻，他已经离开了厄尔巴岛，具体去哪儿我目前还不知道，但是可以肯定的是他们要在某一个地方登陆，不是在那不勒斯，就是在托斯卡纳海岸，甚至还有可能是在法国海岸。陛下一定知道，这个厄尔巴岛之主与意大利和法国都是保持着联系的。”

“是的，我知道。”国王说，并显得十分激动，“最近我还得到情报，知道那拿破仑分子在圣·杰克司街举行集会妄图东山再起。但请你继续说下去，你是如何知道这个消息的？”

“陛下，我是在审问一个马赛人时知道的，我对他已经注意了很长一段时间，他是在我离开的那一天被抓起来的。他是一个不守本分的水手，我一直就怀疑他是一个拿破仑党分子，最近侦查到他秘密去过厄尔巴岛一趟，并且在那儿见了大元帅，大元帅叫他带一封信件到巴黎，给一个在巴黎的拿破仑分子，可惜巴黎的那个拿破仑分子叫什么名字，我没能审问出来。但我已看过了那封信，我已经知道了内容，就是这个人要招集人马——不久就要卷土重来了。”

“那么这个人现在在哪里？”国王问。

“在监狱里。”

“你认为这事很严重吗？”

“严重极了，陛下。这件事发生的时候我正在家里宴请宾客，那天是我订婚的日子，当时我大吃一惊，立刻离开了我的未婚妻和朋友们，尽快地赶到陛下的脚下，向陛下陈述谋反的事件，以表示我对陛下的赤胆忠心。”

“对了，你是和圣·梅朗小姐订婚吗?”路易十八问。

“是的，是陛下一个忠诚的臣仆的女儿。”

“是的，是的。我们还是接着谈这次阴谋造反的事吧，维尔福先生。”

“陛下，我担心这不仅仅是一次谋反的阴谋，而且是一次真正的谋反。”

“在目前这个时候谋反，”路易十八不屑地笑一笑说，“想想倒很容易，可成功太难了，因为我们祖先刚刚恢复王位，我们对于过去、现在和未来都看得很清楚，都很严格地一直戒备着。过去十个月来，我们的各位大臣都加倍地警惕防备着地中海，以确保平安无事。假如拿破仑分子在那不勒斯登陆，那么在他到达皮昂比诺以前，整个联军就会行动起来阻击他们；假如他在托斯卡纳登陆，就踏上了一块与他为敌的国土；假如他在法国登陆，那他只能带很少的人马，像他这样被人民深恶痛绝的人，其结果如何是可以想见的。放心吧。好了，维尔福，不过，王室仍然很感谢你的忠心和你的情报。”

“啊，唐德雷阁下来了!”勃拉卡斯大声喊道。这时，警务大臣在门口出现了，他脸色苍白，全身颤抖，像受到了极大的惊吓就要昏死过去的样子，维尔福正想告退，勃拉卡斯公爵却马上拉住了他的手，留住了他。

第十一章　科西嘉岛的魔王

唐德雷这副紧张兮兮的样子让路易十八也慌了，他猛地推开了身前那张刚刚还在写字的桌子。

“发生了什么事，男爵先生？”他惊讶地问道，“你的样子看起来好像要大难临头了，难道你这副犹豫慌张的模样，和刚刚勃拉卡斯公爵证实的事有关？”

勃拉卡斯公爵连忙走向男爵，因为那位大臣的神色太慌乱了，以至于他心中的得意全无，如今的状况，他宁愿是被警务大臣战胜，也不想让大臣受到羞辱，这对他来说，百害而无一利。“陛下——”男爵欲言又止，神色不安。

“怎么了？”路易十八问道。那种心头的绝望，仿佛要溺毙警务大臣，他几乎扑倒在国王脚下，而后者见状，禁不住连退几步，并且蹙起眉心。

“你倒是说啊。”路易十八开始不耐烦了。

“陛下，都是我的错，灾难马上就要临头了！我该死，是我的疏忽，我今生都无法宽恕自己的罪行！”

“我命令你，男爵，快点交代实情。”路易十八嚷道。

“陛下，逆贼已在二月十八日离开了厄尔巴岛，于三月一日登陆了。”

“在哪儿——在意大利吗？”国王也感到了恐惧，不确定地问。

“在法国登陆的，陛下，昂蒂布附近一个小港口的琪恩湾那儿。”

“那逆贼于三月一日就在离巴黎七百五十里的琪恩湾附近登陆，而今天都三月四日了，你才得到消息！哦，男爵，你告诉我的事简直太令人失望了。倘若不是你得到了一份假情报，那么你就是发疯了，真的发疯了。”

“唉，陛下，这事千真万确!”

国王做了一个难以形容的愤怒和惊惶的动作，然后猛地一下子挺直身子并站了起来，像是这个突然的打击同时击中了他的脸和心一样。“在法国，”他喊道，“这个逆贼已经到了法国了！这么说，他们没有好好看住这个人，谁知道？或许你们是和他串通的!”

“噢，陛下!”勃拉卡斯公爵惊呼道，其实这事决不能怪罪唐德雷警务长。“陛下，我们都瞎了眼，放松了警惕，警务大臣也同大家一样，仅此而已。”

“可是——”维尔福刚刚说了两个字，像又想到了什么似的便又突然停住了。“请您原谅，陛下，”他一边说一边躬了一下身子，“我的忠诚已使我无法自制了，望陛下原谅。”

“说吧，维尔福，大胆地说吧。”国王鼓励地说道，“看来只有你一个人把这个真实的坏消息及早告诉了我们，现在再请你帮我们想想找到什么补救的办法!”

“陛下，”维尔福说，“逆贼在南方是人人得而诛之遭人憎恨的，如果他敢在那儿冒险登陆，我们就很容易把朗格多克和普罗旺斯两省的民众发动起来反抗打击他们。”

“那是当然”，大臣说道，“只不过他们是顺着加普和锡斯特龙挺进的。”

“挺进，他们在挺进!”路易十八激动地说，“这么说他们已经是在向巴黎挺进了吗?”

警务大臣一句话都不敢说了，这无疑就是一种默认。

“陀菲内省呢，维尔福?”国王问维尔福，“你觉得我们也能像在普罗旺斯省那样去做吗?”

“陛下，我很抱歉不得不禀告陛下一个严酷的事实，陀菲内的民情远不如普罗旺斯或朗格多克，那些山民都是拿破仑党分子，陛下。”

“那么，”路易十八的声音低了几度地说，“他的情报倒很正确了，他带了多少人?”

“我不知道，陛下。”警务大臣唯唯诺诺地说。

“什么！你不知道，你没去打听打听这方面的消息？是啊，这件事没什么大不了。”路易十八说着苦笑了一下。

“陛下，这是没法知道的，快报上只提到了登陆和逆贼所走的路线。”

“那你这个快报是怎么得来的？”

大臣低下了头，涨红了脸，他低声地说：“快报是投递站接力员送来的，陛下。”

路易十八向前跨了一步，像拿破仑那样交叉起双臂。“哦，这么说七国联军推翻了那个人，在我经历了二十五年的流亡以后，上天大发慈悲，把我送到了我父亲的王位上只是昙花一现了？在这二十五年中，我研究、探索、分析我的国家和人民以及各种事务，而今正当我全部心愿就要付诸实现的时候，我手里的权力却又爆炸了，把我炸得粉碎！”

“陛下，这只是劫数！”大臣轻声地安慰说，他觉得这样的一种压力，在命运之神看来无论是多么的微不足道，却已经是够压垮一个人了。

“那么，我们的敌人抨击我们说的话就没错了，我们什么都没有学到，什么都不会忘记！如果我也像他那样为国家所共弃，那我倒可以聊以自慰。但是既然是人家推荐我为尊，那么大家就应该爱护我胜过爱护他们自己才是，因为我的荣辱也就是他们的荣辱。在我继位之前，他们是一无所有的，在我逊位之后，他们也将一无所有。我竟会因他们的愚昧和无能而自取灭亡！噢，是的，先生，你说得不错——这是劫数！”

在路易十八这一番自我解嘲之下，大臣一直躬着腰，不敢抬头。勃拉卡斯公爵只是一个劲地擦着他头上的冷汗。全场唯有维尔福暗自得意，因为他觉得他越发显得重要了，他的前途也越来越光明。

“亡国！”国王路易又说，他一眼就看出了自己将要坠入的深渊。“亡国，从快报上才知道亡国的消息！噢，我宁愿踏上我哥哥路易十六的断头台也不愿意这样丑态百出地被人赶下杜伊勒宫的楼梯。这简直太好笑了，你为什么不知道他在法国的力量，而这原就是你应该知道的，你为什么不知道！”

“陛下，陛下，”大臣惊恐地说，“陛下开恩——”

“请你过来，维尔福。”国王又对维尔福说道，后者一动也不动，屏住了呼吸，正在倾听一场关系到一个国王一个国家命运的谈话。“来，来，告诉大臣先生，他所不知道的一切，别人却能事先知道。”

“陛下，那个人一手遮掩住了天下所有人的耳目，谁也无法事先知道这个计划。”大臣犹死挣扎地说。

“无法知道，这是多么伟大的字眼！不幸的是我已经都知道了，天下确实有伟大的字眼，先生。一位大臣他手里有庞大的武装机关，有警察，有密探，有一百五十万法郎的秘密活动经费，竟无法说出离法国一百八十里以外的情况，真不知道你们都在干什么。难道真的无法知道吗？那么，看看吧，这儿有一位先生，他的手下并没有如此丰厚的条件，只是一个法官，可他却比你和所有警务人员都知道得多。如果，他像你那样有权指挥快报机构的话，他早就可以帮我保住这顶皇冠啦。”

警务大臣的眼光一下子都转到了维尔福身上，神色中带着仇恨，后者却带着胜利的微笑，装作谦逊地低下了头。

“我并没有在说你，勃拉卡斯，”路易十八继续说道，“因为尽管你没有发现什么，但至少你很明智，曾坚持你的怀疑，要是换了别人，则可能就会认为维尔福先生的发现是无中生有无足轻重的，或者他只是想贪功邀赏罢了。”

这些话是针对警务大臣一小时前带着极为自信的口气所发的那番见解的，维尔福很能明白国王讲话的意图。也许换了别人，或者会被这一番赞誉所陶醉而忘乎所以了，可他担心自己会成为警务大臣的死敌，尽管他已看出大臣的失败是无可挽回的了。

事情也确实如此，这位大臣在权力在握的时候即使不能揭穿拿破仑的秘密，可在他垂死挣扎之际，却存在揭穿他的秘密的可能，因为他只要随便问一问唐太斯便一切都明白了，所以维尔福不仅不落井下石，反而来帮他一把了。

“陛下，”维尔福说，“事态变化之迅速足以向陛下证明：上帝只不过是掀起一阵风暴让陛下能有先见之明而已，实际上我纯粹是出于偶然才知道这个消息的，我只不过是像一个忠心的臣仆那样抓住了这个偶然的机会而已。陛下，请不要对我过誉了，否则，我恐怕将来再没什么机会来附和您的好意了。”

警务大臣向这位年轻人投去了感激的一瞥，维尔福明白他的计划已经成功了，也就是说他非但没有违拒了国王的感激之情，而且又新交上了一个朋友，必要时，也许可以依靠他呢。

“那也好。”国王又开始说道，“先生们，”他转过头向勃拉卡斯公爵和警务大臣说道，“我没有什么话对你们说的了，你们可以退下了。剩下的事必须由陆军部来办理了。”

“幸亏，陛下，”勃拉卡斯乘机谄媚地说，“我们可以信赖陆军。陛下，要知道所有的报告都证实他们是忠心耿耿的。”

“公爵，别再向我提起报告了！我现在已经非常清楚可以信赖他们的程度了，可是，说到报告，男爵阁下，你知道有关圣·杰克司街事件的消息吗？”

“圣·杰克司街的事件！”维尔福禁不住惊叫了一声。然后，又急忙换了语气说，“请您原谅，陛下，我对陛下的忠诚使我忘记了——倒不是忘记了对您的尊敬，而是一时情急忘记了礼仪。”

“请随意一些，先生！”国王答道，“今天特许你有提出问题的权利。”

“陛下，”警务大臣连忙回答道，“我刚才就是来向陛下报告有关这方面的最新消息的，碰巧陛下的注意力都集中到那件恐怖的大事上去了，现在陛下恐怕不会再感兴趣了吧。”

“恰恰相反。先生，恰恰相反。”路易十八说，“在我看来，这和刚才我们所关心的事一定有关系，奎斯奈尔将军之死或许将会引起一次内部的大叛乱。”

维尔福听到奎斯奈尔将军的名字时不禁战栗了一下。

“陛下，”警务大臣说，“事实上，一切证据都说明奎斯奈尔将军的死，并不像我们以前所相信的那样是自杀，而是一次谋杀。奎斯奈尔将军好像是在离开一个拿破仑党俱乐部的时候失踪的。出事的那天早晨，曾有人和他在一起，并约他在圣·杰克司街相会，不幸的是当那个陌生人进来的时候，将军的贴身保镖正在另一间屋里梳头，因而他只听到了街名，却没听清楚门牌号码。”

当警务大臣向国王详细讲述这件事的时候，维尔福聚精会神地听着，脸上一阵红一阵白，仿佛他的整个生命都寄存于这番话上似的。国王把目光转到了他的身上。

“维尔福先生，大家都以为这位奎斯奈尔将军是逆贼的一分子，但实际上他却是对我忠心耿耿的，我觉得他是拿破仑党所设的一次圈套下的牺牲品，你是不是和我想的一样？”

“我认为这是可能的，陛下。”维尔福镇定地回答，“但现在只知道这些情况吗？”

“他们已经在跟踪那个和他约会的陌生人了。”

“已经跟踪他了吗？”维尔福说。

“是的，仆人已把他的外貌具体地描绘了出来。他是一个五十一二岁的人，棕褐色皮肤，蓬松的眉毛底下有一双黑色的眼睛，胡子又长又密。那天他身穿蓝色披风，纽孔上挂着荣誉团军官的玫瑰花形徽章。昨天跟踪到一个人，他的外貌和以上所描述的完全相符，可是那人到裘森尼街和高海隆路的拐角处便突然消失不见了。”

维尔福不落痕迹地将身子靠在了椅背上，因为警务大臣在讲述这些的时候，他只觉得两腿发软。当他听到那人摆脱了跟踪他的密探的时候，他才偷偷松了一口气。

“继续加派人手追踪这个人。先生，”国王严厉地对警务大臣说，“奎斯奈尔将军对我王朝来说是一个非常有用的人，从各方面看来，我相信他是被谋杀的。假使果真如此，那么暗杀他的凶手，不论是不是拿破仑党，我们都要将他缉拿从严惩处。”

国王讲这些话的时候，维尔福在努力使自己镇定下来，以免露出惊慌的神色。

“多可笑呀！”国王用很尖酸的语气继续说道，“当警务部说‘又发生了一起谋杀案’的时候，尤其是，当他们又加上一句‘我们已经在追踪凶手’的时候，他们就以为一切都已了结了。”

“陛下，我相信您对此已经满意了。”

“等着瞧吧。我不再耽搁你了，男爵。维尔福先生，你经过这次长途旅程，肯定很疲乏了，早点回去休息吧。你大概是下榻在你父亲那儿吧？"

维尔福听到这话感到微微有点昏眩。"不，陛下，"他答道，"我暂时住在导农街的马德里饭店里。"

"你去见过他了吗？"

"陛下，我刚到巴黎就去找勃拉卡斯公爵先生了。"

"但你总得去见他吧？"

"我一点儿都不想去见他，陛下。"

"呀，我忘啦，"路易十八说道，随即微笑了一下，借以证明这一切问题是没有别的意思的，"我忘记了你和诺瓦蒂埃先生的关系并不好，这又是你效忠王室而做出的一次牺牲，为了两次牺牲你该得到应有的报偿。"

"陛下，您对我的仁慈已超过了我所希望的最高报偿，我已感恩戴德别无所求了。"

"那算什么，维尔福，你的牺牲我是不会忘记的，你放心好了。现在（说到这里，路易十八将他佩戴在蓝色上衣上的荣誉勋章摘了下来，递给了维尔福，这枚勋章原先戴在他的圣·路易十字勋章的旁边，圣·拉柴勋章之上的）——现在暂时先接受这个勋章吧。"

"陛下，"维尔福说，"您要知道，这种勋章可是军人佩戴的呀。"

"是啊，没错！"路易十八说，"拿着吧，暂时只能给你这样的奖励了，因为我来不及给你弄个别的什么了。勃拉卡斯，你记得把荣誉勋位证书发给维尔福。"

维尔福的眼睛里马上充满了喜悦和得意的泪水。他接过勋章并在上面吻了一下。"现在，"他说，"我能问一下陛下还有什么命令需要我去执行吗？"

"你需要休息，先休息去吧，毕竟赶了这么远的路了。要记住，你虽然不能在巴黎这儿为我效劳，但你在马赛对我也是很有用处呢。"

"陛下，"维尔福一边鞠躬，一边回答，"我在一个钟头之后就要离开巴黎，赶回马赛了。"

"去吧，维尔福，"国王说，"要是将来我忘了你（国王记忆力都不强)，你就设法使我想起你来，不用担心害怕什么。男爵先生，去叫军政大臣来。勃拉卡斯，你留在这儿。”

“啊，先生，”在他们离开杜伊勒宫以后，警务部长对维尔福说，“您走的门路不错，您的前程无量啊!”

“谁知道能否真的前程远大，未来的事谁说得清呢?”维尔福一面心里这样思忖着，一面向大臣致敬告别，他的任务已经圆满完成了，他环顾四周寻找出租的马车。这时正巧有一辆马车从眼前经过，他便喊住了它，告诉了地址，然后跳到车里，坐在座位上，做起黄粱美梦来了。

十分钟之后，维尔福到了他的旅馆，他吩咐马车在两小时后再来接他，并吩咐把早餐给他拿过来。他正要进餐时，门铃响了，听那铃声的连续性，便知道按铃的人果断有力。仆人打开了门，维尔福听到来客提到了他的名字。

“谁会知道我在这儿呢?”他在心里自问道。

仆人恭敬地走了进来。

“咦，”维尔福说，“有什么事?谁拉铃?谁要见我?”

“一个陌生人，他不愿意说出他的姓名。”

“一个不愿意说出姓名的陌生人想要见我，他想干什么?”

“他说他想同您说话。”

“同我说话。是他!”维尔福说道，像是想到了什么，脸色变得苍白起来。

“呃，你说对了!”我们已描绘过两次外貌的那个人走进门来说，“规矩还不少哪!儿子叫他父亲候在外客厅里，这可是马赛的规矩吗?”

“父亲!”维尔福喊道，“我没弄错，我想起了您。”

“哦，那么，如果你觉得这样肯定，”来客一面说着，一面把他的手杖靠在了一个角落里，把帽子放在了一张椅子上，“让我告诉你，我亲爱的杰拉尔，你要我这样等在门外实在太不客气了。”

“你出去吧，茄曼。”维尔福说。于是那仆人带着一脸的诧异神色退出了房间。

第十二章 父与子

进来的人果然是诺瓦蒂埃先生，他那双眼睛像蛇一样尾随着仆人，直到看着他关上门。接着，他还不放心，自己走过去打开门，生怕有人在客厅里面偷听。这种行为还是可以理解的，毕竟，当茄曼突然退出之时，恰恰犯了我们的祖先也曾因之堕落的原罪。诺瓦蒂埃先生一点也不怕麻烦，他先是关上了外面客厅的门，又关上卧室的门，才将自己的手伸向维尔福。而此时，后者看了他一系列动作后，正神色呆滞地盯着他，连任何反应都做不出了。

“啊，我亲爱的孩子，杰拉尔，”客人深情地盯着自己的儿子，“怎么，你看见我似乎并不是特别开心啊?”

“亲爱的父亲，”维尔福答道，“恰恰相反，见到您我开心得不得了，不过我想不到您会来这里看我，这事儿让我吃惊不小。”

“可是，我亲爱的儿子，”诺瓦蒂埃先生一边说，一边找了一个地方坐了下来，“我倒正想对你说这句话，因为你告诉我说你在二月二十八日订婚了，可三月三日却已到巴黎这儿了。”

“我亲爱的父亲，”维尔福一面说着，一面把椅子拉近了诺瓦蒂埃先生，“就算我来了，您也不必担心抱怨，因为我是为您而来的，我这次来也许还能救您的命呢。”

“啊，是吗!”诺瓦蒂埃先生已舒舒服服地躺在椅子里了，接着说，“真的，请说来听听，法官先生，我想这一定很有趣。”

“父亲，您知道圣·杰克司街有一个拿破仑党俱乐部吗?”

“当然知道，在五月十三号，我就是该俱乐部的副主席了。”

“父亲，您怎么能这么镇定呢？简直使我有点儿害怕了。”

“噢，我的好孩子，一个曾被山岳党所驱逐，曾躲在干草车里逃出巴黎，并被罗伯斯庇尔的暗探在波尔多的旷野里追逐过的人，他对很多事情都早已习惯了也看透了。你继续往下说吧，圣·杰克司街的俱乐部怎么了？”

“哦，他们有人引诱奎斯奈尔将军去那里，奎斯奈尔将军是在晚上九点钟离家的，次日尸体便在塞纳河里被人发现了。”

“这个故事你是听谁说的？”

“国王亲口告诉我的。”

“那么好吧，作为对你的故事的回报，”诺瓦蒂埃又说，“我也讲个故事给你听听。”

“我亲爱的父亲，我想，我已经知道您要告诉我的是什么了。”

“哦，你已听到拿破仑皇帝陛下登陆的消息了？”

“小声点，父亲，我求求您——为了您自己也为了我。是的，我听说这个消息了，甚至比您还早就听说了。三天以前，我以最快的速度，几乎拼命似的从马赛赶到巴黎来，就是因为我恨不得把我脑子里所苦恼着的一个念头一下子就送到六百里以外去。”

“三天以前！你疯啦？三天以前陛下还没有决定登陆呢。”

“那没有什么关系，我早已知道他的计划了。”

“是吗？你是怎么知道的呢？”

“从一封由厄尔巴岛发出的送给您的信上知道的。”

“给我的信？”

“对，给您的信，我是在那送信人的笔记本里发现的。如果那封信落到了别人的手里，我亲爱的父亲呀，您这个时候大概早已被枪毙啦，也就不能来看我了。”

维尔福的父亲大笑起来。“嗯，嗯，”他说，“看来昏君倒也从陛下那儿学到了速战速决的方法了。枪毙！我的好孩子！你说的这个刑罚未免执行得太快了吧。那么你所说的这封信在哪儿？我很了解你的为人，我想你绝不会把这封信随便乱扔的。”

“我已经把它给烧了，就怕留下只字片言，因为您知道那封信简直就是您的判决书。”

“最重要的是还会断送你的前程，”诺瓦蒂埃说道，“是的，这一点我倒不难理解。现在有你来保护我我就什么都不必怕了。”

“我不仅仅是保护了您，亲爱的父亲，确切地说，我救了您的命！”

“是吗？咦，事情真是越来越有趣了，那你继续说说看！”

“我得再回到圣·杰克司街那个俱乐部的话题上去。”

“看来这俱乐部倒颇使警务部费神头痛了。那他们为什么不再仔细地搜一搜呢？他们会找到——”

“他们没有找到，但他们已经有线索了。”

“那不过是老生常谈，这句话的意思我知道得最清楚。当警务部没有办法的时候，他们就宣称已经有线索了，于是政府就耐心地等着，直等到有一天，他们说那个线索失踪了，像一溜青烟一样。”

“不错，可他们找到了一具尸体，奎斯奈尔将军被害了，而在世界各国，大家都称那是一次谋杀。”

“谋杀！你也认为是这样的吗？咦，根本没有任何证据足以证明将军是被谋杀的呀。塞纳河里每天都可能捞到死人，不是自己跳下去的，就是因为不会游泳而淹死的。”

“父亲，我想您应该知道得很清楚，将军并不是一个会因绝望而跳河自杀的人，而大正月里更不会有人在塞纳河里洗澡。不，不！不要弄错了，这次的死明明就是一次谋杀。”

“那么这是谁定性的？”

“国王亲口说的。”

“国王！我还当他是一个聪明的哲学家，能懂得政治上并无谋杀这回事呢。亲爱的儿子，你我都清楚得很，在政治上，是没有个人的存在的，只有主义，也没有任何感情可言，只有利害。在政治上，我们不是杀了一个人，而是除去了一个障碍。你想知道实情吗？好吧，让我来告诉你。最初大家都很信赖奎斯奈尔将军，因为他是厄尔巴岛方面介绍来的。我们中有人到他那儿去邀请他到圣·杰克司街去，请他去见几个朋友。他去了，大家就把计划告诉了他，像是怎样离开厄尔巴岛，在什么时间登陆等等。但当他知道了详情以后，他竟然回答说，他是一个保皇党。当时大家都觉得莫名其妙，面面相觑，我们叫他发誓保守秘密，他发了个誓，但却口是心非阳奉阴违，以致真的激怒了上天来显灵报应！即便如此，大家还是让他自由地离开了，完全放他自由了。可是他却没回家。这让我怎么说呢？

“唉，亲爱的，他很可能在离开我们之后，迷了路。可是你说谋杀！

“真的，维尔福，你太令我吃惊了！你，一个代理检察官，竟如此仓促潦草地给人定罪！当你为国王尽忠，把我党的一个成员杀头的时候，我是否对你说过，‘我的儿子，你犯了谋杀罪啦？’没有，我只是说，‘好极了，亲爱的儿子，你赢了，明天，说不定，胜利又属于我们的了。’”

“但是，父亲，我要告诉您，当我们胜利了的时候，我们的报复可是冷酷无情的。”

“我不明白你的意思。”

“您是在指望拿破仑党逆贼复位吗？”

“我们是这样想的。”

“这您就想错啦，他在法国境内还走不出五里路，就会被跟踪、放逐的，会像一只老鼠那样被抓住的。”

“我亲爱的儿子，陛下这个时候已在格勒诺布尔的路上了。十一二日他就会到达里昂，而在二十日或二十五日将到达巴黎。”

“真是如此！”维尔福惊悚地望着他的父亲问道。

“呃，其实事情很简单。你们当权人所拥有的，只不过是用金钱就能收买到的东西，而我们在野人，得到的却是由信仰所激发的一切。”

“信仰？”维尔福微笑着说。

“不错，就是信仰。这两个字的含义，我相信，就是有希望的雄心壮志。”说完这句话，维尔福的父亲准备伸手去拉那条叫人的铃绳，想叫侍者进来。维尔福却轻轻按住了他的手臂。

诺瓦蒂埃状似不经意地朝四周看了看，然后他走到放梳妆品的桌子前面，在脸上擦了一些肥皂，接着拿起一把剃须刀，用一只结实的手刮掉那险些给他添麻烦的胡子，因为正是它们给警务部留下了十分明显的印象。维尔福睁大眼睛惊奇地注视着他，仿佛第一次认识他父亲似的。

胡子刮掉了，诺瓦蒂埃又把他的头发重新整理了一下。然后，拿起一条放在一只打开着的旅行皮包上面的花领巾，打了上去；脱下了他自己那件高领蓝色披风，穿上了维尔福的一件燕尾服式的棕黑色的大衣；在镜子前面试了试后，他又拿起了他儿子的一顶狭边帽子戴在头上，觉得非常合适；又把手杖放在原先那个壁炉角落里，拿起一根细竹手杖，用他那有力的手试了一下——这根细手杖是维尔福代理法官走路时用的，拿着它走路更显得从容轻快，更显得威严有魄力，这是他的主要特征之一。

“好了。”穿戴完毕以后，他转过身来对他惊讶得瞠目结舌的儿子说，“怎么样，你们警务部还能认出来吗？”

“绝对认不出来了，父亲。”维尔福讷讷地说，“至少，我希望他们认不出您来。”

“现在，我亲爱的孩子，”诺瓦蒂埃接着说，“这些东西就留给你了，全凭你的谨慎来把它们处理掉了。”

“哦，放心好了。”维尔福说。

“是，是的，我现在相信你确实说得对，你真的救了我的命。但你放心，很快我就会向你报恩的。”

维尔福摇了摇头。

“你不相信？”

“不是，我希望是您弄错了。”

“你愿不愿意在昏君面前当一个预言家呢？”

“讲祸事的预言家是不受宫廷欢迎的，父亲。”

“确实，但他们总有一天会得到报偿的，如果真的发生了第二次的复辟，你那时就可以成为一个伟人了。”

“好吧，我应该对国王说些什么呢？”

“你可以对他这样说：‘陛下，从法国的现有形势、市民的舆论方向、军队的士气来看，您受骗了。那个在巴黎被您称为科西嘉岛的魔王，在内韦尔被冠以逆贼头衔的人，却已经在里昂被人欢呼誉为波拿巴，并在格勒诺布尔被尊为皇帝了。您以为他是在被围剿，被驱逐，或将要被缉拿了，其实并非如此。他正在迅速前进，就像他所养的鹰那样，他就快要登上巴黎了。您所信赖的那些士兵都快要饿死、累死啦，他们随时都准备着开小差，然后像雪花会附在向前滚的大雪球上似的赶到他那儿去。陛下，我们走吧！把法兰西让给它真正的主人吧，让给那个不是用金银、财宝、权势把它买到手，而是以人格力量征服它的人吧。走吧，陛下，倒并不是因为您的生命将会遭到威胁，因为您的对手很强大也很仁慈，他会宽容您的。但是对于圣·路易的孙子来说，竟让取得阿柯尔战役、马伦戈战役、奥斯特利茨战役胜利的那个人饶他一命未免也太丢家族的脸了。'就对他这么说吧，当然，最好还是什么也不要告诉他。严守你这次行程的秘密，不要吹嘘你到巴黎来干什么，或已经干了什么。赶快回去吧，趁黑夜进入马赛，然后从后门悄悄溜回家，静静地、老老实实地、不声不响地待在那儿。而最重要的，就是不要再惹事了，因为这一次，我敢向你打包票，我们认清了谁是敌人以后会给以狠狠地惩罚和报复的。走吧，我亲爱的儿子，走吧，我亲爱的杰拉尔，要是你能听从我的话或者要是你高兴，把它当作友好的忠告也行，我们还可以保留你的原职的。这个，"诺瓦蒂埃微笑了一下又说，"就算是一种交易吧，如果有一天，在政治的天平上你高我低的时候，还希望你能再救我一命。再见了，我亲爱的杰拉尔，下次再来巴黎时，请在我的门口下车吧。"诺瓦蒂埃讲完这番话后，他便以同样安详的神色离开了房间。维尔福听后脸色变得苍白，急忙奔到窗前，拉开窗帘，看着父亲泰然自若地经过街口两三个缩头缩脑的人的身边。这两三个人，大概就是等候在那儿来抓一个长黑胡子的、穿蓝色披风、戴阔边呢帽的人吧。

维尔福屏息静气地站在那儿呆望着，直看到他的父亲拐入了蒲赛街才转过身来急忙去处理他父亲留下来的那堆东西：把那黑领结和蓝披风塞进旅行包的箱底里；把帽子扔进了漆黑的壁橱里；把手杖折成几段，一下子投进了壁炉。之后他戴上旅行便帽，叫来仆人，用眼色示意让他不要问任何问题，付了饭店的账后，便跳上那辆早已等候着他的马车里。他在里昂时得知波拿巴已进入格勒诺布尔，沿途到处都是兵荒马乱的景象，他终于回到了马赛，这个野心勃勃的人初次尝到了成功的喜悦，但同时在心底，他又充满了种种希望和无尽的忧虑。

第十三章　百日

诺瓦蒂埃先生果真神机妙算，堪称预言家，事情的发展正如他所料。没有人不知道，那位从厄尔巴岛卷土重来的大人物，所引起的历史著名事件——拿破仑复辟，不仅是前无古人，甚至可称得上是后无来者。

对这一猛烈的复辟事件，路易十八也只不过稍稍地抵抗了一下。他这个国王，本来根基就不稳，由难以调和的旧偏见和新观念构成的王朝也是摇摇欲坠，所以只要拿破仑挥一挥手，这座上层建筑便分崩离析了。幸而维尔福在国王那里只得到了一些口头上的感谢（不过目前看来，这些对他反而是有害的）和荣誉十字勋章，对于这个勋章，他留了个心眼，并未佩戴在身，即使勃拉卡斯公爵将荣誉勋位证书都送到了他的手上。

诺瓦蒂埃一时名声显赫，若不是他的帮助，维尔福的职位恐怕早就被拿破仑免去了。这位一七九三年的吉伦特党人以及一八〇六年的上议员护住了不久之前庇护过他的人。

拿破仑帝国正在复辟期间，但已不难预见它的二次倾覆了。维尔福的全部精力都用在封住那几乎被唐太斯所泄露的秘密上了。只有检察官被免了职，因为他有效忠路易王室的嫌疑。

由于时势的急剧逆转变化，那位可敬的莫雷尔船主在当时虽还称不上势倾全市——因为他是个谨慎而胆小的商人，以致许多狂热的拿破仑党分子纷纷斥他为“温和派”，但却已有足够的力量可使他所提出的要求闻达于当局，而他的那个要求，我们很容易猜到，不错，是与唐太斯有关的。

维尔福的上司虽已倒台，但他本人却依旧保留了原职，不过他的婚事不得已暂时搁在了一边，等待一个更有利的时机。如果皇帝能保住王位，那么杰拉尔就需要一个不同的联姻来帮助他的事业，他的父亲已负责再给他另结一段良缘了。如果路易十八能够重登王位，那么圣·梅朗侯爵以及他本人的势力就会大增，那桩婚事也就比以前更实惠、更优越了。

维尔福这个代理检察官暂时当上了马赛的首席法官。一天早晨，仆人推门进来，报告莫雷尔先生来访。要是换了别人很有可能就会赶忙去接见船主了。但维尔福是一个很有心机很聪慧的人，他知道这样做无异于是在显其软弱。所以即使他并没有别的客人，但仍让莫雷尔在外客厅里静静等候，理由是代理检察官总是要叫每位来客都等候一下的。大概读了一刻钟的报纸以后，他才吩咐请莫雷尔先生进来。

莫雷尔原以为维尔福会显出一副垂头丧气理亏的样子，可是没想到见到他的时候，他看起来仍像六个星期以前见到他的时候一样，镇定、稳重、冷漠疏离而彬彬有礼，这是教养有素的上等人和平民之间最难逾越的鸿沟。他走进维尔福的书房，满以为那法官见到他就会浑身发抖，但恰恰相反，他看到的是维尔福泰然自若地坐在那儿，手肘支在办公桌上，用手托着头，一副很有威严很优雅的样子，于是他自己倒不自觉地浑身打了个寒战。他走到门口便停了下来。维尔福凝视了他一会儿，那眼神看起来像是有点不认识他了似的。在这短短的一瞬间，那老实的船主只是疑惑地把他的帽子在两手中转动着，然后——“我想您是莫雷尔先生吧？”维尔福不紧不慢地说。

“是的，先生。”

“请进来，先生，”法官像赐恩似的摆一摆手说，“请告诉我是什么原因使我能有幸看到您的来访。”

“您猜不到吗，先生？”莫雷尔问。

“猜不到，但如果我可以做点什么为您效劳的话，我是很高兴的。”

“先生，”莫雷尔听到维尔福这么说，他渐渐恢复了自信心，“您是否还记得，在皇帝陛下登陆的前几天，我曾来为一个年轻人求过情，他是我船上的大副，被指控与厄尔巴岛有联系。那样的联系，在当时尽管是一种罪名，可是在今天却已是一种荣耀了。您当时是为路易十八效劳，不能庇护他，那是您的职责。但今天您定是为拿破仑皇帝效劳的，您就应该保护他了——这同样也是您的职责。所以我就是来打听一下那个青年现在怎么样了。”

维尔福竭力控制住自己起伏的心思，“他叫什么名字？”他问道，“把他的姓名告诉我。”

“爱德蒙·唐太斯。”

尽管，维尔福宁愿面对一支二十五步外的枪口也不愿听人提到这个名字，但他依然面不改色。

“唐太斯？”他重复了一遍，“爱德蒙·唐太斯？”

“是的，先生。”

维尔福翻出一大卷档案，放到桌子上，又从桌子那儿走到档案柜翻另外那些档案，然后转向莫雷尔说：“您肯定没弄错吗，先生？”他以世界上最自然的口吻说道。

倘若莫雷尔再心细一点，或对这种事稍微有点经验的话，那他就应该觉得奇怪，为什么代理检察官不打发他去问监狱长，去问档案官，而是这样亲自接见答复他，这都是有违常理的。但此时莫雷尔在维尔福身上看不出半点恐惧，只觉得对方很谦恭的样子便大意了。维尔福的做法果然不错。

“没有，”莫雷尔说，“我绝对没弄错。我认识他已经十年了，而且在他被捕的那一小时里，他还在为我服务呢。您也许还记得，六个星期以前，我曾来过一次请求您对他从宽办理，正像我今天来请求您对他公道一些一样。您当时接待我的态度十分冷淡，啊，在那个非常时期，保皇党人对拿破仑党人是特别严厉的。”

“先生，”维尔福答道，“我当时是一个保皇党人，因为当时我误认为波旁家族不仅是王朝的嫡系继承者，而且是国人所拥戴的君主。但拿破仑皇帝这次奇迹般地复位证明我错得离谱，只有万民拥戴的人才是合情合法的君主。”

“您说得对极了。”莫雷尔大声说道，“我很高兴您能这样说，那么我有理由相信可以从您这番话上得到爱德蒙的喜讯。”

“等一等，”维尔福一边说，一边翻阅一宗档案，“有了，他是一个水手，而且快要娶一个美丽可爱的迦泰罗尼亚姑娘了。我现在想起来了，这是一件极其严重的案子。他可能被送到费尼斯德里，壁尼罗尔，或圣·玛加里岛去了。您一定有机会在某一天看到他回来再给您当船长的。”

“不管他什么时候回来，那个位置我都给他保留着。可是他怎么还不回来呢？照理说，依拿破仑党法院最关切的事来看，首当其冲的就该是释放那些被保皇党法院关进监狱里去的人啊。”

“别太心急，莫雷尔先生，”维尔福安抚地说道，“凡事我们都得按法律手续进行，这都是有一定的秩序的。禁闭令既然是上面签发的，那么他的释放令也得在老地方办理。拿破仑皇帝复位还不到两个星期，那些信可能还没送出去呢。”

“可是，”莫雷尔着急地说，“现在我们已经赢了，除了等待办理这些正式手续之外，难道就没有其他的办法了吗？我还有几个朋友，他们有点势力，我倒是可以弄到一张撤销逮捕的命令什么的。”

“但是根本就没什么逮捕令。”

“那么，可以在入狱登记簿上勾销他的名字。”

“政治犯是不登记的。您知道，有时，政府就是用这种办法来使一个人失踪而不留任何痕迹的。入了册就不一样了，就有据可查了。”

“波旁王执政时，可能是那样，但现在——”

“任何时代都是这样的，我亲爱的莫雷尔先生，从路易十四那个时代就开始这样了。拿破仑皇帝对于狱规的管理比路易时期更加严格，监狱里不登记姓名的犯人简直多得数不胜数。”

就算莫雷尔再有什么怀疑，维尔福这番苦口婆心的说辞也足以使之完全消除了。这样，维尔福就逃脱了一次被调查的危险。一经查究，他可就全完了，这尽管并不一定会成为事实，但却是极有可能发生的。

可是维尔福只要一想到那个年轻人在那黑暗寂静的牢房里咒骂他，就不禁打了个寒战。但他是不会轻易让步的，在维尔福野心的重压之下，唐太斯是必须被摧毁的，是牺牲掉的那一个。

维尔福亲笔写了一封措辞美妙的请愿书，他在里面夸大了唐太斯的爱国心和对拿破仑党的功劳，以致唐太斯简直成了使拿破仑卷土重来最得力的一名活跃分子。据推测，一看到这份函件，大臣会当即释放他的。请愿书写好后，维尔福在莫雷尔面前把它朗诵了一遍。这个保证使莫雷尔充满了希望，于是他告别了维尔福，希望赶快去告诉老唐太斯这个好消息，说不久就可以看见他的儿子了。

但维尔福根本没有履行诺言把信送到巴黎去，只是小心地把那封现在看来可以救唐太斯但未来却极易危害他的请愿书保存了起来，怀着一颗并不是很自信的心等待那件似乎并非不可能发生的事情——路易十八实现二次复辟。这样唐太斯依旧还是犯人，被埋没在地牢的深处，他根本就不知道路易十八垮台的消息，更想象不到帝国倾覆时那更可怕的骚动。

但维尔福却用警觉的目光注视着外面的一切，用警觉的耳朵倾听着外面的一切。在拿破仑复位的“百日”期间，莫雷尔曾先后两次拜访并提出他的请求，却都被维尔福的花言巧语哄骗走了。最后发生了滑铁卢之战，拿破仑失败了，莫雷尔就没有再来了。他已尽了他力所能及的一切力量，这时如果还有任何新的尝试不仅徒劳无益而且很可能会伤害他自己。

路易十八又重新登上了王位。在马赛能引起维尔福内心愧疚担忧的记忆实在太多了，所以他请求并获准了调任到图卢兹检察官一职，两星期后，他就和蕾妮结婚了，岳父在宫廷里的地位比以前更显赫了。这就充分解释了在“百日”期间和滑铁卢战役以后，唐太斯依然被关在牢里的原因，好像上帝已把他忘了似的，但事实上大家都想着他，有人还为他奔走求过情。

腾格拉尔非常清楚他给唐太斯的那一击有多么严重，他像所有做贼心虚但又有点小聪明的人一样，认为这是天意。可是当拿破仑回到巴黎以后，腾格拉尔惊恐极了，唯恐唐太斯随时回来复仇，于是他便把自己希望出海的念头告诉了莫雷尔先生，然后得到了莫雷尔的一封介绍信，把他介绍给了一个西班牙商人，三月底就到那儿去就职了，也就是在拿破仑回来后的第十一二天。他当时离开马赛后去了马德里，此后就再没有听到他的消息了。

弗尔南多除了知道唐太斯已从眼前消失了，其他的事他则一概不知。到底唐太斯怎么样了，坐牢了还是离开了，他也懒得去问。只是，在他情敌不在的这一段时间，他常常苦思冥想，有时想到编个离开的理由来欺骗梅塞苔丝，有时想着迁移或强行把她带走。于是他经常忧郁地、发呆似的坐在弗罗湾的顶端，因为从那儿可以同时望到马赛和迦泰罗尼亚村，他是在等待着一个英俊的年轻人出现在他眼前，那个人就是他的复仇使者唐太斯。弗尔南多已暗自下定决心：再见到唐太斯时，他要一枪打死唐太斯，然后自杀。可惜他错了，他这个人是不会自杀的，因为他还抱有某种希望，尽管很小很小。

在这个时候，帝国作了最后一次呼吁，法国境内所有能拿起武器的男子都赶去听从他们皇帝的号召了，弗尔南多和其他的人一同离开了马赛，但心里却怀着一个十分忧虑的念头，深恐他的情敌会在他不在的时候回来同梅塞苔丝结了婚。要是弗尔南多真的想自杀，在他离开梅塞苔丝的时候就该这样做了。谁知道他对她的关心，以及他对她的不幸所表示的同情，都产生了很好的效果。梅塞苔丝一向像兄妹般地深爱着弗尔南多，现在这份情谊上又多了一份感激之情。

“哥哥，”她把行囊挂上他肩头的时候担忧地说，“你要自己当心一点，如果你再像他一样永远离开了我，那我在这个世界上就真的只有孤零零的一个人了。”这些话在弗尔南多心中注入了一线希望。他想，要是唐太斯不回来的话，总有一天，梅塞苔丝就是他的了。

现在只剩下梅塞苔丝一个人孤零零地来面对这从未如此荒凉的大平原，和从未如此一望无际的大海了。她天天以泪洗面，人们有时看见她不断地在迦泰罗尼亚人住的这个小村子周围徘徊；有时看见她峭然不动地像一尊雕塑似的站着，呆望着马赛；有时又看见她坐在海边，像倾听那如同她自己的哀愁那样永恒的海的呻吟。她时常自问，是不是应该让自己投入海洋那无底的深渊里，因为这样总比忍受如此焦灼的等待更好一些。她并不是缺乏这样做的勇气，而是她的宗教信仰帮了她的忙，救了她的命。

卡德鲁斯也像弗尔南多一样应征入伍了，但因为他已经结了婚，而且比弗尔南多年长八岁，所以仅被派去驻守边疆。老唐太斯一直是靠微弱的希望支撑着的，可是拿破仑一倒，他的全部希望都成了泡影。在和他的儿子分离五个月以后，其实也可以说就在他儿子被捕的那一刻，他就在梅塞苔丝的怀里咽下了最后一口气。莫雷尔先生不仅负担了他的全部丧葬费，还把那可怜的老人生前所借的几笔小债也还清了。

这样做不仅需要丰富的慈悲心，而且也需要很大的勇气——因为像唐太斯这样危险的一个拿破仑分子，哪怕你去帮助他临终的父亲，也会被人当作一个罪名来指点来污蔑的。

第十四章　两个犯人

路易十八复位一年以后，监狱巡查员去伊夫堡监狱进行了一次视察。幽深黑暗的地牢里，唐太斯听到了一些嘈杂热闹的声音，那是准备迎接巡查员的队伍。一般在地牢中的人是听不到这些声音的，只有那些听惯了蜘蛛在寂静的夜里织网的声音，凝聚于牢房顶上的水珠滴落的声音的犯人，才能听到这份嘈杂。唐太斯已经太久没有和外界接触了，他一度猜想着那些生活在自由中的人们，究竟发生了怎样不平凡的事儿，但是他想不出来，漫长的牢狱生活几乎将他变成了一个死人。

巡查员依次视察大牢的单间牢房以及地牢，有那么几个犯人，因为平日里表现良好或者总是做出一些愚蠢的行为，故而得到了当局的怜悯。于是巡查员便问他们伙食如何，有没有什么合理的要求。犯人们一致反映吃得太差，想要恢复自由。巡查员接着问他们有没有别的要求，这些人全都摇头，因为除了自由，他们也想不到自己最希望要的是什么了。巡查员无奈转身对监狱长笑道："真是搞不明白上面是怎么想的，这种视察完全就是做无用功嘛，你见了一个犯人，就相当于见了所有的犯人，说的话都没什么新意，不是抱怨吃的糟糕就是说自己是冤枉的。还有没见过的犯人吗？"

"有，危险的犯人和发疯的犯人都在地牢里。"

"那我们继续去看看，"巡查员带着疲乏的神色说，"我得完成我的任务，现在我们下去吧。"

"请稍等一会儿，我们先派两个士兵去。"监狱长说，"那些犯人有的已经活得不耐烦了，想判个死刑，就会做出一些疯狂极端的事来，你这样毫无准备地下去或许可能成为一个牺牲品。”

“必须采取一切必要的防范措施。”巡查员听后担忧地说。

于是便找来了两个士兵，巡查员他们一行人顺着一条黑暗潮湿的楼梯往下走，仅走过这么点地方，他们就感到眼睛、鼻子和呼吸都很难受了。“噢!”巡查员走到中途停了下来，喊道，“住在这里的是什么鬼东西呀?”

“一个叛徒，这个家伙是最危险的，什么都干得出来，所以上面命令我们要特别严加看守。”

“只有他一个人吗?”

“是的。”

“他来这里多长时间了?”

“有一年了吧。”

“他一来就关在这里的吗?”

“不是，是他想将狱卒杀死之后才被送到这里关起来的。”

“想将狱卒杀死?”

“对，就是为我们掌灯的这个。是不是，安多尼?”

“没错，他想杀死我!”狱卒答道。

“他一定是疯了。”巡查员说。

“疯子比他好多了，——他就是一个恶鬼!”狱卒答道。

“需要我训斥他一顿吗?”巡查员问。

“噢，不用了，这对他而言是没用的。他已经受到够多的惩罚了。而且，他现在几乎已经疯了，再过一年，就会完全变成一个疯子。”

“疯了对他而言还好一点，——他至少不用受那么多苦。”巡查员说。就像这句话所表示的，巡查员是十分博爱的，而且与他的职位处处都相符合。

“您说得对，阁下，”堡长答道，“从这句话可以看出，您对这一行相当有研究，现在，约莫再走二十步，然后下一层楼梯，我们就能在一间黑牢里看到一位长老，他来自意大利的一个政党，是里面的老领袖，从一八一一年起就关在这里了，一八一三年疯了，自那时起，他就有了一个惊人的转变。从前，他总是哭；现在，他笑了。从前，他很瘦；现在，他越来越胖了。您最好还是去瞧瞧他，不要去看那个了，因为他疯得特别有趣。”

“我全部都要看，”巡查员答道，“我一定会本着良心将我的任务完成的。”这是巡查员的首次视察，他想显示一下他的权威。“我们先去瞧瞧这一个。”他又说。

“是，卑职奉陪。”堡长答道，于是他示意狱卒，让他将门打开。一听到钥匙在锁里转动的声音以及铰链的嘎嘎声，那原本蜷缩在地牢的一角，带着说不出的快乐在享受从铁栅里射进来的一线阳光的唐太斯，马上抬起头来。他看到了一个陌生人，两个狱卒掌着灯，还有两个士兵陪着他，而且监狱长还脱了帽对他讲话，唐太斯便立刻猜到来的是什么人了，知道他向上层当局申诉的时机到了，于是便合着双手跳向前去。

两个士兵连忙用他们的刺刀向前一挡，因为他们以为唐太斯是来伤害巡查员的，巡查员也害怕地退后了两三步。唐太斯意识到自己被他们当作一个危险的犯人了。于是，他脸上做出了一个心地最温顺、地位最卑微的人所能有的全部表情，用一种令人十分惊讶的虔诚的雄辩进行了一番表白，以期打动巡查员的心。

巡查员留神倾听着，然后转向监狱长，说道：“他会皈依宗教的，他已经驯服顺从多了。他很害怕，看见刺刀就后退，疯子是什么都不怕的。这一点在夏朗东我曾出于好奇心观察过几次。”然后他又转向犯人唐太斯，“你有什么要求没有？”他说。

“我要求知道我犯了什么罪，我要求公开审判，总而言之，我要求：要是我真有罪，就枪毙我；要是我是冤枉的，就该让我得到自由。”

“你觉得伙食怎么样？”巡查员又问。

“还可以，我也不知道，但那没有关系，不是最重要的。真正重要的是，一个清白无辜的人，不应该是一次卑鄙的告密的牺牲品，不该就这样一直咒骂着害他的刽子手而老死在地牢中。这不仅仅只关系到我这个不幸的犯人，还关系到司法长官，更关系到统治我们的国王。”

“你今天倒挺恭顺，”监狱长说，“可你并不总是这样的，我还记得，那一天，你就想要杀死狱卒。”

“是的，先生，我请他原谅，因为他一向待我很好，我那时非常恼怒，因为我不知道为什么会被逮捕并被关到这里来，我简直要发疯啦。”

“你现在不那样了吗？”

“不了，监狱生活已经使我明白那样的做法愚蠢至极。毕竟我来这儿已经这么久啦。”

“这么久啦？你是什么时候被捕的？我记得才十七个月呀。”

“才十七个月！”唐太斯答道，“噢，您不知道在监狱里的十七个月意味着什么！那简直可以等同于十七个世纪啦，尤其是像我这样一个即将得到幸福、将和他所喜爱的女子结婚的人，他明明看到光明的前途就在他眼前了，而刹那间这一切都粉碎了，他从最欢乐幸福的白天一下子坠入了无穷无尽的黑夜。他看到自己的前途给毁灭了，他不知道他未婚妻现在怎样了，也不知道他年老的父亲到底是否还安然地活着！十七个月的监狱生活对一个呼吸惯了海上的空气、过惯了水手的独立生活、看惯了海阔天空、无拘无束的人来说简直是太难挨了！先生，哪怕是犯了人类史上最令人发指的罪行，十七个月的禁闭也是惩罚得足够了。可怜可怜我吧，我不求赦罪，只求得到公开审判。先生，我只要求见一见法官，他们应该不会拒绝审问嫌疑犯的。”

“我们研究研究吧，”巡查员动容地说，然后转向监狱长，“说心里话，这个可怜的犯人真使我有点儿感动了。你一定得把他的档案给我看看。”

“当然没问题，但您只会看到对他不利的可怕的记录。”

“先生，”唐太斯又说，“我知道您无权释放我的，但您可以代我向上面提出请求，您可以使我接受审讯，我所要求的仅此而已。”

“你说明白一点。”巡查员说。

“先生，”唐太斯大声说道，“从您的声音里我可以听出您已经开始怜悯同情我了，请告诉我，至少让我有希望吧。”

“如果我负责任的话，我还不能这样说，”巡查员答道，“我只能答应调查一下你的案子。”

“噢，那么我自由了！我得救了！”

“是谁逮捕你的？”

“是维尔福先生。请去看看他，听他说些什么。”

“维尔福先生已不再马赛了，他现在在图卢兹。”

“怪不得我迟迟不放，”唐太斯喃喃地说，“原来我唯一的保护人调走了。”

“他对你有没有私人的恶感?”

“一点没有，正相反，他对我非常好。”

“那么，关于你的事，我可以信赖他留下来的记录或他给我的意见了?”

“绝对可信。”

“那很好，那么，耐心等着吧。”

唐太斯跪下来，喃喃地祷告着，他祈祷上帝赐福于这个像救世主去拯救地狱里的灵魂一样到地牢中来的这个巡查员。门又关上了，但现在唐太斯心中又怀有了一个新生的希望。

“您是想立刻看那档案呢，还是先去看看别的牢房?”监狱长问。

“我们还是先把牢房看完了再说吧，”巡查员说，“我一旦上去了，恐怕就没有勇气再下来了。”

“嗯，下一个犯人，不像刚才那一个。他疯得跟他的邻居一点都不一样，也不那么感动人。”

“他有什么怪念头?”

“他一直认为他有着一处极大的宝藏。头一年，他提议献给政府一百万让他自由，第二年，两百万，第三年，三百万，不断地这样加上去。现在他入狱已经是第五个年头了，他一定会要求和您密谈，给您五百万的。”

“哦，那倒的确很有意思。那这位假想大富翁叫什么名字?”

“法利亚神甫。”

“二十七号。”巡查员说。

“就是这里，打开门，安多尼。”

狱卒遵命打开了牢门，巡查员好奇地向“疯神甫”的牢房里张望着。在这间地牢的中央，有一个用从墙壁上挖下来的石灰画成的圆圈，圆圈里坐着一个人，他的衣服已成了碎布条，难以遮住身体了。他正在圆圈里划几何线，那神态就像阿基米德面对马赛鲁斯的兵来杀他时那样的心无旁骛。虽然开门的声音很响，但他却像没听见似的，丝毫没有动静，继续演算他的问题，直到火炬以罕有的光芒照亮了地牢阴暗的墙壁时，他才抬起头来，很错愕地发现他的地牢里竟来了这么多人。然后他急忙从他的床上抓过被单，把他自己裹了起来。

“你有什么要求吗?”巡查员问。

“我吗，先生!”神甫带着一种吃惊的语气答道，“我什么要求也没有。”

“你是不是弄错什么了，”巡查员又说，“我是当局派来视察监狱、听取犯人的要求的，你可以放心说出你的要求。”

“哦，那就不同了，”神甫大声说，“那我希望我们大家能互相谅解。”

“又来了，”监狱长低声说道，“就像我刚才告诉过您的那样，他又要开始讲了。”

“先生，”犯人继续说道，“我是法利亚神甫，罗马人。我曾给红衣主教斯帕达当过二十年秘书。我是在一八一一年被捕的，是什么原因我却一点儿也不知道。从被捕那时起，我就不断在向意法两国政府要求还我自由。”

“为什么要向法国政府要求呢?”

“因为我是在皮昂比诺被捕的，而据我推测，像梅朗和佛罗伦萨一样，皮昂比诺已成为法国所属的省会了。”

巡查员和监狱长相视而笑。

“见鬼！亲爱的，”巡查员笑着说，“你从意大利得来的新闻已经是老皇历啦!”

“这是根据我被捕那一天的消息推测的，”法利亚神甫非常正经地答道，“如果皇帝要为他的儿子建立罗马王国，我想他可能也已实现了马基难里和恺撒·布琪亚的梦想，把意大利变成了一个统一的王国了吧。”

“先生，”巡查员回答说，“上帝已经把你这个看来竭诚支持的计划改变过了。”

“可是，如果想让意大利获得幸福和独立，这是唯一的方法呀。”

"或许是吧，但我到这里来不是为了与你讨论意大利政治的，我是想问问你，对于吃和住，你有没有什么要求。"

"吃的东西与其他监狱没什么差别，——意思是，糟糕透了，住的地方特别不卫生，不过，既然是黑牢，也就没什么不好的了。那都没有什么关系。我将要说的是一个秘密，而这个将要被我揭示出来的秘密是特别重要的。"

"说到正题上来了。"堡长低声说道。

"因为那个理由，我看见您很高兴，"长老接着说，"即使我的一次最重要的演算因您而中断，倘若那个演算成功，或许都能改变牛顿学说了。您可以同意我私下和您说几句话吗？"

"我对您说的话怎么样？"堡长说。

"我对他很了解。"巡查员回答。

"阁下，你所要求的事我是不会同意的。"他又对法利亚说。

"可是，我要和您说到一笔高达五百万的巨款呢。"长老说。

"和你所说的那个数目一样。"这次换成巡查员对堡长轻声地说了。

"可是，"法利亚看见巡查员已经想走开，就接着说道，"我们也并不是一定要私下谈话，堡长先生也可以一起。"

"不好意思，"监狱长说，"我对你要说的话已经心中明了，是不是和你的宝藏有关？"

法利亚目不转睛地盯着他，那种表情足以让任何人都相信他是正常的。"当然，"他说，"此外我还能说什么呢？"

"巡查员阁下，"监狱长又说，"我也可以和您说说那个故事，因为它在我的耳边已经喋喋不休了四五年啦。"

"那就证明，"神甫回答，"你和《圣经》里所讲的那些人一样，有眼不能看，有耳不能听。"

"政府对你的宝藏没兴趣，"巡查员答道，"你留着吧，等你出去后自己享用好了。"

听到这话后神甫的眼睛马上闪闪发光，他激动地一把抓住巡查员的手。"可是假如我出不了狱呢？"他大声说道，"要是，偏偏不讲公道，我一直被关在这间地牢里，甚至我死在这儿而不曾告诉任何人我的秘密，那么我的那个宝藏不是就白白地丧失了吗？还不如由政府享受一点利益，我自己也享受一点，那不更好吗？我情愿出到六百万，先生，是的，我愿意放弃六百万，余下的那些我也满足了，只要换来我的自由。”

“诚实点说，”巡查员低声说道，“要不是你事先就告诉我这个人是个疯子，说不定我真会相信他说的话呢。”

“我没有疯！”法利亚大声回答，他有着犯人们那特有的敏锐的听觉，把巡查员所说的每一个字都听得清清楚楚。“请相信我，我所说的宝藏是确有其事的，我提议我们来签订一个协议，内容说明，我答应带领你们到那个地方去，由你们来挖。要是我欺骗了你们，就把我再带回到这儿来，我不求别的。”

监狱长大笑起来：“那个地方离这儿远吗？”

“三百里。”

“这个主意听起来倒还不错，”监狱长说道，“如果每个犯人都想来一次三百里的旅行，而他们的看守又答应陪他们去的话，他们无疑是有了一个很巧妙很难得的逃跑的机会了。”

“这个办法并不新奇，”巡查员说道，“神甫先生看来是不能享受发明权了。”然后他又转向法利亚，继续问，“我已经问过你的伙食怎样没有？”

“请对我发个誓，”法利亚答道，“如果我对您讲的话被证明是真实的话，就一定要放我自由，或者你们去那儿，我可以留在这儿等。

“你对这儿的伙食有什么意见吗？”巡查员又问了一遍。

“先生，你们毫无危险呀，因为，正如我所说的，我愿意在这儿等，那我就不会有逃跑的机会啦。”

“你还没回答我的问题呢。”巡查员不耐烦地说道。

“你也没回答我的问题呀，”神甫大声说道，“那么，你也该受到诅咒！像其他那些不肯相信我的傻瓜一样。你不愿意接受我的金子，我就留着给自己用。你不肯给我自由，上帝迟早会给我的。你们走吧！我没什么其他的话要说的了。”说完这些话神甫扔下他的床单，又坐回到了老地方，继续进行他的演算去了。

“他在那里干什么？”

“在计算他的宝藏呀！”堡长回答。

法利亚用极其轻蔑的一瞥回答了这句讽刺的话。

他们走出去之后，狱卒在他们身后锁上了门。

“或许他以前是一度有过钱的。”巡查员说。

“或许做梦发了财，而醒来就疯了。”

“总而言之，”巡查员说，“倘若他有钱，他就不会来这里。”这句话坦白地道出了当时的腐败情形。

法利亚神甫的这次遭遇就这样结束了。他仍然还是住在他的地牢里，这次视察只是更加使人相信他是个疯子而已。

倘若是那些热衷于寻宝的人，那些以为天下诸事皆可以办到的狂想者，比如凯力衷拉王或尼禄王[1]，则就会对这个可怜虫的要求表示同意，同意他用他的财富来交换他如此迫切希望得到的自由由于空气。但是近代的国王所生活的空间是那样的狭窄，已经没有勇气再进行狂想了。在以前，国王均相信自己是天神的儿子，或者至少这样自称，而且多少还带有一些他们父亲天神的风度。到如今，云层之后的变幻虽然尚且无法控制，但国王却已经都自视为常人了。

而与专制政府的政策相违背的是，同意那些在他们的政权之下牺牲的人重新露面。当犯人被毒打得四肢脱节，血肉四溅时，法庭当然不愿意有人再看见他，疯子总是在地牢里藏着，倘若让他出狱，也只是送到某一个阴气沉沉的医院里罢了，而狱卒送到那里的往往也只是一具变了形的人体残骸而已，连医生也辨认不出这是一个人，也不觉他还留有一点思想。法利亚长老发疯的俄时候是在监狱里，仅凭这一点就足以判他无期徒刑。

巡查员实践了他对唐太斯的诺言。他检查了关于他犯罪的档案，找到了下面这张关于他的记录：

爱德蒙·唐太斯，拿破仑党分子，曾负责协助逆贼自厄尔巴岛归来。应严加看守，小心戒备。

---

① 两人均是古罗马帝国的皇帝。

这条记录的笔迹和其他的明显不同，说明是在他入狱以后附加的。巡查员面对眼前记录上这个无法抗争的罪名，只得批上一句“无需复议”，然后一切又回到了原点。

那次巡查又在唐太斯的心中重新燃起了希望。自从入狱以后，他就忘记了计算日期。可是巡查员给他的一个新的日期，他并没有忘记。他用一块从屋顶上掉下来的石灰在墙上写道，“一八一六年七月三十日”，也就从那时起，他每天都要做一个记号，以免再把日子忘掉。日子一天一天，一个星期一个星期地过去了，后来是一个月一个月地过去了，唐太斯仍然处在期待之中。他最初预计自己可以在两个星期以内被释放，可是两个星期过去以后还是没有任何动静。然后他又想到巡查员在回到巴黎以前是不会有所行动的，而他可能要在巡查完毕以后才能回到那儿，所以他又定期为三个月。但三个月也过去了，三个月之后又过了六个月。在这么长一段时间里，还是没有发生任何有利的转变。于是唐太斯便开始怀疑那曾经的巡查员的视察是不是只是一个梦，是脑子里的一个幻想而已。

一年之后，监狱长升迁为汉姆市长。走时还带走了几个自己的心腹，其中就有看管唐太斯的狱卒。新的监狱长就任了。他觉得记下犯人的名字是一件非常麻烦的事，于是决定用犯人的号码来代替他们的名字。在这个阴森又恐怖的地方，一共有五十个房间，而犯人们的代号就是用他们的房间号来命名的。再也没有人会叫起爱德蒙·唐太斯这个名字了，他现在已经变成了“三十四号”。

第十五章　三十四号和二十七号

唐太斯终于品尝到了那些被人遗忘的犯人在地牢中所承受的诸多痛苦，起初他非常骄傲，因为他觉得自己没有罪，而且心怀希望。接着，他开始怀疑自己，这种怀疑也从侧面印证了监狱长觉得他精神不正常的看法，于是，唐太斯一下子从天堂跌入了地狱，他开始祈求，不是向上帝，而是向人，可惜等来的还是这个可怜人。他一开始就应该向主寻求庇护的，然而，等到希望破灭，他才开始将希望寄托于上帝，以至于内心总是处于水深火热之中。

唐太斯恳求给他换一间单房，因为不论怎么说，换动一次，总是一点小的变化，可以使他消解一点儿烦闷。他请求允许他散步，给他一点书和手工。结果什么都没得到应允，不过那也没有关系，他还是照样要求。他努力使自己和新来的狱卒平心静气地讲话，尽管他可能比以前的那个狱卒更沉默寡言，但是，对他这样一个长期幽闭的人来说，对一个人讲话，哪怕对方是个哑巴，也是一种乐趣。唐太斯讲话的用意是要听听他自己的声音，他也曾试着自言自语，但他却被自己的声音吓得不轻。

在他没入狱的时候，每当想到这样一群犯人聚集在一起，他们中有贼、有流浪汉、甚至有杀人犯，心中便不禁要作呕反胃。而现在他却希望可以和他们在一起，以便除了看到那不和他讲话的狱卒以外，还可以看到一些其他的面孔，让他觉得自己还活在这个世界上。他甚至羡慕起那些穿着囚衣、系着铁链、肩上钉着记号的苦工。因为他认为充当苦工的囚徒不仅能呼吸到外面新鲜的空气，还能互相见面，他们是非常幸福的。他恳求狱卒为他找个同伴，哪怕是那个疯神甫也好。

那个新来的狱卒，即使是因为看惯了许多受苦的情形而心肠硬了些，但毕竟还是个人。在他内心深处，也深深同情这个如此受苦的不幸的青年，于是他把三十四号的要求报告给了监狱长。但后者却审慎得像个多疑的政治家，竟以为唐太斯想结党或企图逃跑，所以断然拒绝了他的请求。唐太斯已尽了一切努力却没得到任何报偿，他终于转向了上帝。他把他这半生的行为都摊开到万能的主的面前，诉说着他所愿意去做的种种事情，并在每一次祷告的结尾都引用这样一句话，而这句话是人们向上帝请求时常用，向人请求时更常用的，那就是“请宽恕我们的罪恶，像我们宽恕那些得罪于我们的人一样”。虽然作了这种最诚恳的祷告，唐太斯却依然无法改变还是一名犯人的现实。

然后，他的心头充斥着一种阴郁的情绪。他十分单纯，又没有读过什么书，因此，在他那孤单的黑牢里，仅凭他自己的那一点思想，他没有办法将那些已逝的世纪重新构筑起来，没有办法将那些消灭了的民族复活，没有办法将那些被想象渲染得很是广大宏伟，像在马丁[①]的名画里一样受着天火照耀着，而已经在我们面前消失了的古代城市进行重建。这一步他没有办法做到，他过去的生命是如此短暂，目前的是如此阴郁，未来的是如此朦胧。十九年的光去照耀那无穷无尽的黑暗简直太微弱了！他没有办法消除烦恼。他那充沛的精力，本可以借着追忆往事来进行活动一番的，然而此刻却被囚禁了起来，与一只被囚禁在笼子里的鹰无异。他只抓住了一个念头，——即他的幸福，那被不曾想到的劫难所莫名其妙地毁灭了的幸福。他重复想着这个念头，然后，宛若但丁的地狱里的乌哥里诺吞下了罗格大主教的头颅骨似的将它囫囵吞了下去。

努力压制之后紧随而来的是狂怒。唐太斯用他自己的身体撞击着监狱的墙壁，口里大喊着亵渎神灵的咒骂，以至于他的狱卒害怕得不敢向前。他将他的愤怒转嫁到他四周的一切，特别是泄怒于他自己，泄怒于那来将他惹怒的最细微的东西，——一粒沙，一茎草，或是一丝气，随后，维尔福给他看的那封告密信重又浮现在他的脑海里，每一行好像是

---

① 约翰·马丁（1789—1854），英国画家。

用火红的字母写在了墙上[①]。他告诉自己，将他投进这种无限痛苦的深渊里的并非天的报应，而是人的仇恨。他用他所能想象到的种种最可怕的酷刑来惩罚这些不明的迫害者，但又觉得一切酷刑都还不够严酷，因为在酷刑之后接着就是死亡了，而死了以后，即便不是安息，至少也是接近于安息的那种麻木状态了，不能清楚地尝到什么是切肤之痛。

由于老是想着死就是安息，由于想发明比死更残酷的刑罚，他开始想到了自杀。真是不幸，处于痛苦中的他竟又有了这种念头！自杀的念头就像那死海，表面看来似乎风平浪静，但要是轻率地冒险去投入它的怀抱，就会发现自己陷进了一个泥沼里，愈陷愈深最终被吞进去，一点儿也不剩。一旦陷进去，除非是上帝之手把他从那里拉出来，否则一切就都完了，他的挣扎只会加速他的灭亡。但是，这种心灵上的悲惨境地却没有先前的受苦和此后的惩罚那样可怕。这也算是一种慰藉，这种慰藉犹如使人只能看见深渊张开的大口，却不知底下是一片完全黑暗的光景。

爱德蒙从这个念头上获得了一些安慰。当死神就要来临的时候，他的一切忧愁，一切痛苦，以及伴随着忧愁痛苦而来的那一连串妖魔鬼怪都从他的地牢里逃了出去。唐太斯平静地回顾着自己过去的生活，恐惧地眺望着他的未来，只有那儿似乎可以给他做一个避难所。

“有时候，”他说，“在我的航程中，在我还是自由自在，身体强健，对别人进行指挥时，我也曾看见过天空忽然阴暗，大海愤怒地吐着白沫，浪头汹涌而起，宛若一只用翅膀将天空遮住，飞翔而来的大怪鸟一样。那时，我感觉我的船只是一个毫无作用的藏身之处，好似巨人手里的一根羽毛，在大风暴来临前战栗着，震荡着。不多时，浪潮的怒吼与尖利的岩石对我宣布死期将至了，那时，死让我感觉很恐怖，于是我将一个男子汉与一个水手的所有技能与智慧都发挥了出来，与万能的主做斗争。我之所以这样做，是因为那时我很幸福，因为回到生命也就等于回到欢乐，因为我不准许自己那样死去，也不愿意那样死去，因为在

---

① 见《圣经·但以理书》第五章，伯沙撒王设宴纵饮，忽然看见手指在粉墙上写了几个大字。

用岩石与海藻修筑的床上死去的景象似乎很可怕，因为我不愿意如我这般一个上帝依照自己的样貌创造出来的人为海鸥与大鸦做食粮。但此刻不一样了。我的生命中已经没有了可使我留恋的了，死神在朝我微笑，邀请我去长眠。我是自愿死的。我是筋疲力尽而死的。就像在那几天晚上，我在这个地牢里绕着走了三千遍之后带着绝望与愤怒睡去一样。”

这个想法刚一产生，他的神情就很镇定了。他尽力整理好他的卧榻，只吃很少的东西，就连睡觉的时间也极少了。他发现这样生活也可以支持，因为他感觉自己可以愉快地抛开生存，就像抛开一件破旧的衣服一样。他可以有两种方法去死，——一是将自己的手帕挂到窗口的栅栏上吊死，一是进行绝食饿死，但第一个计划让他感觉恶心。唐太斯一向不喜欢海盗，海盗被擒以后就是吊死在帆桁上的，他觉得这种死法似乎不光荣，所以不愿意采用。他决定采用第二种办法，当天就开始执行他的决心。入狱以来几乎已过去四年了，在第二年的年底，他又忘了计算时间，因为从那时起他感觉自己已经被巡查员舍弃了。

唐太斯说：“我希望死。”并选好了自己的死法。由于害怕自己改变主意，他发了一个誓言来表示必死的决心。“当将早餐和晚餐拿过来时，”他想道，“我就将它倒到窗外，就算已经吃下了它。”

他履行了自己的誓言，将狱卒每天为他拿来的两次食物都倒出了钉着栅栏的窗洞外，——一开始十分高兴，后来就有些犹豫，最后则十分悔恨。只有当他将他的誓言记起来时他才有力量继续这样进行着。饥饿将这些一度曾如此让人恶心、刺眼与触鼻的食物美化了。有几次，他整小时地端着盘子，凝视着那不及一口的腐肉、臭鱼与发了霉的黑面包。神秘的生存本能仍旧在他的内心冲激着，有时竟将他的决心征服了，那时，他的黑牢好像没有之前那样阴森了，他的境况也没有之前那样绝望了。在那样广阔的空间里，谁能断言不会有什么无法预料的事故发生，将他的牢门打开，恢复他的自由呢？他原本自愿成为代达罗斯①，自动拒绝进食，但想到此处，他就举起了食物放到嘴边；可他又想到了他的誓言，他天性高尚，唯恐将誓言打破会有损人格。于是他十

① 希腊神话中人物。天神宙斯之子，因泄露天上机密，罚降下界，受饥渴之苦。

分残酷地选择了继续坚持，直至最后，他都不够力气将晚餐抛到窗洞外面去了。第二天清晨，他失去了视觉与听觉；狱卒怕他已经病危，爱德蒙则希望他自己慢慢死去。

那一天就这样过去了。爱德蒙觉得精神恍惚，胃痉挛所造成的那种痛苦感消失了，口渴也减轻了，一闭上眼睛，眼前就仿佛有星光在乱舞，犹如无数流星在夜空里嬉戏似的。这就是那个神秘的死之国度里升起的光！

大约在晚上九点钟的时候，爱德蒙突然听到他靠着睡觉的这一面墙上发出了一种空洞的声音。牢房里住着许多讨厌的小动物，它们常发出一些响声，这些他早已司空见惯了。可是此刻，不知是因为绝食使他的感官更灵敏了呢，还是因为那声音的确比平常的响，或许更因为在那弥留之际，一切都有了新的意义，总之，爱德蒙抬起头来倾听了好一会儿。这是一种不断的搔扒声，仿佛是一只巨爪，或一颗强有力的牙齿，或某种铁器在啮石头似的。

他虽然已很衰弱，但他的脑子里却立刻闪出了那个一切犯人都时刻难忘的念头——自由！他觉得，上苍似乎终于怜悯他的不幸了，所以派这个声音来警告他立刻悬崖勒马珍惜生命。更或许是那些他所挚爱、一刻也不能忘怀的人之中，有一个人也在热切地想念着他，正在努力缩短那分隔他们的距离。

不，不！他肯定是弄错了，这只是那些飘浮在死亡之门前的梦幻罢了。

爱德蒙还是听着那响声。它约莫持续了三个小时，然后他听到一块东西掉下来的响声，接着就一切都恢复了平静。

过了几小时，声音又响起来了，而且比刚才的更近更清晰了，仿佛就在他的隔壁。爱德蒙对那种劳动产生了兴趣，因为它使他有了个伴儿。

但突然间，狱卒进来了。

从一周以前，他下决心去死到四天前，他开始付诸实施以来，爱德蒙就没有和这个狱卒讲过话。问他是怎么回事，他也不回答，当狱卒仔细观察他时，他就转过脸去面对着墙壁。但现在狱卒或许听到了这种声音，要是追查起来，也许会永远终止这种声音，从而毁灭了这在他临终时来安慰他的唯一的一线希望了。

狱卒将早餐拿来给他。唐太斯将身体抬起来，开始东一句西一句地说起话来，——什么伙食十分不好，黑牢太冷，一会儿抱怨这个，一会儿埋怨那个，借此可以将话讲得响亮一些，将狱卒烦得不行，碰巧那天狱卒为他的犯人求来了一点肉汤与白面包，并且已经给他带过来了。

幸好狱卒觉得唐太斯在说呓语，他将食物放到那张东倒西歪的桌子上，便退出去了。爱德蒙终于又获自由了，他又开始热心地听着。那声音又响了起来，而且此刻是如此的清晰，他已经可以不费力气地听见了。

“不用怀疑了，”他想，“定是有一个犯人在努力索求他的自由。噢，倘若我和他在一起，能帮他多少忙呀！”

忽然之间，在这个如此习惯遭遇祸患，简直不明白希望是什么的脑袋里，一片阴云又将希望的曙光遮住了。他想到，这种声音或许是堡长吩咐工人对隔壁那间黑牢进行修理时所发出来的。

要确定这一点倒不难，但他怎么可以冒险询问呢？要引起狱卒对那声音有所注意很容易，只要观看他听声音时的表情就能知道答案了，但用这种方法，不就会由于满足一时的渴求而将宝贵的希望出卖了吗？不幸，爱德蒙的头脑仍旧如此衰弱，以致他无法集中他的思想来专心思考一个问题。

他知道，只有一个办法可以使他的思想变清晰些，于是把目光转向了狱卒给他送来的那盆汤上，并站起来踉踉跄跄地走了过去，带着说不出的舒服之感喝光了它，然后他又克制住自己不要吃得太多。因为他曾听人说过，海上遭遇不幸被救起来的人常因很久没进食，一时心急吞下太多的食物而致死。想到这些，爱德蒙把那快要送进嘴里的面包又放回到了桌子上，躺回到他床上，他已不再想死了。

爱德蒙又一次起身，这次他的腿不抖了，也不再头昏眼花了。他走到地牢的一角，用手挖出一块因受潮而松动的石块，拿来敲击那墙壁上声音听得最清楚的地方。他敲了三下，第一下敲下去，那声音就停止了，像是变魔术一样。

爱德蒙留心倾听着。一小时过去了，两小时过去了，墙上再也听不到任何声音了。一切都是静静的，仿佛以前的声音从来没响过，只是一个幻觉似的。

满怀着希望，爱德蒙又吃了几口面包，喝了一点水，仗着自己良好的体质，他发觉自己几乎已完全恢复了。

这一天就在极端的寂静中过去了；夜晚来临了，可惜并没有带着那声音同来。

“这是一个犯人!”爱德蒙高兴地自忖道。

这一夜又在打不破的寂静中过去了，爱德蒙一夜没合眼。

早晨，狱卒又把他的饭送来了，他已经把前一天的食物统统都吃了。他吃了这些东西以后便焦急地等着，想再听到那种声音，于是在他的斗室里转了又转，随便摇摇窗上的铁栅栏，活动一下他的四肢，恢复那原有的力量，准备应付可能降临的事变。每过一会儿，他就凝神听听那声音有没有再传来，渐渐地他对那个犯人的审慎警戒感到不耐烦起来，而那个犯人却始终猜不到打扰他的原来也是一个像他自己那样热切盼望着自由的犯人。

三天过去了，要命的七十二个钟头，是一分钟一分钟的数过去的呀!

终于在一天晚上，狱卒来作了最后一次的查看后，唐太斯又一次把他的耳朵贴到墙上去了，这一次他似乎听到石块之间有一种几乎察觉不出的响动。于是他缩身离开墙，在他的斗室里踱来踱去，以便集中思想，然后再把耳朵贴到老地方去。

没有丝毫怀疑了，那一边一定是在做一件什么逃亡工作，而犯人已发觉了危险，所以比以前更小心地在继续干着，已用凿子代替了铁杆在工作着。

在这个发现的鼓舞之下，爱德蒙决心要帮助那个不屈不挠的劳动者。他先搬开了他的床，因为在他看来，那工作是在床后面那个方向进行着的。接着他用眼睛搜寻着一件什么东西以便可以用来穿透墙壁，挖掘水泥，搬开石块。

遗憾的是他什么也没看到。他没有小刀等尖利的工具，即便他窗上的栅栏是铁做的，但它异常牢固，他已试过多次了，可惜没有成功过一次。地牢里的全部家具无非就是一张床，一把椅子，一张桌子，一只水桶和一个瓦壶。床上虽然有铁档子，但却是旋紧在木架子上的，需要用螺丝刀才能把它们取下来。桌子和椅子根本无法利用，水桶尽管是有柄的，但那柄已被拆掉了。现在只有一种办法了，那就是把瓦罐打碎，然后挑一块锋利的碎片来挖墙。想到这里他马上把瓦壶摔到了地上，碎成了片。他从中挑了两三块最锋利的藏到床上的草褥子里，其余的留在地上不去管它。他有整夜的时间可以工作，可惜在黑暗之中，他干不了多少，没做多久他就感觉到工具碰到了某种坚硬的东西。于是他把床推回去，等待天亮。只要一有了希望便也有了耐心。

他整夜都听着那个隐蔽的工作者，那个犯人在继续他的挖掘工程。白天来了，狱卒走进来了。唐太斯告诉他，说他在喝水的时候，瓦罐不小心从手里滑下去摔碎了，狱卒一边埋怨一边给他去另外拿了一个，甚至都没有帮他打扫那些碎片。他很快就回来了，并叮嘱他以后要小心一点，然后就走了。

唐太斯听到钥匙在锁里“格勒”一响，随即便感到无比欢欣喜悦。他注意听着，一直注意听着，直到那脚步声完全消失后，他才急忙搬开自己的床，并借着透进地牢里来的那点儿微弱的光线，他发现昨天晚上他挖的是块石头而不是石头周围的石灰，因为牢内比较潮湿，石灰一碰就碎。他非常高兴地看到它竟会自己脱落，虽然，那只是一些碎片，但半小时以后，他已刮下了满满一把。一位数学家很快可以算出来，这样挖下去，两年之内，如果不计那些石头的话，就可以挖成一条长二十尺，宽二尺的地道。唐太斯开始埋怨自己不该把那么多时间浪费在祷告和绝望中，因此没有及早开始这项工作。试想在被关在这里的六年中，还有什么事完成不了呢？

唐太斯接连不辞劳苦地工作了三天，极其小心地挖掉了水泥层，使石头露了出来。墙壁是用碎石砌成的，为了使它更牢固，还用粗糙不平的大石块嵌在其间的空隙里。他所挖到的就是这样一块起牢固作用的石头，他必须想办法把它从石窝里挖出来才行。他勉强试着用他的指甲去挖，但指甲太软了；而那瓦罐的碎片，嵌进石缝里一撬就碎了。经过一小时白费力气的辛苦以后，他停手了。难道他就要这样刚开头就停下来，然后什么也不做地干等着，等着那位疲倦但或许有工具的邻居来完成一切吗？他一刻都不想干等。突然一个想法出现在他的脑子里，他微笑起来，额头上的汗也干了。

狱卒给唐太斯送汤来的时候，总是盛在一只平底的铁锅里的。这只平底锅还盛着另一个犯人的汤，因为唐太斯曾细心地注意到，它有时是很满的，有时则是半空的，这全凭狱卒是先送给他还是先送给他的同伴而定。这只平底锅的柄是铁的，此刻，唐太斯甚至情愿以他十年的生命来和它交换。

狱卒每次把这只平底锅里的汤倒入唐太斯的盆里以后，唐太斯就用一只木匙来喝汤，然后洗干净，留待第二次再用。当天晚上，唐太斯故意把盆子放在门旁边。狱卒进门时一脚踩到盆子上，把它踩破了。这一次他不能怪唐太斯了。他固然有错，不该随意把它放到那里，可狱卒走路也该看着点儿。

那狱卒咕哝几句也就没再说什么了。他环视了一下四周，想找个东西来盛汤，但发现唐太斯所有的餐具只有一个盆子，再无其他可以代替的东西了。

“把锅留下吧，”唐太斯说，“你给我送早餐来的时候再带回去就好了。”这个建议正合狱卒的心意，这可以使他不必上下再多跑一次了。于是他就赞同地把平底锅留了下来。

唐太斯简直太高兴了。他急急忙忙吃了他的食物后，又等了一个钟头，生怕狱卒会改变主意又回来，然后，他搬开床，把平底锅的手柄一端插进墙上大石块和碎石的缝隙里，把它当作一条杠杆来使用。他开始撬动，大石块动了一下，他马上意识到这个主意不错，一小时以后，那块大石头就从墙上挖了出来，露出了一个一尺半见方的洞穴。

唐太斯小心地把泥灰都收拢来，捧到地牢的一个角落里，上面再用泥土把它盖好。现在他手里有了这样宝贵的一样工具，还是碰巧得来的，或更确切地说，是他运用聪明才智巧施计谋得来的，他决定要好好利用这一夜工夫，于是继续拼命地工作。天一亮，他就把石头放回原处，把床也推回去靠住墙壁，并在床上躺下来。早餐只有一片面包，狱卒进来把面包放在了桌子上。

“咦，你怎么没有另外给我拿一只盆子来啊。”唐太斯说。

“没有，”狱卒回答说，“你已经弄坏了很多东西了。你先是打烂了瓦罐，后来你又让我踩破了你的盆子，如果所有的犯人都像你这样，政府早就支付不了啦。我就把锅留给你，以后你就用这个来盛汤吧，那样，省得让你再打碎了碟子。”

唐太斯抬头望天，在被子里双手合十。他对上天让他保留这一片铁器比给他留下其他的任何东西都更感激。但他同时也注意到了，那边的那个犯人已停止了工作。不过这没关系，他得加紧工作，要是他的邻居不来靠拢他，他也可以去接近他。他孜孜不倦地整天工作着，到了傍晚时分，他已经挖出了十把水泥、石灰和碎石片。当狱卒快要来的时候，唐太斯就提前扳直了那条锅柄，并把铁锅放回了原处。狱卒像往常一样朝锅里倒了一些老一套的肉汤，不，说得更精确些，是鱼汤，因为这一天是斋戒日，这里规定犯人每星期得斋戒三次。要不是唐太斯早就忘了数日子，这倒也是一种数日子的好方法。狱卒倒了汤就走了。唐太斯非常想确定他的邻居是不是真的已停止了工作。他靠墙仔细地听了一会儿，可是一切都是静静的，就像过去的三天来一样。唐太斯叹了一口气，很明显他的邻居不信任他。但是，他依旧毫不气馁地整夜工作。两三小时以后，他又遇到了一个障碍物。铁柄碰上不起丝毫作用，只是在一个平面上滑了一下而已。

唐太斯用手去摸了一下，发觉原来是一条横梁。这条横梁挡住了，或更贴切地说，完全堵住了唐太斯所挖成的洞，所以必须在它的上面或下面从头再挖起。那可怜的唐太斯怎么也没料到会遇到这种障碍。“噢，上帝！上帝呵！”他轻声地说，“我曾如此诚心诚意地向您祷告，希望您能听到我的话。您不仅剥夺了我的自由，还剥夺了我死亡的安息，可是您又让我有了生存下去的希望，我的上帝呵！再可怜可怜我吧，别让我有了希望却又绝望而死吧！”

“是谁在把上帝和绝望放在一块儿说的？”一个像是来自地下的声音说道。这个因隔了一层地面而被压低了的声音传到那青年人的耳朵里，阴森森的，像是从坟墓里发出来一样。爱德蒙感到头发都竖了起来，他身子向后一缩，跪在了地上，惊讶得无法形容。

“啊!”他小声地说，“我听到了一个人的声音。”四五年来，除了狱卒以外，他再没有听到过别人讲话，而在一个犯人看来，狱卒不能算是个人，他只是像木门以外的一扇活的门、铁栅栏以外的一道血和肉的障碍物而已。

“看在上帝的分上，”唐太斯说道，“请接着再说话吧，即使你的声音吓了我一跳，你是谁?”

“你是谁?”那声音问。

“一个不幸的犯人。”唐太斯回答说，他答话的时候连一丝犹豫都不曾有。

“哪国人?”

“法国人。”

“叫什么名字?”

“爱德蒙·唐太斯。”

“那你到这儿有多久了?”

“是一八一五年二月二十八日来的。”

“那么别人指控你犯了什么罪?”

“参与皇帝的复位活动。”

“什么！皇帝复位！这么说皇帝不在位了吗?”

“是的，他是一八一四年在枫丹白露逊位的，以后就被驱逐到厄尔巴岛上了。你在这儿多久了，怎么连这些大事都不知道?”

“我是一八一一年来的。”

唐太斯不禁打了个寒战，这个人竟然比自己多关了四年。

“不要再挖了，”那声音说道，“只要告诉我你的洞有多高就行了。”

“和地面齐平。”

“那你这个洞是怎么掩饰起来的?”

“我用我的床挡住的。”

“你关进来以后，你的床有没有搬动?”

“没有。”

“你的房间是通向什么地方的?”

“通向一条走廊。”

“走廊通到哪儿呢？”

“通到天井里。”

“糟糕！”那声音低声说道。

“哦，怎么了？”唐太斯喊道。

“我算错啦，我计划里的这一点缺陷几乎要把一切都毁了。设计图上要是错了一条线，实行起来可就等于错了十五尺。我把你所挖的这面墙错当作城堡的墙啦。”

“如果那样你不是就挖到海边去了吗？”

“那正是我的计划，我所希望的。”

“如果你成功了呢？下一步是什么？”

“我就会跳到海里，登上附近的一个岛，多姻岛或是波伦岛，那时我就安全自由了。”

“可以告诉我你是谁吗？”

“我是——我是二十七号。”

“那么你是不是信不过我？”唐太斯说。他似乎听到从那个无名客那儿传过来一阵苦笑。

“噢，我是一个基督徒，”唐太斯大声喊道，他本能地猜想到这个人是有意要弃他而去的。“我以基督的名义向你发誓，我宁愿让他们杀了也不会向刽子手们吐露一丁点实情的。看在上帝的分上，别离开，别不和我说话，不然我向你发誓，我会把头在墙上撞碎的，因为我的忍耐已到了极限，你会懊悔的。”

“你多大了？听你的声音你还是很年轻的。”

“我现在已不知道自己的年龄了，因为自从到了这里以后，我就不曾计算过时间。我所清楚知道的只是当我被捕的时候，我刚满十九岁，当时是一八一五年二月二十八日。”

“那你还不满二十六岁！”那声音轻轻地说，“在你这个年龄，是不会做奸细的。”

“对，对，对！”唐太斯喊道，“我再向你发誓，就是他们把我剁成肉酱我也不会出卖你的！”

“幸亏你对我说了这么多，这样请求我，因为我就要另去拟一个计划，不顾你了，但是你的年龄使我放心了。我会再来找你的。你耐心地等着我吧。”

“大概是什么时候呢?”

“这个我得算算我们的机会再说，到时候我会打信号给你的。”

“千万不要丢下我，要不请你到我这儿来，要不就让我到你那儿去。让我们一同逃出去吧，要是我们逃不了，我们也能说说话，你谈你所爱的人，我谈我所爱的那些人。”

“很好!”那声音答道，“那我们明天见。”

这几个字的语气听得出来是出于诚意的。唐太斯站起身来，像以往每次做的那样，小心翼翼地把从墙上挖下来的碎石和残片掩藏好，然后再把床推回去靠住墙壁。他现在整个儿都沉浸在幸福里了，他有同伴了，将不再孤独了，甚至不久以后还能获得自由了。退一步说，即便他仍然还是犯人，他也至少有了一个伙伴，而犯人的生活一经与人分享，其苦味也就减少了一半。

唐太斯整天地在他的小单房里踱来踱去，心里充满了无法言喻的欢喜。他有时甚至会高兴得发呆，他常常在床上坐下来，用手按住自己的胸膛，仿佛只有这样他那颗感到无比幸福的狂跳的心才能平静下来。每有极轻微的响动，他就会一跃跳到门口去。好几次，他内心里突然产生了一种担忧，深恐他会被迫同这个他把他当作朋友的人分离。要是发生这种事，他打定了主意，只要狱卒一移开他的床，弯下身来检查那洞口，他就用他的瓦罐砸碎他的脑袋。这样虽然他会被处死，但他原本就处在忧虑绝望而死的边缘，如果没有这个不可思议的动人的声音，他想他早就活不下去了。

傍晚时分，狱卒来了，唐太斯已提前上了床。他觉得只有这样才可以把那未挖成的洞口保护得更严实一点。他的眼里无疑露出了一种有点心虚的目光，因为那狱卒说：“喂，你又疯了吗?”

唐太斯没有说话。他怕他的声音会把自己的真实情绪泄露出来。狱卒只好一边摇着头一边退了出去。夜晚降临了，唐太斯满以为他的邻居会利用这寂静来招呼他，可是他想错了。但第二天早晨，正当他打算把床拖离墙壁时，他听到了三下叩击声，他连忙跪下来。

“是你吗？”他难掩高兴地说，“我在这儿。”

“你那边的狱卒走了吗？”

“走了，”唐太斯说，“他只有到晚上才会回来。我们有十二小时的自由时间自行支配。”

“那么，我可以动手了？”那声音说。

“噢，是的，是的，马上动手吧，我求求你！”

唐太斯这时差不多半个身体都钻到洞里去了，突然间他撑手的那一块地面陷了下去，他赶紧缩回身来，看见一大堆石头和泥土落了下去。接着就在他自己所挖成的这个洞下面，又露出来一个头，紧接着露出了肩膀，最后露出了整个人。那个人十分敏捷地钻进了他的地牢里。

第十六章　一位意大利学者

唐太斯热情地拥抱着这个他等候已久的老朋友，他把他拉到窗口处，以期借助铁栅栏间透过的微光，看清对方的样子。来人身材略为瘦小，头发已近灰白，彰示着曾经受过的苦难与忧虑；他的眼窝深陷，炯炯有神的眼睛几乎被浓密而灰色的眉毛淹没；胡子又长又黑，几乎垂到了胸口。神情疲惫的脸上满是忧虑的岁月之痕，配上那副坚毅的轮廓，一看便知这是一个操心过多的人。他额头上，大滴的汗珠正流淌着。衣服已经破碎不堪，成片挂在身上，很难辨认出最初的模样。

他看起来差不多六十岁出头，又不足六十五岁的样子，不过行动上没有丝毫障碍，十分利索，不像这个年纪的人，也许是长期的囚徒生活让他看起来比实际年龄老一点。他那曾经变得冰冷的心似乎又温暖而激昂起来。他非常感谢眼前年轻人的热情，不过令他失望的是，原本他以为自己重获了自由，却没想到不过是到了另一间地牢而已。

“我们来好好看看，”他说，“我进来的痕迹能不能想办法去掉。我们一定要严守秘密，绝对不能让狱卒知道。”他走向洞口，弯下身子，轻而易举地把唐太斯挖的那块大石头拿了起来。然后，又把它塞回原位，说道：“你挖这块石头的时候简直太不小心了，我想你可能是没有帮得上忙的工具吧。”

“工具?”唐太斯吃惊地问道，“难道你有工具吗?”

“我自己做了几样，除了少一把锉刀以外，其余必要的我都有了，我有凿子、钳子和锤子。”

“噢，我很想看看你是凭何等的耐心和巧手做出来这些东西的!”

“好吧，给你瞧瞧，这是我做的凿子。”说着，他拿出一片尖利结实的铁块，上面有一块木棒做的柄。

“你是怎么做到的?”唐太斯问。

“用我床上的一根铁楔子做的。我就是用这个工具挖通了到这儿来的路，我想至少有五十尺的距离。”

“五十尺!”唐太斯惊叫了一声。

“嘘！小声点儿，小伙子，说话轻点儿声！在这种国家监狱里，是经常有人站在牢房门外偷听犯人的谈话的。”

“可他们知道我是一个人。”

“那也一样。”

“你说你挖了五十尺才挖到这儿，是吗?”

“对，那差不多就是你我两个房间之间的距离了。遗憾的是我没有把转弯弄对，因为我缺少必要的几何量具来计算我的比例图，本来也许只要挖一条四十尺长的弧线就行了，我却挖了五十尺。我前面已经告诉过你，我本来是打算挖到外墙，挖穿它，然后跳进海里去的，可惜我找错了方向，顺着你房间对面的走廊挖了，没有挖到底下去。现在我的一切努力都白费了。因为这条走廊是通到院子里的，而院子里到处都是士兵。”

“这样说没错，”唐太斯说，“但你所说的走廊只占我房间的一面，还有另外三面呢。我们还是有希望的，那三面方位你清楚吗?”

“这一面是用实心的岩石筑成的，得有十个经验丰富的矿工，带着所需要的各种工具，再花许多年的工夫才能挖穿它。另外这一面和监狱长住处的下部相连，倘使我们挖过去，只钻进一间锁了门的地牢里，在那儿还是会被人捉住的。你这间地牢的第四面，也就是最后一面是通向——等一下，它是通向哪儿的呢?”

引起好奇心的这一面有透进光线的窗洞，这个窗洞向外渐渐缩小，开口的地方小得连一个小孩都钻不过去，上面还装着三条铁栅栏，所以连最多疑的狱卒也尽可以放心，知晓犯人是绝不可能从这个地方逃跑的。新来者一面说着，一面把桌子拖到窗口底下。“爬上去。”他对唐太斯说。

唐太斯顺从地爬上桌子，他已猜到了他同伴的意思，于是将背牢牢地贴住墙壁，然后伸出双手。唐太斯到目前为止只知道这个人的牢房号码，从他外表来看绝对想不到他的身手竟会这样敏捷迅速，他一跳就跳了上来，像一只猫或一条蜥蜴那样自然敏捷地从桌子爬到唐太斯伸出的手上，又从手上爬到他的肩头上，然后弯下腰，地牢的房顶太低以致他无法伸直身子，所以他只能勉强把头从窗洞的栅栏间伸了出去，以便从上到下看个仔细。

一会儿，他就赶紧缩回头说道："我早料到会是这样！"

接着便像刚才上去那样灵巧地又从唐太斯的肩上溜了下来，然后敏捷地从桌上跳到地面上。

"你早料到了什么？"唐太斯用焦急的口吻问道，他也从桌子上跳了下来。

老犯人凝眉沉思了一下。"是的，"他终于说话了，"是这样的，和我预想的一模一样。你房间的这一面的外边是一条露天走廊，不断地有巡逻兵在那儿踱来踱去，而且日夜还有哨兵把守着。"

"你确定看清楚了吗？"

"当然。我看到了一个哨兵的军帽和毛瑟枪的枪管，所以我才赶紧把头缩回来，我怕他会看见我，那就糟糕了。"

"那现在怎么办呢？"唐太斯问。

"现在你该明白要想从你这间地牢里逃出去是绝对行不通的！"

"那么——"唐太斯用疑问的口吻追问道。

"那么，"老犯人答道，"上帝的意志是应该服从的！"当老人慢慢地吐出这些字的时候，一种听天由命的神情渐渐显示在他阴云密布的脸上。这个人酝酿了这么多年的希望，现在就这样一下子轻易放弃了，唐太斯望着他，既惊讶又钦佩。

"请告诉我，我求求你，你是什么人？"他终于问了出来。

"好吧，"那人回答说，"假如你对我还存有好奇心，我可以告诉你，反正现在我已无力帮助你了。"

"你仍是可以安慰我、鼓励我的，在我看来，你是强者中的强者。"

老犯人凄然微笑了一下。"那么你听着，"他说，"我是法利亚神甫，是在一八一一年被关到伊夫堡监狱来的。在这以前，我曾在费尼斯德坦克堡监狱被关过三年。一八一一年，我被他们从皮埃蒙特转押到了法国。在那个时候，拿破仑还是万事如意的时候，甚至把他那个还在摇篮里的儿子封为了罗马国王。我万万想不到竟会发生你刚才告诉我的那个转变。实在想不到四年以后，这个庞大的帝国竟会被人推翻。那么法国现在由谁统治呢，拿破仑二世吗?"

"不，是路易十八。"

"路易十六的兄弟！天意真是太难测了！太诡异了！到底是因为什么苍天要贬黜一个有作为有能力的人，而去抬举一个软弱无能的人呢?"

唐太斯的全部注意力都被他的话吸引去了，他觉得太诧异了，这个人如此奇怪，他竟忘记了自己的不幸，而关心起别人的命运来了。

"可英国也是如此，"他接着说道，"在查理一世之后，是克伦威尔，紧接着是查理二世，随后是詹姆士二世，再后来的继承人是詹姆士二世的一个外甥，是他的一个亲戚，一位什么爱尔兰亲王，——一位自命为国王的总督，随后，对人民做了一些新的退让，然后制定了一部宪法，然后自由了！你可以看见的，小伙子，"他转向唐太斯，凝视着他，眼中有着一位预言家的兴奋，说道，"你还年轻，——你可以看见的。"

"没错，倘若我能够出去的话！"

"没错，"法利亚回答，"我们是囚徒，但有时我经常将这一点忘记了，甚至有时，当我脑海中的想象将我带到这座牢墙外面时，我当真以为自己已经重获自由了呢。"

"但你怎么会来这里的呢?"

"因为我在一八〇七年时想出了一个计划，那是那个拿破仑想于一八一一年要实现的。由于，同马基耶维里一样，我也希望能够将意大利的政治局面有所改变，不愿意把它分裂成诸多小王国，每一国有一个没有能力的或残暴的统治者。我想将它建造成一个伟大的、团结的、十分强大的帝国。然而最后是，因为我将一个头上戴着王冠的傻瓜误认为是我的恺撒·布琪亚[①]，他假装将我的意见采纳了，事实上只是为了将我

---

① 布琪亚是十五至十六世纪在意大利有很大势力的一家贵族。这一族中最著名的人物是罗马教皇亚历山大六世（1431—1503）及其子恺撒·布琪亚，他们为了统治意大利而经常使用收买和暗杀的手段。

出卖。亚历山大六世与克力门七世也曾有过这样的计划，但现在是绝对会失败的，因为他们轻视了这种计划，觉得这样是不会有结果的，而拿破仑又无法将他的工作完成。意大利好像命中注定要倒霉的。”老人将最后这几个字说出时语气极其沮丧，无力地将头垂至胸前。

在唐太斯看来，这一切都是无可理喻的，他实在想不通一个人怎么能为这种事甘冒生命的危险。不错，他知道一点拿破仑，因为他曾见过他，并且和他讲过话，但克力门七世和亚历山大六世，他连听都没听过。

“你是不是就是那位传说中有病的神甫?”唐太斯说，他开始有点儿相信狱卒的话了，这也是伊夫堡监狱普遍的看法。“你是想说他们叫我疯子，对不对?”

“我不敢也不想那么说。”唐太斯微笑着回答。

“好吧，那么，”法利亚带着苦笑重新接着说道，“让我来回答你这个问题吧，我承认我是伊夫堡监狱那个人人认为的疯犯人。”

唐太斯一声不响地呆立了许久，像是受到了莫大的打击似的。最后，他终于说：“那么你完全放弃逃走的希望了吗?”

“逃走显然已是不可能的了，而且我认为，硬要去挑战那万能的上帝显然不许的事未免太违抗上帝了。”

“不，不要泄气，我们都不能泄气。你第一次尝试就希望成功，那期望未免太高点了吧。我们为什么不再试试看，在另一个方向能否找一个出口呢?”

“但你既然将重新开始说得如此轻松，你是否知道我先前是怎样做的?首先，我用了四年的时间做成了现在的这所有的工具，然后又用了两年的时间来挖那些如花岗石一般坚硬的泥土，之后我又得将那些我曾经认为连摇都无法摇动的大石头搬开。我整日都在做着这种人力所不及的工作，若是到晚上能够挖下一立方法寸的这种坚硬的水泥，就认为已经很好了。你不清楚，这种水泥，因为时间久远，简直就同石头一样难挖。之后，我又得藏起我挖下来的大量泥土与灰沙，因此我不得不挖通一条楼梯，将它们抛在楼梯底下的空隙中。可那里如今已经完全塞满了，若是再投进一把灰尘，定会被人发现。你再想想看，我原本完全相信我已经将我的目标完成了，达到了我的目的，为了这项工作，我曾精确地与我的精力相配合，让它刚好可以让我的计划告一段落。然而，正当我预计着已经成功时，希望却永远离开了我。不，我再说一遍，想让我再重试一次，那显然是有悖于天命，是绝不可能的了。”

唐太斯低下头，他对于这个计划的失败并不感到怎么遗憾，他不愿意让他的同伴看到他脸上的这种表情。坦率地说，这个年轻人的心里现在只有高兴，因为他发觉自己已不再孤独了，不再冷清了，这对他来说都是得之不易的幸福。

神甫就势倒在爱德蒙的床上休息，而爱德蒙依旧站着。他以前从未想过要逃走。有些事情表面看来实在是不可能的，因此他的脑子里从没有产生过那种念头。在地底下挖出一条长五十法尺的地道，耗费三年的时间来完成一种工作，即便成功，也不过是将自己带到一个靠近海边的悬崖边上，从高五十法尺，六十法尺，又或许是一百法尺的地方跳下去，冒着在岩石上粉身碎骨的危险，而即便那逃亡者能有幸躲过哨兵毛瑟枪里的铅丸，躲过了所有危险，也还得再游上三法里路的海面，——在唐太斯看来，这一切是如此的可怕，他甚至连做梦都没有这样想过，他只是听天由命。但看见一个老年人竟如此大胆地在寻求活路，他便有了一个新的方向，这也激励起他的勇气与精力。那曾经他想都没想过的事如今已经有别人做过了，而且那个人还不及他的年轻，强壮，也没有他这样灵敏，却凭着耐心和技巧为自己配齐了做那桩惊人的工作所必备的所有工具，只是由于测量上存在一个错误而变成一场空。那个人做到了这一切。那么，唐太斯便没有什么是做不到的了！法利亚在他的牢房里挖通了五十法尺的地道，唐太斯决定要挖出一条两倍于那个距离的。已经五十岁的法利亚，耗费了三年的功夫来完成那件工作，而他的年龄还不及他的一半，却虚度了六年。法利亚是做教士和哲学家的，他不怕冒着生命的危险游三法里路到达大魔岛，兰顿纽岛，或是黎玛岛，难道如他这般强壮耐劳的水手，有着丰富经验的潜泳者，竟然害怕完成一件同样的工作吗？莫非如他这般经常只为了好玩而投身进入海底去折取珊瑚枝的人，竟会犹豫不决，害怕游三法里路的海面吗？以前，他一小时就可以游三法里路而且纯粹是为了消遣，他曾多次在水里游过比那样长两倍多的距离！唐太斯下决心要向这位大无畏的同伴的勇敢学习，并牢牢地记住，是能够将曾经做成过一次的事才重演一次的。

唐太斯继续沉思默想了片刻，说道："我想我已想出你所寻求的办法了！"

法利亚神甫吃了一惊。"真的吗？"他赶紧抬起头来说道，"能告诉我你想到了什么办法吗？"

"那好吧，我来告诉你我们该怎么做吧。我们不得不在地道的中间挖开一条丁字形的路。这一次需要你测量得准确一些。我们可以挖到你讲过的那条走廊边上，然后杀死看守走廊的哨兵，就此逃走。要保证成功，我们只需要勇气，我相信这个你不缺；还要力气，这个我也有。至于说耐心，你已经充分显示出来啦，现在就瞧我的吧。"

"等一下，我亲爱的朋友，"神甫答道，"你显然还不了解我有的是什么样的勇气，打算把力气用在何处。说到耐心，我那样夜以继日的工作，倒也够耐心的了。不过，小伙子，请听我说，那时我是认为一个无辜的人、不该受罪的人归于自由是不会使万能的主不高兴的。"

"难道你现在不这样认为了吗？"唐太斯问，"难道在遇见我以后你认为自己是有罪的了吗？"

"没有，但我不希望变成一个罪人。到目前为止，我一直以为我是在同环境作战，可现在你却提出一个同人作战的计划。虽然我能够挖通一堵墙，或拆毁一座楼梯，但我不想去刺穿一个人的胸膛，或毁掉一个生命。"

唐太斯微微露出一点惊异之色。"当前面就是你的自由之路的时候，"他说，"你就为了那样的一个理由而踌躇，然后裹足不前吗？"

"请告诉我，"法利亚神甫答道，"有谁阻止过你拆一根床腿下来，打晕你的狱卒，穿上他的衣服，然后设法逃走？"

"只是因为我从没想到过这样一个计划罢啦！"唐太斯回答说。

"那是因为，"老人说，"上帝不允许人犯这样的罪，所以阻止了这个想法钻入你的脑子里。凡是一切可以简单易行的事，我们天生的本能自会阻止我们偏离正道。譬如说老虎吧，它本性嗜血，所以只要用鼻子一嗅，就可以知道它的猎物已经走进了它的范围了，于是，它扑到猎物的身上，把它撕得粉碎。那就是它的本能，它是在按本能行事。但人却恰恰相反，人是怕见血的。谋杀除了不容于社会的法律而且也是自然的法则所不容的。”

唐太斯静静地听着这一番话，也有点儿不知如何是好了，因为这种想法一直活跃在他的脑子里，或者说得更准确些，是曾活跃在他的心里，而有些想法是需要从脑海中想出来的，另外一些想法则是从心里流露出来的。

“自从我入狱以来，”法利亚神甫说，“我把所有的那些有名的越狱案都在脑子里想过一遍了。那些最终获得成功的人，无不是经过了长期的计划和小心安排的。举些例子来说，如波福公爵之逃出万森堡，杜布古神甫之逃出伊微克堡，拉都特之逃出巴士底监狱。但一心想逃脱而毫未谋划最后成功的例子却是少之又少的。机会常常会出其不意地到来，那是我们意想不到的。所以，让我们耐心地等待一个有利的时机吧。相信机遇吧，你将来会知道，我抓时机是不会比你差的。”

“唉！”唐太斯说，“你大约很善于等待。这次长期的工作使你每时每刻都有事儿做了，所以过得很充实。而当你无事可做的时候，你还有希望可以使你重新振作起来吗？”

“我跟你说实话吧，”老人答道，“我不是单靠这个过日子的。”

“那么你还做其他什么呢？”

“我写作，或者从事研究。”

“那么他们给了你笔、墨水和纸吗？”

“噢，不！”神甫回答说，“他们没给我，是我自己制作的。”

唐太斯再次惊呼道：“你自己做的纸、笔和墨水？”

“是的。”

唐太斯带着钦佩的眼神望着他。但他的脑子里仍然有很多疑惑，神甫的慧眼一下子就看出来了。

“等你有机会到我的地牢里去的时候，”他说，“我可以给你看一篇已完成了的文章，那是我反省自己的一生的心血和结晶，那是在罗马竞技场的废墟里，在威尼斯圣马克古宫的圆柱脚下，在狱卒让我在伊夫堡的牢墙之内时我利用时间把它们写出来的。我说的那篇文章的题目叫作

《论建立意大利统一王国》，印出来可以成为一册四开本的大书。”

“那么您把这些文章都写在了什么东西上面呢？”

“写在了我的两件衬衣上。我发明了一种药剂，可以使得在布片上写字就像在羊皮纸上写字一样光滑流利。在我罗马的书房里，有将近五千本书。在把它们读过了许多遍以后我发觉，一个人只要读完一百五十本精选过的书，就如同掌握了人类的一切知识，至少是够一生所用的了，或者说该知道的都知道了。我用了一生中三年的时间来致力于研究这一百五十本书的内容，直到我把它们完全记在心里为止。所以入狱以后，我只要稍稍回忆一下，就能清楚地记起它们的内容，就像把厚书摊开在我面前一样。我可以把修昔底斯、萨诺芬、普罗塔克、塔都司李浮斯、塔西佗、史德拉达、约南特斯、但丁、蒙田、莎士比亚、斯宾诺莎、马基维里和布苏亚的书全部背给你听。我在这里还仅仅只是举出了几个最有名的作家而已。”

“这么说，你一定懂好几个国家的语言了？”

“是的，我会讲五种近代语言，德语、法语、意大利语、英语和西班牙语。我还参照古希腊文学会了现代希腊语，我虽不能说得十分流利地道，但我现在还在不断地研究它呢，我相信迟早有一天会学得很好的。”

“你还在研究，在这个地牢里？”

“是的，我把我所掌握的字组成了一套词汇，然后把它们不断地重新组合，所以我已经能用它们来表达我的思想了。我大约认得有将近一千个字，那一千个字是最起码的，是绝对的，虽然我也知道字典里有将近十万个字。我不寄希望能说得非常流利，我想我只要能够让人听懂我的意思也就够了。”唐太斯越来越觉得惊奇了，他觉得眼前这个人简直具有超凡的能力。可是，他仍旧希望能够发现他的某种缺陷，于是他说：“可是倘若你没有笔，你怎么能够写出你所说的那本巨著呢？”

“我自己制作了几支绝妙的笔，要是这个办法一旦流传出去，大家一定会乐于使用的。你知道，我们每逢斋日都有大鳕鱼吃。我就将这种鱼头部的几条软骨选来进行使用，你简直无法想象我是多么欢喜见到星期三、星期五与星期六，对于它的到来又是多么欢迎，这样我就有更多的材料供我做笔了，——因为我坦白地说，我最大的安慰便是这种历史著作了。当我在追述过去时，我忘记了当下。当我自由地驰骋在历史里时，我忘记了我是一个囚徒。”

“可是墨水呢?”唐太斯说，“你又是怎样弄到那个的呢?”

“告诉你，”法利亚道，“我的地牢里从前原有一个壁炉，在我住进来以前，早就已经不用了。可是，它肯定用过很多年了，因为它上面覆盖着一层厚厚的煤灰，我把这种煤灰溶解在狱卒每个星期天给我拿来的酒里就做成了墨水。我可以向你担保，你再也找不到一种比这个更好的墨水了。对于那些极其重要的记录，想引起特别注意的，我就刺破一只手指，用我的血来写。”

“我什么时候能看看你写的那些东西?”唐太斯问。

“随便你什么时候都行。”神甫答道。

“噢，那么马上给我看看吧!”青年恳求道。

“那就跟我来吧。”神甫说着就重新钻进了地道里，一会儿就不见了。唐太斯跟在他后面也钻了进去。

第十七章 神甫的房间

尽管这条通道令两个人无法直起身子走路，可是依然是较为宽敞的，没过多长时间，他们便来到了尽头，出来就是神甫的牢房。离牢房越近，通道就越窄小，只有将四肢都贴在地上才能勉勉强强地爬过去。神甫的牢房的地面是用石块铺成的，神甫选择了一个极为隐蔽的角落，挖出一块石头以后才开始进行这项艰巨的任务，眼下，这项工作已经在唐太斯的注视之下完成了。唐太斯一踏进这位朋友的牢房，就急切地观察着周围的环境，希望找到一些奇迹。但是他失望了，眼睛能够看到的地方，只是一些日常用品而已，并没有其他什么东西。

“还好，”神甫道，“现在刚过十二点十五分，我们还有几个小时可以利用。”听罢这句话，唐太斯本能地去寻找钟表的方位，希望能找到神甫之所以如此准确报出时间的原因。

“你看到从我的窗口进来的这缕阳光了吧，”神甫解释说，“我就是根据它射在墙上的这些线条中的哪根线条来推测时间的。这些线条是根据地球的自转和它绕着太阳公转的原理划成的，只要看一看它，我就可以断定具体是什么时间了，比钟表还准确好用，因为钟表是会坏的，而且有时会走快了，有时会走慢了，但太阳和地球的转动是绝不会出乱子的。”

唐太斯对这一番说明可完全听不懂，他只看见太阳在山背后升起，落入地中海，因此在他的想象中，始终以为是太阳在动，而不是地球在动。要说他所在的这个地球竟然会自转和绕太阳而转，在他看来，几乎是不可能的，因为他一点转动的感觉都没有。可是，虽然不能理解他的同伴所指教的全部意义，但从他的嘴里所说的每一句话，似乎都充满了科学的奇迹，就像他在很早之前的航行中，从古齐拉到戈尔康达所见的那些宝物一样闪闪发光，尤其应该加以充分琢磨和体味的。

“快，”唐太斯对神甫说，“把你对我讲的那些奇妙的发明给我看看吧，我早就等不及啦。”

神甫微笑了一下，信步走到废弃的壁炉前面，用凿子撬起一块长石头，这块长石头无疑就是炉床，下面有一个很深的洞，这是一个非常安全的贮藏室，里面藏着神甫向唐太斯提到过的所有东西。

“你想先看什么?”神甫问。

“嗯，把你那篇《论建立意大利统一王国》的巨著给我看看吧。”

法利亚神甫从他那藏东西的地方抽出了三四卷一叠一叠，像只有在木乃伊棺材里才能找到的草纸那样的布片。这几卷布片都是四寸宽，十八寸长，都仔细地编着号码顺序，上面密密麻麻地写满了字，字写得很清楚工整，所以唐太斯读起来毫不费劲，意思也不难理解，尽管是用意大利文写成的，但由于唐太斯是普罗旺斯省人，所以他完全懂得这种文字。

“你看!”神甫说，“这篇文章已经写完了，我大约是在一星期前才在第六十八页的末尾写上了‘完’这个字。为了这个我撕碎了两件衬衣和我所有的手帕。我一旦出狱，如果能找到一个出版商敢把我所写的文章印出来，我就成名了。”

“那是毫无疑问的，”唐太斯答道，“现在让我看一下你写文章的笔吧。”

“瞧!”法利亚神甫一边说，一边拿出了一支长约六寸的细杆子给唐太斯看，那细杆的样子极像一支画笔的笔杆，末端用线绑着一片神甫对唐太斯说过的那种软骨，它的头很尖，也像普通的笔那样在笔尖上分成了两半。唐太斯仔细地看了一遍，然后又四下里瞧了瞧，想寻找出是什么工具把它削得这样整齐。

“对了，”法利亚神甫说，“你是在好奇我从哪儿弄来的削笔刀是不是?这是我的得意之作，也是我自制的，这把刀是用旧的铁蜡烛台做的。那削笔刀锋利得像一把剃须刀，它有两种用处，既可以当匕首用，也可以当小刀用。”

唐太斯仔细地观看着神甫拿出来的每一样东西，其专心致志的神态，仿佛他在欣赏船长从南半球海域带回来陈列在马赛商店里的南海野人所用的那些稀奇古怪的工具似的。

“墨水嘛，”法利亚神甫说，“你已经知道是怎么做的了。我是在需要的时候现做现用的。”

“有一件事我还很奇怪，”唐太斯说，“就是这么多工作你单凭白天怎么可能做得完呢？”

“我晚上也工作啊。”法利亚神甫很自然地答道。

“晚上！你别告诉我你有着猫一样的眼睛，在黑暗中也能看得见！”

“不是的，但上帝赐人以智慧，借此能弥补感官的不足。我给自己弄到了光。”

“是吗？能跟我说说怎么弄到的吗？”

“在狱卒给我送来的肉中，我挑出肥肉把它割下来，然后把它熬一熬，就炼成了一种最好用的油，你看看我这盏灯。”说着，神甫拿出一只容器，样子像极了公共场所照明用的油灯。

唐太斯把他所看过的每一样东西都轻轻地放到了桌子上，便垂下了头，像是在膜拜似的，他完全被这个人的坚忍、毅力和聪慧折服了。

“还有很多东西你没看到呢，”法里亚神甫继续说，“因为我认为把我的全部宝物都放在一个贮藏处有点儿太危险了。我们先来把这个洞盖上吧。”

唐太斯帮助他把那块石头放回了原处，神甫洒了一点尘土在上面，以掩盖那移动的痕迹，又用脚把它擦了几下，使它看不出与其他的部分有何异样，然后，他再走到床边，把床移开。床头后面又露出一个洞。这个洞是用一块石头十分严密地封住的，所以不可能引起人的怀疑。洞里面还有一根绳子，长约二十五尺到三十尺之间。唐太斯仔细拉了拉，发觉它非常结实坚固。

“你做出这个创举所需用的绳子是有人给你的吗？”

“没有人给我，仍是我自己做的。我撕破了几件衬衣，又拆散了我的床单，这都是我被关在费尼斯德里堡的三年期间做的。当我被转到伊夫堡来的时候，我就想办法把那些拆散了的纱线带了来，所以我就在这儿完成了这件事。”

“难道没人发觉你的床单没有缝边吗?”

“噢，不会！因为当我把需要的线抽出来以后，我又把边缝了起来。”

“用什么东西缝的呢?”

“用这枚针。”神甫说着就掀开他那破衣烂衫，从中拔出了一根又长又尖的鱼骨给唐太斯看，鱼骨上有一个小小的针眼以备穿线之用，那上面还留有一小段线在那儿。“我曾一度想拆掉这些铁栅栏，”法利亚神甫继续说，“从这个窗口里钻出去，你看，这个窗口比你那个多少要宽一点，当然为了更易于逃走，应该把它挖得大一些。但后来我发现，我只能从这里落到一个像内院那样的地方，所以我就打消了这个念头，这样所冒的险实在太大了。但即便如此，我仍旧很小心地保存了我的绳子，以便意想不到的机会来临时可以派上用场。我已经对你讲过了，机会常常是会突然降临的，我们要有所准备才行。”

唐太斯一边出神地注视着绳子，一边在脑子里转着另一个念头。他想：像神甫这样聪明、灵巧和深思熟虑的人，也许能够替他解开那个谜，找出他遇祸的原因，虽然他自己曾努力去分析过，但始终找不到合理的原因。

“你在想什么?”神甫看到年轻人露出那种出神的表情，就含笑问起原因来。

“我在想，”唐太斯答道，“首先，你所创造的这一切都是你经过很多努力并凭借你的聪明才智才能得以实现的。将来一旦你自由了，你一定能办成你想要办的事。”

“也许会一事无成。我的精力过剩可能会泛滥成灾。要想开发人类的神秘智慧，必须要经过挫折或遭遇不幸，正如要想火药引爆就需要有一定的压力一样。是囚禁的生活把我所分散的浮动的能力都集中到了一个焦点上。在一个狭隘的空间里，它们就有了密切的接触，而你知道，云相互挫击而生成了电，由电而生成火花，由火花而生成了光，我的那些东西就是这样做成的。”

“不，我一点儿也不知道，”唐太斯说，他因自己的无知而感到遗憾和羞愧，“你所说的话在我听来有如天书。你如此博学，肯定很快乐吧。”

神甫微笑了一下，说道：“你刚才不是说在想两件事吗？”

“是的。”

“两件事中你只告诉了我一件，现在说说另外一件吧。”

“是这么回事，你已经把你的身世都讲给我听了，但我还没跟你说我的经历吧。”

“我的年轻朋友，你还是如此的年轻，难道还能经历什么重要的大事吗？”

“是的，我确实遇到了一场极大的灾难。”唐太斯说，“我根本不该遇上这场灾难，我很想找出究竟是谁给我带来这样的痛苦，让我不再去咒骂上帝的不公。”

“那么，你敢肯定那对你的指控是冤枉你了吗？”

“绝对的无中生有，我可以向世界上我最亲爱的两个人来发誓，即向我的父亲和梅塞苔丝发誓。”

“那你说说吧，”神甫说，他继续用石块堵上了他藏东西的洞口，接着又把床推回到了原处，“让我来听听你的故事。”

于是唐太斯开始讲他自己的身世了，实际上只包含了一次到印度和几次到勒旺的航行，接着就讲到了他最后那次航行；讲到了莱克勒船长是怎样死的，怎样从他那儿接过一包东西并交给了大元帅；又如何谒见了那位大人物，交了那包东西，并被托付转交一封致诺瓦蒂埃先生的信；然后又怎样到达了马赛，见到了父亲。他还讲了自己是怎么与梅塞苔丝相爱，怎样举行他们的婚宴；怎样被捕、受审和暂时押在法院的监牢里；最后又怎样被关到伊夫堡监狱来的。在未遇到神甫的那一段岁月中，一切对唐太斯来说除了空白还是空白，他什么都不知道，甚至连他入狱有多长时间了也不清楚。他讲完以后，神甫沉思了良久。

“有一句格言说得很好，”他思考完了以后说道，“这句格言和我刚刚不久前讲过的话是相互联系的，即‘尽管乱世易作恶，但人类的天性是不愿意犯罪的’。可是，文明使我们产生了欲望、恶习和不良的嗜好，这种种因素有时会扼杀我们善良的本性，最终导致我们走上犯罪之路。所以那句格言又可以说成是：不管何种坏事，想要抓那作恶之人，先得去找出能从那件坏事中得利之人。那你不在了能对谁有利呢？”

“我的天！对谁有好处呢？我不过是一个无足轻重的人。”

“别这么说，因为你的回答是既不合逻辑又缺乏哲理的。我的好朋友，世上万事万物，从国王和他的继承人再到小官和他的接替者，都是相互有联系的。现在我有点儿头绪了。腾格拉尔在船上是什么职务？”

“押运员。”

“如果你当了船长，你会不会留他继续任职呢？”

“要是我有决定权的话，我不会留任他的，因为我经常发现他的账目不清。”

“好极了！那么现在再告诉我，当你和莱克勒船长进行最后那次谈话的时候，有别人在场吗？”

“没有，只有我们两个人。”

“那你们的谈话有没有可能被别人偷听到了呢？”

“那是有可能的，因为舱门是开着的，而且，等一下，我突然想起来当莱克勒船长把那包给大元帅的东西托付给我的时候，腾格拉尔正巧经过那里。”

“这就没错了，”神甫喊道，“我们说到了正题上。你在厄尔巴岛停泊的时候，有没有带谁一同上岸？而且当你回到法老号上的时候，谁都可以看到你手里拿着一封信了？”

“他们当然看得见。”

“腾格拉尔也像其他的人一样看得见吗？”

“是的，他也像其他的人一样看得见。”

“现在，且听我说，你仔细回忆一下被捕时的各种情景。对了，你还记得那封告发信上的内容吗？”

“噢，肯定记得！我把它读了三遍，那每一个字都深深地刻在了我的脑子里。”

“那就背给我听吧。”唐太斯沉思地想了一会儿，像是在整理他的所有的思绪似的，然后说道：“是这样的，我把它一个字一个字地背给你听：‘敝人系拥护王室及教会之人士，兹向您报告：有爱德蒙·唐太斯其人，系法老号之大副，今晨自士麦拿经那不勒斯抵埠，中途曾停靠费拉约港。此人受缪拉之命送信与逆贼，并受逆贼之命送信与巴黎拿破仑党委员会。犯罪证据将在其逮捕时即可获得，该信件不在其身上，就在其父家中，或者在法老号上他的船舱里。’”

神甫耸耸肩。“这件事现在已经一清二楚了，”他肯定地说道，“你就是天生没有怀疑之心，而且心地太善良了，以致猜不出这到底是怎么回事。”

“你敢肯定是这样吗？”唐太斯不可置信地说道，“啊！那真是太卑鄙了。”

“腾格拉尔平常的笔迹是怎么样的？”

“一手很漂亮流利的字。”

“那封匿名信的笔迹如何？”

“稍微有点向后倒。”

神甫又微笑了一下，说道：“哦，你觉得像伪装过了，是吗？”

“我不知道！但就算是伪装过的，也写得极其流利。”

“等一下。”神甫说完便拿起他那自己发明的笔，在墨水里蘸了蘸，然后用他的左手在一小块布片上写下了那封告密信开头的三个字。唐太斯看到字迹后不自禁地退后了几步，不胜惊恐地看着神甫。

“啊！简直太不可思议了！”他惊叫道，“你的笔迹和那封告密信上的简直一模一样呀！”

“这就是说那封告密信是用左手写的，我证实了这一点。”

“现在要提到第二个问题了。有谁不愿意看到你和梅塞苔丝结婚呢？”

“有一个人，是一个也爱着她的年轻人。”

“他叫什么名字？”

“弗尔南多。”

“那是一个西班牙人的名字呀。”

“不过他是迦泰罗尼亚人。”

“你认为他有写那封信的可能吗？”

“噢，不！要是他想除掉我，他会宁愿捅我一刀的。”

“西班牙人的性格倒也的确如此，他们宁可当杀人犯，也不当懦夫。”

“还有，”唐太斯说，“信中所涉及的各种情节他也是完全不知晓的。”

“那么这么说就是腾格拉尔写的了，已无任何疑问。”

“我现在也觉得他是最有可能的。”

“等一下。那么腾格拉尔认识弗尔南多吗?”

“不。对，他们互相认识的。现在我想起来了。”

“想起来什么?”

“在我订婚的前一天，我看到他们两个人一同坐在邦费勒老父亲的凉棚里。他们的态度看上去很亲热很友好。腾格拉尔在善意地开着玩笑，但弗尔南多却脸色苍白，看上去很恼怒。”

“还有他人在场吗?”

“还有另外一个人和他们在一起，那个人我非常熟悉，而且我猜多半还是他介绍他们俩认识的，他叫卡德鲁斯，是个裁缝，不过当时他已喝醉了。等一下，等一下，真奇怪，我以前怎么就没想到呢！在他们中间的桌子上，有笔、墨水和纸。噢，这些没心肝的坏蛋！”唐太斯用手敲着自己的脑袋喊道。

“你还有什么别的疑问想知道吗?”神甫微笑着问。

“想，很想。”唐太斯急切地回答说，“既然你一眼就能完全把整件事情看透，对你来说，凡事你都心明眼亮，我求你给我分析解释一下，为什么我只被审讯过一次，为什么我没有上法庭，而最重要的是为什么我没经过正规的手续就被判了罪?”

“这事和前面的相比可就完全不同了，而且要严重得多了。”神甫答道。

“司法界的内幕经常是太黑暗、太神秘而难以捉摸的。到目前为止，我们对你那两个朋友的分析还算是很容易的。要是你还要我来分析这件事，你就不得不再给我提供更详细的情况。”

“这我当然是很愿意的。请开始吧，我亲爱的神甫，随便你问我什么问题好了，我都会事无巨细地回答，因为说心里话，你对我的生活看得比我自己还要清楚。”

“那么首先，是谁审问你的，是检察官，代理检察官，还是推事？”

“是代理检察官。”

“他是年轻人还是老年人？”

“大约有二十七八岁。”

“好！”神甫回答道，“可能还没有腐化，但已有野心了。他对你的态度如何？”

“开始是严厉冷漠的，后来是宽容多于严厉。”

“你把你的事全都跟他说了吗？”

“是的。”

“在审问的过程中，他的态度有什么细小或明显的变化吗？”

“有的，当他阅读那封大元帅托我交给巴黎的诺瓦蒂埃先生的信的时候，显得异常激动。然后他好像难以忍受我所遭遇的不幸似的。”

“啊，真的！那很有可能那个人是一个你想象不到的最阴险、最毒辣的家伙。”

“说实话，”唐太斯说，“你说的话使我太寒心了。难道这世界上真的遍地都是老虎和鳄鱼吗？”

“是的，但我还要告诉你两只脚的老虎和鳄鱼比四只脚的更危险。”

“请继续分析下去吧。”

“好！你告诉我他是当着你的面烧掉那封信的，对吗？”

“是的，当时他甚至还说，‘你看，我把唯一对你不利的证据毁掉啦’，这样做简直太过分了。”

“很可能这样做对他是有好处的，因为他叮嘱了我好几次，叫我绝对不要把那封信的事讲给其他人听，还再三对我申明，他这样忠告我，完全是为了我好。非但如此，他还硬要我郑重对天发誓，决不吐露信封上所写的那个人名。”唐太斯接着说。

“诺瓦蒂埃！”神甫把那个名字反复念了几遍，“诺瓦蒂埃，我知道在伊特罗丽亚女王那个时代有一个人叫这个名字，大革命时期也有一个诺瓦蒂埃，他是个吉伦特党人！代理检察官姓什么？”

“我只知道他叫维尔福。”

“维尔福！你这个可怜的傻瓜，你知不知道这个诺瓦蒂埃是谁?”

“我不知道!”

“这个诺瓦蒂埃就是他的父亲呀!”

这时，就算一个霹雳在唐太斯的脚下响起，或地狱在他的面前张开它那深黑无底的大口，也不会比听到这完全出乎意料的几个字使他吓得目瞪口呆的了。这几个字揭发了只有恶魔才做得出的不仁不义的行为，而他就因此被葬送在一个监狱的黑地牢里，慢慢地熬着他的日子，简直如同把他埋入了一个坟墓，他甚至都不敢想这几年是怎么过来的。而他此时才惊醒过来，用双手紧紧地抱住头，像是要防止他的脑袋爆裂开似的，同时用一种近乎窒息的、几乎听不清楚的声音喊道：“他的父亲！他的父亲!”

“是的，他的亲生父亲，”神甫答道，“他的全名就叫诺瓦蒂埃·维尔福。”

唐太斯回到自己的牢房以后，就直接倒在了床上。晚上，狱卒来送饭的时候，就发现他两眼发直，板着脸孔，像一尊石像似的无声无息，不声不响坐在那儿。这几小时的沉思默想，在唐太斯看来似乎只是几分钟而已，在这期间，他下了一个可怕却坚定的决心，并立下了令人生畏的誓言。一个声音把他从恍惚迷离的状态中唤醒，那是法利亚神甫。法利亚神甫在狱卒查看过以后便过来邀请他共进晚餐了。因为他被认为是一个疯子，尤其还是一个非常有趣的疯子，所以他享受着某些特权。他可以得到一点儿白面包，甚至每周周日还可以得到少量的酒。这一天正好是星期日，神甫特地来邀请他的年轻伙伴去分享他的面包和酒。唐太斯跟着他去了。他脸上那种紧张失神的表情已经消失了，现在已恢复了常态，但仍带着一种刚强坚毅的神色，可以看得出，他的决心不会轻易动摇的，法利亚神甫用他敏锐的目光盯住他。

“我现在很后悔刚才帮助你寻根问底，给你查明了那些事情的真相。”

“为什么?”唐太斯问道。

“因为这在你的心里又注入了一种新的情感，那就是复仇，这对你来说并不是一件值得叫好的事。”

“这对你来说并不是一件值得叫好的事。”

年轻人的脸上掠过一个痛苦的微笑。“让我们来谈些别的事吧。”他说。

神甫又看了看他，然后悲哀地摇了摇头，但为了顺从唐太斯的请求，他开始谈起其他的事情来。这个老犯人同所有那些饱经沧桑的人一样，他的谈话里包含着许多重要的启示和有价值的知识，但却又毫不自夸自负，最重要的是这个同样不幸的人从不提及他的伤心事。唐太斯带着非常钦佩的情感倾听着他所说的一切。他所说的很多话和他已经知道的事是相符的，和他从航海生活中所得来的知识也是相一致的。当然，有些是他所不知道的事情，但就像那黎明时分的北风给在赤道附近航行的航海者指示一样，这些话给他这个孜孜求教的听者打开了新的眼界，犹如流星一般一瞬间照亮了他的整个天地。他正确地估计到，一个聪慧的头脑倘若能在道德上，哲学上，或是熙攘纷争的社会关系上追随着这种崇高的精神，他将会得到怎样的快乐。

“你一定要将你所知道的传授我一点，”唐太斯说，“哪怕仅仅是为了避免你对我越来越感到厌倦。我十分清楚，像你这样有学问的一个人，是宁可忍受着绝对孤独也不愿意有我这样没有学问的人来做伴惹你生厌的。只要你满足我的要求，我答应你绝对不再说逃走这两个字。”

长老微笑了一下，说道：“唉，我的孩子！人类的知识是受锢于十分狭小的空间里的。当我教你学会了数学、物理学、历史以及三四种我知道的近代语文之后，我们俩懂得的知识就一样多了。倘若把我所知道的基本学术教给你，用不了两年就成了。”

“两年！”唐太斯惊呼道，“你真的相信我可以在这么短的时间里学会所有的东西吗？”

“当然并非它们的应用，可你可以学到它们的原理原则，学习并非认识。有学问的人不同于能认识的人。记忆创造了前者，哲学创造了后者。”

“但是人难道不可以学哲学吗？”

“哲学是没有办法学的，它是科学的综合，是能够善于运用科学的天才所求得的。哲学，即基督踩在脚下升上天去的五色彩云。”

“好吧，那么，”唐太斯说，“我先学什么呢？我太渴望知识了，真希望快点开始。”

“可以！”长老说。当天晚上，两个犯人就制订了一个学习计划，并决定从第二天就开始实施。唐太斯有着惊人的记忆力和极强的理解力，所以很多东西一学就会了。他也很有数学天分，能很快学会各种各样的计算方法，而他丰富的想象力又能使枯燥的数学公式和严密呆板的线条变得有趣起来。他原先就懂得意大利语，然而他在到地中海东部航行时零零碎碎的又学会了一点儿希腊语，在这两种语言的帮助下，了解其他各种语言的结构就容易多了。所以六个月以后，他已经能讲西班牙语、英语和德语了。唐太斯严格遵守着他对神甫许下的诺言，再也不提及逃走的事。也许是因为他的学习兴趣代替了渴望自由的要求，也许是因为他牢记自己的诺言（关于这一点，我们已经知道，他是十分注意的），总之，他再也不提逃走的事了。时间在学习中飞速地流逝，一年之后，唐太斯已完全变成了另一个人。

至于法利亚神甫，虽然有他做伴，唐太斯却注意到他变得越来越忧郁了，似乎有一个想法不断地在困扰着他的思想。有时，他会长时间地陷入沉思当中，不由自主地深深地叹息，然后又突然站起身来，交叉着两臂开始在牢房里踱来踱去。

有一天，他忽然在这种习惯的散步中停了下来，感慨道：“唉，倘若没有哨兵多好！”

“只要你高兴，马上就能让他们统统消失。”唐太斯说，他原本就在追溯他的思想，瞬间就将他头颅骨下的脑袋看了个透彻，好似那头颅骨是水晶做成的一样。

“啊！我和你说过，”长老回答，“我反对谋杀。”

“可是即便真的采取了谋杀，也是为了我们的人身安全，完全出去自卫的本能啊。”

“不管怎样，我是绝对不会赞成的。”

“但还是想着它吗？”

“想得越来越厉害了，唉！”长老喊道。

“你是不是已经发现一种能够让我们恢复自由的方法了?”唐太斯急切地问。

“没错，倘若他们刚好派了一个又聋又瞎的哨兵在我们外面的这条走廊守着的话。”

“他会瞎的，也会聋的!”青年回答，显示出一种极其坚定的神气，让他的同伴不禁打了一个寒战。

“不，不！这是不可能的!”长老喊道。唐太斯竭力想将谈话拉回到这个话题上，然而却没有用。长老只是摇了摇头，拒绝再谈及有关这方面的事。

又过去了三个月。

“你觉得自己够强壮吗?”长老问唐太斯。青年的回答是将那把凿子拿起来，弯成了一个马蹄形，随后又轻易地将它扳直。

“你愿不愿意答应，除非在最后关头否则绝对不会伤害那个哨兵?”

“我以人格担保。”

“那么，”长老说，“我们也许能实现我们的计划。”

“我们还需要多长时间才可以将那必需的工作完成呢?”

“至少一年。”

“我们马上开始吗?”

“是的。”

“我们已经白白浪费了一年的时间了!”唐太斯喊道。

“你觉得那逝去的十二个月是在浪费时间吗?”长老问道，语气中透出一种温和的责备。

“原谅我吧!”爱德蒙面红耳赤地叫道。

“算了，算了!”神甫说道，“年轻人终究是年轻人，你大概还可以算是我生平所见的人当中最优秀的呢。来，我来把我的计划给你看看。”说着神甫拿出了一张他所画的设计图给唐太斯看。这张图上画有唐太斯和他自己的地牢，中间以那条地道连接着。

在这条地道里，他提议再挖一条地道，就像给矿工使用的那样的巷道可使他俩通到哨兵站岗的那条走廊的下面。一旦通到了那儿，就掘开一个大洞，同时要把走廊上所铺的大石头挖松一块，以便在需要的时候，哨兵的脚一踏上去就会塌陷下来，而那个哨兵也就会一下子跌到洞底下，到时候他俩就可以把他捆上，并堵住他的嘴。他经此一跌，肯定会吓呆了的，所以绝对不会有力量作任何反抗的。然后他们便用神甫的绳梯爬出外墙再从走廊的窗口里逃出去。唐太斯一听完这个简单并显然有把握成功的计划，眼睛里马上放射出了喜悦的光彩，高兴得连连拍手称好。

当天这两名挖掘工就一起干了起来，由于长达一年的休息已使他们从疲劳中恢复了过来，而且他们都认为这种希望多半命中注定了会实现的，所以工作起来干得非常起劲。除了在规定的时间里不得不回到他们各自的牢房里去等待狱卒的查看以外，再没有什么别的事来打扰他们的工作了。狱卒从楼梯上下到他们牢房里来的时候，脚步声原是极轻的，但他们都已习惯并学会了辨别这种几乎觉察不到的声音，只是狱卒一直没有发觉。他们在做这件事时所挖出的新土本来可把那条旧地道完全塞没的，但他们以极其小心的动作，一点一点地把那些新土从法利亚神甫或唐太斯牢房的窗口抛了出去，至于那些挖出来的杂物，他们就把它碾成粉末，让夜风把它吹到远处，就不留下任何的痕迹了。

一年多的时间在这件工程中消耗过去了，一只凿子、一把小刀和一条木头杠子就是做这件工程仅有的工具，——法利亚继续指导着唐太斯，一会儿说这种语言，一会儿说那种语言；有时则向他说说各国的历史，和那些留下了所谓“光荣”这种灿烂的事迹而逝去的一代又一代伟人的传记。神甫是一个饱经风霜的人，多少曾混迹过当时的上流社会。他的外表抑郁而严肃，天性善于模仿的唐太斯很快便学会了。同时，那种温文尔雅的仪态也同样学会了。而这种仪态正是他以前没有的，除非能有机会经常和那些出身高贵、很有教养的人来往，否则是很难获得的。

又过了十五个月，地道挖成了，走廊下面的洞穴也完工了，每当有哨兵在这两个挖掘者的头上踱来踱去的时候，他们可以清晰地听到那均匀有序的脚步声。他们在等待一个漆黑无月的夜晚来掩护协助他们的逃亡。他们现在最担心的是那块石头，就是他们认为那哨兵命中注定该从那儿跌下来的那块石头，会在时机未成熟以前就掉下来。为了防止这一点，他们不得不又采取了一种措施，即用支柱撑在它的下面使它不容易塌陷，这条支柱是他们在挖掘地道时在墙基中发现的。这一天，唐太斯正在撑起这根木头，法利亚神甫则在唐太斯的牢房里削一个预备挂绳梯用的搭扣。突然间，唐太斯听到法利亚神甫在用一种极为痛苦的声音呼唤他，他急忙回到自己的牢房里，发现神甫正站在房间中央，脸色苍白，额头上冒着冷汗，两手紧紧地握在一起，像在承受某种莫大的痛苦似的。

“哦！天哪！”唐太斯惊叫道，“出了什么事？你怎么啦？”

“快！快！”神甫着急地说道，“听我说！”

唐太斯惊恐地望着面无血色的法利亚神甫，法利亚神甫眼睛的四周已现出了一圈青黑色，嘴唇发白了，头发一根根都竖起来了。他惊呆了，握在手里的凿子一下子落到了地上。“出了什么事？”他惊叫道。

“我完啦！”神甫气息紊乱地说，“我得了一种可怕的病，可能会死的，我觉得马上就要发作了。我在入狱的前一年也这样发作过一次。对付这种病只有一种药，我告诉你是什么东西。赶快到我的牢房里，拆下一只床脚。你可以看到床脚上有一个洞，洞里面藏着一只小瓶子，里面还有半瓶红色的液体。把它拿来给我，或者——不，不！我在这儿也许会被人发觉的，更危险，趁我现在还有一点儿力气的时候，扶我回我的房间里去吧。谁都无法预料我发病的时候会发生什么事啊！”

这飞来的横祸对唐太斯那一腔热血来说无疑是个极沉重的打击，但唐太斯并没因此就被打蒙了头，丧失了行为能力。他拉着他那不幸的同伴艰难地钻进地道，把他半拖半扶地弄回到了他自己的房间，并马上把他放到了床上。

“谢谢！”神甫说道，他好像血管里满是冰似的四肢直哆嗦。“我得的是癫痫病，当它发作很厉害的时候，我就只能一动都不能动地躺着，像死了一样，并不自觉地发出一种既不像叹息又不像呻吟那样的喊声。但是说不定这次病发会比这还剧烈得多，我也许会出现可怕的痉挛、口吐白沫，而且还将不受自我控制地发出最尖利的叫声。这一点至关重要，因为我的喊声要是被人听到了，他们就会把我转移到别处去，那样我们就会永远分离的。当我变得一动不动，冷冰冰、硬邦邦的，像一具死尸那样的时候，你要记住，要及时地，但千万不要过早地，用凿子撬开我的牙齿，并把瓶子里的药水滴八滴至十滴到我的喉咙里，也许我还能恢复过来。”

“也许?”唐太斯痛苦地问道。

“救命！救命!”神甫突然喊道，“我……我要死了……我……”病发作得如此突然和剧烈，以致那可怜的犯人连那句话都没能讲完。他全身开始猛烈地抽搐颤抖起来，他的眼睛向外突出，嘴巴歪斜，两颊变成了紫色。然后他扭动着身子，口吐白沫，翻来覆去，并发出极为可怕的叫声。唐太斯赶紧用被单蒙住他的头，以免被人听见。这一发作持续了两个钟头，然后他最后抽搐一次，便面无血色地昏厥了过去，简直要比一块朽木更无声无息，比一块大理石更冷更白，比一根踩在脚下的芦苇更软弱无力。

唐太斯直等到生命几乎已在他朋友的身体里完全消失了的时候，才拿起凿子，很费劲地撬开那紧闭的牙关，小心翼翼地把那红色液体按预定的滴数滴入那僵硬干燥的喉咙里，然后便焦急地等待着结果。一个钟头过去了，可是老人毫无一点儿复苏的迹象。

唐太斯开始感到害怕了，他担心下药或许下得过迟了以致神甫已经丧命了。他两手插在自己的头发里，痛苦而绝望地凝视着他朋友那毫无生气的脸。终于那铁青色的脸颊上出现了一丝红晕，知觉又回到了那双迟钝的、张开着的眼睛上，一声轻微的叹息从嘴里发了出来，病人有气无力地挣扎了一下，想动一下他的身体。

“救活了！救活了!”唐太斯禁不住高兴地大叫起来。

病人即使还不能说话，但他用手指了指门口，显得非常着急。唐太斯仔细听了一下，辨别出狱卒的脚步声正在渐渐靠近。那时快近七点钟了，唐太斯在焦急之中竟完全忘记了时间。他急忙奔向洞口，钻了进去，然后小心地用石块将洞口遮住，回到了自己的牢房里。他刚把一切弄妥，门就开了，狱卒随随便便地看了一眼，看到犯人像平常一样坐在他的床边便把食物放下就走了。唐太斯一心记挂着他的朋友，根本吃不下东西。他不等钥匙在锁里转动，也不等狱卒的脚步声在那条长廊里消失，就急忙回到了神甫的房间里，用头顶开石头，一下子奔到病人的床边。法利亚神甫现在神志已完全恢复了，但他仍然非常虚弱，四肢无力地躺在床上。

“想不到我还能看见你。”他气息奄奄地对唐太斯说道。

“怎么这样说呢？”年轻人问道，“难道你以为你要死了吗？”

神甫说：“这一次发病可把我折腾得筋疲力尽了。”

“振作一点，”唐太斯鼓励地说道，“你会很快恢复的。”他一边说，一边在床边上坐下，贴近法利亚，温柔地抓起他那冰冷的双手，轻轻地抚摸着。

神甫虚弱地摇了摇头。“上一次发作的时间只有半个钟头，发作完以后，我只觉得很饥饿，并没有别的感觉了，我还可以不用人扶就能自己起床。可现在我的右手、右脚都不能动了，我的脑袋在发胀，这说明我的脑血管正在渗血。这种病要是再发作一次，我就会全身瘫痪或是死亡的。”

“不，不！”唐太斯痛苦地大叫道，“你不会死的！你再发病的时候（如果你真的还可能发一次的话），你早就已自由啦。我到那时还会把你救回来的，就像这一次一样，而且甚至会比这次更容易，因为那时必需的药品和医生我们就都有了。”

“我亲爱的爱德蒙，”神甫回答说，“别装糊涂了。刚才那次发病已把我判处了死刑啦。不能走路的人是无法逃走的。”

“好吧，我们可以再等一个星期，或等上一个月，要是需要的话，就是等上两个月也无妨。这期间，你的体力就可以恢复了！我们现在所要做的事情，就是确定逃走的时间了，什么时候一旦你感到能够游泳了，我们就选定那个时间来实行我们的计划好了。”

“我永远也游不了了，”法利亚神甫悲哀地说道，“这只胳膊已经麻木了，不是暂时的，而是永久性的。你来拍一下它，从它落下来的情形就可以判断我说的有没有错。”

年轻人抬起那只胳膊再放下，只见胳膊沉甸甸地落了下来，看不出有丝毫生气。他不由自主地哀叹了一口气。

“现在你相信了吧，我的好孩子。”神甫说道，“你是一个水手，一个游泳好手，你一定和我一样知道得很清楚，一个人背着这样重的分量，在海里游不到五十码就会沉下去的。所以，别再欺骗自己了。你的心地虽好，但这种虚妄的奢想连你自己也不会相信的。我应该留下来，等待着我的解脱，凡人皆有死，我的死也就是我的解脱。至于你，你还年轻，别因为我的缘故而耽搁了，快走吧！现在我把你所许下的诺言退还给你。”

“好吧，”唐太斯说道，“现在也来听听我的决心吧。”说着他带着庄严的神色站了起来，在神甫的头上伸出一只手，一字一句坚决地说：“我以基督的血发誓，只要你活着，我就决不离开你！”

法利亚神甫望着这个年轻人，他是这样的高尚，这样的朴实，又有着这样崇高的精神。从他那忠厚坦诚的脸上，可以充分看出信心、诚恳、挚爱和真诚的情意。

“谢谢，”那病人伸出了那只还能移动的手轻声地感动地说道，“谢谢你的好意，你既然这样说，我也就接受了。”歇了一会儿，他又说道：“你那无私的诚意，将来有一天，也许会得到报偿的。但既然我无法离开这个地方，你又不愿意马上离开，那就必须先把哨兵站岗的走廊底下的那个洞填上，说不定他们碰巧会踩到那块有洞的地面，从而注意到那空洞的声音，然后去报告狱官来查看的。那样我们的事就会全部败露，我们就会被迫分离的。去吧，去做这项工作吧，只是我不能帮你的忙了。如果必要的话，就连夜工作，明天早晨狱卒没来之前，不必回来。到时候我还有一件重要的事情要讲给你听。”

唐太斯拿起神甫的手，亲热地紧握了一下，像是给他力量似的。法利亚神甫同样给了他一个鼓励的微笑，于是年轻人就去做他的工作去了。他已打定了主意，一定要忠诚地，毫不动摇地去实现他对他那受苦的朋友所作的誓言。

第十八章 宝藏

第二天早晨，唐太斯来到了他朋友的房间，他发现法利亚神甫正在那儿坐着，神态祥和，精神状态也好了许多。阳光从牢房那狭小的窗口照射进来，神甫沐浴在阳光之中，左手拿着一张展开的纸，现在他只有这只手能用了。此前，他手里的纸始终是卷着的，所以想要展开并不容易。神甫默默地将纸送到唐太斯眼前。

“这是什么?”唐太斯疑惑地问道。

“看看。”神甫面带笑容地鼓励他。

“我已经认真地看过啦，”唐太斯说，“只是我仅仅知道这是一张被烧掉一半的纸，上面的字似乎是用一种特殊的墨水写的，其他的我就看不出什么来了。”

“亲爱的朋友，”法利亚微笑着说，“如今你已经通过了我的考验，现在我可以把我的秘密全都告诉你了，这张纸上记录了我的宝藏，而现在，我的宝藏有一半属于你。”听到此话，唐太斯不禁冒出一头汗。直到现在，这么长时间以来，他一直不敢和神甫讨论关于他的宝藏的事，因为这就是他发疯的原因。唐太斯性子谨慎，处处小心，一直回避着这令他痛苦的事情，而法利亚神甫也在这件事情上同样保持缄默。唐太斯一直都把神甫的这种缄默当作一种理智的恢复，没想到现在，神甫在经历了一场病痛之后，竟然说出这样的话来，他肯定神经错乱，又开始发疯了。

“你……的……宝藏?”唐太斯结结巴巴地问道。

法利亚神甫微笑了一下。“没错，”他说，“你的心地的确很善良，唐太斯。因为我看你脸色苍白、浑身发抖，就知道你此刻心里在想些什么。不，你放心，我没有疯，我脑袋清醒得很。这个宝藏的确存在，唐太斯。如果我不能去拥有它们，你可以代替我去拥有它们。是的，谁都不相信我的话，因为他们始终把我当成疯子。但是你，经过这么久的相处，你该知道我并没有疯，假如你愿意相信的话，你一定会相信的。”

“糟糕!”唐太斯喃喃地对自己说，“他的老毛病又犯了！我就差没得这种病了。”然后他大声说道：“我亲爱的朋友，你刚才发病时可能累着了，你先休息一会儿，好吧？要是你高兴，明天我再来听你讲。今天我只希望能好好地照顾你。而且，”他又说，“宝藏对我们来说并不是很急迫的事呀。”

“非常紧急，唐太斯!”神甫回答说，“谁知道我的病会不会在明天或后天甚至下一刻就第三次发作呢？到那时就一切都完啦。这些财宝可使十家人变得巨富，我时常想，就让它们永远埋没吧，决不能让那些迫害我的人得到它们。每有这种想法，心里虽不免带点苦味，却还是觉得相当畅快的。同时这种想法也满足了我的报复心，让我在这地牢的夜里，在这囚禁生活的绝望中，正在慢慢地咀嚼其中的快意。但是此刻，我已因为出于对你的爱而宽恕了世界。现在，你还很年轻，得到自由后前途还很远大。我想，这个秘密告诉你，你甚至可以得到一切幸福，我怕再耽误一分钟一秒钟，会失掉让你这样一个可敬善良的人来拥有这样巨大的宝藏的机会。”唐太斯扭过头去叹息了一声。

“你仍然不肯相信我的话吗，唐太斯?”法利亚继续说道，“我的话若是还无法使你相信，那么看来你需要证据。好吧，那么，且念一念这张纸吧，这张纸我从没给别人看过。”

“明天吧，我亲爱的朋友，”爱德蒙说，他不愿跟着神甫发疯。“我们说定到明天再去谈它嘛。”

“那就把宝藏留到明天再谈吧，但今天先念一念这张纸吧。”

“他都病得这么厉害了，别惹他生气。”唐太斯心里想，于是便接过那张缺了一半，显然因为某次意外而被火烧过的纸来，念道——

今日为一四九八年四月

亚历山大六世之邀，应召赴宴，
献之款，而望成为吾之继承人，则将
凯普勒拉及宾铁伏格里奥归于
被毒死者)，吾今向吾之
帕达，宣布：吾曾在一彼所知
地点（在基督山小岛之洞窟
银条，金块，宝石，钻石，美
余一人知之，其总值约及罗马艾居二
开岛东小港右手第二十块岩
洞口二处；宝藏系在第二洞口最
吾全部遗于吾之唯一继承人。

凯

一四九八年四月二十五日

“怎么样?”法利亚神甫在唐太斯读完以后问道。

“可是，”唐太斯答道，“我看到的只不过是一张被火烧掉了一半的纸片，上面只是一些意义不明的断句残字呀。”

“是的，我亲爱的朋友，对你是这样，因为你才第一次读到它。但对我却不是这样，我曾费尽心思，熬了许多个夜晚来研究它，然后终于把每一个句子都重新写了出来，把每一处意思都作了完整的补充。”

“你认为你已经解读出另一半的意思了吗?”

“我完全可以肯定我的研究，当然，你可以自己来判断，但先来听我讲一讲这张纸的来历吧。”

“别出声!”唐太斯轻声叫道，“有脚步声！我走啦，再会!”

说着唐太斯像蛇一样灵巧地钻进了狭窄的地道里，他很高兴能逃避去听那个故事和解释，因为这些只能使他更加确信他可怜的朋友又犯病了。至于法利亚神甫，他在惊惶之中倒恢复了一种活力，他用脚把那块石头推到原位，又拿一张草席盖在上面，使它不容易被发现。

来者是监狱长，他从狱卒那儿得知了法利亚神甫的病情，所以亲自来看看他。

法利亚神甫坐起身来见他，尽量避免做出任何引起怀疑的举动，而且他没有告诉监狱长他这半身瘫痪的实情。他深恐监狱长这时候会对他萌发恻隐之心而把他换到一间较好的牢房里去，那样他就会和他的年轻伙伴分开了，甚至可能是永远地分开了。不过这种事并没有发生，监狱长离开他的时候认为那个可怜的疯子只是身体略感不适而已，并没有再多加关注，心里倒也有一些同情他。

但此时，唐太斯正坐在床上，双手捧着头，竭力在聚精会神地回想。自从他认识法利亚神甫以来，觉得后者身上一切都显得那样的理智、伟大和崇高，他不懂为什么一个在各方面都这样富于智慧富于理智的人竟会在某一点上失去理智。那么究竟是法利亚神甫被他的宝藏所迷惑了呢，还是全世界都误解了法利亚神甫？

唐太斯整个白天都待在他的牢房里，不敢再回到他的朋友那儿去，心想这样就可以拖延一些时候，使自己慢一点来证实神甫确实疯了。他是多么害怕证实这一点！

到了傍晚时分，常规的查监过后，法利亚神甫不见唐太斯过来，就试着自己穿过那条通道去找他。他的一条腿已不能动弹了，一只手臂也已不能再用了，所以他只能拖着身子爬过来。唐太斯一听到神甫那痛苦挣扎的声音，就不禁打了个寒战。他不得不勉强迎上前去帮他一把，否则老人是无法从那通向唐太斯房间的小洞口钻出来的。

"我来了，不顾一切地追到你这儿来了。"他慈祥地向他笑着说，"你以为可以逃避我慷慨的馈赠，但这是没有用的。你还是听我说吧。"

唐太斯看到已无法逃避，便扶神甫坐到他的床上，自己则拖过长凳坐在他的旁边准备倾听宝藏的原委。"你知道，"神甫说道，"我不仅是红衣主教斯帕达的秘书，也是他的密友，而他是斯帕达亲王这一族中的最后一位。我这一生的全部幸福都是这位可敬的爵爷所赐予的。

"虽然我曾时常听人说斯帕达非常富有，但实际上他本人并不富有。外面有这样的谣言，但是他从没有去澄清过，一直就在这样一个富有的虚名下生活。那时候他的宫殿就是我的天堂。我曾教过他的侄子，不过那个人现在已经死了。

"当知道他成了孤家寡人的时候，我就回到了他那儿，决心要照料他，以此来报答十年来他对我的恩情。所以红衣主教的家事我简直可以说无所不知。我经常看到我那高贵的爵爷在孜孜不倦地注释古书，有时费劲地在灰尘之中翻寻祖先的遗稿。有一天，我抱怨他不该作这种毫无意义的搜寻，以致把自己弄得疲惫不堪。他看了看我，然后苦笑着打开一大卷叙述罗马城历史的书让我看。他翻到书中记述教皇亚历山大六世生平的第二十九章，上面有这么几句话，那是我无论如何也忘不了的。

“‘罗马尼大战业已结束。恺撒·布琪亚完成其征服事业以后，急需钱财购买意大利全境。教皇则急需钱财摆脱法国国王路易十二，故不得不借助于某种有利的交易活动来实现这种改变，然而在意大利遍地穷困潦倒之现状下，此事实施起来极其困难。教皇陛下于是想到了一个主意，决定册封两位红衣主教。’

“如果在罗马挑选两个伟大的人物，尤其是大富翁，则圣父[①]就可以从这项交易里获得以下利益：第一，他可以把这两个红衣主教属下的大官肥缺出卖；第二当然是红衣主教这两顶高帽子也可以卖不少钱。这项交易还有第三种好处，下面将要提到。教皇和恺撒·布琪亚先找到了这两位他们认定的未来的红衣主教人选，他们是琪恩·罗斯辟格里奥赛和恺撒·斯帕达，前者已在教廷里有着四种最高的头衔，后者则是罗马贵族中最高贵和最富有的。两位都对教皇的这种厚待情意感到无上的光荣。而他们都是很有野心的。这事一经确定，恺撒·布琪亚不久就又找到了愿意出钱买红衣主教手下官职的人。事后结果当然是罗斯辟格里奥赛和斯帕达花钱当上了红衣主教，而在他们还不曾正式荣升之前，已另外有八个人花钱当了主教以前所托的职位，而八十万艾居就源源不断地进了这笔交易的卖主的金库里。

“现在该讲讲这笔交易的最后一部分了。教皇对罗斯辟格里奥赛和斯帕达，除了赐他们红衣主教的勋章外，还劝他们把不动产都变卖成现钱，使他们在罗马定居下来，同时教皇和恺撒·布琪亚还设宴招待这两位红衣主教。这是圣父和他的儿子[②]之间的一场争论。恺撒认为可以使

① 即教皇亚历山大六世。
② 指恺撒·布琪亚。

用对付他的老朋友的一个惯用手法，即可以用那把出了名的钥匙，他们可以请其中某个人来拿这把钥匙去打开一只指定的碗柜。这把钥匙上有一个小小的铁刺，那是锁匠故意疏忽留下来的。而且那把锁很难开，当这个人用力转动钥匙去开碗柜的时候，钥匙上的小刺就会刺破他的皮，这样第二天他必将死去。此外还有那只狮头戒指，恺撒每当要与人紧紧握手的时候就把它戴上。这样握手时狮头便会咬破那只承恩的手，而同样的，在二十四小时以后，那咬破的小伤口便会致命。所以恺撒向他的父亲建议，要不就请这两位红衣主教去开碗柜，要不就与他们每人亲热地紧握一次手。但亚历山大六世是这样回答他的：‘想到罗斯辟格里奥赛和斯帕达这两位可敬的红衣主教，我们就别计较一顿晚宴的费用了。我总觉得，到时候我们可以把他们的钱弄过来的。而且，最重要的是你忘记啦，恺撒，消化不良会即刻发作的，而刺一下或咬一下却要在一两天以后才能看得见结果。’恺撒听了这番头头是道的话后就让步了。两位红衣主教便因此被邀赴宴了。

“宴席摆在圣皮埃尔-埃里斯兰宫附近的教皇的一个葡萄园里，两位红衣主教早就听说那是一个很幽静可爱的地方。罗斯辟格里奥赛真是受宠若惊，乐得忘乎所以了，他穿上最漂亮的衣服，准备赴宴，而他却俨然不知前头等待他的便是死亡。斯帕达却是一个很谨小慎微的人，他已经预料到会发生什么。他只有一个侄子，是一个前途远大的青年军官，他对他极其钟爱，所以他拿出纸和笔，写下了他的遗嘱。然后就派人去找他的侄子，要他在葡萄园附近等着他，可是仆人似乎没有找到他。斯帕达很清楚这种邀请的意义。自基督教问世以来，罗马的文明已大有进步了，现在也不再会有一个百夫长来传达暴君的口信：‘恺撒赐你死！’而是由教皇派来一个特使，面带微笑地说：‘教皇陛下请你去赴宴。’斯帕达在下午两点钟左右动身到了圣皮埃尔-埃里斯兰宫的葡萄园里。那时教皇已在等着他了。斯帕达第一眼看到的人就是他那穿着全套盛装的侄子和虎视眈眈地望着他的恺撒·布琪亚。斯帕达的脸马上变得铁青，而恺撒却带着一种讥讽的神色看着他，这已经证明一切都不出他所料，天罗地网已经布下了，只等着他自投罗网。他们开始进餐，斯帕达只来得及问他的侄子一句话，问他有没有接到他的口信，侄子回答说没有，他已完全明白了这句话的意义。但是已经太晚啦，因为他已经喝下了一杯教皇膳食总管特地捧到他面前的毒酒。同时，斯帕达看见他自己的面前又添了一瓶酒，他被劝无奈地喝了几大杯。一小时以后，医生宣布他们两个人都因食用了羊脏菌而中毒身亡。斯帕达死在葡萄园的门口。他的侄子则是在他自己的家门口断的气，临死前还做了一些手势，可惜他的妻子丝毫不能领会其中的含意。

“恺撒和教皇迫不及待地去抢遗产，借口是去找死者的文件。但最后找到的遗产仅止于此，即斯帕达在一张小纸片上写的遗嘱：‘吾将吾之库藏及书籍赠与吾所钟爱之侄，其中有吾之金角祈祷书一本，吾盼其能善为保存，借作其爱叔之留念。’

“恺撒和教皇吩咐人四处寻找，仔仔细细地翻看了那本祈祷书，又把家具都翻来覆去地察看了一遍，最后还是什么都没找到。他们不由得都大吃了一惊，原来这位以富有闻名的红衣主教斯帕达，实际上却是一位贫穷得可怜的叔父。说到财宝，除了那些放在图书馆和实验室里的科学珍品以外，别的几乎一点儿都没有。事情总结起来就是这样：恺撒和他的父亲派人到处寻找，到处搜查，到处仔细地翻看，但却什么也没找到，或者可以说东西少得可怜，只有几千艾居的金条和大约相同数目的现金而已。

“不过侄子在他断气以前，还来得及对他的妻子说过一句话：‘仔细在我叔父的文件里找，里面有他写给我的真正的遗嘱。’他们家里人又去寻找，甚至比那两位尊贵的当权人找得还彻底，但依然是毫无所获。王府后面有两座宫殿和一个葡萄园，但当时不动产还不怎么值钱，不能满足教皇和他儿子的胃口，于是这两座宫殿和那葡萄园仍归斯帕达家族所有。光阴似水流过，像风水轮流转似的亚历山大六世死了，而且是中毒死的，大家应该知道他是怎么被错杀了的。同时，恺撒也中了毒，不过他的皮肤并没有变成蛇皮的颜色，毒药只使他的皮肤起了很多斑点，像蒙上了一张老虎皮而已。于是，他被迫离开罗马，在一次被历史学家所遗忘的夜间的不知名的小战斗中，他被人莫名其妙地打死了。在教皇去世和他的儿子被放逐以后，大家满以为斯帕达这一族又要像他们当红衣主教那个时代那样发达起来了，但事实却让大家失望了。斯帕达这一族人仍然只是勉强过得去而已，这桩黑暗的事件始终被笼罩在迷雾中没找出合理的答案。一般的谣传是，那政治手腕比他父亲还要高强的恺撒已从教皇那儿夺了两位红衣主教的财产并带走了。我说两位，是指还包括那位红衣主教罗斯辟格里奥赛，他由于事先毫无准备，所以完全被抢光了。”

“就先说到这儿吧，”法利亚神甫打断自己的话头说，“你一定觉得这非常荒唐吧？”

“噢，我亲爱的朋友，”唐太斯说道，“恰恰相反，我好像是在听一个最有趣的故事，请你继续说下去吧。”

“那我接着说下去。斯帕达这家族的人开始习惯于这种平庸的生活了。许多年又过去了，在他们后代之中，有的当了军人，有的当了外交家，有的当了教士，有的成了银行家，有的发了财，有的破了产。我现在要讲的是这个家族的最后一位，就是斯帕达伯爵，我当过他的秘书，时常听到他抱怨，说他的爵位和他的财产太不相称了。我就劝他把全部财产都变成定期存款。他听我的意见照办了，因此收入就增加了一倍。而那本著名的祈祷书仍由这个家族的人保存着，现在已归伯爵所有。这是由父传子、子传孙一路传下来的，由于所找到的遗嘱上有那么一句话，所以它变成了一件真正的传家之宝，族里的人都带着迷信的崇敬之感把它好好地保存着。这本书上的大写字母都是用金银彩色写成的，全书都是美丽的哥特体的文字。由于包金的缘故，分量很重，所以每到大的日子，总得由一个仆人把它捧到红衣主教面前。那各种各样的文件，有诏书、契约、公文等，这一切都放在档案柜里，从那被毒死的红衣主教开始一直传下来，全族人的文件都在这里了，我也像在我以前的那二十位侍仆、管家和秘书一样，把那庞大的文件堆又查看了一遍。尽管我经过了最认真仔细的搜查，但结果仍是一样让人失望，还是一场空。我把布琪亚那个家族的历史详详细细地读了一遍，甚至还把它写成了一部书，唯一的目的，就是想找出他们有没有因红衣主教恺撒·斯帕达的死而增加了任何财富。但我诧异地发现他们只得了他的同难人红衣主教罗斯辟格里奥赛的产业。当时我就几乎肯定，那笔遗产并没有被布琪亚那一族人或他的本族人得到，那仍然是一笔无主之财，像《一千零一夜》

故事里的宝藏一样，仍静静地躺在大地的怀抱里，由一个魔鬼看守着。无数次地搜索考查，把那一族人几乎三百年来的收入和支出算了又算，简直不下千百次，还是没有得出任何有益的成果。我仍然茫然无所知，而斯帕达伯爵却变得穷困潦倒了。最后我的东家死了。他除了定期存款以外，还保存着他的家族文件，他那藏有五千卷书的书柜和他那著名的祈祷书，这一切他都遗赠给了我，还有一笔一千罗马艾居的现款，条件是要我每年给他举行一次弥撒活动，祈祷他的灵魂安息，并叫我给他编一本族谱，写一部家史。这一切我都认认真真一丝不苟地照办了。别着急，我亲爱的唐太斯，我们就要讲到最重要的一段了。一八〇七年十二月二十五日，在我被捕的前一个月，也就是斯帕达伯爵去世后的第十五天——你看，那个日期在我的记忆里印得多么深刻——我一边整理文件，一边把这些读过千百次的东西又看了一遍。因为那座宫殿已卖给了一个陌生人，我就要离开罗马，定居在佛罗伦萨了，同时准备带走我所有的财产一万两千里弗，我的藏书和那本著名的祈祷书。由于长时间翻阅这些资料，我感到疲倦极了，加之午餐又吃得太饱，所以我居然用手垫着头就睡过去了，那时约莫在下午三点钟左右。当我从困乏中醒来的时候，时钟正敲六点。我抬起头来，四周是一片黑暗。我拉铃叫人拿灯来，但没有任何人来，我就决定自己去弄一个。这原是一种哲学家的脾气，但这时我是非这样做不可了。我一手拿着一支蜡烛，因为我的火柴盒子已经空了，一手去摸索一片纸，想拿它去点燃壁炉的余火。我担心在黑暗之中掉的是一张有价值的纸，所以我迟疑了一会儿，然后突然想到，在那本著名的祈祷书里我曾见过一张因年代久远而发黄了的纸片，这张纸片，几世纪来都被人当作书签用，只是由于世代子孙尊重遗物，所以还把它保存在那儿。那本祈祷书就在我身旁的桌子上，我摸索了一会儿，找到了那张纸，把它扭成一条，按到将熄的火焰上面，点燃了它。但在我的手指底下，像施了魔法似的，当那火苗蹿起的时候，只见纸上现出了淡黄色的字迹。我吓了一跳，赶紧把那张纸抓在手里，扑灭了火，直接点燃了那支小蜡烛，然后带着无法用语言表达的激动心情摊开了那张被扭皱了的纸。我发觉那上面的字是用神秘的隐显墨水写的，只有拿到火上去烘烤才会完全显现出来。可惜那张纸有三分之一多一点已被火烧掉了，剩下的就是你今天早晨看到并念过的那张碎纸片，把它再念一遍吧，唐太斯，读过以后我再把那些残破的句子和互不连贯的意义给你补充上。”

法利亚神甫颇为得意地把那张纸交给了唐太斯，后者这次又把下列这些带有铁锈色的字句读了一遍：

今日为一四九八年四月
历山大六世之邀，应召赴宴，
献之款，而望成为吾之继承人，则将
凯普勒拉及宾伏格里奥归于
被毒死者)，吾今向吾之
帕达，宣布：吾曾在一彼所知
地点（在基督山小岛之洞窟
银条，金块，宝石，钻石，美
余一人知之，其总值约及罗马艾居二
开岛东小港右手第二十块岩
洞口二处；宝藏系在第二洞口最
吾全部遗于吾之唯一继承人。

凯

一四九八年四月二十五日

“现在，”神甫说，“再念一念这张纸。”说着他把第二张纸递给了唐太斯，那上面也是一些残缺的句子，唐太斯读道：

二十五日，吾受教皇圣下亚
恐彼或不满于吾捐衔所令吾与红衣主教
同一之命运（彼二人系
唯一继承人，吾侄葛陀·斯
悉并曾与吾同往游览之
中）埋藏余所有之全部金

玉；此项宝藏之存在仅
百万；彼仅须打
石，即可获得。此窟共有
深之一角；此项宝藏
撒·斯帕达

法利亚神甫用兴奋的目光注视着他。“现在，”当他听到唐太斯已念到最后一行的时候说，“把两片残纸拼拢起来，你就可以自己判断是什么意思了。”唐太斯照着做了，合起来的那两片纸上的内容如下：

今日为一四九八年四月——二十五日，吾受教皇圣下亚历山大六世之邀，应召赴宴，——恐彼或不满于吾捐衔所献之款，而望成为吾之继承人，则将——令吾与红衣主教凯普勒拉及宾伏格里奥归于——同一之命运（彼二人系被毒死者），吾今向吾之——唯一继承人，吾侄葛陀·斯帕达，宣布：吾曾在一彼所知——悉并曾与吾同往游览之地点（在基督山小岛之洞窟——中）埋藏吾所有之全部金银条，金块，宝石，钻石，美——玉；此项宝藏之存在仅吾一人知之，其总值约及罗马艾居二——百万；彼仅须打开岛东小港右手第二十块岩——石，即可获得。此窟共有洞口二处；宝藏系在第二洞口最——深之一角；此项宝藏吾全部遗赠与吾之唯一继承人。

凯——撒·斯帕达
一四九八年四月二十五日

“好，现在你明白了吧？”法利亚神甫问道。

“这就是红衣主教斯帕达的遗产声明，也就是人们找了那么久始终没找着的遗嘱吗？”唐太斯问道，他心里依旧是半信半疑的。

“对！千真万确！”

“那么是谁把它补充成现在这个样子的？”

“我，凭借那残余的半张，我把其余的部分猜了出来。首先从那张纸的长度，测出句子的长短，再根据字面上的含义推敲出烧掉部分的意思，就好像我们在岩洞里凭着顶上的一线微光摸路一样把它摸索了出来。”

“你得到这个结果以后还做了些什么呢?”

“我当然决定马上出发呀，当时即刻就出发了，身边只带着我那本《论建立意大利统一王国》那篇巨著的前几章。我想不到的是帝国的警务部长却早已在注意我了，他当时的政见恰巧和拿破仑相右，拿破仑是希望生一个儿子来统一意大利，而他却希望造成割据的局面。而我这样子行色匆匆地离开，他们猜不出原因，但已经起了疑心，所以我刚一离开皮昂比诺就被捕了。现在，”法利亚神甫以慈父般的表情对唐太斯继续说道，“现在，我亲爱的朋友，所有的一切你知道得和我一样清楚了。要是我们能一起逃出去，这个宝藏的一半就是你的了；要是我死在这儿，你一个人逃出去了，那么宝藏就全部归你了。”

“可是，”唐太斯吞吞吐吐地问道，“难道这个宝藏除了我们以外，在这个世界上就没有更合法的主人了吗?”

“没有了，再也没有了，这方面你不用担心，那个家族已经绝后了。再说，最后一代的斯帕达伯爵又指定我为他的继承人，把这本有象征意义的祈祷书遗赠给了我，他已经把这本书里所有的一切都遗赠给了我。不要紧，不要紧，放心好了，如果我们得到了这笔财富，我们大可以问心无愧地享用它。”

“你说这个宝藏价值——”

“两百万罗马艾居，换成我们的钱算，约等于一千三百万艾居。”

“不可能!”唐太斯被这个天文数字吓得叫出了声。

“不可能！为什么不可能?”神甫问道，“斯帕达家族是十五世纪最尊贵、最强盛的家族之一。而在当时的社会，根本没有金融交易和工业，所以积攒了那么多金银珠宝并不为奇。而且就是在当今，也有些罗马家族几乎都快饿死了，但是他们还有价值百万的钻石珠宝，那是当作传家之宝世代传下来的，他们是不能动用的。”唐太斯仿佛是在做梦，他时而十分怀疑，时而又非常兴奋。

“我把这个秘密对你保守了这么久，”法利亚继续说道，“只是因为我要考验一下你这个人，然后再让你吃一惊。如果在我的病没有再发作以前我们就逃了出去我会把你带到基督山岛去的，现在，”他长叹了一声，又说，“反过来了，是要你带我到那儿去了。喂！亲爱的唐太斯，你还没有对我说谢谢呢。”

“这个宝藏应该是属于你的，我亲爱的朋友，”唐太斯答道，“而且应该是只属于你一个人的。我没有任何权利去分享。因为我又不是你的亲人，我们毕竟非亲非故的。”

“你是我的儿子呀，唐太斯！”神甫喊道，“你是我囚禁生活中得到的儿子呀。我的职业决定了我只能过单身生活，可是上帝却派你来抚慰我，来抚慰我这个不能做父亲的人，不能得到自由的囚徒。”说着法利亚神甫就把他那条还能动的手臂伸向唐太斯，后者扑上去抱住他的脖子，两人动情地哭了起来。

第十九章　第三次发病

一直以来，神甫都在思考着这批宝藏的归属问题，而如今，他终于可以将其馈与自己视如己出的唐太斯，以保证他的未来能够幸福美满了。为此，宝藏在法利亚神甫的眼里，似乎价值又增加了一倍，他每天絮絮叨叨，不断和唐太斯谈论宝藏的数目，不断和他解释，在现在这个时代，拥有一千三百万或者一千四百万的财富是多么的重要，且能为他的朋友们带来怎样的幸福。可是听到这些话的唐太斯并不觉得开心，在他的脑海里，回旋的都是在现在这个时代，一个拥有一千三百万或者一千四百万财富的人，可以带给他的仇人怎样的灾难。复仇的誓言再次冒出，让唐太斯的脸色都阴郁了许多。

神甫不知道基督山岛的方位，但是唐太斯却很清楚，还经常路过那里，甚至曾经上去过一次。那座岛距离皮亚诺扎只有二十五里，位于科西嘉岛和厄尔巴岛之间。从以前到现在，这个岛一直都是荒无人烟的，远看就像一块岩石围成的大圆锥，也许是哪一次海底火山喷发把它推上海平面的。唐太斯照着记忆中的样子画了一张图给法利亚神甫看，法利亚神甫则告诉唐太斯寻找宝藏的方法。不过唐太斯对宝藏的热情和信心却没有神甫这般高涨。法利亚神甫的发现让所有人都以为他疯了，然而他却不是，他发现宝藏的过程之艰苦让唐太斯对他充满了敬仰，但是，即使现在宝藏还在岛上，唐太斯也不确信它们是否还完好无损，没有被人拿走，虽然他相信那宝藏不是神甫凭空想象的，但是他心底还是觉得它们已经不在原处了。

就算他相信那宝藏还在那儿，但上帝仿佛有意要剥夺这两个囚徒的最后的一丝希望似的，像是要让他们知道他们已命中注定要一辈子坐牢似的，一次新的灾难又降临到了他们头上。靠海的那条走廊，早已有坍陷的迹象，可是近来又重新加固起来。外面的士兵用许多大石头填没了唐太斯已经填过了一半的洞。

要是没有采取神甫建议过的这一预防措施，他们就会遇到更大的不幸，因为要是他们逃走的企图被发现，他们俩肯定要被隔离开的。现在，他们被关在一道新的更坚固的牢门里面了。

“你看，”唐太斯带着一种悲哀的、听天由命的口气对法利亚神甫说，“你说我肯为你牺牲，但上帝认为这种赞誉我是不应该接受的。我答应过永远和你在一起，现在就算我想违背我的诺言，事实也不允许了。我和你一样得不到那宝藏了，我们俩谁也出不了这个监狱了。可我真正的财富并不是那个，我亲爱的朋友，并不是在基督山岛阴森的岩石底下等待着我的那些东西，那些所谓的财富，而是能和你会面，能和你待在一块。虽然有狱卒，我们每天仍可以共同度过五六个钟头，这对我来说就很幸福了。是你用那些智慧之光启发了我的头脑，你的话已深深根植在我的记忆里，会在那儿成长、开花、结果的。你教给了我那么多科学知识，是因为你对它们有着深刻的认识，所以才能把它们变得通俗易懂，使我很容易便掌握了它们，这才是我最大的财富，我敬爱的朋友。就凭你教给我的这一切知识，就已经使我富足和幸福了。相信我吧！请放心吧！对我来说，这比成吨的黄金和成箱的钻石更加珍贵，就算那些黄金和钻石确实存在，不像我们在早晨看到的漂浮在海面上的，以为是陆地，而向它慢慢走近的时候就消失了的海市蜃楼。长时间地与你待在一起，倾听你那雄辩的声音，丰富了我的头脑，振作了我的精神，使我的身心能在一旦获得自由的时候经受得住任何可怕的打击。它们丰富了我的心灵，使快要向绝望让步的我重新产生了希望。自从认识了你以后，我就不再伤心绝望。这些才是我真正的财富，真正属于我的财富。这一切都是你赐给我的。世上所有的帝王，即便是恺撒·布琪亚，也休想从我这儿把它们夺走。”

于是，这两个不幸的可怜人往后的日子，虽然说不上过得很幸福，但也一天天地过得很快。法利亚神甫对以前多年来一直保守着的关于宝藏的秘密，现在却仍然不断地谈论它。确实不出他的料想，他的右臂和右腿依旧麻痹不能动，已经中风了，他自己已全然放弃了享受那宝藏的任何希望。然而他仍不断地不放弃地在为他的年轻伙伴思考逃走的办法。

他担心那张遗嘱说不定哪天会丢失或失窃，所以强迫唐太斯把它熟记在心里，使他能逐字逐句背出来。然后他便把另一半毁掉了，以保证就算前一半被人弄了去也没有人能够猜透其中真正的意思。有时候，法利亚神甫就整个小时地教唐太斯，指导他在得到自由以后该怎样怎样。叮嘱他一旦获得自由，从获得自由的那一天、那一时、那一刻起，他应该就只有一个念头，那就是想方设法到基督山岛去，并找一个不会引起怀疑的借口独自留在那儿。

在那年轻人的心里，同时也在那老人的心里，在这种表面的宁静之下，隐藏着许多被压抑了的愿望和被窒息住了的叹息。每当法利亚神甫独自一个人时，当唐太斯回到他自己的牢房里时，它们就都表露出来了。有一天晚上，唐太斯突然醒来，他好像听到有人在呼唤他。他睁开眼睛，竭力在黑暗中张望。他蒙蒙眬眬地听到有人在喊他的名字，或者更确切地说，是一种费力地呼喊他名字的呻吟声。“天哪！”唐太斯自言自语地说，“难道真的发生了？”

他迅速移开他的床，搬开那块石头，钻入了地道，爬到另一端，那秘密洞口已经打开了。我们提到过的在那可怜的摇曳的灯光下，唐太斯看到神甫脸色苍白地抓住了床架。他的脸上可怕地抽搐着，唐太斯太熟悉这可怕的症状了，当他第一次看到的时候，曾非常惊惶害怕。

“唉，我亲爱的朋友，”法利亚神甫用一种听天由命的口吻说道，“你已经知道是怎么回事，对吧？我不必再向你解释什么了。”

唐太斯痛苦地惨叫了一声，他失去了理智，冲到门口，大喊起来：“救命！救命！”法利亚神甫用最后一点力气阻止了他。

“别出声！”他说，“不然你就完了。现在开始指望你自己吧，使你的狱中生活过得好一点儿，使自己还可以逃走。我在这里所做的一切你得再花几年工夫才能完成，如果狱卒知道我们互相有来往，一切就都完了。放心吧，我亲爱的唐太斯，我就要离开的这间牢房，是不会长期空着的，另一个受难人不久就会来接替我的位置的，他将把你看作是一个拯救天使。也许他也同样年轻、强壮、能吃苦耐劳，就像你一样。他可以帮助你一起逃，而我现在却只能妨碍拖累你。你将不再会有一个半死的身体绑在你的身上，使你动弹不得了。上帝终于为你做了件好事，他将会把你被剥夺的一切加倍偿还给你，现在是我该死的时候了。”

唐太斯只能紧紧握着他的手大声说道：“噢，我亲爱的朋友！我敬爱的神甫！别这么说！”因为他的脑子被这突然的打击给搞昏了，他的勇气也在听了神甫的这些话以后消失了。过了一会儿，他振作了一点，说道：“噢，我救活过你一次，我还能再救你一次的！”于是他拆开床脚，取出了那只瓶子，瓶子里还剩下一点红色药水。

“看！”他说道，“这种救命药水还有一点呢。快，快！快告诉我这一次该怎么办，有没有什么新的办法？说呀，我亲爱的朋友，我听着呢。”

“没有希望了，”法利亚神甫摇摇头说道，“不过也没什么，我都想开了。上帝在人的心里种下了对生命根深蒂固的爱，不管生活是多么的痛苦，总还是让人觉得它是可爱的。上帝既然这样煞费苦心地创造了人，他总会尽力使他存在的。”

“噢，是的，是的！”唐太斯说道，“我已经说过了，我会再救活你的！”

“好吧，那就试试看吧。你还是照上一次那样做，不过不要等那么久了。我生命的源泉现在已经快要完全枯竭了，而死神要做的事，”他望了望他那麻痹了的手臂和腿继续说道，“只剩一半啦。这一次要给我往嘴里倒十二滴，不是十滴，如果到时候你看我还不醒过来，那么就把其余的都倒到我的喉咙里。现在，你把我抱到床上去吧，因为我已经快要支持不住啦。”

唐太斯把神甫小心地抱起来，轻轻地放到了床上。

“现在，唐太斯，”法利亚神甫说，“你是我悲惨的牢狱生活中唯一的安慰呀，你是上天赐给我的一个无价之宝，尽管迟了一点，却依旧还是把你给了我。为了这，我要衷心地感谢上帝对我的恩赐，我要永远地和你分离了，我希望你能获得你该得到的一切幸福，希望你万事如意。

我亲爱的孩子，我为你祝福！”

年轻人跪了下来，把头伏在神甫的床边。

“现在，听我在临终前说几句话。斯帕达的宝藏确实存在。承蒙上帝的仁慈，对于我，那宝藏离我现在已不再有所距离或障碍了。我看到了那洞窟的深处，我的眼睛穿透了最深厚的地层，那么多财宝闪出的金光简直耀得我眼睛都花啦。假如你真能逃出去，要记住我这位可怜的神甫，全世界的人都说他疯了，但你知道他并没有疯。赶快到基督山岛去，去享用那宝藏吧，因为你受的苦难实在够多的了……”

一阵剧烈的颤动打断了神甫的话，唐太斯抬起头，看到法利亚神甫的眼睛已充满了血，似乎大量的血已从脑腔里涌到了他的脸部。

“永别了！永别了！”神甫痉挛地紧紧抓住爱德蒙的手，微弱地说，“永别了！”

他集中起全身所有的力量，作了最后的一次挣扎，然后抬起身来，说道：“基督山！别忘了基督山！”说完他一下子倒在了床上。这一次发作得十分厉害，比上次严重多了。神甫的四肢僵直，眼皮肿胀，口吐带血的白沫，身子一动不动。在这张凌乱的床上，再也看不到刚刚还躺在那里的那位智者了。

唐太斯拿起那盏神甫自制的灯，把它放在床边一块凸出的石头上，颤动的火苗把它那异样而古怪的光倾泻到了那张变了形的脸上和那僵硬的身体上。他眼睛一眨不眨地等待着那施用救命药水的时机的到来。当他确信那时刻已经到了的时候，便拿起小刀去撬开神甫的牙齿，这一次牙齿没像上次那样咬得死紧，他一滴一滴地数着，直数到十二滴，然后等着。瓶子里大概还有两倍于滴下去的数量。他等了十分钟，一刻钟，半小时，一点儿动静都没有。他浑身发抖，毛发竖直，额头上凝着层层冷汗，他开始用自己的心跳来计算时间。然后他想到做最后一次努力的时间到了，他把瓶子放到法利亚神甫那紫色的嘴唇上，这一次不必再去撬牙关，因为它还是开着的，他把全部药水都倒进了他的喉咙。

药水产生了一种像电击一样的效果。神甫的四肢开始剧烈地抖动，他的眼睛渐渐地瞪大，令人害怕。他发出一声像尖叫似的叹息，然后颤动的全身又渐归于死寂，只是眼睛依然睁得大大的。

半个小时，一个小时，一个半小时过去了，依然没有任何动静。这时，悲痛万分的唐太斯斜靠在他朋友的身上，把手按在他的心脏上，觉得那身体正在逐渐变冷，心脏的跳动也愈来愈弱，终于完全停止了。心脏最后的跳动一停止，神甫的脸色就变得铁青，眼睛仍然睁着，但已毫无神采。此时已是早晨六点钟，天刚刚亮，微弱的晨光穿入黑牢，使那将熄的灯光显得异常苍白，异样的反光映射在死者的脸上，使他看上去还有那么点生气。在这日夜交接的时刻，唐太斯还曾有一线希望，但白天一到来的时候，他不得不承认这样一个痛苦的事实：现在自己只是和一具尸体在一起了。于是，一种无法克制的极端的恐怖抓住了他，他不敢再去握那悬在床外的手；不敢再去看那对一眨不眨的，茫然睁大的眼睛——他曾多次用手想把它合上，但没有丝毫作用，它仍然睁大着。他只好吹灭了灯，小心地把它藏了起来，然后他钻进了地道，尽可能地把他进入秘密地道的那块大石头盖好。

在这千钧一发的时刻，狱卒正好过来了。这一次，他先到了唐太斯的地牢，离开唐太斯以后，才向法利亚神甫的牢房走去。他手里依旧端着早餐，拿着一件衬衣。显然那个人还不知道已经发生了什么悲惨的事。他依然径自走去。

唐太斯的心里突然产生了一种难以形容的焦急情绪，他迫切地想知道他那不幸的、可怜的朋友的牢房里，会发生什么事。于是他又钻进地道里，当他快要到达那一端的时候，恰巧听到那狱卒在连声惊喊，叫人来帮忙。不一会儿，几个狱卒来了，接着又听到一种均匀的脚步声，一听便知是来了士兵，他们即使在不值班的时候也是习惯这样走路的。在他们的后面是监狱长。

唐太斯听到床上发出“吱吱咯咯”的声音，知道他们正在搬动尸体，然后又听到了监狱长的声音，他叫人往犯人脸上洒水，看到这种办法仍然无法使犯人苏醒时，就派人去请医生。然后监狱长就走了，接着唐太斯的耳朵里传进了几句怜悯的话，还夹杂着残酷的哄笑。

“行啦，行啦!”有一个人喊道，“这疯子去找他的宝藏去啦。祝他一路顺风!”

爱德蒙听着，可是其中有些话却听不大懂。说话声不久就停止了，那些人似乎都已离开了地牢，但他仍然不敢进去，说不定他们会留下一个狱卒看守尸体的。所以他只是一声不响，一动不动地待在地道里，甚至屏住了呼吸。一小时以后，他听到了一阵轻微的声音，然后渐渐地愈来愈响。这是监狱长带着医生和随从回来了。房间里沉寂了片刻，显然是医生在检查尸体。不久，问话就开始了。

医生分析完犯人所得的病症后便宣布他已经死了。接着就传来了一番漠不关心的问话和答语，唐太斯听了十分气愤，因为他觉得全世界的人都应该像他那样怜爱这位可怜的神甫，神甫实在是一个不幸的可怜人。

“我听了您的话以后觉得非常遗憾，”在医生断言那老人真的死了以后，监狱长说道，“他是一个性情温和、安分守己、傻里傻气、自寻开心的犯人，一直都很规矩，简直用不着看守他。”

房间里静默了片刻，接着突然听到了烙肉的“吱吱”声，那种令人作呕的怪味甚至穿透了墙壁，传到了正惊恐地偷听着的唐太斯的鼻孔里。一闻到这种人肉被烧焦的气味，年轻人的额头便冒出了层层冷汗，他觉得自己快要昏过去了。

“您看，先生，他真的死了，”医生面无表情地说道，“烧脚跟是最疼的，他都没有反应。这个可怜的疯子这一来倒把他的疯病治好了，他从监狱生活里解脱出来啦。”

“他的名字不是叫法利亚吗?”一个陪监狱长同来的官员问道。

“是的，先生。照他自己的说法，这是一个世家的姓氏。他很博学，只要不涉及他的宝藏，也还明辨事理，但一提到宝藏，他就固执得要命。”

“这种病我们叫作偏执狂。”医生冷漠地说道。

“你有没有听到他抱怨过什么?”监狱长对那负责看管神甫的狱卒问道。

“从来没有，先生。”狱卒回答道，“他从来没有抱怨过什么，相反的，他有时还讲故事给我听，有趣极了。有一天，我老婆病了，他给我开了一张药方，果然把她治好了。”

“哦，哦!”医生讽刺地说道，“我还不知道这儿还曾有一位与我竞争的同行呢，我希望监狱长先生，您尽可能妥善地给他办理后事。”

“是的，是的，您放心吧。我们会尽力找一个最新的布袋来装他的。您满意了吧?”

“这样当然最好。但要快！我可不能整天待在这儿。”于是又响起了人们进进出出的脚步声。一会儿之后，一阵揉蹭麻布的声音传到了唐太斯的耳朵里，接着床在“咯吱咯吱”地作响，地上响起一个人举起一样重物的脚步声，然后床又受压似的“咯吱”地响了一声。

“就在今天晚上埋了吧。”监狱长说道。

“要做弥撒吗?”随从中有人问道。

“没这机会了，”监狱长答道，“监狱里的神甫昨天向我请了假，要到耶尔去旅行一星期。我告诉他，在他离职期间，我会好好照顾犯人的。如果这可怜的神甫不是走得如此匆忙，他倒是可以听到安魂曲的。”

“唔，唔!”医生说道，干他这一行的人大多是不信鬼神的，“他本来就是一个神甫。上帝会考虑他这种特殊情况，不会再派一个教士来给他送葬、和他开这么一个大的鬼玩笑的。”这个残酷的玩笑马上引起了一阵哄堂大笑。随即脚步声慢慢地远了，声音渐渐变小，牢门链“格格”地响了一阵后，接着是上锁的声音，然后就再也没有声音了。接下来是一片比任何孤独的环境更肃杀的寂静，死一样的寂静，它渗透了一切，甚至渗透了那年轻人的冰冷了的灵魂。他小心翼翼地用头顶起那块大石头，然后谨慎地环顾室内。室内已经空无一人，唐太斯只好一跃钻出了地道。

第二十章　伊夫堡的坟场

窗口透过来的一丝微弱的光，照在床上一只摊开的粗布口袋上，在这个口袋中，躺着一个直挺挺的又长又硬的东西，而这个大口袋，正是法利亚神甫的裹尸布。就如狱卒所说的那样，这的确不是个值钱的东西。这一切就这么突然的结束了。一种物质的分离蔓延在唐太斯和他的老朋友之间。他再也无法看到那双瞪得大大的，好像死后也能看得见的眼睛了；再也不能握住那只曾经帮他揭露事情真相的灵活的手了。法利亚神甫，那个曾经与他朝夕相处、亲密相伴、头脑又聪明的好伙伴已经再也无法和他共同呼吸在同一处地方了。唐太斯坐在那张空荡荡的甚至有些可怕的床上，陷入了一种充斥着忧郁的迷茫之中。他那渺茫的未来在哪里呢？似乎又沉入了那片漆黑之中。

孤零零的！他又孤零零的一个人了，他觉得自己又重新陷入了孤寂之中！再也看不到那个唯一使他对生命尚有所留恋的人了，再也听不到他的声音了！他还不如也像法利亚神甫那样，不惜通过那道痛苦的死亡之门，去向上帝追问人生之谜的意义呢！自杀的念头，曾一度被他的朋友从他的思想中驱逐。神甫还活着的时候，在他的面前，唐太斯便不去想这件事情了，现在当着他冷却的尸体，那个念头又像个幽灵似的在他面前出现了。人在极度悲痛之中，和在大风暴里是一样的，两个高峰之间必会形成一个低谷，唐太斯这时也从这种自暴自弃的念头里退了回来，突然之间绝望又转变成了一种强烈的求生和自由的愿望。

“死！噢，不！”他喊道，“现在还不能死，我已经活了这么久，受了这么久的苦！几年前，当我存心想死的时候去死了，也许还好些，但现在再这样去做，就等于自己向命运屈服了，承认自己的苦命了。不，我要活下去，我还要斗争到底，我要重新去获得被剥夺了的幸福。我不能死，在死以前，我还有几个仇人要去惩罚，谁知道呢，或许还有几个朋友要报答呢。眼下，他们要把我忘在这里，我只能像法利亚神甫一样离开我的地牢了。”说到这里，他愣住了，坐在那儿一动不动，眼睛一眨不眨，好像忽然就有了一个极其惊人的想法。突然，他猛地站起身来，用手扶住额头，像是头晕似的。然后他在房间里转了两三圈，又在床前站住了。

“啊！啊！”他自言自语地说，“是谁让我有这个想法的？是您吗，慈悲的上帝？既然只有死人才能自由地从这里出去那为什么不装死呢？”

他不容自己有片刻时间来考虑这个想法的可行性，因为要是他仔细去想的话，他这种决心也许会动摇的。他弯身凑到那个可怕的布袋面前，用法利亚神甫制造的小刀将它割开，把尸体从口袋里拖出来，再把他背到自己的地牢里，接着把他放在自己的床上，然后把自己平常戴的破帽子戴在他头上，最后吻了一下那冰冷的额头。他几次试着合上他仍然睁着的眼睛，可都是徒劳，最后只得把他的脸面向墙壁，这样，当狱卒送晚餐来的时候，就会以为他已经睡着了，这也是常事。然后他又返回地道，把床拖过来靠住墙壁，回到神甫那间牢房里，从贮藏处拿出针线，脱掉他身上破烂的衣衫，以便使他们一摸就知道粗糙的口袋里的确是裸体的尸身，然后他就钻进了口袋里，并按尸体原来的位置躺下，而且从里面把袋口缝了起来，这样就和原来看不出什么区别了。

如果不巧狱卒恰好此时进来，或许还能听到他心跳的声音。他本来可以等到晚上七点钟再行动的，那次在地道里听到他们是这样安排的，但他怕监狱长临时改变决定，提前把尸体搬走，要是这样的话，那么他最后的希望也就破灭了。现在，无论如何，他决心已定，希望此举能成功。倘若在搬运的途中，被掘墓人发觉他们所抬的不是一具尸体而是一个活人，唐太斯则不等他们回过神来，就用小刀把口袋从头到底划破，趁他们惊惶慌乱的时候逃走。要是他们想来捉他，他就要动用刀子了。要是他们把他扛到了坟场，把他放进了坟墓里，他就让他们在他的身上盖土，因为夜里，只要那掘墓人一转身，他就可以从那松软的泥土里爬出来，逃走也不会被发现的。他希望所盖的泥土不要太重，那样他会受不了。如果不幸，那泥土太重的话，他就会被压死在里面，不过那样也好，也可一了百了，得到另外一种理由解脱了。唐太斯从昨天晚上起就不曾吃过东西，不过也不觉得饥渴，他现在也是一样。他现在的处境实在太危险了，不容他有时间去想其他的事。

唐太斯遇到的第一个危险就是：当狱卒在七点钟给他送晚餐来的时候，不能发觉他的调包计。幸而，以往有二十多次，因为怕麻烦或是因为太疲倦了，唐太斯曾这样躺在床上等狱卒来的。每当这时，狱卒就把他的面包和汤放在桌子上，然后一言不发地走了。不过这次，狱卒也许不会像往常那样沉默，他也许会同唐太斯讲话，而当看到他不回答时，也许还会走到床边去看看，这样可就全露馅了。

七点钟来临的时候，唐太斯那颗紧张的心也提到了嗓子眼。他把一只手按在心上，试图压住它的剧跳，另一只手则不断地去擦额头上的冷汗。他不时地浑身打战，心在紧缩着，像是被一只冰冷的手抓住了似的。此时，他觉得自己几乎快要死了。可是，一小时又一小时过去了，监狱里仍然毫无动静，唐太斯知道他已逃过了第一关，这是一个好兆头。终于，大约就是监狱长指定的那个时间，楼梯上响起了脚步声。唐太斯知道关键的时刻到了，他鼓起全部的勇气，屏住呼吸，他真希望能同时屏住脉搏急促的跳动。

来人的脚步在门口停了下来。那是两个人的脚步声，唐太斯猜测这是两个掘墓人来抬他了。这个猜测不久便被证实了。因为他听到了他们放担架时所发出的声音。门开了，唐太斯的眼睛透过粗布看到了隐隐约约的亮光。他看到两个黑影朝他的床边走过来，还有一个人留在门口，手里举着火把。然后这两个人分别走到床的两头，各扛起布袋的一端。

“这个瘦老头子还挺重的呢。”抬头的那个人说道。

“据说人的骨头每年要增加半磅哩，他这么大年纪了，当然重了。”另外那个抬脚的人说。

“你绑上了没有？”第一个讲话的人问道。

“何必增加这么多重量呢？”另一个人回答说，“我们到了那儿再绑好啦。”

“对，你说得对。”他的同伴回答道。

“干吗要捆绑呢?”唐太斯暗自问道。

他们把所谓的死人放到了担架上。唐太斯为了装得像个死人，故意把自己挺得硬邦邦的，于是由那举火把的人引路，这一队人就开始走上楼梯。突然间，唐太斯呼吸到了夜晚新鲜寒冷的空气，他对这种感觉太熟悉了，这是海湾边冷燥的西北风。这种突然的触骨寒风，真使他悲喜交加，抬担架者向前走了大约二十多步，就停了下来，然后把担架放在地上。其中的一个走开了，唐太斯听到了他的皮鞋在石板道上的响声。

“我到哪儿了?”他自问道。

“真的，他可真是不轻呀!”站在唐太斯旁边的那个人边说边在担架边上坐了下来。唐太斯的第一个反应就是想逃走，但幸而他克制住了。

“把火把照着我，畜生，”那个人又说，“不然我怎么看得到要找的东西啊。”举火把的那个人听从了他，虽然这个人说话的口吻不太客气。

“他在找什么?”唐太斯想，“或许是铲子吧。”

一声满意的叫喊表示那掘墓人已找到了他要找的东西。“在这儿，”他高兴地说，“真不容易。”

“对呀，”另一个声音回答说，“就是多等一会儿也不费你什么的。”

说完，那人便向爱德蒙走来，后者听到他的身旁被放下了一件很重很结实的东西，同时他的两脚突然被使劲地绑上了一条绳子。

“喂，你绑好了没有?”旁观的那个掘墓人问道。

“绑好啦，很紧呢。”绑的人回答道。

“那么走吧。”于是担架又被抬了起来，他们继续向前走去。走了大概五十多步的路，又停下来去开门，然后又向前走去。

在他们走着的时候，波涛冲击伊夫堡下岩石所发出的声音清晰地传到了唐太斯的耳朵里。

“这鬼天气!”其中的一个人说道，“今夜泡在海里可是别样滋味。”

“是啊，神甫可要浑身湿个透啦。”另一个说，接着就是一声大笑。唐太斯不知道他们开这个玩笑是什么意思，他只觉得头发都竖起来了。

“好，我们总算到啦。”他们之中的一个人又说道。

“走远一点！再走远一点!”另外那一个人说，“你知道上一个就在这儿停的，结果撞到岩石上，躺在了半山腰里了，第二天，监狱长看见了怪我们都是些偷懒的家伙。”

他们又向上走了五六步，然后唐太斯就感觉他们把他抬起来了，一个抬头，一个抬脚，把他来回荡来荡去。紧接着，唐太斯就觉得自己被抛入了空中，像只受伤的鸟穿过空气层似的，然后直往下掉，以一种几乎使他的血液凝固的速度往下掉。因为有重物拖着他，加快了他下降的速度，但他仍觉得下落的时间似乎持续了一百年。终于，随着尖叫的一声巨响，他掉进了冰冷的海水里。当他落入水中的时候，他不由自主地发出了一声尖锐的惊叫，但那声喊叫马上便被淹没在浪花里了。唐太斯被抛进了海里，他的脚上绑着一个三十六磅重的铁球，正把他拖向海底深处。大海才是伊夫堡的坟场。

唐太斯虽然有点头晕目眩的，而且几乎快要窒息了，但他还算头脑清醒，不时地屏住了他的呼吸。他的右手本来就拿着一把张开的小刀（他原准备随时乘机逃脱时用的），所以现在他很快就能划破口袋，先把他的手臂挣扎出来，接着又挣出他的身体。尽管他竭力想挣脱掉那铁球，但整个身体却仍在不断地往下沉，于是他不得不弯下身子，拼命用力割断了那绑住他两脚的绳索，此时他已几乎要窒息了。他最后使劲用脚向上一蹬，浮出了海面，那铁球便带着那几乎成了他裹尸布的布袋沉入了海底。

第二十一章　狄布伦岛

为了不被人发现，唐太斯只能在海面吸一口气，便又潜入海水中。当他第二次浮起来呼吸时，已经距离自己第一次沉下去的地方五十步远了。此时的天空还是一片黑暗，风拼命驱赶着浮云，一两颗闪烁的星星不时地露出，这预示着一场大风暴即将来临。在唐太斯面前，只有一望无际，阴沉而又可怕的大海，汹涌的波涛阵阵袭来；在他的身后，是比大海和天空还要黑暗可怕的伊夫堡监狱，它像一个青面獠牙的怪物，而那些突出的岩石则像随时伸出来要抓人的手臂似的。其中最高的一块岩石上，一支火把照亮了两个人的身影。唐太斯觉得这两个人肯定已经听到了他刚刚的喊叫声，因为他们正在往海里打量。他再次潜入水中，这一次待了很长时间，这种事对他来说一点也不难。唐太斯自小就喜欢潜泳，以前他在马赛灯塔的海湾游泳时，经常有很多人被他吸引，他们拍手称赞他的游泳技巧。当唐太斯再一次露出水面时，火光已经消失了。

不得不先确定一下方向了。兰顿纽和波米琪是伊夫堡周围最近的小岛，但兰顿纽和波米琪是有人居住的，大魔小岛也是如此。倒是狄布伦或黎玛最安全。这两个岛离伊夫堡大概有三里路，唐太斯决定游到那儿去。但在这样的黑夜里他怎样来辨别方向呢？这时，他看到了伯兰尼亚灯塔像一颗灿烂的明星一样闪烁在他前面。要是这个灯光在右边，则狄布伦岛应该在左边，所以他只要向左转就能找到它。但我们已经说过，从伊夫堡到这个岛至少有三里路。在狱中的时候，法利亚神甫每见他显出萎靡不振，无精打采的样子时，就经常对他说：“唐太斯，你可不能老是这个样子。如果你不好好地锻炼身体，你就是逃了出去也会因体力不支而淹死的。”在海浪劈头打来的时候，这些话又在唐太斯的耳边响了起来，似是给了他某种力量一样，他使劲划起水来，以此看看自己是否真的体力不支。他很高兴地发现长期的牢狱生活并未夺去他这本能的力量，他以前能常常在海的怀抱里像一个孩子似的嬉戏，而现在他仍是这方面的老手，丝毫不差。

一小时过去了，在这期间，因获得了自由而兴奋不已的唐太斯，不断地破浪前进。“我来算算看，”他说，“我差不多已游了一个小时了。我是逆风游的，速度不免要慢一些，但无论如何，如果我没弄错方向的话，我离狄布伦岛一定很近了。但如果我弄错了呢?”他浑身打了个寒战。他想浮在海面上休息一下，但海面波动得太猛烈了，根本无法靠这种方法来休息。

“好吧，”他说，“如果是这样，我就游到精疲力竭为止，游到双臂麻木、浑身抽筋、然后淹死也值得了。”于是他孤注一掷，使出全身力气。

突然间，他觉得天空似乎更黑更阴沉了，稠密的云块向他头顶上压了下来，同时，他感到膝盖一阵剧痛。他的想象力告诉他自己已中了一颗子弹，一刹那过后，他就会听到枪声，然而枪声并没有响起来。他伸出手，觉得有个东西挡住了他，于是他伸出脚去，碰到了地面，这时他才看清了自己错当成乌云的那个东西了。

在他的面前，耸立着一大堆奇形怪状的岩石，活像是经过一场猛烈的大火之后凝固而形成的。这就是狄布伦岛了。唐太斯高兴地站起身来，向前走了几步，一边感谢上帝一边直挺挺地在花岗石上躺了下来，此刻他觉得睡在岩石上比睡在最舒适的床上还要柔软，这种感觉实在太好了。然后，也不管风暴肆虐、大雨倾注，他就像那些疲倦到了极点的人那样进入了甜蜜的梦乡。一小时以后，唐太斯被雷声惊醒了。此时，大风暴正以雷霆万钧之势在奔驰，闪电一次次划过夜空，像一条浑身带火的赤练蛇，照亮了那混沌汹涌的浪潮卷滚着的云层，一场海上风暴正在如火如荼地进行着。

唐太斯没有弄错，他已到达了两个小岛中的一个，这里的确是狄布伦岛。他知道这个地方是草木不生、无处可以隐藏的，如果海能稍微平静一些，他就要重新跳到海水里，再游到黎玛岛去了，那儿虽也和这儿一样荒无人烟，但至少地方比较大，因此也较容易藏身。

一块悬空的岩石成了他暂时的栖身之处，他刚躲到它的背面，大风暴就又以排山倒海之势扑来。唐太斯觉得他身下的岩石都在抖动，凶猛的波浪撞击到花岗岩上，溅了他一身的水。他即使已很安全，但却在这耀眼的雷电交加之中一直感到头晕目眩。他觉得整个岛似乎都在脚下颤抖，像一艘抛了锚的船在断缆以后一样被带入了风暴的中心。这时他才想起自己已有二十四小时没吃东西了。他伸出手去，捧着积存在岩洞里的雨水贪婪地喝着。

他刚刚站起身来，一道闪电就划破了天空，驱走了黑暗，直射到了上帝灿烂的宝座脚下。借着这道电光，唐太斯看到，在黎玛岛和克罗斯里海角之间，离他不到一里远的海面上，有一艘渔船，像一个幽灵似的，正被风浪摆弄着，从浪峰跌入浪谷。一秒钟以后，他又看到了它，而且离他更近了。唐太斯用尽力气扯开喉咙大喊，想警告他们将有触礁的危险，但他们自己已发觉了。又一道闪电使他看到有四个人紧紧地抱住了折断的桅杆和帆索，而第五个人则紧抱着那破裂的舵轮。

他看到的那些人无疑也看到了他，因为狂风把他的喊叫声带到了他们的耳朵里。在那折断的桅杆上，有一张裂成碎片的帆还在飘着。突然间，那条挂帆的绳索断了，那张帆便像一只大海鸟似的消失在夜的黑暗里了。与此同时，他听到了一声猛烈的撞击声，接着痛苦的呼救声便传进了他的耳朵里。在岩石顶上的唐太斯借闪电的光看到那艘帆船被撞成了碎片，在碎片之中，又看到了神色绝望的人头和伸向天空的手臂。接着一切又都被黑暗所吞没。那幅悲惨的景象像闪电一样瞬间而过，仿佛从来没发生过似的，只是人的一种幻觉而已，要不是还有那么多的碎片做证。

唐太斯冒着粉身碎骨的危险奔下岩石。他侧耳倾听，并尽力四下里张望，但什么也听不到，什么也看不到。没有人在挣扎呼叫，只有风暴还在肆虐。又过了一会儿，风渐渐平息了，大片灰色的云层向西方卷去，蓝色的苍穹显露了出来，上面还点缀着明亮的星星。不久，地平线上又出现了一道红色的长带，波浪渐渐变成了白色，一道亮光掠过海平面，把吐着白沫的浪尖染成了金黄色。白天就这样惊心动魄地来临了。

唐太斯默默地、一动不动地站着，注视着这壮丽的景观。

他又向城堡那个方向望去，然后望望海，又望望陆地。那阴森森的建筑物耸立在大海的胸膛上，带着庞然大物的那种特有的庄严显赫的神态，似乎正在审视万物一样。这时大约已经五点钟了。海面愈来愈平静了。

“在两三个小时以内，”唐太斯想道，“狱卒会到我的房间里去，会发现我那可怜的朋友的尸体，认出他来，又找不到我，就会发出呼叫。于是他们就会发现我不见了，接着就会询问那两个把我抛入海里的人，而他们一定听到了我的喊叫声。于是满载着武装士兵的小艇就会来追赶那不幸的逃犯。他们会鸣炮向每一个沿海居民警告，叫他们不要庇护一个走投无路、赤身裸体、饥寒交迫的人。同时马赛的警察会在海岸上搜索，而监狱长则会从海上来追赶我。我又冷又饿，甚至连那把救命的小刀都不知道丢哪了。噢，我的上帝呀，我的苦真是受够啦！可怜可怜我吧，救救我吧，我已束手无策啦！”

唐太斯由于已经精疲力竭了，所以脑子昏沉沉的。正当他焦虑地望着伊夫堡那个方向时，他突然看到在波米琪岛的尽头，出现了一艘小帆船，像一只鸟儿掠过海面似的，只有水手的眼睛才能辨认出那是一艘热那亚独桅帆船。它应该是从马赛港出发向海外疾驶的，它那尖尖的船头正破浪而来。“啊！”唐太斯惊叫道，“再过半小时我就可以登上那艘船了，只要我不被盘问、搜索、被押回马赛那我就暂时安全了！我该怎么办呢？我该编个什么故事好呢？这些人假装在沿海做贸易，可实际上都是走私贩子，他们很有可能会出卖我的，以此来显示他们自己是好人。我应该再等一下。但我等得够久了，已不能再等了，也许城堡里还未发现我已经失踪。我可以冒充昨天晚上那只沉船上的一个水手。这个故事既不会显得荒唐可笑，也不会有人来拆穿我的。”

唐太斯一边想着，一边向那撞破渔船的地方张望了一下，这一看不由得使他吃了一惊。岩石尖上正挂着一顶水手的红帽子，岩石的脚下漂浮着一块风帆船龙骨的碎片。看到这些唐太斯顿时拿定了主意。他急忙向帽子游过去，想把它拿下来戴在自己头上，又抓住那块龙骨的碎片，然后尽力向那帆船航行的路线横截过去。

“我有救了！”他喃喃地对自己说，这个信念的恢复增加了他前行的力量。

唐太斯很快就发觉，那艘帆船顶着风，正在伊夫堡和伯兰尼亚灯塔之间抢风斜驶。一时间，他担心那帆船不是沿岸航行，而是径自驶出海去，这样就很难赶上了。但他不久就从它行驶的方向上看出像大多数到意大利的船一样，它也想从杰罗斯岛和卡接沙林岛之间穿过去。总之，他和帆船正慢慢地在接近，只要它再往岸边靠近一些，帆船就会接近到离他四分之一里以内了。他马上浮出水面，做出痛苦求救的信号，但可惜的是船上没有人看到他，船又转了一个弯。唐太斯原本可以大声喊叫增大被发现的机会的，但他想到他的喊叫声会被风吞没的，到时只是无用功。这时他很庆幸自己预先想到，抱住了这块龙骨，如果没有它，他也许坚持不到登上那艘船的，而且要是船上的人一旦没有看到他，船就过去了的话，那他就再也没力气游回岸上了。

唐太斯尽管几乎可以肯定那艘独桅船的航行路线，但是还是悬着一颗心注视着它，直到它又向他折回来，于是奋力地朝着那船游去。但还没等到他靠近它，那艘帆船又改变了方向。他拼命一跳，半个身子露出了水面，然后挥动着他的帽子，发出水手所特有的一声大喊。这一次，他不但被看见，而且被听到了，那艘独桅船马上转舵向他驶来。同时，他看到他们把小艇放了下来。不一会儿，只见两个人划着小艇，迅速地向他驶来。唐太斯觉得那条横木现在对他已没用了，就放弃了它，然后用力游着向他们迎上去。可惜他过高地估计了自己的力量，他这时才发觉那条横木对他的重要性。他的手臂渐渐地僵硬了，两条腿也开始难以动弹，他几乎喘不过气来了。

他又大叫了一声，那两个水手更加用力地划着小艇，其中一个用意大利语喊道：“挺住！”

这两个字刚传到他的耳朵里，一个浪头就猛地向他打来，把他淹没了。没过多久他又浮出水面，像一个人快要溺死时那样拼命地胡乱划动着，接着发出第三声大喊，然后他就觉得自己开始往下沉，好像那要命的铁球又绑到了他的脚上一样。水渐渐地没过了他的头，透过水，他看到一方苍白的天和黑色的云块。一阵猛烈的挣扎又把他带到水面上。他觉得好像有人抓住了他的头发，但他什么也看不到了，什么也听不到了。他昏了过去。

当唐太斯重新睁开眼睛的时候，发现自己已躺在独桅船的甲板上了。他最关心的事，便是要看看他们航行的方向。他发现他们正在迅速地把伊夫堡抛在后面。唐太斯实在太疲乏了，以至他所发出的那声欢呼被错认为是一声痛苦的呻吟。

我们已经说过，他已经躺在甲板上。一个水手正在用一块绒布摩擦他的四肢；另一个，他认出就是那个喊“挺住”的人，此时他正拿着一满瓢甜酒凑到他的嘴边；第三个人是一个老水手，他既是掌舵者又是船长，他正同情地注视着他，脸上带着人们常有的那种——自己虽在昨天逃过了灾难，说不定灾难明天又会降临的表情。几滴朗姆酒使唐太斯衰弱的心脏重新恢复了活力，而他的四肢也因受到了按摩而重新有了知觉。

“你是什么人?”船长用很蹩脚的法语问道。

“我是，”唐太斯也用蹩脚的意大利语回答说：“一个马耳他水手。我们是从锡接丘兹装谷物来的。昨天晚上我们刚到摩琴海峡就遇到了风暴，可怜我们的船就在那个地方触礁沉没了。”

“那么你刚才是从那儿游过来的?”

“就是从那些岩石那里游过来的，算我运气好，我当时攀住了一块岩石，而我们的船长和其他的船员都死了。我想我是唯一的幸存者。我看到了你们的船，我怕留在这个孤岛上饿死，所以就抱住一块破船上散遗的木头希望能游到你们船上来。是你们救了我的命，我诚心地谢谢你们。”唐太斯又说道，“要不是你们中的一个水手抓住我的头发，我想我早已经完了。”

“那是我呀，”一个外貌诚实直爽的水手说道，“真是千钧一发的时刻啊，因为你正在往下沉呢。”

“是啊。”唐太斯答道，并伸出手去，“我再一次诚心地谢谢你。”

“说真的，我刚才还有点儿犹豫呢，”水手回答说，“你的胡子有六英寸长，头发也有尺把长，看上去不像个好人，倒像个强盗。”

唐太斯想起来了，他自从进了伊夫堡以后就没有剪过头发、刮过胡子了。

“是这样，”他不好意思地解释说，“有一次遇险时，我曾向宝洞圣母许过愿，十年不剃头发不刮胡子，只求在危难之中能救我一命，今天我许的愿果然应验了。”

“我们现在应该怎样安排你呢？”船长说道。

“唉！随便你们怎么安置我都行。我们的船沉了，船长死了，只有我一个人逃出了一条命。不过我是一个好水手，你们在第一个靠岸的港口让我下去好了。我相信一定能在一艘商船上找到一份工作的。”

“那么你对地中海熟悉吗？”

“我从小就在那里航行。”

“那些最出名的港口你都熟悉吗？”

“几乎所有的港口我都能闭着眼睛驶进驶出的。”

“我说，船长，”那个对唐太斯喊的水手说道，“如果他所说的话是真的，那么为什么不把他留下来呢？”

“那得看他说的是不是真话，”船长面带疑虑地说道，“像他现在这样可怜巴巴的样子，说得倒好听，但谁知道真假。”

“我做起来会比我说得更好。”唐太斯赶紧说道。

“那我们边走边瞧吧。”对方微笑着回答道。

“你们要到哪儿去？”唐太斯问。

“到里窝那。”

“那么，你们为什么老是这么绕来绕去而不靠前侧风直驶呢？”

“因为直驶我们就会直接撞到里人翁岛上去了。”

“你们会在离岸二十寻开外的地方通过的。”

“那你就去掌舵吧，让我们来看看你的真本事。”

唐太斯接过舵把，先轻轻用力一压，船就随之而转。他看出这虽说不上是一艘一流的帆船，但尚可如意操纵，于是他喊道：“准备扯帆！拴索！”这个命令被执行了。果然正如唐太斯所说的那样，船的右舷在离岸二十寻的地方擦了过去。

“好样的！”船长高兴地大喊道。水手们也跟着叫喊起来，他们都惊奇地看着这个人，这个人的目光里充满了智慧，同时身体又恢复了活力，他们已不再怀疑他身上所具备的能力和素质了。“你看，”唐太斯离开舵把说，“至少在这次航行中，我对你们还是有点儿用处的。要是你们到了里窝那以后不要我了，可以把我留在那儿。等我领到第一笔薪水时再来偿还你们借给我的衣服和伙食费。”

“哦，”船长说，“我们是没有任何异议的，只要你的要求合理就行了。”

“只要你给我和你的伙计同样的待遇，那么事情就算这样决定了。”唐太斯答道。

“这不公平，”那个救唐太斯的水手说，“因为你比我们懂得多。”

“你这是怎么啦，雅格布？”船长说道，“要多要少，这是人家的自由嘛。”

“那倒是，”雅格布答道，“我只多出一件衬衫和一条裤子。”

“这些对我就足够了，”唐太斯插进来说，“谢谢你，我亲爱的朋友。”

雅格布跑下舱去，不久就拿着那两件衣服爬了上来，唐太斯带着说不出的快乐穿了起来。

“现在，你还需要什么别的吗？”船长继续问道。

“一片面包，再来一杯我尝过的那种好酒，因为我好长时间没吃东西啦。”确实如此，他已有四十个小时没吃任何东西了。

面包拿来了，同时雅格布把那只酒葫芦递给了他。“打压舵！”船长对舵手喊道。唐太斯一边也向那个方向看，一边把酒葫芦举到了嘴边，但他的手突然在半空中停住了。

“咦！伊夫堡那边出了什么事啦？”船长说。

吸引唐太斯目光的，是伊夫堡城垛顶上升起的小团白雾。

同时，又隐约听到了一声炮响。水手们都面面相觑，不知道发生了什么事。

“那是什么意思？”船长看着唐太斯问道。

“伊夫堡有一个犯人逃走了，他们在放示警炮。”唐太斯镇定自若地回答。船长瞥了他一眼，只见他已把甜酒凑到了唇边，神色非常镇定地喝着酒，所以船长就算有一点怀疑也因此打消了。

“这酒好厉害。”唐太斯一边说着，一边用他的短袖抹着额头上的汗。

“管它呢，”船长注视着他，心里说道，“就算是他，那也没什么，因为我毕竟得到了一个少有的好手。”

唐太斯借口说舵手有点疲倦了，要求由他来掌舵。舵手很高兴能有机会松一松手，于是就望向船长，后者示意他可以把舵交给新来的伙伴。这样唐太斯就能时时注意到马赛方向的动静了。时不时地，他的脸上会掠过一个悲哀的微笑。心里想着，过了这么多年不知情况究竟怎么样了，她一定以为他已经死了吧。接着他又想到了那三个使他囚禁了这么久，使他受尽了痛苦的人，他的眼睛里开始射出仇恨的光芒。他又重温了在狱中立下的向腾格拉尔、弗尔南多和维尔福报仇雪恨的誓言，不达目的誓不罢休。这个誓言已不再是一个空洞的威胁，因为就算是地中海上最快速的帆船也追不上这只小小的独桅船了，船上的每一片帆已都鼓满了风，直向里窝那飞去。

第二十二章　走私贩子

唐太斯上船还不到一天，就和船上的人混熟了。少女阿梅丽号（该艘热那亚独桅船的船名）的这位令人钦佩的船长，尽管没有受过法利亚神甫的教诲，却差不多对地中海沿岸的各类语言都有涉猎，不管是阿拉伯语还是普罗旺斯语，他都能说上几句，因此，他根本不需要翻译。对他来说，多一个人就是多一个累赘，而且还会多一个泄露秘密的机会。他在语言上的能力，帮助他更方便地和其他人交换信息，不管是和那些漂在海上的帆船，还是和那些沿着海岸航行的小船，或者与那些不明来历的人，这样的人，没有姓名，也没有国籍，甚至连明确的称呼都没有，但在海口码头上，又随处可以看见他们，他们就是一群依靠秘密经济来源生活的人。因为不知道他们的经济来源是什么，我们姑且称他们是靠天吃饭的一群人——这一切都看得出来，唐太斯现在是在一条走私船上。唐太斯这是占了便宜，他知道船长是怎样的人，但是船长却不知道他的底细。老水手和他的船员使尽浑身解数套他的话，他都一一顶住了。他一直坚持自己瞎编的那番话，在他的描述里，那不勒斯和马耳变得有声有色，唐太斯对这些地方了解得就像马赛一样清楚。热那亚人再精明，在看到唐太斯熟练的航海技术和友好的态度时，也不再怀疑了。不过，也有可能这位热那亚人和那群明智的人一样，知道什么是自己应该知道的，什么是自己不应该知道的，而除了他们愿意相信的事儿以外，他们什么都不相信。

而就在这种对互相都有利的状况之下，他们到达了里窝那。在这儿，唐太斯又要接受一次考验：这就是十四年来他都不曾看见过自己变成了什么模样，他现在还能认出自己吗？对于自己年轻时的容貌，他还保存着一个完好的记忆，但是现在要面对的是成年时的自己究竟变成了什么样子。他的新朋友们相信他所许的愿已经兑现了，纷纷劝他放弃许下的承诺。他以前曾在里窝那停靠过不下二十次。他记得在圣·费狄南街有一家理发店，于是他就到那儿去刮胡子理头发了。

修理完以后，唐太斯感到自己的下巴已十分光滑，而头发也与常人一般长短了，他要了一面镜子，然后开始从镜子里端详着自己。我已说过，他现在已经三十三岁了，十四年的牢狱生活已在他的脸上发生了气质上的急剧变化。唐太斯刚进伊夫堡时，有着幸福年轻人的圆圆的、坦诚的、微笑的脸孔，他一生中早年所走的路都是平坦的，而那时候他也以为，未来自然也只是过去的继续。但现在这一切都改变了。他那椭圆形的脸已拉长了；那张含笑的嘴边也已刻上了显示意志坚强而沉着的线条；那饱满的额头上出现了一条深思的皱纹；他的眼睛里充满了抑郁的神色，从中还不时地闪现出愤世嫉俗的仇和恨的光芒；他的脸色，因长期没和阳光接触而变成了苍白色，配上他那黑色的头发，倒现出了一种北欧人的那种贵族美；他学到的深奥丰富的知识又使他脸上焕发出一种泰然自若的智慧之光；他的身材本来就很颀长，长年来体内又积蓄力量，所以显得更加挺拔了。丰满结实而肌肉发达的身材已变成为消瘦劲健，文质彬彬的仪表。他的嗓音因祈祷、啜泣和诅咒而发生了很大的变化，时而温柔恳切，听来非常动人，时而粗声急气近乎嘶哑，听来非常有磁性。

理发师刚使唐太斯初步改变了模样，他就离开理发店来到一家商店里，买了全套的水手服装。我们都知道，那是非常简单的装束，不过是一条全白色的裤子，一件海魂衫和一顶帽子。唐太斯穿着这套服装到了船上，把雅格布借给他的衬衫和裤子还给了他，重新站在少女阿梅丽号船长的面前。船长叫他把他的身世重新讲了一遍，他几乎已认不出眼前这个整洁文雅的水手就是那个留有大胡子、头发里缠满了海藻、全身浸在海水里、快要淹死的时候赤裸裸地被他手下的人救起来的那个人了。

看到唐太斯这样焕然一新的样子，他又重新提议，想长期雇用唐太斯。但唐太斯已经有了自己的打算，只接受了三个月的聘期。

少女阿梅丽号现在多了一个十分得力的、十分服从他们船长的伙计。船长一向总是惜时如金的，他在里窝那停靠了不到一星期，他的船上已装满了印花纱布、禁止出口的棉花、英国火药和专卖局忘记盖上印章的烟草。船长要把这些货都免税弄出里窝那，运到科西嘉岛沿岸。在那儿，再由一些投机商人把货物转运到法国去。他们的船起航了。唐太斯又在浅蓝色的大海上破浪前进了，大海是他的整个青年时代活动的天地，他在狱中曾常常梦到它，没想到有一天还能和它如此的亲密接触。现在戈尔纳在他的右边，皮亚诺扎在他的左边，他正在向巴奥里和拿破仑的故乡前进。第二天早晨，当船长来到甲板上的时候（他老是一大早就到甲板上去），他发现唐太斯正斜靠在船舷上，以一种奇特的目光注视着一座被朝阳染成玫瑰色的花岗石的岩山，那就是基督山小岛。少女阿梅丽号在其左舷离它还不到一里路的地方驶过去了，直奔科西嘉岛而去。

这个小岛的名字和唐太斯是这样的密切相关，当他们这样近距离地经过它的时候，他不禁在心里想：他只要一下跳进海里，用不了半小时，他就可以登上那块上帝赐予他的宝地了。不过，如果那样的话他既没有工具来发掘宝藏，也没有武器来保护它，他能怎么办呢？而且，水手们会怎么说，船长又会怎么想呢？所以他必须等待。幸好，他已学会了怎样等待，习惯了等待。为了自由他曾等待了十四年，现在为了财富，他当然可以再等上一年半载的。最初如果只给他自由而不给他财富，他不是也只能同样接受吗？再说，那些财富是不是只是个幻想也说不定——是可怜的法利亚神甫脑子有病时想出来的东西，是不是已同他一起离开了尘世呢？不过，红衣主教斯帕达的那封信是唯一有关的证据，于是唐太斯把那张纸上的内容又从头到尾地在心里默述了一遍，他一个字也没有忘。

黄昏来临了，唐太斯眼睁睁地看着那个小岛被笼罩在薄暮之中并渐渐远去，终于在船上其他人的眼前消失了，但却没有在他的眼前消失。因为他的眼睛在牢狱中早已练就了透过黑暗看东西的能力，他仍继续看着它，并最后一个离开了甲板。

第二天黎明的时候，他们已到了阿立里亚海外。他们整天沿着海岸航行，到了傍晚时分，岸上燃起了灯火。这火光可能是约定的暗号，一看到这火光，他们就知道可以靠岸了，因为有一盏信号灯不是挂在旗杆上而是挂在桅顶上，于是他们就向岸边靠近，驶进了大炮的射程以内。唐太斯注意到，当他们向岸边靠近的时候，船长架起了两台旧式的小炮，这两台炮能把四磅重的炮弹射出千步之外而不会发出很大的声响。但这一次，这种预防显然是多余的，一切都进行得非常顺利。四只小艇轻轻地驶近了帆船，帆船无疑也懂得这种迎候的意思，也放了自己的小艇下海。五只小艇工作得极其神速，到了早晨两点钟，全部货物都从少女阿梅丽号上卸到了环球号上。少女阿梅丽号的船长是办事有条不紊、言而有信的人，当天晚上他就分配了红利，每人得到了一百个托斯卡纳里弗，也就是说合我们的钱八十法郎。但这次航行并没有结束，他们又调转船头驶向了撒丁岛，预备在那儿把已卸空的船再装满。第二次行动也像第一次那样的顺利，少女阿梅丽号真是太走运了。这批新货的目的地是卢加沿岸，货物几乎全都是哈瓦那雪茄、白葡萄酒和马拉加葡萄酒。

从那儿回来的时候，他们和少女阿梅丽号船长的死对头税警发生了冲突。一名海关官员被打死，两名水手受了伤，唐太斯便是其中的一个，一颗子弹擦破了他的左肩。唐太斯感到出乎意料，但他反而很高兴受这次惊吓，对自己受伤也感到挺高兴。因为他认为这是无情的教训，教会他怎样用眼睛去观察危险，以怎样的忍耐力去忍受痛苦。他微笑着面对危险，就在受伤的时候，还像希腊哲人那样说道：“痛苦呀，你并不是件坏事！”他还亲眼目睹了那个受伤致死的海关官员，不知是因为战斗使他的血液沸腾了呢，还是因为他那人类的情感已经麻木了，总之，他对于这个景象几乎是无动于衷、全然冷漠的。唐太斯正踏上他所要走的路，正朝着他的既定目标前进，他的心正在经受着锤炼。雅格布看见他倒下时，以为他被打死了，赶紧向他冲过来，将他扶起来，并极力地照料他，尽了一个好伙伴的爱心和责任。

看来，这个世界虽不像班格罗斯医生①所相信的那样好，但也不至

---

① 伏尔泰小说《老实人》中的人物。

于像唐太斯所认为的那样坏，例如眼前这个人，除了能从他伙伴的身上得到那份红利以外再也无利可图了，但当他看见他倒下去的时候，却显示出那样痛苦的表情。幸好，我们已经说过，唐太斯只是受了点伤，在敷上了撒丁岛老好人卖给走私贩子的一种草药（这些草药是在某些季节采集来的）以后，伤口不久就愈合了。唐太斯想考验一下雅格布，就提议从他那份红利中拿出一部分来，以报答他对他的照料之情，可被雅格布满脸怒气地拒绝了。

这是一种同伴间的赤诚之情，雅格布在第一次看到唐太斯的时候就对他产生了这种情感，而唐太斯也对雅格布产生了某种友善的情感，雅格布觉得有个知己已经足够了。他已经本能地觉察到了唐太斯的卓越，那是一种别人都没有觉察到的卓越。而只要唐太斯稍微对他表示些许友善，那诚实的水手也就心满意足了。

于是，当那帆船在蔚蓝色的海面上平稳地航行，当他们感谢顺风鼓满了它的帆、除了舵手以外其他一无所需的时候，唐太斯就利用船上这段漫长悠闲的日子手绘了一张地图，充当起雅格布的老师来，就像可怜的法利亚神甫做他的老师一样。他向他指出海岸线的位置，向他解释罗盘的各种变化，教他读那本打开在我们头顶上，人们称之为天空的这本大书。告诉他这本书是上帝用钻石做文字在苍穹中写成的。当雅格布不解地问他："你把这一切教给像我这样一个卑微无知的水手有什么用呢？"唐太斯回答说："谁知道将来会怎样呢？你也许有一天会成为船长的。你的同乡波拿巴还做了皇帝呢。"我们忘了提一句，雅格布也是科西嘉人。

两个半月的时间就在这种航行中迅速地过去了，唐太斯本来就是一个刻苦耐劳的水手，现在又成了一个熟练的沿海航行者。他结识了沿岸所有的走私贩子并和他们打交道，而且学会了与这些海盗及走私贩子相互之间的秘密联络暗号。他一次又一次地经过他的基督山小岛，一共经过了二十多次，但始终没能找到一个合适的机会上去。于是他在心里下了一个决心：只要他和少女阿梅丽号船长签订的合同期一满，他就自己花钱租一只小帆船，毕竟他在几次航行中，已积蓄了一百个毕阿士特[①]，然后找个借口到基督山小岛上去。那时他就可以完全自由地进行搜寻了，或许还不能说完全自由，因为那些陪他来的人无疑会注意他的，但在这个世界上，我们总得有点冒险精神才行。当然，监狱生活已使唐太斯变得谨慎小心，他很希望能够不冒险尽量不冒险。他虽然想象力丰富，但在一番苦思冥想以后，仍然是毫无头绪，他想不出任何计划可以不用人陪伴而能到他所渴望的小岛上去。有天晚上，当唐太斯正在心神不宁地考虑这些疑虑和希望的时候，那位非常信任他非常希望能留下他的船长走了过来，挽起他的一只胳膊，领他到了一艘泊在奥格里荷的独桅船上。那是里窝那的走私贩子们常去聚会的地方，他们就在那儿谈有关沿海一带的生意。唐太斯已来过这个地方两三次，并见过了所有这些大胆勇敢散布在将近两千里沿岸范围内的逃税贸易者。他曾心想，如果一个人能克制一下暂时的意志上的冲动，把这些五花八门的关系网结合起来，那么还愁何事不成呢。这次他们谈的是一笔大生意，即要在一艘船上装载土耳其地毯、勒旺绒布和克什米尔毛织品。大家必须先商量出一个中立的地点来做这次交易，然后设法把这些货运到法国沿岸。要是成功了，获利是极大的，每个船员可以分到五六十个毕阿士特。

少女阿梅丽号的船长建议把基督山岛作为装货的地点，因为那是一个荒无人烟、既无士兵、又无税吏、似乎从商人和盗贼的祖师邪神麦考莱[②]那个时代起，就孤立在海的中央了。商人和盗贼这两个阶层，在我们今天这个时代，即便二者的界限有些模糊，但还是略有区别的，但在古代，二者几乎是同一门类的。

---

① 埃及、西班牙等国的货币名。
② 罗马神话中商人盗贼的保护神。

第二十三章　基督山小岛

说起基督山岛，唐太斯兴奋地心跳都加速了，为了掩饰自己的异样情绪，他不得不站起来，围着那烟雾缭绕，混合了世界各地语言的独桅船上兜了一圈。当他再次回到那两个对话者身边的时候，事情已经有了结果，他们打算相会于基督山岛，第二天夜里便可以出发。他们征求唐太斯的意见，唐太斯也觉得基督山岛非常安全，而且要做的那件大事，必须尽早下手，以免夜长梦多。最终，他们商量的计划就是大家第二天晚上出发，若天气和风向都顺利的话，就想办法在第三天的傍晚到达基督山小岛的海域。

似乎事情总是这样发展，倒霉了很长一段时间的人，有时总能时来运转，遇到意想不到的好事情，而唐太斯就是这样走运的人。他马上就可以通过这种自然又简单的办法达成他的目的了，终于在不引起任何人怀疑的情况下，登上基督山岛。现在，距离他朝思暮想的地方，只差一夜。

那一夜是唐太斯一生中最心神不宁的一夜，在夜间行动的各种各样有利的和不利的可能性都在他脑子里交替出现。一合上眼，他就看见红衣主教斯帕达的那封遗书用火红的字写在墙上；略微打个盹儿，脑子里就会出现一些最荒诞古怪的梦境。

白天终于来临了，但白天几乎也像夜晚一样令人心神不安。但在白天有个好处，除了幻想以外还能给人带来理智。在此之前，唐太斯脑子里的计划本来还是含糊不清的，现在已经慢慢地明确了下来。夜晚来临了，出航的准备都已做好了。这些准备工作使唐太斯得以掩饰他内心的焦急。他已逐渐在他的同伴中建立起了自己的威信，简直成了船上的指挥官。由于他的口令总是很明白、清楚，而且简单易行，所以他的同伴们很乐于听从他，而且执行得很迅速。

老船长在这方面并不干涉，放手让他去干。因为他也承认唐太斯的能力确实比全体船员都高出一筹，甚至有时候比他自己还高明。他觉得这个年轻人最适合做他的接班人，只可惜自己没有个女儿，以致无法用一个美满的婚姻来笼络住唐太斯。到晚上七点钟的时候，一切都准备好了，七点十分他们已绕过了灯塔，塔上那时刚刚亮起灯光。海面上很平静，他们借着来自东南方向的一阵清新的和风在明亮的天空下航行着。夜空上，上帝也点亮了他的指路明灯，而那每一盏灯都是一个充满希望的世界。唐太斯让大伙儿都去休息，由他独自来掌舵。马耳他人（他们这样称呼他）既然发了话，也就够了，大家就都心安理得地到他们的鸽子笼里去了。这也是常有的事。唐太斯尽管刚刚从孤独中挣脱出来，但有时却偏偏喜欢上了孤独。说到孤独，哪里有比驾着一艘帆船，在朦胧的夜色里、无边的寂静中、苍天的俯视下，孤零零地漂浮在一望无际的大海上的这种孤独更完美更富有诗意呢？

这一次，他的思想扰乱了孤独，幻想照亮了夜空，诺言打破了沉寂。当船长醒来的时候，船上的每一片帆都已扯了起来，鼓满了风，他们差不多正以每小时十海里的速度疾驶前进。基督山岛隐隐约约地出现在地平线上了。唐太斯把船交给了船长来照看，自己则去躺在了吊床上。虽然昨天晚上一夜没合眼，现在却依旧一刻也合不上眼。两小时后，他又回到了甲板上，这时候船已快要绕过厄尔巴岛了。他们现在正和马里西亚纳平行，还没到那平坦而荒芜的皮亚诺扎岛。基督山的山顶被火一样的太阳染成了血红色，衬托在蔚蓝色的天空上，显得异常壮观。唐太斯命令舵手把舵柄向左舷打，以便从皮亚诺扎岛的左边通过，这样就可以缩短两三海里的航程了。傍晚五点钟时，小岛的面目已很清楚了，岛上的一切都清晰在目，这是因为夕阳下，大气特别明亮透彻的缘故。

唐太斯十分热切地注视着那座山岩，山岩上正呈现着变化中的暮色，从最浅的粉红到最深的暗蓝，而热血也不住地往他脸上涌，额头时而浮上阴云，他的眼前也时而呈现一片薄雾。就算是一个以全部家财做赌注拼死一搏的赌徒，其所经历过的痛苦，恐怕也不会像唐太斯此时此刻徘徊在希望的边缘上所感受到的那样剧烈。夜晚来了，到十点钟的时候他们就抛锚停泊了。这次的约定还是少女阿梅丽号最先到达。唐太斯一向很能自制，但这次却再也控制不住他的情感了。他第一个跳上岸，假如他胆敢冒险的话，他肯定会像布鲁特斯那样“和大地接一个吻”。天还很黑，但到了十一点钟，月亮从海上升了起来，把海面上染成了一片银色，然后，又一步步上升，苍白色的光泻满了这座堪称皮隆第二的岩石山。

少女阿梅丽号的船员都很熟悉这个小岛，这是他们常常歇脚的地方。唐太斯在去勒旺的航行中尽管多次经过它，却从未真正上去过。于是他问雅格布：“我们今晚在哪儿过夜?”

“在哪儿过夜，当然是在船上了，岛上没有岩洞。”

唐太斯顿时惊得连话都说不出来了。但他转念又一想，这些洞窟可能是由于某种意外的事故而被填没了，也可能是红衣主教斯帕达为了不被人轻易发现而故意填没了的。那么，问题的关键就在于寻找到那个填没了的洞口了。晚上去找肯定是没用的，所以唐太斯不得不把一切探寻工作放到第二天再去进行。而且，在半里外的海面已发出了一个信号，少女阿梅丽号也回了一个同样的信号，这表示交货的时间已经到了。那艘帆船还是等在外面，在观察回复的信号到底对不对。不久，它就静悄悄地驶近了，只见白蒙蒙的一片，像是一个幽灵似的，在离岸一里路以外抛了锚。

于是卸货的工作开始了。唐太斯一边干活，一边想，要是他把心里念念不忘的心思讲出来，哪怕只要讲一个字就可以使这里所有人都高兴得大叫起来，但他没有泄露丝毫这个宝贵的秘密。他生怕自己已经说得太多了，他喋喋不休地提出许多问题，东张西望地观察和显然若有所思的那种神态，说不定已引起了人们的怀疑。幸而，在当时，过去的痛苦的经历，帮了他的忙，那惨痛的往事在他的脸上呈现出一种不可磨灭的哀伤，在这一重阴云遮掩之下，偶尔流露出的欢快的神情也只是昙花一现而已。

没有人产生丝毫的怀疑。第二天，当唐太斯拿起一杆猎枪，带了一点火药和弹丸，准备去打几只在岩石上跳来跳去的野山羊的时候，大家都认为他这么做只是因为他爱好打猎或喜欢一个人安静一下而已。可是，雅格布却坚持要跟他一起去，唐太斯也没反对，生怕一旦反对，就会引起怀疑。他们还没走出四分之一里路，就已射杀了一只小山羊，于是他就找这个理由请雅格布把它背回到他的伙伴们那儿去，请他们去把它烧一烧，烧好以后，鸣枪一声通知他。这只小山羊再加上一些干果和一瓶普尔西亚诺山的葡萄酒，就是一顿很丰盛的酒宴了。唐太斯继续向前走去，不时地回头看着，并四面环视。当他爬到一块岩石顶上时，看见他的同伴们已在他的脚下，他已比他们高出一千尺左右了。雅格布已和他们在一起了，他们正在忙碌地准备着，把唐太斯狩猎的成绩做成一顿好菜。

唐太斯望了他们一会儿，脸上带着一个超凡脱俗的人所具有的那种悲哀而柔和的微笑。“两小时之后，”他说，“这些人就会每人分得五十个毕阿士特然后重新出发，冒着生命危险，再去挣上五十个毕阿士特。他们会带着一笔六百里弗的财富回家，然后带着像苏丹那样的骄傲，像印度富豪那样不可一世的神气，把这笔财富在某个城市里花得一干二净。现在，我的希望使我鄙视他们的财富，那笔小钱在我看来似乎太不值一提了。但明天或许幻想就会破灭，那时，我将不得不把这不值一提的财富当作至高无上的幸福。”

“噢，不！”他喊道，“不会发生这种惨事的。聪明的法利亚神甫从来没算错过一件事，他不会单单在这件事上弄错的。而且，要是继续过这种贫穷卑贱的生活，倒还不如死了的好。”三个月之前，唐太斯除了自由以外原是别无他求的，现在，光有自由已不够了，他还渴望财富。这并不是唐太斯的过错，而是上帝造成的，上帝限制了人的力量，却给了人无穷的欲望。

这时，唐太斯正沿着一条岩石夹道走着，这条小径是由一道道激流冲蚀而成的，从各方面来看，这条路上大概从未有人走过，他直觉这一带一定有岩洞，于是就一步步向前走去。他现在是在顺着海滨走，一路走，一路极其小心谨慎地察看最细微的迹象，他自认为在某些岩石上可观察到人工凿出的记号。

时间给一切有形的物体都披上了一件外衣，那件外衣就是苔藓；还有一件外衣就是把一切无形的事物都包裹在了里面，而那件外衣就叫“健忘”。可是它对于这些记号却似乎还相当尊重，舍不得它被遗忘。这些记号相当有规律，很有可能是故意留下来的，有几处已被覆盖在一丛丛鲜花盛开着的香桃木底下，或寄生在地衣底下。

所以唐太斯不得不拂开花枝或铲开苔藓才能看到在这个迷宫里给他指路的标记。这些痕迹重新燃起了他心中的希望之火。这难道不是红衣主教留下来，以备在横祸到来的时候，给他的侄子做路标的吗？但他却没有想到他的侄子竟会和他同时在飞来横祸下毙命。如果一个人要想埋藏一宗宝藏，显然是喜欢选择这个孤僻的地方的。只是，这些泄露秘密的标记，除了最初创造它们的人以外，难道就没有引起过别人的注意吗？这个荒凉奇妙的小岛是否还守着它那宝贵的秘密呢？

由于路面崎岖不平，唐太斯的同伴们根本看不到他。当他追踪到离港口六十步远的地方时，记号就中断了，可记号中止的地方并不见有什么岩洞。只有一块圆形的大石头稳稳地立在那儿，似乎成了唯一的目标。唐太斯心想，也许他到达的地方不是终点而是一个起点，所以他又转向，按原路追踪回去。

在这期间，他的同伴们已把饭准备好了，他们从一处泉水那儿弄了一点清水来，摆开干果和面包，并开始烤那只羔羊。止当他们把那香气扑鼻的烤羊肉从铁叉上取下来的时候，他们看见唐太斯像一只羚羊那样轻捷而大胆地在岩石上跳来跳去，于是他们按刚才约定的信号，放了一枪。看到这信号唐太斯立刻改变了他的方向，迅速地向他们奔来。正当他们注视着他那敏捷的跳跃，惊奇于他的大胆时，突然只见唐太斯脚下一滑，他们看到他在一块岩石的边缘上摇晃了一下，就消失不见了。他们马上向他冲了过去，虽然唐太斯在各方面都比他们高出一筹，但他们却都很爱戴他，而第一个跑到那儿的就是雅格布。他发现唐太斯直挺挺地躺在那儿，身上流着血，几乎已失去了知觉。他是从十二尺或十五尺高的地方滚下来的。他们往他嘴里倒了几滴朗姆酒，这酒以前曾对他很有效，这次也产生了和以前同样的效果。他睁开眼直叫膝盖痛得厉害，头觉得很重，腰也痛得厉害。他们想把他抬到岸边去，由雅格布指挥着大伙抬他，可是他们一碰他，他就“哎哟哎哟”地叫个不停，说他动不了。

唐太斯看来是不能和大伙儿一起用餐了，他坚持要他的同伴们回去，他们没有理由和他待在这儿不吃东西。至于他自己，他说只要休息一会儿，当他们回来的时候，他大概就可以好一点了。水手们也不必多劝，因为他们实在是太饿了，烤山羊的味道又非常的香，而且水手们之间本来就直来直去也不讲究什么客套的。

一个小时以后，他们又回来了。唐太斯所能做的也只是把自己向前拖了十几步，靠在一块长满苔藓的岩石上。

但是，唐太斯的疼痛非但没有减轻，反而似乎更加厉害了。老船长因为要把那批货运到皮埃蒙特和法国边境，在尼斯和弗雷儒斯之间卸货上岸，所以不得不在早上开船。他催促唐太斯站起来试试看，唐太斯费了很大的劲想站起来，但他每做一次努力就倒回去一次，嘴里不住的痛苦呻吟，脸色变得苍白。

“他跌断肋骨了，”船长低声说，“没关系，他是个好伙伴，我们绝不能丢下他不管。我们设法来把他抬到船上去吧。”可唐太斯却说他情愿死在这儿，也不愿意受因最轻微的搬动而引起的痛苦。

“好吧，”船长说，“只好听天由命了，我们不能让人说闲话，说我们抛弃了像你这样的一个好伙伴。我们等到晚上再走。”

尽管谁也没有反对这句话，但水手们都大为惊异，船长一向纪律极严，他们从来没见过他放弃一笔交易或延迟一次既定的行期，这次可是破天荒头一遭。唐太斯不同意为了他而做出这种破坏常例的举动。“不，不。”他对船长说，“是我太笨了，这是我行动笨拙应得的惩罚。给我留下一点儿饼干、一支枪、一点火药和子弹就够了，这样我就可以打些小山羊或在需要的时候自卫，再留下一把鹤嘴锄，如果你们回来得晚了些，我还可以给自己搭一间小茅屋。”

“可是你会饿死的呀。”船长说。

“我情愿饿死，”爱德蒙回答，“也不愿动一下，这疼得简直难以忍受。”船长转过身去看了看他的帆船，它正停泊在小港湾里，一部分帆已扯了起来，差不多一上去就可以出海了。

“那么我们到底该怎么办呢，马耳他人?”船长问，“我们既不能让你这样一个人留在这儿，可我们也不能再等下去了。”

“去吧，你们走吧，别担心我，我会好起来的!”唐太斯大声说道。

“我们至少要离开一个星期，”船长说，“然后才能绕道来这儿接你。”

“何必这么麻烦呢，”唐太斯说，“如果两三天之内你们碰到了什么渔船，叫他们到这儿来接我就好了。我愿意付二十五个毕阿士特，算是带我回里窝那的船费。如果碰不到，你们回来的时候再来接我吧。”船长摇了摇头。

“要不这样吧，波尔狄船长，这件事有一个办法可以解决。”雅格布说：“你们安心地去吧，让我留在这儿照顾他。”

“你愿意放弃你的那份红利而留下来陪我吗?”唐太斯问道。

“是的，”雅格布说，“而且决不后悔。”

“你是一个好人，是一个好心肠的伙伴。”唐太斯说道，“你这样一片好心，上天迟早会报答你的，但是我不需要任何人来陪我。我只要休息一两天就会好的，我想我能在岩石缝里找到一种最好的跌伤草药。”他的嘴角上掠过一个奇妙的微笑。他亲热地紧紧地握住雅格布的手。但现在什么也不能动摇他的决心了，他要留下来，而且是独自一个人留下来。

这些走私贩子只好给了他所要求的那些东西，然后便和他分别了，他们频频回头望他，每次回头都依依不舍地表示道别。唐太斯只是挥手致意，好像他身体的其他部位都已不能动了似的。然后，当他们都走远了看不见了的时候，他微笑着对自己说：“真是不可思议，想不到在这种人里边我倒找到了真诚的友爱和帮助。”现在，他小心地挪动身子，爬到一块可以俯视海面的岩石顶上，从那个地方，他看到那艘独桅船已做好了一切出航的准备，收起了锚，像一只振翅待飞的水鸟似的优雅地晃了晃就出发了。一小时之后，它已经完全消失在视线以外了，至少那受伤的人从他所在的地方再也看不到它了。于是，唐太斯一跃而起，简直比生长在这座荒山的香桃木和灌木丛中的小山羊还要轻巧灵便，他一手握枪，一手拿鹤嘴锄，向记号尽头的那块岩石快步走去。“现在，”他想起了法利亚神甫讲给他听的阿拉伯渔夫的故事，于是大声叫道，“现在芝麻开门吧!”

第二十四章　秘密洞窟

太阳此时已经快要升到半空了，灼热的光芒直射到岩石上面，岩石似乎也承受不了这样的热度。不计其数的知了叫个不停，“吱呀”声从草丛中传来，单调极了。微风拂过，橄榄树与杏桃木的叶子轻轻摆动着，簌簌作响。唐太斯走一步就会惊跑像几只绿宝石一般发着光的蜥蜴。除此以外，他还能看到原处有野山羊在岩石之间跳来跳去。总而言之，这个小岛上是有生灵存在的，而且还很多，不过唐太斯依然觉得自己很孤独，只有上帝之手在指引着他方向。他心头涌上一种说不清的感觉，有点可怕，那种感觉就好像在光天化日之下，即使身处沙漠我们也担心被人发现的恐怖。这种感觉是如此强烈，以至于唐太斯在开始干活之前，再次放下了手中的鹤嘴锄，一把抓过枪，爬上了一块最高的岩石，朝四周一通观望。

他所注视的地方，既不是那房屋隐约可辨的科西嘉岛，也不是撒丁岛，更不是那富有历史意义的厄尔巴岛，也不是延伸到无际的那一条隐隐约约的线条，只有水手老练的目光才能看出它是壮丽的热那亚和商业繁荣的里窝那。唐太斯的眼睛所盯住的，是那艘清晨时已动身离开的双桅船，以及刚才开出去的那艘独桅船。前者刚刚消失在博尼法乔海峡里，后者所去的方向却恰好相反，已快要经过科西嘉岛了。这一望使他放了心。他又望望自己附近的目标，意识到自己正站在小岛的最高点上，就像这座巨大的花岗石台座上的一尊塑像，视野所及之处，渺无人迹，只有蓝色的大海拍击着小岛海岸，给小岛镶上了一圈白沫所组成的花边。他小心翼翼地慢步下来，深恐他假装出来的那种意外会真的发生。

我们在上文中说过，唐太斯曾从大岩石那个地方出发，顺着记号往回走的。现在他发现，这些记号通到一条小溪，而这条小溪是隐蔽的通向一个小湾的，它像古代神话里管山林水泽女神的浴池。

小湾的中部很深，开口处很宽，足以容纳一艘斯比罗娜[①]的小帆船藏在里面，外面望来却是丝毫看不到的。

唐太斯根据法里亚神甫告诉他的方法认真推敲手中的线索，他推测：红衣主教斯帕达，为了不让别人发现他的行动，曾到过这个小湾，把他的小帆船藏在里面，然后从山峡中沿着留记号的这条小径走，在小径尽头的大岩石处埋下了他的宝藏。这样一想，唐太斯就又回到了那块圆形大岩石那儿。只有一件事与唐太斯的推理不合，使他感到很迷惑。这块大石头重达数吨，要是没有许多人一起用力，怎么可能把它抬到这个地方上去呢？突然间一个想法迅速闪过了他的脑子。“不是抬上来的，”他想道，“是把它推下来的。”他连蹦带跳地离开岩石，想找出它原先所在的位置。他很快就发现了一道斜坡，岩石应该就是顺着这条斜坡滑下来，一直滚到它现在所在的位置。圆形的大岩石旁边，还有一块大石头，这块大石头以前肯定是用来挡住大圆石的滚势而做垫石的。岩石四周还塞了许多石片和鹅卵石来掩饰洞口。周围又盖上了些泥土，年深日久，野草从泥土里长了出来，苔藓布满了石面，香桃木也在那里生了根，于是那块大石就像是根深蒂固地长在地面上的一样了。

唐太斯小心地扒着泥土，看出了或他自认为看出了这个巧妙的人间杰作。他用他的鹤嘴锄开始去刨这道被时间风化了的墙。在十分钟的劳动之后，这道墙屈服了，露出一个可以伸进一条手臂的洞口。唐太斯砍断了一棵他所能找到的最结实的橄榄树，削掉丫枝，插入洞里。把它当撬棒用。但那块岩石实在太重了，而且顶得非常严实，一个人的力量是无论如何也搬不动的。就算要大力士赫拉克里斯来也是不行的。唐太斯知道他首先要做的就是想法搬开那块作为楔子的大石头。可怎么才能把它搬开呢？

---

① 古代的一种简易平底小船。

他向四周看了看，看到了他的朋友雅格布留给他的那满满的一山羊角火药。他如释重负地笑了，这一魔鬼的发明可以助他达到目的了。唐太斯拿起鹤嘴锄，在大圆石和那块顶住它的大石头之间挖了一个如同工兵开路时想节省人力的坑沿，接着在地里面填满火药，然后用他的手帕卷了一点硝石做导火线，点燃导火线，赶快退开。爆炸声立刻随之而起。圆石被火药的巨力一震，底部立刻松动了，下面的那块垫石早已碎成了片，四散乱飞。一大堆小昆虫从唐太斯先前所挖成的洞口里逃了出来，一条像是保护宝藏的大蛇，游动着窜了出来，一会儿也不见了。

这时唐太斯走近那块孤零零的大圆石，它现在已失去了支撑物，并且斜临着大海。这位勇敢的探宝者绕着大石转了一圈，选了一处似乎最容易进攻的地方，然后把他的撬棒插入一道裂缝，用尽了全力来撬那块大石头。大石被火药震过以后，本来就已松动不少，这时更是摇摇欲坠了。唐太斯加倍用力，他就像古代拔山抗山神提旦的子孙似的。巨石终于让步、滚动了，连翻着跟斗，最后终于跌进大海里消失了。

在大石所待的地方马上出现了一个圆形的空间，中间还有一块四方形的石板，上面有一个铁环。唐太斯又惊又喜地大叫了一声，想不到第一次尝试就取得了这样圆满的成功。他很想再继续干下去，但他的两条腿直发抖，他的心也跳得很厉害，他的眼睛甚至也有些模糊了，因此他不得不暂时停下来。不过这种感觉只持续了一会儿。唐太斯把他的撬棒插进铁环里，用尽全力一撬，大石板就被掀开，露出了一个地下岩洞。洞口有像楼梯似的石级，一级一级一直向下延伸而去，直至消失在黑暗里。要是换了别人，此时一定会高兴地大喊一声，马上向洞里冲去的。但唐太斯却脸色苍白，站在洞口犹豫不决，现出深思的样子。“嗨，”他对自己说，“我是一个男子汉大丈夫。不走运对我来说已是家常便饭，我绝对不能被失望所压倒。不然，我岂不是白吃了那么多的苦？法利亚神甫或许只是做了一个梦。红衣主教斯帕达或许并没在这儿埋什么宝藏。甚至他根本就没到这儿来过。就算他来过，恺撒·布琪亚，那个大胆的冒险家，那个不知疲倦、心狠手辣的强盗，肯定也曾跟踪来过这里，发现了他的踪迹，像我一样跟着这些记号来到了这里，也像我一样撬起了这块石头，然后跑下洞去，他在我之前就已来过了，所以什么也没留给我了。”他仍然木然地站着，眼睛盯住他脚下那个幽暗的洞口，又说道：“我现在不想得到任何东西，我早已对自己说过，如果对这件事还抱有任何希望，那实在是太愚蠢了，这次冒险纯粹只是出于好奇而已。”他还是一动不动地站着，露出沉思的样子。

他嘴角仍是挂着半信半疑的微笑，但已走进了洞里，嘴里喃喃地说着人生哲学最后的两个字——“也许!”唐太斯原本以为洞里一定很黑暗，空气中一定带着浓重的腐臭味，但到了里面，却并非如此。他看到一片浅蓝色的昏暗的光线，这种光线，像空气一样，并非只是从他刚才挖开的洞口那儿射来的，而是从岩石的裂缝里穿进来的。这些在洞外是全然看不到的，但到了洞里，却可以透过缝隙看到那蔚蓝的天空，看到那些长在石缝里的常春藤、卷须蔓和野草的枝叶。唐太斯在洞里站了几分钟，里面的空气并不潮湿，反倒很温暖，他的眼睛早已适应了在黑暗中看东西，所以即便是岩洞里最深的角落他也可以看到东西。岩洞是由花岗石构成的，四壁生辉，就像钻石构成的。“唉!”爱德蒙微笑着说，“这不就是红衣主教留下的宝藏嘛!那位善良的神甫在梦中见到了这些闪闪发光的墙壁，就异想天开地妄想起来了。”

可他又想起了那遗嘱上的话，那些话是他早已熟记在心里的。

红衣主教在遗嘱中说：“在第二个洞口之最深角。”他只找到了第一个洞口。那么现在得把第二个也找出来。唐太斯于是开始他的再一次搜寻。他心想，这第二个洞口自然应该在岛的纵深处，而且为了预防被人发觉，自然也是极隐蔽的。他仔细在石块间察看着，看到有一面洞壁像是洞口，就敲敲听一下声音。鹤嘴锄最初敲上去时只发出了一声沉重混浊的声音，那种声音使唐太斯的前额挂满了大滴的冷汗。最后，他觉得有一处洞壁发出的声音似乎和前面的不一样，这是一种较空洞和较深沉的回声，于是赶紧把目光盯上去，凭着一个囚犯特有的敏锐的观察力，他看出洞口很有可能就在这里。

但是，像布琪亚一样，他也知道时间的价值。为了避免做无用之功，他又用他的鹤嘴锄敲遍了其他各面的洞壁，用他的枪托敲遍了地面，直至发觉似乎再也没有什么可疑的地方了，才又回到了刚才他听到发出那种使人兴奋的声音的那一处洞壁前面。他又敲了一下，这一次用力较大，于是奇迹出现了。洞壁上掉下来一块像阿拉伯式雕刻衬底用的那种涂料，跌在地上碎成了片，并露出了一块白色的大石块来。这个洞口是用花岗石那样的石块封起来的，颜色白得像在上面抹了一层色彩透明的涂料一样。

唐太斯用鹤嘴锄尖利的一头敲上去，尖头马上嵌入了石缝。他知道他必须在这个地方挖进去。但由于人体机能上某种奇怪的现象，唐太斯越是看到眼前这些证实了法利亚神甫的话的事实，他越是觉得心神不定，越来越感到无力、沮丧，几乎失去了全部的勇气。这新的进展非但没有使他增加新的力量，倒把他原有的力量也削弱了。鹤嘴锄落下来的时候，几乎是从他的手里滑下来的。他把它放到地上，用手擦了擦额头之后就回身跑上了石级，虽说是去看看有没有人在窥视他，但事实上是因为他觉得快要昏倒了需要呼吸点新鲜空气。小岛上空无一人，火一样的骄阳照射着全岛，远处有几艘小渔船点缀在蓝色的海面上，一切都显得如此宁静。

唐太斯还没吃一点东西，但现在，他没有丝毫的饿感。他匆忙地喝了几口朗姆酒，便又回到了洞里。鹤嘴锄刚才那样沉重，现在抓到他手里却已像一根鹅毛一般，他又拿它开始挖起来。几锄下去他发觉石块并没有砌死，只是一块一块地叠着，在外面抹上了一层涂料而已。他把鹤嘴锄的尖头插进去，用它的柄当撬棒用，不久他就很高兴地看到那块石头开始转动并落在了他的脚下。现在他只要用鹤嘴锄的铁齿把石头一块一块地勾到身边来就行了。最初出现的洞口已足以容纳一个人进去，但似乎多等一会儿，他就可以多抱一会儿希望、迟一会儿证实自己是被欺骗了似的。终于，在略微迟疑了一下以后，唐太斯还是进入了第二个洞窟。这第二个洞窟的地势较第一个洞窟要低一点，光线也较阴暗，空气因为只能从新开的洞口进来，所以带有一股腐臭气味，这正是在第一个洞窟中所没有而使唐太斯感到诧异的。他出来等了一会儿，让里面的空气和外面的空气换一下，然后再进去。在洞口的左面，有一个又黑又深的角落。不过对唐太斯的眼睛来说这并不算什么。他仔细地环视了一下这第二个洞窟，它像第一个一样，也是空空的一无所有。

宝藏要是的确存在的话，它一定是埋在那个黑暗的角落里的。令人激动的时刻终于来到了，只要挖开两尺土，唐太斯的最终命运就会浮出水面。他向那个角落走去的，好像突然下了一个很大的决心似的用鹤嘴锄猛击地面。掘到第五下或是第六下时，鹤嘴锄碰到了一个铁一样的东西。这一个声音在听者耳中所产生的效力，简直比丧钟或警钟更为可怕。要是唐太斯发掘的结果是一无所得，他的脸色恐怕也不会比现在更惨白。他再把鹤嘴锄敲下去竟然遇到了同样的抗拒力，但却是不同的声音，他想："这可能是一只包了铁皮的木箱子。"正在这时，一个影子掠过了洞口，唐太斯抓起枪，窜出洞口，奔上石级。原来是一只野山羊奔过了岩石，正在不远处吃草。他要是想得到一顿丰盛的午餐，这本来是一个很好的机会的，但唐太斯生怕他的枪声会引起别人的注意。

他想了一下，砍下一条树枝，在走私贩子们准备早餐的火堆上点燃了它，然后举着这支自制的火把又下到洞里去。他希望能把一切都看清楚。他举着火把走近他刚才挖出的洞的前面，看到鹤嘴锄的确掘到了铁皮和木头。他把火把插在地上，重新开始了工作。一会儿之后，挖开了一块三尺长二尺宽的地面，唐太斯看到了一只橡木钱柜，外面包着一层已被挖破了的铁皮。在箱盖的中央，他看到镶着一块银片，尚未失去光泽，上面雕刻着斯帕达家族的武器，即一面椭圆形的盾牌，样子和意大利一般武器的式样差不多，上面还插着一把宝剑，在剑和盾上面则是一顶红衣主教的帽子。唐太斯一眼就认出来了，因为法利亚神甫以前曾常常画给他看。现在可以肯定的是，宝藏就在这儿，谁会这样煞费苦心地来埋藏一只空箱子呢？一眨眼的工夫，他就清除了箱子上的所有杂物，接着便看到在两把挂锁之间，还稳稳地扣着一把大锁，并且箱子的两头各有一只提环，所有这些东西上面都有斯帕达主教那个时代的雕刻。那个时代，艺术可以使最平凡的金属品变成价值连城的宝物。唐太斯抓住两个提环，试图用力把银柜提起来，但是提不动。他又想打开它，但大锁和挂锁都扣得紧紧的，这些忠实的守卫者似乎不情愿交出它们的宝藏。唐太斯用鹤嘴锄尖利的一头插入箱盖缝里，想用尽全力把它们撬开。这一次只听箱盖一声响，木箱终于打开了，铁包皮也应声碎裂了，掉了下来，但仍紧紧连在箱板上，木箱倒是被完全打开了。

唐太斯顿觉一阵眼花缭乱，他扣上枪机，把它放在身边。

一开始他闭上眼睛，像小孩子一样，在星光皎洁的夜晚闭目冥想，在他们自己的想象中总是能看到比天上更多的星星。然后他睁开了眼睛。惊奇地站着，还是有点不敢置信。那只钱柜分成了三格。在第一格里，闪耀着成堆的金币；在第二格里，排放着不曾磨光的金块，除了它们本身的价值以外，倒也没什么吸引人的地方了；在第三格里，唐太斯抓起成把的钻石、珍珠和红宝石向空中抛洒，它们落下来的时候互相撞击着，发出像冰雹打在玻璃上那样的声音。他摸过、嗅过、详细察看过这些宝物以后，突然像一个发疯的人似的冲出洞外，跳到一块可以看到大海的岩石上。的确只有他一个人，只有他一个人陪伴着这些连听都没听说过、数都数不清的宝物！他到底是醒着呢，还是在做一场美梦？

他原本很想一直盯着他的金子，但他的精神支持不住了，这简直是一笔天大的财富，他都要发晕了。他把头伏在手里，像是要紧紧抓住理智似的。这样过了一会儿，他又突然一边在基督山岛上的岩石间狂奔，一边疯狂地呼喊起来，他那种野性的喊叫声和疯狂的动作惊起了海鸟，吓坏了野山羊，然后他又返回来，心里依旧不敢相信自己刚才所看到的一切。他又再次冲进洞里，相信自己的确是站在这些黄金和珠宝面前了。这次，他跪了下来，做了一个只有上帝知道的祷告。一会儿他觉得自己平静了一些，也比较快乐了一些，因为直到现在他才开始相信自己的福分。于是他开始心安理得地计算起他的财产来。金条共有一千块，每块重两磅至三磅，接着他堆起了两万五千个金艾居，每个艾居约值我们的钱八十法郎，上面刻有亚历山大六世和他以前的历代教皇的肖像，而他看到那一格只掏空了一半。然后他又捧了捧宝石，其中有许多是当时最有名的工匠镶嵌的，且不说其内在的价值，单是那种艺术化的嵌工就已价值不菲了。唐太斯看到光线渐渐幽暗了下来，担心继续留在洞里会被发现，就拿着枪走了出来。一片饼干和几口朗姆酒成了他的晚餐，然后他在洞口边上躺下来，睡了几小时。

这一夜是甜蜜的一夜，也是恐怖的一夜，正如这个感情强烈的人在过去的生活中已经经历过的那难忘的两三夜一样。

第二十五章 陌生人

唐太斯迫不及待地等着黎明的到来。当清晨的第一缕阳光刚刚照在基督山岛荒凉的海岸时，唐太斯就起来了，他爬上前一日傍晚去的那块岩石顶，四处眺望，仔细观察着每一处景物，不过岛上还是和昨天一样的荒芜。唐太斯再次回到洞口，搬开石头，将宝石塞满了口袋，尽可能地把箱子埋好，又在上面撒了一些土，用脚小心踩实，让每一处看起来都差不多的样子，掩盖住了翻动的痕迹。接着，他走出洞穴，把大石头盖回原处，又在上面堆了一些碎石头和大块的花岗石碎片，用泥土把石缝也堵上了，又移了几株荆棘花和香桃木种在这些石缝间，还给这些植物浇了点儿水，让它们看起来就像是一直生长在这里的一样，然后他小心地掩去周围的脚印，最后等待同伴来接他。他不想每天盯着这些钻石和黄金，或者留在基督山岛上，像一名守护者一样守着那些地下宝藏。他觉得自己现在应该回到现实生活中，回到人类世界，回到社会上夺取他的势力、威望以及地位。每个人都知道，在这个世界上，只有金钱才能使人获得这一切——金钱才是支配人类最伟大而有效的力量。

到了第六天，该是同伴们来接他回去了，于是他装出一副艰难的样子，把他自己拖到了岸边。当他的同伴来到他跟前的时候，他就说虽然他已觉得好多了，但这次意外真的给他造成了极大的痛苦。接着他便向他们询问有关这次航行的情况。走私贩子们告诉他，尽管货是安全地卸到了岸上，但刚卸完，他们就得到消息，说是有一艘警戒船已从土伦港开出来，正扯着满帆向他们驶来。这使他们不得不尽可能快地避开他们的敌人，他们一路惋惜着唐太斯不在船上，因为他那高超的驾船技巧在那种紧要关头对他们来说是极有帮助的。事实上，那艘警戒船几乎就要追上他们了，幸亏他们当时借助夜色绕过了科西嘉海峡，这才摆脱了追踪。总的说来，这次各方还是都挺满意的。船员们，尤其是雅格布，对于唐太斯没能和他们同去深感遗憾，不然，他也可以得到一份和他们相等的红利，这次每人足足得了五十个毕阿士特呢。

唐太斯仍然不露声色，虽然他能想象到，只要离开这个小岛他就可以得到多大的好处，但他仍不露出一丝不屑的神情。毕竟少女阿梅丽号到基督山岛来是专为接他的，这种友好是值得深深感激的。他当晚就上了船，和船长一同继续向里窝那驶进。到了里窝那，他走进了一个做珠宝生意的犹太人的店里，拿出了四颗最小的钻石，每颗卖了五千法郎。一开始唐太斯还担心这样值钱的珠宝拿在像他这样穷苦的水手手里也许会引起别人怀疑，但那精明的买主对于这笔他至少可以赚到四千法郎的交易并没提出任何疑义。

第二天，唐太斯买了一艘全新的帆船送给了雅格布，另外还送了他一百毕阿士特，使他可以雇一批合适的船员和购办其他必要的配备，不过附带了一个条件，就是他必须马上到马赛去打听一个名叫爱德蒙·唐太斯，住在梅朗巷的老人，和一个住在迦泰罗尼亚村，名叫梅塞苔丝的年轻姑娘的消息。

这次可轮到雅格布以为自己在做梦了。唐太斯告诉他，他之所以当了一名水手，完全是出于他的怪癖，他和他的朋友们赌了一口气，因为他们不许他称心如意地花钱。这次到了里窝那，他得到了一大笔财产，是他的一位叔父遗赠给他的，他是他叔父唯一的继承人。唐太斯所表现出的优良教养使这番话听起来极其可信，所以雅格布丝毫也没怀疑它的真实性。唐太斯在少女阿梅丽号上的服务合同已到期了，他去和船长告别时，后者最初还竭力想挽留住他，但在听说了那遗产的事以后，也就不再强求了。第二天早晨，雅格布就扬帆向马赛驶去了，唐太斯和他约好在基督山岛相会。

目送雅格布出港远去以后，唐太斯又回到少女阿梅丽号上去和同伴们作最后的告别。他赠送了许多礼物给船员，船员们一致祝他好运，并对于他的一切都表示了热切的关怀。至于船长，他答应在他决定了未来的计划以后就写信告诉他。这一幕告别结束以后，唐太斯就去了热那亚。当他到达那儿的时候，一艘小游艇正在港湾里试航。这艘小游艇是一个英国人订制的，他听说热那亚人是地中海沿岸制造快航帆船的行业佼佼者，所以很希望能够证实一下。那英国人和热那亚船商讲定的价钱是四万法郎。唐太斯马上说他愿意出六万法郎买下它，条件是必须现在把船交给他。订做这艘游艇的那个英国人已到瑞士去旅行了，大约要过三四个星期以后才能回来，在这期间，船商估计可以另造一艘。

所以这笔交易很轻松地就谈成了。唐太斯把船商带到一个犹太人的家里，然后和犹太人到一间很狭小的后客厅里单独谈了几分钟，回来的时候，犹太人就数了六万法郎给造船商。

造船商建议可以给那艘小帆船配备一个优秀的水手班子，但被唐太斯婉言谢绝了。他说他习惯了一个人航行，他现在唯一的要求就是造船商能在他船舱的床头设计安装上一个密柜，而且柜里要有三个暗格。他把这些暗格的具体尺寸告诉造船商，第二天就做好了。

两个小时以后，唐太斯就在众多好奇者的目送下驶出了热那亚港口，那些人都感到非常好奇，想来看看这位喜欢亲自驾船的、有钱的西班牙贵族。唐太斯驾船技术一流，一切应付自如，他几乎不用离开舵，只需轻轻拨一下舵柄，就可使他的游艇按他的意愿行驶。它真像是一个可爱听话的小精灵，只要一点稍微的指示，就会马上执行。唐太斯把他这艘美丽的船略微试了一下，便信服了热那亚人不愧有世界上一流造船好手的美誉，真是名副其实。好奇的人们一直望着这艘小帆船，直到它完全消失在他们的视野之外，他们才转过身来，纷纷猜测它可能去的目的地，像开一场讨论会似的。有些人坚持说它是到科西嘉岛去的，有些人则坚持说是去厄尔巴岛。有些人更打赌说它一定是到西班牙去，另一些人则固执地认为它是到非洲去的。但有谁会想到它是到它基督山岛去的呢。

没错，唐太斯所去的地方正是基督山岛。他在第二天傍晚就到了那里。这都是新买的游艇的功劳，它的确是一艘一流的帆船，从热那亚到这儿的航行只花了三十五个小时。唐太斯仔细地观察了一下岸边的情况，他没在老地方靠岸，却在小湾里抛了锚。小岛上仍然空无一人，自从他上次离开以后，似乎再也没人来过。他的宝藏仍和他离开它的时候一模一样。第二天一早，他就开始搬运他的财富了，在夜幕落下以前，他那笔庞大的财富已全部安全地移到了他的密柜的暗格里。

一个星期过去了。唐太斯用这一段时间反复研究着他的游艇，像个老练的骑师研究他那将委以重任的骏马一样。终于他完全摸清了这艘游艇的优点和缺点，他知道怎样尽量发挥其优点、弥补其缺点了。

到第八天，他看见有一艘小帆船扯满了帆正向基督山岛驶来。当它驶近些的时候，他认出那正是他送给雅格布的那艘船。他即刻便向它发出了一个信号。他的信号马上得到了答复，两小时后那艘小帆船靠在了游艇旁边。唐太斯急切地提出问题，可得到的都是悲哀的答复。老唐太斯死了，梅塞苔丝失踪了。唐太斯神态很镇静地听完了这些伤心的消息，但当他上岸去的时候，他示意不愿有人去打扰他。两小时后，他又回来了。雅格布从船上调了两个水手到游艇上，协助驶船，于是他下令把船直向马赛驶去。他父亲的死多少是在他意料之中的，但梅塞苔丝到底如何了呢?

唐太斯因为不想泄露他的秘密，所以就无法给手下人以明确的指示。而且，他很想了解一些详情，而这样的话，他只有亲自去调查了。上次他在里窝那照镜子以后便很放心了，知道肯定不会有被人认出的危险，况且，他现在还可以随心所欲地打扮自己。于是，在一个晴朗的早晨，他的游艇，后面跟着那艘小帆船，勇敢地驶进了马赛港，不偏不倚地在那个值得纪念的地点前面抛了锚，那就是他终生难忘的那一夜，他被士兵挟上船，被押解到伊夫堡监狱去的那个码头。当看到一个宪兵驾着一艘检疫船驶来的时候，唐太斯仍然不由地打了一个寒战。但凭借他和法利亚神甫相处时所获得的那种自制力，他冷静地拿出了他在里窝那买来的英国护照——当时英国护照在法国比我们本国的护照更受尊重，所以凭借那个外国护照，唐太斯没遇到任何阻碍就上了岸。

当唐太斯走在卡尼般丽街上的时候，第一个引起他注意的是一个法老号上的船员。这个人曾在他手下干过，唐太斯一看见这个人就马上大声叫住了他，想借此对自己外表上所起的变化作一番精确的考验。他径直地向他走过去，提出了许多的问题，一边问一边小心地观察那人的面部表情，但无论从言谈上还是神色上，都看不出任何对方认识眼前同他谈话的这个人的迹象。唐太斯给了那水手一枚金币，以答谢他提供的情况，然后继续向前走去。但他还没走出几步远，那个人又跑上前追上了他。唐太斯诧异地转过身来。“对不起，先生，”那个老实的人跑得几乎上气不接下气地说道，“我想你是不是弄错了，你本来是想给我一个四十苏的角子，而你却误给了我一个双拿破仑[①]？”

“谢谢你，我的好朋友。看来我是有点儿弄错了，但你的这种诚实的精神是应该受到奖赏的，我再给你一个双拿破仑，请你拿去和你的同伴们一起为我的健康干一杯吧。”

那水手惊讶得目瞪口呆，甚至都忘了跟唐太斯说一声谢谢，只是睁大惊讶的眼睛凝视着他那逐渐远去的背影。最后，他深深地吸了一口气，再看一看他手中的金币，然后回到了码头上，自言自语地说：“这是印度来的一个大富翁。”

唐太斯继续向前走去。他每迈出一步，自己的心里就添上一个新的感触。在他的记忆中，最初和最不可磨灭的，就是这个地方。他所经过的每一棵树、每一条街，都在召唤他对那亲切而珍爱的往事的回忆。当他走到诺黎史路的尽头，望见梅朗巷的时候，他竟然感到双膝在发抖，差一点儿跌倒在一辆马车的车轮下。最后，他终于走到了他父亲从前住过的那座房子前面。

那可怜的老人所喜欢的牵牛花和其他花木，以前总是盘绕在他的窗前，现在一看那座房子的上面，什么都不见了。唐太斯靠在一棵树上，对那座简陋的小房子凝视了许久，然后他才走到门口，问这座屋子是不是还有空余房间出租。尽管得到了否定的答复，但他还是热切地恳求允许他去看一下六楼的那些房间。看门人答应了，于是就上去问那两个房间的房客，是否允许一个陌生人来看一下房子。房客是一对刚在一星期以前结婚的青年夫妇，唐太斯看着他们，深深地叹了一口气。

这层楼只有这两个小间，房间里已找不到一点儿老唐太斯留下的痕迹了，甚至连墙纸都与以前不同了。旧时的家具，在他的童年时代是那

---

① 拿破仑时代的一种金币，价值四十法郎。

样的熟悉，一桌一椅都深深地刻在他的记忆里，现在却都不见了，只剩下四面的墙壁依然如故。眼前这对夫妇的床，仍然放在老唐太斯放床的老地方。唐太斯虽极力压抑着自己的情感，但当他一想到那个老人曾躺在这个位置徒然地呼唤着他儿子的名字而断气时，他的眼睛里便不由自主地涌满了泪水。那对青年夫妇看到这位面色严肃的人泪流满面，觉得很是惊奇，但他们感到他的悲伤里有一种庄严的意味，就克制住了自己，不上前去问他。他们决定让他独自发泄他的悲哀。当他退出去的时候，他们一齐送他下楼，并向他表示，只要他愿意，他随时都可以再来，再三向他保证，他们这小屋是永远欢迎他的。当唐太斯经过五楼的时候，他在一个房间门口停了下来，询问裁缝卡德鲁斯是不是还住在那儿，得到的答复是，那个人境况很困难，目前在比里加答到布揆耳的路上开了一家小客栈。

唐太斯问清了梅朗巷这座房子房东的地址，就到了那里，以威玛勋爵的名义（这是他护照上的姓名和头衔）买下了那座小房子，出价是二万五千法郎，至少比它本身的价值超出了一万法郎。但就算房东要高出十倍的价格才肯卖给他，那笔钱他也会马上拿到的。那所房子现在就是唐太斯的产业了，就在当天，六楼的房客得到一份办理转移房契手续的律师的通知，说是新房东让他们随意在这座房子里选择一套房间来住，一点儿也不加房租，唯一的条件是他们得让出现在所住的那两个小房间。

这件怪事成了梅朗巷附近所有好奇的人们的谈话资料，人们做了各种各样的猜测，但没有一种是猜对的。而紧接着又发生了一件更为惊奇的事，并使一切推测都落了空，那就是这位曾在早晨去访问过梅朗巷的怪客，傍晚时竟有人看到他在迦泰罗尼亚人住的小村庄里散步，后来还走进了一个穷苦的渔夫的茅舍里，在那里消磨了一个多钟头，他所打听的人，不是已经去世了，就是在十五六年前就离开了。第二天，被走访过的那户人家收到了一份丰厚的礼物，包括一艘全新的渔船和各种大大小小的优质渔网。收到这份厚礼的人家自然很欢喜，很高兴地向这位慷慨的贵客表示他们的谢意，但他们看到他离开茅屋以后，只对一个水手吩咐了几句话，便轻轻地跃上马背，顺着埃克斯港离开了马赛。

第二十六章　杜加桥客栈

若是曾经徒步游览过法国南部的旅客，兴许会遇见这样一家小客栈，它位于布揆尔镇与比里加答村之间，门口还挂着一块铁皮，在风中摇摇摆摆，当当作响，若是仔细看，还能看到铁皮上隐约写着三个字：杜加桥。从罗纳河方向望过去，小客栈背靠着河，位于道路的左边，而和小客栈相连的，名曰“花园的一小块地”，在朗格多克一带知之甚众。那些被请进杜加桥客栈大门，享受着客栈主人殷勤服务的旅客们可以从大门处看见花园的全景。北纬三十度灼热的日光正猛烈暴晒着这片土地上的植物，花园里，几株蔫耷耷的橄榄树和一些发育不全的无花果树无精打采地立着，枯萎渐渐败落的叶子上铺满了灰尘。在这些病歪歪的家伙之间，还生长着一些大葱、大蒜和番茄，它们的旁边是一棵高大的松树，形单影只，如同被众人遗忘的存在，它那忧郁的脑袋，无力地伸展着，枝丫虬曲，枝头尽是扇形的枯叶，躯干也被催人老的西北风吹得龟裂而干枯了。

周围是一片平地，说是平地，其实是一片污浊的泥沼，上面零散地长着一些残败的麦茎。这无疑是当地农艺家的好奇心造成的，他们想看看在这湿热的地区到底能不能种植五谷。但这些麦茎却造福了无数的蝉娘，它们随着那些好奇的拓荒者一同来到这片荒地上，经过百折不挠的奋斗以后，在这些发育不健全的园艺标本间定居下来，并用它们那单调刺耳的叫声宣示着它们那昂扬的生命力。

八年来，这家小客栈一直由一对夫妇经营着，本来还有两个用人：一个叫德蕾妮蒂，另一个叫巴卡，负责管理马厩——这项工作现在已是有名无实了，因为在布揆耳和阿琪摩地之间，近来开通了一条运河，运河船马上代替了运货马车，而马拉驳船也代替了驿车。运河离这家落魄客栈不到一百步。关于这家客栈，我们前面已很简略但很忠实地描写过了，这位可怜的客栈老板原来就已天天愁眉不展，因为快要彻底破产了，现在又加上这条繁荣的运河的打击，无疑更增加了他的愁苦。

客栈老板是一个四十多岁的人，身材高大强壮，骨骼粗大，典型的法国南部人。两眼深陷而炯炯有神，鹰钩鼻，牙齿雪白，就像一只食肉兽。尽管他已上了年纪，但他的头发却似乎不愿向年龄屈服而变白，而像他那胡须一样，茂密而卷曲，只是略微混入了几根银丝而已。他的肤色天生就是黝黑的，加之这个可怜人又有一个习惯，喜欢从早到晚地站在门口，眼巴巴地盼望着有一个骑马或徒步来的旅客，使他得以展现又一次看见客人进门时的喜悦，所以在这黑色之外，又加了一层棕褐色。而他的期待往往是以失望结束的，但他仍不死心的日复一日地在那儿站着，因为要曝晒在火一般的阳光之下，所以头上缠了块红手帕，这样倒像一个西班牙赶骡子的人了。这个人就是我们先前提到过的卡德鲁斯。他的妻子名叫玛德兰·莱德儿，她却正巧和他相反，脸色苍白而消瘦，并且面带病容。她出生在阿尔附近，那个素以出美女而闻名的地方，她虽也具有当地妇女那传统的美色，但那种美丽，在阿琪摩地河与凯马琪沼泽地带附近十分流行的那种慢性寒热症的摧残之下，已逐渐减色了。她几乎总是待在二楼她的房间里，不是哆嗦着坐在椅子里，就是有气无力地躺在床上，而她的丈夫则整天在门口守望着。他倒十分愿意干这差事，因为这样，他就可以躲开他老婆那没完没了的抱怨和诅咒。因为她一看见他，就必定会喋喋不休地痛骂命运，诅咒她现在这种不该受的苦境。对这些，她的丈夫总是用不变的富于哲理似的话平心静气地说："别啰唆了，卡尔贡特娘儿们！这些事都是上帝的安排。"

卡尔贡特娘儿们这个绰号的由来，是因为她出生的村庄位于萨隆和兰比克之间，那个村庄就叫这个名字。而据卡德鲁斯所住的法国那一带地方的习俗，人们常常喜欢给每一个人取一个独特而鲜明的称呼，她的丈夫之所以称她卡尔贡特娘儿们，可能是觉得玛德兰这三个字太温柔、太优雅了，他那粗笨的舌头说不惯也叫不出来。他尽管看起来一副安于天命的样子，但请读者千万别误以为这位不幸的客栈老板不清楚正是那可恶的布揆耳运河给他带来了这些痛苦，或以为他永远不会为他妻子喋喋不休的抱怨所打动，不会因为眼看那条可恨的运河带走了他所有的顾客和钱，而造成他那脾气乖戾的老婆整天唠叨，抱怨不止，使自己陷入双重痛苦而恼怒不已。像其他所有的南部人一样，他也是一个老成持重、欲望不高的人，但却爱好浮夸和虚荣，极喜欢出风头。在他境况顺遂的那些日子里，每逢节日或举行典礼的时候，在凑热闹的人群之中，总缺不了他和他的妻子。他穿起法国南部人每逢这种大场面时所穿的那种漂亮的衣服，就像迦泰罗尼亚人和安达露西亚人所穿的那种衣服一样；他的老婆则穿上那种在阿尔妇女中流行的漂亮时装四处炫耀，那是一种模仿希腊和阿拉伯式的服饰。但慢慢地，什么表链呀，项圈呀，花色领巾呀，绣花乳褡呀，丝绒背心呀，做工精美的袜子呀，条纹扎脚套呀，以及鞋子上的银搭扣呀，都不见了。于是，葛司柏·卡德鲁斯既然不能再穿着以前的华丽服装外出露面炫耀了，就和他的妻子消失在这些浮华虚荣的场合中了。但每听到那些兴高采烈的欢呼声以及愉快喧嚣的音乐声传到这个简陋的客栈的时候，传到这个他现在还依靠着的只能算是一个庇身之所、根本谈不上赚钱的小地方的时候，他的心里也未尝不感到嫉妒和痛苦，简直是太压抑了。

这一天，卡德鲁斯如往常一样站在门前，时而无精打采地望望一片光秃秃的草地，时而精神恍惚地望望道路。草地上有几只鸡正在那儿啄着一些谷物或昆虫。从南到北的道路上，依旧空无一人。他在心里正盼望能有个客人来，这时，他突然听到了他妻子的尖声叫喊：让他赶快到她那儿去。他嘴里嘟哝着，很不高兴妻子打断了他的幻想，但还是不得不抬脚向她楼上的房间走去。但上楼以前，他已把前门大开，像是在提醒旅客在经过的时候不要忘记它似的。

当卡德鲁斯离开门口的时候，那条他极目远望的道路，像中午烈阳曝晒下的沙漠一样空旷和孤寂。它直挺挺地躺在那儿，像是一条由无尽头的灰和沙所组成的线，两旁排列着高大的枝叶稀疏的树，看起来实在是毫无动人之处，完全可以理解任何一名旅游者只要可以自由选择，是决不会选择在这烈日当空的时候，让自己到这个可怕的撒哈拉沙漠里来受罪的。可是，如果卡德鲁斯在他的门前多逗留几分钟的话，他就会看到一个模糊的轮廓从比里加答那个方向过来。当那个移动的目标走近的时候，他就会很容易地发现，那是一个人骑在一匹马上，人与马之间，看来似乎有着很融洽的关系。那匹马是匈牙利种，正踏着那种马所独有的安闲的快步跑来。骑马的人是一位教士，穿着一身黑衣服，戴着一顶三角帽，尽管中午的阳光很灼热，但是那一对人和马却以相当快的步子跑来。

来到杜加桥客栈面前，那匹马停了下来，但到底是它自己要停的还是骑马的人要停的却很难说。但无论是谁要停下来的，总之，那位教士从马上跳了下来，牵着马辔头，想找个地方把它系上。他利用从一扇半倒的门上凸出来的门闩，把马安全地系了起来，接着爱抚地拍了拍它，然后从口袋里抽出了一条红色的棉纱手帕，擦了一下额头上流下来的汗。他走到门前，用铁头手杖的一端敲了三下。一听到这不同寻常的声音，一只大黑狗立刻窜了出来，对着这个胆敢侵犯它一向宁静的寓所的人狂吠，并带着一种固执的敌意似的神情露出了它那尖利雪白的牙齿。这时，那座通到楼上去的木头楼梯上马上发出一阵沉重的脚步声，小客栈的店主连连鞠躬，带着客气的微笑，出现在门口。

“来了！”惊奇的卡德鲁斯说，“来了！别叫，马克丁！别怕，先生，它光会叫，但从不咬人的。我想，在这大热天的，给您来一杯好酒怎么样？”说话间，卡德鲁斯这才看清了他所接待的这位旅客的相貌身份，他赶紧说，“请多多原谅，先生！我刚才没看清我有幸接待的人是谁。您想要点儿什么，教士先生？我全听您的吩咐。”

教士用探询的目光深深地注视了一会儿眼前这个人，他似乎想把客栈老板的注意力吸引过去。但除了看到对方脸上露出的极端惊讶的神色外，并无其他表情，于是他便主动结束了这一幕哑剧，带着一种浓重的意大利口音问道：“我想，您是卡德鲁斯先生吧？”

“先生说得很对。”店主热情地回答说，但是这个问题比刚才的沉默更使他惊奇不已，他不记得他认识教士这号人物啊。“我就是葛司柏·卡德鲁斯，愿意为您效劳。”他仍是周到地说道。

“葛司柏·卡德鲁斯！”教士应声答道，“这就没错了，和我要找的那个人的姓名对上了。请问您以前是住在梅朗巷一所小房子的五楼吧？”

“是的。”

“您过去在那儿是个裁缝吧?”

“是的，我以前是个裁缝，后来干那一行越来越不行了，甚至难以糊口了。而且，马赛的天气又那么热，我实在受不了啦，在我看来，凡是聪明的居民都应该以我为榜样离开那个地方。说到热，您要我去拿点什么给您解渴吗?”

“好吧，把您最好的酒拿来吧，然后我们再继续谈下去。”

“悉听尊便，教士先生。”卡德鲁斯说道，他手头还留有几瓶卡奥尔葡萄酒，现在既然有了个主顾，当然很不希望错过这个机会。只见他急忙打开地下室的门，这扇门就在他们这个房间的地板上，这个房间，其实是这家客栈的客厅兼厨房。去地下室一趟来回花了五分钟，当他出来的时候，发现教士正坐在一张破长凳上，手肘撑着桌子，而那条狗马克丁对教士的敌意已消失了，一反常态地坐在那里，一副乖巧的样子伸着那有皮无毛的长脖子，用它那迟钝的目光热切地盯着这位奇怪的旅客的脸。

“就您一个人吗?”来客问道。这时，卡德鲁斯把一酒瓶和一只玻璃杯放到了他面前。

“一个人，就一个人。”店主回答道，“或者说，跟只有一个人差不多吧，教士先生。因为我那体弱的老婆一直卧病在床，一点儿都帮不上我的忙，可怜的人儿!”

“那么，您结婚了!”教士很感兴趣地说道，边说边环视着室内简陋的家具和摆设。“唉!教士先生!”卡德鲁斯叹了一口气说，“您已经看到了，我不是个有钱人，而要在这个世界上求生存，光做一个好人是远远不够的。”

听到这话教士用一种具有穿透力的目光盯着他。

“是的，好人，我以此为豪。”客栈老板继续说道，完全经受住了教士的那种考究的目光。“可是，”他又意味深长地点点头，继续说道，“现在可不是人人都能这样说的了。”

“如果您所说的话是实情，那就好了，”教士说道，“因为我有充分的理由相信，善有善报，恶有恶报，总会有这么一天的。”

“您干这一行当然可以这么说，教士先生。”卡德鲁斯说道，“您这么说自然也没什么不妥，但是，”他面带痛苦地又说道，“信不信可是人家的自由和权利。”

“您这样说可就没道理了，”教士说道，“或许我本身就可以为你证明这一点。”

“您这话是什么意思？”卡德鲁斯带着惊讶的神色问道。

“首先，我必须得确定证明您就是我所要找的那个人。”

“您要什么证据？”

“在一八一四或一八一五年的时候，您认不认识一个姓唐太斯的青年水手？”

“唐太斯？我认不认识他？认不认识那个可怜的爱德蒙？我当然认识，我想没错，他是我最好的一个朋友。”卡德鲁斯大声说道，他的脸马上涨红了，而那问话者明亮镇定和带有一丝怀疑的眼光似乎更加深了这种色彩。

“您倒是提醒了我，”教士说道，“我向您问起的那个年轻人，好像是叫爱德蒙是不是？”

“不是好像是叫！”卡德鲁斯重复了一遍这几个字，越来越紧张和兴奋了。“他就是叫那个名字，正如我就是叫葛司柏·卡德鲁斯一样。但是，教士先生，请您告诉我，我求求您，那可怜的爱德蒙他怎么样啦？您认识他吗？他还活着吗？他自由了吗？他的境况好不好，幸福吗？”

“他在牢里死了，死时比那些在土伦监狱里做苦工的重犯更悲惨、更绝望、更心碎。”

卡德鲁斯脸上的深红色现在变成了死灰色。他转过身去，教士看见他用那块缠在头上的红手帕的一角抹掉了一滴眼泪。

“可怜的人！”卡德鲁斯喃喃地说道，“哦，教士先生，刚才我对您说的话，现在又得到了一个证明，那就是，善良的上帝是只会给恶人以善报的。唉，”卡德鲁斯用满带法国南部色彩的语言继续愤慨地说道，“世道真是愈变愈坏。上帝要是真的憎恨恶人，为什么不降下硫黄雷火，把他们烧个精光呢？”

“这么说来，你好像是很爱这个年轻的唐太斯似的。”教士说。

“我的确是这样，”卡德鲁斯答道，“虽然有一次，我承认，我曾嫉妒过他的好运。但我向您发誓，教士先生，从那以后，我是真心地为他的不幸遭遇而感到难过。”卡德鲁斯又抹了一下额头上聚结起来的大滴汗珠。

“但极其奇怪的是，”教士继续说道，“甚至在他临终的时候，在他已吻到基督的脚的时候，唐太斯仍以基督的名义发誓，说他并不知道自己入狱的真实原因。”

“这是真的，这是真的！他说的是实话！”卡德鲁斯喃喃地说道，“他是不会知道的。唉，教士先生，那个可怜的人告诉您的是真话。”

“他求我设法解开这个他自己始终无法解开的谜，并求我替他的过去恢复名誉，如果他过去真的是被诬陷的话。”说到这里，教士的目光愈来愈坚定了，他认真地研究着卡德鲁斯脸上那种近乎忧郁的表情，不放过一丝一毫的情绪转变。

“唐太斯有一位患难之交，”教士继续说道，“是一个英国富翁，在第二次王朝复辟的时候，就从狱中被放了出来。这位英国富翁有一颗很值钱的钻石，在出狱的时候，他把这颗钻石送给了唐太斯，作为一种感谢的纪念，并以此报答他兄弟般的照顾，因为有一次他生了重病，唐太斯曾尽心尽力地看护过他。但是唐太斯并没有用这颗钻石去贿赂狱卒，因为，要是他这样做了，狱卒很可能会拿了钻石以后又到监狱长面前去出卖他，于是他把它小心地藏了起来，以备他一旦出狱时，还可以靠它过活，因为他只需要卖掉那颗钻石就可以发财，生活就无忧了。”

“这么说，我想，”卡德鲁斯带着热切的神色问道，“那是一颗很值钱的钻石啦？”

“一切都是相对而言的，”教士答道，“对于唐太斯来说，那颗钻石当然是很值钱的。据估计，它大约值五万法郎。”

“天哪！”卡德鲁斯惊讶地喊道，“多大的一笔数目啊！五万法郎！那它一定大得像一颗胡桃！”

“不，”教士答道，“并没有那么大。不过您倒是可以自己来判断的，我把它带来了，给您瞧瞧。”

卡德鲁斯尖利的目光马上射向教士的衣服，像是要透过衣服发现那宝物似的。教士不慌不忙地从他的口袋里摸出了一只黑鲛皮小盒子，打开盒子，在卡德鲁斯那惊喜的两眼面前立刻露出一颗精工镶嵌在一只戒指上的光彩夺目的宝石。“这颗钻石，”卡德鲁斯喊道，他热切地紧盯着它，几乎喘不过气来了，“您说它值五万法郎，是吗？”

“是的，这还不算托子，那也是很值钱的。”教士一边回答，一边把盒子盖上，放回到他口袋里去了，但那颗钻石耀眼灿烂的光芒似乎仍旧还在望得出神的卡德鲁斯的眼前跳跃着，他半天回不过神来。

“这颗钻石怎么会到您手里的呢，教士先生？难道唐太斯让您做他的继承人了吗？”

“不，我只是他遗嘱执行人而已，这颗钻石并不属于我。在他临终的时候，那不幸的年轻人曾对我说：‘除了和我订婚的那位姑娘以外，我以前还有三个好朋友。我相信，对于我的死，他们都会真心哀痛的。我所指的三位朋友，其中有一个叫卡德鲁斯。’”

客栈老板听到这话，禁不住打了一个寒战。

“‘另外一个，’”教士假装没有注意到卡德鲁斯的情绪变化，继续说道，“‘叫腾格拉尔；而那第三个，即使是我的情敌，却也是非常真诚地爱我的。’”卡德鲁斯的脸上现出了一个阴沉的微笑，他想插话进来，但教士摆了摆手，说，“先让我把话说完了，然后要是您有什么意见的话，到时再说好了。‘我的第三个朋友，即使是我的情敌，却也是非常真诚地爱我的，他的名字叫作弗尔南多，我的未婚妻是叫——’等一等，等一等，”教士摸了摸头继续说道，“我忘记他叫她什么名字了。”

“梅塞苔丝。”卡德鲁斯急切地说道。

“不错，”教士轻轻叹了口气，继续说道，“就是梅塞苔丝。”

“唐太斯的未婚妻叫梅塞苔丝。”

“你说得对。‘你到马赛去，’——唐太斯接着这样说，你懂了吗？”

“完全懂得。”

“‘把这颗钻石卖了，然后把钱平分成五份，世界上仅有这几个人爱我，请你每人送他们一份。’”

“为什么要分成五份呢？”卡德鲁斯不解地问，“您刚才只提到了；四个人呀。”

“因为我在路上听说那第五个人已经死了。第五个分享者是他的父亲。”

“唉，是啊！”卡德鲁斯失声说道，各种情感不断在他的内心里交战着，几乎使他窒息，“可怜的老人是死了。而且是饿死的。”

“饿死的!”教士从座位上一跃而起，大声叫道，“什么，最卑贱的畜生也不应该饿死。就算那些在街上四处游荡、无家可归的狗也会遇到一只怜悯的手投给它们一口面包的。一个人，一个基督徒，竟会让他活活饿死，而他周围又都是些自称为基督徒的人！不可能，噢，这简直太不可能了!”

“我所说的可都是大实话。”卡德鲁斯答道。

“你错啦，”楼梯口有一个陌生的声音说道，“你干吗要管与你无关的事呢?”

两个人闻声转过头去看到了一脸病容的卡尔贡特娘儿们正斜靠在楼梯的栏杆上。她被谈话的声音所吸引，所以有气无力地把她自己拖下了楼梯，并一直坐在最下面的楼梯上，把刚才的谈话都听去了。

“关你什么事，卡尔贡特娘儿们?”卡德鲁斯答道，“这位教士先生向我打听消息，就一般礼貌而言，我是不该拒绝的。”

“不错，但要是够谨慎的话你就该拒绝。你知道那个人叫你讲这些话有什么用意呢，傻瓜?”

“我向您保证，夫人，”教士诚恳地说道，“我绝无任何想伤害您或您丈夫的用意。您的丈夫只要能如实回答我，他是什么都不必害怕的。”

“什么都不用怕，是的！你们一开始总是许愿得挺漂亮，接着又说‘什么都不怕’，然后，你就走了，把你所说的话都抛在脑后了，可等那倒霉的日子来了，祸事就落到了我们这些可怜虫的头上，我们甚至都不知道这祸事是从哪儿来的呢。”

“好心的夫人，您尽可以放心，祸事决不会因我的缘故而降临到你们身上的，我向您保证。”

卡尔贡特娘们又嘟哝了几句别人听不清的话，然后她又把头垂了下去，由于发烧而在不住地发抖，那两个谈话的人重新拾起话头。意识到她刚坐在那儿，听着他们所说的每一个字。教士不得不又喝下了一口水，以镇定平静他起伏的情绪。当他已充分恢复常态的时候，他说道：“那么，您所说的那个可怜的老人如果是那样死去的，一定是被周围的人所抛弃的了?”

“他倒并没有完全被人抛弃。”卡德鲁斯答道，“那个迦泰罗尼亚人梅塞苔丝和莫雷尔先生待他都特别好，但那可怜的老人不知道为什么特别厌恶弗尔南多那个人，”卡德鲁斯带着一个苦笑又说道，“就是您刚才称为唐太斯的忠实而亲爱的朋友之一的那个家伙。”

“难道他不是唐太斯说的这样的吗?”教士问道。

“葛司柏！葛司柏！”坐在楼梯上的妇人低声埋怨地说，“你想说什么心里可有点儿数！”

卡德鲁斯显然很不高兴被人打断讲话，所以他对那女人采取了不予理睬的态度，只是对教士说：“一个人想把别人的妻子夺为己有，还能称为对他朋友忠实吗？唐太斯，他有一颗金子般的心，只要人家自称和他要好，他就会相信。可怜的唐太斯！但幸亏他始终不曾发觉，否则，在临终的时候要宽恕他们，可太难了。而不管别人怎么说，”卡德鲁斯用他那种充满庸俗的诗意的乡音继续说道，“我却总觉得死人的诅咒比活人的仇恨更可怕些。”

“唉，可是讲出来又有什么用呢?”卡德鲁斯问，“要是那个可怜的孩子还活着，亲自来找我，我会坦白地告诉他的，谁是他真正的朋友，谁是他的敌人，那时也许我倒是会毫不犹豫的。但您告诉我，他已经死了，既然他已不能怀恨或复仇了，所以还是让这一切善与恶都同他一起埋葬了吧。”

“那么您愿意，”教士说道，“我把那本来预备用来报答忠实的友谊的东西，分给您所说的那些虚伪和可耻的人吗?”

“这倒也是。”卡德鲁斯答道，“您说得对，而且可怜的唐太斯的遗产，现在对于他们来说还算得了什么呢？不过是沧海一粟罢了。”

“好，我的好朋友，”教士回答说，语气间显示出这件事和他毫无关系，“讲与不讲是您的自由，悉听尊便。我尊重您处事的谨慎态度，这件事就这样算了吧。我只能凭良心尽我的责任了，去履行我对一个临终的人所许下的诺言。首先要做的就是处理这颗钻石。”说着，教士又从他的口袋里摸出了那只小盒子，打开盒子，让钻石灿烂夺目的光芒直射到卡德鲁斯眼前，使他看得头晕目眩。

“老婆，老婆！”他叫道，他的声音几乎被紧张的情绪弄得嘶哑了，

“来这里瞧瞧这颗值钱的钻石呀!”

“钻石!”卡康脱人一边喊道，一边站了起来，用一种十分坚定的步伐来到了房间里，“你在说什么钻石?”

“咦，难道你没有听见我们说的话吗?”卡德鲁斯问，“就是可怜的爱德蒙·唐太斯遗留下来的钻石，要卖了它，然后将钱分给他的父亲、他的未婚妻梅塞苔丝、弗尔南、腾格拉尔和我。这颗钻石至少价值五万法郎呢。”

“噢，多漂亮的一颗钻石啊!”那女人惊喊道。

“那么，这颗钻石所卖得的钱，其中的五分之一是属于我们的了，是不是?”卡德鲁斯一边问，一边仍用他的眼睛贪婪地注视着那闪闪发光的钻石。

“是的。”教士答道，“另外还有本来预备给老唐太斯先生的那一份，我想，现在我可以自由做主，平均分配给还活着的四人。”

“为什么要分给我们四个人呢?”卡德鲁斯问。

“因为你们是爱德蒙的好朋友啊，这是他的遗嘱。”

“那些出卖你，使你倾家荡产的人，如果是我，我才不会把他们叫作朋友呢。”那女人自言自语地低声说道。

“当然不，”卡德鲁斯立刻接上来说，“我也不会。我刚才对教士先生所说的就是这一点，我说，我认为对背信弃义，甚至对罪恶反而加以酬报奖赏，是一种亵渎神灵的行为。”

“要记住，”教士一边回答，一边把钻石连盒子一起都放进了他的衣服口袋里，“我这样去做可是您的错，不关我的事，我只是在执行唐太斯的遗嘱而已。请您告诉我唐太斯那几位朋友的地址，以便我能顺利地执行他临终时的嘱托。”

卡德鲁斯听到教士这么说真是紧张到了极点，大滴的汗珠从他的额头上滚了下来。当他看到教士站起身来，走向门口，像是去看看他的马到底有没有恢复体力使他能够继续上路的时候，卡德鲁斯和他的老婆互相交换了一个意味深长的眼色。

“我们可以完全拥有这颗漂亮的钻石。”卡德鲁斯说。

“你相信吗?”

“像他这样做神圣职业的人肯定会信守诺言的!”

“好吧,”卡康脱人回答道,“你想怎样就怎样吧。至于我,我可不管这件事了。”说着,她重新爬上那座通往她房间的楼梯,全身痛苦地打着寒战,牙齿也在咯咯地相互打着战——尽管天气十分热,走到楼梯顶上之后,她转过头用一种警告的口气对她的丈夫大声说道:“葛司柏,你得想清楚了再做呀!”

“我已经决定好了。”卡德鲁斯回答。

卡康脱人于是迈进她的房间,当她脚步踉跄地走向她的圈椅时,她房间的地板咯吱咯吱地叫了起来,她仿佛没有了力气一般倒在了圈椅里。

“您做了什么决定?”神甫问。

“我决定把我所知道的一切都告诉您。”卡德鲁斯着急地回答。

“我认为您这样做是很明智的。”教士说,“倒不是因为我想知道您想对我隐瞒的事,我可丝毫没有这种意思,也没有这种兴趣,只是因为要是您能帮助我遵照遗言人的愿望来分配遗产,嗯,那该多好。”

“我也希望如此。”卡德鲁斯回答,他的脸上交织着希望和贪欲的红光。

“现在,那么,请您开始说吧,”教士说,“我在等着呢。”

“等一下,”卡德鲁斯答道,“说不定当我说到最重要的那部分的时候会有人来打扰我们,那就太可惜了。而且您这次光临,应该只有我们自己人知道才好。”他一边说着,一边轻手轻脚地走到门口,把门关了,为了更加小心起见,还把门闩闩上了,像他平时每天晚上所做的一样。这时,教士选了一个可以舒舒服服地听故事的位置并把他的座位搬到了房间的一个角落里,在那儿,他自己处在阴影里,而光线却可全部照射到讲话人的身上,这样不仅可以掩饰自己,还可以通过观察卡德鲁斯的表情来分辨事实的真伪。于是,他低下头,握着手,或更确切地说,是把双手紧绞在一起,以备聚精会神地听卡德鲁斯讲述。卡德鲁斯则坐在他对面的一张小矮凳上。

“要知道,我可并没有逼你这样做呀。”卡尔贡特娘们用颤巍巍的声音说道,她像是能穿透她房间的地板一样,看到楼下所进行的事似的。

“够啦,够啦!”卡德鲁斯答道,“这件事你就不必多嘴了。一切后果由我来负责好了。”于是他开始讲起了他的故事。

第二十七章 回忆往事

“第一，”卡德鲁斯说，“先生，有件事我得恳请您能答应我。”

“什么事?”教士惊奇地问道。

“我接下来会跟您说说具体的情况，可是倘若有那么一天，您需要利用他们的时候，千万不能跟任何人说，这件事是我跟您说的。因为我将要说的事情里涉及的人，如今都是有头有脸的大人物了，假如他们对我动动手指头，我一定就没命了。”

“完全不必担心，我的朋友，”教士答道，“我是一名教士，只会把大家的忏悔永远埋藏在我的心中。你应该知道，在合理地完成朋友们的遗愿之外，我们没有任何目的。因此，说出来吧，没有什么好保留的，也没有必要遮遮掩掩，把所有的真相都说出来吧。我不知道是否会遇到你所说的那些人，或许我一辈子都没有机会遇到你说到的那些大人物。并且，我并非法国人，而是一个意大利人，我是属于上帝的，而不属于任何一个凡人，如果不是为了实现一个人的临终愿望，我早就回到我的修道院里隐修了。”

这最后的保证似乎使卡德鲁斯放心了一些。“好吧，既然这样，”他说，“我就老实对您说吧。我不得不坦白地告诉您，那可怜的唐太斯所深信不疑的友谊到底是怎么一回事。”

“唐太斯被捕以后，莫雷尔先生就赶紧去打听消息，结果消息糟透了。老唐太斯独自回到家里，含着眼泪叠起他那套参加婚礼的衣服，整天地在他的房间里踱来踱去，晚上也不睡觉。我就住在他的下面，所以听得到他整夜地走来走去。我也睡不着，因为那位可怜的老父亲的悲哀使我十分不安，他的脚步声每一声都传到了我的心里，就像是他的脚踏的不是地板而是踏在了我的心上一样。第二天，梅塞苔丝禁不住担心和着急，于是到马赛去恳求维尔福先生给予保护，结果是一无所获。于是她又来看望老唐太斯。当她看到他那么伤心，那么心碎，而且知道了他从头一天起就没合过眼吃过东西的时候，她就想请他和她一起回去，以便可以好好照顾他，但老人死活不同意。'不，'他这样回答，'我决不离开这间屋子，我那可怜的孩子爱我胜过世界上的一切。要是他一旦出狱，他肯定会首先来看我，如果我不在这儿等他，他会怎么想呢?'这些话我都是透过窗子听来的，因为当时我也很希望梅塞苔丝能劝动老人跟她走，他在我头上老是走来走去的，日夜都不让我有一刻的安宁。他一天天地独自生活着，也愈来愈孤独。莫雷尔先生和梅塞苔丝经常来看他，但他的门总是关着的，尽管我确信他的确在家，但他就是不开门。有一天，他一反常态，竟让梅塞苔丝进去了，那可怜的姑娘顾不上她自己的悲伤，竭力劝慰他。他对她说：'相信我的话吧，我亲爱的女儿，他已经死了，现在不是我们在等他，而是他在等我们。我现在很快乐，因为我年纪最老，当然可以最先见到他。'再善良的人，也不会愿意老去看那些让人见了就伤心的人。所以老唐太斯最后只剩孤零零的一个人了。不过我常常看到有陌生人到他那儿去，下来的时候，总是遮遮掩掩地挟着一包东西。我大概能猜到这些包里是什么。他是在一点点地卖掉他所有的东西，以便弄些钱来买吃的东西。最后那可怜的老人终于山穷水尽了。他已欠下了三个季度的房租，房东威胁要赶他出去。他便恳求再宽限一个星期，房东无奈便同意了。我知道这件事，是因为房东离开他的房间以后就到我的房间里来了。最初的三天，我听到他还是照常地来回踱步，到了第四天，我就再也听不到他的声音了。于是我决心不顾一切地到他那儿去看看他怎么了。门仍然是紧闭着的，我从钥匙孔里望进去，看到他脸色苍白憔悴，似乎已病得很重了。我就去告诉了莫雷尔先生，然后又跑到了梅塞苔丝那儿通知她。他们两个人马上就来了，莫雷尔先生还带来了一个医生，医生说是肠胃炎，要他适当地禁食。当时我也在场，我永远忘不了老人在听到'禁食'这两字的时候脸上露出的那个诡异的微笑。从那时起，他就把门打开了。他这时已有借口可以不再多吃东西，因为是医生嘱咐要他这么做的。”教士发出了一声近乎痛苦的呻吟。

“这个故事您很感兴趣，是吗，先生？”卡德鲁斯问道。

“是的，”教士答道，“十分动人。”

“梅塞苔丝又来了一次，这次她发觉他已大大地变样了，因此就比以前更急切地希望能把他带到她自己住的地方去。莫雷尔先生也有这个想法，他很想不顾老人的反对，硬送他去，但老人就是不肯，并且号啕大哭起来，于是他们便不敢再坚持了。梅塞苔丝就留在他的床边照顾他，莫雷尔先生只好走了，走的时候，向她示意他已把钱袋留在了壁炉架上。但老人借口遵从医生的吩咐，不肯吃任何东西。终于，绝望和绝食了九天以后，老人死了，临死的时候他诅咒着那些使他陷于这种悲惨境地的人，并对梅塞苔丝说：‘要是你能再看到我亲爱的爱德蒙，告诉他我临死还在为他祝福。’”

听到这里，教士离开椅子，站起来在房间里转了两圈，用颤抖的手紧压着他那干焦的喉咙。

“您相信他是死于——”

“饥饿，先生，是饿死的，”卡德鲁斯毫不迟疑地说，“这一点我敢肯定，就像肯定我们两个人都是基督徒一样。”

教士用一只发抖的手拿起了他身边一只半满的水杯，一口喝了下去，然后又回到了他的座位上，眼睛发红，脸色苍白。“这事实在太悲惨了。”他用一种近乎嘶哑的声音说道。

“更悲惨的是，教士先生，这是人为而并非天意。”

“把那些人告诉我。”教士说道，“要知道，”他用一种近乎威胁的口气继续说，“您曾答应过把一切事情都告诉我的。那么现在马上告诉我，用绝望杀死了儿子、用饥饿杀死了父亲的这些人到底是谁？”

“嫉妒他的两个人，教士先生，一个是为了爱，另外一个是由于野心，就是弗尔南多和腾格拉尔两个。”

“告诉我，这种嫉妒心是怎样表现出来的？”

“他们去告密，说爱德蒙是一个拿破仑党分子。”

“那么两人之中是哪一个去告密的？真正有罪的是哪一个？”

"两者都有罪，教士先生，一个写信，另一个去投入邮筒。"

"那么那封告密信是在哪儿写的？"

"在瑞瑟夫酒家，就在吃喜酒的前一天。"

"果真如此，果真如此。"教士轻声自语道。

"您没想办法阻止这种无耻的行为吗？"教士问，"要不，您也成了一个同谋犯了。"

"教士先生，"卡德鲁斯答道，"他们把我灌得酩酊大醉，当时我的一切知觉几乎都丧失了。我对于周围所发生的事只是模模糊糊地知道一些。凡是在那种状态之下的人所能说的话我都说了，但他们再三向我表示，强调他们只是跟唐太斯开个玩笑而已，完全没有恶意。"

"第二天呢，卡德鲁斯先生，第二天，他们所做的事您肯定看得很清楚，可是您却什么也没说，唐太斯被捕的时候您不是也在现场吗？"

"是的，先生，我在现场，而且很想讲出来，但腾格拉尔拦住了我。'要是他真的有罪，'他说，'他是真的在厄尔巴岛上靠过岸，要是他真的负责带了一封信给巴黎的拿破仑党委员会，要是他们真的在他身上搜到了这封信，那么那些帮他说话的人就将被视为是他的同谋。'听到这些话后我很害怕，当时的政治状况充满着隐伏的危险，所以我就只好闭口不讲了。这是非常怯懦的行为，我承认，但我并不是存心犯罪，并没有想过要害唐太斯。"

"法老号的船主，唐太斯的雇主，他在这个悲剧里扮演了一个怎样的角色？"教士问。

"他是一位忠厚的长者，既勇敢，又热情。他曾不下二十次去为爱德蒙说情。当皇帝复位之后，他曾写信、请愿、力争，为他出了不少力，以致在王朝第二次复辟的时候，他差点被人当作了拿破仑党分子而受到迫害。我已经告诉过您，他曾十多次来看望唐太斯的父亲，并提议把他接到他家里去。那天晚上，就是老唐太斯去世前的一两天，我已经说过，他还把他的钱袋留在壁炉架上，多亏了这些钱，人们才能替老人还清了债务，并像样地埋葬了他。所以唐太斯的父亲死时和他活着的时候一样，没有使任何人的利益遭受损失。那个钱袋现在还在我这儿，是一个很大的红色的丝带织成的。但是，现在他几乎已到了山穷水尽的地步了，不，他几乎已快名誉扫地了。”

“怎么会糟糕到这种境地呢?”

“是的，”卡德鲁斯继续说道，“就是糟糕到了那种境地。苦干了二十一年，他在马赛商界获得了一个体面的地位，现在他却彻底完了。他在两年之中丧失了五条船，吃了三家大商行破产的倒账，他现在唯一的希望就是那艘可怜的唐太斯曾指挥过的法老号了，指望那艘船能从印度平安地带着洋红和靛青回来。如果这艘船也像其他那几艘船一样沉没了的话，他就完全破产了。”

“这个同样不幸的人有妻子儿女吗?”教士问道。

“有的，他有一位太太，在这种种的不幸的打击下，她表现得却像个圣人一样。他还有一个女儿，已经快要和她所爱的人结婚了，但那人的家里现在不许他娶一个破产人家的女儿。此外，他还有一个儿子，在陆军里是名中尉。您可以想象得到这一切非但不能安慰他，反而更增加了他的痛苦。要是他在世界上只是单身一人，他大可以一枪把自己结束掉，那倒也一了百了。”

“太悲惨了!”教士不禁失声悲叹道。

“上帝就是这样来报答有德之人的，先生。”卡德鲁斯接着说，“您瞧瞧我，我除了刚才告诉您的那件事以外，就从没做过一件坏事，可是我却穷困不堪，不仅要眼睁睁看着我那可怜的老婆终日发高烧奄奄一息，毫无办法用以救她，而且就算是我自己，迟早有一天也会像老唐太斯那样饿死的，而弗尔南多和腾格拉尔却都在钱堆里打滚，快活得不得了。”

“这又是怎么回事呢?”

“因为他们处处走运，而那些老实的人却处处倒霉。”

“腾格拉尔，那个教唆犯，就是那个罪名最严重的人，他怎么样了?”

“他怎么样了?他离开马赛的时候，得了莫雷尔先生的一封推荐信，到一家西班牙银行去当出纳员，莫雷尔先生并不知道他的罪过。而在法国同西班牙作战期间，他受雇于法军的军粮处，发了一笔财，凭借那笔钱，他在公债上做投机生意，本钱又翻了三四倍。他第一次娶的是他那家银行行长的女儿，后来老婆死了就又成了光棍。第二次结婚，娶了一个寡妇，就是奈刚尼夫人，她是萨尔维欧先生的女儿，萨尔维欧先生是国王的御前大臣，在朝廷里很得宠。他现在是一位百万富翁，他们还封他做了一个男爵，他现在是腾格拉尔男爵了，在蒙勃兰克路有一座大房子，不仅他的马厩里有十匹马，而且他家的前厅里还有六个仆人，至于他的财产，我也不知道他的钱箱里到底有几千几万。”

“那么弗尔南多呢?”

“弗尔南多！哦，那又是另一回事了。”

“一个平凡的迦泰罗尼亚渔夫，不仅没有钱，也没有受过什么教育，他怎么能发财的呢？这件事至今还使我感到很奇怪。”

“人人都觉得奇怪呀。他的一生中一定有某个谁都不知道的不可思议的秘密。”

“但在外人看来，他到底是怎样一步步地爬到这种发大财或得到高官厚禄的地位的呢？事实是这样的。您且听着，一会儿就明白了。在皇帝复位之前一些日子，弗尔南多已应征入伍了。不过波旁王朝还是让他安安静静地住在迦泰罗尼亚村里，但拿破仑一回来，就决定举行一次紧急征兵，弗尔南多就被迫从军去了。我也去了，但因为我的年龄比弗尔南多大，而且才娶了我那可怜的老婆，所以我只被派去防守沿海一带。弗尔南多则不一样，他被编入了作战部队，随着他那一连队开上了前线，参加了里尼战役。那场大战结束的那天晚上，他在一位将军的门前站岗，那位将军原是私通敌军的。就在那天晚上，将军要投到英军那里去。他要弗尔南多陪他去，弗尔南多同意了，就离开了他的岗位，跟随将军去了。如果拿破仑继续在位，弗尔南多这样私通波旁王朝，非上军事法庭不可。后来他佩戴着少尉的肩章回到了法国，那位将军在朝廷里极为得宠，在将军的保护和照应之下，他在一八二三年西班牙战争期间就升为了上尉，那就是说正是腾格拉尔开始做投机买卖生意的时候。弗尔南多原是一个西班牙人，他被派到西班牙去研究他同胞的思想动态。他到那儿后遇到了腾格拉尔，这时两个人打得火热，他得到了首都和各省保皇党普遍的支持，他自己再三申请，终于得到了上司的允许，就带领他的队伍从只有他一个人知道的羊肠小道通过了保皇党所把守的山谷。在这样短的时间里，他竟取得了这样重大的功绩，以至在攻克德罗卡弟洛以后，他就被升为了上校，不仅得到了伯爵的头衔，还得到了荣誉团军官的十字章呢。”

“这是命！这是命！”教士喃喃地说。

“是的，但你听我接着往下说，还没完呢。战争结束后，整个欧洲似乎可以得到长期的和平了，而弗尔南多的升官就受了和平的阻碍。当时只有希腊起来反抗土耳其，开始独立战争，大家的目光都转向了雅典，一般人都同情并支持希腊人。您知道，法国政府虽没公开保护他们，却容许人民进行偏袒的帮助。弗尔南多就到处钻营想到希腊去服务，结果他如愿以偿，但仍在法国陆军中挂着名。不久，就听说有个德蒙尔瑟夫伯爵，这就是他的新名字，已在阿里帕夏总督手下服务了，职位是准将。阿里总督后来被杀了，这您是知道的，但在他死之前，他留下了一笔很大的款子给弗尔南多，以酬谢他的效忠，于是他就带着那一大笔钱回到了法国，而他那中将的头衔也已到手了，真是名利双收。所以现在，他拥有一座富丽堂皇的府邸，在巴黎海尔街二十七号。”

教士张开嘴，欲言又止，像是人们在犹豫不决时一样，然后强自振作了一下，问道：“那么梅塞苔丝呢，他们告诉我说她已经失踪了，是不是这样呢?”

“失踪，”卡德鲁斯说，“是的，就像太阳头天会失踪一样，但是第二天再升起来的时候却更明亮。”

“难道她也发了一笔财吗?”教士带着一个讥讽的微笑问道。

“梅塞苔丝目前是巴黎最出风头的贵妇人之一了。梅塞苔丝因为唐太斯被捕，受到了严重打击，最初万分绝望。我已经告诉过您，她曾如何去向维尔福先生求情，如何想尽心照顾唐太斯的父亲。她在绝望之中，又遇到了新的困难。那就是弗尔南多的离去，对弗尔南多，她一向把他当自己的亲哥哥一样看待的，她并不知道他害了唐太斯。弗尔南多也走了，梅塞苔丝只剩下了一个人。三个月的时光她几乎都是在哭泣中度过的。唐太斯没有下落，而弗尔南多也没有消息，在她面前，除了一个绝望垂死的老人以外，几乎是一无所有了。她整天都坐在通往马赛和迦泰罗尼亚村那两条路的十字路口上冥想着、等待着，这已成了她的习惯。有一天傍晚，她仍是心里极其闷闷不乐地走回家去，她的爱人和她的朋友都没有从这两条路上回来，两者都杳无音讯。突然间，她听到了一阵熟悉的脚步声，她热切地掉过头转回身来，门开了，是弗尔南多，穿着少尉的制服，英挺地站在了她的面前。这尽管不是她所哀悼的那一个生命，但她过去的生活总算还是有一部分回来了。梅塞苔丝情不自禁地紧紧抓住了弗尔南多的双手，婚礼就在阿歌兰史教堂里举行了。尽管在全世界人的眼里，她在外表上看来似乎很镇定很平静，但当经过瑞瑟夫酒家的时候，她差点儿就晕了过去，因为就在那儿，十八个月以前，曾庆祝过她和另一个人的订婚，那个人，如果她敢正视自己的内心深处，是可以看到她依旧还爱着他。弗尔南多虽然比较快乐，但并不特别心安理得，因为我到现在还觉得，他时时刻刻都担心唐太斯回来，他非常想带着他的老婆一同远走高飞。迦泰罗尼亚村所隐伏的危险和所能引起的回忆实在太多了，结婚之后的第八天，他们就离开了马赛。西班牙战争期间，我曾在佩皮尼昂见过她，她当时正在全神贯注地教育她的儿子。”教士不由得又打了个寒战。“她的儿子？”他不可置信地问道。

“是的，”卡德鲁斯回答，“小阿尔贝。”

“可是，既然能教育她的孩子，”教士又说道，“她自己也一定是受过教育的了。我听唐太斯说，她只是一个头脑简单的渔夫的女儿，人虽长得漂亮，却没受过什么教育。”

“噢！”卡德鲁斯答道，“他对他的未婚妻知道得少得太可怜啦！梅塞苔丝大可做一位女王，教士先生，要是皇冠是戴到一位最可爱和最聪明的人的头上的话。她的财产不断地增加，她也随着财产的增大愈来愈伟大了。她学习绘画、音乐，什么都学。而且，我相信，这句话可只是我们两个说说的，她之所以要这样做，是为了散散心，以便忘掉往事。她之所以要丰富自己，提升头脑，只是为了要减轻她心头上的重压。但现在一切都很明白了，”卡德鲁斯继续说道，“财产和名誉使她得到了一点儿安慰。她很有钱了，成了一位伯爵夫人！可是我想她并不是很快乐。”卡德鲁斯接着说道：“当我发觉自己处境非常穷困的时候，我想，我的老朋友们也许会帮助我的。于是我就到腾格拉尔那儿去找他帮忙，可是他甚至连见都不愿意见我。我又去拜访弗尔南多，他只派他的贴身仆人送了我一百法郎。当我走出来的时候，一只钱袋落到了我的脚边，里面有二十五个路易。我急忙抬起头来，看见了梅塞苔丝，她却马上把百叶窗关上了。”

“那么您听说过维尔福先生吗?”教士问道。

“噢，他可不是我的朋友，我也不认识他，我也没有什么可要求于他并找他的。”

“您不知道他的近况吗？他有没有从唐太斯的不幸中得到好处呢?”

“不，我不清楚，我只知道在逮捕唐太斯以后，过了一些时间，他就娶了圣·梅朗小姐，不久便离开马赛了。但是，毫无疑问，他一定也像那些人一样走运。他无疑像腾格拉尔一样的有钱，像弗尔南多一样的得了高官厚禄。只有我，您看，还是这样穷困潦倒，好像是被上帝遗忘了似的。”

“您错了，我亲爱的朋友，”教士答道，“上帝也许有时会暂时照顾不到某些人，比如说你，那是只在他的正义之神安息的时候，但他总有那么一刻会想起来的。这就是证明。”教士一边说，一边从他的口袋里拿出了钻石，递给了卡德鲁斯。“我亲爱的朋友，拿去这颗钻石吧，它是您的了，完全属于您。”

“什么！给我一个人吗?”卡德鲁斯大声叫道，“啊！先生，您不是在跟我开玩笑吧?”

“这颗钻石原本是要由他的朋友们一起分享的。但是现在看来唐太斯似乎只有一个真正的朋友，所以就不必再分了。拿去这颗钻石吧，然后卖掉它。我已经跟您说过，它可值五万法郎，我相信，这笔款子肯定已够让您摆脱贫困的了。”

“噢，先生，”卡德鲁斯怯生生地伸出了一只手，用另外那只手抹掉了他额头上的汗珠，“噢，先生您可千万别拿一个人的快乐或失望开玩笑啊!”

“我深刻明白快乐和失望是怎么回事，我从来不拿这种事情开玩笑的。拿去吧，只是有一个交换条件——”卡德鲁斯本来已经碰到了那颗钻石，听到这句话后便又缩回手来。教士微笑了一下。“有一个交换条件，”他继续说道，“请把莫雷尔先生留在老唐太斯壁炉架上的那个红丝带织成的钱袋给我，您告诉过我它还在您的手里的。”

卡德鲁斯愈来愈觉得惊异，他走到一只橡木的大碗柜前面，打开碗柜，拿出了那个红丝带织成的钱袋给了教士。钱袋很长很大，上面有两个铜圈，以前是镀过金的。教士一手接过钱袋，一手把钻石交给了卡德鲁斯。

“噢！您简直是上帝派来救我的人，教士先生，”卡德鲁斯喊道，“因为谁都不知道唐太斯曾把这颗钻石给了您，您完全可以自己收起来的。”

“看来，”教士自言自语说道，“你是会这样做的。”他站起身来，拿起他的帽子和手套。“好了，”他说，“那么，您确定所告诉我的一切完全是实情，完全可以相信的了？”

“看，教士先生，”卡德鲁斯回答说，“这个角落里有一个圣木的十字架，架子上是我妻子的《圣经》。请打开这本书，我可以把手按在十字架上，对着它发誓，凭我灵魂的得救，凭我一个基督徒的信仰，发誓说：我所告诉您的一切都是事实，就像人类的天使在最后审判那一天在上帝的耳边说的话那样。”

“很好。”教士从他的态度和语气上已充分相信了卡德鲁斯所说确实是实情，于是接着说，“很好，希望这笔钱能给您带来帮助！再会！我要回到我那远离互相残害的人类的地方去了。”

教士好不容易才告别了千恩万谢并一再挽留他的卡德鲁斯，他自己开门，走出店外，骑上马，又对客栈老板行了一个礼，然后就向着他来时的那条路上去了，而那客栈老板则还在不断地大声喊着再会。当卡德鲁斯回过身来的时候，他看到他的身后正站着卡尔贡特娘们，她的脸色比以前更白了，身体也抖得更厉害了。

“那么，我听见的那些话确定都是真的吗？”她问道。

“你说什么！是说他只给我们那颗钻石吗？”卡德鲁斯问，他高兴得有些糊涂了。

“没错。”

“千真万确！看！就在这里。”

那女人盯着那颗钻石看了一会儿，随后用一种沉闷的声音说道：

“这个有可能不是真的。”

卡德鲁斯吃了一惊，脸色瞬间变得苍白。“假的!”他自言自语道，“假的！那个人为何要欺骗我，给我一颗假钻石呢?”

“可以不用花钱就知道你的秘密呀，你这个笨蛋!”

卡德鲁斯在这个念头的重压之下，一时面无血色。“噢!”他一边说，一边将他的帽子拿了起来，戴在了他那绑着红手帕的头上，“不久我们就能知道了。”

“怎样知道?”

“今天是布揆耳的集市，那里总是有来自巴黎的珠宝商，我让他们帮忙去看看。看着屋子，老婆，过两个小时我就回来了。”说完，卡德鲁斯急忙离开了家，迅速奔向了那个无名的客人所去的相反方向。“五万法郎!”当卡尔贡特娘们只剩下独自一个人的时候，她自言自语地说道，“这虽是一笔数目很大的钱，但却还算不上是发财。”

第二十八章　监狱档案

第二天，一个看上去三十一二岁，身穿白色背心、亮蓝色外套、紫色花裤子的人前来拜谒马赛市长。通过他的外表和口音判断，他应当是英国人。

“阁下，”他说道，“我是一名高级职员，隶属于罗马汤姆生·弗伦奇银行。近十年来，我们公司一直和马赛莫雷尔父子公司有很多生意方面的来往。我们在他们公司投资了十万法郎左右，可是我们听到风声说这家公司极有可能破产，银行方面对这一点有些不放心，特意派我前来，向您了解一下与这家公司有关的消息。”

“阁下，”市长回道，“这件事我了解的非常清楚，近四五年以来，灾祸似乎总是伴随在莫雷尔先生身边。他先是损失了四五条船，接着三四家商行又倒闭了。虽然我也投资了一万法郎，是他们的债权人，但是对于他具体的经济状况，恕我无法向您说出。若是您希望我以市长的身份发表一下对于莫雷尔先生的看法，那我只能说，他是一个非常值得信任的人。截至目前，他的每一笔账，都会严格地按期付款。阁下，我能告诉您的就只有这些了。如果您想了解更具体的情况，还是去问问监狱长波维里先生吧，他就住在诺黎史街十五号。我觉得，他向莫雷尔先生投资了二十万法郎，若是有什么可担心的，他的钱的数目可比我大多了，可能也比我了解的更多一点。”

那个英国人似乎很欣赏这番极其委婉的话，他鞠了一躬，跨着大不列颠子民所特有的步伐向市民所说的那条街道走去。波维里先生正在他的书房里，那个英国人一见到他，就做出了一种吃惊的神情，似乎表明他以前见到过他。但波维里先生正处在一种沮丧绝望的状态之中，他整个脑袋瓜似乎都在想着眼下发生的事情，所以他的记忆力或想象力都无暇去回想往事了。

那个英国人以他的民族特有的那种冷峻态度，把他对马赛市长说过的那几句话，又大同小异地说了一遍。

“噢，先生，”波维里先生叹道，“您的担心是有道理的，您看，您的面前就是一个将要绝望的人。我有二十万法郎投在莫雷尔父子公司里，这二十万法郎是我女儿的陪嫁，她再过两星期就要结婚了，可是这笔钱一半在这个月十五号到期，另一半在下个月十五号到期。我刚才已经通知了莫雷尔先生，希望他能把这些款子按时付清。半小时以前他还到这儿来告诉我，要是他的船，那艘法老号，不在十五号进港，他就完全无力偿还这笔款子了。”

英国人沉思了片刻，然后说道：“那么，先生，您是很担心这笔欠款喽？我给您买过来吧，照二十万法郎原价，现款，您看满意吗？”英国人说着便从他的口袋里抽出了一沓钞票，那叠钞票大概是波维里先生所害怕损失的那笔数目的两倍。

波维里先生的脸上立刻掠过一道喜悦的光彩，可是他还是克制住了自己，说道：“先生，我有必要且应该告诉您，从各方面因素估计，这笔款子您最多不过只能收回百分之六。”

“那可不关我的事，”英国人回答说，“那是汤姆生·弗伦奇银行的事，我只是奉命行事而已。他们也许存心想加速一家敌对商行的垮台吧。我所知道的，先生，就只是我需要把这笔款子交给您，换得您在这笔债务上签一个字。我只要求得到一点儿经手费。”

“那当然是非常公道的，”波维里先生大声说道，“普通的佣金是一厘半，您可要两厘，三厘，五厘，还是更多？请只管说吧！”

“可敬的先生，”英国人大笑起来，回答说，“我像我的银行一样，是不做这种事的，不，确切地说，我所要的佣金是另一种性质和形式的。”

“那么请说吧，先生，我听着呢。”

“您是监狱长，您保管着犯人入狱出狱的档案，那么这些档案上都有与犯人相关的记录喽?”

“每个犯人都有各自的记录。”

“好了，阁下，我曾经是在罗马读的书，我的老师是一个苦命的神甫，他后来突然失踪了。我听说他被关在伊夫堡了，我很想知道他临死时的详细情形。他是法利亚神甫，别人都说他是疯子。”

“噢，他是的，确实是的。他幻想自己有一个极大的宝藏，要是他能获得自由，他愿意献给政府一笔巨款。差不多在五六个月以前，就是二月份死的。我之所以还记得这件事，是因为那可怜的神甫死时还附带发生了一件稀奇的怪事。”

“我可以知道那是件什么事吗?”英国人带着一种好奇的表情问道。他那冷峻的脸上竟会现出这种表情，一个细心的观察者见了肯定会很惊奇的。

“当然可以，先生，离神甫的地牢四五十尺远的地方，原先有一个拿破仑党分子，是一八一五年逆贼回来时最卖力的那些分子中的一个，他是一个十分大胆、十分危险的人物。这个危险人物的全名叫爱德蒙·唐太斯。不过从各种迹象来看，先生，这个爱德蒙·唐太斯是弄到了工具的，或是他自己制造的，因为他们发现了一条连通那两个犯人牢房的地道。”

“这条地道，毫无疑问的，是为了想逃走才挖的喽?”

“当然啰，不过这两个犯人运气不佳，法利亚神甫发了一场癫痫病死了。”

“我明白了，那样就把逃走的计划打断了。”

“对死者而言，是这样没错，”波维里先生答道，“但对那生者却不然，相反的，这个唐太斯却想出了一个加速他逃走的办法。他肯定以为伊夫堡死掉的犯人是像普通人一样埋葬在坟场里的。他把死人搬到他自己的地牢里，自己假装死人钻在他们准备的口袋里，只等埋葬的时间到来。可是他不知道伊夫堡是没有坟场的，他们只是在死者脚上绑一个三十六磅重的铁球，然后朝海里一扔就算完事了。您可以想象得到，当那个亡命者发觉他自己笔直地坠入大海的时候，该是多么吃惊恐慌啊。我倒很想看看他当时的面部表情。他一定是被淹死了，有死亡证明书。您知道，唐太斯的亲属，要是他还有什么亲属的话，也许会有兴趣想知道他是死了还是活着。”

“那么现在，要是他有什么遗产的话，他们就可以问心无愧心安理得地享用了。他已经死了，这没有说错吧？”

“噢，是的。他们随时都可以来看实际的证据。”

“应该是这样。”英国人说，“但话又得说回到这些档案上来了。”

“真是的，这件事分散了我们的注意力。请原谅。”

“原谅您什么，因为那个故事吗？不，在我听来，真是非常新奇有趣的。”

“是的，是真的很离奇。那么，先生，您想看看关于那可怜的神甫的全部档案吗？他倒真是一个很温和的囚犯。”

“是的，务必请您方便一下。”

“那么请到我的书房里来，我拿给您看。”于是他们走进了波维里先生的书房。这儿的一切都摆放得井井有条。每一种档案都编着号码，每一夹文件都有固定的地方。监狱长请英国人坐在一张圈椅里，把有关伊夫堡的档案和文件都放到了他的面前，让他随便地去翻阅，而他自己则坐在了一个角落里，开始一心读他的报纸。那英国人很容易就找到了有关法利亚神甫的记录，但监狱长讲给他听的那番话似乎使他产生了很大的兴趣似的，因为在阅读了第一份文件以后，他又往后翻，直到他翻到了有关爱德蒙·唐太斯的文件才停下来。他发现一切证据资料都原封不动地放在那儿，那封告密信、判决书、莫雷尔的请愿书和维尔福先生的按语。他偷偷地折起那封告密书，并迅速地把它放进了他的口袋里，然后读了一遍判决书，发现里面并没有提到诺瓦蒂埃那个名字，还看了一遍请愿书，上面的日期是一八一五年四月十日。在这封请愿书里，莫雷尔先生因为听了代理检察官的劝告，所以善意地（因为那时拿破仑还在位）夸大了唐太斯对帝国的功劳，这种功劳，经维尔福的签署证明，当然是铁定的了。于是他清楚地明白了到底是怎么一回事了。这封上呈给拿破仑的请愿书，肯定被维尔福扣留了下来，到王朝第二次复辟的时候，在检察官的手里就变成了一件可怕的攻击他的武器。所以当他在档案里找到这张条子，看到在他的姓名底下有一个括弧列着他的罪名时，他也就一点儿都不感到奇怪了：

——爱德蒙·唐太斯，拿破仑党分子，曾负责协助逆贼自厄尔巴岛归来。应严加看守，小心戒备。

在这几行字下面，还有另一个人的笔迹写着："已阅，无需复议。"他把括弧下的笔迹同莫雷尔的请愿书底下签署的笔迹仔细对照了一下，发现这两种笔迹是出自同一个人的手，也就是说，都是出自维尔福的手笔。至于罪状底下的那两句按语，英国人懂得可能是某位巡查员大人加上去的，那位大员可能忽然一时对唐太斯的情况发生了兴趣，但由于看到了我们上面所说过的那些记录，所以他尽管颇感兴趣，却也提不出什么异议。

我们已经说过，那位监狱长，为了怕对法利亚神甫的学生的学习工作有所打扰，所以自己到一个角落坐着，看起了《白旗报》。他并未看见英国人将那封腾格拉尔在里瑟夫酒家的凉棚下所写的，上面盖有马赛邮局二月二十八日下午六点邮戳的告密信折起来放进他的口袋里。但是必须说明，即使他看见了，他也会觉得这张纸片无关紧要，因为重要的是他那二十万法郎。所以，不管英国人的这种举动是多么不合章法，他也不会去阻止的。

"谢谢！"英国人"啪"的一声把档案给合上，真诚地说道，"我想知道的都已经知道了，现在该由我来履行我的诺言了。只要请您给我一张债务转让证明，上面说明已收到现款，我就把钱付给您。"他站起来，把他的位子让给了波维里先生，后者毫不谦让地坐了下来，急忙写着那张对方需要的转让证明，而那英国人则在写字台的对面数着钞票。

第二十九章　莫雷尔父子公司

只要是几年之前离开马赛而又了解莫雷尔父子公司的人，就会知道它早已变了模样，柯克莱斯依然在莫雷尔先生手底下工作，不过他的地位如今可称得上是尴尬。一方面他得到了提升，成为一名出纳员，但另一方面，他又降成了一个仆役。不过，他自己的心态倒是一直没有变化，依然忠诚而善良，不担心麻烦，不过在数学问题上他却从不妥协，在这个问题上，他敢站起来和全世界抗争，甚至敢和莫雷尔先生发生争执；九九乘法表被他背得滚瓜烂熟，不管题目多么复杂难解，他都能解决。虽然公司日趋窘迫，但是他依然毫不动摇地在船上工作，这倒不是什么情结作祟，只是出于他心中的坚定信念罢了。相传，若是一艘船命中注定要沉入海洋，船上的老鼠会第一个逃跑的，等到船起锚时，那些自私的乘客也会统统逃个精光的。若莫雷尔父子公司就是这样一艘即将沉没的船，那么这样的员工已经相继离开了货仓和办公室。柯克莱斯并未阻拦，他只是冷眼旁观地看着他人的离去，至于对方离去的原因，他也懒得去问。正像前面所说的那样，所有的一切在他眼中只是一道数学题。二十年来，在他的计算下，所有欠款正以正确的方式如期付清，因此在他看来，如果公司哪天付不出账来，几乎是不可能的，这种信念就像一个磨坊老板不会相信有一天，那日夜推动他的磨机的河水突然不流了一样。

到目前为止还不曾发生过什么事可以动摇柯克莱斯的信仰。上个月的款子是如期付清了的。柯克莱斯查出了一笔有损于莫雷尔十四个苏的错账，当天晚上，他把那十四个铜板交给了莫雷尔先生，后者苦笑了一下，把钱扔进了一只几乎空空如也的抽屉里，说：“谢谢，柯克莱斯，你是出纳人员中难得的明珠啊！”

柯克莱斯回去以后非常快乐，因为莫雷尔先生本身就是马赛忠厚者中的明珠，他这样夸奖他，比送给他一份五十艾居的礼物还要使他高兴。但自从月底以来，莫雷尔先生就度过了很多焦虑的日子。为了应付月底的欠款，他曾倾尽了他所有的财源。他生怕自己的窘境会在马赛传扬开去，所以到布揆耳的集市，把他妻子和女儿的珠宝卖了，还卖了他的一部分金银器皿。这样，公司的名誉才能继续维持着。但他现在确实已经山穷水尽了。

借款吧，由于社会上所传的那些不利消息，已借不到了。要偿还波维里先生这个月十五日到期的十万法郎和下个月十五日到期的十万法郎，莫雷尔先生除了等待法老号回来，实在没有别的办法了。他知道法老号已起航了，那是他从一艘和它同时起锚的帆船上听来的，然那艘船却早已到港了。那艘船像法老号一样，也是从加尔各答开来的，但它早在两星期前就到达了，而法老号却至今仍杳无音讯，不知道到底怎么样了。

罗马汤姆生·弗伦奇银行那位高级职员在见过波维里先生的第二天便去拜访莫雷尔先生。接待他的是艾曼纽。这个青年人，每当他看到来人是个新面孔就要吃惊担忧，因为每一个新面孔都是一个闻风来询问公司老板债务的新债主，为了使他的雇主避免遭受会见的痛苦，他常常就问来客有何贵干，这几天都是这样。可是这位陌生人却说，他同艾曼纽没什么可说的，他的事需要和莫雷尔先生亲自面谈。艾曼纽叹了一口气，就把柯克莱斯叫了来。柯克莱斯来了以后，吩咐青年把来客带到莫雷尔先生的房间里去。柯克莱斯走在前面，来客跟在他的后面。在楼梯上，他们遇见了一位十六七岁的美丽的姑娘，她目光焦灼地望着眼前这位陌生人。

“莫雷尔先生在办公室里吗，尤莉小姐？”出纳员礼貌地问。

“是的，我想在吧，至少，”年轻姑娘犹豫不定地说，“你可以去看看，柯克莱斯，如果我父亲在那儿，就给这位先生通报一声。”

“我是无需通报的，小姐。”英国人答道，“我的名字莫雷尔先生并不熟悉，这位可敬的先生只要通报说罗马汤姆生·弗伦奇银行的首席代表求见就行了，那家银行和你父亲是有生意上的来往的。”

听到这话青年姑娘的脸色立刻苍白起来，她继续下楼，而陌生来客和柯克莱斯则继续上楼去了。她走进了艾曼纽所在的那间办公室，而柯克莱斯则用他身上所带的一把钥匙打开了第二重楼梯拐角上的一扇门，引导那陌生来客到了一间会客室里，又打开了第二道门，进去后即把门关上了，让汤姆生·弗伦奇银行的首席代表独自等候一会儿，几分钟后回身出来，请他进去。英国人走进房间时发现莫雷尔先生正坐在一张桌子前面，翻阅着几本极大极厚的账簿，里面都是他的债务。一看到来客，莫雷尔先生就合上了他的账簿，站起身来，指着一个座位请来客坐下。当他看到来客坐下以后，自己才坐回到他原来的椅子上坐下。十四年的光阴已改变了这位可敬的善良的商人的容貌，他，在本书开头的时候是三十六岁，现在已五十岁了。他的头发已变得花白了，时光和忧愁已在他的额头上刻下了深深的皱纹，而他的目光，一度曾是那样的坚定和敏锐，此刻却是踌躇而彷徨的，像是他怕被迫把自己的注意力集中在一个念头或一个人身上似的。英国人用一种好奇而显然还带着某些关怀的神情望着他。“先生，”莫雷尔先生说，他的不安因这种审问似的目光而变得更甚了，“您想跟我谈谈吗？”

“是的，先生，您知道我是从哪儿来的吧？”

“汤姆生·弗伦奇银行，我的出纳员是这样告诉我的。”

“他说得不错。汤姆生·弗伦奇银行本月份必须在法国付出三四十万法郎的款子，知道您严守信用，所以把凡是有您签字的期票都收买了过来，叫我负责来按期收款，以便动用。”莫雷尔深深地叹了一口气，用手抹了一下他那满挂着汗珠的前额。

“哦，那么，先生，”莫雷尔先生说，“您手上有我的期票了？”

“是的，而且数目相当大。”

“多大的数目？”莫雷尔用一种竭力镇定的声音问道。

“在这儿，”英国人从他的口袋里拿出了一叠纸，说道，“监狱长波维里先生开给我们银行的一张二十万法郎的转让证明，那原来是他的钱。您应该清楚您是欠他这笔款子的吧？”

“是的，他那笔钱是以四厘半的利息放在我的手里的，差不多有五年了。”

“那么您该在什么时候偿还呢?”

“一半在本月十五号，一半在下个月十五号。”

“不错，这儿还有三万两千五百法郎是最近付款的。这上面都有您的签字，都是持票人转让给我们银行的。”

“我认得的。”莫雷尔先生说着，他的脸开始涨得通红，像是想到他将在一生中第一次保不住他自己签字的尊严似的，“都在这儿了吗?”

“不，本月底还有这些期票，是巴斯卡商行和马赛威都商行转让给我们银行的，一共大约是五万五千法郎，这样算的话，总数一共是二十八万七千五百法郎。”

在这些钱累计的时候，莫雷尔先生所感到的痛苦简直无法用言语来形容。“二十八万七千五百法郎!”他喃喃地重复了一遍。

“是的，先生。”英国人答道，“我不必向您做任何隐瞒。”他沉默了一会儿，然后继续说道:“到目前为止，您的信实守约是众所周知的，可是据马赛最近的传闻来看，恐怕您没有能力偿还您的债务了。”

听到这段几乎近于残酷的话，莫雷尔先生的脸顿时变成了死灰色。“先生，”他说，“我从先父手里接过这家公司的经营权到现在已有二十四年多了，而且先父也曾亲自经营了三十五年。凡是有莫雷尔父子公司签名的任何票据，还从来不曾失过信用，我会慢慢还上的。”

“这些我都知道。”英国人回答道，“但以一个诚实人答复一个诚实人应有的态度来说，请坦白地告诉我，这些期票您到底还能不能按时付清?”

莫雷尔先生不自觉地打了一个寒战，望了一眼这个到刚才为止讲话一直不留余地的人。“问题既然提得如此直截了当，”他说，“答复也就应该直爽一点。是的，我相信我可以付清的，如果，能如我希望的——我的法老号能安全到达的话。只要它一到，我因过去许多次意外事件而丧失的信用就又可以恢复了，但如果连法老号也损失了，这最后一个货款来源也就没有了。”那可怜的焦虑的人说完这些眼睛里已盈满了泪水。

“嗯，”对方貌似不经意地说，“倘若这最后一个来源也靠不住了呢?”

“唉,”莫雷尔先生困窘地答道,“硬是要我说这句话简直是太残酷了,但我是已经遭惯不幸的人了,我不得不把自己练成厚脸皮。如果那样的话,我恐怕只能延期付款了。”

“难道您没有朋友可以帮助您吗?”

莫雷尔先生凄然地苦笑了一下。“在商界,尊敬的先生,”他说,“是没有朋友,只有钱与钱的交易的。我现在只有一个希望,先生,有一个在我穷途末路的时候仍然跟随着我的年轻人,每天都会花一部分时间守在这间屋子的阁楼上,希望他能最先来向我报告好消息。这艘船的进港,他已经通知过我了。先生,其实我很怕得到我那条船的任何消息,简直就同我怕深陷在疑雾中差不多。毕竟不确定倒还使人能抱有某些希望呢。”接着,莫雷尔先生又用一种低沉的声音说:“不过,说真的,这次的逾期不归是说不通的。法老号在二月五号就离开了加尔各答,它应该在一个月以前就回到这儿的。”

“那是什么?”英国人问道,“这一片闹声又是什么意思?”

“噢,噢!”莫雷尔先生喊道,脸色马上变得苍白,“这是什么?”楼梯上传来一片响声,是人们匆忙的奔走声和半窒息的呜咽声。莫雷尔先生站起身来向门口走去,但他的气力已支持不住了,他倒在了一张椅子里。两个人面对面地互相看着,莫雷尔先生四肢在不停地发抖,那陌生人则带着一种极其怜悯的神色凝视着他。闹声停止了,莫雷尔先生似乎已预料到发生了什么事,肯定是那件事引起的闹声,而那件事是一定会到来的,只是早晚而已。那陌生人觉得他好像听到楼梯上有脚步声传来,那是几个人的脚步声,而那脚步声在门口就停下了,然后一把钥匙插进了第一道门的锁眼,可以听到门上的铰链声。

“只有两个人有那扇门的钥匙,”莫雷尔先生喃喃地说道,“柯克莱斯和尤莉。”这时,第二道门已打开了,门口出现了那泪流满面的年轻姑娘。莫雷尔先生用手撑着椅背,颤巍巍地站了起来。他本来想说点什么的,但却一句话都说不出来。“噢,父亲!”她绞着双手说,“原谅您的孩子给您带来了不好的消息。”

莫雷尔的脸色又一次变白了。尤莉扑入了他的怀里。

“噢，噢，亲爱的父亲！”她说，“您可要挺住啊！”

“这么说，法老号沉没了?”莫雷尔问她，声音嘶哑。那年轻姑娘没有说话，只是点了点头，仍旧靠在她父亲的胸前。

“船员呢?”莫雷尔颤抖地问。

“救起来了，”姑娘说道，“是刚才进港的那条船的船员救起来的。”

莫雷尔带着一种听天由命和莫大的感激的表情举手向天。“谢谢，我的上帝，”他说，“幸好您只打击了我一个人！”

那英国人尽管平时极不易动感情，这时却也两眼湿润了。

“进来，进来吧！”莫雷尔说，“我料到你们都在门口等着。”

不等他的话说完，莫雷尔夫人就进来了，她哭得十分伤心。艾曼纽跟在她后面。在客厅里，还有七八个衣物残败的水手。一看到这些人，那英国人顿时吃了一惊，不由自主地向前跨出了一步，但随后他又控制住了自己，退到了房间最不惹人注意的最远的一个角落里了。莫雷尔夫人在她丈夫的身旁坐了下来，紧紧地握住他的一只手，像是给他力量和安慰似的；尤莉则依旧把她的头靠在他的肩上；艾曼纽站在屋子中央，像是担当着莫雷尔一家人和门口的水手们之间的联系人的角色。

“事情的详细经过是怎么样的?”莫雷尔问道。

“过来一点，佩尼隆，”那年轻人说道，“具体讲讲事情的经过吧。”

一个被热带的太阳晒成棕褐色的老水手向前走了几步，两手不住地卷着一顶残破的帽子。“您好，莫雷尔先生。”他说道，好像他是昨天晚上离开马赛，刚从埃克斯或土伦回来似的。

“您好，佩尼隆！”莫雷尔回答，他尽管微笑着，却禁不住热泪盈眶，“船长在哪儿?”

“船长，莫雷尔先生，他因生病就留在帕乐马了，感谢上帝，他病得并不严重，我相信几天之后您就可以看到他康复回来的。”

“这样就好，现在你把事情讲讲吧，佩尼隆。”

佩尼隆把他嘴里嚼着的烟草从右面顶到了左面，接着用手遮住嘴，转过头去，吐了一大口烟汁，然后叉开一只脚，开始讲了起来。“您瞧，莫雷尔先生，”他说，“我们风平浪静地航行了一星期，然后在布兰克海峡和波加达海峡之间的一段海面上乘着一阵和缓的南——西南风航行，突然茹马特船长走到了我面前，我得告诉您，我那时正在掌舵，他说：‘佩尼隆，你看一下那边升起的那些阴云是什么意思？’我那时自己也正在看那些阴云。‘我看它们升得简直太快了，不像是正常的样子，我看那不是好兆头，否则不会那样黑。’‘我也是这么看，’船长说，‘我先来防一手。我们张的帆太多啦。喂！全体来松帆！拉落三角头帆！’真是关键时刻啊，命令刚下，狂风就赶上了我们，船开始倾斜起来。

“‘嗨，’船长说，‘我们的帆还是扯得太多了，全体来落大帆！’五分钟以后，大帆全都落下来了，我们只得扯着尾帆和上桅帆航行。

“‘喂，佩尼隆，’船长说，‘你干吗一直摇头？’‘咦，’我说，‘我想这大风不见得就此肯罢休呢。’‘你说得不错，’他回答说，‘我们要遇到大风了。’‘大风！我看不止大风，我们要遇到的是一场暴风，最好幸运的是我看走眼了。’您可以看到那风就像蒙德里顿的灰沙一样刮过来了，幸亏船长经验丰富熟悉这种事。‘全体注意！顶帆收两格！’船长喊道，‘帆脚索放松，绑紧，落上桅帆，扯起帆桁上的滑车！’”

“在那种纬度的地方这样做是不够的，”那英国人说道，“假如是我，我就把顶帆放四格，把尾帆扯落。”

他这坚决、响亮和出人意料的声音使大家都吃了一惊。佩尼隆把手遮在眼睛上，仔细端详了一下这个批评他船长技术的人。“我们干得更好，先生，”老水手不无敬意地说道，“我们把船尾对准风头，顺风行驶。十分钟以后，我们扯落顶帆，光着桅杆飞驶。”

“那艘船太旧了，根本经不起那样的风险。”英国人面色严肃地说道。

“哦，就是这把我们断送啦，在颠簸了十二个钟头以后，船出现了一个漏洞，进水了。‘佩尼隆，’船长说，‘我看我们正在往下沉，把舵给我，你到下舱去看看。’我把舵交给了他，就下去了，那儿已经积有三尺深的水了。我喊道：‘全体来抽水！’可是已经太晚了，好像我们抽出得越多，进来得也越多。‘啊，’在抽了四个钟头水以后，我说，‘既然我们是在往下沉，就让我们沉下去算了，我们总得死一次的。’‘你就是这样做出榜样的吗？佩尼隆！’船长喊道，‘好极了，等一等。’

他到他的船舱里去拿了一对手枪回来。‘谁敢第一个离开抽水泵，我就一枪把他的脑髓打出来！’他阴沉严肃地说道。”

“干得好！”英国人称赞地说道。

“只要道理讲清了，大家的勇气自然也就来了。”那水手继续说，“那个时候，风势已经减弱了，海也平静下去了，但水却不断地涨上来，尽管不是很多，只是每小时两寸，但它还是不停地在涨。每小时两寸看起来不算多，但十二小时后就成两尺啦，而两尺加上我们之前有的三尺就变成了五尺。‘来吧，’船长说，‘我们已经尽了我们的全力了，这船真要沉下去了，莫雷尔先生不能再怪我们什么了。上救生艇去吧，孩子们，越快越好！’”

“唉，”佩尼隆继续说道，“您知道，莫雷尔先生，一个水手是很舍不得丢下他的船的，但和命比起来却更舍不得他的命。所以我们也没等他再说第二遍就行动了，越是那样，船就沉得越快，像是在说‘走吧，快逃命去吧’似的，我们立刻把小船放到水里，八个人都跳到了里面。船长是最后一个下来的，说得更确切一点，他没有主动下来，他始终不肯离开大船，所以我就把他拦腰抱起，扔进了小船，然后我自己也跟着跳了下去。真是太凑巧啦！我刚跳离，甲板就‘嘣’的一声像一艘主力舰上众炮齐发似的炸裂了。十分钟以后，船就向前倾，然后又横倒，连翻了几个身，于是一切就算完了，法老号消失不见了。至于我们，我们已经三天没吃没喝，于是我们决定抽签决定命运，看哪一个来充当其余的人的牺牲品。正在这时，我们看见了吉隆丹号，于是我们马上发出求救的讯号，幸运的是他们看见了我们，向我们驶过来，把我们都救上了船。”

“唉，莫雷尔先生，全部事实的经过就是这样，我以一个水手的名誉发誓！是不是真的，你们其他人也说说吧。”一片“是的”的附和声证明这个叙述已真实并且详细地说明了他们当时的不幸和受苦的情形。

“好了，好了，”莫雷尔先生说，“我知道你们谁都没有过错，这只能怪命。这件事都是上帝的安排，我也不是要打发你们走，只是我已经没有船了，所以我也不再需要水手了。唉，先生，”莫雷尔无力地倒入一张椅子里，对英国人说道，“您都听见了，我再没有什么其他的可告诉您的了。”

“我都听清楚了，”英国人答道，“一场新的灾难又降临到了您的身上，而这并不会造成要您马上还款的窘境，只能增加我为您效劳的意愿。请重新开一下这些期票，改到九月五日，到九月五日吧，十一点钟，时钟的针指在十一点上时，我再来收钱。”

“我等着您，”莫雷尔回答说，“到时候我会付款给您的，不然的话，我就去死。”这最后的几个字的音调说得很低，以致那陌生人根本就没听到。期票重新开过后，旧的被撕毁了，那可怜的船主发现自己还有三个月的时间可以让他去想办法，可心里丝毫不轻松。莫雷尔向他说了许多表示感激的话，并且亲自送他到楼梯口。英国人以他那个民族所特有的平静的态度接受了他的一番真挚的谢意，那陌生人在楼梯上又遇见了尤莉，她假装要下楼，但实际上却是在等他。“噢，先生！”她合着双手说道。

“小姐，”那陌生人说道，“有一天，你会收到一封署名‘水手辛巴德’的信。不管那封信看来有多么奇怪，你一定要按照信上所吩咐你的话去做。”

“是的，先生。”尤莉回答。

“你确定像答应我的这样去做吗?”

“我向您发誓，我一定会照办!”

“很好。再会了，小姐！祝愿你永远像现在一样的纯洁高尚，我相信上天会回报你，赐艾曼纽做你的丈夫。”

尤莉轻轻地叫了一声，面孔立刻红得像一朵玫瑰，不好意思地伸手扶住了栏杆。那陌生人摆了摆手，继续下楼去了。他在天井里找到了佩尼隆，佩尼隆正两手各拿着一个内装一百法郎的纸包，好像不能决定到底是拿了好还是不拿好。

“跟我来，朋友，”英国人说道，“我想跟你谈一谈。”

第三十章　九月五日

汤姆生·弗伦奇银行的代表会竟然提出延期这种事，这让莫雷尔大吃一惊，他觉得，整件事证明他的运气开始有转机了，相当于命运之神在向世人宣布，它已经厌倦这些在他身上泄愤的把戏。当天他就把这件事告诉了他的妻子、女儿和艾曼纽。家人虽然不觉得自己的生活又恢复了安宁，不过目前看来又有了一丝希望。汤姆生·弗伦奇银行方面，待他如此体谅，但不幸的是，莫雷尔的债主不止他们一家，而正如他所讲的，在商场上，只有往来没有朋友的。当他深深地反省时，他觉得汤姆生·弗伦奇银行的这个慷慨的行为并不是出于友谊，而只是一种自私的行为，汤姆生·弗伦奇银行方面的想法可能是这样的："这个人欠我们将近三十万法郎，我们与其逼他破产，而只能收到六厘或八厘的倒账，倒不如支持他，在三个月后收回三十万为妙。"不幸的是，不知是因为仇恨还是盲目。莫雷尔往来的商行却并不都是这样想的。有几家的想法甚至是相反的。所以莫雷尔签出去的期票仍然毫不客气地拿到他的办公厅来兑现，而由英国人所赐的展期，那些期票依旧由柯克莱斯如期支付。所以柯克莱斯依旧和往日一样神定安闲。只有莫雷尔惶恐地想到，倘若十五日该付典狱长波维里先生的十万法郎和三十日到期的那几张三万两千五百法郎的期票不曾延误，他早就已经破产了。

一般商界人士的看法，都以为莫雷尔在逆运不断的打击之下，是无法站稳的。所以当他们看到月底来时，而他照常能如期履行他所有的债务，不禁大为惊奇。不过很多人依然没有对莫雷尔恢复信心，他们觉得也许下个月月底，这个不幸的船主就会全盘崩溃的。在那一个月里，莫雷尔用尽前所未有的力气去回笼资金。他以前开出的期票，不论有多么长的日子，人们都会相信并且买账，甚至还有人主动要求来存款。不过现在莫雷尔恨不得贴现三个月的期票，但令他失望的是，所有的银行都避他唯恐不及，好像他是一尊瘟神。不过幸运的是，莫雷尔还是有几笔钱可以回收的，等到那几笔钱到账后，七月底的债务就可以应付过去了。不过令人感到奇怪的是，汤姆生·弗伦奇银行的代表再未出现在马赛街头。拜访过莫雷尔先生之后的一二天，他便消失了。在马赛，除了市长、典狱长和莫雷尔先生之外，他没见过任何人，所以他此次出现，除了这三个人对他各自留下了不一样的印象以外，再无其他方面可以探索了。而法老号的水手们好像肯定是已经找到了其他的工作，因为他们也消失了。

茄马特船长的病情痊愈了，已经从帕尔马岛回来了。他没有胆量去见莫雷尔，但那船主听说他已经到了，就亲自去见他。这位船主十分可敬，他从庇尼龙的口中得知了船长在发生暴风时的英勇事迹，因此想去安慰他一番。他也带去了他应得的工资，那原本是茄马特船长不敢开口索要的。当莫雷尔从楼梯上下来时，他碰见了正要上去的庇尼龙。庇尼龙好像将钱花得很正当，因为他从上到下都穿着新衣服。当他看见他的雇主时，那可敬的水手好像特别尴尬，他往楼梯的拐角处缩着，将他嘴里的烟草块顶来顶去，并用他的大眼睛直直地瞪着，只感觉在握手时莫雷尔照常轻轻地回捏了他一下。莫雷尔以为，庇尼龙的窘态是因为跟他穿了漂亮的新衣服有关，显然，这个好汉子在自己的身上从来不曾花过这样多的钱。很确信的是，他已经在其他船上找着了工作，因此他的羞怯，很可能就是为了他已经不再为法老号志哀所致。他或许是来和茄马特船长说说他的好运，并替他的新主人来请船长一起去工作。“可敬的人啊！”莫雷尔一边走着一边说道，“愿你们的新主人对你们的爱能同我一样，并愿他比我幸运！”

八月份一天天如流水似的过去了，莫雷尔不断地努力，到处奔走借款，到了八月二十日那天，马赛盛传他搭乘了一辆邮车走了，他的公司月底就要宣告破产了。而莫雷尔之所以要离开，就是为了避免目睹这个残酷的场面，所以只留下他的助手艾曼纽和会计柯克莱斯去应付。但出乎大家意料的是，在八月三十一日那天，公司仍照常开门，柯克莱斯坐在账台栅栏后面，照样仔仔细细地察看所有拿来兑现的期票，从第一张到最后一张，照样一分不少，如数付清。其中有两张还是莫雷尔先生拿去贴现的保付支票，可这柯克莱斯也照样兑付，就像是船主直接发出去的期票一样，这一切简直太不可思议了。可是，预言祸事的人总是不甘心轻易罢休的，所以倒闭的日期又被定在了九月底。九月一日，莫雷尔回来了。全家人都在极其焦急地在等着他回来，因为他们最后的希望就寄托在这次到巴黎去的旅程上了。莫雷尔突然想起了腾格拉尔，腾格拉尔现在特别有钱了，而以前他曾受过莫雷尔许多恩惠，因为他那庞大的财富是在进西班牙银行服务以后才开始积累起来的，而当时是莫雷尔介绍他去那儿工作的，这算是个很大的帮助了。据说腾格拉尔目前的财产已达六百万到八百万法郎，而且还有无限的信用。所以腾格拉尔要是肯救莫雷尔，他根本用不着从自己口袋掏一个铜板，而只在借款时说一句话，莫雷尔就可以得救了。其实莫雷尔早就想过腾格拉尔或许可以帮他。但他对他有一种无法抑制的本能的反感，所以莫雷尔只有到了山穷水尽的地步，没有其他办法时，才去向他求救的。莫雷尔当时的想法是正确的，因为他被拒绝了，屈辱地回家来了。回家以后，莫雷尔既没有一声怨言，也没说一句刻薄的话。

他同他那伤心哭泣的妻女拥抱了一下，又带着友情的温暖同艾曼纽握了一下手，然后就去他三楼的书房里了，同时派人去叫柯克莱斯来。“这样看来，”两个女人对艾曼纽说，“我们是真的要破产了。”

依据他们匆忙商议的结果，大家同意由尤莉给她在尼姆驻防的哥哥写信，让他赶快回家。对于这日益紧迫的打击，这两个可怜的女人出自本能地感觉到她们一定要有全部精力来支持。马西米兰·莫雷尔虽然不到二十二岁，却对他父亲的影响很大。这位青年刚毅正直。当他决定进入军界时，他父亲原本无意教他做那一行，只让年轻的马西米兰依据自己的兴趣去决定。他立即宣布愿意过军人的生活。后来，他刻苦学习，从军官学校毕业时成绩特别优秀，离校后就在五十三联队当了一名少尉。如今已经一年了，遇缺便能升迁。在他的那一联队里，马西米兰·莫雷尔的严守纪律无人不知。作为一名军人，他时刻遵守着应负的义务，而作为一个人，他也时刻遵守着应尽的责任，因此他获得了“斯多葛派”的美名。但值得肯定的是，许多人叫他这个绰号，只是从其他人那里听来的，有些人甚至根本就不知道这个绰号是什么意思。

这位青年人便是他母亲与他妹妹求援的对象，她们感觉严重的局面就要来了，因此将他召回来支持她们。对于这件事的严重性，她们并未错估，因为莫雷尔和柯克莱斯一起进到办公室以后，尤莉看见后者出来时脸色苍白，浑身颤抖，脸上露出极其狼狈的神态。当他从她身边走过时，她原本想询问他，但那可敬的伙计竟然一反常态，慌张地急忙奔下楼，来到楼下，仅仅是对着天空举起双手，惊叹道：“噢，小姐，小姐！这件事真是太可怕了！有谁会相信啊！”过了片刻，尤莉又看见他上来了，手里捧着两三本很厚的账簿、一册笔记本及一袋钱。

莫雷尔查看了账簿，翻开了笔记本，数了数钱。他现在所有的现金约为七八千法郎。他应收的账款，到五号为止，约有四五千法郎，加起来，最多不过只有一万四千法郎，而要付的那些期票却达二十八万七千五百法郎。他是无法对债主开口说再宽限一段时间的。可是，当莫雷尔下楼去用午餐时，他外表看起来却异常的平静，好像根本没有什么烦恼事似的。这种平静的神态比忧郁的神态更使两个女人感到惊慌。午餐以后，通常莫雷尔总要出去，照例到佛喜俱乐部去喝咖啡，读《讯号报》的，但这一天他哪儿也没去，只是回到了他的办公室。

至于柯克莱斯，他似乎完全给弄糊涂了。那天下午他走到天井边，光着头坐在一块石头上，就这样一直曝晒在炽热的阳光底下。艾曼纽想方设法安慰两个女人，但他又不知该说些什么才会让她们高兴一点。毕竟这个年轻人对于公司的业务知道得非常清楚，决不会不明白一场大祸已笼罩在莫雷尔全家的头上了。夜晚来临了。两个女人根本睡不着，只是在房间里守着，希望莫雷尔在离开办公室以后会到她们这儿来。但她们只听到他经过她们的门口时，故意放轻了脚步。

她们听见他已走进他的卧室，并在里面把门关上了。莫雷尔夫人叫女儿先上床去睡觉。尤莉走后，她又等了半个钟头，然后才站起身来，脱掉鞋子，偷偷地沿着走廊摸过去，想从钥匙孔里看看她的丈夫在做什么。在走廊里，她遇到了一个后退的黑影，那是尤莉，她也心中不安，比她的母亲先来了一步。那年轻姑娘向莫雷尔夫人走过来。“他在写东西。”她用眼神说道。她们不必说什么就都已互相了解了对方的心思。莫雷尔夫人再从钥匙孔里望进去。莫雷尔果然在写东西，但莫雷尔夫人却注意到了一件她女儿没注意到的事，那就是她的丈夫正在一张贴着印花的纸上写字。一个恐怖的念头闪过了她的脑子：他正在写遗嘱。她禁不住浑身打了个寒战，但是却没有丝毫力气说出一个字来。第二天，莫雷尔先生仍然像往常一样的平静，照常走进他的办公室，按时来用早餐，似乎什么都没发生一样，但在午餐过后，他就把女儿拉到了自己身边，抱住她的头贴在自己的胸前，拥抱了她很长一段时间。到了晚上尤莉告诉她的母亲，说他在外表上看起来是这样的平静，但她注意到父亲的心跳得很剧烈。以后的两天也是这样过去了。到了九月四日晚上，莫雷尔向他的女儿要回了他办公室的钥匙。

尤莉一听到这个要求马上就开始发抖，她觉得这不是一个好兆头。这把钥匙一直是由她保存着的，只有在她童年的时代，他父亲偶尔向她讨回，但那只不过是当作一种惩罚罢了。而现在，她的父亲为什么要讨回这把钥匙呢？那年轻姑娘望着莫雷尔。“我做错了什么事呢，亲爱的父亲？”她说，“您要向我讨回这把钥匙？”

“你没做错什么，我亲爱的宝贝。”那不幸的可怜人回答道，一听到这个简单的问题，泪水便盈满了他的双眼，“没什么，只是我要它。”

于是尤莉假装在身上摸钥匙。“我一定把它掉在我的房间里了。”她说道。接着她便走了出去，但她并没有回她的卧室，却是赶紧去和艾曼纽商量。“这把钥匙不要给你的父亲，”艾曼纽说，“明天早晨，要是可能的话，一直待在他身边，一刻都不要离开他。”她问艾曼纽到底是怎么回事，但他却说他也什么都不知道，或许是不肯说罢了。在九月四日到五日的那个晚上，莫雷尔夫人留心倾听着每一个声音，她听到自己的丈夫焦躁不安地在房间里踱来踱去，一直到凌晨三点钟。他是在凌晨三点钟才躺到床上去的。那一夜母女两人厮守着挨了过去。她们也在等待着马西米兰，他本该在傍晚时就到的，可是一直都没出现。早晨八点钟，莫雷尔走进了她们的房间。他仍然很平静，但在他那苍白和忧伤的脸上，却可轻易地看出那一夜的焦虑。她们不敢问他睡得好不好。莫雷尔一生中从来也没像今天这样如此温柔地对他的妻子，如此充满了父爱、慈爱地对他的女儿。他不断地凝视着娇美的姑娘，然后不断地吻她。尤莉没忘艾曼纽的话，当她的父亲离开房间的时候，就跟着他一起出去了，但他却急忙对她说："去陪着你的母亲吧。"尤莉说她想陪他。"我要你这样做。"他坚持说。这是莫雷尔生平第一次对女儿说"我要你这样做"。但他说这句话的时候，语气中仍满带着父亲的慈爱，尤莉不敢不从命。于是她站在老地方，哑口无言，一动也不动。片刻以后，门开了，她觉得有两只手臂抱住了她，两片温暖的嘴唇亲到了她的前额上。她抬头一望，发出一声惊喜的喊声。"马西米兰！哥哥！"她喊道。

听到这几个字，莫雷尔夫人立刻站起身来，急速扑入她儿子的怀抱。

"母亲，"青年叫道，他望望莫雷尔夫人，又望望他的妹妹，"怎么啦？你们的信吓了我一跳，所以我尽快赶回来了。"

"尤莉，"莫雷尔夫人边说，边对那青年做了一个表示，"快去告诉你父亲，说马西米兰回来了。"那年轻姑娘急忙冲出房间，但在楼梯口，她碰到一个手里正拿着一封信的人。

"你是尤莉·莫雷尔小姐吗？"那人带着浓重的意大利口音问道。

"是的，先生。"尤莉吞吞吐吐地答道，"你有什么事吗？可我并不认识你呀。"

"请读一读这封信吧。"他说完就把信交给了她。尤莉犹豫了一下。"这封信对令尊大有好处。"信差补充道。

听到这话，尤莉急忙接过信赶紧拆开，读道：

马上到梅朗巷去，走进门牌是十五号的那座房子，向门房要六楼上的房门钥匙。走进那个房间，在壁炉架的角落里有一个红丝带织成的钱袋，拿来给令尊大人。注意，他必须在十一点以前收到这只钱袋。你答应过一定照我说的去做的。记得要履行你的诺言。

水手辛巴德上

尤莉看完后发出一声欣喜的呼喊，抬起头来，四顾寻觅那信差，但他已经消失不见了。她的目光又回到了那封信上，又读了第二遍，发现原来还有一小段附言。她读道：

> 记住，你必须亲自去完成这项使命，而且必须单独去。如果让别人去，或由别人陪你去，门房就会回答说他根本不知道有这回事。

这段附言使尤莉的欢喜打了个折扣。她可以毫无担忧地去吗？那儿会不会有陷阱在等待着她呢？她毕竟还很天真，不知道像她这种年龄的年轻姑娘可能遇到的种种危险。但对于危险的恐惧是不必事先知道的，真的，严格说起来，常常是不可知的危险会使人产生极大的恐惧。

尤莉心里犹豫不决，决定找人商量一下。可是，出于一种奇特的情感，她所要商量的对象既不是她的母亲也不是她的哥哥，而是艾曼纽。她急忙下楼去，把汤姆生·弗伦奇银行代表来见他父亲那天所发生的事情告诉了艾曼纽，又把楼梯上的那幕情形讲给他听，并说她当时已答应过他照着他的话做，然后又把那封信拿给他看。

"那天，你一定要去，小姐。"艾曼纽说。

"去那里吗？"尤莉说。

"没错，我可以陪着你。"

"可你没看见我必须要一个人去的吗？"尤莉说。

"你是一个人去，"青年回答，"我可以在穆萨街的拐角处等你，倘若你去的时间过长，以致让我感到不安，我便会过来接你，谁要是惹到我，我绝不放过他！"

"那么，艾曼纽，"青年姑娘吞吞吐吐地说道，"你的意思是我应当服从这个命令？"

"没错，那送信人不是说这有关你父亲的安全吗？"

"他受到了什么威胁了呀，艾曼纽？"

艾曼纽停顿了片刻，但为了想让尤莉立即决定，他不得不说出了实话。

“听我说，”他说，“今天是九月五日，对不对?”

“没错。”

“那么，在今天的十一点，你父亲几乎有三十万法郎要付。”

“没错，我知道这个。”

“可是，”艾曼纽又说，“我们公司里如今的现款还不足一万五千法郎。”

“那么怎样呢?”

“咦，倘若在今天十一点钟之前，你父亲要是找不到人来帮忙，那么到十二点的时候他就不得不宣告破产啦。”

“噢，来吧，来吧!”她大叫了一声，赶忙拖了那个青年就跑。这时，莫雷尔夫人已经和她的儿子说了所有的事。马西米兰也已知道得很清楚了，自从灾祸接二连三地降临到他的身上以来，家里的生活已起了非常大的变化，但他不知道事情竟然严重地发展到这步境地。他吓得目瞪口呆。然后，他冲出房间，奔上楼梯，想在办公室里找到父亲，但他敲了很长时间的门，里面依然毫无动静。当他还站在办公室门口的时候，他听到卧室的门打开了，连忙转过身来，看见了自己的父亲。原来莫雷尔先生并没有直接到他的办公室去，而是回到了他的卧室，直到这时才出来。

莫雷尔一看见自己的儿子，就发出了一声惊喊，他一点儿都不知道他会回来的。他一动不动地站在老地方，用左手紧按着一件藏在他衣服底下的东西试图遮掩一下。马西米兰三步并作两步跳下楼梯，扑上前去搂住了他父亲的脖子，突然他缩回了身子，用右手按在莫雷尔的胸膛上。“父亲!”他喊道，脸刷地变成死灰色，“你衣服底下藏着这把手枪打算干什么?”

“噢，我也害怕这东西!”莫雷尔失去了镇静，说道。

“父亲，父亲!看在老天的分上，”马西米兰惊喊道，“告诉我，您拿这些武器到底要做什么?”

“马西米兰，”莫雷尔眼睛一眨不眨地盯着自己的儿子，回答说，“你是一个男子汉，而且是一个爱名誉的男子汉。来，我解释给你听。”

于是莫雷尔迈着坚定的步子向他的办公室走去，马西米兰则跟在他的后面，一路走，一路发着抖。莫雷尔打开门，等他的儿子进来以后就立即把门关上了，然后穿过前厅，走到他的写字台前，把手枪放在上面，手指翻开一本摊开的账簿。这本账簿准确无误地记录了公司的财务状况。半小时后，莫雷尔就得付出二十八万七千五百法郎。而他现在仅有十五万两千五百法郎。

“看吧！”莫雷尔说道。马西米兰读着，越读越感到绝望。莫雷尔一直沉默着。他还能说些什么呢？在这样一个绝望的数字面前，还有什么解释的呢？

“父亲，您难道没有别的办法了吗？父亲，你想好了是要我活下去吗？”

“是的，我要你这样做，”莫雷尔答道，“这是你的责任。马西米兰，你有一个冷静坚强的头脑。马西米兰，你不是一个普通人。我什么都不希望，我也没有什么命令，我只想对你说，你设身处地地仔细为我想一想，然后你自己再来作出判断吧。”

年轻人考虑了一会儿，他的眼睛露出一种坚定的听天由命的表情，接着用一种缓慢的、悲伤的姿势扯下那表示他的军衔的两个肩章。“那么，好吧，亲爱的父亲，”他伸手给莫雷尔说道，“安心地死去吧，亲爱的父亲。我会活下去的。”

莫雷尔差点儿要跪到儿子的面前，但马西米兰及时抱住了他，于是这两颗善良忠厚的心在一刹那间紧紧地贴在了一起。“你知道，这不是我的错。”莫雷尔说道。

马西米兰微笑了一下。“我知道的，父亲，您是我生平所知道的最值得尊敬的人。”

“好了，我亲爱的儿子，现在既然一切都说明白了，那么马上回到你母亲和妹妹那儿去吧。”

“父亲，”青年跪下一条腿说道，“祝福我吧！”

莫雷尔双手捧起他的头，把他拉近了一些，深深地看着他，然后在他的前额上吻了几下，说道：“噢，是的，是的，我以自己的名义和三代无可责备的祖先的名义祝福你，他们借我的口说：‘灾祸所摧毁的大厦，天命会使之重建。’看到我这样的死法，就算是再铁石心肠的人也会怜悯你的。他们拒绝给我宽限，对你，可能会给的。要尽量不说出有失体面的话。要去工作、去劳动，我的儿子，要热忱而勇敢地去奋斗，要活下去。你、你的母亲和你的妹妹，都要勤俭节约地生活下去，这样你的财产才可能会一天天地增加，把我所欠下的债还清。到全部还清的那一天，你就可以在这间办公室里说：‘我父亲的死，是因为他无法做到我在今天所做到的事。但他是平静地安心地死去的，因为他在临死的时候知道我能做到的。’想想看，那一天将是多么光荣，多么伟大，多么庄严呀。”

“父亲！父亲！”青年哭道，“你为什么就不能活下去呢，非得如此吗？”

“要是我活着，一切就都改变了，要是我活着，关心就会变成怀疑，怜悯就会变成敌意；要是我活着，我只是一个不信守诺言，不能偿清债务的人。实际上，我只是一个破了产的人。反过来说，要是我死了，要记得，马西米兰，我的尸首是一个诚实而不幸的人的尸首。我活着的话连我最要好的朋友也会避开我的屋子，倒是死了，全马赛的人都会含泪送我到我最后的安息地。我活着，你会以我的名字为耻，我死了，你可以昂起头来说：‘我父亲是自杀的，因为他生平第一次在迫不得已的情形之下没有履行他的诺言。’”年轻人发出了一声痛苦的呻吟，但看来已是屈服了。因为他的头脑已被第二次说服了，但不包括他的心。

“现在，”莫雷尔说，“让我单独留在这儿吧，想法带开你母亲和妹妹。”

“你不再见见妹妹了吗？”马西米兰问道，在这次会见中，青年的心里还藏着一个最后的朦胧的希望，他就是为了那个理由才这样建议的。莫雷尔摇了摇头。“我今天早晨见过她了，”他说，“已经和她告过别了。”

“你没有特别的嘱咐留给我吗，父亲？”马西米兰哑着嗓子接着问道。

“有的，我的孩子，有一个神圣的嘱托。”

“说吧，父亲。”

“只有一家汤姆生·弗伦奇银行曾同情过我，但是出于人道，还是出于自私，我不知道。它的代理人曾给了我，哦，我不愿说他赐给我三个月延期的时间，他在十分钟之后就要来收那笔二十八万七千五百法郎的期票了。你应该最先还清这家银行的期票，我亲爱的孩子，你必须尊重那个人。”

“父亲，我会的。”马西米兰说。

“现在再向你说一次，永别了，我亲爱的儿子。”莫雷尔说，“去吧！去吧！我要独自待在这儿。我的遗嘱放在我卧室的写字台里。”

青年依然一动不动地站在那里，心里虽想服从父亲的吩咐，但却没有任何勇气来实行。

“听我说，马西米兰，”他的父亲说，“要是我是一个像你这样的军人，受命去攻克某一个城堡，而你知道我肯定会在进攻时被杀害的。难道你不愿意像现在这样对我说一声：‘去吧，父亲，因为假如您留下来就会名誉扫地。去吧，宁愿死，别受辱！’”

“是的，是的！”青年痛苦地说道，“是的！”于是又浑身痉挛地用力拥抱了他父亲一次，说：“就这样吧，父亲。”说完他便冲出了办公室。

在儿子离开以后，莫雷尔两眼盯住门口，静静地站了一会儿，然后他伸手去拉铃。过了一会儿，柯克莱斯进来了。

他已不再是平常的那个人了，最近三天来的可怕的一切已把他压垮了。莫雷尔父子公司就要付不出款的这个事实完全把他打倒了，二十年来他从未感到过这样的屈辱和惊恐。

“我的好柯克莱斯，”莫雷尔用一种无法言喻的表情说道，“你去前厅里等着。当三个月前来过的那位先生，汤姆·弗伦奇银行的代表来的时候，向我通报一声。”柯克莱斯没有回答，他只是点了点头，便走进前厅里，坐了下来。莫雷尔疲软地倒入他的椅子里，眼睛盯在钟表上，现在还剩七分钟，只有七分钟了。时针的移动快得简直令人难以相信，他像是能看到它在走动似的。

这个人，他还算是年轻的，但却为了一种或许是虚妄但至少在表面上看来很正当的理由，就要和世界上他所爱的一切说再见了，将放弃充满家庭乐趣的生命了。在这最后的一刻，如果问他，他的脑子里到底在想些什么，那实在是太多了，根本无法用言语表达。他的额头挂满了冷汗，但并不怨天尤人，一切都似乎听天由命了。他的眼睛润湿着，但却是向着天空的。时钟的针继续向前走着。手枪的保险已打开了。他伸出手去，拿起了一支，喃喃地念着女儿的名字。然后他又放下了这致命的武器，拿起笔，写了几个字。他似乎像是和他那心爱的女儿还告别得不够似的，然后他又把目光盯到了时钟上，他不再计算分数了，而是以秒数来计算了。他又拿起了那致命的武器，他的嘴是半张着，他的眼睛盯在时钟上，当他想到扳动枪机时那“咯”的一声时，不禁打了一个寒战。这时，一片冷汗湿透了他的额头，一阵要命的剧痛吞咬着他的心。他听到了楼梯口那扇门的铰链的转动声，时钟响了几声，预示要敲十一点了，这时候办公室的门突然开了。莫雷尔没有转身，他在等待着柯克莱斯说这几个字：“汤姆生·弗伦奇银行代表到。”他已把手枪的枪口放在了牙齿中间。突然他听到一声大喊，这是他女儿的喊声。他不由自主地转过身来，看见了尤莉，然后他的枪掉了下来。

“父亲！”年轻姑娘大声喊道，她欢喜得几乎喘不过气来了，“得救了，您得救啦！”她扑到了他的怀里，一只手高高地举着一个红丝带织成的钱袋。

“得救啦，我的孩子！”莫雷尔诧异地问道，“你在说什么？”

“是的，得救啦，得救啦！看，快看呀！”年轻姑娘高兴地说道。

莫雷尔接过钱袋，微微吃了一惊，因为他朦胧地记得，这只钱袋曾经是属于他自己的。钱袋的一端绑着那张二十八万七千五百法郎的期票，期票显然是已经签收了的，另一端则系着一颗榛子般大的钻石，还附有一张羊皮纸的字条，上面写着：“尤莉的嫁妆。”

莫雷尔用手抹了一下额头，他觉得这似乎是一个梦。正当这时，时钟连敲了十一下，这震颤的声音直穿进他的身体，每一下好像都是一把锤子敲在他的心上一样。“快说，我的孩子。”他说，“快说说！这个钱袋你是在哪儿找到的？”

“在梅朗巷十五号六层楼上的一个小房间的壁炉架上找到的。”

“但是，”莫雷尔大声说道，“这个钱袋并不是你的呀！”

尤莉于是把早晨收到的那封信交给了父亲。

“你是单独一个人去的吗?”莫雷尔读了信以后问道。

“艾曼纽陪我去的，父亲。他原本说好在穆萨街的拐角上等我的，但说来奇怪，我回来的时候他竟然不在那儿了。”

“莫雷尔先生!”这时楼梯上有一个声音喊道，“莫雷尔先生!”

“这是他的声音!”尤莉说道。这时艾曼纽已走了进来，他的脸上洋溢的都是兴奋色彩。“法老号!”他喊道，“法老号!”

“什么！什么！法老号！你疯了吗，艾曼纽？你知道那艘船已经沉没了。”

“法老号，先生！他们发出的信号是法老号！法老号进港了!”

莫雷尔再次倒在他的椅子里。他浑身无力，他的理智告诉他不能接受这种前所未闻、令人难以相信的、甚至不可思议的事。这时他的儿子进来了。

“父亲!”马西米兰喊道，“您怎么说法老号已沉没了呢？瞭望塔上已经得到了它的信号，他们说它现在正在进港。”

“我亲爱的朋友们!”莫雷尔说道，“要是的确如此，这一定是上天赐予我的一个奇迹，这简直太不可能！太不可能了!”

但同样令人难以相信的真实，是他手中所握着的那个钱袋、那张签收了的期票，还有那光彩夺目的钻石。

“啊，先生!”柯克莱斯喊道，“那到底是怎么回事，法老号?”

“来吧，我亲爱的孩子们。”莫雷尔站起身来说，“我们去看看吧，要是这个消息是真的，愿苍天可怜我们!”

他们都走出去，在楼梯上遇到了莫雷尔夫人，莫雷尔夫人实在怕到办公室来。一会儿，他们一行人便到了卡尼般丽街。这时码头上已聚满了人。人们都让路给莫雷尔先生。“法老号！法老号!”

每一个声音都这样喊道。

说来奇怪，在圣·琪安瞭望塔前面，有一艘帆船的尾部用白漆写着这些字样：“法老号（马赛莫雷尔父子公司）”。它简直和原来那艘法老号一模一样，而且是满载着货物，肯定还是装着洋红和靛青。它抛了锚，收了所有的帆，甲板上是茄马特船长在那儿发号施令，而佩尼隆正在向莫雷尔先生打旗语。再也不用怀疑了！眼前亲眼所见，亲耳所闻的事就是真实的。而且还有一万余人都在场当见证人呢。莫雷尔父子在岸上激动地拥抱起来，市民们望着这不可思议的奇迹都在欢呼鼓掌。这时，有一个留着一脸黑胡须的男子，正躲在一处哨兵的岗亭里，望着这个激动人心的场面，低声说道："快乐吧，高贵的心呀！愿上帝祝福您所做的和将要做的种种善事，让我的感激和您的恩惠都深藏不露吧！"

于是，带着一个愉快的微笑，他离开了那隐身的地方，神不知鬼不觉地走下一侧岸边的便梯，高呼三声："雅格布！雅格布！雅格布！"于是一艘小艇向岸边划来，接他上了船，送他到了一艘豪华的游艇旁边。他像一个水手那样灵活敏捷地跃上游艇的甲板，从那儿再回过身来望了一眼莫雷尔：只见莫雷尔正欢喜得热泪盈眶，正在极其亲热地和他周围的人一一握手，并以感激的目光望着天空，似乎想在天上寻觅那神秘的造福者似的。

"现在，"那位无名客说道，"永别了，仁慈、人道和感激！永别了，一切高贵的情意，我已代上天报答了善人。现在复仇之神授予我以力量，令我去惩罚恶人！"随着这些话，他发出了一个信号，而像是就只等待这个信号似的，游艇即刻向港外开去了。

第三十一章　意大利：水手辛巴德

巴黎上流社会有两个青年，他们分别是阿尔贝·马尔塞夫子爵和弗兰兹·伊皮奈男爵。一八三八年初，他们来到了佛罗伦萨相约观看那一年的罗马狂欢节，弗兰兹最近三四年一直都住在意大利，因此他同意充当阿尔贝此行的向导。参加罗马狂欢节可不是一件简单的事，特别是如果你不想夜宿凡西诺广场或者呸布尔广场上的话。因此他们给爱斯巴广场伦敦旅馆的老板派里尼写信，让他帮他们留几个比较舒服的房间。派里尼老板在回信中说，目前旅馆只剩下一间内房和两间寝室了，都在三楼，房租很便宜，每天只需要支付一个路易。他们选择了这家旅馆，不过为了尽情享受这段空闲时光，阿尔贝早早地动身前往那不勒斯去游玩了。只有弗兰兹留在佛罗伦萨。几天之后，弗兰兹去了一家名叫卡西诺的俱乐部，又在佛罗伦萨几家贵族家中度过了两三个夜晚，在他访问波拿巴的摇篮科西嘉之后，他突发奇想，动了前往囚禁拿破仑的小岛——厄尔巴岛的念头。

一天傍晚，他解开了一艘拴在里窝那港内铁环上的小船，接着跳到船上，用他的披风裹住身体，在船里躺下，然后对船员们说："开到厄尔巴岛去！"小船就像离弦的箭似的驶出了港口。第二天早晨，弗兰兹便在费拉约港弃舟登岸了。在沿着那位巨人所留下的足迹走过一遍以后，他又在岛上游览了一番，然后重新上船，向马西亚纳驶去。两小时以后，他又在皮亚诺扎上岸了，因为他曾听人煞有介事地说过，那儿到处都是红色的鹧鸪。但打猎的成绩却不是很理想，他只打下来几只鹧鸪，于是他也像每一个失败的猎人一样，回到船上就大发脾气。

“啊，倘若大人高兴，”船长说，“您能够有一个绝妙的地方进行打猎。”

“是哪里？”

“您看到那个岛了吗？”船长说，并指着一堆在蔚蓝的海面上耸立着的圆锥形的东西。

“嗯，这岛叫什么名字？”

“基督山岛。”

“可是我没有这个岛上的打猎许可证呀。”

“大人不用在乎许可证，因为那个岛上没有人居住。”

“啊，是嘛！”青年说，“地中海中有一个荒岛真可谓是一件兴事。”

“那是极其自然的，这个小岛是由一大堆岩石构成的，岛上连一亩可以耕种的土地都没有。”

“那它是哪个国家的呀？”

“是托斯卡纳的。”

“那里可以打什么呢？”

“有上千头野山羊可以打。”

“我想它们大概是舔着石头生活的吧。”弗兰兹说道，面上带着怀疑地微笑。

“不，石缝里长有小树，可以吃嫩叶。”

“那我睡在哪里呢？”

“睡在岸上的岩洞里，或是裹着披风睡在船上，而且，若是大人高兴的话，我们打完猎可以立即离开。无论白天还是黑夜，我们都一样可以航行，倘若停风了，我们可以用桨划。”

弗兰兹还有很长一段时间才能离开这里与他的同伴重聚，而罗马的寓所又已经没有别的困难了，因此他便接受了那个建议。一听见他同意了，水手们就相互小声地说了几句话。“喂，”他问道，“如何？还有其他困难吗？”

“没有，”船长回答，“可我们必须警告大人，那个岛可不是那么简单的。”

“这话怎么说？”

“就是说基督山虽然没有人住，但有时也会有走私贩子和海盗把它当避难所，他们都是来自科西嘉、撒丁或非洲。倘若有人去告发我们，说我们曾经去过那里，那我们回里窝那时，就会被检疫所扣留六天。”

“见鬼！那这就不是一回事了！六天！刚好是上帝创造世界所需的时间。伙伴们，这个时间未免有些长吧。”

“但谁会说大人曾经去过基督山呢？”

“噢，我自然不会说。”弗兰兹喊道。

“我也不会说，我也不会说！”水手们齐声说道。

“那么转舵前往基督山吧。”

船长下了几个命令，船头就开始朝那个岛调转过去，不多会儿小船便朝着那个方向驶去了。弗兰兹等人把船一切都调整好，船帆鼓起了风，四个水手站定了位置，三个在船头，一个在船尾，然后又重新接上话头。“盖太诺，”他对船长说，“你跟我说基督山是海盗的一个避难所，我想他们可并不像山羊那么好玩吧。”

“是，大人，这话没错。”

“我知道的确有走私贩子，但我想，自从阿尔及尔被攻克、摄政制度被摧毁以来，海盗只是库柏和玛里亚特上尉的传奇小说中的人物了吧。”

“大人有所不知，海盗还是有的，就像现在还有强盗一样——大家不是都以为强盗已经让教皇利奥十二世灭绝了吗？可是他们不是天天还在罗马的城门口抢劫来往过客吗？难道大人忘记了在六个月前，法国代理公使在离韦莱特里五百步的距离内被枪杀的那件事了吗？”

“噢，是的，我还记得。”

“那么，好，假如大人也像我们一样一直生在里窝那，您就会时时听人说：一艘小商船，或是一艘英国游艇，本来是要开到巴斯蒂亚、费拉约港，或契维塔·韦基亚去的，结果却没了影儿。谁也不知道那条船到底出了什么事，以为肯定是触到岩石上沉没了。哼，我看它碰上的这块岩石很有可能是一艘又长又狭的船，船上有六个人或者八个人，他们趁着一个风高月黑的晚上，不知在哪一个荒凉的小岛附近袭击并抢劫了它，就像强盗通常在一处树林的拐角上抢劫一辆马车一样。”

“可是，”裹紧了披风躺在小船里的弗兰兹问道，“那些被抢的人为什么不向法国、撒丁，或是托斯卡纳政府去控告呢？”

“因为他们先是把帆船上所有他们觉得值钱的东西都搬到他们自己的小船上，然后再把船员的手脚都绑起来，往每个人的脖子上都绑上一个二十四磅重的铁球，再在帆船底上凿一个大洞，然后就离开了。十分钟以后，帆船就开始前后左右地摇荡起来，接着就向下沉，一会儿往这边倾倒，一会儿又往那一边倾倒。几番沉浮后，突然间发出像大炮一样的一声巨响——这是甲板里的空气爆炸了。一会儿，排水孔里就像鲸鱼的喷水口一样喷出水来，帆船最后‘哼哼’一声，再打几个转转，就不见了，只在水面上形成了一个大漩涡，然后一切就都完了。仅五分钟之内，它就无踪无影了，只有上帝的眼睛才看得到帆船到底躺在海底的哪一个角落。现在你明白了吧。”船长大笑着说。“那为什么没有人去向政府控告，帆船到不了港的原因呢？”

倘若在提议远征行猎以前盖太诺说了这番话，弗兰兹在接受他的建议以前或许会有所犹豫，可此刻他们已经出发了，他认为后退便是示弱。有些人不会轻率地自己甘愿去冒险，但倘若危险来临时，却可以用泰然自若的态度去应对它，他便是这样的人。有些人十分镇定果断，他们将危险视为决斗中的敌手，他们对它的动作进行着计算，对它的进攻有所研究，他们的后退仅仅只是为了喘一口气，并非表示怯懦。他们很清楚一切对自己有利的地方，可以一击将敌人杀死，他也是那样的人。“哼！”他说，“我游遍了西西里与卡拉布兰，也曾在多岛海[①]上航行了两个月，可是连海盗或强盗的影子我却从未见过一个。”

“我和大人说这番话，并非要您改变计划，”盖太诺回答，“但您问了我，因此我回答您，仅此而已。”

“没错，我亲爱的盖太诺，你的这番话十分有趣，我希望能好好地回味一下。向基督山前进吧。”

风势很猛，小船以每小时六七海里的速度前进。他们很快就接近航行的目的地了。当他们接近那个岛的时候，它像是从海底里突然冒出来的一个庞然大物，透过明净天际下的薄暮余晖，他们辨得出那岛是岩石

---

① 即爱琴海。

一块一块地堆积在一起的，像一座弹药库里的炮弹一样；石缝里则生长着青绿色的灌木和小树。至于水手们，表面上看似非常平静，但显然都打着十分的精神警惕着，小心翼翼地注视着展现在他们前面的如玻璃般光洁的海面。现在海面上只能看到几艘渔船和船上的白帆。当他们离基督山只有十五海里的时候，太阳开始沉落到科西嘉的后面，科西嘉的群山在天空的衬托下画出了明晰的轮廓，雄劲地呈现出峥嵘的山峰。这座大岩山像巨人亚达麦斯脱似的气势汹汹地俯视着小船，把太阳遮住了，而同时太阳又染红了它的山巅。阴影慢慢从海上升起，好似在驱逐落日的余晖一样。最后，太阳的余晖终于驻足在山顶上，在那儿逗留了一会儿，把山顶染得火红，如同一座火山顶。然后，阴影渐渐吞噬了山顶，像它刚才吞噬山脚一样，于是整个岛现在变成了一座灰蒙蒙的山，并且越来越阴沉。半小时后，就完全被黑夜包围了。

幸运的是海员们常走这些航线，熟悉托斯卡纳群岛一带的每一块礁石。毕竟是在这样的昏黑之中，弗兰兹可没那么镇定自若了。科西嘉早已看不见了，基督山也不知隐蔽在了何处，可水手们却像大山猫一样，能暗中识物，而且掌舵人也没有显露出丝毫犹豫。太阳落山已有一个钟头了，弗兰兹好像在左侧四分之一里处看到一大堆黑乎乎的东西，但分辨不出究竟是什么。

为了避免把一片黑色的浮云错认作陆地而引起水手们的嘲笑，他一直保持着沉默。突然间，那里出现了一大片光，陆地也许会像一片云，但火光却不可能是一颗陨星。

“这是片什么光?”

“不要说话!”船长说，“那是火光。”

“可你和我说岛上没有居民居住的呀!”

“我说岛上没有固定的居民，但我也说过偶尔会有走私贩子利用那里做避风港。”

“并且也会有海盗?”

“并且也会有海盗，”盖太诺重复了弗兰兹的话，“就是因为那个理由，所有我才吩咐驶过那个岛，而您也能看见，那火光是在我们的后面。”

“可这片火光，”弗兰兹又说，“依我看，反而不是让我们警戒而是应当让我们放心的，因为但凡不愿被人看到的人是不会举火的呀。”

“噢，这个理由不对，”盖太诺说，“倘若您在黑暗中可以猜到这个岛的方向，您便会知道，那片火光从侧面或从皮亚诺扎岛那里看过去是看不见的，只有在海上才可以看见。”

“那么，你认为这片火光是在宣布有不速之客在那里吗？”

“那刚好就是我们必须要确定的事。”盖太诺看着这颗陆上的星回答道。

“你要怎样去确定呢？”

“您一会儿就会明白了。”

盖太诺和他的伙计们开始商量起来。五分钟以后，他们采取了一个行动，即是把小船掉过头来。他们把船朝来时的方向转回去，几分钟以后，就不见火光了，一片隆起的高地已经遮住了它。掌舵人又改变了小帆船的方向，船就急速地向岛靠拢过去，不久离岛就只有五十步之遥了。盖太诺扯落了船帆，小船就停了下来。所有这一切都是在沉默中完成的，自从他们改变方向以来，彼此就不曾再说过一个字。

这次前来行猎是盖太诺提议的，所以他自动负起全责。四个水手的眼睛都盯在他的身上，同时都把他们的桨准备好，以便随时可以划开去。在这一点上，靠了黑暗帮忙，大概做起来是不难的。至于弗兰兹，他极其冷静镇定地检查了一下他自己的武器。

他有两支双铳枪和一支马枪。他上了子弹，望着枪机，便静静地等着。这时，船长已脱掉他的背心和衬衫，紧了紧他的裤子。他原来就赤着脚，所以根本没有鞋袜可脱。完成这些以后，他把手指放在嘴唇上做了一个要大家保持肃静的动作，就不动声响地滑入海里，极其小心地游向岸边，没有一丝哪怕最轻微的响动。只有从那条闪着粼光的水痕才能跟踪到他。这道水痕一会儿也不见了，显然这时候他已上了岸。在这半个小时内，船上的每一个人都不敢轻举妄动，当那道发光的水痕又出现时，只见他用力划了两下就回到了船上。

“知道是怎么回事了吗？”弗兰兹和水手们齐声问。

“他们是些西班牙走私贩子，”他说，“两个科西嘉强盗也和他们在一起。”

“科西嘉强盗怎么会和西班牙走私贩子一起在这儿呢，这太奇怪了吧。”

“唉！”船长用基督教徒般的悲天悯人的口吻回答说，“我们永远应该互相帮助的。强盗经常让宪兵和马枪兵逼得走投无路。唉，他们看到一条小船，而船上是像我们这样的好人，他们就来要求我们庇护。对于一个走投无路的可怜虫，你怎么能拒绝施以援手呢？于是我们就收留了他们。而为了更加安全起见，我们就驾船到海上来。我们并不因此破费什么，但却救了一个同样命运的人的性命，或至少使一个伙伴获得了自由。而他，一有机会就会报答我们，指示一个安全地点，使我们可以把货物顺顺利利平平安安地卸到岸上。”

“啊！”弗兰兹说，“那么你偶尔也干点儿走私的活了，是不是，盖太诺？”

“阁下，人总得什么都干一点儿，毕竟我们总得要过日子嘛。”对方带着一个难以形容的微笑回答说。

“好吧，”青年说，“那么我们去请求这些走私贩子和强盗的接待吧。他们有多少人？”

“四个，加上那两个强盗，一共六个。”

“我们也是六个，那么他们如果要找麻烦，我们也能够对付他们。我最后再对你说一遍，到基督山去吧。”

“是。但阁下得允许我们采取某种特别的预防措施。”

“只管放手做吧，但要做得像斯托一样的聪明和尤利西斯一样的慎重。我不但允许，而且还鼓励你这样做。”

“很好，那么，别出声！”盖太诺说。

每一个人都不再作声了。像弗兰兹这样一个看事明白的人，知道自己所处的位置具有一定的风险：他现在是孤零零地独自和一群水手在黑暗里，他对他们并不熟悉，他们没有理由要尽忠于他；他们知道他身上带着几千法郎；他们曾查看他的武器，他那几支枪十分漂亮，当他们查看的时候即便说不带着嫉妒，但至少却充满着好奇心；另一方面，他就要上岸了，除了这些人以外，他再无其他任何人的保护。这个岛尽管有着一个十分富于宗教色彩的名字，但在弗兰兹看来，这些走私贩子和强盗除了会给他以被钉在十字架上的待遇外，似乎不会给他什么别的接待。帆船被凿的那种故事，在白天听来不可思议，难以相信，但在夜里想来却似乎十分可能。处在这两种想象的危险之间，他的眼睛不敢有一刻离开船员，手也不敢有一刻离开枪。

水手们扯起了帆，帆船正破浪前行。弗兰兹的眼睛现在已比较习惯黑暗了，他可以在黑暗中辨别出小船沿着它航行的那个巨人般的花岗石。然后，转过一块岩石，他看到了明亮的火光，火光周围坐着五六个人。火焰照亮了百步之内的海面。

盖太诺沿着光圈的边缘航行，小心地使船保持在光线之外。就这样，当他们驶到火光正面的时候，他就把船笔直地驶入光圈的中心，并唱起了一首渔歌来，他的伙计们也同声合唱着。歌声一响，坐在火堆周围的人就站起身向登岸的地方走过来，他们的眼睛死盯着小船，很明显是在判断和推测来者的情况和意图的。

不久，他们像是得到了满意的答案，便又回到（只剩一个人还站在岸边）了他们的火堆旁，火堆上正烤着一整只野山羊。当小船距岸二十步以内时，滩头上的那个人就把他的马枪做了一个哨兵遇见巡逻兵的姿势，并用撒丁语喊道："哪一个？"弗兰兹冷静地把手指按在枪机上。盖太诺同这个人交谈了几句，这几句话那位游客尽管听不懂，但看他们的神情和听说话的语气便知是在讲他。

"阁下愿意报一下姓名吗？"船长道。

"不需要讲出我的名字来，你们知道我是一个来游玩的法国旅客就行了。"

盖太诺把这个答复转达了以后，哨兵就对坐在火堆旁边的一个人发了一声命令，那个人听后接着就站起来消失在岩石堆里了。

他们谁都没有讲话，每个人似乎都在忙着自己的事。弗兰兹正忙着上岸的准备，水手们正忙着收帆，走私贩子们则正忙着烤他们的野山羊。但在这一系列互不相关的动作之中，他们却显然都在互相打量着对方。那个走开的人突然又从他离开的那个地方的对面回来了，他向那哨兵示意了什么，然后那哨兵就转向小船，喊出了"欢迎光临，只当在你自己家里一样，一切随意”的话。这句话让那些醉心贵族生活的小市民感到很意外，因为它包括了太多的事物。水手们不等第二声邀请，就用桨猛划四下来到了岛边。盖太诺纵身一跃上了岸，和那哨兵说了几句，随后他的伙计们也上了岸，最后才是弗兰兹。他把一支枪背到了自己的肩头，另一支交给了盖太诺，由他掮着，而他的马枪则是被一个水手拿着。他的服装看起来，一半像艺术家，一半像花花公子，并未让对方感到怀疑，所以也没有惹起什么不安。小船已经系在岸边，他们往前面走了几步，找到了一个舒适的露宿地点，但那个当哨兵的走私贩子显然不满意他们选择的地点，因为他大喊道：“请你们不要在那里。”

盖太诺低声道了一声歉，便向对面走去，这时有两个水手已在火堆上点燃了火把，照着他们向前走。他们约莫向前走了三十步左右，便在一小堆岩石环绕的空地上停了下来。空地里的座位已准备好了，像哨兵的岗亭一样。四周的岩石缝里生长着几株矮小的橡树和繁密的金银花丛。弗兰兹用火把向下照了一下，借着火光可以看到一堆灰烬，说明这个隐蔽的地方并不是他第一个发现的，而无疑也是那些好奇的访问者在基督山的驻足点之一。至于他以前的种种消极的预测，在他登陆以后，看到那批主人无所谓的——即便不算是友谊的——态度以后，他的成见已经打消了，或更诚实一点说，是因为看到了那只山羊，以致他的所有念头都已转到食欲上去了。他向盖太诺好奇地提起了这一点，盖太诺不以为然地回答说，准备晚餐是最容易不过的事了，因为他们的船里有面包、酒和半打鹧鸪，只要生起一堆火来烤熟它们就行了，很是简单。“而且，”他又说，“假如他们烤肉的香味引诱了您，我可以拿两只鸟去跟他们换一块儿来。”

“你倒像是天生的外交家，”弗兰兹答道，“去试试看吧。”

这时，水手们已拾了许多枯枝，生起一堆火来。弗兰兹嗅着烤山羊的香味，正等得不耐烦的时候，船长带着一种神秘的神色回来了。

“结果怎么样？”弗兰兹问道，“有什么新情况？他们拒绝了吗？”

“正好相反，”盖太诺答道，“他们的头儿是位法国青年，非常友好热忱地请您去和他一同用晚餐。”

“哦，”弗兰兹说，“这位头儿倒挺客气，我看也不必抹了他的一番盛意吧。不过我还要带我那一份晚餐去。”

“噢，那倒不必了，他招待的晚餐丰富得很呢，只是他有一个附带的条件需要您答应方能请您到他的家里去。”

“他的家！莫非他在这里盖了房子?”

“没有，但是他有一个特别舒适的住所，这是他们说的。”

“那么你和这位首领熟悉吗?”

“我听别人说起过他。”

“怎么样?”

“好坏都有。”

“见鬼！是什么样的条件呢?”

“您需要蒙上眼睛，直至他吩咐您的时候才能放下绑带。”弗兰兹看着盖太诺，想看看他对这个建议有什么样的想法。“啊，”他猜到了弗兰兹的想法，便答道，“我知道这很值得想一想。”

“倘若你是我，你会怎么做?”

“我，我就一个人，没什么可以失去的，我当然去。”

“你接受吗?”

“是的，就算是出于好奇心吧。”

“那么，这位首领有特别奇特的地方吗?”

“听着，”盖太诺压低声音说道，“我不清楚他们说得是否是真的——”他停住了话题，看了看周围是否有人。

“他们说了什么?”

“他们说这位头儿住在一个岩洞里，同这个洞一比，庇梯宫都根本算不了什么了。”

“胡说！不可能！”弗兰兹说着就又坐了下来。

“这不是胡说，是真的。圣·弗狄南号的舵手卡玛曾经进去过一次，他出来以后就惊奇得不得了，甚至发誓说那么多的金银珠宝只有在童话里才听说过。”

“你知不知道，”弗兰兹说，“要是这种事是真的，你这不是领我到阿里巴巴的宝窟里去了吗?”

“我只是把听到的话告诉您而已，一切由您定夺。”

“那么你是劝我答应他吗?”

“噢，我可没那样说也没那个意思，阁下尽可自主抉择。这种事我可不敢给您出主意。”

弗兰兹想了一下，觉得一个人如果那么有钱，是决不会想来抢他腰中的区区之数的；如果等着他的是一顿美餐，他接受了也无妨。盖太诺带着他的答复走了。弗兰兹是很谨慎的，很希望尽可能多地知道些关于他这位东道主的情况。在对话的时候，他注意到坐在旁边的一个水手，正在一本正经地翻弄着鹧鸪，带着一种很忠于职守的神气。于是他转向这个水手，问这些人是怎么来的，因为根本看不见有什么帆船。

“那个您大可不必担心，”那水手回答说，“我知道他们的帆船在哪儿。它的载重可能有一百吨左右，但是它吃得住任何风浪。是英国人所谓的那种游艇。但在我看来，它是一条热那亚船。船主是一位有钱的先生，以旅行为乐。他叫水手辛巴德！你们到岛上来的时候，看到岛上没有人，难道就从来没被好奇心所驱使而去寻找传说中的这座魔宫吗?”

“噢，当然找过，而且找过不止一次了，但结果都是一场空。我们把那个岩洞几乎全都搜查过了，但始终找不到一点儿洞口的痕迹。”

“他们说那扇门不是用钥匙打开的，而是用一个魔咒叫开的。”

“果然很有意思，”弗兰兹自言自语地说，“这是《一千零一夜》里的一个神怪故事。”

“爵爷在恭候。”一个声音说道，弗兰兹听出这是那个哨兵的声音，他还带着游艇上的两个船员。弗兰兹不得已从口袋里抽出一条手帕，交给了对他说话的那个人。然后他们一言不发地把他的眼睛蒙了起来，而且蒙得很小心很周密，这说明他们很清楚他想乘机偷看。

蒙好以后，就要他答应决不抬高蒙布。于是他的两个向导夹住他的手臂，一左一右扶着他向前走去，而那个哨兵就在前面领路。走了大概二十多步左右，一阵开胃的烤山羊香味扑鼻而来，他知道正在经过露营的地点了，然后他们又领他向前走了五十步左右，显然在向那个禁止盖太诺走的方向前进，他现在终于明白为什么不准他们在那儿露宿的原因了。不久，由于空气的转变，他知道他们已走进了一个洞里；又走了几秒钟，他听到“喀喇喇”一声响，他觉得空气似乎又变了，变得芳香扑鼻。终于他的脚踏在了一张又厚又软的地毯上，这时他的向导松开了他的手臂。

沉默了一会儿以后，一个声音用优美的法语——尽管带着一点外国口音——说道："欢迎光临，先生！请解开您的蒙布吧。"这当然是很容易想象得到的，弗兰兹一听到这句话，就立马解开了他的手帕，他发现自己已站在了一个年约三十八至四十岁之间的男子面前。那人穿着一套突尼斯人的服装，戴着一顶红色的便帽，帽上垂下一长绺蓝色的丝穗，外套一件绣金边的黑色长袍；裤子是深红色的，还有同色的扎脚套，扎脚套很宽大，也像长袍一样是绣金边的，一双黄色的拖鞋；他的腰部围着一条华丽的丝带，腰带上插着一柄锋利的小弯刀。尽管他的脸色苍白得像死人，但这个人的脸实在是很漂亮：他的眼睛闪闪发光，像是具有穿透力似的；鼻梁笔直，几乎和额头齐平，纯粹的希腊型鼻子；他的牙齿洁白得像珍珠，排列得很整齐美观；嘴上是一圈黑胡须，怎么看都是一个绅士的样子。

但那种苍白的脸色是很显眼的，好像他曾被长期囚禁在一座坟墓里，以致无法再恢复常人的那种健康的肤色了。他的身材并不很高，但却非常匀称，使弗兰兹最为惊奇的是，他曾把盖太诺的话斥为荒唐之言，而现在竟亲眼得以证实了。只见眼前整个房间里都挂满了绣着金花的大红锦缎。房间里有一个像天然在墙上凿成的壁龛，上面放着一把阿拉伯式的宝剑，剑鞘是银的，剑柄上镶嵌着灿烂的宝石；天花板上悬下一盏突尼斯琉璃灯，式样和色彩都很美丽；脚下是土耳其地毯，软得像雪花似的，一踩就陷及脚背了；弗兰兹进来的那扇门前挂着织锦门帘，另外一扇门前也挂着同样的门帘，那大概是通向第二个房门的，那个房间里似乎也灯火辉煌。

那位主人一直沉默着，让弗兰兹有足够的时间来表示他的惊讶，同时却在打量他，始终不曾把目光离开过他。"先生，"他终于说道，"刚才领您到这儿的时候多有冒犯，还请见谅。但这个岛一向是荒无人烟的，要是这个秘密住处被人发现了，在我外出回来的时候，我这所临时别墅肯定已被人翻得乱七八糟了，那就未免太令人不愉快了。倒也不是因为怕受损失，主要是因为我现在可以过一种与世隔绝的生活，而到那时怕是再也无法享受这种乐趣了。现在让我尽量来使您忘记这短暂的不快，献给您绝对想不到在这儿能找到的东西吧，其实，确切地说就是，一顿还说得过去的晚餐和相当舒服的床铺啦。”

“真的！我亲爱的主人，”弗兰兹答道，“不必为此道歉。我知道，那些深入魔宫的人总是会被蒙上眼睛的，譬如说，《新教待列传》里莱奥尔便是其中之一。而且我实在毫无抱怨的理由，因为我到哪里再去看《一千零一夜》神话故事的一部续集呢。”

“唉！我或许可以借用鲁古碌斯的一句话表示我的欢迎之意：‘如果我早知道先生的光临，我会事先准备一下的。’现在蓬荜未扫，只是草舍悉听您随意支配，粗茶淡饭，如不嫌弃，敬请分享。阿里，晚餐准备好了没有?”

话音刚落，门帘撩开了，一个穿着一套白色便服，黑得像乌木似的黑奴对他的主人做了一个手势，表示餐厅里的一切都已准备好了。

“哦，”那魔洞主人对弗兰兹说，“我不知道您是否与我有同感，但是我觉得两个人假如面对面待上两三个小时，而互相竟不知道如何称呼对方，实在是件不太令人愉快的事。请不要误会，我很尊重待客之礼，不敢强问您的大名或尊衔。我只是请您随便给我一个名字，以便可以称呼您而已，至于我自己，我可以先使您安心，我告诉您，大家通常都叫我‘水手辛巴德’。”

“我，”弗兰兹答道，“也可以很爽快地告诉您，我只要得到一盏神灯，便可以变成十足的阿拉丁。那很可以使我们不至于忘掉神秘的东方世界，不管我怎样想，总之我很荣幸被某些善良的神灵带到这里啦。”

“好吧，那么，阿拉丁先生，”那位奇怪的主人回答说，“您已经知道我们的晚餐已准备好了，现在请您劳驾到餐厅里去好吗？鄙人当在前引路。”说着，辛巴德就撩开门帘，率先走了进去。

于是弗兰兹便从一座魔宫走进了另一座魔宫，餐桌上真可谓是摆满了珍馐佳肴，他先使自己相信了这重要的一点之后，他的目光便开始环顾四周。餐厅同他刚才离开的客厅相比毫不逊色，整个房间全部是用大理石筑成的，刻着古色古香价值连城的浮雕。餐厅是长方形的，两端各有两尊精美的石像，石像的手里拿着篮子。这些篮子里盛着四堆像金字塔似的珍果，有西西里的凤梨、马拉加的石榴、巴里立克岛的椰子、法国的水蜜桃和突尼斯的枣。晚餐是一只烤野鸡配科西嘉鸟，一只港澳火腿，一只芥汁羔羊腿，一条珍贵无比的比目鱼和一只硕大无朋的龙虾。在这些大菜之间，还有较小的碟子盛着各种珍馐野味。碟子是银制的，而盘子则是日本瓷器。

弗兰兹揉了一下眼睛，努力使自己确信这不是一个黄粱美梦。在餐桌旁侍候着的只有阿里一人，而且手脚非常灵便，以至客人向他的主人大加赞赏。

“是的，”他一边很安闲凝重地尽地主之谊，一边回答，“是的，他是一个好小伙，对我忠心耿耿，而且尽可能的竭力来证明这一点。他知道是我救了他的命，而由于他很爱惜他的脑袋，他觉得他的脑袋之所以还挂在脖子上，这一点不得不感谢我。”

阿里走到他的主人前面，捧起他的手，吻了一下。

“辛巴德先生，”弗兰兹说，“恕我冒昧地问问您是在怎样的情形之下完成那件义举的，您不嫌太唐突吧？”

“噢！说来很简单。”主人回答说，“这个家伙好像是因为在突尼斯王的后宫附近游荡被捉住的，按法律这种地方是不许黑人去的，于是国王就判了他的罪，第一天要割掉他的舌头，第二天要砍断他的手，第三天砍下他的头。我早就想雇用一个哑奴。等到他的舌头被割掉以后，我就去向国王请求，要他把阿里卖给我，代价是一支漂亮的双筒长枪，因为我知道他特别想要一支这样的枪。他犹豫了一会儿，因为他实在太想结果了这个可怜人。但我还有一把英国弯刀，这把弯刀可以把国王的土耳其剑切得粉碎，当我在长枪以外又加上这把英国弯刀作条件时，国王就让步了，同意饶了他的手和脑袋，不过有一个条件，就是不许他的脚再踏上突尼斯。这项交易条件实在是没任何必要的，因为那胆小鬼一望见非洲海岸，就马上跑到船舱底下去了，非到我们望不见世界第三大洲的时候，才把他劝上来。”

弗兰兹沉默了一会儿，对于他的东道主在叙述这件事情时那冷漠无情的态度，不知作何想法才好。为了转变话题，他说：“您的名字太让人羡慕了，你真的也很像一个水手，您是打算在航行中度过一生吗？”

“是的。我曾发誓这样做，但在当时，我丝毫想不到有一天这誓言能成为现实。”陌生人带着奇怪的微笑说，“我另外还发了几个誓，我希望都能按时实现它们。”

即使辛巴德在说这些话的时候态度很平静，但从他的眼睛里却射出了异常凶猛的光芒。

“你受过很多苦吧，辛巴德先生?”弗兰兹试探地说道。

辛巴德怔了一下，一边用目光盯住他，一边回答：“您怎么会这样认为呢?”

“我这么认为是有理由的!”弗兰兹答道，“您的声音，您的目光，您那苍白的肤色，和甚至您所过的这种生活都让我产生了这种想法。”

“我！我过着我所知道的最快乐的生活，真正的总督般的生活。我是万物之主。要是我喜欢某个地方，就住在那儿；厌倦它了以后，就离开。我像鸟一样的自由，也像鸟一样有翅膀能自由飞翔。我只要略微示意，我的部下就马上服从。有时候，我同人类的法律开个小小的玩笑，带走一个它所通缉的强盗、或它所追捕的犯人，然后就对他施行我的法律。我的法律是无声的，但却是真实的，没有缓刑，也没有上诉，有罚有赦，而谁都不知道。啊！要是您体验过我的生活，您就不会再希望过任何其他的生活了，您决不愿再回到尘世里去了，除非您要到那儿去完成某件大事。”

“譬如说，复仇!”弗兰兹说道。

辛巴德用那能看透人心的目光盯着这个青年人。“为什么是复仇呢?”他装作漫不经心地问。

“因为，”弗兰兹答道，“在我看来，您似乎是一个被社会所迫害的人，和这个社会有不共戴天之仇似的。”

“啊!”辛巴德用他那种怪笑大笑着回答，笑时露出他那两排雪白锐利的牙齿，“您猜错了。您以为我会如此，实际上我却是一个哲学家。有一天，或许我会到巴黎去，跟亚伯特阁下和穿蓝色小外套的那个人作对。”

“难道巴黎之行对您来说还是第一次吗?”

“是的，是第一次。您一定觉得我这个人很奇怪，但我向您保证，我之所以把它推迟了那么久，错绝不在我，我总有一天要绕着弯儿到达那儿。”

这时，他们还继续在用晚餐，但这顿晚餐倒像是专为弗兰兹一人准备的，因为那位主人对于这一席丰盛的酒筵几乎碰都没有碰一下，而他的突然来客却饱餐了一顿。最后，阿里把甜食端了上来，说得更准确一点，其实就是从石像的手上拿下篮子，把它们端到了桌子上而已。在两只篮子之间，他放下了一只银质的小杯子，银杯上有一个同样质地的盖子。阿里把这只杯子放到桌子上时那种小心翼翼的态度引起了弗兰兹的好奇。他揭开盖子，看到一种浅绿色的液体，有点儿像陈年的白葡萄酒，但却一点儿都不认得那究竟是什么东西。他把盖子重新盖好，对于杯子里的东西，仍像没看一样不得其解，于是他把疑问的目光投向了它的主人，他看到对方正在对他失望地微笑。“啊！我们凡夫俗子的真面目就此显露了。”辛巴德大声说，“我们经常与快乐擦身而过，可是却未曾看到它，未曾注意到它；或许即便我们确实看见了它而且注意到了它，可又不认识它。你是否是一个注重名利的拜金主义者？试试这个，于是秘鲁、古齐拉、戈尔康达的金矿都在你的面前打开了。你是否是一个富有想象力的诗人？试试这个，于是所有界限都不见了，无限的太空便会在你的面前打开，你可以自由自在地走进无边无际、没有拘束、尽情欢乐的领域。你是否有野心，想在世界上觅得高官厚禄？试试这个，于是在一小时内，你便是一位国王了——并非是处于欧洲的某个角落里的一个小国家的国王，比如法国、西班牙或英国，而是世界的国王，宇宙的国王，万物的国王。你的宝座将会建在耶稣被撒旦所夺走的那座高山上，可却不必被迫臣服于撒旦，不必被迫去亲吻他的魔爪，您将成为地球上一切王国的至尊。难道这不够诱人吗？难道这件事不容易吗？因为只要如此做就可以了，看！”说着，他揭开那只里面盛着被他这样一番赞美过的液体的小杯子，舀了一匙神浆，举到唇边，半眯着眼睛，仰起头，慢慢地把它吞了下去。

当他全神贯注地吞咽他那心爱的珍品的时候，弗兰兹并没有去打扰他，但当他吃完以后，他就马上说道：“那么，这个宝贵的东西到底是什么呢？”

“你是否听说过，”主人问道，“那个想要暗杀菲力浦·奥古斯都的山中老人？”

“当然。”

“好，你很清楚，他是一片富庶的山谷的统治者，山谷的两边是巍峨高耸的大山，他那富含诗意的名字便是如此而来的。在这片山谷中，山中老人海森班莎培植了一个美丽的花园，花园里，修筑了孤立的亭台楼阁。而他就是在这些亭台楼阁里接见他的选民的。而且就在那里，据马可波罗[①]说，他喂给他们某种药草，吃下以后，他们便可以飞升到乐园里，那里有四季都会开花的常青树，有长年常熟的果子，还有永葆年轻的童男童女。嗯，事实上，这些快乐的人所认为的现实，仅仅是一个梦罢了，可这个梦是如此的宁静，如此的安逸，如此的让人迷恋，以致只要有人将梦给他们，他们便会出卖自己的肉体和灵魂给他，无论是谁。他们像服从上帝一样服从他的指令。他指使他们去杀谁，他们便会走遍天涯海角去谋杀那个牺牲者，而虽然他们死于毒刑拷打之下，却没有发出一丝怨言——相信死仅仅是超生前往极乐世界的捷径，而他们已经从圣草中尝到了极乐世界的滋味。此刻摆在你面前的便是那种圣草。”

“那么，”弗兰兹喊道，“这是大麻精！我知道的——至少知道它叫什么。”

“就是它，没错，阿拉丁先生，这是印度大麻！是亚历山大出产的最好最纯粹的大麻，是阿波考调制的大麻。阿波考是举世无双的制药圣手，我们应该给他建造一座宫殿，上面刻这样几个字：‘全世界感恩的人士献给出售快乐的人。’”

“你知道吗，”弗兰兹说，“你这一篇赞美词是不是真实或夸大，我倒是特别想让你自己来做个判断。”

“您自己做个判断吧，阿拉丁先生，判断吧，但切记不要像对其他一切事物那样只尝试一次，因为我们的感官对任何新的印象，不管是温和的或猛烈的，悲哀的或愉快的，必须要尝试很多次才会习惯。人类的天性必须要对这样的圣物做一番争斗，人的天性生来只会紧紧地拥抱痛苦，不适合欢乐。在这场争斗中，天性一定会被克服，而紧随现实生活

---

① 马可波罗（1254—1324），意大利旅行家。

之后的一定是梦，那时，梦会将一切统治。那时，梦会和生活互换。但相比较实际生活的痛苦与幻境里的欢乐，那种变化真是太大了！你不想再生活，只想永远这样做着梦。当你离开你的虚幻世界，返回到这个现实领域时，你宛如是从那不勒斯的春天来到了北极拉伯兰①的冬天——从乐园来到了尘世，从天堂来到了地狱！尝尝大麻精吧，我的客人，尝尝吧！”

弗兰兹唯一的回复就是舀起了一匙那种神奇的药剂，分量约莫和它的主人所吃的差不多，把它送到嘴边。“见鬼！”他在咽下了神浆以后说道，“我不知道它的效果是否会像你所说的那样美妙，但这种东西在我看来似乎并不像你所说的那样有意思呀。”

“因为您的味觉还没有尝出这东西的真味。告诉我，当您第一次品尝牡蛎、茶、黑啤酒、松菌，以及其他种种您现在听闻知名人士赞为无上美味的东西的时候，您喜欢过它们吗？您知道为什么罗马人烧野雉吃的时候要在它的肚子里塞满魏散草吗？您知道为什么中国人爱吃燕窝吗？哦，不知道！其实，大麻也一样，只要连吃一星期，您就会觉得世界上再没有别的东西能比得上它的甘美了，而现在您只会觉得它很讨厌，毫无味道。让我们到厢房里去吧，那是您的房间，阿里会给我们把咖啡和烟斗拿来的。”

他们都站起身来，当那个自称为辛巴德（我们偶尔也这样称呼他，因为我们就像他的客人一样，得给他一个称呼才是）的人吩咐他的仆人的时候，弗兰兹已经走进隔壁房间里去了。这个房间尽管陈设得很简单，却很华丽。房间是圆形的，靠墙钉着富丽堂皇的兽皮，摸上去像最贵重的地毯一样柔软；其中有鬃毛蓬松的阿脱拉斯的狮子皮，条纹斑斓的孟加拉的老虎皮，西伯利亚的熊皮，挪威的狐皮；这些兽皮都一张叠一张地铺得厚厚的，走上去就像在青草最茂密的跑马场上散步，或躺在最奢侈的床上一样。他们在长椅上坐了下来，素馨木管琥珀嘴的土耳其式长烟筒已放在了他们的身边，伸手就可以拿到，而且还排放着许多支，这样就没必要把一支烟筒连抽两次了。他们每人拿起一支，阿里上

① 芬兰北部极寒冷的地方。

来点上火，就退出去准备咖啡了。房间里暂时沉默了一会儿。这时，辛巴德正继续想着他的事，他似乎老是在想某种事情，甚至在谈话的时候也不曾间断过；弗兰兹则默默地陷入了一种恍惚迷离的状态之中，这是吸上等烟草时常有的现象，烟草似乎把脑子里的一切烦恼都带走了，使吸烟者的脑子里出现了形形色色的幻景玄想。阿里把咖啡端了进来。

“您喜欢怎样的喝法?”主人问道，“法国式的还是土耳其式的，浓的还是淡的，冷的还是热的，加糖还是不加糖的？随您喜欢，材料都很齐全，样样都很方便。”

“我爱喝土耳其式的。”弗兰兹回答。

“您选得对，”主人说，“这间接说明您喜欢东方式的生活。啊！那些东方人，只有他们才知道该怎样生活。至于我，”青年看到他脸上又现出一个离奇的微笑，“当我把巴黎的事情了结了以后，我就要到东方去等死，那时候如果您想再见到我，您就必须到开罗、巴格达、或是伊斯法罕来找我了。”

“啊哟!”弗兰兹说道，“那是世界上再容易不过的事了，因为我现在觉得我的肩膀上已长出两只老鹰的翅膀，凭着这一对充满力量的翅膀，我可以在二十四小时以内环绕世界一周。”

“啊，啊！大麻终于起作用了。好吧，展开您的翅膀，飞到超人的境界里去吧。什么都不用怕，尽情地飞吧，有人守着您呢！要是您的翅膀也像伊卡路斯的那样被太阳晒化了，我们会来接住您的。”

他又对阿里说了几句阿拉伯话，阿里便做了一个服从的表示，退后了几步，但仍旧站在附近。至于弗兰兹，他的身体里面已经起了一种奇异的变化。白天肉体上的一切疲劳和傍晚脑子里被事态所引起的一切焦虑，全都消失了，正像人们刚刚入睡，而仍自知快要睡熟的时候一样。他的身体轻飘飘的，像空气一样，他的知觉变得十分敏锐，他的感官似乎比往常增强了一倍的力量。地平线在不断地扩大，这已不是他在睡觉以前在上空翱翔时所看到的那种漠然的、恐怖的、阴郁的地平线，而是一种蓝色的、透明的、无边无际的地平线，弥漫着海的全部蔚蓝色，太阳的全部光辉，和夏季的微风的芬芳。然后，水手们在歌唱，那歌声是这样的响亮动听，如果能把他们的乐谱记下来，就成了一首神曲。接着他看到了基督山岛，这已不再是波涛汹涌中的一座吓人的岩石堆了，而是像流落在沙漠里的一片绿洲。当小船驶近时，歌声更响了——因为岛上飘荡着一片让人迷恋的神秘的和声，直至天际，宛若有一个罗莱一样的女妖或一个安菲翁一样的魔术家想诱导一个灵魂去那里修筑一座城池。

船终于靠岸了，可一点也不费力，一点也没有震动，宛如嘴唇碰嘴唇一般。于是他伴随着不断的美妙旋律声向岩洞内走去。他往下走了几步，或者说得更确切些，只是好像往下走了几步，一边走一边吸着清新温香的空气，好像到了那香得使人心醉，暖得使人神迷的塞茜的魔窟中一样。他又看见了睡觉之前所见到的一切，从辛巴德——他那奇怪的东道主，到阿里——那位不会说话的侍仆。然后一切好像都在他的眼前逐渐逝去、逐渐模糊，好似一盏快要熄灭的魔灯发出的最后的亮光一般；他又来到了那个有石像的房间里，房间里只有一盏昏黄的古色古香的油灯亮着，而在夜的死一般的静寂里，唯有这盏灯在守护着人们的睡眠或安宁。石像还和以前一样，还是那几尊，姿态生动，栩栩如生，极其富有艺术美。她们有着迷人的眼睛、爱的微笑及丰盛飘垂的头发。她们便是费丽妮、喀丽奥柏德拉、美莎丽娜[①]这三位鼎鼎有名的荡妇。然后，一个纯洁的身影，一个宁静的灵魂，一个柔和的幻象，宛若一缕清光，又像一个从奥林匹斯山里出来的基督的天使一般，在她们之间轻轻地溜走了，它好像羞于见到这三个大理石雕成的荡妇，像是以面幕遮盖了它那贞洁的额头。随后，这三尊石像含情脉脉地走向他，来到他躺着的床前——长袍遮住了她们的脚，她们的颈脖是裸露的，头发宛若波浪一般飘动着，她们那种妖媚的姿态即便是神仙也抵挡不住，除非是圣人。她们的目光里充满着火一样的热情，目不转睛地看着他，就像一条赤练蛇看着一只小鸟一样；在这些好似被人紧握着一样的痛苦与接吻似的甜蜜的目光之前，他唯有屈服了。弗兰兹似乎觉得自己闭上了眼睛，在做最后一次环顾时，他看到那些贞洁的石像都完全遮上了面纱；慢慢地他的眼睛闭上了，已向现实告别了，但是他的感官却已打开了，准备接受奇异的印象。

---

① 费丽妮是希腊娼妓；喀丽奥柏德拉是埃及女王；美莎丽娜是罗马女皇。

第三十二章　醒来

当弗兰兹清醒的时候，感觉自己还沉浸在睡梦中，那外面的景致都是他梦的延续，不过已经和之前的风景完全不一样了。

他觉得自己躺到了一座墓中，一缕光仿佛一道怜悯的眼神从外面透过来。弗兰兹伸出手，却触碰到了石头，他坐起身，发现自己其实是躺在一张铺满了干芰草的、芳香而柔软的床上。此时幻象完全消失了。梦中的兴奋和激动过后，是安宁的现实，他朝着光线停留的地方走了几步，发现自己竟是在一个岩洞里。他朝洞口走去，穿过拱形门廊，看见了蔚蓝的大海和海平面上淡青色的天空，清晨的阳光照射着海水和空气，闪闪发光，水手们就坐在海滩上，叽里咕噜地尽情谈笑着，在离他们差不多十码的地方，一艘小船静静地泊着。弗兰兹伫立片刻，闭眼享受那轻轻拂过他额头的清风，耳畔响起海浪拍击在岩石上，白色的泡沫一圈圈轻微破碎的声音。弗兰兹已经彻底迷醉在大自然的美丽之中了，那些思虑与回忆都被他抛在脑后，人们在经历一场奇怪的梦之后，都是这个样子的。没过多久，眼前这个纯洁而宏伟的现实世界开始提醒他的记忆，他开始回忆起刚刚那个虚幻的梦来。

他兴冲冲地向水手们走过去，他们一看见他，就立刻站了起来。船长招呼他说："辛巴德先生留言向您致意，他不能亲自向您告别，托我们转达他的歉意，但他相信您一定会原谅他的，因为有特别重要的大事召他到马拉加去了。"

"那么，盖太诺，"弗兰兹不确定地说，"这一切，那么，都是真的了？这个岛上真有一个人请我去过，并极其殷勤地款待过我，而在我睡着的时候却走了，是吗？”

“是真的，真得简直不能再真啦，您还可以看到他那艘扯着满帆的小游艇呢。如果您拿您的望远镜来观看，您很有可能还能在他的船员之中认出您的那个东道主哩。”说着，盖太诺就向一个方向指了指，那儿果然有一艘小帆船正在扬帆向科西嘉的南端驶去。弗兰兹调整了一下他的望远镜，向所指的那个方向望去。盖太诺说得很对。在那艘船的尾部，那位神秘的魔宫主人也正在拿着一个望远镜，向岸边望来。他仍旧穿着昨天晚上的那套衣服，正舞着他的手帕向客人道别，弗兰兹也同样地挥舞着他的手回应着他的敬意。过了一会儿，帆船的尾部放出了一蓬轻烟，像一朵白云似的升到空中散了开来，接着弗兰兹就听到了一下隐约的炮声。“喏，你听到了吗？”盖太诺说，“他在向你告别呢。”青年又拿起他的枪来，向空中放了一枪，也不去多想枪声是否能从岸边隔着这一大段距离传到游艇上的人的耳朵里。

“先生，您有什么吩咐？”盖太诺问道。

“第一，给我点一支火把。”

“啊，是有，我懂了，”船长高声回答说，“您是要去寻那间魔宫的进口，遵命，先生。要是您高兴，我就把火把给您拿来。我也有过您这样的念头，也只这样想过两三次而已，但最后还是放弃了。琪奥凡尼，去点一支火把来，”他又说，“拿来给先生。”

琪奥凡尼遵命照办。弗兰兹拿着火把率先走进了地下岩洞，后面跟着盖太诺。他认得他睡觉的地方，那张芰草铺成的床还在那儿，但他即使用火把照遍了岩洞的上下左右，却仍是枉然，看不出任何洞口的迹象。除了一些煤烟的痕迹，就没有别的特殊的了，这些煤烟的痕迹恐怕还是前人作这种同样尝试的结果，而像他一样，他们也扑了一个空。可是，这些看起来像“未来”一样难以渗透的花岗石壁，他把别的地方都仔仔细细地检查过了。他甚至每看到一线裂缝，就用那把剑的剑锋插进去撬，每看到一块凸出地面的地方，就去撞去推，希望它会陷进去。但一切都丝毫没起作用。他费了两个钟头来检查，结果还是一无所得，连蛛丝马迹都找寻不出。最后，他也放弃了搜索，盖太诺胜利了。

当弗兰兹又回到岸边的时候，那艘游艇已经像是地平线上的一个小白点了。他又拿起望远镜来看，但即使是从望远镜里看出去，他也分辨不出什么东西了。盖太诺提醒他，他原本到这里是为了射山羊的——这一点他可是完全遗忘了。他拿起猎枪，开始在岛上进行打猎。从神色上看，他倒像是在完成一种责任而并非是寻欢作乐；十五分钟内，他已经射死了一只大山羊和两只小山羊。这些虽然是野生的动物，而且如羚羊一般敏捷，但和家畜的山羊实在是太像了，因此弗兰兹认为这简直不可以算是打猎。而且，他的脑中还被其他更有力的念头所占据。自从昨天傍晚开始，他已经真的变成《一千零一夜》神话中的角色之一了，他不可抗拒地又一次被吸引到岩洞前面。他让盖太诺挑选一只小山羊烤来吃，随后，不顾第一次的失败，他又开始进行了第二次搜索。这第二次的访问耗费的时间有些长，当他回来时，小山羊已烤熟，大家已经在等他用餐了。弗兰兹来到前一天晚上那位神秘的东道主邀请他去用晚餐的地方，坐了下来，他看见那艘小游艇此刻宛若一只飘在在浪面上的海鸥，继续飞往科西嘉。

“咦，”他对盖太诺说，“你告诉我说辛巴德先生是到马拉加去。但刚刚从望远镜里看，他倒是笔直地在向韦基奥港驶去呀。”

“您不记得了吗，”船长说，“我告诉过您船员里面还有两个科西嘉强盗呢。”

“对了！难道他要送他们上岸吗?”

“对啊，”盖太诺答道，“他们说，他这个人是天不怕地不怕的，而且特别容易产生怜悯之心，随时都会多绕一百五十里路给一些可怜人帮一次忙。”

“但这样的帮忙肯定会连累到他自己的呀，他在一个地方实行这种博爱主义，难道地方当局不会找他麻烦吗?”弗兰兹说道。

“哦，”盖太诺大笑着回答说，“他一点儿都不怕。他还曾嘲笑他们，让他们去追他试试看！嘿，首先，他那艘游艇就不像是一条船，简直是一只鸟，不论什么巡逻船，每走十二海里就得被他超出三海里。要是他到了岸上，嘿，他不是到处都肯定会找得到朋友的吗?”

从这一番话中就可以知道，弗兰兹的东道主辛巴德能够翻天覆地，显然是和地中海沿岸的走私贩子和强盗都保持着极其友善的关系有关，单是这点就使他显得够奇特的了。至于弗兰兹，他已丝毫不再想在基督山逗留了。他对于探索岩洞的秘密已感到毫无兴趣了，所以匆匆用完早餐，就急忙上了船，他的船本来就已准备好了，他们不久便开船了。当小船开始它的航程的时候，他们已望不到那艘游艇了，因为它已消失在韦基奥港的港湾里了。随着它的消失，昨天晚上最后的痕迹似乎也渐渐地被抹去了。到了旅馆里，最初一问，侍者就用车夫生意很忙和旅馆已经客满时那种特有的傲慢神气告诉他，伦敦旅馆已经没有他住的地儿了，于是他拿出名片来，求见派里尼老板和阿尔贝·马尔塞夫。这一招很成功，派里尼老板不仅亲自跑出来迎接他，还一边道歉失迎，一边责骂那侍者，一面又从那准备招揽旅客的向导手里接过蜡烛台。

当他正要领他去见阿尔贝的时候，阿尔贝却自己出来了。

他们的寓所包括两个小房间和一个套间。那两间卧室是朝向大街的，这一点，派里尼老板认为是一个无可置疑的优点。这层楼上其他的房间都被一位十分有钱的绅士租去了，他可能是一个西西里人或马耳他人，但这位旅客到底是哪个地方的人，旅馆老板也不能确定。

“好极了，派里尼老板，”弗兰兹说，“但我们必须马上用晚餐，从明天起给我们雇一辆马车。”

“晚餐嘛，”旅馆老板回答说，“马上就可以给两位拿来。只是马车……”

“马车怎么了?”阿尔贝大声叫道，“喂，喂，派里尼老板，别开玩笑了，我们一定要有一辆马车才行呀。”

“阁下，”店主回答说，“我们保证尽力给您去找就是了，我现在只能这样说。我是怕，连马也没有。驿马在这两周内早已被租光了，留下来的几匹都是应急用的。”

“没有马车你说怎么办才好呢?”弗兰兹问道。

“我觉得当一件事情完全超出我的能力之外的时候，就不要去钻牛角尖，还不如去想想另外的事。晚餐好了吗，派里尼老板？”

“都准备好了，先生。”

“好吧，那么，我们来共进晚餐吧。”

“但那车和马怎么办呢？”弗兰兹仍不死心地问道。

“放心吧，我的好伙计，到时候它们自然会有的。问题只在于我们要花多少钱而已。”

阿尔贝相信只要有了一只鼓鼓的钱袋和支票本，天下没什么事情办不到。他就是抱着那种令人钦佩的哲学用完了餐，然后爬上床，呼呼地睡着了。他甚至还做了一个梦，梦到自己乘着一辆六匹马拉的轿车在欢度狂欢节。

第三十三章　罗马强盗

第二天一早，弗兰兹就醒了，刚醒他就立即拉响了铃声。旅馆老板派里尼还未等铃声响完就亲自跑了进来。

“啊，阁下，”未等弗兰兹出声，派里尼就打断了他，满脸得色地说，“你们昨天来得太晚啦，我都没敢答应你们，现在一辆马车都雇不到了，也就是说，狂欢节的最后三天里，没有马车可用了。”

“是的，”弗兰兹回答道，“偏偏那三天最为关键。”

“发生了何事？”刚刚走进来的阿尔贝还不明情况，“还是没有雇到马车吗？”

“你没说错，大好人，”弗兰兹说道，“想来你也是第一次遇到这种事吧。”

“好吧！这座千古闻名的大城市果然不负众望，这是个顶呱呱的好城市啊。”

“先生，我想说的是，”听到阿尔贝的话，派里尼老板非常想在他面前保住基督世界首都的颜面，焦急地回答道，“星期天到星期二晚上这三天是没有车的，不过星期天之前，您想要五十辆都没问题。”

“啊！那还有点想头。”阿尔贝说道，“今天是星期二，谁能料到从现在到星期天这段时间会发生什么事呢？”

“如果会有一万名或一万两千名旅客到来，”弗兰兹答道，“那找车子就会更困难。”

“我亲爱的朋友，”阿尔贝说道，“让我们尽情享受现在吧，别去担心不可知的将来了。”

“那么至少，”弗兰兹问道，“我们可以租到一个窗口吧？”

“哪儿的？”

“肯定是要望得到法院街的呀。”

“啊，一个窗口！”派里尼老板大声说道，“没有了。杜丽亚宫的六层楼上本来还剩一个，但已经以每天二十威尼斯金洋的租金租给一位俄国亲王了。”

两个青年人瞠目结舌地互相望了一眼。

“喂，”弗兰兹对阿尔贝说，“你知道我们最好的办法是什么吗？是到威尼斯去度狂欢节，那儿我们就算雇不到马车，好歹可以弄到一只小艇的。”

“啊，见鬼！不，”阿尔贝大声说道，“我到罗马就是来看狂欢节的，我非看到它不可，就是叫我踩着高跷也要看。”

“这个主意简直太好了，那样对吹灭蜡烛头再方便不过了。我们可以扮成滑稽鬼怪或是兰德斯牧童，而且很容易就可以大获全胜了。”

“那么，从现在到星期天早晨，两位阁下还要雇马车吗？”派里尼老板插进话来。

“咦！”阿尔贝说，“你不会以为我们准备像律师的小伙计那样用两只脚在罗马的街上跑吧？”

“我立刻遵命给两位阁下去办，只是我不得不先告诉你们，马车每天要花掉六个毕阿士特。”

“我可不是一位百万富翁，不像我们那位邻居，”弗兰兹说道，“我警告你，我到罗马来过四次了，各种马车的价钱我都知道。今天、明天、后天，我们一共给你十二个毕阿士特，那样你已经能赚不少的一笔钱了。”

“但是，阁下……”派里尼继续说道，他还想达到他的目的。

“去吧，”弗兰兹打断了他，说道，“不然我就自己去和你的搭档讲价钱，我也认识他，他算是我的老朋友了，从我身上也捞去了不少钱，他所要的价钱肯定会比我现在给你的还要少。到那时你可连帽子钱都赚不到了，那就只能怪你自己了。”

“阁下，那就不必亲自劳驾了！”派里尼老板带着一个意大利投机家自认失败的那种微笑回答说，“我尽力去办就是了，我希望能使您满意。一小时以内它就会在门口等着您的。”

一小时以后，马车确实已在等着那两位青年人了。那是一辆蹩脚的出租马车，在这个特殊时期却已被高抬了身价，当作一辆私家轿车了。尽管它其貌不扬，但这两个青年在狂欢节的最后三天里能弄到这样一辆马车，已算是很幸运的了。

“阁下，”向导看到弗兰兹走到窗口面前，就大声喊道，“要我把花车驶近王宫来吗？”

弗兰兹对于意大利人的措辞即使早已习惯了，但他的第一个冲动还是环顾一下四周，这句话是冲他说的。这时，弗兰兹才明白自己是“阁下”，蹩脚马车是“花车”，而伦敦旅馆是“王宫’。意大利人爱恭维的习惯在那句话里已表现得淋漓尽致了。

弗兰兹和阿尔贝走下楼来时，花车已驶到了王宫前面，两位把他们的两腿搁到座位上后，向导则马上跳进了他们后面的座位里。“两位阁下要到哪儿去？”他问。

“先到圣·彼得教堂，然后再到斗兽场。”阿尔贝回答。

阿尔贝不知道要想看遍圣·彼得教堂得花上一天的工夫，而要研究它则要花上一个月的时间。一天的时间在圣·彼得教堂一下就过去了。好像突然间，日光就开始黯淡起来。弗兰兹摸出表来一看，已经四点半钟了。他们不得不回到了旅馆，在旅馆门口，弗兰兹吩咐车夫在八点钟再来。他要领阿尔贝在月光下去观赏斗兽场，正如阿尔贝曾领他在白天里游览圣·彼得教堂一样。当我们领一位朋友去游览一个我们已经去玩过的地方的时候，我们心中的得意，就像我们指出一个漂亮女人曾做过我们的情妇一样。他要从波波罗门出城，绕城一周，再从圣·乔凡尼门进城，这样，他们就可以在去斗兽场的途中顺便看看朱庇特神殿、古市场、色铁穆斯·塞维露斯宫的拱门、安多尼的圣殿和萨克拉废墟。

他们坐下来进餐了。派里尼老板本来答应请他们吃一顿酒席的，而实际上却只给了他们一顿马马虎虎的便餐。用完晚餐以后，他又亲自进来了。弗兰兹以为他是来听他们称赞他的晚餐的，于是就开始称赞起来。但他才说了几个字，店主就打断他们的话。“阁下，”他说，“蒙您称赞，我很高兴，但我不是为这点而来的。”

“那么你是来告诉我们马车找到了吗？”阿尔贝问，一边点上了一支雪茄烟。

“不，两位阁下最好还是不要去想那件事了吧。在罗马，事情有办得到和办不到之分，一件事情要是已经告诉您办不到了，那就是没法了。”

“在巴黎就方便得多啦，当一件事办不到的时候，你只要付双倍的价钱，就能立刻办到了。”

“法国人都是那么说的，”派里尼老板答道，语气中略微含着一点不快，“如果是这样，我真不明白他们何必还要出门旅行。”

“是啊，”阿尔贝喷出一大口烟，跷起椅子上的两条腿，晃着身子说道，“只有疯子或像我们这样的傻子才会出门旅行。凡是头脑清醒的人都是不肯离开他们海尔达路的大厦、放弃他们在林荫大道上的散步和巴黎咖啡馆的。”

不用说，阿尔贝一定是住在上面所提到的那条街上的，每天都要很出风头地去散一会儿步，而且时时到那家唯一真正可以吃点东西的咖啡馆去的，当然，你必须还得和侍者有交情。派里尼老板沉默了一会儿，仿佛在体会这几句回答的话似的，他似乎还没反应过来。

“但是，”这一次轮到弗兰兹来打断店主的沉思了，“你不是说有事才来的吗，请问是什么事？”

“这条路是不能走的呀，是十分危险的。因为那个大名鼎鼎的罗吉·万帕。”

“请问这位大名鼎鼎的罗吉·万帕是谁呀？”阿尔贝问道。

“他在罗马或许是大名鼎鼎的，但我可以向你保证，他在巴黎却是默默无名的。我告诉您，他是一个强盗，要是把狄西沙雷和盖世皮龙同他相比，他俩简直就像是小毛孩啦。”

“嘿，那么，阿尔贝，”弗兰兹大声叫道，“恭喜你终于碰到一个强盗了！”

“我预先告诉你，派里尼老板，不管你要告诉我们什么话，我可一个字都不会相信的。我们先把这一点说明了，你爱怎么说就怎么说吧，我可以继续听下去。从前有一个时候——唉，接着说下去吧！”

派里尼老板又转向弗兰兹，他觉得这两人之中还是弗兰兹比较理智一些。我们一定得说句公道话，在他的旅馆里住过的法国人并不少，但他却从来无法真正了解他们。“阁下，”他严肃地对弗兰兹说，“要是您把我看作一个危言耸听的人，那我就什么都不必说了，我是为了你们好才……”

“阿尔贝并没有说你是一个危言耸听的人呀，派里尼老板，”弗兰兹安慰地说道，“他只是说不相信你而已。但你说的话我都相信，请说吧。”

“但阁下知道，如果有人怀疑我的诚实的话……”

“派里尼老板，”弗兰兹不耐烦地答道，“你简直比卡莎德拉还要多心，她是一个预言家，却还是没有一个人肯相信她，那么你的听众至少也该打个折扣吧。好了，算了，告诉我们这位万帕先生到底是谁就行了。”

“我刚才已经告诉过阁下，他是我们从马特里拉那个时代以来最有名的强盗。”

“哦，这个强盗同我吩咐车夫从波波罗门出城再从圣·乔凡尼门入城又是什么关系呢?”

“这是因为，”派里尼老板答道，“您从那个城门出去是没有问题的，但我十分怀疑您是否还能从另外那个城门回来。因为在天黑以后，出了城门五十码以外就难保安全了。”

“说句真心话，那是真的吗?”阿尔贝大声问道。

“子爵阁下，”派里尼老板觉得阿尔贝这种三番两次怀疑他讲话的真实性的态度大大地伤了他的心，就回答说，“我没有跟您说话，而是在跟您的同伴说话。他知道罗马，而且也知道对于这种事情是不应该加以嘲笑的。”

“我的伙伴呀，”阿尔贝转向弗兰兹说，“这倒是一次很刺激的冒险，我们可以把我们的马车里装满了手枪、散弹枪、双铳枪。罗吉·万帕来捉我们的时候，我们就先捉住他，然后把他带回罗马城里，进献给教皇陛下，教皇看到我们干了这么一件大好事，就会问他怎样才能报答我们，而我们却说只要一辆轿车、两匹马就行了，于是我们就可以坐在马车里看狂欢节了。而罗马老百姓一定会拥我们到朱庇特神殿去给我们加冠，表扬我们一番，就像对待卫国英雄库提斯和柯克莱斯一样。”

当阿尔贝讲这番话的时候，派里尼老板的脸上露出了一种无法形容的表情，他觉得阿尔贝要疯了。

“请问，”弗兰兹问道，“这些手枪、散弹枪和其他各种你想装满在马车里的厉害武器在哪儿呢?”

“我的武器库里可没有，因为在特拉契纳的时候，连我那把猎刀都给人偷去了。”

“我在阿瓜本特也遭到了同样的不幸。”

“你知不知道，派里尼老板，”阿尔贝点起第二支雪茄烟说道，“这个办法对付强盗十分方便而且可行，这种作风很有点和他们相似吧?”

派里尼老板一定觉得这种玩笑未免太自讨苦吃了，因为他对这些问题只回答了一半，而且还是向弗兰兹说的，只有弗兰兹似乎还像是在用心听他讲话似的。

旅馆老板转向弗兰兹，神色之间像是在说：“你的朋友一定是发疯了。”

“我亲爱的阿尔贝，”弗兰兹答道，“你的回答太伟大了，倒很有高乃依说的那句‘让他去死吧’时的气概。只是奥拉斯做那样的答复的时候，当时是关系着罗马的生死存亡的，而现在我们这儿只不过是随便去玩玩的问题，为了随便去玩玩就拿我们的生命去冒险，那你不觉得太荒唐了吗?”

“啊，说得太对了!”派里尼老板大声说道，“说得好！这才说得有点儿道理!”

阿尔贝给自己倒了一杯红葡萄酒，不时地喝上一口，嘴里还喃喃地说着一些让人听不清楚的话。

“好了，派里尼老板，”弗兰兹说道，“我的同伴现在不说话了，而您也知道我的性情是很爱好和平的，那么请告诉我这个罗吉·万帕到底是怎么样的一个人。比如说是一个牧童还是一个贵族、年轻还是年老、高个子还是矮个子，把他具体描述一下，要是我们碰巧遇见他，像让·

斯波加或勒拉那样，我们或许可以认识他。”

“这几点，我想谁都无法对您说得更清楚了，因为我认识他的时候，他还只是一个小孩子，有一天，当我从费伦铁诺到阿拉特里去的路上落到了他的手里时——说来我真走运，他还记得我，非但不要赎金就放了我，还送给我一只十分华贵的表，并且把他的身世也讲给了我听。”

“让我们来看看那只表。”阿尔贝说道。

派里尼老板于是从他的裤袋里掏出一只布累古怀表，上面刻着制造者的名字、巴黎的印戳和一顶伯爵的花冠。

“就是这只。”他说道。

“哎哟！”阿尔贝答道，“我恭喜你了，我也有一只这样的表，”他从背心口袋里掏出了他的表，“它可花了我三百法郎呢！”

“那您再说说他的身世吧。”弗兰兹说道。他拖过了一张安乐椅，示意请派里尼老板坐下。

“两位阁下允许我坐吗？”派里尼老板问道。

“坐吧！”阿尔贝大声说道，“你又不是什么传道者，用不着站着讲话！”

派里尼老板向他们每人恭恭敬敬地鞠了一个躬，然后坐了下来，这表示他就要把他们所想知道的关于罗吉·万帕的事都讲出来了。“你说，”正当派里尼老板准备开口的时候，弗兰兹说道，“你认识罗吉·万帕的时候，他还是一个小孩子，这么说来，他现在还是一个青年人了？”

“是的，一个青年人！他才刚满二十三岁呢。噢，他是一个血气方刚的游荡子弟，他将来总得有一个立身之道的，这一点你们相信好了。”

“你觉得怎么样？阿尔贝，二十三岁就如此闻名遐迩了。”

“真不错，在他这个年龄，曾经名闻全球的亚历山大、恺撒和拿破仑还没崭露头角哩。”

“哦，”弗兰兹又说道，“这个故事的主角才只有二十三岁吗？那么他是高个子还是矮个子？”

“中等身材，同这位阁下的身材差不多。”派里尼老板指着阿尔贝回答说。

“谢谢你这样比较。”阿尔贝煞有介事地鞠了一躬说道。

“接着说下去吧，派里尼老板，”弗兰兹又说道，并对他那位朋友的多心微笑了一下，“他是属于社会中哪一阶级的呢?”

“他是圣费里斯伯爵农庄里的一个牧童，那个农庄在派立斯特里纳和卡白丽湖之间。他出生在班壁那拉，五岁时就开始到伯爵的农庄里去做事。他的父亲是一个牧羊人，自己有一小群羊，剪了羊毛，挤了羊奶，就拿到罗马去卖，以此为生。小万帕的个性从小就十分特别。当他还只有七岁的时候，有一天，他到派立斯特里纳的教士那儿去，求教士教他读书写字。这件事多少有点儿困难，因为他不能离开他的羊群，而那位好心的教士每天要到一个小村子里去做一次弥撒。那个小村子太穷了，养不起一个教士，也没有什么正式的村名，就叫博尔戈。于是他告诉小万帕说，他每天从博尔戈回来的时候可以见他一次，利用那个时间倒可以教他一课，并且预先告诉他，只能教短短的一课，他一定要十分用功，好好利用这短暂的见面的时间。那孩子欢天喜地地接受了。每天，小万帕带着他的羊群到那条从派立斯特里纳到博尔戈去的路上去吃草。每天早晨九点钟，教士和孩子就在路边的一条土堤上坐下来，小牧童就从教士的祈祷书上学功课。三个月以后，他已经能够朗读文章了。这还不够，他还要学写字。于是，教士从罗马的一位教书先生那儿弄来了三套字母，一套大楷，一套中楷，一套小楷，教他用一种尖利的东西在石板上学写字母。晚上，他把羊群平安地赶进农庄以后，小万帕就急忙到派立斯特里纳的一个铁匠家里，要来了一颗大钉子，敲呀磨呀地把它制成了一支古朴简单的铁笔。第二天早晨，他又拾了许多片石板，开始做起功课来。又三个月以后，他已学会写字了。教士看他这样聪明好学，很是惊奇，就送了他几支笔、一些纸和一把削笔刀。他又重新开始学起来，但当然已不像最初那样困难了。一星期以后，他用笔写字已和用铁笔写得一样好了。教士把这桩奇闻讲给圣费里斯伯爵听，伯爵听了感到非常惊奇，便派人把小牧童叫了来，叫他当面写给他看，读给他听，并吩咐他的贴身仆人让他和家仆一起吃饭，每个月给他两个毕阿士特，小万帕就用这笔钱来买书和铅笔。他的模仿能力原本就很强，像琪奥托小时候一样，他也在他的石板上画起羊、房屋、树林来。后来他又用小刀来雕刻各种各样的木头东西，你们知道大名鼎鼎的雕刻家庇尼里也就是这样开始的。

“有一个六七岁的姑娘，就是说，她比小万帕还要小一点儿，也在派立斯特里纳的一个农庄上放羊。她是一个孤儿，是在凡尔蒙吞出生的，名叫德丽莎。两个孩子碰到了一起，就让他们的羊群混在一起，他们便并排坐下来，一起玩，一起笑，一起谈天。到黄昏的时候，他们再把圣费里斯伯爵的羊和雪维里男爵的羊分开，然后两个孩子就各自回到他们的农庄里去，并约定第二天早晨再会，第二天他们当然都没有失约。日复一日，年复一年，他们就这样一起长大，直到万帕十二岁，德丽莎十一岁。这时，他们的天性显露了出来。万帕依旧非常钦慕各种优美的艺术，当他独自一个人的时候，就拼命学习，只是他常常容易冲动，一会儿发愁，一会儿热情，一会儿又要生气，反复无常，而且老是带着一种讥讽的态度。班壁那拉、派立斯特里纳或凡尔蒙吞附近的男孩子没有一个能左右他的，甚至连成为他的伙伴都够不上格。他的天性（老是要旁人让步，自己从来不肯迁就退让）使他渐渐被孤立了，交不到什么朋友。只有德丽莎一个人可以用一个眼色、一个字或一个手势使他服服帖帖。他这种暴烈的性格在一个女人面前尽管变得如此温柔，但如果对方是个男人，则不管是谁，他都要反抗，非闹个天翻地覆不可。

“德丽莎却正好相反，她很活泼，很快活，只是太爱撒娇。万帕每月从圣德里斯伯爵的管家那儿得来的两个毕阿士特和他的木刻小玩意儿在罗马卖来的钱，都花在为她买耳环、项链和金发卡等东西上去了。正是靠了她朋友的慷慨，德丽莎才成了罗马附近最美丽和打扮得最漂亮的农家女。这两个孩子一同渐渐地长大，整天厮守在一起过活，各人随着各人不同的性格做着各人的种种梦想。在他们所有的梦想、希望和谈话里，万帕看到他自己成了一艘大船的船主、一军的将帅或一省的总督。德丽莎则看到自己发了财，穿戴得极其华丽，有许多穿制服的仆人侍候着她。当他们这样各自建造着自己的空中楼阁度过一天的时间以后，他们又要把他们的羊群分开，从梦想的世界里一下子跌回到他们现实的卑贱地位的世界中。

“有一天，伯爵的管家被告知了一件事，一个年轻牧童说他看到沙坪山来了一只狼，虎视眈眈地盯着他的羊群。管家拿了一支枪给他，这刚好是万帕最想要的。这支枪是布雷丁亚出产的，有一个极好的枪筒，射出的子弹十分准确，宛如英国的马枪，但有一天，伯爵将枪托摔破了，于是就将那支枪搁置不用了。但这一点对像万帕这样的雕刻家看来实在不构成问题，他检查了一遍那个旧枪托，计算着怎样将它改变一下才能使枪与他的肩头相匹配，然后一个新枪托被他造出来了，新枪托上刻着非常美丽的花纹，倘若他愿意拿出去卖，准能卖到十五或二十毕阿士特的好价钱，但他当然不会这样想，因为一直以来他最大的愿望就是能够拥有一支枪。在每一个以独立取代自由的国家里，但凡这个男子汉有点丈夫气概，得到一支枪便是他心里的首要心愿，有了枪，他便能够防御或进攻，有了枪，就经常可以使人怕他。自此，万帕就把自己全部的空余时间都用来练习使用宝贵的武器上了，他还买了火药与子弹，不管什么东西都能被他拿来当作目标——生活在沙坪山的狐狸、在他们头顶上空展翅飞翔的老鹰。因此，不久他就已射得十分精确，就连最初一听见枪声就害怕的德丽莎也不再感到害怕了，竟能满怀兴趣地望着他随心所欲地射击，其程度的精准，就像弹靶近在咫尺一样。

“有一天傍晚，一只狼从松树林里走出来，他俩经常坐在那松林附近的，所以那只狼还没有走上十步，就被万帕杀死了。万帕立了这一功很得意，就把那只死狼背在肩膀上，回到了农庄里。凡此种种，已使万帕在农庄一带有了一定的声望。一个人只要能力高超，无论走到哪儿，总会有崇拜他的人。他被公认为是方圆三十里以内最精明、最强壮和最勇敢的农夫。虽然德丽莎也被公认为是沙坪山下最美貌的姑娘，但从来没有人去和她谈恋爱，因为大家都知道，万帕喜欢她。可是这两个人却从来没有向对方表示过他们的爱意。他们并肩长大，就像两棵在地下根须纠缠、空中丫枝交错、花香同时升上天空的树一样。他们相互会面成了一件必不可少的事情，他们情愿死也不愿有一天分离。那一年，德丽莎十七岁，万帕十八岁。一帮土匪盘踞了黎比尼山，开始惹得附近的居民纷纷议论起来。罗马附近的土匪事实上从来没有真正被消灭干净过，只不过有时少了一个首领而已，但只要再有一个新首领出现，他是不会缺少一批喽啰的。

“大名鼎鼎，在那不勒斯闹得满城风雨的古古密陀，在阿布鲁齐被人追得走投无路，被赶出了那不勒斯的国境。他就像曼弗雷德那样越过了加里利亚诺山，穿过了松尼诺和耶伯那交界的地方，逃亡到了阿马森流域。他设法重新组织了一队人马，学狄西沙雷和盖世皮龙的样子横行霸道起来，他想他有一天会比这两位更出名的。接着派里斯特里纳、弗拉斯卡蒂和班壁娜拉有许多青年人无缘无故地失踪了。最初他们的失踪引起了很大的不安，以为他们是遭遇了什么不测，但不久就得知他们都投到古古密陀手下当跟班去了。没过多久，古古密陀就成了大家所关注害怕的焦点，都纷纷谈论他的凶猛、大胆和残忍等种种特性，几乎要谈他色变了。有一天，他抢了一个年轻姑娘，她是弗罗齐诺内一个土地丈量员的女儿。强盗的法律是简单而严明的：凡是抢到的年轻女子，首先就该归那个把她抢来的人享用，然后其余的人再抽签轮流享用她，她一直要被他们蹂躏到死才能脱离苦海。如果她的父母有钱，有力量付出一笔赎金，他们就派人去接洽。被抢去的肉票就成了信差安全的人质，要是付不出赎金，肉票就一去不回了。那个姑娘的恋人也在古古密陀的队伍里，他名叫卡烈尼。当她认出自己的恋人的时候，那可怜的姑娘便向他伸出双手求救并相信自己可以脱离那种种酷刑安全了，但卡烈尼却觉得他的心在一点一点往下沉，因为他对于那等待在她前面的命运知道得太清楚了。但是，由于他是古古密陀的亲信；由于他已忠心耿耿地在他手下效力了三年；由于他曾射死过一个快要砍倒古古密陀的龙骑兵，救过他的命，因而他希望古古密陀会可怜他。他把古古密陀拉到一边，那年轻姑娘则坐在树林中央的一棵大松树底下，松树和她那美丽的头饰合成了一张面纱，把她的脸遮了起来，这样就躲开了强盗们那穷凶极恶的贪婪的眼睛。他把一切都对古古密陀讲了出来：他怎样爱那姑娘，他们怎样互誓忠贞，以及怎样从他到这儿附近来了以后天天和她在一间破屋里相会。

“‘喂，’古古密陀说道，‘任务完成了吗？’‘是的，头儿，’卡烈尼答道，‘明天早晨九点钟，丽达的父亲就会带着钱到这儿来的。’‘很好，现在，就让我们来快快活活地过一夜吧。这个姑娘很漂亮，配得上你。喂，我并不自私，我们到伙计们那儿去抽签吧。’‘这么说，你还是决定要把她按常规处置了?’卡烈尼说道。‘难道你有什么特权吗?’‘我以为我刚才的请求你答应了。’‘你比其他的人多些什么，你有什么权利要求例外?’‘我当然有权利。’‘算了吧，’古古密陀大笑着说道，‘早晚总会轮到你的。’卡烈尼拼命咬紧牙关，咬得嘴唇都失了血色。‘现在，喂，’古古密陀一边向其他那些强盗走去，一边说，‘你来不来?’‘我等会就来。’古古密陀一边走一边用眼睛瞟着卡烈尼，深怕会遭他暗算，但卡烈尼这方面却毫无敌意的表示。他叉着双手站在丽达的身边，丽达仍旧昏迷着。古古密陀猜想那青年会抱起她逃走的，但这一点现在他丝毫不关心了，因为他已经享用过丽达了。至于那笔钱，三百毕阿士特给全体一分，钱就已经少得可怜了，对他来说要不要都无所谓，于是他继续顺着小径向那片草地走去，使他大为惊奇的是卡烈尼几乎和他同时到达。‘我们来抽签吧！我们来抽签吧!’山贼们一见到他们的头儿，就叫喊起来。

“在他们那套法律规定下他们的要求是很公道的，头儿便点点头表示允许。山贼们提出这个要求的时候眼睛里都冒着凶光，加上火堆所发出的红光，使他们看上去简直像一群禽兽。所有人的名字，包括卡烈尼的在内，都写在纸上并放在一顶帽子里，先由队里最年轻的那个人摸出一张来，那一张上写的名字是达伏拉西奥。他就是那个向卡烈尼建议为他们的头儿祝福，而被卡烈尼用玻璃杯砸了脸的人。他的脸上划开了一道大口子，从太阳穴直到嘴边，血还在不断地流着。达伏拉西奥看到他的运气这样好，就高声狂笑着说：‘头儿，刚才我向卡烈尼建议，为祝福您干一杯，他不肯。现在请您建议为我干一杯，看他是否肯赏脸。’每一个人都认为卡烈尼此时会发脾气，但事实显然大大出乎了他们的预料：他竟一手拿起一只酒杯，一手拿起一只酒瓶，满满地倒了一杯。‘祝你健康，达伏拉西奥。’他镇定地说着，然后一口喝干了酒，连手都不颤一下。接着，他在火堆旁边坐了下来。‘我的晚餐呢?’他说，‘跑了这么远的路，我的胃口倒开了。’‘干得好，卡烈尼!’强盗们喊道，‘这才像条好汉。’于是他们围成了一个圆圈，围着火堆坐下来，而达伏拉西奥则不见了，卡烈尼泰然自若地又吃又喝，像是根本没发生过什么事一样。

“强盗们惊奇地望着他，弄不懂他何以竟能如此若无其事，他们正在纳闷的时候，听到身后的地面上传来一阵沉重的脚步声。他们回过头去，看见达伏拉西奥抱着那个年轻女子过来了。她的头往后仰着，长发扫着地面。当他们进入圈子中央的时候，强盗们才借着火光看清楚那年轻女子和达伏拉西奥一样都面无人色。这一幕突然出现的景象是这样奇特，这样严肃，以致大家都站了起来。只有卡烈尼例外，他依然坐着，镇定地吃着喝着。达伏拉西奥在极端肃静的气氛中向前走了几步，把丽达放到了土匪头儿脚下，于是大家马上明白了那年轻女子和那强盗面色惨白的原因了。一把短刀齐柄直插在丽达的左胸上。每个人都望着卡烈尼，卡烈尼腰带上的刀鞘空了。‘呀，呀！’头儿说道，‘我现在懂得卡烈尼要迟来一步的原因了。’他们即使天性野蛮，却能了解这种拼死的举动。别的强盗可能不会做出同样的事来，但他们却都懂得卡烈尼会这么做。‘喂，’卡烈尼站起来向那尸首走过去，一手握着手枪柄，然后大声说道，‘现在还有谁要来和我争这个女人？’‘不会有人争了，’土匪头儿答道，‘她完全是你的了。’卡烈尼双手抱起她，走出了火光圈外。古古密陀派了守夜的哨兵，众强盗便用他们的大氅裹着身体，在火堆前面躺了下来。半夜里，哨兵发出警告，全体马上戒备起来。

“原来是丽达的父亲亲自带着他女儿的赎金来了。‘喂，’他对古古密陀说，‘三百毕阿士特都在这儿了，把我可怜的孩子还给我吧。’土匪头儿没有伸手去接钱，做了一个手势叫他跟他走。老人马上遵命照办。他们两个在树林底下向前走，月光从树枝的空隙里直泻下来。最后，古古密陀收住了脚步，指着一棵树下两个聚在一起的人。‘喏，’他说，‘向卡烈尼去要你的孩子吧，她怎么样了他最清楚，他会告诉你的。’说完他就回到他的伙伴们那儿去了。

“老人一动不动地站在那儿，他似乎感觉到某种意外的大祸已经临头了。他终于慢慢向那聚在一起的人影走去，但心里却不明白到底发生了什么事。当他走近一些的时候，卡烈尼抬起了头，于是两个人的形体便完全呈现在老人的眼前了。一个女人躺在地上，她的头枕在一个坐在她身边的男人的腿上，那男人一抬头，女人的面孔也就可以看到了。老人认出了那躺着的女人正是自己的女儿。卡烈尼也认出了老人。‘我知道你会来的。’卡烈尼对丽达的父亲说。‘畜生!’老人骂道，‘你把她怎么了?’他惊慌地凝视着丽达，丽达已脸色惨白，全身血迹斑斑，胸膛上还插着一把短刀。一线月光从树缝里透进来，照亮了死者的脸。‘古古密陀糟蹋了你的女儿，’卡烈尼说，‘我爱她，所以我杀了她，不然她就要给全体强盗当靶子用了。’老人一句话都不说了，脸色变得像死去的女儿一样白。‘喂，’卡烈尼又说道，‘如果你认为我做错了，你就为她报仇吧。’说着他从丽达胸膛的伤口里抽出那把短刀，一手把刀递给老人，一手撕开他的背心。‘你干得好!’老人用一种嘶哑的声音答道，‘拥抱我吧，我可怜的孩子。’卡烈尼一头扑进了他情人的父亲的怀里，像个小孩子似的呜呜咽咽地哭了起来。这是那个杀人不眨眼的人生平第一次流泪。‘唉，’老人说道，‘现在帮我来安葬我的孩子吧。’卡烈尼去拿了两把鹤嘴锄，于是那父亲和那情人就开始在一棵大橡树脚下挖掘起来，准备让那年轻姑娘长眠在橡树底下。坟坑挖好以后，那做父亲的先抱了抱她，又抱了抱那情人，然后，他们一个扛头，一个扛脚，把她放了进去。然后他们各自又跪在坟的一边，给死者做祷告。做完祷告以后，他们就把泥土盖到尸首上面，直到把坟坑完全填平。然后，老人伸出一只手，说道：‘谢谢你，我不幸的孩子，现在我想一个人儿在这儿待一会儿。’‘可是……’卡烈尼答道。‘离开我，我请求你离开。’老人坚决地说道。卡烈尼只得服从，回到了他的同伴那儿，用大氅裹住身体，不久也像其余那些人一样地睡熟了。他们在前一天晚上就决定要换一个地方扎营。

“破晓前一小时，古古密陀喊醒了他的部下们，下令出发。但卡烈尼不肯离开树林，他要知道丽达的父亲到底怎么样了才肯走。他向昨晚那个地方走去，发现老人已吊死在那棵荫覆他女儿坟墓的橡树枝丫上。他对着老人的尸体和恋人的坟墓郑重地发了一个复仇的誓言。遗憾的是他没能完成他的誓言，因为两天以后，在一场对罗马骑兵的遭遇战里，卡烈尼被杀死了。他的死大家都有点儿猜不透，因为他是面向敌人的，不应该在后背上吃子弹。不过那种惊奇后来很快也就平息了，因为有一个土匪告诉他的伙伴们说，当卡烈尼倒下的时候，古古密陀正在他后面十步远的地方。

“离开弗罗齐诺内树林的那天早晨，古古密陀曾暗中跟在卡烈尼的后面，听到了他报仇的誓言，于是像所有阴险狡诈的人一样，他要设法阻止那个誓言的实现，他杀了卡烈尼。

“除此之外，他们另外还讲了十来个有关这个强盗的、与之类似的故事，也都同样离奇。因此，从丰迪到庇鲁斯，所有人一听见古古密陀的名字就要打冷战。在罗吉和德丽莎谈话时，这些传闻都是他们的主题。那姑娘每听见所讲的是这种故事就吓得发抖。但万帕却将他的那支百发百中的好猎枪的枪柄拍了拍，用微笑来宽慰她，倘若那样还不足以使她恢复勇气，他就会瞄准一只在一条枯枝上栖息的乌鸦，随后扳动枪机，那只鸟就被打死，从树上跌落下来了。时间就这样一分一秒地过去，这对青年相互约定，当万帕二十岁，德丽莎十九岁时，他们就结婚。他们均是孤儿，只要和他们的雇主请一次假就可以了，这一点，他们已经问过，而且已经得到应允。有一天，当他们正在讨论未来的计划时，远处传来两三声枪声，随后就看见一个男人突然从树林里慌忙地奔向他们，而那片树林就在他们经常放羊的草地附近。当他跑到离他们足以听见说话的地方时，就喊道：‘有人追我，你们可不可以将我藏起来？’他们很清楚这个亡命者肯定是个强盗，但在罗马山贼与罗马农民中，天生就存在着同情心。而后者总是十分愿意帮助前者。万帕不吱声，赶紧跑到那块遮蔽他们洞口的石头前，移开石头，将那个亡命者藏到这个没有人知道的秘密洞穴，然后又盖好石头，仍然走回德丽莎那里坐着。不多久，树林边出现了四个骑马的马枪兵，其中一个拖着一个俘虏来的山贼的脖子，其余三个好像在找那个亡命徒。那三个马枪兵朝四周张望，看见了这一对青年农民，就飞快地奔向了他们，问他们是否看到有人跑过去。‘真讨厌，’为首的那个队长说，‘我们要找的那个人是强盗头儿。’‘古古密陀吗？’罗吉和德丽莎同时叫了一声。‘对，’队长回答，‘他的头可是值一千罗马艾居呢，倘若你们帮忙将他捉住，我们会分给你们五百。’两个青年人相互看了一下，那位队长瞬间感觉很有希望。五百罗马艾居相当于三千法郎，而三千法郎对于这一对快要结婚的穷孤儿来说，可算是很大一笔钱了。‘对，这可真是讨厌，’万帕说，‘可我们没有看到他。’

“于是那些马枪兵就在四周开始搜寻，可四处都找不到他，过了一段时间，就看不见他们了。于是万帕移开石板，古古密陀便爬了出来。他从石板缝里已经看见这两个青年农民同马枪兵的交谈，也已经猜到他们谈了些什么。他从罗吉和德丽莎的脸上看出他们决不会出卖他，便从口袋里拿出一钱袋的金子来，送给他们。但万帕却骄傲地抬起头不看它们，而德丽莎，当她看到这袋金子时，想到能够买到所有那些漂亮的衣衫和华丽的首饰时，瞬间眼睛就放出光来。

“古古密陀是一个恶棍，而且老奸巨猾，他表面上是一个山贼，实际上与赤练蛇无异，看到德丽莎的这种眼神，他瞬间想到：她十分适合做一位压寨夫人。他走向树林，一路借口对他的保护人致敬，几次停步回过头来观看。过了几天，他们没有再看到古古密陀，也没有听人提起他。狂欢节快要来了。圣费里斯伯爵宣布要举办一次豪华的化装跳舞会，并且请罗马所有有地位的人都来参加。德丽莎很想看这次跳舞会。罗吉便去请求那位做他的保护人的管家，允许她和他混在村里的仆役当中去参加舞会。管家允许了。伯爵对他的女儿卡美拉十分珍爱，而这次的跳舞会也是为了讨她欢心而举办的。卡美拉的年龄和身材同德丽莎恰巧无异，而德丽莎也像卡美拉一样美丽。舞会的当晚，德丽莎极力将自己打扮得很是漂亮——她戴上了自己那最耀眼的发饰和最华美的玻璃珠链，并穿着弗拉斯卡蒂妇女的流行服装。而罗吉穿着罗马农民只有在假日才会穿的那种十分漂亮的服装。他们两人均混在——他们只能如此——仆役和农民队里。

“这场宴会真是华丽——不但别墅内灯火通明，而且花园内的树上还挂了几千盏五颜六色的灯笼。没一会儿，宾客们便从府邸里拥到露台上，从露台拥到花园的小径上。小径的每一个交叉口都有一队乐队，四处摆放着桌子，桌子上堆满了各种各样的饮料和点心。宾客们停了下来，组成四对一组的舞队，各自随意挑选了一块地方跳起舞来。卡美拉的装扮像一个松尼诺农妇。她的帽子上绣有珍珠，金发针上镶嵌着钻石，腰带是用土耳其绸做的，上面绣着朵朵大花。她的短衫和裙子是用克什米尔呢子做的，围裙是印度麻纱的，胸衣上的纽扣均是大粒的珍珠。她那两位同伴的服装，一位打扮得像内图诺农妇，另一位打扮得像立西亚农妇。那四个青年男子均是罗马最有钱和最高贵的家族子弟，他们将意大利式的潇洒在身上发挥得淋漓尽致，堪称无与伦比。他们均穿着农民的服装，分别代表阿尔巴诺、韦莱特里、契维塔卡斯特拉纳和索拉四个地方。不消说，这些农民的服装也缀满了耀眼夺目的金银珠宝，同那些女人的一样。

“卡美拉想跳一次清一色的四对舞，但人还少了一位。她环顾四周，可宾客中没有人和她或她舞伴的穿着相似。圣费里斯伯爵对她指了指农民队里挽住罗吉胳膊的德丽莎。‘父亲，您同意我这样吗？’卡美拉说。‘当然同意，’伯爵回答，‘我们不是在过狂欢节吗？’于是卡美拉转过身走向那个和她交谈的青年，和他说了几句，并用手指了指德丽莎。那青年人看了看那只可爱的手所指的地方，鞠躬表示服从，然后来到德丽莎跟前，邀请她去参加由伯爵的女公子所领导的四对舞。德丽莎感觉脸庞好像拂过一团火似的，她看了看罗吉，罗吉不能不表示同意。他慢慢地将本来夹在自己手臂底下的德丽莎的手臂放开，而德丽莎，在她那位风流的舞伴的陪同下，十分兴奋地站到那贵族式的四对舞中她应当站的地方。当然啰，在一位艺术家的眼中，德丽莎那种古板严谨的服装，与卡美拉和她的同伴相比较，倒也有很不一样的风味。然而德丽莎原本是一个生性轻佻、好卖弄风骚的人，因此那些刺绣、花纱和克什米尔呢子的腰带，全部让她目迷心醉，更不消说那蓝宝石和金刚钻了，那些宝石的反光几乎让她头晕目眩。

“罗吉感觉一种从未有过的感觉在他的脑海中浮起，那种感觉好像是在一下下地痛咬他的心，然后又毛骨悚然地穿透他的骨骼，钻入他的血管，蔓延到他全身。他看着德丽莎和她舞伴的每一个动作，丝毫不曾放松。当他们的手相互接触时，他感觉自己像是快要晕过去，心跳得很快，好像耳边有一只钟在猛敲一样。当他们谈话时，虽然德丽莎只是眼睛朝下看着，胆怯地听她的舞伴自己在说，但从那个长相俊美的青年男子热情的目光里，罗吉看出他是在赞美她，他似乎感觉天旋地转，耳边低声响起种种来自地狱里的声音，让他杀人，让他行刺。他深怕自己无法控制这种强烈的情感，于是就一只手将他靠着的那棵树的丫枝抓在手里，另外那只手则痉挛似的将他腰带上那把柄上雕花的匕首握着，不时地将它抽出来。罗吉吃醋啦，他感觉，德丽莎有野心且爱出风头，或许会在这种影响下抛弃他。

“那个年轻的农家女，一开始很胆怯，好像受到惊吓似的，可没一会儿就恢复正常了。我曾说过，德丽莎长相很漂亮，可她远不止漂亮二字。德丽莎具有一种娇美的魅力，好似野草闲花一样，与我们矫揉造作的那种高雅的仪态相比，看起来更加诱人。那一次四对舞的赞美几乎全都在说她，而倘若说她在妒忌圣费里斯伯爵的女儿，我可不敢保证卡美拉没有妒忌她。她这位长相俊美的舞伴一边极尽在恭维她，一边将她领回到邀请她的地方，就是罗吉等她的地方。在那次跳舞的时间里，这位青年姑娘时刻关注着罗吉，而每次她都看见他脸色苍白，神情激动，有一次，他的刀甚至已经拔出刀鞘一半了，看着那寒森森的刀光她感觉到眼花。因此当她重又挽上她情人的臂膀时，她几乎有点颤抖。那一次的四对舞跳得十分成功，当然大家会热烈地要求再跳一次，只有卡美拉一个人不同意，但圣费里斯伯爵十分恳切地要求他女儿，她最终也同意了。于是有一个舞伴便赶忙去邀请德丽莎，因为没有她就无法组成四对舞，但那年轻的姑娘却早已不见了。然而实际上，是罗吉没有力量再来一次这样的考验了，所以他半劝半拉地拖着德丽莎来到了花园的另一边。德丽莎不自觉地任由他摆布，但当她看见那青年人激动的神情时，她从他沉重和颤抖的声音里明白他一定在心里乱想。她自己也无法抑制内心的激动，虽然她并未做错什么事，但是总感觉罗吉应当责备她，可其中的原因她自己也不知道。然而让德丽莎感到惊讶的是，罗吉却一直不说话，整整一个晚上都没再说一个字。但当夜晚的寒峭将宾客们从花园里赶走，别墅的门窗都关上，举行室内宴会时，他就将她带走了。他送她回到她家，说：‘德丽莎，当你在圣费里斯伯爵小姐对面跳舞时，你在想什么?’‘我想，’那年轻姑娘原本生性坦白，于是答道，‘我宁愿寿命减半来换取一套她所穿的那种衣服。’‘你的舞伴怎么和你说的?’‘他说这就全凭我自己了，只要我说一句话就可以了。’‘他没说错，’罗吉说，‘你真的像你所说的那样，一心想要得到它吗?’‘对。’‘好吧，那么，你会如愿的!’

“那年轻的姑娘十分惊讶，抬起头来看着他，可他的脸是那样的阴沉可怕，以致她的话到了嘴边却没有说出来。罗吉这样说了之后就走了。德丽莎一直目送他消失在黑暗中，才长叹一声走进她的房间。

“那晚发生了一件很大的意外事故，毫无疑问是因为某个仆人的疏忽，没有熄灭灯而导致的。圣费里斯的府邸着火了，起火的房间正好是可爱的卡美拉的隔壁。黑夜里，她被火光惊醒，跳下床来，在身上裹了一件睡衣，想从门口逃走，可火烟已经吞噬了她想逃走的那条走廊。无奈她只有返回自己的房间，用尽全力大喊救命，忽然，她那高二十法尺的窗户打开了，一个青年农民跳了进来，抓住她的双臂，用超人的技巧和力气送她到了草地上，一到那里，她就昏了过去。当她醒过来时，她的父亲已在她身旁。全部仆人都围在四周服侍她。这场大火将府邸的一整排厢房都烧毁了，但既然卡美拉没事，那又算得了什么呢？后来，大家四处寻找她的救命恩人，但那个人却没有出现；四处打听，但谁都没有看见他。卡美拉因为没看清他，心里感觉很难过。伯爵特别有钱，只要卡美拉没事，火灾的损失对他而言只不过是一件小事。而且从她如此奇迹地脱离险境的这一点看来，他觉得这并非真正遭祸，反倒是上天新赐的一次恩惠。

“次日，还是相同的时间，这一对年轻的农民又相会在树林边上了。罗吉先到，他十分高兴地走向德丽莎，好像已经完全忘记了昨天晚上的事情。那姑娘显然在想事情，但看见罗吉如此高兴，也就装出一种微笑的神情，当不受兴奋的情绪打扰时，这原是很自然的。罗吉挽着她的手臂，将她领到地洞门口后停了下来。那年轻姑娘觉察到一定有什么特别的事情，于是定定地看着他。‘德丽莎，’罗吉说，‘昨晚你和我说，你愿意拿世界上的一切来换取一套伯爵的女儿所穿的那样的衣服。’‘对，’德丽莎惊讶地答道，‘可那是我胡说的。’‘而我回答说，好吧，你会如愿的。’‘对，’青年姑娘回答，罗吉的话越来越让她惊讶了，‘可你那样说当然只是为了让我开心罢了。’‘你的愿望实现了，德丽莎，’罗吉得意扬扬地说，‘到洞里去穿起衣服吧。’说着，他就将那块石板移开了，并指着洞口让德丽莎看，洞里已点了两支蜡烛，每支蜡烛旁都有一面很华丽的镜子。在一张罗吉亲手制作的古色古香的桌子上，放有珍珠项链和钻石发针，旁边的一张椅子上，堆放着其他的服饰。

“德丽莎喜出望外地惊叫了一声，也不问这套服饰是哪儿来的，甚至也不谢谢万帕，就自个儿钻进了那个已变成一间更衣室的洞里。万帕把石板给她盖好，因为这时他看到一座介于他和派立斯特里纳之间的近处小山顶上，有一个骑马的旅客，在那儿停了一会儿，像是不知该走哪条路似的。在淡青色的天空下，可以很清楚地看出他的面部轮廓。他一看到万帕，就纵马疾驰，向他奔来。万帕没有猜错，这位旅客是从派立斯特里纳到蒂沃利去的，已经走错了路。万帕就把路指给了他，因为从那儿出去四分之一里的地方，道路就分成了三条，到了那三条岔路口，旅客或许又会迷路，所以他就请求他给他带一段路。万帕把他的大氅扔在地上，摆脱了这件笨重的衣服，他扛起马枪，甩着山里人那种马都追不上的飞快的步子跑在旅客的前面。不到十分钟，万帕和那旅客就到了那个交叉路口。

“一到那儿，他就以一种皇帝般的神气，威严地用手指着哪一条路是旅客该走的路。‘那就是你的路，大人，现在你不会再弄错的了。’‘这是你的报酬。’旅客说着，摸出了几个小钱给那青年牧人。‘谢谢你，’万帕缩手说道，‘我是给你帮忙的，不是图你的钱。’‘好吧，’那旅客似乎看惯了都市里人的奴性和山里人的骄傲，深知其间的区别似的，他说道，‘要是你不肯接受钱，送你一份礼还是肯收的吧。’‘啊，是的，那是另一回事了。’‘那么，’旅客说道，‘收下这两个威尼斯金洋吧，给你的新娘，叫她自己去买一对耳环吧。’‘那么也请你收下这把匕首，’青年牧人说道，‘在阿尔巴诺和契维塔卡斯特拉纳这一带，这把匕首是雕刻得最好的了。’‘好，那我接受了，’旅客答道，‘但这样我可占便宜啦，这把匕首可不仅仅值两块金洋呢。’‘在一个商人的眼里，或许如此，但对我来说，这是我亲自雕刻的，它还值不了一个毕阿士特呢。’‘你叫什么名字？’旅客问。‘罗吉·万帕。’那牧人回答说，他答话的那种态度，就像他在说‘我是马其顿国王亚历山大’一样。‘你呢？’‘我，’旅客说道，‘我叫水手辛巴德。’”

弗兰兹·伊皮奈吃了一惊，“水手辛巴德？”他说。

“是的，”派里尼老板说，“那旅客对万帕就自称这名字。”

“咦，你为什么对这个名字这么敏感？”阿尔贝问道。“这个名字我看漂亮极了，老实说，叫这个名字的那位先生，他的种种冒险的故事，我在小时候可是特别感兴趣的。”

弗兰兹不再多说什么了，水手辛巴德这个名字大概已唤醒了他的种种回忆。“接着讲下去吧！”他对派里尼老板说道。

“万帕大模大样地把那两块金洋放进了口袋里，转回身慢慢地向来路走去。当他走到离地洞两三百步的时候，他似乎听到了一声喊叫，仔细听了听，想辨别这个声音是从哪儿来的。于是他清清楚楚地听到了是有人在喊他的名字。而且那声音是从地洞那边传过来的。他像一只羚羊似的跳向前去，一边跑，一边在他的马枪里装上了弹药，一会儿，就到达了一座小山顶上。

“这座山正和他看见旅客时所站的那座遥遥相对。一到那儿，喊救命的声音就听得更清楚了。他用目光四下里搜索着，看见一个人正在抢德丽莎，正像尼苏斯抢蒂茄美拉一样。这个人正向树林里急忙奔去，从地洞到树林的这一段路他已走了四分之三。万帕估计了一下距离，那人至少已比他多走了两百步，想追上他是不可能的了。于是这青年牧人站定了，脚下像生了根似的，他把马枪的枪托抵住肩头，瞄准那个抢人犯，用枪口瞄了他一秒钟，然后开了枪。那抢人犯突然停住了脚步，膝一弯，就和抱在他怀里的德丽莎一起跌倒在地上了。那青年姑娘马上爬了起来，而那个男的却躺在地上，在临死的痛苦中挣扎着。万帕连忙向德丽莎冲过去，因为她刚离开那临死的人几步远，两腿就支持不住跪了下来，所以这个青年人深恐那颗打倒他敌人的子弹也伤着了他的玩伴。万幸的是，她连皮也没擦破一点，德丽莎只是受惊过度而两腿发软而已。万帕看到她确实平安无恙以后，才转身向那受伤的人走过去。那家伙刚刚断了气，只见他捏紧了拳头，嘴巴歪在一边，头发直竖，满头大汗。他的眼睛仍旧恶狠狠地睁着，很吓人。万帕走近尸体，认出他正是古古密陀。这时要是再有一个旅客经过，他就会看到一件怪事，一个牧羊女在牧羊，身上却穿着克什米尔呢子的长袍，戴着珍珠的耳环和项链，钻石的夹针，以及翡翠、绿宝石、红宝石的纽扣。他无疑会以为自己已回到了弗洛琳的时代，到了巴黎，就会到处宣布，说他遇到过一位阿尔卑斯山上的牧羊神女坐在沙坪山的脚下。

“一刻钟之后，万帕从洞里出来了，他的服饰和德丽莎一样光鲜。他穿着一件榴红色天鹅绒的上衣，上面钉着雪亮的金纽扣；一件绣满了花的缎子背心，脖子上围着一条罗马的领巾；挂着一只用金色、红色和绿色丝锦绣花的弹药盒；天蓝色天鹅绒的短裤，裤脚管到膝头上部为止，是用钻石纽扣扣紧了的；一双阿拉伯式的鹿皮长筒靴和一顶拖着五色丝带的帽子；他的腰带上还挂着两只表，皮带里拖着一把精致的匕首。德丽莎羡慕地叫了一声。万帕穿上这套服饰，活像是李奥波·罗勃脱或许尼兹油画里的人物。他把古古密陀的全副行头都借用啦，那青年人看出这套服饰在他玩伴身上所产生的效果了，于是一个得意的微笑出现在他的嘴唇上。‘现在，’他对德丽莎说，‘你愿不愿意和我有福同享，有难同当？’‘噢，愿意！’那年轻姑娘热情地喊道。‘无论到哪儿都肯跟我去吗？’‘你到哪我便到哪儿，哪怕是到世界的尽头。’‘那么挽住我的手臂，我们走吧，我们不能再浪费时间啦。’那年轻姑娘就挽起她情人的手臂，也不问他到底要领她到哪儿去，因为在她看来，这时他简直像一位天神似的英俊、骄傲和有力，她完全被迷倒了。他们向树林里走去，不久就走到了树林里。山上的小径，万帕当然是闭着眼睛都不会走错，所以他毫不犹豫地径自向前走去。山上尽管没有现成的路，但只要看一眼树木和草丛，他就知道该怎么走，于是他们就这样向前走了一个半钟头。

“最后，他们走到了树木最茂密的地方。前面有一条小溪，直通到一个深深的峡谷里，小溪的河床是干涸的。万帕和德丽莎顺着这条荒僻的路继续走着，两边都是山岭，山坡上零星地长着几棵松树，这些松树好像很难于繁殖似的，而这条路倒更像是维吉尔所说的通到阴曹地府去的火山口。

“德丽莎看到周围这一片荒芜凄凉的景色，不由得害怕起来，于是紧紧地贴在她的领路人身上，吓得一句话都不敢说，但看到他仍以平稳的脚步泰然自若地向前走着，她也就竭力控制住了自己的情绪。突然间，约莫离他们十步远的地方，一棵树背后闪出一个人来，用枪瞄准万帕。‘站住，’他喊道，‘再走一步就打死你！’‘什么，喂！’万帕抬手做了一个轻蔑的姿势说道，可是德丽莎却再也抑制不住她的惊慌，紧紧地贴到了他身上。‘狼还吃狼吗?’‘你是什么人?’‘我是罗吉·万帕，圣费里斯农庄的牧羊人。’‘你来干什么?’‘这个问题我要和你那些在比卡山坳里的同伴讲。’‘那么，跟我来吧，’那哨兵说道，‘如果你认得路，就在前面领路吧。’万帕对于强盗的这种防范行为轻蔑地笑了一下，就跃到德丽莎的前面领头走，脚步依然和刚才一样的坚定和安闲。大概走了十分钟，那强盗示意他们停步。这对青年男女遵命照办了。于是那强盗学了三声鸡叫，紧接着一声老鸦叫答复了这个暗号。‘好!’德丽莎一路走，一路瑟瑟缩缩地紧贴着她的情人，因为她看到树林里露出了兵器，马枪的刺刀在闪闪发光，好不吓人。比卡山凹是在一座小山的山顶上，在很久以前这儿无疑的是一座火山，一座在雷默斯和罗默罗斯逃出阿尔伯并建筑起罗马城以前就熄灭了的火山。德丽莎和万帕到达了山顶，马上发现他们已站在了二十个强盗的前面。‘这个小伙子想来和你们说话。’哨兵说道。‘你有什么话要说?’一个青年问道，他是首领离开时代替统率的人。‘我想说，我过厌了牧羊人的生活。’万帕这样回答。‘啊，我知道啦，’副首领说道，‘你想成为我们中的一员是吗?’‘欢迎!’几个强盗大声喊道，他们是费罗西诺、班壁娜拉和阿纳尼人，本来就认识罗吉·万帕的。‘是的，但我这次来的目的不仅仅是要做你们的同伴。’‘那么你还要做什么!’强盗们异口同声地问道。‘我来是要求做你们的队长。’那青年说道。强盗们都像听了一个非常可笑的笑话一样大笑起来。‘你凭什么要求一来就得到这个殊荣?’副首领问道。‘我杀死了你们的首领古古密陀，我现在穿的就是他的衣服，我放火烧了圣费里斯的府邸，借此给我的未婚妻弄到了一套结婚礼服。’于是一个钟头之后，罗吉·万帕就被选为队长，代替那已死的古古密陀了。”

“唉，我亲爱的阿尔贝，”弗兰兹转过去对他的朋友说道，“你对于强盗罗吉·万帕有什么想法没有?”

“我觉得他是一个神话里的人物，”阿尔贝答道，“不可能存在的。”

“什么叫神话里的人物?”派里尼问道。

“说起来话长啦，我亲爱的老板，”弗兰兹答道，“你是不是说万帕现在在罗马附近做生意?”

“是呀，他的胆量在强盗中真可说是史无前例的了。”

“那么难道警察始终抓不到他吗?”

“咦，你不知道，他和平原上的牧人、海上的渔夫、沿岸的走私贩子交情都很好。那些警察到山里去找他，他却在海上；他们跟他到海上，他却又到了大海洋里；他们再追他，他却突然躲到季利奥岛、加奴地，或是基督山这种小岛上去了。当他们到那儿费劲去搜捕他的时候，他又突然在阿尔巴诺、蒂沃利或立西亚出现了。”

“那么，他对待旅客是怎么样呢？有没有特殊的规定?”

“什么？其实他的办法很简单。他根据离城的远近，限定时间为几小时——要么十二小时，要么一天——在这个时间内叫他们把赎金送出来。过了那个时间期限，他有时会再宽限一小时或再过两小时，要是钱还没有送到，他就用手枪把肉票的脑髓打出来，要不就是把他的短刀插进他的心脏，就算了结了。”

“唉，阿尔贝，”弗兰兹问他的同伴，“你还要从环城马路兜到斗兽场去吗?”

“当然有例外，”阿尔贝说，“如果那条路上风景好的话。”

时钟敲了九下，门开了，一个车夫出现在门口。“阁下，”他说，“车子准备好了。”

“好吧，那么，”弗兰兹说，“我们到斗兽场去吧。”

“请问阁下，是从波波罗门走还是从大街走?”

“从大街走，当然！从大街走啦！”弗兰兹大声说道。

“啊，我的好人，”阿尔贝一边说，一边站起身来，点着了他第三支雪茄，“真的，我一直还以为你挺勇敢呢。”说着，这两个青年走下楼梯，钻进了马车里。

第三十四章　现身

弗兰兹计划的路线非常有趣，他们在前往斗兽场的路上竟然不经过一座古迹，这样做的好处就是，在欣赏那座庞大建筑之前，他们不会因为看多了其他的古迹而败坏了兴致。在弗兰兹的计划中，他们需要先穿过西斯蒂纳街，然后在圣·玛丽亚教堂右转，沿着乌巴那街和圣·彼得街再转入文卡利街，等到了文卡利街，旅客们就会发现原来他们已经正对着斗兽场了。从这条路走还有一个好处，那就是有时间让弗兰兹集聚所有的精力来思考，将派里尼老板讲给他听的故事仔细思考一遍，因为，在那个故事里，竟然出现了那位居住在基督山岛上的神秘人。弗兰兹抱着胳膊，靠坐在马车一角，脑海中回忆着刚刚听到的奇闻，他不停地在心里问着自己无数相关的问题，可是却找不到一个满意的答案。有一件事是唯一让他想到自己的朋友“辛巴德”的，那就是水手和土匪之间，有一种神秘而亲切的关系存在着。

派里尼老板说万帕经常躲避到走私贩子和渔夫的船上去，这使弗兰兹想起他自己也曾亲眼看到那两个科西嘉强盗和那艘小游艇的船员们一起融洽地用餐，那艘小游艇甚至还改变了它的航程，到韦基奥港去靠了一靠，专程送他们上岸。伦敦旅馆的老板竟然也曾提到基督山他那位东道主的名字，他觉得单是这一个名字就很能证明他那位岛上的朋友的博爱行为不但惠及科西嘉、托斯卡纳和西班牙沿岸，而且还同样的遍及皮昂比诺、契维塔·韦基亚、奥斯尼斯和巴勒莫，这可以证明他的交友范围是多么的广大，他的人际关系是多么的宽泛。

但是，无论这个年轻人前一刻是如何专心致志地沉溺在回忆里，下一刻他的思绪还是被宏伟的斗兽场废墟那一片黑森森的景象打断了。惨白的月光透过废墟的各个门洞时隐时现地闪烁着，像是孤魂野鬼的眼睛里所射出来的幽光。马车在苏丹台附近停了下来，门是大开着的，这两个青年急忙跳下马车，发觉他们面前竟然已站着一个向导，像是从地底下突然钻出来似的。

旅馆里的那个随从向导是跟他们一起来的，所以他们就有了两个向导。在罗马，一个人想避免这种多余的向导是不可能的。你的前脚刚踏进旅馆，一个普通向导就会跟上了你，只要你还留在城里，他就决不会离开你。此外，每一处名胜的每一部分景致都有一个向导在等着。所以我们很容易想象得到，斗兽场里是绝对不会缺乏向导的，因为它是名扬千古的奇迹。关于它，诗人马西阿尔曾作过这样的赞美："埃及人别再拿野蛮的奇迹金字塔来自夸，我们也别再谈巴比伦的古城名刹；一切其他的建筑物都必须让位给恺撒的斗兽场，一切赞美之声都应该汇合起来歌颂这座大厦。"

至于阿尔贝和弗兰兹，他们并不想躲开这些以导游为业的人。老实说，就算想躲避也十分困难，除非他们不想进去参观了，因为只有向导才可以拿着火把光明正大地去参观这些名胜。两个青年无法抗拒，只能毫无条件地向他们的引导者宣告投降。弗兰兹已经到斗兽场来夜游过十多次了，而他的同伴却是第一次光顾维斯派森大帝的这个古迹。平心而论，尽管那两个向导滔滔不绝地在他的耳边喋喋不休，他的脑子里对这座神奇的废墟还是留下了很强烈的印象。事实上，要不是亲眼目睹，有谁会想象得到一个废墟竟会这样庄严宏伟呢？欧洲南部的月光和东方的落日余晖有着异曲同工之妙，在这种神秘的月光之下，废墟的各部分看来似乎都扩大了一倍，愈发显得庄严宏伟了。弗兰兹在废墟的内廊底下走了一百步左右，怀古之情便油然而生，于是他离开了阿尔贝，反正那两个向导总会照他们的老规矩，领他去看关狮子的洞、斗猩力士的休息室和恺撒大帝的包厢的。

他走上了一座颓废的台阶，让他们按照规定的游览路线去参观，自己则走到一个缺口对面廊柱的阴影里，静静地坐了下来，这样，他就可以欣赏到这座宏伟的废墟的全景，尽情随意地观看这庞大无比的建筑物。

弗兰兹在那条廊柱的阴影里大约躲了一刻钟光景，他的目光一直跟随着阿尔贝和那两个手持火把的向导，看见他们已从斗兽场尽头的一座正门里转了出来，然后又消失在台阶下面，可能是参观修女们的包厢去了。当他们静悄悄地溜过的时候，从他这个地方看真像是几个仓皇的鬼影在追随一簇闪烁的磷火，真是恐怖。这时，他的耳朵里突然听到一种声音，好像有一块石头滚下了他对面的台阶似的，在这种环境里，一块松落的花岗石从上面掉下来根本没什么稀奇的，但他觉得这种石块似乎不是正常掉落，而是被一只脚踩下来的，而且似乎还有个人正向他坐的这个地方走过来，脚步极轻，像是竭力不让人听到似的。猜测不久便成了事实。因为确实有一个人影出现了，当他一步一步走上台阶来的时候，他便渐渐地从黑暗里钻了出来，月光照着台阶的顶端，而台阶则消失在暗处。他有可能也是一个像弗兰兹这样的游客，喜欢独自欣赏，不愿那絮絮叨叨的向导来打扰他的思绪。所以他的出现，倒也没什么不寻常之处，但他走上来的神态却不是那么随意自然，而是有点紧紧张张、躲躲闪闪的，每走一步都要停下来留神地倾听一下，这使弗兰兹相信他是怀有某种目的来的，他到这儿来是要会一个人的。弗兰兹本能地后退，躲到了廊柱后面。来客在离他十尺远的地方便站住了，那里的屋顶是破的，露出了一个圆形的大缺口，从这个缺口里往外望，可以看到那繁星满布的蓝色夜空。这个缺口成了月光的一个自由进口。这或许已有数百年的历史了吧，缺口的四周长着很多爬墙类植物，那纤细的绿色小枝，在明亮清净的苍穹的衬托之下，显得特别清晰；那一簇簇强韧的根须，穿过裂隙飘垂下来，来回摆荡，像许多飘动的丝穗。那因行动诡秘而引起弗兰兹注意的人正站在一个半明半暗的地方，所以根本无法看清他的面貌，但他的衣着倒是很容易看清的。他穿着一件棕褐色宽大的披风，下摆的一角掀起盖住了他的左肩，像是故意用它来遮住下半部脸似的，而上半部脸则完全藏在他那顶宽边的帽子下面了。他的下半身着装比较清楚，从破屋顶上进来的明亮的月光，照出他的擦得雪亮的皮靴，皮靴上面是黑色的长裤，显然他就算不是贵族，也是上流社会中的人。

过了一会儿，此人似乎等得不耐烦了。正在这时，屋顶的洞口外面发出了一种轻微的响声，马上有一个黑影挡住了亮光。那明显是一个男人的身影，那人正在急切而仔细地察看他身下的这一大片地方。当他看到那个穿披风的人时，他就立刻抓住一簇向下飘垂着密密地缠结在一起的根须，顺着它滑到了离地三四尺的地方，然后轻轻地跳了下来。他穿着一套勒司斐人的服装。

“劳先生久等了，很抱歉，”那人用罗马土语说道，“但我想，我只是迟到了一小会儿。圣·琪安教堂的钟刚刚敲过十点。”

“关于迟到的事，就别放在心上了，”先到的那个人用纯粹的托斯卡纳语回答说，“是我来得太早了。但要是你让我略微再等一会儿，我也会认为你绝不是故意迟到的。”

“先生说得对极了，”那个人说道，“我是直接从圣·安琪堡来的，我费了很大功夫才成功和俾波谈了一次。”

“俾波是什么人？”

“噢，俾波是在监牢里做事的，我在他身上花了一年的工夫才打听出教皇堡里的情形。”

“真的？那么我看你这个人倒是很能深谋远虑呀。”

“您知道，未来的事是不可预测的呀。也许这几天里我也会像可怜的庇皮诺那样陷进罗网，不过那时我倒十分高兴能有一只牙齿发痒的小老鼠在我的网上咬几个小洞。”

“简短说一下，你打听到了什么消息？”

“星期二下午两点钟要杀两个人，这是罗马每一个大节日开始时的例行规矩，人们对这一仪式都很兴奋、很期待。一个犯人将被处以锤刑，那家伙是个忘恩负义的流氓，他竟然谋杀了那个抚养他长大的教士，真是丝毫不值得可怜。另外那个被判处斩刑，而他呀，先生，就是那个可怜的庇皮诺。”

“你还想怎么样呢？你在教皇的统治下招兵买马就算了，为什么还要闹到邻邦那去，闹得他们害怕？他们当然很高兴有个机会杀一儆百啦。”

“但庇皮诺根本算不上我的部下，他只是一个可怜的牧人，他唯一和我们的联系就是供给我们粮草罢了。”

“这样说来，他的确是你的一个党羽了。你警惕一下他所受的优待吧，如果他们捉到你，就要在你头上打一锤，而他只不过被判了个斩刑而已。要是那样，那天的娱乐节目就会多一个花样，多一幕热闹场面来满足观众了。”

“但他们根本想不到我也正在为他准备一个场面，要吓他们一吓哩。”

“我的好朋友，”穿披风的那个人说道，“请原谅我说一句话，在我看来，你的样子十足像是想要干一件傻事。”

“我只不过是不想要让庇皮诺那个可怜虫被杀头。毕竟他之所以受苦完全是因为帮了我的忙的缘故。圣母在上，我要是袖手旁观，让那个勇敢的人被判处斩刑，我就是一个懦夫，连自己都要鄙视自己了。我打算派二十个能干的人，包围断头台，当庇皮诺被带上去行刑的时候，我就发出一个暗号，然后大家就一拥而上，用小刀子赶退卫兵，把犯人劫走。先生您有什么更好的计划吗？”

“我的办法是这样：我先送一万毕阿士特给某个人，这笔钱花得很划算的，因为那个接受钱的人可以使庇皮诺的死刑缓期到明年，然后在接下来那一年内，我再额外送一千毕阿士特，使他从牢里逃出来。”

“先生您说什么？”另外那个人问道。

“我说，好朋友，只伸出一只手来花点钱，比你的全队人马用小刀子、手枪、马枪，加上散弹枪来卖力要有效得多。所以，让我来办吧，结果如何，你大可不必担心。”

“好极了！但要是您失败了，我们还是要干的。”

“你喜欢做什么预防措施尽可随便你，但缓刑的事包在我身上好了。”

“要知道刑期就定在后天，您活动的时间只有一天啦。”

“那又如何呢？一天不是还有二十四小时，每小时不是还有六十分钟，每分钟不是还有六十秒吗？嘿，在八万六千四百秒之内，有很多事是可以办到的。”

“那么我如何才能知道大人是不是成功了呢？”

“噢！那很容易。我在罗斯波丽宫定了三个最后的窗口，如果我把庇皮诺所需要的那个赦罪令弄到了，那么旁边的两个窗口就挂黄缎窗帘，中间那个则挂白缎带大红十字的窗帘。”

“先生派谁去送缓刑令给执行官呢?”

“你派一个人来，叫他扮成一个苦修士的样子，然后我把命令交给他，穿上那套服装，他就可以一直跑到断头台前面，把公文交给执刑官，由执刑官交给刽子手的。现在最重要的是，先通知庇皮诺一声，把我们所决定的事告诉他，别让他吓死或吓昏。不然的话，又要无谓地为他花一笔钱了。”

“先生，”那人说，“您可以完全相信，我是信任您的，是不是?”

“至少我希望如此。”穿披风的那个侠士回答道。

“哦，那么，如果您救出了庇皮诺，从此以后，您除了获得了我的信任外，还可以获得我对您的吩咐的服从。”

“你得好好想一想，我的好伙计，你给自己设下了一个很大的陷阱啊，因为或许在不久的将来，我就要提醒你实现自己的诺言，轮到我来要你帮忙、要你出力的时候了。”

“那就让那一天到来吧，迟早都行，那时先生尽可依赖我，就像我在这次大麻烦里依赖您一样。就算您在天涯海角，只要写信通知我，叫我去办一件如何如何的事情，那件事就算办成功了——因为我一定会尽我所能把它办成功的，我以上帝的名义向您——”

“嘘!”先到的那个人打断他的话，“我听到有声音。”

“那是到斗兽场来玩的游客，还拿着火把呢。”

“最好还是别让他们看见我们在一起。那些向导都是奸细，也许会认出你的。我亲爱的朋友，尽管我很以你的友谊为荣，但要是我们的亲密关系一旦被人发觉，我怕我的名誉会因此而断送的。到那时，我的朋友，就随你去用你的匕首好了，而且我还可以答应你，一定来参观你们的英雄壮举。”

“那么我们就这样说定啦。再见，先生，只管放心相信我，就像我相信您一样。”

说完这些话，那个勒司斐人就马上消失在台阶下面了。他那位同伴则用他披风的衣角比刚才更紧地裹住了他的脸，几乎和弗兰兹擦身而过，奔向一座朝大门的阶梯，到比武场去了。

接着，弗兰兹就听到阿尔贝在喊他，阿尔贝高声地喊他朋友的名字，那喊声在这座高大的建筑物里发出阵阵回声。弗兰兹并没有立即应召而出，他得先等那两个人走远了再出来。弗兰兹不愿意让那两个人知道他们这一场会面被第三人发觉了，因为他虽无法认清他们的面貌，但至少已听到了他们所讲的每一个字。十分钟以后，弗兰兹已在回伦敦旅馆的路上了，一路上心不在焉地听阿尔贝根据普林尼和卡尔布纽的著作大谈那用来防止兽类扑到看客身上的铁丝网。弗兰兹任凭他一路讲下去，一句都不插嘴，其实他很希望这时候旁人不来打扰他，让他独自把经过的一切细细地想一下。那两个人之中，有一个他一点都不认识，但另外那一个却不然。他的脸即使用披风裹住了，而且蒙在阴影里，以致弗兰兹无法仔细辨认，但他讲话的那种语气，弗兰兹总有某种熟悉的感觉，而且第一次听到时就给他留下了很深刻的印象，几乎使他终生难忘。尤其是在他的那种嘲弄的口吻中，含有某种似金属颤动的声音，这种声音在斗兽场的废墟中固然使他吃惊，在基督山的岩洞里又何尝不是这样。他终于得出了一个很满意的结论，这个人不是别人，正是"水手辛巴德"。

弗兰兹对这个奇人曾抱有很大的好奇心，在任何场合下，他一定会上前去招呼他的。但从刚才他所偷听到的那番谈话中他知道：他在这种情形下露面是决不会有好结果的。所以，正如我们所知道的那样，他并没有去招呼他就让那个人离开了，只是在心里自慰自解，要是再碰到他，肯定主动上前打招呼。弗兰兹虽竭力想摆脱这些使人烦恼的复杂思绪，想躲开它们的侵扰，但总是白费心机。他想用睡眠来恢复他的精神，也是枉然。睡神就是不肯光顾他的眼皮。这一夜，他辗转反侧，冥思苦想，想从各方面来证实斗兽场里的那个神秘游客就是基督山岩洞里的那个东道主。而他对这一点越想越有把握。终于他疲倦了，就在黎明时分昏昏沉沉地睡过去了，所以很晚才醒。

像一个地道的法国人一样，阿尔贝颇费了一番功夫来安排晚上的消遣节目。他已派人到爱根狄诺戏院去定了一个包厢。弗兰兹因为有几封信要写，便一直没出旅馆，所以全天阿尔贝独享了马车。到下午五点钟，阿尔贝回来了，他拿着介绍信四处去拜访了一遍，接受了许多晚餐的邀请，算是在罗马开了眼界。这已够使阿尔贝忙一天的了，但他竟还有闲情来看看爱根狄诺戏院的节目单，来了解一下那天晚上的剧目和演员。

据节目单上所载，上演的是歌剧《巴黎茜娜》。主角是考塞黎、穆黎亚尼和斯必克。弗兰兹和阿尔贝应该为自己庆幸，竟能有机会听到由三个意大利最负盛名的歌唱家来演出《拉莫摩尔的未婚妻》的剧作者的又一杰作。阿尔贝总是不习惯意大利的戏院，因为这里乐队是设在舞台前面的，那么就几乎看不到台上在演些什么了，而且还没有花楼和包厢，这些缺点，对于一个看滑稽歌剧时坐惯了花厅而听歌剧时坐惯了大包厢的人，是难以忍受的。可是，阿尔贝还是穿上了他那套最漂亮、最新鲜的服装，他每次去戏院，总是把这套衣服穿出去亮一下。这身华丽的衣服说实在的有点儿白穿，因为不得不承认，一个巴黎时髦社会里名副其实的代表人物，在意大利奔走了四个月，竟没碰上一次艳遇。

狂欢节明天就要开始了，所以阿尔贝非常珍惜每一分钟，他必须马上实行他的计划来实现他的希望、期待，最主要的是引起别人的注意。抱着这种念头，他在戏院里最惹人注目的地方定了一个包厢，他决定要凭他英俊的脸蛋和温文尔雅的举止、那副精心的打扮来大显一番身手。阿尔贝所坐的包厢在第一排，在法国戏院里，这原是走廊的位置。前三排的包厢都布置得同样贵族化，所以有“贵族包厢”之称。这两位朋友所订的包厢，可以轻轻松松地容下一打人，但他们所花的钱，却还比不上巴黎的戏院里订一间四个人的包厢。阿尔贝还有一个希望，如果他能得到一位罗马美人的眷顾，那自然就可以在一辆马车里弄到一个座位，或在一个富丽堂皇的阳台上占到一席之地，这样，他就可以快快乐乐、高高兴兴地度狂欢节了。这种种念头使阿尔贝精神亢奋，他极想引人注目讨人欢喜。因而他已无心思理会舞台上的演出，只顾靠在包厢的栏杆上，拿起一副看演出时的半尺长的望远镜，开始专心致志地观察每一个漂亮的女人。但是，唉！这种想引起对方同样注意的企图却完全失败了，他甚至连对方的好奇心也没引起来。他想讨好的那些可爱的人儿显然都沉浸在自身的世界里了，根本一点儿没有注意到他，更没注意到那副望远镜的照射。

实际上，这些美人儿的心里都在惦记着狂欢节和接下来的复活节的种种欢乐，所以再也分不出心神来注意舞台上的演出。演员们在台上进进出出，没有人去看，也没有人想到他们。

在某些照例应静听或是鼓掌的时候，观众们会突然停止谈话，或从一切冥想中醒过来，听一段穆黎亚尼的精彩的唱词，考塞黎的音调铿锵的道白，或是一致鼓掌赞美斯必克的卖力的表演。暂时的兴奋过去以后，他们便马上又恢复到刚才的沉思状态或继续他们有趣的谈话。在第一幕快要结束时，一间自演出开始后一直空着的包厢的门被打开了，一位贵妇人走了进来。在巴黎时弗兰兹曾被介绍与她相识的，他还以为她仍在巴黎，没想到也来罗马了。阿尔贝当即注意到弗兰兹看到这位新来者的时候不自觉地微微一怔，就急忙转过去问他："你认识那个女人吗?"

"是的，你觉得她怎么样?"

"很美，长相很美，头发也很美！她是法国人吗?"

"不，是威尼斯人。"

"她叫什么名字?"

"G 伯爵夫人。"

"啊！我听人提起过她，"阿尔贝大声说道，"据说她的聪明和她的美貌一样被人艳羡呢！上次维尔福夫人开舞会的时候，她也到场了，那次我本来可以找人介绍认识她的，可惜错过了那个好机会，我真是个大傻瓜!"

"那么要我来替你弥补一下吗?"弗兰兹问道。

"我的好哥们儿，你真的和她这样熟悉，敢带我到她的包厢里去吗?"

"我这前半生中只有幸跟她谈过三四次话。但你知道，就算凭这样一种交情，也可以保证介绍你给她认识了。"

这时，贵妇已看到了弗兰兹，她殷勤地向他挥了挥手算是打招呼，他则恭敬地低了一下头以示回答。

"说句实话，"阿尔贝说，"你似乎和这位美丽的伯爵夫人要好得很哪!"

“你这就想错了，”弗兰兹平静地答道，“你这是犯了我国一般人过于轻率的通病。我的意思是说：你以我们巴黎人的观念来判断意大利和西班牙的风俗习惯有点轻率。相信我吧，凭人们谈话时的亲昵姿态来猜测他们之间的亲密程度是最靠不住的了。目前，在我和伯爵夫人之间，彼此只不过有一种相同的感觉而已。”

“真的吗，我亲爱的好朋友？那么请告诉我，那是不是心灵感应？”

“不，口味一样而已！”弗兰兹庄重地说。

“那是怎样来的？”

“和我们那次同去的一样，去玩了一次斗兽场。”

“是月下去游的吗？”

“没错。”

“两个人吗？”

“也差不多。”

“而你们一路聊着——”

“死。”

“啊！”阿尔贝叫道，“那一定十分有趣。哦，我告诉你，倘若我有那样的幸运能陪这位美丽的伯爵夫人如此散一次步，我可要和她讨论‘生’。”

“那你可不对奥。”

“我们且说眼下的事吧，你真的会像你刚刚答应的那样，和她介绍一下我吗？”

“只要幕一落下来就可以。”

“见鬼，这第一幕怎么这么长。”

“听听最后这一段吧，极好的，考塞黎唱得真妙。”

“没错，可身材不好看！”

“那么斯必克呢，只有他演得最惟妙惟肖了。”

“可你一定知道，但凡听过桑德格和曼丽兰的人——”

“至少你对穆黎亚尼的做工和台步总该佩服吧。”

“我从未想过像他这般又黑又笨的一个男子竟然会用一个女人的声音来唱歌。”

“我的好哥们儿，”弗兰兹转过脸来对他说，而阿尔贝则依然在用他的望远镜看戏院里的每一个包厢，“你似乎已决心不称赞一声了，你这个人真的也太难讨好了。”

幕终于落了下来，马尔塞夫子爵十分满意，他拿起帽子，匆匆地将头发捋了捋，整理了一下领口和袖口，便向弗兰兹示意，表示他正在等着他领路。弗兰兹已经和伯爵夫人打过招呼，还得到了一个殷勤的微笑，表示欢迎他去，于是他也就不再耽搁实现阿尔贝那急不可耐的愿望，立刻起身走了。阿尔贝紧紧地跟在他的后面，并利用往包厢走的空隙，将自己的领口理了理，衣襟拉了拉。他的这项工作刚做完，他们就来到了伯爵夫人的包厢里。包厢里坐在伯爵夫人前面的那个青年立即站起身来，服从意大利的习俗，为这两位先生让座，倘若再有其他客人来，他们也是要照样退席的。

弗兰兹在介绍阿尔贝的时候，把他推崇为当代最出色的一个青年，盛赞他的社会地位和杰出的才能。他所说的话也算是实情，因为在巴黎和子爵的社交圈子里，阿尔贝被公认为是一个十全十美的模范青年。弗兰兹还说，他的同伴因为伯爵夫人在巴黎逗留的期间未能与她相识，深表遗憾，所以请弗兰兹带他到她的包厢里来弥补那次遗憾，最后并请她宽恕他的擅自引荐。伯爵夫人的回答先是向阿尔贝娇媚地鞠了一躬，然后把她的手很亲热地伸给了弗兰兹。她请阿尔贝坐在她身边的空位上，而弗兰兹则坐在第二排——她的后面。阿尔贝不久就滔滔不绝地讲起了巴黎的种种事情，向伯爵夫人谈论那儿他们大家都认识的一些人。弗兰兹看到他谈得如此得意，如此兴高采烈，就不愿去打扰他，于是拿起阿尔贝的望远镜，他开始品评起观众来。在贴着他对面的一间包厢里，第三排上，一个绝色的美人正独自坐在那里，她穿的是一套希腊式的服装，而从她穿那套衣服的安闲和雅致上判断，显然她就是一个希腊的美女。在她的后面，在很深的阴影里，有一个男人的身影，这后者的面貌无法清晰辨认。弗兰兹禁不住好奇打断了伯爵夫人和阿尔贝之间显然是进行得很有趣的谈话，问伯爵夫人认不认识对面那个漂亮的希腊人，因为像她这样的美丽的女人是不论男女都会注意到的。

“有关她的，”伯爵夫人回答道，“我所能够说的只是：她自从本季开始就一直在罗马——因为这家戏院开幕的首夜，我就看见她坐在她现在所坐的位置上，从那时起，她每场都会到。有时，她是由现在和她在一起的那个青年陪伴来的，有时则是只有一个黑奴在一旁伺候。”

“你觉得她好看吗?”

“哦，我认为可爱极了——她正是我心目中的缪斯，我觉得缪斯也是同她一样的。”

弗兰兹和伯爵夫人相视一笑，然后后者便又拾起话头和阿尔贝交谈起来，弗兰兹则照旧观察着各个包厢里的人物。大幕又拉开了，歌舞团登台了，这是最出色最标准的意大利派歌舞团之一，导演是亨利。他在意大利全国极负盛名，他的风格和技巧一向以导演群众场面而见长。这次上演的是他的杰作之一，全体演员举止优美、动作整齐、高雅脱俗；歌舞团全班人马，上至台柱舞星，下至最低级的配角，都同时登台；一百五十个人都以同样的姿态出现，一举手一投足，动作都十分整齐、浑然一体似的，极其和谐。这叫“波利卡”舞。但不管台上的舞跳得多么精彩动人，弗兰兹都没心思去观赏，他的注意力已完全被那个希腊美人吸引去了。她几乎是带着一种孩子般的纯真和喜悦注视看台上的歌舞，她那热切活泼的神色和她同伴的那种冷漠低调形成了一个强烈的对比。在这段演出的时间里，希腊美人旁边的那位毫无情绪变化的同伴连动也没动一下，就算乐队里的喇叭、铙钹、铜锣闹得震天作响，他也丝毫不去注意，倒像是一个人在独自享受宁静的休息和沉浸在清闲安乐的梦想之中了。歌舞终于结束了，大幕在一群热心的观众的狂热的喝彩声中落了下来。

意大利的歌剧处理十分适当，每两幕正戏之间插一段歌舞，因此落幕的时间特别短——当正戏的歌唱演员在休息或换装时，则由跳舞的演员来卖弄他们的足尖舞，以及表演他们这种赏心悦目的舞步。接着开始第二幕的前奏曲演奏了，当乐队用小提琴拉出第一个乐音时，弗兰兹就看见那个闭目养神的人缓慢地站了起来，走向了那位希腊姑娘的背后，后者转过头，跟他说了几句话，随后又伏在栏杆上，仍像之前一样认真地看戏。那个同她说话的人，脸仍旧完全藏在阴影里，因此弗兰兹仍无法看清他的长相。幕启了，弗兰兹的注意力转向了演员那里，暂时离开了希腊美人所坐的包厢而转到舞台上了。

绝大多数读者都知道，《巴黎茜娜》第二幕开场时，正是那一段精彩感人的二重唱，睡梦中的巴黎茜娜将她爱乌哥的秘密告诉了亚佐，那位伤心的丈夫表现出了种种嫉妒的姿态，直至确信此事是真的，于是，在一种愤怒与激动的疯狂状态之下，他将他那犯罪的妻子摇醒了，他告诉她，他已经知道她所犯的罪，并以复仇来要挟她。这段二重唱是杜尼兹蒂用他那一支生花妙笔所写出的最美丽、最可怕、最有声有色的一曲。弗兰兹此刻已经是第三次听这一曲了，虽然他没有特别强的音乐的感受力，却仍旧深为感动。他随着大家一起站了起来，正准备跟着热烈地大声拍手称赞时，忽然，他被阻止了，他的双手垂到了身体两侧，“好哇”这两个字仅仅喊出一半便在他的嘴边断了。原来希腊姑娘所在的那间包厢的主人好像也已经被那轰动全场的喝彩声感动，他从座位上起身，来到前面站定，这一次，他的相貌全部露了出来，弗兰兹很容易地认出他便是基督山出现的那个神秘的居民，也就是昨晚在斗兽场的残垣断壁中，他所认出的声音和身材的人。他之前的所有猜测此刻都终止了，这个神秘的旅行家很明显是住在罗马的。弗兰兹从他之前的怀疑到此刻的完全确定，这一突变，当然不免感到惊奇和激动，他的脸上毫无疑问已经显现出这种情绪了，因为，伯爵夫人面带不解的神色，凝视了片刻他那激动的脸后，就“咯咯”地大笑起来，问他究竟是怎么了。

“伯爵夫人，”弗兰兹答道，“我现在又要问您，您认不认识她的同伴!”

“不，”伯爵夫人回答说，“他们两个我都不认识，而且好像从来都没见过。”

“也许您以前曾注意过他呢?”

“问得真奇怪，真是地道的法国人！您难道不知道，我们意大利人的眼睛只看得到我们所爱的人的吗?”

“嗯，是的。”弗兰兹回答说。

“我所能告诉您的，”伯爵夫人拿起望远镜，一边向所议论的那个包厢里望去，一边继续说道，“是的，依我看，这位先生像是刚从坟墓里挖出来似的。他看上去不像人，倒像是一具死尸，像是一个好心肠的掘墓人暂时让他离开了他的坟墓，放他再到我们的世界里来玩一会儿似的。”

“噢，他脸上看起来一直像现在这样毫无血色。”弗兰兹说道。

“那么说您认识他咯？”伯爵夫人问道，“我倒要来问问您了，他是什么人？”

“我只是好像觉得以前见过他。而且我甚至觉得他也认得出我呢。”

“这一点我倒很能理解，”伯爵夫人一边说，一边耸了耸她那美丽的肩膀，像是一股无法自拔的寒战通过了她的血管似的，“他是一个谁见过一次，就会终生难忘的人。”

这种感觉显然不是弗兰兹一个人才有，因为另外一个人，一个完全无关的局外人，也同样产生了这种不可思议的畏惧和疑虑。“喂，”他等伯爵夫人第二次把她的望远镜朝着对面包厢里那个神秘的人看了看以后，又问道，“您觉得那是一个怎样的人？”

“哦，我觉得他简直就是一个借尸还魂的罗思文勋爵。”

这样用拜伦诗中的主角来比喻那个奇怪的人很得弗兰兹赞赏。如果有人能使他相信世界上的确有僵尸的话，那无疑就是非他对面的这个人莫属了。

“我一定要去打听出他到底是谁，是个什么样的人。”弗兰兹一边说，一边站了起来。

“不，不！”伯爵夫人喊道，“您必须得在我的身边！我还得依靠您送我回家呢。噢，真的，我不可以让您走！”

“难道您心里有些害怕吗？”弗兰兹低声问道。

“我告诉您吧，”伯爵夫人回答，“拜伦曾经向我起过誓，说他相信世界上真的存在僵尸，甚至还一再和我说，他看到过他们呢。他向我形容了他们的样子，而他所形容的刚好与他无异——漆黑的头发，惨白的脸色，大且发光的眼睛里宛若燃烧着一种鬼火。还有，您看，与他在一起的那个女人也同其他女人完全不一样。她是个外国人——一个希腊人——一个异教徒——或许也和他一样，是个魔术师。我请求您别靠近他——至少今晚别去。倘若明天您还有那样强烈的好奇心，您尽管可以去追根究底，但此刻我要留您在身边。”

弗兰兹坚持说，有很多理由让他不能延迟到明天再去调查。

“听我说，”伯爵夫人说道，“我要回家去了。今天晚上我家里要请客，要是等到戏演完了再走就晚了。您不会这样失礼，竟不肯陪我回去吧？”既然伯爵夫人都这样说了，弗兰兹不好再失礼，只好拿起帽子，打开包厢的门，把他的手臂伸给了伯爵夫人。弗兰兹扶她进马车的时候，似乎觉得她的手臂还在发抖。他陪她回到了她的家里。可是那儿并没有什么宴会，也没有人在等她。于是他责怪她说谎。

“说老实话吧，”她说，“我感到不舒服，我需要一个人休息一会儿，一看到那个人，我就浑身不安起来了。”弗兰兹听后，大笑起来。

“别笑，”她说，“亏您还笑得出口。现在，答应我一件事。”

“除了叫我不要去探听那个人的事情以外，别的事我都可以答应您。您不知道，我有很多理由要探听出他到底是谁，从哪儿来，到哪儿去。”

“他从哪儿来我可不知道，但他到哪儿去我却可以明白告诉您，他就要到地狱里去了，那是再自然不过了的。”

“我们还是回过头来谈谈您要我答应的那件事吧。”弗兰兹说道。

“好吧，那么，答应我马上回到您的旅馆去，今天晚上决不再去追踪那个人。大家都说我们离开第一个人见第二个人的时候，那第一个人和第二人之间，也会发生某种关系的。看在老天爷的面上别让我和那个人拉扯上吧！明大您爱怎么去追踪他尽可随您便。但如果您不想吓死我，就决不要把他带近我的身边。好了，晚安，回去好好地睡一觉，把今天晚上的事情都忘了吧。至于我，我相信我今晚是再也无法合眼了。”说着，伯爵夫人就离开了弗兰兹，弗兰兹一时还在犹豫不决，不知她到底是存心拿他来开玩笑，还是真的受了惊吓。

回到旅馆里，弗兰兹发现阿尔贝已穿着睡衣和拖鞋，正无精打采地躺在一张沙发上，在抽雪茄。“我的伙伴哪，”他跳起来喊道，“真是你吗？咦，我还以为不到明天早晨是见不到你的了。”

“我亲爱的阿尔贝！”弗兰兹答道，“我很高兴借这个机会很直接地告诉你，对于意大利女人，你的想法是大错特错了。我还以为你在这几年来恋爱上的不断失败中吸取了教训学聪明一些了呢。”

“说心里话！就是鬼也猜不透这些女人的心。咦，你瞧，她们伸手给你亲，她们挽着你的手，她们凑在你的耳边谈话，还允许你陪她们回家！嘿，要是是一个巴黎女人，那样的举动只要做出一半儿，她的名誉可就完啦！”

“如此不同的理由是，因为这个国家的美丽的女人，她们的生活多半是消磨在公共场所里的，实在也没有什么要掩饰的，所以她们对于自己的言谈和举止就自然洒脱一些。而且，你一定也看出来了，伯爵夫人真是受惊了。”

“为什么，难道就因为看到了坐在我们对面那可爱的希腊姑娘旁边那位奇怪的先生吗？哦，那一幕演完之后，我在戏院的前厅里碰到了他们，老实说，就算你杀了我，我也猜不出你怎会联想到阴曹地府上去的！他人长得很英俊，衣服穿得也很讲究，那一身打扮很有法国人的派头，脸色有点苍白，那倒是实在的，但你应该知道，脸色苍白正是高贵的特征呀。”

弗兰兹微笑了一下，因为他很清楚地记得，阿尔贝就专以他自己脸上的毫无血色为傲的。“好了，那就证实我的看法了，”他说，“伯爵夫人的怀疑是无中生有的。你有没有听到他说话？还记不记得他说了哪些话？”

“听到他说话了，但他们说的是罗马土语。我因为听到里面夹有一些蹩脚的希腊字，所以才知道。但我得告诉你，老朋友，我在大学里的时候，希腊文可是我的强项。”

“他说罗马话吗？”

“我想是的。”

“那就行了，”弗兰兹自言自语道，“没错了，就是他。”

“你说什么？”

“没什么，没什么！但你得和我说说，你来这里干吗？”

“我在设计一个惊人的小计划。”

“真的！什么性质的？”

“你知道要弄到一辆马车是办不到的了。”

“我想是吧，我们已经想尽一切办法了，但结果还是不行。”

“嗯，我有一个极妙的想法。”

弗兰兹没好气地望了一眼阿尔贝。“我的好兄弟，”阿尔贝说，“你刚才瞪了我一眼，意思是不是要我给你一个满意的答复啊。”

“倘若你的计划的确像你说的那样巧妙，我一定很公正地表示满意。”

“好吧，那么，听着，你是不是认为没必要谈论弄马车的事情了?”

“是的，我是这么认为的。”

“我们也弄不到马?”

“没错。”

“但我们可以弄到一辆牛车。”

“或许。”

“一对牛?”

“大概可以。”

“那么，你看，我的好人，有了一辆牛车和两头牛，我们的事就好办了，那辆牛车一定要装饰得很风趣，而如果你和我都穿上那不勒斯农夫的衣服，以李奥波·罗勃脱的名画上的姿态出现，那将会构成一幅多么轰动的画面啊！如果再加上伯爵夫人，让她打扮成一个波若里或索伦来的农妇，那就更轰动了。那样，我们这一队可真算很完美的了，当然主要还是因为伯爵夫人很美，够得上做司育女神的资格。”

“哈，”弗兰兹说道，“这一次，阿尔贝阁下，我必须得向您表示敬意，您的确想出了一个棒极了的主意。”

“是不是还很富于故国风味的呀。”阿尔贝得意扬扬地回答。

“只要借用一个我们本国节日用的面具就行了。哈，哈！罗马人民呀，你们以为在你们的讨饭城市里找不到车马，就会使我们这些不幸的异乡人，像那不勒斯的许多流民那样用两只脚跟在你们的屁股后面跑吗？好极了，我们会自己发明创造。”

“你有没有把你这个得意的主意向谁说起过?”

“只对我们的派里尼老板说过，我回家以后，就派人把他找来，把我的意思解释给他听。他向我保证，说那是件再容易不过的事了。我要他把牛的角镀一镀金，但他说时间来不及了，镀金得要两天，所以你看，这一点奢侈的小装饰我们只能放弃了。”

“他现在在哪里?”

“谁?”

“我们的店东。”

“去为我们置办行头了，等到明天那就太迟了。”

“那么他今晚就能和我们说结果了吧?”

“哦，我时时刻刻都在等着他。”

这时，门开了，派里尼老板探头进来。“可以进来吗?”他问。

“当然，当然!”弗兰兹大声说道。

“喂,”阿尔贝急切地问道，“你找到了我要的牛和车吗?”

“比那还好!”派里尼老板带着一种十分自满的神气答道。

“小心哪，我可敬的老板,”阿尔贝说，“‘还好’可是‘好’的死对头呀。”

“两位阁下只管把那件事交给我好了。”派里尼老板回答，语气中表示出无限的自信。

“你这么高兴到底是办成了什么事呀?”弗兰兹问道。

“两位阁下知道吗?”旅馆老板神气活现地答道，“基督山伯爵和你们同住在这一层楼上!”

“我想我们是知道的,”阿尔贝说道，“正因为这个，我们才被挤到这种小房间里来的，像住在巴黎小弄堂里的两个穷学生一样。”

“呃，哦，基督山伯爵就是听说你们这样为难，所以特地派我来告诉一声，你们可以坐他的马车，还可以在罗斯波丽宫他所订的窗口里给你们预备两个位置。”

阿尔贝和弗兰兹互相对视了一眼。“那你认为,”阿尔贝问道，“我们可以从一个素不相识的人那儿接受这样的邀请吗?”

“这位基督山伯爵是怎样的一个人?”弗兰兹问店主。

“一个十分富有的贵族，究竟是马耳他人还是西西里人我就不知道了。但有一点我敢肯定，他真可以说是贵胄王侯，富比金矿。”

“在我看来,”弗兰兹低声对阿尔贝说道，“如果这个人真像我们店家那一番崇高的赞美之词说的，他就会用另外一种方式来邀请我们，不会这样失礼地告诉我们一声就完事了。他应该写一封信，或是——”

正在这时，传来敲门声。弗兰兹说道："请进！"于是门口出现了一个仆人，他穿着一身异常高雅的制服，接着他把两张名片递到了旅馆老板的手里，要旅馆老板转递给两个青年人。"基督山伯爵阁下问候阿尔贝·马尔塞夫子爵阁下和弗兰兹·伊皮奈阁下，基督山伯爵阁下，"那仆人继续恭谨地说道，"请二位先生允许他明天早晨以邻居的身份过来拜访，他想知道二位高兴在什么时间接见他。"

"真巧，弗兰兹，"阿尔贝低声说道，"现在可名副其实了吧。"

"请回复伯爵，"弗兰兹答道，"他如此盛情，我们自当先去拜访他。"那仆人鞠了一躬，就退出去了。

"那就是我所谓'漂亮的迷攻方式'，"阿尔贝说，"你讲得很对，派里尼老板。基督山伯爵确实是一个很有教养的人。"

"那么说你们是接受他的邀请了？"派里尼老板问。

"我们当然接受啦，"阿尔贝答道，"可是我不得不声明一句，放弃牛车和农民打扮这个计划，我是很遗憾的，因为那一定会轰动全城的！要不是有罗斯波丽宫的窗口来补偿我们的损失，我肯定还要坚持我们原来那个美妙的计划的。你觉得呢，弗兰兹？"

"我非常赞同你的看法，我也是为了罗斯波丽宫的窗口才这样决定的。"

提到罗斯波丽宫的两个位置，弗兰兹便又想起了昨天晚上在斗兽场的废墟中所偷听到的那一段谈话，他还记得那个穿披风的无名怪客曾对那勒司斐人担保要救出一个判了死罪的犯人。

从各方面综合来分析，弗兰兹都相信那个穿披风的人就是刚才他在爱根狄诺戏院里见到的那个人，如果真是这样，他显然是认识他的，那么，他的好奇心也就很容易满足了。弗兰兹整夜都梦到那两次现身之人，一直都盼望着早点天亮。明天，一切疑团都可以解开了，除非他那位基督山的东道主有只琪斯的戒指能够一擦就隐身遁走，否则这一次他可无论如何再也逃不了了。早晨八点钟，弗兰兹已起身把衣服穿好了，而阿尔贝因为没有这样的意图，所以仍在酣睡中。弗兰兹的第一个举动便是派人去叫旅馆老板，老板照常带着他那卑躬屈膝的态度应召而至。

"请问，派里尼老板，"弗兰兹问道，"今天按常规是不是要处决犯人呀?”

“是的，先生，但要是您问这句话的原因是想弄到一个窗口的话，那您可太迟啦。”

“噢，不!”弗兰兹答道，“我没有这个意思，而且就算是我想去亲眼看看那种场面，我也会到平西奥山上去看的，是不是?”

“噢，我想先生是不愿意和那些下等人混在一起的，他们简直把那座小山当作天然的戏台啦。”

“我多半不会去的。”弗兰兹答道，“我只想要你讲一些消息给我听听。”

“那么先生喜欢听什么消息?”

“噢，当然是判了死刑的人数，他们的姓名，以及他们怎么个死法了。”

“那真是太巧了，先生！他们刚刚把‘祈祷单’给我拿了来，才来了几分钟而已。”

“‘祈祷单’那是什么东西?”

“每次处决犯人的前一天傍晚，各条街的拐角处就挂出木头牌子来，牌子上贴着一张纸，上面写着死刑者的姓名、罪名和刑名。这张布告的目的是请信徒们做祷告，求上帝赐犯人诚心忏悔。”

“那他们把这种传单拿给你，难道是希望你也和那些信徒们一同祷告吗?”弗兰兹说道，心里却有点不相信。

“噢，不是的，阁下。我是和那个贴告示的人说好了的，叫他带几张给我，像送戏单一样，那么，如果住在我旅馆里的客人想去看处决犯人这出戏，他就可以事先了解详细的情形了。”

“说老实话，你的服务简直太周到了，派里尼老板。”弗兰兹道。

“阁下，”旅馆老板微笑着答道，“我想，我或许可以自夸一句，我决不敢有丝毫怠慢，以致辜负贵客惠顾小店的盛情雅意。”

“这一点，我已目睹啦，而且深信不疑。我最出色的店家，这就是你体贴客人的一个最好的证明，我一定到处给你去宣传。现在请把这种‘祈祷单’拿一张来给我看看吧!”

“阁下，我事先就想到了这个可能，”旅馆老板一边说，一边打开房间门，“所以已经在靠近你们房间的楼梯口上贴了一张。”于是，他把那张告示从墙上撕了下来，交给了弗兰兹。弗兰兹读道：

公告，奉宗教审判厅令，二月二十二日星期三，即狂欢节之第一日，死囚二名将于波波罗广场被处以极刑。一名为安德烈·伦陀拉，一名为庇皮诺，即罗卡·庇奥立。前者犯谋害罪，谋杀了德高望重的圣·拉德兰教堂教士西塞·德列尼先生；后者则系恶名昭彰之大盗罗吉·万帕之党羽。第一名处以锤刑，第二名处以斩刑。凡我信徒，务请为不幸之二人祈祷，祈求上帝唤醒彼等之灵魂，使自知其罪孽，并使彼等真心诚意忏罪悔过。

这和弗兰兹昨天晚上在斗兽场的废墟中听到的信息完全一样。告示书上没一点相差之处。死囚的姓名，他们的罪名，以及处死的方式都和他先前听说的相符。所以，那个勒司斐人很有可能就是大盗罗吉·万帕，而那个穿披风的人则很有可能就是“水手辛巴德”。毫无疑问他还在罗马进行着他的博爱事业，像他以前在韦基奥港和突尼斯一样。时间在飞快地流逝，已经到五点钟了，弗兰兹正想去叫醒阿尔贝，忽然看到他已衣冠楚楚地从他的房间里走出来了，他简直要人吃一惊了。那么，阿尔贝的头脑里肯定也早已盘算着狂欢节的种种乐趣了，以至他竟出乎他朋友的意料之外，这么早就离开他亲爱的枕头。

“现在，派里尼老板，”弗兰兹向旅馆老板说道，“既然我们已经准备好了，你看，我们马上就去拜访基督山伯爵合适吗?”

“当然，”他答道，“基督山伯爵一向习惯早起，我敢保证他已经起来两个钟头啦。”

“那么，倘若我们立刻就去拜访他，你真的觉得不会越礼吗?”

“是的。”

“既然这样，阿尔贝，倘若你已准备好了的话——”

“已经完全准备妥当了。”阿尔贝说。

“那么我们去感谢那位慷慨的邻居吧。”

“好，走吧。”

于是旅馆老板领着那两位朋友跨过了楼梯口。伯爵的房间和他们之间只隔着个楼梯口。他拉了一下门铃，当仆人把门打开时，他就说道：“法国先生来访。”听后那个仆人就很恭敬地鞠了一躬，请他们进去。他们自那两个房间穿过，只见房间里的布置新颖，陈设华贵，他们真的没有想到在派里尼老板的旅馆里还会有这样的房间，最后他们被引入一间布置十分高雅的客厅里。客厅内的地板上是最名贵的土耳其地毯，长榻、圈椅和沙发柔软而诱人，而且沙发上堆着又软又厚的垫子，坐在上面必定会很舒适。墙壁上十分整齐地挂着名画，均是出自一流大师之手，中间还夹杂着古代战争中所获得的名贵的胜利纪念品，房间内每扇门的门前均悬挂着贵重且厚厚的门帷。“还请两位大人稍作片刻，”那个人说道，“我立即去通报伯爵阁下，说你们已经到了。”

刚说完，他便消失在一张门帷之后了。当那扇门再次打开时，两个青年听见了一架月琴的声音，可那声音几乎立刻就又听不见了，因为门关得极快，只有一个悦耳的音波被放进了客厅。弗兰兹和阿尔贝相互用询问的目光对视了一眼，随后又转过头去看着房间里这些华美的陈设。这一切好像越看越精美。

“唉，”弗兰兹和他的朋友说道，“你看到这些有何感想?”

“哦，说实在的，我的好人哪，依我看来，我们这位邻居若非做西班牙公债空头成功的证券经纪商，就必定是位微服出游的亲王。”

“嘘!”弗兰兹回答，“这一点我们马上便能知道了——因为他来啦。”

弗兰兹说这话时，他已听到一扇门打开的声音，接着，门帘马上掀了起来，这一切财富的主人翁正站在两个青年的面前。阿尔贝立刻站起来迎上前去，弗兰兹却像被符咒定住了似的依然坐在椅子上。进来的那个人正是斗兽场的怪客，昨天对面包厢里的男人和基督山岛上神秘的东道主。

第三十五章　锤刑

“两位先生，”基督山伯爵一边走向他们，一边说道，“请见谅我没有提前拜访你们，我担心去得太早，不合适。而且，你们已经告诉我要先来看我，我就在这里恭候二位了。”

“我们两人对您都万分感谢，伯爵阁下，”阿尔贝回答，“狂欢节的事情让我们伤透了脑筋，您正好替我们解了围，在收到您真诚的邀请之时，我们正异想天开准备发明车子呢。”

“真是的！”伯爵一边回答着阿尔贝的话，一边邀请两位青年就座。“派里尼实在是太糊涂了，害得我不能早点帮助你们解决难题。他没有和我提及你们的困窘，但是我太寂寞、孤独啦，很想有机会认识一下我的邻居。知道可以帮助你们时，我真是迫不及待想为你们效劳呢。”

两个青年欠了欠身子以示感谢。弗兰兹还没有想好说什么话合适，他还没有确定该如何行动。从伯爵的态度丝毫看不出他是否愿意承认他们已曾相识过，他不知道现在到底是提起过去的事情好呢，还是看看情形再定。何况，虽然他确实就是昨天晚上对面包厢里的那个人，但也不能肯定他就是斗兽场的那个人。所以他最终决定让事情自然发展，而不去向伯爵作任何主动的提醒。再说，他现在相对于他来说还处于优势地位，他已经掌握了他的秘密，而他却一点儿也不知道弗兰兹是什么人，因为弗兰兹根本没有什么需要掩饰的事情。但是，他还是决心要把谈话引到一个或许可以解除他的疑虑的话题上去。

“伯爵阁下，”他说，“您不仅让我们坐您的马车，还让我们分享您在罗斯波丽宫所订的窗口。不知道您能不能告诉我们可以在哪儿看一看波波罗广场?”

“啊!”伯爵漠不关心若无其事地说道,他的目光紧紧地注视着马尔塞夫。“波波罗广场上不是说好像要处决犯人吗?”

“是的。”弗兰兹答道,知道伯爵已转到他所希望的话题上来了。

“等一下,我记得昨天曾告诉我的管家,叫他去办这件事的,或许这一点我也可以为你们帮一下忙的。”他伸出手去,拉了三下铃。“您有没有想过,”他对弗兰兹说,“可以用什么方法来简化召唤仆人的方式呢?我倒是有:我拉一次铃,是叫我的跟班;两次,是叫旅馆老板;三次,是叫我的管家。这样我就可以不必浪费一分钟或一句话,您觉得这个简便方法怎么样?他来啦!”

进来的那个人在四十五岁至五十岁之间,很像那个领弗兰兹进岩洞的走私贩子,但他似乎并不认识他,不过显然他是受了吩咐的。

“贝尔图乔先生,”伯爵说,“昨天我吩咐你去弄一个可以望得到波波罗广场的窗口,你弄到了吗?”

“是,大人,”管家答道,“但当时已经很晚了。”

“我不是告诉你我想要一个吗?”伯爵马上面有怒色地说道。

“已经给大人弄到了一个,那本来是租给洛巴尼夫亲王的。”

“那就得了,那就得了,贝尔图乔先生,这种家务琐事就别在这两位先生面前唠叨好吧。你已经弄到了窗口,那就够了。你做得很好。吩咐车夫,叫他在门口等着,准备送我们去。”管家恭敬地鞠了一躬,正要离开房间,伯爵又说道,“啊!劳驾你再去问问派里尼,问他有没有收到‘祈祷单’,看能不能给我们拿一张行刑的报单来。”

“这个不必了,”弗兰兹一边说,一边把他的那张报单拿了出去,“我已经看到了报单,而且已抄下来一份。”

“好极了,你去吧,贝尔图乔先生,早餐准备好了的时候来通知我们一声。这两位先生,”他转向两个朋友说,“哦,我有没有这个荣幸邀请两位和我一起用早餐呢?”

“但是,伯爵阁下,”阿尔贝说,“这就太打扰啦。”

“哪里的话,正相反,你们肯赏光我高兴还来不及呢。我还想着你们之中,总有一位,或许两位都可以在巴黎回请我的。贝尔图乔先生,放三副刀叉。”他从弗兰兹的手里接过报单。

“‘公告：’”他像读报纸一样地念道，“‘奉宗教审判厅指令，二月二十二日星期三，也就是狂欢节之第一日，死囚二名将于波波罗广场明正典刑，一个名叫安德烈·伦陀拉，一个名叫庇皮诺，即罗卡·庇皮诺；前者犯谋害罪，谋害德范可风的圣·拉德兰教堂教士西塞·德列尼先生；后者则是臭名昭著的大盗罗吉·万帕的党羽。’哼！‘第一名处以锤刑，第二名处以斩刑。’”

“没错，”伯爵接着说，“原本的预定是这样的，可我想这个典礼的节目昨天好像已有了某种改变吧。”

“真的!”弗兰兹说。

“没错，昨晚我在红衣主教罗斯辟格里奥赛那里，听人提起过，那两个人当中有一个好像已经免罪了。”

“是安德烈·伦陀拉吗?”

“不是，”伯爵随意地说道，“是另一个，”说完，他瞟了一眼报单，像是已经记不清那个人的名字似的，“是庇皮诺，也就是罗卡·庇皮诺。因此你们只能看见一个人上断头台了，不过锤刑还是有的，那种刑法你们第一次看的时候会感觉十分奇特，甚至再次观看时还会有这样的感觉；至于斩刑，你们必然都知道，是非常简单的。那断头机是绝对不会失灵和颤抖的，也绝对不会像杀夏莱①伯爵的那个兵那样连续砍三十次。毫无疑问的是，红衣主教黎世留是因为看见了夏莱伯爵被砍头的那种惨景，有些不忍，所以才将刑法改良的。啊!”伯爵以一种轻视的口吻接着说道，“别跟我谈论欧洲的刑法，就残酷而言，与其说仍在婴儿时代，倒不如说，简直已经到了暮年啦。”

“说实在的，伯爵阁下，”弗兰兹答道，“人家会以为您是对世界各国各种刑法做研究的呢。”

“至少可以说，我没见过的没几个。”伯爵冷冷地说。

“您对看见这种恐怖的场景感到很高兴吗?”

“起初我感觉很恐怖，后来便麻木了，最后只是好奇。”

---

① 夏莱（1599—1626），路易十三的宠臣，因反对黎世留被斩首。

"好奇！这真是可怕的两个字。"

"为什么？在一生中，最让我们感到担心的是死。那么，对灵魂和肉体分离的各种方法进行研究，并依据每个人迥异的个性，不同的气质，甚至是各国不同的风俗，来对从生到死，从存在到消灭的这个转变过程上，每个人可以忍受的限度进行测定，这难道不算好奇吗？至于我，我可以跟你们保证一件事——你越是多看见人死，等你死的时候就越容易。在我看来，死或许可以称为一种刑罚，但并不算是赎罪。"

"我对您的意思不是很明白，"弗兰兹答道，"请您将它解释一下，因为我的好奇心已经被您引到最高点啦。"

"听着，"伯爵说，神色流露出深切的仇恨，若是换了别人，此时定会涨得满脸通红。"若是你的父亲、母亲与爱人被一个人以前所未闻、最残酷及最痛苦的方法给摧毁了——总之，是你最心爱的人被夺走了，以至在你的胸口留下一个永远无法愈合的伤口。而社会补偿你的，仅仅是将那个凶手的脖子用断头机上的刀割一下，让那个使你精神上痛苦了许久的人只受几秒钟肉体上的疼痛，你觉得那种补偿够吗？"

"的确，我知道。"弗兰兹说，"人类的正义[①]是不足以慰藉我们的，它只能以血还血，仅此而已，可你也仅仅是可以向它提出要求，而且所要求的只能在它力所能及的范围之内呀。"

"我再同你举一个例子吧，"伯爵继续说，"社会上，每当死亡攻击了一个人时，社会便会以死来报复死。可是，莫不是有人深受千百种惨刑摧残，而社会对此却一无所知，甚至连我们刚刚所说的那种微不足道的补偿方式也没有为他提供吗？有几种罪恶，即便以波斯人的钻刑、土耳其人的刺刑、印第安人的炮烙及火印也嫌惩罚不够的，而社会不是也不闻不见，一点也没有实施惩罚吗？请回答我，是不是存在着这些罪恶？"

"没错，"弗兰兹回答，"而就是为了对这种罪恶进行惩罚，社会上才容忍人们进行决斗。"

"呀，决斗！"伯爵叫道，"说实在的，当你为的是报复时，以这种

① 指法律。

方法来获得成功未免过于轻松啦！一个人将你的爱人抢走了，一个人侮辱了你的妻子，一个人夺走了你女儿的清白，你原本有权要求上天给予幸福的，因为上帝造就了人，允许人人都可以获得幸福，而他却将你的一生破坏了，让你终生蒙羞，且感到痛苦。他让你的脑袋疯狂，让你的内心绝望，而你，只因为让他吃了一颗子弹，或是用一把剑刺穿了他的胸，便自以为已经将仇报了——却不曾想到，决斗之后，往往最终获胜的却是他，因为在全世界人的眼中，他已经是清白的了，在上帝的心中，也已经抵罪了！不，不，”伯爵接着说道，“若是我为自己报仇，就不会这样去报复。”

“那么，您是觉得决斗是不对的啰，无论如何您是绝不会和别人决斗吗？”这次发问的是阿尔贝，他对这种奇怪的理论感到很惊讶。

“噢，会决斗的！”伯爵答道，“请了解我，我会因为一件小事决斗，比如说，因为一次侮辱，一记耳光，而且十分愿意决斗，因为，我经过了各种体格训练，收获了很多的技巧，而且我已经渐渐养成了漠视危险的习惯，所以我敢肯定一定会将我的敌人杀死的。噢，我是会为了这样的原因去决斗的。但是要报复一种缓慢的、深切的、永恒的痛苦，倘若可能的话，我会回报他相同的痛苦：以眼还眼，以牙还牙，就像东方人说的那样——在各个方面我们均能在东方人这个大师的身上得到收获。那些得天独厚的人生活在梦中，所以反而给他们自己造就了一个现实的乐园。”

“可是，”弗兰兹对伯爵说，“抱有这种理论，就等同于你自己是原告，同时兼做法官和刽子手，这种实行方法是很难的，因为你必须要时刻提防落入法律的手中。仇恨是盲目的，愤怒会让你变得没有理智，凡是倾泻报复的苦酒的人，他自己也同样冒着危险，也许会尝到一种更苦的饮料。”

“没错，倘若他又穷又没有经验是会这样的，但若是他有钱又有技巧，那就不一样了。而且，即便他遭受惩罚，最坏也无非是我们已讲过的那一种罢了，而博爱的法国大革命①在那方面又已经替代了五马分尸

① 指法国资产阶级革命时所采用的上断头台的斩刑。

或车轮辗毙。只要他已经将仇报了，这种刑罚又算得了什么呢？这个不幸的庇皮诺多半是不会被杀头的了，说实在的，我反而觉得有点可惜，不然你们倒是可以有机会见见这种刑罚所造成的痛苦是多么短暂，究竟是不是值得一提——哦，真的，在狂欢节谈论这样的事未免有些奇怪了吧，二位，是怎么说起这个话题的？啊，我想起来了！你们要在我的窗口占一个位置。这没问题，不过我们还是先去吃早餐吧，因为仆役已经来通知我们了。”在他说话的时候，一个仆人打开了客厅四座门中的一扇，说道：“早餐已备好！”于是两个青年站了起来，走进了餐厅。

早餐极其丰盛。在用餐的时候，弗兰兹数次察看阿尔贝，以观察他们东道主的那一番话在阿尔贝身上所产生的影响，但不知是因为他那种一向万事不介意的习性使他没有注意到呢，还是伯爵关于决斗的那一番解释使他很满意，还是因为弗兰兹知道了过去的几件事，所以对伯爵的理论感到特别惊惧。他发现他的同伴脸上却是毫无忧虑的表情，只在大吃特吃，像是四五个月以来除了意大利菜，即世界上最坏的菜以外，不曾吃过别的什么东西似的。至于伯爵，他对于各种菜只是碰一碰而已，他似乎只在尽一个东道主的义务，客气地陪他的客人坐坐，等他们走后，再来吃某种稀珍又更美味的食物似的。这使弗兰兹不由自主地想到了伯爵在那美丽的G伯爵夫人身上所引起的恐怖感觉和她那坚决的态度，以及她说对面包厢里的那个男人是个僵尸的论断。早餐完毕时，弗兰兹掏出表来看了一眼。

“哦，”伯爵说，“你们还有其他的事情吗？”

“伯爵阁下，还请您一定要原谅我们，”弗兰兹答道，“我们还有很多事情要办呢。”

“什么事呢？”

“我们化装的衣服到现在还没有弄到，而这是一定要去弄的。”

“这件事你们不必烦恼。我想，我在波波罗广场好像有一间私室。你们不管看中什么服装，我都可以让人送过去，你们可以去那里换装。”

“行完刑之后吗？”弗兰兹喊道。

“前后都可以，就看你们怎么安排了。”

“就在断头台对面？”

"狂欢节不可或缺的一部分便是断头台了。"

"伯爵阁下，那件事刚刚我又想了想，"弗兰兹说，"对于您的殷勤招待，我甚感荣幸，可是您只要在您的马车里，或是您在罗斯波丽宫的窗口给我一个位置就可以了，至于波波罗广场那里的位置，还请您另作他用吧。"

"但我警告您，您错过这次可就没有下次了，这可是一场千载难逢的奇景啊。"伯爵答道。

"您以后和我说说就行了。"弗兰兹回答，"事情从您嘴里说出来，比我亲眼看见的印象还要深。我好几次都想去亲自瞧瞧杀人，可我总下不了这个决心，你是不是也如此，阿尔贝？"

"我，"子爵答道，"我见过卡斯泰被砍头，但我貌似记得那天我已经喝醉了，因为我是在那天早上离开学校，在酒店里闹了一个晚上才出来的。"

"一件事情，不能由于您没有在巴黎做过，来国外了也就不做了，这不能当作理由。一个人出来旅行，应该每样都要看一看的。若是将来有人问您：'你见过罗马是怎么杀人的吗？'而您回答说：'我不清楚。'那时您得多尴尬啊。据说，那个犯人很无耻，是一个流氓，一个教士原是将他视为亲生儿子一般抚养长大，可他竟然用一块大木柴将那位可敬的教士打死了。真是该死！杀教堂里的人，应当选择另一种武器. 不应该选用木柴，特别是倘若他是一个慈祥和蔼的教士。唉，若是您去西班牙，您会不去观看斗牛吗？就当我们此刻去看的是一场斗牛好了。请想一想古代竞技场上的罗马人，他们可是在竞技场上让三百只狮子和一百个人都丧了命呢。再想想那八万个激情喝彩的观众，贤明的主妇偕同她们的女儿一起，那些妖艳美丽的姑娘们，用她们雪白的手竖起大拇指，好像是在对狮子说：'来吧，该行动了！去为我将那个人杀死吧，他已经被吓得半死啦。'"

"那么，你去吗，阿尔贝？"

"当然啦！没错。我也和你一样，原本有些犹豫，但伯爵的雄辩让我下定了决心！"

"既然你高兴，那么我们走吧，"弗兰兹说，"但我们去波波罗广场时，我想从法院街穿过去。这样行吗，伯爵阁下？”

“走着去，可以，坐车去，不可以！”

“那么，我愿意走着去！”

“您非要经过那条街是有很重要的事吗？”

“没错，我想在那里看一样东西。”

“好吧，我们从法院街走吧。我们可以让马车在波波罗广场靠近巴布诺街口的地方等我们，因为我也很高兴可以从法院街穿过，我想去看一看我所吩咐的一件事情有没有办妥。”

“大人，”一个仆人打开门走进来说，“外面来了一个人，穿着苦修士的衣服，他想和您说话。”

“啊，是的！”伯爵回答道，“我知道他。二位，麻烦你们去客厅里稍坐片刻，可以吗？在客厅中央的那张桌子上，你们可以找到上等的哈瓦那雪茄。我马上就会回来。”

两个青年站起身来，回到了客厅里，伯爵又向他们道了一声歉，就从另外一扇门出去了。阿尔贝是一个大烟鬼，他以为这次出国，再也抽不到巴黎咖啡馆里的雪茄了，这可是一个不小的损失。但当他走近桌子，看到几支真正的蒲鲁斯雪茄放在上面时，简直太高兴了，不由自主地大喊了一声。

“噢，”弗兰兹问道，“你对基督山伯爵这个人的感觉如何？”

“我觉得如何？”阿尔贝说道，他显然很惊奇他的同伴会提出这样一个问题。“我觉得他是一个很有趣很有经历的人。他吃东西很讲究，他到过很多地方，读过很多书，而且，像布鲁特斯一样，也是一个坚忍主义者，再说，”他向天花板吐出一大股烟，然后才说，“他还有上等的雪茄。”

阿尔贝对伯爵的看法仅此而已，弗兰兹却知道得很清楚，阿尔贝一向自认不经过长期的考虑是不发表任何意见的，所以他也就不想去争论改变它了。“可是，”他说，“你是否有注意到一件十分奇怪的事情？”

“什么？”

“他在看你。”

“看我？”

“没错。”

阿尔贝想了想。“唉！”他叹了口气回答，“那并没有特别稀奇。我离开巴黎已经一年多了，我的衣服样式已经很旧了，伯爵大概将我看成一个乡下人了吧。我求求你，你一有机会就和他解释一下，告诉他我并非那种人。”

弗兰兹自顾自地笑了一下，一会儿，伯爵进来了。“二位，我现在可以悉听吩咐了，”他说，“马车已到波波罗广场去了。我们可以从另一条路走，如果你们高兴的话，就走法院街。带几支雪茄去，马尔塞夫先生。”

“举双手赞成，”阿尔贝答道，“意大利的雪茄太可怕了。到时候您到巴黎来的时候，我可以回敬您这种雪茄。”

“我可不会拒绝的。我正准备不久就要到那儿去，既然蒙您允许，我一定来拜访您。走吧，我们不能再浪费时间啦，已经十二点三十分了，我们出发吧！”

三个人一同下了楼，车夫已得到主人的吩咐，驱车到巴布诺街去了。三位先生就从经弗拉铁那街向爱斯巴广场走去。这样，他们就可以从菲亚诺宫和罗斯波丽宫之间经过。弗兰兹的全部注意力都集中到罗斯波丽宫的窗口上去了，因为他时刻记着那个穿披风的人和那个勒司斐人所约定的暗号。

“哪几个窗口是您的？”他问伯爵，语气极力装出若无其事的样子。

“最后那三个。”伯爵漫不经心地回答着，但他的态度显然并非是装出来的，因为他肯定想不到这句问话的含意。弗兰兹迅速地向那三个窗口瞟了一眼，旁边两个窗口挂着黄缎窗帘，中间那个是白缎的，上面有一个红十字。那个穿披风的人的确实现了他对勒司斐人的许诺，而现在已毫无疑义，可以确定那个怪客就是伯爵了。那三个窗口里还没有人。四面八方都在匆忙地准备着，椅子都已排好了，断头台已架起来了，窗口上都挂着旗子。钟声不响，面具还不能出现，马车也不能出动，但在各个窗口里，已可以看到面具在那里晃动，而马车都在大门后面等着了。一切已准备就绪。

弗兰兹、阿尔贝和伯爵继续顺着法院街走着。当他们接近波波罗广场的时候，人群也愈来愈密了。在万头攒动的上空，可以看到两样东西：方身尖顶的石塔，塔顶上有一个十字架，标明这是广场的中心；耸立在巴布诺街、高索街、立庇得街三条路的交叉口上的断头台的那两根直柱，在这两根直柱之间，悬挂着一把闪闪发光的弯刀。他们在街角遇到了伯爵的管家，管家原本就在那儿等候他的主人。伯爵花了很高的价钱租得的那个窗口是在那座大宫殿的三楼上，位于巴布诺街和平西奥山之间。我们已经说过，这原是一间小小的更衣室，从更衣室进去还有一间寝室，只要通向外面的那扇门一关，房间里的人便完全可以与外界隔绝了。椅子上已放着高雅的小丑服装，是用蓝白色的绸缎做的。

“你们既然让我为你们挑选服装，”伯爵对二位朋友说，“我就拿了这几套来，因为今年穿这种服装的最多，而且也最实用，逢到人家向你们撒纸花，也不会沾在身上。”

伯爵的这一番话，弗兰兹全都没有听进去，他可能并不完全理解伯爵的一番好意，他的注意力已全部被波波罗广场上的情景吸引住了。目前而言，广场上主要的点缀品就是那可怕的杀人工具。弗兰兹长这么大还是第一次看到一架断头机。我们说断头机，因为罗马的这种杀人工具式样简直和法国的完全相同。那把刀是新月形的，刀口向外凸出，刀上的坠子分量较轻，全部差别只在于此。有两个人坐在那块搁犯人的活动木板上，正在那儿一边用早餐，一边等候犯人。其中的一个掀起那块木板，从木板下面拿出了一瓶酒，喝了几口，然后递给他的同伴。这两个人是刽子手的助手。一看到这种情形，弗兰兹觉得他的额头上已不知不觉开始冒冷汗了。

犯人已在前一天傍晚从诺伏监狱移禁到了波波罗广场口的圣·玛丽亚小教堂里，就在那儿过夜，每一名犯人有两位教士做伴。他们被关在一间有铁栅门的礼拜堂里，门前有两个轮流值班的哨兵。教堂门口，两边都有一列双排的宪兵，从门口直排到断头台前，并在断头机旁边围成了一个圆圈，留出一条约莫十尺宽的通道，在断头机周围，则留下一片将近一百尺的空地。其余一切地方都被男男女女的身体填满了。许多女人把她们的小孩子扛在她们的肩头，所以孩子们看得最清楚。平西奥山像是一家挤满了看客的露天大戏院。巴布诺街和立庇得街拐角处的两座教堂的阳台上也人满为患。台阶上像是有一股杂色斑驳的海流，向门廊下拼命地挤，墙上每一年凹进去的地方都供着活的雕像。伯爵说得不错，人生最动人的奇观就是死亡。

可是，这一幕庄严的情景似乎应该让所有人禁声的，但恰恰相反，人群里浮起一片笑声和欢呼声所组成的喧闹声。显然在人们的眼里，这次杀人只是狂欢节的开幕典礼，而这两个即将逝去的生命已没人去怜悯去关心了。突然间，像是大家都中了魔似的，骚动停止了，因为这时教堂的门开了。最先出现的，是一小队苦修士，其中有一个领头走在前边，他们从头到脚都裹在一件灰色粗布的长袍里，只在眼睛的地方有两个洞让他们能看到外面的世界，他们的手里都拿着点燃了的小蜡烛。在苦修士的后面，还走着一个身材高大的人。他浑身赤裸，只穿着一条布短裤，左腰上佩着一把插在鞘里的牛耳尖刀，右肩上扛着一把笨重的长锤。可以轻易看出这个人就是刽子手。他的脚上还绑着一双草鞋。在刽子手的后面，根据处死的先后顺序，先出来的是庇皮诺，然后才是安德烈，每一个都由两位教士陪伴着。他们两个人的眼睛并没有受到什么束缚，所以对于眼前的路能看得非常清楚。庇皮诺走的步子很坚定，无疑他已明白会发生什么事。而安德烈则由两位教士扶着走，似乎对迎接他的刑罚充满了恐惧。他们都时不时地去吻一个忏悔师送上来的十字架。单单看到这一幕情景，弗兰兹就觉得他的那两条腿已在发抖了。他望了望阿尔贝，阿尔贝的脸色已白得像他的衬衫一样了，他机械地丢掉了他的雪茄，尽管那支雪茄还没抽到一半。只有伯爵似乎无动于衷，不，应该说他激动得很，一层浅红的血色似乎正在拼命地从他那苍白的面颊上透出来。他的鼻孔张得极大，宛若一只野兽嗅到了它的牺牲品一样。他的嘴巴半张着，那雪白的，又细又尖，好似狼一样的牙齿便露了出来。但是，他的脸上却显现出一种温柔的微笑，这种表情弗兰兹以前在他的脸上从来没有看到过，他那一对黑黑的眼睛里满是慈悲和怜悯。两个犯人继续向前走着，当他们走近时，他们的脸也能看清楚了。庇皮诺是一个青年人，长相很漂亮，大约二十四五岁，皮肤被太阳晒得呈棕褐色。他仰着头，好像在嗅空气，想要确定他的解放者出现的方向会是哪边。安德烈是一个胖子，身材矮小，脸上布满了残忍刻毒的皱纹，但是那些皱纹与他的年龄无关，他大约只有三十岁，胡子在狱中长得很长，头垂在肩上，他的双腿发软，好像在服从一种不自觉的、机械的动作。

“我记得，”弗兰兹对伯爵说道，“您曾经告诉我说只杀一个人的吧。”

“我对您讲的是实话。”伯爵冷冷地答道。

“但是，这儿有两个犯人呀。”

“是的，但这两个之中，要死的却只有一个，另外那一个还有很多年可活呢。”

“要是赦罪令要来，可不能再迟了呀。”

“看，那不是来了！”伯爵说道。

正当庇皮诺到达断头台脚下的时候，一个苦修士，他像是苦修士队伍中迟到的一个，拼命挤开士兵，走到领头的那个苦修士前面，交给他一张折拢的纸，庇皮诺锐利的目光已把这一切都看到了，心里马上卸下了一块大石，轻松了不少。领头的那个苦修士接过这张纸，打开来，于是他举起了一只手。“感谢上帝！”他大声说道，“有令赦犯人一名！”

“赦罪令！”人们同时不可思议地喊道，“赦罪令！”

听到这种喊声，安德烈把头抬了起来。“赦谁！”他喊道。庇皮诺仍旧屏息静气地等着。

“赦庇皮诺，即罗卡·庇皮诺。”那个领头的苦修士说道，于是他把那张纸交给了宪兵的长官，那军官读完以后又交还给了他。

“赦庇皮诺！”安德烈喊道，他似乎已从先前的麻痹状态中醒了过来了。“为什么就赦他一个人？我们应该一同赴死的。你们讲定了他和我一起死的呀。你们没有权力单单只要我一个人死。我不想一个人死！我不想！”于是他挣脱开了那两个教士，像一头野兽似的挣扎着咆哮着，拼命想扭断那条绑住他双手的绳子。刽子手做了一个手势，于是他的助手马上从断头台上跳下来捉住了他。

“他怎么突然变得那么疯狂？”弗兰兹问伯爵，因为那些话都是罗马语说的，所以他听不太懂。

“您没看见吗？”伯爵答道，“这个人快要死了，他之所以发狂，是因为本来与他同死的人被赦免了，如果可能的话，他会用他的牙齿和指甲把赦的那人撕得粉碎，也决不肯让他去享有他自己快要被剥夺的生命的。噢，人呀，人呀！鳄鱼的子孙呀！”伯爵把他紧握成拳头的双手伸向人群，大声说道，“我早就认识你们了。你们在任何时候都是自作自受呀！”

在这说话期间，安德烈一直在地上和那两个刽子手挣扎着，滚作了一团。他还是在那儿大喊：“他应该死的！我要他死！我不想一个人死！”

“看，看哪！”伯爵抓住那两个年轻人的手大声说道，“看吧，说心里话，真奇怪，这个人本来已接受他将要被处以锤刑的命运了，他就要上断头台了，像个丑夫一样，这是真的，他是准备服服帖帖地去死的。你们知道他为什么会那样认命，是什么安慰了他吗？那是因为还有另外一个人要和他一同被处死，一同分担他的痛苦，而且比他先死！牵两只羊到屠夫那儿，牵两头牛进屠宰场，如果使两只里的一只懂得它的同伴可以不死，羊会欢喜地咩叫，牛会高兴得乱吼。但是人，上帝照他自己的形状创造出来的人，上帝给他的每条最重要最基本的戒条就是叫他爱他的朋友。上帝赐予他声音以表达他的思想，可是当他听到他的同类人得救的时候，他的第一声喊叫是什么！居然是一声谩骂！够光荣伟大的了吧，人呀，你这自然的杰作，你这万物之灵！”说完伯爵爆发出一声大笑，但那种笑是令人不寒而栗的，显示出他的内心曾经一定受过十分痛苦的煎熬。

这时，搏斗仍然在继续着，看了真可怕。人们都支持安德烈受刑，两万个声音都在喊：“杀死他！杀死他！”弗兰兹吓得直向后退，但伯爵抓住他的手臂，拉他站在窗前。“您怎么啦？”他说，“难道您可怜他吗？如果您听到有人喊‘疯狗’您就会抓起枪来，毫不犹豫地打死那可怜的畜生，但它的罪过，其实却只是咬了另一条狗而已。而这个人，人家没去咬他，他反而谋杀了抚养他长大的恩人。现在他的手被绑住了，不能再杀人了，可是他还希望囚伴和他一同赴死。这样的一个人，值得您可怜吗！不，不，看，看哪！”

这声声控诉似乎已毫无必要了。因为弗兰兹早已聚精会神地在看这一场可怕的情景了。那两个助手已把安德烈拖到了断头台上，无论怎么挣扎，怎么咬，怎么喊，他都已经被按着跪了下来。这时，刽子手已在他的旁边站稳了步子，举起那把长锤，示意两个助手走开。那犯人仍想挣扎着起来，但还不等他站起来，那把锤已打到了他的左面太阳穴上。随着一下重浊的声音，那个人像一头牛似的面朝下倒了下去，接着又一个翻身仰面躺在了台上，接着刽子手摔开锤，抽出刀，一刀割开了他的喉咙，又跳到他的肚皮上，猛力用脚踏，每一踏，伤口里便喷出来一股鲜血。

弗兰兹再也看不下去了，浑浑噩噩地倒在了一张椅子里。阿尔贝则闭着眼睛，紧紧地抓住窗帘站着。只有伯爵依然笔挺地站着，面露胜利的神色，像是复仇的天使。

第三十六章　罗马的狂欢节

当弗兰兹神志清醒时，正好看到拿着杯子喝水的阿尔贝，阿尔贝苍白的脸色说明，他是非常需要眼前这杯水压压惊的，同时他还看到正在换小丑装的伯爵。弗兰兹机械地扭过头，看向广场的方向。一切都消失了——断头台、尸体、刽子手，什么都不见了，有的只是人群，兴奋而嘈杂的人群，就好像刚刚那一幕血腥的画面都只是他的错觉。那口只有在教皇逝世或者狂欢节开始时才会响起的雪多里奥山上的钟，此时正发出一片嗡嗡的让人欣喜若狂的响声。弗拉兹望着伯爵："刚刚是不是还发生了什么别的事？"

"什么都没有发生过，"伯爵回答，"就像您所看到的，狂欢节来临了，你们快点换衣服吧。"

"好吧，"弗兰兹说，"刚刚那恐怖的场景就像做过的梦一样不会出现了。"

"是的，对我们是如此，但对那犯人呢？"

"那也是一场梦。只是他依然在睡着，而您却已醒来了，至于你们之中哪一个更幸福没人知道。"

"庇皮诺是个很乖巧很聪明的小伙子，他不像一般人那样得不到别人的注意就要大发脾气，而他却很高兴看到大众的注意力都集中在他的同伴身上。他就趁大家不注意他的时候混入人群里溜走了，甚至对那两个陪他来的可敬的教士谢都没谢一声。唉，人真是一种忘恩负义、自私自利的动物。您赶快换衣服吧。瞧，马尔塞夫先生已经给您做出了榜样。"

阿尔贝确实已把那条绸裤套在了他的黑裤和那擦得雪亮的长筒皮靴

上。“喂，阿尔贝，”弗兰兹说，“现在你真的还想去参加狂欢节吗？来吧，对我说老实话。”

“老实说，不！”阿尔贝答道，“但我真的很高兴能见识一下这里刚才的场面，我现在懂得伯爵阁下所说的话的含义了：当你一旦看惯了这种情景以后，你对于其他的一切就不容易动情了。”

“而且这是您可以研究个性的唯一时机，”伯爵说道，“在断头台的踏级上，死亡撕掉了人一生所戴的假面具，露出了真面目。老实说，安德烈的表现简直太丑恶了，这可恶的流氓！来，穿衣服吧，二位，穿衣服吧！”弗兰兹觉得要是不学他两位同伴的样子，未免太失礼了。

于是他跟着穿上了衣服，绑上面具。其实他的脸色已和面具一样苍白。他们化装完毕以后，就走下楼去。马车已在门口等着他们了，车子里堆满了五颜六色的碎纸和花球。他们混入了马车的行列里。这个突变真是难以想象，在波波罗广场上，代替死的阴郁和沉寂的是一片兴高采烈和嘈杂的狂欢景象，这很让人怀疑是否真有那屠杀的场面存在过。四面八方，一群群戴着面具的人涌了过来，有从门里跑出来的，有离开窗口奔下来的。在每一条街道，每一个角落，都有马车拥过来。马车上坐满了白衣白裤白面具的小丑、身穿花衣手持木刀的滑稽角色、戴半边面具的男男女女、侯爵夫人、勒司斐人、骑士和农民。大家尖声喊叫着，打打闹闹，装腔作势。满天飞舞着装满了面粉的蛋壳，五颜六色的纸，花球，用他们的疯言狂语和种种可投掷的物品到处攻击人，也不分是敌是友，是同伴还是陌生人，但是谁都不动气，大家都只是一个劲儿地笑。

弗兰兹和阿尔贝像借酒消愁的人一样，在喝醉了之后，觉得有一重厚厚的纱幕已把过去和现在隔开了。可是他们却老是看到，或说得更准确些，他们依旧在心里想着刚才他们所目睹的那惊心动魄的一幕。可是，慢慢地，那四处弥漫着的兴奋情绪也感染了他们，他们感觉自己也不得不加入到那种嘈杂和混乱之中。旁边的一辆马车里将一把五色碎纸抛了过来 ，车上的三位同伴被撒得满身都是，马尔塞夫的脖子上和面具没有遮住的那一部分脸上好像被一百只小针刺戳一样被弄得痒痒的，于是他被卷入了四周正在进行的一场混战里。他站了起来，将装在马车里的五色碎纸抓起几把，使劲儿投向靠近他左边的人，以示他在此道上也并非新手。战斗顺利地展开了。三十分钟以前见过的那一幕印象逐渐地在两个青年的脑海中淡去了，此刻只有这兴高采烈、五彩缤纷的游行队伍才是他们全神贯注的对象。而基督山伯爵，却一直无动于衷。

试想那一条宽广华丽的法院街，整条街都耸立着巍峨的大厦，阳台上悬挂着花毯，窗口上飘荡着旗帜，而在这些阳台上和窗口里，有来自罗马、意大利以及世界各地的三十万看客，他们均出身高贵，又富有又有智慧的三位一体的贵族，可爱的娘儿们也深受这种场面所感动而得意忘形了，或是倚着阳台，或是靠着窗口，将五色碎纸跑撒到经过的马车上，马车里的人则用花球当作回报。整个天空好像都被抛下的五色碎纸与抛上去的花朵给遮黑了。街上挤满了充满生气的人群，他们穿着奇装异服——奇大无比的大头鬼大摇大摆地走着，人的肩胛后面伸出一头牛的头在嘶吼，狗被挤得用两条后腿直立着行走。在这种种纷乱嘈杂之中，一只假面具向上揭了一下，像卡洛的《圣安东尼之诱惑》里所描绘的那样，露出了一个可爱的面孔。你本来很想跟上去的，但突然一队魔鬼过来把你和她冲散了。上述的一切可以使你对于罗马的狂欢节有一个大致的了解。转到第二圈时，伯爵停住了马车，走了下来并向他的同伴告辞，留下马车给他们用。弗兰兹抬头一看，原来他们已到了罗斯波丽宫前面。在中间那个挂白缎窗帘上绣红十字的窗口里，已坐着一个戴蓝色半边面具的人，而这个人，分明就是戏院里的那个希腊美人。

“二位，”伯爵跳到车子外面说道，“当你们在这场戏里厌倦了做演员而想做看客的时候，我在我的窗口等着你们。现在，请只管用我的车夫、我的马车和我的仆人吧。”

我们该补充一下，伯爵的车夫是穿着一套熊皮的衣服，和《熊与巴乞》一剧里奥德莱所穿的那种服装没什么两样，站在马车后面的两个跟班则打扮成两只绿毛猴子，脸上戴着活动面具，对每个经过的人做着鬼脸。

弗兰兹谢过伯爵的关照。阿尔贝此时正忙着向一辆停在他附近、满载着罗马农妇的马车抛花球。不幸得很，马车的行列又走动了，他往波波罗广场去，而那一辆却向威尼斯宫去。“啊，我的好人啊！”他对弗兰兹说，“你没看到吗？”

“看到什么？”

“那里——那辆载满罗马农民的低轮马车。”

“没有。”

“嘿，我相信她们是漂亮的女人。”

“你太不幸了，阿尔贝，偏偏戴着面具。”弗兰兹说，“这原本倒是可以将你过去的失意弥补的一个机会。”

“噢，”他半开玩笑半认真地说，“我希望在狂欢节结束之前，能给我带来一点补偿。”

但无论阿尔贝的希望如何，当天还是没发生任何意外的奇遇，只是那辆满载罗马农妇的低轮马车，后来又遇到过两三次而已。有一次相逢的时候，不知阿尔贝是故意的还是无意的，他的面具掉了下来。他马上站起来，把马车里剩下的花球都抛了过去。漂亮女人——这是阿尔贝从她们风骚的化装上推测出来的——他们当中的一个无疑被他的殷勤献媚所打动了。

这是有证据的，当那两个朋友的马车经过她身边的时候，她居然也抛了一束紫罗兰过来。阿尔贝赶紧抓住了，而弗兰兹因为没有理由可以假定这是送给他的，所以也只能让阿尔贝占有了它。阿尔贝把花插在他的纽扣眼里，于是马车胜利地继续前进了。

“喂，”弗兰兹对他说，“这是一次奇遇的开始呀。”

“随你笑吧，我倒是真这样想的。所以我绝对不会放弃这花的。”

“当然啦，”弗兰兹大笑着回答道，“我相信你，这是定情的一个信物。”

但是，这种玩笑不久似乎变成真的了，因为当阿尔贝和弗兰兹再遇到农妇们的那辆马车的时候，那个抛紫罗兰给阿尔贝的女人看到他已把花插在了纽扣眼里，就拍起手来。“有意思！真有意思！”弗兰兹说，“事情来得真有意思。需要我离开你一下不？你更愿意一个人进行吧？”

“不，”他答道，“我可不愿意像傻瓜似的才送一个秋波就束手被擒。如果这位漂亮的农妇愿意有所发展，明天我们还可以找到她的，或说得更直白些，她会来找我们的。那时，她会对我有所表示，而我也就知道下一步该怎么做了。”

“说真的，”弗兰兹说，“你真可谓聪明如涅斯托，而慎重如尤利西斯了。你那位漂亮的塞茜如果想把你变成一只不论哪一种的走兽，她一定得十分机巧或十分神通广大才行。”

阿尔贝说对了，那位无名情人无疑已决定当天不再出什么新花样。那两个年轻人尽管又兜了几个圈子，他们却再也看不到那辆低轮马车了，也许它已转到附近别的街上去了。

于是他们回到了罗斯波丽宫，但伯爵和那个戴蓝色半边面具的漂亮希腊女人已不见了。那两个挂黄缎窗帘的窗口里还有人，他们可能是伯爵请来的客人。正在这时，那口宣布狂欢节开幕的钟发出了结束的讯号。弗兰兹和阿尔贝这时正在马拉特街的对面。车夫一言不发，驱车向那条街驰去，驰过爱斯巴广场和罗斯波丽宫，在旅馆门口停了下来。派里尼老板早就到门口来迎接他的客人。弗兰兹一下车就问起伯爵，并表示很抱歉没能及时去接他回来，但派里尼的话使他放了心，他说基督山伯爵曾吩咐另外为他自己备了一辆马车，已在四点钟的时候把他从罗斯波丽宫接回来了。伯爵还托他把爱根狄诺戏院的包厢钥匙交给这两位朋友。弗兰兹问阿尔贝接不接受他的邀请，但阿尔贝在到戏院去以前，还有大计划要实行，所以他并没回答弗兰兹的话，却问派里尼老板能不能给他找一个裁缝。

“裁缝！”派里尼老板说，“找裁缝来干什么？”

“我们需要两套罗马农民穿的衣服，明天要用。”阿尔贝回答。

老板摇摇头。“马上给你们做两套衣服，明天要用？请两位大人原谅，这个要求法国气太重了，因为在这一个星期以内，就算你们要找一个裁缝在一件背心上钉六粒纽扣，每钉一粒纽扣给他一个艾居，他也不会干的。”

“这么说，我是不能得偿所愿了？”

“不，不需要裁缝，我们有现成做好的。一切交给我好了，明天早晨，当您醒来的时候，您就会找到一套样样齐备的罗马服装，保证您满意。”

“我亲爱的阿尔贝，”弗兰兹说，“那么一切就让我们的店家去办好了，他已经证明过他是很有办法的。我们放心吃饭吧，吃完以后去看意大利歌剧去。”

“好吧，”阿尔贝回答说，“但要记住，派里尼老板，我们俩明天早晨一定要用刚才所说的那种衣服，这是最最重要的，千万可别忘了。”

店主重新向他们保证，请他们只管放心，一定按他们的要求去办。于是，弗兰兹和阿尔贝上楼到了他们的房间里，开始脱衣服。阿尔贝把衣服脱下来的时候，小心翼翼地把那束紫罗兰保存了起来，这是他明天约会的标记。两位朋友在餐桌前坐了下来。阿尔贝不由自主地谈论起基督山伯爵的餐桌和派里尼老板的餐桌简直有着天壤之别，弗兰兹尽管似乎并不喜欢伯爵，却也不得不承认伯爵那边是占绝对优势的。当他们吃最后一道点心的时候，仆人进来问他们希望在什么时候备车。阿尔贝和弗兰兹互相望着对方，生怕真的滥用了伯爵的好意。那仆人懂得他们的意思。“基督山伯爵大人已明明白白地吩咐过了，”他说，“马车今天整天都听两位大人的吩咐，所以两位大人请只管用好了，不必怕失礼。”

他们决定尽情地享受伯爵的殷勤招待，于是就吩咐去把马套起来。在套马期间，他们换了一套晚礼服，因为他们身上所穿的这套衣服，经过了无数次战斗，已多少现出不雅的痕迹来了。经过这一番小心打扮之后，他们就到了戏院，坐在了伯爵的包厢里。第一幕上演的时候，G伯爵夫人走进了她的包厢。她首先就向昨天晚上基督山伯爵待的那个包厢看了看，便看到弗兰兹和阿尔贝坐在她曾对弗兰兹发表过怪论的那个人的包厢里。她的观剧望远镜就这样一直一动不动地对准着他们，弗兰兹觉得要是不去满足一下她的好奇心，那就未免太绝情了，于是他就利用意大利戏院里观众的特权，包括利用他们的包厢作接待室，带着他的朋友离开了他们自己的包厢去向伯爵夫人打招呼。他们刚一踏进包厢，她就示意请弗兰兹去坐那个荣誉座。这一次轮到阿尔贝坐在后面了。“唉，”她简直等不及弗兰兹坐下就问道，“您简直好像没有其他好事能做了，就一心想着去认识这位罗思文勋爵，哎呦，你们成了世界上关系最好的朋友了吧。”

“还没有那么好，伯爵夫人，”弗兰兹回答，“但我不可否认他曾有一整天都是和我们在一起。”

“一整天？”

“没错，今天早上，我们一起用了早餐，后来我们坐了他的马车一整天，而此刻又占了他的包厢。”

“那么您以前和他认识吗?”

“认识，也可以说不认识。”

“这是什么意思?”

“说来话长。”

“说来听听。”

“恐怕会吓到您的。”

“另外说一个理由。”

“至少请等说完这个故事之后再说。”

“太好了。我喜欢听完整的故事。但先说说你们是怎么认识他的?是有人给你们做了介绍吗?”

“没有，是他将自己介绍给我们的。”

“什么时候?”

“昨晚，我们从您这里离开以后。”

“谁是中间人?”

“说来也特别平常，就是我们旅馆的老板。”

“那么，他是和你们一起住在伦敦旅馆的了?”

“不但住在同一家旅馆，而且还住在同一层楼上。”

“他的名字是——你们肯定知道吧?”

“基督山伯爵。”

“那是一种什么名字呀?这并非一个族名。”

“不，他买下了一个岛，这是那个岛的名字。”

“而他是一位伯爵?”

“没错，一位托斯卡纳的伯爵。”

“哦，我们还是避开那一点，说说其他的吧，”伯爵夫人说，因为她本人就是出身于威尼斯历史最悠久的一家贵族。“他的人品怎样?”

“这个有马尔塞夫子爵来说吧。”

“您听着，马尔塞夫先生，我在等着您指教呢。”伯爵夫人说。

“夫人，”阿尔贝回答，“若是我们再不觉得他为人十分风趣，我们也就实在有些难以讨好了，一个交往了十年的朋友也不及他对我们的好了，而且态度高雅，应付巧妙，礼貌周到，很明显在交际场上是个人物。”

“嘿，”伯爵夫人微笑道，“依我看，我那位僵尸不过是一位百万富翁罢了。你们见到她了吗？”

“她？”

“昨天那个美丽的希腊人。”

“没有。我想，我们人虽然没有看见，不过听到过她弹月琴的声音。”

“你说没看见，”阿尔贝插嘴说，“这只不过是故作神秘吧。那个戴着蓝色半边面具，在挂着白窗帘的窗口里坐着的人你以为她是谁？”

“这个挂着白窗帘的窗口在哪里？”伯爵夫人说。

“在罗斯波丽宫。”

“伯爵在罗斯波丽宫拥有三个窗口吗？”

“没错。您是否经过法院街？”

“有。”

“好了，您是否有看到过两个挂着黄缎窗帘的窗口和一个挂着白缎窗帘且上面绣着红十字的窗口？那三个窗口就是伯爵的。”

“咦，他一定是位印度王公啦！你们对那三个窗口的价值知道吗？”

“至少有两三百罗马艾居吧！”

“两三千欧！”

“见鬼！”

“他的岛上出产如此之大吗？”

“那里连一个铜板也生不出的。”

“那他为什么要将它买下呢？”

“仅仅是因为一种狂想罢了。”

“那么他是一个奇人了？”

“没错，”阿尔贝说，“依我之见，他多少有些怪僻。倘若他在巴黎，并且是戏院里的一个常客，我就会说他是一个视世界为戏场的愤世嫉俗的丑角，或是一个迷恋读小说的书呆子了。的确，今天早上他所表演的那两三手，真的很有达第亚或安多尼①的作风。”

---

① 达第亚是法国作家雨果的戏剧《马里翁·德·洛姆》中的人物。安多尼是大仲马的同名戏剧中的人物。

这时，有一个新客进来了，弗兰兹就依照习惯给他让了位置。这样一来，也转换了话题，一小时以后，两位朋友已经返回他们的旅馆。派里尼老板已经在准备他们明天要用的化装的衣服了，他向他们保证，一定会让他们很满意。

第二天早晨九点钟，派里尼老板走进弗兰兹的房间，后面跟着一个裁缝，裁缝的手臂上搭着八九套罗马农民的服装。他们挑选了两套一式一样合身的服装，然后叫裁缝在他们每人的帽子上缝上二十码左右的缎带，再给两绺下层阶级在节日时装饰用的各种颜色的长丝穗。阿尔贝迫切想知道他穿上这套新装以后风度怎么样。他穿的是蓝色天鹅绒的短褂和裤子、绣花的丝袜、搭扣的皮鞋和一件绸背心。这一身帅气的打扮简直使他英俊逼人。当他把风流花阔带围到腰上，戴上帽子，并把帽子很利落地歪在一边，使一绺丝带垂到肩头上的时候，弗兰兹不得不承认这种装束充分展现了自然美。所谓自然美，是指某种民族极其适宜于穿某种服装而言的，譬如说土耳其人，他们以前老爱穿飘飘然的长袍，那是很富于诗情画意的，而他们现在穿的是纽扣到下巴的蓝色制服，戴上红帽子，看上去活像一只红盖子的酒瓶，没有一点儿自然的风味。弗兰兹向阿尔贝恭维了一番，阿尔贝自己也对着镜子照了照，脸上带着志得意满的微笑。他们正在这样打扮时，基督山伯爵进来了。

“二位，”他说，“有一个同伴尽管很令人高兴，但完全自由有时更让人高兴。我是来告诉你们，在今天和狂欢节其余的日子里，我那辆马车属于你们了，尽听你们的吩咐。不知道派里尼老板有没有告诉你们，我另外还有三四辆马车，所以你们不会使我自己没车子坐的。请放心随便用吧，用来去玩也好，用来去办正经事情也好，都由你们自己。”

两个青年很想谢绝，但他们又找不到一个合适的理由来拒绝这样一个正合他们心愿的好意。基督山伯爵在他们的房间里坐了十五分钟，十分从容地谈论着各种各样的问题。我们之前说过，他十分熟悉各国的文学。一看他客厅里的墙壁，弗兰兹和阿尔贝就知道了他很喜欢美术。而从他无意中说出的几句话当中，他们知道他也有涉及科学，而且好像对药物学特别感兴趣。由于派里尼老板的饭菜非常蹩脚，两位朋友一直不敢回请伯爵吃早餐，因为他们觉得用这个与那上等的酒筵做交换不免太过荒唐。于是他们就这样十分坦白地和他说了，他也接受了他们的歉意，且神色之间表示他对他们处境的为难十分体谅。阿尔贝深受伯爵的风度所迷，若不是伯爵曾吐露过有关科学方面的知识，他真得将他看作一个老牌绅士了。最让他们感到高兴的是，他们拥有随意支配那辆马车的权利，因为昨天下午那些漂亮的农民所乘坐的是一辆十分雅致的马车，而阿尔贝对于要和他们同道而行，并不觉得遗憾。下午一点三十分时，他们下了楼。车夫和跟班在他们的化装衣服上又套上了制服，这使他们看来更滑稽有趣，同时也为弗兰兹和阿尔贝博得不少喝彩。阿尔贝已把那束萎谢了的紫罗兰插在了他的纽扣眼上。钟声一响，他们就连忙从维多利亚街驶入了法院街。兜到第二圈，从一辆满载着女丑角的马车里抛来了一束新鲜的紫罗兰，阿尔贝顿时明白了，像他和他的朋友一样，那些原打扮成罗马农妇的女人也换了装，而不知到底是因为偶然呢，还是由于双方有了一种心心相印的感觉，以至他们换上了她们的服装，而她们却换上了他们的。

阿尔贝把那束萎谢了的紫罗兰取下拿在手中，把那束新鲜的花又插在了纽扣眼里。当他又遇到那辆低轮马车的时候，他眼神暧昧地把花举到他的唇边，这一举动不但赢得了那个抛花的美人的开怀大笑，而且还取悦了她那些快乐的同伴们，她们似乎也很欣喜若狂。这一天像前一天一样愉快，甚至更热闹更嘈杂些。他们有一次曾看到伯爵在他的窗口里，但当他们再经过的时候，他已经不见了。不用说，阿尔贝和那个农家美女之间的调情持续了一整天。

从梵蒂冈回来的时候，弗兰兹故意避免从法院街经过。他那满脑子虔诚的思想，碰上狂欢节这种疯狂的欢乐，是要被亵渎的。五点十分，阿尔贝回来了。显得极其高兴。那个女丑角又换上了农家的服装，当她经过的时候，她曾拿开了她的面具。

她长得很漂亮。弗兰兹向阿尔贝表示祝贺，阿尔贝带着一种理所当然的神气接受了他的贺喜。他已从某些蛛丝马迹上看出那个无名美人是贵族社会中的人。他决定明天就写信给她。弗兰兹注意到，阿尔贝在详详细细讲这件事的时候，他似乎想要求他做一件事，但他又似乎不好意思说出来。于是他自己便声明说，不管要求他作出什么牺牲，他都愿意。阿尔贝再三推托，一直推托到在朋友交情上已经说得过去的时候，他才向弗兰兹直说，要是明天肯让他独用那辆马车，那就可算帮了他一个大忙。阿尔贝认为那个美丽的农家女肯拿开一下她的面具，应当归功于弗兰兹的不在，弗兰兹当然不会无聊到竟在一场艳遇的中途去妨碍阿尔贝，而且这次艳遇看来一定能够满足他的好奇心和鼓起他的自信心。他确信他的这位心里藏不住事的朋友一定会把经过的一切都告诉他的，他自己即使在意大利游历了两三年，却从来没机会亲自尝试一下这样的经历，他也很想知道遇到这种场合时应该如何来对付。所以他跟阿尔贝说，明天狂欢节的情形，他只要从罗斯波丽宫的窗口里看看就行了。

第二天早晨，他从罗斯波丽宫窗口看见阿尔贝一次又一次经过。他捧着一个极大的花球，无疑把它当作传递情书的使者了。这种猜测不久便得到了证实，因为弗兰兹看到那个花球（有一圈白色的山茶花为记）已到了一个身穿玫瑰红绸衫的可爱的女丑角手里。而且当天傍晚阿尔贝兴高采烈地回来了，他不单是高兴，简直有点要热昏了头。他相信那位无名美人一定会以同样的方式答复他。弗兰兹已料到了他的心思，就告诉他说，这种吵闹使他有点儿厌倦了，他都不想出门了，明天想记账，并把以前的账查看一遍。

阿尔贝没有猜错，因为第二天傍晚，弗兰兹看到他手里拿着一张折拢的纸，兴高采烈地挥舞着走了进来。

“喂，”他说，“你看，我猜对了！”

“她答复你了！”弗兰兹喊道。

“你念吧！”他说这句话时的神气简直是无法用言语来形容的。弗兰兹接过信，念道：

星期二晚上七点钟，在蓬特飞西街下车，跟随那个夺掉您手中的“长生烛”的罗马农民走。当您到达圣·甲珂摩教堂第一级台阶的时候，务必请在您那套小丑服装的肩头绑上一绺玫瑰色缎带，以便借此辨认。在此之前，暂不相见。望坚定和谨慎。

“怎么样?”弗兰兹一读完，阿尔贝就问道，“你觉得如何?”

“我也这么想，”阿尔贝又说道，“恐怕勃拉西诺公爵的舞会你只能一个人去参加了。”

原来弗兰兹和阿尔贝在当天早晨曾接到了那位大名鼎鼎的罗马银行家送来的一张请帖。“小心哪，阿尔贝，”弗兰兹说道，“罗马的贵族全体都会到的。如果你那位无名美人是上流社会中的人，她也一定会到那儿去的。希望你是个天生的幸运儿。”弗兰兹边说边把信还给他。

“随你去笑话我吧，”阿尔贝答道，“反正我是坠入情网不管不顾了。”

“你说得我心慌啦，”弗兰兹大吼道，“照这样看来我不仅得一个人到勃拉西诺公爵那儿去，恐怕还得一个人回佛罗伦萨哩。”

“倘使我那位无名美人儿的脾气也像她美丽的容貌一样柔和，”阿尔贝说道，“那我在罗马至少还要住六个星期。我崇拜罗马，而且我对于考古学一向很感兴趣。”

“喂，再多来两三次这样的艳遇，我看你就很有希望成为皇家学会会员啦。”

正当阿尔贝很想严肃地讨论他加入皇家学会的资格问题时，侍者来通报说晚餐已经准备好了。阿尔贝的浪漫经历并没有影响他的胃口，反而吃得更香了。伯爵听说这两位朋友曾派人到爱根狄诺戏院去订包厢，而没有订着，所以，就把他自己包厢的钥匙带来了，在表面上看来这似乎是他这次访问的目的。弗兰兹和阿尔贝连忙推托一番，说恐怕会影响他自己看戏，但伯爵回答说，他要到巴丽戏院去，爱根狄诺戏院的那间包厢如果他们不去坐，那儿就是空着了。这一说明使两位朋友欣然地接受了这一盛情。

弗兰兹已渐渐习惯了伯爵那苍白的脸色，他第一次看见他的时候，那种苍白的确给他留下了太深刻的印象。他不得不承认他脸上的那种严肃感是那种美的唯一缺点，或更准确地说，其主要特征，就是那种苍白让人难忘。真可谓拜伦诗里的主角！弗兰兹不但每次看到他，而且甚至每次想到他的时候，就禁不住要把他那个令人生畏的脑袋装到曼弗雷特的肩膀上或勒拉的头盔底下去。他的前额上有几条皱纹，显示着他无时无刻不在思索着一件痛苦的事；他有一双锋芒毕露的眼睛，似乎能看穿人的心。他那高傲爱嘲弄人的上唇里所说出的话，有一种特殊的力量，能将他所说的话深深地印在听话人的脑海中。伯爵并不年轻。他至少已经四十岁了，可是，他对他现在所交的这两个青年很有影响力。实际上，伯爵除了与那位英国诗人所幻想出来的角色相像以外，他还有一种吸引力。阿尔贝总是唠叨说他们运气好，能够遇见这样一个人。弗兰兹不及他那样热情，可伯爵却也对他显示出一个性格倔强的人通常所拥有的优越感。他几次想到伯爵要去巴黎访问的那个计划，他很坚信，凭着他那样怪僻的个性，他那副独特的面容及他那巨大的财富，他肯定会在那里轰动一时。然而，当伯爵去巴黎时，他却不想在那里。

那一夜过得很平淡，和意大利戏院里的大多数夜晚没什么两样，也就是说，人们并不是真的在听音乐，而是在访客和谈天。G 伯爵夫人很想再谈起基督山伯爵，但弗兰兹说，他有一件更有趣的事要告诉她，即使阿尔贝故意装出谦逊的样子，他还是把最近三天来闹得他神魂颠倒的那个艳遇告诉了伯爵夫人。由于这一类桃色事件在意大利似乎经常发生，所以伯爵夫人没表示出丝毫的怀疑和浓厚的兴趣，只是恭喜阿尔贝的成功。他们在分手的时候约定，大家在勃拉西诺公爵的舞会上再见，那次的舞会几乎全罗马的贵族都接到了请帖。那位接受花球的女主角十分讲诚信，之后的两天里，阿尔贝再也找不到任何有关她存在过的痕迹。

星期二终于来了，这是狂欢节的最后一天，也是最热闹的一天。星期二那天，各家戏院早上十点就开场了，因为等到晚上八点一过，大家就得去参加四旬斋①。星期二那天，那些由于缺钱，缺时间，或是缺乏热情以致没有见到前几天狂欢节的场景的人，也混进来一起嬉笑，贡献一份嘈杂和兴奋。自两点到五点，弗兰兹和阿尔贝跟在行列里，与其他马车和徒步的游客相互交换一把把的五色碎纸。马脚和车轮间挤满了徒步的人，却竟然没有一件意外，一件纠纷，或一次殴斗发生。意大利人真正快乐的日子便是过节。本书的作者曾有五六年的时间住在意大利，可想不起哪一次典礼有意外事件发生过，而这种事情却经常连带在我国

---

① 为了纪念基督在旷野里禁食四十昼夜，天主教徒每年在复活节前参加四十天的斋戒。

的一些庆祝活动上发生。阿尔贝十分得意地穿着他那套小丑的衣服，一摞玫瑰色的缎带自他的肩头几乎直垂到地上，为了避免混同，弗兰兹穿着农民的服装。

随着时间的推移，骚动喧嚣也愈来愈厉害了。在人行道上、马车里、窗口里，没有哪一个人的嘴巴是闭着的，没有哪一个人的手臂是不动的，人们身上能喊的、能动的、能跳的，几乎没有一刻是停歇的。这是一场人为的风暴，由如雷般的呐喊、千万人的欢呼、鲜花、蛋壳、种子和花球所组成。三点钟的时候，在喧闹和混乱之中，隐约可听到波波罗广场和威尼斯宫发出的爆竹声，这是在宣布赛马快要开始了。赛马像“长生烛”一样，也是狂欢节最后一天所特有的节目之一。爆竹声一响，马车便马上散开行列，隐入邻近的横街小巷里去了。这一切行动快得就像离弦的箭，又像疾驰的闪电，简直难以令人相信，警察也不来干预此事。徒步的游人全部齐齐地贴墙排起来，随之就是马蹄的践踏声与铁器的撞击声传来了。一队马枪兵十五骑连成一排，疾驰来到法院路，为赛马者清道。当那队人马来到威尼斯宫时，第二次的花爆接连响了起来，宣告已经将街道肃清。几乎立即，在一阵响彻天地的呼喊声中，七八匹马在三十万看客的呼喊声的鼓舞之下，宛若闪电似的掠了过去。随后，圣·琪安海岛接连放了三声大炮，表示第三号取得了胜利。立即，无须任何其他信号，马车出动了，自各条大街小巷里拥出来，流向高索街，宛若无数急流被闸断了片刻，又流入大河，于是这条声势浩荡的大江又在由花岗石大厦围起来的两岸之间继续流动起来。

此时，人群中的喧哗和骚动又新增了一个来源。卖“长生烛”的来了。长生烛，实际上说的是蜡烛，其大小，最大的像复活节使用的细蜡烛，最小的像灯心烛，这是狂欢节的闭幕节目，但凡参加这个盛大场面的演员，都要做两项与之相反的任务：（一）保护好自己的长生烛，不让其熄灭。（二）将他人的长生烛熄灭。长生烛就像生命：传达生命的方法只找到了一种，而那是上帝所赐予的，但人却发明出了成千种将生命消灭的方法，虽然那些发明大多是受到了魔鬼的帮助。要点燃长生烛只能用火。但谁可以列举出那成千种将长生烛熄灭的方法？——巨人一样的口风，千奇百怪的熄烛帽，超人用的扇子。每个人都急忙去买长生烛，弗兰兹和阿尔贝也混在人群中。

夜幕急速地降临了。伴随“买长生烛呀!”这一声叫喊，成千个小贩立即用尖锐的声音回应着，此时，人群中已经开始有两三朵星火燃起了。这是一个信号。过了十分钟，五万支烛光闪耀着光芒，从威尼斯宫一直到波波罗广场，从波波罗广场又接连到威尼斯宫。这看起来像是在举行提灯会。若不是亲眼所见，恐怕是很难想象这种情景的，那场面好像天上星星都掉了下来，落在地面上混在一起在疯狂地乱舞。同时，还有那种叫喊声掺杂其中，那是在世界任何其他地方都绝对无法听到的。王孙贵族被苦力追着，城里人被乡下人追着，全部都在吹，熄，重点。要是此时风伯出现，他便会宣称自己是长生烛之王，并将自己的王位继承归北风所属。这一场明火举烛的赛跑持续了两小时，法院街被烛光照得光明如白昼，都能看清四层楼和五层楼上的看客的脸。阿尔贝每隔五分钟就会看一次表，终于到七点了。两位朋友此时已在蓬特飞西街。阿尔贝举着长生烛，跳到车外。有两三个戴面具的人想来将他手中的长生烛撞倒，但阿尔贝是一个第一流的拳术家，他将他们一个一个地打发到街上去打滚了，然后又夺路走向圣·甲珂摩教堂。教堂的台阶上挤满了戴面具的人，他们都在拼命地抢别人的火炬。弗兰兹不时地用他的眼睛盯着阿尔贝。当他看到他踏上第一级台阶的时候，马上有一个脸上戴着面具、身穿农妇服装的人来夺掉他手中的长生烛，而他也很顺从地任她夺去。弗兰兹离他们太远了，根本听不到他们在说些什么，但无疑两人之间并无敌意，因为他看到阿尔贝是和那个农家姑娘手挽着手一起消失的。

突然间，钟声响了起来，这是狂欢节结束的信号。一刹那间，所有的长生烛都同时熄灭了，既像是受了魔法似的，又像是来了一阵狂风顷刻吹熄了似的。弗兰兹发觉他自己几乎已完全陷在了黑暗里了，除了送游客回去的马车的辚辚声之外，什么声音都听不到了；除了窗口里面的几盏灯火以外，什么都看不见了。狂欢节终于结束了。

第三十七章　圣·塞巴斯蒂安的陵墓

回溯自己的过去，弗兰兹从未有过这种突兀的印象，也从来没有像现在一样，经历着从极乐到极悲的变化。整个罗马，好像被夜游神吹了一口魔气，然后就成了一座硕大的坟墓。此时恰好是月缺的日子，要等到十一点钟才能看见月亮升起，而这无疑加重了夜色的浓重。弗兰兹走过的每一条街道，都淹没在浓郁的黑暗之中。路途原本不长，十分钟之后，他的马车，确切来说，是伯爵的马车，已经停在伦敦旅馆的门前了。晚餐已经准备好了，因为阿尔贝之前说过，他回来的不会太早，所以弗兰兹独自一人坐在餐桌前，没有等他。这两人从来都是一起用餐的，所以派里尼老板好奇地问阿尔贝的下落。弗兰兹回答，昨天晚上阿尔贝收到一份请帖，今天赶去赴宴了。长生烛突然熄灭，黑暗瞬间替代了光明，喧嚣骚乱突然沉寂下去，这一切都让弗兰兹感到深深地不安和抑郁，因此，虽然派里尼过分殷勤地向他表达关切，并且数次询问他还有什么需要，但弗拉兹在用餐的过程中依然十分平静。

弗兰兹决定尽可能的等一等阿尔贝，也许阿尔贝很快就会回来。吩咐马车在十一点钟的时候准备好，并希望到那时派里尼老板来通报说阿尔贝回来了。可是到了十一点钟，阿尔贝仍没有回来。弗兰兹就只好穿上衣服出去了。告诉派里尼老板说他到勃拉西诺公爵府去了，今晚不回来了。勃拉西诺公爵府是罗马最令人愉快的家庭之一，他的夫人是哥伦纳斯王国最后一支的继承人之一，她把公爵府布置得非常雅致优美，他们的宴会在全欧洲都是闻名的。弗兰兹和阿尔贝曾带着介绍信来拜会过他们，所以弗兰兹一到，第一个话题就是问他的同伴到哪儿去了。弗兰兹回答说，他是在长生烛快熄灭的时候离开他的，后来就混到玛西罗街的人群里不见了。

“那他没回来吗?”公爵问。

“我一直等他等到现在。”弗兰兹答道。

“您不知道他去哪里了吗?”

“不，不是十分清楚，不过，我想或许是去幽会了吧。”

“真是的!”公爵说道，“今天这样的日子，或者准确点说，今天这样的晚上，这么晚出去，实在是很危险呀，对不对，伯爵夫人?”这几句话是说给G伯爵夫人听的，她刚刚才到，正靠着公爵的弟弟托洛尼亚先生的胳膊走过来。

“刚刚相反，我认为今晚会十分有趣，”伯爵夫人回答，“这里的人只恨一件事——觉得夜去得太快。”

“我说的不是这里的人。”公爵微笑着说，“这里唯一的危险——对于男人，是爱上了您，对于女人，是看见您如此可爱就免不了心生妒忌和愤怒。我指的是那些奔波在罗马街上的人。”

“啊!”伯爵夫人问道，“此时的罗马街上还会有谁在奔波，除非是去前往跳舞会的?”

“伯爵夫人，我们那位朋友阿尔贝·马尔塞夫，在今晚七点钟左右离开我，去寻找他那位无名美人去了，”弗兰兹说，“而且到现在也还没回来。”

“而您不知道他在哪里吗?”

“一点头绪都没有。”

“他去的时候有没有带武器?”

“他去的时候穿的是小丑的服装。”

“您不该让他去的，”公爵对弗兰兹说，“你很清楚罗马的情形，可是他还不是很了解呀。”

“不让他去，就等于要将今天赛马得锦标的那匹三号马给拉住，”弗兰兹说，“而且，他会遇到什么危险呢?”

“那谁敢说?今晚天色很阴沉，而且狄伯门距离玛西罗街又很近。”

弗兰兹看见公爵和伯爵夫人的感觉与自己的焦虑如此一致，便感觉他的血管中透过一阵寒战。“公爵，我曾经通知过旅馆里的人，说我今晚很荣幸能在这里过夜，”弗兰兹说，“我让他们一见到他回来就来通知我。”

“呀！”公爵答道，“我猜想，我这个仆人或许是来找您的。”

公爵说对了，那个仆人果然一见到弗兰兹，就走向他这里。“大人，”他说，“伦敦旅馆的老板派了一个人过来说，有一个给马尔塞夫子爵送信的人在那里等您。”

“给马尔塞夫子爵送信的！”弗兰兹惊喊道。

“对。”

“是谁？”

“不清楚。”

“他为什么不把信送到这里呢？”

“那个信差没说。”

“他在哪里？”

“他一见到我进舞厅来找您，就立刻走了。”

“噢！”伯爵夫人对弗兰兹说，“赶快去吧！不幸的小伙子！也许他遇到什么意外了吧。”

“我得马上离开。”弗兰兹答道。

“您还回来吗？”伯爵夫人问。

“若是事情并不严重，我会回来的，反之，我自己也不清楚要做些什么事呢。”

“不管做什么，一定要谨慎呀。”伯爵夫人说。

“好的，放心吧。”

弗兰兹拿起他的帽子，匆忙走了出去。他已经把他的马车打发走了，原吩咐叫他们在两点钟来接他的。幸亏勃拉西诺府一边靠法院街，一边临圣·阿彼得广场，离伦敦旅馆不到十分钟的路程。当弗兰兹走近旅馆的时候，他看见有一个人正站在街中心一副等人的神色。他相信这一定是阿尔贝派来的信差。那个人全身裹在一件大披风里。弗兰兹向他走过去，但使他极其惊讶的是，那个人反而先向他开口了。“大人找我干吗？”他一边问，一边后退了一步，像是很戒备的样子。

“你是马尔塞夫子爵派来给我送信的那个人吗？”弗兰兹问道。

“大人是在派里尼的旅馆住着吗？”

“没错。”

“大人是子爵的旅伴吗？”

“对。”

“大人的尊讳是——”

“弗兰兹·伊皮奈男爵。”

“那么这封信就是送给大人的了。”

“是否需要回信？”弗兰兹一面接过那封信，一面问道。

“要回的，至少您的朋友希望回信。”

“跟我去楼上吧，我写回信给你。”

“我还是在这里等着吧。”那信差微笑着说。

“怎么了？”

“大人看了信就会明白了。”

“那么，我一会儿还能在这里找到你吗？”

“当然。”

弗兰兹走进旅馆。他在楼梯上遇见了派里尼老板。

“情况如何？”旅馆老板说。

“什么情况如何？”弗兰兹反问。

“您看到您的朋友派来找您的那个人了吗？”他问弗兰兹。

“是的，我看到他了，”他答道，“他给了我这封信。请问能不能将我房间里的蜡烛点一下？”

旅馆老板吩咐点一支蜡烛拿到弗兰兹的房间里去。这个年轻人看到派里尼老板的神色十分惊惶，就更急于要看阿尔贝的来信，所以他马上走到蜡烛前面，拆开了那封信。信确实是阿尔贝写的，底下有他的签名。弗兰兹读了两遍才明白信里的意思。信的内容如下：

我亲爱的朋友，收到此信时，务请劳神即刻在我的皮夹里找出那张汇票（皮夹子在写字台的大抽屉里），如数目不够，请先把你的也加上。赶快到托洛尼亚那儿，在那儿当场点出四千毕阿士特，将钱交与来人。我急于要这笔钱，不能拖迟。我不多说了，一切信托你了，像你可以信托我一样。

——你的朋友阿尔贝·马尔塞夫

附笔：我现在相信意大利确实有强盗了。

在这几行字之下，还有两行笔迹陌生的意大利文：

那四千毕阿士特如果在早晨六点钟到不了我的手里，阿尔贝·马尔塞夫子爵在七点钟就会消失在这个世界。

——罗吉·万帕

弗兰兹一看这第二个签名，就一切都明白了，他现在懂得那个信差为什么不肯到他的房间里来的原因了：街上对他来说要安全许多。这么说，阿尔贝确定是落在那个大名鼎鼎的强盗头子手里了，而那个强盗头子的存在还是他一向拒绝相信的。不能再浪费时间了。他赶紧打开写字台，从抽屉里拿出皮夹子，从皮夹子里拿出汇票，那张汇票的总数是六千毕阿士特；而在这六千之中，阿尔贝已花去了三千。至于弗兰兹，他根本没有汇票，因为他原就住在佛罗伦萨，到罗马来只玩七八天的，所以他只带了一百路易来，现在剩下的已不足五十了。这样两个人的钱加起来，距阿尔贝所要的那笔数目还差七八百毕阿士特。不错，在这种情形之下，他相信托洛尼亚先生一定肯帮忙的。他不敢浪费时间，正想回到勃拉西诺府去请求帮助，突然他的脑子里闪过了一个念头。他想起了基督山伯爵。弗兰兹正要拉铃叫派里尼老板，那可敬的人却自己来了。“我的好先生，”他急忙说道，“你知道伯爵有没有在家吗?”

“在家，大人，他已经回房间了。”

“他休息了吗?”

“我想还没有吧。”

“那么请你通报一下，问他能否见我一下。”

派里尼老板遵命离开了，五分钟以后，他过来说道：“伯爵恭候大人。”

弗兰兹顺着走廊走，一个仆人把他领到了伯爵那儿。他正在一间小书房里，这个房间四周都是靠背长椅，弗兰兹以前没见过。伯爵向他迎上来。“哦，是什么好风这个时候将您吹到这里的呀？”他说，“您是来和我一起用晚餐的吗？我真是太荣幸了。”

“不是，我来是有一件非常严重的事情要和您谈的。”

“一件非常严重的事情！”伯爵带着他那一贯真挚的态度看着弗兰兹说道，“什么事呀？”

“这里只有我们两个人吗？”

“没错。”伯爵回答，一面又去门口看了一眼后回来了。弗兰兹将阿尔贝的那封信交给他。

“看看这封信吧。”他说。

伯爵看了一遍。“哦，哦！”他说。

“您有没有看见那笔批语？”

“看见了，的确——‘倘若早上六点我没有收到那四千毕阿士特，阿尔贝·马尔塞夫子爵在七点就不存在了。——罗吉·万帕’。”

“您怎么看待这件事？”弗兰兹问道。

“您有他要的那笔钱吗？”

“有，还差八百毕阿士特。”

伯爵走到他的写字台前，打开一只满装金币的抽屉，对弗兰兹说：“我已知道阿尔贝子爵的事了，我希望我是你想到的第一个能帮助你的人，你不会是想去找别的人施以援手吧？”

“您瞧，恰恰相反，我立刻就来找您了。”

“为此我谢谢您的赏脸，请您自己过去拿吧。”于是他向弗兰兹做了一个手势，表示他需要多少就可以拿多少。“那么，这是一定要将钱送给罗吉·万帕吗？”那青年人问，这次轮到他不眨一眼地看着伯爵了。

“您自己做决断吧，”他答道，“那笔批语说得很清楚。”

“我想，倘若您愿意想想办法，您是可以想出一个办法来简单解决这场谈判的。”弗兰兹说。

“怎么可能？”伯爵惊讶地回答道。

“倘若我们一起去罗吉·万帕那里，我相信他一定会给您面子，将阿尔贝释放的。”

“我凭什么能支配一个强盗呢?”

“您不是刚帮了他一次永世难忘的大忙吗?”

“我帮了什么?”

“您不是救下了庇皮诺吗?”

“什么!”伯爵说,“那是谁和您说的?”

“别管了,反正我知道。”

伯爵皱紧眉毛沉默了片刻,说道:“如果我去找万帕,您愿意陪我去吗?”

“可以,只要不会有人讨厌我去。”

“就这么办吧。今天的夜色特别可爱,在罗马郊外散一次步于我们而言均是有所收益的。”

“我是否需要带什么武器去?”

“带它干吗?”

“钱呢?”

“也不需要。送这封信来的人在哪里?”

“在街上。”

“他在等您回信吗?”

“没错。”

“我必须要先知道我们究竟要去哪里。我去叫他到这里来。”

“没用的,他不愿意上来。”

“到您的房间或许不肯,到我这里来,他是不会为难的。”

随后伯爵走到面向街的窗口前面,吹了一声怪声怪气的口哨。那个穿披风的人马上就离开了墙壁,走到街中心来。“上来!”伯爵说道,他的语气就像吩咐他的仆人一样自然,那信差竟也毫不犹豫地听从了这个命令,而且似乎还挺高兴,他蹦蹦跳跳地奔上台阶,窜进了旅馆。五秒钟以后,他已出现在书房的门口了。

“啊,是你呀,庇皮诺。”伯爵说道。庇皮诺并没马上答话,只是扑身跪了下来,拿起伯爵的手,在手上印了无数个吻。

“啊,”伯爵说道,“这么说你一直记得是我救了你的命,这真奇怪，因为那已经是很久以前的事了，对，确切地说，是一星期以前的事了呀！”

“不，大人，您的救命之恩我是永远不会忘记的。”庇皮诺回答说，语气间流露出极其感激的样子。

“永远！那可是一个很长的时间啊，你可能是这样认为的吧。起来吧。”庇皮诺不安地瞟了一眼弗兰兹。“噢，在这位大人面前，你但说无妨，”伯爵说道，“他是我的朋友。您允许我这样称呼您吗？”伯爵又用法语说道，“要想获得这个人的信任，必须这样做。”

“你就当着我的面说好了，”弗兰兹说道，“我是伯爵的朋友。”

“好吧！”庇皮诺答道，“大人随便问我什么问题，只要我知道的我都可以回答。”

“阿尔贝子爵是怎么落到万帕手里的？”

“大人，那个法国人的马车几次经过德丽莎所坐的那辆车子。”

“就是首领的那位情人吗？”

“是的。那个法国人抛了一个花球给她，德丽莎还了他一个，这是得到首领同意的，因为他当时也在车子里。”

“什么！”弗兰兹不禁失声叫道，“罗吉·万帕也在罗马农民的那辆马车里？”

“你们肯定不知道，那赶车的就是他，他化装成了车夫。”庇皮诺答道。

“嗯？”伯爵说。

“嗯，后来，那个法国人摘下了他的面具。德丽莎，经首领的同意，也照样做了一次。那个法国人便要求和她见一次面，德丽莎答应了他，只是，在圣·甲珂摩教堂台阶上等的不是德丽莎，而是俾波。”

“什么！”弗兰兹不可置信地惊叫道，“那个抢掉他长生烛的农家姑娘？”

“其实是一个十五岁的男孩，”庇皮诺回答说，“您的朋友这次上当算不得什么丢脸，错认俾波为女人的人多得很呢。”

“于是俾波就领他出了城，是不是？”伯爵问道。

“就是这样，一辆马车已等候在玛西罗街街尾。俾波钻进马车里，请那个法国人跟他来，那个法国人等他的话音刚落就殷勤地把右手的座位让给了俾波，自己则坐在他的旁边。俾波告诉他说，他要带他到离罗马三里外的一座别墅去。那个法国人还向他保证说，就是要他跟到世界的尽头他都不会有异议。车子经立庇得街出了圣·保罗门。当他们出了城的两百码以后，由于那个法国人的动作多少有点过分了，所以俾波就摸出一支手枪顶住了他的脑袋。车夫勒住车子，也照样来了这一套。同时，那躲在阿尔摩河岸边的两个队员也跳出来把马车围住了。那个法国人抵抗了一会儿，还差一点儿勒死了俾波，但毕竟无法抵抗四个有武装的人，最后只能屈服了。于是他们把他拖出来，沿着河岸走，带他到了德丽莎和万帕那儿，他们正在圣·塞巴斯蒂安的陵墓里等他呢。”

“哦，”伯爵转过脸去对弗兰兹说，“在我看来，这倒是一个十分有趣的故事。您觉得呢？”

“嘿，我也会觉得这个故事十分有趣，”弗兰兹答道，“要是它的主角是别人而不是可怜的阿尔贝的话。”

“老实说，如果您在这儿找不到我，”伯爵说，“这件风流艳遇可得使您的朋友大大地破费了。但现在，放心吧，他唯一严重的后果只是要受一场虚惊而已。”

“我们要不要亲自去找他？”弗兰兹问。

“噢，当然咯。他现在所在的地方风景十分优美，我们确实应该去观赏一番。您知不知道圣·塞巴斯蒂安的陵墓？”

“我听说过但从来没去过，而且总想着去玩一次呢。”

“好了，这是一个去游玩一次的机会，而且我想也很难再找到一个更好的时机了。您的马车在不在？”

“不在。”

“那没关系，我时刻准备着一辆以备不时之需。”

“一直准备着呢？”

“是呀。我是一个相当随性的人，我告诉您吧，有时候，我刚起身，或是用过午餐以后，或是在半夜里，我突然决定要动身到某个地方去，于是我就去了。”伯爵拉了一下铃，一个跟班应声而至。“备车，”他说道，“把枪袋里的手枪取掉。不必叫醒车夫，叫阿里驾车好了。”

不一会儿就听到了车轮的声音，马车在门口停下来了。伯爵掏出表来一看。“才十二点三十分，”他说，“我们本来可以在五点钟动身也来得及的，但去晚了会使阿尔贝子爵一夜不安的，所以我们还是赶快去把他从万帕的手里救出来吧。您确定还是决心要陪我去吗？”

“是的，而且决心更大了。”

“好，那么，走吧。”

弗兰兹和伯爵一同下了楼，庇皮诺在后面跟着他们。马车已停在了门口。阿里高踞在座位上，弗兰兹认出他就是基督山岩洞里的那个哑奴。弗兰兹和伯爵钻进车厢里。庇皮诺坐在了阿里的旁边，他们快步出发了。阿里已得到了指示，他驱车经法院街横过凡西诺广场，再穿过圣·格黎高里街，直达圣·塞巴斯蒂安门。到了那里，守城门的哨兵找了不少麻烦，但基督山伯爵拿出了一张罗马总督的特许证，凭证可以不管白天黑夜何时出城或入城都可以，所以铁格子的城门闸很快就吊了上去，同时守城的哨兵得到一个路易做酬劳，于是他们继续前进了。马车现在所经过的路是古代的阿匹爱氏大道，两旁都是坟墓，月亮现在已开始升起来了，月光之下，弗兰兹好像不一会儿就看见一个哨兵从废墟中闪身出来，但庇皮诺一做手势，便又突然退回到黑暗里去了。快在到卡拉卡拉竞技场的时候，马车停住了，庇皮诺打开车门，伯爵和弗兰兹跳下车来。

“十分钟之内，”伯爵对他的同伴说，“我们就可以看到那儿了。”

他把庇皮诺拉到一边，低声吩咐了他几句话，庇皮诺就拿着一支马车里带来的火把走开了。五分钟过去了，弗兰兹眼看着那个庇皮诺顺着一条小径在罗马平原高低不平的地面上向前走，慢慢地在长长的红色的牧草中消失了，那些牧草就像一只大狮子背颈上竖起的长毛似的。“现在，”伯爵说，“我们跟他走吧。”弗兰兹和伯爵也顺着这条小径向前走去，走了约一百步，他们就到了一片通到一个小谷底去的斜坡上。他们发觉有两个人正在阴影里谈话。

“我们还要不要向前走了？”弗兰兹问伯爵，“或者停下来再说呢？”

“我们还是继续向前走吧，庇皮诺或许已把我们要来的事通报给了哨兵。”

那两个人之中的一个正是庇皮诺，另外那个是一个望风的强盗。弗兰兹和伯爵向前走着，那个强盗向他们行了个礼。

“大人，”庇皮诺对伯爵说，“请跟我来，墓地就要到了。”

“那么我们走吧。”伯爵答道。

他们走到了一丛灌木后面，在一堆石块中间，有一个仅可容身的入口，庇皮诺第一个从这条石缝里钻了进去。走了几步之后，地道就开阔起来了。然后他停下来，点着他的火把，转身看看他们有没有跟进来。伯爵先钻进了一个四方形的洞，弗兰兹紧跟着进来，这条狭径微向下倾，愈下愈宽，但弗兰兹和伯爵仍然不得不弯着腰前进，这里仅能容两个人并排走。他们就这样走了一百多步，突然听到一声“谁”的喝声。他们马上停了下来。同时在火把的反光之中，他们看到了一支马枪的枪筒。

“一个朋友！”庇皮诺应声回答，他独自向那个哨兵走去，在他耳边低声说了几句什么话，于是像第一个哨兵一样，他也向两位午夜访客行了个礼，并做了一个手势，表示他们可以继续前进了。

那个哨兵的后面有一座二十级的台阶。弗兰兹和伯爵拾级而下，发觉他们已站在了一个坟场的交叉路口。五条路像星星的光芒似的散射出去，墙壁上挖有棺材形的壁龛，这说明他们已经到了陵墓里面。有一处凹进去的地方特别深，几乎看不见里面有什么光。伯爵用他的手扶着弗兰兹的肩头。“您想不想看一座在睡梦中的强盗营？”

“当然咯。”弗兰兹回答说。

“那么，跟我来。庇皮诺，把火把弄灭了吧。”

庇皮诺顺从地熄了火把，于是，弗兰兹和伯爵突然陷入了无边的黑暗之中。但在他们前面五十步远的地方，墙上似乎有一种暗红色的光在抖动，自从庇皮诺把火把熄灭以后，那个光就看得比较清楚了。他们默默地前进着，伯爵扶着弗兰兹，好像他有一种奇特的本领似的，能在黑暗里看见东西。但弗兰兹自己也能把那光当作他的向导，而且愈向前走，也就愈看得清楚。他们的前面是三座连环的拱廊，中间那一座就成了出入口。这三座拱廊一面通到伯爵和弗兰兹来时的那条地道，一面通到一间四方形的大房间里，房间的四壁上布满了我们以前所说过的那种同样的壁龛。在这个房间的中央，有四块大石头，这显然是以前当祭坛用的，因为那个十字架依然还在上面。廊柱脚下放着一盏灯，它那青白色的颤抖的光焰照亮了这一幕诡异的场面，把它呈现在这两位躲在阴影里的来客眼前。房间里坐着一个人，用手肘靠着廊柱，正在看书，他背向着拱廊，不知道有两位新来者正透过拱廊的门洞注视着他。这个人就是队里的首领罗吉·万帕。在他的四周，可以看到二十多个强盗，都裹在他们的披风里，横七竖八一堆堆地躺在地上，或用背靠着这墓穴四周的石凳。在房间里端，隐隐约约可以看到一个哨兵，默默地、像个幽灵似的，在一个洞口前面踱来踱去，至于何以能辨别出那里有一个洞口，是因为那个地方似乎更黑暗。当伯爵觉得弗兰兹已看够了这一幅生动的画面时，他就用手在嘴唇上按了按，示意他不要出声，然后走下那通入墓穴去的三级台阶，从中间的那座拱门进到了房间，向万帕走去。后者正看书看得出神，以致竟没听到他的脚步声。

“是谁?”哨兵可不像他的首领那样专心致志，他在灯光之下看到一个人影向他的首领走过去，就大喝起来。听到这一声大喝，万帕马上站了起来，并同时从他的腰带里掏出了一支手枪。刹那间，所有的强盗都跳了起来，二十支马枪平举着对准了伯爵。“喂，”他说道，他的声音非常镇定，脸上的肌肉一点儿都不颤动，丝毫不害怕这等阵仗，“喂，我亲爱的万帕，我看，你接待朋友的礼节倒很隆重呀!”

“枪放下!”首领一边喊，一边做了一个威严的手势，并和其余那些人一样恭恭敬敬地摘下了他的帽子，然后转向造成这幕场面的那位怪客，说道：“请您恕罪，伯爵阁下，我因绝没想到您会大驾光临，所以才没有认出您来。”

“我想你的记忆力在所有的事上似乎也同样的短暂，万帕。”伯爵说道，“你除了会忘记别人的脸，还会忘记你和他们互定的诺言。”

“我忘记了什么诺言，伯爵阁下?”那强盗问道，神色很惊恐，像一个人做错了事急于想加以弥补的样子。

“我们不是约定，”伯爵说道，“除了我个人，还有连我的朋友在内，你也应该加以尊重的吗?”

“难道我哪件事破坏了这个约定吗?大人我不知道啊，请您提示一下?”

“你今天晚上是不是把阿尔贝·马尔塞夫子爵绑架到了这里?”伯爵用一种使弗兰兹发抖的语气继续说道,“这位年轻的先生是我的一个‘朋友’。这位年轻的先生和我同住在一家旅馆里,他曾坐我的私人马车在法院街来来去去地兜了八天圈子。可是,我不得不再向你说一遍,你把他绑架到这儿来了,并且,”伯爵从他的口袋里拿出了那封信,又说道,“你还向他勒索一笔赎金,好像他是一个无关紧要的人似的。”

“你们为什么不把这件事告诉我?”万帕转身问他的部下,那些人都被他震怒的目光逼得往后退。“你们为什么让我对像伯爵这样一位把我们的性命都捏在他手里的先生食言?我以基督的血发誓!我如果知道了你们中的哪一个知道那位年轻的先生是大人的朋友还这样做,我会亲手把他的脑髓打出来的!”

“是吧,”伯爵转身对弗兰兹说道,“我告诉您这件事是个误会吧。”

“您不是一个人来的?”万帕仍然不安地问道。

“我是和接到这封信的人一起来的,我想向他证明,罗吉·万帕是一个信守承诺的人。来吧,大人,这是罗吉·万帕,他会因这次误会亲自向您表示他深切的歉意的。”

弗兰兹走过去,万帕也上前走几步来迎接他。“欢迎光临,大人!”他说道,“您已经听到伯爵刚才说的话了,也听到了我的答复。让我再说一句,我是绝对不愿意为了我对您朋友所定的那笔四千毕阿士特的赎金而发生这样一件事的。”

“可是,”弗兰兹不安地环顾着四周说道,“阿尔贝子爵在哪儿呢?我没看见他呀。”

“我想他没出什么事吧?”伯爵皱着眉头说道。

“那位先生在那边,”万帕指着前面有强盗把守着的那个凹进去的地方回答说,“我当亲自去告诉他,他已经自由了。”万帕向他所指的那个作为阿尔贝的牢房的地方走去,弗兰兹和伯爵跟在他的后面。

“那位先生在干什么?”万帕问那个哨兵。

“说实话!队长,”哨兵答道,“我也不知道,我已经有一个钟头没听到他的动静了。”

“请进来吧，大人。”万帕说道。

伯爵和弗兰兹跟着那个强盗头儿走上了七八级台阶，后者拔开门闩，打开了门。于是，在一盏和照亮前面那个墓穴同样的油灯的微光之下，他们看见阿尔贝裹着一件一个强盗借给他的披风，正躺在一个角落里睡得正香呢。“嗨！”伯爵带着他那种奇怪的微笑说道，“一个明天早晨七点钟就要被枪毙的人，现在还能大睡一觉倒实在是不错呀！”

万帕带着一种很钦佩的神色望着阿尔贝，对于这样勇敢的表现，他显然也是很感动并且佩服的。

“您说得很对，伯爵阁下，”他说，“这位一定是您的朋友。”

于是他走到阿尔贝面前，摇一摇他的肩头，说：“请阁下醒一醒。”

阿尔贝伸了个懒腰，擦了擦眼皮，然后慢慢睁开眼睛。“啊，啊！”他说，“是你吗，队长？你应该让我继续睡觉的呀。我做了一个很有趣的梦：梦中我正在托洛尼亚府里和G伯爵夫人跳极乐舞呢。”说完他从口袋里掏出表来看了一下，这只表他一直保存着，为的是随时可以知道时间飞驰到哪儿了。

“才一点三十分！”他说，“你见了什么鬼，竟在这么早就把我叫醒？”

“我是来告诉您您已经自由了，阁下。”

“亲爱的，”阿尔贝非常镇定地答道，“你记得拿破仑的一句格言吗？‘除非报告坏消息，否则切勿吵醒我’，如果你能让我多睡一会儿，我就可以把我和伯爵夫人的极乐舞跳完了，那我会永远记得你的好啦。哦，你刚才这么说，是不是他们把我的赎金付清了？”

“不是这样，阁下。”

“咦，那么你怎么会放我自由了呢？”

“有一个我万事都不能拒绝的人来向我要您来了。”

“来这儿吗？”

“是的，来这儿。”

“真的！那个人可真算是一个最最慈悲的人了。”阿尔贝四面环顾了一下，看到了弗兰兹。“什么！”他说道，“是你吗，亲爱的弗兰兹，我想没有人向朋友表示过这样真挚的友谊了。”

“不，不是我，”弗兰兹答道，“是我们的邻居，基督山伯爵。”

“啊，啊！伯爵阁下，”阿尔贝高兴地说道，并整理了一下他的领结和衣袖，“您真的太好啦，我再没见比您更好的人啦，我希望您能知道我是永远感激您的。第一，为了马车，第二，为这件事。”于是他把他的手伸给了伯爵，伯爵在把他的手伸出来的时候，全身打了一个寒战，但他终于还是把手伸了出来。那个强盗呆愣愣地望着这个场面，感到十分惊奇。显然他是看惯了他的俘虏在他的面前发抖的，可是这个人却是如此的不一样，竟然一刻都不曾改变他那愉快幽默的态度。至于弗兰兹，他看到阿尔贝在强盗面前能维护民族的尊严，心里异常高兴。“我亲爱的阿尔贝，”他说道，“如果你肯赶紧走，我们还来得及到托洛尼亚府上去过夜，你还可以继续你那一曲被打断的极乐舞，那样你心里就不会再怨恨万帕先生了。他在这件事上，实在是从头到尾都表现得很有绅士风度的。”

“你说得对极了，我们或许可以在两点钟到达公爵府。万帕先生，”阿尔贝继续说道，“我在向阁下告辞之前，还有什么手续要办吗？”

“没有任何手续，先生，”那强盗答道，“您现在已像空气一样的自由了。”

“哦。那么，祝你生活幸福愉快！走吧，诸位先生们，走吧。”

于是，阿尔贝在前，弗兰兹和伯爵在后，大家一同走下了台阶，穿过那个正方形的房间，全体强盗都在那个房间里站着，帽子都拿在手里。“庇皮诺，”万帕说道，“把火把给我。”

“你这是要干什么呢？”伯爵问道。

“我要亲自送您出去，”万帕说，“以此略表我对大人的敬意和歉意。”于是，他从庇皮诺的手里接过了那支点燃了的火把，在他的来宾前面引路。他的态度不像是一个殷勤送客的仆人，倒像一位为各国大使引路的国王。到了门口，他微微鞠了一躬。“现在，伯爵阁下，”他又说，“允许我再道歉一次，这真是一个误会，我想您不会把刚发生的事放在心上的吧。”

“不会的，我亲爱的万帕，”伯爵答道，“而且，你弥补过失的态度是这样周到得体，简直使人觉得要感激你犯了那些错误呢。”

“二位先生，”万帕又转过去对那两个青年说，“也许我的提议你们不会非常感兴趣，但如果你们再来看我一次，则不论什么时候，不论我在哪儿，你们总是受欢迎的。”

弗兰兹和阿尔贝鞠躬道谢。伯爵第一个走了出去，其次是阿尔贝。弗兰兹逗留了一下。“阁下还有什么事要问我吗?”万帕微笑着说道。

“是的，我想问一件事，”弗兰兹答道，“我很想知道，我们进来的时候，你那样用心读的那本书是什么大作?”

“《恺撒历史回忆录》，”万帕说道，“这是我最爱读的书。”

“喂，你走不走?”阿尔贝问道。

弗兰兹答道：“我就来。”于是他也离开了那个洞。

他们在平原走了几步。“啊，对不起!”阿尔贝转过身来说道，“借个火好吗，队长?”于是他在万帕的火把上点燃了他的雪茄。“现在，伯爵阁下，”他说，“让我们以最快的速度走吧。我特别想到勃拉西诺公爵府去过这一夜呢。”

马车仍然在他们离开它的那个地方等着。伯爵对阿里说了一个阿拉伯数字，那一匹马就飞快地奔跑起来。当这两位朋友走进舞厅的时候，阿尔贝的表正好指向两点钟。他们的归来引起了全场的注目。同时由于他们是一同进来的，所以由阿尔贝产生的一切不安都马上烟消云散了。

“夫人，”马尔塞夫子爵走上前去对伯爵夫人说，“昨天蒙您恩宠，答应和我跳一次极乐舞，我现在来请求您兑现这个厚意的许诺啦，我的朋友在这儿，他为人的诚实您是知道得很清楚的，他可以向您保证，这次迟到并不是我的错。”这时，音乐已奏起了华尔兹的舞曲了，阿尔贝用他的手臂挽住了伯爵夫人的腰，和她一同消失在舞客的漩涡里了。这时，弗兰兹却在思考着基督山伯爵那次奇怪的全身颤抖，他伸手给阿尔贝的时候，好像是非常不得已一样。

第三十八章 约会

第二天早晨，阿尔贝一看到弗兰兹，就让他一定和自己一同去拜访伯爵。尽管前一天晚上，他已经十分诚挚地向他表示过谢意，可是伯爵帮了他这么大一个忙，很有必要第二次去表示感谢。弗兰兹觉得，伯爵身上好像隐藏着一种神秘的力量，这力量对他有很大的吸引力，但也令他有种恐惧的感觉。他对阿尔贝独自去拜访伯爵十分担忧，因此爽快地答应了阿尔贝的要求。仆人引领他们到了客厅，五分钟之后，伯爵就出来了。

“伯爵阁下，”阿尔贝迎着伯爵说，“希望您给我机会再对您说一遍，昨天晚上我表达的感谢实在过于简单了，我向您保证，我一辈子都会记得您对我的帮助。您的恩德我会永远牢记，甚至可以说，都是因为您，我的这条命才能延续下去。”

“亲爱的邻居，”伯爵微笑着回答说，“您不觉得您把欠我的情意太夸大了些吗？我倒觉得我除了为您在旅费里省下了约莫两万法郎以外，并没做什么别的好事值得您如此感激。请接受我的祝贺，您昨天是那样的安闲自在、顺其自然，非常勇敢。我很敬佩。”

“说心里话，”阿尔贝说，“我对于超出自己能力以外的事是从不去枉费心机的，也就是说，随遇而安吧。我是要让那些强盗看看，就算全世界各地都在遭遇到棘手的困境，但是只有法兰西民族即便在狰狞的死神面前依然还能微笑。但那一切，与我所欠您的恩情毫无关系，我这次是想来问问您，不管我个人、我的家庭，还是我的其他方面的关系，能否有什么地方可以为您效劳的？我非常高兴能为您排忧解难。家父马尔塞夫伯爵，尽管原籍是西班牙人，但在法国和马德里两个宫廷里还是有相当的势力，我可以向您保证，我和所有那些爱我的人，都愿意尽力为您效劳。”

“马尔塞夫先生，”伯爵答道，“您真是一个有趣的好青年，您的好意我心领了，我真心实意地接受了。您既然提出这样真诚恳切的请求，我倒是真的决定要请您帮一个大忙呢。”

“有什么事可以效劳?”

“我从未到过巴黎，我到现在对这个都市还很不熟悉。”

“不可能吧!”阿尔贝无法置信地惊叫道，“您生活到现在竟然从未去过巴黎?我简直难以相信。”

“可是这的确是真的，我同意您的想法，我到现在还不曾去见识一下这个欧洲的第一大都市，的确是一件不可饶恕的事。只是我和那个社会毫无关系，要是以前我能认识一个可以给我引荐的人，我也许早就作一次重要的旅行了。”

“噢！像您这样的人!”阿尔贝大声说道。

“您真是太过奖了，但我觉得自己除了能和阿加多先生或罗斯希尔德先生这些百万富翁一争高低以外，别无所长，而且我到巴黎又不是去做投机生意的，所以迟迟未去。现在您的恳切的好意使我下了决心。这样吧，我亲爱的马尔塞夫先生（这几个字是带着一个极古怪的微笑说的)，我一到法国，就麻烦您负责为我打开那个时髦社会的大门吧，因为我对于那个地方，像对印第安人或印度支那人一样知之甚少。”

“噢，这一点我完全可以办得到，而且十分高兴。这一切就包在我身上!”阿尔贝回答说，“更巧的是，今天早晨我接到家父的一封信，召我回巴黎，是关于我与一个有趣的家庭结合的事情（我亲爱的弗兰兹，请你别笑)，而那个家庭的地位也是很高，是那种所谓巴黎社会的贵族家庭。”

“是婚姻关系吗?”弗兰兹大笑着说。

“上帝保佑，是的!”阿尔贝回答说，“所以当你回到巴黎的时候，你会发觉我已经安顿下来，或许已成了一家之主了。到时候千万别惊讶呀。那很符合我严肃的天性，是不是?但不管怎样，伯爵，我再说一遍，我和我的家人都会竭尽全力地为您效劳的。”

“我接受，”伯爵说道，“因为我可以向您发誓，我早就想好了几个计划，就等这样一个机会的到来使之实现了。”

弗兰兹怀疑这些计划是否和他在基督山的岩洞里所透露出的那一点口风有关，所以当伯爵说话的时候，这位青年很仔细地观察着他，希望能从他脸上看到一点儿蛛丝马迹，到底是什么计划促使他到巴黎去。但要看透那个人的心实在是太困难了，尤其当他用一个微笑来掩饰着的时候。

“说吧，伯爵，”阿尔贝喊道，心里十分高兴，心想居然可以介绍到像基督山伯爵这样出色的一个人物，“实话说吧，您究竟是真心想访问巴黎呢？还是和我们在人生途中逢场作戏经常许诺的那种空口心愿一样，如一座建在沙堆上的房屋一样，经风一吹就会倒呢？”

“我以人格向您担保，”伯爵回答，“我是一定会实行我所说过的话的。我去巴黎，一方面是因为心愿，一方面也是因为绝对的必要，因此不得不去。”

“您打算什么时候动身呢？”

“您是否想好什么时候能够到那里？”

“我当然想好了——在两三个星期之内。也就是说，越快越好！”

“没问题，”伯爵说道，“我给您三个月的期限。您瞧，我宽限的时间足够您用了，哪怕路上会碰到种种耽搁和阻碍。”

“而在三个月内，”阿尔贝说，“您就能到我家里了？”

“我们是否要实实在在地定个日期呢？”伯爵问道，“只是我先警告您，我是非常遵守时间的。”

“妙极了，妙极了！”阿尔贝喊道，“我最喜欢准时守约的人了。”

“那么，就这样吧，”伯爵回答，于是他指着挂在壁炉架旁边的日历，说道，“今天是二月二十一日，”然后又掏出他的表来，说道，“刚好十点半。现在，请答应我将这点记住：请在五月二十一日上午十点半等我。”

“很好！”阿尔贝喊道，“我会备好早餐等着的。”

“您住在哪里？”

“海尔达路二十七号。”

“您是一个人住在那里吗？我希望我这次来不会给您带来不方便。”

“我住的是家父的房间，不过在庭园侧边独占一座楼，是完全隔离正屋的。”

“很好。”伯爵答道，一面将他怀中的记事册摸了出来，写下“五月二十一日上午十点半，海尔达路二十七号”。“现在，”他一边装回他的记事册，一边说道，“您只管放心吧，我会比您的时钟的针还要遵守时刻的。”

“我还能在离开之前再见您一次吗？”阿尔贝问道。

“那需要看情况了，您什么时候走？”

“明天傍晚五点钟。”

“那我就必须和您告别了，因为我不得不去一趟那不勒斯，所以星期六晚上或星期天早上是回不来的。您呢，男爵阁下，”伯爵又对着弗兰兹说道，“您也是明天走吗？”

“对。”

“去法国？”

“不是，到威尼斯去，我在意大利还要待一两年。”

“那么我们在巴黎就见不到了？”

“我恐怕没有那个荣幸了。”

“好吧，既然我们不得不分离了，”伯爵伸手和两个青年每人握了一次，“请允许我祝愿你们二位旅途平安愉快。”

弗兰兹的手是第一次和这个神秘的人亲密接触，当两手相触的时候，他下意识地打了一个寒战，因为他觉得那只手冰冷冰冷的，简直像是一具尸身上的手似的。

“我们把话已讲明了，”阿尔贝说道，“说定了，是不是？您在五月二十一日早晨十点三十分到海尔达路，而且您是以人格担保一定守时的，对不对？”

“讲定的这一切都以人格担保，”伯爵回答说，“放心好了，您一定可以在约定的时间和地点看到我的。”

两个青年于是站起身来，向伯爵鞠了一躬，离开了那个房间。

“发生了什么事吗?”当他们回到自己的房间里以后，阿尔贝问弗兰兹，“你看起来一副心事重重的样子。”

“我老实地告诉你吧，阿尔贝，”弗兰兹答道，“我正在想方设法地搞清楚这位古怪的伯爵的真正来历，而你和他定期在巴黎相见的那个约会真使我十分担忧。”

“我亲爱的，”阿尔贝惊道，“你为什么对我们的这个约定不安呢?咦，难道你疯啦!”

“随便你怎么说吧，”弗兰兹说道，“疯不疯，事实如此。”

“听我说，弗兰兹，”阿尔贝说道，“我很高兴借这个机会来告诉你，我注意到了，你对伯爵的态度虽然很冷淡，但从另一方面讲，他对我们的态度可说是十全十美的了。他做了什么事情让你讨厌吗?”

“或许有吧。”

“你在来这里之前，曾遇见过他吗?”

“是的。”

“在哪里?”

“你能不能答应，我和你说的事，你不会和别人说?”

“好的。”

“人格担保?”

“人格担保。”

“那我就放心了，那么，听着。”

弗兰兹于是向他的朋友叙述了那次到基督山岛去游历的经过，以及怎样在那儿发现了一群走私贩子，怎样有两个科西嘉强盗和他们在一起，等等。

他非常卖力地叙述着是怎样得到伯爵那一次几乎好似变要魔术一样款待，怎样在那《一千零一夜》的岩洞内受到他非常豪华的招待。他事无巨细地复述了那一场晚餐——大麻精、石像、梦和现实；怎样在他醒来时丝毫没有见到这一切事情留下的痕迹，唯独只有那艘小游艇在遥远的地平线上驶向韦基奥港。随后他又详细地叙述了他在斗兽场里偷听到伯爵和万帕的那番对话，伯爵怎样在那次谈话中许诺为庇皮诺那个强盗想办法弄到赦罪令——这个协定对我们的读者当然不陌生，他是最忠实地将事情办好了的。最后，他讲到了前一天晚上的那件奇遇，他由于缺少六七百毕阿士特，而如何感觉为难，如何想到请伯爵帮忙的那个想法——这个想法让结果如此圆满。

阿尔贝聚精会神地倾听着。“嗯，”他等弗兰兹讲完后说道，阿尔贝聚精会神地倾听着。“嗯，”他等弗兰兹讲完后说道，“就从你所讲的这种种事情上来看，他几乎没有令人讨厌的地方啊。伯爵喜欢旅行，因为有钱，所以自己买了条船，这再自然不过了。你到朴茨茅斯或索斯安普敦瞧瞧去吧，你会发现港口里挤满了游艇，都是属于这种有同样癖好的英国富翁的。而为了在他旅行的途中有一个休息的地方，为了逃避那种毒害我们的可怕的饭菜——我吃了四个月，你吃了四年——为了避免睡这种谁都无法好好睡觉的讨厌的床铺，他在基督山安置了一个窝，这似乎也没什么值得奇怪的呀。然后，当他把地方安排好以后，他又怕托斯卡纳政府会把他赶走，使他白白损失那一笔安置费，所以他买下了那个岛，并袭用了小岛的名字，这就更正常了。你且自问一下，亲爱的朋友，在我们相识的人里面，不是也有用地名或产业的名字命名的吗？甚至那些地方或产业，他们生平还从来不曾拥有过呢？”

“但是，”弗兰兹说道，“科西嘉强盗和他的船员混在一起，这件事你又怎么解释呢？”

“哎，我觉得这件事也没什么大惊小怪的呀。谁都没有你知道得更清楚啦，科西嘉强盗并不是流氓或贼，而纯粹是为亲友复仇才被本乡赶出来的亡命者，和他们交朋友没什么见不得人的。就我而言，我可以光明正大地说，如果我有一天去访问科西嘉，那么我在拜访总督或县长之前，一定先去拜访一下哥伦白的强盗，当然前提是我能设法和他们相会的话。我觉得他们是很有意思的。”

“可是，”弗兰兹坚持说，“我想你肯定也承认，像万帕和他的喽啰们这种人，可都是些流氓恶棍，当他们把你抢去的时候，除了绑票勒索以外，该没有别的动机了吧。而伯爵居然有力量左右那些暴徒，这一点你又怎么解释啊？”

“我的好朋友，我现在的平安多半得归功于那种力量，这件事我不应该太追根究底。难道你要求我来责备他和不法之徒之间的这种密切关系吗？我想我更应该原谅他在这种关系上越礼的细节，这倒绝非是因为他保全了我的性命，而是因为在我看来，我的性命是不会有什么危险的，倒是给我省下了四千毕阿士特，四千毕阿士特，换成我国的钱，可相当于二万四千里弗。这笔数目，如果是我在法国被绑票是肯定不会被估的这么高的，这完全证实了那句俗话，”阿尔贝大笑着说，“‘没有一个预言家能在他的本国受到尊崇’。”

“谈到国籍，”弗兰兹答道，“伯爵到底是哪国人呢？他的本族语又是哪一种语言呢？他靠什么生活？他这种庞大的财产是从哪儿得来的呢？他的生活是这样的神秘莫测，在他的前期生活中，曾发生过什么大事，以致使他在后来岁月中抱有这样黑暗阴郁的一种厌世观呢？如果我处在你的位置，这些问题我肯定是希望能得到解答的。”

“我亲爱的弗兰兹，”阿尔贝回答道，“当你收到我的那封信，感觉一定要请伯爵帮忙时，你就马上去他那里，和他说，‘我的朋友阿尔贝·马尔塞夫遇险了，请帮我将他救出来吧。’你是不是这样说的？”

“没错。”

“那好，那么，他是否有问你，‘谁是阿尔贝·马尔塞夫先生，他是从哪里获得爵位和财产的，他是依靠什么生活的，他的故土在哪里，他是哪国人？’请告诉我，他是否问了你这些问题？”

“我承认他什么也没问。”

“不，他只是从万帕先生的手里将我救了出来，我实话和你说吧，虽然我表面看起来十分的安闲自在，可我实在是并不非常愿意一直待在那里。现在，弗兰兹，他既然如此丝毫不犹豫且迅速地为我效劳，而他所要求我做的，仅仅是要我尽一种日常的义务，就像我对从巴黎经过的任何俄国亲王或意大利贵族所尽的绵薄之力一样——只要我将他介绍到社交界——你能忍心让我拒绝他吗？我的老朋友，若是你觉得我可以实施这种冷血政策，那你肯定是不清醒啦。”这次，我们必须承认，竟和以往完全相反，阿尔贝占据着所有有力的论据。

“好吧，”弗兰兹叹了口气，说道，“随你的便吧，我亲爱的子爵，因为我无力反驳你的论据，可是不管怎样，这位基督山伯爵是一个怪人。”

“他是一个博爱主义者，”对方答道，“他访问巴黎的动机无疑是要去争取蒙松奖章。要是我有投票权而且能左右选举的话，我一定投他一票，并答应替他拉其他的选票。现在，亲爱的弗兰兹，我们来谈些别的吧。来，我们先吃了午餐，然后到圣·彼得教堂去做最后一次的拜访好不好?”弗兰兹默默地点头算是答应了。第二天下午五点三十分，两个青年分手了。阿尔贝·马尔塞夫回巴黎，而弗兰兹·伊皮奈则到威尼斯去，准备到那儿去住两个星期。但阿尔贝在钻进他的旅行马车之前，因为担心那位客人忘记了他们的约定，又递了一张名片给旅馆的侍从，托他转交给基督山伯爵，在那张名片上，他在阿尔贝·马尔塞夫的名字底下用铅笔写着：“五月二十一日上午十时三十分，海尔达路二十七号。”

第三十九章　来宾

五月二十一日早晨，在阿尔贝盛情邀请基督山伯爵光临的那座海尔达大厦里，所有的东西都已经准备就绪，这给年轻人的邀请增加了更多的光彩。大庭园一角的一座楼房是阿尔贝·马尔塞夫的住所，与其正对的另一座建筑，则是仆人们的住处。这座楼房有两扇窗子对着街道，三扇窗子对着前面的庭院，背面有两扇窗子对着花园。在花园和前庭院中间的位置，有一座如宫殿一般的建筑物，这座金碧辉煌的建筑物就是马尔塞夫伯爵夫妇的住所。大厦四周围着一圈高墙，墙头上间隔摆放着一个个开满花的花盆，中间是一扇镀金的大铁门，马车能够顺利通过。门房的左边有一扇小门，仆人或主人步行的时候会从这里出入。

从选择这座楼房让阿尔贝居住的这一点上，极易推察到一个母亲的心思是怎样的体贴入微，也可以看出她既希望与儿子在一起，可是也明白他非常需要拥有他自己的自由；同时，我们必须承认，其中也有这青年自身的聪明自负造成的一部分原因，他甘愿过一种自由而散漫的生活。从面向街道的这两个窗口看去，阿尔贝能看见所有经过的事物。街上各色各样的景象，青年人不得不看，他们总是希望地平线可以在他们的眼前转动，让他们坐观世界上的各色景观，哪怕那个地平线仅仅是街道。若是恰逢遇到一件值得更加仔细考察的事物出现了，阿尔贝·马尔塞夫便会自一扇小门里出去，接着他的研究工作。那扇小门与门房左近的那扇门一样，是值得详细描写一下的。它是一个小进口，门上布满了灰尘，好像自建好房子以来就不曾用过一样，可是那涂满油膏的门铰和锁却宣布它经常要供作神秘的作用。这扇门在嘲笑着门房，因为就算门房对它有所警戒，可它却还是逃过了他的管辖；开门的方式，如同《一千零一夜》里的门由阿里巴巴叫一声“芝麻”一样，只要经世界上最甜蜜的声音说一个魔字，或是经世界上最白嫩的手叩一声暗号就可以了。这扇门通往一条长廊的尽头，长廊即候见室，它的右边是面向前庭的餐室，左面的是面向花园的客厅。这两个房间的窗口均被灌木和爬墙类植物给遮住了，自花园或前庭看过来，无法将房间里的情形看清。也只有这两个房间能够让好奇的眼睛可以在楼下窥测到。二楼的房间与楼下的相称，除了候见室那里多出了一间第三个房间；这三个房间分别是一间客厅、一间寝室与一间密室。楼下的那间客厅仅为一间吸烟室，格局是阿尔及尔式的，以备抽烟者使用的。楼上的那间密室和寝室之间相通着，有一道暗门，暗门就在楼梯口，由此可见其布置很是周密。在这一层楼的上面，是一间艺术工作室，十分宽大，因为是一个统间，中间并没有隔栏，所以面积就显得更大了，这里可以说是一间群芳楼，艺术家和花花公子们在这里互争雄长。由于阿尔贝对乐队曾有过——并非嗜好——狂想，所以这里还堆积着阿尔贝随兴陆续收集获得的成果——低音四弦琴，号角，大大小小的笛子——整个管弦乐队的一整套乐器；还有画架，画笔，铅笔，调色板——因为在音乐的狂想以后，他又对绘画产生了一段时间浮夸的热情；还有阔剑和练习斗剑用的木棍，衬胸软垫，拳击用的手套。因为，学当时时尚青年的榜样，阿尔贝·马尔塞夫除了音乐和绘画之外，还以十分坚忍的精神学习了三项技术，用来完成一个花花公子的教育，那三项技术便是击拳、斗棍与比剑；也就是在这个房间里，他接待了格里塞[①]、考克[②]和却尔斯·勒布歇[③]。在这间独邀宠荣的房间里，还有其他家具，其中有弗朗索瓦一世[④]时期的旧柜子，里面装的都是中国和日本的花瓶，巴立赛的餐碟，卢加或罗比亚的陶器；还有古韵味的圈椅，大概是亨利四世[⑤]或萨立公爵[⑥]，路易十三或

---

① 剑术家。
② 拳击家。
③ 棍棒家。
④ 弗朗索瓦一世（1494—1547），法国国王。
⑤ 亨利四世（1589—1610），法国国王。
⑥ 萨立公爵（1560—1641），法国政治家。

红衣主教黎舍留曾经坐过的，因为有两三张圈椅上，刻有一面盾牌，盾牌的颜色呈淡青色，上面雕刻着百合花纹的法国国徽，很明显是罗浮宫的旧物，至少也是来自皇亲国戚府里的。在这些深色阴沉的椅子上，有许多华丽的织物乱糟糟的堆在那里，那些都是由波斯的日光底下染成或经加尔各答和昌德纳戈尔①女人的手指编织而成的。不过很难说出这些编织物究竟是什么。它们在等候分派使用，以便造福人们的眼睛，可究竟有什么用途，连它们的主人也还不清楚。房间中央，摆放着一架花梨木的钢琴，虽然不大，但它那狭窄而响亮的胸腔内，却包含着整个管弦乐队，它正在莫扎特、海顿、普波拉、葛立戴、贝多芬和韦伯②的杰作的重压之下呻吟着。在墙上、门上和天花板上，挂着匕首、宝剑、马来人的短剑、战斧、长锤、镶嵌着金银的盔甲、枯萎的植物、矿石标本以及肚子里塞满了草、展开火红的翅膀打算飞起、嘴巴永远张着的鸟。这是阿尔贝心爱的起坐间。但是，到了约好见面的那天，青年人却一直都待在楼下小客厅里。客厅的中间是一张桌子，四周有一圈豪华而宽大的靠背长椅，桌子上面放着各式烟草，有波多黎各的、马里兰的、拉塔基亚的，总而言之，从彼得堡到西奈半岛，不管是黄烟草还是黑烟草，这里应有尽有，而且装在荷兰人喜欢的一种表面带着裂纹的罐子里。离十点还差十五分钟的时候，客厅里走进来一个仆人。他和一个只会讲英语，名叫约翰的马夫一起，是阿尔贝的全部仆人，当然府里的厨子也是全部会为阿尔贝效劳的，碰上大场面，伯爵的武装侍从也能借用一下。来的仆人名叫杰曼，深受主人信任，他的手里拿着几份报纸和一沓信，先将信递给了阿尔贝。阿尔贝粗粗扫了一眼这些不同地方寄来的信札，从中挑出两张来，这两封信都洒过香水，而且字迹妩媚。阿尔贝拆开信，仔细看了一遍内容。“这两封信是如何送来的？”

“一封是邮差送来的，一封是腾格拉尔夫人的听差送来的。”

“回报腾格拉尔夫人，说我非常高兴地接受她在她的包厢里给我留的那个位置。等一等，今天抽空去告诉露茜一声，说我离开戏院以后就

---

① 印度地名。

② 以上人名均为欧洲音乐家。

会应邀到她那儿去吃晚餐。顺便给她带六瓶酒去，要花色不同的，塞浦路斯酒、白葡萄酒、马拉加酒，再带一些奥斯坦德牡蛎去。牡蛎要到鲍莱尔的店里去买，最后可别忘了说是我买的。”

“少爷，什么时间用早餐？”

“现在几点了？”

“差十五分钟十点。”

“很好，到十点三十分吃早餐吧。德布雷或许不得不去办公。”阿尔贝又看了看他怀中的记事册，“这是我和伯爵约定的时间，即五月二十一日十点三十分，尽管我并不是百分百肯定他一定能守约，但我还是希望他能按时到达。伯爵夫人起来了没有？”

“如果子爵少爷想知道，我可以马上去问一问。”

“是的，向她要一箱开胃酒来，我那一箱已经快没有了。然后告诉她，我想在三点钟左右去看她，并请她允许我介绍一个人见她。”

吩咐完以后，跟班就退出了房间。阿尔贝往长椅上一靠，翻了几张纸的前面几页，然后仔细读了一下戏目，当他看到上演的是一个正歌剧而不是歌舞剧的时候，就做了个鬼脸。他想在广告栏中找到一种新出的牙粉，这是他听别人谈到过的，可惜却没能找到。于是，他把当时巴黎的三大流行报纸一份接一份地甩开了，自言自语地说道：“这些报纸真是越来越看不下去了，一天比一天地乏味。”过了一会儿，一辆马车在门前停了下来，仆人通报吕西安·德布雷先生到。来者是一个身材高大的青年，浅色的头发，明亮的灰色眼睛，紧绷着的薄嘴唇，穿着一件蓝色的上装，上装上钉着雕刻得很美很精致的金纽扣，脖子上围着一条白围巾，胸前用一条丝带挂着一只玳瑁边的单片眼镜，他进来的时候，随着眼神经和颧骨神经的一齐用力，把那只单片眼镜架到了眼睛上，他的脸上带着半官方的神气，既不笑，也不说话。

“早上好，吕西安！早上好！”阿尔贝说道，“你这样守时简直太令我吃惊了。我说什么来着，守时！你，我最没想到会这时候来的人，竟会在差五分十点的时候到来，而所定的时间还是十点三十分！真是怪事！难道部长倒台了吗？”

“不，我最最亲爱的，”那青年一边回答，一边在靠背长椅上坐了下来,“你放心吧。我们即使不稳定,但我们决不会倒台的。我开始相信:我们也许可以舒舒服服地进入一种不变状态了,何况又发生了那件会极大地巩固我们的地位的半岛事件。”

“啊,不错!你们真把卡罗斯先生赶出西班牙了?”

“不,不,我最亲爱的人,别误会我们的计划。我们只是把他带到了法国的边境,请他在布尔日享清福呢。”

“布尔日?”

“是的,他根本没任何理由埋怨的了,布尔日可是查理王世时的首府。什么!你竟然不知道那件事!全巴黎的人昨天都知道啦,你太孤陋寡闻了。交易所在前天就已得到了风声,腾格拉尔先生投机做空头,我不知道他是用什么方法像我们这么快地得到消息的,总之他赚了一百万!”

“那么你显然又赚了一个勋章,因为我看到你的纽孔上有一条蓝缎带。”

“是的,他们给了我一个查理三世的勋章。”德布雷漫不经心地回答说。

“喂,别假装毫不在乎了,坦白承认你心里的高兴是没人会笑你的。”

“噢,拿它来做装饰品其实倒真的不错。配上金扣子的黑衣服,看来倒也十分清爽悦目。”

“简直可以使你像加勒亲王或立斯达德大公了。”

“就是为了这个原因,你才会这么早看见我。”

“这么说正是因为你得了查理三世勋章,所以才特地这么早来向我报告这个好消息的吗?”

“不,是因为我整夜都在写信,总共有二十五封快信。我写到天亮才回家,我拼命想睡觉,但头痛得很,睡不着,于是我起来骑了一个钟头的马。跑到布洛涅大道时,疲倦和饥饿竟然同时向我席卷而来。要知道这两个敌人可是很少在一起的,可是今天早上它们竟联合起来进攻我,简直就像卡罗斯跟共和派订了联盟似的。于是我想起了你今天早晨请吃早餐的事,所以我就来了。我饿死了,赶紧给点儿东西吃吧。我也疲倦极了，你想点什么办法让我兴奋起来吧。”

“这当然是我做主人的责任和荣幸。”阿尔贝一边回答一边拉铃，而吕西安则用他的金头手杖翻动着那些躺在桌子上的报纸。“杰曼，拿一杯白葡萄酒和一块饼干来。现在，我亲爱的吕西安，这儿有雪茄，当然是违禁品。试试看，能否劝劝部长，请他答应卖这种货给我们，别再拿椰果叶来毒害我们了。”

“呸！我可不干这种事，只要是政府运来的东西，总是要挨你骂的。而且，其实那也不关内政部的事，是财政部的事。你自己去跟荷曼先生说吧，他在间接税管理区，第一号楼二十六号房间。”

“说真的！”阿尔贝说道，“我实在很是讶异你的交际那么广。抽一支雪茄吧。”

“真的，我亲爱的子爵，”吕西安一边回答，一边凑近一只涂着五彩瓷釉的烛台，在一支玫瑰色的小蜡烛上点燃了一支马尼拉雪茄，“像你这样整天无所事事的多快乐，你真是身在福中不知福啊！”

“如果你也什么事都不做，我亲爱的保国大臣，”阿尔贝用一种略带讥讽的口吻说道，“那可怎么得了呀？嘿！一位部长的私人秘书，既要过问欧洲的政治动向，又要参与巴黎的阴谋战；不仅要保护国王，而更紧要的是保护王后；不但要联络各党派，还要操纵选举。你在你的办公室里用笔和急报所取得的业绩，恐怕比拿破仑在战场上用他的剑和他的大小胜仗所取得的更多吧。除了你的薪俸之外，每年还有两万五千里弗的收入，有一匹夏多·勒诺出四百路易你都不肯卖的马，有一个永远不使你失望的裁缝，你可以自由出入戏院、骑士俱乐部和游戏场。这一切，难道还不够使你高兴吗？好，那么，让我来使你高兴一下吧。等会儿给你介绍一位新朋友。”

“男人吗？还是女人？”

“男人。”

“我已经认识很多男人啦。”

“但你不知道这个男人。”

“他从哪里来的，世界的尽头吗？”

“大概远远不止。”

“见鬼！但愿我们的早餐并非托他带来的。”

“噢，不，大厨房里正在烧着的才是我们的早餐。那么你饿了吗？”

“啊！承认这种事是很没面子的，但我确实饿了。我的晚餐是在维尔福先生那里吃的，而法律界的人请客吃饭的菜总是不好的。他们好像不情愿似的，你是否有注意到这一点？”

“啊！看不上他人的饭菜哪，你们部长大人们吃的公家饭菜很好嘛。”

“对的，我们请客不请时髦人物，可我们不得不对一群乡下土狗子进行招待，因为他们会站在我们的立场上，并且会投票给我们，要不然，我敢保证，我们是绝对不会在家里吃饭的。”

“好吧，再来一杯白葡萄酒和吃一块饼干吧。”

“荣幸之至。你的西班牙酒味道极好。你瞧，我们将那个国家平定是正确的。”

“没错，只是苦了卡罗斯先生。”

“嘿，卡罗斯先生能喝波尔多酒，再过十年，我们能让他的儿子同那位小女皇结婚。”

“那时，若是你还在部里的话你就能得到‘金羊毛勋章’① 了。”

“我想，阿尔贝，你今天早上的办法是不是想用烟来喂饱我啊？”

“啊，你必须承认这作为饭前开胃是最好的，可我听见波尚已经在隔壁房间啦。你们可以进行一场辩论，那样就可以将时间消磨过去了。”

“辩论什么？”

“报纸呀。”

“我的好朋友，”吕西安带着一种十分轻蔑的口气说，“你看见过我看过报吗？”

“那样你们的辩论会更厉害的。”

“波尚先生到。”仆人通报道。

“进来，进来！”阿尔贝一边说道一边站起来走向那个青年，“德布雷也在这里，他没有先将你的文章读一遍就诋毁你，他自己这样说的。”

---

① 当时法国和西班牙的一种贵族勋章。

“他没错，”波尚答道，“因为我批评他时也不清楚他在做什么。日安，总司令！”

“啊！你已经知晓那件事啦。”那位私人秘书一边说一边微笑着和他握手。

“是的！”

“他们外界说什么了？”

“什么‘界’？在一八三八如此不错的年头，我们的‘界’是如此之多。”

“就是你所领导的政论界呀。”

“他们说这件事没什么不公平，说你若是下了这么多红花的种子，你肯定能收获几朵蓝花[①]的。”

“不错，不错！这句话说得对！”吕西安说，“你为何不参加我们的党呢，我亲爱的波尚？凭你的本事，三四年之内你就能登上高位了。”

“我只要等这件事出现就能遵从你的忠告——那就是，等出现一位能够连任六个月的部长。我亲爱的阿尔贝，容我说一句话，因为我必须让可怜的吕西安休息一下。我们吃的是早餐还是午餐？我必须得去一趟众议院，因为我的时间很紧凑。”

“我们只吃早餐。我在等两个人，他们一到，我们就能立即入席。”

“你等的两个人是什么样的啊？”波尚说。

“一位绅士，一位外交家。”

“那么我们要等上两小时才能等来那位绅士，三小时等来那位外交家。我还是回来收尾吧，给我留一些杨梅、咖啡和雪茄。我还要带上一块肉排，一路吃着去众议院。”

“别这样做，因为即便那位绅士是蒙特马伦赛[②]，那位外交家是梅特涅[③]，我们等到十一点也是要吃早餐的。眼下，暂时请你学学德布雷，先来一杯白葡萄酒和一块饼干吧。”

---

① 这句话的意思指适得其反。

② 中世纪法国一个大贵族。

③ 梅特涅（1773—1859），奥地利政治家、外交家。

“就这样做吧，我等着就是了。我一定要做些什么事来将我的思想分散才行。”

“你同德布雷一样，但依我看来，当部长心情沮丧时，反对派应当高兴才对呀。”

“啊，你对我所受的威胁一无所知。今早我必须去众议院去听腾格拉尔先生的一篇演说。今晚还要听他太太讲一个法国贵族的悲剧。去他的，这种君主立宪政府！正像他们所说的，既然我们拥有选择的权利，我们怎么会看中了那种东西？”

“我懂啦，那么你一定有很多笑话资料了。”

“别诋毁腾格拉尔先生的演讲，”德布雷说，“他将票投给了你们，因为他也是反对派的。”

“没错！而这一点才是最最糟糕的。我期待你们派他去卢森堡做演讲，那样我可以痛快地嘲笑他一番。”

“我亲爱的朋友，”阿尔贝对波尚说，“看来西班牙事件显然已然决定了，因为你今早的脾气实在不好。请别忘记巴黎人在闲聊时，曾提到我和欧热妮·腾格拉尔小姐的婚事，因此我在良心上不可以让你诋毁这个人的演讲，因为有一天，这个人会告诉我，‘子爵阁下，您知道，我将两百万给了我女儿呢。’”

“啊，这件婚姻是不可能的，”波尚说，“国王封他做男爵，他能让他成为一个贵族，但没有办法让他成为一位绅士，而马尔塞夫伯爵的贵族派头实在是太浓厚了，绝对不会因为那笔两百万的小数目而同意这件不合适的婚姻的。马尔塞夫子爵只能娶一位侯爵小姐。”

“两百万哪！这笔数目很可观呢！”马尔塞夫答道。

“这笔资本可以在林荫大道开一家戏院，或是在从植物园去往拉比路上建一条铁路了。”

“别在意他说的话，马尔塞夫，”德布雷说，“你只管和她结婚。没错，你这样与娶了一只钱袋无异，不过那有什么关系呢？情愿少要几个纹章也应当多弄几个钱。你的武器上刻着七只燕子[①]。拿三只给你的太

---

① 七只燕子是指刻在武器上的纹章。

太，你还有四只，那也比基斯先生的多一只。而基斯先生的表兄是德国皇帝，他本人也差点做了法国的国王。”

“说实在的，我觉得你说得非常对，吕西安。”阿尔贝茫然地说。

“那当然，而且，每一个百万富翁都和一个私生子一般高贵，就是说，他们可以高贵得像私生子。”

“不用再说了，德布雷，”波尚大笑着回答道，“因为夏多·勒诺到了，他，为了将你这种怪僻的谬论治好，会用他祖宗勒诺·蒙脱邦的宝剑将你的身体刺穿的。”

“那样，他会玷污了那把宝剑，”吕西安回答，“因为我卑贱——特别卑贱。”

“噢，天哪！”波尚喊道，“部长大人开始唱贝朗瑞①啦，天啊，我们走到哪里去呢？”

“夏多·勒诺先生到！马西米兰·莫雷尔先生到！”仆人通报了两位新来的客人。

“好了，现在能吃早餐了，”波尚说，“因为我好像记得，阿尔贝。你告诉我你只等两个人。”但他的话还没有说完，夏多·勒诺先生，一个三十岁左右，满身上下一派绅士气度的漂亮青年，也就是说，他既有古契一样的身材，又有蒙德玛一样的智慧，已上来握住了阿尔贝的手。“我亲爱的阿尔贝，”他说，“请让我给你介绍马西米兰·莫雷尔先生，驻阿尔及利亚的骑兵上尉，他是我的朋友，而且还是我的救命恩人。请向我的英雄致敬吧，子爵。”说着他向旁边让开了一步，一位宽额头、两眼锐利、胡须漆黑、纯良高贵的青年出现了。这位青年，读者已在马赛见过他了，当时的情形很富于戏剧化，想必还不会忘记吧。一套半似法国式、半似东方式的华丽的制服充分体现出了他那宽阔的胸部和健壮的身材，胸前挂着荣誉团军官的勋章。这位青年军官以安闲优雅，彬彬有礼的态度鞠了一躬。

“阁下，”阿尔贝殷勤诚挚地说，“夏多·勒诺伯爵阁下知道这次介绍使我多么高兴愉快。您是他的朋友，希望也能成为我们的朋友。”

---

① 贝朗瑞（1780—1857），法国诗人。

“说得好！”夏多·勒诺插嘴说道，“希望必要的时候，他也能为你帮忙，就像为我帮忙一样。”

“他为你帮了什么忙？”阿尔贝问道。

“噢！小事一桩，”莫雷尔说道，“夏多·勒诺先生把事情夸大了。”

“小事一桩！”夏多·诺大声说道，“性命攸关的事竟然都小事一桩！说真的，莫雷尔，那未免放得太开啦。在你或许是不值一提的，因你每天都冒着生命的危险，但在我，我却只有这么一次。”

“我明白了，伯爵，显然是莫雷尔上尉阁下救了你的命。”

“正是这样。”

“到底是怎么回事？”波尚问道。

“波尚，我亲爱的，你知道我都快要饿死啦，让我们先吃饭吧，”德布雷说道，“别再引他讲长篇大论的故事了好吧。”

“好的，我没有阻止大家入席，”波尚答道，“我们一边吃早餐，一边听夏多·勒诺讲好了。”

马尔塞夫说：“诸位，现在才十点一刻，我们还是等一会儿再开饭吧，得等一个人。”

“啊，不错！一位外交家！”德布雷说。

“我也不知道他到底是不是，我只知道如果我托他办一件事，他一定会给我办得令人非常满意的。所以要是我是国王，我就会马上封他以最高的爵位，把我所有的勋章都赐给他，假如我办得到的话，连金羊毛勋章和茄泰勋章都给他。”

“好吧，既然我们还不能入席，”德布雷说，“就喝一杯白葡萄酒，把你这次的事原原本本地告诉我们吧。”

“你们都知道我以前曾幻想着要到非洲去。”

“这是你的祖先早就为你策划好了的一条路。”阿尔贝恭维道。

“是的，但我很怀疑你的目标是不是像他们一样，是去救圣墓。”

“你说得很对，波尚，”那贵族青年说道，“我去打仗只是附带性的。自从那次我选来劝架的两个陪证人强迫我打伤了我最要好的一位朋友的膀子以后，我就不忍心再同人决斗了。我那位最好的朋友你们也都认识，就是可怜的弗兰兹·伊皮奈。”

“啊，不错，”德布雷说，“你说你们以前决斗过一次，是为了什么？”

“天诛地灭，如果我还记得当时是为了什么的话！”夏多·勒诺答道，“但有一件事我记得非常清楚，就是由于不甘心让我的这种天赋被淹没，我很想在阿拉伯人身上去试试我新得的手枪。于是我便乘船到奥兰，又从那儿到君士坦丁堡，一到那儿，碰巧赶上看到解围。我就跟着众人一同撤退。整整四十八个小时，白天淋雨，晚上受冻，而我竟然挺了过来，但第三天早晨，我那匹马冻死了。可怜的东西！在马厩里享受惯了被窝和火炕，那匹阿拉伯马竟发觉自己受不了阿拉伯的零下十摄氏度的寒冷啦。”

“你原来就是为了那个原因才要买我那匹英国马，”德布雷说，“你是不是以为它很耐寒啊。”

“你错了，因为我已经发誓永远不再回非洲去了。”

“那么你是吓坏了？”波尚问道。

“我承认这是一个因素，而且我还有很充分的理由，”夏多·勒诺答道，“我步行撤退，因为那匹马已经死了。六个阿拉伯人骑着马疾驰过来要砍掉我的头。我用我的双筒长枪打死了两个，又用我的手枪打死了两个，但当时我的子弹已经打完了，而他们却还剩两个人。一个揪住了我的头发（所以现在我的头发剪得这样短，因为谁都不知道将来又会发生什么事），另外那个把土耳其长剑搁在我的脖子上，正在这时，坐在你们面前的这位友好先生突然向他们发起了攻击。他用手枪打死了揪住我头发的那个，又用他的佩刀砍开了另外一个的颅骨。他那天本来是打算要救一个人的命的，而碰巧是我赶上了。我将来发了财，一定要向克拉格曼或玛罗乞蒂去建造一尊幸运神像。”

“是的，”莫雷尔带笑说道，“那天是九月五日。那是一个纪念日，家父曾在那天神奇地保全了性命，所以，在我力所能及的范围之内，每年我一定要竭力做一件事来庆祝它。”

“多么神勇之举，是不是？”夏多·勒诺插嘴说道，“总之，我是一个幸运儿，但事情并没有这样就完了。在把我从刀剑下面救出来以后，他又把我从寒冷里救了出来，不是像圣马丁那样让我分享他的披风，而是把整件披风都给了我，然后又把我从饥饿中救了出来，和我分享，你们猜是什么？”

“难道是一块斯特拉斯堡饼？”波尚说道。

“不，是他的马，我们每人都很痛快地吃了一大块马肉。这是极为难得的。”

“马肉吗？”阿尔贝大笑着说。

“不，最难能可贵的是那种牺牲精神，”夏多·勒诺回答，“问问德布雷，他会不会为了一个素昧平生的人而牺牲他那匹英国骏马？”

“为了一个素昧平生的人，是不会的，”德布雷说，“但为一个朋友，我也许会的。”

“我预测到您会成我的朋友的，伯爵阁下，”莫雷尔答道，“而且，我已有幸告诉过您了，说这是英雄主义也好，是牺牲精神也罢，反正那天我是打算一定要和厄运斗争一场，来报答我们以前得到的种种好处。”

“莫雷尔先生所指的这一段历史说来十分有趣，”夏多·勒诺又说，“将来你们跟他交情深了的时候，有一天他会讲给你们听的。现在让我们先将肚子填饱吧，不要光填饱记忆力了。何时能吃早餐，阿尔贝？”

“十点半。”

“确定吗？”德布雷问，并将表掏出来看时间。

“噢！请你们再给我五分钟，”马尔塞夫回答，“因为我要等的也是一位救命恩人。”

“谁的？”

“当然是我的呀！”马尔塞夫叫道，“你们莫非以为我就不可以像其他人一样得救，而且唯有阿拉伯人知道杀人砍头吗？我们的早餐是一顿博爱餐，我们的餐桌上将有——最少，我希望这样——两位解救众生的救星。”

“那我们怎么做呢？”德布雷说，“我们只有一个蒙松奖章。”

“哦，这个奖章能赠给一个没关系的人，”波尚说，“法兰西学院经常用这个方法从窘境中解脱。”

“他从哪里来？”德布雷问道，“这个问题你已经做了一次回答，但回答得如此含糊，因此我胆敢再一次提问一次。”

“说实在的，”阿尔贝说，“我不清楚。三个月前我邀请他时，他在罗马，但自从那次之后，谁知道他会去哪里？”

“而你以为他可以按时到达吗？”德布雷又问。

“我以为他是什么都可以的。”

“好吧，再加上这五分钟，我们也只有十分钟了。”

“趁着还有一段时间，我来告诉你们一些有关我那位客人的事吧。”

“对不起！”波尚插嘴说，“你要和我们说的这番话里是否有写文章的资料？”

“有的，而且能写成一篇最妙的文章。”

“那样的话，请说吧，看来今早我是无法去众议院了，因此我必须对这个损失补偿一下。”

“今年狂欢节的时候，我在罗马。”

“我们知道这件事。”波尚说。

“对，可你们却不知道我曾经被强盗掳走过。”

“根本不存在有强盗。”德布雷答道。

“有的，是存在的，而且是最恐怖的，或者说得更准确些，是最值得钦佩的强盗，因为我发现他们好得让人恐惧。”

“喂，我亲爱的阿尔贝，”德布雷说，“坦白地承认吧，承认你的厨子时间不够，牡蛎还没有从奥斯坦德或马伦尼斯运来，因此，像曼德侬夫人①你得用一篇故事来代替酒菜。赶紧说吧，我们全都很有教养，能够原谅你，并愿意听你说故事，虽然看起来一定很荒诞。”

“而我可以和你们说，虽然这看起来像是很荒诞，但我对你们所说的这一切，却都是真实存在的。土匪将我绑去，把我带到了一个最阴森森的地方，那个地方叫作圣·塞巴斯蒂安的陵墓。”

“我知道那里，”夏多·勒诺说，“我去了那里以后，几乎生了一场热病。”

“相对于你而言，我要更进一步，”马尔塞夫回答，“因为我确实生了一场病。他们告诉我，我成为了俘虏，要我支付一笔四千罗马艾居的

① 曼德侬夫人（1637—1719），曾当过法国国王路易十四的后妻。

赎金——大约相当于两万六千利勿尔。不幸的是，我仅有一千五。而那时我的旅程和我的汇款均已经快完了。于是我写信给弗兰兹——要是他在这里，他就可以为我证明了——我写信给弗兰兹说，如果他在六点钟以前不能带来那四千艾居，那么到了六点十分，我就得荣幸地加入到那些高贵的圣徒和光荣的殉道者的队伍中了，因为罗吉·万帕先生——这是那个强盗头领的名字——是十分讲信用的，且毫不苟且的。"

"但弗兰兹带来了那四千艾居，"夏多·勒诺说，"见鬼！若是一个人叫作弗兰兹·伊皮奈或阿尔贝·马尔塞夫，是很容易弄到四千艾居的。"

"不，他只是将我就要介绍给你们认识的那位客人一起带来了而已。"

"啊！这位先生是将卡科斯[①]杀死的赫克里斯，救出安特洛墨达的珀修斯[②]了。"

"不，他也是一个人，而且和我们的身材差不多。"

"全身武装了吗？"

"他什么也没带，哪怕是一根织绒线的针。"

"但他将你的赎金代付了？"

"他和那个强盗首领说了两句话，我就被释放了。"

"而且他们还跟他道歉，说不该将你绑架了？"波尚说。

"没错。"

"咦，那他一定是阿利奥斯多[③]再世啦。"

"不，他仅仅是基督山伯爵罢了。"

"世界上根本不存在基督山伯爵。"德布雷说。

"我想也不一定会有，"夏多·勒诺插嘴道，那样子真像是全欧洲

---

① 典出希腊神话。卡科斯是一个巨人，偷大力士赫克里斯的牛，被赫克里斯所杀。

② 典出希腊神话。安特洛墨达是伊索菲国的公主，由于她母后夸赞其漂亮超过海王的女儿，于是海神大怒，爆发洪水，派遣水妖上岸吃人。国王在梦中得到神的指示说将女儿投海祭神方可天下太平，正准备将公主投海，来了一勇士，杀退水妖，救出了公主，于是国王将女儿嫁给了他。这位勇士叫珀修斯。

③ 阿利奥斯多（1477—1533），意大利文艺复兴时期有名的诗人，曾当过意大利强盗最多地区的总督。

的贵族他都认识一样，“有谁知道有关一位基督山伯爵的一些事情吗？”

“他可能来自圣地[①]，在他的祖先当中，或许曾经有人占领过髑髅地，就和蒙特玛人占领死海一样。”

“我想，我可以为你们的研究帮一点忙，”马西米兰说，“基督山是一个小岛，我曾经经常听到我父亲手下的老水手们说起——是地中海中央的一粒沙，宇宙间的一粒原子。”

“对极了！”阿尔贝喊道，“我要讲的那个人就是这粒沙，就是这粒原子，伯爵的头衔或许是他在托斯卡纳买的。”

“那么他很富有啰？”

“我想是的。”

“但那应该能够看出来呀。”

“你这就错了，德布雷。”

“我不明白你说的意思。”

“你读过《一千零一夜》吗？”

“问得多妙啊！”

“好，倘若你在《一千零一夜》里看见的人物，如果他们的麦子不是金刚钻或红宝石，你能看出他们是穷是富？他们好像是穷苦的渔夫，但忽然间，他们却打开了一个秘密山洞，里面全是东印度各国的财宝。”

“然后呢？”

“我要说的那位基督山伯爵便是那样的渔夫。甚至连那本书里的一个人名正被他所用着。他自称是水手辛巴德，而且还有一个里面全是金子的山洞。”

“你看见了这个岩洞，马尔塞夫？”波尚问道。

“没有，但弗兰兹看到过。看老天的分上，可别在他的面前提到这些话，弗兰兹是被绑着眼睛进去的，有女人和哑奴服侍他，相比那些女人呀，远胜于埃及美女。只是他不确定女人那一方面，因为她们是等他食用过一点大麻精以后才进来的，因此他，或许是将一排石像当作女人了。”

---

① 指巴勒斯坦。

"我也曾经听一个名叫庇尼龙的老水手说过类似的事情。"莫雷尔若有所思地说。

"啊!"阿尔贝喊道,"幸亏莫雷尔先生来帮忙,你们是不是不高兴了,因为他指出了这个谜的一条线索?"

"我亲爱的阿尔贝,"德布雷说,"你讲给我们听的这个故事太神奇了。"

"啊!那是由于你们的大使和领事没有和你们说过这种事。他们没有时间呀,他们必须要折磨他们那些旅行于国外的同胞。"

"瞧,你生气了,都对我们那些可怜的使节进行攻击了。你还要他们对你采取什么保护呢?他们的薪水天天被议院削减,如今简直能说毫无收入了。你想当大使吗,阿尔贝?我可以派你去君士坦丁堡。"

"还是算了吧,恐怕我一表示对美赫米德·阿里[1]有所偏袒,苏丹便会将我送上绞架,让我的秘书将我绞死。"

"可不是!"德布雷说。

"没错,可这对基督山伯爵的存在并没有什么影响。"

"没错!每一个人都存在着。"

"是的,但存在的方式不一样,并非每一个人都有黑奴、精美的武器、华丽的游艇、产自阿拉伯的马和希腊情妇。"

"你有见过那位希腊情妇吗?"

"我不仅见过,还听过她的声音。我是在戏院里看见她本人的,有一天早上我和伯爵一起吃早饭时听见了她的声音。"

"那么你那位奇人也是吃东西的?"

"没错,可是吃得太少了,甚至算不上是吃。"

"他一定是一个僵尸。"

"你们随意地笑吧,那倒是G伯爵夫人的看法,如各位所知,她和罗思文勋爵相识。"

"啊,太妙了!"波尚说,"对一个与报纸无关的人而言,这就是《立宪报》上那篇有关那位大名鼎鼎的海蛇的肖像。"

---

① 美赫米德·阿里是当时的埃及总督,和土耳其国王不和。

“很锐利的目光，瞳孔可以任意放大或收缩，”德布雷说，“而且面部的轮廓明显，额头饱满，面色惨白，胡须漆黑，牙齿白而尖，很有礼貌，完美无缺。”

“就是这样，吕西安。”马尔塞夫答道，“你形容得相当准确。没错，敏感而非常有礼貌。这个人经常让我发抖！有一天，我们去观看杀人，我感觉好像要晕倒了，但听他冷酷且平静地描述各种酷刑时，那简直比亲眼看见犯人和刽子手还要可怕。”

“他有没有将你引到斗兽场的废墟中去，然后吸你的血？”波尚问。

“或是，救你出来以后，他是否要你将名字签在一张火红色的羊皮纸上，让你交出你的灵魂，如同以扫出卖他的长子继承权[①]那样？”

“笑吧，你们尽管嘲笑吧，各位！”马尔塞夫有点生气了。“我看到你们这些巴黎人，你们这些游走在林荫大道和布洛涅树林里的无所事事的子弟，再想想那个人，我好像感觉我们所属的种族完全不是同一个。”

“敝人胜感荣幸啊。”波尚答道。

“同时，”夏多·勒诺接着说，“你那位基督山伯爵真是一个特别好的人，只是他与意大利强盗有些交情。”

“意大利根本不存在强盗！”德布雷说。

“世界上根本不存在僵尸！”波尚答道。

“世界上根本不存在基督山伯爵！”德布雷接着说。“十点半啦，阿尔贝！”

“承认这是你在做梦吧，我们还是坐下来吃早餐吧。”波尚又说。但钟声还没有停止，杰曼就来通报说：“基督山伯爵大人到。”每个人都不禁感到吃惊，这说明马尔塞夫的一番叙述已经在他们的脑海中产生了深刻的印象，连阿尔贝自己都感到突兀。他不曾听见一辆马车停在街上的声音，或候见室的脚步声，开门时也一点声音也没有。伯爵出现了，他穿着极其简单的服饰，可即使如此，就连最会吹毛求疵的花花公子也无法从他这身打扮中挑出什么毛病来。他身上的每件东西——帽子、上衣、手套、皮靴——都是第一流巧手的制成品。但使大家感到讶

① 见《圣经·创世记》第二十五章。

异的是，他这身打扮看起来与德布雷所画的那幅画像极其相似。

正在这时候，伯爵微笑着走进了房间，大家都惊呆了，只见伯爵向阿尔贝走过来，阿尔贝连忙伸手迎上去。基督山伯爵说道："这可是国王礼节，我好像记得你们的一位君主曾这样说过。但这却不是旅客所能办到的，不管他们心里多么希望如此。我恳请你们能原谅我迟到了两三秒钟。一千五百里的路程上实在是免不了有些麻烦的，尤其是在法国。这个国家似乎是禁止打马的。"

"伯爵阁下，"阿尔贝答道，"我刚刚向我的几位朋友宣布了您光临的消息，我请了他们来，以实践我对您许下的诺言，现在请允许我向您介绍一下。这几位是：夏多·勒诺伯爵阁下，出身名门，是十二贵族的后代，他的远祖曾出席过圆桌会议；吕西安·德布雷先生，内政部长的私人秘书；波尚先生，报社的编辑，连法国政府都害怕的人物，他尽管大名鼎鼎，但您在意大利却肯定不曾听说过，因为他的文章在那儿是禁止的；马西米兰·莫雷尔先生，驻阿尔及利亚的骑兵上尉。"

伯爵一一向他们点头致意，态度很客气，但同时又带有英国人那种冷淡和拘泥虚礼的气质，当听到最后这个名字时，他不禁向前跨了一步，苍白的脸上现出了一片淡淡的红晕。"您穿的是法国新征服者的制服，阁下，"他说，"这是一套漂亮的制服。"没有人清楚为什么伯爵的声音颤动得这样厉害，为什么他那对平静清澈的眼睛突然变得炯炯有神、熠熠生辉，此时他似乎已无意掩饰自己的情绪了。

"您没见过我们这位非洲客人吧，伯爵阁下？"阿尔贝问道。

"是的，从没见过。"伯爵回答说，这时他已完全克制住了自己起伏的思绪。

"喏，请容我郑重介绍一下，在这套制服下面，跳动着的是一颗军人的最勇敢和最高贵的心。"

"噢，马尔塞夫先生！"莫雷尔脸色微红地打断了他的话说道。

"让我继续说下去吧，上尉！"阿尔贝继续说道，"我们刚刚才听说到了他最近的一个举动，是一次十分英勇的壮举，所以虽然我也是今天才初次见到他，我却要请您允许我把他当作我的朋友介绍。"

"啊！您有一颗高贵的心？"伯爵说道，"那太好了。"

这一声感叹与其说是在回答阿尔贝，倒不如说是伯爵不由自主地说出了自己心里的想法。大家都很惊讶，尤其是莫雷尔，他惊奇地望着基督山伯爵。但由于那语气是那样的柔和，所以不管这声感叹是多么的古怪突兀，也是不会使听者生气的。

“咦，他怎么会要怀疑这一点呢?”波尚对夏多·勒诺说。

“的确，”后者答道，他以他那贵族的眼光和他的阅历，已把基督山伯爵身上所能看穿的一切都看穿了。“阿尔贝没有骗我们，这位伯爵确实是一个奇人。你觉得呢，莫雷尔?”

“不错！尽管他对我说了那一句怪话，但他目光真诚，我很喜欢他。”

“诸位先生们，”阿尔贝说道，“杰曼告诉我早餐已经准备好了。亲爱的伯爵，请允许我为您引路。”

他们静静地走入了餐厅，大家各自就座。

“诸位，”伯爵一边入座，一边说，“请容许我先作一番自白，借此来解释一下我的任何不合习俗的举动。我是个外乡人，而且生平第一次到巴黎来。对于法国人的生活方式我几乎是一点儿都不了解，到目前为止，我一直遵从的是东方人的习俗，而那和巴黎人的似乎是截然相反的。所以，如果你们发觉我有些地方太土耳其化，太意大利化，或太阿拉伯化，请你们见谅。现在，诸位，我们来用早餐吧。”

“瞧，他说这番话时的神气!”波尚低声说道，“他一定是个大人物。”

“应该说在他的本国可说得上是个大人物。”德布雷接上说道。

“我觉得在世界各国都可算得上是个大人物，德布雷先生。”夏多·勒诺说。

第四十章 早餐

伯爵是一个对事物很有节制的人，当阿尔贝意识到这一点时，生怕巴黎的饮食习惯在这重要的问题上引起这位尊贵的客人不高兴。

“亲爱的伯爵阁下，”他说道，“海尔达路的饭菜是不是没法像爱勘探巴广场的那样讨您的欢心？从这件事上，我本来应该和您商量一下的，提前帮您做几道合您喜好的饭菜。”

“如果您了解我比较多的话，”伯爵笑了笑，回答道：“像我这样随遇而安的人，在梅朗吃粟粉粥，在君士坦丁堡吃抓饭，在那不勒斯吃通心粉，在印度吃‘卡力克’，在瓦朗斯吃杂烩羹，在中国吃燕窝的旅人，想要专门为我做几道喜欢的菜，真是白费心思了。不管去什么地方，我是什么饭菜都能吃下的，我吃东西少是一种习惯。您看我今天吃得不多，其实已经是胃口很好了，因为从昨天早上，我可是什么东西都没有吃过呢。”

“什么!”宾客都惊叫道，“您二十四小时都没吃东西了吗?”

“是的，”伯爵答道，“因为必须绕道到尼姆去打听一点儿消息，所以来不及了，沿途就没有停车。”

“那么您是在马车里吃东西的吗?”马尔塞夫问道。

“不是，我在马车里睡觉，当我感觉倦了而又不愿意活动，或当我感觉饿了而又不愿意吃东西时，我总是睡觉。”

每个人都惊异地望着基督山伯爵，他的话讲得这样简洁，显然所说的是实情，否则的话他就是疯了。但是，这块翡翠明明就摆在眼前，因此他们自然相信了前一个假定。

“那两位至尊是拿什么与您进行交换的呢?”德布雷问。

“我向土耳其皇帝换取了一个女人的自由,”伯爵答道,“向教皇换取了一个男人的生命,——因此在我的一生中,也曾一度拥有过权力。好似上天送我降生在帝王宫中一般。”

“您救的是不是庇皮诺?”马尔塞夫喊道,“您就是为他去弄的那个赦罪令的,是吗?”

“也许吧。”伯爵微笑着回答。

“伯爵阁下,您肯定不知道我听了这些话有多高兴,”马尔塞夫说道,“我事先已对我这几位朋友宣称过,说您是《一千零一夜》里的一位魔术师,中世纪的巫师,但巴黎人诡辩起来倒是十分精明的,要是那种事没有在他们的日常生活中发生的话,那他们就会把最无可争辩的事实误认作疯狂的遐想。譬如说,骑士俱乐部的一个会员在大街上被抢劫;圣·但尼街或圣·日尔曼村有四个人被暗杀;寺院大道或几龄路的一家咖啡馆里捉到了十个、十五个或二十个小偷。这一类新闻,德布雷天天看到,波尚天天刊登。可是,他们却拼命说马里曼丛林、罗马平原或邦汀沼泽地带没有强盗。请您当面告诉他们,我确实被强盗绑架过,要不是您仗义搭救,恐怕我现在早已躺在圣·塞巴斯蒂安的陵墓里,而绝不可能还有机会再在海尔达路我这间寒舍里接待他们啦。”

“但是,”基督山伯爵说道,“您好像答应过我以后决不再提那次不幸的事的。”

“我敢发誓我可没那样答应您呀,”马尔塞夫大声说道,“那一定是另外一个人答应的,那个人也蒙您这样把他救了出来,而您却把他忘了。请说说吧,要是您愿意把那件事讲出来,我除了可以听到几件我已经知道了的事之外,而且或许还可以知道更多到现在为止还不明白的事情呢。”

“在我看来,”伯爵微笑着答道,“您也扮演了一个特别重要的角色。对于经过的种种事情,您已经知道得像我一样清楚了呀。”

“好吧,请答应我,如果我把我所知道的一切都讲出来,您也就把我所不知道的一切都讲出来,行不行。”

“那很公平合理。”基督山伯爵回答说。

"是这样的，"马尔塞夫开始了他的讲述，"在罗马狂欢节的接连三天，我自以为已成了一个蒙面女郎青睐的目标，我把她看作了丽亚或鲍贝类美女的后裔了，而实际上她只是个化装的农家女，我之所以说是农家女，是为了避免说农妇。我只知道自己当时像个傻瓜，简直一个大傻瓜，因为我错把这个下巴上没有胡须，腰肢纤细，年约十五岁的男强盗看成是一个农家女了，正当我想在他的嘴唇上吻一下时，他突然拿出一支手枪顶住我脑袋，然后马上又有七八个人跳出来，纷纷拿枪指着我，于是我被领到，或说得更确切些，是被拖到了圣·塞巴斯蒂安的陵墓里。在那儿，我发现有一位受过高深教育的强盗正在那儿阅读《恺撒历史回忆录》，他是强盗的首领，蒙他弃书赐教，告诉我说，除非我在第二天早晨六点钟以前拿出四千毕阿士特来赎我的命，否则到了六点一刻我就活不成了。那封信现在还在，因为弗兰兹·伊皮奈还保留着，上面有我的签名，有罗吉·万帕先生的附言。我所知道的就这些了，我所不了解的是，伯爵阁下，您到底怎么使这些天不怕地不怕的罗马强盗这样尊敬您的？说实话，弗兰兹和我简直对您佩服极啦。"

"说来太简单了，"伯爵答道，"因为我认识那位大名鼎鼎的万帕已有十几年了。当他还只是个孩子，一个牧童的时候，他就曾给我领了一段路，为此我曾送了他几块金洋。他呢，为了报答我，就送了我一把匕首，而且那把匕首的柄是他亲手雕刻的，你们如果去参观我的武器收藏柜的话，还可以看到它。本来，这次交换礼物，按常理来说，应该可以建立起我们之间的友谊的，但到了后来，不知他到底是把这件事忘了呢，还是真的记不得我们曾经有过这样一段经历，他想来抓我，结果反倒是我抓住了他，还把他的手下人也捉了一打。我原本可以把他交给罗马法庭的，法庭方面肯定也是会欢迎的，尤其是他，可我没那样做，相反的，我把他和他的手下人都放了。"

"条件是不许他们再作恶，对吗？"波尚大笑着说道，"我很高兴看到他们能信守诺言。"

"不，阁下，"基督山伯爵回答，"我的条件只是要求他以后该尊重我和我的朋友。你们之中要是有社会主义者，以宣扬人道和以对你们邻人尊重为荣的话，那么对于下面的这番话也许会觉得莫名其妙的。我从来不想去保护社会，因为社会并没有保护我，我甚至可以说，一般而言，它只会来伤害我，所以我对它毫无敬意，并对它们保持中立的态度，并非我欠社会和我的邻人的情，而是社会和我的邻人欠了我的情。”

“好！”夏多·勒诺大声说道，“您是我生平遇到的第一个敢于把利己主义说得这样直白的人。好样的，伯爵阁下，说得好！”

“确实可算得上说得很坦白，”莫雷尔说道，“但我相信伯爵阁下虽曾有一度背离了他这样大胆宣称的原则，但他是不会感到遗憾的。”

“我不知道我背离了哪些原则，阁下？”基督山伯爵问道，他像这样不由自主地以专注的目光去望莫雷尔，已经有两三次了，这个青年几乎有点儿受不了伯爵这明亮而清澈的目光的注视。

“噢，依我看，”莫雷尔答道，“您救了您并不认识的马尔塞夫先生，也就是帮助您的邻人和社会了。”

“他是那个社会的光荣。”波尚说道，并将一杯香槟干了。

“伯爵阁下，”马尔塞夫喊道，“您错了，在我所认识的逻辑学家当中，您是最可畏的当中的一个。您一定要清楚地看见，您不仅不是一个自私自利的人，反而是一个拥有博爱胸怀的人。啊！您自称是东方人，马耳他人，印度人，勒旺人，中国人。您的族名为基督山，教名是水手辛巴德，可是在您到达巴黎的第一天，您就自然拥有了我们这些反常的巴黎人所具有的最大的美德，或者说得更确切点，具备我们主要的缺点，那就是，故意将您所没有的污点说出来，进而来将您固有的美德加以掩饰。”

“我亲爱的子爵，”基督山伯爵回答道，“我无法想象出我所做的事情中有哪些地方值得您或是这几位先生如此胜赞。您和我不是陌生人，因为我们已经相识了。我曾将两个房间让给了您；我曾请您与我共进过早餐；我曾经借给过您一辆马车；我们曾经还一起看过狂欢节；我们也曾一起站在波波罗广场的一个窗口上观看杀人，那次您被吓得几乎要晕过去了。我请这几位先生说句公道话，我怎么能让我的客人任由那个您所说的恐怖的强盗摆布呢？而且，您很清楚，我曾想过，当我来法国时，您能介绍我踏入巴黎的几家客厅。以前，您也许将我的这个决定看成了一个空泛渺茫的计划，可是今天您已经看见这是一件实实在在的事情了，所以如果你对这件事不守承诺的话，是一定会遭受惩罚的。”

“我一定会信守诺言的，”马尔塞夫回答道，“但我恐怕您经常见到奇事美景，会对这里感到很失望。在我们这里，您无法遇到任何在您的冒险生活里常见的那种插曲。我们的琴博拉索[1]即为马特，我们的喜马拉雅即为凡尔灵山，我们的戈壁大沙漠即为格勒内尔平原，而且他们此刻正在那里掘一口喷水井，以便沙漠里的旅客能够喝到水。我们这里的小偷也不少，虽然和报上说的有些差距，但这些小偷相对于害怕失主，反而更害怕警察。法国是如此平淡无奇，巴黎是如此文明，以至于在它的八十五省境内——之所以说八十五省，是因为我没有算上科西嘉——嗯，在这八十五省境内，您在任何一座小山上都能找到一座急报房[2]，或是在任何一个岩洞里都能找到一盏煤气灯，那是警察局安放的。而我能为您效劳的只有一件事，就是，由我或是请我的朋友四处为您介绍。而且，您也没必要由他人为您介绍——凭您的大名、您的天才与您的财富，（基督山伯爵带着一个近乎讽刺的微笑鞠了个躬）您能四处自荐而受到极好的接待。我对您的作用只有一点，倘若是在对巴黎的生活习惯进行熟悉，以便日子过得安乐舒服，或是对衣物用具这几方面进行采办，我的经验能够帮到您的话，您可以差遣我去替您找一所合适的住宅。在罗马我分享了您的住所，可是我不敢请您来分享我的住所——虽然我对利己主义并不主张，但我却是个十分出色的利己主义者——因为我无法容忍我的房间里有除了我本人以外的其他影子存在，除非这个影子是一个女人的。”

“啊，”伯爵说道，“那是准备金屋藏娇了，我记得您曾在罗马说起过一件计划中的婚事。我能向您道喜了吗？”

“直至今日，那件事还只是一个计划。”

“所谓‘计划’，其意就是事实。”德布雷说。

① 琴博拉索是火山名，在南美洲。

② 当时还没有发明电报，但是每隔相当距离，在地势较高的地方设一座急报房，遇到紧急消息后用各种信号辗转传达，速度比驿马还快。在形式上，这种制度类似于中国的烽火台。

“不，”马尔塞夫答道，“我父亲对这门婚事很赞同，而我也希望能在不久的将来介绍您认识——即便不是我的太太，至少也是我的未婚妻——欧热妮·腾格拉尔小姐。”

“欧热妮·腾格拉尔！”基督山伯爵说，“她的父亲是不是腾格拉尔男爵阁下？”

“没错，”马尔塞夫答道，“是一位新封的男爵。”

“那又怎样，”基督山伯爵说，“倘若他对国家做出了贡献，值得拥有这种优遇的话。”

“他做了很大的贡献，”波尚回答说，“虽然他是自由党，可是却在一八二九年题查理十世[①]谈成了一笔借款，价值六百万，而查理十世仅仅是封他为男爵，并赏赐给了他荣誉爵士的衔头[②]，因此他也挂起了勋章，只是，和您所想的并不一样的是，不是挂在他的背心上，而是挂在了他的纽孔上。”

“啊！”马尔塞夫大笑着插嘴道，“波尚，波尚，你还是将这篇材料留给滑稽画报吧，可别当着我的面对我未来的岳父进行挖苦啊。”然后，他面向基督山伯爵，“您刚才提到了他的名字，您和他认识吗？”

“我和他并不认识，”基督山伯爵回答，“但我想用不了多久或许我就能认识他了，因为我经维也纳阿斯丹·爱斯克里斯银行、罗马汤姆生·弗伦奇银行与伦敦理查·勃龙银行的介绍，要在他的银行里开一个户头，而且是透支的。”

当他说到罗马汤姆生·弗伦奇银行时，伯爵瞟了一眼马西米兰·莫雷尔。倘若他这一瞟是想打动莫雷尔的话，那么，他成功了，马西米兰像是触了电似的突然一惊。“汤姆生·弗伦奇银行！”他说，“您和那家银行认识吗，阁下？”

“那家银行是我在基督世界的首都所往来的银行，”伯爵泰然自若地回答道。“我在那家银行很有点势力，有什么地方需要我为您效劳的吗？

---

① 查理十世（1757—1836），法国国王。

② 荣誉爵士是爵位中最低的一级。

“伯爵阁下，有一件事我直到现在也没法搞清楚请您帮我查一查。有一家银行过去曾帮过我们一次大忙，可是，我觉得很奇怪，他们为什么老是否认那次曾帮过我们。”

“很愿意为您效劳。”基督山伯爵说道，并欠了欠身。

“但是，”马尔塞夫又说，“奇怪，我们怎么把话题扯到腾格拉尔身上去啦。我们在讨论给伯爵找一所适当的住宅，来吧，诸位，我们大家来好好商量一下吧，我们应该把这位新客人安置在我们大首都的什么地方好呢？”

“圣·日尔曼村，”夏多·勒诺说，“伯爵可以在那儿找一座漂亮的大厦，有前庭和花园的。”

“嘿！夏多·勒诺，”德布雷反驳道，“你就知道你那死气沉沉、毫无生趣的圣·日尔曼村。别信他的话，伯爵阁下，还是住在安顿大马路好，那才真正是巴黎的市中心呢。”

“我觉得在戏院大道中，”波尚说道，“挑一间有阳台的房子，住在二楼上，肯定不错。伯爵阁下可以把他的银沙发带到那儿，一边抽着烟斗，一边看着全巴黎的人从他眼前经过。”

“你怎么认为呢，莫雷尔？”夏多·勒诺问道，“你不提个建议吗？”

“噢，有的，”那青年微笑着说道，“我倒也有一个建议，但伯爵已经有了这么多好的建议，我想他或许已选中了一个，可是既然他还没有说出来，那么我也不妨再冒昧地提一个，请他到一座漂亮的大厦里租几个房间住，那是整巴杜式的建筑物，周围的环境都很好，我的妹妹已在那儿住了一年，就在密斯雷路上。”

“您还有一个妹妹？”伯爵问道。

“是的，阁下，一个最好的妹妹。”

“她结婚了吗？”

“是的，快有九个年头。”

“幸福吗？”伯爵又问。

“很幸福。”马西米亚回答说，“她嫁给了她所爱的人，而那个人在我们家遭厄运的时候也是和我们共患难的。他叫艾曼纽·赫伯特。”基督山伯爵脸上显露出了一个旁人不易觉察的微笑。“我度假的时候就住在那儿，”马西米兰继续说，“我，和我的妹夫艾曼纽，只要伯爵阁下肯赏脸有所吩咐，都可以尽力为您效劳的。”

“请等一下！”阿尔贝不等基督山伯爵有回答的时间，就大声说道，“小心哪，您要把一位旅行家——水手辛巴德，一个到巴黎来观光的人，关到刻板的家庭生活里去啦。这和给他找一位管束他的家长有什么分别呢。”

“噢，当然不是，”莫雷尔说道，“我的妹妹才二十五岁，我的妹夫三十岁。他们都是活泼快乐的年轻人。而且，伯爵阁下当然是住在他自己家里的，只在高兴的时候才见见他们的。”

“谢谢您的好意，阁下，”基督山伯爵说道，“如果您肯赏脸给我介绍一下的话，有机会能和令妹和她的丈夫相识已很满意了，还有几位热情的先生的好意我都心领啦，因为我的寓所已准备好了。”

“什么！”马尔塞夫大声叫道，“那么说您还是要去住旅馆了，那可是很单调乏味的呀。”

“您觉得我在罗马时住得很差吗？”基督山伯爵微笑着说。

“天哪！您能在罗马花五万毕阿士特装饰您的房间，但我想您不见得每天都准备花那样一笔钱吧。”

“不是因为这个我就不去住旅馆了，”基督山伯爵答道，“只是我已决心要买一所自己的房子，我已经派我的贴身仆人先来，我想他这时该买好了房子，而且布置好了。”

“这么说，您有一个熟悉巴黎的贴身仆人了？”

“这也是他生平第一次到巴黎来。他是个黑人，又是个哑巴。”基督山伯爵回答说。

“是阿里！”阿尔贝在大家的一片惊奇声中大声叫道。

“是的，是阿里，我那个哑巴黑奴，我想，您在罗马时见过他的。”

“当然见过，”马尔塞夫说道，“我记得还很清楚的。但您怎么能叫一个黑奴来买房子呢？我很怀疑他能把一切都弄好，可怜的家伙。”

“你可别想错了，阁下，”基督山伯爵回答说，“我的看法正好与您的相反，我认为他一切都会做得令我满意的。毕竟他最了解我的嗜好，我的怪癖，我的需要，而且他到这儿已有一星期了，他会像一条猎狗一样凭自己的本能去搜索的，我相信他会把一切都为我妥当地安排好的。他知道我今天十点钟到，所以从九点钟起，他就在枫丹白露的木栅门口等候我了。他给了我这张纸条，上面有我新居的地址。您自己看吧。”说着，基督山伯爵递给阿尔贝一张纸条。

“香榭丽舍大街，二十号。”阿尔贝念道。

“啊，我可从来没听说过这种奇事。”波尚说道。

“好大的派头。”夏多·勒诺接上一句。

“什么！您的意思是您还没见过您自己的房子？”德布雷问道。

“是的，”基督山伯爵说道，“我前面已经告诉过你们了，我不想迟到背信，所以我在马车里换好衣服，一直到了子爵的门口才下车。”

这几个青年互相对视着，一时间都很怀疑伯爵是不是在演一幕喜剧，但他所说的每个字听起来又都是这样的朴实，令人无法怀疑他在说谎，而且，他根本没必要撒谎啊！

“这么说”，波尚说道，“我们只能尽力为伯爵阁下效点微劳自慰了。我，可以凭我新闻记者的资质，为他打开各家戏院的大门。”

“十分感谢，阁下，”基督山伯爵答道，“不过，我的管家已在每一家戏院里都为我订了一间包厢。”

“是那位出色的特别善于租窗口的贝尔图乔先生吗？”

“是的，您那天光临的时候见过他。他当过兵，当过走私贩子。实际上，他什么都干过。我很想了解一下他到底有没有和警察局发生过小摩擦。譬如说，用一把小刀子动人之类的事。”

“但是您选中了这位多角色的人做您的管家是吗？”德布雷说道，“我可以问问他每年要揩您多少油吗？”

“说真的，”伯爵答道，“我相信比别人多不了多少。他很符合我的标准，认为天下没有办不到的事，所以我留用了他。”

“那么，”夏多·勒诺又说道，“既然您已安排妥当了，有了一位管家，又有了一所坐落在香榭丽舍大道上的大厦，您现在似乎就只差有一位情妇了。”

阿尔贝笑了笑。他想起了他在爱根狄诺戏院和巴丽戏院伯爵包厢里见到的那个希腊美人。

“我有比情妇更好的女人，”基督山伯爵说道，“我有一个女奴。你们的情妇是从戏院、歌舞团或游戏场里弄来的，而我却是在君士坦丁堡把她买来的。尽管她花了我不少钱，但我觉得值得。”

“但您忘记啦，”德布雷大笑着说道，“正像查理国王所说的：我们法国人天性最自由，她的脚一踏上法国领土，她便自由了。”

“谁会告诉她这一点呢？”

“随便是谁看见她都会告诉她的。”

“可是她只会讲罗马土话。”

“那就另当别论了。但至少我们可以见见她吧，”波尚说道，“不然，您可别告诉我您还雇用了哑巴太监来侍候她哦。”

“噢，那倒没有，”基督山伯爵回答说，“我可没有东方化到那种程度。我身边的人谁都可以自由地离开我，而当他离开我的时候，他可能已不再有求于我或有求于任何人了，也许正是这个原因，他们才没有离开我。”

他们已经在吃餐后甜点和抽雪茄了。

“亲爱的阿尔贝，”德布雷一边说，一边站起身来，“现在已经两点半了。你的贵宾很有趣，但天下没有不散的筵席。我不得不回到部长那儿去了。我要把伯爵的事告诉他，我们不久之后便可以知道他到底是什么人了。”

“多留心点哪，”阿尔贝答道，“至今还没人办到这件事呢。”

“噢，我们的警务部有三百万活动经费呢。不错，尽管他们几乎总是有亏空，但那没关系，我们为这事是可以花五万法郎的。”

“当你查清楚了这件事告诉我一声好吗？”

“我完全可以毫不犹豫地答应你。再会，阿尔贝。诸位，再会。”

德布雷一离开房间，就高声大喊：“备车！”

“好！”波尚对阿尔贝说道，“我已经可以不到众议院去了，因为我已有了一篇文章的素材可以献给我忠实的读者了，我想那比腾格拉尔先生的演说要强多了。”

“看在上帝的分上，波尚，”阿尔贝说道，“我求你一个字也不要发表，别抢了我向社会介绍他和推荐他的功劳。他这个人很有意思是吧？”

“岂止有意思，”夏多·勒诺回答说，“简直可以说他是我生平所见到的最奇特的人了。你走不走，莫雷尔？”

“等我先递一张名片给伯爵阁下，他答应要到密斯雷路十四号来拜访我们一次的。”

“请放心好了，我从来没有失信于人过。”伯爵鞠躬回答。于是马西米兰·莫雷尔和夏多·勒诺伯爵一起也离开了房间，只留下基督山伯爵一个人和阿尔贝在了一起。

第四十一章　介绍

阿尔贝发现最后只有他和伯爵两人了，便邀请道："伯爵阁下，能否让我带您参观一下单身汉的房子呢？我觉得您一位在意大利住惯宫殿的人，来到巴黎我这个住得还不错的青年的家中，即使只是来算一下这座房子有多少平方，也是一件有意思的事情。不如我们一间间房看一下吧，我帮您打开窗户，方便透透风。"

楼下的客厅以及餐厅基督山伯爵都已经见过了。阿尔贝先把他带到了自己的艺术工作室，这间工作室，就是之前提过的，原是他最喜欢的房间。基督山伯爵非常博学，对艺术鉴赏很有研究，那些阿尔贝搜集在工作室里的东西：东方的丝绸，日本的瓷器，古老的木柜，威尼斯玻璃器具，以及世界各地的武器等，每一件物件他都很熟悉，看一眼便知道它们是什么时代的东西，产自哪个国家，以及这些东西的来历。

阿尔贝以为这次可以有些新鲜的东西给那位旅行家看看了，但使他极其震惊的是：后者不必看画上的签名（其中有许多实际上只是些缩写），便能马上说出每一幅画的作者姓名，而且态度还十分安闲自在，甚至可以看出他不仅知道每一位画家的姓名，而且还曾鉴别和研究过他们不同的画风。他们从客厅又到了卧室，这个房间布置得极其朴素雅致。在一只镀金镂花的镜框里，嵌着一幅署名"奥波·罗贝尔"的肖像画。这幅肖像画显然引起了基督山伯爵的注意，只见他在房间里急速向前踱了几步，然后突然又在画像前面停了下来。画面上是一位青年女子，年约二十五岁，肤色微黑，长长的睫毛下，有一双水汪汪的明亮的眼睛。她穿着美丽的迦泰罗尼亚渔家女的服装——一件红黑相间的短衫，头发上插着金发针。她凝望着大海，背景是蓝色的海与天空。房间里的光线很暗，所以阿尔贝觉察不到伯爵的脸色突然变得苍白起来，他的胸膛和肩膀在神经质地颤抖着。房间里一时间都沉寂了，在这期间谁也没有说话，基督山伯爵出神地凝视着那幅画。

“您的情人可真漂亮啊，子爵，”伯爵极力克制内心起伏的思潮用一种十分平静的口吻说道，“这套服装大概是跳舞时穿的吧，使她看上去可爱极了。”

“啊，阁下！”阿尔贝答道，“如果您看过了这幅画旁边的另一幅画还这么说，我就不能原谅您这个错误了。毕竟您不认识我的母亲。这幅画上的人物就是我的母亲。这幅画像是七八年前画的。这套服装，看上去像是她想象出来的，可是画得很逼真，使我觉得好像看到了一八三〇年时的母亲一样。这幅画像是在我父亲出门的时候画的。她无疑是想使他大吃一惊，但说来也奇怪，我父亲似乎很不高兴看到这幅画像，即使这幅画十分名贵，因为您已经看到了，这是奥波·罗贝尔的杰作之一，但这也无法消除他对它的厌恶。真的，这话我只能对你说，我父亲马尔塞夫伯爵是卢森堡最勤勉的贵族之一，是一位以军事理论见长的将军，但对于艺术他却是一个最庸俗的外行，简直可以说一无所知。而母亲就不同了，她本人的画就画得很好，她因为不能保存这样名贵的一幅画，就把它送给我挂在这儿，这样可以减少一些父亲的不愉快。马尔塞夫先生的画像是格洛斯画的，喏，就是这一幅。请原谅我谈起了家事，但既然您肯赏脸让我把您介绍给父亲，我就把这件事告诉您，免得您对这幅画产生误会。这幅画似乎有一种魔力，因为我母亲每次到这儿来，总要看看它，而每一次看它就非流泪不可。我父亲和母亲一生中唯有这一件事不和，他们尽管结婚已二十多年了，却仍像新婚那天一样恩爱和睦。”

基督山伯爵迅速地瞟了阿尔贝一眼，像是要寻找他的话外之音，但什么也没有看出来，显然这个青年人的话是很直率地从他的心里说出来的。

“现在，”阿尔贝说道，“我全部的珍藏您都见到了，请允许我把它们献给您，尽管都是些毫无价值的东西。请把这里当作您自己的家好了，请随意一些，并请您同我一起去见一下我的父亲，我在罗马已写信详细告诉过他您对我的帮助，我也对他讲了您将光临的消息。我敢说，我父亲和母亲都很希望能亲自向您道谢。我知道，您对于应酬多少有点儿厌烦了，经历如此丰富的水手辛巴德对于家庭生活也许兴趣不高。可是，巴黎人的生活就在于彼此来往的应酬上，我现在的提议就是踏入这种生活的开始，请接受吧。”

基督山伯爵鞠了一躬，并没回答，他默认算是接受了这个建议，但是既没有表露出热情，也没显示出不快，只当这是社会上的一种习俗。每个绅士都应该把这看作是一种义务。阿尔贝叫他的仆人进来，吩咐他去通报马尔塞夫先生和夫人，说基督山伯爵已经到了。阿尔贝和伯爵跟在他的后面。当他们来到候见室里时，看到门框上挂着一面盾牌，盾牌上的图案十分华丽，与房间里其他的陈设很相配，这点足以证明这个纹章的主人有多重要了。基督山伯爵停下脚步留心地观察着。

“七只浅蓝色的燕子，”他说，“这一定是您的家族纹章吧？我对纹章虽然略微有些研究，能够稍加识别，但对于家谱学却一点也不知道——我这个伯爵是刚封的，这个头衔是在托斯卡纳依靠圣爱蒂埃总督的帮忙胡乱得到的，要不是他们说旅行必须要这样，我本来还不打算来这一套呢，太麻烦了。可是，一个人在出门的时候，总会有一些东西是藏在马车的坐垫底下是不愿让海关关员搜到的。原谅我跟您提出了这样一个问题。”

“这没什么，”马尔塞夫很相信地坦白回答，“您没猜错。这是我们的纹章——意思是，是我父亲这一族的，但您也看见了，这个纹章的旁边还有一面盾，其上有红色的直线以及一座银色的堡砦，这是我母亲那一边的。所以我从母亲那边来说是一个西班牙人，但马尔塞夫这一族是法国人，而且据说在法国南部历史上是最悠久的家族之一呢。”

“没错，”基督山伯爵答道，“这些纹章就足以证明，凡是武装去参朝圣地的人，基本上都会在他的武器上画上一个十字架或是几只候鸟，十字架代表着他们光荣的使命，候鸟则是象征着他们将要出发做漫长的旅行，并希望凭借着虔敬的翅膀来将它完成。您的祖先曾有人参加过十字军，而且即便只参加圣路易所领导的那一次，也已经可以上溯到十三世纪，那也算是具有相当悠久的历史了。”

"或许吧，"马尔塞夫说，"我父亲的书斋里有一本族谱，您一看就能完全明白了。我曾经在那本族谱上作过批注，如果荷齐埃[①]和乔古[②]看了，一定会对他们的研究大有帮助的。我现在已经不再想那些事了，可我必须得跟你说，在我们这个平民的政府之下，对这些事情我们又开始大力地关注起来了。"

"哦，那么，你们的政府要做徽章还是另外选择一些旧事旧物比较好，像我刚刚所注意到的那种纪念品，是同纹章一点关系也没有的。至于您，子爵，"基督山伯爵接着和马尔塞夫说道，"相对于政府而言，你比较幸福，因为府上的纹章真是太漂亮了，看了引人入胜。的确，您的父母出身于普罗旺斯和西班牙两地的贵族。这就说明了您让我看的那幅画像，我之所以如此钦慕的那种微黑的肤色，正是尊贵的迦泰罗尼亚人的特征。"

伯爵说话时显得十分客气，要想猜透他话里所隐藏的讽刺意味，得具有身狄波斯或斯芬克斯的洞察力才行。马尔塞夫用一个微笑向他道谢，然后将挂有盾牌的那扇门推开了，这扇门，我们之前说过，是通向客厅的。在客厅最惹人关注的一面墙上，也挂着一幅画像。画上画着一个男人，大约三十五到三十八岁，穿着一套将官的制服，制服上佩戴着金银双重肩章，由此能够看出官级极高；他的脖子上挂着荣誉军团的缎带，说明他曾经做过司令官；在胸部的右侧挂着一枚武将优异勋章，左侧挂着一枚查理三世的大十字勋章，则表明画上的这个人参加过希西战争，或是曾经在那两国完成过某项外交使命。因此才获得了这个勋章。

基督山伯爵像对之前那副画一样对这幅画充满了关注，正当他仔细观看时，另外有一扇门打开了，于是他发现马尔塞夫伯爵本人已经在他面前了。马尔塞夫伯爵大约四十到四十五岁。可在他眼中似乎至少已经有五十岁了，头发剪成了陆军式，很短，且已经几乎全白了，与他那漆黑的髭须和眉毛形成了一个奇异的对比。他身上穿着便服，纽孔上佩着他全部的各种勋章的缎带。这个人用一种略带急促，可是相当庄严的步

---

① 荷齐埃（1592—1660），法国家谱学者。

② 乔古（1704—1779），法国学者。

伐走进了房间。基督山伯爵眼看着他在走向自己，而他自己却站立不动。他的脚好像已经被钉在地面上了，就像他的目光盯在马尔塞夫伯爵身上一样。

“父亲，”那青年人说道，“我很荣幸可以介绍基督山伯爵阁下给您认识，他就是我之前和您说的，在我最危急的关头侥幸遇到的那位义士。”

“非常欢迎，阁下，”马尔塞夫伯爵一面说，一面微笑着向基督山伯爵致敬，“阁下保住了我家唯一的后嗣，我们会永远感激您的。”

马尔塞夫伯爵一边说，一边用手指了指一张椅子，他自己则坐在窗口对面的一张椅子上。基督山伯爵在马尔塞夫指给他的那个座位上坐了下来，他坐的姿势正好使自己隐藏在了鹅绒大窗帘的阴影里，在那儿，他从伯爵那张劳累忧虑的脸上，看到了时间用一条条皱纹记录下的一个人全部的内心隐痛。

“伯爵夫人，”马尔塞夫说道，“在接到通报，知道您已经光临的时候，正在梳妆，她很快就会到客厅里来的。”

“我觉得十分荣幸，”基督山伯爵答道，“能在我到巴黎的第一天就拜会到一位命运之神对他很垂青并赐予他功名并重的人。那么在米提贾平原上，或阿脱拉斯山区里，是不是还有一个元帅的权位在等着您呢？”

“哦，”马尔塞夫回答说，脸上微微有点发红，“我想您还不知道，我已经退伍了，阁下。我曾在布蒙元帅的手下作战，在复辟以后被封为贵族。我本来有希望得到更高的爵位，但假如还是拿破仑当政的话，谁又能料得后来的情形会怎么样呢？七月革命的功绩似乎就在于它的忘恩负义，尤其是对那些在帝国时期以前就已为国效劳的军人忘恩负义。所以我提出了辞职。一个人在战场上拼杀多年以后，一旦回到客厅里，简直连怎样在光滑的地板上走路都不会了。于是我挂起了剑，投身到政治里。我还致力于实业，研究各种实用的工艺。其实在我二十年的军队生活里，时常想这样做，但那时我没有时间。”

“贵国人民之所以能优于任何其他国家就是因为有这种精神的缘故，”基督山伯爵回答道，“像您这样家境富裕、出身高贵的一位爵士，竟肯去当一名小兵，一步步地得以升迁，这委实已经不容易且稀有了。

而在您身为将军、法国贵族、荣誉军团的司令官以后，又肯从头开始第二种职业，心中别无任何其他的希望，只求有一天能有益于您的同胞，这实在是值得赞美的，不，简直是太崇高了。”阿尔贝在一旁听着，很是诧异，他从来没有看见基督山伯爵这样热情奔放过。

“唉!”这位生客接着说道，毫无疑问是要将马尔塞夫额头上那一片淡淡的黑云驱散，“我们在意大利却并非如此，我们遵循我们的阶级或门阀长大，我们依着前一代的路线向前走着，而且经常也同样碌碌终生，一无所成。”

“可是，阁下，”马尔塞夫伯爵说，“像您这样有本事，在意大利是无法让您大展身手的，法国张开了她的怀抱，请您响应她的呼唤吧。法国或许并非对全世界都是忘恩负义的，虽然她待她自己的子女不好，可是她永远欢迎她的客人。”

“啊，父亲!”阿尔贝面带微笑地说，“很显然，您对基督山伯爵阁下还不是很了解，他对一切荣誉都厌弃，只要有他的护照上所写的那个头衔便可以了。”

“这句话说得十分公道，”客人回答，“我生平从未听到过如此公道的评语。”

“对于您的人生道路，你可以自由选择，”马尔塞夫伯爵叹了一口气说，“可您偏偏选择了那条铺满鲜花的路。”

“没错，阁下。”基督山伯爵微笑着说，而他的这个微笑画家无法用笔表达出来，心理学家也绝对没有办法分析。

“若不是我怕您劳累，”将军说，显然，他很高兴伯爵有这样的态度，“我就会将您带到议院去了。今天那里有一场辩论，凡是对我们现代上议院不熟悉的外国人，去看看一定会觉得很有趣。”

“阁下，倘若将来您再提出这个好意，我定会感激不尽，但刚刚蒙您允许我拜识伯爵夫人，因此您的盛意我愿意将它留到下一次再接受。”

“啊！我的母亲来了。”子爵叫道。

这时，只见马尔塞夫夫人正一动不动地站在客厅门口，她脸色显得异常苍白。她站着的这个门口，正和她丈夫进来的那扇门相对，她的手不知为了什么原因搁在了那镀金的门把上，直到基督山伯爵转过来的时候，才让它无力地垂了下来。她在那儿已站了一会儿，已听到了来客的最后几句话。后者急忙起身向伯爵夫人行礼，伯爵夫人则无言地欠了欠身。

“啊！天啊，夫人!”马尔塞夫说道，“你不舒服吗，还是房间里太热，你受不了?”

“您哪里觉得不舒服吗，妈妈?”子爵大声叫道，向梅塞苔丝走了过去。

她微笑着谢谢他们两人。“不,”她答道，“只是我初次见到把我们从眼泪和悲哀里拯救出来的人，心里未免有点儿激动。阁下,”伯爵夫人像一位高贵王后般仪态大方地走了过来，继续说道，“我儿子的生命是您赐的，为了这，我祝福您。现在，我更感谢您给了我一个亲自向您道谢的机会。我的感谢，像我的祝福一样，都是来自我的内心深处的。”

基督山伯爵又鞠了一躬，但这次鞠得比前一次更低了。他的脸色显得比梅塞苔丝更苍白。“夫人,”他说道，“伯爵阁下和您为一件举手之劳的事都答谢得太客气了。救一个人的命，使他的父亲免于悲伤，他的母亲免于哀痛，算不得是什么义举，只不过是一件从人道上讲应该做的事情而已。”

对于这几句说得极其温婉有礼的话，梅塞苔丝答道：“我的儿子真是太幸运了，阁下，他竟能结识您这样一位朋友，我感谢上帝促成了这件事。”于是梅塞苔丝抬眼向天，面露极其热烈感恩的表情，基督山伯爵似乎觉得在这一对美丽的眼睛里看见了泪水，这时候马尔塞夫伯爵走近了她的身边。

“夫人,”他说道，“我要走了，我已经向伯爵阁下道过歉了，我请你再代我道歉一次。两点钟开始开会，现在已经三点钟了，而我今天还要发言，我不得不先离开了。”

“放心地去吧，我一定尽力使我们的贵客能够深刻感受到我们一家的真诚的谢意的!”

伯爵夫人仍然用热情的口吻回答说。“伯爵阁下,”她又转向基督山伯爵说道，“您可以赏光在舍下玩一天吗?”

“相信我，夫人，我十分感激您的盛情，但我今天早晨是坐我的旅行马车到府上来的。我还不知道我在巴黎要住的是一间什么样的房子，甚至还不知道它在哪儿。我承认这只是一件小事，但心里总觉得有点儿不安，所以我也不得不先告辞了。”

“至少，我们下一次总可以有这种荣幸吧，”梅塞苔丝说道，“您肯答应吗?”

基督山伯爵欠了欠身，没有回答，但这个姿势可以算是答应了。

“我不耽搁您了，阁下，”伯爵夫人又说道，“我可不愿意让我们的感激变成失礼或勉强。”

“亲爱的伯爵，”阿尔贝说道，“我当尽力来报答您在罗马待我的一片好意，在您自己的马车还没有备妥以前，请您用我那辆双人马车。”

“我谢谢您的好意，子爵，”基督山伯爵答道，“但我想伯都西先生一定会好好地利用我给他的那四个半钟头的时间的，我在门口应该是能找到一辆车子的。”

阿尔贝基本熟悉了伯爵的处世态度，他知道，像尼罗王一样，他特别喜欢做那些常人办不到的事情。所以伯爵现在无论干什么让人惊奇的事情，也不会使他惊奇了。但为了亲眼判断伯爵的命令到底执行得如何，他陪他到了府邸门口。基督山伯爵果然没有猜错。他一走进马尔塞夫伯爵的前厅，一个听差，就是在罗马送伯爵的名片给两个青年并代他致意的那个人马上急步走了出去。当他到达大门口的时候，这位不凡的旅行家发觉他的马车已在等候他了。那是一辆高碌式的双座四轮马车，马和挽具原是属于德拉克的，全巴黎人都知道，昨天有人出一万八千法郎他还不肯卖呢。

“阁下，”伯爵对阿尔贝说道，“还请您留步，因为我现在只能给您看到一个匆匆布置起来的住处，而我，您知道，一向是以办事迅速闻名的。所以，请给我一天的时间再来请您过去，我那时一定不会有任何招待不周的地方的。”

“如果您要我等上一天，伯爵，我知道我将会看到什么，我看到的将是一座富丽堂皇的宫殿，而不是一所普通的房子了。我想必定有某个神灵在为您服务。”

“好吧！您只管去宣传这种念头吧，”基督山伯爵回答说，他的一只脚已踏上了那辆华丽的嵌天鹅绒的踏级，“那可以使我在太太们中间发生点奇特的影响。”

他一边说，一边跳进马车里，车门一关，马车就疾驰而去了。

车子尽管跑得很快，但他还是注意到了，他离开时马尔塞夫夫人的那个房间的窗帘，令人难以觉察地动了一下。

阿尔贝回去找他的母亲，发觉她已在女宾休息室里了，她正斜靠在一张天鹅绒的大圈椅上，整个房间是这样的阴暗，只有那松地钉在帷幕上的金银箔剪成的小饰物和镀金镜框的四角，才给了房间一点亮光。阿尔贝看不到母亲的脸，她的头上已蒙了一张薄薄的面纱，像是有一层云雾笼罩了她的脸。但他觉察出她的声音似乎有些变了。花瓶里玫瑰花和紫薇花散发着芬芳的香味，但在花香之中，他似乎还闻到了一股刺鼻的嗅盐的气味，同时他又注意到伯爵夫人的嗅瓶已从鲛皮盒子里取出来并放在了壁架上的一只镂花银杯里。所以他一进来就用一种担心的口吻高声说道：“妈妈，我出去的时候您是不是不舒服了？”

“不，不，阿尔贝！我很好，你知道，这些玫瑰、夜来香和香橙花，初开时候香气是很浓的，开始总有点让人受不了。”

“那么，妈妈，”阿尔贝拉了拉铃说道，“就把这些花搬到前厅里去吧。您准是有点儿不舒服了，刚才您进来的时候，脸色很苍白。”一个仆人走了进来，是阿尔贝拉铃招来的。

“把这些花搬到前厅更衣室去，”子爵说，“伯爵夫人闻了不舒服。”

仆人按他的吩咐去行事了。接着两人都没再说话，房间里沉默了好一会儿，一直到所有的花都搬完。“这个基督山伯爵是个怎样的名字？”伯爵夫人等仆人把最后一瓶花搬走，才问道，“是一个姓呢，还是一处产业的名字，或只是一个头衔？”

“妈妈，我认为，这只是一个头衔，伯爵在托斯卡纳多岛海里买下了一个岛。正如他今天所告诉您的，那个岛就是他的封地。您知道，这种事情是很正常不过的，佛罗伦萨的圣爱蒂埃、巴马的对乔奇、康士但丁、甚至马耳他的贵族都做过。而且，他并不是硬要戴上贵族的帽子，他自称他的伯爵头衔是侥幸得来的，但一般的罗马人都以为伯爵是一个身份十分高贵的人。”

“他的举止和态度真令人钦佩，”伯爵夫人说道，“至少，以刚才他在这儿的短暂停留所表现出来的谈吐和气质而论，我可以这样判断。”

“那可说是完美无缺，英国、西班牙和德国虽号称是欧洲最高傲的贵族中的三大领袖贵族大国，但在我所认识的人当中，好像没有人能和他比肩。”

伯爵夫人沉思了一会儿，然后，又略微犹豫了一下，说道：“你曾经——我亲爱的阿尔贝，我没有怀疑你的恩人的意思，我是站在一个母亲的立场上问这个问题的——你曾经到基督山先生的家里去看过。你的目光一向很敏锐，又懂得很多世故，比你同龄的人都机警些，你认为伯爵是不是真的表里如一?”

“他外表表示了什么?”

“他刚刚自己说的呀——一个身份十分高贵的人。”

“我告诉您，亲爱的妈妈，人家是这么说的。”

“但你是怎么想的呢，阿尔贝?”

“我只能和您说，我对他还没有得到什么明确的结论。但我认为他大概是一个马耳他人。”

“我问的不是他的籍贯，而是他这个人怎么样?”

“啊！他是怎样的一个人！那真是另当别论了。我亲眼目睹了许多和他有关的惊人的事情，所以如果您叫我把心里话照直说出来的话，我就会说：我真的把他看作拜伦笔下的一个身世极其悲惨的主角了。他有点儿像曼弗雷特，因为分享不到家族的遗产，所以就不得不凭他的冒险精神自己去寻找致富之道，因此就无视社会的法律制度。我是说，基督山是地中海中的一个岛，岛上没有居民，也没有驻军，是各国的走私贩子和各地的海盗经常去的地方。谁知道这不折不扣的实干家会不会付些保护费给他们的地主呢?”

“有这种可能性。”伯爵夫人若有所思地说道。

“别管他是不是走私贩子了，”阿尔贝继续说道，“您已经见过他了，我的好妈妈，我想您一定也同意：基督山伯爵是一位非凡的人物：他在巴黎社交界肯定会获得巨大成功的。嘿，就是今天早晨，在我那儿，这还是他初次踏进社交界，他就已经使我们每一个人都感到十分惊异了，甚至连夏多·勒诺都不例外！”

“你觉得伯爵有多大年纪了？”梅塞苔丝问道，显然觉得这个问题很重要。

“三十五六岁吧，妈妈。”

“这么年轻！不可能的。”梅塞苔丝说道，这句话一方面是回答阿尔贝的，而同时似乎也是在对自己讲。

“但这却是千真万确的。有三四次，他曾和我说，当然不是有意的，哪一年五岁，哪一年十岁，哪一年十二岁。而我，出于好奇，便牢牢地记下了这些细节，然后又对了对每个日期，发现他从未说错过。因此，我可以确信，这位年龄不明的奇人，有三十五岁。而且，妈，您瞧，他的眼睛多灵活啊，他的头发多黑啊，而他的额头，虽然如此苍白，却丝毫没有皱纹——他不仅强壮，还很年轻呢。”

伯爵夫人低下了头，宛若埋在一阵痛苦的思想巨浪底下。“那么这个人对你十分友善吗，阿尔贝？”她问出这句话时，不禁打了一个神经质的寒战。

“我不能不这样想。”

“你——喜——欢——他——吗？”

“咦，他很讨我喜欢，虽然弗兰兹·伊皮奈想说服我，说他是一个从阴世里回来的人。”

伯爵夫人不由得惊恐地打了一个寒战。“阿尔贝，”由于情绪激动，她说话的音调都变了，“你以前每结交一个新朋友，我总要来过问一下的。现在你是个大人了，都能给我忠告了，但我还要对你说，阿尔贝，你还是要谨慎。”

“噢，亲爱的妈妈，为了我心悦诚服地听从您的忠告，我必须要知道我到底怕什么。伯爵从不玩牌，他只喝清水，里面加一点白葡萄酒。他很有钱，要不是存心想嘲弄我，是决不会向我借钱的。那么，他有什么地方值得我害怕预防的呢？”

“你说得也对，”伯爵夫人说道，“我这种担心是不应该有的，尤其是对一个曾救过你性命的人。你爸爸是怎样接待他的，阿尔贝？我们对伯爵在礼貌上就应该更殷勤一些。马尔塞夫先生有的时候心神不定，他总想着他的正事，他或许在无意之中……”

“爸爸的态度再好也没有的了，妈妈，”阿尔贝说道，“而且，还不止呢，他似乎很喜欢伯爵对他说的那几句恭维话，伯爵的话说得十分巧妙，而态度之安闲，仿佛他已经认识他有三十年了似的。每一句话都像是一支搔着痒处的小箭，爸爸心里一定很喜欢的。”阿尔贝笑了一声，又说道，“所以他们分手的时候，已成了最要好的朋友了，爸爸甚至还想带他到众议院里去听演讲呢。”

伯爵夫人没有再说话了。她已深深地沉入了一种思索之中，渐渐地她两眼闭了起来。站在她面前的这个青年温柔地望着她，他这时所流露出来的对母亲的依恋和爱，简直比那些可爱的小孩子对年轻的妈妈的爱更加真挚。后来，看到她的眼睛已经闭上了，听到了她发出的均匀的呼吸声，他相信她已经睡熟了，就踮着脚尖离开房间，万分小心地把门拉上。“这个怪人！”他摇摇头自言自语地说道，“我早就说他会在这儿造成轰动的，我可以用一只万灵的温度计测出他的效果。连我的妈妈都注意到他啦，所以他绝对会是个引人注目的人物。”

他下楼向马厩走去，想到基督山伯爵这次买马车又阔绰出手，以致把他的栗色的马在行家的眼睛里降为了二流货色，心里略微有点不高兴。“一点也没错，”他说，“人是不平等的，我一定要请父亲在参议院里讨论这个题目。”

第四十二章　贝尔图乔先生

这时候，基督山伯爵已经到家了。这段路只有六分钟，不过这短短的六分钟已经足够不止二十个年轻人策马追过来，看一眼这个有钱的外国人，他们心里都明白这辆马车的价位，虽然他们买不起，不过却很好奇究竟是哪个有钱人能耗费一万法郎买一匹马。阿里选的这座房子位于香榭丽舍大街右侧，这是基督山伯爵在巴黎城内日常起居的地方。宅子前院中间有一丛树木非常茂密，连房屋的正面都被它遮住了，树木的两侧，是两条小路，一边向左，一边向右，就像两条手臂一般，从铁门的入口处分别包抄到门廊的前边，恰好可以让马车通过，而门廊的每一级台阶上面都摆放了一大盆花。房子的周围没有住其他人，显得有点孤单。除了大门以外，还有一个侧门在邦修路上。车夫还没张口叫门房的人，两扇笨重的大铁门就已经打开了，原来里面的人早已发现了伯爵的马车，不管是巴黎，还是其他什么地方，这些人侍奉起伯爵来都是以太阳一般的热情、闪电一般的速度的。马车驶入石子路还没有停下来，身后的大门就已经关闭了。当马车停在门廊左边的适合，马上已有两人来到车窗前候着了。其中一人就是阿里，他脸上挂着最愉悦而又真诚的笑容，仿佛只要基督山伯爵看上他一眼，他就没什么可要求的了。另一个人是管家贝尔图乔，他只是十分恭谨地鞠了一躬，然后扶着伯爵下车。

“非常感谢，贝尔图乔先生，”伯爵一边说，一边轻快地跳到门廊的第三个台阶上，“那位中人呢？”

“在小客厅内，大人。”贝尔图乔答道。

“还有，我让你找好房子之后立即去印名片。你印了吗？”

“报告伯爵阁下，事情已经办好了。我亲自去皇家市场找的最好的刻字匠，并亲自看着他刻版的。依照您的吩咐，印出来的首张名片已经送往安顿大马路七号腾格拉尔男爵阁下府上了，其余的均在大人寝室内的壁炉架上。”

“很好。现在什么时间了？”

“四点钟。”

基督山伯爵把他的帽子、手杖和手套都交给了那个在马尔塞夫伯爵家里招呼马车的法国听差，然后由贝尔图乔在前领路，走进了小客厅里。

“这间前厅里的大理石像太俗气了，”基督山伯爵说，“我希望不久以后它将消失在我眼前。”

贝尔图乔遵命地鞠了一躬。正如这位管家所说的，那个公证人正在小客厅里等候伯爵。他尽管只不过是一个平庸的律师事务所里的职员，但却故意装出一副乡下律师所特有的那种庄严的神气。

“先生，您就是受托把那座乡村别墅卖给我的公证人吗？我买的这座房子在什么地方呢？”伯爵随意地问道，这句话一半是对贝尔图乔说的，一半是对公证人说的。管家做了一个手势，表示“我不知道”。那公证人则万分惊奇地望着伯爵。“什么！”他说，“伯爵阁下难道不知道他买的房子在什么地方吗？”

“不知道。”伯爵回答说。

“伯爵阁下真不知道？”

“您要我怎么知道呢？我今天早晨才从卡迪斯来到这里。而且我以前又没来过巴黎，这是生平第一次踏上法国领土！”

“啊！那就不同了，您买的那座房子在欧特伊村。”听到这句话，贝尔图乔的脸马上变白了。

“欧特伊村在哪里？”伯爵问道。

“离这里只有两步路，阁下，”那公证人答道，“出帕西门以后没有多远，很幽静的一个地方，在布洛涅大道的中央。”

“这么近？”伯爵说道，“那岂不是不在乡下了？你怎么会选中一所就在巴黎城门口的房子呢，我要的可是在乡下呀，贝尔图乔先生？”

“我！”管家带着一种诧异的表情大声叫道，“伯爵阁下没有叫我买这所房子呀，不然伯爵阁下可以回想一下。”

“啊，是的，”基督山伯爵说道，“我想起来了。我在一家报纸上看到了一则广告，广告上说是‘一座乡村别墅’，我就被那个虚名迷住了。”

“要是不喜欢的话，现在还来得及，”贝尔图乔赶紧说道，“如果大人把这事托付给我，我可以给您在昂琴、写特奈或贝利维找到一座更好的。”

“噢，不用了，”基督山伯爵又无所谓似的答道，“既然已经买下了，那就这样吧。”

“您说得很对。”那公证人急忙说道，他深恐得不到那笔佣金。

“那所房子的地点很幽静，有流水，有树木，即使已荒废了很长时间，但仍是一个很舒适的住处。所以就算不把家具算在内，也是划算的，而且家具虽旧了，可还是很值钱的，现在流行古董和收藏品呢。我想伯爵阁下也有这种嗜好吧？”

“说得很对，”基督山伯爵答道，“旧家具用起来很方便，是不是？”

“不止方便，而且富丽堂皇。”

“这样，那我们就马上签约决定这件事吧。”基督山伯爵答道，“请您把契约拿来，公证人先生。”于是他匆匆地把契约上所写的房屋地点和房主姓名瞟了一眼，便迅速签了字。“贝尔图乔，”他说，“拿五万五千法郎给这位先生。”管家摇摇晃晃地走了出去，不一会儿拿回来一沓钞票，于是那公证人就仔细地数起钞票来，似乎佣金不做一番清点，他是决不肯收条的。

“哦，是的，既劳神，又花费了您不少时间，这个报酬也是很公道的了。”伯爵说道，并做了一个很客气的手势表示谢意。那个公证人倒退着走出了房间，然后深深地鞠了一躬，这是他生平第一次遇见这样阔气大方的主顾。

“送这位先生出去。”伯爵对贝尔图乔说道。于是管家跟着那公证人走出了房间。

当房间里只剩下伯爵一个人的时候，他马上从口袋里摸出了一个皮夹子，上面有一把锁，而他的脖子上挂着一枚昼夜不离身的钥匙，于是他用钥匙打开皮夹子的锁。翻了一会，显然在一页上停住了，这上面记着几行字，他把这几行记录和放在桌子上的契约比较了一下，又想了一下，“‘欧特伊村芳丹街二十八号。’确实一样。”他说，“现在，我要把他的口供吓出来，但到底是用宗教的力量好呢，还是用物质的力量好？无论如何一个钟头之内，一切自会见分晓的。贝尔图乔！”他一边喊，一边用一把软把的木槌，敲了一下铜锣。“贝尔图乔！”管家马上在门口出现了。“贝尔图乔先生，”伯爵说，“你是不是有一次告诉过我，说你在法国旅行过，对吗？”

“是的，大人，走过几个地方。”

“那么你是熟悉巴黎近郊的啰？”

“不，大人，不。”管家回答说，他的全身神经质般的颤抖了一下，基督山伯爵对喜怒哀乐的洞察可谓行家，一见便知道他内心里十分不安。

“这就麻烦了，”他说道，“你居然从来没去近郊玩过，因为我今天傍晚想去看看我的新居，我还想如果你熟悉那里的话你陪我去的时候也许可以给我提供一点儿有用的情况呢。”

“到欧特伊去！”贝尔图乔大声叫道，他那紫铜色的皮肤霎时变成了青白色，“要我到欧特伊去？”

“哎，这让你很惊讶吗？你既然为我服务，我住在欧特伊的时候，你肯定要到那儿去的呀，这不是很正常吗？”

贝尔图乔一看见他主人目光威严，就急忙低下了头，一动不动地站着，也不回答。

“咦，你这是怎么啦？你难道还要我另外再叫人去吩咐备车吗？”基督山伯爵问道，他说这句话的语气，简直如同路易十四说的那句名言“这下又得叫我耐心等待了”一样。

贝尔图乔三步两步就进了前厅，用一种嘶哑的声音大喊道：“给大人备车！”

基督山伯爵写了两三封信，当他封上最后一封的时候，管家已经站在了门口。“大人的马车已在门口了。”他已经恢复了正常的恭谨神色，说道。

“嗯，去拿你的帽子和手套吧。”基督山伯爵回答说。

“您的意思是要我陪您去吗，伯爵阁下？”贝尔图乔大声问道。

“当然啰，你必须去告诉他们，因为我预备到那所房子里去住。”

伯爵的仆人中从来没人敢违背他的命令，所以那位管家只好顺从他的意思默默地跟在他的主人后面。伯爵先上车，然后示意叫他跟上来，于是他也上了车，毕恭毕敬地坐在前座上。

第四十三章　欧特伊别墅

基督山伯爵发现，当他们上马车的时候，贝尔图乔曾经做出一个科西嘉式的手势，即大拇指在空中划出一个十字，当他坐到马车里的时候，又发现贝尔图乔低声喃喃做着祷告。管家这些举动实在是太古怪反常了，显然他很避讳伯爵的这次出行，除了那些总是想刨根问底的人，估计谁见了都不会为难他的，不过这一次伯爵的好奇心实在是太重了，非要贝尔图乔和他跑一趟不可。不足二十分钟，他们就来到了欧特伊，自从马车踏入这个村庄，管家就变得十分烦躁不安，并且有愈演愈烈的趋势。贝尔图乔躲在马车角落里，眼神焦虑地扫过马车经过的每一座房子。

“告诉他们，在芳丹街二十八号前面停车。”伯爵的眼睛一眨不眨地盯着他的管家，吩咐道，他似乎想从他脸上看出什么信息。

贝尔图乔的前额上已经满是汗珠，但还是顺从地照办了。他把头从窗口里探出去，对车夫喊道：“芳丹街二十八号。”

二十八号在村子的尽头，在车子向前走的时候，夜幕渐渐降临了，说得更确切些，天空中出现了一大片带电的乌云，使薄暮中的这场戏剧化的插曲被包围在庄严的气氛里。马车停住了，听差从车夫的座位上跳下来，打开了车门。

“贝尔图乔，”伯爵说，“你不下车吗？你想留在车子里吗？你今晚上怎么看起来心事重重的？”

听到这话贝尔图乔慌忙跳下车，直挺挺地站在车门旁边，伯爵扶住他的肩头走下马车的三级踏板。

“去敲门，”伯爵说道，“说我来了。”

贝尔图乔上去敲门，门开了，门房走出来。“什么事?”他问道。

“这位是你的新主人，伙计。”听差说道，然后他把公证人的那张条子交给了门房。

“这么说的话，房子卖出去了?”门房问道，“这位先生是来这儿住的吗?”

“是的，我的朋友，”伯爵答道，“我想尽早使你不再去想你的旧主人。”

“噢，先生，”那门房说道，“我对他没有什么可留恋的，因为他很少到这儿来。他上一次来也已是五年前的事了，他是该卖掉这所房子的，因为这所房子对他似乎毫无好处。”

“你的旧主人叫什么名字?”基督山伯爵问道。

“圣·梅朗侯爵。啊，我相信他不是为了钱才卖这所房子的吧。”

“圣·梅朗侯爵!”伯爵回答说，“这个名字我好像听说过，圣·梅朗侯爵!”于是他现出了沉思的样子。

“是一位老绅士，”门房又说道，“是波旁王朝最忠实的臣仆，他有一个独生女儿，嫁给了维尔福先生，维尔福先生曾经做过尼姆的检察官，后来调到凡尔赛去了。”

基督山伯爵这时向贝尔图乔瞟了一眼，只见贝尔图乔正将身子靠在墙上，以免跌倒，他的脸比他所靠的那面墙还要白。“他这个女儿不是死了吗?”基督山伯爵问道，“我似乎听人这样说过。”

“是的，先生，那已经是二十一年以前的事了。从那以后，我们就很少见到可怜的侯爵了，大约总共不过三次。”

“谢谢，谢谢。”基督山伯爵说道，他已从管家惊慌失措的样子上判断出，他不能继续再把弦拉紧了，再紧便有绷断的危险，有些事适可而止效果更好。“请给我个人。”

“要我陪您吗，先生?”

“不，不必了，我的管家贝尔图乔会给我照亮的。”基督山伯爵一边说，一边赏了他两块金洋，这两块金洋使门房的嘴巴里接连不断地流出来一大串感谢和祝福的话。

“啊，先生，”他在壁炉架和搁板上面找了一番以后说道，“我没有蜡烛了。”

“去拿一盏灯来，贝尔图乔，”伯爵说道，“领我去看看房子。”

管家一声不响地服从着命令，但他拿灯的那只手却在发抖，从这一点上，很容易看出他这次的服从付出了多大的努力。二楼有一间客厅、一间浴室和两间卧室，这两间卧室中的一间和一座螺旋形的楼梯相连，楼梯出去便是花园。

贝尔图乔走在了前头，这座楼梯确实是通到花园里去的。一到门口，管家就站住了。“走啊，贝尔图乔先生，怎么了?”伯爵说道。但对方却待在那里了，只是瞪着眼，一副精神恍惚的样子，而他那惊慌失措的眼睛向四面环顾着，像是寻找过去某件可怕的事情的痕迹似的，双手紧紧地握成了拳头，似乎正在和脑中某种恐怖的回忆做斗争。“我亲爱的贝尔图乔先生，”基督山伯爵大笑着说，“你神志清醒一点吧，我们现在不是在萨尔坦或科尔泰。这不是一片荒地而是一座英国式的花园。我承认管理得不是很好，但你却不能否认它是一个花园。”

“大人，我求求您了，别站在那个地方!”

“我想你大概发疯了吧，贝尔图乔，”伯爵冷冷地说道，“要是真是如此，我可得事先警告你，我会把你关进疯人院里去的。”

“天哪！大人，”贝尔图乔回答说，两手绞在一起，脑袋直晃。如果伯爵这时不是正在思考一件至关重要的事，才没察觉到贝尔图乔这种胆怯的心理，否则，贝尔图乔的这副模样一定会引得他大笑。“天啊！大人，我要倒霉啦!”

“贝尔图乔先生，”伯爵说，“我不得不诚实地告诉你，当你装腔作势、眼睛骨碌碌地乱转、两手抓来扭去的时候，实在是像一个被魔鬼缠住了的人，而我更知道，心里藏着秘密的人是最难驱逐魔鬼的。我知道你是个科西嘉人，也知道你很抑郁，老是在想着过去为亲人复仇的那一段历史。在意大利的时候，我可以置之不理，因为在意大利，那种事情算不上一回事。但在法国，暗杀可是挺严重的。遇到这类事情，宪兵要捉拿凶手，法官来判罪，还有断头台会为死者报仇。

听着这话贝尔图乔两手更紧紧地扭在了一起，但就算这样，他也没有让那盏风灯跌落到地上，灯光照出了他苍白而变了形的脸。基督山伯爵带着他在罗马看安德烈受刑时的那种表情详详细细地观察着他，然后，他又用一种使那可怜的管家全身发抖的口吻说道："那么说，布沙尼神甫欺骗了我。一八二九年，他从法国旅行回来以后，叫你拿了一封介绍信到我这儿来为我做事，在那封介绍信里，他曾介绍了你的种种优点。好，我现在可以写信给神甫，说他所推荐的人有不良行为，我要叫他负责。而关于这桩暗杀事件，不久我就会完全知道的。只是我要事先警告你，我住在哪一个国家，就要遵守哪一个国家的法律，我不想因为你的缘故和法国司法机关闹纠纷。"

"噢，请别那样做，大人，我一向对您都是忠心耿耿的，而且是尽心尽力地侍奉您的。"贝尔图乔绝望地大声说道，"我一向是个诚实的人，在我力所能及的范围内，我总是在向好的方面做的。"

"对于这一点，我不否认，"伯爵答道，"但你现在为什么这样慌张这样无措？这可不是好现象，一个内心清白的人，他的脸不会这样惨白，他的手更不会这样发抖。"

"但是，伯爵阁下，"贝尔图乔吞吞吐吐地说道，"我在尼姆监狱里的时候，曾对布沙尼神甫忏悔了一件自己十分后悔的事，不知道他有没有对您说过那件事？"

"是的，但他只说你可以当一名出色的管家，所以我一直以为你只不过是偷过东西而已。"

"噢，伯爵阁下！"贝尔图乔轻蔑地叫出了声。

"那么，你既然是一个科西嘉人，你或许曾按捺不住心头的怒火，干过你们所谓'摘瓢儿'的事。"

"是的，我的好主人，"贝尔图乔大喊了一声，便扑倒在伯爵的脚前，"我不是因为别的什么，单纯只为报一次仇而已。"

"这我懂了，但我不懂那件事怎么又在你心里死灰复燃起来，使你变成这个样子。"

"大人，这是特别自然的，"贝尔图乔回答说，"因为我是在这座房子里报的仇。"

"什么，在我的房子里？"

“噢，伯爵阁下，当时它还不是您的房子呢。”

“那么是谁的？哦，是圣·梅朗侯爵的了，我记得门房说过。但你对圣·梅朗侯爵有什么深仇大恨呢？”

“噢，不是他，大人，是另外一个人。”

“这听来真是有点儿滑稽。”基督山伯爵回答说，似乎像在想什么事似的，“你竟不知不觉又跑到自己做过的特别后悔的事的房子里来了。”

“大人，”管家说道，“我相信这是命运。首先，您在欧特伊买了一座房子，而那正是我暗杀过人的一座房子，您到花园里来经过的那个楼梯正是他走过的，那个您站的地方也正是他被刺的地方，而两步路之外，正是他埋葬他孩子的坟墓。这一切都不是偶然或巧合的，因为这简直太像是天意了。”

“好吧，贝尔图乔，我就算姑且相信这是天意吧。只要人家高兴，我没什么要反对的，而且，你的头脑已经有毛病了，你一定得对它让步。来，仔细回忆一下，然后把一切都讲给我听吧。”

“这件事我只对一个人讲起过，就是布沙尼神甫。这种事情，”贝尔图乔摇摇头，继续说道，“只有在忏悔师的面前才可以讲。”

“那么，”伯爵说道，“我指点你去找个忏悔师吧。你去找一个卡德留派或白纳亭派的忏悔师，把你的秘密都讲给他听吧。我可不喜欢你这样装神弄鬼吓唬自己的人，我可不愿意用晚上怕在花园里走路的仆人。当然我承认我一点儿也不愿意看到警察局里来人拜访，因为在意大利，只要闭嘴不讲，法院就不会来找你的麻烦，但在法国，只有先说出来才能解脱自己。真的！我一直以为你多少总有点科西嘉人的气质，是一个经验丰富的走私贩子，一个出色的管家，但我现在看出你原来还胆小怕事。你已经不再是我的人了，贝尔图乔先生。”

“噢，伯爵阁下，伯爵阁下！”管家大声说道，他被这恐吓吓坏了，“如果只是因为这个原因我就不能再继续为您效劳了，我选择把一切都讲出来，因为一旦我离开您，就只能上断头台了。”

“那情况不同了，”基督山伯爵回答说，“但你可要想清楚，如果你想撒谎，还不如不讲为妙。”

“不，大人，我以我灵魂得救的名义向您发誓，我一定把一切实情都讲给您听，每一句都是真的，绝不会说谎，因为我的秘密布沙尼神甫也只知道一部分，但我求您先离开那株法国梧桐。月亮正从云堆里钻出来，而您所站的那个地点，和您裹住全身的这件披风，都使我想起了维尔福先生。”

“什么！”基督山伯爵大声叫道，“原来你暗杀的是维尔福先生。”

“大人，您认识他这个无耻之徒吗？”

“什么！”基督山伯爵回答说，“不可能吧。”

“我告诉您的都是实话。”

“啊，真的！”基督山伯爵说道，“你有什么证据吗？”

“有的。”

“而你肯定把它丢了是吧，多蠢呀。”

“是的，但只要仔细去找，还是能找回来的。”

“真的吗？”伯爵答道，“那么讲给我听听吧，因为它引起了我极大的兴趣。”于是伯爵带着一种很轻松的神气走过去坐在了一条长凳上，贝尔图乔也振作起精神跟上去站在了他的前面。

第四十四章 为亲人复仇

“伯爵阁下，你想听我从什么地方开始讲我的故事呢?”贝尔图乔问道。

“你想从哪里开始讲就从哪里开始，”基督山伯爵回答，“反正我对你的事一无所知。”

“估计布沙尼神甫已经告诉你一些事情了吧。”

“是的，他和我提到了一些，不过那都是七八年前的事情了，我忘得都差不多了。”

“那么我就随我的意讲讲，不用担心阁下您听厌了。”

“讲吧，贝尔图乔先生，现在你还可以补充一下晚报的不足。”

“这件事还得从一八一五年开始说起。”

“哦，”基督山伯爵说道，“一八一五年可不是昨天发生过的啊。”

“不，大人，虽然这是很多年前发生的事了，但我依然历历在目，就像它们发生在昨天一样。我曾经有一个哥哥，他为皇帝[①]服务，曾升职做到中尉。他所在的那一团全部都是科西嘉人。我和哥哥都是孤儿，他是我唯一的朋友。那时候我才五岁，他十八岁。他把我当儿子一样抚养长大，一八一四年，他结婚了。皇帝从厄尔巴岛回来时，他立马就参了军，还在滑铁卢战役中受了轻伤，随军一起退到卢瓦尔。”

“但这是‘百日’政变的历史，贝尔图乔先生，”伯爵说道，“如果我没记错的话，这些事史书上都有记载的。”

---

① 指拿破仑。

“请原谅我，大人，但这些细节都必须讲一下的，和事情的发生有一定的关联，而您答应过我肯耐心听的呀。”

“接着说下去吧，我一定信守诺言。”

“有一天，我们收到了一封信。我应该先告诉你，我们住的地方是一个名叫洛格里亚诺的小村子，就在科西嘉海峡的头上。他告诉我们说，军队已经解散了，他要取道经夏托鲁、克莱蒙费朗、蒲伊和尼姆回来，如果我有钱，就托人带到尼姆去留给他，交给一个和我有交往的客栈老板。”

“是走私线上的人吗？”基督山伯爵问道。

“伯爵阁下，人总得活下去呀。”

“当然啦，继续讲吧。”

“我深爱我的哥哥，这我前面已告诉过大人了，我决定不托人带钱去，而是亲自带去给他。我有一千法郎，我留下了五百给我的嫂嫂爱苏泰，就带着其余那五百动身到尼姆去了。这是很容易办到的，因为我自己有一条船，而正好有一船货要运出去，一切都对我的计划很有利。但当我们把货装好以后，风向却逆转了，以至于我们四五天都进不了罗纳河。最后，我们终于成功了，就逆流向阿尔驶去。于是我在比里加答和布揆耳之间下船，取陆路向尼姆走去。”

“我们现在差不多要讲到故事的起因了是吧？”

“是的，大人，请原谅我，但是，您一会儿就会知道的，我所讲的话，都是精简得很的，并不是短话长说或流水账。正在这个时候，那次著名的法国南部大屠杀发生了。有两三支流寇，叫什么德太龙、杜希蛮和格拉番的，公开地杀人，凡是被他们认为有拿破仑党嫌疑的，都有被杀的危险。您一定也听说过这次大屠杀吧，伯爵阁下？”

“隐约听说过，那时候我正在离法国很远的地方。继续往下说吧。”

“我一进尼姆，真可谓算是一脚踏进了血泊里，因为每走一步我都会遇到几个死尸，而那些杀人的强盗还在到处杀人、掳掠、纵火。一看到这种到处杀戮和混乱的景象，我吓慌了——不是为我自己（我不过是个老老实实的科西嘉渔夫，没有什么可害怕的，而正好相反，那正是我们走私贩子最有利的时机），而是为了我的哥哥，他是帝国时代的军人，刚从卢瓦尔军队里回来，凭他的制服和他的肩章，就够让人处处为他担心的了。于是我赶紧去找客栈老板。我的推测实在太准啦，我的哥哥是前一天傍晚到尼姆的，刚走到他想借宿的那间房子门口，就被人刺死了，我千方百计地去寻找凶手，但谁都不敢把他们的名字告诉我，他们实在是吓坏啦。于是我想起了经常听人说起的法国司法机关，听说它是什么都不怕的，我就去要求见检察官。”

“这位检察官的名字叫维尔福？”基督山伯爵装作随随便便地问道。

“是的，大人，他是从马赛来的，曾做过马赛的代理检察官。他因为对王室忠心，所以升了一级，据说他是最先把拿破仑从厄尔巴岛出走这个消息通知政府的人之一。”

“那么，”基督山伯爵说道，“你们去见他了？”

“‘先生，’我对他说，‘我的哥哥昨天在尼姆街上被人暗杀了，我不知道是谁杀死他的，但查究这件事是您的责任。您是这儿的法院院长，法院应该为它以前不能保护的人复仇。’‘你的哥哥是什么人？’他问道。‘科西嘉步兵大队的一个中尉。’‘那么说，是逆贼手下的一个军人喽？’‘是法国陆军里的一个军人。’‘哦，’他回答说，‘他用剑杀人，就在剑下亡身。’‘您错啦，先生，’我答道，‘他是被匕首刺死的。’‘你要我怎么办？’那个法官问道。‘我已经告诉过您啦，为他报仇。’‘去拿谁来报仇？’‘拿杀他的凶手呀。’‘我怎么知道谁是凶手呢？’‘吩咐他们去找呀。’‘为什么？你的哥哥和人吵架，是在一场决斗中被杀死的。所有这些老军人都无法无天的，皇帝时代，大家还能容忍他们，但现在可不同啦，因为我们南方人是不喜欢军人或混乱状态的。’

“‘先生，’我回答说，‘我来请您干预这件事，不是为我自己。至于我，我痛哭一场，或为他报仇就行了，但我那可怜的哥哥有一个老婆，要是我万一发生了什么事，那个可怜的人就会饿死的，因为她一向靠我哥哥的薪水生活的。请为她在政府里弄一笔小小的抚恤金吧。’‘每一次革命总是有灾难的，’维尔福先生回答说。‘你的哥哥是这次灾难的牺牲品。这是天灾，政府对他的家庭是毫无义务的。假如我们从各种复仇法上来判断，逆贼的追随者以前曾处处迫害王党，现在轮到他们当权，你的哥哥在今天多半会被判处死刑的。这种事情是很自然的，这是报应的定律嘛。'‘什么!'我大声叫道，‘你做法官的也对我这样说?'‘这些科西嘉人简直都疯了，我敢断定，'维尔福先生回答说，‘他们以为他们的老乡还依旧在做皇帝呢。你看错了时代啦，你应该在两个月之前来告诉我的，现在太晚了。赶快走吧，不然我就要用强迫手段了。'我望了他一会儿，想看看要是再向他请求会不会有什么收获，但这个人的心是石头做的。我走近他，低声说道：‘好吧，既然你把科西嘉人看得这样清楚，你就一定该知道，他们是绝不食言的。你以为杀死我哥哥是件好事，因为他是个拿破仑党，而你是一个保皇党！好吧，我，我也是一个拿破仑党，我现在向你宣布一件事，就是我要杀死你！从我向你宣布为亲人复仇的这个时候起，你就赶紧想法保护你自己吧，因为下一次我再碰见你的时候，你的死期就到了!'就在他惊魂未定的时候，我打开门逃了出去。"

"啊，啊!"基督山伯爵说道，"看你的外表很老实，贝尔图乔先生，想不到你竟会对一位检察官做出这样的事来！他知不知道‘为亲人复仇'这几个可怕的字是什么意思?"

"他知道得非常清楚，所以从那个时候起，他不带卫队就绝对不敢外出，总把自己关在家里，并派人到处抓我。幸亏，我躲藏得非常好，他找不到我，于是他心慌了，不敢再住在尼姆了。他要求调职，而他确实也极其神通广大，他调到了凡尔赛。但是，您是知道的，一个科西嘉人既已发誓要为自己的亲人报仇，是不管路途远近的。所以，他的马车尽管走得快，却从来不曾超过我半天的路程，我步行跟踪着他。最要紧的事情是不但要杀死他，因为这种机会我有过不下一百次了，并且要杀死他而又不被人发觉，至少不被人捉住。我已不再是属于我自己了，因为我得保护自己和想法养活我的嫂嫂。接连三个月，我盯住了维尔福先生，那三个月里，只要他一出门，我就跟着他。终于，我发觉他偷偷摸摸地到欧特伊去了。我就跟着他到了那儿，我看他走进了我们现在的这所房子，只是，他并不从朝街的大门进来，他原是骑马或是乘车来的，但他却把车子或马留在小客栈里，从那扇门进来，您看，就是那边儿的那扇门!"

基督山伯爵点了一下头，表示他能在黑暗中看到贝尔图乔所指的那扇门。

“我在凡尔赛既然无事可做，就到欧特伊来竭力探听消息。假如我想偷袭他，最合适的地点显然就是躲在这儿等候他了。这座房子，正如门房告诉大人的，是属于维尔福的岳父圣·梅朗先生的。圣·梅朗先生住在马赛，所以他用不着这所乡村别墅。据说房子已租给了一个青年寡妇，大家只知道她叫‘男爵夫人’。

“有一天傍晚，我正从墙外向里探望的时候，看见一个年轻而美丽的女人独自在花园里散步，花园里的情形不论从哪一个窗口都是望得到的，我猜测她是在等维尔福先生。当她走近时，能够辨别出她的面貌了，我便看出她才十八九岁，身材高挑，非常漂亮。而由于她穿着一件很松的绸衣，又没有什么东西挡住她的身体，所以我看出她不久就要做母亲了。过了一会儿，小门开了，进来了一个男人，那个青年女人就急忙向他迎上去。他们互相拥抱，亲密地接吻，一同回到了屋子里。这个男人就是维尔福。我当时想，当他回去的时候，尤其是假如他在晚上回去的话，他就会独自在花园里走一大段路的。”

“你知不知道这个女人的名字？”伯爵问道。

“不知道，大人，”贝尔图乔回答说，“你一会儿就会知道我当时没有时间去打听这件事。”

“说下去。”

“那天晚上，”贝尔图乔继续说道，“我本来可以杀死那个检察官的，但我对于地形还不够熟悉。我深恐不能立刻杀死他，要是他一喊，我可就逃不掉了。我把这件事拖到了他下次再来的时候。而为了不使这些逃过我的眼睛，我弄了一个窗子对着街道的房间，以便随时窥视花园里的情形。三天以后，约莫晚上七点钟的时候，我看见一个仆人骑着马疾驰着离开了房子，踏上了通往塞夫勒去的大道。我推测他是到凡尔赛去的，我没猜错。三个钟头之后，那个人满身灰尘地回来了，他的使命已经完成了。十分钟之后，又来了一个男人，是徒步来的，裹着一件披风。他打开了花园的小门，一进去就把门关上了，我赶紧下来，虽然我还没看清维尔福的脸，但从我剧烈的心跳上就可以认出是他。我穿过街道，奔到了墙角上的一个邮筒前面。我以前就是用了这个邮筒的帮助朝花园里窥探的，这一次，只是望望已不能使我满足了，我从口袋里拿出小刀来，自己先试了一下，刀尖的确很锋利，然后就从墙上翻了过来。我做的第一件事就是跑去看看那扇门，原来他把钥匙留在了门上，但为小心起见，他把钥匙在锁孔里连转了两次。那么，没问题，我可以从这扇门逃出去的。我把地形仔细地观察了一遍。花园是个长方形的，中间有一片光滑的草坪，四角有枝叶茂密的树丛，树丛中夹杂着矮树和花草。要从那扇门走到屋子里或从屋子里走到那扇门，维尔福先生必须经过一处树丛。

“当时是九月底，风很猛烈。大块的乌云扫过了天空，不时地把那苍白的月亮遮住了。这时，微弱的月光染白了那条通到屋子里去的石子路，但却无法穿透那黑压压的树丛，人要是躲在这茂密的树丛里，是决不会被发现的。我就躲在离维尔福必经之路最近的一个树丛里。我刚一躲进去，就好像听到在呼呼的风声里有呻吟声，您知道，或说得更确切些，您不知道，伯爵阁下，一个快要犯暗杀罪的人，总好像听到空中有低低的哭泣声。就这样过了两个钟头，在这期间，我好像觉得又有几次听到了这种呻吟的声音。后来午夜的钟声响了。当最后那一下钟声消逝的时候，我看到我刚才下来的那座秘密楼梯的窗口上透出了一点微弱的灯光。不久门就开了，那个穿披风的人又出现了。那可怕的时机终于到啦，为这个时机我已准备了很久，所以我毫不心慌。我把小刀从口袋里摸出来，准备出击。那个穿披风的人向我走过来，但当他走近一些的时候，我看到他手里拿着一件武器。我是怕了，不是怕搏斗，而是怕失败。当他离我只有几步远的时候，我才看清那武器原来是一把铲子，这时他已在树丛边上停了下来，先向周围望了望，然后开始在地上掘起坑来。为了便于挖土，他把披风脱下来放在了草地上，我这才发觉在他的披风下面蒙着一样东西。当时，我承认，好奇心和我的仇恨混在了一起，我想看看维尔福究竟要在那儿干什么，所以我屏住呼吸，一动不动地站着，我的脑子里闪过了一个念头，而当我看到那检察官从他的披风底下抽出一个两英尺长七八英寸深的木箱的时候，那个念头就更明确了。我等他把那只箱子放在坑里，然后，当他用脚把土踩结实，想消除一切痕迹的时候，我就冲了上去，把我的小刀一下插进了他的胸膛，一面大声说道：‘我是琪奥凡尼·伯都西粤，拿你的命抵偿我哥哥的命，拿你的财宝给他的寡妇！你看见了吧，我这次报的仇比我所希望的还圆满！’我不知道他当时有没有听到这些话，我想他大概没有听到，因为他喊都没喊一声就倒了下去。我只觉得他的血喷了我一脸，我当时如醉如狂，而那血并没有使我更糊涂，却反而使我清醒过来。不一会儿，我便挖出了那只箱子，然后，为了不让人知道，我又填满了那个坑，把那把铲子抛到了墙外，冲到门口，把门牢牢地锁上，带走了那把钥匙。”

“啊！”伯爵说，“依我看，这是一桩小小的暗杀抢劫案。”

“不，大人，”贝尔图乔答道，“这是为亲人复仇，外加赔偿损失。”

“是笔不小的数目吧？”

“那不是钱。”

“啊！我记起来了，”伯爵回答说，“你不是说到过一个什么婴儿吧？”

“是的，大人，我当时急忙奔到河边，在河堤上坐下来，用我的小刀撬开了箱子上的锁。在一块质地很好的纱布里，包着一个初生的婴儿。可是他的脸已经发紫，小手发青，显然是被人闷死的，但他的身体还没有冷，所以我有点儿犹豫不决，不知道要不要把他扔到河里。过了不大一会儿，我好像觉得他的心脏微微地跳了一下，因为我曾在巴斯蒂亚的一家医院里当过助手，所以我就照医生的办法做起来——我给他作了人工呼吸，把气吹到了他的肺里，使他的肺部膨胀起来。一刻钟之后，我看到他重新呼吸了，并且听到了一声微弱的哭叫。于是我也喊了一声，但那是一声高兴的喊叫。‘是的，上帝没有责骂我，’我喊道，‘因为他允许我救活一条人命来抵偿我夺掉的那条命。’”

“那最后你把那孩子怎么样了？”伯爵问道，“对于一个想逃走的人，他无疑是个很大的负担。”

“我没打算自己收留他，但我知道巴黎有一家医院是接受这种弃婴的。于是当我经过关卡的时候，我便说这个孩子是我在路上捡到的，并问那家医院在什么地方。那只箱子证实了我的话，那块纱布也证明他的父母是有钱的人，我身上的血可以解释是从别人身上弄来的，也可以解释是从那孩子身上弄来的。所以他们没有刁难我，就把那家医院的地址给了我，原来医院就在恩弗街的头上。我事先把那块布撕成两片，布上原先写着两个字，这样一来，一个字仍留在包孩子的那片布上，一个字便留在了我的手里，我来到医院门口，拉了拉铃，便飞也似的赶快跑掉了。两个星期之后，我便回到了洛格里亚诺，我对嫂子爱苏泰说：‘你可以安心了，嫂嫂，伊斯雷死了，但他的仇我已经报了。’她问我这句话是什么意思，我就把经过的一切都讲给她听了，‘琪奥凡尼，’她有点儿遗憾地说道，‘你应该把那个孩子带回来。我们可以取代他失去的父母，给他取名叫贝尼代托[1]，上帝看到我们做了这件好事，也会祝福我们。’于是我把我藏着的半片布给了她，回答说，等我们的境况宽裕一点的时候，再去把他要回来也是可以的。”

“那片布绣的是什么字？这个小男孩后来又怎么样了？因为我还记得你似乎告诉过我他是一个男孩子，贝尔图乔先生。”

“没有，大人，我从来没对你说过这件事。”

“我以为你说过的，那可能是我弄错了。”

“不，您没有错，他确实是个男孩儿。但大人想知道两件事情，那第二件事是什么？”

“第二件是你被人控告的那件罪案的经过，就是后来你要一位忏悔师，而布沙尼神甫应邀到尼姆狱中来看你的那件事。”

“那个故事讲起来很长的，大人。”

“那又有什么关系？你知道我睡觉的时间总是很短的，我想你也不见得现在很想睡吧。”贝尔图乔于是鞠了一躬，继续讲他的故事。

“一半是因为我忘不了那种种往事，一半是为了要养活我那可怜的嫂子，我就急急地又回去干走私贩子那老行当了。当时走私比以前更容易了，因为在一次革命之后，接着总有一段时期法纪很松弛。而南部沿岸的警戒尤其薄弱，因为在阿维尼翁、尼姆，或乌齐斯不断有叛乱发生。我们就利用政府给的这个休战时间，在沿海一带建立起了走私联络网。自从我的哥哥在尼姆街上被暗杀以后，我就再也没进过那个城市。最后的结果是，那位和我们有联系的客栈老板看到我们不再到他那儿去

---

① 意大利文，意思是“祝福”。

了，就不得不来找我们，他在比里加答到布揆耳的路上开了一个分店，名叫杜加桥客栈。所以，在埃格莫特、马地苟斯和波克一带，我们有十几个地方可以卸货，必要的时候，也可以在那儿藏身，以躲避宪兵和海关官员。走私这个行当，如果肯花精力、肯动脑筋，是很赚钱的。我是在山沟里长大的，所以我有双重的理由怕宪兵和海关官员，因为一旦我被带到法官面前，就免不了要被审问，而一经审问，就总是要追究过去的事情的。那样他们就可能发现在我过去的生活中一些比走私雪茄和无证贩卖白兰地更为严重的事，所以我宁死也不愿被捕。我做成了不少惊人的交易，而这些经验不止一次地证明，凡是那些需要当机立断、果敢执行的计划，我们对于自身的过分顾虑，几乎是成功的唯一障碍。确实如此，当你拼命想完成一件事的时候，你就已不再是别人的对手，或者反过来说，别人也就不再是你的对手了。无论是谁，只要下了这个决心，他就会顿时觉得增添了无穷的力量，而他的视野也随之开阔了。”

“谈起哲学来了，贝尔图乔先生！”伯爵插嘴说道，“你一生中都干过一些什么活了？”

“噢，请您原谅，大人。”

“不，没关系，但在夜里十点三十分的时候谈哲学未免有点太晚了吧。我没其他的意思，只是觉得你说得很对，甚至比有些哲学家说得还对。”

“我的生意愈做愈远，也愈来愈赚钱。爱苏泰管着家务，我们那份小家产渐渐地积累起来，丰厚起来。有一天，当我要出发远行的时候，‘安心去吧，’她说道，‘你回来的时候我要吓你一跳。’我追问她是什么事，但一点儿也没用，她不肯透露半个字，于是我就带着好奇走了。我们那次离开了差不多六个星期。我们到卢卡去装油，到里窝那装英国棉花，接着我们顺利地卸了货，分了红利，然后高高兴兴地回家了。我一进家门，就看见爱苏泰的房间中央有一只摇篮，这只摇篮，和其余的家具一比，算是奢华的了，最重要的是摇篮里有一个七八个月大的婴儿。我高兴地叫了一声，其实自从我暗杀了那检察官以来，一直都很快乐，只是每当想到遗弃了这个孩子的时候，心里总有点儿不安。而对那次暗杀，我从没有后悔过。这一切，可怜的爱苏泰都猜到了。于是她就趁我出门的时候，带着那半片纱布，写下我把孩子送到医院里去的日期和时间，动身到巴黎去接孩子了。他们没有提出任何异议，就把那婴儿交了给她，啊，我不得不承认，伯爵阁下，当我看到那可怜的小东西安静地躺在摇篮里睡觉的时候，我泪水盈眶，心潮澎湃。‘啊，爱苏泰，’我喊道，‘你真是一个好女人，上天会祝福你的。’”

“这就和你的哲学思想不太相符了，”基督山伯爵说道，“这实在只是一种迷信而已。”

“您说得很对，”贝尔图乔回答说，“上帝惩罚我们的工具就是这个婴儿。从未有谁的邪恶的天性这么早就表露出来的，但这绝非因教养方面存在什么过错。他是一个孩子，且最可爱，有着一对深蓝色的大眼睛，与之相称的是他拥有着洁白的肤色，只是头发少了点，以至于他的面容看起来有点古怪，可那却让他的眼光显得加倍灵活，让他的微笑显得加倍刻毒。不幸的是，在我们那里有一句叫作‘脸蛋儿长得俊，不是极致美好，就是坏到透顶’的谚语，形容贝尼代托再相配不过了，甚至在他小时候，便已经显出最恶劣的气质了。没错，他母亲对他过度的溺爱也对他起到了鼓励。这个孩子，我那可怜的嫂嫂愿意为他跑到一二十法里外的镇上，去购买最新鲜的果子及最好吃的糖果，可他对帕尔马的橘子或热那亚的蜜饯没有兴趣，却偏偏爱去一位邻居家的果园里偷栗子，或是在阁楼上偷吃苹果干，即便是我的花园里生长的胡桃和苹果任他采摘。当贝尼代托大约五六岁时，有一天我们的邻居华西里奥同我们抱怨说他的钱袋里不见了一个路易，原来依照当地的风俗，他是从来不会锁住钱袋或贵重物品的，因为，大人知道，科西嘉的人是不会偷东西的，我们以为他定是将钱数错了，可他却坚持说数得很准确。那一天，贝尼代托早晨从家里出去，直到很晚也不见回来，我们很焦急，后来，我们终于看见他回来了，而且手上还牵着一只猴子，他说那只猴子是捡来的，当时被锁在一株树脚下。这个爱好恶作剧的孩子总是胡思乱想，他想要一只猴子已经想了一个多月了。之前有一个从洛格里亚诺路过的船夫带着几只猴子，那个家伙很是刁滑，肯定是他引坏了他，让他去偷钱的。‘我们树林里是无法捡到拴在树上的猴子的，’我说，‘实话说吧，你是从哪里弄来的。’贝尼代托坚持说是捡来的，而且说得有声有色，虽然不足以证明他的诚实，却充分显示了他的想象力很丰富。我生气了，他却开始大笑起来。我威胁着要打他，他向后退了两步。‘你不可以打我，’他说，‘你又不是我的父亲，因此没有权利。’

“这个要命的秘密我们一向都很小心翼翼地隐瞒着，始终不知道是谁将它泄露了出来，总之，在这句话里，那孩子的性格完全暴露了出来，我几乎被他吓倒了，手也垂了下来，压根儿没有碰到他。那孩子胜利了，而这次胜利让他变得更加肆无忌惮，以致任意挥霍了爱苏泰全部的钱。可他越不成器，爱苏泰好像越爱他，她不知道该怎样制止他的任性，也拿不出勇气去阻止他的放肆行为。而当我在洛格里亚诺时，一切还好，可只要我一转身，贝尼代托就变成了一家之主，而一切也就都糟透了。当他才十一岁时，他便已经在十八九岁的年轻小伙子当中挑选他的伙伴了，而且选择的都是巴斯蒂亚或科西嘉最坏的家伙，他们闹过的恶作剧已不少，好几次都有人恐吓要去控告他们。我慌了，因为一旦被控告，便会有严重的后果产生。因此，我不得不在这个时期离开科西嘉去做一次重要的远征，而我也考虑了很久，决定带着贝尼代托一起，希望借此来规避一场临近的祸事。走私贩子所经历的生活是活跃的，也是辛苦的，我希望在那种生活，以及船上严格的纪律下，能够让他那种已经几乎堕落的性格有一个好的转变。我和贝尼代托单独聊了聊，让他和我一起去，努力用种种最能让一个十二岁的孩子的幻想被打动的许诺去诱惑他。他耐心地听我说着，当我讲完时，他立刻大笑了起来。

“‘叔叔是疯了吗?’他高兴时便会如此叫我，‘你认为我会以现在这种生活去和你那种生存方式进行交换——放弃我如今的这种愉快自由的生活，而像你一样又辛苦又危险地去自讨苦吃吗?夜里忍受刺骨的风霜，白天忍受灼肤的酷热，东躲西藏，一旦被人发现，就可能会吃一排子弹——如此去挣一点点钱?哼，钱对我来说是要多少就会有多少，只要我要，妈妈总是会给我的，你看，我若是同意了你的提议，我便是一个傻瓜啦。’他讲得如此厚颜无耻，满是大道理，我简直惊住了。贝尼代托却已经回到他的伙伴那里了，我看见他远远地将我指给他们看，当我是一个傻瓜。”

“这孩子挺可爱的!”基督山伯爵小声地说着。

“噢！倘若他是我亲生的儿子，”贝尔图乔回答，“或者甚至是我的侄子，我便会将他带到正路上，因为你知道这是自己的责任，所以你就有力量了。可一想到我要打的孩子的父亲还是死在我手里的，我便不忍心下手了。我的嫂嫂总是替那可怜的孩子辩护，可她也承认，她曾经也丢过好几次钱，而且都是很大一笔，于是我好好地劝她，让她将我们的小财宝藏到一个安全之处，以备将来不时之需。我已下定了决心，贝尼代托已经完全能读，能写，能算，——当有兴致时，他在一天中所学的相对于旁人一个星期学的要多得多。我有意想将他送到一只船上去做职员，事前一点也不让他察觉我的计划，拟定一个日子一大早就将他送到船上，送上船，并和船长推荐他以后，他的前途便由他自己决定了。决定这么做之后，我就动身前往法国了。我们的所有货物都必须在里昂湾里卸上岸，可这样做已经愈来愈困难了，因为已经是一八二九年了。社会秩序已经完全重新建立，海关关员已经增强了好几倍的警戒，布揆耳的集市又才刚刚开始，因此他们此时的执行便愈加严格。

“一开始我们进行长征时很顺利。我们将船驶进罗纳河，在布揆耳往阿尔当中的一段河面上抛锚，混在其他几只帆船中间。我们一到，当晚就开始卸货，然后靠着和我们有联络的几位客栈老板的帮忙，将货运到城里。究竟是成功让我们有了疏忽呢，还是有人出卖了我们，这就不得而知了，因为有一天傍晚，大约五点钟的时候，我们的小船童气喘吁吁地跑来通知我们，说他看到一队海关关员往我们这边走来。我们听后大感意外，倒不是对他们就在附近感到吃惊，——因为罗纳河沿岸常常会有人巡逻——而是他们的小心，因为据那孩子说，他们害怕被人看见。我们马上开始了警戒，可是太迟了。我们的船已经被包围了，而且我还在海关关员当中看见了几个宪兵，虽然我平时十分勇敢，但是此时看见他们的制服，却吓得如老鼠见了猫一般，我跳到货舱里，将一扇圆窗打开，窜进了河里，潜水游走了，只有要呼吸时才会浮上来一下，就这样一直游到了罗纳河与那条自布揆耳往埃格莫特的运河会合的转弯处。此刻我安全了，因为我能沿着那个转角游着且不会被人看见，我平安地游到了运河，我是有意游向这个方向的。我已经和大人说过，一个尼姆的客栈老板曾经在比里加答去往布揆耳的路上开了一家客栈。”

“没错，”基督山伯爵说，“我记得很清楚，我猜他是你们的同党吧。”

“没错，”贝尔图乔回答，“但在七八年以前，他已把他的店顶给了一个马赛的裁缝，因为在他的老行当上他几乎破了产，所以想换个行业重起炉灶。我们对于新旧店主当然是不分彼此的，所以和他签订了同样的合同，我当时就是想去这个人那儿躲一下的。”

“他叫什么名字?”伯爵问道，他似乎对贝尔图乔的故事越来越感兴趣。”

“葛司柏·卡德鲁斯，他娶了一个卡尔贡特村的女人，除了她的村名以外，我们也不知道她到底叫什么名字。只能用村名称呼她，她当时正发着一种寒热病，似乎正在一步一步地接近死亡。而她的丈夫，倒是一个很壮实的汉子，年约四十五岁，他曾在危险中充分证明了他很有头脑和勇气，而且不止一次。我当时就是想去请求卡德鲁斯给予庇护的。我们是从来不走前门的，所以我决定不破坏老规矩，依旧是翻过花园的篱笆，在橄榄树和野生的无花果树中间爬了进去。我怕卡德鲁斯那儿有别人，就躲进了一间小屋里，我以前经常在那间小屋里过夜，它和客栈正屋只隔着一层墙板，墙板上有洞，我们可以从洞里向里偷看，等候合适的机会宣布我们的到来。我的意思是，如果里面只有卡德鲁斯一个人，我就直接出来告诉他我来了，在他家继续吃完那一顿刚才被海关官员打断了的晚餐，然后趁着那快要到来的暴风雨回到罗纳河去打听一下我们的船和船员的情形。我走进了那间小屋，而幸亏当时我那样做了，因为当时卡德鲁斯正巧带着一个陌生人进来了。

“我耐心地等候着，并不是想存心偷听他们的谈话，只是，我实在没什么别的事可做了，况且，这种事以前也是经常发生的。那个和卡德鲁斯一起来的人显然不是法国南部的本地人，他是个到布揆耳的集市上卖珠宝的商人，那次的集市要持续一个月，有很多从欧洲各地云集而来的商人和顾客。一次集市，每个珠宝商人一般可以做成十万到十五万法郎的生意。卡德鲁斯匆匆忙忙地进来，看到房间里空空的，只有那只狗在那儿，就叫起他的老婆来。‘喂，卡尔贡特娘儿们!’他说道，‘那位可敬的神甫没有骗我们，钻石是真的。’接着便听到了一声欢呼，楼梯就在一种软弱的脚步下“格格”地叫起来。‘你说什么?’他的老婆问道，脸色白得像死人一般。‘我说那颗钻石是真的，神甫没有骗我们，这位先生是巴黎的首屈一指的珠宝商，他肯出五万法郎买我们的钻石。只是，为了想证实它确实属于我们的，他希望你也像我那样来讲一遍，到底那颗钻石是怎样不可思议地落到我们手里的。现在请坐吧，先生，我去给你倒一杯酒来。’

“那珠宝商仔细地察看着客栈内部，看出对方显然是穷人，而他们要卖给他的那颗钻石，却像是从一位亲王的珠宝箱里弄来的似的，‘讲一下你们的故事吧，太太。’他说道，无疑是想利用那丈夫离开的机会，使后者无法影响他妻子的讲述，看看两番话是否符合。‘噢!’她答道，‘这是天赐的礼物，我们就算做梦也想不到的！我的丈夫在一八一四或一八一五年的时候有一个好朋友，名叫爱德蒙·唐太斯，他是个水手。这个可怜的人，卡德鲁斯已把他忘了，而他却没有忘记他，他临死的时候，把这颗钻石遗赠给了他。’‘可你丈夫的朋友又是怎么弄到的呢!’那珠宝商问道，‘难道他在入狱以前就有那颗钻石了吗?’‘不，先生，似乎是他在牢里认识了一个富有的英国人。当那人在牢里生病的时候，唐太斯像亲兄弟般地照顾他，那英国人深受感动，为表示感激在被释放的时候就把这颗钻石送给了唐太斯，而唐太斯却没福气，他在牢里病死了，于是这颗钻石就由他拜托一位好心肠的神甫转赠给了我们，就在今天早晨才送到这儿来的。’‘说得一样!’珠宝商自言自语地说道，‘这个故事最初似乎令人难以置信，但也许倒是真的。那现在只要商定价钱了。’‘怎么还要商定呢?’卡德鲁斯说道，‘我以为你已经同意五万法郎了呢。’‘我出的价钱，’珠宝商回答说，‘是四万法郎。’‘四万!’卡尔贡特女人抗议地大声说道，‘这个数目我们是不卖的。神甫告诉我们它值五万，还不连那托子呢。’‘那么，那位神甫叫什么名字?’那很有耐心的商人问道。‘布沙尼神甫，’卡尔贡特女人说道。‘他是个外国人吗?’‘意大利人，我想可能是从孟都亚附近来的。’‘让我再来看一下这颗钻石，’珠宝商答道，‘宝石的价值第一次看的时候经常会估错的。’于是卡德鲁斯从他的口袋里摸出了一只黑鲛皮的小盒子，打开盒子，把钻石交给了珠宝商。一看到那颗像榛子般大的钻石，卡尔贡特女人顿时显露出贪婪的目光。”

“贝尔图乔，你对这个美丽的故事怎么看？”基督山伯爵问道，“你信不信？”

“我相信，大人。我认为卡德鲁斯不是一个坏人，在我看来他是不敢犯罪的，即便连偷东西的事也是不敢做的。”

“这只能证明你的心地善良，可不是证明你的阅历深和看人的眼光准，贝尔图乔先生。那么你认不认识他们所说的那个爱德蒙·唐太斯？”

“不认识，大人，我以前从没听人说起过他，后来也只听人提起过一次，那还是我在尼姆监狱里看到布沙尼神甫的时候他亲自对我说的。”

“接着说下去吧。”

“珠宝商接过了那只戒指后，马上从他的口袋里摸出了一把钢钳和一个铜制的小天秤，接着把钻石从托子里拿出来，仔细地称了称。‘我只能给你四万五千，’他说道，‘半个铜板也不能再加了，而且，这颗钻石也只值这些钱，我身上又刚巧只带着那个数目。’‘啊，那没关系，’卡德鲁斯回答说，‘其余那五千法郎我跟你回去拿好了。’‘不，’珠宝商把钻石和戒指还给了卡德鲁斯，答道，‘不，再多就不值了，我已经有点儿后悔给得太多了，因为这颗钻石里面有一条裂纹，我刚才没看出来。但即便如此，我说出的话决不反悔，我可以出四万五千，而且只能这么多了。’‘那么，你得把钻石装回到戒指上面去呀。’卡尔贡特女人厉声说道。‘啊，是的。’珠宝商回答道，于是把钻石重新镶好了。‘没有关系，’卡德鲁斯一边说着，一边把那盒子放回到了他的口袋里，‘你不买别人也会买的。’‘是的，’珠宝商又说，‘但别人是不会像我这样好说话的，别人是不会相信这种故事的，像你这样的人会有这样的一颗钻石是令人难以置信的。他会去告你的。你就不得不再去找布沙尼神甫，而把价值两千路易的钻石送人的神甫是不多的。法院会把它拿去，而把你关到牢里，然后过三四个月再放你出来，到那时这只戒指就会不见了，要不然是给你一粒价值三个法郎而不是四万五千法郎的假钻石，不错，它也许值五万五千，但你不得不承认，做这笔交易是冒着很大的风险的呀。’卡德鲁斯和他的妻子焦急地互相对看了一眼，有点心动但又不甘心。‘不，’卡德鲁斯说道，‘你知道我们不是有钱人，五千法郎的亏实在是吃不起。’‘随便你吧，亲爱的先生，’珠宝商说道，‘你看，我是带着亮晶晶的钱来的。’说着他便从口袋里摸出了一把金洋，故意把钱的光射到客栈老板那一对看花了的眼睛里，另外一只手则拿着一沓钞票。

“卡德鲁斯的脑子里明显在激烈地斗争着，在他的眼里，他拿在手里翻来覆去的这只鲛皮小盒子，其价值显然是不足以和那吸引他目光的那一大笔钱相匹敌的。于是他转过去低声问他的妻子：‘你觉得怎么办好呢?’‘那就卖给他吧，卖给他吧！’她说道，‘如果他空手回布揆耳，也许他会去告我们的，而正如他所说的，谁知道我们这一辈子还能不能再见到那位布沙尼神甫呢?’‘好吧，既然你这么说，我同意了！’卡德鲁斯说道，‘这颗钻石四万五千法郎就卖给你吧。但我的太太要一条金项链，我也要一对银纽扣。’珠宝商从他的口袋里摸出了一只扁扁的长盒子来，里面装着几种他们所要的东西的样品。‘喏，’他说道，‘我这个人做生意特别爽快，你们自己挑吧。’那女人挑选了一条约值五个路易的金项链，那做丈夫的则选了一对大约可值十五法郎的纽扣。‘我想你们现在不会再抱怨了吧?’珠宝商说道。‘神甫告诉我它可是值五万法郎的。’卡德鲁斯自言自语地说道。‘来，来，把它给我吧！你这个人真奇怪！’珠宝商一边说着，一边从他的手里把那钻戒拿了过来。‘我给了你四万五千法郎，也就是说，每年可有两万五千法郎的进账，我倒很想发这样的一笔财，而你却还不满足！’‘那我的四万五千法郎在哪儿呢?’卡德鲁斯用一种近乎嘶哑的声音问道。‘来，我们先来看看钱吧！’‘钱在这儿。’珠宝商回答说，于是他在桌子上数出一万五千法郎的金洋和三万法郎的钞票。‘等我先把灯点起来，’卡尔贡特女人说道，‘天黑下来了，说不定会数错的。’的确，在他们谈话的时候，天已经黑了，还有那半个钟头以来一直气势汹汹表示快要降临的暴风雨也和夜晚一起来了。远处已隐约可听到隆隆的雷声，但那珠宝商、卡德鲁斯，或是卡尔贡特女人似乎都没有去注意它，他们都像是着了魔似的。当我看到这么多金洋和这么多钞票时也觉得有点儿痴了，真像是在做梦，像在做梦时经常发生的情形一样，我觉得自己已被钉在那个地方了。卡德鲁斯把金洋和钞票连数了两遍。在这期间，那珠宝商在灯光下查看着那颗亮晶晶的钻石，钻石发出来的光使他没去注意那暴风雨的先兆已反射到了窗户上。‘喂，’珠宝商问道，‘现款没错吧？’‘对的，’卡德鲁斯说道，‘把皮夹子拿给我，卡尔贡特娘儿们，再找一个可以装钱的布袋来。’卡尔贡特女人走到一只碗柜前面，拿出了一个旧皮夹子和一个钱袋，然后她从那只皮夹子里抽出了几封油腻腻的信，把钞票装了进去，又从那只钱袋里摸出了两三个值六里弗的艾居，这两三个艾居，很有可能就是这对可怜的夫妇全部的财产了。‘好了，’卡德鲁斯说道，‘现在，尽管你叫我们亏了一万法郎，但你愿不愿意和我们一起吃晚饭，我是诚心诚意邀请你的。’‘谢谢你，’珠宝商答道，‘时候不早了，我不得不赶回布揆耳去了。我的太太肯定要着急了。’他摸出表来大声叫道，‘啊！差不多九点钟啦！我得半夜里才能回到布揆耳了！晚安，亲爱的。要是布沙尼神甫碰巧回来，别忘了提起我呀。’‘可是你再过一个星期就要离开布揆耳了呀，’卡德鲁斯说道，‘因为集市过几天就要结束了，告诉你有什么用呢？’‘不错，但那没影响。写信通知我好了，写巴黎王宫于皮埃尔街四十五号埃阿内先生收就得了。我会专程来拜访他的。’这时，天上突然打了一个很响的霹雳，同时擦过一道强烈的闪电，几乎使灯光相形失色了。‘啊！’卡德鲁斯大声说道，‘这种天气你还能走吗？’‘哦，我是不怕打雷的！’珠宝商说道。‘那么强盗呢？’卡尔贡特女人说道，‘在这条路上碰到这样的集市时期向来都不是很安全的。’‘噢，至于强盗，’珠宝商埃阿内说道，‘我这儿有样东西可以对付他们，’说着他从口袋里摸出了一对上满子弹的小手枪来，‘喏，’他说，‘这就是两只又会叫又会咬的狗，谁要是想垂涎我的钻石，就得尝尝它们的味道，卡德鲁斯老爷。’卡德鲁斯和他的妻子又互相交换了一个意味深长的眼色，看来他们好像同时想到了一个可怕的念头似的。‘那好吧，我们也不强留你了，祝你一路平安！’卡德鲁斯说道。‘仍然谢谢你。’珠宝商回答说。于是他拿起那只靠在一只旧碗柜旁边的手杖，转身就向外走去，他刚把门打开，门外就即刻扑进来一阵狂风，差一点儿把灯都吹灭了。‘噢！’他说道，‘这种天气真是太好了，在这样的暴风雨中走六里路那真是从未有过的经历呢！’‘别走了吧，’卡德鲁斯说道，‘你可以睡在这儿的。’‘是呀，真的别走了吧，’

卡尔贡特女人用一种颤抖的声音接上去说道，‘我们会好好地招待你的。’‘不，我不能留在这里，我一定得到布揆耳去过夜。所以我再向你们道一次晚安！’卡德鲁斯慢吞吞地送他到门口。‘我什么都看不清啦！’珠宝商说道，这时他已到了门外。‘我应该向右走还是向左走呢？’‘向右走，’卡德鲁斯说道，‘你决不会走错的，大路两旁都有树。’‘好，行啦！谢谢啦！’听那个声音似乎已到了远处。‘把门关上，’卡尔贡特女人说道，‘我不喜欢在打雷的时候把门开着。’‘尤其还是当家里有钱的时候，呃？’卡德鲁斯一边回答说，一边把门上下都闩好了。

“他回到了房间里，走到碗柜前面取出了钱袋和皮夹子，于是两个人又开始第三次数他们的金洋和钞票。跳动的灯光照亮了那两张脸，我从没在人的脸上看到过那种贪婪的表情。那女人尤其可怕，她本来就因为发烧一天到晚都在发抖，这时抖得更厉害了，她的脸已经变成了铅白色，眼睛像炽热燃烧的煤炭。‘你为什么要留他在这儿过夜？’她用一种嘶哑的声音问道。‘为什么？’卡德鲁斯打了一个寒战说道，‘免得他这么晚还要一路辛苦地回到布揆耳去呀。’‘啊！’那女人带着一种极其怪异的表情回答说，‘我还以为是为别的什么原因呢。’‘女人哪，女人哪，你为什么要有这种念头呢？’卡德鲁斯大声说道，‘要是你有了这种念头，你又为什么要把它说出来而不把它闷在自己的心里呢？’‘哼，’卡尔贡特女人顿了顿说道，‘你不是个男子汉！’‘你这话是什么意思？’卡德鲁斯说道。‘如果你是个男子汉，你就不该让他走出这个门。’‘女人！’‘或者不该让他到布揆耳。’‘女人哪！’‘这条路有一个大转弯，他必须顺着大路走，而沿着运河走，却有一条近路。’‘女人哪！你触怒上帝啦！喏！听！’正当这个时候，他们听到了一连串轰隆隆的雷声，银白色的闪电突然照亮了房间，然后，那雷声又渐渐地远去了，似乎有点不情愿离开这该诅咒的房子似的。‘耶稣呀！’卡德鲁斯一边说着，一边在自己胸前划十字。

“正在这时，在那伴随雷声之后而来的恐怖的沉寂中，突然他们听到了一阵叩门声。卡德鲁斯和他的妻子都吓了一跳，惊骇地互相望了一眼。‘是谁呀？’卡德鲁斯大声问道，并站起来把散开在桌子上的金洋和钞票拢成一堆，用双手把它压住。

“‘是我!’一个声音喊道。‘你是谁?’‘呃，我是珠宝商埃阿内呀。’‘哼，你还说我触怒了上帝!’卡尔贡特女人带着一个可怕的微笑说道，‘正是那好心肠的上帝又把他送回来啦。’卡德鲁斯脸色已经煞白，吓得都喘不过气来了，一下子跌回到了他的椅子里。卡尔贡特女人则正好相反，她站起身来，跨着坚定的步子向门口走去，一边开门，一边说道：‘请进来，亲爱的埃阿内先生。’‘说实话!’那已经被淋成落汤鸡的珠宝商说道，‘看来我今晚上是无法回布揆耳啦。蠢事还是愈早结束愈好，亲爱的卡德鲁斯，你刚才说愿意留宿我，我决定接受了，所以我又返回来准备在你这儿过夜了。’卡德鲁斯一边抹掉他额头上吓出的冷汗，一边低声地说了几句话。卡尔贡特女人在珠宝商进来以后就把门上下都闩好了。

第四十五章　血雨

“当珠宝商回到房间里的时候，他先小心翼翼环视了一圈，不过并没有发现什么可疑的地方，虽然他心里依然充满了怀疑，这是一种说不清道不明的疑虑，没有根据也无法证实。卡德鲁斯的两只手依然紧抓住珠宝商的钞票和金洋不放，而卡尔贡特女人则努力伪装出一副善意的笑容对着客人。‘啊，对了！’珠宝商说道，‘你是不是对这些钱的数目还是不够放心，所以我走以后你又数了一遍？’‘不，没有，’卡德鲁斯答道，‘这笔钱来得实在太突然了，我们都无法相信自己会交到这样的好运，只有真切地把它们摆在眼前看着，才不会觉得这是一场梦，我们是真的有一大笔钱了。’珠宝商听了笑起来。‘你们这里还有没有其他的客人？’他问道。‘一个也没有，’卡德鲁斯老实回答，‘这里距离镇子太近了，谁也不想来这里投宿，所以旅客很少。’‘那我是不是打搅你们了？’‘噢，我的老天爷，不！尊贵的客人，您千万不能有这样的想法，’卡尔贡特女人说道，‘我和您保证，您一点儿也不打搅我们。’‘可是我要睡在哪里呢？’‘楼上就是您的房间。’‘楼上的房间不是你们的吗？’‘您不用担心，我们后房还有床呢。’卡德鲁斯一脸惊讶地盯着他的妻子。这时候，卡尔贡特女人已经把壁炉里的火生起来了，方便客人能烤好湿衣服，珠宝商哼着曲子，背靠着壁炉取暖。卡尔贡特女人还把桌子一端铺上了餐巾纸，上面摆上了他俩吃剩的晚餐，又加了三四枚新鲜的鸡蛋。卡德鲁斯这时已经把他的钞票塞到了皮夹子里，金洋也装进钱袋中，所有的财物都小心地锁到钱箱中。接着他一脸忧虑，满腹心事地在屋子里走来走去，一边走一边还看两眼那个珠宝商，珠宝商这时依然还站在壁炉旁边，身上热气腾腾的，这一边烤干了，又开始烤另一边。‘喏，’卡尔贡特女人拿出一瓶酒放到桌子上面，说道，‘晚餐已经准备就绪，您打算何时吃就何时吃。’‘你们不要和我一起吃点吗？’珠宝商问道。‘今天晚上我们不打算吃饭了。’卡德鲁斯答道。‘因为我们午饭吃得比较晚。’卡尔贡特女人急忙插了一嘴。‘这么说只能我一个人吃饭了？’珠宝商有些遗憾。‘噢，我们可以陪您坐一会儿。’卡尔贡特女人回答道，她的态度格外殷勤，即使是那些付了钱吃饭的客人，也不见得她对他们表现出这种殷勤来。

“卡德鲁斯锐利的目光不时地射向他的妻子，但只像电光一闪那样的短暂。暴风雨依旧咆哮着。‘喏！喏，’卡尔贡特女人说道，‘你听到了没有？说实话，你真回来对了。’‘可是，’珠宝商答道，‘要是我吃完饭以后暴风雨已经停了，我还是要去尝试一次的，看看能否完成我的旅程。’‘噢，’卡德鲁斯摇摇头说道，‘暴风雨是决不会停的，现在刮的是西北风，肯定要到明天早晨才会停下来。’说完他重重地叹了一口气。‘哎！’那珠宝商一边在桌子前面坐下来，一边说道，‘说来说去那些在船上的人可算倒霉了。’‘啊！’卡尔贡特女人附和着说道，‘碰到这样恶劣天气的晚上他们可真够苦的了。’珠宝商开始吃起饭来，卡尔贡特女人则继续向他献小殷勤，像个小心的主妇一样。她平常是那样的古怪别扭，而这时却变成了一位关心他人的有礼貌的模范家庭主妇了。要是那珠宝商以前曾和她相处过，对于她这样明显的变化一定会表示惊奇的，因而也就一定会产生某种怀疑。这时，卡德鲁斯继续在房间里来回地走着，似乎不愿去看他的客人，当那个外乡人一吃完饭的时候，他就走到门口，把门打开。‘暴风雨好像过去了。’他说道。但似乎上天故意要驳斥他的话似的，就在这时突然打下了一个很响的霹雳，几乎要把房子连根拔起似的，同时突然地刮进来一阵夹带着雨水的狂风，忽的一下扑灭了他手里的那盏灯。卡德鲁斯急忙关上门，又回到了他的客人那里，而卡尔贡特女人则在壁炉里快要熄灭的炭火上点起了一支蜡烛。‘你一定很累了，’她向珠宝商说道，‘我已经在你的床上铺好了白床单。你去你的卧室休息吧，晚安！’那珠宝商又等了一会儿，看看那暴风雨有没有平息下去，但他看到的是雷声和雨点都愈来愈大，于是便向两位主人道了晚安，上楼去了。他当时正从我的头顶上经过，他每上一级楼梯，我就听到楼梯咯吱地叫一声。卡尔贡特女人那焦灼的目光跟随着他，而卡德鲁斯却正相反，他甚至连看都不朝那个方向看一眼。

“这一切，虽然从那以后一直深深地印在我的脑海里，但当时却并没给我留下多大的印象。的确，所发生的这一切（除了那个有关钻石的故事听起来有点令人难以相信以外）似乎都是很自然的。当时我虽然很疲倦，但心里仍很想等暴风雨一停就继续上路，所以我决定利用这比较安静的时间来睡上几个钟头，以恢复我的体力和精力。那珠宝商的房间就在我的头顶上，他的一举一动我都能辨别出来。他先尽力布置了一番，准备舒舒服服地过一夜，然后就往床上一倒，我听到了床在他的重压之下发出的咯吱咯吱的响声。我的眼皮在不知不觉中变得沉重起来，我困极了，我当时并没怀疑会出什么事，所以也就不想去摆脱睡意的侵袭了。当我最后一次向房间里张望的时候，卡德鲁斯和他的妻子已经坐了下来，前者坐在一张木头的小矮凳上，那种小矮凳在乡下常常是当作椅子用的。他背朝着我，所以我无法看到他脸上的表情，但即使他换个方向坐，我也是看不到的，因为他正把头埋在两手之间。卡尔贡特女人则带着一种藐视的眼神默默地望了他一会儿，然后她耸了耸肩，过去坐在了他的对面。正当这时，那快熄灭的炉火引着了旁边的一片木头，壁炉里又重新吐出个火苗，于是一片火光一瞬间照亮了房间里的一切。卡尔贡特女人的目光依旧在她丈夫的身上，由于他毫无改变姿势的样子，她就伸出她那只瘦骨嶙峋的硬手，在他的前额上点了一下。

“卡德鲁斯猛地打了个寒战。那女人的嘴巴似乎在动，好像在讲话，但不知是因为她讲话的声音太低了，还是因为我的听觉已因浓浓的睡意而变迟钝了，总之她讲的话我一个字也没听清楚。甚至连我所看到的东西也都像隔了一重雾似的，自己也不知道究竟是醒着还是在做梦。最后，我合上了眼睛，失去了知觉。究竟我在这种毫无知觉的状态中睡了多久，自己也不知道，总之，我突然被一声枪声和可怕的惨叫声惊醒了。房间的地板上响起了踉跄的脚步声，接着，楼梯上重重地发出了一个响声，像是有样笨重的东西无力地倒下去似的。我的神志还没有完全清醒时就又听到了呻吟声和半窒息的叫喊声混成了一片，像是有人在进行一场垂死的挣扎。最后的那一声喊叫拖得很长，后来就愈来愈弱，渐渐地变成了呻吟。这一声喊叫一下子把我从迷迷糊糊的昏睡状态中唤醒了。我急忙用一只胳膊撑起身子，环顾周围，但见周围一片漆黑。我感觉到头顶上好像雨水已经渗透了楼上房间的地板，因为有一种潮湿的东西正一滴滴地落在我的前额上，我用手抹了一把，却觉得它黏糊糊的。

“在那一阵可怕的声响之后，便是一片死一般的沉寂，只剩一个男人在我头顶上走动的声音。楼梯在他的脚下咯吱咯吱地响着。那个人走到楼下的房间里，走近壁炉前面，点起了一支蜡烛。那是卡德鲁斯，只见他脸色苍白，衬衫被鲜血染成了一片红色。点亮了灯以后，他急急忙忙地又上楼去了，于是我头顶上的房间里又响起了他那急促不安的脚步声。不久，他手里拿着那只鲛皮小盒子下来了，他打开盒子，看清楚了钻石的确仍旧在里面，然后，似乎又犹豫不定，不知该把它藏在哪个口袋里才好，他好像觉得哪个口袋都不够安全似的，最后他把它夹在了一条红手帕里，把手帕小心地盘在了他的头上。接着，他又从碗柜里拿出钞票和金洋，一包塞进了他的裤子口袋里，一包塞进了他的背心口袋里，匆匆地拿了两三件内衣捆成了一个小包袱，就冲到门口，消失在夜的黑暗里。

“当时我一切都明白了。我为刚才所发生的事而责备自己，好像这桩罪案是我自己干的似的。我觉得似乎听到了一点微弱的呻吟声，就满心以为那不幸的珠宝商还没断气，我决定去救他，希望借此略微赎一下我的罪过，不是赎我自己所犯的那个罪，而是赎我刚才没有设法去阻止的那个罪。心里这么想着，我便使出了全身的力气从我所蜷伏的地方撞进了隔壁房间里去，我和里面的那房间原本就是隔着一块参差不齐的木板，经我用力一撞，木板就倒了下去，我发觉自己已进到了屋子里面。我赶快抓起那支点着的蜡烛，急忙奔上楼梯。才上到一半，我便踩着了一个横卧在楼梯上的人，几乎跌了一跤。那是卡尔贡特女人的尸体！我听到的那声枪响无疑是冲这个倒霉的女人开的，子弹可怕地撕裂了她的喉咙，留下了一个裂开的伤口，从那伤口里，从她的嘴里，血像泉水似的汩汩地冒了出来。看到这个可怜的人已救不活了，我便一步跨过去，走到了卧室里。卧室里乱得一塌糊涂，那场殊死搏斗无疑就是在这儿进行的，家具都被打得东倒西歪的，床单也被拖到了地板上，无疑那是不幸的珠宝商紧紧地抱住了它的缘故。那被害的人正躺在地板上，头靠着墙壁，浑身鲜血淋淋，血从他胸部的三个伤口里直喷出来，在第四个伤口里，插着一把厨房里用的切菜刀，只剩刀把还露在外面。

“我的脚踩到了一把手枪，这把手枪没有用过，大概是火药湿了的缘故。我向那珠宝商走去，他还没最后咽气，我的脚步也在咯吱咯吱地响。听到了我的脚步声，他睁开了眼，盯了我一会儿，嘴唇动了几下，像是想说什么话，但立刻就断了气。这一幕凄惨的景象几乎使我失去了知觉，既然对这屋里的任何人我都无能为力了，我唯一的念头便是逃走。我冲到了楼梯口，两手紧捂着我那火烧般的太阳穴，嘴里惊恐地喊叫着，一到楼下的房间里，我就看见五六个海关关员和两三个宪兵已在那儿了。他们一下子就抓住了我，而我当时甚至连抵抗都不想抵抗，因为我的神志已经不清了，我想说话，却只能发出一些含糊不清的声音。我看见其中几个人冲我指了指，于是我低头一看才发现自己浑身都是血。原来从楼梯缝里漏到我身上的那一滴滴温热的雨是卡尔贡特女人的血。我用手指了一下我刚才躲藏的地方。‘他是什么意思?’一个宪兵问道。一个税务员走到了我所指的那个地方。‘他的意思是说，’他回来的时候说道，‘他是从这个洞里钻进来的。’一面指着我撞破板壁进来的那个地方。

“直到这时我才明白他们原来把我当作杀人犯了。现在我的声音和体力都恢复了。我挣扎着想摆脱那抓住我的两个人，嘴里大喊道：‘不是我杀的！不是我杀的！’两个宪兵用他们马枪的枪口顶住了我的胸部。‘再动一动，’他们说，‘就崩了你！’‘你们为什么要用死来恐吓我，’我大喊道，‘我不是已经说过我是无罪的了吗?’‘你到尼姆去对法官讲你这个小小的故事吧。现在先跟我们走吧，我们所能给你的最好的忠告就是不要抵抗。'抵抗我是想都没想过的。我已经给吓坏了，我一言不发地让人给戴上了手铐，绑在了一匹马的尾巴上，然后就在这种情景下到了尼姆。

"没过多久，我就感觉到了那位好心的神甫为我出的力已经见效了，因为牢里对我的严格看管已慢慢放松了，他们告诉我，我的审判已经延期，不参加当时举行的大审了，而推到下一次巡回审判时再开庭。在这期间，上天保佑，卡德鲁斯终于被抓到了，他们在国外一个很远的地方发现了他，并把他押回了法国。他全部招供了，并推诿着说那件事是他妻子的主意并怂恿他干的。他被判处终身到奴隶船上去当苦役，而我则被当即释放了。"

"这以后，我猜，"基督山伯爵说道，"你就拿了布沙尼神甫的那封推荐信到我这儿来了，是不是？"

"是的，大人，那位仁慈的神甫很关心我的一切。'你干走私贩子这一行当，'有一天他对我说道，'如果再一个劲儿干下去，将来总有一天你会把自己毁掉的，我劝你，出狱以后，还是选一个比较安全也比较令人尊敬的工作做吧。''可是，'我问道，'找这样的工作我怎么能养活我自己和我那可怜的嫂嫂呢？''有一个人，我是他的忏悔师，'他回答说，'他非常尊敬我，不久以前，他还请我给他找一个可靠的仆人。你愿意去吗？如果愿意，我可以为你写一封推荐信然后你就去投奔我那位朋友吧。''噢，神甫，'我喊道，'您太好了！''但你必须向我发誓，将来决不会使我后悔我的这次推荐。'我正要举手发誓。'不必了，'他说道，'我了解科西嘉人，而且也很喜欢科西嘉人，我就依赖这一点相信你！喏，拿着这个去吧。'他迅速地写了几行字以后说道。于是我就带了那封信来见大人，您接到信以后，就收下了我。我现在斗胆地问一下大人，您到底觉得我有什么做得不好的地方没有？"

"恰恰相反，贝尔图乔，我始终觉得你很忠心、诚实、称职，是一个不折不扣的好管家。我只发觉你有一个缺点，就是你还不够信任我。"

"真的，大人，我不明白您这句话是什么意思，你能说得再明白点吗？"

“我的意思是，你既然有一个嫂嫂和一个继子，为什么却从来没对我提起过他们呢?”

“唉！这件事又说来话长了，我又得追述我生平那个最痛苦的阶段。您大概想象得到，我出狱后第一件事就是急于想去探望和安慰我那亲爱的嫂嫂，于是便不再浪费时间，马上回科西嘉去了。但当我到达洛格里亚诺的时候，我发觉我家那所屋子里在办丧事，那儿不久前曾发生过一幕极其可怕的事情，邻居们到今天都还记得它，并一直在谈论它。其实是我那可怜的嫂嫂遵照我的忠告行事，拒绝再满足贝尼代托的不合理的要求，但他只要认为她还剩一个铜板，就会不断地逼迫她，向她要钱。有一天早晨，他又向她要钱，并恐吓她，如果她不把他要的数目给他，就会发生极其严重的后果。说完，他就走了，一整天也没有回来，只是让那心地善良的爱苏泰独自去悲伤痛苦。爱苏泰是真心真意地爱他，一直把他当成自己的亲生儿子一样抚养，想到他的这些恶劣行为，就不禁痛哭了一番，但是看到他还不回来，又不免担心落泪。夜晚已经来临了，可是，她还是怀着一颗慈爱的心在那儿挂念着他，耐心地等着他回来。

“钟已经敲到十一点了，他终于带着两个和他一路货色的同伴回来了。贝尼代托的那两个残忍的同伴捉住了可怜的爱苏泰，爱苏泰认为他们是贝尼代托带回来的朋友他们不会伤害她的，所以仍笑脸望着这些不久就要成为残害她的刽子手的人。然而贝尼代托那个恶棍开始把门窗都堵了起来，然后回到他无耻的帮凶那儿，三个人合力堵住了爱苏泰的嘴。那可怜的女人一看到这种可怕的情形，就大声喊叫起来。做完这一步以后，他们就用火盆去烙爱苏泰的脚，以为这样做就可以逼她说出我们那笔小小的积蓄到底藏在什么地方。我那可怜的嫂嫂在挣扎的时候衣服着了火，他们为了要保全自己的性命，不得不放开了她。爱苏泰浑身着了火，她想要逃出去便飞快地冲到门口，可是门已经被反扣住了。她只好又飞奔到窗口，但窗户也已被堵住了。于是她的邻居听到了可怕的喊声，是爱苏泰在喊救命。但后来她的声音便窒息了，她的喊叫声渐渐地低了下去变成了呻吟。第二天早晨，经过了一夜的焦急和恐怖地干扰，瓦西里奥的妻子终于鼓起勇气冒险出来，叫地方当局的人来打开了我们家的门，爱苏泰，虽然已被烧灼得体无完肤，却还没有断气。屋里的每一只抽屉和暗柜都被撬开了，凡是值得带走的东西都被劫走了。从那以后贝尼代托就再也没有在洛格里亚诺出现过，我也再没有见到过他，也不曾听人说起过有关他的任何事情。在这些悲惨的事发生以后，我就来侍奉大人了，我只是觉得再向大人提起他们未免太傻里傻气了，因为贝尼代托已毫无下落，而我的嫂嫂也已经死了。”

“那么你对那件事有什么感想呢？”基督山伯爵问道。

“这是一种惩罚，罚我所犯下的罪。”贝尔图乔答道，“噢，维尔福这一家人真都该天诛地灭！”

“我相信会的。”伯爵用一种郁闷的口吻喃喃地说道。

“现在，”贝尔图乔又说，“大人或许该明白了吧，我曾在这座花园里杀过一个人，而我又将要再回到这个地方，因此我的情绪很不稳定，以致劳您过问这其中的原因。其实，说得简单一些，我现在不敢肯定维尔福先生是不是就躺在我脚前那个他为自己孩子所掘的坟墓里。”

“确实，一切事情都是可能的，”基督山伯爵离开了他所坐的长凳，站起身来，“甚至，”他低声接着说道，“或许那位检察官并没有死。布沙尼神甫说得很对，你应该把你的身世讲给我听的，因为这样要是以后发生了什么事我就不会误会你了。至于贝尼代托，他既然这样罪大恶极，恩将仇报，你后来有没有设法去打听一下，他到底到哪儿去了，在干些什么？”

“没有！如果我知道他在哪儿，非但不会去找他，而且像看见妖魔一般，会赶紧逃开。不过我再也没听人提到过他的名字了，我真希望他现在已经死了。”

“别那么希望，贝尔图乔，”伯爵说道，“都说祸害遗千年，恶人是不会就那样死的，因为上帝似乎还要关照他们，他要用他们来做他报复的工具。”

“但愿如此，”贝尔图乔说道，“我只求今生今世再也不要看见他。伯爵阁下，”管家卑下地躬身向前，又说道，“现在您已经知道我的一切了。万能的主是我在天上的裁判官，而您就是我地上的裁判官。我可以从您那里得到几句安慰的话吗?”

“我的好管家，我所能对你说的和布沙尼神甫对你说的一样。维尔福，你所杀的那个人，是应该受到你对他的那种惩罚的，这是公正的做法，因为他不该那样对待你，甚至，他另外还犯过别的罪呢。贝尼代托，如果他还活着的话，会在某件事上变成上天报应的工具，他也会受到应有的惩罚的，至于说到你，我看有一点上你是真正有罪的。你且自问一下，你把那婴儿从活埋他的坟墓里救出来以后，为什么不把他送还给他的母亲呢。这是罪过啊，贝尔图乔。”

“没错，大人，这一点，正如您所说的，我做得很不对，在这一点上我简直像个懦夫。我把那个孩子救活以后，我最应尽的责任就是应当马上把他送还给他的母亲，而当时我担心那样做，我就免不了要被人细细地盘问，而一经盘问，我自己多半就会被人捉住。而我当时却十分想活命，一半是为了我的嫂嫂，一半是出于我心里天生的那种傲性，我在报仇成功以后，总希望能干干净净地脱身。或许，也是那种贪生怕死的本能使我想避免冒险吧。噢！我真不如我那可怜的哥哥勇敢。”

贝尔图乔说这几句话的时候用双手捂住了他的脸，而基督山伯爵则用一种无法描述的目光凝视着他。伯爵暂时沉默了一会儿，这短暂的沉默使周围的气氛更加严肃起来，尤其是在这样的时间，这样的地点。一会儿之后，他用一种完全不同于他平时那抑郁的口吻说道：“我们今天的谈话就到此为止吧，为了正式结束这番谈话，我可以把布沙尼神甫亲口对我说过的几句话复述给你听：‘一切罪恶只有两帖药——时间和沉默。’贝尔图乔先生，现在让我一个人在这个花园里散一会儿步吧。毕竟你在那幕可怕的场景里是一个演员，旧地重游会引起你痛苦的回忆，但对我来说却几乎是很高兴的，觉得这处产业已增值不少了。你知道，贝尔图乔先生，树木之年轮之所以能使人觉得可爱就是因为它们能遮成树荫，而树荫之所以使人觉得可爱，就是因为它让人充满了幻想。我在这儿买了一座花园，原以为只是买了一块四面有围墙的地方而已，但现在发现这个地方却突然变成了一个鬼影幢幢的花园，而在契约上却不曾提到过。我喜欢鬼，因为我从没听说过死人用六千年时间所做的恶事能超过活人在一天之内所犯的罪过。去休息吧，贝尔图乔，安心去睡觉好了。在你临终的时候，如果你的忏悔师没有布沙尼神甫那样宽容，如果我还活着，你可以派人来找我，我可以找些话来安慰你的灵魂，使你安心地踏上那‘永恒’的崎岖的旅程。”

贝尔图乔恭恭敬敬地鞠了一躬，便叹着气转身走了。当他消失在视线范围的时候，基督山伯爵就站起身来，向前走了几步，轻轻地说："这儿，就在这棵梧桐底下，是那婴儿的坟墓。那个是通花园的小门。这个角上是通往卧室的暗梯。这些情节我用不着记录在本子上，因为它们就在我眼前，就在我的脚下，就在我的周围，种种活生生的事实已给我勾出了一个轮廓。"

伯爵又在花园里转了一遍，然后，重新登上了他的马车，贝尔图乔看到他的主人面带深思的表情，就默默地坐到了车夫旁边。马车于是迅速地向巴黎奔去。

当天晚上，到达香榭丽舍大道的寓所以后，基督山伯爵到全房子各处去巡视了一遍，看起来像是对于每个转弯抹角都早已摸熟了似的。虽然他领头在前面走，却不曾摸错一扇门、走错一条走廊或楼梯，他总能一点不错地走到他想看的地方或房间。阿里陪着他作这次夜间视察。伯爵先向贝尔图乔吩咐了一番，告诉他房间里应怎样改进和变换，然后又摸出表来看了一眼，对那在一旁恭候着的黑奴说道："现在已经十一点三十分了，海黛就快到了。你通知那些法国女佣准备迎候了吗？"

阿里用手指了指留给希腊美人用的那几个房间，那些房间可说是和全屋的其他房间隔离的，当房门被帘子遮住的时候，人就算走遍全屋也不会发现那个地方还有一间客厅和两个房间。阿里在指过房间以后，又伸出了左手的三个手指，然后，把手垫在他的头下，闭上眼睛，做出一副睡觉的样子。

"我知道你的意思了，"基督山伯爵说道，他很熟悉阿里的手势，"你的意思是告诉我有三个女佣等在卧室里，对吧？"

阿里连连点头。

“夫人今天晚上一定很累了，”基督山伯爵又说道，“她一到马上就会想休息的。记得叫那些法国女佣不要问这问那地去打扰她，叫她们请安以后就退出去，听从吩咐就行。你也防着一点儿，别让那些希腊女佣和这些法国女佣有什么往来。”

阿里鞠了一躬。正在这时，他们听到了喊门房的声音。大门开了，一辆马车驶进了车道，在门廊的台阶前停了下来。伯爵走下台阶，走到那已经打开的车门前面。他把他的手伸给了一个青年女子。那个青年女子全身都裹在一件绿色绣金的披风里，她把伯爵的手放到她的唇边，爱慕和崇敬地吻了一下。然后他们又用荷马写史诗的那种音调铿锵的语言交谈了几句话。

那女人说话的时候表情十分亲切，而伯爵答话的时候神气也很温和庄重。这个女人不是别人，就是在意大利陪伴基督山伯爵的那个可爱的希腊女人。阿里手里拿着一支玫瑰色的蜡烛在前领路，引她到了她的房间里，而伯爵也回到了他自己的房间里去休息了。一小时之后，整幢房子里的每一盏灯都熄灭了，大概府里所有的人都已经入睡了。

第四十六章　无限贷款

第二天下午两点，两匹健壮的英国马拉着一辆低轮马车停在基督山伯爵家门前。车门嵌板上可以看见一套绘制了男爵的武器图案，车门里探出半个身子，车子的主人吩咐马夫去门房打听一下这里是不是基督山伯爵的住所，他是否在家。车主身穿蓝色上衣，上面的纽扣都是蓝色的，里面是白色背心，脖子上挂了一串粗金链子，下身穿着棕色裤子。他的头发很黑，低低地垂在前额上，几乎遮住了眉毛，最引人注目的是，他这乌黑油亮的头发配上那一脸沧桑深刻的皱纹，实在是别扭，给人感觉像是戴了一顶假发。总而言之，这个人明明年纪已经五十多了，却让别人觉得他还不到四十岁。他一边等着车夫的消息，一边打量着眼前的房子，这种观察过分地仔细，怎么说都有些逾越了，不过他只能看到漂亮的花园和穿梭于其中往来不停地穿着制服的仆人。这人目光十分尖锐，这种目光与其说凸显他的聪明，不如说表露他的奸诈。他的嘴巴非常薄，近似于直线，当紧紧闭拢的时候，几乎完全看不见了。

总之，他那大而凸出的颧骨（那是确定奸诈的证明），他那扁平的前额，他那大得超过耳朵的后脑骨，他那大而庸俗的耳朵，这一切在一位相面先生的眼中，实在是不配受人尊敬的。人们之所以尊敬他，除了因为他有那几匹雄壮美丽的马，有那佩在前襟上的大钻石，和那从上衣的这一边纽孔拖到那一边纽孔的红缎带外，恐怕就不会有其他的了。

马夫遵照他的吩咐，上前敲敲门房的窗子，问道：“基督山伯爵是住在这儿吗？”

“大人是住在这儿。”门房回答说，然后他又向阿里询问地瞟了一眼，阿里做了一个否定的姿势，于是他又说道，“但是……”

“但是什么？”马夫问道。

“大人今天不会客。”

“那么你暂且收下我主人的这张名片吧。就是腾格拉尔男爵阁下！别忘了把这张名片交给伯爵，并请转达伯爵，我家主人是在到众议院去的路上特地绕道来拜访他的。”就在这时，只听到：“叫贝尔图乔来！”是伯爵的声音。

贝尔图乔几乎马上就走了进来。“是大人叫我吗？”他问道。

“是的，”伯爵答道，“你一定看到刚才停在门口的那两匹马了吧？”

“是的，大人，我注意到了它们长得十分俊美。”

“那么你要怎么解释呢？”基督山伯爵皱了皱眉头说道，“我要你给我买巴黎最好的马，可是巴黎竟然还有两匹马像我的马一样漂亮，最重要的是那两匹马怎么不在我的马厩里？”

看到伯爵露出这种不悦的神色以及用如此的口吻说话，阿里的脸色都白了，连忙低下了头。“这不是你的错，我的好阿里。”伯爵用阿拉伯语说道，而且语气很温和，凡是有感情的人，听了都会相信他确是出于至诚的。“这不是你的错，你并没有自认懂得挑选英国马。”

听到这话，阿里的脸上马上又显出了欣慰的表情。

“大人，”贝尔图乔慌忙地说道，“我给您买马的时候，您所讲的那两匹马是不出售的。”

基督山伯爵耸了耸肩膀。“管家先生，”他说道，“看来你似乎还不明白这个道理：只要肯出钱，一切东西都是肯出卖的。”

“伯爵阁下您知道吗？腾格拉尔先生这两匹马是花了一万六千法郎买的。”

“好极了！那么给他三万两千法郎，一个银行家是决不肯错过一个让本钱翻番的机会的。”

“大人真的诚心想买吗？”管家问道。

基督山伯爵望了望他的管家，像是非常惊奇他竟会提出这个问题似的。“我今天傍晚要去拜客，”他说道，“我希望到时候这两匹马能换上全新的鞍具，套在我的车上等在门口。”

贝尔图乔鞠了一躬，看样子是要马上出去办事了，但当他走到门口的时候，又停了下来说道："大人准备在几点钟出去拜客？"

"五点钟。"伯爵回答说。

"请大人原谅我冒昧地说一句话，"管家用一种哀求的口吻说道，"可是现在已经是两点钟了。"

"这我很清楚。"基督山伯爵只回答了这一句话，就不再说什么了。于是他转过身去对阿里说道："把我马厩里所有的马都牵到夫人的窗口前面，让她挑选几匹她喜欢的配在她的车子上用。再代我问一声，她愿不愿意和我一起用餐，如果她愿意的话，把午餐摆到她的房间里去。现在你可以走了，叫我的贴身跟班到这儿来。"阿里刚一出去，跟班就马上走进房间里来了。

"巴浦斯汀先生，"伯爵说道，"你已经在我这里干了一年了，我通常总是用一年的时间来判断我手下人的优点或缺点的。你非常合我的意。"巴浦斯汀深深地鞠了一躬。"我现在只想知道到底我是不是也合你的意？"

"噢，伯爵阁下！"巴浦斯汀急切地大声说道。

"请你先听我把话讲完了，"基督山伯爵说道，"你在我这儿服务每年可得到一千五百法郎。这比许多勇敢的下级军官，或者那些常常为国家去冒生命危险的人拿得还多。你吃的饭菜就算那些工作比你辛苦十倍的商店职员和普通官吏，都是很希望能享用的。你自己虽也是一个仆人，但却有别的仆人服侍你。而且，除了这一千五百法郎的工资以外，你在代我购买化妆用品上面，一年中还可以另外再赚上我一千五百法郎。"

"噢，大人！"

"我没有责怪你的意思，巴浦斯汀先生，这算不得太过分的。可是，我希望这种事从现在开始应该停止了。你在别的地方决不会有这样的好运气，找到这样一个职位的。我对我手下人并不刻薄，我从不骂人，我不爱动怒，有过错我都能原谅，但我决不会疏忽或忘记。我的吩咐一般是很简短的，但却很明确，我宁可吩咐两遍，甚至三遍，只要求我所吩咐的话能被完全听懂。我有足够的钱可以打听到我想知道的一切，而我关照过你，对于你我是十分好奇的。所以，如果我发现你在背后谈论我、批评我的行为，或监视我的举动，你就得马上离开这里。我警告我的仆人是从来不超过一次的。你现在已经受到警告了，下去吧。”巴浦斯汀鞠了一躬，便向门口走去。“我忘记告诉你了，”伯爵又说道，“我为家里的每一个仆人每年都会提出一笔相当数目的款子，那些我不得不开除的人当然是得不到这笔钱的，他们的那一份就提作了公积金，留给那些始终忠心地跟随着我的仆人，到我死的时候再分。你已经在我手下干了一年了，已经开始有了财产。请让它继续增加吧。”

这一番话是当着阿里的面说的，他却无动于衷地站在一旁，但对巴浦斯汀先生却产生了很大的作用，这种作用，只有那些曾研究过法国用人的个性和气质的人才能觉察得到。“我向大人保证，”他说，“我要努力学习，以求在各方面合乎您的心意，我会以阿里先生为榜样。”

“完全不需要这样，”伯爵用极其严厉的口吻说道，“阿里固然有最出色的优点，但也有许多缺点。所以，不要学他做榜样，阿里是个例外。他从不拿工资，他不是一个仆人，他是我的奴隶，我的狗。如果他办事不称职，我不是开除他，而是杀死他。”巴浦斯汀听后睁大了眼睛。

“你不相信吗？”基督山伯爵说道。他把刚才用法语对巴浦斯汀说的那番话又用阿拉伯语向阿里复述了一遍。那黑奴听了他主人的话，脸上马上露出同意的微笑，然后单膝跪下，恭恭敬敬地吻了一下伯爵的手。巴浦斯汀先生刚才所受的教训经这一番证实后，他吓呆了。于是伯爵示意叫那贴身跟班出去，接着又示意叫阿里跟他到他的书房里去，他们在那儿又谈了很久。到了五点钟，伯爵在他的铜锣上连敲了三下。敲一下是召阿里，两下是召巴浦斯汀，三下是召贝尔图乔。管家进来了。“我的马呢！”基督山伯爵问道。

“已经配在大人的车子上了。伯爵阁下，需要我陪您一起去吗？”

“不用了，只要车夫、阿里和巴浦斯汀就行了。”

伯爵走到了他的大厦门口，看到那两匹早晨还配在腾格拉尔的车子上，使他羡慕不已的马现在已配在了他自己的车子上。当他走近它们的时候，他说道：“它们确实长得很英俊，你买得不错，即使已经晚了一点。”

“真的，大人，我弄到它们可花费了不少力气，而且还花了一大笔钱呢。”

“那么你花的那笔钱有没有使它的美丽减色？”伯爵耸耸肩问道。

“没有，只要大人满意，我也就心满意足了。伯爵阁下准备上哪儿去？”

“到安顿大马路腾格拉尔男爵府上去。”

这一番谈话是站在台阶上说的，从台阶上跨下几级石阶便是马车的跑道。贝尔图乔正要走开，伯爵又把他叫了回来。

伯爵跨下台阶，跳进了马车里，于是，马车就由那两匹用高价买来的骏马拉着，以令人难以相信的速度疾驶起来，一直奔到银行家的府邸门前才停住。腾格拉尔此时正在召开一次铁路委员会议。当仆人进来通报来宾姓名的时候，会议已快结束了。一听到伯爵的头衔，他就起身向他的同事（其中有许多是上议院或下议院的议员）宣布说：“诸位，请务必原谅我中途退席，但是，你们能猜到原因吗？罗马的汤姆生·弗伦奇银行介绍了一位所谓基督山伯爵给我，委托我们给他开无限贷款的担保书。我和外国银行的往来虽广，但像这样滑稽的事倒还是第一次遇见，你们肯定也猜得到，这件事已引起了我很大的好奇心。我今天早晨亲自去拜访过那位‘假伯爵’。如果他是一个真的伯爵，他就不会那样有钱。‘大人今天不会客！’你们觉得这句话怎么样？连皇亲国戚、绝代佳人都算在内，都没有像基督山伯爵这样狂妄的吧！至于别的，那座房子在我看来倒还富丽堂皇，地点在香榭丽舍大道，而且，我听说，这还是他自己的产业。但一个无限贷款的担保书，”腾格拉尔带着他那种阴险刻毒的微笑继续说道，“倒实在使接受它的银行家十分为难。我想这肯定是个骗局。看来他们不知道他们的对手是谁。要知道谁笑到最后，谁才能笑得最好。”

这一番语气傲慢的长篇大论讲完后，男爵几乎有点儿喘不过气来了。他离开了他的客人，走进了一间以金白两色布置的客厅里。这间客厅在安顿大马路很有名气，他特地吩咐把来客引进那个房间，希望以它那眩目的很有名气的华丽来压倒对方的气势。他发觉伯爵正在那儿欣赏几幅临摹阿尔巴纳①和法托尔②的作品，这几幅画和那俗不可耐的镀金的天花板搭在一块简直不伦不类，它们明明只是临摹的复制品，可那位银行家却不自知而当作真迹买来了。伯爵听到腾格拉尔进来的声音便停止了欣赏，马上转过身来。腾格拉尔略微点了点头，就指着一只圈椅请伯爵就座，圈椅上配着白缎绣金的椅套。伯爵坐了下来。

“幸会幸会，我想，我是很荣幸地在同基督山先生谈话吧?”伯爵欠了一下身。

“先生想必就是荣誉爵士、众议院的议员，腾格拉尔男爵吧。”他把男爵名片上所能找到的头衔全都背了出来。

这位来宾的话里明显充满着讽刺意味，像腾格拉尔这样敏感阴险的人当然很容易就听了出来。只见他把两片嘴唇紧闭了一会儿，像是先要把自己的怒气压制下去才敢讲话似的。这样过了一会儿，他才转向他的客人说道：“我相信，您一定会原谅我刚才没有称呼您的头衔，因为您是知道的，我们现在的政府是一个非常平民化的政府，而我本人又是平民利益的一个代表。”

“原来如此，我懂了，”基督山伯爵答道，“您自己只管保存着男爵的头衔，而在称呼别人的时候，却赞成免除他们的头衔。”

“说实话，”腾格拉尔装出一副满不在乎的神气说道，“我丝毫不在乎这种虚荣，事实上，我已被封为男爵，又被封为了荣誉爵士，因为我为政府效了些微劳，但是——”

“您在学蒙特马伦赛和拉斐叶特这两位先生的榜样，捐弃了您的头衔对吗？哦，您如果挑选为人处世的模范，除了这两位高贵的先生以外，确实再找不到更好的了。”

“哦，”腾格拉尔神色尴尬地答道，“我并没有要完全抛弃我的头衔的意思。譬如说，对仆人，我认为……”

“是的，对您的仆人，您是‘老爷’；对新闻记者，您是‘先生’；对您的宪政民主党员，您是‘公民’。这种区别在一个君主立宪政府的

---

① 阿尔巴纳（1578—1660），意大利画家。

② 法托尔，意大利画家。

背景之下是十分普遍的。我完全明白。”

腾格拉尔咬了咬他的嘴唇，知道在这种论争上他显然处于弱势。这是他第二次被这个人打败了，而且这一次还是败在他自己的阵地上，心里的愤怒简直要一触即发了。他的态度虽然客气，却满含着嘲弄，而且差不多到了失礼的程度，完全是一副矫揉造作的模样。基督山伯爵则正好相反，他脸上带着世界上最温文尔雅的微笑，露出一种直率的神气，他的这种态度完全可以随心所欲地表现出来，这便使他占了许多便宜。

“好吧，阁下，”在一阵短暂的沉默之后，腾格拉尔又重新拾起话头说道，“我当努力设法来使自己明白这两个字的含义，只请您告诉我您到底准备要从我这儿提取多大的数目。”

“哦，真的，”基督山伯爵回答道，决定丝毫不放弃他所占的优势，“其实说句心里话，我之所以想要个‘无限’贷款的担保，正是因为我不知道自己要用多少钱。”

那银行家认为这回该轮到他来占有上风了。他向圈椅背上用力一靠，带着一种傲慢的神气和富翁的骄傲说道：“请您不必犹豫，只管提出您的要求。到那时您就会知道：腾格拉尔银行的资金无论多么有限，仍然能应付得了最大数目的贷款，哪怕您要一百万！”

“对不起，我没听清楚，您能再说一遍吗？”基督山伯爵插嘴道。

“我是说一百万！”腾格拉尔带着一种目中无人的骄傲神气重复道。

“我拿区区一百万够做什么用？”伯爵说道，“上帝啊，阁下，如果我只要一百万就用不着为这样的一个区区之数来开具担保啦。一百万，我在皮夹里或是首饰盒里都是带着一百万的。”基督山伯爵一边说着一边从他的口袋里摸出了一只装名片的小盒子，从盒子里抽出两张每张票面五十万法郎凭票即付的期票来，像腾格拉尔这样的人单靠刺激是不够的，要使他屈服就必须完全把他压倒。这当头一棒果然很奏效，那银行家不禁打了个寒战，立刻头晕目眩起来。他目瞪口呆地望着基督山伯爵，瞳孔扩得大大的。

“好了，”基督山伯爵说道，“您老实承认您根本不信任汤姆生·弗伦奇银行的负责能力吧。这样子事情不就很简单了吗？我早就想到了有这种可能性，我即使不是个商人，倒也采取了一些预防措施。这儿还有两封信，和写给您的那封一模一样。一封是维也纳阿斯丹·爱斯克里斯银行给罗斯希尔德男爵的，另外一封是伦敦巴林银行给拉费德[①]先生的。现在，阁下，您只要明确说一句话，我就可以终止这项贷款，免得再使您感到不安了，而我会把我的贷款委托书寄给那两家银行。”

这一场斗争就这样结束了，腾格拉尔被征服了。伯爵很随便地把那两封从德国和伦敦来的信交给了他，而他则战战兢兢地打开信，检验那两个签名的真实性，而且查验得非常仔细，如果不是那两位银行家在头脑不清醒时做出来的举动，无疑是等于在侮辱基督山伯爵了。

“噢，阁下！这三个签名要值好几千万哪，”腾格拉尔说道，并站起来向他面前的这位活财神示意致敬。“三家银行的三封无限贷款委托书！原谅我，伯爵阁下，我尽管已不再怀疑了，但却不得不表示惊奇。”

“噢，我想像您这样的一位银行家是不会这样容易表示惊奇的，”基督山伯爵以一种极客气的态度说道，“这么说您可以借点儿钱给我用了，是不是？”

“您尽管说吧，伯爵阁下，我悉听您的吩咐。”

“哦，”基督山伯爵答道，“既然我们已互相了解了，我想，大概是这样的吧？”腾格拉尔鞠躬表示同意。“您相信您的头脑里一点儿怀疑都没有了吗？”

“噢，伯爵阁下！”腾格拉尔大声说道，“我没有任何的怀疑呀。”

“没有，没有！那就是您只是想确定自己没有冒险而已，但刚才我们已把情况都说得很明白，我想再没有什么不信任或怀疑的地方了吧。那么我们暂且来定个第一年的大约的数目吧——嗯，六百万吧。”

“六百万！”腾格拉尔不由得倒抽了一口冷气，然后想到什么似的，只得说：“当然咯，悉听尊便。”

“要是将来不够用的话，”基督山伯爵态度十分随便地继续说道，“哦，当然，我会再向您要的，按我目前的打算，我在法国最多不过住一年而已，而在这段时间里，我想难得会超过我刚才所提的那个数目。总之，我们将来遇到什么再说吧。明天请送五十万法郎给我，算是我的

① 拉费德（1767—1844），法国金融家。

第一笔提款。我早晨在家，如果我不在的话，我会把收条留给我的管家的。”

“您所要的钱在明天早晨十点钟将会送到府上，伯爵阁下，”腾格拉尔答道，“您想要什么——金洋？银币？还是钞票？”

“要是方便的话，请给一半金洋，另外那一半给钞票吧。”伯爵一边说，一边站起身来。

“我必须向您承认，伯爵阁下，”腾格拉尔说道，“我一向自以为凡是欧洲的大富翁我都是知道的，可是您，您的财产似乎也相当多，而我却一无所知。您的财富是最近才有的吗？”

“不，阁下，”基督山伯爵答道，“正好相反，我的财富起源很古老。最初的遗赠人指定在若干年内不得动用这笔财宝，于是在那期间，由于利息的累积，使资金增加了三倍，不久以前才期满得以动用这笔财富。不过到我的手里还是最近几年的事。所以，您对于这件事不知道是非常正常的。但是，关于我和我的财产，我相信您不久以后就会知道得比较清楚了。”当伯爵说到最后这句话的时候，脸上露出了那种曾使弗兰兹十分害怕的阴冷的微笑。

“倘若我没有猜错的话，”腾格拉尔又说，“您大概对图画十分喜爱，至少，从我进来时您对我的画那样关注与欣赏上来判断的确是这样。您既然有这种嗜好，那么想必一定收藏了许多珍品，让我们这种可怜的小富翁自愧不如啊。但倘若您应允的话，我十分高兴领您去瞧瞧我的画库，里面均是古代大师的杰作——我敢保证。我对现代派的图画有点看不惯。”

“你不喜欢现代派的画是没错的，因为它们所经过的时间太短，还算不上古老，而这是所有现代派的画的共同的缺点。”

“不然就让我领您去瞧瞧几尊美丽的人像如何？均是外国艺术家，即杜华尔逊、巴陀罗尼和卡诺伐的手笔。您或许能够看出，我十分漠视我们法国的雕刻家。”

“你有权漠视他们，阁下，他们与您是一个国家的。”

“但那些或许等将来我们更熟悉一点时可以再看。目前，倘若您同意的话，我先介绍您认识一下腾格拉尔男爵夫人吧。请原谅我如此性急，伯爵阁下，像您如此有钱有势的人物，定会受到非常殷勤的接待的。”

基督山伯爵欠了欠身，表示他接受了对方的敬意，于是那金融家马上摇了摇一只小铃，一个身穿华丽制服的仆人应声而至。

“男爵夫人是否在家。”腾格拉尔问道。

“在家，男爵阁下。”那人答道。

“没有客吗?”

“有的，男爵阁下。”

“您愿不愿意见见夫人的客人？或许您不想见生客?”

“不，”基督山伯爵带笑答道，“那种不是我能妄想的。”

“谁和夫人在一起——德布雷先生吗?”腾格拉尔带着一种很和蔼的神情问道，基督山伯爵看了不禁微笑，像是他已经探悉这位银行家家庭生活的秘密似的。

“是的，”那仆人回答道，“夫人是和德布雷先生在一起。”

腾格拉尔点了点头，然后转向基督山伯爵说道：“吕西安·德布雷先生是我们的老朋友，他是内政部长的私人秘书。至于我的太太，我不得不先告诉您，她嫁给我是委屈了她的，因为她出身于法国历史最悠久的家族。她的娘家姓萨尔维欧，她的前夫是陆军上校奈刚尼男爵。”

“我尽管还没有拜见腾格拉尔夫人的荣幸，但吕西安·德布雷先生我已经见过了。”

“啊，真的!”腾格拉尔说道，“让我想想看。我听人谈起过他在废墟里遇到的一件稀奇古怪的事，他竟然碰到了强盗或是小偷什么的，而且后来又神奇地逃了出来！到底是怎么回事我给忘记了，但我知道他从意大利回来以后，便经常把那件事讲给我的太太和女儿听。”

“男爵夫人有请二位，”那仆人这时说道，原来他已经去问过他的女主人了。“对不起，”腾格拉尔鞠了一躬说道，“我走在前面，给您引路。”

“请便，”基督山伯爵答道，“我跟着您。”

第四十七章　灰斑马

伯爵跟在男爵身后，他们穿过很多房间，这些房间布置得都十分豪华，却也俗不可耐，最后他们终于来到了腾格拉尔夫人的会客室。

那是一个呈八角形的小房间，有白色印度麻纱门帘、窗帷，还挂着粉红色的薄绫，椅子的质地以及样式都充满了古典气息，门上画的是布歇的牧女和牧童的风景画，在门的两侧还各钉着一张圆形彩粉画，配合房间中的陈设，十分协调。建设这座住宅的人在当时极负盛名，但是装饰这间房间时，却完全忽视了他和腾格拉尔先生的意见。腾格拉尔夫人的会客室中的一切布置都遵从了她自己和吕西安·德布雷的喜好。腾格拉尔先生一点也不喜欢他太太的这间心头所爱，因为他倾心的是督政府的好古之气，最瞧不上的就是这种看起来高雅又质朴的装饰，即使如此，这地方还不是他想进来就能进来的，如果他想来，必须带上一位比他更受欢迎的客人才行，这样看来，并不是他介绍了客人，倒像是客人介绍了他。更有意思的是，他能受到热情或是冷漠的接待还要取决于男爵夫人是否喜欢他带来的那位客人。

腾格拉尔这次进来的时候，看到男爵夫人正坐在那架镶嵌得极其精细的钢琴前面，而德布雷则站在一张小写字台前面，正在翻弄着一本纪念册。吕西安在他们两人未到之前已讲了许多有关基督山伯爵这个人的一些奇特的事给腾格拉尔夫人听了。读者应该还记得吧，在阿尔贝·马尔塞夫的早餐席上，基督山伯爵的谈吐和行事风格已在全体来宾的脑海里留下了一个生动深刻、不可磨灭的印象。德布雷尽管不是一个容易感动的人，但那个印象却一直留在他的脑子里久久不去。他对男爵夫人讲伯爵的事，就是根据那个印象来叙述的。腾格拉尔夫人已经听马尔塞夫详细地讲过，现在又经吕西安这么一说，她的好奇心更甚了：到底基督山伯爵是何许人也？钢琴和纪念册是社交上的一种欺骗手段，借此可以掩饰一下他们的注意力。腾格拉尔蒙赐得到了一个最和蔼难得的微笑；基督山伯爵则一派绅士风度地微微欠身，文雅地行礼致意；吕西安和伯爵客气地打了个招呼，面对腾格拉尔只随随便便地点了点头。

“夫人，”腾格拉尔说道，“请允许我介绍您认识这位基督山伯爵，他是由我罗马的往来银行热忱地介绍给我的。我想我只要提到一件事就可以使全巴黎的贵妇们都以认识他为荣，这位基督山伯爵先生准备到巴黎来住一年，最重要的是他还准备在这期间花掉六百万。这就等于说要举行很多次舞会、庆祝宴、大请客和野餐，在这一切热闹的场合中，我相信伯爵阁下一定不会忘记我们的，正如他可以相信我们在举行大小宴会时一定不会忘记他一样。”

这一番介绍的恭维话尽管说得粗俗，但腾格拉尔夫人对于一个能在十二个月里花上六百万而且选中巴黎作为他如此挥霍的地方的人，也禁不住很感兴趣地盯着他看了看。“您是什么时候到这儿的？”她问道。

“昨天早晨，夫人。”

“我想，也许也像往常一样，是从地球的尽头来的吧？请原谅我这么说，因为我听说您老是喜欢这样做的，这几乎是您的风格了。”

“不，夫人！这一次我只是从卡迪斯来。”

“您第一次来访问我们的都市，选的时间太不凑巧了。夏季的巴黎是一个无聊的地方！舞会、宴会、庆祝宴都过时了。意大利歌剧团现在在伦敦，法国歌剧团到处都有，就是巴黎没有。至于法兰西戏院，您肯定知道，那是没有任何乐趣的。我们现在唯一的娱乐，只是马尔斯跑马场和萨陀莱跑马场的几次赛马。你打算出几匹马去参加比赛，伯爵阁下？”

“我，夫人，无论巴黎人干什么事都愿意参加，如果我的运气好，能找到一个人把法国的各种风俗习惯都告诉我的话。”

“您喜欢吗，伯爵阁下？”

“夫人，我必须告诉您我生命中的一部分光阴是在东方度过的，而您一定知道，那些地方的居民只看重两样东西——名马和美人。”

“啊，伯爵阁下，”男爵夫人说道，“如果把女人放在前面，那就更能讨好太太们了。”

“您瞧，夫人，我刚才不是还说需要一位老师来指导我学习法国的风俗习惯吗？我说得多正确啊。”

这时，腾格拉尔夫人所宠爱的侍女走进房间里来，她走到女主人的身边，低声说了几句话。腾格拉尔夫人的脸色顿时变得煞白，她喊道：“这件事是不可能的，我不相信。”

“我敢担保，夫人，”那侍婢回答，“我所说的是证据确凿的事情。”

于是腾格拉尔夫人不耐烦地转身问她的丈夫：“这是真的吗？”

“什么真的，夫人？”腾格拉尔显然十分着急地问。

“我的女仆和我说的那件事。”

“她和你说什么了呀？”

“就是当我的车夫正准备去给我备车时，他发现马厩里没有那两匹马了，而他事先对这件事一点也不知道。我十分想弄明白这究竟是什么意思？”

“夫人请息怒，你听我说。”

“好，你说，我倒是十分想知道你要和我说什么。刚好这两位先生能做我们的公证人，但我得先和他们说说这件案子。二位，”男爵夫人接着说，“腾格拉尔男爵阁下的马厩中有十匹马，其中我的专属马匹有两匹——那一对在整个巴黎算得上是最漂亮、最英俊的了。但至少对您，德布雷先生，我是不用过多形容的了，因为您十分熟悉我那一对美丽的灰斑马。可正当我已经同意维尔福夫人的请求明天将我的马车借给她去布洛涅森林时，一看，那两匹马没有了。而这一定是腾格拉尔先生为了一己私利的打算，为了得到只有几千法郎的微薄利益而将它们卖了。噢，这些投机家真是太卑鄙、太讨厌了。”

“夫人，”腾格拉尔回答，“那两匹马简直还未满四岁，对你来说，实在不够安稳，这让我很是为你担心呀。”

“喂！”男爵夫人反驳道，“你明明知道，我在上个月已经雇用了一个巴黎驾驶技术最好的车夫，莫不是你将他和马一起卖了吧？”

“我的宝贝，我答应你，一定会给你买一对和它们一样的——要是有可能的话，买一对比它们更漂亮的——但总之较它们而言要安稳。”

男爵夫人以一种极轻蔑的神色耸了耸肩膀。她的丈夫装作没有看见，转过身来对基督山伯爵说道：“说实话，伯爵阁下，我很遗憾没有早点知道您准备到巴黎来久住。”

“此话怎么说？”伯爵问道。

“因为我很高兴那两匹马是卖给您的，我几乎是按原价让给人家的。但是，我已经说过，我急于想摆脱掉它们。我想它们只有给像您这样的年轻人用才比较合适。”

“阁下，”伯爵说道：“谢谢您，今天早晨我也买了两匹十分出色的马，相当好，而且不太贵，就停在那儿。来，德布雷先生，我想您是位鉴赏家，您就帮我看看它们吧。”

当德布雷向窗口走去的时候，腾格拉尔走近他的妻子身边。“卖掉那两匹马的理由，我在外人面前不便告诉你，”他低声说道，“但今天早晨有人出极高的价来向我买。我想他不是个疯子就是个大傻瓜，可能是唯恐倾家荡产得不够快吧，竟派他的管家来。不管怎样要向我买那两匹马，结果，我从那笔买卖上赚了一万六千法郎。好了，别再生气了，你可以从中分到四千，这笔钱你爱怎么用就怎么用，欧热妮也可以分到两千。”腾格拉尔夫人轻蔑地瞟了她丈夫一眼，但神色已没有刚才那么严厉了。

“我看见什么了呀？”德布雷忽然喊道。

“在哪里？”男爵夫人问道。

“我很确信，那是您的马吧？就是我们刚刚讲的那两匹，在伯爵的车子上配着呢！”

“我的灰斑马？”男爵夫人大叫一声，跳到窗前。“没错！就是它们”她说。腾格拉尔呆住了。

“这事真实存在吗？”基督山叫道，佯装出十分惊奇的样子，而且一脸的逼真。

腾格拉尔夫人随后在德布雷的耳边低声说了几句，德布雷就走过来向基督山伯爵说道：“伯爵，男爵夫人想知道您为了那两匹马付了多少钱给腾格拉尔男爵?”

“说实在的，我也不大清楚，”伯爵答道，“因为这是我的管家经手的，他是想给我一个惊喜的。我想，大概三万法郎左右吧。”

德布雷把伯爵的答话转达给了男爵夫人。腾格拉尔此时的神色简直沮丧和狼狈极了。基督山伯爵装出一种怜悯的神情。

“瞧，”他说道，“女人真是不可理喻呀！您好心好意地为男爵夫人的安全着想才弄掉了那两匹马，可她似乎一点儿都不理解您的好意。这也没办法，女人通常容易任性而不顾安全，自愿去冒险。依我看，亲爱的男爵，最好和最方便的办法还是让她们去随心所欲吧，她们想怎么样就怎么样吧，那样就算发生了什么不幸的事，至少，她们没法怨别人而只能怪自己啦。”

腾格拉尔虽没有回答，但他心里已经预感到男爵夫人将会和自己大闹一场的，因为男爵夫人这时怒气冲冲的，眉头紧锁，像奥林匹斯山上的众神之王，这预示着一场暴风雨就要到来了。

德布雷看势头不妙，他不愿面对腾格拉尔夫人的盛怒爆发，赶紧找理由说有事要办，就告辞了。而基督山伯爵也不愿再多耽误时间了，那样恐怕还会破坏他所希望得到的效果，便鞠了一躬，也告辞了。最后只剩腾格拉尔一个人去面对他妻子的怒骂了。

“妙极了！”基督山伯爵一边向他的马车走去，一边在心里说道：“一切都如我所愿。这一家的安宁从此以后就掌握在我手里了。现在，我要再施个妙计，把他们夫妇两人的心都赢过来，这简直太有意思了！不过，”他又说道，“这次会面中，有点儿遗憾的是还没有把我介绍给欧热妮·腾格拉尔小姐，我倒很高兴认识一下她。但没关系，”他带着他那种奇特的微笑继续说道，“将来总会有机会认识她的。我已经打下了基础，时间还很充足呢。”伯爵这样想着便跨进了他的马车，回到了家里。两小时之后，腾格拉尔夫人收到了一封扣人心魂的信。信是伯爵写来的，信里说明决不愿意在刚刚踏入巴黎的社交界时就使一位美丽的女人生气，并且把那两匹马送回来了，原封不动地套着它们早晨时的鞍具，甚至在马头上所戴的每一朵玫瑰花结的中央，都已按伯爵的吩咐镶上了一颗钻石。

基督山伯爵还写了一封信给腾格拉尔，请他收下一位怪富翁所送的这种怪礼物，并请男爵夫人原谅他以这种东方方式的礼仪送还她的马，不要唐突了才是。

当天傍晚，基督山伯爵由阿里陪着离开巴黎到欧特伊去了。第二天下午三点钟左右，铜锣一响，阿里被召到了伯爵的面前。

“阿里，”那黑奴一走进房间，他的主人便说道，“你以前经常对我说，你很擅长套马。”阿里骄傲地挺直了身子，做了一个肯定的回答。

“很好。你可以用套索将一头牛拉住吗？”

阿里又做了一个手势来表示肯定。

“那一只老虎呢？”

阿里点了点头表示可以。

“那一只狮子呢？”

阿里做了一个将套索抛出的姿势，然后又模仿了勒紧套索的声音。

“但你自信可不可以将两匹狂奔的马套住呢？”

那黑奴微微地笑了一下。

“很好，”基督山伯爵说道，“待会儿有一辆马车要经过这儿，拉车的是两匹灰色有斑纹的马，就是昨天你看见我用的那一对，现在，我要你必须冒着生命的危险，在我的门前拉住那两匹马。”

阿里走到街上，在门前的走道上划了一条直线，然后他回来把那条线指给在一旁的伯爵看。伯爵于是轻轻地拍了拍他的肩膀，他总是用这种特有的方式来称赞阿里的。阿里很喜欢这项差使，他镇定地走到房子和街道相接的拐角上，在一块界石上坐了下来，开始抽他的长筒烟，而基督山伯爵则回到了屋里，不再理会这件事了。快到五点钟的时候，伯爵开始显出异常的焦躁和不安，原来他算定那辆马车不多久就要到了。他走进一间面对着街道的房间，不安地在房间里踱来踱去，时不时地站定，听听有没有车轮渐近的声音，然后又用焦急的目光看看阿里，但见那黑奴仍旧含着他的长筒烟悠闲地在吞云吐雾，这至少证明他正聚精会神地享受他心爱的玩意儿。突然间，他隐约听到了车轮急速滚动的声音，即刻一辆马车出现了。拉车的那一对马已野性大发，简直无法控制，只见它们拼命地向前冲，像是有魔鬼在驱赶着它们似的，那吓呆了的车夫竭力想控制住它们，但丝毫没起作用。

马车里有一个少妇和一个七八岁的孩子。他们已经吓得连喊都喊不出来了，两人紧紧地搂在一起，像是决定至死都不分开似的。马车喀啦啦地叫着，在粗糙的石头路上飞奔着，假使它在路上遇到了一点儿障碍，就一定会翻车的。它一直在街中央飞奔着，凡是看到它过来的人都发出了惊恐的喊叫声。

陡然地，阿里放下了他的长筒烟，从口袋里抽出了绳索，巧妙地一抛，那绳圈就套住了离他较近的那匹马的前蹄，然后忍痛让自己被马向前拖了几步，在这几步的时间里，那条巧妙地投出去的绳索已逐渐收紧，终于把那匹狂怒的马的两脚完全拴住了，使它跌倒在地上。同时这匹马跌到了车辕上，折断了车辕，使另外那匹马也无法再向前跑了。车夫利用这个机会急忙从他的座位上跳下来，但阿里这时已敏捷地抓住了第二匹马的鼻孔，用他的铁腕死命地抓住不放，直到那头发疯的牲畜痛苦地喷着气，软瘫在它的同伴旁边。这整个的过程一气呵成还没有我们现在讲话的时间长。但就在这短暂的时间内，一个人带着几个仆人从屋子里冲出来，奔到了出事地点。当车夫打开车门的时候，这个人就帮忙把那个少妇抱了下来，这位太太此时一只手仍痉挛地抓住椅垫，一只手紧紧地把她的儿子搂在她怀里。那小孩子已吓晕了过去，基督山伯爵把他们都抱进客厅里，放在一张沙发上。“放心吧，夫人，”他说道，“一切危险都已经过去了，现在非常安全。”

那女人听到这几句话，就抬起头来，带着恳求的目光，指了指她那仍然昏迷不醒的孩子。

“我明白您的意思，夫人，”伯爵说道，并仔细把那孩子检查了一遍，“我向您担保，您一点儿都不必担心，您的小宝贝没有受到任何伤害，他只是吓昏了而已，一会儿就会醒来的。”

“您这样说只是想安慰我是吗？您看他的脸色多白！我可怜的孩子！我的爱德华！对妈妈说话呀！啊，阁下，求您快去请一位医生来吧！如果能救活我的儿子，我愿意把全部家产都送给他！”

基督山伯爵向那惊恐万状的母亲示意，请她不必担心，然后他打开放在旁边的一个小箱子，从箱子里抽出了一只波希米亚出产的玻璃瓶，瓶子里装着一种红色的液体，他把那种液体滴了一滴到那孩子的嘴唇上，药水刚刚滴到嘴唇上，那孩子，即使脸色依旧很苍白，却睁开了眼睛，急切地转动眼珠向四周看了看。看到孩子转醒，还很生动的样子，那母亲简直高兴得发昏了。“这里是哪里呀？我在哪儿？”她喊道，“是谁让我这一场恐怖的惊吓得到如此快乐的一个结局呀？”

“夫人，”伯爵答道，“我能在急难中将您救出来，自觉十分荣幸，您现在所处的位置就是我的住所。”

“这件事全是因为我的好奇心作恶，”那贵妇人说道，“全巴黎的人都对腾格拉尔夫人的马称赞有加，说它们长得漂亮，而我也实在有点太傻了，竟想试试它们。”

“莫不是，”伯爵佯装出很惊奇的样子叫道，“这两匹马是男爵夫人的马吗？”

“没错，阁下，您和她认识吗？”

“腾格拉尔夫人吗？我认识她，此刻对于您可以脱险我就更感觉高兴了，因为您所遭遇的险境竟是我无意中造成的。昨天我在男爵那里将这两匹马买了下来，但由于男爵夫人十分后悔卖掉它们，因此我就冒昧地将它们送回给她，权当我的一件礼物，请她赏脸收下。”

“咦，那么您就是基督山伯爵了，爱米娜和我说过很多有关您的事呢！”

“没错，夫人。”伯爵答道。

“我是爱洛伊丝·维尔福夫人。”伯爵欠了欠身，看起来就像头一次听见这个名字一样。“维尔福先生对于您的义举将会多么感激呀，当他知道是您赐予了他妻子和孩子的生命时，他会多么感激呀！真的，若不是您那个勇猛的仆人及时赶来搭救的话，我和那个可爱的孩子一定会没命的。”

“说实在的，想到您刚刚的险境，我此刻还有点后怕呢。”

“噢，我希望您同意我适当地报答一下那位热忱勇敢的人。”

“夫人，”基督山伯爵回答，“我求您别将阿里宠坏了，不要给他过多的称赞和报酬。我得让他保持平常心，不能养成每次出了点儿力便期待得到报偿的这种坏习惯。阿里是我的奴隶，而他救你们不过是在尽他对我的责任罢了。”

“但他是冒着生命危险的呀!”维尔福夫人说道，伯爵这种威严的态度给她留下了很深的印象。

“夫人，他的生命，不是他自己的，而是属于我的，因为我曾亲自救过他的命。”维尔福夫人没说话了，也许她在寻思，为什么这个奇人初次见面就能给她留下这样深刻的印象。在这短暂的沉默期间，基督山伯爵以一种极亲切的神色仔细地观察着那蜷伏在她怀里的孩子，观察着他的外貌。那个孩子长得很瘦弱，脸色非常苍白。头发直而黑，即使曾烫过但还是鬈曲不起来，有一大绺头发从他那凸出的前额上挂下来，直垂到他的肩头，那一双充满了狡猾阴险和顽皮执拗的眼睛显得特别机灵活泼。他的嘴巴很宽大，嘴唇极薄，还没有恢复血色。从这孩子的脸上，一眼就可以看出他的个性深沉而诡谲，他的相貌倒像是一个十三四岁的孩子，一点儿也不像个八岁的孩子。他醒来的第一个动作竟然是猛地一下子挣脱了他母亲的怀抱，向伯爵装救命良药的那只小箱子冲过去，然后，在没得到任何人的许可下，开始把药瓶的塞子一个个地拔出来，这充分显示出他是一个从不受约束的、乖僻任性的、被宠坏了的孩子。“别碰这些东西，我的小朋友，”伯爵急忙说道，“有些药水不但不能尝，就是闻一闻也是很危险的呢。”

维尔福夫人听后脸色陡变，急忙抓住她儿子的胳膊，把他拉到自己身边，看到他没出事，她自己也向那只小箱子瞟了一眼，这一眼虽短，却意味深长，当然没有逃过伯爵的慧眼。这时，阿里走了进来。一看到他，维尔福夫人脸上顿时露出一种兴奋的表情，并把那孩子搂得更紧了一点，说道：“爱德华，你看到那个好人了吗?这个人刚才十分勇敢，刚才拉车的那两匹马发了疯，差一点儿把车子撞得粉碎，是他冒着生命危险拖住了它们。快谢谢他吧，我亲爱的孩子，如果没有他，我们俩可都没命了。”

那孩子撅起了嘴唇，以一种厌恶和藐视的态度转过头去说道：“他长得太丑了!”伯爵看到这种情形心里感到很满意，当他想到这个小孩子也可以使他的一部分计划有希望实现的时候，一个微笑偷偷地爬上了他的脸。维尔福夫人对儿子斥责了几句，但十分温和，无论谁看了都知道那是没什么作用的，她对孩子太娇纵了。

“这位太太，”伯爵用阿拉伯语对阿里说道，“因为你救了他们的命，想叫她的儿子谢谢你，但那孩子不打算这么做，说你长得太丑了!”

阿里把他那聪明的脑袋转向那孩子，毫无表情地看了他一眼，他的鼻孔在痉挛般地一张一缩，基督山伯爵知道那句不知好歹的话已使这个阿拉伯人的自尊心受到了极大伤害。

“恕我冒昧地问一句，”维尔福夫人站起来准备告别的时候说道，“这是您的寓所吗?”

“不，夫人，”基督山伯爵答道，“这是新近买的一个小地方——我的寓所在香榭丽舍大街三十号，我看您已经从惊吓中恢复了，您一定是想回家了吧。我已吩咐把那两匹拉您来的马套在了我的车子上，并叫阿里，也就是你认为长得太丑的那个人，”他面带微笑对那孩子说道，“赶车送你们回家，而您的车夫则暂时留在这儿，照料修理您的车子。车子修好以后，我会用我自己的马直接送回给腾格拉尔夫人的。”

“但是我不敢再用那两匹发疯了的马拉我回去了。”维尔福夫人说道。

“您不要担心害怕，您一会儿就会知道的，”基督山伯爵答道，“一到阿里的手里，它们就像羔羊一样驯服听话的。”

阿里确实证明了这一点。他走近那两匹被人费了很大的劲才扶起来的马，用浸过香油的海绵擦了擦它们那满是汗和白沫的前额与鼻孔，于是它们几乎马上就呼噜呼噜地喘起粗气来，并且浑身不停地颤抖了几秒钟。然后，也不管那围观在马车周围的人群多么嘈杂，阿里只是静静地把那两匹驯服了的马套到了伯爵的四轮轻便马车上，接着把缰绳握在了手里，爬上了车头的座位，然后他“啰”地喊了一声，马车便向前驶去。围观者对这一切感到不可思议：他们刚才明明还目睹这两匹马不受控制发疯般狂奔，倔强难治，但现在阿里却得用他的鞭子不客气地抽打几下它们才肯向前迈步。踽踽而行，这两匹有名的灰斑马现在竟然变得迟钝愚笨、死气沉沉的了，它们走得是这样的艰难，以致维尔福夫人花了两个钟头才回到了圣·粤诺路她的家里。她刚回到家，先解决了家里人的询问，随后立即就给腾格拉尔夫人写了下面这封信：

亲爱的爱米娜：我刚刚从九死一生的险境中奇迹般地存活了下来，而这一切都是得益于我们昨天所谈到的那位基督山伯爵的帮助，但我绝对不曾想到今天就能看到他。我记得我曾在你称赞他时无情地对其加以嘲笑，以为你所说的过于夸大了，可我此刻却有十足的理由来承认：你过于热情地描述并未将这位奇人的优点详尽。但我定会尽我所能将我这次的奇遇讲得更明白一点。你一定得知道，我亲爱的朋友，当我驾着你的马来到兰拉夫街时，它们忽然失控地向前直冲，速度快得让人害怕，以致只要前面有东西挡着它，我和我那可怜的爱德华定会死无全尸的。当时我感觉必死无疑了，突然一个长相奇怪的人——是一个阿拉伯人或努比亚人，总而言之，是某一国家的一个黑人——在伯爵所做的手势下（他原在伯爵身边做事），突然将那匹暴怒的牲口抓住了，那时他甚至有被踩死的危险，然而他实在很侥幸，最终免于灾难。那时，伯爵急忙走到我们身边，将我们接到他的家里。当时我那可怜的爱德华已吓得失去知觉了。但伯爵用了某种巧妙的医法迅速地将他救活了。当我们已完全恢复精神时，他又用自己的马车将我们送回了家。至于你的马车，我明天还给你。不过，恐怕你的马要歇上一段日子了，因为它们好像已完全麻木了，好似极不情愿被那个黑人征服似的。但伯爵拜托我，说要我向你保证，只要让它们休息两三天，并在此期间多喂它们吃点大麦，而且只喂食大麦，它们就会长得同昨天一样肥壮——也意味着也同昨天一样可怕。再见！然而今天这次驱车出游我无法感谢你了，但我也不能因为你的马出错而来责备你，特别是因此让我与基督山伯爵相识了。对于这位显赫的人物，我感觉他不仅富有百万，更是一个非常奥妙且有趣的问题，我愿意付出一切来研究这个问题，倘若必要的话，我甚至愿意冒险再被你的马拖一次。在这次事件中，爱德华表现得十分勇敢。他始终没哭，只是在我怀里无精打采地躺着。你或许又要说我是被母爱冲昏了脑袋，但在那个如此脆弱、如此娇嫩的可怜的小身体里，的确有一个铁的灵魂。瓦朗蒂娜对你那可爱的欧热妮十分的挂念，托我多多向她表示问候，祝她和你安好！

我仍旧是你永远真诚的——

爱洛伊丝·维尔福

又——务请想办法让我能在你家会一会基督山伯爵。我务必要同他见一次。我刚刚已劝服维尔福先生去他家拜访，希望他会来回拜。

当天晚上欧特伊的那件奇事便成了众人谈话的主题。阿尔贝把它讲给他的母亲听；夏多·勒诺在骑士俱乐部把它当作了谈话的资料；而德布雷则在部长的客厅里长篇大论地详详细细把它叙述了一遍；波尚也在他的报纸上用了二十行的篇幅恭维了一番伯爵的勇敢和豪气，使他在法国全体贵族女子的眼里变成了一位勇敢侠气的英雄。很多人到维尔福夫人的府上来留下了他们的名片，说他们会在适当的时机再来拜访，以便听她亲口详述这一件传奇式的奇遇。正如爱洛伊丝所说的，维尔福先生穿上一套黑礼服，戴上了一副白手套，带上最漂亮的仆人，驱车直奔伯爵府而去，于当天傍晚到达了香榭丽舍大街三十号房子门前。

第四十八章 人生观

如果基督山伯爵曾经在巴黎有过一段相当长时间的生活，那么他一定会对维尔福先生采取的这个步骤的重要性有所了解。不管掌权的国王是老是新，不管执政党是保守派、自由派还是立宪派，维尔福先生在宫廷中的地位都是十分稳固的，因为几乎所有的人都觉得他非常能干，就像我们总是把那些从未在政治上遭受过挫折的人看作很有能力一样，虽然有很多人憎恨他，但也有非常多的人充满热血地保护他，只不过从未有一个人真心喜欢他。在司法界他的地方非常高，并且以中立的态度始终维持着自己的地位。他的会客室，仰仗他年轻的妻子以及前妻生下的不满十八岁的女儿的操持，可以算得上是整个巴黎最正统的客厅之一。他小心尊崇着传统习俗，严格遵循着礼貌和礼节，面对政府的任何政策都忠贞不渝，针对各种理论以及任何理论家都极端蔑视，更对理想主义深恶痛绝——他所崇尚的这些，正是他内心深处或者在公开场合时所标榜的人生哲学。

维尔福先生不但是位法官，而且几乎是位外交家。他和旧王朝的关系使他得到了今天的器重，每当他讲到旧王朝时，总是显出一副庄严恭敬的态度，而他所知道的事情实在太多了，所以他除了始终受到当朝人的迁就外，有时还会承蒙咨询。如果人们能除掉维尔福先生的话，情形或许就不会像现在这个样子，但他就像那些敢于违抗国王的封建诸侯一样，始终住在一个无法攻陷的堡垒里。这个堡垒当然就是他身为检察官的这个职位。他极其巧妙地运用了这个职位所带来的种种优势，无论在怎样的形势下，他都决不辞职，最多只请人暂时代理一下，以此避免情势的倾斜而始终保守中立的位置。维尔福先生往往极少出去拜客，也极少回拜。他的妻子代他去拜客，这已是社会上所公认的事了，但是他们以为法官工作繁重而谅解了他，事实上他却是出于一种傲慢的想法。这正是贵族的本质——确实，他把“只要你自以为了不起，别人也就会以为你了不起”这句格言实践得极好，这句格言在我们这个社会里比起希腊人的那句“认识你自己”实在是更有用更简单的，而我们却用那比较省力而更有利的“认识别人”取代了希腊人的这句格言。

对于他的朋友，维尔福先生是一个强有力的保护者；对于他的仇敌，他是一个沉默阴险的死对头；对于那些游走在这两者之间的人，他是法律公正的化身。傲慢神气、死板的面孔，沉着冷漠或锐利探询的目光，这几点使这个人巧妙地度过了接连而来的四次革命，并在革命中建立和巩固了他升官发财的根基。维尔福先生在法国一向是以最不好奇和最不怕麻烦的人见称的。他每年开一次舞会，在那次舞会里，他只到场一刻钟。他从来不去戏院、音乐会或任何公共娱乐场所，像是去了就会颠覆他法官的形象似的。偶尔的，只是这种场合也极少，他会玩玩威斯特牌戏，而那时他必定会认真挑选够资格和他一起玩牌的人——如大使、大主教、亲王、总统或寡居的公爵夫人之流。而现在把车停在基督山伯爵的门前的，正是这个人。

跟班去通报维尔福先生来访的时候，伯爵正伏在一张大桌子上，在一张地图上寻找从圣彼得堡到中国去的路线。

维尔福检察官以他步入法庭时那种庄重和平稳的步子走了进来。他从前在马赛当代理检察官时我们曾见过他，还是那个人，说得更直接一些，现在是原来那个人最完美的人生阶段罢了。

随着时间的推移，每个人都会有所变化，但在这变化中他却未改变多少。只是他的身体从消瘦变成了羸弱，脸色从苍白变成了焦黄；他那深陷的眼睛现在更深了；他那一副金边眼镜，架在鼻子上的时候，似乎成了他脸上的一部分。他穿着一身黑衣服，只有领带是白的。这身打扮唯一不同于丧服的地方，就是穿在纽孔上的那条几乎难以觉察的红丝带，像是用红铅笔画出来的一缕血丝一样。基督山伯爵尽管极能自制，这时，他在还礼之后，竟还是抑制不住好奇心的驱使仔细地观察起这位法官来。而对方一向惯于怀疑一切，尤其不相信社会上会有所谓的奇人奇事，所以他也极想看出这位外国贵宾（已经有人这样称呼基督山了）到底是个挪一下窝一显身手的大骗子或不法之徒呢，还是位来自圣海的王子或《一千零一夜》里的苏丹。

“阁下，”维尔福说道，一副演讲时的口吻，好像他在社交场合一旦放弃了这种腔调就失掉了某种优势似的，“阁下，昨天蒙您大力相助，救了我的妻子和儿子的命，我想我有义务向您表示谢意。所以请允许我今天亲自来履行这个义务，让我向您表示我衷心的感谢。”说这番话的时候，法官那严厉的目光里仍然含有他往常那种骄矜的神气。他是以一个首席检察官的语气和神态来说这几句话的，脖子硬挺挺地一动都不动，这正是那些恭维他的人说他是法律的化身的原因。

“阁下，”伯爵冷冰冰地回答说，“我十分高兴能有机会为一位母亲保全她的儿子。因为人们都说，母子之情是世界上最真挚神圣的感情，而我的运气好，阁下，使您来此履行一种义务，而您在履行这种义务的时候，无疑的已经给了我莫大的荣幸。因为我知道，维尔福先生对我的这种赏脸平时不是轻易肯给别人的，但是，这种荣幸无论多么难得，却仍然不足以与我内心里因为一个母亲保全儿子所感到的满足相比。”

维尔福决想不到基督山伯爵会这样答复他，他不禁吃了一惊，好像一个军人感到他所穿的甲衣上被人猛击了一下似的。他的嘴唇轻蔑地微微一弯，表示从现在起，他想象中的基督山伯爵不再是一个文明的绅士了。于是他向四周看了一下，想找点什么来作为继续交谈的话题，因为刚才的那个话题已经无话可说了。

他看到了他进来时基督山伯爵在研究的那张地图，于是说道：“您好像在研究地理吧，阁下。我觉得这是一种费神而有趣的学问，尤其对您来说。我听说，似乎这张地图上标明的地方您都已经游览过了。”

“是的，阁下，”伯爵答道，“我很想把人类当作一个整体来进行一番哲学研究，而您却是每天在做单个的实验。我相信，从整体来推论部分比从部分来求解整体要容易得多。这是代数学上的一条定理，我们应该从已知数来推论未知数，而不是从未知数来求已知数，请坐，阁下。”

基督山伯爵指了指一张椅子，于是那位检察官不得不向前移动几步坐了下来，而伯爵却向后一靠，便坐到了椅子里，维尔福先生进来的时候，他原本就是坐在他的椅子上的。所以这时候伯爵是侧面向着他的客人，背向着窗，手肘撑在那张当时正在谈论的地图上，这一番谈话也像以前与腾格拉尔和马尔塞夫谈话的时候一样，是随环境和对方的为人而改变的。

“啊，您自称为哲学家，”维尔福沉默了一会儿说道，他趁这沉默的期间喘了一口气，像是一个摔跤手遇到了一个强有力的对手要稍稍休息一下似的，“哦，阁下，真的，要是我也像您这样无所事事的话，我一定会去找一件更有趣的事来做的。”

“说实话，阁下，”基督山伯爵答道，“假如把人放在一只日光显微镜下来研究的话，他实在只不过是一条丑陋的毛虫而已。您刚才说我无所事事，真的，现在我也来问一句，那么您呢？您认为您就是有所事事吗？说得更直接一些，您以为您所做的一切够得上称为‘事’吗？”

这个从未见过的敌手所作的第二次进攻如此猛烈，以致维尔福不禁又增加了一份惊异。这样强有力的怪论这个法官已好久没听到了，如果再说得确切些，这还是他生平第一次听到，检察官竭力想做出回答。“阁下，”他说道，“您是一位外国人，我相信您自己也曾说过，您曾在东方各国住过很长时间，所以您根本不了解人类的法律是怎样值得我们审慎详密地研究一番的，因为在那些野蛮的国家，法律似乎从来没存在过。”

“噢，不，不，我了解。阁下，那一切我都知道，这恐怕您不知道了，我是专门研究各国法律的。我曾拿各国的刑事法来和自然法作过比较。而我不得不说，阁下，我经常发现原始部落法律，即报复法，是最符合上帝意志的法律。”

“要是采用了这条法律，先生，”检察官说道，“我们的诸多法典不就是名存实亡了吗？如果这样，那么正如您刚才所说的，法官们也就会无所事事。”

“这种情形也许会出现的，”基督山伯爵说道，“您知道，人类的发明创造从复杂趋向简单，而简单的总是完美的。”

“但目前，”法官又说道，“我们的法典却正处于全盛时期，它是根据茄立克族的风俗，罗马法律和法兰克族的惯例，从这一切相互矛盾相互抵触的条例中推断并制定出来的。而那种种知识，想必您也同意这种说法，不经过长期的努力是无法获得的，而同时要获得这种知识不得不经过一番刻苦的研究，而且还必须经过有力的脑力劳动才能把它保存下来。”

“我完全同意您的看法，阁下。对法国法典的一切可能您都有所了解，而我所了解的，却不仅仅是哪一部法典，而是世界各国的法典。英国的，土耳其的，日本的，印度的都有，对我来说，它们都和法国的法律一样熟悉，所以我刚才说得没错。您也知道，世事万物都是相对的，阁下。相对而言，和我所完成的工作比较起来，您所要做的那些少得可怜；而和我所学到的所有知识比较起来，您也还得再学习很多才行。”

“那么您学习这一切是出于什么目的呢？”维尔福惊讶地问道。

基督山伯爵微笑了一下。“真的，先生，”他说道，“我看您虽然有绅士美誉，但您对于一切事物的看法，却仍无法脱离社会上那种唯物的和通俗的观点，始于人而终于人。也就是说，是人类观察事物时所能采取的最局限、最狭隘的一种观点。”

“阁下，请您解释得再清楚一些，”维尔福说道，他愈来愈惊奇了，“我实在是很不理解。”

“我的意思是说，阁下，您由于把目光只放在各国的社会机构上，所以您所看到的只是那些机器在转动，而没有看到使它转动的背后那位了不起的工程师。您周围所认识的，无非是那些由部长或国王颁发了委任状的大小官吏。而在这些挂名的官吏、部长和国王之上，却还有上帝派的人，上帝不是派他们来填充位子的，而是让他们来执行任务的，但他们却逃过了您那狭隘的目光。所以人类由于他们的器官衰弱和不完备而产生了缺点。多比亚斯①把那个恢复他视觉的天使看作一个普通的青年人，各国把那个受天命来毁灭他们的阿提拉②与其他的征服者当作同类看待，因此为了让人们认识他们，承认他们，他们不得不宣布他们的

① 基督教《经外书》中的人物。

② 古代匈奴人的国王。

使命。前者不得不说：‘我是主的天使。’而后者不得不说：‘我是上帝惩恶的使者。’这样，他们两人的神性才能大白于天下。”

“那么，”维尔福说道，他愈来愈惊愕了，他开始觉得他不是在和一个神学家就是和一个疯子在说话，“您认为自己就是您所说的这种人物吗？”

“为什么不是呢？”基督山伯爵冷冷地说道。

“对不起，阁下，”维尔福回答说，几乎有点惊呆了，“我想您能原谅我，因为当我前来拜访您的时候，我绝对没有想到会遇到一位知识和见解远远超出常人理解范围之外的人。像您这样一位极富有的绅士，至少，人们是这样说的——请注意，我并不是在盘问您，只是重复别人所说的话而已——我想说，像您这样有钱的特权贵族阶级，竟会把时间浪费在对社会的空谈或哲学幻想上。在我们这种文明社会中那些腐化了的可怜虫之间，确实是罕见的，因为大家都知道，所谓的社会空谈或哲学幻想最适合于去安慰那些生来命穷，又不走运，无法享受世上荣华富贵的人。”

“真的，阁下，”伯爵反驳道，“您已经得到如此显要的地位，难道您还算不上是个特别的人，或者竟没遇到过特别的人吗？我相信您的目光一定十分老练可靠，难道您从来没有，在一瞥之下就能推断出到您面前来的是哪一种人吗？一个法官除了恪尽职守地按法律行事以外，除了极技巧地解释他工作上要的诡计之外，难道不该做一枚可以探测心脏的钢针，一块可以测验出灵魂中含有多少杂质的试金石吗？”

“阁下，”维尔福说道，“说心底话，您辩赢了我。一直以来我都没听说过你这种论调的理论。”

“因为您总使自己处在一个安逸的平凡的环境里，从不敢振翅高飞，冲进上帝安排那些看不到的特殊人的领域里。”

“那么您认为，阁下，那种领域确实存在，而且这些看不到的特殊人确实是和我们混杂在一起的吗？”

“他们为什么不存在呢？就像您离开了空气就一刻也不能存活，但您能看得见您所呼吸的空气吗？”

“您这么说我们是无法看见您所指的那种人了？”

“不，我们能看见的，只要上帝高兴让他们现出实形的时候，您就能看见他们了。您甚至可以触摸到他们，同他们交往，跟他们讲话，而他们同时也会回答您的。”

“啊！”维尔福微笑着说道，“如果这样的话我不得不承认，当这种人前来和我接触的时候，我倒很希望能事先得到一个警告。”

“您的愿望已经实现了，阁下，因为您刚才就已经得到了警告，而我现在再来警告您一次。”

“那么您自认就是这种杰出的人物了？”

“是的，阁下，我相信到目前为止，还没有哪一个人的地位可以与我相比。国王的领土都是有限的，不是限于山脉河流，就是限于风俗习惯的改变，或是限于语言的不同。而我的王国却是以整个世界为界限的。因为我既不是意大利人也不是法国人，不是印度人也不是美国人，也不是什么西班牙人，我是一个宇宙人。没有哪一个国家可以说它看到了我的降生，而只有上帝才知道哪一个国家会看到我死。我能适应各种风俗习惯，通晓各种语言，您若相信我是个法国人，那是因为我讲起法语来能像您一样流利纯正。可是，阿里，我的黑奴，却相信我是阿拉伯人；贝尔图乔，我的管家，却把我当作了罗马人；海黛，我的女奴，认为我是希腊人。所以您应该可以明白了吧，由于没有国籍，不要求任何政府的保护，不承认任何人是我的兄弟，因此，凡是那可以阻止强者的种种顾忌或可以麻痹弱者的种种障碍，都无法麻痹或阻止我。我只有两个对手，我不愿意说是两位征服者，因为只要坚忍不屈，甚至连他们我也是可以克服的。他们就是时间和空间。而那第二个对手，也是最可怕的，就是，我将来也必有一死。只有这才能阻止我的行动，使我无法到达我预期的目标，其余的一切我都算定了。凡是人们所谓命运机遇的那些东西，如破产、变迁、环境等，我都已经预料到了，如果这些因素突然来袭击我，它们是决不能使我一蹶不振的。除非我死了，否则我是永远不会改变我的信仰，所以我敢说出这些您从没听说过的事情。这些事情就算从国王的嘴里您也听不到的，因为国王需要您，而其他的人怕您。在我们这样一个组织和法律不健全的社会里，人人都免不了要对自己说：‘也许有一天我会有求于检察官的吧？’”

“但您敢肯定不会说那句话吗，阁下？因为您一旦成了法国的一位公民，您自然就得遵守该国的法律。”

“这我知道，阁下，”基督山伯爵答道，“但当我去访问一个国家的时候我就开始用各种可能的方法来研究那些我可能有求于他或害怕他的人，直到我把这些人了解得清清楚楚明明白白，像他们了解自己一样或许甚至比他们自己了解得还要清楚。基于这种做法，不管检察官是谁，如果他要对付我的话他一定会发现自己的处境并不比我占优势。”

“那就是说，”维尔福吞吞吐吐地答道，“人类的本性中就是有缺点的，按您的标准来看，每个人都是犯了过错的。”

“过错或是罪过。”基督山伯爵以一种随意得不能再随意的神气回答道。

“您刚才说，您在人类中没有你的兄弟，那么，在全人类中，”维尔福多少有点儿犹豫地说，“只有您是十全十美的了。”

“不，并非是十全十美，”伯爵回答说，“只是无法看穿罢了。如果这种论调使您不愉快的话我们还是停止这一场舌战吧，先生，您的法律并没有打扰到我，正如我的第二视觉并没有打扰您一样。”

“没有，没有，绝没有。”维尔福说道，他像怕放弃他的优势似的接着说，“您这一番光辉而且几乎可以说是崇高的谈话已把我抬举到了普通的水准以上。我们已不再局限于聊天了，而是在进行讨论。但您知道，那些坐在大学教椅里的神学家，和那些坐在辩论席上的哲学家，偶尔也会说出残酷的真理。我们暂且算是在讨论社会神学和宗教哲学吧，下面这几句话听来尽管有些不礼貌，但我还是要对您说：‘兄弟，你太自负了，你可能比别人高明，但在你之上还有上帝呢。’”

“在我们大家之上还有上帝，阁下。”基督山伯爵这样回答道，其语气是这样沉重，使维尔福不由自主地打了个寒战。“我对人是自负的，正如赤练蛇每当看见有人经过它的旁边时总会昂起头来攻击他，就算那人并没踩着它。但在上帝的面前，我会毫不犹豫地放弃那种自负，我会很谦虚，因为是上帝把我从一无所有提升到了现在这样的地位。”

维尔福十分吃惊地望着基督山伯爵。“伯爵阁下，”他问道，“阁下，除了死和发疯以外，世界还有一些可怕的事情。譬如说，中风，那是一种闪电般的袭击，它只打击您，却并不毁灭您，可是经它打击之后，一切也就都完了。尽管您的外貌一点儿都没有改变，从表面看来甚至还是一模一样的，但您已不再是以前的您了，您以前像吃过灵芝草的羚羊，但这时却变成了一块呆木头，就像那受了酷刑的卡立班[1]，这种病，是生在人的舌头上，正如我所告诉您的，不折不扣地叫作中风。伯爵阁下，如果您愿意的话，随便哪一天，只要您高兴见到一个尚能解释而且急于想驳倒您的对手的话，那么，请到舍下来继续这一番谈话吧。我想介绍您同家父见面，也就是诺瓦蒂埃·维尔福先生，法国革命时期一个最激进的雅各宾派，也就是说，一个最目无法纪、最果断勇敢的人，他也许不曾像您那样到过世界上所有的王国，但他却曾帮助颠覆了世界上一个最强有力的国家。您相信自己是上帝和救世主的使者，他，像您一样，相信他自己是万神之主和命运的使者。可是，阁下，脑髓里一条血管的破裂就摧毁了这一切，而这发生可能不到一天，不到一个钟头，而只在一秒钟的时间内。我父亲在头一天晚上还是老雅各宾派成员、老上议院的议员、老烧炭党分子，嘲笑断头台、嘲笑大炮、嘲笑匕首，诺瓦蒂埃先生，他玩弄革命；诺瓦蒂埃先生，对他来说法国是一面大棋盘，他使得小卒、城堡、骑士和王后一个个地失踪，甚至使国王被困；诺瓦蒂埃先生，这样可畏的一个人物，第二天早晨却一下子变成了'可怜的诺瓦蒂埃先生'，变成了孤苦无助的老头子，得让家里最软弱无力的一员，就是他的孙女瓦朗蒂娜来照顾他。实际上，他只剩下一具又哑又僵的躯壳，在无声无息地喘着气，让时间慢慢地腐蚀他的全身，而他自己却感觉不到它在腐朽。"

"唉，先生！"基督山伯爵说道，"这种事我除了看到也想到过了。我也可以算是一个医生，我曾像我的同行那样几次三番地寻活人和死者的灵魂，而像救世主一样，我的肉眼尽管看不到它，但我的心却能感觉到它的存在。我也很能理解，一个父亲的痛苦或许会使一个儿子的头脑发生很大的转变。您既然建议我为我的自负心着想，该去看一看那种悲惨的情景，那么我一定前去府上拜访。先生，这种悲惨的事情一定已使

---

① 莎士比亚名剧《暴风雨》中的人物。

府上布满了忧郁的气氛吧。”

“如果上帝没有赐给我一个极大的补偿，本来当然会是这样的。眼看着老人家自己在慢慢走向坟墓里，慢慢地离开我，却有两个孩子刚巧踏上了生命的旅程，这多少为这个家增添了些喜气：一个是瓦朗蒂娜，是我的前妻蕾妮·圣·梅朗小姐所生的女儿；一个是爱德华，就是今天您救的那个孩子。”

“那么您从这个补偿上得出了什么结论，阁下？”基督山问道。

“我的结论是，”维尔福答道，“我想家父在热情的激励之下，曾犯过某种过失，尽管那种过失人类的法庭不知道，但上帝的法庭却已经看到了，而上帝只想惩罚一个人，所以只降祸于他本人。”

基督山伯爵的嘴上尽管带着微笑，可在内心里却发出了一声怒吼，如果维尔福听到了这个声音，他一定会像火烧屁股一样逃走的。

“再会了，阁下，”法官站起身来说道，“我即使离开了您，可我会永远记得您的，而且是满怀尊重的心情的。我希望，当您和我比较熟悉的时候，您不会讨厌我的这番情谊，因为您将来慢慢就会了解，我不是一个爱打扰朋友的人。而且，您和维尔福夫人已结成永远的朋友了。”

伯爵欠了欠身，亲自送维尔福到他的房门口，那位检察官做了一个手势，两个听差就毕恭毕敬地护送他们的主人到他的马车里去了。看见他走了之后，基督山伯爵从他那郁闷的胸膛里大大地吐出了一口气，说道：“这贴毒药真够受的，现在让我来找一服解毒剂吧。”于是他敲响了铜锣，并对进来的阿里说道：“我要到夫人的房间里去了，一点钟的时候，把马车备好。”

第四十九章　海黛

读者一定还没忘记那几位住在密斯雷路的基督山伯爵的新——若是表达得更准确一些，应该是老——相识吧。莫雷尔、尤莉和艾曼纽。想到马上就要去拜访他们，和这些善良的人度过快乐的时光，就好像那束期待已久的天堂照射进来的光已经抵达他自动陷入的地狱，因此，当维尔福走出他的视线的时候，他的脸上立马挂上了最令人动容的愉快的神情。听到锣声立马跑出来的阿里，看到主人脸上难得闪现的这种愉快的光。

这时候正是中午，基督山伯爵抽出一个钟头与海黛一起打发时间。海黛那早已抑郁了很久的灵魂似乎承受不了这突然而来的快乐，因此，在接受柔情蜜意以前，不得不先准备一番，就像和那些即将接触强烈喜怒哀乐的人们一样，先做好心理准备。我们在之前已提过，那个年轻的希腊人的房间与伯爵居住的房间是完全不相通的。那几个房间的布局全是按照东方式进行布置的——其意思是，地板上铺着来自土耳其的十分名贵的地毯，墙壁上挂着具有美丽的花色和优良的质地的织锦丝缎，所有房间的四壁均装有最奢华的靠背长椅，且椅子上堆着的坐垫又松又软，并能随意安排。海黛手下的女用人一共有四个——三个是法国人，另外一个是希腊人。那三个法国女用人总是在一间很小的候见室内待着，只要听见小金铃一响，便立刻进去侍候，或是通过那个希腊女奴传话出来，那个希腊女奴对法语懂得一点，完全可以将她女主人的命令传达给另外三个女用人。基督山伯爵对那三个法国女用人有过吩咐，对待海黛必须像侍奉一位王后一样极其恭谨尊敬。

年轻的姑娘此时就在她的内室里。那是一间和妇女休息室差不多的房间，圆圆的，天花板是玫瑰色的玻璃镶嵌的，灯光从天花板上面倾泻下来，这时，她正斜靠在带着银点儿的蓝色绸椅垫上面，脑袋枕着后面的椅背，一手托着头，另外一只手则动作优雅地扶着那只含在嘴中的长烟筒，这支长烟筒非常名贵，烟管由珊瑚做成，十分有弹性，从中升起一团满溢花香气息的烟雾。在一个东方人看来，她的态度虽然十分自然，可在一个法国女人眼中，却未免有些风骚了。她穿着伊庇鲁斯女子的服装，下身是一条绸裤，白色底子，上面绣着粉红色玫瑰花，露着两只小巧玲珑的脚，若不是这两只脚在逗玩着那一对嵌金镶珠的小拖鞋，也许会被人误以为是以大理石雕成的呢；上身穿着一件短衫，蓝白条子的，袖口宽大，以银线滚边，珍珠为纽扣；短衫外面套着一件背心，前面有一个缺口，呈心形，露出那宛如象牙一般的颈脖及胸脯的上部，下端以三粒钻石纽扣扣着。背心与裤子的接合处用一条五颜六色的腰带将其完全遮蔽起来，其色彩的灿烂和丝穗的华美，在巴黎美人看来，定是十分宝贵的。她的脑袋上戴着一顶绣着金线、镶着珠子的小帽子，一侧插着一朵紫色的玫瑰，头发乌黑浓密，透着蓝光。她的美是专属于希腊人的，水汪汪的、又大又黑的眼睛，笔挺的鼻子，珊瑚一般的嘴唇，珍珠皓齿，这都是她们民族特有的骄傲。锦上添花的是海黛正值青春年少，她看起来不过十九、二十岁的样子。

基督山伯爵把那个希腊侍女叫出来，吩咐她去问一声她的女主人愿不愿意见他。海黛的答复只是示意叫她的仆人撩开那挂在她闺房门前的花毡门帘，这一道防线打开之后，就呈现出一幅美妙的少女斜卧图来。当基督山伯爵走过去的时候，她用那只执长烟筒的手肘撑住身子，把另一只手伸给了他，带着一个销魂的甜蜜的微笑，用雅典和斯巴达女子所专有的那种音节明快的语言说道："你进来以前为什么还要问问可不可以呢？难道你不再是我的主人，我也不再是你的奴隶了吗？"

基督山伯爵回报了她一个温和的微笑。"海黛，"他说道，"你知道的。"

"你称呼我时还是这样冷淡，"那希腊美人问道，"我有什么地方使你不高兴不满意了吗？如果是这样，随便你怎么责罚我都行，但我不要你这么规规矩矩斯文有礼地对我说话!”

“海黛,”伯爵答道,“你知道我们现在是在法国,所以你已经自由了!”

“自由!自由!”年轻姑娘把那两个字念了两遍,“自由做什么呢?”

“自由就可以离开我呀,一切按照你自己的意愿做。”

“离开你!我从没想过我要离开你呀。我从没见过比你更漂亮的男人了,我只爱你和我的父亲。”

“可怜的孩子!”基督山伯爵说道,“那是因为除了你的父亲和我之外,你根本就没和其他人说过话聊过天,没有很宽泛的选择范围。”

“好吧!可是我为什么要跟别人去说话呢?我父亲把我叫作他的心肝,而你把我叫作你的爱人,你们都宠爱我把我叫作你们的孩子!”

“那现在你还记得你的父亲吗,海黛?”

那希腊少女微笑了一下。“他在这儿和这儿,”她一边说,一边指了指她的眼睛和她的心。

“那么我又在哪儿呢?”基督山伯爵笑着问道。

“你吗?”她大声说道,“我的世界到处都有你!”

基督山伯爵拿起这年轻姑娘的纤纤玉手,正要把它举到他的唇边,那心地单纯的女孩却急忙把手抽了回去,而把她那娇嫩的脸颊凑了上来。“你现在要懂得,海黛,”伯爵缓慢说道,“从现在起,你是有绝对的自由了,你是主妇,是女王。你可以选择放弃或保持你故乡的习俗,随你喜欢。你想怎么做就怎么做,你愿意在这儿待着就在这儿,愿意出去就出去,有一辆马车永远等在那儿听你的吩咐,无论你要到哪儿去阿里和梅多都可以陪你去。我只请你答应我一件事。”

“噢,说吧!”

“关于你的出身,一定要严守秘密。而且对谁也不要提过去的事情,不管在什么样的形势下,都不要说出你那威名显赫的父亲或你那可怜的妈妈的名字!”

“我已经告诉过你很多次啦,老爷,除了你我不愿意见任何人。”

“海黛,这样完美的一种隐居生活尽管很符合东方的风俗习惯,但在巴黎,会行不通的。所以,你得竭力使自己习惯这种北方的生活习惯，正如你以前在罗马、佛罗伦萨、梅朗和马德里一样，不管你留在这儿或回到东方去，将来总有一天，这一切对你都是有用的。”

听了这话，年轻姑娘抬起那双含泪的眼睛望着基督山伯爵，以一种伤心但真挚的口吻说道：“不管我回不回东方，你的意思是，你都不回去了吗，老爷?”

“我可爱的孩子，”基督山伯爵答道，“你应该知道得很清楚，假若我们不得不分手的话，那绝不是出于我的本意。树是不愿意离开花的，是花离开了树。”

“老爷，”海黛答道，“我决不愿意离开你，因为我深深知道，没有了你，我决不能再活下去的。老爷，在早晨，我等着你的到来；在晚上，我可以回想你和我在一起时的情形；此外，当我孤独的时候，我又有美丽的往事可以回忆。我好像又看到了那广大的平原和遥远的地平线，以及地平线上的宾特斯山和奥林匹斯山，那时，我的心里就会有三种情感，悲伤、感激和爱，决不会再感到什么无聊的。”

“你真不愧是伊庇鲁斯的子孙，海黛，你这种富于诗意的可爱的念头充分证明你是神族①的后代。你放心吧，我一定好好照料你，不让你的青春受到摧残，不让它在阴森孤独中虚度过去，因为要是你爱我如父，我也一定爱你如女。”

“老爷不要误会，我对你的爱和对我父亲的感情是完全不一样的。他死了以后，我还能继续活下去，但如果你遇到了什么灾祸，那我听到噩耗的那一刻，也就是到我死的时候了。”

伯爵带着难以形容而罕见的柔情把他的手伸给了那兴奋的少女。少妇虔敬而亲热地把手捧到她的嘴边。基督山伯爵的大脑经过这一番抚慰之后，已适宜于去拜访莫雷尔家人了。他一边走，一边轻轻地念叨着品达的诗句：“青春是一朵花，它会结出爱情的果实。你看着它渐渐地成熟，将它采下，你这采摘者啊，是多么的幸福。”此时马车已遵命准备好了，伯爵轻轻地跨进车厢里，车子便马上疾驰而去。

---

① 指希腊神话里的神。

第五十章　莫雷尔一家

几分钟以后，伯爵便来到了密斯雷路七号。这座房子是由白石堆砌而成的，在房子的前面有一个小庭院，院里有两个小花坛，花坛里开满了美丽的花。伯爵认出是门房柯克莱斯开的门，但由于他只剩一只眼睛，且在九年内也衰弱了很多，因此他没有认出是伯爵。马车来到门口时，必定会转一个弯，从一座由石块堆砌而成的喷水池绕过，喷水池中有许多金色和银色的鱼在悠闲地游荡着——这一个点缀让全区人都感到嫉妒，也为这座房子夺得了“小凡尔赛宫”的称号。这座房子有三层楼，下面是厨房和地窖，上面是阁楼。所有房产包括一所非常大的工场，一个花园以及花园中的两幢楼房，艾曼纽将它买下时就是看出这笔投机生意有利可图。他将正房与花园的一半留着自用，在花园与工场当中修筑了一道墙，连花园底上的两幢楼房一并租了出去，因此他花了极少的一笔钱，却住得极其舒适，好似圣日耳曼村里的一位最讲究的主人一般，获得了一座独门独户的大厦住宅。餐厅的家具均是橡木的；客厅内的家具是桃花心木的；窗帷是蓝天鹅绒的；寝室内的是香橼木和绿缎。艾曼纽从不读书，可他却有一间书斋；尤莉从不玩乐器，可她也有一间音乐室。三楼均是马西米兰的地方，这一层楼上的房间同他妹妹的完全一样，唯有餐厅变成了一间“弹子”房，这里也就是他招待朋友的地方。伯爵的马车停在门口时，他正口里咬着雪茄，在花园的门口处监督洗刷他的马。

柯克莱斯开了门，巴浦斯汀跳下车夫的位置，走上前去询问马西米兰·莫雷尔先生以及赫伯特先生夫妇同不同意和基督山伯爵阁下见一面。

“基督山伯爵阁下?”听到这个名字，莫雷尔大喊出来，他匆匆丢下他的雪茄烟，赶忙朝着马车跑了过去。“我们当然非常想见到他啊！伯爵阁下，感谢您没有忘了您许下的承诺。”青年军官非常热情地和伯爵握手，后者完全没有怀疑他的这种真挚情感，因为他也看出来，对方早就期盼着他的到来了，而且对于能够接待他，感到非常高兴。

“来，来！”马西米兰激动地说道，“请允许我来当您的向导，像您这样尊贵的客人，是不能让仆人做介绍的。我的妹妹正在花园里的玫瑰树那边摘枯叶，妹夫则在读他的《新闻报》和《议论报》，而且始终距离她五步的范围内。因此，不管您去哪里看到了赫伯特夫人，只要再在附近几步的范围内扫一圈，准能找得到艾曼纽先生，这种情况就跟科学大全上说的一样，是‘相互的’。”听到这边的脚步声，身穿丝绸便服，正在花园那棵美丽的玫瑰树上忙着摘枯叶的年轻女人抬起头来，正是尤莉，她，就像汤姆生·弗伦奇银行那位首席代表预言的一样，果然成为了艾曼纽·赫伯特夫人。她发现来人是个没见过的，立马惊讶地叫起来，马西米兰此时却大笑起来。“没什么关系的，尤莉，”他说道，“虽然伯爵阁下来到巴黎不过两三天，但他已经知道一个真正的时髦女郎会是什么样子了，若是他还没见过，那你准是个好例子。”

“啊，阁下！”尤莉回答说，“我的哥哥没通知一声把您就这样带进来真是太胡闹了，他是从来不为他可怜的妹妹考虑的。庇尼龙！庇尼龙！”

一个正在玫瑰花丛中忙于翻地的老头把他的铲子往泥土里一插，拿起帽子走了过来，一边走，一边极力想掩饰刚才扔进嘴里的那块烟草。他的头发仍旧是那么厚密，那么蓬蓬松松地缠结在一起。只是其中有几丛已变成了灰色，他那被太阳晒成紫铜色的脸和那坚毅的目光证明这老水手曾经历过赤道的酷热和回归线上的风暴。“刚才您是叫我了吗，尤莉小姐?”他说道，庇尼龙仍然改不掉他的老习惯，一直对其船主的女儿称“尤莉小姐”，改不过口来叫赫伯特夫人。

“庇尼龙，”尤莉说道，“快去通知艾曼纽先生，说这位伯爵先生来拜访我们了，马西米兰自会领他到客厅里去的。”然后，她转过身来对基督山伯爵说道："希望您能允许我告辞一会儿。"于是也不等回答，就绕到一丛树后面，从一条侧径走进了屋里。"真是十分抱歉，"基督山伯爵对莫雷尔说道，"我看我的到来给府上引起了不小的麻烦呀。"

"瞧吧，"马西米兰大笑着说道，"她的丈夫正在那儿脱下短褂换上正装呢。我敢向您担保，在密斯雷路您已经大名鼎鼎了。"

"我看府上倒是一个十分幸福的家庭！"伯爵轻声说道，这句话很像是对他自己说的。"噢，是的，我可以向您保证，他们的确是幸福得不得了了。他们都很年轻、很乐观，而且你恋着我、我恋着你，每年还有两万五千里弗的收入，于是就自以为像罗斯希尔德一样的富有了。"

"两万五千里弗这个数目可并不算大，"基督山伯爵说道，语气特别甜蜜温和，像是一位慈父的声音直钻进马西米兰的心坎里，"但我想他们是不会以此自满的。您的妹夫是一个律师还是一个医生？"

"他是一个商人，伯爵阁下，他继承了我那可怜的父亲的事业，我父亲去世的时候遗留下五千法郎，这笔钱分给了我妹妹和我，因为他只有我们这两个儿女。她的丈夫和她结婚的时候，除了他那正直高尚的品格、那一流的才干和那清白无瑕的名誉之外，他可不像他的太太那样有什么世袭的财产可指望。可是他希望自己能有他妻子那样多的财产，于是他勤俭节约地埋头苦干，直到积满了二十五万法郎，那可是用了六年工夫才实现的。噢，伯爵阁下，说心里话，看着这些才能高超而且肯定会飞黄腾达的青年人辛辛苦苦地在一起工作，不愿意丝毫改变祖传老店的旧规矩，花了六年的时间才取得那些新潮人物在两三年内就可以取得的业绩，这种奋斗的精神真使人感动。马赛直到现在还洋溢着对他们的赞许之声，而这种赞许当然也是他们应该得到的，是名副其实的。这笔生意很明显可以有一万五千法郎的赚头。'先生，'艾曼纽说道，'请你费神直接去和狄劳耐先生谈吧。我们已经停业了。''是什么时候的事？'那商人惊奇地问道。回答是，'一刻钟以前。'而就是为了这个理由，阁下，"马西米兰继续说道，"我的妹妹和妹夫每年才只有两万五千里弗的收入。"

马西米兰讲这个故事的时候，伯爵的心似乎要爆裂开来，他刚一讲完，艾曼纽就进来了，这时他已戴上了一顶帽子，穿好了正装。他向伯爵恭敬地致敬，表示他很清楚来客的身份，然后他领基督山伯爵在小花园里兜了一圈，才回到屋里。客厅里放着一只日本出品的大瓷花瓶，瓶里插满了花，使空气里飘浮着花香。尤莉已站在门口迎接伯爵了，她的衣服穿得很合体，头发梳得很俏丽（这件大事她是在十分钟之内完成的）。附近的一间鸟舍里传来了鸟的歌声。鸟舍是由假乌木和刺槐树的枝丫搭成的，外面围着蓝天鹅绒的帷幕。在这所可爱的小院里，万事万物，从鸟儿们婉转的歌声到女主人的微笑，都使人产生一种宁静安谧的幸福感觉。伯爵一进这座房子就感染到了这种幸福的气氛。他开始客套地说了几句以后，就一直默默地现出若有所思的样子，竟一时忘记了人家正在等他开始谈话。当他一觉察到这种停顿之后，就竭力把自己从这种沉思状态中挣扎了出来。“夫人，”他终于说道，“请原谅我这么激动，你们一定会觉得很奇怪，因为你们已享受惯了我在这儿所遇到的这种幸福，但对我来说，你们这种幸福的神情是如此的稀有罕见，如此地吸引着我以至于使我无法把目光从你们身上移开了。”

“我们确实是十分幸福的，阁下，”尤莉答道，“但我们曾经也遭遇过不幸，甚至世界上很少有人比我们受过更大的痛苦。”伯爵的脸上现出了一种好奇的表情。

“噢，正如那天夏多·勒诺所告诉您的，这一切只是一部家庭历史，”马西米兰说道，“像您这样名利双收、饱经沧桑的人，对于这种琐碎的事情应该是不会有多大兴趣的，但我们确实有过极悲惨的遭遇。”

“像上帝对待所有那些受苦的人们一样，他也曾把香油注入了你们的伤口吗？”基督山伯爵问道。

“是的，伯爵阁下，”尤莉答道，“我们的确可以说是这样的，因为他对待我们就像对待他的其他选民一样，他派了一位天使来关照我们。”

听完这句话，伯爵的两颊变成了深红色，他咳嗽了一声，并用手帕掩住了嘴。

“那些天生有钱、事事都能如愿的人，”艾曼纽说道，“是不知道人生真正的幸福是什么样子的，正如只有那些曾抱住几块脆弱的木板，在狂风暴雨的海洋里颠簸过来的人，才能体会到一个晴朗的天空是多么的可贵一样。”

基督山伯爵没有立即回答，只是站起身来在房间里慢慢地踱来踱去，因为他怕自己那颤抖的声音会泄露他的情绪。

“阁下，”马西米兰揭开玻璃罩，恭恭敬敬地吻了吻那个丝质钱袋，说道，“这个钱袋曾经过一个人的手，而那个人曾救过我父亲，使他不至于自杀，使我们不至于破产，使我们的名誉不至于蒙羞受辱。正是因为他那无比的仁慈，我们这些命中注定该受苦难的孩子，才能拥有目前这种使人嫉妒的好运，拥有这种平凡的幸福。这封信，”马西米兰一边说着，一面从钱袋里抽出一封信来交给了伯爵，“这封信就是他在我父亲决心自杀的那天写来的。这颗钻石也是那位慷慨的无名恩人送给我妹妹做嫁妆的。”基督山伯爵打开那封信，以一种难以形容的高兴的心情把它读了一遍。这封信是写给（我们的读者知道）尤莉的，署名是“水手辛巴德”。

“您说是一个无名恩人，难道你们并不认识那个帮你们忙的人吗?”

“是呀，我们从没有得到和他握一下手的运气，”马西米兰又说道，“我们曾恳求上帝赐给我们这个机会，直到如今却还是枉然，这件事的来龙去脉很神秘，我们始终无法弄明白，像是冥冥之中有一只魔术师般有力的手在操纵着似的。”

“噢，”尤莉大声说道，“我倒是还没有完全绝望，我相信总有那么一天我会吻到那只手的，就像我现在吻这只他所触过的钱袋一样。四年以前，庇尼龙在的里雅斯特——庇尼龙，伯爵阁下，就是你刚才在花园里见到的那个老水手，他在当园丁以前，本来是一个舵手的——当庇尼龙还在的里雅斯特的时候，他在码头上看到一个英国人正要上一艘游船，而他认出他就是在一八二九年六月五日来拜访过我父亲，九月五日又写这封信给我的那个人，他相信自己不会认错，但他当时没勇气去跟他讲话。”

“一个英国人!”基督山伯爵说道，他看到尤莉很注意很认真地望着他，就愈来愈感到不安了。“您说是一个英国人吗?”

“是的，”马西米兰答道，“是一个英国人，他自称是罗马汤姆生·弗伦奇银行的首席代表。所以那天您在马尔塞夫先生家里说您和汤姆生·弗伦奇银行有业务往来的时候，我就又惊又喜。我已经告诉过您，那是一八二九年的事。看在上帝的面上，请诚实地告诉我，您认识这个英国人吗？”

“可您不是也告诉过我，说汤姆生·弗伦奇银行从来没承认曾帮过你们这个忙吗？”

“是的。”

“那么，说不定这个英国人曾受过令尊的恩惠，他没有忘记，所以采取这种方法来报恩，这不是很有可能的吗？”

“像这类事情，确实一切都可能的，甚至是一个奇迹也说不定。”

“那么他叫什么名字？”基督山伯爵问道。

“他并没说出第二个名字，”尤莉热切地望着伯爵答道，“就只是这封信尾上的——‘水手辛巴德’。”

“这显然不是他的真名，而是个假名。”

然后，他发现尤莉对他的口音已显出惊愕的表情，便又说道：“请告诉我，他的身材是不是和我差不多，或许略微高和瘦一点，脖子上绑一个大领结，密扣紧带，手里老是拿着一支铅笔？”

“噢，那么说您认识他的了？”尤莉大声说道，她的眼睛里霎时放射出喜悦的光彩，像遇到了莫大的喜事一样。

“不，”基督山伯爵答道，“我只是这样猜测而已。因为我认识一位威玛勋爵，他是经常干这种慷慨的事情的。”

“那他自己从不露面吗？”

“他是一个怪人，一直不相信世上有‘感恩’这种东西的存在。”

“噢，天哪！”尤莉紧握着双手大声说道，“那么他相信什么呢？”

“我的意思是我认识他的那个时候他还不相信，”基督山伯爵说道，他听了尤莉的语气，心里很受感动，“但也许他后来得到了证据，知道‘感恩’确实是存在的了也不一定。”

“说真的，你认识这位先生吗，阁下？”艾曼纽问道。

“噢，如果您真的认识他，”尤莉大声说道，“您可以告诉我们他在什么地方吗？或者我们要到哪儿才能找到他？马西米兰，艾曼纽！要是我们真的能找到他，到时候他一定会相信人心是知道感恩的！”

基督山伯爵觉得泪水已涌到了他的眼睛里，于是他又急急地在房间里踱来踱去以平复胸腔里的心潮澎湃。

“看在老天爷的分上！”马西米兰说道，“如果您知道他的什么事情，请告诉我们吧。”

“唉！”基督山伯爵极力克制住他的情感说道，“要是你们的那位无名恩人就是威玛勋爵，恐怕你们将永远也见不到他了。两年前我和他在巴勒莫分的手，当时他正要出发到非常遥远的地方去，所以他怕是永远不会回来的了。”

“噢，阁下，您真忍心。”尤莉很感动地说道，她的眼睛里已溢出了泪水。

“夫人，”基督山伯爵以真挚的目光凝视着那从尤莉脸上滚下来的两颗流动的珍珠，庄重地说道，“如果威玛勋爵看到了我现在所看到的这番情景，他一定会舍不得到那么远的地方去的，因为您所流的眼泪可以使他和人类言归于好的。”于是他伸手给尤莉，尤莉也伸出了她的手，她已被伯爵的神情和声音吸引得不由自主了。

“但这位威玛勋爵，”她紧紧地抱住最后一线希望说道，“总有个故乡，有个家和亲戚什么的吧？总之，总有一个人了解他的吧？那么，难道我们不能……”

“噢，别再问了，夫人，”伯爵说道，“别在我刚才的话上寄托渺茫的希望了吧。不，威玛勋爵也许不是您要找的那个人。他是我的朋友，他对我从来没有什么秘密可隐瞒的，要是有这件事他一定会跟我说的。”

“而他竟没有告诉过您什么吗？”

“什么都没有。”

“从来没提起过一个字可以使您想到……”

“从来没有。”

“但是您却一提就提出他来了。”

“啊，像这类事情，人们肯定会猜测……”

“妹妹，妹妹，”马西米兰帮着伯爵说道，“伯爵阁下是很对的。想一想我们的父亲经常对我们说的那句话吧：‘这次来救我们的不是个英国人。’”

基督山伯爵吃了一惊。“令尊对您说什么话了吗，莫雷尔先生？”

他急切地问道。

“我父亲认为这件事简直是一个奇迹，他相信那位恩人是一个老朋友从坟墓里爬起来救我们的。噢，这个迷信说来很令人伤心，虽然我自己并不相信，但我也决不愿意破坏父亲的信心。他时常翻来覆去地沉思默想这件事，嘴里总念着一位已故好朋友的名字。那是一位和他永别了的朋友！在他弥留之际，当那极乐世界一步步接近他的时候，他的头脑好像突然受到了灵光的启发，而这个念头，原本还只不过是一种怀疑，这时却变成了一种坚定的信念，他最后说的话是：‘马西米兰，那个人是爱德蒙·唐太斯！’”

听到这句话，伯爵的脸，本来就已愈来愈苍白，这时就更苍白得惊人了。他一时不知道该说什么好了，像是忘了时间似的看了一下他的表，然后匆匆地和赫伯特夫人说了几句话，又跟艾曼纽和马西米兰握了握手。“夫人，”他说道，“我相信您会允许我时常来拜访你们的，我很珍视你们的友谊，并非常感激你们的接待，因为这么多年以来，我这样克制不住自己的感情，这还是第一次。”

说完他便急匆匆地离开了房间。

“这位基督山伯爵真是一个奇怪的人。”艾曼纽说道。

“是的，”马西米兰答道，“但我觉得他一定有一颗十分仁慈的心，而且他很喜欢我们。”

“他的声音简直钻进了我的心坎儿里，”尤莉说道，“有两三次，我仿佛觉得以前曾听到过这种口音似的。”

第五十一章　巴雷穆斯和狄丝琵

圣·奥诺路是有钱人居住的地方，在这里，各种各样的巨厦府邸或设计高雅，或建筑华丽，交相辉映。这条路接近中部的地方，有一座最富丽堂皇的大厦，大厦的后面，是一座非常大的花园，园子中种满了栗子树，树冠昂扬挺立，俯视着眼前和城堡一样结实又高大的围墙。每到春季，雪白或者粉红的栗子花洋洋洒洒飘落，于是，在那路易十四时代建成的大铁门两侧的方顶之上，那些大石花盆里，便堆满了这种飘落的花瓣。这个外观非常华丽的入口尽管看起来是那么高贵，种在两只石花盆里面的牵牛花也非常多姿多彩：深红色的花朵赏心悦目，色彩斑驳的叶片随风摇摆，然而，自从这座大厦的主人搬进来之后（很多年前发生的事情了），一直都没有使用过。大厦的正门正对着圣·奥诺路，前面是一个种植了许多花草的庭园，后面则是被关闭在铁门之后的花园。这扇门从前原本连着一个肥沃的果园，果园有一亩左右，不过喜欢投机的人却在果园的尽头划出了一条线，即修建了一条街道。这条街道还没有完工就被取好了名字，果园的主人原本是想让这条街道和那条被叫作圣·奥诺路的巴黎大动脉相连的，这样一来，果园就可以成为建筑房屋的沿街地皮来卖了。

可是，在投机买卖上，真所谓谋事在人，成事在天，一切都看老天爷的了。这条被定了新名字的街道终究没有修完，果园的购买者本钱付了不少，可是除非他甘心失一大笔钱，否则无法再找到一个愿意来接手这笔买卖的人。但他相信将来总有一天会卖得一大笔钱的，到那时不但可以偿清他过去所支出的费用，而且还可以捞回那笔冻死在这项投资上的资金的利息，所以他只得以年租金五百法郎的价钱，把这块地方暂时租给了一个水果贩子。因此，正如刚才已经说过的，这扇通果园的铁门已封闭了起来，任其生锈腐蚀，而看起来似乎要不了多久铁锈就会把门的铰链烂断。同时，为了防止果园里的掘土工人擅自窥视灯厦，玷污贵族的庭园，铁门上又钉了六尺高的木板。不错，木板钉得并不是很周密，从板缝里依旧可以偷看到园内的景色，但那座房子里的家风极其严肃，是不怕轻狂之徒做好奇的窥视的。

在这个果园里，以前曾一度种植过最精美的水果和蔬菜，现在却只疏疏松松地种植着一些苜蓿花，由于一直无人照料，可以预见它将来会成为一块贫瘠的圣地。它和那条规划中的街道有一扇矮矮的小门相通着，开门进来，便是这块篱笆围住的荒地。虽然是荒地，一星期之前，业主却从它身上得回了千分之五的老本，这已经算是一件喜事了，毕竟以前它是一个子儿都不赚的。在大厦那边，我们前面已经提到过，栗子树高高地耸立着，长得比围墙还高，其他的花木也生机勃勃地生长着，并不受栗子树的影响，它们极其热切地向四面八方蔓延开去，填满了园中的空地，像在坚持它们也有权享受阳光和空气似的。花园里有一个角落，枝叶极其茂密，几乎把阳光都关在了外面。这儿有一条大石凳和各种各样农家风味的座椅，表明这个隐秘的去处是一个聚会的地点，或是这大厦里某位主人翁所心爱的静居处，大厦离这儿即使只有一百步左右，但从茂密的绿叶丛中望出去，却只能看到一个非常模糊的影子。总之，选择这个神秘的地点作为静居处是极有道理的，因为这儿不仅可以躲避所有窥视的目光，还有凉快爽神的树荫，茂密的枝叶简直像是一重天幕。就算在最炎热的夏季，遇到那火烧一般的日子，灼人的阳光也是一丝进不来的。只听得见鸟儿的婉转歌唱，街上和大厦里的喧嚣声都传不到这儿来，这里像是与外界隔绝的世外桃源一样。

春之女神最近赐了一些极暖和的日子给巴黎的居民。这天傍晚，可以看见石凳上很随便地放着一本书、一把阳伞和一只绣花篮子，篮子里还拖出一块未完工的绣花麻纱手帕。离这几样东西不远的地方，有一个青年女子站在铁门旁边，竭力从板缝中向外面张望，她的态度特别热切，眼睛一眨不眨的，这可以证明她十分关心这件事。正在这时，果园通街道的那扇门无声地打开了，进来的是一个高大强壮的青年人，身上穿着一套普通的灰色工装，戴着一顶丝绒的鸭舌帽。他的头发、胡子和胡须却梳理得极其整齐，漆黑光亮，同他身上的这种平民式的打扮一点儿也不配。他把门打开之后，迅速地向四周环顾了一下，发觉并没有人看到他，就走了进来，然后又小心地把门关上了，步子匆忙地向铁门走过来。

青年女郎尽管见到了她所期待着的人，但看到服装不对，不禁大吃一惊，慌忙要抽身退回。但那个眼睛里燃烧着爱情之火的青年却已经从门的缺口里看到了白衣服的动作，又看到了他那位美丽的邻居细腰上的那条蓝色腰带在飘动。他连忙跑过来，把他的嘴贴在一个缺口上，喊道："别怕，瓦朗蒂娜，是我！"

青年女郎于是又走近前来。"噢，阁下，"她说道，"你今天怎么来得这么晚呢？现在差不多已是吃饭的时候啦，我的后母老是监视着我，我的侍女也老是在窥探着我的一举一动，我每做一件事，每说一句话，她都得去报告，我得费好大的劲儿才能摆脱她们。还有，我的弟弟也老是讨厌地要我和他做伴，要摆脱他也不容易，我今天是借口要静静地完成一件急于完工的刺绣才得以到这儿来的。你先好好解释一下你这么晚才来的原因吧，然后再告诉我你为什么要穿这样古怪的一套衣服，我几乎认不出你了。"

"亲爱的瓦朗蒂娜，"那青年说道，"我爱你到了极点，以致我不敢对你说我爱你，可是我每次看到你，总是想对你说：'我钦慕你。'这样，当我离开你的时候，就算我回想自己的话，心里也是甜蜜的。现在我谢谢你的责备，你责备我的话实在可爱极了，因为，由此可以知道，即便不敢说你就在等候我，但却深切知道你在想念我。你想知道我迟到的原因和化装的理由，我一定会好好解释给你听，也希望你能宽恕我。我已经选定了一项生意。"

"一项生意！噢，马西米兰，我们现在担心还来不及呢，你怎么能在这种时候还开玩笑呢？"

"上帝别让我跟那比我自己的生命还宝贵的人开玩笑吧！听我说，瓦朗蒂娜，让我把整件事都详详细细地说给你听。我对于量地皮和爬墙头实在有点儿厌倦了，而且你曾经还对我说，如果你父亲看到我在这儿逗留，很可能会把我当成一名小偷关到牢里去的，所以我很担心，因为那样会把法国全体陆军的名誉都玷污了的。同时，如果别人看到一位驻阿尔及利亚的骑兵上尉专门在这既无城堡要围攻又无要塞要守卫的地方溜达，会觉得十分惊奇的，所以我才把自己装扮成一个菜贩子，并穿上了这行职业的服装。”

“你讲的这番话真无聊也真可笑，马西米兰！”

“恰恰相反，我相信这是我平生最聪明的一个举动，因为我们因此绝对可以平安无事的。”

“求求你了，马西米兰，赶紧把实话告诉我吧。”

“其实说起来很简单，因为打听到我所站的这块地皮要出租，我就去要求承租，而业主也即刻就接受了，所以我现在就是这一大片苜蓿花的主人了。想想看，瓦朗蒂娜！现在没有人能来阻止我在自己的领地上盖起一间小房子，从此以后我就住在离你不到二十码的地方啦。你不知道我有多么快乐！我简直高兴得话都说不出来啦。你想，瓦朗蒂娜，这种事能用金钱买得到吗？不可能的，是不是？嘿，像这样幸福、这样愉快、这样高兴的事，我原是想用十年的生命来做交换的，但现在却只花了我——你猜是多少——五百法郎一年，还是按季度付款的！我现在是在我自己的土地上了，而且无疑有权可以拿一个梯子来靠在墙头上，想什么时候往这边看就什么时候爬上来看，而且我还可以向你尽情地倾诉我对你的爱而不必怕被人带到警察局去——当然咯，除非，你觉得一个穿工装和戴鸭舌帽的穷工人向你倾诉爱情有损于你的面子。”

瓦朗蒂娜的嘴里轻轻地发出了一声惊喜交集的喊声，但立刻像有一片嫉妒的阴云遮住了她心中的快乐似的，她几乎马上就以一种抑郁的口吻说道：“唉，不，马西米兰！那样我们可就太放任了，我怕我们的幸福会使我们忘乎所以，以至于去滥用那种安全，这样反而会害了我们。”

“你怎么会有这样担忧害怕的念头呢，亲爱的瓦朗蒂娜？从我们最初相识的那值得庆幸的一刻起，难道我的全部言行还不足以来向你表明我的心吗？我相信你对于我的人格也是极其信任的，当你对我说，你隐隐约约地感觉到有某种危险在威胁着你的时候，我就真诚地心甘情愿地听你驱使，不求任何报偿，只要能对你有用，我就感到很愉快了。我知道有许多人愿意为你牺牲生命，而在那些人当中，你选中了我。交往这么久以来我是否曾在哪句话或哪次眼色上使你感到遗憾过？你告诉过我，亲爱的瓦朗蒂娜，说你已经和伊皮奈先生订了婚，而且你父亲已决心要成全这件婚事，而他的意志是不容改变的，因为维尔福先生一旦下了决心，是从来不会改变的。好，我自愿留在幕后，等待着，并不是等待我自己或你的决定，而是等待上帝的吩咐。而在这其间，你爱我，怜悯我，并坦白地告诉了我。我感谢你那句甜蜜的话，我只要求你能时时重复一下那句话，因为它可以使我忘掉其他的一切的忧愁和等待的焦灼与痛苦。”

“啊，马西米兰，正是那句话才使得你如此大胆，而使得我既感到快乐，又感到悲伤，以致我时时问自己，究竟哪一种感情对我而言更好一些。是后母的严厉、偏爱她自己的孩子使我感觉到痛苦呢，还是在我和你相会的时候，感到充满了危险的幸福？”

“危险！”马西米兰大声说道，“你怎么会用这个词来形容我们之间的感情呢？难道你还能找到一个比我更柔顺的奴隶吗？你答应我可以常常和你谈话，瓦朗蒂娜，但却禁止我在你散步的时候或在其他交际场合跟踪你，我服从了。而自从我想方设法走进这个园子以后，我隔着这道门和你谈话，尽管接近了你却看不到你，但是我没有哪一次想从这些缺口里伸进手来碰一碰你的衣边啊。我有没有起过推倒这堵墙的念头呢？你知道我年轻又强壮，推倒这堵墙是不费吹灰之力的，但我从来没抱怨过你这种含蓄委婉的态度，也从来没表示过某种欲望。我像一个古代的骑士那样信守着我的诺言。来吧，至少承认了这几点吧，不然我就要觉得是你不公平啦。”

“这倒是真的。”瓦朗蒂娜说道，她从木板的一个小缺口里伸出一个手指尖过来，马西米兰便在那指尖上吻了一下。“这倒是真的。你是一个可敬的朋友，但你的这种行为却依旧是出于自私的动机，亲爱的马西米兰，因为你知道得很清楚，如果你表示出某些相反的意思，我们之间的一切就都完了。你答应过要给予我热烈的兄妹之爱。我呢，除了你，在这个世界上再没有别的朋友，我的父亲一点儿也不关心我，我的后母只是一个劲地迫害我，虐待我，我唯一的伙伴就是一个不能讲话、患了麻症的老人，他那干瘪的手已不再能来紧握我的手了，只有他的眼睛还可以和我谈话，他的心里无疑地还为我保留着一些余温。噢，我的命好苦呀，凡是那些比我强大的人，不是把我当作了牺牲品，就是把我当作了敌人，而我唯一的朋友和支持者却是一具活尸！真的，马西米兰，我真的好痛苦，你爱我是为我着想，不是为了你自己，这的确是对的。”

“瓦朗蒂娜，”马西米亚被深深地感动了，说道，“我不能说在这个世界上我所爱的人只有你，因为我也爱我的妹妹和妹夫，但我对他们的爱是宁静的，绝不像我对你的爱这般炽热。因为只要一想到你，我的心跳就会加速，血管里的血似乎就流得更快了，我的胸膛就开始心烦意乱起伏不定，像怀中有只小鹿乱撞，但我郑重地答应你，我会压抑住这一切热情来为你效劳或帮助你的。我听说，弗兰兹先生一年之内是不会回国的，在这期间，我们最好还是满怀希望吧。因为希望是这样甜蜜的一个安慰者。瓦朗蒂娜，当你怪我自私的时候，暂且请稍微想一想你对我的态度吧，那活像是一尊美丽而冷漠的爱的神像。对于我那种忠诚，那种服从，那种自制，你有没有拿什么来回报我呢？没有。那么你有没有赐给过我什么呢？极少。你告诉我说弗兰兹·伊皮奈先生是你的未婚夫，说你每当想到将来要做他的妻子就感到害怕。告诉我，瓦朗蒂娜，你的心里除此之外难道再没有别的什么念头了吗？我把我的整个生命都奉献给了你，还有我的灵魂，甚至我这颗真诚的心的每一次最轻微的跳动都是为了你。而当我这样整个人都已属于你了的时候，当我对自己说，如果我失去了你，我就会死了的时候，而你，当你想到自己将属于另外一个人的时候，却并不心惊胆战！噢，瓦朗蒂娜，瓦朗蒂娜呀！如果我是你，如果我知道自己被人深深地爱着，像我爱你这样，我至少已有一百次把我的手从这些铁栅之间伸过来了，并对可怜的马西米兰说：‘我是你的了，马西米兰，今生来世，都只属于你！’”

瓦朗蒂娜没有说话，但她的爱人却可以清晰地听到她在哭泣。那青年的情感马上发生了急速的变化。“噢，瓦朗蒂娜，瓦朗蒂娜！”大声说道，“要是我的话里有什么使你感到痛苦，那就把它忘了吧，我不该这么说的，但我实在太爱你了，太想和你在一起了。”

“不，”她说道，“你说得很对，但你难道看不出我只是一只可怜虫吗？在家里受尽委屈，几乎就像不是这个家里的人一样，因为我父亲对我几乎就像一个陌生人。我的心早已碎了，自从我十岁那年起，每一天，每一小时，每一分钟，我都在忍受着那些铁石心肠般压迫我的人的折磨。没有人了解我所受的痛苦，而除了你之外，我也不曾对别人讲过，外表上，在一般人的眼里，我的一切都很顺利，没有人真正关心我，每个人对我都很体贴，但实际上，每个人都是我的仇敌。一般人都说：‘噢，像维尔福先生这样严厉的人，原本就是不能指望他会像某些父亲那样对女儿滥施温情的，但她也算是够幸福的了，竟有维尔福夫人这样的一位继母。’但是，大家都错了，我的父亲对我漠不关心，我的后母憎恨我，而由于她那种憎恨老是用微笑遮掩着，所以我就觉得更可怕了。”

“恨你！恨你，瓦朗蒂娜！”青年大声说道，“怎么会有这种事呢？”

“唉！”瓦朗蒂娜说道，“我必须承认，我后母厌恶我，起因是十分自然的，因为她太爱她自己的孩子了，就是我的弟弟爱德华，她的眼里就再也容不下我了。”

“那怎么可能呢？”

“怎么可能？本来我似乎不应该和你谈金钱上的事情，但是，我亲爱的朋友，我认为她对我的憎恨正是从那一点上引起来的。她几乎没有什么财产，而我却已经很有钱了，因为我是我母亲的继承人，而且我的财产将来还会增加一倍的，因为圣·梅朗先生和圣·梅朗夫人的财富将来总有一天也会传给我的。嗯，我想她也是在嫉妒我。噢，我的上帝！要是我把那笔财产分一半给她，就能够使我自己在维尔福先生家里的地位确确实实地像一个女儿在她父亲的家里一样的话，我绝对会毫不犹豫地那样做的！”

“可怜的瓦朗蒂娜！”

“我觉得自己似乎像被链子锁着般在生活，同时，我又很清楚自己很软弱，我甚至怕去挣断那捆绑住我的锁链，深恐我会因此而陷入极端无力和无助的境地，到时候没有任何依靠。而且，我的父亲肯定会对那些违背了他的命令的人加以严重的责罚的。他非常不喜欢我，也会非常不喜欢你的，甚至对国王也是这样。因为他过去的历史是无可指摘的，而他的地位又几乎是不可动摇的。噢，马西米兰，我向你保证，如果我不作挣扎，那全是因为我相信在那场挣扎里，不但我，而且连你也是要被压倒的。”

“但是，瓦朗蒂娜，你不应该绝望，而且把未来看得这样可怕呀！”

“啊，我亲爱的朋友！因为这是我从过去的事情上判断出来的。”

“可是你再想一想，严格地说，我即使够不上如你所称的门当户对，但我也有许多理由觉得我和你的结合并不能完全说是高攀哪。法国现在已不再是注重门第观念的时代了，君主国的家庭已和帝国的家庭联姻，用长枪的贵族已和用炮筒的贵族阶层通婚。我是属于后者这个阶级的。我在陆军中是很有前途的，我的财产尽管不多，但却不受任何人的牵制，我的父亲在我们故乡也很受人尊敬，大家都认为他是位最值得尊敬的商人。我说‘我们的’故乡，瓦朗蒂娜，因为你出生的地点离马赛也并不远。”

“别再提马赛这个名字好吧，我求求你了，马西米兰，这个地名使我又想起了我可怜的母亲。我那天使般的母亲啊。对我，对所有那些认识她的人来说，她真是死得太早啦。她在这个世界上照顾她孩子的时间虽短，但我却希望，现在，当她那纯洁的灵魂在那幸福的地方飞翔的时候，她还能亲切怜悯地注视着她的孩子。啊，如果她还活着的话，我们就什么都不用担心啦，一切都会好很多，马西米兰，因为我可以把我们的爱情坦白地告诉她，而她一定会来帮助和保护我们的。”

“我恐怕，瓦朗蒂娜，”她的爱人答道，“如果她还活着的话，我就决不会幸运地认识你了。那时你只会因感到很幸福而高高在上了。幸福的瓦朗蒂娜根本瞧不起我的。”

“马西米兰，现在你也变得残酷——哦，不公平啦，”瓦朗蒂娜大声说道，“但我很想知道一件事。”

“什么事？”青年问道，他感觉到瓦朗蒂娜有些犹豫，像是不知道该怎么开口说似的。“告诉我，马西米兰，从前，在马赛的时候，你父亲和我父亲之间有没有发生过什么误会？”

“据我所知没有，”青年答道，“除非，的确，由于他们是敌对党派的人，可能彼此有点不喜欢对方吧。你父亲，你也是知道的，是一个热心拥护波旁王朝的保皇党，而我父亲则是完全尽忠于皇帝的。不过，现在他们之间不会再有任何其他争执的了。但你怎么会突然提出这个问题来呢，瓦朗蒂娜？”

“我来告诉你吧，”青年女郎答道，“而且我想这事你本来也是应该知道的。但我必须从报上公开声明任命你为荣誉团军官的那一天讲起。那天我们都坐在我祖父诺瓦蒂埃先生的房间里，腾格拉尔先生也在那儿，你还记得腾格拉尔先生吗？不记得了吗，马西米兰？就是借马车给我的后母，差一丁点儿就把她和我的小弟弟一起摔死的那个银行家。别人都忙着在那儿讨论腾格拉尔小姐的婚事，我在高声读报纸给我祖父听，但当我读到有关你的那一段的时候，虽然那天早晨我没有做过别的什么事情，只是把那一段消息翻来覆去地读给我自己听（你知道，这个消息你已经在前一天傍晚就告诉过我了），我感到这样的快乐，但一想到在这么多人的面前把你——我的爱人的名字念出来，我就又觉得很慌张很不好意思，我真的很想把那一段跳过去或是装作没看到，可是又怕我的沉默会引起别人的怀疑，所以我鼓起所有的勇气，尽可能地把它坚定沉着地念了出来。”

“可爱的瓦朗蒂娜！”

“嗯，我父亲一听到你的名字，就飞快地转过头来。我相信——你瞧我多傻——每个人听到你的名字都会像被一个霹雳击中似的大吃一惊的，所以我好像看到我父亲吃了一惊，甚至连腾格拉尔先生也吃了一惊，但那当然只是一种幻觉而已。‘莫雷尔！莫雷尔！’我父亲大声说道，‘停一下，’然后，他紧锁眉头，又说道，‘马赛有一家姓莫雷尔的，那都是些拿破仑党分子，他们在一八一五年的时候给我们添了不少麻烦，这个人不会就是那家的后代吧？’‘我想，’腾格拉尔先生回答说，‘小姐所读的报纸上的那个人，就是以前那个船主的儿子。’”

“真的！”马西米兰答道，“那么你父亲怎么说，瓦朗蒂娜？”

“噢，太可怕了，我不敢讲。”

“讲吧，没关系，我非常想知道。”青年微笑着说道。

"'啊，'我父亲还是皱着眉头说道，'他们所崇拜的那位皇帝对待这些疯子的态度确实很合适，他把他们称作"炮灰"，这两个字简直形容得太准确了。我很高兴看到现政府正极力实施这个有益的政策，尽管驻军守卫阿尔及利亚只是为了那个目的，尽管那个政策要花很多钱，我也要向政府道贺。'"

"这确实是一种恶毒的政策，"马西米兰说道，"但你不必为维尔福先生的那句话感到惭愧，亲爱的，因为我可以向你保证，我父亲在谈到政治的时候，其态度之激烈，并不亚于你父亲。'哼，'他说道，'皇帝做过许多好事，但他为什么不把法官和律师编成一个联队，把他们永远派到前线去呢？'你瞧，瓦朗蒂娜，若论及思想的温和，谈吐的优雅，两党都是一样的，几乎没什么不同。但检察官这样大大地发扬了一番党的精神以后，腾格拉尔先生又说了些什么呢？"

"噢，他笑了，是他所特有的那种阴险的微笑，我觉得这种笑很残忍，过了一会儿，他们就站起身来走了。那时我才注意到我祖父很气愤。我不得不告诉你，马西米兰，只有我一个人能看出那可怜的瘫痪老人的情绪。我怀疑当着他的面所谈的这一番话（因为谁都没有去注意他，可怜的人）已在他的脑子里激起了某种强烈的影响，因为，这是自然的喽，他是这样的挚爱皇帝，一向忠心耿耿地为他效劳，现在别人竟然以这样轻蔑的态度谈论他，他听了肯定会觉得痛苦、肯定会觉得他最崇拜的人被冒犯侮辱了。"

"说到诺瓦蒂埃先生，"马西米兰说道，"他可是帝国时代鼎鼎有名的一位人物，是一位地位崇高的政治家，我不知道你知不知道瓦朗蒂娜，在波旁王朝复辟的期间，每一次拿破仑党的叛变都是他领导的呢。"

"噢，我经常听人悄悄地谈论这件事，我觉得这真是奇怪极了。父亲是一个拿破仑党，而儿子却是一个保皇党，到底有什么理由要在党派和政治上发生这样怪异的差别呢？不过我们还是回过头来讲我的故事吧！我转过身去望着我的祖父，想问他为什么这么激动，因为他若有所思地望着我读的那份报纸。'什么事呀，亲爱的祖父？'我问道。'您高兴吗？'他给了我一个肯定的表示。'是高兴我父亲刚才所说的话吗？'他做了一个否定的回答。'那就是您喜欢腾格拉尔先生所说的话是吗？'

又是一个否定的表示。‘噢，那么，您是因为听到莫雷尔先生（我不敢说马西米兰），被任命为荣誉团的军官，所以才感到高兴的吗？’他点头表示了同意。你想想看，那可怜的老人并不认识你，可是却高兴听到你被任命为荣誉团军官的消息！虽然这或许是他无意识的举动，因为他们说，他正在退回到一种第二次童年时代，但我却因为他那个同意的表示而更加爱他了。”

“真是不可思议，”马西米兰低声说道，“那这么说，你父亲一提到我的名字显然就怀有憎恨？而你的祖父却恰好相反。这些巴黎人的爱和恨真是很奇怪的东西！”

“嘘！”瓦朗蒂娜突然惊叫道，“快躲起来！快快！有人来啦！”

马西米兰一下子跳进他的苜蓿花地里，开始用最无情的态度铲起野草来，像是发泄似的。

“小姐！小姐！”树丛后面有一个声音喊道，“夫人在四处找您呢，客厅里来客人啦。”

“客人！”瓦朗蒂娜很焦急地问道，“是谁来了？”

“一位大人物，一位亲王，这是他们告诉我的。好像是基督山伯爵阁下。”

“你先回去吧，我马上就来。”瓦朗蒂娜高声说话。

这个名字使铁门那边的那个人像触电似的吃了一惊，在他的耳朵里，瓦朗蒂娜的那一声“我马上就来！”就像是一声离别的丧钟，像是预示着他们永远不能再见面了似的。

“咦，”马西米兰若有所思地靠在他的铲子把上说道，“基督山伯爵是怎么认识维尔福先生的呢？”

第五十二章 毒药学

维尔福夫人客厅中的来客果然是基督山伯爵，他此行的目的就是回访那次检察官的到访的。可以很容易就想到，当听到这个名字的时候，全家人都沸腾了起来。之前仆人来通报伯爵到来的消息时，维尔福夫人还单独在客厅里会客，她吩咐马上去叫她的儿子，来和伯爵阁下道谢。没过多久爱德华就跑了进来，不过并不是为了听从母亲的命令，也不是来感谢伯爵的，纯粹是因为强大的好奇心，因为这位大人物最近几天都被家里人挂在嘴边，所以他很想有机会和他聊几句，捣捣乱，然后听到他母亲这样说："噢，这个淘气的小子！不过还请原谅他，他就是'这么的'聪明。"在经历了一番程式化的寒暄以后，伯爵谈起了维尔福先生。

"真是太不巧了，我丈夫和国务总理一起吃饭去了，"年轻的太太回答道，"他刚走，我猜，错过了这次和您相聚的机会，他一定会觉得非常懊恼的。"

伯爵到的时候，客厅里本来已有另外两位客人了，出于礼貌和好奇心，他们又适度地逗留了一会儿，那四只眼睛向伯爵打量了一番，然后才起身告辞。

"啊！你的姐姐瓦朗蒂娜在干什么？"维尔福夫人问爱德华，"叫人去喊她到这儿来，我想介绍她见见伯爵。"

"那么说，您还有一个女儿了，夫人？"伯爵问道，"我想，一定很年轻吧？"

“她是维尔福先生的女儿，”那年轻的妻子答道，“是他的前妻生的，已经是一个长得很标致的大姑娘了。”

“但有抑郁病。”小主人翁爱德华插嘴说道，他正在拔一只美丽的长尾小鹦鹉尾巴上的羽毛，想把它拿来插在他的帽子上做花翎，那只栖在镀金架子上的鸟被拔得“吱吱咕咕”地乱叫。

维尔福夫人只喊了一声：“不许多嘴，爱德华！”然后她又说道，“不过，这个小捣蛋鬼说得也没错，他只是学我说话而已，这句话他听我痛苦地说过不下一百遍了，因为尽管我们竭力想使瓦朗蒂娜高兴，但她却天生抑郁成性，不爱说话，那真是使她的美丽大打折扣。她怎么还没来？爱德华，去看看你姐姐在干什么。”

“因为他们去找的地方不对，她根本就不在那儿。”

“他们到哪儿去找她啦？”

“诺瓦蒂埃爷爷那儿。”

“难道她不在那儿吗？”

“不，不，不，不，不，她不在那儿！”爱德华唱歌似的回答说。

“那她到底在哪儿呢？你如果知道，为什么不讲呢，孩子？”

“她在那棵大栗子树底下呢。”那个被宠坏了的孩子一边回答，一边不顾他母亲的吆喝，仍拿苍蝇去喂鹦鹉，而鹦鹉对于这种游戏看来也很感兴趣似的。维尔福夫人伸手去拉铃，想叫她的侍女到刚才所说的那个地方去找瓦朗蒂娜，但这时候青年女郎却自己走进房间里来了，她的样子看起来很沮丧，如果有人留心注意她的话，还可以看到她的眼睛因为流过泪而仍有点儿红红的。

我们总在匆匆地叙述，还没把瓦朗蒂娜向我们的读者正式介绍一下呢。她是一个十九岁的姑娘，身材高挑，姿容温雅，有一头光亮的褐色头发，深蓝色的眼睛和那种极其高贵的娇弱忧郁的神气，这种神气简直是她母亲的翻版。她那洁白纤细的手指，她那珠圆玉润的颈项，她那时红时白的脸颊，使人一见，就觉得她就像那种诗意地自比为顾影自怜的天鹅的英国美女。她走进房来，看到她后母的旁边坐着那位如雷贯耳的客人，就大大方方地向他行了个礼，甚至连眼皮都不曾低垂一下，其举止之雍容典雅，更加引起了伯爵对她的注意。他站起身来回礼。

“维尔福小姐，我的继女。”维尔福夫人对基督山伯爵说道，她身子靠在沙发上，用手向瓦朗蒂娜挥了一下。

“这位就是基督山伯爵阁下，中国国王，安南皇帝。”那小顽童狡猾地望着他姐姐说道。

维尔福夫人这次是真的变了脸色，而且几乎就要怒斥这个名叫爱德华的淘气鬼了。但伯爵却恰恰相反，他微笑了一下，露出很喜欢的样子望着那孩子，这使那母亲的心里又充满了喜悦和欢乐。

“夫人，”伯爵回答说，在谈话中时而望着维尔福夫人，时而望着瓦朗蒂娜，“我是不是在很久以前就已经有幸见过您和小姐的了？这个念头已在我脑子里转了好一会儿了，小姐进来的时候，一看到她，我那混乱的记忆里似乎又多了一线光明，请原谅我有点儿健忘了。”

“我倒并不这么认为，阁下，因为维尔福小姐是不太喜欢交际的，而且我们也极少出门。”那年轻的太太说道。

“那么，夫人，我不是在社交场合中遇到的小姐、您和这个可爱小家伙的了。况且我对巴黎社交界是完全不熟悉的，因为，我想我几天前就已经告诉过您，我到巴黎来才只有几天的工夫，不，或许您可以容我想一想——等一等！”伯爵用手扶住额头，像是全神贯注在思索似的。“不——是另外一个地方——不是这儿——是在——我不知道——但回想起来像是与某个宗教节日有关似的。记得那是个美好的天气，小姐手里拿着花，这个孩子正在一个花园里追逐一只美丽的孔雀鸟，而您，夫人，则坐在一个藤子搭成的凉亭底下。请帮我想想看，夫人，讲到这些时您的脑子里有没有某些往事的影子呢？”

“没有，真的。”维尔福夫人答道，“可是依我看，阁下，如果我曾在什么地方见过您，您的形象一定会深深地印在我的记忆里的。”

“可能伯爵阁下是在意大利见过我们吧。”瓦朗蒂娜胆怯地说道。

“是的，在意大利——多半是在意大利。”基督山伯爵答道，“那么您到意大利去旅行过吗，小姐？”

“是的，夫人和我在两年以前到那儿去过。医生怕我的肺不好，建议我们去呼吸那不勒斯的新鲜空气。我们曾路过博洛涅、比鲁沙和罗马。”

“啊，对了，没错，小姐，”基督山伯爵大声说道，仿佛这些简单的提示已足以唤醒他的记忆了似的。“是在比鲁沙，那天是天灵节，在波士蒂旅馆的花园里，我们碰巧相遇的——您、令郎、小姐和我，我现在已完全记起来了，我确实曾有幸见过你们的。”

“关于比鲁沙、波士蒂旅馆，和您所指的那个节日我记得很清楚，阁下。”维尔福夫人说道，“但我可再也想不起其他的什么了，我很惭愧自己的记忆力太差，因为我真的想不起以前曾有幸见过您。”

“这就怪了，我也不记得曾经和您见过面的。”瓦朗蒂娜抬起她那双美丽的眼睛直直地望着伯爵说道。

“我可记得。”爱德华说道。

“我来帮您回忆一下吧，夫人。”伯爵又说道，“那天的天气热得像火烧一样，您在那儿等马车，因为是节日，所以车子来晚了。小姐在花园的树荫底下散步，令郎去追赶那只鸟，后来就跑得不见了。”

“我追到它啦，妈妈，你难道还没想起来吗？”爱德华说道，“我还在它的尾巴上拔了三根毛呢。”

“您，夫人，正如我所说的，是等在一个葡萄藤搭成的凉亭底下的，您真想不起来了吗？您坐在一张石凳上，当维尔福小姐和您的小儿子都不在的时候，你曾和一个人谈了很长一段时间不是吗？”

“是的。真的，是的，”那年轻太太回答说，脸变得通红，“我确实记得曾和一个身穿羊毛大氅的人讲过话，我记得他好像是一个医生。”

“说得对极了，夫人，那个医生就是我。当时我已在那家旅馆住了两星期，在那期间，我医好了我贴身跟班的寒热症和旅馆老板的黄疸病，所以真的有人称我是一个妙手回春的医生。我们谈了很长时间，夫人，谈到了各种问题，比如鲁杰诺、拉斐尔、各地的风俗习惯和那著名的‘扎弗娜毒水’，我至今还记得您说过，有人曾经告诉您，说比鲁沙有人现在还保存着那种毒水的秘方呢。”

“是的，不错。”维尔福夫人连忙回答说，神色有点儿紧张不安的样子。“我现在完全记起来了。”

“那次我们讨论了很多问题，各种各样的都有，只是现在我记不全了，夫人。”伯爵非常平静地说道，“但后来您也像别人一样对我产生了点误解，和我商量到维尔福小姐的健康问题，这一点我却是记得很清楚的。”

“是的，的确，阁下，您确实是一位医生，”维尔福夫人说道，“因为您治好了很多病人。”

“这一点我可以借莫里和博马舍①的话来回答您，因为正如他们所说的：治好病人的，并不是我。至于我，我只能对您说，我对于药物学和各种自然科学曾做过很深的研究，但您知道，那只不过是一种业余的爱好和研究罢了。”

这时时钟敲了六下。“现在已经六点钟了，”维尔福夫人显然很激动地说道，“瓦朗蒂娜，你的爷爷是不是要吃饭了，你去看看好吗？”瓦朗蒂娜站起来向伯爵行了个礼，便默默无言地离开了房间。

“噢，夫人！”等瓦朗蒂娜离开房间以后，伯爵说道，“您是为了我才把维尔福小姐打发走的吗？”

“不是这样的。”那年轻妇人急忙答道，“我们总是在这个时候给诺瓦蒂埃先生，也就是我公公吃饭的，说来可怜，他吃饭也只是维持他那种悲苦的生活而已。阁下，您可能已经知道那老人的可悲状况了吧？”

“是的，夫人，维尔福先生曾经对我谈起过，我好像记得那老人中风了。”

“唉，是呀！那可怜的老人全身都已经不能动弹了，在这架人体机器里，只有脑子还可以活动一下，而那也只限于像摇摇欲熄的一点儿灯火一样而已。请原谅我谈起了我们家庭里的不幸，先生，我打断了您的话啦，您刚才说到您是一个高明的药物学家。”

“不，夫人，我可不敢说自己达到了‘高明’那种程度。”伯爵带笑回答说，“正好相反，那时候我之所以要研究药物学，是因为我打算

① 博马舍（1818—1893），法国剧作家。

要住在东方，所以我很希望能学学国王米沙里旦司[①]这样的榜样。"

"'米沙里旦司，君临邦图斯。'"那小淘气一边说，一边从一本精美的画册上撕下了一张美丽的画片，"那个人每天早晨吃早餐的时候都要喝一杯烈性毒药。"

"爱德华，你这顽皮孩子！"维尔福夫人赶紧从那顽童的手里夺过了那本残缺不全的书，大声说道，"你真叫人受不了啦，老是喜欢打扰大人的谈话，一点儿都没有规矩。出去吧，到诺瓦蒂埃爷爷的房间里找你的姐姐瓦朗蒂娜去吧。"

"画册。"爱德华说道。

"什么？画册！"

"我要那本画册。"

"那你干吗要把图画撕下来？"

"噢，我喜欢这么做嘛。"

"去吧，快去吧。"

"我不去，你把那本画册给我才去。"那孩子说道，并按照他以往决不妥协的习惯，赖皮地在一张圈椅上坐定下来。

"给你吧，去找你姐姐，别再来打扰我们了。"维尔福夫人说着，把那本画册给了爱德华，于是，那淘气的孩子就由他的母亲领着，向门口走去了。

伯爵的目光一直跟着她。"我来看看，孩子出去以后，她关不关门。"他低声自语道。

那孩子出去以后，维尔福夫人果然小心地把门关上了，伯爵表面上看起来像是根本没去注意她做这一切似的，他以一种细察的目光向房间里环视了一下，那位年轻的太太重新回到她的椅子边，又坐了下来。

"请允许我说一句话，夫人，"伯爵用他那种假装得十分巧妙的慈爱的口吻说道，"您对那个可爱的孩子真是太严厉了一点。"

"噢，有时候严厉是很有必要的，那孩子被惯得太淘气调皮了。"

---

① 米沙里旦司是公元前一世纪时小亚细亚地方邦图斯的国王，因怕别人用毒药毒死他，自己常服毒药，逐渐加重毒药的分量，到后来虽吃大量毒药而不会中毒。

维尔福夫人用一种真正母性的语气煞有介事地说道。

“令郎爱德华刚才那句关于国王米沙里旦司的话，是尼颇士说的。”伯爵又说道，“从他这句引证话上来看，他的家庭教师对他很负责任，教育得很好，令郎真可谓是早熟啊。”

“伯爵阁下，”做母亲的自然很高兴受到这样的恭维，答道，“他的天资确实很不错，不论什么东西放到他面前，他一学就会。他只有一个缺点，那就是有点儿任性。至于他刚才所讲的，您难道真的相信米沙里旦司用过那种预防剂，而且那种预防剂确实很有效吗？”

“我想这是真的，夫人，因为我——就是现在跟您讲话的我——也曾服用过它们，以防备在那不勒斯、巴勒莫和士麦拿的时候被人毒死，也就是说，有三四次，如果没有服用了那种预防剂，我一定早没命了。”

“您的预防剂真的成功了吗？”

“非常成功。”

“是的，我现在记起来了。您在比鲁沙曾对我提到过这类事情。”

“真的？我提到过吗？”伯爵带着一种假装的惊愕的神色说道，“关于这一点我实在是记不得了。”

“我问过您毒药对于南方人和北方人是否会产生同等的效力，我记得您当时回答说，北方人的脾性冷淡怠惰，南方人的性格热烈活泼，他们对于毒药的感受性是不一样的。”

“这是真的，”基督山伯爵说道，“我曾目睹过俄国人吃一种植物素，吃了以后没出丝毫差错，但如果是一个那不勒斯人或是一个阿拉伯人，吃下去那一定会丧命的。”

“您真的相信，我们比东方人容易见效？在我们这种多雾多雨的地带，一个人要使他自己逐渐习惯于吸收毒药，比那些热带的人容易一些吗？”

“当然啰，同时也必须知道，一个人只有亲自用惯了那种毒药，才能不被那种毒药所害。”

“是的，这我知道。只是您怎样才能用惯呢？或说得更确切些，您是怎样用惯的呢？”

“噢，那十分容易。如果您事先知道会用什么毒药来谋害您，如果那毒药，譬如说，是木鳖精……”

“木鳖精是从番木鳖的皮和果实中提炼出来的那种东西，对吗？”维尔福夫人问道。

“说得很对，夫人，”基督山伯爵答道，“我发觉我实在没有多少东西可以教您的了。请允许我恭贺您的丰富学识，因为这种知识在太太们当中是极少有人知道的。”

“噢，我是知道的，”维尔福夫人说道，“我对于神秘科学特别感兴趣，它们像诗歌一样需要想象力，又像一个代数方程式似的可以还原。请您说下去吧，我对您说的也很感兴趣。”

“好的，”基督山伯爵答道，“那么，假设这种毒药是木鳖精，您在第一天吃一克，第二天吃两克，如此类推。好，到了第十天，您可以吃十克了，到第二十天，又增加一倍，您可以吃二十克了。也就是说，这药您吃了可以毫无妨碍了，但如果没有经过这种预防步骤的人吃了，却是十分危险的。好了，那么，满一个月的时候，您如果和别人同喝一只水瓶里的毒药水，您可以把那个人毒死，而您自己同时尽管也喝了这种水，但除了微微觉得有点不舒服以外，绝不会觉察到这瓶水里混有任何毒质的。”

“那么您知道还有任何其他的抗毒剂吗？”

“除此之外我就不知道了。”

“我经常读好多遍米沙里旦司的历史。”维尔福夫人用一种沉思的口吻说道，“我始终认为那只不过是荒诞之谈罢了。”

“不，夫人，和大多数历史学家所说的相反，这件事是真的。但是夫人您告诉我的，哦，您问我的这件事，我看这绝非是个偶然的问题，因为两年以前您就曾问过我这个相同的问题，而且还说，米沙里旦司的历史已在您脑子里盘旋了很长一段时间了。”

“不错，阁下。我年轻的时候最喜爱的两门功课就是植物学和矿物学。后来，我又知道，在东方各国，草药的使用往往可以解释一个民族的全部历史和个人的整个生涯，正如各种花都有自己独特的花语可以说明它们的情丝一样。当时，我后悔我不是个男人，否则，我倒也许可以成为弗赖米尔、芳丹拿或卡巴尼斯。”

“还有一点，夫人，”基督山伯爵说道，“东方人并不像米沙里旦司那样只限于用毒药来做护心镜，他们也把它当作匕首来用的。科学在他们的手里除了是一件防御性武器外，更常常是一种进攻性武器。前者用来进攻他们肉体上的一切痛苦，后者用来进攻他们所有的敌人。有了鸦片、颠茄、番木鳖、蛇木根、樱桂皮，他们就可以使那些清醒的人忽然睡去。埃及、土耳其、希腊的女人，就是你们在此称之为‘好女人’的那些人，她们都知道该怎样在药物学上使医生们吓得目瞪口呆或在心理学上把忏悔师们惊倒。”

“真的!”维尔福夫人说道，在这段谈话里，她的眼睛时不时地闪耀出一种奇异的火花。

“哦，确实是真的！夫人，”基督山伯爵继续说道，“一种植物能产生爱，但同时那种植物也能造成死。一种药物如果能在你面前打开天堂之门，那么那种药物同样也能把一个人推入地狱。东方的秘密就是这样开始和结束的！每一种事物都有许多的阴暗面，正如人类的肉体和精神经常变幻无常，各有其特征一样。我还可以更进一步地说，那些化学家是有能力把药物和病症根据他的喜好或他想复仇的愿望加以适当的配合的，从而达到他的目的。”

“但是，阁下，”那位太太说道，“您曾在那些东方世界里生活过一段时期，那些地方是不是真像是《一千零一夜》里的故事一样的神奇呢？照这样说，那儿的人可以非常轻易地被人除掉，这可实在是盖伦特先生时代的巴格达和巴斯拉了。苏丹和维齐统治着的那些年代里，他们也有我们法国目前所谓的政府这一类的东西，但事实上他们却只是一些回教的教主和祭师，他们不但可以饶恕一个毒人犯，而且如果他犯罪的技术很高超的话，甚至可以封他做首相的。遇到这种情形，他们还要把全部故事用金字记载下来，借以消磨他们闲散无聊的时光，是不是这样呢？”

“绝不是这样的，夫人，东方已不再有那种异想天开的事情了。那儿现在也有了警察、法官、检察长和地方官，只是名称和服装不同罢了。他们尽可能地以最恰当的方式来处置他们的犯人，有绞刑、杀头和刺刑。但还是有些犯人却能像那些刁滑的地痞流氓一样设法逃脱法律的制裁，凭着他们巧妙的计谋继续做贪赃枉法的事。在我们的社会里，一个人如果心里怀有仇恨或动了贪念，想除掉一个仇人或除去一个近亲，他就会径自跑到杂货店或药房里，借口老鼠吵得他根本无法睡觉，要买五六克砒霜。他甚至还会捏造一个假名字，但那却比真名字更容易被识破，如果他真是一个狡猾的家伙，他就会分别到五六家不同的药房或杂货店里去买。因此，当追踪线索的时候，就更容易了五六倍。然后，当他得到他想要的东西以后，他就莽莽撞撞地给他的仇人或近亲吃一副砒霜，把它放在他们的食物里，其分量之重，就是古代的巨象或恐龙吃了也会五脏崩裂的，接着就这样不管不顾地使他的受害者在那里呻吟，以致惊动了四邻。于是他们便去找一位医生来，医生剖开死者的身体，从肠胃里把砒霜刮出来装在一只匙羹里。第二天，一百家报纸上都会刊登出这件事来，并登出被害人和凶手的名字。当天傍晚，杂货商或药商就会来说：'被告的砒霜是我卖给他的。'他们绝不会认错的，一认就认出了那个犯罪的顾客。于是那个愚蠢的犯人就被扣押起来，关进了监狱，经过审问、对质、挨骂、宣判，然后在麻绳或钢刀上了却了残生。如果她是一个很有地位的女人，他们就会判处她无期徒刑让她一辈子在阴暗潮湿的牢房里度过。你们北方人以为这样就是懂得药物学了，夫人，应当承认，德律[①]的技巧更高明一些。"

"您还想要怎样的结果呢，阁下?"那位太太笑着回答说，"我们只能是尽力罢了。全世界的人并不是个个都能有梅迪契或布琪亚那样的秘方的呀。"

"现在，"伯爵耸了耸肩回答道，"请允许我来告诉您这种蠢事的起因吧。那是因为在你们的戏院里，至少，我可以从我看过的几个剧中作出这样的判断，他们看到舞台上的人吞下一个小瓶子里的东西或吮了一

① 德律是一毒害人的凶犯，一七七七年在巴黎被处死。

下戒指，就马上倒下去死了。五分钟以后，大幕就落下来，观众也就散了。他们是不知道以后的事情是怎么发展的。他们既没有看到那佩着绶带的警官，也没有看见那带着四个兵的警长，于是，很多愚人就相信事情确实就是那样的。但离法国稍远一点的地方，到阿莱普或开罗，或是只要到那不勒斯或罗马，您在街上看到有一个人经过您的身旁时，当时那个人还腰杆笔直，面带微笑，肤色红润，可是，如果阿斯魔狄思[①]在您身边的话，他就会告诉你：'那个人在三周以前中了毒，一个月之内就会死的。'"

"那么，"维尔福夫人说道，"是不是那著名的托弗娜毒水的秘密又被他们发现啦？我在比鲁沙听说它已经失传了呀。"

"哦，说实话，人类有哪样东西是永远失传了的呢？艺术是能移动的，它在世界上兜了一个圈子又会回来。事物只不过改变了它们的名字而已，而那些凡夫俗子便不再去跟踪它们了，如此而已。但结果总是一样的。一种毒药只对一种器官发生作用——有的侵害脑子，有的侵害肠子。譬如说，某种毒药可以使人咳嗽，咳嗽又能使气管发炎，或引起在医学书上讲的另一种疾病，那种病，本来是决不会致命的，如果不让那些天真的医生用那些药物使病情变成致命的话。这大都是些不高明的药物学家，他们喜欢随心所欲，结果不是把病人治好了就是把病人治死了。而病人的死又看来非常自然，而对于他，法律自然是不会去过问的，这种事是我认识的一位可怕的药物学家告诉我的，就是那位可敬的阿特尔蒙神甫，他住在西西里，对他的国家的这种现象曾作过深刻的研究。"

"这种事很可怕，但却又极其有趣。"那青年女人说道，她听得出神，身体一动都不动。"我想，我们必须承认，这些传说都是中世纪的发明吧。"

"是的，那是毫无疑问的，但在我们当今这个时代却更进步了。如果各种鼓励的方式不能使社会日趋完美，那么时间、奖励、勋章、十字

① 犹太教中的魔王，有先见之明。

勋章和蒙松奖章还有什么用呢？人除非能学得像上帝那样既能破坏又能创造，否则他决称不上为完美，尽管他的确知道怎样去破坏，但这只不过是全部路程的一半而已，是绝对称不上完美的。”

“那么说，”维尔福夫人接着说道，她老是把话头拉回到她自己的题目上来，“近代戏剧和传奇小说中把故事都完全弄错了，凡是布琪亚、梅迪契、罗吉里斯，以及后来德邻克男爵所用的毒药……”

“都是一种艺术，夫人，”伯爵答道，“难道您以为真正的大科学家竟会愚蠢得像常人一样吗？绝不会的。科学是有怪癖和幻想，喜欢跳跃、奔腾和试验力量的，如果我可以用这些词来形容它们的话。举个例子来说吧，那位杰出的阿特尔蒙神甫，就是我刚才对您提到的那位，他在这方面就做过一些神奇的实验。”

“真的！那能说来听听吗？”

“是的，我可以讲一件给您听听。他有一个极好的花园，里面种满了蔬菜、花草和果树。在这些蔬菜之中，他挑选那最简单的，譬如一棵椰菜，然后他就用放了砒霜的蒸馏水浇灌这棵椰菜，一连浇了三天。到第四天时，那椰菜便开始萎黄了。于是他把它割下来。在别人看来，它的外表是很完好的，似乎是适宜于上餐桌的。只有阿特尔蒙神甫知道它已中了毒。于是他拿着那棵椰菜到了兔房里。因为阿特尔蒙神甫像搜集蔬菜花果一样，也搜集兔子、猫和豚鼠。好了，阿特尔蒙神甫捉出了一只兔子，喂了它一片椰菜叶，结果那只兔子很快便死了。对于这件事，一位法官会出来反对，或甚至暗示其中有什么不对的地方吗？哪位检察官曾因为兔子、猫或豚鼠的被杀而控告过一位生物学家呢？从来没有。所以，尽管那只兔子死了，但法律并没有给以些许的重视。这只兔子死了以后，阿特尔蒙神甫就叫他的厨子把它的内脏挖出来，扔在了垃圾堆里，这堆垃圾上有一只母鸡，它啄食了这些内脏，于是也生起病来，第二天也死了。而当它正在做垂死挣扎的时候，有一只兀鹰飞了过来，阿特尔蒙所住的那个地方兀鹰是很多的，这只鸟冲下来抓住了死鸡，把它带到了一块岩石上，然后就在那儿把它的猎物全部都给吃了。这只可怜的兀鹰自从吃过这顿饭以后，就觉得很不舒服，三天之后，正当它在云端里高飞的时候，突然觉得剧烈的晕眩起来，于是就无力地跌进了一个鱼塘里。谁都知道，那些梭子鱼、鳗鱼和鲤鱼吃东西时是很贪婪的，它们把那只兀鹰大嚼了一顿。于是这些梭子鱼、鳗鱼和鲤鱼便是第四轮中毒，哦，假如第二天其中的一条上了您的餐桌，那么，您的客人就会第五轮中毒，在八至十天以后，他就会因肠胃疼痛或幽门溃烂而死。医生剖开尸体，得出结论：'这个人是肝脏溃烂受伤致死的！'"

"但是，"维尔福夫人说道，"您所说的这种情形是一种环环相扣的情形，只要略微发生一点意外，整个链环就会被打断，譬如说当时也许并没有兀鹰飞过，其中一环也许会落在鱼塘以外一百码的某个地方。"

"啊，那就是天意了。在东方，要想成为一个伟大的药物学家一点也不容易，还必须能计算阴阳，这也是必须得学会的。"

维尔福夫人现出了一副深思的样子，可是仍然在小心地倾听着。"但是，"她突然大声说道，"砒霜是不能消除或灭迹的呀，无论用什么方法吸收它，只要到了足以致死的分量，动物的身体里总是还能找到它的。"

"没错，"基督山伯爵大声说道，"没错，我也曾这样对那位可敬的阿特尔蒙神甫说过。他想了想，然后微笑了一下，回答了我一句西西里的谚语，我相信法国也有这句谚语：'我的孩子，世界不是在一天之内造成的，创造世界得需七天呢。星期天再来吧。'到了下一个星期天，我真的又去找他了。这一次他不再用砒霜浇灌他的椰菜了，而是用一种盐性的溶液来浇灌，其中含有马钱素，就是学名为番木鳖碱精的那种东西。现在，那椰菜表面看来是毫无病态的了，而那兔子，一点儿也不用怀疑了，五分钟以后，那只兔子还是死了。鸡啄食了兔子，第二天也死了，我们暂时充当兀鹰剖开了那只鸡，这次，一切不寻常的病症都不见了，只看得到一些普通的病症。任何器官似乎都没有发生什么特殊奇怪的变化。只是在神经系统中呈现出了一种兴奋的现象，那就是脑充血。那只鸡现在已不是被毒死的，它是中风死的。我相信鸡中风。这是一种很稀奇古怪的病，但中风这种病在人身上发病却是极为普遍的。"

维尔福夫人似乎愈来愈陷入了沉思之中。"幸亏，"她说道，"这种东西只有药物学家才能配制，不然的话，真的，世界上这一半人可要把另外那一半的人都毒死啦。”

“药物学家或对药物学感兴趣的人都可以配制，只要他想这么做的话。”基督山伯爵随随便便地说道。

“可是，”维尔福夫人说道，她像是在做拼命的挣扎，想摆脱她心里的某种念头似的，“不管手段多么高明，犯罪总是犯罪，就算能避免人类的查究，也逃不过上帝的眼睛。在良心这个问题上，东方人还是比我们强，他们很有远见地在他们的信仰里取消了地狱，那可是和我们有很大不同的地方，因为这样，他们就不会惧怕做这种事的严重后果了。”

“真的，夫人，像您这样思想纯洁的人，一定会产生这种迟疑，但这种迟疑是很容易屈服于坚强的理智的。您知道，卢梭曾说过：‘一万五千里之外伸一伸手指尖，满大人就被杀死了。’这句怪话最能表明人类思想上丑恶的一面。人的一生就是在做这种事情上消磨掉的，老是想着这种事，他的智力就在这些梦想中干涸了。您找不到多少人会残忍地把一把小刀刺进一个同类人的心脏里，或是为了要使他从地球上消失，而使用我们刚才所谈到的那种大量的砒霜。这种事确实是超出常规之外的——是由于怪癖或愚蠢。要做这种事，血温一定会高到三十六度，而脉搏至少也要到每分钟九十次，情绪也会因此兴奋得超出一般的限度。但要是像我们在语言学上所下的功夫那样，把那两个字换成字面比较温和的同义词，您只是‘除掉’了一个人。如果您不是犯卑鄙的暗杀罪而只是除掉一个挡在你前进的路上的人，根本就不必用暴力，不必心惊肉跳，不会产生痛苦，最终却能使牺牲者大受折磨。如果不发生流血，没有呻吟，没有痉挛般的挣扎，总之，没有那种即刻发生的可怕的情形，那么，你就可以很轻易地逃脱人类的法律的制裁，因为法律只对你说：‘不要扰乱社会！’这种事情，在东方各国就是这样的，那儿的人天性庄重冷静，在考虑一件事的重要性的时候，他们对于时间是不会去注意的。”

“可是您不认为良心上还是痛苦的吗？”维尔福夫人用一种激动的声音说道，胸腔里像是闷着一口气，但却喘不上来。

“是的，”基督山伯爵答道，“是的，幸亏人还有良心，如果连它也没有了的话，我们将痛苦到什么地步呀！在每一个需要努力的行动之后，总是良心来教导我们，它给我们提供了一千个可以自慰自解的理由，而对于这些理由，唯一的裁判者就是我们自己。但是，无论这些理由对于催人安眠能产生多么美妙的作用，到了法庭面前却很少能救我们的性命。譬如说，理查三世在害死了爱德华四世的两个孩子以后，他的良心就对他起了极微妙的作用。是的，他可以如是说：‘这两个孩子是一个残忍嗜杀成性的国王生的，他们已遗传了他们父亲的恶习，这一点，只有我能够从他们幼年的习性上觉察出来，而我要使英国人民得到更大的幸福，这两个孩子就成了我前进道路上的障碍，因为他们无疑会伤害英国人民的。’当麦克白斯夫人为她的儿子——无论莎士比亚怎么说，那绝不是为她的丈夫——设法弄到一个王位的时候，也正是她的良心安慰了她。啊，母爱是一种美德，一个强烈的动机，它是如此的强烈，以至于它可以使人做出许多伤害、破坏的事情来而心中却能坦然无愧，所以在邓肯死后，麦克白斯夫人失去了良心的慰藉，也就万分痛苦了。”

这一番话，伯爵是以他那特有的讽刺而又很率真的口吻讲出来的，维尔福夫人贪婪地倾听着这些令人胆寒的格言和可怕的怪论。在沉默了一会儿之后，她说道：“您知不知道，伯爵阁下，您是一个十分可怕的辩论家，而且是戴着一副多少有点不协调的眼镜来观察这个世界的？那么，这是否因为您是从蒸馏器和坩埚上来研究人类的呢？因为您总是正确的，您确实是一个伟大的药物学家，您用来医治我儿子的那种仙丹几乎是马上就把他救活了过来。”

“噢，别信任那种药，夫人。那种药一滴足以救活一个垂死的孩子，但三滴就会使血液冲进他的肺里，使胸部发生最猛烈的牵动，而六滴就会中止他的呼吸，产生比他原先更严重的晕厥。假如一滴就会断送了他的性命，您还记得吧，夫人，当他那样轻率地去摆弄那些药瓶的时候，我是怎样突然地把他拖开了的。”

“那么，它真是这样可怕的一种毒药吗？”

“噢，不！首先，我们得达成共识：毒药这两个字是不存在的，因为最毒的毒药在制造的时候，原也是当药物来用的，只要能按照它正确的用法行事，它就是一种有益的良药，如果超出了这个限度，那就另当别论了。”

“那么它到底是一种什么东西呢?”

“是我的朋友，给那位可敬的阿特尔蒙神甫所配制的一种妙药，它的用法也是他教给我的。”

“噢，”维尔福夫人说道，“它肯定是一种效果很好的镇静剂吧。”

“它的效力是完全靠得住的，夫人，这您也是见过的了。”伯爵答道，“我经常用它，但用得极其小心，当然，这一点是非常值得注意的。”他微笑着加上了最后这一句话。

“那是肯定的。”维尔福夫人以同样的口吻回答说，“至于我，我很神经质，又容易晕眩，我生怕有一天会晕过去闷死，我倒很想请阿特尔蒙神甫替我发明一种可以使我呼吸自由流畅、镇定神经的药。但这种东西在法国既然难以找到，而您说的那位神甫也不见得肯为了我而到巴黎来跑一趟，所以目前我只能继续用泼兰克先生的镇定剂了。薄荷精和霍夫曼药水也是我爱用的药。这几支就是他特地为我调配的药锭，它们的药性都是加倍强烈的。”

基督山伯爵打开了那年轻妇人递给他的那只玳瑁盒子，嗅了嗅那些药锭的气味，脸上的神态显示他虽是一个业余药剂师，却完全了解这些药的成分。“它们确实很精致，”他说道，“可是它们必须要吞下去才能奏效，而一个快要晕倒的人，却往往无法轻易做到这一步，所以我还是宁愿用我自己的那种特效药。”

“当然啰，我也想用那种药，因为我已经见过它的神奇功效了，我已很相信它的功用了。但那当然是一种秘密，我决不会这样冒失地向您要来用的。”

“可我，”基督山伯爵一边说，一边站起身来，“我却很愿意把它送给你。”

“噢，阁下！”

“只是一定要记住一点：量少才是良药，量大便成了毒药。一滴可以救命，这是您亲眼目睹过的，五六滴却不可避免地会置人于死地，尤其可怕的是，要是把它倒在一杯酒里，酒还是原来的气味，一点也不受影响。言尽于此，我不再多说了，夫人，这真像是我在劝您了。”

时钟敲六点三十分了，仆人进来通报说有一位太太来访，她是维尔福夫人的一位朋友，是来和她一起吃饭的。

“如果我曾有幸见过您三四次了，伯爵阁下，而不只是第二次，”维尔福夫人说道，“如果我有幸成了您的朋友，而不仅仅只是受您的恩惠，那我一定要坚持留您吃饭，而不致使我自己第一次开口就遭到拒绝。”

“您的好意我万分感谢，夫人，”基督山伯爵答道，“但我有一个不能失信的约会：我答应要陪一位相识的希腊公主到皇家戏院去，她从来没看过你们那种富丽堂皇的歌剧，所以要我陪她去见识一下。”

“那么，再会了，先生，可别忘了我的药方。”

“啊，说实话，夫人，如果要忘掉那个药方，我就必须先得忘掉我和您这整个一小时的谈话，那当然是不可能的。”

基督山伯爵鞠了一躬，离开了那座房子。维尔福夫人却仍然沉浸在思索里。“他这个人真是奇怪极了，”她说道，“在我看来，他本人就是他所说的那个阿特尔蒙。”

对于基督山伯爵来说，这一场谈话的结果已超出了他最高的希望。

“好得很！”他在回去的路上说道，“这是一片肥沃的土壤，我确信种子不会撒到荒地上的。”第二天早晨，他信守诺言，把对方想要的药方送了过去。

第五十三章 《恶棍罗勃脱》

和人约好了一起看戏这种借口倒是挺能让人相信的，因为恰好那晚，皇家戏院比平日里更加吸引人。因为大病一场之后的李凡塞①终于再次登上舞台，扮演伯脱兰这一角色。而就像以往一样，只要剧院上演当代走红的作曲家最令人崇拜的作品，就能够吸引大批观众，这里面当然也囊括了巴黎上流社会的这些“精华”。和大部分有钱有势的青年人一样，马尔塞夫的座位安排在了正厅前面。除此以外，他还能拥有进入“狮子”包厢的权利。夏多·勒诺也买到了一张前座票，和马尔塞夫相邻，而波尚凭借自己报馆编辑的头衔，能够自由地出入戏院的任何角落。那一天晚上，部长的包厢恰好能够让吕西安·德布雷随意使用，德布雷就将使用权交给了马尔塞夫伯爵，而马尔塞夫伯爵由于梅塞苔丝的缘故，便将其转赠给了腾格拉尔，并且暗示道，若是他们愿意去那个包厢，那么晚上兴许他会来和男爵夫人以及她的女儿一起观剧的。腾格拉尔夫人和小姐收到这样的馈赠十分开心，又怎会拒绝呢。世界上再没有哪个人比一位百万富翁更愿意接受一个免费的戏院包厢了，这简直就是颠扑不破的真理。

但腾格拉尔宣称，他的政治主张和他作为一个反对派议员是不允许他使用部长的包厢的，所以男爵夫人就写了一个条子给吕西安·德布雷，要他来拜访她们，因为她是不能单独带着欧热妮上戏院去的。确实如此，如果这两个女人不带一个护送者到戏院里去，难保社会上不会传

① 李凡塞（1791—1817），法国歌剧演员。

播一些流言蜚语。但要是腾格拉尔小姐跟着她的母亲和她母亲的朋友上戏院去，社会人士就无话可说、无迹可寻了。我们对于社会上的事情是只能随众同俗的。

大幕拉开的时候，和往常没什么两样，戏院几乎是空的，这也是巴黎上流社会的荒唐风气之一——戏不开始是决不肯在戏院里出现的。所以第一幕的演出通常是无人问津的，因为就是那些已经到场的观众也都在忙着在观察新到的看客，那开门关门的闹声，再加上谈话的嗡嗡声，就算有人想听也无法再听到一些别的什么。

“瞧，”当第一排一个包厢的门打开的时候，阿尔贝说道，“G伯爵夫人来了。”

“请问，她是谁呀？”夏多·勒诺问道。

“噢，伯爵！这句话问得可太不能原谅了，你竟然不知道G伯爵夫人是谁？”

“啊，真的！”夏多·勒诺说道，“我现在记起来了，是你跟我说过的那位可爱的威尼斯人，是不是？”

“正是她。”

这时，伯爵夫人已看到了阿尔贝，并用一个微笑回答了他的致敬。

“看来你好像认识她？”夏多·勒诺说道。

“是的。是弗兰兹在罗马介绍我们认识的。”阿尔贝说道。

“好，那么，你愿不愿意在巴黎为我做那件他在罗马为你做的事？”

“荣幸之至。”

“不要讲话了！”观众喊道。

这表明有一部分观众很想享受一下当时从舞台上和乐队里传出来的美妙的音乐，但那种表明似乎对这两个青年并没有产生什么作用，他们继续谈着话，像是根本没听见似的或是没发生这回事似的。

“马尔斯跑马场的赛马，G伯爵夫人也去看了的。”夏多·勒诺说。

“今天？”

“是的。”

“糟糕！我竟然把赛马都给忘了。那么你下赌注了没有？”

“噢，小数目——五十个路易。”

“哪一匹赢了?”

“诺铁路斯。我赌的就是它。”

“一共有三场赛马,是不是?”

“是的,骑士俱乐部送了一个锦标—— 一只金杯。你知道,那场赛马会上发生了一件十分稀奇的事。”

“什么事?”

“不要再讲话了!”爱音乐的那一部分观众又怒吼了起来。

“嘿,那锦标居然被大家完全不熟悉的一匹马和一个骑师夺了去。”

“有这样的事?”

“一点都不假,我亲眼所见的。谁也没注意到参赛的马中有一匹名叫万帕的马和一个名叫贾布的骑师。突然地,出发地点来了一匹枣骝马和一个像你的拳头差不多大的骑师。我想他们至少得在那个小骑师的口袋里塞一个二十磅重的铅丸才能使他够重量,但虽然这样,他还是超出了和他竞争的阿里尔和巴柏,而且至少整整超出了三个马身。”

“那么,后来有没有查明那匹马和那个骑师到底是属于谁的?”

“没有。”

“你说那匹马的名字是叫什么?”

“万帕。”

“那么,”阿尔贝答道,“我的消息肯定要比你灵通了,我知道那匹马是谁的了!”

“那边不要讲话了!”观众里面又有人喊道。而这一次,由于那种命令的口吻里含着明显的敌意,这两个青年人才发觉那个命令原来是冲着他们发的。他们转过头来,向人群里搜索着,想找出到底是谁敢对那种他们认为无礼的行为负责,但没有一个人来应答这种挑衅,于是这两位朋友就又把脸转到了舞台上。这时,部长包厢的门开了,腾格拉尔夫人、她的女儿和吕西安·德布雷进来入座了。

“哈,哈!”夏多·勒诺说,“那儿又来了你的几个朋友啦,子爵!你还在搜索什么呀?难道你没看见那些朋友想引起你的注意吗?”

阿尔贝及时转过头来,刚巧看到男爵夫人对他和蔼地摇了摇扇子,至于欧热妮小姐,她是很少给恩赐她那一对黑色大眼睛的秋波的,甚至对舞台上望一眼都难得。

“我跟你说，亲爱的，”夏多·勒诺说，“我想象不出你为什么看不惯腾格拉尔小姐。简单一点说，暂且不管她的门第，在那方面她自然低了一点，但我想你也不见得会特别计较的。我觉得她倒是一个十分漂亮的姑娘。”

“要说漂亮，那是没错的，”阿尔贝回答说，“但她不合我的口味，我不得不承认我喜欢一个比她更柔弱更温顺和更女性化的人。”

“哎哟哟！”夏多·勒诺大声说道，因为他自己是一个三十岁的人，所以就对阿尔贝做出了一种父辈的神气，“你们年轻人真是从来不知满足的。你还想要人家好到什么程度呀？你父母给你选的这位新娘就是把她当作一位活的狩猎女神也蛮可以说得过去的，但是你还不知足。”

“不，就因为她像狩猎女神我才害怕呢。我倒非常喜欢五谷女神或畜牧女神的那种风度。至于这位性喜狩猎的女神，她的身边老是围绕着山灵水妖，我可有点害怕心慌，深恐有一天她会使我落得个蚌壳精的下场。”

没错，你只要向腾格拉尔小姐看一眼，就可以发现马尔塞夫刚才所说的她身上所有的那种特征。她很漂亮，但是，正如阿尔贝所说的，美得未免有点太锋芒毕露了。她的头发像炭一般黑，但在它那种很自然的波浪之中，可以感受得到它拒绝受别人摆布的那种抗拒力。她的眼睛和她的头发同色，睫毛很浓密，上面有两条弯弯的眉毛，但她的眉毛有一个大缺点，就是几乎老是习惯蹙着，她的整个脸上总带着一种刚毅坚决的表情，几乎不具备女性的那种温柔。她的鼻子的形状很适合做雕刻家塑朱诺[①]的模特儿，她的嘴里一口珍珠般雪白的牙齿，嘴巴的缺点可能是太大了一些，而且，由于她的嘴唇过分的红，就更引人注目，相形之下也使得她那苍白的皮肤似乎显得更缺少血色。在这个几乎像男人的脸（就是阿尔贝觉得极不合他口味的脸）上更加重了男性气息的，是一颗比一般雀斑大得多的黑痣，正巧长在她的嘴角上，这更加强了她脸上那种坚定不移和倔强独立的表情的效果。欧热妮小姐身体上其余的部分和

① 希腊神话中宇宙大神之妻。

刚才形容过的那个头部非常相称，正如夏多·勒诺所说的，她确实会使你很容易想到狩猎女神，只是她的美更富于阳刚之气，更近于男性的美罢了。论到她的学识，唯一可能找到的缺点，和一个苛求的鉴赏家在她的美貌上所能找到的一样，就是那些学识也像是属于男性的，缺少了一点女性的柔美。她能讲两三种语言，是一个很优秀的艺术家，能写诗，会作曲。她公开宣称要终生献身于音乐这门艺术，并正和她的一位同学在共同研究它，但是她那位同学没有钱，却具备各种条件可以成为——她确信她可以成为—— 一个出色的歌唱家。据说有一位鼎鼎大名的作曲家对在此提到的这位青年女子抱有一种几乎近于慈父般的关切，他鼓励她要勤勉地学习，希望她可以凭她的嗓子致富。由于罗茜·亚密莱小姐将来很有可能会上舞台，所以腾格拉尔小姐尽管仍把她收留在家里，却不便和她一同在公共场所露面。即便罗茜在那位银行家的家里享受不到一个朋友的独立地位，但她的地位相对一个普通的女家庭教师来说已经很优越了。

腾格拉尔夫人进了她的包厢以后，大幕几乎马上就落了下来。在幕落幕启之间，照例有一段休息时间，乐队离开了舞台前面半圆形的乐池，观众也可以自由地到休息室或前厅里去散步，或在他们的包厢里接待客人或去拜访他们朋友的包厢。

阿尔贝和夏多·勒诺也是最先利用这种机会的人之一。腾格拉尔夫人最初以为那位年轻的子爵急急地起身是要到她这儿来，便向她的女儿耳语说，阿尔贝正急匆匆地要来拜访她们了。但后者却微笑着摇了摇头。正在这时，像是要证明她的怀疑确实是很有根据似的，阿尔贝已在第一排的一个包厢里出现了，那是G伯爵夫人的包厢。

“啊！您来啦，阁下。”伯爵夫人大声说道，并极其亲热地把手伸给了他，像老朋友似的，“您这么快就认出了我真是太好啦，尤其是您竟先来看我。”

“您完全可以相信这一点，”阿尔贝答道，“要是我知道您已经到了巴黎，并且知道您的住址，我早就来向您问候啦。请允许我介绍一下我的这位朋友，夏多·勒诺伯爵，是目前在法国难得找到的几位世家子弟之一。我刚才还从他那儿得知，您昨天到马尔斯跑马场去看赛马了。”

夏多·勒诺向伯爵夫人了一躬。

“啊！您也去看赛马了吗，阁下？”伯爵夫人急切地问道。

“是的，夫人。”

“哦，那么，”G伯爵夫人很兴奋地追问道，“我想您也许能告诉我，夺得骑士俱乐部锦标的那匹马是属于谁的？”

“真是抱歉得很，我只能说我也不知道，”伯爵回答说，“我刚才也正在向阿尔贝问这个问题呢。”

“您非常急于想知道吗，伯爵夫人？”阿尔贝问道。

“知道什么？”

“那匹夺标的马的主人？”

“那是当然啦，我想谁都有这个好奇心想在第一时间知道的，你们且想想看，怎么，子爵阁下，难道您知道他是谁吗？”

“夫人，您刚才似乎正要讲一个故事。因为您说‘你们且想想看’。”

“哦，那么，听着！你们一定知道，我很关心那匹漂亮的枣骝马和那个别有风味地穿着一件粉红色绸短衫，戴粉红色软缎便帽的风流的小骑师，我当时情不自禁地热切地祈祷他们能获胜，就像是我有一半家产押在他们身上似的。当看到他们超过了其他所有的马，以那样漂亮的姿态向终点临近的时候，我兴奋得拍起手来。回家的时候，我在楼梯上遇到了那个穿粉红短衫的骑师，想想看，当时我是多么的惊奇啊！我还以为那匹获胜的马的主人一定碰巧和我住在同一家旅馆里呢。但结果发现不是的！我一走进我的客厅，就看到了那只奖给那来历不明的马和骑师的金杯，杯子里还有一张小纸条，上面写着：‘G伯爵夫人惠存，罗思文勋爵敬赠。’”

“对极了，我早就料到了。”阿尔贝说道。

“料到了什么？”

“那匹马的主人是罗思文勋爵。”

“您指的是哪一位罗思文勋爵？”

“噢，我们刚才所说的那位罗思文勋爵呀——其实就是您说的爱根狄诺戏院的那个僵尸！”

“真的?”伯爵夫人大声说道，“那么这么说，他也在这儿喽?”

“当然啦，为什么不呢?”

“那么，您去拜访过他吗?还有在您府上和别处都见过他吗?”

“实话告诉您，他是我最亲密的朋友，夏多·勒诺先生也有幸拜识过他。”

“但您怎么这么肯定那夺标的就是他呢?”

“那匹获胜的马不是以‘万帕’这个名字来参赛的吗?”

“那又怎么样?”

“咦，您不会忘记了那个把我绑去的大名鼎鼎的强盗叫什么名字了吧?”

“啊!我记不清楚了。”

“那么伯爵又是怎么极其神妙地把我从他的手里救出来的，还能记起来吗?”

“当然记得。”

“我告诉您，那个强盗的名字就叫万帕。所以，您瞧，就是他。”

“但我非常好奇他为什么要把那奖杯送给我呢?”

“我想可能是，第一，因为我对他经常谈起您，这是您可以意料得到的；第二，因为他很高兴看到一位女同胞，并且很高兴看到她这样热心地关切他的胜利。”

“我想您不会把我们常常评论他的那些傻话都背给他听吧?”

“我不想发誓说我没有讲过。况且，他以罗思文勋爵的名义把奖杯送给您，就证明他已经知道有人在把他比作那个人了。”

“噢，那简直太可怕啦!那他一定恨死我了。”

“可他这个举动并非出于仇视或敌意呀。”

“不，当然不。”

“嗯，那么——”

“那么他也到巴黎来了吗?”

“您说得对，到了。”

“他在社会上产生了什么影响?”

“嘿，“阿尔贝说道，“他几乎被整整地谈论了一个星期。接着就来了英国王后的加冕典礼和马尔斯小姐的钻石失窃案，那两件极有趣的大事才把大众的注意力转移到别的地方上去了。”

“亲爱的，”夏多·勒诺说道，“这显然因为伯爵是你的朋友，所以你对他才不免有点袒护。别相信阿尔贝对您说的话，伯爵夫人，我敢负责地说一句：自从基督山伯爵出现以来，他就成为巴黎社交界关注的焦点，始终没有停止过。他来到以后的第一桩惊人之举便是送一对价值三万法郎的马给了腾格拉尔夫人；第二件，他奇迹般地保全了维尔福夫人和她儿子的性命；现在似乎又是他夺去了骑士俱乐部所赠的锦标！所以不管我认为阿尔贝怎么说，伯爵不但在目前这个时候是大家所瞩目的焦点，而且要是他继续表演那种在他来说似乎是家常便饭，而在我们却觉得稀奇古怪的举动，他还可以再轰动一个月的。”

“也许你说得对，”阿尔贝说道，“但先告诉我，俄国大使的那个包厢让给谁啦？”

“您是说哪个包厢？”伯爵夫人问道。

“第一排两根柱子之间的那一个，它似乎已全部改装过了。”

“确实改装过了，”夏多·勒诺说道，“第一幕的时候那儿有人吗？”

“哪儿？”

“那个包厢里。”

“没有，”伯爵夫人答道，“第一幕的时候当然是空着的，这几乎成了惯例。”

说完这句话，她又回到他们刚才的那个话题上，说道：“那么您真的相信夺标的就是那位基督山伯爵了？”

“对于这一点我有十分的把握。”

“而后来他又把那只奖杯送给了我？”

“那已是毫无疑问的了。”

“可我并不认识他呀，他为什么要这么做呢？”伯爵夫人说道，“我很想把它退回去。”

“我求您千万别那么干，那样的话，他会觉得您是否嫌弃它不够贵重，他只会再送您一只用翡翠或极大的红宝石雕成的杯子。这是他的一贯作风，您只能迁就他一下了。”

这时，铃声宣布第二幕就要开始了。阿尔贝站起来准备回到他自己的座位上去。

“我还能再见到你们吗?”伯爵夫人问道。

“如果允许我在下一次休息的时候再来拜访您的话，我一定要请问一下在巴黎有没有我能为您效劳的地方。”

“好，听着，”伯爵夫人说道，“我目前的住处是在黎伏莱路二十二号，每星期六晚上我通常在家招待朋友们的。所以你们二位现在可不能再说不知道啦。”

两个青年鞠了一躬，便离开了那个包厢。当他们回到自己的座位上的时候，他们才发觉正厅里的全部观众都已经站了起来，一齐向俄国大使包用的那个包厢行注目礼。那儿刚进来了一个年约三十五岁，身穿深黑衣服的男子，和他在一起的，还有一位穿东方式服装的女人。那个女人很年轻，而且十分美丽，她那身华丽的打扮把所有人的目光都吸引到了她的身上。

“哎呀!”阿尔贝说道，“那正是基督山伯爵和他的那个希腊女人呀!”

没错，这两位陌生人确实就是伯爵和海黛。后者的美丽和她那种眩目的装束所引起的轰动不久就传遍了戏院的每一个角落，太太小姐们都从她们的包厢里探出身来，观看那闪闪发光的繁星般的钻石。在第二幕演出期间，戏院里一直充满着嗡嗡的声音，在一个拥挤的集会场所里，这种声音就是表示已发生了一件惊人的大事，这时候没有人想到要安静下来了。因为那个女人是这样的年轻，这样的美丽，这样的眩目，她就是眼前最动人的一幕。这时，腾格拉尔夫人做了一个不容误会的表示，示意她很希望第二幕的幕一落就在她的包厢里看到阿尔贝，先不说阿尔贝原本就这么打算的，单是从礼貌上讲，也不允许他漠视一个表示得如此明显的邀请。所以在那一幕之后，他就走到了男爵夫人的包厢里。他先向太太和小姐鞠了一躬，然后便把手伸给了德布雷。男爵夫人极其殷勤地欢迎他，而欧热妮则照常对他很冷淡。

“亲爱的!”德布雷说道，“你来了真是太好了，正巧可以来救救一个走投无路的人。夫人没头没脑地向我提出了许多有关伯爵的问题，她坚持认为我能够把他的出身、教育、门第、从哪儿来、要到哪儿去等种种事情都告诉她。因为没有撒谎的本领，我就直接说：‘去问阿尔贝吧，基督山伯爵的全部身世都原原本本地在他肚子里呢。’所以男爵夫人就向你示意，叫你过来了。”

“一个至少有五十万秘密钱财可以动用的人，”腾格拉尔夫人说道，“他的消息竟会如此不灵通，这真是令人难以置信呀。”

“我向您发誓，夫人，”德布雷说道，“如果我真的有您所说的那笔款子可以动用的话，我也会把它用到较有益的地方，而不会自找麻烦地去打听基督山伯爵的种种事情的。在我的眼里，他唯一的长处就是他比一个印度王公还要富有一倍而已。但是，我已经把这事转交给阿尔贝了，所以请您去向他询问吧，现在可没我的事了。”

“我敢绝对肯定没有哪一个印度王公会送我一对价值三万法郎的马，还给马头戴上四颗每颗价值五千法郎的钻石。”

“他似乎是有钻石癖，”阿尔贝微笑着说道，“我相信他像俄国亲王波亭金一样，口袋里一定装满了钻石，然后沿路抛撒，就像小孩子撒打火石似的。”

“也许他发现了一个矿藏，”腾格拉尔夫人说道，“我想您可能已经知道了，他在男爵的银行里开具了无限期贷款担保。”

“我倒不知情这事，”阿尔贝回答说，“但以我对他的了解，我完全可以相信。”

“他对腾格拉尔先生说，他只打算在巴黎住一年，在那段时间里，他准备花掉六百万，我想他一定是那位微服出游的波斯国王。”

“您有没有注意到，那个陪他来的年轻女人长得美极了，吕西安先生？”欧热妮问道。

“我确实从来没见过这样一个可以和您媲美的女人。”吕西安把观剧望远镜凑到了他的眼睛上。“真可爱！”他说道。

“这个年轻的女人是谁，您知道吗，阿尔贝先生？”欧热妮问道，“或者您知道有谁知道吗？”

“小姐，”阿尔贝对这一句直接的问话答复说，“关于这一点，像许多有关我们现在所谈到的这位伯爵的事情一样，我也是只知道一点儿。

只知道那个年轻的女人是个希腊人。”

“这一点我从她的着装上就能够看得出来，要是您除了那一件明摆着的事实以外别无所知的话，这个戏院里的全部观众都可以说得上和您同样消息灵通的了。”

“我很抱歉使您觉得我竟是一个这样无知的‘向导’，”阿尔贝答道，“但我必须诚实地承认，我的确再没什么别的消息可以奉告的了。噢，不，有了，我还知道一件事，那就是，她是位音乐演奏家，因为有一天，当我在伯爵家里用早餐的时候，碰巧听到一架月琴的声音，我想那种琴声当然只有她才能弹得出来的。”

“这么说您那位伯爵朋友也招待客人了？”腾格拉尔夫人问道。

“他确实是招待的，而且是以最高贵的方式，这一点我绝对可以向您担保。”

“我一定要劝腾格拉尔先生邀请他过来吃一顿饭或跳一次舞什么的，好使他也回请我们。”

“什么！”德布雷大笑着说道，“您确定真的要到他家里去吗？”

“有什么问题吗？我丈夫可以陪我去的。”

“但您不知道这位神秘的伯爵还是一个单身汉吗？”

“如果您向对面望一望，”男爵夫人带笑指了指那个美丽的希腊女人，说道，“您就可以得到充分相反的证据啦。”

“不，不！”德布雷大声说话，“那个女人不是他的太太。他曾亲自告诉我们说她是他的奴隶。阿尔贝，你难道不记得他在你那里吃早餐的时候曾这样告诉过我们了吗？”

“嗯，那么，”男爵夫人说道，“要是说她是个奴隶，怎么她的神态和气质却完全高贵典雅得像是一位公主。”

“难道是《一千零一夜》里的吗？”

“随便您怎么说好了，但是告诉我，亲爱的吕西安，什么是一位公主的标志？论钻石，她可全身都是钻石啊。”

“我觉得她似乎戴得太多了一点，”欧热妮说道，“如果她戴得少一点，她就会好看得多了，那样我们就可以看到她那秀丽细腻的脖颈和手腕了。”

“看！多像艺术家的口吻！”腾格拉尔夫人大声说道，“我可怜的欧热妮，你暂时还是把你对于美术的热情收起来吧。”

“我对于人工或自然的美都同样地能欣赏。”那位小姐回答说。

“那么，您觉得伯爵看起来如何？”德布雷问道，“他倒挺符合我心目中所谓好看的标准。”

“伯爵？”欧热妮把这两个字重复了一遍，像是她还没有观察过他似的，“伯爵？噢，他的脸色苍白得太可怕了，不太像一个人。”

“对于这一点，我也很赞同，”阿尔贝说道，“而就在那种苍白下面，正隐藏着我们极想知道的秘密。G伯爵夫人曾经坚持说他是一具僵尸。”

“那么说伯爵夫人已回到巴黎来了？”男爵夫人问道。

“她在那边，妈妈，”欧热妮说道，“几乎就在我们的对面，你有没有瞧见那一头浓密的浅色的漂亮头发？”

“是的，是的，她在那边！”腾格拉尔夫人大声说道，“我可以要求您做应该做的事吗，阿尔贝？”

“请只管给我下命令吧，夫人，我在这儿洗耳恭听呢。”

“嗯，那么，我想您应该去把那位基督山伯爵带到我们这儿来。”

“为什么？”欧热妮道。

“为什么？当然是和他说说话呀，看看他的谈吐是不是和别人一样，难道你没有这种好奇心吗？老实说我倒是有而且还很浓厚。你真的不想见他吗？”

“一点儿都不想。”欧热妮回答说。

“怪丫头！”男爵夫人低声说道。

“他很有可能会自动过来的，”阿尔贝说道，“呀，您瞧见了吗，夫人？

“他看见了您，正在向您鞠躬呢。”

男爵夫人满脸堆笑地以最殷勤的态度回复了那个礼。

“好吧，”阿尔贝说道，“我就牺牲自己好了。再会，我去瞧瞧有没有什么机会可以跟他讲话。”

“径直到他的包厢里去，这是最简单易行的办法。”

“但我从没有经过介绍呀。”

“介绍给谁?”

“那个希腊美人。”

“您刚才不是说她只是一个奴隶吗?”

“可您却坚持说她是一位公主呀。不，不，我不敢贸然进他的包厢，但我希望他看见我离开了你们，就会从他的包厢走出来。”

“这是很有可能的，去吧。”

阿尔贝鞠躬以后就走了出去。正当他经过伯爵的包厢的时候，正如他先前所想的，门开了，基督山伯爵走了出来。他先向那站在休息室里的阿里吩咐了几句话，然后就招呼了一声阿尔贝，并挽着他的手臂向前走去。阿里小心地把包厢门关上，自己站在门前，一群好奇的观众在这个黑人周围聚拢着。

“说心里话，”基督山伯爵说道，“巴黎真是一个奇怪的城市，而巴黎人也是十分奇怪的人民，就好像他们生平第一次看到一个黑人似的。瞧，他们都挤在可怜的阿里周围，弄得他莫名其妙的。我绝对敢向您保证，一个法国人不管到突尼斯、君士坦丁堡，还是到巴格达或开罗去，他尽可以随意在公众场所露面，绝不会有人围观的。”

“这证明东方人的头脑是很清醒的，他们决不会把他们的时间和注意力浪费在不值得注意的目标上。然而，单就阿里来说，我敢对您保证，他之所以能引起别人浓厚的兴趣，就是因为他是属于您的，而您目前可是全巴黎最红的人物啊。”

“真的吗?我何其有幸竟得到这样一种荣誉呢?”

“何其有幸?咦，这当然是您自己造成的呀!您拿价值一千路易的马来送人；您救了一位既有地位又漂亮的太太的性命；您以布莱克参谋先生的名义去参加赛马，还派去了纯种的骏马和并不比土拨鼠大多少的骑师；当您夺得了奖杯以后，却毫不珍惜它，把它送给了您所想得到的第一个漂亮女人。”

“是谁拿来这些荒唐的念头放在您脑子里的?”

“咦，第一件，我是从腾格拉尔夫人那儿听来的，顺便说一句，她很期待您能到她的包厢里去，那儿还有别的人也想见您；第二件，我是从波堂的报纸上看到的；第三件，是我自己想出来的。要是您想不被人知道的话，您干吗要把那匹马叫作万帕呢？”

“那确实是一个疏忽，”伯爵答道，“但请告诉我，马尔塞夫伯爵是不是从来不上戏院的呀？我刚才望了一遍，但始终没能看到他。”

“他今天晚上会来的。”

“那么在戏院的哪个位置呢？”

“可能是在男爵夫人的包厢里吧。”

“那个和她在一起的可爱的青年女子就是她的女儿吗？”

“是的。”

“真的！那么我想我向您道喜了。”

阿尔贝困窘地微笑了一下。“这个问题我们还是以后再说吧，”他说道，“您觉得那首曲子怎么样？”

“什么曲子？”

“就是您刚才听到的那个。”

“哦，既然作曲家是一个人，而唱歌的又是德奥琪纳①所谓没有羽毛的两脚动物，这也就算很不错的了。”

“哦，我亲爱的伯爵，您这么说好像您随随便便就能听到天上的第七交响曲似的。”

“哦，我想您说对了一部分，当我想听那种凡夫俗子们从来没听到过的极美妙和谐的乐曲的时候，我就去睡觉。”

“好极了，那真是再绝妙不过的了。睡吧，亲爱的伯爵，睡吧，歌剧就是为催眠而发明的。”

“不，你们的乐队实在太吵了，这怎么睡得着呢。我所说的那种睡眠，必须要有一个宁静的环境，而且还得助于某种药剂。”

“啊！是那著名的大麻吧？”

“说得很对。子爵，当您想听音乐的时候，来和我一起用晚餐好了。”

“那次和您一起用早餐的时候，我已经享受过那种优待啦。”

---

① 德奥琪纳（公元前413—前327），希腊嘲世派哲学家。

“您是指在罗马的那次吗?”

“正是。”

“啊，那么，我想您可能也听到海黛的琴声了吧，那个远离故乡的可怜的人儿经常借玩弄她故乡的乐器来给我做消遣的。”

阿尔贝似乎没兴致再在这个问题上探讨下去，基督山伯爵也陷入了一种沉思，这时，启幕的铃声又响了。

“恕我冒昧暂时离开您一下。”伯爵说道，然后就准备转身向他的包厢走去。

“什么！您这么快就走了吗?”

“请代表僵尸向G伯爵夫人说些好话。”

“那么我对伯爵夫人应该怎么说好呢?”

“就说，如果她允许的话，我准备今天晚上抽空去向她致敬。”

第三幕已经开始了。在这一幕演出期间，马尔塞夫伯爵如约在腾格拉尔夫人的包厢里出现了。马尔塞夫伯爵本来就不是那种在公共娱乐场所一露面就会引起大家的兴趣或好奇心的人，所以除了他所进的那个包厢里的看客以外，根本没人注意到他来了。但基督山伯爵那敏锐的目光已发现了他，他的唇边不自觉地飘过了一个浅淡的微笑。海黛已经完全被舞台上的表演吸引住了。像所有那些天性纯洁的人一样，她对于不管什么可看可听的东西都很感兴趣的。

第三幕又像平常那样演了过去。诺白丽、尤莉和罗丝三位小姐照例表演了一段足尖舞，罗伯特当然要向格里那达王子挑衅；伊贝拉公主的父王牵住了他女儿的手，跨着威严的舞步在舞台上疾驰了一周，充分表演出了他那天鹅绒的长袍和披风在疾驰时飘飘欲仙的姿态。演完这些以后，大幕又落了下来，照例地观众们从座席里蜂拥到了前厅和休息室里。伯爵离开了他的包厢，马上向腾格拉尔夫人这儿走来。后者简直是喜惊交集，按捺不住内心的雀跃叫道：“欢迎，伯爵阁下！”他一进来，她就大声说道，“我真想见到您，以便亲口再向您表达一番那用文字难于表达的谢意。”

“这种小事根本是不值得您这样放在心里的。相信我，夫人，我已经把它都忘啦。”

“但是，伯爵阁下，我的好友维尔福夫人第二天就被那两匹马弄得差一点送了命，而又是您救了她，那件事可不是这样容易就被忘记的呀，就是谁想忘记都难。”

“关于那次的事，您的恭维实在让我愧不敢当。毕竟那次有幸能在危难中为维尔福夫人效劳的，是我的黑奴阿里。”

“那么把我的儿子从强盗手里救出来的，难道也是阿里吗？”马尔塞夫伯爵问道。

“不，伯爵阁下，”基督山伯爵带着一种友好的温情握住将军伸给他的手答道，“对于那件事，我可以问心无愧理直气壮地接受您的感谢。但您已经谢过了，而我也已经接受过了，您还老是把它挂在嘴边，这让我实在有点难为情，毕竟也只是举手之劳罢了。男爵夫人，请赏脸把我介绍给令爱吧。”

“嗯，您可算不得是什么生人，至少您的大名并不陌生，”腾格拉尔夫人答道，“最近这两三天来我们所谈所说的都是您。欧热妮，”男爵夫人转过去对她的女儿说道，“这位就是声名远播的基督山伯爵阁下。”

伯爵鞠了一躬，而腾格拉尔小姐则微微点头示意。“今天晚上您带来了一位可爱的年轻姑娘，伯爵阁下，”欧热妮说道，“她是令爱吗？”

“不，不是的。”基督山伯爵说道，心里对这句问话的镇定和直爽很是惊讶，“她是一个不幸的希腊人，我只是她的保护人而已。”

“那么，她叫什么名字？”

“海黛。”基督山伯爵回答说。

“一个希腊人？”马尔塞夫伯爵轻声地说道。

“是的，确实是希腊人，伯爵。”腾格拉尔夫人说道，“告诉我，您在阿里·铁贝林的手下荣幸服务过，那么您在他的宫廷里可否见过一套比我们眼前更漂亮的服装？”

“这么说您曾在亚尼纳[①]服务过，伯爵阁下，”基督山伯爵说道，“我没听错吧？”

---

① 希腊伊庇鲁斯的首府。

“是的，我曾经是总督的三军总司令。”马尔塞夫答道，“我没必要隐瞒，因为事实确实如此，我还是得益于那位威名远震的阿尔巴尼亚首领的慷慨才发家致富的。”

“看呀！快看呀！”腾格拉尔夫人突然惊叫道。

“哪儿?”马尔塞夫结结巴巴地问道。

“咦，就在那儿!”基督山伯爵一边说着一边用手拥住了伯爵的肩头，和他一起靠在了包厢前面，这时，海黛正用她的眼睛在戏院里寻找伯爵，便看见他那苍白的脸和马尔塞夫的脸紧靠在一起，而且他还拥着他。看到这种情形，女郎实在太惊惶了，简直就如同看到了墨杜萨[①]的脸一样。她从栏杆上探出半个身子来，像是要确定一下她所看到的到底是不是真的似的，然后她有气无力地喊了一声便跌回到了她的座位上。这个希腊女郎那紧张的喊声很快地传到了那小心守护着的阿里的耳朵里，他马上打开包厢门来查究原因。

“啊哟!”欧热妮叫道，“您的被保护人怎么啦，伯爵阁下？她像是突然不舒服啦!”

“很可能是的!”伯爵答道，“不过不用为她担心！海黛的神经系统很敏感，特别是她的嗅觉尤其敏感，连花香也受不了。如果把几种花拿到她面前，她就会晕倒的。不过，”基督山伯爵从他的口袋里摸出了一只小瓶子，继续说道，“我对于这种病有一种万试万灵的良药。”说完，他便向伯爵夫人和她的女儿鞠了一躬，跟德布雷和马尔塞夫伯爵分别握了一下手，就离开了包厢。当他回到海黛那儿的时候，他发觉她的脸色十分苍白，神情激动异常。她一见到他，就急忙抓住了他的手，基督山伯爵发现那年轻姑娘的手又湿又冷。

“老爷刚才在跟谁讲话呀?”她用一种颤抖的声音问道。

“跟马尔塞夫伯爵，”基督山伯爵答道，“他刚才告诉我说，他曾在你那威名远震的父亲手下服务过，还说他是靠了他才发家致富的呢。”

“啊，那个浑蛋!”海黛大声叫道，“把我父亲出卖给土耳其人的就是他，而他自吹自擂的那笔财产就是他出卖他的报酬！你知道整个事情

① 墨杜萨是希腊神话中的妖怪，她的脸会使见到的人化为石头。

吗，亲爱的老爷？”

“这件事我在伊庇鲁斯的时候多少听说过一些，”基督山伯爵说道，“但更详细的情况我就不知道了。你以后慢慢讲给我听好了，我可爱的孩子。我想那一定是很稀奇又很有趣的。”

“是的，是的！我们还是马上走吧，我求求你了！我觉得如果再待在这个可怕的人的附近，我真的要死啦。”说着，海黛就站起身来，把她自己紧紧地裹在她那件白底缀珍珠和珊瑚的克什米尔呢子披风里，当第四幕开始的时候便匆匆地走出了包厢。

“您看到了没有？”G伯爵夫人对阿尔贝说道（阿尔贝此时已回到了她的身边），“那个人每件事都让人捉摸不透。他开始还极热忱地倾听《恶棍罗勃脱》的第三幕，而当第四幕开始的时候却走了。”

第五十四章　公债风波

自从这次聚会后，又是几天，阿尔贝·马尔塞夫再次来到香榭丽舍大街拜访基督山伯爵。伯爵是巨富之身，因此这里虽然只是个临时的住址，却也收拾得富丽堂皇，从外面看去，他的府邸就像宫殿一样。阿尔贝这次来是帮腾格拉尔夫人表示感谢的，男爵夫人自己已经写过信，和伯爵道过一次谢了，信上署的名字是“腾格拉尔男爵夫人，母亲家姓名：爱米娜·萨尔维欧”。和阿尔贝一起来拜访的是吕西安·德布雷，在陪同朋友交谈的时，他也顺便恭维了几句。伯爵本就是个七窍玲珑的人物，很容易便知道对方的小心思。他觉得吕西安这次的陪同，是带着两方面好奇心的，而最主要的就源于安顿大马路。说得更简单点，应该是腾格拉尔夫人不明白伯爵的为人，这个可以将价值三万法郎的马匹随便送人的人，这个看场歌剧，带着的希腊女奴都能佩戴百万法郎钻石的人，究竟有怎样的生活方式呢。她迫切希望知道，可又不方便亲自来验证伯爵家中的陈设和他的家境，于是只能拜托他最信得过的人来替她看看，再汇报给她。但是伯爵假装什么也不知道，好像一点都不在意吕西安的到访和男爵夫人的好奇心有什么不可告人的关系。

“那么说来，您和腾格拉尔男爵一直保持着互相来往啦？”伯爵问阿尔贝·马尔塞夫。

“是的，伯爵，我曾经跟您说过。”

“那么，那件事就没有一点儿变化啦？”

“这件事可以说已经完全定局啦。”吕西安说道。他也许认为当时该他说的就是这么一句话，所以说完后，就戴上单片儿眼镜，嘴里咬着金头手杖的扶手，在房间里转悠了一圈，细细观看起纹章和图画来。

“噢！”基督山伯爵说道，“听您说了以后，我真没想到这件事会办得这么快。”

“嗯，事情上了轨道，就用不着我们出什么力了。我们早就把这种事情丢到脑后去了，相信他们可以自行解决的，因为等到我们再上心的时候，就会意外地发现他们马上就到达设想目标了。家父和腾格拉尔先生一起在西班牙服役——家父在作战部队，腾格拉尔先生在军粮处。家父是由于革命而破产的，腾格拉尔先生却压根儿没有什么祖传产业，所以他们两人都在那儿打下了基础，慢慢起家的。”

“的确如此，”基督山伯爵说道，“我记得有一次拜访他的时候，他曾跟我说起过。”说到这里，他斜睨着瞟了吕西安一眼，见他正在翻看一本纪念册。“还有，欧热妮小姐长得挺漂亮嘛——我记得她好像叫这个名字，是不是？”

“很漂亮，甚至可以说，很美，”阿尔贝回答道，“不过她那种类型的美我是无法欣赏的。我这人不识好歹。”

“您说话的口气好像已经做她丈夫了似的。”

“啊！”阿尔贝回答说，转过头来也看吕西安在干什么。

“说实话，”基督山伯爵说道，压低了声音，“在我看来，您好像对这桩婚事一点都不热心。”

“腾格拉尔小姐太有钱了，我可高攀不上，”阿尔贝回答说，“所以我总是有些胆怯。”

“噢！”基督山伯爵嚷道，“这个理由实在精妙！您觉得自己算不上是有钱人？”

“家父的年收入大约是五万里弗，等我结婚以后，他大概能给我一万或者一万两千里弗。”

“这个数目嘛，也许算不上大，尤其是在巴黎，”伯爵说道，“但钱并不是唯一重要的，名誉和社会地位也很重要。您的名声很好，您的地位谁都羡慕，而马尔塞夫伯爵又是一个军人，军官的公子和一个文官家庭联姻实在是件值得可庆可贺的事——我一直认为不因利害考虑来缔结婚姻是一种最高贵的行为。依我看，您和腾格拉尔小姐结合是非常合适的，她可以让您富有，而您可以让她高贵。”

阿尔贝摇了摇头，显得若有所思。“还有些别的情况。”他说道。

“我接受您的说法，”基督山伯爵说，“但我实在有点不解您为什么要拒绝一位有钱又漂亮的小姐。”

“噢！”阿尔贝说道，“这种嫌恶感——要是能称作嫌恶感的话——并不完全是我个人造成的。”

“那又能是谁造成的呢？您告诉过我，令尊是很赞成这门婚事的。”

“但是家母不赞成，她的判断力从来都清晰深刻，但对这件商议中的婚事却毫不乐观。我也不清楚到底是什么原因，但她好像对腾格拉尔一家人有什么偏见。”

“哦！”伯爵用一种稍显勉强的口气说道，“这应该很容易解释，马尔塞夫伯爵夫人是身价最高的贵族，所以不愿意您跟一个出身微贱的家庭联姻——那倒是很自然的。”

“我不清楚这是不是她的理由，”阿尔贝说道，“但有一点我清楚，就是，要是这件婚事成功，她就会感到很痛苦。六星期以前，本来大家准备一起商谈一次，以便把那件事定下来，可我突然生了一场病——”

“是吗？”伯爵微笑着打断他的话问道。

“噢，还会有假？当然是急出来的。因为这样就把那次商谈推迟了两个月。事情本来就不必着急，您知道，我还没满二十一，而欧热妮才十七岁。可那两个月的期限下星期就要到期了。事情必须办了。亲爱的伯爵，您肯定想象不到我的心里有多么为难。呀！看，像您这么自由的人多快活！”

“好？您为什么不也做个自由人呢？难道谁不让您这么做吗？”

“噢！要是我不娶腾格拉尔小姐，家父就太失望了。”

“那么就娶她吧。”伯爵说道，暗含讽刺地耸了耸肩。

“可是，”阿尔贝答道，“那又会让家母痛苦不堪的。”

“那么别娶她。”伯爵说道。

“哎，我看着办吧。我得好好考虑一下，想出个最好的办法。请您给我一点忠告吧，要是可能的话，再把我从这种为难的境况中解救出来，好不好？我想，与其让我的好母亲难过，我宁可冒犯我的父亲。”

基督山伯爵转过身去，最后这句话好像触动了他。“啊!”他冲德布雷喊道。德布雷正靠在客厅另一头的一只安乐椅里，右手拿一支铅笔，左手拿着一本抄簿。“您在那儿干什么？临摹波森的画吗?”

“不，不！我现在做的这件事跟画画相差十万八千里。我是在解数学。”

“数学?”

“对，我是在算——慢着，马尔塞夫，这件事和你有点儿间接的关系——我正在算上次海地公债涨价让腾格拉尔银行赚了多少钱，三天之内，它从两百零六涨到了四百零九，而那位谨慎的银行家大部分股是在两百零六的时候买进的。他一定到手三十万里弗了。”

“这还算不上他的绝活儿，”阿尔贝说道，“去年他不是还在西班牙证券市场上赚了一百万吗?”

“我的好先生，”吕西安说道，“基督山伯爵在这儿，他可以给你引用意大利人的两句诗：人生何所求，致富和自由。他们给我讲这件事时候，我只是耸耸肩而已，可是什么都没说。”

“可您现在不是在大谈海地公债吗?”基督山伯爵说道。

“啊，海地公债——那又是另外一回事了！海地公债属于法国证券赌博中的‘爱卡代’。他们或许会喜欢打‘扑克’，要‘惠斯特’，沉湎于‘波士顿’，但那些玩意儿时间长了要生厌的，最后他们还得回来玩‘爱卡代’，因为这个百玩不厌。腾格拉尔先生昨天在四百零六的时候抛出，把三十万法郎捞进了腰包。如果他等到现在，价格就会跌到二百零五，他不仅赚不到三十万法郎，而且还会折掉两万或两万五千万。”

“怎么会突然从四百零九跌到二百零五呢?”基督山伯爵问道，“请原谅，我对这种证券赌博的伎俩简直是一无所知。”

“因为，”阿尔贝大笑着说，“信息接二连三地来，而前后的信息经常大不一样。”

“啊，”伯爵说道，“我看腾格拉尔先生在一天中输赢三十万法郎是件非常平常的事，他一定很有钱了。”

“可是，其实并不是他在赌，”吕西安叫道，“而是腾格拉尔夫人，她实在是很大胆。”

“可你是一个很理智的人，吕西安，你应该知道现在的信息有多么不可靠，而且你是个信息来源丰富的人，你理所当然应该阻止这种事情。”阿尔贝带笑说道。

“她的丈夫都控制不了她，我对她来说又怎么能施以影响呢?”吕西安问道，“你知道男爵夫人的个性——谁都影响不了她，她想怎么做就怎么做。”

“啊，要是我处在你的位置——”阿尔贝说。

“怎么样?”

“我就要改变她，这也算是对她未来的女婿助一把力。”

“你怎么去改变呢?”

“啊，那很简单——首先我要给她一个教训。”

“教训?”

“是的。你这个部长秘书的地位使你在传播政治消息上很有权威，你一张口，那些证券投机商就会马上把你的话记录下来。你如果能让她一下子失掉十万法郎，就可以教她谨慎一点儿了。”

“我还是不明白你的意思。”吕西安低声说道。

“这是明摆着的道理，”年轻人用毫不矫饰的口气直率地答道，“挑一个适当的日子向她透露一件外界毫不知晓的消息，或是一个只有你一个人知道的急讯，譬如说，昨天有人看到亨利四世在盖勃拉里家里，那肯定会让公债涨价的。她会根据这个消息做她的投资决定，而第二天，当波尚在他的报纸上宣布‘据传昨日曾有人目睹国王驾临勃拉里府，此消息毫无根据。本报可证实陛下并未离开新桥’的时候，她肯定会亏本啦。”

吕西安脸上似笑非笑。基督山伯爵表面显得好像是漠不关心，实际上对这一段谈话却一字不漏地记在心上，他那具有洞察力的目光甚至已经在那位秘书困惑的态度上读到了一种含而不露的秘密。当然这种困惑的态度，粗心的阿尔贝完全没有注意到，而吕西安却因此草草结束了他的问题，他明显很不安。伯爵在送他走的时候向他低语了些什么，他回答道：“很好，伯爵阁下，我接受您的建议。”于是伯爵又回到小马尔塞夫那儿。

“您不想想，”他对阿尔贝说，“您在德布雷的面前这样议论您的岳母是合适的吗？”

“伯爵阁下，”阿尔贝说道，“求您别把那个称呼用得太早，一切都还是未知数呢。”

“现在，老老实实地告诉我，令堂真的十分反对这桩婚事吗？”

“十分反对，所以男爵夫人几乎没到我们家来过，而家母，我想，她一辈子去拜访过腾格拉尔夫人的次数绝对不超过两次。”

“那么，”伯爵说道，“我就可以放心坦白地对您说了。腾格拉尔先生是我的银行家，维尔福先生因为我碰巧一次帮了他的忙，曾经非常客气地来拜访过我。我猜想宴会来往将会接二连三。现在，为了表明我并不期望他们请求，也为了要比他们抢先一步，我想请腾格拉尔夫妇和维尔福先生夫妇到我的欧特伊乡村别墅去吃饭。要是我同时邀请令尊令堂，看上去就像是一次为促成婚事而举行的宴会了，至少马尔塞夫夫人会这么看，尤其是要是腾格拉尔男爵赏脸带上她的女儿同行的话。这样，令堂就会对我产生厌恶感，而那正是我绝对不愿意看到的事。正相反——这一点，请你有空儿向她说明——我很希望能得到她的敬意和喜欢。”

“真的，伯爵，”马尔塞夫说道，“我衷心地感谢您对我这样坦白，而且我很感激地接受您把我排除在外的这个建议。您说您希望获得家母的好感，我可以向您保证，她对您的好感已经是非同寻常了。”

“您真的认为是如此吗？”基督山伯爵饶有兴趣地问道。

“噢，这一点我绝对可以肯定。那天您走了之后，我们还谈论了您一个钟头呢。现在接着谈谈我们刚才说的事吧。假如家母不能理解您这一番考虑——我会向她解释的——我相信她到时候一定也会十分感激您的，不过如果让家父知道了，他倒是会大为恼火。”

伯爵大笑起来。“哦，”他对马尔塞夫说，“我想，大为恼火的恐怕不只令尊一个人吧。腾格拉尔夫妇也会把我看成一个十分不知礼数的人。他们知道我一向和您很亲密——的确如此，您是我在巴黎结识最久的人之一，如果他们看不到您，肯定要问我为什么不邀请您。所以您必须要给自己想法弄一个事先另有安排的借口，而且要看起来像真的一样，无懈可击，然后写张条子告诉我。您要知道，跟银行家打交道，没有书面证明，其效果几乎微乎其微的。”

“那么，我有更好的办法。”阿尔贝说道，“家母本打算到海边去，您定在哪一天请客？”

“星期六。”

“今天是星期二，我们明天傍晚动身，后天我们就到的黎港了。真的，伯爵阁下，您的确是一个让人喜欢的人，能让所有人都安心。”

“您实在太过奖了，我只是不想让您难堪而已。”

“那么您什么时候发请帖？”

“今天就发。”

“那好，我等会儿就去拜访腾格拉尔先生，跟他说家母和我明天要离开巴黎。这样就可以说明我没有见过您，因此您请客的事我一无所知。”

“您，聪明一世，糊涂一时呀！您忘了德布雷先生不是刚才还看见您在我这儿吗？”

“呀，真是的！”

“正好相反，我见过您，而且非常正式地邀请过您，而您却立即说您无法应邀前来，因为您要到的黎港去。”

“好吧，那么，就这么说定了。但您在明天以前总该来拜访家母一次吧？”

“明天以前？这不太好办，况且，你们也得忙着准备起程事宜呀。”

“嗯，我想到了，那太好了！来一手更漂亮的吧。您以前只能算得上可爱，可要是您接受我的建议，您可就是可敬的了。”

“那么，请问我怎么才能得到这个荣誉呢？”

“我想您今天如空气一般自由，那么请和我一起用晚餐吧。我们不请别人——就您、家母和我三个人。您等于可以说还没有真正见过家母，您可以有个机会更加仔细地观察她。她是一个非凡的女人，我唯一觉着遗憾的事是世界上找不到一个像她那么好而又比她年轻二十岁的女人，要是有的话，我向您保证，除了马尔塞夫伯爵夫人以外，用不着多久就又会有一位马尔塞夫子爵夫人啦。至于家父，您是碰不到他的，他参加官方活动，要到王室议员府去赴宴。我们可以谈谈我们过去旅行的经过，而您，您是走遍了全世界的人，经历那么的丰富，可以讲讲您的奇遇。您甚至可以把那天晚上陪您去戏院、您把她称为您的奴隶而实际上待她像一位公主的那个希腊美人的身世告诉我们。我的建议很棒吧？接受我的邀请吧，家母也会很欢迎而且感谢您的。”

“我由衷地表示感谢，”伯爵说道，“您的邀请实在是太赏脸了，可惜遗憾之至，我的确无法接受。我今天并不像您想象的那么自由，刚好相反，我有一个十分要紧的约会。”

“哎呀，真得当心！您刚才还在教我遇到人家请吃饭的时候怎么去编造一个可信的借口来推托。我要看看你有没有事先有约会的证据。我尽管不是腾格拉尔先生那样的银行家，但我的多疑心倒也不逊于他。”

“我来告诉您证据。”伯爵回答，他拉了拉铃。

“哼！”阿尔贝说道，“您回避和家母一起吃饭这已经是第二次了，您明显是想躲开她。”

基督山伯爵吃了一惊。“噢，您真爱开玩笑！”他说，“况且，证明我刚才说的话的人已经来了。”巴浦斯汀进来站到了门口。“我事先并不知道您要来看我，是不是？”

“说实话，您是一位如此非凡的人物，这个问题我不愿意回答。”

“一句话，我肯定猜不到您会请我去吃饭吧？”

“大概吧。”

“那么，听我说，巴浦斯汀，今天早晨我叫你到实验室去的时候，跟你说过什么来着？”

“五点钟一敲，就关门谢客。”那位跟班回答。

“然后呢？”

“啊，伯爵阁下——”阿尔贝说道。

“不，不，我想免掉您送给我的那种神秘的尊号，我亲爱的子爵，老是扮演曼费雷特也很没意思的。我希望我的生活可以公开化。继续说下去，巴浦斯汀。”

“然后，除了巴陀罗米奥·卡瓦尔康蒂少校和他的儿子以外，其他客人一概谢绝。”

“您听到了吧，巴陀罗米奥·卡瓦尔康蒂少校——这位人物是意大利历史上历时最久的贵族之一，他这个家族的大名但丁曾在《地狱》的第十节中曾经极力赞美过。您还记得吧，不记得了？还有他的儿子，一个可爱的青年人，年龄跟您差不多，也有您的子爵衔头，他正要带着他的父亲的万贯家产涉足巴黎社会。少校刚好今天傍晚带他的儿子来了，托我照顾他。要是看看他的确值得我照顾的话，我当然要尽力帮他的忙，您也帮我个忙，怎么样？”

“绝对没问题！那么，这么说卡瓦尔康蒂少校是您的老朋友喽？”

“绝对不是。他是一位受人尊敬的贵族，非常谦恭有礼，而且为人十分随和，凡是意大利时间久远的贵族的后代，大多都这个样子。我曾在佛罗伦萨、博洛涅和卢卡见过他几次，他现在通知我要到这儿来了。您知道旅游过程中认识的人往往对您有这样的要求。您曾经凑巧在旅途上和他们有过某种交往，那么无论您到哪儿，他们都希望能受到同样的接待，好像曾经献过一小时殷勤就可以使您对他们永远关怀似的。这位卡瓦尔康蒂少校是第二次到巴黎来，帝国时代的时候，他当时去莫斯科，曾路过这个地方。一顿饭后他就把他的儿子托我照料，我可以答应我会好好地请他。不管他怎么取闹，我总得随他的便，到时我的责任也就尽完了。”

“当然啰，我发现您真是一位难得的导师。”阿尔贝说道。

“那么，再见吧，我们星期天回来。顺便跟您说一下，我得到弗兰兹的消息了。”

“真的？他不是还在逍遥自在地在意大利玩吗？”

“我想是的。可是，他觉得您不在那儿真是一件非常遗憾的事儿。他说您就是罗马的太阳，没有了您，一切都好像黑沉沉阴森森的了，至于他说没说过简直就好像在下雨之类的我就记不清楚了。”

“那么他是否改变了对我的看法了呢？”

“我想没有，他仍然坚持把您看作最不可思议和最神秘莫测的人。”

“他真是一个可爱的青年，”基督山伯爵说道，“我第一次见到他，就是有天晚上我听说他在找顿晚餐吃，于是就请他来和我一起吃，从那以后我就对他产生了浓厚的兴趣。我好像记得他是伊皮奈将军的儿子，对吧?”

“没错。”

“就是在一八一五年被人无耻暗杀的那个?”

“是被拿破仑党暗杀的。”

“对了！我的确十分喜欢他，好像他也在谈一门亲事吧?”

“对，他不久就要娶维尔福小姐了。”

“真的?”

“正如像我快要娶腾格拉尔小姐一样。”阿尔贝笑着说。

“您笑啦!”

“是的。”

“笑什么呢?”

“我笑是因为他的对象也像我的那位一样，非常期待这门婚事能早点儿尘埃落定。但说真的，亲爱的伯爵，我们现在就跟女人谈论男人那样的在谈论她们了。这可真是不可饶恕的呀!”阿尔贝站起身来。

“您要走吗?”

“真的，您太好啦！我耽误了您两个钟头，把您烦得要命，可您还是那么客气地问我是不是要走了！说心里话，伯爵，您简直是世界上最文雅的人了！还有您的仆人，他们的态度也好极了，让人觉得非常舒服。他们都很有风度，尤其是巴浦斯汀先生，我永远找不到像他那样的一个人，和他相比我的仆人们都好像在模仿舞台上那种最最笨拙的角色。所以要是哪天您辞退了巴浦斯汀，一定请告诉我一声。”

“没问题，子爵。”

“还有一件事。请代我向您那位荣耀的来宾，卡瓦尔康蒂家族的卡瓦尔康家蒂致意，要是他打算给他的儿子成家立室，希望为他找一个十分有钱的太太，我可以助您一臂之力。”

“噢，噢！难道您连这种事都愿意做吗?”

“是的。”

“好吧，真的，世界上的一切本来都没定数。”

“噢，伯爵，您这就给我帮了一个大忙了！要是有您的干预，我可以仍旧做一个单身汉，那么我就更会百倍地喜欢您了，哪怕我再独身十年也无怨无悔。”

“世界上的一切皆有可能。”基督山伯爵郑重地回答。送走阿尔贝以后，他回到屋里，敲了三下钟。贝尔图乔进来了。

“贝尔图乔先生，我想星期六那天我要在欧特伊别墅请客。”

贝尔图乔微微一怔。“我要您去监督安排一切。那座房子很漂亮，至少可以布置成一座很漂亮的房子。”

“要称得上漂亮这两个字，得先下一番很大的功夫呢，伯爵阁下……因为那些门帘窗帷实在是太旧了。”

“那么就把它们都换掉吧，不过挂着红缎窗帷的卧室不必换，那个房间你可以不去管它。”贝尔图乔鞠了一躬。

“还有那个花园，你也可以不理会。至于前庭，您想怎么布置就怎么布置吧，我倒希望能把它变得面目全非。”

“我一定尽力照您的愿望做，伯爵阁下。但关于请客的事，我很希望得到大人的指示。”

“说真的，我亲爱的贝尔图乔先生，”伯爵说道，“自从到了巴黎以后，你似乎变得神经错乱，反应也变慢了，显然没有你之前的样子，你好像再也不懂我的意思啦。”

“那能不能请大人开恩，把您想请的那几位客人先告诉我？”

“我自己还不知道呢，而且你也不必知道。什么人请什么人吃饭，明白这个就够了。”贝尔图乔鞠了一躬，离开了房间。

第五十五章　卡瓦尔康蒂少校

基督山伯爵拒绝了阿尔贝的邀请，理由是少校将要来访，他和巴浦斯汀说的确实是真话。七点钟刚过，也就是贝尔图乔接受命令前往欧特伊的两小时之后，大厦门前就停下了一辆出租马车。车里的乘客下车之后，马车就匆匆忙忙地跑走了，仿佛觉得做这件事是一种耻辱似的。从马车上下来的是一个五十二岁左右的男人，他穿着一件在欧洲流行了很久的绿底绣着黑色青蛙的外套，裤子是蓝色的。尽管皮鞋非常干净，可是擦得不算很亮，鞋跟看起来稍显厚实；他戴着鹿皮手套；扎着一个黑白条纹的领结，头上的帽子看起来和宪兵经常戴的那种帽子有点像。假如不是主人太喜欢这个领结，大概它就毫无用处。这位大人物拉响了香榭丽舍大街三十号房门上的门铃，咨询基督山伯爵阁下是不是住在此处，得到门房肯定的答复之后，他才走进门里，顺便带上了门，走上台阶。

来人的头部又小又瘦，长着雪白的头发和浓密的灰色胡须。

在大厅里等候着的巴浦斯汀很轻易地认出了这位来客，因为对于他的模样，他事先已经得到了详尽的通告。所以，没等这位陌生客人报上他的姓名，伯爵就已经得到通报，知道他到了。他被领到了一间质朴雅致的会客厅里，伯爵满脸笑容地起身欢迎他。“啊，我亲爱的先生，欢迎光临。我正恭候您呢。”

“大人真的在等候我吗？”那位意大利人说道。

“是的，我接到通知，知道今天七点钟您来这儿。”

“那么这么说，至于我来的事，您已接到详细通知了吗？”

“当然啰。”

“啊，那就好了，我还担心这个程序给忘记了呢。”

“什么程序？”

“就是把我要来的情况事先通知您。”

“不，不，哪能忘记呢。”

“但您可以确信您没有弄错吗？”

“我确信如此。”

“我还想问一次，大人今天晚上七点钟等候的真是我吗？”

“我可以向您证明，您完全可以相信我。”

“噢，不，不用了，”那意大利人说道，“不必麻烦了。”

“是的，是的。”基督山伯爵说道。他的客人似乎稍稍有点不安和紧张。“我想想看，”伯爵说道，“您是巴陀罗米奥·卡瓦尔康蒂侯爵阁下吧？”

“巴陀罗米奥·卡瓦尔康蒂，”那意大利人高兴地答道，“没错，我确实就是。”

“前奥地利驻军中的少校？”

“我是位少校吗？”那老军人一副懵懂的样子地问道。

“对的，”基督山伯爵说道，“您是位少校，您在意大利的职位就相当于法国的少校。”

“好极了，”少校说道，“我不需要您多说了，我知道了。”

“难道您今天的访问不是您自己的意思？”基督山伯爵说道。

“不是，当然不是。”

“那么是别人要您来访？”

“是的。”

“我猜是那位好心肠的布沙尼神甫吧？”

“说得对。”少校快活地说道。

“您肯定带了封信来吧？”

“是的，这就是。”

“那么，请给我吧。”基督山伯爵接过那封信，立刻拆开来看。少校一对大眼睛凝视着伯爵，然后把房间里的情形察看了一眼。

他的凝视几乎很快又回到房间主人的身上。“是的，是的，对了。‘卡瓦尔康蒂少校，一位可敬的卢卡贵族，佛罗伦萨卡瓦尔康蒂族后裔，’”基督山伯爵大声往下念着，“‘每年收入五十万。’”基督山伯爵从信纸上把眼睛抬起来，鞠了一躬。“五十万，”他说，“挺可观的!”

“五十万，是吗?”少校说。

“是的，信上是这么说的，这就肯定没错，因为神甫对于欧洲所有的大富翁的财产都了如指掌。”

“那么，就算五十万吧。但说心里话，我倒没想到有那么多。”

“我想那是因为您的管家在跟您捣鬼。那方面您必须得改进一下。”

“您这话让我开了窍，”那位意大利人郑重地说，“我该请那位先生开路。”

基督山伯爵继续读着那封信：“‘他生平只有一件不如意的事。’”

“是的，的确，只有一件!”少校喃喃地说，并叹息了一声。

“‘就是丧失了一个爱子。’”

“丧失了一个爱子!”

“‘是在他幼年时代被他家里的仇人或吉卜赛人拐走的。’”

“那时他才五岁!”少校两眼望着天，深深地叹了口气说。

“不幸的父亲!”基督山伯爵说，然后继续念道，“‘我给了他以再生的希望，再三向他保证，说你有办法可以给他找回那个他已寻找了十五年依然毫无所获的儿子。’”少校带着一种无法用言语形容的焦急的神色望着伯爵。“这种事，我确实有办法。”基督山伯爵说。

听到这句话少校恢复了他的自持。“呵，呵!”他说，“那么我可以相信这封信从头到尾都是真的了?”

“难道您不相信吗，巴陀罗米奥先生?”

“我，当然，当然相信。因为像布沙尼神甫这样一个担任教职的好人不可能骗人，也不可能随便跟人开玩笑的，可阁下还没有念完呢。”

“啊，是的!”基督山伯爵说，“还有一句附言。”

“是的，是的，”少校跟着说，“还——有——一——句——附——言。”

“‘为了不麻烦卡瓦尔康蒂少校从他的银行提款，我送了他一张两千法郎的支票给他用做旅费，另外再请他向你提取你欠我的那笔四万八千法郎。'"

少校一脸焦急等待的神色一直持续到那句附言读完。

"好极了。"伯爵说。

"他说'好极了'，"少校心中自语。"那么——阁下——"他答道。

"那么什么？"基督山伯爵问。

"那么那句附言——"

"哦！那么附言怎么样您直接说，没关系的？"

"那么那句附言，您也像那封信的正文一样可以接受吗？"

"当然啰，布沙尼神甫和我有点关系。我已经记不得究竟是不是还欠着他四万八千法郎。可我敢保证，我们不会因其中的差额起纠纷的。那么，您认为这句附言很重要吗，我亲爱的卡瓦尔康蒂先生？"

"我不得不向您解释一下，"少校说，"因为非常信任布沙尼神甫的承诺，我自己并没有另带着钱来，所以要是这笔钱不能保证的话，可以想见我在巴黎的情形是会非常尴尬的。"

"像您这么有身份的一位人物怎么可能在一个地方受窘呢？"基督山伯爵说。

"哦，说真话，在巴黎我一个人都不认识。"少校说。

"但人家总认识您的吧？"

"是的，人家认识我，那么——"

"请说吧，我亲爱的卡瓦尔康蒂先生。"

"那么您可以兑现这四万八千法郎吗？"

"那是当然啦，随便您什么时候要都可以。"少校的眼睛惊喜地睁得圆圆的。"先请坐，"基督山伯爵说，"真不好意思，我不知道自己脑子里想了些什么，竟让您在那儿站了一刻钟。"

"没关系。"少校拖过一把圈椅，自己坐下了。

"现在，"伯爵说，"您想吃点儿什么东西吗？来一杯红葡萄酒，白葡萄酒，还是阿利坎特葡萄酒？"

"阿利坎特葡萄酒吧，要是不麻烦的话，我喜欢喝这种酒。"

"我有几瓶上好的。您习惯用饼干下酒吗？"

“好的。我吃点饼干，多谢您这样周到。”

基督山伯爵拉了拉铃，巴浦斯汀出现了。伯爵向他迎上去。

“怎么样？”他低声说道。

“那个青年来了。”贴身跟班也低声说道。

“你把他领到哪一个房间去了？”

“照大人的吩咐，把他领到了那间蓝客厅里。”

“对了，现在去拿一瓶阿利坎特葡萄酒和几块饼干来。”

巴浦斯汀又走了出去。

“真的，”少校说，“这样打扰您，实在不好意思。”

“小事一桩，何足挂齿。”伯爵说。

巴浦斯汀拿了酒和饼干进来。伯爵把一只杯子斟满，但在另一只杯子里，他只把这种红宝石色的液体滴了几滴。酒瓶上满是蛛丝，还有其他种种比一个人脸上的皱纹更确切地证明这的确是陈年好酒。少校也非常聪明地拿了那只斟满的酒杯和一块饼干。伯爵叫巴浦斯汀把那只盘子放在他的客人旁边，客人就带着一种很享受的表情啜了一口阿利坎特酒，然后又津津有味地把他的饼干在葡萄酒里蘸了蘸。

“哦，先生，您是不是长住在卢卡？您既有钱又高贵，又受人尊敬——凡是使一个人快乐的条件，您都具有了？”

“都具有了，”少校说，急忙吞下他的饼干，“确实都具有了。”

“您就缺少一样东西，否则就十全十美了，是吗？”

“就缺少一样东西。”那意大利人不解地说。

“那样东西就是您那个失踪的孩子呀！”

“唉，”少校拿起第二块饼干说，“那确实是我人生中的一件憾事。”这位可敬的少校两眼望天，又叹息了一声。

“能不能告诉我，那么，”伯爵说，“您这样痛惜的令郎，到底是谁呢？因为我老是以为您还是一个单身汉。”

“大家也都是这么说的，先生，”少校说，“而我——”

“是的，”伯爵答道，“而且您还故意证实那种谣传。我想，您当然是打算掩饰青年时代的一次不检点，免得社会上传得沸沸扬扬？”

少校的神色又复原了，重新装出他那种一贯的从容不迫，同时垂下他的眼睛，可能是想借此恢复他面部的表情或帮助他想象；他时不时朝伯爵偷看上一眼，但伯爵的嘴角上仍旧挂着那种温和的好奇的微笑。

“是的，”少校说，“我确实希望所有人都不知道我曾犯过这种过失。”

“我想这当然不能怪您，”基督山伯爵答道，“因为像您这样的人是不会犯这种过失的。”

“噢，是的，当然不能怪我。”少校说着，微笑着摇摇头。

“得怪那位做母亲的？”伯爵说道。

“是的，得怪那位做母亲的——他那个可怜的母亲！”少校说道，并拿起第三块饼干。

“再喝一点酒，我亲爱的卡瓦尔康蒂，”伯爵一边说，一边给他倒第二杯阿利坎特葡萄酒，“您太激动啦。”

“他那可怜的母亲！”少校吞吞吐吐地说着，尽量想让他的意志完全控制住自己的泪腺，以便挤出一滴假眼泪来润湿他的眼角。

“我听说，她出身于意大利第一流家庭，是不是？”

“她的家庭是费沙尔的贵族，伯爵阁下。”

“她的名字是叫——”

“您想知道她的名字吗？”

“噢，”基督山伯爵说，“您说与不说都没关系，因为我已经知道了。”

“这么说伯爵阁下真是无所不知的。”那意大利人说，并鞠了一躬。

“奥丽伐·高塞奈黎，对不对？”

“奥丽伐·高塞奈黎！”

“一位侯爵的小姐？”

“一位侯爵的小姐！”

“而您不顾她家庭的反对，终于娶到了她，对吗？”

“是的，我娶到了她。”

“您确定把那各种文件都带来了吧？”基督山伯爵说。

“什么文件？”

“您和奥丽伐·高塞奈黎结婚的证书，还有你们的孩子的出生登记证。”

“我孩子的出生登记证?”

“安德烈·卡瓦尔康蒂的出生登记证——令郎的名字不是叫安德烈吗?”

“我想是的。”少校说。

“什么!您‘想’是的?”

“我不敢非常确定,毕竟他已经失踪了这么长时间了。”

“那倒也是,”基督山伯爵说,“那么您把文件都带来了吗?”

“伯爵阁下,说来万分抱歉,因为不知道要用那些文件,所以我没做什么准备,忘了把它们带来了。”

“这样就很不好办了。”基督山伯爵答道。

“难道,它们非要不可吗?”

“它们是必不可少的呀。”

少校用手抹了一下他的额头,叫道:“哎呀,这真糟了,必不可少!”

“当然是这样,因为说不定这儿会有人怀疑到你们结婚的正当性或者你们孩子的合法性!”

“说得对,”少校说,“可能会有人怀疑的。”

“假若如此,您那个孩子的处境可就一点也不乐观了。”

“那是对他极其不利。”

“也许那会让他错过一门很好的亲事。”

“那就太糟了!”

“您应该知道,在法国,他们对这些是很看重的。像在意大利那样跑到教士那儿去说‘我们彼此相爱,请您给我们证婚’那是行不通的。在法国,结婚是一件公事,正式结婚必须有确凿的证明文件。”

“那真不幸,我可没带这些必需的文件。”

“幸好,我有。”基督山伯爵说。

“您?”

“是的。”

“您有那些文件?”

“我有那些文件。”

“啊，真的！”少校说，他眼看着他此次旅行的目的要因缺乏那些文件而落空，也深怕他的健忘或许会使那四万八千法郎也产生麻烦，本来忐忑的心听到这句话后马上就欣喜起来，“啊，真的，简直太走运了，是的，简直太走运了，因为我从来就没想到要把它们带来。”

“关于这点我觉得很正常。一个人不能面面俱到呀！幸亏布沙尼神甫替您想到了。”

“他真是个好人！”

“他为人非常谨慎，想得也极其周到。”

“他真是一个让人钦佩的人，”少校说，“是他把那些证件寄到您这里的吗？”

“这就是。”

少校紧握双手，表示钦佩。

“您是在凯铁尼山圣·保罗教堂里和奥丽伐·高塞奈黎结婚的，这是教士的证书。”

“是的，一点也没错，是这个。”那位意大利人惊诧地望着说。

“这是安德烈·卡瓦尔康蒂的受洗登记证，是塞拉维柴的教士出具的。”

“也很正确。”

“那么，拿走这些证件吧，不关我的事了。您可以把它们交给令郎，令郎当然要小心保存起来。”

“我想他一定会的！要是他遗失了——”

“嗯，要是他遗失了怎么办呢？”基督山伯爵说。

“那么，”少校答道，“就必须得去抄一份副本，又得拖一些时间才能弄到手。”

“这事就难办了。”基督山伯爵说道。

“我想几乎是不可能办到的。”少校回答。

“我很高兴看到您能明白这些文件的价值。”

“我认为它们是无价之宝。”

“哦，”基督山伯爵说，“至于那青年人的母亲——”

“至于那青年人的母亲——”那位意大利人焦急地照着重复了一遍。

“至于高塞奈黎侯爵小姐——”

“真的，”少校说，好像觉得眼前突然又冒出问题来了，“难道还得她来做证吗？”

“不，先生，”基督山伯爵答道，“而且，她不是已经——对自然世界偿清了最后的一笔债了吗？”

“唉！是的。”那意大利人回答。

“我知道，”基督山伯爵说，“她去世已经有十个年头了。”

“而我直到现在才追悼她的不幸早逝！”少校悲叹着说，接着从他的口袋里掏出一块格子花纹的手帕，先抹抹右眼，然后又抹抹左眼。

“您还能如何呢？”基督山伯爵说，“谁都难逃一死。现在您要明白，我亲爱的卡瓦尔康蒂先生，您在法国不必告诉别人说您曾和令郎分离过十五年。吉卜赛人拐小孩这种故事在世界的这个区域很少发生，或者说几乎不曾发生，不会有人相信。您只要这样说：您曾送他到某个省的某所大学去读书，现在您希望他到巴黎社交界来完成他的教育。为了这个理由，您才不得不暂时离开维亚雷焦，自从您的太太去世以后，您就一直住在那儿。这些就够了。”

“您真这样认为吗？”

“当然啦。”

“好极了，那么——”

“要是他们听到了那次分离的事——”

“啊，对了，那我要怎么说呢？”

“有一个奸诈的家庭教师，被府上的仇人买通——”

“被高塞奈黎家族吗？”

“说得不错，他拐走了这个孩子，因为他想让府上这一家族绝后。”

“这很说得过去，因为他是个独子。”

“好，现在一切都说清楚说明白了，这些又唤起的往事现在可不要轻易忘记了。您肯定已经猜到我已经为您准备好一件意想不到的事了吧？”

“我想是件大喜事吧?”那意大利人问道。

“啊，我就知道一个做父亲的眼睛和他的心一样是不会轻易被骗过的。”

“嘿!”少校说。

“有人把秘密告诉您了吧，或者您可能已猜到他在这儿了吧。”

“谁在这儿?”

“您的孩子——您的儿子——您的安德烈!”

“我确实猜到了，”少校带着尽可能从容的神气回答，“那么现在他在这儿了吗?”

“他来了，”基督山伯爵说道，“刚才我的贴身跟班进来的时候，他通知我他已经来了。”

“啊!好极了!好极了!”少校说着，他每喊一声，就抓一抓他上衣的纽扣。

“我亲爱的先生，”基督山伯爵说道，“我非常能理解您这种感情，您需要有些时间来平复一下您自己的心情。我可以用这点时间去让那个青年人准备好这一场想念已久的会见，因为我想他内心的急切肯定也不亚于您呢。”

“这我可以想象得到。”卡瓦尔康蒂说道。

“好吧，一刻钟之内，您就可以和他见面了。”

“那么您还用带他来吗?您难道还要亲自带他来见我吗?您真是太好啦!”

“不，我不想夹在你们父子之间。你们单独见面吧，好好倾诉一番彼此的感情。但不必紧张，就算父子之间的本能不提示您，您也弄不错的。他一会儿会从这扇门进来。他是个很好看的青年人，肤色很白——也许太白了一点——性格很活泼，您一会儿就可以看到他了，到时候还是您自己来判断吧。”

“慢着点儿，”少校说，“您知道我只有布沙尼神甫送给我的那两千法郎，这笔款子我已经花在旅费上了，所以——”

“所以您要钱用，那是自然的事，亲爱的卡瓦尔康蒂先生。嗯，这儿先付您八千法郎。”

少校的眼睛里马上熠熠闪光。

“现在我只欠您四万法郎了。”基督山伯爵说。

“那么，阁下要收条吗?”少校说着，已经把钱塞进他上装里面的口袋里。

“要收条干什么?”伯爵说。

“我想您也许要把它拿给布沙尼神甫看。”

“哦，您收到余下的四万法郎之后，给我一张整数的收条就行。我想我们都是君子，不需要这么斤斤计较。”

“啊，是的，确实是这样，”少校说，“我们确实都是君子。”

“还有一件事。”基督山伯爵说。

“请讲吧。”

“我提个建议您不会介意吧?”

“当然不会，我洗耳恭听。”

“我劝您以后还是别穿这种款式的衣服了。”

“真的?”少校说，同时带着非常满意的神情看看自己。

“是的。在维亚雷焦的时候或许能穿它，可是这种款式的服装，不管它本身有多高雅，在巴黎早就已经过时了。”

“那真是太不幸了。”

“噢，如果您真心喜欢穿这种旧式的衣服，没关系，您从巴黎离开时可以再换上。”

“那我穿什么比较合适呢?”

“您的皮箱里还有其他衣服吗?”

“我的皮箱？我仅仅带着一个旅行皮包。”

“我确定您一定没带其他的东西过来。毕竟只有一个人，何必带那么多东西给自己添麻烦呢？而且，像您这样一位老军人，在出门时一定喜欢少带一些行李。”

“就是这个原因我才——”

“可是您是一个严谨而高瞻远瞩的人，所以您已经先行派人将行李运过来了。现在行李已经运送到黎希留路太子旅馆里了。您就在那里住下。”

“那么在那些箱子里——”

“我想您之前已经嘱咐过您的贴身跟班把您可能用到的衣服都放到里面去了——您的便服和制服。遇到大场面，您一定要穿上制服，这样才能显出您的威严。还有就是一定要佩戴您的勋章。虽然法国人还在嘲讽勋章，可是始终把它们戴在身上。”

“太好了！太好了！”少校难言喜色地说。

“现在，”基督山伯爵说，“我想您已经做足了准备，不会再过于兴奋了，我亲爱的卡瓦尔康蒂先生，请您等着与您那个失散的安德烈团圆吧。”

说着，基督山伯爵深鞠一躬，退到门帷后面，让少校独自沉浸在狂喜之中。

第五十六章　安德烈·卡瓦尔康蒂

基督山伯爵走进旁边那个房间，也就是巴浦斯汀说过的那个蓝色客厅的房间，他看到了一个温文尔雅、风度翩翩的青年。

半个小时之前，这个青年坐着一辆出租马车来到这里。在他登门拜谒的时候，巴浦斯汀一眼就认出了他，因为伯爵先前已经跟他仔细介绍过这位来客的样貌，所以当他看到这个黄色头发、黑色眼睛、白色皮肤上留着棕色胡子，身材魁梧的青年时，毋庸置疑地知道了他的身份。

伯爵走进客厅时，那个青年正恣意地在沙发上躺着，并用手中的金头手杖轻轻地敲打着脚上的皮靴。看到伯爵走进来，他马上站起来。“估计您就是基督山伯爵吧？”他说。

“是的，阁下，我猜想您就是安德烈·卡瓦尔康蒂子爵阁下吧？”

“安德烈·卡瓦尔康蒂子爵。”青年边复述自己的头衔边向伯爵鞠了个躬。

“您带来了一封介绍信，是不是？”伯爵说。

“刚才，我没有提及这封信，是因为我感觉那个署名非常奇怪。”

“‘水手辛巴德’，是吗？”

“太对了。除了《一千零一夜》里那位声名显赫的辛巴德，任何一个姓这个姓的人我都不认识——”

“哦！他是那个辛巴德的一个后代，并且和我是好朋友。他是一个非常富有的英国人，奇怪得近乎疯狂。他的真名叫威玛勋爵。”

“啊，是这样！那就都明白了，”安德烈说，“那倒是很特别的。那么，这个英国人就是我在——啊——是的——好极了！伯爵阁下，我悉听您的吩咐就是了。”

“要是您说的都是实情，”伯爵微笑着说道，“您应该可以把您自己和府上的事情讲一点给我听听吧？”

“当然可以，”青年说，他的神色很从容，显示他的记忆力很健全。“我，正如您所说的，是安德烈·卡瓦尔康蒂子爵，巴陀罗米奥·卡瓦尔康蒂少校的儿子——我们卡瓦尔康蒂这个家族的名字曾铭刻在佛罗伦萨的金书上。本族尽管还很富有，因为家父的收入达五十万了，却曾遭遇过很多挫折，而在我五岁的时候就让我那位奸诈的家庭教师拐走，所以我已经有十五年没见到我生身之父了。等我到了能了解事实的年纪，可以自主以后，我就一直不停地找他，但都毫无结果。最后，我接到您朋友的这封信，说家父在巴黎，并叫我亲自找您来打听他的消息。”

“真的，您所讲的这些话我觉得十分有趣，”基督山伯爵怀着阴沉的满意望着那个青年说，“您把您的所有心事都倾诉给敝友辛巴德做得很对，因为您的父亲确实就在这儿，而且他也在不断地找寻着您。”

伯爵从走进客厅来的那一刻起，就一直观察着青年脸上的表情，一丝都没放过。他很佩服他神情的平定和声音的稳健，但一听到“您的父亲确实就在这儿，而且他也不断地找寻着您”这两句十分平常的话时，小安德烈吃了一惊，喊道：“我的父亲！我的父亲在这儿？”

“这已经是铁铮铮的事实啦，”基督山伯爵答道，“令尊，巴陀罗米奥·卡瓦尔康蒂少校。”

那一刻布满青年脸上的恐怖神色几乎刹那间就烟消云散。

“啊，是的！就是叫那个名字，”他说，“巴陀罗米奥·卡瓦尔康蒂少校。而您真的是说，伯爵阁下，我那位亲爱的父亲就在这儿吗？”

“没错，阁下，我甚至还可以再加上一句，我刚才还跟他在一起呢。他跟我讲起了他失子的那些经过，我听后深受感动。的确，他在那一件事上的忧虑、希望和恐惧完全可以用作一首最哀怨动人的诗作的素材。有一天，他总算收到一封信，说拐走他儿子的那帮人现在愿意把儿子归还给他，至少可以通知他上哪儿去找，但要得到一大笔钱作赎金。令尊毫不迟疑，差人把那笔钱送到了皮埃蒙特边境上，还带去了一张去意大利的护照。您那时是在法国南部吧，我想？”

“是的，”安德烈用一种尴尬的口气答道，“我是在法国南部。”

“一辆马车在尼斯等您。”

“确实如此。它载着我从尼斯到热那亚，从热那亚到都灵，从都灵到尚贝里，从尚贝里到波伏森湖，又从波伏森湖到巴黎。”

“是这样！那么令尊应该在路上碰到您了，因为他恰好也是走那条路线来的，照此推算，路上经过的各站一点都不错。”

“可是，”安德烈说，“就算父亲看到我，也未必能认出我来，从他最后那次见我以来，我一定变了很多。”

“噢，俗话说‘父子天性’呀。”基督山伯爵说。

“没错，”青年说，“我倒没有想到‘父子天性’这一句俗语。”

“令尊的心里现在就对一件事还觉得有点不踏实，”基督山伯爵答道，“就是他迫切想知道您在离开他的那一段时间里的情况。那些害您的人怎么对待您，他们对您的态度是否考虑过您的身份。最后，他迫切想知道您是不是有幸地摆脱了精神上的不良影响，那肯定要比任何肉体上的痛苦更不可忍受，他希望知道您天生的优良本性有没有因为缺乏教育而被削弱。总之，你觉得你还能再像以前那样有身份吗？”

“阁下，”青年喃喃地说，好像是吓傻了，“我希望没有什么谣言——”

“就我个人说，我第一次听到您的大名是那位慈善家敝友威玛告诉我的。我相信他初次和您相见的时候您的境况颇不愉快，但具体情形我不了解，因为我并没有细问，我也不喜欢刨根问底。您的不幸引起了他的同情，所以您那时候的状况肯定很有意思。他跟我说，他很想恢复您的地位，一定要找到令尊不可。他真的去找了，而且显然已找到了他，因为他现在就在这儿了。最后，敝友通知我您快要来了，并且给了我有关您前途的幸福的指令。我知道敝友威玛是个奇人，但他为人很诚恳，而且如金矿一般富有，所以他可以随心所欲按他的怪癖行事而不必担心自己会倾家荡产，而我也已答应执行他的指令。先生，我现在站在赞助人的位置上觉得有责任问您一个问题，请千万不必介意。按照您的财产和名分，您就要成为一位显赫人物，我很想知道，您所遭遇的不幸——这种不幸绝不是您自己所能应付，所以这根本不会减少我对您的看法——我很想知道，他们有没有做过什么而让您对快要踏入的那个社会茫然无知?”

“阁下,”青年回答道，在伯爵说话的时候，他已慢慢恢复了他的自信心，“这方面您放心好了。把我从家父身边拐走的那些人，正像他们现在事实上已经表现出来的那样，从来都存心要把我卖回给他的，而出于使他们的交易获得最大利益的打算，最妙的办法，就是让我保全我的社会身份和天资，如果可能的话，甚至还需要加以改进。小亚细亚的奴隶主常常培养他们的奴隶当文法教师、医生和哲学家，为的是可以在罗马市场上卖个好价钱，那些拐子待我也正是这样，所以我倒受了很好的教育。”基督山伯爵十分满意地微笑了一下，看来好像他原来并没想到安德烈·卡瓦尔康蒂先生能这样机警老练似的。“而且,”那位青年人接着说，“即使在教育上有什么不足的地方，或者对于既定的礼仪有什么违误之外，但念及我与生俱来以及此后始终伴随着我的整个幼年时代的不幸，他们也会给以谅解的。”

“很好,”基督山伯爵用一种局外人的口吻说，“悉听尊便，子爵，因为您的行为当然得您自己做主，而且跟您也最利害相关。但如果我是您，我对于这些奇遇就一个字都不说出去。您的身世太富有传奇色彩了。世人虽然喜欢夹在两张黄纸封面之间的传奇故事，但说来也怪，对于那些装在活生生的羊皮纸里面的，却反而不肯相信，即使出于像您这样一位体面的人物之口。我很想提醒您这一类的麻烦，子爵阁下。要是您对什么人谈起您这段动人的故事，那么您的话还没说完，就会传得沸沸扬扬，而且被认为像是编造的。您因此就不再是一个被拐走而又被寻获的孩子，而会被人看作是一个像夜间长出来的香蕈那样的暴发户。您也许会引起一些人小小的好奇而成了人们谈话的中心和流言蜚语的题目，看来总不是谁都愿意的。”

“我同意您的看法，伯爵阁下,”青年说道，在基督山伯爵的目光的逼视下，他的脸色不受控制地变得苍白起来，“这种结果的确让人觉得不愉快。”

“但是，您根本用不着夸大您的不幸，”基督山伯爵说，“但也不必为了竭力避免以至顾此失彼。您必须下决心采取一条单纯的行动路线，而像您这么个聪明人，这个计划应该很容易做到才对，而且也十分必要。您必须结交一些好朋友，以此来抵消那种您以前的卑微生活可能招致的偏见。”安德烈听后脸上顿然失色。“我本来可以提出来做您的担保人和可靠的顾问，”基督山伯爵说，“但我生性对我最好的朋友也有怀疑的态度，而且很愿意使他们对我也有这种态度，所以，如果背离了这条规则，我就等于在扮演外行角色，很有被嘲笑的危险，那未免就太傻了。”

“但是，伯爵阁下，”安德烈说，“我是威玛勋爵介绍来见您的，看在他的分上——”

“是的，当然啰，”基督山伯爵打断他的话说，“我亲爱的安德烈先生，但威玛勋爵并没有忘记告诉我您的幼年生活颇多风波。”伯爵注视着安德烈的脸说，“我并不要求您向我说明，而且，正是因为免得您有求于任何人，才到卢卡去请令尊来的。您即刻就可以见到他了。他的为人尽管稍微有点拘谨和高傲，而且因为穿着制服的关系，仪表上差了一点，但只要大家知道他在奥地利军团中服役，一切就都可以得到谅解了。我们对奥地利人一向都不特别苛求。反正，您一会儿就会知道令尊是一位很体面的人物，这一点我可以向您保证。”

“啊，先生，您让我放心了，我们分别已经这么久，所以现在我一点儿也记不得他是什么模样了。”

“而且，您知道，在一般人的眼睛里，一大笔家产是可以弥补任何缺陷的。”

“那么这么说，家父真的很有钱吗，阁下？”

“他是位大富翁——他的年收入达五十万里弗。”

“这样的话，”青年急切地说，“我的境况一定可以很体面了。”

“最体面不过了，我亲爱的先生。在您住在巴黎的期间，他每年可以让您有五万里弗的收入。”

“如果真是这样的话，我情愿永远留在这儿了。”

“环境是您无能为力的，我亲爱的先生，您应该知道‘谋事在人，成事在天’这句话的。”

安德烈听后叹息了一声。“但是，”他说，“在我留在巴黎而不必非得离开的期间，您真认为我可以拿到您刚才向我说过的那笔款子吗？”

“可以。”

“从家父手里拿吗？”安德烈略带不安地问。

“是的，您可以亲自向令尊要，那笔钱威玛勋爵可以担保。他按令尊的要求，在腾格拉尔先生那儿开了一个月支五千法郎的户头，您知道，腾格拉尔先生的银行是巴黎最保险的银行之一。”

“家父难道打算长住巴黎吗？”安德烈问。

“就住几天，”基督山伯爵答道，“他的职务原因，一次离开两三个星期以上是极为不便的。”

“啊，我亲爱的父亲！”安德烈喊道，显然很高兴父亲住几天就离开。

“所以，”基督山伯爵说，假装误会了他的意思，“所以我不再拖延你们这次难得的会面了。你做好心理准备去拥抱您的可爱的父亲了吗？”

“当然，我希望您不会怀疑这一点。”

“去吧，那么，在客厅里，我的青年朋友，可以看见令尊正在那儿等候您。”

安德烈向伯爵深深地鞠了一躬，走进隔壁房间。基督山伯爵一直注视着，直到看不见他了，便按了一个机关。这个机关从外表看像是一幅画。按过之后，镜框滑开一块儿，露出一条小缝，小缝设计得十分巧妙，从那儿可以窥见那间卡瓦尔康蒂和安德烈所在的客厅里的一切情形。那位青年人随手把门带上，朝少校走过去，少校听到向他走过来的脚步声，就站起身来。“啊！我亲爱的爸爸！”安德烈说，声音很响，像是希望让隔壁房间里的伯爵听得到似的，“真的是您吗？”

“你好吗，这么多年来，我亲爱的儿子？”少校郑重地说。

“经过这么多年痛苦的分别后，”安德烈以同样的口吻说，并瞟了一眼那扇门，“现在又重逢了，这简直太让人快活了！”

“确实如此，经过这么多年的分别。”

“您不拥抱我一下吗，父亲大人?”安德烈说。

“当然可以的，要是你愿意的话，我亲爱的儿子。”少校说。于是那两个男人像在舞台上演戏似的拥抱起来，也就是各自把头搁在对方的肩上。

“那么我们又团圆了吗?”安德烈说。

“是的，又团圆啦!”少校回答。

“永远不分离了吗?”

“哦，关于这一点，我想，我亲爱的儿子，您现在一定在法国住惯了，快把它当作你的祖国了吧。”

“说真的，”青年说，“现在要我离开巴黎，我真难过极了。”

“对于我，您得知道，我是不能长期离开卢卡的，所以我得尽快赶回意大利去。”

“但在您离开法国以前，我亲爱的爸爸，我希望您能把那些证明我身份的必要证件交给我。”

“当然啰，我这次就是专门为这件事而来的。我费了那么大的苦心来找你——就是为了要把那些文件交给你——我实在不想再来找一次了，如果再找一次的话，我的残年余生都要耗费在这上面啦。”

“那么，这些文件在哪儿呢?”

“就在这儿。”

安德烈把他父亲的结婚证书和他自己的受洗证明书一把抢过来，迫不及待地打开它们（在此情此景之下，他的急切当然是很自然的），然后非常迅速地看了一遍，从他的阅读速度看得出他是常看这一类文件的，从他脸上的表情可以看出他对文件的内容极感兴趣。他看完那些证件的时候，他的脸上流露出一种无比兴奋的表情。接着他又用一种最古怪的微笑望着少校，用十分纯正的托斯卡纳语说：“意大利已废止苦役船了吗?”

听到这句话少校身子挺得笔直。“什么?这个问题是什么意思?”

“因为编造这一类文件可是要吃官司的。在法国，我最最亲爱的父亲啊，只需做一半这样的手脚，他们就会把您送到土伦去呼吸五年监狱里的空气的呀。”

“请你把你的真实意思说明白点，好吗?”少校仍然极力作出一种庄重的神气说。

“我亲爱的卡瓦尔康蒂先生，”安德烈用一种诚恳的神态握住少校的手臂说，“你得到多少钱来假扮我的父亲?”少校想说话，但安德烈压低了声音继续说，“放心！我给你做个榜样好使你放心，他们一年付我五万法郎做你的儿子，因此，你应该能明白我非常愿意承认你做我的爸爸。”少校焦急地往四下看了一眼。“你放心吧，只有我们两个人，”安德烈说，“而且，我们是在用意大利语谈话。”

“哦，那么，”少校答道，“他们也是一年付我五万法郎做你的父亲。”

“卡瓦尔康蒂先生，”安德烈说，“你相信童话吗?”

“我以前是不相信的，但我真的觉得现在几乎不得不相信它们啦。”

“那么，你总该有点证据吧?”

少校从他的口袋里摸出一把金币来。“你看，”他说，“很明白吧。”

“那么，你认为伯爵的许诺是真的吗?”

“我相信是真的。”

“你真相信他会对我恪守他的诺言?”

“恪守信上的话，但同时，请记住我们必须继续扮演好我们各自的角色。我当一位慈父——”

“我当一个孝子，既然他们选定了我做你的后代的话。”

“你这个‘他们’是指谁?”

“天知道！我也不是很清楚，但我指的是那些写信的人。你是不是也收到了一封信?”

“是的。”

“那么是谁写给你的?”

“一个什么布沙尼神甫。”

“那么你认不认识他?”

“不认识，可以说我从来没有见过他。”

“他在那封信里说了些什么东西呢?”

“你能发誓不出卖我吗?”

“这一点你尽可以放心，你应该明白，我们有着共同的利害。”

“那么你自己去念吧。”于是少校把一封信交到那青年手里。安德烈低声念道:

> 你穷困潦倒，等待你的是一个凄凉的晚年。你想发财吗，或者至少不依赖他人?那么马上动身到巴黎去，找香榭丽舍大街三十号门牌的基督山伯爵去要你的儿子。这个儿子名叫安德烈·卡瓦尔康蒂，是您和高塞奈黎侯爵小姐的婚姻果实，五岁的时候被人拐走。为了不让你怀疑写这封信的人的真诚，先附奉两千四百托斯卡纳里弗的支票一张，请到佛罗伦萨高齐银行去兑现;并附上致基督山伯爵的介绍函一封，函内述明我许你向他提用四万八千法郎。记住到基督山伯爵那儿去的时间是在五月二十六日晚上七点钟。
>
> ——布沙尼神甫

“一样的东西。”

“你是什么意思?”少校说。

“我的意思是我也收到一封几乎一样的信。”

“你?”

“没错。”

“也是布沙尼神甫写来的?”

“不。”

“那么是谁呢?”

“一个英国人，名叫威玛勋爵，他化名叫水手辛巴德。”

“这么说你对他，和我对布沙尼神甫一样，都知道得很少吧。”

“你错了，在那一方面上来讲，我比你好一些。”

“那么你的意思是见过他喽?”

“是的，一次。”

“那么在哪儿见的呢?”

“啊！那一点正是我不能告诉你的，要是告诉了你，你不就会跟我一样明白了，我可不愿意这么做。”

“信里面讲了什么总愿意说吧?”

“那么你也念吧。”

你很穷，你的未来阴暗无望。你想做一个贵人吗，想不想发财和自由自在?

“我的天!”青年说，“无论是谁，面对这样的问题还可能有两种答案吗?”

请到尼斯去，你可以在几尼司门找到一辆等候你的驿车。经都灵、尚贝里、波伏森湖到巴黎。在五月二十六日晚上七点钟到香榭丽舍大街去找基督山伯爵，找他要你的父亲。你是卡瓦尔康蒂侯爵和奥丽伐·高塞奈黎小姐的儿子。侯爵会给你一些文件证明这件事实，并许你用那个姓在巴黎社交界出现。至于你的身份，每年有五万里弗的收入就可以过得很不错了。另附上五千里弗的支票一张，可到尼斯费里亚银行去兑现，并附上致基督山伯爵的介绍函一封，我已嘱他供给你一切所需。

——水手辛巴德

“好极了!”少校说，“你说，你已见过伯爵，对吧?”

“我刚才刚从他那儿来。”

“他有没有兑现信上所说的那一切?”

“兑现了。”

“那你明不明白这到底是怎么一回事?”

“说真的一点儿也不明白。”

“其中肯定有一个受骗的人。”

“反正不会是你，也不会是我。”

“当然不是。”

“嗯，那么——”

“你认为这个与我们无关吗？”

“对，我正想这么说。我们继续把这出戏演到底吧，闭着眼睛干就行了。”

“同意，你看吧，我一定把我的角色演得好好的。”

“我对此深信不疑，我亲爱的爸爸。”

基督山伯爵在这个时候又走进了客厅。听到他的脚步声，两个男人赶紧拥抱在一起。伯爵进来的时候，他们依旧这样拥抱着。

“啊，侯爵，”基督山伯爵说，“看来您对于幸运之神送还给您的这个儿子并不失望吧。”

“啊，伯爵阁下，我简直高兴极了，感谢慈爱的上帝做了这样的安排。”

“那么您有什么感觉呢？”基督山伯爵转过去对那个青年人说。

“我吗？我的心里当然也是充满着欢乐，毕竟，我们的再次相逢简直太不容易啦！”

“幸福的父亲！幸福的儿子！”伯爵说。

“只是有一件事情还让我发愁，”少校说，“因为我不得不马上离开巴黎。”

“啊！我亲爱的卡瓦尔康蒂先生，”基督山伯爵说，“我希望您赏脸让我介绍您见见我的几位朋友，我想您可以在见过他们以后再走。”

“我谨听您的吩咐，阁下。”少校答道。

“现在，阁下，”基督山伯爵对安德烈说，“把您的真实情形说出来吧。”

“说给谁听？”

“说给令尊听呀，把您的经济状况说些给他听听。”

“啊，真的！”安德烈说，“您这话简直说到我的心里去啦。”

“您听到他说的话了吗，少校？”

“我当然听到了。”

“可您懂不懂他的意思呢？”

“懂。”

“令郎是说他目前经济拮据需要钱用。”

“哦！那您叫我怎么办呢？”少校说。

“您当然应该给他一点儿钱过好生活喽。”基督山伯爵回答。

“我？”

“是的，您！”伯爵说，同时立刻向安德烈走过去，把一包钞票塞到青年的手里。

“这是什么？”

“令尊给的。”

“家父给的？”

“对，您刚才不是跟他说您缺钱用吗？于是他就委托我把这包钱给您。”

“这算不算是我的一部分收入呢？”

“不算，这只是您在巴黎的安家费。”

“啊！我的爸爸多伟大呀！”

“别嚷嚷！”基督山伯爵说，“他不想让您知道这是他给您的。”

“我很理解他这种体贴的心思。”安德烈说完就赶紧把钞票塞进口袋。

“现在，二位，晚安了。”基督山伯爵说道。

“我们还有幸再次见到您吗？在什么时候呢？”卡瓦尔康蒂问。

“啊，是的！”安德烈说，“我们在什么时候还可以再与您愉快地会面呢？”

“星期六，要是你们——是的——让我想想看，嗯，星期六。星期六晚上我在欧特伊村芳丹街二十八号的别墅里请客人吃饭。我请了几个人，其中就有你们的银行家腾格拉尔先生。我自然会介绍你们和他见面，还有他必须见了你们二位的面才能付钱给你们。”

“要穿礼服吗？”少校说，这几个字说得铿锵有劲。

“噢，当然啦!”伯爵说，“制服，十字章，扎脚裤，千万不能忘记。”

“那我应该穿什么呢?”安德烈问。

“噢，非常简单，黑色裤子，黑色皮鞋，白色背心，一件黑色或蓝色的上衣，再加一个大领结。您可以到勃林或维罗尼克那儿去订做您的衣服。假如您不知道他们的地址，巴浦斯汀会告诉您。您要记住的是，您的衣服装饰越少，效果就越好。因为您是一个富有的人。如果您想买马，可以去找德维都；假如您想买马车，可以到倍铁斯蒂那儿去。”

“我们几点钟过来合适?”青年问道。

“大概六点钟。”

“知道了，我们那时肯定会到。”少校说。

卡瓦尔康蒂父子给伯爵鞠了个躬，告辞走了。基督山伯爵来到窗户前，看到他们正手挽着手朝大街对面走去。“这两个光棍!”他说，“真遗憾他们不是真父子!”基督山伯爵沉思片刻之后，说道：“走，我到莫雷尔那儿看看去!”他最后哼了一句，“感觉这种厌恶感甚至比憎恨还让人难以忍受。”

基督山伯爵（下）

Le Conte de Monte Cristo

〔法〕大仲马◎著
王东莹◎译

团结出版社
UNITY PRESS

第五十七章　幽会

正在阅读本书的人，请你们一定要跟着我们的步伐，来到维尔福先生房子后面的那块园地。通过半隐在大栗树后面的那扇门，我们能够看到几个我们先前已经认识的人。这次是马西米兰第一个来到这里。他急切地期待着石子路上会传来熟悉的灵巧的脚步声，接着便会从树丛中闪出一个身影。他期许很久的声音终于传了过来，可是本来应该只有一个人的声音，这次却变成了两个。瓦朗蒂娜迟到的原因，是腾格拉尔夫人及欧热妮的忽然造访，她们逗留的时间非常长，这完全出乎她的意料。同时，为了践行对马西米兰的诺言，她对腾格拉尔小姐提议到花园里散散步，以此来说明她的迟到虽然会令他产生一些不快，可是这并非她个人的错误，而是客人忽然来访的缘故。

那位青年靠着爱情的直觉，立刻理解了她这种无计可施的窘境，心里感觉非常欣慰。并且，虽然她避免走到能够谈话的范围之内，可是瓦朗蒂娜做得非常巧妙，能够让马西米兰看到她来来回回地走，而每次从他面前走过时，她总会想方设法趁着她的同伴没注意的时候向青年投去一个满含深情的眼神，仿佛在说："多点儿耐心！你应该看得出来这不是我的错。"马西米兰非常擅长忍耐，于是在心中默默比较着这两位姑娘，以此来打发时间——一个皮肤白皙，有一双水汪汪的温情的眼睛，温柔高雅地微微弯着身子，就像一株垂杨柳；另外一个皮肤略黑，带着一种严肃高傲的神情，身子笔挺，就像一棵白杨树。无须赘言，在青年的眼中，瓦朗蒂娜肯定不是相形见绌而是优势尽显的。大概半个小时之后，两个人回去了，马西米兰很清楚腾格拉尔小姐的拜访总算告一段落。几分钟之后，瓦朗蒂娜又独自走进了花园。由于担心别人看到她回来，她走得非常慢，并没有立即走近门边，而是先坐在了一张凳子上，小心翼翼地环顾四周，确认没人监视她之后，才迅速起身，匆匆忙忙地走向门口。

“晚上好，瓦朗蒂娜。”一个声音说道。

“晚上好，马西米兰。非常抱歉让你等了这么长时间，可是你已经看出我为什么会迟到了。”

“是的，我认识腾格拉尔小姐。不过我并不知道你们的关系这么亲密。”

“你为什么觉得我们很亲密呢，谁跟你说的，马西米兰?”

“没人跟我说，只是你们看起来是这个样子的。看着你们边走边谈的那种亲密感觉，大家都会认为你们是两个正在互相倾诉秘密的女学生呢。”

“我们刚才只是谈了一番心事，”瓦朗蒂娜答道，“她对我说她不愿意和马尔塞夫先生结婚，而我也向她承认，我一想到要嫁给伊皮奈先生，就感到非常的痛苦。”

“可爱的瓦朗蒂娜!”

“这可以向你表明为什么你能看到我和欧热妮之间有那种坦率的态度，这是因为在谈到我不爱的那个人的时候，我想到了我所爱的那个人。”

“啊，你是多么完美无瑕呀，瓦朗蒂娜！你有一种和腾格拉尔小姐截然不同的气质！就是那种无法言说的娇柔。而这种娇柔对于一个女人来说，正如香气对于花和美味对于果子一样，美并不是我们对于花和果所要求的唯一的东西。”

“这是因为你心里有爱才会对我的一切产生这种看法。”

“不，瓦朗蒂娜，我向你保证。你们在花园里散步的时候，我把你们两个人都观察了一番，说实在话，尽管我丝毫不想故意贬低腾格拉尔小姐的美，但我真的没法理解有什么样的男子能真的爱她。”

“那是因为，正如你所说的，马西米兰，我在那儿的缘故。因为有我在旁边，你就不公平啦。”

“不，但能不能告诉我——这纯粹是一个因为我好奇的问题，因为在我脑子里出现了一些和腾格拉尔小姐有关的念头，所以才问的——”

“噢，一定是些极不公平的念头，我用不着问就知道了。在你们批评我们这些可怜女子的时候，我们别想得到宽容。”

“至少你不能否认，你们自己互相批评的时候，也是十分苛刻的。”

“假如我们苛刻，那是因为我们一般总是在激动的情绪之下进行批评的。不过还是说说你的问题吧。”

“腾格拉尔小姐这次反对和马尔塞夫先生结婚，是不是因为另有所爱的缘故?”

“我刚才已经跟你说过，我和欧热妮算不上十分亲密。”

“是的，但小姐们用不着十分亲密就可以互诉心事。还是承认吧，你肯定向她问过这个问题吧。看，你在那儿笑啦。”

“大概你已经知道那一段谈话了吧，我们和你就隔了这一道木板，它可真保不住什么秘密。”

“嘿，她怎么说?”

“她对我说她谁都不管，”瓦朗蒂娜说，“她一想到结婚就厌恶。如果有的选择的话，她宁可永远过一种无拘无束的独立生活。她甚至还希望她父亲破产，那样她也许可以像她的朋友罗茜·亚密莱小姐那样当上一名艺术家。”

“啊，你看——”

“嗯，你想到什么了呢?”瓦朗蒂娜问。

“没有什么。”马西米兰微笑着回答。

“那么你笑什么呢?”

“你自己把眼睛盯着我的呀。”

“难道你要我走吗?”

“啊，不，不！我们还是谈谈你吧，别人的事就别操心了。”

“对了，我们在一起的时间最多还剩下十分钟了。”

“天哪!”马西米兰大失所望地说。瓦朗蒂娜用一种忧郁的口吻说:“我对你不过是一个沉重的负担。可怜的马西米兰,你本来命中注定是该享福的,但你现在过的都是一种什么样的生活呵!我时时责备我自己,我向你保证。”

“哦,那有什么关系,瓦朗蒂娜?只要我自己愿意就行啦。我甚至都想:尽管这种长期没结果的情形很叫我痛苦,但只要和你相处上五分钟,或者从你的嘴里听上两句话,我就已经感到心满意足啦。而且我也深信:上帝既然创造了两颗像我们这样和谐的心,还奇迹般地把这两颗心连在一起了,它最后不会又把我们分开的。”

“这几句话说得真好,我谢谢你。我们两个人都心怀希望吧,马西米兰,这可以让我快乐一点,我相信你也是如此。”

“瓦朗蒂娜,你这样匆匆地要离开我,难道还有什么事吗?”

“我不知道。维尔福夫人派人来请我去,说她要跟我谈谈,而且这次谈话关系到我的一部分财产。叫他们把我的财产拿去吧,我已经太富有啦,也许他们拿走以后,我就可以平平静静地过日子了。要是我变成穷姑娘了,你还是会这样爱我吧,是不是,马西米兰?”

“噢,我会永远爱你。只要我的瓦朗蒂娜在我的身边,而且我能确实感到没有什么人可以再把她从我手里夺走,贫富对我来说算得上什么呢?但你不担心这次谈话可能会和你的婚事有关吗?”

“我一点儿也不这样想。”

“现在,听我说,瓦朗蒂娜,什么都不必担心害怕,因为只要我活着,除你之外,我决不会再爱别的人。”

“你说这句话是想让我觉着踏实吗,马西米兰?”

“原谅我,你说得对——我真笨。哦,我是想告诉你,那天我遇到了马尔塞夫先生。”

“嗯?”

“你知道,弗兰兹先生是他的朋友。”

“那又如何?”

“马尔塞夫先生接到弗兰兹的一封信,说他很快就要回来了。”

瓦朗蒂娜的脸听后变得煞白，她倚到门上防止跌倒。“这能是真的吗？维尔福夫人是为这件事来叫我的吗？不，这种消息好像不会要她来通知我。”

“为什么不会？”

“因为——我也不知道为什么——但看来维尔福夫人暗地里是反对这件婚事的，尽管她并没有公开表示反对。”

“是吗？那么我觉得我简直该崇拜维尔福夫人了。”

“别这样忙着去崇拜她。”瓦朗蒂娜面带忧郁，微笑着说。

“要是她反对你嫁给伊皮奈先生，她多半是愿意另提别的亲事呀。”

“不要想得那么美好，马西米兰。维尔福夫人并不是挑剔男方，她压根儿反对结婚。”

“反对结婚！要是她那么讨厌结婚，她自己为什么要结婚呢？”

“你误解了我的意思，马西米兰。大约在一年以前，我曾经谈起过要到修道院去，维尔福夫人尽管说了很多她认为出于责任非说不可的话，但暗地里却赞成那个建议。我的父亲在她的怂恿之下也同意了，只是为了我那位可怜的祖父，我才最后放弃了那个计划。你绝对想象不到当那位老人家望着我的时候，他的眼睛里流露出怎样的一种表情——他在这个世界上只爱我一个人，而我也敢肯定只有我一个人爱他。当他听说我的决定的时候，我永远忘不了他那种责备的眼光，和两行珠子般流到他那僵硬的脸颊上的无比绝望的泪水。啊，马西米兰，我当时多么懊悔产生那种想法啊，所以我跪到他的脚下，喊道：‘原谅我，请原谅我，我亲爱的爷爷，不管他们怎样对待我，我永远不离开您了，我会一直在您身边照顾您。’我说完以后，他感激地抬起头，可没有说一句话。啊，马西米兰，我可能还得受许多罪，但我觉得我祖父当时的目光已够弥补一切遗憾了。”

“可爱的瓦朗蒂娜，你真是个可爱美丽的天使。我真的不知道像我这么一个在沙漠里东征西剿，以砍杀阿拉伯人为业的人——除非上帝真的认为他们是该死的异教徒——我不知道我有什么值得得到上帝优待的地方，而让他把你托付给我。但告诉我，你不结婚对维尔福夫人能有什么好处呢？”

“我不是告诉过你我很有钱，太有钱了吗，马西米兰？我从我的母亲身上可以继承到五万里弗左右的收入。我的外祖父和外祖母，就是圣·梅朗侯爵夫妇，也可以给我同样大数目的钱，而诺瓦蒂埃先生很显然也想立我做他的继承人。我的弟弟爱德华，他的母亲根本没有什么东西可以遗赠给他，所以和我一比，他就困难多了。嗯，维尔福夫人疼爱那个孩子像一块心头肉，要是我做了修女，我的全部财产就名正言顺归为父亲所有了——他可以继承侯爵夫妇和我的财产——再经他转给他儿子。”

“啊！真不可思议，一个这样年轻美丽的女人竟会如此贪婪。”

“她倒也不是为了她自己，而是全部为了她的儿子。你认为那是一种罪恶，但从母爱的角度看，这还是一种美德呢。”

“可你能不能妥协一下，分一部分你的财产给她的儿子呢？”

“我提这样的建议不是很傻吗？尤其是对一个总自认为对金钱毫无兴趣的女人？”

“瓦朗蒂娜，我从来都把我们的爱当作一个神圣的东西。所以我拿恭敬的幕布把它包裹起来，一直藏在我灵魂的最深处，没有哪一个人知道它的存在，甚至连我的妹妹也不知情。瓦朗蒂娜，你允许我向一个朋友透露我对你的爱，跟他结一个莫逆之交吗？”

瓦朗蒂娜吃了一惊。“一个朋友，马西米兰，这个朋友是谁？我有点担心。”

“听我说，瓦朗蒂娜。你有没有在哪个人身上感受到过一种强烈的同情心？尽管只是第一次见到他，你却感觉好像已经和他相识已久。你会在心里不断地问究竟以前是在什么时候哪个地方跟他结识的，而即便再也想不起那时间和地点，但你却仍旧相信以前肯定有过这么一次经历，而这种同情心只不过是一种旧情重现心头而已？”

“是这样。”

“嗯，当我第一次看到那个怪人的时候，我心里的感觉正是如此。”

“怪人，你说？”

“是的。”

“那么，你认识他很长一段时间了吗？”

“不过有八九天吧。”

“才八九天，你就把他当作你的朋友啦？啊，马西米兰，我希望你能把朋友这个称号的价值定得再高一点。”

“从理论逻辑上说你是对的，瓦朗蒂娜。但不管你说什么，我绝不能拒绝这种本能而来的情感。我甚至相信我未来的一切幸福一定和这个人有联系——有时候，他那一对洞察一切的眼睛似乎已预见到了一切，而他那双有力的手好像在驱动所有一切的实现。”

“那么他肯定是一位预言家了。”瓦朗蒂娜微笑着说。

“说得很对！”马西米兰说，“我经常不由自主地相信他有预言的本领——尤其是预言好消息。”

“啊！”瓦朗蒂娜带着一种忧伤的口气说，“让我见见这个人好吗？马西米兰，他也许可以告诉我我究竟能不能获得我所需要的爱，来补偿我经受的那么多痛苦。”

“我可怜的姑娘！你已经认识他啦。”

“我认识他？”

“是的，救你的后母和她儿子的性命的就是他。”

“基督山伯爵？”

“正是他。”

“啊！”瓦朗蒂娜喊道，“他已经是维尔福夫人的好朋友，就绝不可能再做我的朋友了。”

“维尔福夫人的朋友！绝不可能，我想你绝对是弄错了。”

“不，我一点儿也没有弄错，因为我可以向你保证，他对我们家庭的影响实在是太大了。不但我的后母谄媚他，把他看成一部集人类所有智慧于一身的百科全书。而且我的父亲也敬佩他，说他以前从没听见有人以这样雄辩的论调表达过如此崇高的人生观。甚至爱德华都崇拜他，他尽管怕伯爵那一对乌溜溜的大眼睛，但只要伯爵一到，他就会跑上去迎接他，扳开他的手，在那两只手里，他肯定能找到一件好玩的礼物——基督山先生对我们家里的每一个人似乎都有一种神秘的、几乎不可抗拒的控制力。”

“要是真是如此，我亲爱的瓦朗蒂娜，那么你一定也已感觉到了或者用不了多久就会感觉到他的出现的好处。他在意大利遇到阿尔贝·马尔塞夫，他把他从强盗那里解救了出来。他去见腾格拉尔夫人，送了她一件高贵的礼物。你的后母和她的儿子经过他的门前，他的黑奴救了他们的性命。这个人显然拥有某种强大的控制力。我从来没见过其他人能像他这样把朴实和华丽调和得这样和谐。他的笑是如此甜蜜真挚，在他向我微笑的时候，我觉得我的生活都充满了快乐。啊，瓦朗蒂娜，告诉我，他有没有那么甜蜜的对你笑过？要是有的话，放心吧，你就要快乐了。”

“我！”青年女郎说，“他连瞟都不瞟我一眼呢，正相反，要是我偶尔碰见他，他似乎倒要故意避开我。啊，他并不宽宏大量，他也没有你所说的那种非凡的智慧——因为，要是他有的话，他就会看出我的不幸。要是他真宽宏大量的话，看到我这么忧闷和孤独，他就会运用他的力量来帮助我获得幸福。再者，要是像你所说的，他真的像太阳一样，他就会拿一缕生命赋予的光芒来温暖我的心。你说他爱你，马西米兰，你了解他的真正动机吗？人们对像你这么一位挂着一把长长的指挥刀、蓄着一脸威猛小胡子的军官总是很尊敬的，却总是认为欺负我这样一个只会哭泣可怜的姑娘是没什么大不了的。”

“啊，瓦朗蒂娜，我肯定你误会了什么。”

“要是不是这样的话，要是他对我使用外交手腕——就是说，要是他是那种为了最终可以获得支配权力而先是用各种手段来取得全家每一个成员的外交家的话——他就会，哪怕一次也好，赐给我那种你绝口称颂的微笑。可是不，他看出我很不快乐，他知道我对他毫无用处，所以他一点都不注意我，他对我不理不睬。谁知道呢？也许为了要讨好维尔福夫人和我的父亲，他甚至都可以尽可能地迫害我。他不应该这样视我如无物，这是不公平的，也是毫无理由的。啊，原谅我，”瓦朗蒂娜说，她注意到了她的话在马西米兰心里产生的影响，“都是我不好，我的心里根本就没有那个人的一点儿痕迹，却信口批评了他一通。我不否认他有你所说的那种力量，也不否认我也感到过那种力量的存在，但站在我的角度上来看，与其说那种力量能带来什么好处，还不如说它能带来祸害更确切些。”

“好了，瓦朗蒂娜，”莫雷尔叹了一口气说，“我们就让这个话题结束吧。我什么都不跟他说就是了。”

“唉！”瓦朗蒂娜说，“我知道我让你很痛苦。噢，我希望有一天能握着你的手请你原谅。但我确实对他抱着并不是毫无根据的偏见。告诉我，这位基督山伯爵给你带来了什么好处？”

“我得说你这个问题很叫我为难，瓦朗蒂娜，因为我说不出伯爵给过我什么明显的好处。可是，就像我已经跟你说过的，我对他有一种油然生发的爱，这种爱的来源我根本没法向你解释。太阳给了我什么好处没有？没有，它只是用它的光芒温暖了我，因为有了它的光芒，我可以看见你，如此而已。再譬如，某种花的香味给我什么好处了没有？没有，它的香味令我的嗅觉感到很舒适——要是有人问我为什么要赞美它，我只能如此的说。我对他的友情跟他对我的一样不可思议，一样说不出一个所以然来。一个隐约的声音好像一直在对我耳语，说这一次突然的邂逅一定不是偶然的。在他最简单的举止上和他最深层的思想里，我发觉都和我有什么关系，你也许要取笑我，但我还是不得不告诉你，自从我认识了这个人以来，我就有了一个荒唐的念头，觉着我所遇到过的一切好运都是由他创造出来的。你会说，没有这种庇佑我也活过了三十年了，是不是？没有关系——但等一等，且让我举一个例子。他请我星期六到他那儿去吃饭，在他，这不过是一件非常自然的事情。好，后来我又听到了什么消息呢？这次请客，你的母亲和维尔福先生都要来。我将在那儿见到他们。谁知道这样的会见以后会带来怎样的好处呢？这种事情从表面上看最简单不过，但我却从中看出一些惊人的意义，从中得到了一种奇怪的信心。我对我自己说，这位奇人表面上好像是为了大家，而事实上是有意为我做的安排，让我有机会会一会维尔福夫妇的。我也承认，有时候我甚至都想从他的眼睛里去查询他究竟是否已经猜透了我们的秘密恋爱。”

“我的好马西米兰，”瓦朗蒂娜说，“如果我老是听你这样没头没脑的说话，我真的要为你的理性担心，把你看作一个幻想家了。这一次会面，除了纯粹巧合以外，你真不能看出什么别的意义来吗？请稍微想一想。我的父亲从来不出门，他几次都想谢绝这个邀请。而维尔福夫人却正好相反，她非常想去看看这位奇怪富翁家里的情形，费了老大的劲儿才说服我的父亲陪她一起去。不，不！我前面说的话一点儿都没有错，马西米兰，除了你和我那个略强于僵尸一点儿的祖父以外，我在这个世界上再没有人可求助了。”

“照逻辑来说，我知道你说的是正确的，”马西米兰说，“你那甜甜的声音平时对我有那么大的吸引力和影响力，可是今天没能将我说服。”

“你的话同样没能说服我，”瓦朗蒂娜说，“我必须得说，如果你无法拿出更具说服力的证据——”

“我还有一个证据，”马西米兰迟疑地说，“可是——没错，瓦朗蒂娜，我自己也得承认它比第一个理由更加荒诞。”

“那太糟糕了。”瓦朗蒂娜面带笑容地说。

“我还没能彻底断定这件事。十年的军旅生涯让我相信，有些时候我的行为是靠突然闪现的灵感决定的，因为那种奇妙的冲动数次拯救了我的生命，它让我往右或往左躲避，随后那致命的枪弹就跟我擦身而过了。”

“亲爱的马西米兰，你怎么不认为你死里逃生是因为我的祷告呢？当你在战场厮杀的时候，我就没为自己祷告了，只是全心全意地为你祈求平安。”

“是的，你认识我之后确实就是这样了，”马西米兰面带微笑地说，“但是这并不能适用于我们认识之前啊，瓦朗蒂娜。”

“你真是让人生气，根本不愿意相信我的话，可是我依旧想听听你自己都觉得荒诞的第二个证据。”

“嗯，从这个缺口朝那边看过去，你能够看到那匹我骑来的马，那是我新买的骏马。”

“啊，这匹马真健壮啊！”瓦朗蒂娜喊道，“你为什么不把它牵到门边来呢？我可以跟它聊聊天，我相信它会理解我的。”

“你看，它是一匹非常名贵的马，”马西米兰说，“嗯，你也知道我并没有很多钱，并且一直被人称作‘理智人’。我到了一个马贩子那里，看见了这匹英俊的马。我给它起了个名字叫米狄亚。我问他什么价格，卖什么价钱，他说要四千五百法郎。因此我只能打消了这个念头，这一点你应该能想象得出来。可是我必须要说我离开那里的时候心情非常沉重，因为那匹马十分友善地看着我，用它的头在我的身上来回摩擦，在我骑在它身上的时候，它又用最讨人喜欢的姿态一个接--个地跳跃。那天晚上，几个朋友来看望我——夏多·勒诺先生、德布雷先生，还有五六个绅士的名字你连听都没听过。他们建议打牌。你知道我根本就不玩牌，因为我既没钱可输，也没有穷到要去赢别人的钱来花。可是他们都在我家里，因此我只好让人去拿牌，没有其他的什么办法了，正当他们在桌子边坐下来的时候，基督山先生来了，他在他们中间找了个位子坐下，于是大家一起玩了起来，最后的结果是我赢了。说起来真是有些惭愧，我竟然赢了五千法郎。到午夜我们才分手。我抑制住心中的欢喜之情，跳上了一辆轻便马车，以最快的速度赶到了马贩子那儿。我激动地一个劲儿拉着门铃。来开门的那个人肯定是把我当成疯子了，因为我直接冲进了马厩里。米狄亚站在马槽前，正在吃草，我立刻将马鞍和辔勒套上去，而它也极为温驯地任我摆布。我把四千五百法郎放到那不明就里的马贩子手里，就骑着马驰向了香榭丽舍大街，我想着在那儿跑一夜马，以此实现我的心愿。我骑着马从伯爵门前经过的时候，看到其中一个窗口透出了灯光，并且我似乎隐隐约约地看到了他的身影在窗帘后面晃动。哦，瓦朗蒂娜，我坚定不移地相信他知道我想要这匹马，所以他有意输钱给我，以便我能去买它。”

“我亲爱的马西米兰，你实在太善于幻想了，这令我感觉你不会爱我很久。一个在诗情画意和幻想世界中生活的男子，对于我们之间这种平淡无奇的交往肯定感觉缺乏刺激，到那时你就会厌烦了。他们在叫我啦。你有没有听到？”

“啊，瓦朗蒂娜！”马西米兰说，“把你的一个手指从这个栅栏口伸出来给我，让我亲一亲。”

“马西米兰，我们之前就约定好了，我们应当把我们自己看作两个声音，两个影子。”

“随你的便吧，瓦朗蒂娜。”

“如果我让你得偿所愿，你开心吗？”

“噢，当然啰！”

瓦朗蒂娜来到门沿上，不仅将她的一个手指，甚至将她的整只手都从缺口伸了出去，马西米兰发出一声狂喜的叫声，跳了上去，将那只手抓在手里，给那只手献上一个狂热深长的吻。于是那只小手急忙缩了回去，这个年轻人看见瓦朗蒂娜急匆匆地往屋里跑去，好像她快要被她自己的情感冲动吓得魂飞魄散似的。

第五十八章　诺瓦蒂埃·德·维尔福先生

让我们转过头看一看腾格拉尔夫人和她女儿告辞以后，瓦朗蒂娜和马西米兰私下约会的时候，检察官家里又有怎样的事情发生吧。维尔福先生来到了父亲的房间，维尔福夫人跟在他的身后。两个人首先向父亲行了礼，又和伺候父亲长达二十五年的忠贞不贰的老仆人聊了几句，就在瘫痪老人的身边坐了下来。诺瓦蒂埃先生在一把装有轮子能够移动的圈椅里坐着。早晨的时候，他就在这把椅子上坐着，独自在房间里四下活动，到了晚上，就等着人把他从圈椅里面抱出来。他身前放着一面大镜子，能够看到整个房间，这样一来，他就不必转动——他也完全没有办法转动——就能观察到进入这个房间的每一个人及周围的情况。尽管诺瓦蒂埃先生已经如僵尸一般动弹不得了，可是他看着眼前两人的表情依然非常机警，从两人细致周全的行动可以看出，一件出乎意料的大事立刻就要发生。眼下，他仅剩下听觉和视觉了，他那看起来很快就要埋进坟墓的身体里，仅剩这两个器官为他增加了一丝生气，恍如一团死灰中尚存的两点火光；不过，只要运用这两个器官之中的一个，他就能够呈现自己大脑中依然活跃着的感觉和思想，通过眼神来展现心中的感受。他的目光仿佛在荒漠中走夜路的人看到远处的一点灯光一般，凭着这点灯光，就能知道在黑夜和宁静中，还有其他人与他一样醒着。诺瓦蒂埃的头发已然花白，顺着肩头长长地垂下来；他的睫毛漆黑茂密，下面的那双眼睛，差不多融汇了所有的才智、语言和活力；这并不是什么稀奇的事，一个仅仅借助一个器官就能替代所有器官运行的人，能够把以前分散到各处的精力都融汇到一处。当然，他的手已经没有办法活动了，嗓子也无法发出声音，身体也没有了之前的灵活度，但那双神采奕奕的眼睛，已经能够替代一切。他能借助自己的眼睛下达命令；也能借助自己的眼睛表达感激之情——归根结底，这具尸体尚且拥有一双活的眼睛，能够表明自己全部的感受，在那张大理石一般的脸上，有时会闪现一道像火光一样的恼怒的眼神，有时又会出现一片欢愉的光芒，看了真是让人赞叹不已。

仅有三个人能理解这个悲凄的瘫痪老人的语言，就是维尔福、瓦朗蒂娜和之前提及的那个老仆人。可是维尔福不怎么来看望他的父亲，除了绝对必要，他根本不想来和他说什么话，因此这位老人的所有快乐都汇集到了他的孙女儿身上。瓦朗蒂娜以自己的爱、耐心及热情，已经懂得了如何从诺瓦蒂埃的眼神中理解他头脑中的种种感受。虽然别人无法理解这种无声的语言，她却能通过他嗓子的不同音调、他脸上的不同表情及他灵魂里的所有热情理解他的心情，因此这位年轻女子和这位凄惨的瘫痪老人之间，仍然能够顺畅地交流，而老人的身体即便已经几乎称不上活着，可他依然是一个知识渊博、见解透彻、意志顽强的人。尽管他的肉体已经僵硬，可是他的精神仍旧能够掌控一切。瓦朗蒂娜排除了这个特殊的语言障碍，能够轻而易举地明白他的心思并将她自己的想法传达给他。只要是日常生活中的通常事务，她一般不会误解老人的想法，总能使那依然活着且能思考的大脑和那几乎已经死去的身体的需要得到满足。关于那位仆人，我们已经讲过，他和他的主人已经共同生活了二十五年，因此他了解主人的每一个习惯，完全不需要诺瓦蒂埃自己提出什么要求。

维尔福马上就要和他的父亲展开一次不同以往的交谈了。他完全不需要瓦朗蒂娜或那个仆人的帮助。我们之前已经讲了，他对老人的语言完全能够理解，如果说他并没有常常运用这种理解力，那完全是因为他对父亲根本就不关心或者是不愿意和父亲接触。维尔福让瓦朗蒂娜到花园里去，而且将巴罗斯支走，他在父亲的右边坐下，维尔福夫人则在左边坐下，随后他就对父亲说："阁下，我没让瓦朗蒂娜来，而且支走了巴罗斯，我觉得您不会不高兴的，因为咱们要讨论的这件事确实不适合在他们面前说。维尔福夫人和我有一个消息要向您汇报。"在维尔福讲着这一大套开场白的时候，诺瓦蒂埃的脸上一直都没有表情，维尔福则恰恰相反，他努力地希望将自己的目光刺透到老人的心里。

“这个消息，”检察官用那种冷淡和坚决的口气继续说，仿佛要断然拒绝一切商量余地似的，“嗯，我们相信一定会得到您的赞许。”

那位残废人的眼光里依旧保持着那种漠然的表情，不让他的儿子探测到他脑子里真正的想法。他听着——只是仅仅表现出他听着而已。

“阁下，”维尔福又说，“我们想给瓦朗蒂娜操办婚事了。”

就算老人的脸是用蜡浇成的，也不能如此淡漠无情了，可是这个消息并没有在他的脸上产生任何动情的痕迹。“婚事在三个月之内就要举行。”维尔福说。诺瓦蒂埃的眼睛依旧保持着那种毫无反应的表情。维尔福夫人这时也加入了谈话，接上说：“我们想您大概很关心这个消息，阁下，因为您一向十分钟爱瓦朗蒂娜，所以我们现在只要把那个青年人的名字告诉您就行了。瓦朗蒂娜的这门亲事是最理想不过了。他不仅很有家产，而且社会地位也很高，至于他的人品，可以保证她将来会生活得很幸福。而且他的名字我想您大概也知道一点的。我们说的那个人就是伊皮奈男爵，弗兰兹·伊皮奈先生。”

在他的妻子讲话的过程中，维尔福仔细打量着那老人的脸。当维尔福夫人说出伊皮奈这个名字的时候，诺瓦蒂埃先生眼睛里的瞳孔便开始渐渐放大，同时他的眼皮像一个快要讲话时的人的嘴唇那样抖动起来，他向维尔福夫人和他的儿子闪电般地扫射了一眼。检察官明白诺瓦蒂埃先生和老伊皮奈之间有政治宿仇，很明白做这个宣布所产生出的激怒，但他假装没有看见，等他的妻子说完以后就接着往下说了。

“阁下，”他说，“您知道瓦朗蒂娜都快要十九岁了，所以不得不赶快给她找上一门合适的亲事。我们作打算的时候并没有忘记您，我们事先已经打听得非常清楚：瓦朗蒂娜未来的丈夫同意——不是同意住在这座房子里，因为住在这里对年轻人大概会觉着十分不方便，而是同意您去和他们住在一起。您和瓦朗蒂娜一直以来都是相依为命的，这样就可以互相不分离，你的习惯也不至于受到破坏，到时候您不仅有一个，而且会有两个孩子来照顾您了。”

诺瓦蒂埃的目光中显出了盛怒，很明显的，那老人的脑子里正在受着某种极痛苦的念头的煎熬。因为那悲愤的喊叫已升到了他的喉咙口，但因为喊不出来，所以几乎使他窒息。他的瞳孔和嘴唇憋得发紫。维尔福静静地打开了一扇窗子，说道："天气暖和极了，把诺瓦蒂埃先生热坏了。"然后他又回到了他原来的地方，但没有再坐下来。"这门亲事，"维尔福夫人又说道，"伊皮奈先生和他的家人也是很乐意的，而且，他也没什么近亲，只有一位叔父和一个婶娘，她母亲是在他出生的时候死的，他父亲在一八一五年遭人暗杀。当时他只有两岁。所以他完全可以自己拿主意。"

"那次的暗杀事件很神秘，"维尔福说道，"凶手至今也没查出来，虽然有嫌疑的人不止一个。"诺瓦蒂埃费了很大的劲，竟在嘴边显出了一个淡淡的微笑。"哦，"维尔福继续说道，"那些真正有罪的人，这桩罪案的主犯，总有一天会落到法律的手里的，然后他们将再受到上帝的审判，那些人也许倒很乐于处在我们的位置，嫁一个女儿给弗兰兹·伊皮奈先生，借此洗刷掉外表上的一切嫌疑。"

诺瓦蒂埃这次倒很能控制住自己的情绪，不像是一个衰弱瘫痪的人。"是的，我懂的。"他的目光中流露出这样的回答，在这种目光里，还夹杂着一种强烈的激愤和极其蔑视的情感。维尔福完全懂得他父亲的意思，他微微耸了耸肩，然后向他的妻子示意可以走了。

"现在，阁下，"维尔福夫人说道，"我不得不向您告辞了。您要不要我叫爱德华来陪您一会儿？"大家早就约定：要是老人表示同意，他就闭一下眼睛；要是表示不同意，就连眨几下；要是他想说什么，他就抬眼向天。要是他要瓦朗蒂娜来，就只闭他的右眼，要是要巴罗斯来，就闭左眼。此时听到维尔福夫人的这个建议，他马上眨了几下眼睛。这种断然的拒绝使她很是难堪，她咬了一下嘴唇，继续说道："那么要我叫瓦朗蒂娜来吗？"老人热切地闭了眼睛，表明他正希望如此。维尔福夫妇鞠了一躬，走出了房间，吩咐去叫瓦朗蒂娜来。瓦朗蒂娜已经知道她今天得和诺瓦蒂埃先生特别多谈一次。她的父母刚一出去，她就进来了，脸上仍然带着激动的神情。她一眼就看出她的祖父很痛苦很不高兴，知道他心里一定有很多事要讲给她听。"亲爱的爷爷，"她大声说道，"怎么啦？他们惹您不高兴了，您心里很不痛快是吗？"那瘫子老人闭一闭眼睛，承认了。“那么，您生谁的气呢？生我父亲的吗？不是。生维尔福夫人的吗？也不是。是生我的吗？”老人做了一下肯定的表示。“生我的气？”瓦朗蒂娜惊愕地说。老人又肯定了一下这个意思。“亲爱的爷爷，我做错了什么事，以致您要生我的气呢？”瓦朗蒂娜大声说道。没有回答，于是她继续说：“我今天一整天没见过您。有人对您谈到我了吗？”

“是的。”老人的目光非常急切地说。

“让我来想一想。我真可以向您保证，我没做什么事惹您生气呀爷爷——啊！维尔福先生和维尔福夫人刚刚离开这个房间，是不是？”

“是的。”

“他们告诉了您一件事，您是因为那件事才动怒的，是不是？那么，到底是什么事呢？我可不可以先去问问他们，然后再来向您解释？”

“不，不！”诺瓦蒂埃的目光说。

“啊！您吓坏我啦。他们到底都讲了些什么事呢？”于是她现出一种苦思冥想的样子。“啊，我想到了，”她压低了声音，靠到老人身边说道，“他们谈到了我的婚事，对不对？”

“是的。”那愤怒的目光回答。

“我懂了，您生气是因为我没正式告诉您这件事。可那是因为他们非要我保守秘密，求我一点都不要告诉您的。他们甚至都不让我知道他们的想法，我也是自己碰巧发现的。这就是我对您保持缄默的原因，亲爱的爷爷。请宽恕我吧。”

但老人的目光里并没有可以使她安心的情绪，它似乎在说：“我所生气的并不只是你的缄默。”

“那么还有什么呢？”那青年女郎问道，“亲爱的爷爷，也许您以为我会抛弃您，以为我会在结婚之后忘了您，是不是？”

“不。”

“那么，他们已经告诉您伊皮奈先生同意我们大家住在一起，是吗？”

“是的。”

“那么您还因为什么感到不高兴呢？”

老人的眼睛里露出了一种爱抚慈祥的目光。“噢，我懂了，”瓦朗蒂娜说道，“那是因为您爱我。”

老人同意了。“那么您是怕我将来会不快乐不幸福，对吗？”

“是的。”

“您不喜欢弗兰兹先生吗？”

那双眼睛接连眨了几下：“不，不，不。”

“您不高兴结这门亲事吗？”

“是的。”

“嗯，亲爱的爷爷，请听我说，”瓦朗蒂娜跪下来抱住她祖父的脖子说道，“我也很烦恼很痛苦，因为我并不爱弗兰兹·伊皮奈先生。”

老人的眼里闪烁出欣喜。

“您还记得吗，当我想遁世入修道院的时候，您当时是多么生我的气？”泪水在那不中用的老人的眼睛里颤动着。

“嗯，”瓦朗蒂娜继续说道，“我之所以想那么做，就是为了要逃避这个可恨可怕的婚姻，当时我真是绝望极啦。”听着这些话诺瓦蒂埃的呼吸变得急促沉重起来。

“那么您真的也不高兴这桩婚事吗？啊，如果您能帮助我，如果我们能一同推翻他们的计划，那就好了！但您也无法反对他们。您，您尽管头脑很灵敏，意志很坚决，但在这场抗争中，您却像我一样的软弱，像我一样的不是他们的对手。唉，如果您现在仍很健康有力的话，我相信您会强有力地保护我的，可是现在您只能同情我的忧愁和悲哀！但是您的同情是我最后的快乐，幸亏上帝忘了这一点，才没有把它和我其他的一切快乐同时夺去。”听了这些话，诺瓦蒂埃露出了一种意味深长的目光，以至姑娘觉得她从那种目光里读到了这些话：“你错了，我依旧可以帮你很大的忙。”

“您真的认为您能帮助我吗，亲爱的爷爷？”瓦朗蒂娜问道。

“是的。”诺瓦蒂埃抬起眼睛来。这是他和瓦朗蒂娜两个人约定好了的，当他有所需求的时候就这样来表达他的意思。“您需要什么，亲爱的爷爷？”瓦朗蒂娜说道，并极力在脑子里搜索着他可能需要的东西，想到一样就高声说出来。但当看到她的一切努力老是只得到一个“不”时，她就只好无力地说道，“来吧，既然我笨成这个样子，就来用那个大法宝吧。”于是她从头背起字母来，一边背，一边用她的微笑来询问那瘫子老人的目光。当背到N这个字母上，诺瓦蒂埃作了一个肯定的表示。“啊，”瓦朗蒂娜说道，“您所想要的东西是以N打头的，那么我们就从N来想办法好了。嗯，让我来仔细想想看，从N打头的您能要什么东西呢？Na-Ne-Ni-No-”

“是了，是了，是了。”老人的眼睛说。

“啊，那么就是以No打头的了？”

“是的。”

瓦朗蒂娜于是拿来了一本字典，把它放到诺瓦蒂埃面前的书桌上。她打开字典，看到老人的眼光聚精会神地盯在书上，就用手指顺着行次很快地上下数过去。诺瓦蒂埃陷入这种可悲的境地已有六年了，这六年间，瓦朗蒂娜的创造发明能力使她时时想出各种便于了解他的心思的方法，而她因此成了这方面的专家，再加上经常的练习，她已娴熟地驾驭了这门技能，因此她才能极快准确地猜出老人的意思，简直和他直接交谈一样。当她指到“Notary（公证人）”这个字时，诺瓦蒂埃做了一个叫她停下来的表示。“公证人，”她说道，“您想要一个公证人吗，亲爱的爷爷？”老人又给了一个同意的表示。

“那么，您希望派人去找一个公证人来，是吗？”瓦朗蒂娜问道。

“是的。”

“那您要不要把您的意思告诉我的父亲？”

“要的。”

“您希望立刻就去找公证人来吗？”

“是的。”

“那么叫他们马上去找好了，亲爱的爷爷，您还要别的什么东西吗？”

“不要了。”

于是瓦朗蒂娜拉铃吩咐仆人去告诉维尔福先生和夫人，请他们到诺瓦蒂埃先生的房间里来。

“您现在满意了吗？”瓦朗蒂娜说道，“满意了？我相信您已经满意了。是吗？这件事可真不容易猜到，是不是？”于是那姑娘向她的祖父微笑了一下，就好像他是一个小孩子似的。维尔福先生来了，后面跟着巴罗斯。“您叫我来有什么事，阁下?”他问那瘫子老人。

“阁下,”瓦朗蒂娜说，“祖父希望有一位公证人。”听到这个出乎意料的稀奇要求，维尔福先生将探询的目光转到了他父亲的身上。“没错。”后者表示确定，并且态度非常坚决，好像是说瓦朗蒂娜和他的老仆人已经了解了他的愿望，而得到他们的帮助之后，他已经做好了争斗一番的准备。

“您确实希望有一位公证人?”维尔福问。

“没错。”

“做什么呢?”诺瓦蒂埃没有答复。“您希望公证人来做什么?”那老迈无用的老人的目光一直坚定不移，他恰恰是用这种方式来说明他的决心是无法撼动、不可改变的。

“您是要做些事情来对付我们吗？您不觉得这样做有些荒诞可笑吗?”维尔福说。

“唉,”巴罗斯说，他准备用一个老仆人的忠肝义胆来保护他的主人了，“如果诺瓦蒂埃先生希望有一位公证人，我想他大概确实是需要，我最好赶紧去找一位来。”在巴罗斯眼中，只有诺瓦蒂埃是主人，他不会承认还有其他的主人，所以他非常积极地捍卫并遵从了主人的意愿。“是的，我需要一位公证人。”老人又一次表示了肯定，并带着一种挑衅的神色眨了一下他的眼睛，仿佛在说，“我很想知道谁敢拒绝我的要求。”

“既然您确定要找一位公证人，自然没问题，阁下,”维尔福说，“可是我必须先将您的身体状况跟他解释一下，帮您说明一下情况，以免到时候的场面显得可笑。”

“没关系,”巴罗斯说，“反正我去找来一位公证人就行了。”说完那老仆人就信心满满地出去办事了。

第五十九章　遗嘱

巴罗斯刚刚从房间走出去，诺瓦蒂埃就颇具深意地看着瓦朗蒂娜。姑娘十分了解祖父眼神中蕴含的深意，维尔福也明白，因此他的整个脸都变得阴沉起来，两道眉毛也由于恼怒而皱到了一起。维尔福在一把椅子上坐了下来，安静地等候公证人的到来。看到他坐下，诺瓦蒂埃看起来一副不以为意的样子，实际上则在偷偷窥视瓦朗蒂娜，她知道祖父的意思是让她留下来。大概过了半个钟头，巴罗斯带着公证人回来了。

“阁下，”维尔福一阵寒暄之后说道，“是这位诺瓦蒂埃先生麻烦您过来一趟。他已然全身瘫痪了，没有办法说话，通常情况下我们都要颇费周折才能稍微理解他要表达的意思。”

诺瓦蒂埃带着恳请的眼神看着瓦朗蒂娜，他的目光中充满了不安与焦急，于是瓦朗蒂娜急忙接过话头：“阁下，不论什么时候，我都能完全理解祖父的心思。”

“这确实是真的，”巴罗斯说，“我们一起来的路上，我已经把所有的情况都对这位先生介绍过了。”

“请允许我，”公证人说，他先是转往维尔福的位置，之后又转向瓦朗蒂娜，“请让我先说一句话，我是一个公职人员，眼下的这件案子，如果草率处理的话，一定会出现危险的责任问题。有效公证的一个必要条件，就是公证人一定得十分确信他已经忠实地遵照委托人的意愿行事。现在，面对一位无法说话的委托人，我没有办法确定他的真实意愿，因为他已丧失了语言表达能力，无法非常清晰地向我表达他的好恶，因此我在这里所做的一切都不能算作合法的，即便做了也是没有法律效力的。”

说完那位公证人便准备告辞了。这时检察官的嘴角上浮过一个令人难以觉察的胜利的微笑，诺瓦蒂埃则是一副悲哀的表情望着瓦朗蒂娜，所以她赶紧拦住了那位公证人，不让他离开。“阁下，”她说道，“我和我祖父进行交流的语言是很容易学会的。我想我可以在几分钟之内教会您的，而且可以使您几乎像我一样明白他的准确意思。您能否告诉我，您在这方面的具体要求是什么？”

“为了使公证有效，我必须能准确无误地确定我的委托人对某些事是表示同意还是表示反对。身体上的病症并不影响契约的有效性，但头脑则必须绝对清醒才行，这样才能合法生效。”

“哦，阁下，仅从两个表示上您就可以完全确定我祖父的脑力仍然是十分健全的。诺瓦蒂埃先生由于不能讲话和行走，所以老是用闭眼睛来表示‘是’，用眨眼睛表示‘不’。您现在就可以跟诺瓦蒂埃谈话了。请试试吧。”

诺瓦蒂埃向瓦朗蒂娜投去了一个十分亲切和感激的目光，甚至连公证人都明白了。“您已经听到并且懂得您孙女刚才所说的话了吧？阁下？”公证人问道。诺瓦蒂埃闭了一下眼睛。

“那您同意她所说的话——就是说，您一直是以她刚才所说的那种方式来表达您的想法的，是吗？”

“是的。”

“是您要找我来的吗？”

“是的。”

“来给您立遗嘱吗？”

“是的。”

“那么您愿不愿意我在还没了却您原先的心愿以前就离开呢？”老人拼命地眨着眼睛。“阁下，”那姑娘说道，“您现在明白吧，您可以完全放心了吧？”公证人还没回答，维尔福就把他拉到了一边。“阁下，”他说道，“您想想看，像诺瓦蒂埃先生身体状况变成这个样子的人，他的脑力活动还能正常进行吗，不会受到影响吗？”

“老实说，我倒不是担心那一点，先生，”公证人说道，“而是要先弄清他的意思才能引出他的回答，困难在这里。”

“您也看出这是几乎很难办到的事了。”瓦朗蒂娜和老人都听到了这一段谈话，诺瓦蒂埃又目光急切焦躁地看着瓦朗蒂娜，以致她觉得不得不挺身而出。

“阁下，”她说道，“这件事乍看起来似乎是很困难，但您尽管放心好了。我可以完全弄清我祖父的思想，并可以解释给您听，以消除您的一切疑虑。我和诺瓦蒂埃先生相处已有六年时间了，让他告诉您吧，在那段期间里，有没有过哪次我弄错了他的意思和需要。”

“没有。”老人表示。“那么好吧，我们且来试试看吧，看我们究竟能做些什么，”公证人说道，“您接受这位小姐为您做解释吗，诺瓦蒂埃先生？”那瘫子老人做了一个肯定的表示。“好吧，先生，您需要我来做什么，是您想立什么字据吗？”瓦朗蒂娜又打开了字母，当背到T这个字母时，诺瓦蒂埃以目光示意她停止。“这么看诺瓦蒂埃先生所要的东西显然是以T字母打头的。”公证人说道。“等一等，”瓦朗蒂娜说道，她转向她的祖父，继续背道，“Ta-Te。”老人听到她背到第二组字母时就止住了她。于是瓦朗蒂娜拿过字典，在公证人的目光下翻动着。她用手指慢慢地一行一行地在书页上移过去，当指到“Testament（遗嘱）”这个字时，诺瓦蒂埃先生以目光示意她停住。“遗嘱！”公证人大声说道，“这已经很明白了，诺瓦蒂埃先生要立他的遗嘱。”

“是的，是的，是的！”那不中用的老人表示。

“真的，阁下，您得承认这实在是太奇特了太罕见了，我以前几乎从未做过这样的公证。”那惊诧不已的公证人转身对维尔福先生说道。“是的，”检察官说道，“我想那份遗嘱一定会更奇特的，因为依我看，这份遗嘱如果没有瓦朗蒂娜的参与，根本就无法起草，而她肯定与遗嘱的内容又有着紧密的利害关系，所以由她来解释她祖父那种模糊不清的意思，该不能算作是个合适的人选吧。”

“不，不，不！”那瘫子老人的目光回答。

"什么!"维尔福说道,"您是说瓦朗蒂娜不能在你的遗嘱里得到利益吗?"

"不。"

"阁下,"公证人说道,这件事已引起了他极浓厚的兴趣,他已决定要极大地扩展这个奇特的场面,"我在一小时以前还以为极不可能的事,现在已是很容易实现了。这份遗嘱,只要在七个证人面前宣读过以后,经遗言人的确认,再由公证人当着证人的面密封起来,就可以完全奏效了。至于时间,它当然要比立两份普通的遗嘱更费时一些。立遗嘱必须经过某些程序,但那些程序总是千篇一律的。至于细节,我们可以根据遗言人的实际状况来拟订,在这方面,您以前曾亲自经手过,我想您还可以为我们提供帮助。除了这些以外,为了免得将来为手续问题再起争论,我们应当使它尽可能的准确无误,所以我想请一位同僚来帮助我。立遗嘱原本一向都不必有人协助的,但这次情况特殊不妨破一次例。"公证人继续向老人说道,"这样您满意了吗,阁下?"

"是的。"那老人的目光在说,他很高兴别人能懂得他的意思。"他到底想干什么呀?"维尔福心里在想,按他的地位,他原是不能过问的,但他这一刻却极想知道他父亲的心思。于是他走了出去吩咐再找一个公证人来,却不知道巴罗斯早已经去找了,因为他听到了公证人的那番话后,并早已猜中了他主人的心思。检察官于是叫他的妻子前来。不到一刻钟,所召的人都聚集到那瘫子老人的房间里来了。第二个公证人也来到了。两位公证人只讲了几句话就互相明白了对方的意思。他们拿出一份正式遗嘱的副本读给诺瓦蒂埃听,以便他对立遗嘱事宜有一个大概的了解,然后,为了测验一个遗言人的能力,那第一位公证人就对他说道:"当一个人立遗嘱的时候,通常来说,总是有利或有损于某一个人的。"

"是的。"诺瓦蒂埃表示。

"您对于您财产的数目有没有一个确切的数字?"

"有的。"

"那么我向您提几个数目,然后逐渐增加。当我讲到您的财产的那个数目时，您就止住我，好不好？”

“好的。”

在这一段对话期间，房间里的气氛很庄严。精神与物质之间的斗争，再也没有比现在这样更明显的了；这种情景即便不能称之为崇高，至少也够得上称为稀奇了。他们在老人周围围成了一个圆圈，第二位公证人坐在一张桌子前面，准备笔录，他的同僚则站在遗言人的前面，准备问他刚才说过的那个问题。“您的财产超过了三十万法郎，是不是？”他问道。诺瓦蒂埃表示确实是的。“是四十万法郎吗？”公证人又问。诺瓦蒂埃的目光没动。“五十万？”仍旧没动。“六十万？七十万？八十万？九十万？”当他提到最后那个数目的时候，诺瓦蒂埃止住了他。

“那么您有九十万法郎啰？”公证人问。

“是的。”

“是地产吗？”

“不是。”

“那么是证券？”

“是的。”

“证券现在在您手里吗？”诺瓦蒂埃先生向巴罗斯望了一眼，表示他需要某种东西，而那个东西他知道可以到哪儿去找。于是那老仆人走出了房间，马上带着一只小箱子回来了。“您允许我们打开这只箱子吗？”公证人问。诺瓦蒂埃表示同意。他们打开了箱子，找到了一叠写有九十万法郎的银行存单。第一位公证人一边逐张察看，一边递给他的同僚。总数与诺瓦蒂埃所说的完全相符。“他说得对极了，”第一位公证人说道，“他的脑子看来完全没问题，这是显而易见的了。”于是他转过身去对那老人说道：“那么，您有九十万法郎的原始资金，根据您的投资方式，它应该能产生四万里弗左右的收入是吗？”

“是的。”

“那么您愿意把这笔财产给谁？”

“噢！”维尔福夫人说道，“这事再清楚不过了。诺瓦蒂埃先生极疼爱他的孙女儿瓦朗蒂娜，她服侍了他六年，她一直很孝顺地照顾他，所以她的祖父很疼爱她，甚至可以说很感激她，现在她可以享受孝顺所带来的好处了，不过这原是很公平的。”

诺瓦蒂埃眼睛里的表情清楚无误地表明他并没有被维尔福夫人那一篇虚情假意的话所欺骗。“那么，您要把这九十万法郎遗赠给瓦朗蒂娜·维尔福小姐，是吗?”公证人问道，他以为这一条立刻就可以填上去了，只等诺瓦蒂埃的认可了，而这必须在全体证人面前得以确认才行。当人们提起瓦朗蒂娜的名字的时候，她早已悄悄躲到了后面，回避那从四面八方投来的让人感到不舒服的探视；她眼睑低垂，轻轻抽泣。老人一副慈爱而又亲切的样子看了她一会儿，然后看向公证人，意有所指地眨眨眼，表示不是她。

“什么!”公证人说道，“您不希望瓦朗蒂娜·维尔福小姐成为您的遗产继承人吗?”

“是的。”

“您确定这是您的真实意图吗?”公证人说道，“您真的想剥夺她的继承权吗?”

“是的!”诺瓦蒂埃再次确定，“是的!”听到这些话，瓦朗蒂娜惊愕地抬起头来，一副目瞪口呆的样子。她并不是因为没有得到遗产而伤心，而是她想不通自己究竟做错了什么事，才使得她的祖父如此愤怒，以致不想留给她任何财产。然而，当诺瓦蒂埃满含温柔而亲切的眼神望向她的时候，她突然什么都明白了，并大声说道：“噢，爷爷！我知道您是什么意思了！您只是不想让我继承财产，并不是不想把您的爱分给我。”“啊，是的，当然是这样!”老人用眼睛这样说道，当他闭起眼睛时的那种神情，瓦朗蒂娜是不会领悟错他的意思的。“谢谢您！实在太感谢您了!”她轻声说道。老人声称不让瓦朗蒂娜成为他的财产继承人这件事让维尔福夫人又产生了极大的希望。她走到老人身边，说道：“如果是这样的话，亲爱的诺瓦蒂埃先生，您是不是想把您的财产全部送给您的孙子爱德华·维尔福呢?”

听到她的这番话，老人一阵可怕而又坚决地眨眼，他表达的那种感情已经近乎厌恶和憎恨了。“不是，”公证人说道，“看来您是想将遗产留给您的儿子维尔福先生了？”

“不。”老人回答。

两位公证人听了这话都震惊得说不出话来，他们面面相觑，不知道怎么办才好。这时，维尔福和他的妻子都已经面色通红了，前者因为羞耻，后者因为恼怒。“那么，亲爱的爷爷，我们究竟做错了什么呢？”瓦朗蒂娜说道，“您对我们看起来好像都不喜欢了。”老人急切的眼神转向维尔福，又转向他的妻子，最后停在了瓦朗蒂娜身上，眼里满是钟爱。“爷爷，”她说道，“要是您最爱的人是我，就用行动来证明吧。您一直都很了解我，您也知道我从未觊觎过您的财产，而且，听别人讲，我继承母亲的财产就已经是个富有的人了——甚至可以说非常富有。现在，就请您解释一下遗产的归属问题吧。”诺瓦蒂埃那聪慧的目光又移到了瓦朗蒂娜的手上。“我的手？”瓦朗蒂娜疑惑道。

“是的。”

“她的手！”众人都大声叫了起来。

“天哪，诸位！你们看吧，这一切都是白费心思，我父亲的脑袋一定是出问题了。”维尔福说道。

“啊！”瓦朗蒂娜突然大叫起来，“我明白啦！您指的是我的婚事对吗，亲爱的爷爷？”

“是的，是的，是的。”老人如此表示，并且开心而又感激地望着瓦朗蒂娜，感谢她猜到了自己的心意。

“因为这桩婚事，您在生我们所有人的气，对吗？”

“是的。”

“天哪，这种想法实在是太荒唐了。”维尔福说道。

“不好意思，现在不得不打断一下，阁下，”公证人说道，“在我眼中，事实恰恰不是这样的，诺瓦蒂埃先生讲得非常清楚明白，我能轻松串起来他脑海中的那些想法。”

“您心中是不是不希望我嫁给弗兰兹·伊皮奈先生？”瓦朗蒂娜问道。

“是的，我不希望。”祖父用眼神示意她。

“因此您才不想将遗产留给孙女儿，”公证人又说道，“因为她的亲事是不合您心意的，对吗?”

“是的。”

“撇开这门令您不满的亲事，她本来是可以成为您的继承人的吧?”

“是的。”

房间里顿时安静下来。两个公证人将脑袋凑到一起商量着，瓦朗蒂娜则双手紧紧抓在一起，一脸感激地望着自己的祖父；维尔福十分不开心地咬着嘴唇；而维尔福夫人已经无法抑制心中的喜悦，情不自禁地露出得意的神色来。“可是，”首先打破这片安静的是维尔福，“这桩婚事是好是坏，我觉得我才是判断最准确的人，而诺瓦蒂埃先生完全不了解其中的详情。我女儿的婚事只能由我来决定。我想让她嫁给弗兰兹·伊皮奈先生，她就必须嫁给他!”瓦朗蒂娜哭得瘫倒在椅子上面。

“先生，”公证人说道，“如果维尔福小姐一定要和弗兰兹先生结婚，您打算如何处理您的财产呢?”老人没有回答。

“您肯定有自己独特处理它们的方式啰?”

“是的。”

“是传给家里的其他人吗?”

“不是。”

“那么，您是想将财产送给慈善机构吗?”公证人追问道。

“是的。”

“可是，”公证人说，“您知道法律规定，儿子的继承权不能全部被剥夺这件事吗?”

“是的。”

“那么，您是想将法律允许您动用的那一部分财产送出去呢?”

诺瓦蒂埃又没有说话。

“您还是想把自己所有的财产都捐赠给慈善机构吗?”

“是的。”

“可是如果您去世了，您的遗嘱非常有可能引起一番争端。”

“不会的。”

“我的父亲对我十分了解，”维尔福说道，“他很清楚我会尽力实现他的每一个愿望。对于这份财产，我早就不抱希望了。这九十万法郎应当远离这个家，随意托付给哪家医院让他们发财去吧，我是绝对不会被一个老人的古怪想法影响的。我会遵照我的良心行事。”

说完这番话，维尔福便和妻子一起离开了，以便他的父亲能够自由地处理自己的事情。遗嘱在当天就立好了，公证人找来了证人，在老人的许可下，当着众人的面封存起来，交给家庭律师狄思康先生保管。

第六十章　急报

维尔福夫妇回去之后，始终在诺瓦蒂埃的房间里待着。伯爵来拜见时，仆人引领着他到了客厅。知道基督山伯爵在客厅等候他们的消息，维尔福夫人十分开心，只是她不方便马上去见客人，就返回卧室暂且休息，而检察官的自控力很强，立刻就去了客厅。可是，尽管他已经练了多年的控制感情的功夫，并且极力控制着自己脸上的表情，但是他的脸上依然是阴云密布。所以，满脸笑容的伯爵向他走来的时候，看到他愁云密布的脸，感觉非常惊讶。“哎呀!”一阵寒暄之后，基督山伯爵说道，“您出了什么事啊，维尔福先生？我拜访的这个时间，正好是您草拟重要的公诉书的时间吗?”

维尔福尽力让自己露出笑容。“不，伯爵阁下，”他答道，“在这件案子里，我变成了仅有的一个受害者。我输了，而让我丢盔弃甲的就是愚蠢、霉运和固执。”

“您说的是什么事啊?”基督山伯爵装出一种非常巧妙的关心的语气问道，“难道您遭受了巨大的不幸吗?”

“噢，伯爵阁下，”维尔福苦笑着说，“我只是亏损了一笔钱而已。真的没什么好说的。”

“难怪，”基督山伯爵说，“您这么机智聪明，又很富有，亏损一点钱也没什么关系。”

“我烦恼的并不是因为我亏损了这笔钱，”维尔福说，“虽然，客观来说，丢掉九十万法郎确实让人有点遗憾，不过让我气恼的是这种机遇与命运，或者说不管您怎样称呼这种力量，它毁灭了我的希望和我的财产，甚至可能会毁掉我的孩子的未来，这一切都是因为一个陷入了第二次童年的老人。”

“您说什么!”伯爵叫道，“九十万法郎？就算是对一个哲学家而言，这个数目也确实够让人怅然的。这么让人不快乐的事情是谁导致的呢?”

“我的父亲，我之前和您提起过他。”

“诺瓦蒂埃先生！我似乎记得您说过，他老人家已经全身瘫痪，无法动弹了?”

“是的，他的确全身都不能动了，也无法说话，不过您知道的，他还拥有意志力与思想。我刚离开没多久，他还在忙着和两个公证人办理遗嘱问题呢。”

“如果是立遗嘱，他不是得说话吗?”

“他有更妙的办法——他可以让别人明白他的想法。”

“这怎么可能做得到呢?”

“靠他的眼睛呗。您应该有所了解，他的眼睛很有生气，甚至还有置人于死地的力量。”

“亲爱的，”维尔福夫人这时走了进来，说道，“你这样讲也太夸大了吧。”

“早安，夫人!”伯爵鞠了一躬，说道。

维尔福夫人用自己最为殷勤的笑容收下了他的敬意。

“维尔福先生刚刚讲的究竟是怎么一回事呀?”基督山伯爵问道，“让人无法相信的不幸——”

“您说得很恰当!”检察官耸耸肩插嘴道，“那就是一个怪老头的怪想法。”

“没有什么办法可以让他改变决定吗?”

“有的，”维尔福夫人说道，“这件事依然全部在我丈夫的掌控之中，现在那份遗嘱对瓦朗蒂娜没有益处，不过他可以帮她获得利益。”伯爵感觉维尔福夫妇的话已经处处遮遮掩掩了，就表现出一副满不在乎的样子，假装没有听他们讲话，而是看着正将墨水倒进鸟的水盂中搞破坏的爱德华。“亲爱的，”维尔福对维尔福夫人说道，“你应该知道，我从来都不喜欢在家中摆特权，我也从来不觉得上天能够帮我解决一切。可是，在这个家中，我的意愿需要被大家尊重，这个计划我酝酿多年，不应该毁在一个愚蠢的老人和一个充满了奇怪念头的孩子身上。你也明白，伊皮奈男爵和我是朋友，没有比他的儿子更适合的联姻人选了。”

“你说瓦朗蒂娜有没有提前和他串通好了?”维尔福夫人说道，“她一直不同意这门亲事。如果刚刚发生的一切都是都是他们早就商量好演的一场戏，那我倒是一点都不觉得奇怪了。”

“夫人，”维尔福说，“请相信我，一笔九十万法郎的财产是绝对不会那么容易就放弃的。”

“可她曾经连世界都舍得放弃啊，一年之前，不就是她自己提出进修道院的想法的吗?”

“不管怎样，”维尔福说，“我们一定要让这门亲事成功，我主意已定。”

“不顾念你父亲的想法了吗?”维尔福夫人另辟了一条攻击方向，说道，“如果这样做，后果是非常严重的啊!”

基督山伯爵表面上装作什么都没有听的样子，其实已经把夫妻俩的每一句话都牢牢记在了心里。

“夫人，”维尔福说道，“坦白来讲，我一直都很尊敬我的父亲，一方面是天性使然，另一方面是他高尚的品格值得人尊敬。在两种意义上，父亲这二字是非常神圣的，他赋予了我们生命，同时也是我们的主人，而我们应该尊重服从他。但是现在，因为他个人的爱恨竟然迁怒自己的儿子，这种情况足够让我怀疑他的智力了。如果我们还要听从他的怪想法去做事，这实在太可笑了。我依旧敬重诺瓦蒂埃先生，即使他让我亏损了一笔钱，但是我可以没有任何怨言地接受，可是我的决定我一定要坚持，社会总有一天会明白其中的是非。因此，我必须把我的女儿嫁给弗兰兹·伊皮奈男爵，这门亲事对我女儿来说是非常适合的。总而言之，我想把女儿嫁给谁就可以嫁给谁。”

“什么!”伯爵叫道。刚刚维尔福讲那些话的时候，经常有意无意地瞟一眼伯爵，以期待能从他那里得到赞同。“什么！您刚刚说诺瓦蒂埃先生不想让维尔福小姐成为他的继承人的原因就是她要嫁给弗兰兹·

伊皮奈男爵这件事吗?”

“是的，伯爵阁下，就是因为这件事。”维尔福无奈地耸耸肩。

“至少从表面上来看，是这个样子的。”维尔福夫人接道。

“这就是真正的原因，我的夫人，我和你保证，我父亲的为人我是最了解的。”

“那这就让人无法理解了，”年轻的夫人说道，“不过我很想知道，伊皮奈先生究竟是哪里不够好，让你的父亲如此厌恶?”

“我猜你们所说的那位弗兰兹·伊皮奈男爵先生正是我认识的那位，”伯爵说，“他的父亲是不是查理王十世封为伊皮奈男爵的奎斯奈尔将军?”

“是的，就是那位。”维尔福回答。

“哦，在我看来，他是个非常可爱的年轻人啊。”

“本来就是这样啊，所以我觉得诺瓦蒂埃先生这样做不过是想找一个借口让他的孙女儿不能结婚。老人都是这样，对于自己喜欢的，表现都是这么自私。”

“可是，”基督山伯爵说，“您知道这种厌恶是怎么产生的吗?”

“唉，真是的！这种事谁知道呢?”

“也许那是某种政治上的分歧造成的吧。”

“家父和伊皮奈男爵都是大风暴时代的人物，但我对于那个时代只见识了最后几天。”维尔福说道。

“令尊不是一个拿破仑党吗?”基督山伯爵问，“您似乎对我这样说过。”

“家父是个十足的雅各宾派。”维尔福说，他的情绪不自觉地脱离了审慎含蓄的范围。“拿破仑曾在他身上披上了一件上议院议员的长袍，但那仅仅改变了他老人家的外表而已，丝毫动摇不了他的内心。当家父密谋某个计划的时候，他倒不是在为皇帝着想，而是为了要打击波旁王朝。因为诺瓦蒂埃先生有这么一个特点——他从来不做那些无法实现的乌托邦式的计划，而总是力争其可能性，他依据山岳党那种可怕的原则来使那些可能的事得以实现，山岳党做起事来是从不退缩的。”

“嗯，”基督山伯爵说，“我也深有感触，诺瓦蒂埃和伊皮奈先生的个人恩怨源于政治。伊皮奈将军虽曾在拿破仑手下干过，但他不是仍有着保皇党人的思想吗？尽管大家认为他对皇帝忠心耿耿，但他不是有一天晚上在离开拿破仑党分子集会的时候被人暗杀了吗？”

维尔福带着一种近乎恐怖的表情望着伯爵。

“怎么，我说错什么了吗？”基督山伯爵问。

“不，阁下，事实正如您所说的，”维尔福夫人说道，“维尔福先生正是怕死灰复燃，才想到要用爱的纽带把这两个冤家对头的孩子联合在一起的。”

“这真是个崇高仁慈的想法，”基督山伯爵说，“全世界的人都应该赞美这种观点。瓦朗蒂娜·维尔福小姐成为弗兰兹·伊皮奈夫人实在是可喜可贺。”

维尔福打了一个寒战。他望着基督山伯爵，像是要从他脸上找出他刚才那番话的真实含意似的，但伯爵粉碎了检察官那种具有穿透力的目光，不让对方在他惯常的微笑底下发现任何东西。“瓦朗蒂娜失去她祖父的遗产，虽然这事很严重，”维尔福说，“但我并不认为那桩婚事会因此而受挫。我不相信伊皮奈先生会计较这点金钱上的损失。那笔钱是损失了，但我会信守诺言，他将来就会知道，我这个人也许比那笔钱更有价值一些。而且，他知道瓦朗蒂娜有了她母亲留下的那份财产本来已很富有了。她的外祖父圣·梅朗先生和外祖母圣·梅朗夫人又很疼爱她，他们的财产将来十有八九是由她来继承的。”

“瓦朗蒂娜这样爱护诺瓦蒂埃先生，其实她的外祖父、外祖母倒也应该值得被这样爱护，”维尔福夫人说，“最近一个月他们将来巴黎。瓦朗蒂娜在经过了这番羞辱之后，实在犯不上再继续把她自己当半个死人似的和诺瓦蒂埃先生捆在一起了。”

伯爵听了这番因自尊心受挫、野心被击溃而变了声调的话，感到很满意。

“可依我看，”他说，“在讲下面这几句话以前，我必须先请求您的宽恕——假如诺瓦蒂埃先生是因为瓦朗蒂娜小姐要嫁给一个他所厌恶的人的儿子而剥夺了她的继承权的话，那么他不该以同样的理由怪罪那可爱的爱德华吧。”

“对呀，”维尔福夫人用一种无法形容的音调说道，“这难道不是很不公正——非常地不公正吗？可怜的爱德华也像瓦朗蒂娜一样是诺瓦蒂埃先生的子孙，可是假如她不嫁给弗兰兹先生，诺瓦蒂埃先生就会把他的钱全都留给她，再说，尽管爱德华是这一家族传宗接代的人，可是瓦朗蒂娜即使痛失她祖父的遗产，她还是比他富有三倍。”

这一下打击奏效了，伯爵听了，再没说什么。

“伯爵阁下，”维尔福说，“以我们家庭的不幸来这样款待您实在太不应该了。不错，我家的财产要赠送给慈善机构了，家父要毫无理由地剥夺我的法定继承权。但我依然很满意，因为我知道，我的行为是合情合理的。我以前曾答应过伊皮奈先生可以以这笔钱获取利息，我仍然要兑现这句话，哪怕我因此弄得自己穷困潦倒。”

“但是，”维尔福夫人的心思还在绕着那唯一的念头打转，“我们可以把这不幸的事告诉伊皮奈先生，给他一个机会，让他自动解除他和维尔福小姐的婚约，或许那样更好。”

“啊，那样可就太糟了！”维尔福说。

“太糟了！”基督山伯爵说。

“当然啰，”维尔福说，语气缓和了下来，“一桩婚事，谈妥以后再破裂，对女方的名声总是不利的。而且，我本很希望消除先前的那些谣言，现在这样一来，它就立刻又会活跃起来的。不，不行。假如伊皮奈先生是一个光明磊落的男人，那他想得到维尔福小姐的心只能比以前更坚决——除非他被欲望所左右，但那是不可能的。”

“我和维尔福先生的观点一致，”基督山伯爵盯住维尔福夫人说道，“假如从交情上讲我有资格给他忠告的话，我会劝他把这件事立刻办妥，使他绝无反悔的余地，因为我听说伊皮奈先生就要回来了。我敢保证，假如这件事成功了，维尔福先生一定会名声大振。”

检察官站起身来，很高兴听到这个建议，可他的妻子却面色微变。“嗯，我正是这样想的，我一定接受像您这样一位顾问的指导，”他伸手给基督山伯爵，说道，“所以对于今天所发生的这事我们只当它从没发生过好了，我们原先的计划不变。”

“阁下，”伯爵说道，“这个世界虽不公平，但对您如此意志坚决一定会很高兴的。您的朋友将为您感到骄傲。而伊皮奈先生，即使维尔福小姐没带嫁妆嫁过去——当然不会是那样的——他也会很高兴的，因为他知道自己从此进入了一个能不惜牺牲而信守诺言的家庭。”说完这几句话，伯爵就站起身来，准备离开了。

“您要走了吗，伯爵阁下？”维尔福夫人问。

“很抱歉，我必须得走了，夫人，我此次来的目的是提醒阁下星期六的那个约会。”

“您怕我们会忘了是吗？”

“您太好了，夫人，可维尔福先生常常有这么多紧急的事要办。”

“我丈夫已经答应了，阁下，”维尔福夫人说，“您知道，凡是他说过的话，即使在百失而无一得的情况下，也从不食言的。况且现在他是百得而无一失，那当然会更坚守诺言了。”

“您是在香榭丽舍大道的府上请客吗？”

“不，”基督山伯爵说道，“所以您更得赏脸才行，因为是在乡下宴请客人。”

“在乡下？”

“是的。”

“在哪儿？离巴黎很近吗？”

“非常近，出城只一里半路——在欧特伊。”

“在欧特伊？”维尔福说道，“不错，夫人曾告诉过我您住在欧特伊，因为她就是在阁下的门前得救的。您住在欧特伊的哪个地方？”

“芳丹街。”

“芳丹街？”维尔福有点喘息地大声说道，“几号门牌？”

“二十八号。”

“呀！”维尔福大声说道，“那么，圣·梅朗先生的房子就是卖给您了？”

“它原属于圣·梅朗先生吗？”基督山伯爵问道。

“是的，”维尔福夫人答道，“您相信吗，伯爵阁下——”

“信什么？”

“您觉得那所房子很迷人，是不是？”

“我觉得它很可爱。”

“嗯，我丈夫却非常不愿意到那里去住。”

“真的！”基督山伯爵答道，“那就是您的偏见了，阁下，那样对我很不利。”

“我讨厌欧特伊那个地方，阁下。”检察官竭力控制住自己说道。

“我希望您的成见不至于影响到我和您聚会，阁下。”基督山伯爵说道。

“不，伯爵阁下，我希望，我向您保证，我会尽可能地想办法。”维尔福结结巴巴地说道。

“噢，”基督山伯爵说道，“任何借口对我而言都无用。星期六六点钟，我等着您，假如您不来，我就会以为，唉，我怎么能这样想呢？我会认为这座二十年没人住的房子一定曾流传过某种阴森可怕的传说。”

“我会来的，伯爵阁下，我一定来！”维尔福急忙说道。

“谢谢您，”基督山伯爵说道，“现在请你们一定谅解，我要告辞了。”

“啊，对了，伯爵阁下，”维尔福夫人说，“您刚才说非走不可，我想，您大概会告诉我们是什么原因吧，只是后来讲到了别的事才中断了您的讲话。”

“老实说，夫人，”基督山伯爵说道，“我自己也弄不清我是否敢把我要去的那个地方告诉您。”

“呵！告诉我吧，没事的。”

“哦，那么，我要去——我本来是一个游手好闲的人——看一个我有时候会对它沉思默想好久的东西。”

“是什么东西？”

“一所急报站。现在我已经泄露这个秘密啦。”

“一所急报站！”维尔福夫人重述道。

“是的，一所急报站！我常常在小丘顶上看到它。在阳光下，它那黑色的手臂延伸到四面八方，总使人联想到那是一只甲虫的脚爪。实话告诉你们，我每次注视它的时候，总要感慨万千，因为我总在心里想：在急报站的一端，有一个人坐在一张桌子面前，他靠一种万能的意志力，使那些古怪的信号划破长空，把他的意思传达到九百里外的坐在另一张桌子前面的人。我幻想着在那由灰色的云或蓝色的天空所衬托的背景下，可以看得到那些破空前进的怪信号。于是我又联想到天神、地灵、鬼仙——总之，想到了种种玄妙神秘的力量——直到我自己也对这种奇思怪想的念头放声大笑起来。我从不想去对这些有黑色长脚爪的大昆虫做较近的观察，因为我总害怕会在它那石头翅膀底下碰到一个极其严肃、极其迂阔、脑子里装满科学、玄奥和魔法、充当守护神的小人。可是有一天，有人对我说，每一所急报站里的工作人员都是一个年俸仅一千二百法郎的可怜虫，他每天不像天文学家那样研究天象，也不像渔翁那样凝视水波，甚至连观望四周田野的权利都没有，就只是注视着离他十四五里远的另一个人。所以促使我产生了好奇心，想去仔细看看这种活着的蛹，去观察一下它是怎样从它的茧壳底下扯动这一条丝或那一条丝来和其他的蛹联络的。”

“所以您要到那儿去一次？”

“是的。”

“您要去参观哪一个急报站？是内政部的，还是天文台的？”

“噢，不！我宁愿不知道这件事，要是到那儿去，就会有人强迫我来了解它，把他们自己都不了解的东西勉强解释给我听。不，真的！我希望完整地保存我对有关昆虫的幻想。我只要去见一见那些一知半解、跟我自己差不多的人就行了，所以我不去参观内政部或天文台的急报站。我要寻找的，是旷野上的一所急报站。在那儿我可以找到一个蛰伏在他的窝里的老实人。”

“您真是一位奇人。”维尔福说道。

“您觉得我去研究哪一条线路好呢？”

“现在最忙碌的那一条线路吧。”

“您是指西班牙线吗？”

“是的，您要不要弄一封给部长的介绍信，让他们解释给您听？”

“不必了，”基督山伯爵说道，“因为，我刚才已经告诉过您了，我并不想了解它。一旦我了解了它，‘急报’在我的脑中就不复存在了，它将只是一种自甲地到乙地的秘密通信信号，可我却很想保全我对那只黑脚爪大蜘蛛的全部崇敬。”

“那么，去吧，因为待会天就要黑了，您就什么都看不到了。”

“糟糕！您说得我着急起来啦！哪一个站房最近?”

“到巴荣纳去的那条路上的那个吗?”

“是的，是那个。”

“夏蒂荣的那一站最近。”

“再过去夏蒂荣的那一站呢?”

“我想就是蒙得雷塔的了。”

“谢谢您。再会！星期六我会把我的观察转告你们的。”

伯爵在门口遇到了那两位公证人，他们刚刚完成那项剥夺瓦朗蒂娜继承权的工作，认为完成了一件可以使自己声名鹊起的大事。

第六十一章　帮园艺家摆脱睡鼠

基督山伯爵驾车从恩弗城栅离开，开始了前往奥尔良的旅途。只是这件事并没有在他说的当天的黄昏发生，而是延迟到了第二天早晨。经过黎纳斯村的时候，他没在那些普通的急报站前停靠，而是一直驾车赶到了蒙得雷塔。蒙得雷塔这个地方许多人都听说过，它位于蒙得雷平原的最高点。在山脚下，伯爵从车上下来，沿着一条大概仅有十八英寸宽的弯弯曲曲的小路向上爬。到了山顶，他的去路被一道篱笆挡住了，篱笆上面布满了红色和白色的小花，小花中间全是绿色的果子。找了片刻，他找到了篱笆上的门，那是一个木头小门，用柳条做的铰链，搭扣不过是一根绳子和一枚钉子而已。没用多长时间，伯爵搞清楚了其中的机关，将门打开了。他的眼前是一个小花园，大概十二尺宽、二十多尺长。花园的一边是篱笆，上面有一扇我们称作门的机关，另一边则是古塔，上面全是常春藤和野花。尽管古塔饱经沧桑，却又浓妆艳抹，俨然一位老婆婆，等候着她的孙子孙女前来给她拜寿。然而，倘若真有谚语所说的那种隔墙有耳的事，它或许会说出好几个悲戚的故事。花园里有一条小路，是用红色的石子铺成的，两旁是生长了很多年的黄杨树，这种格调和色彩，如果被绘画大师德拉克络斯看到，一定是非常喜欢的。这条小路成 8 字形，所以虽然花园只有二十尺长，但走道却弯弯曲曲有六十尺长。白花女神弗洛雪林若是看到了这块小小的花园，定然要春风满面的，同时也会觉得在这里得到了前所未有的崇敬。诚然，花坛中生长的二十株玫瑰花上面，从未停留过苍蝇。那种专门生长在潮湿土壤中破坏植物根部的绿色昆虫，这里也一只都没有。不过这并不是说花园的泥土不够潮湿。那土黑得像炭，树上枝繁叶茂，这一切都说明了泥土的湿润；并且，即使有天然湿度达不到的时候，也会有人工方法弥补的，这就要多亏花园角落里的大水缸了。水缸边蹲着一只癞蛤蟆和一只青蛙，它俩天生是死对头，当然会蹲在水缸的两侧。小路上看不见一根杂草，花坛里面也没有。虽然还没有看到园丁本人，但经他打理的这片小天地却是煞费苦心，令来客一目了然。估计即使是一位非常仔细的太太，也不会像这样耐心地浇灌她的仙人掌、天竺葵和踯躅草的。基督山伯爵关上了门，又把绳子扣到铁钉上，站定后打量着四周。

“这位急报员，”他说道，“一定雇有园丁，否则，他本人肯定就是一位热心的园艺家。”突然，他在一辆满装树叶的独轮车后面碰到了一样东西，本来伛偻着的东西，被他一碰，站了起来。于是基督山伯爵发觉已经站在自己面前的是一个五十岁左右的男人，他刚才正在摘草莓，并把摘下的草莓都放在葡萄叶上。他有十二片葡萄叶和差不多同样多的草莓，但由于站起来得太突然了，草莓从他的手上滚了下去。

“你在采果子吗，先生？”基督山伯爵微笑着说道。

“很抱歉，先生，”那人把他的手举到鸭舌帽的檐上答道，“我没在上面，你知道，但我也是刚刚下来的。”

“我不打扰你了，朋友，”伯爵说，“继续采你的草莓吧，假如的确还有些没采完的话。”

“我还有十颗没采下来，”那人说道，“因为这儿已经有十一颗了，我一共有二十一颗，比去年多了五颗。我并不觉得奇怪，因为今年春天很暖和，而草莓要天热才长得好，先生。因为这个，我去年只有十六颗。而今年，你看，已经摘了十一颗了——十二，十三，十四，十五，十六，十七，十八。啊，少了三颗！它们昨天晚上还在这儿的，先生。我发誓它们是在这儿的——我数过的呀。肯定是西蒙大娘的儿子偷走了，今天早晨我看到他在这儿转悠。啊，那个小浑蛋！在花园里偷东西！他倒不怕吃官司。”

“这事是挺严重，”基督山伯爵说道，“但你也应考虑到罪犯的年轻和胃口。”

“当然了，”那园艺家说道，“但它仍然使我恼火。先生，我再道歉一次，我耽搁您了，您大概是一位长官吧？”他胆怯地瞟了一眼伯爵的蓝色上装。

“请放心吧，我的朋友，”伯爵带笑着说道，他可以随意把他的笑容变成可怕的或慈祥的，而这一次他脸上的笑容是后者的样子，“我不是什么视察官，而是一个游客，是出于好奇心才到这儿来的。我已经开始后悔来参观了，因为这恐怕要浪费你的时间。”

“啊！我的时间是不值钱的。”那人面带凄苦的微笑回答道，“可是，它是属于政府的，我也不应该浪费它，但收过信号后，我就可以休息一个钟头了（说到这里，他望了一眼日晷仪，蒙得雷花园里一应俱全，连日晷仪都有），还有十分钟。我的草莓已经熟了，再过一天——且慢，先生，你认为睡鼠会吃草莓吗？”

“哦，我想不会吧，”基督山伯爵郑重地回答说，“睡鼠，先生，是我们的坏邻居，但我们可不像罗马人那样把它们浸在蜜糖里吃。”

“什么！罗马人吃这种东西吗？”那位园艺家说道，“他们吃睡鼠？”

“彼特尼乌斯[①]的书上这样写道。”伯爵说道。

“真的！它们不见得好吃吧，尽管人们常说，‘肥得像一只睡鼠’。也难怪它们肥，白天整天睡觉，到了晚上才醒来，然后通宵达旦地吃。听我说！去年我的树上结了四个杏子，它们偷去了一个。结了一个油桃，只有一个——嗯，先生，它们就爬到墙上去吃掉了半个，那可是一个非常好的油桃，是我今生吃到的最好的油桃。”

“你吃了吗？”

“吃了剩下的那半个，您知道，味道鲜美极了，先生。啊，那些先生们是从来不会吃坏掉的东西的，就像西蒙大娘的儿子一样，他从不吃那些坏草莓。但明年呀，”那位园艺家继续说道，“我定要小心提防，不让这种事再发生，当草莓快要成熟的时候，即使要通宵看着它们也成。”

基督山伯爵看够了。每个人的心里都热爱着某种东西，正如每一种

① 彼特尼乌斯：罗马作家，生于公元一世纪，写有《讽刺集》一书，记述罗马一世纪时的生活。

果子里都有一种毛虫一样，这个急报员钟爱的是园艺业。他开始摘掉那些遮住葡萄而使其享受不到阳光的叶子，因此才博得了那位园艺家的欢心。

“您是到这儿来看发急报的吗，先生?”那园艺家问。

“是的，如果这样不违反规定的话。”

“噢，不,”那园艺家说道，“根本没规定不许人看，况且看看也没什么危险，因为没有人知道，也没有人能知道我们在说些什么。”

“我听人说,”伯爵说道，“你们对于自己所传达的信号并非都懂得。”

“当然啰，先生，我最高兴的就是这一点。”那个人微笑着说。

“为什么这么说呢?”

“因为那样我就没责任了。我只是一架机器而已，只要我完成了自己的任务，其他的事一律与我无关。”

“难道我是遇到了一个没有野心的人吗?”基督山伯爵心里自问道，“那会把我的计划打乱的。”

“先生,”那位园艺家瞟了一眼日晷仪说道，“十分钟快过去了，我得回去干我的活了。您愿意一块儿上去吗?”

“我跟着你。”

基督山伯爵走进了这座塔。塔分上下三层，最底下的一层储藏园艺工具，如铲子、水壶、钉耙什么的，都一一挂在墙上，全部家具都在这儿了。第二层是普通房间。更准确地说，就是那人睡觉的地方。房间里有几件可怜的家具——一张床，一张桌子，两把椅子，一只陶瓷水壶。天花板上挂着一些快要干掉的草本植物，伯爵认出那是干胡豆。其中有不知是哪位好人保留下来的种子，上面贴着标签，贴得非常认真仔细，好像他曾在植物研究所里做过植物学大师似的。

“要学会急报知识得花很长时间吗，先生?”基督山伯爵问。

“学会它用不了多久，只是工作很单调，令人乏味极了。”

“薪水是多少?”

“一千法郎，先生。”

“太少了。”

“是的，但你也看到了，我们是供给住处的。”

基督山伯爵望着房间。“希望他不要十分眷恋他这个住处才好！”他心里默想着。

他们走上了三楼，这里就是急报房了。基督山伯爵来回地观看着那架机器上的两只铁把手。“有趣极了，”他说道，“但时间一长，你对这种生活一定会感到非常厌烦吧。”

“是的。最初要不断地望着，直到把脖子望酸，但过了一年之后，也就习惯了，而且我们也有休闲和放假的时候。”

“放假？”

“是的。”

“什么时候？”

“大雾天的时候。”

“啊，一点不错。”

“其实假日里，我就到花园里去，下种，拔草，剪枝，灭虫。”

“你待在这儿多长时间了？”

“十年加五年，我已经做了十五年的机器人了。”

“你现在？”

“五十五岁了。”

“你必须工作多久才能享受养老金？”

“噢，先生，得二十五年才行。”

“能拿多少养老金？”

“一百艾居。”

“可怜的人啊！”基督山伯爵低声说道。

“你说什么，先生？”那人问道。

“我说很有意思。”

“什么东西很有意思？”

“你指给我看的一切都很有趣。你对于这些信号真的什么都不懂吗？”

“一点都不懂。”

“你从未想过去弄懂它们的意思吗？”

“不。我为什么要去懂呢?”

“但有几个信号是特地发给你的吗?”

“当然啰。”

“你懂那些信号吗?”

“那是千篇一律的。”

“它们代表什么?”

“‘无新消息’‘可休息一小时’或是‘明天见’。”

“这倒非常简单,”伯爵说道,“看!你的通讯员是不是在那儿发信号给你了?”

“啊,是的,谢谢你,先生。”

“他在说什么——你懂吗?”

“懂的,他在问我准备得怎么样了。”

“你的回答呢?”

“发一个信号,告诉我右边的通讯员我已经准备好了,同时,这也是在告诉我左边的通讯员,叫他也准备好。”

“妙极了。”伯爵说道。

“你看着吧,”那人骄傲地说道,“五分钟之内,他就要说话了。”

“那么,我还有五分钟的时间,”基督山伯爵对自己说道,“我还用不了那么长的时间呢。亲爱的先生,我问你个问题可以吗?”

“什么事,先生?”

“你很喜欢园艺工作?”

“非常喜欢。”

“假如放弃这块二十尺长的草坪,给你一个两亩大的园子,你感到高兴吗?”

“先生,我可以把它造成一座人间乐园的。”

“只靠一千法郎,你的生活一定过得很艰辛吧?”

“是很艰难,但还能活下去。”

“是的,但你只有一个很可怜的花园!”

“不错,这个花园不大。”

“而且,非但不大,还四处都有偷吃一切东西的睡鼠。”

“啊！它们可真是我的灾星。”

“告诉我，当你右边的那位通讯员在发报的时候，假如这时你转了一下头——”

“那样的话我将看不到什么。”

“那样会有什么事情出现?”

“我就无法转达那信号了。”

“那么?”

“因疏忽而不能转达，我将被罚款。”

“罚多少?”

“一百法郎。”

“一下子去了你收入的十分之一，真够受的!”

“啊!”那个人说道。

“这种事情在你身上发生过吗?”基督山伯爵说道。

“有一次，先生，那次我正在给一棵玫瑰花嫁接。”

“嗯，假如你把它改变一下，用别的信号来代替呢?”

“啊，那就是另一回事了，我就会被革职，丧失我的养老金的。”

“是三百法郎吗?”

“是的，一百艾居，先生，所以您看，我很讨厌做那样的事的。”

“一下子给你十五年的工资你也不干吗？嘿，这可是值得思考一下的。”

“给我一万五千法郎?”

“是呀。”

“先生，您吓坏我啦。”

“这没什么。”

“先生，您在诱惑我。”

“一点不错，一万五千法郎，你明白吗?”

“先生，现在让我来看看我右边的通讯员吧!”

“恰恰相反，别去看他，来看看这个吧。”

“这是什么?”

“什么！难道你不认识这些小纸片吗?”

“钞票!”

“一点儿不错，一共十五张。”

“这是谁的?”

“是你的，如果你愿意的话。”

“我的!”那个人几乎透不过气来大声问道。

“是的，你的——它们归你所有。”

“先生，我右边的通讯员在发信号啦。”

“让他去发好啦。”

“先生，您会害了我的，我会被罚款的呀。”

“那只会使你损失一百法郎，你瞧，收了我的钞票以后对你还是有好处的。”

“先生，我右边的通讯员又发了一遍他的信号，他不耐烦啦。”

“别去管他，收下吧。”说着伯爵就把那叠钞票塞到了那个人的手里。“还没说完，”他接着说道，“你不能只靠一万五千法郎生活。”

“我依然可以保留我的工作。”

“不，你肯定要失去工作的，因为你得改变一下那个通讯员发来的信号。”

“噢，先生，您想干什么?”

“开个玩笑而已。”

“先生，除非您强迫我——”

“我准备很有效地强迫你，”基督山伯爵从他的口袋里又抽出一沓钞票来，“这儿还有一万法郎，加上已经在你口袋里的那一万五千，一共是二万五了。你可以用五千法郎买一块两亩大的地和一所漂亮的小房子，余下的两万你每年可以获得一千法郎的利息。”

“一座两亩地大的花园?”

“一年还有一千法郎。”

“啊，天哪!”

“喂，收下吧!”基督山伯爵把钞票硬塞到他的手里。

“我能做什么呢?”

“事情并不很难。”

“那又是怎么一回事呢?”

“把这些信号发出去。”基督山伯爵从他的口袋里摸出一张纸来，上面已写好了三组信号，还有指示着发送次序的数字，“喏，你看，这用不了很长时间的。”

“是的，但是——”

“完成这件事以后，油桃以及其他的一切你便都可以拥有了。”

这一突然的袭击成功了，那个人脸涨得通红，额头上滚下了一连串黄豆般大的汗珠，他把伯爵交给他的那三组信号接连发了出去，根本不顾那右边的通讯员在那儿感到那么吃惊，后者由于不知道其中的变化，还以为这位园艺家发疯了呢。至于左边的那个通讯员，他如实地转达了那些同样的信号。于是那些信号就原封不动地传向了内政部长。

“你现在发财了。”基督山伯爵说道。

“是的，”那个人回答说，“但付出了很大的代价!”

“听着，我的朋友，”基督山伯爵说道。“我不希望你产生丝毫的后悔之意，所以，相信我吧，我可以向你发誓，你没有伤害任何人，你只是执行了天意而已。”

那人望着钞票，把玩了一阵，数了一遍，他的脸色由白转红。然后朝他的房间走去，想去喝一杯水，但还没等跑到水壶那个地方，就晕倒在他的干豆荚堆里了。

五分钟以后，这封新的急报送到了部长的手里，德布雷吩咐套车，匆忙赶到了腾格拉尔府上。

“你丈夫有没有西班牙公债?”他问男爵夫人。

“我想有的吧。的确！他有六百万呢。”

“他必须卖掉它，不管是什么价钱。”

“为什么?”

“因为卡罗斯已经从布尔日逃了出来，回西班牙了。”

“你如何知道的?”

德布雷耸了耸肩。“竟然问我怎么知道那个消息的，我是管时间的嘛。”他说道。

男爵夫人不再问什么了。她急忙奔到她丈夫那儿，后者则立刻飞奔到他的代理人那儿，嘱托他无论什么价钱，都赶紧处理掉。腾格拉尔一抛出，西班牙公债就立刻下跌了。腾格拉尔虽损失了五十万法郎，但他却把他的西班牙证券全部都脱手了。当天晚上，《消息报》上登出了这样一段新闻：

急报站讯：被监禁在布尔日的国王卡罗斯已成功逃脱，现已越过加塔洛尼亚边境回到了西班牙。巴塞罗那人民群起拥戴。

那天晚上，众人别无他论，只谈论腾格拉尔有先见之明，因为他把他的证券全卖掉了；又谈到了他的运气，因为在这种情况的打击下，他只损失了五十万法郎。那些没有把证券卖掉或收购腾格拉尔的公债的人，认为自己已经破产了，因而过了一个极不愉快的夜晚。

第二天早晨，《警世报》上登出了下面这则消息：

《消息报》昨日所登有关卡罗斯逃脱，巴塞罗那叛变的消息没有根据。国王卡罗斯并未离开布尔日，半岛仍处一片歌舞升平的景象中。错误是由于雾中急报信号误传导致。

于是西班牙公债立刻飞涨了起来，其上涨的幅度是下跌的两倍。把亏掉的本钱和错过的赚头加起来，腾格拉尔一下子损失了一百万。

“好！”基督山伯爵对莫雷尔说道，当这个暴跌暴涨的怪新闻传来的时候，莫雷尔正在他的家里，“我刚才有了一个新发现，可以用二万五千法郎去买到我愿意付十万法郎的东西。”

“你发现了什么？”莫雷尔问道。

“我刚刚发现了一种把一个怕睡鼠吃他的桃子的园艺家拯救出来的方法。”

第六十二章　幽灵

从外观看来，欧特伊村的那栋房子并不怎么金碧辉煌，很难让人想到这就是那奢靡的基督山伯爵的别墅。不过这种质朴的格调是非常符合房子主人的心境的。他曾经明确地嘱咐过，房子的外表不能有一丝改动。关于这一点，只需看一眼房子内部的情况，谁都会马上理解的。确实，大门一打开，情况马上就不同了。贝尔图乔先生完全展现了他在布置方面的情趣和办事的果敢迅捷。以前安顿公爵一夜的工夫就将整条大马路上的树木尽数砍光，所以激怒了路易十四。贝尔图乔先生则用三天的时间在光秃秃的前庭里种满了白杨树和大枫树，让树荫遮蔽了房子的前前后后；房子前面一般都是半隐在杂草中的石子路，可是这里竟有一条用青草铺就的过道，这条青草过道是当天早上才铺成的，草叶上还挂着闪烁的露珠。其他的事务，伯爵也都做了明确的嘱咐，他亲自画了一张图样交给贝尔图乔，上面明确标注了每一棵树的位置还有那条替代石子路的青草过道的长度及宽度。这栋房子已经彻底变了模样，连贝尔图乔都说差点儿不认识它了，因为它的周围已经环绕着树木了。管家本来想把花园也修整一番，但伯爵已明确地嘱托过，花园里的东西不许动，所以贝尔图乔只得把气力用到了别的上面，候见室里、楼梯上和壁炉架上到处都摆满了花。最能显出主人学识渊博、指挥有方、理家办事得力的就是：这座闲置了二十年的房子，在头一天晚上还是那样凄冷阴森，充满令人作呕的气味，使人觉得似乎嗅到了那陈年的气味，但在第二天，它却换上了一副生气勃勃的面孔，散发出了房子主人所喜爱的芬芳，透露出使他心满意足的光线。当伯爵到来的时候，他只要一伸手就可以触到他的书和武器；他的目光可以停留在他心爱的绘画上；他所宠爱的狗会摇头摆尾地在前厅欢迎他；小鸟们那悦耳的歌声也使他异常高兴。于是，这座从长眠中醒来的房子，就像森林里睡美人的宫殿般顿时活跃了起来。鸟儿歌唱，花儿盛开，就像那些我们曾流连过很久的场景——当不得不离开的时候，我们把灵魂的一部分留在了那所房子里。仆人们也高高兴兴地在庭前来往穿梭，有些是在厨房里干活的，他们翩然地滑下前一天才修好的楼梯，就如同在这座房子里已住了一辈子似的；有些是车房里干活的，那儿有一箱箱编了号的备用马车，看起来就像已在那儿至少安放了五十年似的；在马厩里，马夫在同马说着话，他们的态度比许多仆人对待他们的主人还要恭敬很多，而马则用嘶鸣来回答。

书房里有将近两千册书，分别排在房间的两边。一边全是近代的传奇小说，甚至前一天刚出版的新书也可以在这一排金色和红色封面所组成的庄严的行列中找到。书房对面是温室，里面摆满了盛开着奇花异草的瓷花盆；在这间色香奇妙的花房中央，有一张弹子台，弹球还陈列在绒布上，显然有人刚刚玩过。只有一个房间贝尔图乔没有变动。这个房间位于二楼左边的角上，前面有一宽大的楼梯，后面还有一暗梯可以上下，仆人们每当经过这个房间时都顿生好奇，而往往使贝尔图乔感到恐怖。五点整，伯爵来到了欧特伊别墅，后面跟着阿里，贝尔图乔带着不耐烦和不安的心情期待着他的到来，他希望能得到几声赞许，但同时又唯恐遭到斥责。基督山伯爵在前庭下了车，到花园里去绕了一圈，又在屋子里到处走了一遍，一句话也没说，脸上既未露出赞许，也没显示出不悦的神色。他的卧室就在那个关闭着的房间的对面，他一踏进卧室，就指着他初次来看房子时就注意到的那张花梨木小桌子的抽屉说道：“那个地方至少可以用来放我的手套。”

“大人想把它打开来看一下吗？”贝尔图乔高兴地说道，“您可以在里面找到一副手套的。”

在其他各种家具里，伯爵都找到了他所要找的一切——嗅瓶、雪茄、珍玩。“很好！”他说道。于是贝尔图乔就面露喜色地退了出去。伯爵非常强烈地影响着周围所有的人。六点整，大门口响起了嘚嘚的马蹄声，是那位驻阿尔及利亚的骑兵上尉，他是骑着米狄亚来的。基督山伯爵含笑在门口等待着他。“我就知道一定是我第一个到，”莫雷尔大声说，“我是刻意要比别人早一分钟到您这儿的。尤利和埃曼纽埃尔托我向您道歉。啊，这儿可真漂亮！但请告诉我，伯爵，您有人照料我的马吗？”

“放心好了，亲爱的马西米兰，他们知道该怎么做。”

“我的意思是它得溜达一下。您没看到它跑得有多快，就像一阵风！”

“我能想象得出来。毕竟是一匹值五千法郎的马哪！”基督山伯爵慈父般地对马西米兰说。

“您有点后悔了吧？”莫雷尔问道，并豪爽地大笑起来。

“我？当然不！”伯爵回答说，“不，如果那匹马不好，我倒是要懊悔的。”

“好得很呢，夏多·勒诺先生和德布雷先生骑的都是部长的阿拉伯马，夏多·勒诺先生还是法国最好的骑手之一呢，可他们还在我之后。他们的后面紧随着腾格拉尔夫人的马车，而她总是以每小时十八里的速度疾驰的。”

“那么说他们就跟在您的后面吗？”基督山伯爵问。

“瞧！他们来啦！”这时，只见两匹鼻子里喷着气的马拉着一辆马车，由两位骑在马上的绅士陪伴着，来到了那敞开着的大门口。马车一直驶到台阶前面才停住，后面是那两位骑在马上的绅士。德布雷脚一点地，便站在了车门前面，他把手递给男爵夫人，男爵夫人便握着他的手下了车。她握手时的态度有点不同寻常，这一点只有基督山伯爵才觉察得到。真的，什么也逃不过伯爵的眼睛。他看到一张小纸条从腾格拉尔夫人的手里塞进了部长秘书手里，塞得极其熟练，似乎是个常做的动作。从腾格拉尔夫人的后面走出来了一位银行家，只见他的脸色苍白，似乎他不是从马车里出来而是从坟墓里爬出来的。腾格拉尔夫人向四周急速并探询般地望了一眼。只有基督山伯爵一个人能看懂这一眼的意义。她在用她的眼光拥抱前庭、廊柱和房子的正面；然后，压制住内心微微的激动，不变脸色，以免被人识破。她走上了台阶，对莫雷尔说道："阁下，假如您是我的朋友的话，我想问问您是否愿意把您的那匹马卖给我。"

莫雷尔非常为难地微笑了一下，转向基督山伯爵，像是祈求他来解救自己似的。伯爵懂得了他的意思。"啊，夫人！"他说道，"您干吗不向我提这个要求？"

"向您提？阁下，"男爵夫人答道，"那是没必要的，因为您向来是有求必应的。假如莫雷尔先生也是这样的话——"

"不幸得很，"伯爵答道，"莫雷尔先生是不能放弃他那匹马的，因为马的去留和他的名誉密切相关，我是这件事的证人。"

"怎么会呢？"

"他跟人打了赌，说要在六个月之内驯服米狄亚。您现在明白了吧，假如他在那之前把它卖了，他不仅要损失那笔赌注，而且人家还会说他胆小。一个勇敢的骑兵队长是决不能忍受这一点的，即使是为了满足一个美丽女子的愿望。当然，我同时认为满足一个美丽的女子的愿望是天底下最神圣的义务之一。"

"您知道我的处境了吧，夫人。"莫雷尔说道，并感激地向伯爵微微一笑。

"要我说，"腾格拉尔说道，脸上虽容忍带着微笑，但仍掩饰不了他语气的粗鲁，"你的马已够多的了。"

腾格拉尔夫人以往是很少容忍这样的话的，但使那些青年人惊奇的是：这次她竟假装没听见，什么也没说。基督山伯爵看到她竟能一反常态地忍气吞声，微笑了一下，指给她看两个硕大无比的瓷瓶，瓷瓶上布满了虬结的海生植物，那显然是天然的。男爵夫人很是惊奇。"哦，"她说道，"您居然把杜伊勒里宫的栗子树都种在那里啦！这么大的瓷瓶是怎么烧出来的？"

"啊，夫人！"基督山伯爵答道，"对这个问题我们是无法给您答复的，因为我们这一代人只会烧些小摆饰和玻璃器皿。这是古物，是用水土之精华构成的。"

"怎么？这是哪个朝代的呢？"

"我也不晓得。只听说，中国有个皇帝造了一座窑，在这座窨里烧制出了十二个这样的瓷瓶。其中有两个因为火力太猛而破裂了，其余十个全沉到了两百丈深的海底里。海是懂得人们对她的要求的，因此就用海草掩盖了它们，用珊瑚环绕着它们，用贝壳来粘附着它们，这十个瓷瓶就在那几乎深不可测的海底世界里躺了两百年。后来的一场革命革掉了那个想做这种试验的皇帝，只剩下一些证明怎样制造瓷瓶及它们如何沉入海底的文件。两百年后，人们找到了那些文件，于是就想把那些瓷瓶打捞出来。他们特地派人潜入那个沉瓶的海底里搜寻，但十个只剩下了三个，其余的则都被海浪冲破了。我很喜欢这些瓷瓶，因为或许曾有面目狰狞的妖怪的目光凝视过它们，或有无数小鱼也曾睡在那里面以逃避天敌的追捕。”

这时的腾格拉尔对这些稀奇古怪的事不感兴趣，正机械地扯着一朵朵橘子树上的花。扯完了橘子花，又去扯仙人掌，但这东西可不像橘子树那么容易扯，所以他被狠狠地刺了一下。他不禁打了个寒战，抹了抹眼睛，似乎是刚从一场梦中醒来似的。

“阁下，”基督山伯爵对他说，“由于您有许多珍品，所以我不敢将我的画推荐给您，但这里有几幅还是值得您看看的，荷比马和琪拉特的各有两幅，保罗·保特、米里斯、拉斐尔、范代克、朱巴兰各有一幅，还有两三幅是穆里罗斯的。”

“等一下！”德布雷说，“这一幅荷比马的作品我认识。”

“啊，真的！”

“是的，有人曾对博物馆兜售过它。”

“我相信这一幅不在博物馆里收藏吧？”基督山伯爵说。

“没有，他们不愿意买。”

“为什么不愿意买？”夏多·勒诺问。

“你是故意的。因为政府资金匮乏呀。”

“啊，不好意思！”夏多·勒诺说，“过去的八年里，这种话我每天都会听到，但是直到现在我仍旧不懂这句话的意思。”

“慢慢地，你会知道的。”德布雷说。

“我想不一定。”夏多·勒诺答道。

“巴陀罗米奥·卡瓦尔康蒂少校和安德烈·卡瓦尔康蒂子爵到！”

巴浦斯汀通报。

系着一条刚从裁缝手里接过来的黑缎子领巾，长着灰色的胡须、一对金鱼眼、一套挂着三个勋章和五个十字奖章的少校制服，这些确实显示出了一个老军人的派头。这就是巴陀罗米奥·卡瓦尔康蒂，我们已经结识过那位慈父的仪表。紧靠在他旁边的是满脸堆笑、穿戴一新的我们认识的那位孝子——安德烈·卡瓦尔康蒂子爵。三个青年人本来在一起谈话，两位新客一进来，他们的目光就从那父亲移到儿子，然后很自然地停在了儿子的身上，并开始对他议论起来。

“卡瓦尔康蒂!”德布雷说。

“名字真响亮!”莫雷尔说。

“是的，”夏多·勒诺说，“意大利人很会取名字，可是衣服穿得很糟糕。”

“你说得有点过了，夏多·勒诺，”德布雷回答，“这套衣服很新，剪裁得也不错。”

“我感觉这一点就是最糟糕的。那位先生看起来像是首次穿好衣服。”

“这两位先生是谁?”腾格拉尔问道。

“您能够听见吧——卡瓦尔康蒂。”

“那只是将他们的姓告诉了我。”

“啊，不错！您对意大利的贵族不了解，卡瓦尔康蒂这一族全是亲王的后裔。”

“他们很有钱吗?”

“很多。”

“他们做些什么呢?”

“他们要做的就是将钱花光。我好像记得，前天他们和我说，说要和您接洽一些事情。说实在的，今天我是为了您才将他们请来的。待会儿我介绍你们认识。”

“但是，看他们说法语的样子，很是地道啊!”腾格拉尔说。

“那子爵是在南部某一个大学里受教育的——在马赛吧，我觉得，要不就是在那附近。一会儿您就知道了，他很热心的。”

“热心什么?”腾格拉尔夫人问。

“热心于法国的太太小姐们，夫人。他决定要娶一位巴黎小姐做太太。”

“这个想法倒很好!”腾格拉尔耸耸肩说。

腾格拉尔夫人瞟了一眼她的丈夫，在其他时候，这样的一个眼光就如同预示着一场风波的来临。但她又再一次控制住了自己。

“男爵今天看起来有些心不在焉呀，”基督山伯爵对她说道，“他们要推荐他入阁了吗?”

“我想，暂时还不会吧。多半是由于在证券交易所里投机输了钱，所以不高兴。”

“维尔福先生偕夫人到!”巴浦斯汀喊道。

话音刚落，那两个人便进来了。维尔福先生虽然在尽力克制着，但他的神色很显然有些不自然，当基督山伯爵同他握手时，能明显感觉到他的手有点颤抖。“是的，这样装模作样只有女人才清楚。”他在心里对自己说道，同时瞟了一眼腾格拉尔夫人。此时，腾格拉尔夫人正微笑着同检察官打招呼，随后又和他的妻子拥抱。不一会儿，伯爵看见贝尔图乔走进隔壁房间（在这之前，贝尔图乔一直在忙着布置其他几个房间）。伯爵走到他旁边。“你有事吗，贝尔图乔先生?”他说。

“大人还没有说会来几位客人。”

“啊，对的!”

“刀叉要准备几副呢?”

“你看着人数准备吧。”

“都会来吗，大人?”

“对。”

贝尔图乔从半开着的门里看过去。伯爵看着他。“天哪!”他惊呼道。

“怎么了?”伯爵问道。

“那个女人!那个女人!”

“谁?”

“那个穿着白衣服、戴很多钻石、白皮肤的女人。”

“腾格拉尔夫人？”

“我不知道她叫什么，但是她，大人，没错！”

“是谁？”

“就是那个在花园里一边散步、一边等候的孕妇。”贝尔图乔站在那半开着的门口，眼睛瞪得大大的，头发也直竖了起来。

“在等谁？”

贝尔图乔没有回答，只是指着维尔福，那姿势同麦克白用来指班柯[①]的姿势一样。“啊！啊！”他终于结结巴巴地说，“您看到了吗？”

“看到了什么？谁？”

“他！”

“他！维尔福先生，那位检察官？我当然能看见他。”

“那么我没有将他杀死！”

“说实在的，你看起来快要发疯啦，好贝尔图乔。”伯爵说。

“那么他没有死！”

“他还活着，你明明看见他还活着。你的老乡们刺人一直都是在第六和第七条肋骨之间刺，你肯定是刺得太高或太低了，而这些做法律工作的人，他们的命都很大——但或许你和我说的那些话都是假的，只是你幻想中的一个场景或是一个梦。你睡觉的时候，心里满是复仇的想法，那些想法在你的胸口上重重地压着——你做了一场噩梦，仅此而已。来，保持镇定，算算看：维尔福先生夫妇，两个。腾格拉尔先生夫妇，四个。夏多·勒诺先生、德布雷先生、莫雷尔先生，七个。巴陀罗米奥·卡瓦尔康蒂少校，八个。”

“八个！”贝尔图乔跟着说。

“别急！你着急着想走开，可是将我的一位贵宾给忘啦。往左边靠一点。喏！看看安德烈·卡瓦尔康蒂先生，就是那个穿着黑色上装的青年人，他现在回过头了。”

这一次，要不是基督山伯爵用目光阻止了他，贝尔图乔一定会大声惊叫起来的，“贝尼代托！”他喃喃地说道，“天意啊！”

---

① 麦克白和班柯都是英国戏剧家莎士比亚的悲剧《麦克白》里的人物。

“六点半刚才敲过了，贝尔图乔先生，”伯爵严厉地说道，“曾吩咐过这个时候开宴的，我可不愿意多等。”于是他回到了他的客人那儿，贝尔图乔在墙上靠了一会儿，非常不情愿地回到了餐厅里。五分钟过后，客厅的门开了，贝尔图乔像尚蒂伊的瓦代尔①一样，鼓足最后的勇气说道：“禀告伯爵阁下，酒席准备好了。”基督山伯爵把他的胳膊递给了维尔福夫人。“维尔福先生，”他说，“请您引导腾格拉尔男爵夫人好吗？”维尔福听从命令，于是他们转到了餐厅里。

① 瓦代尔是贡德公爵的管家，一次，公爵在尚蒂伊宴请路易十四，他因为未能将鲜海鱼及时送上而感到羞愧，进而鼓足最后的勇气拔剑自刎。

第六十三章 晚宴

走进餐厅的来客似乎都感触良多。每个人闷声自问，到底是怎样一种力量让他们走进这座房子的？然而，虽然他们惊奇且不安，却又不想离开。想到伯爵的社会关系、惊人得令人难以想象的财富和他那乖僻的地位，男人们好像都应该警惕他，而女人们也觉得不应该来到一座没有女主人的房子里，可是这些男人女人都忘记了保持谨慎和传统，好奇心让他们齐齐走到这里来。就连卡瓦尔康蒂和他的儿子（父亲十分古板，儿子又很轻浮，两人都十分不解邀请他们的用意）也与他们第一次见到的那群人一样，怀有同样的困惑。而腾格拉尔夫人呢，当维尔福经由伯爵点拨后，将胳膊伸向她时，十分吃惊；而维尔福发现男爵夫人挽着自己胳膊的时候，也是全身都不自在，眼中带着些许不安。这所有的一切都被伯爵收入眼底；单单是从接触过的这些人来说，这样的场面在旁观者的眼中也是足够有意思的了。维尔福先生的左手边是腾格拉尔夫人，右手边是莫雷尔。伯爵坐在维尔福夫人与腾格拉尔中间，德布雷被安排在卡瓦尔康蒂父子之间；夏多·勒诺则插进了维尔福夫人与莫雷尔中间。

席面上的食物极其丰盛，基督山伯爵完全剔除了巴黎式的情调，与其说他要喂饱他的客人，倒不如说他想喂饱他们的好奇心更确切一些。他推出的是一桌东方式的酒席，而这种东方式的酒席也只有在阿拉伯童话故事里才会有。中国碟子和日本瓷盘里堆满了世界各地的四季鲜果；大银盆里盛着硕大无比的鱼；各种珍禽的身上依旧保留着最鲜艳夺目的羽毛；外加各种美酒：有爱琴海出产的、小亚细亚出产的、好望角出产的，都装在奇形怪状而闪闪发光的瓶子里，似乎使酒闻起来更香甜醇美。这一切，就像阿辟古斯①招待他宾客时一样，一齐摆在了这些巴黎人的面前。他们知道，花一千路易来请十个人吃一顿原本也是可能的，但那就得像喀丽奥伯德拉吃珍珠或梅迪契喝金水一样。基督山伯爵注意到了大家那惊奇的表情，就戏谑地笑谈起来，“诸位先生，”他说，“你们大概也承认，当一个人有了相当程度的财产以后，生活也就奢侈了起来。而太太们想必也承认，当一个人有了相当优越的地位以后，他的理想才会越高。现在，站在这一种立场上推测，什么东西才能称其为奇妙呢？那就是我们无法了解的东西。而什么东西才是我们真正想要的呢？就是我们无法得到的东西。嗯，研究我无法了解的事物，得到无法得到的东西，这就是我生活的目标。我是用两种工具来实现我的希望的——我的意志和我的金钱。我所追求的目标和诸位的有所不同，譬如您，腾格拉尔先生，您希望修建一条新的铁路线；而您，维尔福先生，您希望判处一个犯人死刑；您，德布雷先生，您希望平定一个王国；您，夏多·勒诺先生，您希望取悦一个女人；而您，莫雷尔，您希望驯服一匹没有哪个人敢骑的马。尽管我们所追求的目标不同，但我追求目标的兴趣，却并不亚于你们。譬如说，请看这两条鱼吧，这一条是从圣·彼得堡一百五十里以外的地方买来的，那一条是在那不勒斯十五里以内的地方买来。现在看到它们被摆在同一张桌子上，不是很有趣吗？”

“这是两条什么鱼？”腾格拉尔问。

“夏多·勒诺先生曾在俄罗斯住过，想必他可以告诉您这条鱼的名字。”基督山伯爵回答，“卡瓦尔康蒂少校是意大利人，想必他可以告诉您另外一条的名字。”

“这一条，我想，是小蝶鲛。”夏多·勒诺说道。

“而那一条，”卡瓦尔康蒂说，“假如我没认错的话，是蓝鳗。”

“正是。现在，腾格拉尔先生，问问这两位先生是从哪儿捉到它们

① 阿辟古斯是古代罗马奥古斯都时代的美食家。

的吧。"

"小蝶鲛，"夏多·勒诺说，"只有在伏尔加河里才捉得到。"

"我知道，"卡瓦尔康蒂说，"只有富莎乐湖里才有这么大的蓝鳗。"

"对，一条是从伏尔加河里打来的，一条是从富莎乐湖里捉来的，非常正确。"

"不可能的！"来宾们齐声喊道。

"嗯，我觉得有趣的地方在这里，"基督山伯爵说道，"我就像尼罗王——一个'不可能'的追求者，而你们现在觉得有趣也正因为如此。这种鱼，其实可能不如鲈鱼好吃，但你们似乎却觉得它很鲜美，那是因为你们觉得是不可能得到它的，而它却意想不到地在席上出现了。"

"您是怎么把这些鱼运到法国来的呢？"

"噢，那再容易不过了：把鱼分装在木桶里运。一个桶里装些河草，另一个桶里装些浮萍，然后把这些桶再装在一辆特制的大车上。这样，那小蝶鲛就活了十二天，蓝鳗活了八天。当我的厨子捉它们的时候，它们还活蹦乱跳的。然后，就用牛奶闷死了小蝶鲛，用酒醉死了蓝鳗，您不相信吧，腾格拉尔先生？"

"是有点不相信。"腾格拉尔傻乎乎地笑着回答。

"巴浦斯汀，"伯爵吩咐道，"去把鱼拿来。就是养在桶里的那些活着的小蝶鲛和蓝鳗。"腾格拉尔睁着一双迷离的眼睛，其余的来宾也都紧握着双手。只见四个仆人扛着水面上浮着藻类植物的两只木桶走了进来，每个木桶里悠然地游着一条与席上同样的鱼。

"可为什么每样两条呢？"腾格拉尔问。

"只因为一条也许会死。"基督山伯爵不经意地回答。

"您真是位奇人，"腾格拉尔说，"哲学家也许又可以振振有词地说，有钱是一件多么可喜的事情。"

"还得有脑筋。"腾格拉尔夫人加上了一句。

"噢，可别那么赞美我，夫人。这种事在罗马人眼里是很普通的。

普林尼[①]的书上曾说过，他们常常派奴隶头顶着活鱼从奥斯蒂亚运到罗马，他们把那种鱼叫作‘墨露斯’，从他的描写上来看，大概就是鲷鱼。他们认为吃活鲷鱼也是一种奢侈，并觉得看着鲷鱼死是一件很有趣的事。因为鲷鱼在被送进厨房处死的时候，会变三四次颜色，像彩虹似的依次变换。它的痛苦却成了它的特点，假如活着的时候没人注意它，死后就不会那么了不起了。”

“是的，”德布雷说道，“可毕竟奥斯蒂亚距罗马只有几里路呀。”

“不错。”基督山伯爵说，“但我们距鲁古碌斯已有一千八百年了，如果我们仍比他更落后，那么做现代人还有什么好处呢？”

两个姓卡瓦尔康蒂的人几乎同时都睁大了眼睛，但他们还算知趣，没再说话。

“这一切都是极不平凡的，”夏多·勒诺说，“而我最佩服的，我承认，就是他们竟能如此迅速地执行您的命令。您的这座房子不是五六天以前才买的吗？”

“是这几天的事。”

“我相信在这一个星期里，它已经大变了样。假如我没记错的话，它另外还应该有一个入口，前面庭院里原是空无一物的，除了一条石子路之外，可今天我们却看到了一条美丽的青草过道，道边的树木似乎已有一百年之久。”

“为什么不呢？我喜欢青草和树荫。”基督山伯爵说道。

“是的，”维尔福夫人说，“以前大门是朝着街的。我神奇地脱险的那天，您把我带进来的时候，我记得还是那样的。”

“是的，夫人，”基督山伯爵说，“但我想换一个进口，方便在大门口就可以看见布洛涅大道。”

“仅四天的工夫！”莫雷尔说，“这真可谓太不平凡了！”

“的确，”夏多·勒诺说，“把一座老宅子改造成了一座新房子真是一个了不起的成就。这座房子以前很旧，且阴森恐怖。我记得两三年以

---

① 普林尼（公元62—公元113年），罗马作家。

前，当圣·梅朗先生登报出售的时候，我曾代家母前来看过。”

“对，圣·梅朗先生！”维尔福夫人说，“那么在您买这座房子以前，它是归圣·梅朗先生所有了？”

“也许是吧。”基督山伯爵回答。

“什么！‘也许’？难道您还不知道卖主是谁吗？”

“是的，的确不知道，这笔交易是由我的管家全权代理的。”

“这座房子至少已空闲了十年了，”夏多·勒诺说，“从外表看上去实在有点死气沉沉的，百叶窗总是关着，门也总锁着，庭园里长满了野草。真的，假如这座房子的主人不是检察官的岳父的话，大家或许会以为这里曾发生过某件可怕的罪案哩。”

到现在为止，维尔福对放在面前的那三四杯珍奇美酒未曾尝过，这时，他拿起了一杯一饮而尽。基督山伯爵暂时让房间里安静了一会儿，然后说道：“这真奇怪，我初次走进这座房子的时候，也曾有过那种感觉，它看起来是这样阴森森的，要不是我的管家已代我买了下来，我是决不会要它的。也许那家伙收受了中间人的贿赂。”

“也许是吧，”维尔福挣扎着说道，并极力想露出一点微笑来，“但请相信我，那件贿赂案跟我可毫无关系，这座房子也可以说是瓦朗蒂娜嫁妆的一部分，圣·梅朗先生很想把它卖掉，因为如果再过一两年还是没人住，它会倒塌的。”

这次可轮到莫雷尔的脸色变白了。

“尤其是有这样一个房间，”基督山伯爵又说道，“表面看上去它很平凡，窗帷上挂着红缎子，可是，不知为什么，我觉得那个房间很有趣。”

“怎么会呢？”德布雷说，“怎么有趣？”

“我们能把出于本能的感觉解释清楚吗？”基督山伯爵说，“我们在某些地方好像能嗅到抑郁的气息，难道不是这样吗？可为什么我们又讲不出来。只有某种持续不断的回忆或某个念头把你带回到了另一个时代、另一些地方，而那多半或许和我们此时此地的情景并无什么关系。

在那个房间里，总有某种神秘的东西使我联想到甘奇侯爵夫人[1]或德丝狄摩娜[2]的房间。哦！既然我们已经吃完了，还是由我来领着你们去看一下吧，看过以后我们就到花园里去喝咖啡，吃完了饭，应该去走走看看的。”

基督山伯爵以一种探询的目光望着他的客人们。维尔福夫人站起身来，基督山伯爵也站了起来，其余的人也陆续站了起来。维尔福和腾格拉尔夫人则像脚下生了根似的在他们的座椅上犹豫了一会儿，他们以冷淡、呆滞的目光彼此询问着对方。

“你听到了没有？”腾格拉尔夫人似乎在说。

“我们必须去。”维尔福好像在回答，然后伸手让她挽着。

其他的人都已经在好奇心的驱使下分散到了各处。因为他们觉得这次参观不会仅限于这一个房间，同时一定也可以参观其他的地方，借此机会可以看一看基督山伯爵是怎样把他的房子变成一座宫殿的。每个人都从那几扇打开着的门那儿走了出去。基督山伯爵等着留下来的那两位，当他们也从他身边走过的时候，他便微笑着把自己排在了这个行列的最后。维尔福和腾格拉尔夫人当然并不清楚伯爵那个微笑的含义，假如他们明白的话，一定会觉得比去将要参观的那个房间更可怕。他们穿过一个又一个的房间，大多数房间的布置充满了东方情调，椅垫和靠背长椅代替了床，各色各样的烟管取代了家具。客厅里琳琅满目地挂着古代大画师们最珍贵的杰作；女宾休息室里挂满了中国的刺绣品，色彩玄妙，花样怪诞，质地极其名贵。最后，他们走进了那个著名的房间里。乍一看，这个房间并无特别之处，只不过别的房间都已重新装饰过，而这里的一切却依然如故。太阳已经西下，房间里却还没有点灯。这两点已足够使人感到一种阴森恐怖的气氛了。

“噢！”维尔福夫人喊道，“真可怕！”

腾格拉尔夫人勉强说了句什么，但没人听清。大家观察的结果，一

---

① 甘奇侯爵（1635—1667），法国贵族，被其丈夫的两个兄弟所谋杀。

② 莎士比亚悲剧《奥赛罗》里女主人公，被她的丈夫奥赛罗掐死。

致认为这个房间确实像一个不祥之地。

“难道不是吗?”基督山伯爵问道，“请看那张笨重的大床，挂着那顶阴沉沉、血色似的帐子！还有那两张因受潮已褪了色的粉笔人物画像，他们那苍白的嘴唇和那凝视着一切的眼睛不是像在说‘我们看到了’吗?”

维尔福的脸色煞白，腾格拉尔夫人则倒在一张壁炉旁边的长凳上。

“噢!”维尔福夫人微笑着说道，“您可真够大胆的了！也许那件罪案就发生在这张凳子上呢!”

腾格拉尔夫人闻听这句话猛地站了起来。

“哦，”基督山伯爵说，“事情还不仅仅如此呢。”

“还有什么?”德布雷问道，他也已注意到了腾格拉尔夫人那种不安的神态。“啊！还有什么?”腾格拉尔也问道，“因为到目前为止，我还不能说已看到什么特别的东西。您说吧，卡瓦尔康蒂先生。”

“啊!”他说道，“我们在比萨，有乌哥里诺塔[①]；在弗拉拉，有达沙囚房[②]；在里米尼，有弗兰茜丝卡和保罗的房间[③]。”

“是啊，可你们却没有这种小楼梯吧，”基督山伯爵一边说，一边打开了一扇掩在帷幕后面的门，“请过来看看吧，然后告诉我你们的感触。”

“多难看的一座螺旋形楼梯。”夏多·勒诺带笑说道。

“我不知道究竟是不是因为喝了奇奥斯酒才产生了这种悲怆的气氛，但这屋子里的一切给我阴惨惨的感觉。”德布雷说道。

自从听到提及瓦朗蒂娜的嫁妆以后，莫雷尔就始终满面愁容地没再说过一句话。

“我曾经幻想过，”基督山伯爵说道，“是否以前曾有过一个奥赛罗似的人物，在一个狂风暴雨的夜晚，一步步地走下这座楼梯，手里抱着

① 乌哥里诺塔是意大利比萨的暴君，被其敌人禁囚于塔内与儿孙们一起饿死了。

② 达沙是意大利文艺复兴诗人，住在弗拉拉，曾两次发疯遭囚禁。

③ 弗兰茜丝卡是十三世纪意大利有名的美人，保罗是她的情人，两人都被她的丈夫所杀。

一个尸体，想在黑夜里把他埋掉。这样，即使瞒不过上帝的眼睛，至少希望能掩人耳目，不知你们是否有同感？”

腾格拉尔夫人一下子半晕倒在维尔福的臂弯里，维尔福本人也不得不靠在墙壁上，以支撑着身体。

“啊，夫人！”德布雷惊叫道，“您怎么啦？您脸色怎么这么苍白呀！”

“怎么样？这很简单，”维尔福夫人说道，“基督山伯爵先生在给我们讲恐怖故事，无疑是想吓倒我们。”

“是啊，”维尔福说道，“真的，伯爵，您把太太们都吓坏了。”

“怎么了？”德布雷用耳语问腾格拉尔夫人。

“没什么，”她勉强回答说，“我想出去透透气！没别的。”

“我陪您到花园里走走好不好？”德布雷一边说着，一边向暗梯那边走去。

“不，不！”她急忙说道，“我宁愿待在这儿。”

“您真的吓坏了吗，夫人？”基督山伯爵说。

“噢，不，阁下，”腾格拉尔夫人说道，“只不过您讲得绘声绘色的，把您想象中的情景讲述得太逼真了。”

“啊，是的！”基督山伯爵微笑着说，“这些都只是我想象中的事情。我们为什么不把这想象成一个贞节的良家妇女的房间，这张挂红帐子的床，是送子娘娘访问过的床，而那座神秘的楼梯，是为了防止打扰她们母子的睡眠，供医生和护士上下使用的，或者是供那做父亲的来抱睡着了的孩子使用的？”

看到这一幅可喜的画面，腾格拉尔夫人非但没有镇定下来，而是呻吟了一声，然后就昏了过去。

“腾格拉尔夫人一定是病了，”维尔福说道，“还是送她回到她的马车里去吧。”

“噢！我忘带我的嗅瓶了！”基督山伯爵说道。

“我这儿有。”维尔福夫人说，她递给基督山伯爵满满的一瓶伯爵给爱德华尝过的那种红色药水。

“啊!”基督山伯爵说着就从她的手里把药瓶接了过来。

“是的,”她说道,“我遵从您的指示已经试过了。”

“成功了没有?”

“我认为是成功的。”

腾格拉尔夫人已被搀扶到了隔壁的房间里。基督山伯爵滴了极小的一滴在她的嘴唇上,她便醒了过来。

“啊!”她大声说道,“多可怕的一个梦啊!”

维尔福捏了一下她的手,让她明白这并不是一个梦。有人去找腾格拉尔先生了,因他对于这种富有诗意的想象不感兴趣,所以早已到花园里去和卡瓦尔康蒂少校谈论从里窝那到佛罗伦萨修建铁路的计划中去了。基督山伯爵似乎有些失望。他挽起腾格拉尔夫人的手臂,引领她到了花园里,发觉腾格拉尔正在和那两个姓卡瓦尔康蒂的人一同喝咖啡。

“夫人,”他说道,“我真的吓坏了您吗?”

“噢,没有,阁下,”她回答,“但您知道,由于我们每个人的情绪变化有所不同,所以我们会产生因物而异的印象。”

维尔福勉强笑了一声。“有时候,您知道,”他说,“只要一个念头或一个想象就足够了。”

“噢,”基督山伯爵说道,“不管你们信不信,但我是确信这间屋子里曾发生过一件罪案的。”

“小心啊!”维尔福夫人说道,“检察官可在这儿呢。”

“啊!”基督山伯爵答道,“既然如此,我就乘机在他面前提起我的诉讼好了。”

“您的起诉!”维尔福说道。

“是的,而且还有证据。”

“噢,这真的有趣极了,”德布雷说,“假如真的发生过罪案,我们何不来调查一下。”

“的确是发生过罪案的,”基督山伯爵说道,“这边来,诸位,来,维尔福先生,因为如果起诉就得在有关当局的面前起诉,这样才能奏效。”于是他挽起维尔福的手臂,同时仍挽着腾格拉尔夫人,拖着检察官向那棵处在阴影最深处的梧桐树走去。其他的来宾也跟在后面。“喏，”基督山伯爵说，“这里，就在这个地方（他用脚顿了顿地面），因为我想使这些老树看上去清新且富有活力，就叫人把这儿的泥土挖起来，加些新土进去。呃，他在挖土的时候发现了一只木箱子，更准确地说，是一只包了铁皮的木箱子，箱子里有一具初生不久的婴儿的尸体。”

基督山伯爵察觉到腾格拉尔夫人的手臂僵硬，而维尔福则在发抖。

“一个初生不久的婴儿！”德布雷说道，“见鬼！我看这事倒真的严重起来啦！”

“唉，”夏多·勒诺说，“我刚才没说错吧。房屋也像人一样的，有灵魂，有面孔，而人们的外表就是其内心的表现。这座房子之所以阴森恐怖，就是因为它看了令人难过，而它之所以看了令人难过，就是因为它隐藏着一件罪案。”

“谁说这是一件罪案？”维尔福用尽最后一点力气问道。

“什么！把一个孩子活埋在花园里难道还不算犯罪吗？”基督山伯爵大声说道，“请问，您怎么定义这种行为呢？”

“谁说是活埋的？”

“如果是死的，干吗埋在这儿呢？这个花园从未当坟地用过呀。”

“杀害婴儿在法国要负什么法律责任？”卡瓦尔康蒂少校不经意地问道。

“噢，杀头。”腾格拉尔说道。

“啊，真的！”卡瓦尔康蒂说。

“我想是的。我说得对吗，维尔福先生？”基督山伯爵问。

“是的，伯爵。”维尔福回答，但他此时的声音简直不像人的声音了。

基督山伯爵看到那两个人对于他精心准备的这个场面再也忍受不了了，也就不再穷追不舍了，于是便说：“来吧，诸位，去喝点咖啡吧，我们好像把它给忘啦。”于是他又引导着来宾们回到了草地上的桌子旁边。

“伯爵，”腾格拉尔夫人说道，“说来真是难为情，可您那些吓人的故事讲得我难受极了，所以我必须请求您允许我坐下来。”于是她陷入了一把椅子里。

基督山伯爵鞠了一躬，走到了维尔福夫人面前。“我想腾格拉尔夫人大概需要再用一下您那只瓶子了。”他说道。

在维尔福夫人还没走到她朋友的身边以前，检察官已乘机对腾格拉尔夫人耳语了一句：“我们必须谈谈。”

“什么时候？”

“明天。”

“在哪儿？”

“请到我的办公室里来，那是最安全的地方。”

“我一定去。”这时，维尔福夫人过来了。

“谢谢，亲爱的，”腾格拉尔夫人说，并竭力地挤出一个微笑，“都已经过去了，现在觉得好多了。”

第六十四章　乞丐

夜色越来越浓。维尔福夫人提议回巴黎，这也是腾格拉尔夫人不敢说出口的，虽然她早就觉得在这里不安了。听到妻子的提议，维尔福先生第一个告辞。他邀请腾格拉尔夫人与他共乘一辆马车，这样他的妻子就可以顺道照顾一下她。但是一边的腾格拉尔先生此时却与卡瓦尔康蒂先生聊得兴致勃勃，没有注意到这边的情况。基督山伯爵和维尔福夫人要嗅瓶时，就发觉维尔福贴到了腾格拉尔夫人身边，也大致猜到了他会和她说什么，虽然维尔福的声音低得可能连腾格拉尔夫人本人都听不清。不过伯爵并没有反对他们的主张，他让夏多·勒诺、德布雷和莫雷尔骑马回去，让两位太太搭乘维尔福先生的马车。没过多久，腾格拉尔越来越喜欢和卡瓦尔康蒂少校交谈，甚至邀请他们和自己同乘一辆马车回去。

安德烈·卡瓦尔康蒂发现他的双轮车已等在了门口。他的马夫，各个方面都非常像英国式漫画上的人物，此时他正踮起脚使劲拉住一匹铁灰色的高头大马。安德烈在席间一直沉默寡言。他是个聪明的小伙子，深怕自己在这么多大人物面前会说出一些荒诞可笑的话来，所以只是瞪着那双多少有些恐惧的眼睛看着检察官。后来腾格拉尔缠上了他，那位银行家看到这位少校是那样的盛气凌人，而他的儿子却是这样的彬彬有礼，再想到伯爵如此对待他们，就认定他遇到的是一位带儿子到巴黎来增加阅历的大富翁。他带着莫名的喜悦注视着少校无名指上的那枚大钻戒。至于少校，他原本就是一个处处小心谨慎的人，因怕他的钞票遭遇到什么不测，所以立刻把它变成了值钱的东西。

晚餐以后，腾格拉尔以谈生意为借口，顺便问到了他们父子的生活状况。父子俩事先已经知道他们的四万八千法郎和每年的五万法郎都要从腾格拉尔那里得到，所以他们对这位银行家的感激之情不知如何表达，若叫他们去和他的仆人握手，他们也会十分愿意的。有一件事使腾格拉尔对卡瓦尔康蒂更增添了敬意——或者说是崇拜。后者由于信守贺拉斯那句“处万变而不惊”的格言，所以除了说最大的蓝鳗是哪个湖里的产物以证明他的学识之外，便不再多说一句话，默默地吃完了他面前的那份菜。因此，腾格拉尔认为这桌宴席虽然奢侈，但对于卡瓦尔康蒂来说却如同家常便饭。他在卢卡的时候，多半也常吃从瑞士运来的鳟鱼和从英国运来的龙虾，就如同伯爵吃从富莎乐湖来的蓝鳗和伏尔加河来的小蝶鲛一样。所以他非常热情地接受了卡瓦尔康蒂的这几句话：“明天，阁下，我当登门拜访，和您谈一下有关业务方面的事情。”

“而我，阁下，”腾格拉尔说，“将不胜愉快地恭候您的光临。”说到这里，他就请卡瓦尔康蒂坐他的马车回太子旅馆去，假如他认为不和他的儿子一同回去没什么不方便的话。至于这个问题，卡瓦尔康蒂说，他的儿子已到了比较独立的年龄，并且他儿子有自己的马车，来的时候就不是一起来的，各自回去也没什么。于是少校就坐到了腾格拉尔的身旁，后者则对少校处理经济事务愈加感兴趣了，他允许他的儿子每年可以花五万法郎。仅从这一点上讲，他就可能有五六十万里弗的财产。至于安德烈，为了显示一下自己的威风，他开始训斥起他的马夫来，因为马夫没把那辆双轮马车赶到台阶前面，而是等在了大门口，使他不得不步行三十步。马夫忍气吞声地听着他的辱骂，左手抓住那匹不耐烦的马的嚼环，右手把缰绳递给了安德烈。安德烈接过缰绳，然后他那擦得油亮的皮靴轻轻地踩到了马镫上。此时，忽然有一只手拍了一下他的肩膀。那青年回过头来，还以为是腾格拉尔或基督山伯爵忘了什么事，突然想起来便特地赶来告诉他的呢。但面前这个人既非腾格拉尔也非基督山伯爵，而是一个陌生人，那在太阳底下晒得黝黑的皮肤，满脸络腮胡子，一双红宝石般明亮的眼睛，微笑的嘴角，露出了一排洁白整齐的豺狼一般尖利的牙齿。他那灰色的头上缠着一条红手帕，衣衫褴褛，四肢粗壮，骷髅似的上身，走起路来似乎会嘎巴嘎巴地发响，安德烈刚开始只看到了那只放在他肩上的巨人般的手。究竟是那青年人借着车灯的光已认出了那张脸呢，还是他只不过被那种可怕的样子吓了一跳，这一点，我们无法证实，只能把事实讲出来。只见他打了一个寒战，突然退后了一步。“你找我干吗？”他问道。

“对不起，朋友，假如我打扰了你的话，”那个头上缠着红手帕的人说，“但我想跟你谈谈。”

“你无权在晚上讨钱。”马夫说，并摆出了一个阻挡的姿势以使其主人摆脱这个讨厌的怪客。“我可不是要钱的，亲爱的。”陌生人对那仆人说，他的目光里带有强烈的讽刺意味，脸上却是一副可怕的微笑，把后者吓得直往后退，“我只想跟你的主人讲几句话，他在半个月以前曾让我去办过一件事。”

“喂，”安德烈说，他强作镇定，不使他的仆人看出他心里慌张不安，“您想干什么？快说，朋友。”

那人低声说道：“我希望——我希望你能让我省点劲儿，免得我步行回巴黎。我累极了，又没有像你这样吃过一顿丰富的晚餐，我简直有点支持不住啦。”那青年听到对方提出这种奇怪的要求，不禁打了一个寒战。“告诉我，”他说，“你究竟要干什么？”

“哦，我想要你请我坐在这辆漂亮的马车里，带我一起回去。”安德烈脸色发白，但没说什么。“是的，”那个人把手插进口袋里，满脸不在乎地望着那个青年人说，“我脑子里有了这么个奇怪的想法，你懂吗，贝尼代托先生？”一听到这个名字，那青年蓦地怔了一下，他急忙走过去对马夫说道：“这人说得不错，我确实曾让他去办过一件事，他必须把结果告诉我。你先走回去吧，进城以后雇个马车回去好了，免得回旅馆太晚了。”马夫便惊诧地走了。

“至少让我先到一个隐蔽些的地方再谈吧。”安德烈说。

“噢！这个，我可以带你到一个很好的地方去。”那缠手帕的人说道。于是他扯住马嚼环，把双轮马车领到了一个绝对不会有任何人看到他们这次会谈的地方。“别以为我真的想坐你这辆漂亮的马车，”他说，“噢，不，这只不过是因为我累了，此外我还有点小事要和你聊聊。”

“来，上来吧！”那青年说道。

遗憾的是，这一幕没发生在白天，要不然你就能看到这个流氓是怎样重重地往弹簧座垫上一倒，坐到了那年轻高雅的车主身边，这可是个难得一见的情景。安德烈赶着车向林外走去，一路上始终没和他的同伴讲一句话，后者则嘴角挂着惬意的微笑，像是很高兴自己能坐上这样舒服的一辆车子。刚过欧特伊的最后一座房子，安德烈就回头望了一眼，确保再没有人能看到或听到他谈话，于是他勒住马，双臂交叉在胸前，对那个人说道：“现在说吧，你为什么要来打扰我的安宁？”

“但你，我的孩子，你为什么要骗我呢？”

“我怎么骗你了？”

“怎么——这还要问吗？当我们在瓦尔湖分手的时候，你告诉我说，你要经皮埃蒙特到托斯卡纳去，但你没去那里，却到巴黎来了。”

“这与你有什么干系吗？”

“有什么干系？恰恰相反，我想这样一来，我的目的就可以达到了。”

“哦，”安德烈说，“你想在我身上耍花招吗？”

“你可真会用词！”

“我警告你，卡德鲁斯先生，你打错算盘啦。”

“哟，哟，别生气，我的孩子。你知道得很清楚，生气的结果总是很糟糕的，都怪运气不好，我才会产生妒忌。我原以为你是在皮埃蒙特或托斯卡纳当向导混饭吃的，我真心真意地怜惜你，就像怜惜我自己的孩子一样。你知道，我一直把你叫作‘我的孩子’。”

“嘿，嘿，还有什么别的话要说吗？”

“且慢！耐心点呀！”

“我够耐心的了，说下去吧。”

“当我突然看见你经过城门口，你带着一个马夫坐在双轮马车上、穿着崭新的漂亮衣服时，我就猜你一定是发现了一个矿，不然就是做了证券经纪人。”

“那么，你承认自己妒忌了，是这样吗？”

“不，我很高兴——高兴得想来跟你道喜，但因为穿着不十分得体，所以我就挑了个机会，免得连累你。”

“是的，你很会挑机会！”安德烈大声说道，“你在我仆人面前跟我讲话。”

“有什么办法呢，我的孩子？我什么时候能抓住你，就什么时候来跟你讲话。除非你拥有一匹疾驰如飞的骏马，又有一辆轻便的双轮马车，自然滑溜得像条黄鳝一样。假如我今天晚上错过了你，我或许不会再有第二个机会啦。”

“我又没把自己藏起来。”

“可你的运气好，我真希望我也能这么说上一句。可是我必须隐藏起自己，而且我还怕你不认得我——好在你还认得，”卡德鲁斯带着一种不悦的微笑又补充了一句，“你太客气了。”

“说吧，”安德烈说，“你想干什么？”

“这样对我说话可不太客气呀，贝尼代托，老朋友，这样可不好啊。小心点儿，否则你可能会有点小麻烦的。”这一恐吓立刻压住了青年人的火气，他驱使马小跑起来。“你不该用刚才那种口吻与一个老朋友讲话，卡德鲁斯。你是个马赛人，我是——”

“这么说，你现在知道你是哪儿人了？”

“不，可是别忘了我是在科西嘉长大的。你年老顽固，可我是年轻顽强的。在我俩之间，恐吓是不管用的，凡事应该和和气气地来协商才好，命运之神关照我，却讨厌你，难道我说错了吗？”

“那么，命运之神都在关照你吗？难道你的双轮马车、你的马夫、你的衣服，都不是租来的吗？不是？那样很好！”卡德鲁斯说道，眼睛露出贪婪的目光。

“噢！你来找我之前早就了解得很清楚啦。”安德烈说道，情绪也愈来愈激动了，“倘若我也像你一样头上缠块手帕，背上披些烂布，脚上穿双破鞋子，你就不会认识我了。”

“你说错了，我的孩子。不管怎么说，我现在已经找到了你，谁也不能再阻止我穿得像别人一样整齐了，因为，我知道你向来仁慈。假如你有两件衣服，你绝对会分一件给我的。从前，当你挨饿的时候，我可是常常把我的汤和豆子分给你享用的。”

“不错。”安德烈说。

“你那时吃得可不少呀！现在还是那样吗？”

“嗯，是的。”安德烈回答，然后大笑起来。

“你刚才走出来的房子是某个亲王府吧。你怎么会到亲王家里去吃饭呢？”

“他只是个伯爵而已。”

“一个伯爵，一个很有钱的伯爵吧，是吗？”

“是的，但你最好还是别去跟他说什么话，他可能会很不耐烦的。”

“嗯，放心好了！我才不想对你的伯爵打什么主意呢，你只管留着自己享用好了。但是，”卡德鲁斯又强装出他以前那种令人看了极不舒坦的微笑说，“你得付出点儿代价才行，明白吗？”

“好吧，你想要什么？”

“我想，如果一个月能有一百法郎——”

“那能怎么样？”

“我就可以生活——”

“靠一百法郎！”

“是很苦，这你也清楚，但有了——”

“有了什么？”

“有了一百五十法郎，我就可以快活地生活了。”

“这是两百。”安德烈说道，他摸出十个路易放到卡德鲁斯的手里。

“好！”卡德鲁斯说。

“每月一号去找我的管家，你可以拿到固定数目的钱。”

“看，你又在小看我了。”

“怎么了？”

“你要我去跟仆人们打交道，不，告诉你，我只和大人物来往。”

“好吧，就这样吧。那么，每月一号，来我这里拿钱，只要我有收人，你的钱是缺不了的。”

“我一直都说你是个好心人，托天之福，你现在交了这样的好运。把一切都讲给我听听吧。”

“你为什么要知道呢？”卡瓦尔康蒂问。

“什么！你还是不相信我吗？”

“不，嗯，我找到我父亲了。”

“什么！是你亲生父亲吗？”

“当然了，只要我能从他那里拿到钱——”

“你就可以尊敬他，相信他——就应该这样。他的名字是？”

“卡瓦尔康蒂少校。”

“他爱你吗？”

“只要我表面上能顺从他的意志。”

“帮你找到父亲的人是谁？”

“基督山伯爵。”

“就是刚才你去他家的那个人？”

“是的。”

“既然他能找到有钱的主人，我希望你让他想办法帮我找一个给别人当爷爷的位子，怎么样？”

“嗯，我可以替你去问问他。现在你打算干什么？”

“我？”

“是的，你。”

“你真是菩萨心肠，还为我操心。”卡德鲁斯说。

“既然你这么关心我，现在也该轮到我来问你几个问题了。”

“啊，没错！哦，我要在一座上等的房子里租个房间，穿着体面的衣服，每天刮胡子，到咖啡馆去读读报纸。晚上，我还要上戏院去，我要装成一个退休的面包铺老板。这就是我的目标。”

“噢，假如你只想按这个计划行事，而且安安稳稳地去做，那是再好不过的事了。”

“你是这样想的吗，布苏亚先生？那么你呢，你将变成什么呢——

一个法国贵族?”

“啊!”安德烈说道,“谁知道呢?”

“卡瓦尔康蒂少校或许已经是了,但不幸的是,爵位承袭制已经被取消了。”

“别耍花招儿了,卡德鲁斯!你已经得到了希望中的东西,我们也已经彼此谅解了,你快下车去吧。”

“不行,我的好朋友。”

“什么!不行?”

“你也不为我想一想,我头上缠着这么块手帕,脚上简直可说没穿什么鞋子,又没有什么证件,可口袋里却有十个拿破仑金币,且不说这十个金币将来有什么用,现在如果不值两百法郎,我这个样子在城门口一定会被抓起来的呀!那时,为了证明我自己,我就必须说出那些钱是你给我的。这样,他们就要去调查,于是就会发现我没有获得许可就离开了土伦,那样我就又要被带回到地中海岸边。那时的我便又成了一〇六号犯人,我那退休面包铺老板的梦可就泡汤了!不,不,我的孩子,我宁愿还是留在首都享享清福的好。”安德烈脸上立刻显出很不高兴的样子。的确,就像他说的那样,卡瓦尔康蒂少校的公子爷可不是个好惹的主。他一边挺直了身子,一边向四周急速地瞟了一眼,手似乎若无其事似的插进了口袋里。他打开了一把袖珍手枪的保险,卡德鲁斯的眼神始终也没有离开过他这位同伴,此时他也把手伸到了背后,慢慢地抽出了他总是带在身边以备急需的一把西班牙匕首。由此可见,这两位可敬的朋友的确是互相了解对方的。安德烈的手又没事似的从口袋里拿了出来,摸了一下他的红胡须,玩弄了好一会儿。“好心的卡德鲁斯!”他说道,“那样你将多快乐呀!”

“我尽力找快乐就是了。”杜加桥客栈的老板说道,把他的小刀子悄悄地缩回了衣袖里。“嗯,那么,我们进巴黎城里去吧。可你通过城门时怎么才能不被怀疑呢?依我看,你这样比步行更危险呀。”

“等一下,”卡德鲁斯说,“我们想个办法。”说着他便拿起马夫遗忘在车里的那件高领大短褂,披在自己身上,然后又摘下卡瓦尔康蒂的帽子，戴在自己头上，最后装出一副满不在乎的样子，就像一个由主人自己驱车的仆人。

“我说，”安德烈说，“你就这样让我光着脑袋吗？”

“啐！”卡德鲁斯说道，“今天风这么大，你就当帽子被风吹掉了。”

“那么，”安德烈说，“我们走完这段路吧。”

“不让你走了？”卡德鲁斯说，“我希望不是我。”

“嘘！”安德烈说道。

他们顺利地通过了城门。安德烈在第一道十字路口停下车，卡德鲁斯跳了下去。

“喂！”安德烈说，“我仆人的衣服和我的帽子呢？”

“啊！”卡德鲁斯说，“你该不会希望我患伤风感冒吧？”

“那我怎么办呢？”

“你！噢，你还年轻，可我却开始变老了。再见，贝尼代托。”说完他便消失在一条小巷子里。

“唉！”安德烈叹了一口气说道，“活着的人不是总能快活啊！”

第六十五章　夫妇间的一幕

三位青年人在路易十五广场分开了。莫雷尔走林荫大道，夏多·勒诺去往革命路，而德布雷则朝着码头的方向离去。莫雷尔和夏多·勒诺很有可能去炉边享受“天伦之乐”了，和他们在议院演讲台上那般华丽措辞的演说词说的一样，和黎希留路戏院里面编写好的工工整整的剧本里说的一样；不过德布雷却没有这样做。他经过罗浮门，向左转，疾步穿过了卡罗莎尔广场，路过录克街，又转进了密可德里路，于是和维尔福先生搭乘的马车几乎同时到了腾格拉尔先生的家门前。由于男爵夫人的马车要先去送维尔福先生夫妇去圣·奥诺路才能送她回家，因此最后比德布雷还慢了一步。德布雷显然非常了解这里的一切，他信步迈入前庭，把手里的缰绳丢给了一个仆人，然后回到车门旁等待为腾格拉尔夫人接驾，牵着她的手送她回自己的房间。大门关闭，前庭只有德布雷和男爵夫人两人，德布雷问道：“怎么啦你，爱米娜？伯爵的确是讲了个故事，讲得更准确点，那是一个离奇的故事，可是为什么你会如此激动呢？”

“因为我今天晚上的情绪本来就不好，我的朋友。”男爵夫人说道。

“不，爱米娜，”德布雷回答，“我不相信您所说的，因为你刚到伯爵家的时候情绪很好。当然啰，腾格拉尔先生是有点使人不愉快，但我知道你向来是不大理会他的坏脾气的，一定有人冒犯了你。告诉我吧，你很清楚，我是不会让任何人来冒犯你的。”

“你搞错了，德布雷，我发誓，”腾格拉尔夫人回答，“我说的都是实话，他今天的确脾气很坏，但我根本没往心里去。”

腾格拉尔夫人显然正在经受着一种女人们自己常常都解释不清的神经刺激，不然，就像德布雷料想的那样，在她那种激动情绪的背后一定有某种不愿意向他人透露的秘密。德布雷很了解女人们情绪反复无常的特点，所以也就不再追问，只等待一个更适当的机会，或是再问她，或是由她主动加以解释。男爵夫人在房间门口遇到了她的心腹侍女康尼丽姑娘。“欧热妮小姐在干什么？”她问。

“她练了一晚上的琴，然后就上床睡觉去了。”康尼丽姑娘回答。

“可是我似乎听到她弹钢琴的声音了。”

“那是罗茜·亚密莱小姐，欧热妮小姐上床以后她还在弹琴。”

“嗯，”腾格拉尔夫人说，“来给我卸妆。”

她们走进了卧室。德布雷正躺在一张大睡椅上，腾格拉尔夫人带着康尼丽姑娘走进了她的更衣室。“我亲爱的德布雷先生，”腾格拉尔夫人在门帘后面说，“您老是抱怨，说欧热妮一句话都不跟您讲。”

“夫人，”德布雷说道，他正在玩弄着一条小狗，这条狗认得他，正在享受着他的爱抚，“可不是我一个人在抱怨。我好像记得听到马尔塞夫也说过，他简直无法从他未婚妻的嘴里套出一个字来。”

“这倒是真的，”腾格拉尔夫人说，“但我想，总有一天，一切都会好起来的，您会看到她走进您的办公室来。”

“我的办公室？”

“我指的是部长的。”

“来干什么？”

“来请求国立剧院给她一张聘书。真的，我从没看见过谁像她那样迷恋音乐。一个上流社会的小姐成了这样子，真是太荒唐了。”

德布雷笑了笑。

“嗯，”他说，“如果您和男爵都同意的话，让她来好了，我们可以想办法给她一张聘书，只是像她那样的天才，我们付的这点报酬真是太可怜了。”

“你去吧，康尼丽，”腾格拉尔夫人说，“我这儿不需要你了。”

康尼丽遵命走了出去。不一会儿，腾格拉尔夫人穿着一件色彩艳丽、宽松肥大的睡衣走了出来，坐到德布雷的身边。然后，她面带若有所思的神情开始抚弄起那只长毛大耳朵的小狗来。德布雷默默地望了她一阵。

“来，爱米娜，”沉默片刻后，他说道，“坦白地告诉我吧，有件事正使你烦躁，对不对?”

“没什么。”男爵夫人回答。

她感到有点憋闷，甚至有点透不过气来了，于是她站起身来，走到一面大镜子跟前。“我今天晚上的样子很可怕，是吗?”她说。

德布雷面带微笑站起来，正要用行动来回答这句话时，门突然开了。腾格拉尔先生站在门口，德布雷又急忙坐了下来。听到开门的声音，腾格拉尔夫人转过头来，带着掩饰不住的惊愕神情望着她的丈夫。

“晚上好，夫人!”那银行家说，“晚上好，德布雷先生!”

男爵夫人还以为丈夫是在为白天他所说的那些刻薄话道歉。于是她便故意装出一副严肃、不高兴的样子，不搭理他并转向德布雷。“读点儿东西给我听吧，德布雷先生。”她说。

德布雷对于这次来访本来就微微感到不安，但看到男爵夫人如此镇定自若，他也就恢复了常态，拿起了一本中间夹有一把云母嵌金小刀的书来。“请原谅，”银行家说，“这样你会感到很疲劳的，夫人。时间也不早了，已经十一点钟了，德布雷先生住的地方离这儿很远。”德布雷怔住了。但并非因为腾格拉尔说话时的语气有什么不同，他的声音很平静温和，但在那种平静和温和之中，却显示出某种不同寻常的坚决，似乎表明今晚非要违背妻子的意愿一般。男爵夫人也感到很惊奇，并随着目光流露了出来。惊奇的目光本来会在她丈夫身上起作用的，但腾格拉尔却故意装作全神贯注地在晚报上寻找公债的收盘价格，所以只能失灵了。

“德布雷先生，”男爵夫人说，“我向您保证，我一点睡意都没有。今天晚上我有许许多多的话要对您讲，您得通宵听我讲，即使您站着打瞌睡也没关系。”

“我悉听您的吩咐，夫人。”德布雷静静地回答。

“我亲爱的德布雷，”银行家说，“别自讨苦吃了，彻夜不眠地去听腾格拉尔夫人的那些傻话，您明天白天不是照样可以听到吗？今天晚上，假如您允许的话，我要和我妻子讨论一点儿正事。”

这次打击瞄得很准，如同当头一棒，使德布雷和男爵夫人倒吸了一口凉气。他们以询问的目光彼此对望，似乎在寻求对方的帮助来进行反击。但他们的对手毕竟是一家之主，他以不可抗拒的意志占了上风，做丈夫的这次胜利了。

“别以为我在赶您走，我亲爱的德布雷，”腾格拉尔继续说道，“哦，不！这绝非是我想说的！但有一件意外的事使我不得不要求我的妻子和我稍谈一下，我是很少提出这样的要求的，相信您不会认为我有什么恶意吧。”

德布雷低声说了些什么，然后行了个礼，就向外走去，慌忙中竟撞在了门框上，就像《阿达丽》[①]剧中的拿单一样。

“简直令人难以置信，”关上身后的房门后，他说，“我们常常嘲笑这些当丈夫的，但他们却很容易就占了我们的上风。”

德布雷走后，腾格拉尔在沙发上坐了下来，合上那本打开着的书，装出一副非常生气的样子，开始玩弄那只狗。但那小东西因为不像对德布雷那样喜欢他，所以想咬他，腾格拉尔就抓着它的后颈，随着一声嚎叫它被扔在了椅子上，然后就蜷缩到椅垫后面，静静地就一动也不动了，它被这种不寻常的待遇吓呆了。

“你知不知道，阁下，”男爵夫人说，“你在进步了。如果说以前你仅是粗鲁，那今天晚上你简直是残忍。”

“那是因为我今天的脾气比往常坏。”腾格拉尔回答。

爱米娜极其轻蔑地望着那银行家。这种目光若在以往早就激怒了骄傲的腾格拉尔，但今天晚上他却并不理会。

“你脾气很坏跟我有什么关系？”男爵夫人说，她丈夫那种不动声

① 法国作家拉辛的著名悲剧。

色的态度惹恼了她，“这与我有何相干？你的坏脾气，带到你的银行里去吧。那儿有你花钱雇来的职员，去向他们发泄好啦。”

“夫人，”腾格拉尔答道，“你的忠告是错误的，所以我无法遵从。我的银行就是我的财源之流，我可不愿意妨碍它的流动或扰乱它的平静。我的职员都是在忠诚地替我挣钱，如果以他们为我所赚钱的多少来评估他们，我给他们的报酬还是很低的，所以我不会对他们生气的。我厌恶的是那些吃我的饭、骑我的马、又败坏我的家产的人。”

“请问那些败坏你的家产的人是谁？我请你说明白点儿，阁下。”

“噢，你放心好了！我并非在打哑谜，你一会儿就会明白我的意思。败坏我家产的人就是那些在一个钟头里面挖走我七十万法郎的人。”

“我不懂你的意思，阁下。”男爵夫人说道，并极力想掩饰住那因激动而变了的音调和涨红了的脸。

“恰恰相反，你很明白，”腾格拉尔说，“假如你非要说不懂的话，我可以告诉你，我刚刚在西班牙公债上损失了七十万法郎。”

“原来如此，”男爵夫人冷笑了一声说道，“你认为这个损失应该由我来负责？”

“不是这样吗？”

“你觉得你损失了七丨万法郎是我的过错？”

“反正不是我的。”

“我最后一次告诉你，阁下，”男爵夫人厉声说道，“你不要再跟我提到钱这个字。我在我父母或前夫家里可从来没听说过。”

“噢！这点我相信，因为他们根本不名一文。”

“我很庆幸自己没染上那种俗气，没学会那种从早到晚在我耳边喋喋不休的银行惯用语。那种叮叮当当把钱数了又数的声音简直烦死人了。我知道只有一种声音比那个还讨厌，就是你讲话的声音。”

“说真的，”腾格拉尔说道，“这倒使我奇怪了，因为我原以为你对我的业务是很感兴趣的！”

“我！是让你脑子里有这种想法的人？”

“你自己！”

“啊！真的！”

“确实如此。”

“我倒很想知道这到底是怎么回事？”

“啊，说来很简单！二月份，是你首先告诉我海地公债的消息的。你说自己在梦中看到一艘船驶进了阿弗尔港。从这艘船上传来一个消息，据说我们认为毫无希望的一种公债快要还本了。我认为你的梦很有预言性，所以就立刻买了许多海地公债，结果赚了四十万法郎，其中的十万法郎如实地给了你。那笔钱你想怎么花就怎么花，完全由你自由支配。三月份，发生了铁路承建权的问题，三家公司请求承建，每家提出了同样的保证。你告诉我说，你的本能——尽管你假装对于投机买卖一无所知，但我却以为恰恰相反，我认为你的本能在某些事情上发挥得很充分——你告诉我说，本能使你认为应该把那个承建权交给名为南方公司的那一家，我收购了那家公司三分之二的股票。就像你预言的一样，那种股票的价格突然涨了三倍，我因而赚了一百万法郎，从那一百万里拿了二十五万给你做私房钱。这二十五万法郎你都怎样花掉了？”

“你什么时候才能讲到正题上来？”男爵夫人大声说道，愤怒、烦躁使得她浑身发抖。

“耐心一点，夫人！马上就要讲到了。”

“那样最好不过了！”

“四月份，你到部长家里去吃饭时，听到了一段有关西班牙事件的机密谈话——驱逐卡罗斯先生。我买了一些西班牙公债，驱逐事件果真发生了。那天正值查理五世重登宝座，我赚了六十万法郎。这六十万当中，你拿了五万艾居，那些钱是你的，你可以随意处置，我并不过问，但你今年收到了五十万里弗，这是千真万确的。”

“嗯，阁下，后来还有什么？”

“啊，是的，还有什么？嗯，后来，事情就全弄糟了。”

“真的，你说话真是拐弯抹角……”

“它足以表达我的意思，这正是我所求的。嗯，三天以后，你和德布雷先生谈论政治问题，似乎觉得他向你透露了点儿卡罗斯先生已经回到西班牙去了的口信，于是我把我的公债全部卖掉了。消息一传开，立刻引起了股市的混乱，我不是卖出，简直是在奉送。第二天，报上登出那个消息是假的，因此，我一下子损失了七十万法郎。”

“那样又能如何？”

“怎么样！既然我把我赚的钱分给了你四分之一，我想你也应该负担我四分之一的损失。七十万法郎的四分之一是十七万五千法郎。”

“你的话简直荒唐透顶，我不明白为什么要把德布雷先生也扯进这件事里。”

“因为假如你拿不出我所要的那十七万五千法郎，你可以去向你的朋友借，而德布雷先生是你的朋友之一。”

“真不要脸！”男爵夫人大声说道。

“噢！我们不要手舞足蹈、大喊大叫，上演一幕文明剧了，好不好，夫人？不然我就不得不告诉你，我看到德布雷在这儿笑嘻嘻地接受今年你数给他的那五十万里弗。并且还对他说，他发明了一种连最精明的赌客也从未发明的赌博——赢的时候不必出本钱，输了又不必拿钱出去。”

男爵夫人发火了。

“浑蛋！”她喊道，“你敢说你现在没在指责我吗？”

“我并没有说我知道，我也没说我不知道。我只是叫你仔细想一想，自从我们终止夫妇关系以来，最近四年里，我所做的究竟怎么样，是否始终一致。我们分开以后不久，你忽然心血来潮，要那个在意大利戏院初次登台就一炮打响、大红大紫的男中音歌手来指导你研究音乐，当时，我也正想和那个在英国非常著名的女舞蹈家去学习跳舞。为了你和我各自的学习，我付出了十万法郎的代价。我并没有说什么，因为我们必须使家里保持太平，而十万法郎使一位贵妇人和一位上流社会的绅士得到合适的音乐教育和跳舞知识并不算太多。嗯，不久你就厌倦了唱歌，然后异想天开地想去和部长的秘书研究外交，我让你研究。你知道——只要你自己掏腰包付学费，跟我又有什么关系呢？可是今天，我发觉你在掏我的腰包了，你的学业也许要我每月付出七十万法郎的代价。就这样吧，夫人！因为不能再任凭这种事情继续发展下去了。除非那位外交家能免费授课，那样的话我还可以容忍他，否则，他就别想再踏进我的家门——明白了吗，夫人？”

“噢，这太过分了，阁下，”爱米娜哽咽着大声说道，“你真是庸俗至极。”

“可是，”腾格拉尔说，“我很高兴看到你也并不高明，你自动遵从了‘嫁鸡随鸡’的格言。”

“这简直是在侮辱我！”

“你说得很对。让我们先来看一下事实，冷静而理智地分析一下吧。我从没有干涉过你的事，除非是为了你好，希望你也能以同样的态度来对待我。你说你对我的钱袋毫无兴趣，那样当然很好。你自己的钱袋也任由自己处置，但别想来填塞或挖空我。而且，我怎么知道这不是一种政治诡计？该不是部长因为恼恨我是反对派、妒忌我获得普遍的同情而勾结了德布雷先生想使我破产吧？”

“这怎么可能呢！”

“为什么不可能？有人听说过这种事吗？一封假急报！那简直是不可能的事。先后两封急报的消息竟截然相反！这是在故意捉弄我，我发誓。”

“阁下，”男爵夫人低声下气地说道，“您好像不知道那个雇员已被革了职，他们甚至还要判他的罪，已经发出了逮捕他的命令。要不是他事先逃走了，他就被逮住了，而他的逃走就足以证明他不是发了疯，便是他已自知有罪。这是一次误传。”

“是啊，这次误传使傻瓜们大笑，使部长一夜无眠，使部长的秘书涂黑了几张纸，也使我损失了七十万法郎。”

“但是，阁下，”爱米娜突然说道，“假如，如你所说，这一切都是德布雷先生造成的，那么你为什么不直接去找他，却要来对我讲！你要怪罪男人，却为什么只冲女人来？”

“难道是我熟悉德布雷先生吗？是我想要认识他，是我要来送什么忠告给他吗，是我相信他的那套鬼话的吗？是我想搞投机的吗？不，这一切都是你干的，不是我。”

“可是，在我看来，你既然以前得到过好处……”

腾格拉尔耸了耸肩。

“要是玩过几次阴谋而没有被巴黎人当作谈资就认为是天才而自命不凡，这种女人真是蠢货！”他大声说道，“要知道，即使你能把自己不规矩的行为瞒过丈夫的眼睛，那也只是要小聪明而已，全世界有一半的女人都会耍小聪明。但通常，做丈夫的不愿意正视这一点，但我却不然。我是正视它的，而且始终正视它。你自以为能言善辩，坚信你能瞒得过我。可是，在过去这十六年里，你或许曾瞒过一点儿，但你的一举一动、你的过失，没有一次逃得过我的眼睛。结果怎么样？结果，感谢我假装糊涂，凡是你的朋友，从维尔福先生到德布雷先生，没有哪一个不在我面前发抖。没有哪一个不把我当作一家之主。我唯一的要求，也仅希望你能尊重那个头衔，老实说，他们中没有谁敢像我今天谈论他们那样来谈论我。我可以容忍你让人觉得我可恨，但我决不许你让人觉得我可笑，而最重要的是，我绝不让你使我倾家荡产。”

男爵夫人本来还能勉强克制住自己，但一听到维尔福的名字，她的脸色立刻变得煞白，像一只弹簧似的跳了起来，伸直了双手，像是要赶走一个鬼怪似的。她向腾格拉尔逼近了两三步，似乎要把他目前不知道的那个秘密一下子揭穿似的，这样免得他再费尽心机地实施那令人讨厌的计划。因为他每次有所计划，总是不一下子展现出来的。

“维尔福先生！你是什么意思？”

“我的意思是，你的前夫奈刚尼先生，因为他既不是位哲学家又不是位银行家，或许既是位哲学家又是位银行家，在离开了九个月之后，发觉你怀了六个月的身孕。当他看到自己的对手是一位检察官，同他斗不会有什么好结果时，就愤恨交加地死去了。我是很粗鲁，我不但容忍了这种事，而且还以此自夸，这就是我会在商业上成功的关键。他为什么不杀了你而杀了他自己呢？因为他没有钱，我的生命属于我的金钱。德布雷先生使我损失了七十万法郎，让他对那笔损失也分担一份，我们就依然如故。否则的话，就让他为那十七万五千里弗而宣告破产，并且像所有宣告破产的人一样不再露面。我承认，当他的消息准确的时候，他是一个很可爱的人，但当他的消息不准确的时候，比他好的人比比皆是。”

腾格拉尔夫人脚下像生了根似的钉在了那里，但她最终竭力挣扎起来接受了这个最后的打击。她倒在一把椅子上，想起了维尔福，想起了那顿晚餐的情形，想到最近这几天来使她这个平静的家变成众人谈论的对象的那一连串不幸的事件。腾格拉尔连看都不看她一眼，虽然她极力装出一副要晕倒的样子。他不再多说一个字，顺手把卧室的门带上回他自己的房间里去了。当腾格拉尔夫人从那种半睡半醒的状态中恢复过来的时候，她只觉得自己像是做了一场噩梦。

第六十六章　婚姻计划

发生了这一幕之后的第二天，在去办公室的途中，德布雷照旧前来拜访腾格拉尔夫人，他的双人马车这次并没有出现在前庭。差不多到了十二点半，腾格拉尔夫人吩咐备车出门。腾格拉尔就躲在一张窗帷的后面，盯着在他意料之中的这一次出行。他交代了仆人，一旦腾格拉尔夫人回家就要马上告诉他，但是直到两点腾格拉尔夫人都没有回来。于是，他也吩咐套马前往下议院，在发言表上填上了自己的名字。十二点到两点之间，他一个人待在自己的书房中，拆开眼前的每一封信件，堆叠到一起，却越来越觉得郁闷。被他接待的客人中包括了卡瓦尔康蒂少校。少校还是和从前一样严谨而古板，一分不差地按照前一晚约定的时间到访了，来和那位银行家了解自己的事务。腾格拉尔开会时表现得十分激动，他不同以往地对内政部展开了猛烈地攻击，之后就离开了下议院回到了自己的马车。他吩咐车夫将车开到香榭丽舍大道二十号。

基督山伯爵在家，但他正在和一位客人谈话，请腾格拉尔在客厅里等一会儿。在等候的期间，门开了，走进来一个穿长衣的神甫，显然那人与主人更为熟悉，他没有等候，只是鞠了一躬，就继续向里面的房间走去。一分钟之后，神甫进去的那扇门开了，基督山伯爵出来了。

“对不起，”他说，“我亲爱的男爵，我的朋友布沙尼神甫，或许您刚才看见他经过了这里，他刚到巴黎。因好久未曾谋面，所以同他多聊了一会儿，劳您久等了。希望您能相信这个借口。”

“没什么，”腾格拉尔说，“是我的错，我选错了拜访的时间，我自愿告退。”

“请一定不要走，相反，请坐。您怎么啦？看起来心事重重的。我很为您担心！因为当一个资本家发愁的时候，正如一颗彗星的出现一样，它预示某种灾难马上就要发生了。”

“最近几天一直倒霉事不断，”腾格拉尔说，“我总是听到坏消息。”

“啊，真的！”基督山伯爵说，“您在证券交易所里又栽了一个跟头吗？”

“不，那方面我至少还可以得到一点补偿。我现在的麻烦源自里雅斯特的一家银行的倒闭。”

“真的！您所指的那家倒闭的银行难道就是雅格布·曼弗里那家吗？”

“非常正确。您想想看，这位先生和我不知做了多少年的生意了，每年往来的数额达八九十万。从来没有出过差错或拖延过日期——他付款像一位王公大人一样爽快。嗯，我给他垫付了一百万，而现在我那位好先生雅格布·曼弗里却延期付款了！”

“真的？”

“这种倒霉的事是前所未有的。我向他支取六十万里弗，但票子没能兑成现金，被退了回来。此外，我手里还有他出的四十万法郎的汇票，这个月月底到期，由他的巴黎特派员承兑。今天是三十号，我派人到他那里去兑现，但那位特派员竟然不见了！这件事，再加上那西班牙事件给我的打击，使我这个月月底真够惨的。”

“那么您真的在那个西班牙事件里损失了很多吗？”

“是的，我损失了七十万法郎。”

“咦，您怎么会走错这一步的呢——像您这样一个精明的人？”

“噢，那全是我太太的错。她梦中看见卡罗斯先生已经回到了西班牙，就相信了。她说，这是一种磁性现象。当她梦见一件必将发生的事的时候，就会通知我。在这种事情上，我允许她去做投机生意。她有自己的银行和证券经纪人，她投机赔了钱。当然，钱是她自己的，不是我的，可是，您也知道，当七十万法郎离开太太的荷包时，丈夫总是会知道的。难道您没听人说起过这事吗？哼，这事已经路人皆知了！”

“是的，我听人说起过，但具体情形却不了解。对于证券交易所里的事，谁都比我清楚。”

“那么您不做投机生意吗？”

“我？我光是管理我的收入就已经够麻烦的了，哪还有心思投机呢？除了我的管家之外，我还得雇一个管账的和一个小伙计。至于这桩西班牙事件，我想，卡罗斯先生回来的那个故事，男爵夫人并不完全是做梦看见的吧。报纸上也谈到过这件事，不是吗？”

“那么您相信报纸上所说的吗？”

“我？一点都不相信，不过我认为那忠实的《消息报》是个例外，它所公布的都是真消息——急报局的消息。”

“对，我就是搞不清楚这一点，”腾格拉尔答道，“卡罗斯先生回来的消息确实是急报局的消息。”

“那么，”基督山伯爵说道，“这个月您损失了将近一百七十万法郎！”

“老实说，不是将近，我的的确确损失了那么多。”

“糟糕！”基督山伯爵同情地说，“这对于一位三等富翁来说可是一个很大的打击。”

“三等富翁，”腾格拉尔说，觉得有点受辱，“您这是什么意思？”

“当然啰，”基督山伯爵又说，“我把富翁分成三等——头等，二等，三等。凡是手中有宝藏，并在法国、奥地利和英国这种国家拥有矿产、田地、不动产，而且这种宝藏和财产的总数约为一亿左右的，我称之为头等富翁。凡是制造业或股份公司的大股东，负有某重任的总督，小国王公，年收入不超过一百五十万法郎、总资产在五千万左右的，他们是二等富翁。最后，凡是资产分散在各种企业上的小股东，靠他人的意志或机遇赚钱，经受不起银行倒闭或时局变迁的，财产的增减单纯靠搞投机，受自然规律中大鱼吃小鱼规律的支配，虚、实资本总共在一千五百万左右的，我称他们为三等富翁。我想您的情形大概就属于最后一种吧？”

“是的。糟就糟在这儿！”腾格拉尔回答。

“那么，像这样再过六个月，”基督山伯爵平静地说道，“一个三等富翁就要崩溃了。”

“噢，”腾格拉尔说道，脸色变得异常苍白，“您讲的时间多快啊！”

“让我们来想象一下接下来七个月吧，”基督山伯爵还是用同样平静的口吻继续说道，“告诉我，您有没有想过，一百七十万的七倍几乎就是一千二百万这一点？从没想过？嗯，您是对的，因为假如您这样反省一下的话，您就决不会冒险把本钱拿出来了，因为本钱对于投机家来说，就像文明人的皮肉一样。我们都穿衣服，有些人的衣服比别人的华丽——这是我们都看得到的。但当一个人死了以后，他就只剩下了皮肉。同理，当退出商场的时候，您最多只剩下了五六百万的实际本钱，因为三等富翁的实际资产肯定不会超过他表面上的四分之一。这就像铁路上的火车头一样，因四周有煤烟和蒸气包围着它，才显得异常庞大。嗯，在您那五六百万实际本钱里面，您已经损失了差不多两百万，那一定会使您的信用和资产也相应地减少，按我的比喻来看，您的皮肉已经裂开并流血了。要是再重复三四次，就会置您于死地的。啊！您一定对它注意才行，我亲爱的腾格拉尔先生。您需要不需要钱？要不要我借些给您？”

“您这位计算家的话真使人丧气，”腾格拉尔大声说道，竭力装出一副不在乎的模样，并以非常乐观的想法来支撑着他自己，“我同时还有成功的投机买卖可以赚钱，我可以添加营养来弥补大出血的损失。我在西班牙打了个败仗，我在的里雅斯特吃了次亏，但我的海军会在印度捕获到大商船，我的墨西哥先遣队会发现矿藏。”

“好极了！好极了！但伤口依然在那儿，一受损失便会旧病复发。”

“不会的！因为我只做靠谱的交易，”腾格拉尔用江湖医生自我吹嘘的那种廉价的雄辩回答，“要弄倒我，必须有三个政府垮台才行。”

“喂，这种事也是发生过的呀！”

“那一定是泥土里长不出庄稼来！”

“请牢记七年丰收和七年灾荒的那个故事吧。”

“那必须是大海突然枯竭，像法老时代那样。但现在的大海还多得很，而且即使遭遇那样的不测，还可以把船只改成车辆的。”

“那就好了！我恭喜您，我亲爱的腾格拉尔先生，”基督山伯爵说，“我看是我弄错了，您应该列为二等富翁才对。”

"我想我或许可以获得那种荣誉，"腾格拉尔说着，微笑了一下，他的微笑使基督山伯爵联想到画家们在画废墟的时候常常喜欢连带涂上去的那种病态的月亮。"既然我们谈到生意上来了，"他又说，很高兴终于可以转变话题了，"请告诉我，我应该怎样对待卡瓦尔康蒂先生？"

"给他钱呀，如果他给你的票据看起来靠谱的话。"

"非常靠谱！他今天早晨亲自拿来了一张四万法郎的支票，是布沙尼神甫开给您的，并经您签字以后转给我的。那是一张凭票即付的支票，我当即把四万法郎的钞票点给了他。"

基督山伯爵点了一下头，表示认可。

"还有，"腾格拉尔又说道，"他给他的儿子在我的银行里开了一个户头。"

"我可以问问他允许那个青年人用多少钱吗？"

"一个月五千法郎。"

"一年六万法郎。我感觉卡瓦尔康蒂是一个吝啬的人。五千法郎一个月让一个青年人怎么生活呢？"

"您知道，如果那个青年人想多要几千的话——"

"千万别透支给他，那老头可是绝对不认账的。您不了解这些意大利富翁的秉性，他们是十足的守财奴。那封委托书是哪家银行开出来的？"

"哦，是福济银行开的，那是佛罗伦萨信用最好的一家。"

"我并非在说您会吃倒账，但我得提醒您，您得严守委托书上的条款。"

"那么您怀疑卡瓦尔康蒂吗？"

"我？噢，只要他签一个字，我给他垫付六百万都不成问题。我是针对刚才所说的二等富翁说的。"

"尽管很有钱，他却是那么的平淡朴实！我自始至终认为他仅是个少校而已。"

"您实在是恭维他了，因为确实如您所说的，他没什么风度。我初次见到他的时候，就感觉他像穷困潦倒的中尉。但意大利人都是这样的，当他们不是像东方的圣人那样光彩四射的时候，他们看上去就像犹太老头子。”

“那个青年人比较好一点。”腾格拉尔说道。

“是的，或许有点神经质，但整体上来说，他似乎很完美。我有点为他担心。”

“为什么？”

“因为据说，您在我家里和他见面的那一天，他还是初次踏入社交界。他以前出门旅行，身边总是跟着一位非常严厉的家庭教师，而且从没到过巴黎。”

“这些意大利贵族都是在本阶级里互相通婚的，是吗？”腾格拉尔问道，“他们喜欢门当户对地联姻。”

“当然啰，一般说来是这样的，但卡瓦尔康蒂是个别具一格的人，凡事他都独树一帜。我认为他是带儿子到法国来选妻子的。”

“您是这么认为的吗？”

“我确信是这样的。”

“您听人提到过他的财产吗？”

“老是听人谈到那方面的事，只是有些人说他有几百万，而有些人则说，他连一个大子儿都没有。”

“您的想法是什么？”

“我不应该来影响您，因为那只是我个人的观点。”

“那么，您的意见是？”

“我的意见是，这些边关大将，这些节度使（要知道卡瓦尔康蒂曾统领过大军，坐镇过几个省），他们的百万家财都藏在秘密角落里，只把这种秘密传给他的长子，长子再依此传下去，证据就是他们都干黄枯瘪，像共和国的金币一样，真是愈看愈像。”

“当然啰，”腾格拉尔说，“另外一个证据就是他们连一寸土地的产权都不曾拥有。”

“很少，可以说极少，除了他在卢卡的那座大厦以外，我就不知道他是否还有别的地产。”

“啊！他有一座大厦吗？”腾格拉尔笑嘻嘻地说，“哦，那倒也值钱得很。”

“是的，更妙的是，他把它租给了财政部长，而他自己则住在一所陋室里。哦！我以前曾对您说过了，我觉得那个人是非常吝啬的！”

“好了，别替他吹嘘了。”

“可以说我根本不认识他。我记得，我总共见过他三次。对于他的一切，都是布沙尼神甫和他自己告诉我的。神甫今天早晨跟我谈到了卡瓦尔康蒂替他儿子所定的计划，还说卡瓦尔康蒂不想让他的财产再沉寂在意大利了，那是个死水般的地方，他想方设法到法国或英国来把他那几百万翻几番。请记得，虽然我极其信任布沙尼神甫，但对于这个消息的真假我是不能负责的。”

“没关系，谢谢您给我介绍顾客，他使我的顾客名单增光不少。当我把卡瓦尔康蒂的身份解释给我的出纳听的时候，他也以此为荣。顺便问您一个问题，当他那种人给他的儿子娶亲的时候，他们是否要分一点财产给他们呢？”

“噢，那得具体情况具体分析。我认识一位意大利亲王，拥有如山的财富，是托斯卡纳最高贵的贵族之一。假如他儿子的婚姻合他的意，他就给他们几百万；假如他们的婚姻是他反对的，他每月只给他们三十个艾居。要是安德烈的婚姻能符合他父亲的心愿，他或许会给他一百万、两百万，或是三百万。譬如说，那是一位银行家的女儿，他就可以在他亲家翁的银行里投资以便获得收益。又假如，那个未来的媳妇不被他看中——那就再见吧。卡瓦尔康蒂老头就会拿起钥匙，把他的小银库牢牢地锁上，于是安德烈先生就不得不像巴黎的那些纨绔子弟一样，靠玩纸牌和掷骰子来过活了。”

“啊！那个小伙子会找到一个巴伐利亚或秘鲁的公主的，他要的是极其富有的名门贵族。”

“不，阿尔卑斯山那边的这些大贵族们是经常和平民通婚的，像朱庇特那样，他们喜欢跨族联姻。但是，我亲爱的腾格拉尔先生，您问了这么多的问题，难道您想跟安德烈联姻吗？”

“实话实说！”腾格拉尔说，“这桩投机生意看来倒不坏，而您也知道我是个投机家。”

“我想您该不是指腾格拉尔小姐吧。您是不希望看到那可怜的安德烈被阿尔贝割断喉咙吧？”

“阿尔贝！”腾格拉尔耸耸肩说道，“啊，是的，我想，他对于这件事是不怎么在意的。”

“可他不是已经跟令爱订婚了吗？”

“当然，马尔塞夫先生和我曾谈过这件婚事，但马尔塞夫夫人和阿尔贝——”

“您该不会说那不是门当户对的一对儿吧？”

“是的，我想腾格拉尔小姐并不比马尔塞夫先生逊色。”

“腾格拉尔小姐的财产将来不会少，那是绝对的，尤其是如果急报局不再出什么差错的话。”

“噢！我指的并不只是她的财产，但请告诉我——”

“什么？”

“您请客为什么不邀请马尔塞夫一家呢？”

“我请过的，但他托辞说马尔塞夫夫人必须到迪埃普去呼吸海滨的新鲜空气，所以不能来。”

“是的，是的，”腾格拉尔说着大笑起来，“那对她是大有裨益的。”

“为什么？”

“因为那是她青年时代所呼吸的空气。”

基督山伯爵假装没有注意到这句震颤他心弦的话，只是让它随风逝去。

“但是，假如说阿尔贝不如腾格拉尔小姐有钱，”伯爵说，“您总得承认他的门第是很不错的吧？”

“他的门第是不错，但我的也并不差。”

“当然啰，您的姓很普遍，而且您也有爵位。但您是个聪明人，当然是知道的，有一种根深蒂固的偏见，一个有着五个世纪历史的贵族总比一个只有二十年历史的贵族名声响得多。”

“正是这个原因，”腾格拉尔带着自以为是的讽刺似的微笑说道，“我宁肯要安德烈·卡瓦尔康蒂先生而不要阿尔贝·马尔塞夫先生。”

“可是，我并不认为马尔塞夫不如卡瓦尔康蒂。”

“马尔塞夫！慢来，我亲爱的伯爵，”腾格拉尔说，“您也是个聪明人，不是吗？”

“我自己是这样认为的。”

“您懂得家谱学？”

“稍稍懂一点。”

“噢，瞧瞧我的纹章，它比马尔塞夫更有价值。”

“怎么会呢？”

“因为，虽然我不是一位世袭的男爵，但至少我确实是姓腾格拉尔。”

“嗯，那又如何呢？”

“而他的姓却不是马尔塞夫。”

“怎么——不是马尔塞夫？”

“毫不沾边。”

“噢，请说明白一点儿！”

“我这个男爵是人家封的，所以我是个货真价实的男爵。而他是自诩为伯爵，所以他根本就不是什么伯爵。”

“这肯定是不对的！”

“听我说，我亲爱的伯爵，马尔塞夫是我的朋友，更准确地说，是我过去三十年来的老相识。您知道，我在竭力争取我的名誉和地位，可是我从来没忘记过我的出身。”

“这是一种非常谦逊或者说非常矜持的态度。”基督山伯爵说。

“嗯，我当公司职员的时候，马尔塞夫还只是个渔夫。”

“那时他的名字是——”

“弗尔南多。”

“只是弗尔南多？”

“弗尔南多·蒙台哥。”

“您保证记准了？”

“我认为应该不会错！因为我从他手里买过很多鱼，所以知道他的姓名。”

“那么您为什么想到要把令爱许配给他的儿子呢？”

“因为弗尔南多和腾格拉尔两个人都是暴发户，后来成了贵族，而且都发了财。所以大家都差不多，只是在某些事情上，有人提到他，却从未谈到过我。”

“什么事?”

“哦,没什么!”

“啊,是的!您的这番话使我想起了一件关于弗尔南多·蒙台哥这个人的事来了。我是在希腊听说的。”

“那事是不是和阿里总督有关?”

“非常正确。”

“这是一个谜,”腾格拉尔说,“我承认我愿意不惜任何代价来查明它的真相。”

“如果您真想这么做,那是很容易的。”

“怎么会呢?”

“您在希腊应该有来往的银行吧?”

“当然有。”

“亚尼纳呢?”

“哪里都有。”

“这样就好说了。写一封信给您在亚尼纳的同行,问问他们在阿里·铁贝林蒙难的时候,一个名叫弗尔南多·蒙台哥的法国人曾扮演过什么样的角色。”

“您说得很对,”腾格拉尔一下子站起来说道,“我今天就写。”

“写吧。”

“我一定写。”

“假如您听到有什么确实极其不雅的事情——”

“我一定会告诉您的。”

“谢谢。”

腾格拉尔急步走出了房间,跳上了他的马车。

第六十七章 检察官的办公室

我们姑且撇开驱马疾驰回家的那位银行家不谈，来追踪一下腾格拉尔夫人的晨游。我们曾经说过，腾格拉尔夫人在十二点半的时候吩咐套车备马，要出门。她驱车顺着圣·日尔曼路折入了玛柴林街，在奈夫巷口下了车，穿过了那条小巷。她的衣着非常朴素，非常像一个喜欢早晨出门的普通女子。她在琪尼茄路叫了一辆出租马车，吩咐驾车到哈莱路去。一坐进车厢里，她就从口袋里摸出一块极厚的黑色面纱，绑在她的草帽上。然后她戴上帽子，掏出一面小镜子照了照，发觉所能看到的只有她那雪白的皮肤和那一对明亮的眼睛，心里感到非常高兴。那辆出租马车穿过了奈夫大道，从道芬广场转入了哈莱路。车门一打开，车夫便已拿到了车费，腾格拉尔夫人轻捷地踏上楼梯，不久便到了高等法院的大厅里。

那天早晨有一件大案子要开庭审理，法院里有许多来来往往的人。人们很少去注意女人，所以当腾格拉尔夫人穿过大厅的时候，并没惹起太多的注意。维尔福先生的候见室里挤着一大堆人，但腾格拉尔夫人却连姓名也不必通报。她一出现，接待员便立刻起身向她迎上来，问她是不是检察官约见的那个人，她肯定地回答了他。于是，他就领她从一条秘密通道走进了维尔福先生的办公室。

那位法官正坐在一把圈椅里，背对着门，正在那儿写什么东西。听到门打开的声音，随后又听到声“请进，夫人”，直到门被关上，他依然没有动。但那个人的脚步声刚一消失，他就立刻跳起身来，闩上门，拉上窗帘，检查一下房间的每一个角落。然后，当他确信决不会有人看到或听到时，才放下心来，说道："谢谢，夫人，谢谢您准时到来。"

他递了一把椅子给腾格拉尔夫人，她坐了下来，因为她的心此时跳得异常厉害，几乎快要窒息了。

"夫人，"检察官把椅子转过来半圈，使自己和腾格拉尔夫人面对面，"夫人，我很久没有享受到和您单独聊天的愉快了，而我们这次相见，却是要做一番痛苦的谈话，我很抱歉。"

"可是，阁下您看，您一约我我就来了，尽管对于这次谈话，我绝对比您要痛苦得多。"

维尔福苦笑了一下。

"那么，古人说得很对了，"他说道，他这时倒像是在朗诵他心里的想法，而不像在对他的同伴讲话，"我们的种种举动都在我们的人生轨道上留下了它们的痕迹——有伤心，有欢乐！我们在人生道路上的每一个脚步都像在一片沙上爬行的昆虫一样——都留下了痕迹！唉！有多少人，在那条路上留下的痕迹是眼泪滴成的啊。"

"阁下，"腾格拉尔夫人说道，"您可以理解我现在的心情，是吗?那么，别让我受这种折磨了吧，我求求您了！当我望着这个房间的时候，我曾想，曾有多少罪人含羞带愧、浑身战栗地离开这儿；而当我望着我现在坐着的这把椅子的时候，我又想到有多少人曾含羞带愧、浑身战栗地站在它的前面——噢！我必须用我的全部理智，才能使自己相信我并非一个罪恶的女人，而您也不是一个气势汹汹的法官。"

维尔福低头叹了一口气。"而我，"他说，"我觉得我不是坐在法官的审判席上，而是坐在犯人的凳子上。"

"您?"腾格拉尔夫人惊愕地说道。

"是的，我。"

"我想，阁下未免太自律了吧，把情形夸大了，"腾格拉尔夫人那双美丽的眼睛突然闪烁了一下，"您刚才所说的那种道路，凡是热情的青年，都曾经历过。当我们沉溺在热情里的时候，除了快乐，总会觉得有些懊丧，福音书上曾为此举出了许多可歌可泣的例子，以改邪归正来安慰我们——我们这些可怜的女人。所以，可以说，每当回忆起我们年轻时代的那些荒唐行为时，我曾想上帝已经宽恕了那些事了，因为我们所遭受的种种痛苦即便不能使我们免罪，但至少也是可以赎罪的。但您——你们男人，社会人士是从来不会责怪你们的，愈多受非议愈能使你们身价倍增——您为什么要为那种事郁闷呢？”

“夫人，”维尔福答道，“您知道我不是伪君子，至少我从不毫无理由地自己骗自己。假如说我的额头上杀气太重的话，那是因为上面凝聚着许多不幸；假如说我的心已经僵化，那是因为只有这样它才能经得住遭受的打击。我在年轻的时候并不是这样的。在我订婚的那天晚上，当我们大家围坐在马赛高碌路侯爵府的桌子旁边时，我绝非是这样的。但从那时起，我周围和内心的一切都改变了，我已习惯于与困难抗争，已习惯于在斗争中打垮那些有意或无意、自动或被动来挡住我的路的人。一般说来，凡是我们最热切希望得到的东西，往往就是旁人最希望阻止我们获得或抢夺我们的那些东西。因此，人类的过失，在未犯之前，总觉得自己有绝对的理由，是必需这么做的。于是，在一时的兴奋、迷乱或恐惧之下，过错铸成了。而在出了错以后，我们才看到它原本是可以避免的。我们本来可以用某种正当的手段的，但我们事先却一点都看不到，只是事后似乎觉得很简单、很容易。于是我们就说：‘我为什么要这样做而不那样做呢？’女人却正相反，女人很少吃后悔药——因为事情并不是由你们决定的，你们的不幸通常都是别人加到你们身上来的，而你们的过失也几乎总是别人造成的。”

“可是无论如何，阁下，您应该承认，”腾格拉尔夫人答道，“即使那件事全是我一个人的错，昨天晚上我也已经遭受到了一次严重的惩罚。”

“可怜的女人！”维尔福紧握着她的手说道，“这的确不是您所能受得了的，因为您已经遭到两次严重的打击了。可是——”

“怎么？”

“嗯，我必须告诉您，鼓起您所有的勇气，因为您还没有走完那条路。”

“天哪！”腾格拉尔夫人惊惶地大声叫道，“还有什么呢？”

“您只是回顾过去，过去的确是坏极了。嗯，可是您必须为将来画一幅更可怕的画，或许会更惨！”

男爵夫人知道维尔福一向非常镇定，但目前这种激动的情绪使她感到非常害怕。她张开嘴想大声呼喊，但那个喊声刚到她的喉咙里便又哽住了。

“是怎么想起这件可怕的事的?”维尔福大声说道，“它本来已被埋葬在我们的内心深处，现在它怎么又像一个幽灵似的从坟墓里逃了出来，重新来拜访我们，使我们的脸色苍白、额头羞红?”

“唉!”爱米娜说，“毫无疑问只是巧合而已!”

“巧合!”维尔福答道，“不，不，夫人，世界上根本没有巧合这种东西!”

“噢，有的。这一切难道不都是碰巧发生的吗?难道不是基督山伯爵碰巧买了那座房子?难道不是他碰巧去挖那个花园?难道不是他碰巧在那棵树底下挖出了那个不幸的孩子的尸体?——我那可怜的无辜的孩子，我甚至连吻都没吻过他。为了他，我曾泪流成河!啊，当伯爵提到他在花丛底下挖到我那宝贝的残骸的时候，我的心已随他而去。”

“不，夫人!我要告诉您的正是这个可怕的消息，”维尔福用一种深沉的语调说道，“不，树丛底下根本什么东西都没有，那儿根本没有什么孩子的尸体。不，您不必再为此哭泣了，您也不必唉声叹气了，您该发抖才对!”

“您这是什么意思?”腾格拉尔夫人问道，不禁打了一个寒战。

“我的意思是，基督山伯爵先生在树丛底下挖掘的时候，并没有找到什么骸骨或箱子，因为那儿压根儿没有这两样东西!”

“根本没有这两样东西!”腾格拉尔夫人惊恐地睁大了眼睛，死盯着维尔福。“根本没有这两样东西!”她重述了一遍，像是要用自己的声音抓住这句话，唯恐它逃走似的。

“没有!”维尔福把脸埋在双手里，说道，“没有!根本什么都没有!”

“那么您没把那可怜的孩子埋在那个地方了，阁下?您为什么要骗我?为什么?喂，说话呀!”

“我把它埋在了那个地方!您听我说，您听完以后就会可怜我了。因为二十年来，我始终一个人备受这份煎熬，丝毫没有让您来分担，但现在我必须讲出来了。”

“我的上帝，您真的吓坏我啦！快点讲吧，我想听。”

“您还记得那个悲惨的晚上吧，您在那个挂红缎窗帘的房间里躺在床上奄奄一息的时候，我则怀着和您同样激动不安的心情，等待着您的分娩。孩子生下来，交给了我，他不会动、不会哭，也不会呼吸，我们以为他死了。”

腾格拉尔夫人做了一个吃惊的动作，像是要从椅子上跳起来似的。维尔福急忙止住了她，紧握着她的双手，像是在恳求她注意倾听似的。“我们以为他死了，”他重复说道，“我就拿了一只箱子暂且代替棺材，把他放到了里面，然后下楼到了花园里，挖了一个洞，匆匆地埋了那只箱子。我刚把土盖上，那个科西嘉人的胳膊便向我伸了过来，我看到一个影子猛地跳出来，同时看到亮光一闪。我便感到一阵疼痛，我想喊叫，但一股冰一般的寒战穿过我的血管，使我感到窒息，我昏死了过去，以为自己被杀死了。当我恢复知觉以后，我气若游丝地拖着自己的身体爬到了楼梯脚下，您尽管已累得筋疲力尽，但仍在那儿接我。我永远忘不了您那种令人佩服的勇气，我们不得不对那次可怕的灾难保持沉默。您以坚忍不拔的毅力，在您的护士的照料下回到了家里。我受伤算是一场决斗的结果。尽管我们本来也知道这个秘密很难保守，但我们还是保守住了。我被带回了凡尔赛，和死神抗争了三个月。最后，我似乎到了死亡的边缘，并被送到了南部。四个人把我从巴黎抬到了夏龙，每天只走十八里路。维尔福夫人坐着马车跟在担架后面。到了夏龙以后，我就乘船从索恩河转入罗纳河，顺流漂到阿尔，到了阿尔。担架抬着我，继续向马赛前进。我养了六个月伤才痊愈。我始终没有听人说起过您，我也不敢向人打听您的消息。当我回到巴黎的时候，我才打听到您，奈刚尼先生的未亡人已经嫁给腾格拉尔先生了。

“自从恢复知觉以后，我心里所想的始终只有一样东西——那孩子的尸体。他每天晚上在我的梦中出现，从地底下爬出来，气势汹汹地盘旋在坟墓的上空。我一回到巴黎，就立刻去打听。自从我们离开以后，那座房子还没有住过人，但它刚租出去，租期是九年。我找到那个租户，并假装说我不愿意我岳父母的房子落到外人手里，我请他们转让出来，他们提出要六千法郎，即使要一万法郎我也得给，我是带着钱去的。我叫那租户在退租契约上签了字，得到了那张我非常需要的东西之后，我马上疾驰到欧特伊。自从我离开以后，还没有一个人踏进过那座房子。那时是下午五点钟，我上楼走进那个挂红色窗帘的房间，等待着天黑。那时，一年来我精神上所受的极大痛苦都爬了出来。那个科西嘉人，他曾发誓要向我为他的亲人报仇，从尼姆跟踪我到了巴黎，躲在花园里，袭击了我。他看到过我掘那个坟，也看到过我埋那个孩子，他或许会去打听您是什么人——不，他或许在当时就已经知道了。将来有一天，难道他不会以此要挟来敲诈您吗？当他发觉我并没有被他刺死的时候，这不是他最好的报复方法吗？所以，最最重要的事情，是我应该不惜冒一切危险来把过去的一切痕迹都抹掉。我应该抹掉一切能看到的痕迹，在我的脑海里，留下的一切记忆都太真实了。我就是为了这个原因才要取消那租约，并来到这里，在房间里等待着。夜晚来临了，我一直等到深夜。我没点亮房间里的灯。听着风吹得门窗直响，我浑身发抖，我随时都可能在门背后发现一个躲藏着的人。我似乎处处都听得到您在我身后的床上呻吟，我不敢回头去看。我的心跳异常猛烈，我竟然怕伤口会爆裂开来。终于，所有的这些声音都一一沉寂了下去。我知道我没什么可怕的了，没有人会看到或听到我，于是我决定下楼到花园里去。听着，爱米娜！我认为自己的勇气并不比别人差，我从上衣口袋里摸出那把开楼梯门的小钥匙。我们以前非常珍视那把小钥匙，您还曾希望把它拴在一只金戒指上呢。当我打开那扇门，看到苍白的月光洒到那座像鬼怪似的螺旋形楼梯上的时候，我一下子靠在墙上，几乎失声大叫起来。我似乎快要发疯了，但终于控制住了自己激动的情绪。我一步一步地走下楼梯，但双腿不听使唤地抖个不停。我紧紧地抓住了栏杆，一旦松手，我就会摔下去。我走到楼下门口，在这扇门外，有一把铲子靠在墙上，我拿着它向树丛走去。带着一盏遮光灯笼，走到草坪中央，把它点了起来，然后继续向前走。

“当时是十一月底，花园里已毫无生气，树木只剩了一些长条枝，石子路上的枯叶在我的脚下簌簌直响，我害怕极了。当我走近树丛的时候，甚至从口袋里摸出了一把手枪来给自己壮胆。我觉得随时都能在树丛中看到那个科西嘉人的影子。我提着遮光灯笼去检查树丛，树丛里什么也没有，环顾四周，的确只有我一个人。猫头鹰在凄厉地啼叫着，像是在召唤黑夜里的游魂，除了它的哀诉以外，再没有别的声音来扰乱这里的寂静了。我把灯笼挂在一条树枝上，发觉这正是我一年前掘洞的地方。经过一个夏天的时间，草已长得非常茂密了，秋天到了，也没人去铲除它。可是，有一个地方的草比较稀疏，那引起了我的注意。这显然就是我以前挖掘的地方，于是我开始工作起来。我等待了一年的时刻终于到了。我非常用力地工作，怀着急切的心情，使劲地一铲一铲地掘下去，以为我的铲子会碰到某种东西。但是没有，我什么也没找到，虽然挖掘的洞比以前大了两倍。我以为自己弄错了地点，转过身来，望着树丛，极力回忆当时的种种情形。一阵冷风呼啸着穿过无叶的树枝，我的额头上却冒出汗来。我记得被刺的时候我正往洞里填泥土，一面踩，一面扶着一棵假乌木树。我的身后有一块供散步时休息用的假山石。在倒下去的时候，我的手松开了树，曾碰到过那块冰凉的石头。我发现右面是那棵树，身后仍旧是那块石头。我站到以前那个位置上，故意倒下去试一试。我爬起来，重新开始挖掘，并扩大了那个洞，可是我依旧什么也没找到，什么都没有。那只箱子不见了！”

“那只箱子不见了！”腾格拉尔夫人低声惊叫道，惊恐得几乎停止了呼吸。

“别以为这样一次就算完了，”维尔福继续说，“不，我把整个树丛都搜寻了一遍。我想，那个刺客看到这只箱子，或许以为那是一箱宝物，想把它偷走。发现真相后，就另外掘了一个洞把它埋了起来，但树丛里什么也没有。于是我突然想到，他不会这样费心，可能把它抛在一个角落里去了。假如正像我猜测的一样，我必须等到天亮以后才能去找。于是我又回到了房间里去等候。”

“天哪！”

“天亮的时候，我又下去了。我首先去看了一下那个树丛。希望能找到一些在黑暗中未曾发现的痕迹。我挖了一片二十尺见方、两尺多深的地面。一个工人一天都干不完的活，我在一小时内就完成了。但我什么也没找到——绝对什么也没有。于是我假设那只箱子被抛在了某个角落里，开始去搜寻。如果真是那样，大概就在那条通往小门的路上，但仍然毫无结果。我带着一颗失望的心回到了树丛里，现在我对树丛已不再抱有什么希望了。”

“噢，”腾格拉尔夫人大声说道，“这足以让您发疯了！”

“我当时也曾这样希望，”维尔福说，“但我并不那么走运。总之，当我的精力恢复过来的时候，我就说：‘那人为什么要把死尸偷走呢？’”

“您曾说，”腾格拉尔夫人答道，“他需要把它当作一种证据，不是吗？”

“啊！不，夫人，那是没法做到的。尸体是不能保存一年的，只要法官曾经看过，证据就成立了。但那种事并没有发生。”

“那么又怎么样了呢？”爱米娜浑身哆嗦着问道。

“我们即将遇到一件更可怕、更致命、更令人惊惶的事情！那孩子当时也许还活着，是那个刺客救了他！”

腾格拉尔夫人发出一声尖叫，抓住了维尔福的双手。

“我的孩子是活着的！”她说，“您活埋了我的孩子，阁下！您没有确定我的孩子是否已经死了就把他埋了！啊——”

腾格拉尔夫人这时已经站了起来，带着一种近乎威胁的表情直挺挺地站在检察官面前，检察官的双手依旧被她软绵绵的手紧抓着。

“我怎么知道呢？我只是这样猜想，也可以假设别的情形。”维尔福回答说，他目光呆滞，说明那强劲的头脑已到了绝望和疯狂的边缘了。

“啊，我的孩子，我那可怜的孩子！”男爵夫人大声说道。

她又一下子倒在椅子里，用手帕捂着嘴啜泣起来。

维尔福竭力恢复了他的理智，他觉得要转变当前这场母性风波，就必须用他的恐惧感来启发腾格拉尔夫人。他凑近男爵夫人并压低了声音对她说：“我们完啦。这个孩子是活着的，有一个人知道他是活着的，那个人因此而掌握着我们的秘密。既然基督山伯爵对我们说他挖掘出了一个孩子的尸体，而实际上那个孩子是根本不可能被挖掘到的，也就是说，掌握我们秘密的那个人就是他。”

“天啊！天啊！”腾格拉尔夫人喃喃地说道。

维尔福声音含糊地呻吟了一声。

“那个孩子……那个孩子呢?”那激动的母亲追问道。

“您不知道我曾经怎样地找过他!”维尔福紧握着自己的双手回答,“您不知道我在那些无法入睡的长夜里曾怎样地呼唤他!您不知道我是多么渴望自己能富甲王侯,以便从一百万人里去买到一百万个秘密,希望在其中找到我所需要的信息!后来,有一天,当我第一百次拿起那把铲子的时候,我又再三叩问自己,究竟那个科西嘉人把那孩子怎么样了。一个孩子会连累一个亡命者的,或许他发觉到他还活着,就把他抛到河里去了。”

“不会的!”腾格拉尔夫人叫道,“一个人为了报仇可能会谋杀人,但他不可能故意溺死一个孩子。”

“或许,”维尔福接着说,“他将他送去育婴堂里了。”

“嗯,是的,是的!”男爵夫人喊道,“我的孩子肯定在那儿!”

“我急忙赶到了医院,查到那天晚上,即九月二十日的晚上,的确曾有人送了一个孩子到那儿,他是被裹在一张特意对半撕开的麻纱餐巾里送去的,在那一半餐巾上,有半个男爵的纹章和一个字母‘H’。”

“对呀!”腾格拉尔夫人喊道,“我的餐巾上都有这种标记。奈刚尼先生是一个男爵,而我的名字叫爱米娜。感谢上帝!我的孩子没死!”

“是的,他没死。”

“您告诉了我这么好的消息,不怕把我高兴坏,阁下?他在哪儿?我的孩子在哪儿?”

维尔福耸了耸肩,“我怎么知道呢?”他说道,“假如我知道的话,您以为我还会像一个作家或小说家那样,把这件事从头到尾非常详细地描述给您听吗?唉,不,我不知道,大概六个月以后,一个女人带着另外半块餐巾要求把孩子领回去。这个女人所讲的情形非常正确,于是他们就让她领了回去。”

“您应该去拜访那个女人,更该去跟踪追寻她。”

“您以为我当时在干什么,夫人?我假装说要调查一桩案子,启用了所有最机警的密探和警员去搜索她。他们跟踪她到了夏龙,但此后就失踪了。”

“他们没能找到她？”

“对，再也没找到。”

腾格拉尔夫人在听这一番追忆往事的话时，时而叹息，时而流泪，时而惊呼。

“这就完了吗？”她说，“您就到那一步为止了吗？”

“不，不！”维尔福说，“我从来没停止过搜索和探问。可是，最近两三年来，我稍稍松懈了一点。但现在我应当更坚决地重新调查。您不久就会看到我的成功，因为现在给我动力的已不再是良心，而是恐惧。”

“但是，”腾格拉尔夫人回答说，“基督山伯爵是没有理由知道的，否则他就不会来和我们交往了。”

“噢，人心难测啊！”维尔福说，“因为人的恶超过了上帝的善。您有没有注意到那人对我们讲话时流露出的眼光？”

“没有。”

“但您应该仔细观察过他吧？”

“那当然啰。他很古怪，但仅此而已。我注意到一点，就是他放在我们面前那些美味，而自己却丝毫未动，他总是吃另外一个碟子里的东西。”

“是的，是的！”维尔福说，“我也注意到了那一点，如果当时我明白这一切，我就什么都不会吃的，我会以为他想毒死我们。”

“但是您猜错了。”

“是的，那是毫无疑问的，但相信我吧，那人还有别的阴谋。因此，我才要求见您一面，跟您谈一谈，并提醒您要小心提防每一个人，尤其要防着他。告诉我，”维尔福的目光极其坚定地盯住她，大声问道，“您是否曾向别人泄漏过我们的关系？”

“没有，从来没有。”

“我说的您明白吗？”维尔福恳切地说，“当我说别人的时候，请恕我急不择言，我的意思是指世界上的任何人。”

“是的，是的，很明白，”男爵夫人面红耳赤地说，“绝对没有，我向您发誓。”

“您有没有把白天发生的事在晚上记录下来的那种习惯？您有日

记本?”

“没有，唉！我的生活毫无意义。我希望自己能遗忘它。”

“您说不说梦话?”

“我睡觉的时候像个小孩子一样，您不记得了吗?”男爵夫人的脸上泛起了红晕，而维尔福却面色苍白。

“这倒是真的。”他说道，声音低得几乎连自己都听不到。

“怎么?”男爵夫人说。

“嗯，我知道现在该怎么办了，”维尔福回答，“从现在起，一个星期之内，我就可以查清这位基督山伯爵先生到底是谁，他从哪儿来，要到哪儿去，为什么他要对我们说他在花园里挖到了孩子的尸体。”

维尔福说这几句话时的语气，如果让伯爵听到了，他一定会打个寒战的。他吻了一下男爵夫人非常不情愿地伸给他的那只手，恭恭敬敬地带她到门口。腾格拉尔夫人另外雇了一辆出租马车到了巷口，在那条小巷找到了自己的马车，她的车夫正安安稳稳地睡在座位上等她。

第六十八章　夏季舞会

就在腾格拉尔夫人和检察官见面的那一天，有辆旅行马车来到了海尔达路，它穿过二十七号大门，停到了园中。没过多久，车门被打开，马尔塞夫夫人在她儿子的搀扶下走下了车。阿尔贝没一会儿就离开了她，他吩咐套马备车，经过一番打扮后，驱车赶到香榭丽舍大道基督山伯爵家中。伯爵带着他惯有的微笑迎接他。说来也奇怪，似乎不管是谁，都无法和伯爵这个人更亲近一步。不管是谁，想要和他结为“知己”，都会感到两人之间有一道无法逾越的障碍。马尔塞夫本来张开了自己的手臂，朝他跑来，但到了近前，就心灰意冷了。虽然对方脸上依然挂着友好的微笑，但是他却不敢拥抱他，只能伸出一只手去。而基督山伯爵就以自己万年不变的性格，冷冷淡淡地握了一下他的手。

“唉!”阿尔贝说道，“亲爱的伯爵阁下，我来啦。”

“欢迎回归!”

“我一个小时之前才赶到。”

“从迪埃普而来?”

“不，从的黎港来。”

“啊，真的!”

“我第一时间就来拜访您了。”

“您真太好了。”基督山伯爵用一种非常无所谓的口吻说道。

“情况怎么样?”

“您不该向一个客居他乡的外国人打听消息。”

“我知道，但所谓的打听消息，我的意思是我嘱托您的事办完了吗？”

“您曾委托过我办什么事吗？”基督山伯爵假装很不安的样子问道。

“嘿嘿！”阿尔贝说，“别假装不知道了。人家说，人隔两地，情通一脉——对了，在的黎港的时候，我曾有过触电般的麻木。您不是为我办了一些什么事，就是在想念我。”

“可能吧，”基督山伯爵说，“我的确曾想念过您，但我必须承认，那股电流也许是我发出去的，但我自己却不知道。”

“真的！请告诉我是怎么回事？”

“事情非常简单，腾格拉尔先生到我这里来吃了一次饭。”

“这我知道，就是为了避免遇到他，家母和我才离开巴黎的。”

“但同席的还有安德烈·卡瓦尔康蒂先生。”

“您那位意大利王子吗？”

“别那么夸张，安德烈先生仅仅自称子爵呢。”

“他自称，您说？”

“是的，他自称。”

“那么说来他不是个子爵了？”

“哦！我怎么知道？他这样自称，我当然也就这样称呼他，人人也都如此称呼他。”

“您这个人真是怪！还有什么？您说腾格拉尔先生在这儿吃过饭？”

“是的。”

“还有您那位安德烈·卡瓦尔康蒂子爵？”

“还有卡瓦尔康蒂子爵、他的侯爵父亲、腾格拉尔夫人、维尔福先生夫妇——难得的贵宾——德布雷、马西米兰·莫雷尔，还有谁，稍等一下——啊！夏多·勒诺先生。”

“他们曾提到过我吗？”

“从未提起过。”

“真糟透了。”

“为什么？我好像记得您是希望他们忘记您的？”

“假如他们没有提到过我，我便可以确定他们曾想到过我，不过我很失望。”

“只要那些想念您的人里面没有腾格拉尔小姐，对您又有什么影响呢？不错，她或许在家里想念您。”

“那我倒不怕，假如她的确想念我的话，那也仅仅像我对她一样想念而已。”

“心心相印！那么你们是彼此讨厌了？”伯爵说。

“听我说！”马尔塞夫说，“假如腾格拉尔小姐能不让我受殉道者的痛苦，不必经过我们两家的正式婚姻手续来报答我的情谊，那对我可就再好不过了。一句话，腾格拉尔小姐可以做个可爱的情妇，但做太太，那真是太糟了！”

“您是如此看待您那位未来的太太的吗？”基督山伯爵问道。

“是的，说得更残酷些，这千真万确，至少是实情。可是这个梦是无法实现的，因为腾格拉尔小姐必定要做我的太太的。也就是说，一定会和我住在一起。在离我十步路之内对我唱歌、作曲或玩乐器的，我想起来就怕。我们可以抛弃一个情妇，但对于一位太太，老天爷！那就是另外一回事了。那是永久性的，不管她在身边或在远处，总是永久的东西。一想到腾格拉尔小姐要永远和我在一起，即使大家隔得远远的，那也使人感到非常害怕。”

“真难满足您的心意，子爵。”

“是的，因为我希望能实现不可能的事情。”

“那是什么？”

“找到一位像家母那样的妻子。”

基督山伯爵顿时变了脸色，他望着马尔塞夫，手里在玩弄着那支精致的手枪。

“那么令尊幸福吗？”他说道。

“您知道我对家母的看法，伯爵。您看看她，还很美丽、很有活力，一如以前。要是别的当儿子的陪他的母亲到的黎港去住四天，他肯定会觉得枯燥、厌烦，但我陪了她四天，却比陪伴玛琵仙后①或狄达尼亚仙后②更满意，更宁静，更——我可以这样形容吗？——富于诗意。"

"那真是完美到了极点，您会使人人都发誓要过单身生活啦。"

"正因为如此，"马尔塞夫又说，"因为知道世界上的确有十全十美的女子，所以我才并不急着娶腾格拉尔小姐。您有没有注意到，一件东西，当我们得到它的时候，它的价值就会增加？在珠宝店的橱窗里闪闪发光的钻石，当我们拥有它的时候，就更光彩夺目了，但假如我们明知还有更好的，却依旧保留着较次的，您知不知道那会让人多么痛苦？"

"真是欲海无边啊！"伯爵喃喃地说道。

"所以，假如欧热妮小姐能理解人只是个可怜的小东西，她有几百万法郎，而我连几十万都没有，那我就高兴了。"

基督山伯爵微笑了一下。

"我曾经设想过一个计划，"马尔塞夫继续说，"凡是怪癖的东西，弗兰兹都喜欢。我想设法使他爱上腾格拉尔小姐，但尽管写了四封最具诱惑力的信，他依然如故地回答：'我的怪癖虽然严重，但她却不能使我践踏诺言。'"

"这就是我所谓的那诚挚的友谊，您自己不愿意娶的人，却拿来推荐给别人。"

马尔塞夫微笑了一下。"顺便告诉您一下，"他又说，"弗兰兹就要来了，但这个消息会使您高兴的。您不喜欢他是吗？"

"我！"基督山伯爵说，"我亲爱的子爵，您怎么会想到我不喜欢弗兰兹先生呢？我喜欢每一个人。"

"您把我也包括在这'每一个人'里面了吗？谢谢！"

"请不要误会，"基督山伯爵说，"我爱每一个人就如同上帝要我们爱我们的邻居那样。那是基督教意义上的爱，但也有少数几个让我极其痛恨的人。我们还是谈弗兰兹·伊皮奈先生吧。您说他就快回来了？"

"是的，是维尔福先生召他回来的，维尔福先生显然是急于要把瓦

---

① 民间传说中的仙女，莎士比亚戏剧《罗密欧与朱丽叶》中有详细描写。

② 莎士比亚戏剧《仲夏夜之梦》中人物。

朗蒂娜小姐嫁出去，正如腾格拉尔先生想看到欧热妮小姐早日出阁一样。容留一个长大了的女儿在家里，做父亲的一定非常为难，不把她们弄走，他们好像会发烧一样，每分钟脉搏要跳九十下。”

“但伊皮奈先生不像您，他耐心地承受了他的不幸。”

“不仅如此，他谈起那件事时很严肃，正襟危坐，好像在谈论他自己的家里人似的。而且，他非常尊敬维尔福先生夫妇。”

“他们是值得尊敬的，不是吗?”

“我相信是的。维尔福先生总是让人感觉到他是一个严厉但公正的人。”

“那么，”基督山伯爵说，“总算有一个人不像那个可怜的腾格拉尔那样被您为难了。”

“也许那是因为我不必被迫娶他女儿的缘故吧。”马尔塞夫回答，大笑起来。

“真的，我亲爱的先生，”基督山伯爵说，“您太自负了。”

“我自负?”

“是的，抽一支雪茄吧。”

“非常感谢。我怎么自负呢?”

“咦，因为您在这儿拼命为自己辩护，想躲避腾格拉尔小姐。但让事情顺其自然吧，或许首先撤退的并不是您。”

“什么!”马尔塞夫瞪着眼睛说道。

“毫无疑问，子爵阁下，他们是不会强迫您就范的。来吧，严肃地说，您不想解除你们的婚约?”

“如果可以，我愿意为此付出十万法郎。”

“那么您可以大大地高兴一番。腾格拉尔先生愿意出双倍于您的钱来达到这一目的。”

“难道我真的这么幸福吗?”阿尔贝说，他的脸上依旧浮过了一片让人难以觉察的阴云，“但是，我亲爱的伯爵，腾格拉尔先生有理由这样做吧?”

“啊!您骄傲和自私的心显露出来啦。您可以用一把斧头去攻击别人的自尊心，但假如您自己的自尊心被一根小针刺了一下，您就退缩了起来。”

“不是的，但依我看，腾格拉尔先生好像……”

“应该喜欢您，是不是，嗯？他的鉴赏能力不高，他好像喜欢另外一个人。”

“是谁？”

“我也不知道，您自己去研究和推断吧。”

“谢谢您，我懂了。听着，家母……不，不是家母，我弄错了……家父正在准备一个舞会。”

“在这个季节开舞会？”

“夏季跳舞会很流行。”

“即使不流行，只要一经伯爵夫人提携，就会时兴起来的。”

“您说得很对。您知道，这是清一色的舞会——那些七月里留在巴黎的人，一定是真正的巴黎人。您可不可以替我们邀请两位卡瓦尔康蒂先生？”

“哪天举行？”

“星期六。”

“老卡瓦尔康蒂到那时就已经离开了。”

“但他的儿子还在这儿。您可不可以邀请一下小卡瓦尔康蒂先生？”

“我对他不熟悉，子爵。”

“您不熟悉他？”

“不，我是在几天前才和他初次见面的，对于他的事无论从哪方面讲我都没有把握。”

“但您曾请他到您的家里来吃过饭的？”

“那是另一回事，他是一位好心肠的神甫介绍给我的，神甫也许被骗了。您直接去请他吧，别让我代替您去邀请了。假如他将来娶了腾格拉尔小姐，您就会说是我搞的阴谋，要来和我决斗的。再说，我自己也许不会去。”

“不去什么地方？”

“你们的舞会。”

“您为什么不去？”

“唯一的理由是您还没有邀请我。”

“但我是特意为那项使命才来的呀。”

“您太赏脸了，但我或许会因事去不了的。”

“假如我告诉您一件事情，您就会排除一切障碍而大驾光临了。”

“告诉我什么事？”

“家母真情地邀请您去。”

“马尔塞夫伯爵夫人？”基督山伯爵吃了一惊。

“啊，伯爵，”阿尔贝说，“我向您保证，马尔塞夫伯爵夫人跟我说得很坦白，假如您没有那种我刚才说的心灵感应，那一定是您身体里根本没有这种神经，因为在过去的这四天里，我们除了你没谈论到别人。”

“你们在谈论我？非常感谢厚爱！”

“是的，那是您的特权，您是一个活的话题。”

“那么，在令堂眼中，我也是一个问题吗？我还以为她非常理智，不会有这种幻想了呢。”

“我亲爱的伯爵，您是每个人的话题——家母的，也是别人的，很多人研究你，但没有得出结论，您依然还是一个谜，所以您尽管放心好了。家母老是问，您怎么这样年轻。我相信，伯爵夫人虽然把您比作罗思文勋爵，而家母却把您当成了卡略斯特洛①或圣日尔曼伯爵②。您若有机会就可以证实她的看法，您是很容易做到这一点的，因为您有前者的点金石和后者的智慧。”

“我谢谢您的提醒，”伯爵说，“我尽力去应对来自各方面对我的揣测就是了。”

“这么说来，星期六您来？”

“来的，既然马尔塞夫夫人邀请我。”

“您太赏脸了。”

---

① 卡略斯特洛（1743—1795），意大利著名骗子，后被判终身监禁。

② 圣日尔曼伯爵（1784卒），法国冒险家，为法王路易十五从事各种政治阴谋活动。

“腾格拉尔先生去不去?”

“家父已经邀请他了。我们应当尽力去劝请那位大法官维尔福先生也来，但他可能会让我们失望的。”

“俗话说：‘永远不要失望。’”

“您跳舞吗，伯爵?”

“我?”

“是的，您。这有什么令您吃惊的?”

“跳舞对于未满四十岁的人来说真是最合适不过了。不，我是不跳舞的，但看别人跳舞是我的喜好。马尔塞夫夫人跳舞吗?”

“未曾跳过，您可以和她聊聊天，她非常希望能和您谈一谈。”

“真的!”

“是的，绝对，我向您保证，您是唯一一位使她流露出好奇心的人。”

阿尔贝起身拿起了他的帽子，伯爵陪他到了门口。“我有一件事很后悔。”走到台阶前，他止住阿尔贝说道。

“好的，什么事?”

“我跟您讲到腾格拉尔的时候，有点冒犯了。”

“不，关于他，永远用同样的态度跟我讲好了。”

“那好！这我就放心了。顺便提一句，您认为伊皮奈先生什么时候能到?”

“最迟五六天可到。”

“他什么时候结婚?”

“圣·梅朗先生夫妇一到就马上结婚。”

“带他来见我。尽管您说我不喜欢他，但我向您保证，见到他我很高兴。”

“是的，爵爷。”

“再会。”

“星期六再会，届时我一定恭候您的到来，希望不会让我失望。”

“好的，我一定来。”

伯爵目送着阿尔贝上了车，阿尔贝连连向他挥手道别。当他踏上他的轻便四轮马车以后，基督山伯爵转过身来，看到了贝尔图乔。

“情况怎么样？”他问。

“她到法院去了一次。”管家回答道。

“在那儿待了多久？”

“一个半钟头。”

“她回家去了吗？”

“直接回家去了。”

“好，我亲爱的贝尔图乔，”伯爵说，“我现在劝你去搜寻一下我对你说过的诺曼底的那处小产业。”

贝尔图乔鞠了一躬，这个命令正中他的下怀，所以他当天晚上就出发了。

第六十九章　调查

维尔福先生一直记着他曾答应腾格拉尔夫人的事，尽力去调查基督山伯爵发现欧特伊别墅历史的经过。当天他就给波维里先生（波维里先生已经从监狱长升任为警务部大臣）写信，和他索取他想要的情报；波维里先生请求两天时间展开调查，届时就能提供给他想要的信息。第二天夜里，维尔福先生收到了这样一张字条：

基督山伯爵有两位感情很好的朋友，一位名叫威玛勋爵，是个很有钱的外国人，不过行踪不定，眼下在巴黎；另一位叫布沙尼神甫，是一位意大利教士，目前在东方，广行善事、非常受当地人的赞赏。

维尔福先生在回信中吩咐继续严加调查这两人的全部情况。第二天夜里，他又收到了一份详尽的报告：

神甫已于一个月前到达巴黎，就住在圣·苏尔莫斯教堂后面租来的小房子中，上下两层，每层两个房间。下面的两个房间分别是餐厅和客厅，餐厅里面有一张桌子，几把椅子，一个胡桃木碗柜；客厅里没有地毯、时钟或者壁饰。可以看出神甫只会购买生活必需品。神甫很喜欢楼上的起居间，里面都是神学经典，这一个月他就埋首书堆中，所以那间房间更像书房。

他的仆人往往要先从门洞里看看来拜访的客人，如果对方是不喜欢或者不认识的，就说神甫不在——这种说法往往能让大多数人相信，因为大家都知道神甫到处旅行的事。而且，不管在不在家，神甫都会留下一点东西施舍来人，而那个仆人就依主人的意思从门洞中将东西给访客。书房旁边是寝室。里面全部家当就是一张没有帐子的床、四把圈椅以及一顶铺满了黄色天鹅绒厚垫的睡帽。

威玛勋爵住在圣·乔琪街。他是一个英国旅行家，在旅行中经常大把花钱。他的房子和家具都是租来的，白天只在那里逗留几个小时，而且极少在那儿过夜。他有一个怪脾气，就是从来不说一句法国话，却能写流利的法文。

在检察官得到这些详细情况的第二天，有个人驱车到费洛街的拐角处下车，走去敲一扇深绿色的门，说他想见布沙尼神甫。

“神甫不在家，他今天一早就出去了。”仆人回答说。

“我不满意这个回答，”来客答道，“因为对于派我来的那个人，他是不会说自己不在家的，还是劳烦你去告诉布沙尼神甫——”

“我已经告诉你，他不在家啦!”仆人又说。

“那么，当他回来的时候，把这张名片和这封盖过封印的信交给他。他今天晚上八点钟不在家吗?”

“当然在的。如果他在工作，那他也就和出门一样了。”

“那我今晚八点再来。”来客说完就走了。

果然到了既定时间，那个人依然乘着那辆马车来了，但这一次马车并不停在费洛街的拐角处，而是停在那扇绿门前面。

门一敲就开了，他走了进去。从仆人对他的恭敬、殷勤的态度上，他得知那封信已产生了预期的效果。“神甫在家吗?”他问。

“是的，他在书房里工作，他在恭候您，先生。”仆人回答。来客走上一段很陡的楼梯，迎面看到神甫正坐在桌子前面。桌子上有一盏灯，灯罩很大，把灯光全集中在了桌面上，使其余的空间显得相当黑暗。他看见神甫穿着一件和尚长袍，头上戴着中世纪学者常戴的那种头巾。“幸会，幸会，阁下就是布沙尼神甫吗?”来客问。

“是的，阁下，”神甫回答，“而您就是那位曾做过监狱长，现任警察总监波维里先生派来的使者吗?”

“是的，阁下。”

“身负巴黎保安重任的一位使者。”

“非常正确，阁下。”来客犹豫了一下，脸也有些红了。

神甫把眼镜架好，这副大眼镜遮住了他的双眼与颧骨，他又重新坐下来，并示意来客也就座。“我悉听您的吩咐，阁下。”神甫带着很重的意大利口音说。

“我所负的使命，阁下，”来客一字一顿地说，“不论是对完成这项使命，还是对作为这项使命的对象，都是绝对机密的。”

神甫鞠了一躬。

“您的正直，”来客继续说，“总监是早有耳闻的，现在，他作为法官，希望要从您这儿了解一些关于社会治安的情况。为了了解这些情况，他委托我来拜见您。希望不要碍于友谊或人情而掩饰事实的真相。”

“阁下，只要您所要了解的情况不会给我带来良心上的不安就行。我是一个教士，阁下，譬如说，人们在忏悔的时候讲出来的秘密，那就必须由上帝裁判，而不是留给人类的法庭。”

“您别担心，神甫阁下，我们会使您的良心安宁。”

这个时候，神甫把靠近自己那边的灯罩压得更低一些，于是另外那一边就翘了起来，来客的脸被照亮了，而他自己则仍待在暗处。

“对不起，神甫阁下，”警察总监的使者说，“灯光很刺眼。”

神甫把灯罩压低。“现在，阁下，”他说，“我在洗耳恭听了，请说吧!”

“我直截了当地说吧。您认识基督山伯爵先生吗?”

“我想您说的是柴康先生吧?”

“柴康！这么说他不叫基督山伯爵?”

“基督山是一个地名，或更准确地说，是一座岩礁的名字，不是一个姓。”

“好吧，既然基督山先生和柴康先生是一个人，我们就不必在字面上争论了。”

“肯定是一个人。”

“我们就来谈谈柴康先生吧。”

“好吧。”

“我刚才问您认识他吗？”

“我和他很熟。”

“他是谁？”

“一个富有的马耳他造船商的儿子。”

“我知道，报告上也这么说。但是，您知道，警务部对空泛的报告是不会满意的。”

“但是，”神甫温和地微笑着答道，“当报告与事实符合的时候，谁都必须相信——别人得相信，警务部也得相信。”

“但您能相信这一点吗？”

“您是什么意思？”

“阁下，我对于您的诚实毫不怀疑，我只是问您，您对于这一点能不能确定？”

“我认识他的父亲柴康先生。”

“啊，啊！”

“小时候，我常常和他的儿子在船坞里玩耍。”

“但他这个伯爵的头衔是从哪儿得来的？”

“您知道那是可以买到的。”

“在意大利？”

“哪里都可以。”

“而他的财产，据一般人说，简直是无限……”

“噢，关于这一点，”神甫说，“‘无限’用得很贴切。”

“您觉得他有多少财产？”

“每年有十五万至二十万里弗左右的利息。”

“这也是意想中的事，”来客说，“我听说他有三四百万呢！”

“每年两千万里弗收益金就得有四百万的本。”

“但我听说他每年有四百万的利息入账。”

“噢，那是无法令人信服的。”

“您知道那个基督山岛？”

“肯定知道，凡是从巴勒莫、那不勒斯或罗马经海道而来的法国人，都知道那个岛，因为他们都必须从岛的附近经过，能看见它。”

“据说那里相当迷人。”

“那是一座岩礁。”

“伯爵为何要买一座岩礁呢？”

“为了要做一个伯爵。在意大利，假如想当伯爵，就必须有一处采地。”

“您也许听到过柴康先生青年时代的冒险经历吧？”

“那位父亲？”

“不，他的儿子。”

“这我不是很清楚，那个时期我没有看到我那位青年朋友。”

“他去当兵了吗？”

“我似乎记得他当过兵。”

“当的什么兵？”

“海军。”

“您作为神甫，他向您忏悔过吗？”

“不，先生，也许他是一个路德教徒。”

“一个路德教徒？”

“我说也许如此，但我并不肯定。而且，我认为法国是有信仰自由的。”

“当然，我们现在所调查的不是他的信仰问题，而是他的行动。我代表警察总监请求您把您所知道的关于他的一切情况都告诉我。”

“大家认为他是一个乐善好施的人。基于他对东方基督教徒所做出的杰出贡献，教皇曾封他为基督爵士——这种荣誉向来是只赐给亲王的。他还有五六种尊贵的勋章，都是东方诸国国王基于他做出的贡献而奖励给他的。”

“他戴那些勋章?”

“不戴，但他引以为荣。他说过他喜欢给人类的造福者褒奖，而不是给人类的破坏者犒赏。”

“这样说来他是个教友派信徒了?”

“非常正确，他是教友派信徒，只是他从不穿那种古怪的衣服罢了。”

“他有没有朋友?”

“有，凡是认识他的人都是他的朋友。”

“可是有没有仇人呢?”

“只有一个。”

“那个人是谁?”

“威玛勋爵。”

“现在哪儿?”

“他现在巴黎。”

“他能给我一些消息吗?”

“他可以提供给您重要的消息，他曾在印度和柴康相处过一段时间。”

“您知道他住哪儿吗?”

“大概在安顿大马路那一带，但街名和门牌号码我都没记住。”

“您跟那个英国人关系不好，是吗?”

“我爱柴康，他恨柴康，所以我们关系不是很好。”

“您是否确认基督山伯爵在这次访问巴黎以前，从未到过法国?”

“对于这个问题，我可以保证。不，阁下，他从来没有到过这儿，因为半年以前，他曾向我打听过法国的情况。因为那时不知道自己什么时候回巴黎，我就介绍卡瓦尔康蒂先生去见他。”

“安德烈吗?”

“不，是他的父亲，巴陀米奥。”

“阁下，我现在只剩下一个问题了。我以人格、人道和宗教名义，要求您坦白地回答我。”

“请问吧，阁下。”

“您知不知道基督山先生在欧特伊买房子是做什么用的？”

“当然知道，他给我说过。”

“是什么目的，阁下？”

“他要创办一所精神病院，像庇沙尼男爵在巴勒莫所办的那所一样。您知不知道那所精神病院？”

“我听说过。”

“那是一个很了不起的机构。”说完这句话，神甫鞠了一躬，意思是说他要继续做他的研究工作了。来客不知是明白了神甫的意思，还是他再没有别的问题要问了，于是站起身来，神甫送他到门口。

“您是一位大慈善家，”来客说，“虽然大家都说您很有钱，但我愿意冒昧地捐献一些东西，请您替我施舍给穷人。不知您愿不愿意接受我的捐款？”

“谢谢您，阁下，我在世上只有一件事情看得特别重，就是，我所施舍的东西必须完全来自我自己的经济来源。”

“但是……”

“我的决心是无法动摇的，但您只要自己去找，总是找得到的，唉！您可以施舍的对象太多啦。”

神甫一面开门，一面又鞠了一躬，来客也鞠躬告辞。

那马车又出发了，这一次，它驶到乔琪街，停在五号门前，那就是威玛勋爵住的地方。来客曾写信给威玛勋爵，约定十点钟的时候前来拜访。警察总监的使者到的时候是十点差十分，仆人告诉他，威玛勋爵还没回家，他是极守时间的，十点钟一定会回来。来客在客厅等着，客厅里的布置像其他连带家具出租的客厅一样，没什么特别的：一只壁炉，壁炉架上放着两只新式的瓷花瓶；一架挂钟，挂钟顶上连着一张正弯弓待发的爱神像；一面两边都刻花的屏风，一边刻的是荷马盲行图，另一边是贝利赛行乞图；灰色的壁纸；用黑色饰边的红色窗帘。这就是威玛勋爵的客厅。房间里点着几盏灯，但毛玻璃灯罩使光线看起来很微弱，好像是考虑到警察总监的密使受不了强烈的光线而刻意安排的一般。十分钟之后，挂钟开始敲响，敲到第五下，门开了，威玛勋爵出现在门口。他中等身材，偏高，长着暗红色稀疏的髭须，脸色很白，金黄色的头发已有些灰白。他的衣服完全展现出英国人的特征—— 一件一八一一年式的高领蓝色上装，上面钉着镀金的纽扣；一件羊毛背心；一条紫花布的裤子，裤脚管比平常的短三寸，但有吊带扣在鞋底上，所以也不会滑到膝盖上去。他一进来，就用英语说："阁下，您知道我是不说法语的。"

"我知道您不喜欢用我国的语言讲话。"密使回答。

"但您可以说法语，"威玛勋爵答道，"因为我虽然不讲这种语言，但我听得懂。"

"而我，"来客改口用英语回答，"我也懂得一些英语，可以用英语谈话。您不必觉得不便。"

"噢!"威玛勋爵用那种只有地道的大不列颠人民才能懂得的腔调说。

密使拿出他的介绍信后，威玛勋爵带着英国人惯有的那种冷淡的态度看了一遍，看完之后，他依然用英语说："我明白，我完全明白。"于是密使就开始提问，那些问题和问布沙尼神甫的差不多。但因为威玛勋爵是伯爵的仇人，所以他的答案不像神甫那样谨慎，答得随便而直率。他谈到了基督山伯爵青年时代的情况，他说伯爵在二十岁的时候就在印度一个小王国的军队里服役和英国人作战，威玛就是在那儿第一次和他相见并发生战斗的。在那场战争里，柴康成了俘虏，被押解回英国，关在一艘囚犯船里，并在途中潜水逃走。此后他就开始四处旅行，到处决斗，到处闹桃色事件。希腊发生内乱的时候，他在希腊军队里服役。那次服役期间，他在塞萨利山上发现了一个银矿，但他的口风很紧，隐瞒了所有的人。纳瓦里诺战役结束后，希腊政府局面稳定，他向国王奥图要求那个区域的开矿权，国王就给了他，他因此成了巨富。据威玛勋爵所知，他每年的收入达一两百万之多，但那种财产是不稳定的，一旦银矿枯竭，他的好运也就到头了。

“那么，”来客说，“您知道他为什么到法国来吗？”

“他是来做铁路投机的，”威玛勋爵说，“他是一个老练的药物学家，也是一个非常出色的物理学家，他发明了一种新的电报技术，正在寻找门路，想推广他这项新发现呢。”

“他每年花多少钱？”总监的密使问。

“不过五六十万法郎，”威玛勋爵说，“他是一个守财奴。”

英国人之所以这么说显然是由于仇恨他的缘故，因为伯爵在别的方面无可挑剔，所以就骂他吝啬。

“您知不知道他在欧特伊买的那座房子？”

“当然知道。”

“您知道些什么？”

“您想知道他买那所房子的原因吗？”

“是的。”

“伯爵是一个投机家，他将来肯定会因为那些乌托邦式的试验弄得自己倾家荡产的。他觉得在他买的那座房子附近，有一个像巴尼里斯、罗春和卡德斯那样的温泉。他想把他的房子改造成德国人所说的那种‘寄宿疗养院’。他已经把整个花园挖了两三遍，希望找到温泉的泉源，但没有成功，所以不久他就会把邻近的房子都买下来。我讨厌他，我希望他的铁路、他的电报技术、他寻觅的温泉将弄得他倾家荡产，我正在等待着他的失败，不久他一定会失败的。”

“为什么这么恨他？”

“在英国的时候，他曾勾引了我一个朋友的太太。”

“您为什么不向他报仇呢？”

“我已经和他决斗过三次了，”英国人说，“第一次用手枪，第二次用剑，第三次用双手长剑。”

“那几次决斗的结果怎么样？”

“第一次，他打断了我的胳膊；第二次，他刺伤了我的胸部；第三次，他给我留下了这个伤疤。”英国人翻开他的衬衫领子，露出一处伤疤，疤痕还是鲜红的，说明这是一处新伤。

“所以我跟他有不共戴天之仇，他一定会死在我的手里。”

“但是，”那位密使说，“依我看，您似乎不能杀死他呀。”

“噢!”英国人说，“我天天都在练习打靶，每隔一天，格里塞都要到我家里来一次。”

来客想打听的事情已听完了，更确切地说，那个英国人所知道的事情似乎就是这些了。警察总监的使者站起身来告辞，向威玛勋爵鞠了一躬，威玛勋爵也按英国人的礼数生硬地还他一礼。当他听到大门关上的声音后，他就回到卧室里，一手扯掉他那浅黄色的头发、暗红色的髭须、假下巴以及他的伤疤，重新展现出基督山伯爵那乌黑的头发和洁白的牙齿。至于到威玛勋爵家里去的那个人，也并不是警察总监的密使，而是维尔福先生本人。检察官虽然并没有真正打听到令他满意的消息，但他已心安不少，自从去欧特伊赴宴回来，他第一次安安稳稳地睡了一觉。

第七十章 舞会

这几天恰好是七月里最为炎热的时段，马尔塞夫伯爵依旧在周六举办舞会。晚上十点，伯爵府的花园中，高大的树木将天空中的繁星衬托得一清二楚。今晚像是要下暴雨，天空中飘着一层薄薄的雾气。楼下大厅中传来了极乐舞与华尔兹的曲子，灿烂的灯光从百叶窗的缝隙透出来。花园里，十几个仆人正在准备晚餐，他们刚收到主妇的命令，因为天气已经好转，因此要把晚餐安置在天幕下的草坪上，那满是星星的美丽夜空已经让草坪占据了绝对优势。花园里面到处都是彩色的灯笼，这种布置风格属于意大利，餐桌上摆满了鲜花和蜡烛，而这种排场在世界各国的豪华宴会上都有，不必赘述。

马尔塞夫伯爵夫人交代完仆人之后，又回到了屋子里，这时宾客们已陆续来了，倒不是因为伯爵显赫的地位让他们来到这里，而是因为伯爵夫人优雅的风度。鉴于梅塞苔丝高雅的情趣，这些人一定能在这场宴会中找到一些值得描绘或者模仿的细节。腾格拉尔夫人原本不想去马尔塞夫夫人那里，因为之前的事让她感到心神不宁。可是那天清晨，她的马车在路上和维尔福先生的马车碰巧遇上。两部马车自然靠拢，他问道："您要不要去马尔塞夫夫人家的舞会？"

"不想去，"腾格拉尔夫人回答，"我的身体不太舒服。"

"您错了，"维尔福意味深长地回答，"您应该在那儿露面，这非常重要的。"

"那么我马上去。"说完两部马车就分道而驰了。

所以腾格拉尔夫人这会儿也来了。她不但长得美，而且全身上下打扮得珠光宝气。她从一扇门走进客厅，梅塞苔丝恰好也从另一扇门出现在客厅，伯爵夫人当即派阿尔贝去迎接腾格拉尔夫人。阿尔贝迎上前去，恰如其分地评价了几句男爵夫人的打扮，然后让她挽住他的胳膊引她入座。阿尔贝向四下里望了望。

“您在找我的女儿，是不是？”男爵夫人含笑说。

“我承认是的，”阿尔贝回答，“难道您竟忍心不带她来吗？”

“别着急。她遇到了维尔福小姐，她们两个就走在一起了。瞧，她们来了，两个都穿着白衣服，一个捧着一束山茶花，一个捧着一束毋忘我花。怎么？”

“这回您要找什么？”

“基督山伯爵今天晚上来不来？”

“十七个了！”阿尔贝答道。

“您这是什么意思？”

“我是说，伯爵似乎是一团烈火，”子爵微笑着回答，“你是第十七个问我这个问题的人了。伯爵有多走红，我可真得祝贺他！”

“您对每一个人都是像对我这样回答的吗？”

“啊！真是的，我还没有回答您。请放心，我们可以看到这位大人物的，我们的运气够好。”

“昨晚您去歌剧院了吗？”

“没有。”

“他也在那儿。”

“啊，真的！那位怪人有没有什么惊人之举？”

“他能没有惊人之举吗？昨天演的是《瘸腿魔鬼》①，伊丽莎跳舞的时候，那位希腊公主看得出了神。伊丽莎跳完舞以后，他把一只珍贵的戒指绑在一束花球上，抛给那个可爱的舞星，那个舞星为了表示珍视这件礼物，在第三幕的时候，就把它戴在手指上出场，向伯爵致意。那位希腊公主呢？她来不来？”

“不来，可能使您失望了，她在伯爵家里的地位没人知道。”

---

① 法国作家勒萨日（1688—1747）的作品，这里可能指根据原作改编的舞剧。

“行了，让我留在这儿吧，去陪维尔福夫人吧，她很想跟您谈话呢。”

阿尔贝对腾格拉尔夫人鞠了一躬，向维尔福夫人走过去。

当他走近的时候，她张开嘴巴刚要说话。

“我敢跟你打赌，”阿尔贝打断她说，“我知道您要说的是什么事。”

“什么事?”

“如果我猜对了，您承不承认?”

“承认。”

“用人格担保?”

“用人格担保。”

“您要问我基督山伯爵到了没有，或者会不会来。”

“一点也不对。我现在想的不是他。我要问您有没有接到弗兰兹先生的什么消息?”

“有的，昨天收到了一封信。”

“他信里说些什么?”

“他发信时正启程回来。”

“好，现在，告诉我伯爵会不会来。”

“伯爵会来的，不会使您失望的。”

“您知道他除了基督山以外还有一个名字吗?”

“不，我不知道。”

“基督山是一个岛的名字，他还有一个族姓。”

“我从来没有听说过。”

“好，那么，我比您消息灵通多了，他姓柴康。”

“可能是。”

“他是马耳他人。”

“也许是。”

“他是一个船主的儿子。”

“真的，您应该把这些事情大声宣布出来，您就可以名声大振了。”

“他在印度服过兵役，在塞萨利发现了一个银矿，到巴黎来是想在欧特伊村建一所温泉疗养院。”

“哦！”马尔塞夫说，“我敢断言，这确实是桩新闻！允许我讲给别人听吗？”

“可以，但不要一下子捅出去，每次只讲一件事情，别说是我告诉您的。”

“嗯？”

“因为这是偶然发现的秘密。”

“是谁发现的？”

“警务部。”

“那么这些消息从哪里——”

“是昨天晚上从总监那里听来的。您当然也明白，巴黎对于这么不寻常的豪华人物总是有戒备的，所以警务部去调查了一下。”

“好！目前手续齐备，可以以伯爵太有钱，而被当作流民抓起来了。”

“可不是，如果调查到的情况对他不是那么有利，这种事情肯定是会发生的。”

“可怜的伯爵！他知道自己的处境这么危险吗？”

“我认为不知道吧。”

“那么应该发发慈悲心去通知他。他来的时候，我肯定会这样做。”

这时，一个眼睛明亮、头发乌黑、髭须光润而英俊的年轻人走过来向维尔福夫人恭恭敬敬地鞠了一躬。阿尔贝和他握了握手，“夫人。”阿尔贝说，“允许我向您介绍马西米兰·莫雷尔先生，驻阿尔及利亚的骑兵上尉，是我们最出色、最勇敢的军官之一。”

“我在欧特伊基督山伯爵的家里已经非常荣幸地见过这位先生了。”维尔福夫人回答道，带着毫不掩饰的冷淡态度转身离去。

听到这句话，尤其是这句话的语气，可怜的莫雷尔的心都揪紧了。可是有一种补偿正在等待着他。他转过身来，正巧看到一张美丽白皙的脸，一对蓝色的大眼睛正注视着他，眼睛里并没流露出什么感情，但她把手里的那一束毋忘我花慢慢地举到了唇边。

莫雷尔对这种无声的问候心领神会，他也望着她，把他的手帕举到了嘴唇上。他们像两尊活的雕像，伫立在大厅两端，默默地彼此凝视着，一时忘记了自己，甚至忘记了世界，但在他们那种大理石似的外表之下，心却在剧烈地狂跳。

即使他们再多凝望一些时候，也不会有人注意到他们，可是基督山伯爵进来了。我们已经说过，伯爵不论在哪儿出现，总能吸引大家的注意力。那并不是因为他的衣着，他的衣服简单朴素，剪裁也没有什么新奇怪诞的地方，更不是因为那件纯白的背心，也不是因为那条衬托出一双有模有样的脚的裤子——绝不是这些东西。而是他那苍白的肤色和他那漆黑的卷发，他安详清纯的脸庞；是那一双深邃、表情抑郁的眼睛；是那一张轮廓清楚、易于表达高度轻蔑表情的嘴巴。比他更漂亮的人或许还有很多，但谁也不会有他这么富有表现力，假如可以用这个词来形容的话。伯爵身上的一切似乎都有它的意义，因为他有常做有益思索的习惯，所以无关紧要的动作，也会在他的脸上表现得无比的精明和刚强。

可是，巴黎社会的社交界是非常不可思议的，如果他没有一笔神秘的巨额财产，这一切或许还是不能赢得他们的注意。

这时，他在无数好奇目光的注视之下，一面和熟人打着招呼，一面向马尔塞夫夫人走过去。马尔塞夫夫人正站在摆着几只花瓶的壁炉架子前面，已经从与门相对的镜子里看见他进来，并准备好和他相见。伯爵向她鞠躬的时候，她带着一个愉悦的微笑向他转过身来。她以为伯爵会和她讲话，而伯爵，也以为她会和自己说话，但两人都没有开口。于是，在鞠躬之后，基督山伯爵就迈步向阿尔贝迎过去，阿尔贝正张着双臂向他走来。

“您见过我母亲了吗？”阿尔贝问。

“见过了，”伯爵回答，“但我还未曾见过令尊。”

“瞧，他就在那里，正在和那群社会名流谈论政治呢。”

“是吗？”基督山伯爵说，“那么，那里的那些先生都是社会名流了，我倒没有想到。他们是哪一种社会名流呢？您知道社会名流也有各种各样的。”

“首先，那位是个学者，就是那位瘦高个儿，他在罗马附近发现一种蜥蜴，那种蜥蜴的脊椎骨比普通的多一节，他立刻在科学院提出他的发现。对那件事一直有人持异议，但他取得了胜利。那节脊椎骨在学术界引起了轰动了；而那位先生，他原本只是荣誉军团的一个骑士，就此晋封为军官。”

“哦，”基督山伯爵说，“据我看，这个十字章是该给的，我想，要是他再找到一节脊椎骨的话，就会被封为司令官了吧？”

“非常有可能。”阿尔贝说。

“那个穿蓝底绣绿花礼服的人是谁？他怎么敢穿这样一件怪衣服？”

“噢，那件衣服不是他自己想出来的，那是法兰西共和国的象征。共和政府委托大画家大卫①给法兰西科学院院士设计的一种制服。”

“真的吗！”基督山伯爵说，“那么这位先生是一位科学院院士啰？”

“他在一星期前刚被推举成为一位学者。”

“他的特殊才干是什么？”

“他的才能我相信是能用针戳进兔子的头，能让母鸡吃茜草，能够用鲸须挑出狗的脊髓。”

“就因为这些成绩，他成为科学院的院士了吗？”

“不，是法兰西学院的院士。”

“但法兰西学院跟这一切有什么关系呢？”

“我就要告诉您了。看来好像是因为——”

“肯定是因为他的实验大大地促进了科学的发展，对吗？”

“不，是因为他的书法非常俊秀。”

“这句话要是被那些让他用针戳过的兔子、那些被他用茜草染成红色的鸡以及那些被他挑过脊髓的狗听到，它们一定要伤心死了。”

阿尔贝大笑起来。

“那一位呢？”伯爵问。

“哪一位？”

“很对，第三位。”

“噢！穿暗蓝色衣服的那位？”

“对。”

“他是伯爵的一个同僚，前一阵子强烈反对贵族院的议员穿制服，

① 大卫（1748—1825），法国著名画家，同情法国大革命。

他是自由主义派报纸的死对头，但因为他在制服问题上所作的抨击朝廷的高尚行动，自由派报纸极力为他捧场，这使他们言归于好，而且据说就要提拔他做大使了。”

“他是凭什么入贵族院的?”

“他曾编过两三部喜剧，在《世纪》报上写过四五篇文章，为部长大人当选捧了五六次场。”

“说得好，子爵!”基督山伯爵微笑着说，“您是一位很有趣的向导。现在请您帮我一个忙，可以吗?”

“何事?”

“别介绍我认识这几位先生，如果他们有意，请您为我挡驾。”

这时，伯爵感到有人抓住了他的胳膊。他转过身来，看到是腾格拉尔。“啊！是您，男爵!”

“您为什么要叫我男爵呢?”腾格拉尔说，“您知道我并不看重我的头衔。我不像您，子爵，您很看重爵位不是吗?”

“当然啰，”阿尔贝回答，“我要是没有了头衔，就一无所有了，而您，即使放弃男爵的头衔，却依旧为百万富翁。”

“不幸的是，”基督山伯爵说，“百万富翁这个头衔可不像男爵、法国贵族或科学院院士那样可以终身享有。譬如说，法兰克福的百万富翁，法波银行的大股东法郎克和波尔曼，最近就宣告破产了。”

“你确信吗?”腾格拉尔说，脸色顿时变得苍白。

“不会有错，我是今天傍晚才得到的消息，我有一百万存在他们银行，但因事先听到风声，在一个月以前就提出来了。”

“啊，我的上帝!”腾格拉尔喊道，“他们开过一张二十万法郎的汇票给我!”

“您小心为好，他们的签字只剩百分之五的信用了。”

“是的，但太迟啦，”腾格拉尔说，“我看到签字的票据就照付了。”

“算了!”基督山伯爵说，“又是二十万法郎，加上以前——”

“嘘！别提这些事情，”腾格拉尔说，然后，他走近基督山伯爵，又说，“尤其是在小卡瓦尔康蒂先生面前。”说完之后，他微笑了一下，转身向他指的那个年轻人走去。

阿尔贝离开伯爵去和他的母亲说话，腾格拉尔也走过去和小卡瓦尔康蒂谈天，所以只剩基督山伯爵独自一人。此时，大厅里非常热，仆人托着摆满冷饮品的茶盘在人群里来回穿梭。

基督山伯爵不时擦着额头上的汗珠，但当仆人把盘子端到他面前的时候，他却退后一步，不吃解热的东西。马尔塞夫夫人的余光始终没有离开基督山伯爵，她看到他什么都没有吃，甚至还注意到了他后退的那个动作。

“阿尔贝，”她问道，“你有没有注意到？”

“什么事，母亲？”

“我们请伯爵来赴宴，他从来都不曾接受过。”

“是的，但他在我那儿吃过午饭，真的，那次他还是初次在巴黎社交界露面呢。”

“但你的家并不是马尔塞夫先生的家，”梅塞苔丝喃喃地说，“他来这儿以后，我时刻在观察着他。”

“是吗？”

“是的，他什么都没有吃。”

“伯爵的饮食是很有节制的。”

梅塞苔丝抑郁地微笑了一下。“你再过去，”她说，“等下一次托盘送来的时候，一定请他吃些东西。”

“为什么，母亲？”

“按我说的做，阿尔贝。”梅塞苔丝说。

阿尔贝拿起母亲的手吻了一下，踱到伯爵身边。又有一只摆满冷饮品的盘子送了过来，她看到阿尔贝想劝伯爵吃些东西，但他却坚决地拒绝了。阿尔贝回到母亲那儿，看到她脸色苍白。

“是吧，”她说，“你看到了，他拒绝了。”

“是的，但您何必为此难过呢？”

“你知道，阿尔贝，女人的心是很奇怪的，我喜欢看到伯爵在我的家里吃些东西，就是一粒石榴也好。也许他不习惯法国的饮食，喜欢吃别的东西吧。”

“哦，不会的。在意大利的时候，我看他是什么都吃的，显然他今天晚上不想吃东西。”

“可能吧，”伯爵夫人说，“他是在热带过惯了的，他可能不像我们这样怕热。”

“我想不见得，因为他刚才还向我诉苦说，他感到热得几乎要窒息了，还问我为什么不把百叶窗打开。”

“可不是，”梅塞苔丝说，“这倒是个好主意，可以试试他是否有意不肯吃东西。”于是她离开大厅。一分钟以后，百叶窗全部打开了，透过那些垂下素馨花和女萎草的窗口，可以看到点缀着各色灯笼的花园和摆在帐幕底下的宴席。跳舞的、玩牌的、谈话的所有客人都发出了愉快的喊声，每一个人都欢快地享受着微风。这时，梅塞苔丝又出现了，她的脸色比以前更苍白了，但神色很镇定。她向以她丈夫为中心的那群人径直走过去。“别把这几位先生拖在这儿了，伯爵，”她说，“我想，他们大概都愿意到花园里透透气，这儿太闷了，又不是在玩牌。”

“啊，”一个风流的老将军说，“我们希望单独到花园里去。”

“那么，”梅塞苔丝说，“我来领路。”她转向基督山伯爵，又说，“伯爵，您可以陪我出去走走吗？”

这么简单的一句话几乎使伯爵踉跄了一下，他看了看梅塞苔丝。那一瞥其实极其短暂，但伯爵夫人却觉得似乎有一个世纪那么久。他把胳膊递给伯爵夫人，她挽起他的胳膊，或更准确地说，只是用她那只纤细的小手轻轻触着它，于是他们一同走下那两旁列着踯躅花和山茶花的踏级。在他们的后面，二十多个人高声谈笑着从另外一扇小门奔向花园。

第七十一章　面包和盐

基督山伯爵陪着马尔塞夫夫人，来到了枝叶交错的拱廊。这条路通往一间温室，路的两边都是菩提树。

“大厅里面太热了，您觉得呢，伯爵？”她问道。

“是的，夫人，您想得太周全了，打开百叶窗和门吧。”说话间，伯爵发现梅塞苔丝的手有些颤抖。“不过，”他继续说道，“您穿得太单薄了，只披着一条纱巾，应该会冷吧？”

“您知道我准备将您带去哪儿吗？”伯爵夫人自顾自地说着，并没有回答基督山伯爵刚刚的话。

“不知道，夫人，”基督山伯爵回答道，“可您也知道，我并没有拒绝您。”

“我们去温室看看，您看，温室就在这条路的尽头。”

伯爵看了一眼梅塞苔丝，似乎想要问她什么，可是她只是默默地朝前走着，于是基督山伯爵也没有开口。他们来到那间长满了美丽果实的温室。这时候虽然是七月，但是温室依然依靠工人控制温度让果实成熟。伯爵夫人放开了基督山伯爵的胳膊，去摘一串紫葡萄。“您看，伯爵。”她微笑着说道，那笑容是那么凄凉，让人看到都忍不住涌出泪水——“瞧，我知道我们的法国葡萄没法和你们西西里或塞浦路斯的相提并论，但您也许可以原谅我们北方阳光不足吧！”

伯爵鞠了一躬，往后退了一步。

“您是在拒绝吗？”梅塞苔丝的声音发颤。

“请原谅我，夫人，”基督山伯爵答道，“但我是从来不吃紫葡萄的。”

葡萄从梅塞苔丝的手里滚落到地上，她叹了一口气。邻近架梯上垂着一只美丽的桃子，也是用人工的热度焙熟的。梅塞苔丝走过去，摘下那只果子。

“那么，请吃了这只桃子吧。”她说。

伯爵还是拒绝。

“什么，又拒绝！”她的声音凄婉，似乎在竭力抑制住哭泣。

“真的，您太让我伤心了。”

接着是长时间的沉默。那只桃子，像葡萄一样，也落到了地上。

“伯爵，”梅塞苔丝用悲哀恳求的眼神看了他一眼说，“阿拉伯有一种风俗，凡是在一个屋顶底下一同吃过面包和盐的人，就会成永久的朋友。”

“我知道的，夫人，”伯爵回答，“但我们是在法国，不是在阿拉伯。而在法国，永久的友谊就像分享面包和盐的那种风俗一样是不容易有的。”

“但是，”伯爵夫人一眨不眨地盯着基督山伯爵，两手痉挛地抓住他的胳膊，紧张得呼吸急促地说，“我们是朋友，不是这样吗？”

伯爵的脸苍白得如死人一般，浑身的血好像都冲进了他的心，然后又向上涌，两颊被染得通红。他只感到泪眼模糊，像要晕眩一样。

“当然，我们是朋友，”他答道，我们为什么不是朋友呢？”

这个答复与梅塞苔丝所希望的回答相差太远了，她转过身去，发出一声犹如呻吟似的叹息。

“谢谢您。”说完，他们又开始向前走。“阁下，”沉默了大约十分钟之后，伯爵夫人突然喊道，“您确实见过很多的东西，旅行到过很远的地方，受过很深的痛苦吗？”

“我受过很深的痛苦，夫人。”基督山伯爵回答。

“但您现在非常快乐了？”

“当然，”伯爵答道，“因为没有人听到我曾经叹息的声音。”

“您目前的快乐是否已软化了您的心呢？”

“我目前的快乐与我过去的痛苦持平。”伯爵说。

“您结婚了吗?”伯爵夫人问道。

“我结婚了!”基督山伯爵打了一个寒战,喊道,“这是谁告诉您的?”

“谁都没有告诉我,但有人在戏院里看到您常和一位年轻可爱的姑娘在一起。”

“她是我在君士坦丁堡买来的一个女奴,夫人,她原是王族的一位公主。她是我的义女,因为她在世界上再没有亲人了。”

“那么您是独自一人生活。”

“我过着单身生活。”

“您没有女儿、儿子、父亲?”

“什么都没有。”

“怎么是这种情况?一个亲人都没有?”

“那不是我的错,夫人。在马耳他的时候,我爱过一个年轻姑娘,当我们快要结婚时,燃起了战火。我以为她很爱我,会等我,即使我死了,也会忠守着我的坟墓。但当我回来的时候,她已经结婚了。这种事情对于二十出头的年轻人来说本是习以为常的,也许我的心比旁人软弱,如果是别人也许不会像我这样痛苦,这就是我的恋爱经历。”

伯爵夫人停住脚步,似乎只是为了喘一口气。“是的,”她说,“而您,在您的心里依旧怀念这段爱情……人是一生只能恋爱一次的,您后来有没有再见到过她?”

“从来没有!”

“从来没有?”

“我从来不曾回到她住的那个地方。”

“在马耳他?”

“是的,在马耳他。”

“这么说来,她现在还在马耳他?”

“我想应该是的。”

“她使您所受的种种痛苦,您原谅她了吗?”

“是的,我饶恕了她。”

“但不只是她,那么您依然还恨使您和她分离的那些人是吗?”伯爵夫人手里还留有一小串葡萄，散发着香味。这时她就站在基督山伯爵的面前。“吃一点吧。”她说。

“夫人，我向来是不吃紫葡萄的。”基督山伯爵回答，似乎这个问题以前从没被提到过一样。

伯爵夫人用一种绝望的姿态，把葡萄抛进最近的树丛里。

“真是铁石心肠。”她轻声说。基督山伯爵纹丝不动，好像责备的并不是他一样。

这时，阿尔贝冲了进来。

“母亲！”他喊道，“发生不幸的事啦！”

“什么？发生了什么事情？”伯爵夫人问道，像是一下子从梦中惊醒似的，“你说是不幸的事？哦，当然是不幸的事了。”

“维尔福先生来了。”

“那又怎么样？”

“他来找他的太太和女儿。”

“为什么？”

“因为圣·梅朗夫人刚到巴黎，带来了圣·梅朗先生去世的噩耗，他是离开马赛不久后去世的。维尔福夫人正在兴头上，也许没有听清这个不幸的消息，或可能不相信会发生那样的事情。但瓦朗蒂娜小姐一听到话头，又看到她父亲那种小心谨慎的样子，就全部猜到了。那个打击对她如晴天霹雳一般，她当场昏了过去。”

“圣·梅朗先生是维尔福小姐的什么人？”伯爵问。

“是她的外祖父。他是来催促她和弗兰兹结婚的。”

“啊！果真是这样吗？”

“嗯，”阿尔贝说，“弗兰兹现在没人催他了，为什么圣·梅朗先生不是腾格拉尔小姐的外祖父呢？”

“阿尔贝！阿尔贝！”马尔塞夫夫人用一种温柔的语气责备说，“你在说什么呀？啊，伯爵，他非常尊敬您，请告诉他，他不该这么说话。”于是她向前走了两三步。

基督山伯爵用非常奇怪的眼神望着她，他的脸上有一种恍恍惚惚但又充满爱慕的表情。她不由地停住了脚步，然后她又上来抓住他的手，同时抓起她儿子的手，把那两只手合在一起。

“我们是朋友，不是吗？”她问。

“噢，夫人，我不敢自诩为您的朋友，但我自始至终是您最恭敬的仆人。”

伯爵夫人带着一种无法形容的痛楚离开了。还没有走出十步远，伯爵就看见她用手帕擦眼泪。

“家母跟您谈得不愉快吗？”阿尔贝惊讶地问。

“恰恰相反，”伯爵答道，“您没听到她说我们是朋友吗？”

他们回到大厅里，瓦朗蒂娜和维尔福先生夫妇刚离开，不用说，莫雷尔也跟随他们离开了。

第七十二章　圣·梅朗夫人

就在刚才，维尔福先生家里确实发生了令人不快的一幕。太太和小姐早已去参加舞会了，维尔福夫人极力劝说丈夫与她们同行未果，检察官依然将自己关在书房，面对着高高的一叠令人惊恐的文件，即使如此，他那强烈的工作欲望依然无法得到满足。但仅此一次，他所面对的文件只是一种形式。维尔福独处的目的不在于工作，而是为了反省。书房的门紧闭着，他已叮嘱过仆人，如果没有特别重要的事情，不要去打扰他。关上门之后他缓缓地坐在了圈椅上，开始思索这一周发生的事。因为一直凝思这些事情，致使他无法安心工作，面前的那堆文件他碰也不想碰，但却将写字台的抽屉打开，按下里面的一个暗钮，拿出了一份珍贵的文件。文件被整理得很仔细，并且编着唯有自己能懂的号码，里面记录的都是一些人名和私人笔记，是关于他在金钱、政治、法庭以及某些神秘爱恋事件上的仇人。所记载的数目惊人，他开始有些害怕。虽然上面的名字都曾煊赫一时，却能常常让他露出满意的微笑，就像一个冒险家在达到顶峰之后，再回过头来俯视脚下那些曾让他十分害怕的崇山峻岭、无人能及的山崖以及难以通过的狭径。他在心中将这些名字默默地诵读一遍，又照着名单上的记录重新读一遍，研磨一番，他摇了摇头。

“不!”他喃喃地说，“我的敌人没有哪一个会辛辛苦苦地耐着性子等这么久的，等到现在才用这个秘密来压垮我。有时候，正如哈姆雷特所说的：事实总会展现在人们的眼前，即使想用全世界的泥土压住它也是枉然。但是，像一团磷火一样，它虽然升起来，但却会引人走入迷途。那个科西嘉人也许曾把这个故事讲给某个教士，那个教士又对别人讲了。基督山伯爵也许从旁人口里听到过，但他为什么要查明这件事情的真相呢?”

维尔福先生思索了一会儿以后，这样自问：“这和这位基督山先生或柴康先生有什么关系呢？他是一个马耳他船商的儿子，曾在塞萨利发现一个银矿，是第一次来巴黎访问。他为什么要查究这样一件悲惨、神秘和无用的事实呢？布沙尼神甫和威玛勋爵——他的朋友和他的仇人——所给我的各种消息虽不完全相同，但依我来看，有一点是可以确定的，就是不论在哪一个时期、哪一件事情上或哪一种环境里，他和我之间都没丝毫瓜葛。”

但维尔福说的这几句话甚至连他自己都不相信。他怕的倒不是事情被揭发出来，因为即使那样，他可以辩护、可以否认。他并不十分顾忌那突然出现在墙上的血字。他真正急于发现的是，究竟是谁写的这些血字。为了放松一下神经，他开始幻想起来。他以前常常幻想他的政治前途，这是他幻想的主题，但今天他没法去想那方面的事情，他生怕惊醒了那沉睡了这么久的仇人，现在他只想象一幅自己享受家庭之乐的景象。正在这时，庭院里传来一辆马车滚动的声音，接着他听到一个老年人踏上楼梯的脚步声，后面跟随着一片哭泣和悲叹声，这是仆人们的常态，表示他们也很关心主人的伤心事。他打开门，进来了一位老太太，臂上挽着披肩，手里拿着帽子，不等通报就进来了，白发压着她黄色的前额，眼睛周围刻满了岁月留下的皱纹，眼睛几乎消失在那因悲哀过度而发肿的眼皮底下了。

“啊，阁下，”她说，“啊，阁下，多么不幸呀！我要死了，啊，是的，我一定要死了！”

她就倒在那张离门最近的椅子上，突然啜泣起来。仆人们站在门口，不敢进去，诺瓦蒂埃的老仆人在他主人的房间里听到一片喧闹声，也赶来站在后面，大家都望着她。维尔福站起来，向他的岳母奔过去。“发生了什么事啦！”他喊道，“您为什么这样难过！圣·梅朗先生没有和您一起来吗?”

“圣·梅朗先生去世啦！”老侯爵夫人直截了当地回答，脸上也没有什么特殊的表情，看来她似乎已经麻木了。

维尔福后退几步，两手紧紧地握在一起，喊道："去世了，这样突然?"

"一星期前，"圣·梅朗夫人又说，"我们吃过午餐就一同乘着马车出发。圣·梅朗先生感到不舒服已经有几天了。但是，想到可以看到亲爱的瓦朗蒂娜，他顾不上自己正在生病，坚持起程。我们离开马赛十八里路时，他吃了常吃的金锭丹之后，就沉沉睡去。我觉得他睡得有点不自然，可是又不敢喊醒他，但感到他的脸色好像变红了，而且太阳穴上的血管跳得比平常厉害。那时天色渐渐黑了，而且也看不清楚了，我就让他去睡。突然，他发出一声含糊不清的痛苦叫声，像是一个人在梦中受到了伤害似的，接着他的头猛地往后一倒。我叫车夫停车，喊着圣·梅朗先生，让他闻我的嗅盐，但一切都晚了，我是坐在一具尸体旁边到达埃克斯的。"

维尔福半张着嘴站着，似乎吓呆了。"您肯定请医生了?"

"当时就请了，但是，我刚才说过，已经太晚啦。"

"是的，但他至少可以确定可怜的侯爵死于什么病吧?"

"是的，阁下，他告诉我说像是一种突发性中风。"

"当时您怎么做的呢?"

"圣·梅朗先生常说，如果他不是死在巴黎，希望能将他的遗体运回家族的墓室。我看着遗体装在一具铅棺里，就自己先回了巴黎，棺材过几天才到。"

"啊，可怜的母亲!"维尔福先生说，"您这么大年纪，遭到这么一个打击之后，还得这么操心。"

"上帝可怜我，让我坚持了下来，而且，我为可怜的侯爵所做的那一切，换了他他肯定也会替我办的。自从他离开我以后，我好像已经麻木了。我不能哭，他们说，到我这样的年龄，眼泪就干了。可是，我觉得当一个人心里难受的时候，就应该哭出来。瓦朗蒂娜在哪儿，阁下?我是为她而来的，我希望见见瓦朗蒂娜。"

维尔福觉得如果回答说瓦朗蒂娜去参加舞会了，那未免太残忍，所以他只说她和她的继母一同出去了，他这就去接她们回来。

“马上去，阁下！马上去，我求求您！”夫人说。

维尔福扶起圣·梅朗夫人，领她到内室。

“您休息一下吧，母亲。”他说。

听到这句话，侯爵夫人抬起头来。眼前的这个人使她想起她无限哀悼的那个女儿来，让她觉得她的女儿还活在瓦朗蒂娜的身上，这声“母亲”使她大为感动，顿时老泪纵横，跪倒在一把圈椅前面，将白发苍苍的头埋在了椅子里。维尔福吩咐女用人照顾好老夫人，而老巴罗斯则惊惶地跑去报告他的主人去了。因为最使老年人感到恐惧的事情是，没有比听到死神暂时放松对他们的警诫，而去打击另外一个老年人更可怕了。当圣·梅朗夫人还跪在地上虔诚祈祷的时候，维尔福叫人备好马车，亲自到马尔塞夫夫人那里去接他的妻子和女儿。当他出现在舞厅门口的时候，脸色苍白，瓦朗蒂娜急忙向他跑过来，说：“爸爸，发生了什么不幸的事吧！”

“你的外婆刚才到了，瓦朗蒂娜。”维尔福先生说。

“外公呢?”那年轻姑娘浑身颤抖着问。

维尔福先生没有回答，只是伸手去扶他的女儿。他扶得很及时，因为瓦朗蒂娜的头一阵晕眩，脚下打了一个踉跄。维尔福夫人立刻赶过来扶住她，一面协助她的丈夫把她搀到马车里，一面说：“真是怪事！怎么会发生这种事，真是怪事！”这不幸的一家人就这么走了，留下一片愁云，笼罩着整个大厅。

瓦朗蒂娜发现巴罗斯在扶梯下等她。

“诺瓦蒂埃先生希望今天晚上见您一次。”他低声说。

“告诉他，我见过我亲爱的外婆后就来。”她回答，她感到目前最需要她帮助的是圣·梅朗夫人。

瓦朗蒂娜发现她的外祖母躺在床上。在这一场伤心的会见里，默默的爱抚、心痛如绞的啜泣、断断续续的叹息、止不住的热泪，说不尽道不完。维尔福夫人靠在丈夫的肩膀上，对可怜的遗孀保持着表面上的敬意。不久就对她的丈夫耳语说：“我想，如果你允许的话，我还是走开的好，因为我在这儿似乎会使你的岳母难过。”

圣·梅朗夫人听到了她的话。“是的，是的，”她温和地对瓦朗蒂娜耳语说，“让她走吧，但你要留在这儿。”

维尔福夫人走了，瓦朗蒂娜独自留在床边，因为那位检察官被这个意外的死讯惊得不知所措，也跟着妻子出去了。

现在回过头来讲讲老诺瓦蒂埃，我们前面说过，诺瓦蒂埃听到家里的吵闹声，就派他的老仆人去查问原因。巴罗斯一回来，他就用机敏的眼神向他的使者询问。

“唉，老爷！”巴罗斯惊叹道，“发生了不幸的事情啦。圣·梅朗夫人到了，她的丈夫去世啦！”

严格地说来，圣·梅朗先生和诺瓦蒂埃之间没有友谊可言。可是，一个老年人的死总会影响到另一个老年人。诺瓦蒂埃的头无力地垂到胸前，显然心里很难过，在想着什么，然后他闭上了一只眼睛。

“瓦朗蒂娜小姐吗？”巴罗斯问。

诺瓦蒂埃做了个肯定的动作。

“她参加舞会去了，这您是知道的，因为她打扮得整整齐齐地来向您告辞过的。”

诺瓦蒂埃又闭了闭他的左眼。

“您打算见她吗？”

诺瓦蒂埃又做了一个肯定的动作表示。

“嗯，他们肯定已经到马尔塞夫夫人那儿接她去了。我去等着，她一回来就请她到这儿来。您心里是这样打算的吗？”

“是的。”老人又做了一个肯定的回答。

所以，正像我们说的，巴罗斯便守在门口，把老人的消息通知瓦朗蒂娜。因此，瓦朗蒂娜在离开圣·梅朗夫人以后，就来看诺瓦蒂埃了。圣·梅朗夫人终因疲劳过度而昏昏沉沉地睡着了。在她伸手可及的地方，他们放了一张小桌，桌子上放着一只玻璃杯和一瓶橙汁，这是她最喜欢的饮料。于是，那位年轻姑娘离开床边去找诺瓦蒂埃先生。瓦朗蒂娜吻了老人一下，老人则带着无限怜惜的眼神望着她，她的眼泪立刻又充满了眼眶。那位老先生依然带着同样的表情凝视着她。

“是的，是的，”瓦朗蒂娜说，“您的意思是，我还有一位慈爱的祖父，是吗？”

老人表示他想说的正是这句话。

“上帝啊，幸而我还有您，”瓦朗蒂娜答道，“要是没有您的话，我可怎么受得了呢?”

已经是凌晨一点钟了。巴罗斯觉得经过了这件伤心事后，每一个人都需要休息，他自己也倦了。诺瓦蒂埃所需要的休息也不只是见他的孙女儿。所以瓦朗蒂娜也离开了，忧愁和疲乏使她看来病了一般。

第二天早晨，瓦朗蒂娜发现她的外祖母还是躺在床上。她并没有退烧，相反，她的眼睛里流露着忧郁的神情，像是精神上正受着痛苦的折磨。“哦，亲爱的外婆！您很不舒服吗?”瓦朗蒂娜看到外婆焦躁不安的模样，不由得失声惊叫。

“没有，我的孩子，不是的!”圣·梅朗夫人说，“但我等你等得不耐烦了，我等你派人去找你的父亲来。”

“我的父亲?”瓦朗蒂娜不安地问。

“是的，我想跟他谈一谈。”

瓦朗蒂娜不敢违背外祖母的意思，而且她也不知道她要说的将是什么事。过了一会儿，维尔福进来了。

“阁下，”圣·梅朗夫人开门见山地说，像是怕她的时间不够用似的，“写信告诉我说，已经在为这个孩子准备婚事了?”

“是的，夫人，”维尔福回答，“不仅是准备，而是已经安排妥当了。”

“你的如意女婿是弗兰兹·伊皮奈先生?”

“是的，夫人。”

“他的父亲是我们的人，就是在逆贼从厄尔巴岛逃回来的前几天被人暗杀的伊皮奈将军吗?”

“正是他。”

“跟一个雅各宾党徒的孙女儿联姻，他不感到恶心吗?”

“幸亏我们的内战现在已经结束了，母亲，”维尔福说，“他父亲去世的时候，伊皮奈先生还只是一个小孩子，他对诺瓦蒂埃先生知之甚少，瓦朗蒂娜将来和他相处，即使不愉快，也是无所谓的。”

“这门亲事合适吗?”

“各方面都合适。”

“那个年轻人如何?”

“很得大家的赞许。”

“他的为人怎么样?”

“他是我所认识的最优秀的年轻人之一。”

在他们谈话期间，瓦朗蒂娜始终保持着沉默。

“嗯，阁下，”圣·梅朗夫人想了几分钟以后说，“我必须催你赶快办这件婚事，因为我能活在世上的时间很少了。”

“您，夫人?”

“亲爱的外婆?”

维尔福先生和瓦朗蒂娜同时惊喊道。

“我知道我在说什么，”侯爵夫人继续说，“我必须催你赶快办，这样，在她结婚的时候，虽然没有母亲，至少还有一个外婆来为她祝福。我那可怜的蕾妮只剩下瓦朗蒂娜这条命根了，你是早就忘记她了，阁下。”

“啊，夫人，”维尔福说，“您忘记了我不能让我的孩子没有母亲。”

“继母不是母亲，阁下。但这不是我们要谈的，我们只谈瓦朗蒂娜的婚事。我们不要去打扰死者了吧。”

这些话说得非常急促，她说话似乎有点像呓语了。

“这件事一定照您的意思办理，夫人，”维尔福说，“尤其是您的意见正合我意。伊皮奈先生一到巴黎——”

“我亲爱的外婆，”瓦朗蒂娜插进来说，“应当想一想外公刚去世。您不会愿意我在这样不吉利的时候结婚的吧?”

“我的孩子，”老太太厉声喊道，“别理会那些陈规俗套，它们只会使优柔寡断的人推迟进入他们的未来生活。我也是在我母亲的灵床前结婚的，我并未因此少了快乐。”

“可是，应该考虑一下死者，夫人!”维尔福说。

“可是?永远要‘可是’下去吧!我告诉你，我马上就要死了，你懂不懂?在死以前，我要看看我的外孙女婿，我要嘱咐他让我的孩子快乐，我要从他的眼睛里看出他究竟会不会按我的嘱咐去做，总之，我要见到他，”老太太带着一种恐怖的表情继续说，“如果将来他不能尽职尽责，我就从我的坟墓里爬出来找他！”

“夫人，”维尔福说，“您得抛弃这过于激动的想法，这样想下去是要发疯的。一旦被埋入坟墓，就长眠不起了。”

“是的，是的，亲爱的外婆，您定定神吧。”瓦朗蒂娜说。

“我告诉你，阁下，你错啦。昨天晚上我睡得害怕极了。我的灵魂似乎已经脱离我的身体，在头顶上飘来荡去。我的眼睛不由自主地闭上了，再也睁不开。说来似乎不可能，尤其是你，阁下，我闭着眼睛竟也能看到东西，在你现在站的那个地方，在通到维尔福夫人梳妆室去的那个门的角落里，我看见，一个白色的人影悄悄地走了进来。”

瓦朗蒂娜尖声叫起来。“这是您发烧的缘故，夫人。”维尔福说。

“信不信由你，但我知道我所说的的确是真的。我看到一个白色的人影，而且，似乎是担心一种感官不能证明，我又听到我的玻璃杯被挪动的声音——就是现在放在桌子上的那一只。”

“噢，亲爱的外婆，那只是一个梦。”

“那不是做梦，因为我还伸手出去拉铃了呢，但当我要拉铃的时候，那个影子就不见了。接着就看到我的婢女拿着一盏灯进来。”

“她没有看到什么吗？”

“应该看见鬼的人才看得到，那是我丈夫的灵魂！如果我丈夫的灵魂可以到我这里来，为什么我的灵魂不能出来保护我的外孙女呢？依我看来，这似乎更直接。”

“噢，夫人，”维尔福不禁大受感动地说，“别去想那些伤心事了，您还要快乐地和我们一起生活。我们会永远爱您，尊敬您，我们会让您忘记的。”

“不，不，不！”侯爵夫人说，“伊皮奈先生什么时候到？”

“随时都可能到，我们正在等他呢。”

“很好。他一到，马上通知我。你们必须赶紧给我去请一位公证人来，以便把我们的财产全部转到瓦朗蒂娜名下。”

“啊，外婆！”瓦朗蒂娜把她的嘴唇贴到她外祖母滚烫的额头上，不安地说，“您想吓死我吗？上帝啊，您在发烧，我们要去找的不是公证人，而是医生！”

“医生！”她耸耸肩说，“我没有病，我只是口渴。”

“您要喝什么，亲爱的外婆？”

“跟平常一样，喝杯橙子汁，我的杯子就在桌子上，把它递给我，瓦朗蒂娜。”

瓦朗蒂娜把橙汁倒在桌子上的玻璃杯里，拿给她的外祖母，心里有点害怕，因为鬼碰过这只杯子。

侯爵夫人一口把橙汁喝干，然后在床上辗转反侧，反复地喊道：“公证人！公证人！”

维尔福先生走了，瓦朗蒂娜坐在外祖母的床边。那个可怜的孩子说她的外祖母需要医生，似乎她自己也很需要。她的脸颊绯红，呼吸短促而困难，脉搏跳得很快。可怜的姑娘心想，要是马西米兰知道圣·梅朗夫人非但不是他的盟友，而且无形之中几乎也成了一个敌人，那时他会有多么失望。她不止一次想把这一切都告诉她的外祖母，而且如果马西米兰·莫雷尔的名字是阿尔贝·马尔塞夫或夏多·勒诺的话，她早就毫不犹豫了。但莫雷尔只是平民出身，而瓦朗蒂娜知道她那心高气傲的圣·梅朗侯爵夫人是多么鄙视一切平民出身的人。每当她要把她的秘密说出来的时候，就想到这不过是一种徒然的举动，便又伤心地把它抑制了下去，因为这个秘密一旦被她的父母知晓，一切就都完了。

两个钟头就这样过去了。圣·梅朗夫人昏昏沉沉地睡着，公证人已到了。通报的声音虽然极小，但圣·梅朗夫人却立刻抬起头来。

“公证人吗？”她喊道，“让他进来！”

公证人就在门口，立刻走了进来。

“你去吧，瓦朗蒂娜，”圣·梅朗夫人说，“让我和这位先生谈一谈。”

“可是，外婆——”

“去吧！去吧！”

那年轻姑娘吻了吻她的外祖母，用手帕擦着眼睛走了出去。她在房门口遇到维尔福先生的贴身男仆，男仆告诉她医生已在客厅里等候了，瓦朗蒂娜立刻跑下去。那个医生跟她家是世交，也是当代名医。他非常喜欢瓦朗蒂娜，当年他是看着瓦朗蒂娜降临到这个人世的。他自己也有一个年龄和她相仿的女儿，他妻子是患肺病死的，因此他终生都在为女儿担心。“哦，”瓦朗蒂娜说，“我们等您等得急死了，亲爱的阿夫里尼先生。但先告诉我，梅蒂兰和安妥妮蒂还好吗？”梅蒂兰是阿夫里尼先生的女儿，安妥妮蒂是他的侄女。阿夫里尼先生忧郁地笑了一下，“安妥妮蒂很好，”他说，“梅蒂兰也还算好。但今天让我过来，我的好孩子，难道你的爸爸或维尔福夫人病了吗？至于你，心里的烦恼是明摆着的，但除了劝你不要太胡思乱想以外，我看你并不需我帮助你什么。”

瓦朗蒂娜的脸涨得通红，阿夫里尼的医道几乎到了出神入化的地步，因为他是一位主张治病先治心的医生。

“不，”她答道，“是我那可怜的外祖母。我们所遭遇的不幸也许您已经知道了。”

“什么都不知道。”阿夫里尼医生说。

“唉！”瓦朗蒂娜忍着眼泪说，“我的外祖父过世了。”

“圣·梅朗先生？”

“是的。”

“突然去世的？”

“突发性中风。”

“中风？”医生重复说道。

“是的，我那可怜的外婆从来没有和外公离开过，她幻想他已经来叫她了，觉得必须得跟他在一块。阿夫里尼医生，我求求您，想办法救救她。”

“她在哪儿？”

“在她的房间里，现在跟公证人谈话呢。”

“诺瓦蒂埃先生呢？”

“还是老样子，他的神志十分清醒，但还是动弹不得，不能讲话。”

“他还是一如既往地爱你吗，我的好孩子？”

“是的，”瓦朗蒂娜说，“他非常爱我。”

“谁能不爱你呢？”

瓦朗蒂娜忧郁地微笑了一下。

“你外婆情况怎么样？”

“处于一种异常的兴奋状态，睡的时候昏昏沉沉，不正常。她今天早上非说睡觉的时候她的灵魂已经脱离身体，在头顶上盘旋，她自己竟能看得到那东西，似乎神经错乱了。她看见一个鬼魂走进房间里来，甚至还听到鬼魂碰她的玻璃杯的声音。”

“这就怪了，”医生说，“我以前不知道圣·梅朗夫人有这种幻觉症。”

“我也是第一次见她这个样子，”瓦朗蒂娜说，“今天早上她把我吓坏了，我以为她疯了。我父亲您是知道的，他向来很坚强，可是他似乎也被吓呆了。”

“我们去看看吧，”医生说，“你说的那些事情我也觉得非常奇怪。”

这时公证人下来了，瓦朗蒂娜知道她外祖母现在是自己待在房间里。“请上楼去吧。”她对医生说。

“那么你呢?”

“噢，我不敢上去，她不允许我派人去找您，而且，正如您所言，我自己心里也乱得很，有点发烧，很不舒服。我要到花园里去转一转，定定神。”

医生握了握瓦朗蒂娜的手，上楼去看她的外祖母去了，而瓦朗蒂娜则走下台阶。至于她喜欢在花园的哪一位置散步自然不必再说了。平时，她总在房子周围的花坛间逗留一会儿，折一朵玫瑰花插在胸前或发鬓上，然后折入那条通到后门去的幽暗的走道。瓦朗蒂娜照常在花丛间走了一会儿，但并没有摘花。虽然她还有时间把自己打扮成居丧的样子，可是她内心的哀痛，使她觉得做这种朴素的装饰，也是不应该的。她转身沿着那条小径走去。正当她往前走的时候，好像听到有人在叫她的名字，她吃惊地停住脚步，那声音就更清晰地传入她的耳际，她听出那是马西米兰的声音。

第七十三章 诺言

来人果真就是马西米兰·莫雷尔。他自前一天开始，就一直在惆怅纠结。凭着情人间所特有的直觉，当侯爵去世和圣·梅朗夫人回来之后，他就猜到维尔福先生家里肯定会发生一些事情，而这些事又与他和瓦朗蒂娜的爱情有着利害关系。而我们也能马上看到，他的预感即将成为现实。他不仅仅是因为不安而白了脸色，他浑身战栗地走到栗子树下的铁门前。而瓦朗蒂娜对他的到来一无所知，她并不知道莫雷尔在等她，因为在之前他从不会在此时到来，因此她去花园仅仅是一个巧合，或者可以说是一种微妙且不可言说的心灵感应。一听到莫雷尔的呼唤，她即刻就向门口跑去。

“怎么会这个时间过来呢?”她说。

莫雷尔回答道：“是的，我亲爱的瓦朗蒂娜你，我的带来是带来了坏消息，并且已经做好了随时听到坏消息的准备。”

“这么说，这实在是座不吉利的宅子了!”瓦朗蒂娜说，“说吧，马西米兰，虽然目前这些悲痛已经让人受不了了。”

“亲爱的瓦朗蒂娜，”莫雷尔竭力掩饰住自己激动的情绪，说，“好好听着，我求求你，我要说的这件事是很严肃的。他们打算什么时候为你办婚事?”

“我把一切都告诉你，”瓦朗蒂娜说，“对你，我什么都不必隐瞒。我的婚事今天早上他们就谈到了，我那亲爱的外婆，我本来以为她可以帮助我的，但她不但赞成这门亲事，而且希望赶快促成，他们只等伊皮奈先生一到，第二天就签订婚约。”

年轻人痛苦地长叹了一声，悲哀地凝望着年轻的姑娘。

“唉！”他用低沉的声音说，“太可怕了，听着自己所爱的女人平静地说出：‘你行刑的时间已经定了，几小时以后就要被执行。但这无关紧要，必须如此，我不愿意插身其间来阻止它。’啊，既然像你说的，一切只等伊皮奈先生的到来就可以了结了，在他到后的第二天，婚书就要签订，你将属于他，那么你明天就和伊皮奈先生订婚吧。因为今天早晨他已经来到巴黎了。”

瓦朗蒂娜喊了一声。

“一个小时以前，我在基督山伯爵家里，”莫雷尔说，“我们正在聊天，他谈论你家里所遭遇的不幸，我谈论你的伤心，那时一辆马车辚辚地驶进前院。此前，我从来不相信有‘预感’存在，但现在我却不能不相信了，瓦朗蒂娜。听到那辆马车的声音，我就打了一个寒战，接着我就听到楼梯上响起的脚步声，当时我感觉就像死囚听到监斩官的脚步声一样。门开了，第一个进来的是阿尔贝·马尔塞夫，我还在心里竭力对自己说预感是错误的，但他之后又进来一个年轻人，当伯爵喊‘啊！弗兰兹·伊皮奈男爵阁下’的时候，我聚拢了全部力量和勇气来支撑自己。或许我的脸色是惨白的，也许我在发抖，但我确信我的嘴角始终保持着微笑。五分钟之后我就告辞了，在那五分钟里面，我一个字也没有听到——我承认自己彻底垮了！”

“可怜的马西米兰！”瓦朗蒂娜喃喃地说。

“瓦朗蒂娜，现在已经到了你答复我的时候了。要记住，生与死都由你决定，你是如何打算的？”

瓦朗蒂娜低垂下头，悲痛欲绝，方寸大乱。

“听着！”莫雷尔说，“目前的情况非常严重，已经迫在眉睫，这种情况你当然不会是第一次想到。现在不是悲哀的时候，那些喜欢慢慢地用痛苦来消磨时间、吞咽泪水来打发日子的人，才肯干这种事。世界上的确有这种人，他们在人世间逆来顺受，上帝无疑会在天上补偿他们。但那些有抗争意识的人，就决不会浪费一分钟的宝贵时间，他会立即对命运之神的打击予以还击。你是否预备和我们的厄运抗争呢？告诉我吧，瓦朗蒂娜，我就是为得到确切答案而来的。”

瓦朗蒂娜浑身颤抖，一双惊恐的大眼睛凝视着莫雷尔。去和她的父亲、她的外祖母以及她的整个家庭作对，她从来没有想过这种事情。

“你说什么，马西米兰？”瓦朗蒂娜问道，“你所谓的抗争是什么意思？这是亵渎神灵的呀！什么！让我违背我父亲和我那垂死的外祖母的意愿是不可能的！”

莫雷尔吓了一跳。

“你高贵的心是不会不了解我的，你非常了解我，而我眼看着你忍受了这么久，亲爱的马西米兰。不！我要用我全部的力量来和我自己抗争，像你所说的那样饮干自己的眼泪。要让我父亲伤心，让临终的外婆在离开人世前不得安宁，这是绝对不可以的！”

“您说得很有道理。”莫雷尔冷冷地说。

“上帝啊！你怎么用这种语气对我说话！”瓦朗蒂娜愠怒地说。

“是用崇拜的语气来对你说话，小姐。”

“小姐！”瓦朗蒂娜喊道，“小姐！啊，自私自利的人呀！你看到我是多么绝望，却假装不理解我。”

“您错了，我十分了解您。您不愿意违抗维尔福先生；您不愿意让侯爵夫人伤心。明天您就要签订婚约，把自己交给您的丈夫。”

“上帝啊！你告诉我，不然我又有什么办法可想呢？”

“别来问我，小姐。这种事情让我判断是很不公平的，我的自私心会使我变得盲目的。”莫雷尔回答，他那种沙哑的声音和攥紧的拳头证明他已愈来愈愤怒了。

“如果我愿意接受你的建议，莫雷尔，那么你认为我应该怎么办呢？回答我，不要只对我说‘你错了’，你必须给我出个主意的呀。”

“你是认真的吗，瓦朗蒂娜，你真的要我给你出主意？”

“当然啰，亲爱的马西米兰，如果你的建议可行，我就照你说的去做，你知道我对你的爱是忠贞不渝的。”

“瓦朗蒂娜，”莫雷尔扳开了一块门上松动的木板说，“把你的手伸给我，证明你原谅了我刚才发脾气。我的心里乱极了，在过去的一个小时里失去理智的各种念头在我的头脑里打转，如果你拒绝了我的建议——”

“你建议我该怎么做呢？”瓦朗蒂娜抬起头来叹了一口气。

“我是自由的，”马西米兰答道，“养得起你，我发誓在我吻你的额头以前将使你成为我合法的妻子。”

“你的话让我听了发抖！”那个年轻姑娘说。

“跟我走吧！”莫雷尔说，“我带你到我的妹妹那儿，她也配得上做你的妹妹。我们乘船到阿尔及利亚、到英国、到美国去，如果你愿意的话，我们到乡下去住，等到我们的朋友们为我们说情，你家人回心转意以后再回到巴黎来也未尝不可。”

瓦朗蒂娜摇摇头。“我怕，马西米兰，”她说，“这是个使人发疯的主意，如果我不断然阻止你，那我将比你还疯。不可能的，莫雷尔，不可能的！”

“那么你愿意对命运之神屈服，甚至连反抗都不想了！”莫雷尔神情黯淡地说。

“是的——哪怕我将因此而死去！”

“好吧，瓦朗蒂娜，”马西米兰说，“我再讲一遍，你说得对。是我疯了，而你向我表明了热情可以使最理智的头脑变得盲目。而你能够丝毫不受热情的影响而理智地思考，为此我谢谢你。那么事情就这么定了，明天你就要不可挽回地接受弗兰兹·伊皮奈先生，把你们联结在一起的不仅仅只是戏剧似的签约形式，而是你自己的意愿，不是吗？”

“你又在把我往绝望的深渊里推，马西米兰，”瓦朗蒂娜说，“你又在用刀子剜我的心了！如果你的妹妹听从了这样一个计划，告诉我，你会怎么办？”

“小姐，”莫雷尔苦笑着说，“我是自私自利的，您这样说过的。而作为一个自私自利的人，我不会去想别人处在我的位置会怎么做，而只考虑我自己准备怎么做。我只想我和您认识已整整一年了，从我初次看见您的那天起，我就把我的一切快乐和希望都寄托在这么一种可能性上，那就是希望我能赢得您的爱。有一天，您承认您是爱我的，从那一天起，我的希望就是有一天能拥有您，我把这看得比生命还重要。现在，我不再想了，我只想说，命运之神已转过身来攻击我。我以为可以赢得天堂，但我输了。对于一个赌徒来说，这是平凡的日常事情，他不但可以把他所有的东西输掉，而且也可把他本来没有的东西输掉。”

莫雷尔的态度十分冷静。瓦朗蒂娜用她那一双敏锐的大眼睛望着他，竭力不让莫雷尔发现挣扎在她心里的悲痛。

“但是，一句话，你打算怎么办？”她问。

“我打算向您告别了，小姐。上帝是能听到我说的话，明白我的心的，我请他做证，证明我的确希望您过得宁静、快乐、充实，使您不会再有时间想到我。”

“噢！”瓦朗蒂娜喃喃地说。

“别了，瓦朗蒂娜，别了！”莫雷尔鞠了一躬说。

“你到哪儿去？”那姑娘一面喊，一面从铁门里伸出手来，抓住马西米兰的衣服，依自己激动的情绪来看，她知道莫雷尔的平静态度不是真的，“你到哪儿去？”

“我要去走一条路，避免再给您的家庭增加麻烦。我要给一切忠诚专一的男子做一个榜样，让他们知道当处于我这种状况的时候，应该怎样做。”

“在你离开以前，请告诉我你要去做什么，马西米兰。”

年轻人悲哀地笑了一下。

“说呀！说呀！”瓦朗蒂娜说，“拜托。”

“您的决定改变了吗？瓦朗蒂娜！”

“那是不能改变的，不幸的人啊！你知道那是绝对不能改变的！”姑娘喊道。

“那么告别了，瓦朗蒂娜！”

瓦朗蒂娜拼命摇那扇门，她想不到自己竟能有这样大的力气，而当莫雷尔转身要离开的时候，她把两只手都从门里伸出来，双手使劲地转动她的手臂。

“你要去做什么？”她说，“你到哪儿去？”

“别担心！”马西米兰站在铁门几步以外说，“这是我自己命运多难，我并不想叫别人为此来负责。若是别人，他或许会威胁你去找弗兰兹先生，向他挑衅，和他决斗，那都是丧失理智的行为，弗兰兹先生跟这件事毫无关系。今天早晨他第一次见到我，也许他已经忘记曾见过我这回事了。当你们两家准备联姻的时候，他甚至还不知道我的存在。我对弗兰兹先生并无敌意，我可以答应您，他将不会被惩罚。

“落到谁的身上呢，那么——是我吗？”

“你，瓦朗蒂娜？啊！女人是不容侵犯的，自己所爱的女人是神圣的。”

“那么，是你自己吗，不幸的人啊——你吗？”

“唯一有罪的人是我，不是吗？”马西米兰回答。

“马西米兰！”瓦朗蒂娜说，“马西米兰，回来吧，我求求你！”

他走过来，脸上带着甜蜜的微笑，要不是他脸色苍白，人们大概会以为他还是像往常那样快乐呢。“听着，我亲爱的，我崇拜的瓦朗蒂娜，”他用那种和谐而悦耳的声音说，“像我们这样无愧于社会，无愧于家人，也无愧于上帝的人，可以彼此看到对方的心，像读一本书一样。我不是一个罗曼蒂克的人，也不是悲剧的主人公。我既不模仿曼弗雷特，也不模仿安东尼。虽然我不曾言明、不曾发誓，但我早已把自己的生命交给了你。你要离开我，你这样做是对的——重复一遍，你是对的。但失去了你，我就失去了我的生命。你离开我，瓦朗蒂娜，在世界上我就孤零零地一个人了。我的妹妹已幸福地结了婚，她的丈夫只是我法律上的兄弟，也就是一个和我只有社会关系的人。所以，没有人再需要我了。我打算这样做：我要等到你真正结婚的时候，因为我不想错过那种意想不到的机会，说不定弗兰兹先生会在那以前死掉。当你向圣坛走过去的时候，或许会有一个霹雳打在他头上。在一个被判了死刑的人身上，没有不可能的事情，只要能够死里逃生，奇迹也就理所当然了。所以，我要等到最后一刻，当我苦难的命运已经确定，且无法挽回毫无希望的时候，我就写一封密信给我的妹夫，另外写一封给警察总监，把我的打算告诉他们，然后，在一个树林的角落上、在一个深谷的悬崖边，或者在一条河的堤岸旁，我就坚决地，正如我是法国最正直的人的儿子那样坚决地了结自己的生命。”

瓦朗蒂娜浑身痉挛着发抖，她那两只握住铁门的手松了下来，胳膊也垂了下来，两大滴眼泪顺着她的脸颊滚落下来。年轻人凄楚而决绝地站在她的前面。

“不！可怜可怜我吧，”她说，“你说你是会活下去的，不是这样吗？”

“不！我以人格担保，”马西米兰说，“但那不会影响到你，你尽了你的职责，你可以安心了。”

瓦朗蒂娜跪倒于地上，她的手紧紧地按着心口，她感到自己的心要碎了。

“马西米兰！”她说，“马西米兰，我的朋友，我在人间的兄长，我天上的真正的丈夫，我求求你，像我一样忍辱负重地活下去，也许有一天我们会结合在一起的。”

“别了，瓦朗蒂娜。”莫雷尔又说。

“我的上帝，”瓦朗蒂娜脸上呈现出一种崇高而决绝的表情把双手伸向天空，说，“我已经尽了最大的努力要做一个孝顺的女儿——我曾祈求、恳请、哀告，上帝不理我的祈求、我的哀求或我的眼泪。好吧，”她抹掉眼泪，变得很坚决地继续说，“我不愿意悔恨地死去，我情愿羞愧而死。你可以活下去，马西米兰，我永远只属于你，几点钟？什么时候？是不是马上就走？说吧，命令吧！我已经准备好了。”莫雷尔本来已经走出几步，这时又转过身来，他的脸庞因高兴而变得发白，双手从铁门里向瓦朗蒂娜伸过去。

“瓦朗蒂娜，”他说，“亲爱的瓦朗蒂娜，你不必这样说，还是让我去死吧。我怎么能强迫你呢？如果我们彼此相爱的话。你只是出于仁慈才命令我活下来，是吗？那么我宁愿还是死了的好。”

“真的，”瓦朗蒂娜喃喃地说，“如果他不关心我，这个世界上还有谁关心我呢？除了他以外，没有人在我伤心的时候来安慰过我。我这颗滴血的心能在谁的怀里得到安息呢？是他，是他，永远是他！是的，你说得很对，马西米兰，我愿意跟你去，我愿意离开父母，我愿意放弃一切。我这忘恩负义的人啊！”

瓦朗蒂娜哽咽着喊道，“我愿意放弃一切，甚至我那亲爱的老祖父，啊，我忘了他了。”

“不，”马西米兰说，“你不会和他分开的，你说诺瓦蒂埃先生喜欢我。你离开家前，把一切都告诉他，如果他同意，那就是上帝同意了你的决定。我们一结婚，立刻就把他接来和我们一起住，那时，他不是有一个孩子，而是有两个了。你告诉过我你如何和他讲话以及他是怎样回答你的，我很快就可以用那种语言和他交流，瓦朗蒂娜。我向你保证，前方的道路不是绝望，而是快乐。”

“瞧，马西米兰，瞧你对我有多重要！我似乎相信你了，可是你说的都是疯话，因为我的父亲会咒骂我。他是铁石心肠的，决不会原谅我。现在听我说，马西米兰，如果以我的计谋、我的哀求或者由于意外事件，我哪能知道到底会怎样呢。总之，不论是什么原因，只要能拖延这件婚事，你愿意为我等待吗？”

“愿意的，我可以答应你，但你也要答应我，决不能让这桩婚事成为事实，即使你被带到一位法官或一位教士前面，你也一定要拒绝。”

“世界上对我来说，最神圣的人是我的母亲，我以她的名义向你发誓。”

“那么，我们等待吧。”莫雷尔说。

“是的，我们等待吧，”瓦朗蒂娜回答这几个字时放松了她紧张的心情，“世界上有很多事情，可以拯救我们这种不幸的人呢。”

“我非常相信，瓦朗蒂娜，”莫雷尔说，“你一定会做得很好，只是如果他们不理会你的恳求，如果你的父亲和圣·梅朗夫人坚持在明天就叫弗兰兹先生来签订婚约——”

“那时我会信守我的诺言，莫雷尔。”

“你不去签约——”

“来找你，咱们一起逃走，但在这以前，我们不能去冒险违反上帝的旨意，我们不要再见面了。没人发觉我们，这是奇迹，是天意。如果我们被人撞见，知道了我们是如此见面的，我们就毫无办法了。”

“你说得对，瓦朗蒂娜。可是我怎么知道……”

“到公证人狄思康先生那儿去打听消息好了。”

“我认识他。”

“我也会想办法告诉你，等我的消息吧。马西米兰，我也像你一样厌恶这桩婚事啊！”

“谢谢你，我心爱的瓦朗蒂娜，谢谢你，这就够了。一旦知道要签婚约，我就赶到这个地方来。我可以帮助你很容易地翻过这个墙头，门口就有马车等着我们，我陪你到我的妹妹家里。我们先在那儿住下来，或者暂时隐居，要不仍旧参加社交活动，都随你的心意。我们要用我们的力量来反抗压迫，我们不会像绵羊似的俯首帖耳地被人处理掉，只用哀叫来求饶了。”

“好吧，”瓦朗蒂娜说，“我也要对你说一句：马西米兰，我相信你会把事情做得很好的。”

“噢！”

“怎么样！你对你的妻子满意了吗？”姑娘伤心地问。

“我心爱的瓦朗蒂娜，如果只说一声‘是’，那太少了。”

“但还是说吧。”瓦朗蒂娜走过去一点，把嘴唇几乎凑到铁门上，几乎碰到莫雷尔的嘴唇，因为莫雷尔的脸紧紧地贴在又冷又硬的铁栅的那一边。“再见，那么再见。”瓦朗蒂娜说着狠起心肠就走。

“你会写信给我吗？”

“会的。”

“谢谢，谢谢，亲爱的妻子，再见！”莫雷尔抛出一个纯洁的飞吻，瓦朗蒂娜飞也似的沿着来时的路跑回去。莫雷尔听到她的衣服摩擦树枝的声音，和小径上的脚步声完全消失，然后才带着一种非常感激的微笑抬起头来，感谢上帝允许他这样被爱着，然后他也离开了。年轻人回到家里，等了一整夜，第二天又等了整整一天，始终没有得到任何消息。第三天早晨十点钟左右，正当他要出门去拜访公证人狄思康先生的时候，邮差送来了一张便笺，他知道这是瓦朗蒂娜寄来的，虽然他以前并未看见过她的笔迹。那封信的内容如下：

> 眼泪、恳求、祈祷，都没有用处。昨天，我到圣费里浦教堂里待了两小时，在那两个小时里，我在灵魂的深处向上帝祈祷。天也像人一样顽固，签订婚约的仪式已定在今晚十点钟。我只能遵守一项诺言，只有一颗心可以给人。那项诺言是为你而守的，那颗心是你的。那么，今天晚上，九点一刻，在后门口见。
>
> 你的未婚妻
>
> 瓦朗蒂娜·维尔福
>
> 又——我那可怜的外祖母的情况愈来愈糟了。昨天，她发烧到使她近于迷糊；今天，她又迷糊到使她近于发疯。莫雷尔，你会好好对待我，使我忘记曾这样狠心地抛下她，是不是？今天晚上签订婚约，我想他们是瞒着诺瓦蒂埃爷爷的。

莫雷尔虽然接到了瓦朗蒂娜的信，但还不能使他满意。他去找那位公证人，公证人向他证实了那一切。然后他又去拜访基督山伯爵，得到了更详细的消息。弗兰兹曾到伯爵这儿来过，告诉他关于举行仪式的那件事，维尔福夫人也曾写信给伯爵，请他原谅不能邀请他去参加典礼。圣·梅朗先生的死以及圣·梅朗夫人目前的健康状况势必给那场聚会蒙上一层惨淡的气氛，她不愿意伯爵分担他们的哀愁，她只希望他享受快乐。

弗兰兹曾在昨天去拜见圣·梅朗夫人，她起身接见他，而此后，她不得不又回到床上。

莫雷尔的焦急不会逃过伯爵的眼睛，这是很容易看得到的。所以基督山伯爵对他比往常更亲热。的确，他的态度是那么的慈爱，以至莫雷尔几次想把一切都告诉他。但想到他对瓦朗蒂娜许下的诺言，他又忍住了。

那天他把瓦朗蒂娜的信读了几十遍，这是她给他的第一封信，但这是在什么情形之下写的信啊，他每读一遍，便重申他的誓言，发誓要使她幸福。一个勇敢地做出这种决定的年轻姑娘，是多么伟大呀！她为他牺牲了一切，她是多么值得他爱呀！的确，她应该是他第一个最崇拜的对象！她是一位皇后，他带着无法形容的激动心情想，同时又是一个妻子，不论怎么感谢她和爱她，都是不够的。想象着瓦朗蒂娜来到他的面前，她会对他说："我来了，马西米兰，带我走吧。"

他把一切都安排好：苜蓿田里藏着两把梯子，一辆轻便马车也已准备好等在那儿，他亲自驾车，不带仆人，不点灯，到第一条街的拐角处，他们再把灯点起来，因为过分谨慎会引起警察的注意。

有时，他会禁不住打一个寒战，他以前只握过她的手，只吻过她的手指尖，他想到当那一刻到来的时候，他就得保护瓦朗蒂娜从墙头上下来，她将浑身颤抖但毫不抗拒地倒入他的怀抱里。

下午，他感到时间越来越紧迫了，他只想一个人待着。他的血在沸腾，即使简单的问题，一声朋友的招呼，也会惹他心烦。他干脆把自己关在书房里看书，但他的眼睛虽然在一行一行地移动，却不知道书的内容。最后他把书本抛开，又坐下来考虑他的计划，把梯子和墙的距离再计算一下。时间终于逼近了。深陷在爱情里的人，是决不肯让他的钟表安安稳稳地向前走的。莫雷尔把他的钟表折腾得够呛，以至在六点钟的时候，钟表的指针就被拨到八点半上了。于是他对自己说："是出发的时候了，签约的时间定在九点钟，但瓦朗蒂娜也许等不到那个时候。"所以，莫雷尔离开了密斯雷路，而当他踏进那片苜蓿田时，圣费里浦教堂的大钟才刚敲八点的钟声。

马和轻便马车藏在一所小破屋的后面，那是莫雷尔常常等待瓦朗蒂娜的地方。夜幕渐渐降临了，花园里树叶的颜色逐渐转暗。于是莫雷尔从他躲藏的地方走到铁门空隙处，他的心怦怦直跳，从铁门的空隙往外望。一个人都看不到。时钟敲八点半了。莫雷尔又在等待中度过了半个钟头，还是来回张望，也越来越频繁地从空隙向里张望，仔细谛听着脚步声。从树丛中望过去，可以隐隐约约地看得到那座屋子，但那座屋子依然是黑沉沉的，压根儿没有举行签订婚约这样一件大事的气象。莫雷尔望一望他的表，指针指在十点一刻上。但不久，那只他已经听到敲过两三遍的大时钟校正了他的时差，那指针指着九点半。已经比瓦朗蒂娜自己说定的时间迟半个钟头了。对那个年轻人来说时间是一个可怕的东西，分分秒秒的嘀嗒声，都像是铅锤似的敲击在他的心上。树叶轻微的沙沙声，微风吹过的声音，都会吸引他的注意力，使他的额头冒出一阵冷汗，他哆哆嗦嗦地放稳梯子，为了不浪费时间，他先把一只脚踏在第一级上。在希望和恐惧交替中，时钟敲了十下。“如果没有意外，”马西米兰说，“签订一次婚约是不可能费这么长时间的。我已经考虑到各种可能性，计算过全部仪式所需要的时间，一定是发生什么事了。”

他激动地在铁门边踱来踱去，时而把他那火烧般的头抵在冰凉的铁栅上。瓦朗蒂娜在签约以后昏过去了，还是逃走时让人捉回去了？这是年轻人所能设想到的仅有的两种解释，每种解释都那么令人沮丧。

一个念头突然闪现在他的大脑中。说不定瓦朗蒂娜在逃出来的时候体力不支，已昏倒在那条小路上了。“哦！假如真是那样，”他一边喊，一边爬到梯子顶上，“我就失去她了，而且那只能怪我自己。”把这个念头吹进他心里的那个精灵并没有离开他，而且固执地在他的耳边嗡嗡地讲个不停，以至过了一会儿，经过推测变它成了不可更改的事实。他的眼睛在愈来愈浓的黑暗里搜索着，似乎看到有一个东西躺在那阴暗的路上。他冒险喊了一声，似乎听到随风吹来一声模糊的呻吟。最后，十点半的钟声又敲响了，不能再等下去了。他的太阳穴猛烈地跳动着，眼睛渐渐模糊。他把一条腿跨过墙头，一会儿，已跳到那一边。现在他已经在维尔福的家里了，是翻墙过来的。那会发生什么事情呢？可是，也没有仔细想下去，他没有退回去。他贴着墙脚走了一小段路，然后越过一条小路钻进树丛里。一会儿，他穿过树丛，清晰地看见了那座屋子。根据喜庆节日的惯例，屋子的每一个窗口里都应该灯烛辉煌，但他所看到的，却只是一个灰色的庞然大物。莫雷尔确信了一件事情，那时一片云遮住了微弱的月光，而那座房屋似乎也笼罩在一片云雾里。一盏灯光不时急速地在楼下的三个窗口间移动。这三个窗口是圣·梅朗夫人房间的。另外还有一盏灯光一动不动地停留在一张红色的窗帷后面，那是维尔福夫人的卧室。这一切莫雷尔都知道。为了可以时时刻刻在想象中跟随瓦朗蒂娜，他要她把整个屋子的情形描述许多次，他虽然没有看见过，却了解得很清楚。

整幢房子的黑暗和静寂比瓦朗蒂娜不来更使莫雷尔感到恐慌不安。他神志昏乱，痛苦得几乎发疯了。他决定不顾一切地去和瓦朗蒂娜见一次面，以便确定使他感到恐惧的那种不幸是否是真的。莫雷尔来到树丛的边上，正想尽可能以最快的速度穿过花园的时候，忽然远远传来一个声音，虽然隔得远，但因为是顺风，他却听得很清楚。一听到这个声音，他就退了回来，把已经伸出树丛的半个身子完全藏了起来，静静地、一动不动地等着。他已经下定决心了，如果来者是瓦朗蒂娜，他就在她经过的时候喊住她。如果有人陪着她，他虽然不能说话了，但他还可以看见她，知道她是安全的。如果来者是外人，他就听听他们说些什么，也许可以借此得到一点消息，解开这个截至目前还未解开的谜。

月亮从那片遮住它的云的后面逃了出来，莫雷尔看见维尔福出现在台阶前，身后跟着一个身着黑衣服的绅士。他们走下台阶，向树丛这边走过来，莫雷尔很快认出另外那位绅士是阿夫里尼医生。看到他们正向自己这边走过来，他机械地向后退去，直到发觉树丛中央的一棵无花果树挡住了他的去路，他不得不停在那儿，很快那两位绅士也停住了脚步。

“啊，我亲爱的医生，”检察官说，“这是上帝在惩罚我的宅子啊！多可怕的猝死啊！真像一个晴天霹雳！您别来安慰我！唉！这样的伤心事，是无法安慰的。这个心头的创伤太深了！她死了！她死了！”

青年的额头沁出一片冷汗，牙齿在咯咯地发抖。维尔福自称受了上天的惩罚，那么，是谁死在了那座屋子里呢？

“我亲爱的维尔福先生，”医生说，他的声音使那个年轻人感到更恐怖，“我领您到这儿不是来安慰您的，正巧相反。”

“您这句话是什么意思？”检察官惊慌地问。

“我的意思是，在刚才发生的那场不幸后面，也许还有一场更大的不幸。”

“啊！我的上帝！”维尔福紧握着自己的双手喃喃地说。

“您要给我说什么事情？”

“这儿只有我们两个人吗，我的朋友？”

“是的，没有别人。但您为什么要考虑得这样周到呢？”

“因为我有一个可怕的秘密要告诉您，”医生说，“我们坐下谈吧。”

维尔福坐了下来，更确切地说，是倒在了长凳上。医生站在他的面前，一手搭在他的肩膀上。莫雷尔一手按住自己的头，另外一只手压住胸口，唯恐自己的心跳被他们听到。

“死了！死了！”他在心里反复地说，他觉得自己也即将死了。

“说吧，医生！我听着呢，”维尔福说，“让打击降临吧！我已经做好准备接受打击了！”

“圣·梅朗夫人的年龄当然是很大了，但她一向都很健康。”

十分钟来，莫雷尔总算松了一口气。

“她是愁坏的，”维尔福说，“是的，是愁坏的，医生！在和侯爵共同生活了四十年以后。”

“那不是因为忧愁，我亲爱的维尔福，”医生说，“忧愁可以使人死亡，但这种事情很少发生，它绝不可能在一天或一小时，甚至十分钟之内把人杀死。”

维尔福没有回答，他只是把那本来垂着的头抬了起来，惊愕地望着医生。

“病人最后一次发作的时候您在不在场？”阿夫里尼先生问。

“是的，”检察官回答，“是您叫我不要离开的。”

“您有没有注意到致死圣·梅朗夫人的那种病发作时的症状？”

“我注意到了。圣·梅朗夫人接连发作了三次，每次间隔几分钟，一次比一次厉害。当您到达的时候，圣·梅朗夫人喘气已经喘了几分钟了。第一次她开始痉挛，我以为那只是一种神经质的痉挛，但当我看到她从床上蹦起来，四肢和脖子似乎已经发僵的时候，我才真正慌了。那时，我从您的脸色上知道了实际情况比我想象的要更可怕。这一次发作过去了，我竭力想看看您的眼神，但没有看到。您抓住她的手在摸她的脉搏，您还没有转过头，第二次就又发作了。这一次比上一次更可怕，那种神经质的动作又重复了一遍，而且嘴巴歪了，脸色发紫。

“第三次发作，她就断气了。

“在第一次发作结束的时候，我发现那是急性痉挛的病症，您证实了我的看法。”

“是的，那是当着众人的面，”医生答道，“但现在这儿只有我们两个人了。”

“啊，上帝！您要给我说什么？”

“就是，急性痉挛和被植物性的毒药毒死，其病症是一样的。”

维尔福从凳子上惊跳起来，一会儿又倒下去，默默地纹丝不动。莫雷尔不知道自己是在做梦还是醒着。

“听着，”医生说，“我知道我所说的话的分量，我也知道我是在和谁说话。”

“您对我说话是把我当作一位法官呢，还是一个朋友？”维尔福问。

“朋友，目前，我只是在对一个朋友说话。急性痉挛和被植物性的毒药毒死，其病症是非常相似的，如果要我用发誓来确定我现在所说的话，我也要犹豫一下，所以我再对您说一遍，我不是在对一位法官说话，而是在对一个朋友说话。我对那个朋友说：在那发病的三刻钟里，我仔细观察着圣·梅朗夫人的痉挛抽搐、最后致死的症状，我知道她是被毒药毒死的，而且还能够说出那种杀死她的毒药的名称。”

“阁下！阁下！”

“病症很明显，您看到没有？嗜睡，阵发性的精神亢奋，神经麻痹。圣·梅朗夫人是服用了大量的番木鳖或马钱素，或许是误服的。”

维尔福紧紧抓住医生的手。“天啊，这是不可能的！”他说，“我一定是在做梦！从您的嘴里听到这样的事情真是太恐怖了！告诉我，看在上帝的分上我求求您，我亲爱的医生，您也许是错了。”

“当然我可能是不对的，但是——”

“但是？”

“但是我想并不是如此。”

“可怜可怜我吧，医生！近来我遇到这么多可怕的事情，我觉得自己快要疯掉了。”

“除了我以外，还有别人看到过圣·梅朗夫人没有？”

“没有。”

“有没有到药房里去买其他的没有经我检查过的药？”

“没有。”

“圣·梅朗夫人有什么仇人吗？”

“据我所知没有。”

“有没有人可以因为她的死而获益？”

“没有，绝对没有！我的上帝，没有，绝对没有！她唯一的继承人是我的女儿，只有瓦朗蒂娜一个人。天啊，如果我有这样的想法，我就要把自己刺死，来惩罚我竟然让这样的念头在心中存留了片刻。”

“我亲爱的朋友，”阿夫里尼先生说，“我并没有控告任何人，我说那只是一种意外，您知道是一种误会。但不论是意外或误会，事实就是这样，事实告诉我的良心，而且要我大声告诉您：您得调查这件事。”

“调查谁？怎么调查？调查什么？”

“那个老仆人巴罗斯会不会搞错了事情，把准备给他主人服的药拿给圣·梅朗夫人吗？”

“家父服的药？”

“对。”

“但准备给诺瓦蒂埃先生服的药怎么会拿给了圣·梅朗夫人呢？”

“这件事很简单。您知道，毒药对于某些疾病来说是良药，瘫痪便是其中之一。譬如说，为了恢复诺瓦蒂埃先生的活动和说话的能力，我曾尝试过种种药物，后来我决定尝试最后一种方法，我已经给他服了三个月的番木鳖。在最近那服药里，我为他开了六克番木鳖精。这种分量，对于诺瓦蒂埃先生的身体不会有什么不好的影响，而且他也渐渐服惯了。但这却足以杀死另外一个人了。”

“我亲爱的医生，诺瓦蒂埃先生的房间和圣·梅朗夫人的房间是隔开的，而巴罗斯根本没有踏进过我岳母的卧室。总之，医生，虽然我知道您是世界上医术最高、医德最好的医生，并且任何时候，您的话对我来说都是如同阳光一般明亮的指路明灯。医生，虽然我那样信任您，可是我禁不住想起那句格言：‘凡人皆有错。’”

“听着，维尔福，”医生说，“我的同行之中，您还能找到像我这样值得信任的人吗？”

“您为什么要问我那句话？您想干什么？”

“去把他请来，我把我所看见的那一切和自己的想法告诉他，我们俩一起进行尸体解剖。”

“你们可以找到残留的毒药吗？”

“不，不是毒药。我并没有说我们可以做到，但我们可以确定神经系统的兴奋状态。我们可以发现明显的、无可辩驳的特征，我们将对您说：亲爱的维尔福，如果这件事情是因疏忽而起的，注意您的仆人；如果是仇恨造成的，注意您的仇敌。”

“您这是在说什么，阿夫里尼？”维尔福神情沮丧地说，“如果再有另外一个人知道我们的秘密，就必须得请法院来验尸了。而在我的家里发生验尸案，这是绝对不可以的！但是，”检察官不安地望着医生，继续说，“如果您希望验尸，如果您坚持要验尸，那就这样做好了。确实，也许我应该来协助调查，我的地位使我有这种义务。但是，医生，您看我已经愁成这个样子了。我的家里已经发生过这么多的伤心事，我怎么能再带来这么多的谣言来呢？还要因此出怪露丑。我的太太和我的女儿真会生不如死的！医生，您知道，我做了二十五年检察官，做到这样的职位是不会不结下一些仇敌的。我的仇敌很多，这件事一旦传扬出去，我的仇敌无疑会高兴得跳起来，等于打了一次胜仗，而我却得满面蒙羞。医生，原谅我这些世俗的想法！如果您是一位教士，我就不敢那样对您说了，但您是一个人，您懂得人情。医生，医生，就当您什么都没有告诉我吧。”

“我亲爱的维尔福先生，”医生答道，“救人是医生最重要的职责。如果医学上还有可以救活圣·梅朗夫人的方法，我就得救活她，但她已经死了。我要拯救的就应该是活着的人。让我们把这个可怕的秘密埋在心灵的最深处吧，如果有人怀疑到这件事情上，我宁愿让人把它归罪于我的疏忽。当前，阁下，您得注意，得仔细注意——因为那种恶事或许不会就此结束。当您找到那个嫌疑犯的时候，我就要对您说，您是一位法官，您尽了法官的职责！"

"我谢谢您，医生，"维尔福说，高兴得无法形容，"我从来没有过比您更好的朋友。"像是生怕阿夫里尼医生会收回他的诺言，便急忙催着他回到屋子里去了。

他们走后，莫雷尔从树丛里走出来，月光倾泻到他的脸上，他脸色苍白，简直像是一个鬼魂。"上帝用明显而可怕的方法成全了我，"他说，"但瓦朗蒂娜，可怜的姑娘！她如何能忍受得了这么多的悲伤呢？"

当他说这几句话的时候，来回地望着那个挂红色窗帷的窗口和那三个挂白色窗帷的窗口。在那个挂红色窗帷的窗口里，灯光不见了，无疑，维尔福夫人刚把灯吹灭，只有一盏夜灯把它那暗淡的光洒在窗帷上。转角上的那三个窗口却正相反，他看到其中有一扇窗户是开着的。壁炉架上的一支蜡烛把它一部分惨白的光射到外面来，阳台上出现了一个人影。莫雷尔打了一个寒战，他好像听到了低泣的声音。

他一向非常勇敢，但现在，在爱情与恐惧这两种强烈的激情的夹击之下，他已处于骚乱和亢奋状态，甚至产生了迷信的幻觉了。虽然他藏在树丛中，瓦朗蒂娜是不可能看见他的，但他似乎觉得窗口的那个人影在呼唤他。混乱的思想这样告诉他，炽热的心也在重复着，双重的错误变成了一种不可抗拒的事实。年轻人在那种难以理解的热情驱动之下，从躲藏的地方跳了出来，冒着被人看到的危险，冒着吓坏瓦朗蒂娜的危险，冒着被青年姑娘发现时失声惊叫的危险，他三步并作两步跨过那片被月光染成白色的花圃，穿过房子前面的那排橘子树，跑到台阶前面，推开那扇毫无防备的门。瓦朗蒂娜没有看到他，她正抬头看着天上，正在那儿注视着一片空中寂然飘拂的银云。那片云非常像一个升上天去的人，在她那兴奋的头脑里，她觉得这就是她外祖母的灵魂。

这当儿，莫雷尔已越过前厅，走上楼梯，楼梯上铺着地毯，所以不会有人听到他的脚步声，而且，他情绪激扬，即使维尔福先生出现，他也不怕。要是他遇到他，他已经下定决心，他要上去向他承认一切，恳求他原谅并且承认他和他女儿之间的爱。莫雷尔已经疯了，幸亏他没有遇到任何人。瓦朗蒂娜曾把房子里的情形向他描述过，此时他觉得那描述对他很有用。他安全地到达了楼梯顶，在那儿停了一停，而正当他迟疑不决的时候，一阵啜泣声为他引导了方向。他转过身来，看见一扇门微微开着，可以从门缝里看到灯光且能听到哭泣的声音。他推开门走进去，房间里，在白罩布底下，轮廓鲜明地躺着那具尸体。

莫雷尔因为碰巧听到了那次秘密谈话，所以那具尸体对他就显得特别触目惊心。瓦朗蒂娜跪在床边，头埋在安乐椅的椅垫里，双手紧紧地按在头顶上，正浑身颤抖地啜泣着。那扇窗还是开着的，但她已从窗边回来，正在祈祷，她的声音即使被铁石心肠的人听到也会感动。她讲得很急促，断断续续的，听不太清在说些什么——因为悲伤几乎使她窒息。月光从百叶窗的缝里透进来，灯光显得更苍白，使这个凄凉的景象也更显阴森。莫雷尔受不了这种情景，他并不是一个特别虔诚、易动感情的人，但瓦朗蒂娜在他的面前掩面哭泣，他是无法忍受的。他叹了一口气，轻轻地喊她，于是，瓦朗蒂娜抬起满脸泪痕的头来，向他转过身来。瓦朗蒂娜发现他的时候丝毫没有表现出惊奇的神色。一颗陷入忧伤的心对于较弱的情绪是不能感受的。莫雷尔向她伸出手。瓦朗蒂娜指一指床上的尸体，表示这是她不能赴约的原因，然后又开始啜泣起来。一时间，那个房间里的两个人都不敢说话。他们不敢打破死神所布下的沉寂，最后还是瓦朗蒂娜先开口。

“我的朋友，”她说，“你怎么到这儿来的？唉！你是受欢迎的，假如这座屋子的门不是死神为你打开的话。”

“瓦朗蒂娜，”莫雷尔用颤抖的声音说，“我在八点半钟就开始等在那儿了，始终不见你，我很担心，就翻过墙头，从花园里进来，忽然听人谈到这件不幸的事情——”

“听到谁谈话?”瓦朗蒂娜问道。

莫雷尔打了一个寒战，医生和维尔福先生的谈话都涌上了他的心头，他好像觉得可以透过床单看到尸体那直挺挺的手、僵硬的脖子和那发紫的嘴唇。“听到仆人谈话，”他说，“我都知道了。”

“但你到这儿来是会把我们毁了的，我的朋友。”瓦朗蒂娜说，语气间并没有恐惧，也没有生气。

“原谅我，”莫雷尔用同样的语气回答，“那么我走了。”

“不，”瓦朗蒂娜说，“他们会看见你的，别走！”

“如果有人到来呢？”

姑娘摇摇头。“没有人会来的，”她说，“不要害怕，那就是我们的保护神。”她指指尸体。

“但伊皮奈先生怎么样了呢？”莫雷尔回答。

“弗兰兹先生来签约的时候，我那亲爱的外祖母恰好断气。”

“哦！”莫雷尔带着一种自私的欣喜感说，因为他认为这件丧事会使那件婚事无限期地拖延下去。

“但更增加我忧虑的，”姑娘说，像是对这种自私的欣喜感必须马上加以惩罚似的，“是这位又可怜又可爱的外婆，她在临终前，还要求那件婚事尽可能地赶快举行。我的上帝！她本来想保护我，可是事实上她也是在逼迫我！”

“听！”莫雷尔说。

走廊里和楼梯上传来清晰的脚步声。“那是我的父亲，他刚从书房里出来。”瓦朗蒂娜说。

“送医生出去？”莫雷尔接上去说。

“你怎么知道那是医生？”瓦朗蒂娜吃惊地问。

“我是猜的。”莫雷尔说。

瓦朗蒂娜望着年轻人，他们听到街门关上的声音。然后维尔福先生又把花园门锁上，回到楼上。他在前厅里停了停，像是在决定究竟回到他自己的房间里去呢，还是到圣·梅朗夫人的房间里来。莫雷尔躲在一扇门背后，瓦朗蒂娜还是丝毫未动，忧愁似乎使她忘记了恐惧。最终维尔福先生回到自己的房间里去了。

“现在，”瓦朗蒂娜说，“前门和花园门都关了，你出不去了。”莫雷尔惊愕地望着她，“现在只有一条路是安全的，”她说，“就是从我祖父房间里的那条通道出去。”她站起身来，说，“来。”

“哪儿去？”莫雷尔问。

“到我祖父的房间里去。”

“我到诺瓦蒂埃先生的房间里去？”

“是的。”

“你真的是这么想的吗，瓦朗蒂娜？”

“我早就想过了。他是我在这家里唯一的朋友，我们都需要他的帮助，来吧。”

“小心，瓦朗蒂娜，”莫雷尔说，有点不敢遵从姑娘的命令，“我知道我错了，我到这儿来简直就是疯了。你确信你比我理智吗？”

“是的，”瓦朗蒂娜说，“我只有一件事非常放心不下——离开我那亲爱的外婆，我本来是得守着她的。”

“瓦朗蒂娜，”莫雷尔说，“死人本身就是神圣的。”

“是的，”瓦朗蒂娜说，“而且，那也只需要很短的时间。”于是她穿过走廊，领着莫雷尔走下一座很窄的楼梯，向诺瓦蒂埃先生的房间走去，莫雷尔蹑手蹑脚地跟在她的后面。他们在房门口遇到了那个老仆人。

“巴罗斯，”瓦朗蒂娜说，“把门关上，别让人进来。”说完她先走了进去。

诺瓦蒂埃正坐在他的椅子里，谛听着每一个轻微的声音，眼睛注视着门口，他看到瓦朗蒂娜眼睛里顿时闪出了亮光。

姑娘的脸上带着一种庄重严肃的表情，老人吃了一惊，眼睛里立刻露出询问的神情。

“亲爱的爷爷，”瓦朗蒂娜急急地说，“您知道，可怜的外祖母已经在一个钟头以前去世了，现在除了您，再也没有人爱我了。”

老人的眼睛里流露出对她的无限的爱怜。

“那么我应该把我的忧虑和希望都向您吐露，是不是？”

老人做了一个肯定的表示。

瓦朗蒂娜牵着马西米兰的手走了进来。“那么，仔细看看这位先生。”老人用略带吃惊的眼神打量着莫雷尔。

“这位是马西米兰·莫雷尔先生，”她说，“就是马赛那个商人的儿子，您一定听说过的吧？”

“听说过。”老人表示。

“他们家的名誉是无可指责的，而马西米兰大概还要将其发扬光大，因为他虽然只有三十岁，却已经做到了上尉，而且还是荣誉团的军官。”

老人表示记得他。

“啊，爷爷，”瓦朗蒂娜跪在他的面前，指着马西米兰说，“我爱他，而且只愿意属于他，要是硬强迫我嫁给另外一个人，我情愿毁灭我自己。”

从老人的眼睛可以看出，他的头脑里有许多纷乱的念头。

“您是喜欢马西米兰·莫雷尔先生的吧，爷爷？”

“是的。”老人表示。

“我们是您的孩子，您会保护我们而反对我父亲的意志，对吧？”

诺瓦蒂埃的目光落在了莫雷尔身上，像是说：“那得看情况了。”

马西米兰懂得他的意思。

“小姐，”他说，“你在你外祖母房间里还有一项神圣的义务需要去完成，你可不可以让我跟诺瓦蒂埃先生谈几分钟？”

“对。”老人用目光表示着，然后他又忧虑地望着瓦朗蒂娜。

“您怕他不懂您的意思吗，亲爱的爷爷？他能懂，我们经常谈到您，所以他完全知道我是怎样和您谈话的。”然后她面带微笑转向马西米兰，那个微笑虽然笼罩着一层忧郁的阴影，却依旧可爱。“凡是我所知道的事情，他都知道。”她说。

瓦朗蒂娜站起来，搬了一把椅子给莫雷尔，要求巴罗斯不要让任何人进来，并温柔地拥抱了祖父一下，然后告别了莫雷尔她就离开了。为了向诺瓦蒂埃证明他确实获得瓦朗蒂娜的信任并知道他们的全部秘密，莫雷尔拿起字典、一支笔、一张纸，把它们都放在一张点着灯的桌子上。

“首先，”莫雷尔说，“阁下，允许我告诉您我是谁，我是多么爱瓦朗蒂娜小姐，以及我是如何为她打算的。”

诺瓦蒂埃表示他愿意听。这幕情景真动人——这个表面上看去似乎已经无用的老人却成了这对年轻、漂亮而强壮的情人唯一的保护人、支持者和仲裁者。他那种极其高贵严肃的表情使莫雷尔感到很敬畏。于是他开始用颤抖的声音叙述他们的往事：叙述他如何认识瓦朗蒂娜，如何爱上她，以及瓦朗蒂娜如何在她的孤独和不幸之中接受了他的爱。他把他的出身、地位和财产状况都告诉了他，并且时时探询着老人的目光，而那个目光总是回答：“很好，说下去。”

“现在，”当莫雷尔结束前一部分的陈述时说，“现在我已经把我们恋爱的经过以及我的打算都告诉您了，我可以再把我们的计划讲给您吗？”

“可以。”老人表示。

“我们的计划是这样的，后门口有一辆轻便马车等在那儿，我预备带瓦朗蒂娜到我的妹妹家里和她结婚，然后以恭敬的态度等待维尔福先生饶恕。”

“不。”诺瓦蒂埃表示。

“我们一定不能这样做？”

“不可以。”

“您不赞成我们的计划？”

“是的。”

“此外还有一个办法。”莫雷尔说。

老人的眼光问道：“什么办法？”

“我要去，”马西米兰继续说，“我要去找弗兰兹·伊皮奈先生，向他说明一切。”

诺瓦蒂埃的眼光继续在询问。

“您想知道我准备怎么做，是吗？”

“是的。”

“我要去找到他，我要把我和瓦朗蒂娜小姐之间的关系讲给他听。如果他是一个聪明高尚的人，他就会自动放弃婚约来证明这一点，那么，他就可以获得我至死不渝的感激和敬爱；如果我向他证明他在强夺我的妻子，证明瓦朗蒂娜爱我，而且不会再爱其他任何人以后，他拒绝我，不论是由于势利心或是自尊心，我都要和他决斗。在让他优先的条件下，然后我就杀死他，不然就让他杀死我。如果我胜利了，我就娶了瓦朗蒂娜；如果我被杀死，我也确信瓦朗蒂娜一定不会嫁给他的。”

诺瓦蒂埃带着无法形容的愉悦情绪注视着这张高贵而诚恳的脸，这张脸上流露着他语气间的情绪。可是，当莫雷尔的话讲完的时候，他接连闭了几次眼睛，这就等于说“不”。

“不？”莫雷尔说，“您对于这第二个计划，也是同样的反对吗？”

“是的。”老人表示。

“但是那应当怎么办呢，阁下？”莫雷尔问道，“圣·梅朗夫人临终时最后的要求，是不要耽搁那件婚事。难道我只能让事情顺其自然吗？”

诺瓦蒂埃一动不动。

“我明白了，”莫雷尔说，“我还得等待。”

“是这样的。”

“但这样是会把我们拖垮的，阁下，”年轻人回答，“瓦朗蒂娜一个人的力量是不够的，她会被迫屈服的。我到这儿来可以说是一个奇迹，简直很难再得到这样好的机会。相信我，就是我给您说过的那个计划，恕我狂妄，请告诉我您觉得哪一种好。希望瓦朗蒂娜小姐把她自己托付给我吗？”

“不。”

“您赞成我去找伊皮奈先生吗？”

“不。”

“但是，上帝啊！我们盼望上帝会帮助我们，但究竟上帝会帮助谁呢？”

老人似乎微笑了一下，不论是谁，只要和他谈谈天，他就会这样微笑。这个老雅各宾党徒的头脑里，总有点无神论的思想。

“是靠机会吗？”莫雷尔又问。

“不。”

“靠您?”

“对的。”

“您完全懂得我吗，阁下？恕我太着急了，因为我的生命得依靠您的答复。您可以帮助我们?”

“是的。”

“您确定一定能帮助我们吗?”

“是的。”

回答时的目光是如此坚决，至少他的意志是无可怀疑的了，虽然他的力量值得商榷。

“哦，一千次感谢您，但是，除非一个奇迹恢复了您讲话和行动的能力。否则，您被困在这张圈椅上，即不能说话，又不能动，您怎么能阻止这件婚事呢?”

老人的脸因微笑而变得神采奕奕，这种微笑是因为脸上的肌肉无法动而用眼睛表现出来的。

“那么我必须等待，对吗?”那个青年人问。

“是的。”

“但那婚约呢?”

那同样的微笑再一次出现在老人脸上。

“您向我发誓它不会签订吗?”

“是的。”诺瓦蒂埃表示。

“那么甚至连婚约都不会签订了!”莫雷尔喊道，“噢，对不起，阁下，当一个人听到一个大喜讯的时候，是有权利表示怀疑的。真的不会签订婚约吗?”

“不会。”老人表示。

虽然有了这种保证，莫雷尔却依然有点怀疑。一个瘫痪的老人做出这种许诺，实在有点使人无法置信，这或许并不是他意志力强盛的表现而是他脑力衰退的结果。傻子因为知道自己痴呆，答应办到不是他的力量所能及的事情，这不是常有的事吗？气力弱小的人常常自夸能举重担，胆小的人自夸能打败巨人，穷人总是说他曾花掉多少财宝，最低贱的佃农，当他自吹自擂的时候，也会自称为宇宙大神。不知道诺瓦蒂埃究竟是因为明白那个青年人的疑心呢，还是因为他还不很相信他已顺从他的意见，他始终坚定地望着他。

“您是什么意思，阁下?”莫雷尔问道，“希望我重新向您申明一遍，说我愿意心平气和地等待吗?”

诺瓦蒂埃的目光依旧坚定地盯着他，像是说单是申明还不够，目光从他的脸上移到他的手上。

“需要我向您发誓吗，阁下?”马西米兰问。

“是的。”老人用同样庄严的态度回答。

莫雷尔看出老人极其信任那个誓言。

他举起一只手，“我以我的人格向您发誓，”他说，“关于去找伊皮奈先生的那件事情，我一定等待您的决定。”

“很好!”老人的眼睛说。

“现在，”莫雷尔说，“您是要吩咐我我应该告退了吗?”

“对。”

“我不再去见瓦朗蒂娜小姐了?”

“是的。”

莫雷尔表示他愿意服从。“但是，”他说，“首先，阁下，您的孙女婿像刚才您的孙女那样吻您一下，可以吗?”

诺瓦蒂埃的表情他不会误解的。那个青年人在老人的前额上吻了一下，就吻在瓦朗蒂娜刚吻过的那个地方。然后他向老人鞠一躬，辞别出去。他在门外找到巴罗斯，瓦朗蒂娜刚才吩咐过要他在门外等候莫雷尔。他领莫雷尔沿着一条黑弄堂走到一扇通向花园的小门口。莫雷尔很快就找到他进来的地点，他攀着树枝爬上墙顶，借助梯子一会儿就已经到了那片苜蓿田里，他的轻便马车依旧等在那儿，他跳上马车。虽然喜怒哀乐的情绪搅得他十分疲倦，但他心里却舒坦多了。午夜时分他回到密斯雷路，一头倒在卧室的床上，像一个喝得酩酊大醉的人那样睡着了。

第七十四章　维尔福家族之墓

两天之后的早上十点，一群人聚集在维尔福先生的门前。丧车和私家马车排成一长列，从圣·奥诺路一直延伸到庇比尼路。在众多马车中，其中有一辆车的样式极其怪异，看似从外地而来。那辆车是带篷的，车身漆黑，是最先参与送葬的马车之一。期间有人打听这是怎么一回事，听来的消息却令人惊奇：这辆车子里承载的是圣·梅朗侯爵的遗体，起初人们都以为这仅仅是为一个人送葬，现在却是跟在两具尸体的后面。因为圣·梅朗侯爵是国王路易十八和查理王十世最忠实的大臣之一，所以朋友也很多，并且其中还有很多是慕维尔福的社会名声而来，因此就汇成了如今的这一大群。得到当局通知，两件丧事被准许同时进行，第二辆柩车装饰得极为奢华，一驶到维尔福先生的门口，里面的那口棺材很快就被运到那辆柩车中。维尔福先生早已在拉雪兹神甫墓地选好了位置，为安葬他的家属，这两具遗体就要被葬在那里。可怜的蕾妮在那里早已等候多时了，十年前的分别，如今她终于又能与父母团聚了。巴黎人的好奇心总是很旺盛，而看见大丧也总是很激动，带着宗教的虔诚，他们目送着那壮观的陪葬队前往这两个老贵族到达他们最后的安息地。两个以坚守传统习惯、最为忠实可靠以及信仰最为坚定的老贵族躺在同一丧车上。波尚、阿尔贝和夏多·勒诺在谈论侯爵夫人的猝死。

“去年我还在马赛见过圣·梅朗夫人，”夏多·勒诺说，“我还以为她可以活到一百岁呢，因为她身体极好，头脑很活跃，身子骨也很棒，她多大年龄了？”

“弗兰兹告诉我，”阿尔贝答道，“她有七十岁了。她不是死于年老衰弱，而是忧郁而死的，侯爵的死使她非常悲痛。自从侯爵死后，她似乎始终没有完全恢复理智。”

“但她是生什么病死的呢？”波尚问道。

“据说是脑充血，也许是中风，那两种病症相似，是不是？”

“差不多。”

“中风是不大可能，”波尚说，“我曾见过圣·梅朗夫人一两次，身材很矮很瘦，是一个神经质而不是多血质的人。像圣·梅朗夫人这样的体质，不可能因悲痛过度而中风的。”

“总而言之，”阿尔贝说，“不论杀死她的是疾病还是医生，维尔福先生，更确切地说，我们的朋友弗兰兹，是要继承一笔很可观的遗产的，我相信他因此每年可以增加八万里弗的收入。”

“等到那个老雅各宾党徒诺瓦蒂埃去世的时候，他的财产还可以再翻一番。”

“那真是一个意志坚强的老爷爷，”波尚说，“就像贺拉斯说的‘意志坚强的人’。我想，他一定和死神有约定，要看到所有的子女落葬。他很像一七九三年的那个老国民议会议员，这人在一八一四年对拿破仑说：‘您之所以失败，是因为您的帝国是一棵年轻的花草，由于生长得太快，所以茎干特别脆弱。请把共和国作为一个支柱，让我们养好了气力再回到战场上去，我保证您可以拥有五十万军队，再来一次马伦戈大捷和第二次的奥斯特利茨战役。思想是不会消逝的，陛下，它们有时会打一个瞌睡，但在完全睡醒以后，比睡着以前更强劲有力。’”

“在他看来，”阿尔贝说，“观念和人似乎是一样的东西。有一件事情我不明白——弗兰兹·伊皮奈怎么能守着一位不能和他的妻子分离的太岳父？那样日子还能怎么过？但弗兰兹在哪儿？”

“他在最前面的那辆车子里，跟维尔福先生在一起，维尔福先生已经把他当作家庭的一员了。”

在所有的车子里，人们几乎谈着同一个话题。这两个人死得这样突然，而且这样迅速地接连而至，所以每一个人都很奇怪，但谁都没有怀疑什么，阿夫里尼先生在黑夜里告诉维尔福先生的那种可怕的秘密，更没有人想过，大约一小时他们到达了坟场。天气温和而晦暗，很适宜举行葬礼。在那一群向家墓拥过去的人堆里，夏多·勒诺认出了莫雷尔，他是独自乘着一辆轻便马车来的。他的脸色很苍白，正在无言地沿着两旁水松夹持的那条小径走着。“你在这儿！”夏多·勒诺挽住那青年上尉的胳膊说，“你是维尔福的朋友吗？我怎么从来没有在他的家里碰到过你呢？”

“我并不认识维尔福先生，”莫雷尔答道，“但我认识圣·梅朗夫人。”

这时，阿尔贝和弗兰兹上来了。“时间和地点确实不适合做介绍，”阿尔贝说，“但我们不是迷信的人，莫雷尔先生，请允许我给您介绍弗兰兹·伊皮奈先生。他是一位有趣的旅伴，我曾和他一同周游过意大利。我亲爱的弗兰兹，这位是马西米兰·莫雷尔先生，当我不认识你的时候，我们就是好朋友了。很快你就会知道，一旦我要说到友爱、机智、和蔼的时候，都会提及他的名字。”

莫雷尔犹豫了一会儿。对方是他暗中的仇敌，假如他很热情地向他打招呼，那未免太虚伪了。但他又想起他的诺言和眼前的形势，他勉强掩饰住自己的情绪，向弗兰兹鞠了一躬。

“维尔福小姐很悲伤吧，是不是？”德布雷问弗兰兹说。

“悲伤极了，”他答道，“今天早晨她的脸色很苍白，我简直要认不出她了。”

这几句似乎很简单的话刺痛了莫雷尔的心。那么这个人见过瓦朗蒂娜，而且还和她说过话！这位高傲的年轻军官用了他的全部意志力才抑制住要践踏自己诺言的冲动。他挽起夏多·勒诺的胳膊向坟墓走去，送丧的人已经把那两具棺材抬进墓室里面去了。

“这个‘住处’很富丽堂皇，”波尚望着那座大坟说，“这是一座冬夏都很适宜的宫殿。将来，合适的时候，你也是要进去的，我亲爱的伊皮奈，因为你不久就要成为那个家庭的一员了。而我，像一个哲学家，喜欢有一间小小的乡下房子，在那些树底下盖一间茅庐，我不愿意在身体上面压上这么多大石头。临死的时候，我要把伏尔泰写给庇隆①的那句‘到乡下去吧，一了百了’说给我周围的人听。不过不要去考虑这些，弗兰兹，不管怎样，继承财产的是你的太太。”

“波尚，”弗兰兹说，“你这个人真叫人受不了。政治使你对一切都采取嘲笑的态度，而操纵这些事务的人几乎都有什么都不相信的习惯。若你有幸和普通人在一起，并且有幸能暂时离开政治，设法去找回你那颗友爱的心吧，你到众议院或贵族院去的时候，也许把它和你的手杖一同丢去什么地方了。”

“哦！我的上帝！”波尚说，“生命是什么？是在通向死神的接待室里的短暂的停留。”

“我讨厌波尚。”阿尔贝说，说着就拉着弗兰兹走开了，让波尚去和德布雷讲完他那看破红尘的议论。

维尔福的家墓由白色的大理石筑成，是一座正方形的建筑物，高约二十尺，内部是隔开的，分别属于圣·梅朗和维尔福两个家庭，每一间都有一扇门同外面相通。有些人家的坟墓像是那种下等的五斗柜，墓穴像抽屉似的堆叠着。每一隔墓穴的前面刻上几行字，活像是一张铭牌。但维尔福的家墓却不是这样，从那青铜的墓门里望进去，先看见一间肃穆的前厅，墓室和前庭之间还隔了·堵墙， 扇门通到维尔福家的墓穴，别一扇门则通到圣·梅朗家的墓穴。在那里面，他们可以尽情宣泄悲哀，即使有无聊的游客到拉雪兹神甫墓地来举行野餐或是情人们来这儿幽会，也不会打扰他们。两具棺材被抬进了右边的墓室，放在事先准备好的担架上，只有维尔福、弗兰兹和少数几个近亲进入那个墓穴。宗教的仪式都已在墓前举行，而且也没有举行什么演讲，所以送葬的人群很快就散开了。夏多·勒诺、阿尔贝和莫雷尔走一条路，德布雷和波尚走另外一条路。弗兰兹和维尔福先生在坟场门口等着莫雷尔，便借口逗留了一会儿，他看到弗兰兹和维尔福先生一同走进一辆马车，就觉得他们将进行一场密谈，而对他来说这是一个不祥的预兆。在回巴黎的路上

① 庇隆（1689—1773），法国诗人和剧作家。

虽然与夏多·勒诺和阿尔贝同坐在一辆马车里，但他们一路谈了些什么他却不知道。

当弗兰兹将向维尔福先生告辞的时候，维尔福说："我什么时候可以再见到您？"

"随便您什么时候都可以，阁下。"弗兰兹回答。

"愈早愈好。"

"我悉听您的吩咐，阁下。我们一起回去好吗？"

"如果那不会打乱您的计划的话。"

"绝对不会。"

于是这一对未来的翁婿就跨进同一辆马车，莫雷尔看着他们经过，心里非常烦躁，这种烦躁是有理由的。维尔福和弗兰兹回到圣·奥诺路，检察官不去看他的妻子和女儿，却急急地走进他的书房，让年轻人坐在了椅子上。"伊皮奈先生，"他说，"允许我提醒您，虽然可能会觉得现在这个时间选择得非常不合适，但我们应该服从死者的旨意。圣·梅朗夫人在她的灵床上表达的旨意，就是，瓦朗蒂娜的婚事不要耽搁。您知道，死者的一切事务都已办理得井井有条，在她的遗嘱里，她把圣·梅朗家的全部财产都留给了瓦朗蒂娜。律师昨天把那些文件给我看过了，我们可以据此详详细细地草拟婚约。公证人就是圣·奥诺路波伏广场的狄思康先生。"

"阁下，"伊皮奈先生答道，"瓦朗蒂娜小姐现在正异常悲痛，也许她还没有想到出嫁的事情，真的，我担心——"

"瓦朗蒂娜最愉快的事情，"维尔福先生插进来说，"莫过于完成她外婆的遗训，这不会有什么妨碍，我向您保证。"

"既然这样，"弗兰兹答道，"我这一方面也不会有什么阻碍，时间尽可以随您安排，这件事情我已经答应过，我很高兴能履行我自己的诺言。"

"那么，"维尔福说，"一切都准备好了，婚约本来在三天以前就可以签订。不必再等了，我们今天就可以签订婚约。"

"但目前是在服丧期呀！"弗兰兹迟疑地说。

“请放心，”维尔福回答，“舍下对于礼制决不会疏忽。在那三个月服丧期里，维尔福小姐可以到圣·梅朗去，住在她的庄园里，我说‘她的庄园’，因为那处产业已经在她名下了。

“在一个星期之内，如果您愿意的话，就可以在那儿成婚，我们不铺张，也不用请客。圣·梅朗夫人希望她的外孙女儿在那里结婚。婚礼完毕以后，阁下，您就可以回到巴黎来，而您的妻子则由她的继母陪她度过她的服丧期。”

“那就按您说的做吧，阁下。”弗兰兹说。

“那么，”维尔福先生答道，“请稍候，半小时以后，瓦朗蒂娜就可以到客厅里来。我派人去请狄思康先生，我们在分手以前先把婚约读一遍，签字以后，今天晚上维尔福夫人就陪瓦朗蒂娜到她的庄园里去，我们在一星期之内去那儿给你们完婚。”

“阁下，”弗兰兹说，“我有一个请求。”

“什么请求？”

“我希望阿尔贝·马尔塞夫和莱罗尔·夏多·勒诺能参加这次的签约仪式，您知道他们是我的证人。”

“半个钟头的时间已经足够通知他们了，您亲自去找他们还是派人去？”

“我希望自己去一趟，阁下。”

“那么我希望您在半小时内回来，男爵，瓦朗蒂娜那时也应该准备好了。”

弗兰兹鞠了一躬，走了出去。房门刚关上，维尔福先生就派人去叫瓦朗蒂娜，要她在半小时内赶到客厅去，他希望公证人、伊皮奈先生和他的证人也能在那个时间内赶到。这个消息顿时轰动了全家，维尔福夫人不肯相信，瓦朗蒂娜则犹如遭了雷击，她四下张望寻找救兵。她本来想下楼去找她的祖父，但却在楼梯上遇到了维尔福先生，维尔福挽住她的胳膊，把她领到客厅里去。在候见室里，瓦朗蒂娜见到巴罗斯，她绝望地望着那个老仆人。一会儿，维尔福夫人带着小爱德华进客厅来了。她显然也分享了家庭的悲哀，她的脸色苍白，看上去很疲惫。她坐下来，把爱德华抱在膝头上，不时痉挛地把孩子紧抱在胸前，似乎她的整个生命都已集中在儿子身上了。不一会儿，他们听到有两辆马车驶进前庭。一辆是公证人的，一辆则载着弗兰兹和他的朋友。这会儿，人都到齐了，瓦朗蒂娜的脸色苍白，太阳穴上青筋隐约可见，不仅环绕了她的眼圈，而且延伸到了她的脸颊，弗兰兹也深深地被触动了。夏多·勒诺和阿尔贝惊愕地互相望着对方。刚才结束的葬礼似乎并不比快要开始的这一场更凄惨。维尔福夫人坐在天鹅绒帷幕的阴影里，而且因为她一直俯身朝向坐在膝上的孩子，所以从她脸上的表情很难看出她在想什么。维尔福先生跟往常一样，毫不动容。公证人按照惯例，把文件摆在桌子上，在一把圈椅里坐下来，举起他的单眼镜，转向弗兰兹。“您是不是弗兰兹·奎斯奈尔先生，伊皮奈男爵?”他问道，尽管他知道并且知道得十分清楚。

“是的，阁下。”弗兰兹回答。

公证人欠了欠身。“那么，阁下，我应维尔福先生的请求，得通知您一声，您和维尔福小姐的婚事，改变了诺瓦蒂埃先生对他孙女的情感，已让与了他本来预备遗赠给她的财产。但我有必要补充一下，现在既已全部赠让，所以那份遗嘱在法律上应该是无效的。”

“是的，”维尔福说，“但我要提醒伊皮奈先生，在我在世期间，家父的遗嘱绝对是不能被更改的。因为我的地位绝对不容许招惹一丝谗言。”

“阁下，”弗兰兹说，“这样的一个问题竟当着瓦朗蒂娜小姐的面提出，我深表遗憾，我从来没有问过她财产的具体数目，而且不论她的财产多少，总要比我的多。我为能和维尔福先生联姻而感到荣幸，我所寻求的只是幸福。”

瓦朗蒂娜暗地里很感谢他，两滴眼泪无声地从她的脸颊滚下。

“而且，阁下，”维尔福对他的未来女婿说，“您除了在这方面受了一部分损失以外，这一份出人意料的遗嘱对您个人并没什么恶意，这完全是诺瓦蒂埃先生脑力不济的原因。他之所以不高兴，并不是因为瓦朗蒂娜小姐要嫁给您，而是因为她要嫁人，不论她嫁给哪一个人，他都会同样的伤心。老年人是自私的，阁下，维尔福小姐一向是诺瓦蒂埃先生忠实的侣伴，当她成为伊皮奈男爵夫人的时候，就不能再时时刻刻陪他了。家父的处境很不幸，由于他的脑力不济，理解力贫乏，所以许多事情我们无法和他沟通，我确信在目前这个时候，虽然诺瓦蒂埃先生知道他的孙女即将结婚，但他一定把他未来孙女婿的名字忘记了。”

维尔福先生说完这番话，弗兰兹鞠了一躬，但他的话还没有出口，房门忽然打开，巴罗斯出现了。“诸位，”他说，他的语气异常坚决，在这种情况下，他不像是一个仆人在对他的主人说话，“诸位，诺瓦蒂埃先生希望立刻和弗兰兹·奎斯奈尔先生，伊皮奈男爵谈一次话。”他也像公证人一样，为避免找错了人，把入选新郎的全部头衔都背了出来。

维尔福吃了一惊，维尔福夫人的儿子从她的膝头上溜了下来。瓦朗蒂娜站起身来，脸色苍白，哑口无言，像是一尊石像。阿尔贝和夏多·勒诺互相对望着，比第一次更惊愕。

公证人也呆呆地望着维尔福。

“这是不可能的，”检察官说，“这个时候伊皮奈男爵不能离开客厅。”

“我的主人诺瓦蒂埃先生恰好就想在这个时候希望和弗兰兹·伊皮奈先生谈一件重要的事情。”巴罗斯用同样坚决的语气回答。

“那么，诺瓦蒂埃爷爷现在能够讲话啦。”爱德华说，还是像平常那样肆无忌惮。可是，就连维尔福夫人听到这句话时都没有笑一下，每一个人的脑子里都杂乱无章，客厅里的气氛变得异常严肃。

“对诺瓦蒂埃先生说，”维尔福说，“他的要求无法满足。”

“那么诺瓦蒂埃先生向这几位先生宣布，”巴罗斯说，“他要让人抬他到客厅里来。”

大家吃惊到了极点。维尔福夫人的脸上露出一丝难以觉察的微笑。瓦朗蒂娜本能地抬起头来，看着天花板，心里在感谢上帝。

“你去看一看，瓦朗蒂娜，”维尔福先生说，“去看看你的祖父这次又在要什么新花样。”瓦朗蒂娜急忙向门口走去。但维尔福先生忽然又改变了主意。

“等一下!”他说，“我和你一起去。”

“原谅我，阁下，”弗兰兹说，“依我看，既然诺瓦蒂埃先生派人来找我，我就应该满足他的要求。而且，我还没有拜见过他，我很高兴能向他表达我的敬意。”

“阁下，”维尔福说，态度明显很不安，“请不必劳驾。”

“请原谅我，阁下，”弗兰兹用一种坚决的口气说，“我很想证明给诺瓦蒂埃先生看，他对我的反感是绝对错误的，而且不论他对我的成见有多深，我决心要用我诚挚的情意来打消它，所以我不愿意丧失这个解释的机会。”他不理会维尔福的话，站起来跟着瓦朗蒂娜走了出去。瓦朗蒂娜飞也似的跑下楼梯，高兴得像一个落水的人发现了一块可以攀附的岩石一般。

维尔福先生跟在他们后面。夏多·勒诺和马尔塞夫又一次交换眼色，愈来愈感到莫名其妙了。

第七十五章　会议纪要

穿着一身黑色衣服的诺瓦蒂埃，早就已经在他的专属圈椅上坐好等着接待他们了。当他期盼的那三个人走进来后，他马上看了看门，示意跟班关上门。瓦朗蒂娜难以抑制心中的喜悦之情。可是维尔福对她耳语道："记住，假如诺瓦蒂埃先生想推迟你的婚礼，你要假装没听懂。"听到这话，瓦朗蒂娜的脸都羞红了，但也没说什么。维尔福向诺瓦蒂埃走去，凑近他身边，"您之前说过想见见弗兰兹·伊皮奈先生，"他说道，"今天他来了。我们都十分期望他能来拜见您，我想见过这次面以后，您就没有理由对瓦朗蒂娜的婚事表示反对了。"

诺瓦蒂埃没说话，只是用目光做了回答，看到他的目光，维尔福感觉浑身血液都冷却了。他用眼神示意瓦朗蒂娜，让她过去。幸运的是她和她的祖父向来很投缘，因此不久之后她便会意了祖父的意思，他要的是一把钥匙，瓦朗蒂娜顺着祖父的目光，眼神落在了两个窗口之间的一个小柜子的抽屉上。她走过去将那抽屉打开，从中看到一把钥匙，便知道这就是祖父想要的东西。接着她又看着他的眼睛，顺着他的目光转到了一张很旧的写字台上，它静静地被安置在那里早已被人遗忘，都以为里面仅仅放了一些没用的文件而已。

"要我打开写字台吗？"瓦朗蒂娜问。

"是的。"老人说。

"开抽屉？"

"是的。"

"边上的那些吗？"

“不是。”

“中间的那个?”

“是的。”

瓦朗蒂娜打开抽屉，拿出一卷文件。“这是您要找的吗?”她问。

“不。”

她把所有文件都一样一样拿出来，直到抽屉都空了。“抽屉全都空了。”她说。

诺瓦蒂埃的眼光盯在字典上。

“好的，我明白了，爷爷。”那青年女郎说。

她一个字母一个字母地指着找。指到S时，老人就止住她。她翻开字典，一直到“暗格”这个字。

“啊！抽屉里有暗格吗?”瓦朗蒂娜说。

“是的。”诺瓦蒂埃表示。

“有人知道这件事吗?”

诺瓦蒂埃望着仆人出去的那扇门。

“巴罗斯?”她说。

“是的。”

“要我叫他过来吗?”

“是的。”

瓦朗蒂娜到门口去叫巴罗斯。维尔福看得非常不耐烦，汗珠从他的前额滚落下来，弗兰兹待在一边，那个仆人来了。

“巴罗斯，”瓦朗蒂娜说，“祖父让我打开写字台的那个抽屉，里面有一层暗格，你知道怎么打开它，请你弄开好吗?”

巴罗斯望着那个老人。

“听她的。”诺瓦蒂埃聪明的眼光说。

巴罗斯在一个按钮上按动了一下，抽屉的假底脱落了下来，他们看到里面有一卷用黑线缠着的文件。

“这是您要的东西吗，老爷?”巴罗斯问。

“是的。”

“让我把这些文件交给维尔福先生?”

“不。”

“那是给瓦朗蒂娜小姐?”

“不。”

“要不就是给弗兰兹·伊皮奈先生?”

“是的。”

弗兰兹很是吃惊,他向前了一步。“您是说给我,阁下?”他说。

“是的。”

弗兰兹从巴罗斯的手里将文件接过来,目光落到包皮纸上,念道:

我过世之后,把这包东西交给杜兰特将军,再由杜兰特将军转给他的儿子,嘱其妥善保存,因为其中藏有一份最最重要的文件。

“噢,阁下,”弗兰兹问道,“您打算让我怎么处理这卷文件呢?”

“肯定是要您原封不动地保管起来。”检察官说。

“不!”诺瓦蒂埃急切地说。

“您想让他再念一遍吗?”瓦朗蒂娜说。

“是的。”老人回答。

“您明白了吗,男爵阁下?家祖父希望您把这卷文件再念一遍。”瓦朗蒂娜说。

“那么我们就坐下来吧,”维尔福不耐烦地说,“这可需要花费一些时间。”

“坐。”老人用眼光说。

维尔福在一把椅子上坐下来,但瓦朗蒂娜仍然站在她祖父旁边,弗兰兹站在他前面。“念吧。”老人的眼睛说。弗兰兹撕开封套,在无比深沉的静寂中,念道:

摘自一八一五年二月五日圣·杰克司街拿破仑党俱乐部会议录。

弗兰兹顿了一顿，“一八一五年二月五日！”他说，“这是家父被害的日子。”

瓦朗蒂娜和维尔福一时都哑口无言，只有老人的目光似乎明显地在说：“往下念。”

“可是，”他说，“家父是在离开这个俱乐部以后才失踪的。”

诺瓦蒂埃的眼光继续说：“念呀。”

他又继续念道：

署名证人炮兵中校路易士·杰克·波尔贝、陆军准将艾蒂安·杜香比及森林水利部长克劳特·李卡波声明：二月四日，接到厄尔巴岛送来的一封函件，向拿破仑党俱乐部推荐弗莱文·奎斯奈尔将军，略谓自一八〇四年到一八一四年间，将军始终在陛下麾下服务，路易十八最近虽封他为男爵，并赐伊皮奈采邑一处，但据说他仍旧对拿破仑皇朝忠心不二。因此将一张条子送给了奎斯奈尔将军，邀他出席第二天（五日）的会议。条子上没有写明开会地点的街名及门牌号码，也没有署名，只是通知将军，要他在九点钟的时候做好开会准备，有人将会来拜访他。历次的会议都在那个时候开始，一直到午夜。九点钟的时候，俱乐部主席亲自前去拜访，将军已经准备好了。主席告知他，这次邀请他赴会，有一个附加条件，就是他绝不能知道开会的地点，他的眼睛得被蒙起来，并保证绝不扯开绑带。奎斯奈尔将军接受了这个条件，并以人格担保决不想去知道他们所经的路线。将军的马车已经备好，但主席告诉他不能用那辆车子，因为如果车夫可以辨认他所经过的街道，那么蒙住主人的眼睛就是多余的了。

“那将如何是好呢？”将军问。

“我的马车在这儿。”主席说。“那么，您却如此信任您的仆人，甚至可以将一个不能让我知道的秘密交托给他吗？”

“我们的车夫是俱乐部的一个会员，”主席说，“给我们驾车的是一位国务顾问呢。”

“那么我们还有另外一个危险，”将军大笑着说，“可能翻车。”

我们认为这种玩笑的态度表明将军出席这次会议绝无被迫的嫌疑，而是他自愿前往的。他们坐进马车以后，主席向将军提醒他曾做的誓言，要把眼睛蒙起来，他并不反对。路上，主席看见将军好像有要移动那条手帕的意图，就提醒他那个誓言。

“没错。”将军说。

马车在一条通往圣·杰克司街去的小弄前面停下。将军扶着主席的胳膊下了车，他不清楚主席的身份，还以为他不过是俱乐部的一个会员。他们穿过那条小弄堂，上了二楼，走进会议厅。讨论已经开始，会员们因为知道那天晚上要介绍一个新会员。所以全体出席了。到了屋子中间，他们请将军解开他的手帕，他立刻照办。直到现在，他才知道这个社交团体的存在，但他却在这个团里见到那么多熟悉的面孔，所以他好像显得很惊讶。他们询问他的政治见解，他只是回答说，那封厄尔巴岛来的信应该已经告知他们了——

弗兰兹中断朗读，说：“家父是一个保皇党，他们毫无必要询问他的政见，这个大家应该都明白。”

“我敬重令尊也正是因为这一点，我亲爱的弗兰兹先生。”维尔福说，“持相同观点的人很容易成为朋友。”

“念呀。”老人的眼光继续说。

弗兰兹继续念道：

于是主席就让他说得更明确一点，但奎斯奈尔先生却回答说，他希望先知道他们要他做些什么事情。于是他们就把厄尔巴岛来的那封信的内容告诉了他，那封信把他推荐给俱乐部，认为他也许可以扩大他们党的利益。其中有一段讲到波拿巴的返回，并且说另有一封更详细的信托埃及王子带回来，那艘船属于马赛船商莫雷尔，船长对国王十分忠心。在这期间，这位被带来的如兄弟般可信赖的将军，却始终隐约现出厌恶不满的态度。当读完那封信的时候，他依然紧皱着眉头，默默地一言不发。“唉，”主席问道，“您对于这封信有什么话要说吗，将军?”

“我说，我在不久以前刚刚宣誓效忠路易十八，现在要我为了废皇来践踏自己的誓言，那未免太唐突了。”这个答复再明显不过了，他的政见已经没有丝毫可被怀疑的余地。

“将军，”主席说，“我们不承认有国王路易十八，也不承认有一位废皇，只承认被暴力和叛逆驱逐出他的法兰西帝国的国王陛下。

“原谅我，诸位，”将军说，“你们或许可以不承认路易十八，但是我却承认，因为他封我做了男爵和元帅，我永远不会忘记我之所以能获得这两项殊荣，归功于他荣归法国。”

“阁下，”主席用一种非常严肃的口吻说，一边说，一边站起身来，“您说话得小心点儿，您的话明白无误地告诉我们：在您的事情上，厄尔巴岛上的人是被骗了，而且我们也被骗了。我们跟您有这番交往，证明我们很信任您，而且认为您拥有一种使您永留史册的政见。现在我们发觉自己错了。一个头衔和一次晋级已使您忠于我们想要推翻的那个政府。我们并不强迫您帮我们什么——我们决不勉强拉人加入到我们中间来，但我们要强迫您的行为光明正大，即使您本不情愿那么做。”

“您所谓光明正大的行为，就是知道了你们的阴谋而不把它泄漏出去，但我认为这样做，就成了你们的同谋犯。您看，我可比您坦诚。”

“啊，我的父亲!”弗兰兹停下说，“我现在明白他们为什么要谋害他了。”

瓦朗蒂娜情不自禁地朝那个青年人瞥了一眼，那个青年的脸上正洋溢着热情的微笑，看上去十分可爱。维尔福在他的背后走过来走过去。

诺瓦蒂埃注视着每一个人的表情，仍保持着他那种凛然威严的神气。弗兰兹的目光又落回到原稿上，继续念道：

“阁下，”主席说，“您参加这次集会，是我们请来的，不是强迫您来的。我们建议您蒙住眼睛，您接受了。您在答应这两个要求的时候，心里很明白：我们并不愿意保留路易十八的王位，不然，我们就用不着这样小心来躲避警务部的监视了。您戴着一个假面具来这里发现了我们的秘密，然后又把那个假面具撕下来，要消灭掉信任您的那些人，如果我们让您那么做，那未免太宽大无边了。不行，不行，您必须首先发誓，究竟您是效忠于现在当政的那个短命国王，还是效忠于皇帝陛下。”

“我是一个保皇党，”将军答道，“我曾宣誓尽忠于路易十八，我决心信守这个誓言。”

这几句话引起了全场骚动。有几个会员显然已经开始想方设法让将军后悔自己的鲁莽。主席又站了起来，恢复了肃静后说：“阁下，您是一个严肃、聪明的人，决不会不明白我们目前这种状况的后果，您的诚实已经告诉我们应该向您提出什么条件。所以，您必须以您的人格发誓，绝对不泄漏您所听到的一切。”

将军用手握着剑柄，喊道：“如果你们要讲人格，首先就不要破坏人格的基本条件，不要希望用暴力来强求任何东西。”

“而您，阁下，”主席很镇定地说，他的镇定比将军的愤怒更加可怕，“不要用手动您的剑，我忠告您。”将军略感不安地四周环顾，他并不让步，而是汇集了他的全部力量。“我不发誓。”他说。“那么您必须死。”主席平静地回答。伊皮奈先生的脸色变得十分苍白。又一次环顾四周，有几个俱乐部的会员在交头接耳，窃窃私语，在大氅底下摸他们的武器。

“将军，”主席说，“您不用慌。这里的人都是有人格的，在我们采取不得已的极端手段以前，先要尽量说服您。但您说过，这儿的人都是叛徒，您掌握着我们的秘密，您必须把它交给我们。”几句话过后，是一片意味深长的寂静，因为将军并没有答复。

“把门关上。”主席对守门的人说，这句话过后死一样的静寂。

之后将军往前跨几步，竭力控制着自己的情绪。“我有一个儿子，”他说，“在我发觉只身处在一群暗杀者中间的时候，我必须为他考虑。”

“将军，”大会的主人用一种高贵的神情说，“一个人可以侮辱五十个人，是弱者的特权。但他使用这种特权是不恰当的。听从我的忠告，起誓吧，不要再被侮辱。”

将军的锐气又被主席的威仪挫败了，他迟疑了一下儿，然后走到主席台前。“用什么形式？”他说，“我想这样：‘我以我的人格发誓，我于一八一五年二月五日晚上九时至十时间所听到的一切，决不向任何人泄露，如违此誓，甘愿身死。’”将军神经质地打了一个寒战，好像大为感动，一时说不出话来。然后他克制住那种明显流露出来的厌恶感，说出了他的誓言，但他的声音如此之低，简直令人难以听清。大多数会员都坚持要他清清楚楚地重复一遍，他照办了。“现在可以允许我退席了吗？”他说。主席站起身来，指派三名会员陪着他，先是蒙上将军的眼睛，然后和他一起走进马车。那三名会员中的一个就是为他们赶车到那儿去的车夫。

“您要我们送您到什么地方？”主席问。

“随便什么地方都可以，只要不再见到你们就行。”伊皮奈先生回答。

“请您放明白点，阁下，”主席答道，“您现在不是在会场里了，现在大家都是平等的，不要侮辱他们，否则您要自负后果。”但伊皮奈先生不听这些话，继续说：“你们在你们的马车里还是和你们在会场里一样勇敢，因为你们还是四对一。”主席喊住马车。他们这时已到奥米斯码头，那儿有石级通到河边。“你们为什么在这儿停车？”伊皮奈问。

“因为，阁下，”主席说，“您侮辱了一个人，而那个人在没有得到体面的补偿以前，不想再往前走一步了。”

“又想进行暗杀吗?”将军耸耸肩说。

“别嚷，阁下，您是希望我把您当作一个懦夫，而用弱者的身份当挡箭牌吗？您只身一人，对付您的也只有一个人。您身上有一把剑，我的手杖里也有一把。您没有证人，这几位先生中有一位可以做您的证人。现在，如果您愿意的话，请摘掉您的蒙眼带吧。”将军把他眼睛上的手帕扯下来。“我终于可以看清我的对手是谁了。”他说。他们打开车门，四个人都走了出来。

弗兰兹再一次停下来，擦一把额头上的冷汗。他父亲死时的详细情形直到那时仍然还是一个谜，现在让这个做儿子的浑身颤抖、脸色苍白地把它大声念出来，的确产生一种动人心魄的气氛。瓦朗蒂娜紧攥着她的双手，像是在祈祷。诺瓦蒂埃带着一极其轻视和高傲的神情看着维尔福。弗兰兹继续念道：

前面我们说过，那天是二月五日。三天以来，天气却非常寒冷，石级上结着一层冰。将军身材高大结实，主席把有栏杆的那一边让给他，以使他可以扶栏走下去。两个证人跟在后面。夜晚一片漆黑。从石级到河边的这一段路面上覆满了雪和霜。其中一个证人到附近的一艘煤船上借了一盏灯笼，他们在灯光下检验武器。主席的那把剑很简单，正如他所说的一样，就是套在他手杖里的那一把。他的剑比将军的短一截，而且没有护手把。将军建议拿两把剑来抽签，但主席说，他是挑战一方，而且在他挑战的时候，本来想每人都用自己的武器，两个证人却极力要求抽签，但主席命令他们不要多说话。灯笼放到地上，两方敌手站好步位，决斗便开始了。灯光使两把剑看起来像是闪耀着电光，他们几乎看不清楚，实在是太黑了。伊皮奈将军原被公认为陆军中最好的剑手之一，但他在攻击的时候由于被对方逼得太紧，所以没能刺中目标而跌了一跤。证人们以为他死了，但他的对手知道自己的剑没有刺中他，便伸手扶他起来。这种情形非但没有让将军平静下来，反倒激怒了他，他向敌手冲过去。但他的对手一剑都不曾虚击。将军三次中剑，三次倒退。他觉得自己被逼得太被动，就再一次采取攻势。击到第三剑时，他又跌倒了。他们以为他又是像上一次那样滑倒的。证人们见到他倒下不动，就走过去想扶他起来，但抱他身体的那一位证人感到手上粘到一种温热潮湿的东西——那是血。将军本来几乎已经昏死过去，这时又苏醒过来。“啊！”他说，“他们派了一个剑术大师来和我决斗。”主席并不作声，走近那个提灯笼的证人，撩起他的衣袖，把他手臂上受的两处伤亮给他看，然后解开他的上装，打开背心的纽扣，露出身上受到的第三处剑伤。可他连哼都没有哼一声，五分钟后，伊皮奈将军死了。

弗兰兹读到最后这几句的时候，声音已经哽咽，他们几乎没听清楚念了些什么，于是他顿了顿，用手在眼睛上抹了一下，好像要驱散掉一片云。沉寂一会儿以后，他继续念道：

主席将剑插进他的手杖，转身走下石级，一道血迹顺着他的脚步滴到白雪上。刚走上石级顶，忽然听到河水里发出一阵沉闷的响声，那是扔将军的尸体时所发出来的声音，证人们证实他确已死亡，就把他抛入河中。所以，将军是在一场高尚的决斗中被杀死而不是被冷箭所暗杀。为证明这一点，我们签署了这宗文件，以明真相，唯恐将来传闻失实，这幕可怕场面里的参与者可能会被诬蔑为蓄意谋杀或者别的不名誉的行为。

弗兰兹读完这宗可怕的文件，瓦朗蒂娜感动得脸色发白，抹去了一滴眼泪，维尔福浑身发抖，他缩在一个角落里，以哀求的眼神看着那个意志坚强的老人。“阁下，”伊皮奈对诺瓦蒂埃说，“这卷文件上的证人都是很有名望的人士，既然您对于这些情况知道得这么详细，而且您好像很关心我——虽然直到目前为止，您带给我的只有悲痛——请不要拒绝并满足我唯一的要求，请告诉我那个俱乐部主席的名字，起码我也应该知道杀死我可怜父亲的到底是谁。”

维尔福不知所措地去摸门把手，瓦朗蒂娜往后倒退了几步，她比谁都较早地料想到她祖父的答案，因为她常常看见他的右臂上有两块疤痕。

“小姐，”弗兰兹转向瓦朗蒂娜说，“您和我调查究竟是谁让我两岁的时候就成了一个孤儿。”

瓦朗蒂娜仍然没有回答，一动也不动。

“算了吧，阁下！”维尔福说，“这幕可怕的场面别再没完没了的提了。那个名字是有意隐蔽掉的。家父自己也不知道这个主席究竟是何人，即便是知道，他也没有告诉您，字典里可没有专用名词。”

“噢，我真痛苦呀！”弗兰兹喊道，“我之所以还有勇气读到底，就是希望知道究竟是谁杀死了我父亲！阁下！阁下！”

他朝诺瓦蒂埃喊道：“看在上帝面的分上，想想办法！想一个办法来让我知道吧！”

“是的。”诺瓦蒂埃回答。

“噢，小姐！小姐！”弗兰兹喊道，“您的祖父说他能够说出那个人。帮帮我！帮帮我的忙！”

诺瓦蒂埃看着那本字典。弗兰兹浑身神经质地颤抖着，把字典拿过来，按字母一个接一个的背下去，一直背到M。背到那个字母，老人示意说：“是的。”

“M。”弗兰兹说，那个青年人的手指一个字一个字地往下移，但诺瓦蒂埃对每一个字都做出了一个否定的表示。瓦朗蒂娜把脸埋在自己的双手里。最后，弗兰兹指到“我”那个字。

“是我。”老人示意说。

“你？”弗兰兹喊道，他的头发一下子竖了起来，“你，诺瓦蒂埃先生？——是你把我父亲杀死的？”

“是的。”诺瓦蒂埃用威严的目光盯着那个青年答道。

弗兰兹瘫软地倒在一把椅子上。维尔福则打开门溜之大吉了，因为他的脑子里产生了一个念头，竟想消灭那老人残留的一点生命。

第七十六章　小卡瓦尔康蒂的进展

这个时候，老卡瓦尔康蒂先生已经回来了。他并没有到奥地利皇帝陛下的部队中去服役，而是去了卢卡澡堂的赌桌，这只是因为他以前是那里最忠实的顾客。这趟旅行，他把获得的报酬花得一分不剩，那是他靠着装扮成一个威严的父亲赚来的。在他离开的时候，他将全部的证明文件都交给了安德烈先生，后来经过证实，安德烈先生确实是巴陀罗术奥侯爵和奥丽伐·高塞奈黎侯爵小姐家的公子。巴黎的社交界对外国人十分宽容，也非常愿意接受，而且并不是依照他们的真实身份来招待，而是按照他们渴望拥有的身份来招待，所以安德烈先生非常顺利地踏入了社交界的圈子。那么问题也就随之而来了，一个年轻人在巴黎需要具备什么条件呢？非常简单，只要他能说流利的法语，相貌堂堂，拥有高超的赌技，而且能现付赌账，那就足够了。这些条件不论是对外国人还是法国人而言其实并无区别。因此，两个星期之内，安德烈就已经得到了一个十分傲人的地位。人们尊称他为子爵阁下，据说每年他都有五万里弗的收益，还听说他父亲在塞拉维柴的采石场里埋藏着一笔巨额财富。对于这一点，人们起初在谈论时并未在意，但是因为后来有一位学者声称他曾见过那些采石场，此话多多少少给当时那缺乏确定性的话题增加了可靠性，因而又为它套上了一层真实的面纱。这就是我们向读者们介绍过的当时巴黎社交界的情形。一天傍晚，基督山伯爵去拜访腾格拉尔先生。虽然腾格拉尔出去了，但男爵夫人还是请伯爵进去了。从伯爵接受了欧特伊的那次晚餐到之后接着的那些事件发生以来，腾格拉尔夫人每次听到仆人通报基督山伯爵的名字，总不免要神经质地打个寒战。如果他不来，那种痛苦的心情就变得很紧张；如果他来了，他那高贵的相貌、明亮的眼睛、和蔼的态度以及殷勤关切的态度，很快就会驱散腾格拉尔夫人心中所有的不安。

在男爵夫人看来，一个态度如此可亲的人不可能对她心存不测。而且，即使是心术最不正的人，也只是和她发生利害冲突的时候才会起坏心眼，否则，谁都不会无缘无故地想害人。当基督山伯爵踏进那间我们曾向读者们介绍过的女主人会客室的时候，欧热妮小姐正在那儿和卡瓦尔康蒂先生一起欣赏几幅图画，他们看过以后，就传给男爵夫人看。伯爵的拜访不一会儿就产生了跟往常一样的效果。仆人来通报的时候，男爵夫人虽然稍稍有点手足无措，但她还是笑着接待了伯爵。而伯爵只看了一眼就把整个场景尽收眼底。

男爵夫人斜靠在一把鸳鸯椅上，欧热妮坐在她身边，卡瓦尔康蒂则站着。卡瓦尔康蒂一身黑衣，像歌德诗歌里的主人公那样，穿着黑色皮鞋和镂花的白丝袜，一只非常好看的雪白的手插在他那浅色的头发里，头发中间有一颗闪闪发光的钻石，那是因为基督山伯爵虽曾好言相劝，但这位爱慕虚荣的青年人仍禁不住在小手指上戴上一枚钻戒。除此之外，他还时不时向腾格拉尔小姐暗送秋波和乞怜的叹息。腾格拉尔小姐还是一如既往——冷淡、漂亮和好讽刺，那种眼光和那种叹息，没有一次不经过她的眼睛和耳朵，但那种眼光和叹息可以说是落到了文艺女神弥涅耳瓦的盾牌上面——那副盾牌，据某些哲学家考证，好几次都保护了希腊女诗人萨弗的胸膛。欧热妮冷淡地向伯爵鞠了一躬，寒暄之后，立刻借故逃到她的书斋里，不久，那儿就有两个欢快的声音随着钢琴的旋律嘹亮地歌唱起来。基督山伯爵因此知道腾格拉尔小姐不愿意陪伴他和卡瓦尔康蒂先生而情愿和她的音乐教师罗茜·亚密莱小姐待在一起。此时，伯爵一面和腾格拉尔夫人说着话，明显地装出对谈话十分感兴趣的样子，一面却特别注意安德烈·卡瓦尔康蒂先生那种怀念的神情，那种倾听自己不敢进门的屋子里传来的音乐的样子，以及他那种倾慕的态度。银行家不久就回来了，他的目光先是毫无疑问地落到基督山伯爵身上，而后又落到安德烈身上。至于他的妻子，他用那些丈夫对妻子的那种礼仪向她鞠了一躬，那种仪礼是未婚的男子们绝不能理解的，除非将来出版一部面面俱到的有关夫妻生活方面的法典。

“小姐们没请您和她们一起去弹琴吗?”腾格拉尔对安德烈说。

“唉！没有，阁下。”安德烈叹了口气回答，这声叹息比前面几次更明显了。腾格拉尔立刻朝那扇门走去，把门打开。

两位青年小姐并排坐在钢琴前的椅子上，她们在互相伴奏，每人用一只手——她们很喜欢这样练习，而且已经配合得极其娴熟。从打开着的门口望去，亚密莱小姐和欧热妮构成了一幅德国人非常喜欢的画面。亚密莱小姐多少有几分姿色，非常文雅，身材还算不错，只是偏瘦了一点，大绺鬈发垂在脖子上（那脖子有点太长了，好像庇鲁杰诺雕塑的某些仙女一样），眼睛懒散无神。据说她的胸部很健康，将来有一天会像《克里蒙的小提琴》[①] 中的安东妮那样死在歌唱上。

基督山伯爵向这间圣殿迅速而又好奇地瞥了一眼。他以前曾听到过许多有关亚密莱小姐的话题，但亲眼见她，这还是第一次。

“噢!”银行家对他的女儿说，“把我们都冷落到一边了吗?”于是他就领着那个青年人走进书斋里去，并且不知究竟是巧合还是有意，安德烈进去以后，那扇门呈现半掩的状态，所以从伯爵或男爵夫人坐着的方向望过去，他们什么都看得见，但因为有银行家陪着安德烈，腾格拉尔夫人也就不去注意他们了。

不久伯爵就听到安德烈的声音，在钢琴的伴奏下，高唱一首科西嘉民歌。听到这首歌，伯爵微笑起来，这使他忘记安德烈，想起贝尼代托。腾格拉尔夫人则向基督山伯爵夸奖她丈夫的坚强意志，因为那天早晨他刚刚因为梅朗的商务受挫而损失了三四十万法郎。这种夸奖确实是应得的，因为要不是伯爵从男爵夫人的口中听到这回事，或动用他那种洞察一切的方式去打听，仅仅从男爵的脸上，他是不会怀疑到这一点的。“哼!”基督山伯爵想，“他开始隐瞒他的损失了，一个月以前，他

---

① 《克里蒙的小提琴》是德国音乐家兼小说家霍夫曼（1776—1822）的小说，安东妮是小说的女主人公。

还大吹大擂。”于是他大声说：“噢，夫人，腾格拉尔先生非常能干，用不了多久他就会在证券交易所里把所有的损失都捞回来的。”

“我看您也有一个与很多人一样的错误想法。”腾格拉尔夫人说。

“什么想法？”基督山伯爵说。

“就是认为腾格拉尔先生做的是投机生意，而实际上他从来都没做过。”

“不错，夫人，我记得德布雷先生曾告诉我——等一下，他怎么啦？我有三四天没看见他了。”

“我也没看见他，”腾格拉尔夫人非常镇定自若地说，“可您那句话还没有说完。”

“什么话？”

“德布雷先生告诉您——”

“啊，是的，他告诉我说，投机上的失败，您是牺牲品。”

“我一向非常喜欢玩那一套，我承认，”腾格拉尔夫人说，“但我现在不玩了。”

“那么就是您的不对了，夫人，命运是注定的。如果我是一个女人，并且有幸成了一位银行家的太太，那么不论我对丈夫的好运多么信任——因为在投机生意上，您知道，完全是靠运气的——嗯，我是说不论我对丈夫的运气多么放心，我还是要弄一笔和他没有关系的财产，即使要瞒着他让旁人经手，也在所不惜。”

腾格拉尔夫人虽然竭力克制，仍不禁脸红了一下。

“哦，”基督山伯爵好像没有注意到她这种惶惑的表情，说，“我听说昨天那不勒斯公债一个劲儿往上涨。”

“我没买那种公债，我从来没有买过那种公债。我们是不是在金钱上谈论得实在太多啦，伯爵？我们像是两个证券投机商了。您有没有听说过命运之神是如何迫害可怜的维尔福一家人的？”

“什么事情？”伯爵说，显得茫然不知所措。

“圣·梅朗侯爵到巴黎来的时候，上路没有几天就死了，侯爵夫人到巴黎以后，没过几天也死了。您知道吗？”

“知道，”基督山伯爵说，“我听说过这件事，但是，正如克劳狄斯对哈姆雷特所说的：‘这是一条自然法则，他们的父母死在他们的前头，他们哀悼他们的逝世，将来他们也要死在他们儿女的前头，于是又要轮到他们的儿女来哀悼他们了。’”

“但事情不光是这样的。”

“不光是这样！”

“不，他们的女儿本来要嫁给——”

“弗兰兹·伊皮奈先生。难道婚约解除了吗？”

“昨天早晨，看来，弗兰兹已经谢绝了这种荣耀。”

“真的，什么原因呢？”

“不知道。”

“真奇怪！这接二连三的不幸，维尔福先生怎么受得了呢？”

“他还是照常——犹如一个哲学家一般。”

这时腾格拉尔一个人回来了。

“哎！”男爵夫人说，“你把卡瓦尔康蒂先生丢给你的女儿了吗？”

“还有亚密莱小姐呢，”银行家说，“那么你还以为她不是人吗？”然后他转身对基督山伯爵说：“卡瓦尔康蒂王子是一个很可爱的青年，不是吗？可他真的是一位王子吗？”

“我没有义务回答您，”基督山伯爵说，“他们介绍我认识他父亲的时候，据说是一位侯爵，那么他应该是一个伯爵。但我想他似乎并不是非得要那个头衔。”

“为什么？”银行家说，“如果他是一位王子，他就不得不维持他的身份。每一个人都应该维护自己的权利，我不欢喜有什么人否认他的出身。”

“噢！您是一个十足的民主派。”基督山伯爵微笑着说。

“可你看不出来你自个儿的问题吗？”男爵夫人说，“如果，碰巧马尔塞夫先生来了，他就会知道卡瓦尔康蒂先生在那个房间里，而他尽管是欧热妮的未婚夫，却从来没被允许进去过。”

“碰巧这两个字你说得很恰当，”银行家说道，“因为他很少到这儿来，假如真的来了，那才叫碰巧呢。”

“可要是他来了，见到那个青年跟你的女儿在一起，他会不高兴呀。”

“他！你错啦。阿尔贝先生可不会赏我们这个脸的，为他的未婚妻吃醋，他对她的爱还没有达到那个程度。而且，就算他不乐意我也不在乎。”

“可是，依目前的这个状况——”

“对，你知道我们现在的情况如何吗？在他母亲的舞会上，他只跟欧热妮跳了一次，而卡瓦尔康蒂先生却跳了三次，他根本不在乎。”

仆人通报马尔塞夫子爵来访。男爵夫人急忙站起来，想走到书斋里去，腾格拉尔拉住她。“别去！”他说。他吃惊地望着他，基督山伯爵好像没有注意到这些情形。阿尔贝进来了，他打扮得非常漂亮，看上去很快活。他很有礼貌地对男爵夫人鞠了一躬，对腾格拉尔像熟人一般地鞠一躬，对基督山伯爵则非常亲热地鞠了一躬。然后又转向男爵夫人说：“我可以问腾格拉尔小姐好吗？”

“她非常好，”腾格拉尔连忙回答，“她现在正在她的小客厅里和卡瓦尔康蒂先生练习唱歌。”

阿尔贝保持着他那种平静和漠不关心的态度，他也许心里气恼，但他知道基督山伯爵的目光正盯着他。“卡瓦尔康蒂先生是一个很好的男中音，”他说，“而欧热妮小姐则是一个很棒的女高音，而且钢琴又弹得像泰尔堡①一样妙。他们合唱起来一定是很好听的。”

“他们两个是绝配。”腾格拉尔说。

这句话粗俗得使腾格拉尔夫人面红耳赤，阿尔贝却似乎没有注意到。

“我也算得上是一位音乐师，”那位青年说，“起码，我的老师常常这么说我。可说来奇怪，我的嗓子跟谁都配不来，尤其配不上女高音。”

腾格拉尔微笑了一下，好像是说，那无关紧要。显然他很想取得他

① 泰尔堡（1812—1871），瑞士著名钢琴家。

的预期效果，然后就说："王子和我的女儿昨天大受赞赏。您没有来参加吧，马尔塞夫先生？"

"什么王子？"阿尔贝问。

"卡瓦尔康蒂王子呀。"腾格拉尔说，他坚持要这样称呼那个青年。

"对不起，"阿尔贝说，"我可不知道他是一位王子。那么昨天卡瓦尔康蒂王子和欧热妮小姐一块合唱了吗？无须说，那肯定很好听，很遗憾我没有到场。但我无法接受您的邀请，因为我已经答应陪着家母去参加夏多·勒诺伯爵夫人主持的德国音乐会了。"这样，沉默了一会儿以后，马尔塞夫又说，"我可以去向腾格拉尔小姐问好吗？"好像以前从未这样做过似的。

"等一会儿，"银行家拦住那青年说，"您听到那支好听的小曲了吗？嗒嗒地好听得很。等一下，让他们唱完再说吧！好！棒！棒哇！"银行家热烈地鼓着掌。

"确实是，"阿尔贝说，"棒得很，没有谁比卡瓦尔康蒂王子更理解他祖国的歌曲了，'王子'是您称呼的，对不对？可即使他现在还不是，将来也能很容易地当上的，这种事情在意大利很正常。我们再说说那两位可爱的音乐家吧，您得款待我们一次，腾格拉尔先生。别告诉他们来了一个陌生客人，让他们再唱一首歌。听歌应该隔一小段距离才有意思，不让人看见，也不要看见人，这样就不会打扰歌唱者，因而他可以自由自在地把他的灵感全部释放出来，让他的心灵无拘无束地任意驰骋。"

阿尔贝这种毫不上心的态度令腾格拉尔十分生气。他把基督山伯爵拉到一边，"您觉着我们那位情人如何？"他说。

"他看上去很冷淡！但您的话已经说出口了。"

"是的，当然啰，我答应把我的女儿嫁给一个爱她的男子，而不是给一个不爱她的人。即使阿尔贝跟卡瓦尔康蒂一样有钱，我也不会那么高兴地看到他娶她，他非常傲慢。"

"噢！"基督山伯爵说，"也许是我的偏爱让我盲目，但我可以向您保证，马尔塞夫先生是个很可爱的青年，他一定会使小姐非常幸福，而且他迟早都会有点成就——他父亲的地位很不错。”

“哼！”腾格拉尔说。

“那有什么值得怀疑的？”

“我说的是过去——过去那种贫贱的出身。”

“但一个父亲曾经的生活影响不了他的儿子。”

“那倒是真的。”

“来，别固执了，一个月以前，您很希望结成这门亲事。您了解我的，我难过得要命。您是在我的家里遇到那个小卡瓦尔康蒂的，关于他，我再向您说一遍，我是什么都不知道。”

“但我可知道几分。”

“您已经了解过了吗？”

“那还需要了解吗？对方是怎么样的人物，看一眼不就明白了吗？第一，他很有钱。”

“这一点我可不能确定。”

“但您对他负责的呀。”

“负责五万里弗——小意思。”

“他受过很好的教育。”

“哼！”这次可是基督山伯爵这样说了。

“他是一个音乐家。”

“所有的意大利人都是音乐家。”

“我说，伯爵，您说这样的话对那个青年人可不公平。”

“嗯，我承认这件事让我很不高兴，您和马尔塞夫一家人的关系已经那么长时间了，我真不愿意看到他这样硬插在中间。”

腾格拉尔大笑起来。“您真像是个清教徒，”他说，“那种事情可是天天都会发生的。”

“但您不应该就这么毁约，马尔塞夫一家人都非常希望结成这门亲事呢。”

“真的？”

“当然。”

“那么让他们来把话说明白吧，您可以暗示他父亲，反正您跟那家人的关系这么密切。”

“我？您是从哪儿看出来这一点的？”

“他们在舞会上表现得够明显的啦。嘿，伯爵夫人，那位瞧不起人的梅塞苔丝，那位傲慢的迦太罗尼亚人，她不是还曾挽住您的胳膊带您到花园的幽径处去散了半个钟头的步吗？但她平常即使对最老的老朋友也是不轻易张口的。您愿不愿意负责去跟那位当父亲的说一说？”

“再好不过了，如果您愿意的话。”

“不过这一次得把事情明确地敲定。如果他要娶我的女儿，让他把日期定下来并把条件公布出来。总之，我们或者互相谅解，或者干脆吵一架。您明白吧？不要再拖延。”

“是的，阁下，这个事情我帮您留心就是了。”

“我并不是非常心甘情愿地在等待他，但我确实也在等待他。您知道，一个银行家必须忠实于他的诺言。”于是腾格拉尔就像半小时前卡瓦尔康蒂先生那样叹了一口气。

“好！棒！棒啊！”马尔塞夫模仿这位银行家的样子喝彩，因为此时正一曲终了。

腾格拉尔开始怀疑地望着马尔塞夫，这时忽然有一个人过来向他低语了几句话。“我就回来，”银行家对基督山伯爵说，“稍等一下，我也许有一件事情要对您说。”

男爵夫人趁她丈夫出去的工夫，推开了女儿的书斋门。安德烈先生本来和欧热妮小姐一起坐在钢琴前，这时就像弹簧一样惊跳了起来。阿尔贝微笑着向腾格拉尔小姐鞠了一躬，而小姐则不慌不乱，用她一贯的那种冷淡的态度还了他一礼。卡瓦尔康蒂显得十分狼狈；他向马尔塞夫鞠躬，马尔塞夫则努力以最不礼貌的态度对待他。然后阿尔贝就开始称赞腾格拉尔小姐的歌喉，而且说，他听了刚才她唱的歌之后，很后悔昨天晚上没能来。

卡瓦尔康蒂觉得一个人站在一旁很尴尬，就转过身去和基督山伯爵说话。

“来，”腾格拉尔夫人说，“别再唱歌和说好听的了，我们去喝茶吧。”

“来吧，罗茜。”腾格拉尔小姐对她的朋友说。

他们走进隔壁客厅里，茶已备好。他们按照英国人的规矩，加好糖，把茶匙放在杯子里，正要开始喝的时候，门又开了，腾格拉尔显得十分激动地走进来。尤其是基督山伯爵注意到了他的这种神色，就用目光请银行家解释。

“我派到希腊去打听消息的人回来了。”腾格拉尔说。

“哦！哦！”伯爵说，“原来您就是因为这件事情出去了。”

“是的。”

“国王奥图还好吗？”阿尔贝以最轻松的口气问道。

腾格拉尔并不回答，只是投去一个狐疑的目光。基督山伯爵转过头去，掩饰住脸上同情的表情，但那种表情一转眼就过去了。

“我们一起回去吧？”阿尔贝对伯爵说。

“只要您愿意。”伯爵回答。

阿尔贝弄不懂银行家的那种目光是什么意思，就转身去问基督山伯爵，说：“您见到他看我的那个样子了吗？”基督山伯爵当然十分明白。

“当然，”伯爵说，“但您认为他的目光里有什么特别的意味吗？”

“我确实这么想，他说的希腊来的消息是什么？”

“这个我是不能告诉您的。”

“我以为您在那个国家派了情报员。”基督山伯爵意味深长地微笑了一下。

“别说了，”阿尔贝说，“他来了，我去称赞称赞腾格拉尔小姐的首饰，然后叫她父亲跟您说话。”

“如果您一定要恭维她，最好还是称赞一下她的嗓子吧。”基督山伯爵说。

“不，人人都会那么说。”

“我亲爱的子爵，您未免太鲁莽啦。”

阿尔贝含笑向欧热妮走过去。这当儿，腾格拉尔把嘴巴凑到基督山伯爵的耳朵边，“您的忠告太好了，”他说，“在‘弗尔南多’和‘亚尼纳’那两个名字后面，果然有着一段可怕的历史。”

“真的?”基督山伯爵说。

“是的，我可以告诉您一切，但请把那个年轻人带走吧，他在这儿我有点受不了。”

“他和我一起走。还要我让他的父亲来看您吗?”

“现在是非常有必要了。”

“好极了。”伯爵向阿尔贝示意了一下。他们向夫人和小姐鞠躬告辞——阿尔贝对于腾格拉尔小姐那种冷淡的态度丝毫不在意，基督山伯爵又给了腾格拉尔夫人一番忠告，暗示她银行家的太太应该如何谨慎地计划前途。卡瓦尔康蒂先生恢复了他刚开始的状态。

第七十七章　海黛

街道的拐角处，伯爵的马车刚驶到这里，阿贝尔突然转过身来，对着伯爵放声大笑起来——毫不夸张地说他的笑声确实非常大，仿佛是故意为之。“嘿！”他说，“查理九世[①]在圣·巴索罗谬日大屠杀之后，曾向凯塞琳·梅迪契问过一句话，现在我也用那句话来问问您：‘那个小角色我演的如何？’”

基督山伯爵问道：“您指的是哪件事？”

“就是当初在腾格拉尔先生家里对付我那位对手的事。”

“对手？您指的谁？”

“嘿，问得好！哪个对手？当然就是您的那位被保护人安德烈·卡瓦尔康蒂先生啊。”

“哎呀！子爵，请您不要开玩笑了，安德烈先生并不是由我来保护的。至少，在他和腾格拉尔先生的这层关系上没有您说的那种情况。”

“如果那个青年人在这个方面真的需要您帮助的时候，您不帮他，就得让他怨了。但所幸对手是我，他可以不必做那种请求。”

“什么！您认为他在准备求婚吗？”

“这一点我确定，他对腾格拉尔小姐讲话时那种情深意浓的眼光和矫揉造作的语气使他的心思暴露无遗。他显然想向那骄傲的欧热妮求婚。”

---

① 查理九世（1550—1574），法国国王，一五七二年以圣·巴索罗谬日，即八月二十四日对新教徒进行大屠杀。

“那又有什么了不起的，只要她们喜欢您。”

“可事实并不是这样，我亲爱的伯爵，恰恰相反，我是前后遭夹击。”

“前后遭夹击?”

“没错，欧热妮小姐偶尔才和我搭个腔，她的密友亚密莱小姐根本就不理我。”

“可她的父亲非常敬重您。”基督山伯爵说。

“他！噢，不！他在我的心头上扎了不知多少刀——我承认那不过是演悲剧时所用的武器，它不会刺伤人，刀尖会缩回到刀柄里去，可他却相信那是能致人死命的真家伙呢。”

“妒忌就是爱情。”

“不错，可我并不妒忌。”

“他却在妒忌。”

“妒忌谁？妒忌德布雷吗?”

“不，妒忌您。”

“妒忌我？我们可以打个赌，用不了一个星期，我就要被拒之千里之外了。”

“您错了，我亲爱的子爵。”

“请证明。”

“您希望我证明给您看吗?”

“对。”

“好！我现在受托要想方设法使马尔塞夫伯爵去和男爵把事情准确地安排一下。”

“谁委托您的?”

“是男爵。”

“噢!”阿尔贝极尽谄谀地说，“您当然不喜欢干这种差使了，我亲爱的伯爵。”

“我当然要干，阿尔贝，因为我已经答应了。”

“唉!”阿尔贝叹了口气说，“看来您是下决心一定要我结婚了。”

“我下决心要想方设法地无论在什么事情上都和每一个人保持友好

的关系，”基督山伯爵说，“但说到德布雷，我最近怎么没有在男爵家里看到他呢？”

“吵了一次架。”

“什么，和男爵夫人？”

“不，跟男爵。”

“难道他觉察到什么了吗？”

“啊！这句话问得非常幽默！”

“您以为他怀疑了吗？”基督山伯爵很天真地问。

“您是从哪儿来的，我亲爱的伯爵？”阿尔贝说。

“来自刚果，如果您想问这个问题的话。”

“一定比刚果还要远得多。”

“可我怎么知道巴黎丈夫的作风呢？”

“噢，我亲爱的伯爵，天下的丈夫大概到处都是一样的，不管哪个国家的丈夫都可以被制作成全人类的好标本。”

“那么腾格拉尔和德布雷之间有什么可争吵的呢？他们好像彼此很了解。”基督山伯爵用同样天真的口吻说。

“啊！您现在想来打听阿塞丝的秘仪①了，可惜我不是当事人。安德烈·卡瓦尔康蒂先生成为那家的一名成员的时候，您可以去问他这个问题。”

马车停住了。“我们到了，”基督山伯爵说，“现在刚十点半，进去坐坐吧。”

“非常乐意。”

“我可以用马车送您回去。”

“不，谢谢您，我吩咐我的车子跟着来的。”

“哦，到了。”基督山伯爵一面说一面从马车里出来。他们进了屋，客厅里已烛台高照，他们走进去。“给我们煮些茶来，巴浦斯汀。”伯爵说。巴浦斯汀没有回答，转身就走，两秒钟他又回来了，手里捧着一

---

① 阿塞丝是埃及神话里的繁殖女神，参加女神的秘仪，据说可以窥测人们的隐私并预知未来，但只有忠实的信徒才能参加此种秘仪。

只放得整整齐齐的茶盘，犹如童话故事里从地底下蹦出来的食物一样。

“真的，我亲爱的伯爵，”马尔塞夫说，“我并不是因为您有钱而崇拜您，因为也许有人比您更加富有；也不仅是因为您的智慧，因为博马舍也许跟您差不多；而是因为您的仆人服侍您的那种方式，不用您多说话，一会儿，甚至一秒钟，他们立刻就可以办到您吩咐的事。似乎在您拉铃的时候，他们就已经猜到您想要什么了，而且凡是您可能想要的东西，好像随时都准备妥当了似的。”

“您这段话也许是真的，都了解我的习惯。譬如说，您在喝茶的时候喜欢干什么？”

“嗯，我非常喜欢抽烟。”

基督山伯爵在铜锣上敲了一下，没出一秒钟，一扇暗门打开了，阿里拿着两支长烟筒进来，烟筒上已装好了上等的土耳其烟丝。

“太神奇了！”阿尔贝说。

“噢，没什么，这其实非常简单，”基督山伯爵回答，“阿里知道我平常在喝茶或喝咖啡的时候总要抽烟，他知道我会吩咐备茶，而且也知道我会带您一起回家。我招呼他的时候，他知道原因，而且因为他的国家都用烟筒待客，所以他拿了两支长烟筒来而非一支。”

“您的解释当然很有理，不过确实也只有您——啊！那是什么声音呀？”马尔塞夫于是把头歪向门口，里面传出一种吉他般的声音。

“说实话，我亲爱的子爵，您今天晚上是命中注定要听音乐的，您刚才从腾格拉尔小姐的钢琴那儿逃开，又遭到海黛的月琴的攻击。”

“海黛！好可爱的一个名字！那么，除了在拜伦的诗里，世界上真有女人的名字叫海黛吗？”

“当然有。海黛这个名字在法国非常少，但在阿尔巴尼亚和伊皮鲁斯却非常普遍。这种名字就像被你们称为纯洁、谦恭、天真的腾格拉尔小姐一样，那么印在结婚请帖上该有多好呀！”

“轻点儿，”伯爵说，“别这么大声说话，海黛也许会听到的。”

“您认为她会不高兴吗？”

“不，当然不。”伯爵以一种倨傲的神态说。

“那么，她为人非常和善喽，是这样吗？”阿尔贝说。

“那不叫和善，而是她的本分，一个奴隶不能叛逆她的主人。”

“喏，您现在又开起玩笑来了。现在还有奴隶吗？”

“当然啰，因为海黛就是我的奴隶。”

“真的，伯爵，您所做的一切都跟别人不一样。基督山伯爵阁下的奴隶！咦，这在法国倒是一种爵位了。据您花钱的标准来算，这个职位起码得值十万艾居一年。”

“十万艾居！那个可怜的姑娘本来不止这个价钱。她出生在珠宝堆里，连《一千零一夜》里记载的那些财宝和她所拥有的相比都显得微乎其微。”

“那么她肯定是一位公主了？”

“您猜对了，而且是她国家里最显赫的公主之一。”

“我原也这么想。可如此显赫的一位公主怎么会变成一个奴隶呢？”

“达翁苏斯[①]这个暴君怎么会变成一个小学教师呢？那是战神的安排，我亲爱的子爵，那是造化捉弄人的结果。”

“她的姓名需要保密吗？”

“对别人要保密，对您却用不着，我亲爱的子爵，您是我的朋友，您不会张扬出去的，是不是？如果您答应不张扬出去——”

“噢！我以人格担保。”

“您知道业尼纳总督的身世吗？”

“阿里·铁贝林吗？当然啰，家父就是在他手下服役的时候起家的。”

“是的，我倒忘记那回事了。”

“嗯！海黛是阿里·铁贝林的什么人？”

“就是他的女儿。”

“什么？阿里总督的女儿？”

“阿坦克总督和美人凡瑟丽姬所生的女儿。”

“做您的奴隶？”

“是的，当然是这样的。”

---

① 古代叙拉古的达翁苏斯王之子，失位后，流亡于可林斯，成为该地学校的教师。

“但她怎么会落到这步田地呢?”

“嗯，有一天我经过君士坦丁堡市场时把她买下来的。”

“太奇妙了！我亲爱的伯爵，无论谁与您在一起，那他就不是在生活而是在做梦了。现在，我也许可以提出一个轻率而莽撞的要求，但是——”

“您尽管说。”

“但是既然您和海黛一起外出过，有几次甚至带她上过戏院——”

“那样又如何?”

“我想我也许可以冒昧地请您赏给我个脸。”

“您什么都可以向我要求。”

“好，那么，我亲爱的伯爵，引荐我见见您的公主好吗?”

“可以照办，但有两个条件。”

“我愿意接受。”

“第一是您绝对不能告诉任何人我曾允许过您和她会面。”

“好极了,”阿尔贝举起一只手说，“我发誓决不告诉任何人。”

“第二是您绝对不能告诉她令尊曾经在她父亲手下服役过。”

“这一点我也可以发誓。”

“这就行了，子爵，您会记住这两个誓言的，是不是？我知道您是一个很讲信用的人。”

伯爵又敲了一下铜锣，阿里又进来了。“告诉海黛,”他说，“我马上就去和她一起喝咖啡，告诉她，我希望她允许我介绍我的一位朋友和她见面。”阿里鞠躬退出。

“现在，务必小心,”伯爵说，“问问题别太直接，我亲爱的马尔塞夫。如果您想知道什么事情，告诉我，我去问她。”

“好的。”

阿里第三次进屋，掀开那张掩着门的幕帘，向他的主人和阿尔贝示意他们可以进去。

“我们进去吧。”基督山伯爵说。

阿尔贝用手理了理他的头发，卷卷他的胡子，对自己的仪表感到满意了之后，就跟着伯爵走进了那个房间。伯爵则在进屋前已重新戴上帽子和手套。阿里像一个前卫似的驻守在门外。门口由三个法国侍女在梅多的指挥下把守着。海黛在她那一套房间的第一个屋子里等候她的客人，这是她的客厅。她睁着圆而大的眼睛，冷静而充满期待，因为除了基督山以外，这是她第一次跟男人见面。她坐在房间一隅的一张沙发上，按照东方人的习惯，交叉着双腿，舒舒服服地像一只小鸟躺在由东方最华贵的镶花绸缎搭构成的窠里。她的身边放着那把她刚才抚弄过的乐器，那种仪态，以及那种环境，让她显得可爱非常。一见到基督山伯爵，她就站起身来，用她所特有的那种爱和顺从的微笑迎接他。基督山伯爵朝她走过去，伸出一只手，她把那只手捧到她的嘴上。阿尔贝仍然站在门口，他被那种罕见的美吸引住了，这是他生平第一次看到这样的美，在法国，这种美是无法形容的。

“您带来的是什么人？”那位年轻女郎用现代希腊语问基督山伯爵，“是兄弟、朋友、生疏的相识，还是仇敌？”

“一位朋友。”基督山伯爵也用相同的语言说。

“他叫什么名字？”

“阿尔贝子爵，就是我在罗马从强盗手里救出来的那个人。”

“您觉得我该用哪一种语言和他说话？”

基督山伯爵转向阿尔贝，“您懂现代希腊语吗？”他问。

“唉！不懂，”阿尔贝说，“古代希腊语也不懂，我亲爱的伯爵。荷马和柏拉图的学生之中，再也找不到比我更懒惰，甚至也可以说更可鄙的了。”

“那么，”海黛说，她的话显然表明她很明白基督山伯爵和阿尔贝之间在说什么，“那么我说法语或意大利语吧，如果老爷不反对的话。”基督山伯爵想了一想，“你说意大利语吧。”他说。然后，又转身对阿尔贝说：“可惜您不懂古代或现代希腊语，这两种语言海黛都讲得非常流利。这个可怜的孩子不得不用意大利话和您交谈了，这样的话您可能会对她有种错觉。”伯爵向海黛示意了一下，“阁下，”她对马尔塞夫说，“您既然是我主人的朋友，我当然对您再欢迎不过了。”这句话是用典型的托斯卡纳土语说出来的，而且带着那种柔和的罗马口音，令但丁的语言听起来跟荷马的语言一样明快悦耳。然后，她又转向阿里，吩咐他把咖啡和烟筒拿来。在阿里离开房间去执行这位年轻主妇的吩咐的时候，她示意请阿尔贝走近一些。基督山伯爵和马尔塞夫把他们的椅子拖到一张小茶几前面，茶几上放着曲谱、图画和花瓶。这时阿里拿着咖啡和长烟筒进来了，至于巴浦斯汀先生，这个地方是不允许他进来的。阿尔贝不肯接受那个黑奴递给他的烟筒。“噢，接着吧，接着吧！”伯爵说，“海黛几乎跟巴黎人一样文明，她讨厌雪茄的气味，而东方的烟草是一种香料，您知道。”

阿里退出房间。咖啡杯都已备好，而且还有一个烟灰缸，是为阿尔贝特设的。基督山伯爵和海黛便按照阿拉伯人的方式喝起了阿拉伯饮料，也就是不加糖的。海黛用她那纤纤细手端起瓷杯，天真而愉快地举到她的嘴边，像小孩子吃到自己喜欢的东西似的。这时有两个女人每人端着一只茶盘走了进来，茶盘里放着冰块和果子露，他们把茶盘放在两张特制的小桌子上。

“我亲爱的主人，还有您，夫人，”阿尔贝用意大利语说，“请别介意我这副傻头傻脑的样子，我简直是糊涂了。身处巴黎市中心，就在刚才，我还听到公共马车的哗哗声和卖柠檬水的小贩铃铛的响声，可这会儿我感到像被突然送到了东方——并不是我见到过的东方，而是我梦中想象的东方。噢，夫人，如果我能说希腊语，那么您的谈话，加上周围仙境般的氛围，就可以让我度过终生难忘的一夜了。”

“我可以用意大利语和您谈话，阁下，”海黛平静地说，“如果您喜欢东方，我可以尽量让您在这儿找到东方的气息。”

“我跟她谈些什么呢？”阿尔贝小声对基督山伯爵说。

“随便什么都行。您可以跟她谈她的祖国和她幼时的记忆，或者，如果您愿意的话，也可以谈谈罗马、那不勒斯或佛罗伦萨。”

“噢！”阿尔贝说，“跟一个希腊人谈巴黎人的话题未免太无聊了，我还是跟她谈谈东方的情况吧。”

“那么请谈吧，您要谈的这个话题，最合她的口味不过了。”

阿尔贝转向海黛，“您是几岁的时候离开希腊的，夫人？”他问。

“我离开希腊的时候只有五岁。”海黛回答。

“您脑中还有关于您祖国的记忆吗？”

“在我闭上眼睛冥想的时候，我仿佛又看到了那一切，灵魂跟肉体一样也有它的视觉器官。肉眼看到的东西有时会遗忘，而灵魂里的东西则是牢记永远的。”

“您对于往事的回忆能追溯到您多大的时候呢？”

“我刚能走路的时候，我的母亲——她的名字叫凡瑟丽姬，那就是‘忠贞’的意思，”这位年轻女郎自豪地昂起头说，“我的母亲，携着我的手，先把我们所有的钱都倒进钱袋里，然后戴上面纱，出去为囚犯募捐，一路走一路说：‘谁施舍钱给穷人，就等于还债给主。’钱袋装满的时候，我们就回到宫里，对我父亲只字不提，然后派人将钱送到修道院并发放给囚犯。”

“您那时候几岁？”

“我那时三岁。”海黛说。

“那么您在三岁的时候就记下了当时那么多事情吗？”阿尔贝问。

“都记得。”

“伯爵，”阿尔贝小声对基督山伯爵说，“请允许夫人讲一些她的身世给我听，您不许我向她提起家父的名字，可也许她在追忆往事的过程中，会不自觉地提到他。如果我们的姓能从两片这么美丽的嘴唇里说出来，您绝对想象不到我会多么高兴。”

基督山伯爵转向海黛，脸上带着提醒她格外小心的表情，用希腊语说：“把你父亲的遭遇告诉我们，但不要说出那个出卖你们的人的名字，也不要讲他出卖你们的过程。”

“您在跟她说什么？”马尔塞夫小声说。

“我又提醒了她一次，说您是一位朋友，对您，她不必隐瞒什么事情。”

“那么，”阿尔贝说，“为了囚犯的福利而做这种虔敬的巡礼是您记忆中的第一件事情了，那接下来又是什么呢？”

“噢，回忆起这些感觉就像是昨天的事情一样，我记得我坐在一棵湖边无花果树的树荫下，颤动的枝叶倒映在水里，像是照在一面镜子上似的。在一棵最古老和枝叶最茂盛的大树下面，坐着我的父亲，他斜靠在枕垫上。我的母亲坐在他的脚边，而淘气的我则玩弄着他那飘垂到胸前的白胡须，或者挂在他腰带上的那把镶着钻石的弯刀和刀柄。不时有个阿尔巴尼亚人走到他跟前对他说些什么，我并不留意那些事情，而他总是用相同的口吻回答一个‘杀’字或‘赦’字。”

“这不是在演戏，也不是在讲小说，”阿尔贝说，“可我却从一个年轻姑娘的嘴里听到这些事情，实在是美妙极了。您的眼睛既然习惯了那种神奇的景象，那么您对法国有什么感觉呢？”

“我感觉这是一个非常好的地方，”海黛说，“而我所看到的法国是个本色的法国，因为我是用一个成年女子的眼睛来看它的。而我的祖国，我却只能从我幼时记忆中的印象来判断，好像它总是笼罩在一片朦胧的氛围中，有时灿烂辉煌，有时阴森惨淡，具体是怎样那就得看我的眼睛望的是我那美丽的故乡还是我遭受苦难的地方了。”

“当时还那么年轻！您对于痛苦，难道除了知道它的概念以外，还非常明确它的含义吗？”阿尔贝说，无法自制地接受了庸俗的见解。

海黛把她的眼睛转向基督山伯爵，伯爵几乎难以被觉察地叹息了一声，轻轻地说：“讲下去。”

“幼年时的记忆，在脑子里的印象是最深刻的，除了我刚才向您说到的那件往事以外，我幼时剩下的回忆就都是伤心的了。”

“说吧，请说吧，夫人！”阿尔贝说，“我向您保证，倾听您的述说。”

海黛忧郁地微笑了一下，回答了他这句话，“那么您希望我继续叙述其他的那些往事吗？”她说。

“我恳求您这么做。”阿尔贝回答。

“那好！我刚刚四岁的时候，有一天晚上，我突然被我的母亲惊醒了，那时我们住在亚尼纳的宫殿里。她把我从睡床上抓起来，我睁开了眼睛，一眼就看见她的眼睛里充满了泪水。我见到她哭，于是就跟着大哭起来，‘别出声，孩子！’她说。以往，不管妈妈怎样疼爱或恐吓，我总是要任性地哭个够，把我的悲伤或者怒气发泄完才肯罢休。但这一次，我从母亲的声音里感到如此的恐怖，因此我立刻就不哭了，她抱着我急忙地走开。到那时我才看到我们正从一座宽大的楼梯往下走，后面跟着的是我母亲的所有女仆，他们背着箱子、包裹、首饰、珠宝和成袋子的金币，正仓皇地从那座楼梯上奔下去。女佣的后面跟来了二十个卫兵，都拿着长枪和手枪，身着希腊建国以来你们在法国早就看到的那种服装。您可以想象得到，一定是发生了某种可怕的、不幸的事情，”海黛摇摇头，仅仅回想起那幕情景，她的脸色就变得苍白起来，“在这一大队的奴隶和妇女之中，只有一半的人还是清醒的——至少我看起来是这样，因为我自己都还不明白是怎么回事。楼梯的墙壁上东一个西一个地映射出巨大的影子，在松枝火把跳动的火光里跃动着，好像一直跳到上面那个穹形的屋顶上。

“‘快!’走廊一头有一个声音说。这个声音使每一个人都低下了头，就像风吹过一片平原，使田里的麦子都垂下头来一样，至于我，我听到了这个声音也发起抖来。这是我父亲的声音，他来殿后，身上穿着华丽的长袍，手里握着你们的皇帝送给他的那支马枪。他用手扶着宠臣西立姆的肩膀，赶着我们这些人在他前面走，犹如一个牧童赶着他那散乱的羊群。我父亲是欧洲大名鼎鼎的人物，”海黛昂着头说，“大家都知道亚尼纳总督阿里·铁贝林，土耳其人一看见他就要发抖。”

这几句话的语气简直自豪和庄严到无以形容，阿尔贝听了不知为何竟吓了一跳。他仿佛感觉在海黛那一对明亮的眼睛里，隐藏着某种阴森恐怖的表情。阿里·铁贝林那次的惨死在欧洲曾经轰动一时，而她此时像是一个招魂的女巫，把那个血淋淋的鬼魂又呼唤了出来。

“没过多长时间，”海黛说，“我们发觉已经走到一个湖边，就不再往前进了。母亲把我紧紧地搂在她气喘喘的怀里，不远处，我看到了我的父亲，他正焦急地四下环顾。湖岸上有四阶大理石的台阶通到水边，台阶下面有一只小船浮在水面上。从我们站着的地方望过去，可以看见湖中央有一大团黑乎乎的东西，那就是我们要去的那个水寨。这个水寨对我来说感觉相当远，也许是因为晚上太黑，什么东西都看不太清楚。我们踏上了那只小船，我记得很清楚，桨打在水里无声无息，在我侧身去查找原因的时候，才看到桨上包着卫兵的腰带。除了船夫，船上只有女人、我的父亲、母亲、西立姆和我。卫兵仍然留在湖边，准备掩护我们撤退。他们跪在大理石台阶最下面的那一级上，以便遇到追击的时候可以把另外三级当作防御工具。我们的船顺风飞驰，‘船怎么会走得这么快呢?'我问母亲。'嘘!别出声,孩子!我们在逃命哪。'母亲回答道。我不明白我的父亲干吗要逃,他可是万能的,以前总是别人逃避他,他经常说:'他们恨我,可是他们也怕我!'但那次确确实实是我的父亲在逃亡。我听说,亚尼纳城的守军因为长期作战,疲惫不堪——"

说到这里,海黛向基督山伯爵瞥去一个意味深长的眼神。在她叙述这一段故事的过程中,基督山伯爵的眼睛始终没有离开她的脸。这位年轻女郎于是又继续往下讲,但讲得很慢,像是一个讲历史的人存心捏造或讳饰一部分事实似的。

"夫人,"阿尔贝说,他对这一段追述非常留心,"您刚才讲到,亚尼纳城的守军因为长期作战,疲惫不堪——"

"我父亲已经有意和土耳其皇帝派来捉拿他的那位高乞特将军讲条件。那个时候,父亲派了一个他非常信任的法国军官去见苏丹,然后决定撤退到那个他早就为自己准备好的可以避难的寨子里去。"

"这位法国军官,"阿尔贝问道,"您还记得他的名字吗,夫人?"

基督山伯爵迅速和这位年轻女郎交换了一个眼色,这个动作阿尔贝一点都没有觉察到。

"不,"她说,"我现在已经记不得了,但如果想起来的话,我是会告诉您的。"

阿尔贝几乎都要把他父亲的名字讲出来了,但基督山伯爵缓慢地举起一个手指,做出不满的表示。那位青年想起自己的诺言,就默不作声了。

"我们当时就朝这个水寨划了过去。我们所能看到的不过是一座二层楼的建筑,墙上雕着阿拉伯式的花纹,露台一半浸在湖水里,但在地面的下边,还有一个又深又大的地窟。我的母亲、我以及女仆们都被领到那儿,那里藏着六万只布袋和两百只木桶,布袋里有两千五百万金币,木桶里装着三万磅火药。

"在这些木桶旁边,站着我父亲的宠臣西立姆,也就是我刚才跟您提起过的那个人。他的任务是昼夜看守一支枪,枪尖上拴着一根燃烧的火绳,他已接到命令,只要我父亲发出一个信号,他就把一切都炸掉——水寨、卫兵、女人、金币和父亲本人。我记得非常清楚，那些奴隶们因为知道自己的生命危在旦夕，所以一天到晚不住地祈祷、哀号和呻吟。而我永远忘不了那个年轻军人的那种苍白的肤色和阴郁的眼神。不管将来死神什么时候召唤我到另外一个世界里去，我相信他的神态一定跟西立姆的一样。我无法跟您说我们这种状态持续了多久，那时的我，甚至还不知道时间到底意味着什么。有的时候，当然这种机会很少，我父亲会过来把我的母亲和我叫到露台上去，那个时候的我很高兴，因为在那个阴气沉沉的洞窟里，除了奴隶们哭丧着的脸和西立姆的火枪，我什么都看不到。我的父亲坐在一个大洞前面，目光凝视着遥远的地平线，聚精会神地仔细观察着湖面上的每一个黑点。我母亲靠在他身边，头枕着他的肩胛。而我就在他的脚边玩耍，带着好奇心眺望着巍然屹立在地平线上的宾特斯山，那白皑皑、棱角分明、从蔚蓝的湖面上高高耸起的亚尼纳城堡，以及那一大片远处望去似乎是附着在岩石上的黯黑青翠的苔藓，而实际上却是高大的枞树和桃金娘。

“有一天早晨，我父亲派人来叫我们过去，我们看到他很平静，但脸色却比往常更加苍白。‘勇敢一点，凡瑟丽姬，’他说，‘皇帝的御书今天到了，我的命运就要决定了，假如我能得到完全赦免，我们就可以体面地回亚尼纳去；如果情况不利，我们必须在今天晚上逃走。’‘但如果我们的敌人不允许我们逃走呢?’我母亲说。‘噢！这一点你放心好了，’父亲微笑着说，‘西立姆和他的火枪会教训他们的。他们很希望看见我死，可他们不愿意和我一起死。’这些安慰的话并非是从我父亲的心里说出来的，母亲听后只是叹气。她给他调制他常饮的冰水，因为自从到水寨以后，他就接连发高烧。她用香油涂抹他的白胡须，为他点燃长烟筒，他有时会连续几个小时拿着烟筒抽个不停，静静地望着烟圈冉冉上升，变成螺旋形的云雾，慢慢和周围的空气凝合在一起。忽然，他做出一个很突然的动作，吓了我一跳。然后，他一面仍盯着开始吸引他注意的那个目标，一面叫人把望远镜拿给他。我母亲把望远镜递给他，此时的她脸色看上去比她旁边的大理石柱更苍白。我看见我父亲的手在发抖。‘一只船！两只！三只!’父亲低声地说，‘四只!’于是他站起身来，抓起他的武器，准备好他的手枪。‘凡瑟丽姬，’他对我的母亲说，‘决定命运的时候快要到了，半小时之内，我们就可以知道皇帝的答复了。把海黛带到洞里去。’‘我不想离开您，老爷，’母亲说，‘如果您死了，我就和您一块儿死。’‘到西立姆那儿去！’父亲喊道。‘别了，老爷！’母亲顺从地轻声说，并向他鞠躬告别，像是看见了死神已经来临一样。‘把凡瑟丽姬拉走！’我的父亲对他的卫兵说。

“大家在混乱之中把我给忘了，我向父亲跑过去。他看见我向他张着两臂，就伏下身来用嘴巴在我的前额上亲了一下。噢，那一吻我记得多么清楚呀！那是他给我的最后一吻，我觉得到现在我额头上好像还是温暖的。下洞的时候，我们从栅栏的格子里看到有几只船正愈来愈清楚地进入我们视野。最初它们看起来像是小黑点，现在它们就像是在水面上飞掠的鸟儿。就在这个时候，在我父亲脚下的水寨里，已派上了二十个卫兵躲在一个墙角里，焦急地注视着那些船的到来。他们都拿着镶银的长枪，还有大量的弹药盒散放在地面上。我的父亲看一看他的表，然后极度痛苦地来回走动。在父亲给了我最后一吻以后，映入我眼帘的便是这样的一幕情景。母亲和我穿过通到地窟去的那条阴暗的狭道，西立姆仍然把守着他的岗位，在我们往里进的时候，他朝我们忧郁地笑了一下。我们从洞窟里把坐垫拿来，坐在西立姆的身边。大难临头的时候，彼此信赖的朋友们总是紧紧地互相靠在一起，那时我年龄虽小，却非常明白大祸已在眼前。”

关于亚尼纳总督临终时的情形，阿尔贝常常听人谈起——不是从他父亲那儿听来的，因为他父亲从来不谈这件事。

至于他的死，他曾看到过几篇不同的记载，而这位年轻女郎的声音和表情赋予了这一段历史新的生命，那种生动的语气和抑郁的表情使他感到既可爱又可怕。而对海黛来说，这些可怕的回忆似乎已把她压垮了，因为她已不再讲述，她将头斜靠在手上，如同一朵美丽的鲜花在暴风雨的打击下垂了下来。她的眼睛一动不动地朝前望着，脑子里似乎正在幻想宾特斯山葱绿的山巅和亚尼纳湖蔚蓝的湖水，在她的幻想中，亚尼纳湖犹如一面魔镜，刚才描绘的那一幅恐怖的画面仿佛清清楚楚地从里面倒映了出来。基督山伯爵带着一种难以言表的关切和怜悯的眼神看着她。

“往下说吧，亲爱的。”伯爵用现代希腊语说。

海黛突然抬起了头，似乎基督山伯爵那响亮的声音把她从梦中唤醒了一般，于是她继续讲了下去。“当时是下午四点钟左右，外面的天空虽然十分美丽，可我们在洞里却被周围的阴气和黑暗包裹着。里面只有一点孤零零的火光，看上去像是嵌在黑夜里的一颗星——那便是西立姆的火枪。我的母亲是一个基督徒，她开始祷告起来。西立姆不时地重复着这样一句神圣的话：‘上帝是伟大的！’可是我的母亲却依然抱着一丝希望，在她下来的时候，似乎感觉看到了那个被派到君士坦丁堡去的法国军官。我父亲对那个法国军官非常信任，因为他知道，凡是法国皇帝手下的军人，肯定都是心地高贵、十分义气的。我母亲向楼梯走近几步，听了一会儿。‘他们过来了，’她说，‘也许他们带给我们的是和平和自由吧！’‘您怕什么，凡瑟丽姬？’西立姆用一种非常温和又非常骄傲的口吻说，‘如果他们不给我们送来和平，我们就送给他们战争；如果他们不送来生命，我们就送给他们死亡。’于是他便挥动起他的长枪，使枪上的火绳燃得更炽烈，他那副神情简直就像是古希腊的酒神狄俄尼索斯。虽然我那时只是个小孩子，却被这种大无畏的勇气吓坏了，我觉得那种样子又凶又蠢，我恐惧地倒退了几步，想躲开空中和火光中游荡着的可怕的死神。

“我母亲也有同感，因为我觉察到了她在颤抖。‘妈妈，’我说，‘我们快死了吗？’听到我说这样的话，奴隶们就赶紧忙着做他们的祈祷。‘我的孩子，’母亲说，‘愿上帝永远不让那个让你今天这么害怕的死神靠近你！’然后，她又小声问西立姆，问他的主人吩咐他做什么。‘如果他派人拿着他的匕首来见我，那就说明皇帝的来意不善，我就点燃火药；如果他派人拿着他的戒指来，则恰恰相反，说明皇帝已经赦免了他，我就熄灭火绳，不去碰那些火药。’‘我的朋友，’母亲说，‘如果你主人的命令下来的时候，他派人拿来的是匕首，不要让我们遭受那种可怕的惨死吧！求你发发慈悲，就用那把匕首杀死我们，可以吗？’‘可以的，凡瑟丽姬。’西立姆平静地回答。

“突然我们听到外面喊声四起。我们仔细倾听——那是喜悦的喊声，我们的卫兵部在欢呼派到君士坦丁堡去的那个法国军官的名字，显然他已带来了皇帝的圣旨，而且这个圣旨是吉祥的。”

“您不记得那个法国人的名字了吗?”马尔塞夫说。他很想帮叙述者回忆一下，但基督山伯爵向他做了一个不要讲话的示意。

“我记不得了，”海黛说，于是继续往下讲，“喧闹的声音愈来愈响，脚步声愈来愈近。有一个人正从通到洞里的那座楼梯上走下来，西立姆准备好了他的枪。不一会儿，在洞口阴暗的微光里——外面只有这么一点点光照进这个阴暗的洞里——一个人影出现了。‘你是谁?’西立姆喝道，‘不管你是谁，我命令你不准再往前一步。’‘皇帝万岁!’那个人影说，‘他完全赦免了阿里总督，不但饶了他的性命，而且还赐还了他的财产。’我的母亲发出一声欢叫，紧紧地把我抱在怀里。‘不要出去!’西立姆看见她要出去，就说，‘你知道我还没有收到那枚戒指。’‘你说得对。’我的母亲说，于是她就跪下来并把我举向天空，似乎是希望在为我向上帝祈祷的时候，好让我和上帝挨得更近一些。”

海黛又一次中断她的讲述，情绪十分激动，以至她那苍白的额头上渗出了大滴的汗珠。她好像已经窒息得发不出声音来了，喉咙和嘴唇变得极其干燥。基督山伯爵倒了一点冰水给她，用温和而带有一点命令式的口吻说:“坚强一点。”海黛擦干眼泪，继续讲道:“这个时候，由于我们的眼睛习惯了黑暗，已经认出总督派来的那人——他是一位友人，西立姆也认出了他，但那位勇敢的年轻人知道一种责任——就是服从。‘是谁派你来的?’西立姆对他说。‘是我们的主人阿里·铁贝林派我来的。’‘如果你是阿里本人派来的，’西立姆喊道，‘你知道你应该将什么东西交给我吗?’‘知道，’那位使者说，‘我带来了他的戒指。’说着，他就用手高举过头亮出了那个信物，但相隔得太远了而光线又不足，西立姆从站着的那个地方辨认不出对方给他看的到底是什么东西。‘我看不清楚你手里是什么东西，’西立姆说。‘那么，走过来吧，’那个人说，‘要不然，如果你允许的话，我走到你那儿也可以。’‘这两个建议我都不赞成，’那年轻军人回答，‘把我要看的东西放到有光线的地方，然后你退出去，我过去查看。’‘这样也可以。’那个人说，他把那件信物放在西立姆指定的地方，然后退了出去。

“噢，我们的心跳得多么厉害呀!因为放在那儿的好像真的是一枚戒指。可那到底是不是我父亲的戒指呢？西立姆手里仍然握着那根燃烧着的火绳，向洞口走去，在洞口透进来的微弱的光线下捡起了那件信物。‘很好！’他看了一下那件信物说，‘这是我主人的戒指！’于是他把火绳抛到地上，用脚踩灭了它。那位使者发出一声欢呼，连连拍掌。这个信号一发出，突然就出现了四个高乞特将军手下的士兵，西立姆倒了下去，身上被戳了五个洞，每一个人都捅了他一刀。他们简直陶醉在他们的暴行里了，他们先是在洞窟里四处搜索，看看还有没有别的火种。虽然他们的脸色依然很苍白，恐惧的神色尚未消退，但他们却开始把装着金币的布袋踢来踢去地玩耍起来。这时，我母亲把我抱在她的怀里，轻捷地穿越许许多多只有我们自己才知道的转角曲径，找到一座通往水寨的暗梯。水寨里的情境混乱得可怕极了，楼下的房间里挤满了高乞特的兵，他们都是我们的敌人。正当我母亲要推开一扇小门的时候，我们忽然听到总督愤怒而洪亮的声音。母亲把眼睛凑到板壁缝上，我也很幸运地找到一个小孔，使我得以把房间里的情形看得清清楚楚。我看到几个人拿着一份印有金字的东西站在我父亲的前面。‘你们要干什么？’我父亲对他们说。‘我们要把陛下的圣旨告诉你，’他们之中有一个人说，‘你见到这份圣旨了吗？’‘我见到了。’我父亲说。‘好，你自己念吧，他要你的头。’我父亲发出阵阵大笑，那种笑声比威胁更可怕，而笑声未完，我们就听到两声枪响，这枪声是父亲发出来的，两个人立刻被打死了。卫兵们本来伏在我父亲的身下，这时也跳起来开火，房间里顿时硝烟弥漫。对方此时也开了火，子弹呼啸着穿过我们四周的板壁。噢，总督，我的父亲在那个时刻看上去是多么高贵呀，他手握弯刀，在弹雨中英勇砍杀，面孔让敌人的火药熏得乌黑！他们被他吓得够呛，甚至他们一见到他就要转身逃命！‘西立姆！西立姆！’他喊道，‘守火使者，履行你的义务呀！’‘西立姆死了！’一个似乎是从地底下冒出来的声音答道，‘你完啦，阿里！’同时，我们听到一阵猛烈的爆击声，我父亲四周的地板都被打穿了，土耳其兵从楼下透过地板往上开枪，三四个卫兵倒了下去，尸体上浑身是伤。

“我父亲怒吼起来，他把手指插进子弹打穿的洞里，揭起一整块地板。然而从这个缺口里，马上就射上来二十多发子弹。冲上来的烟火像是从一座火山的喷火口里冲出来的一样，但立刻就被天幕吞没了。在这可怕的混乱和骇人的叫喊声中，传来了两声清晰可怕的枪声，接着又传来了两声使人心惊肉跳的尖叫。我吓呆了，这两颗子弹使我父亲受了重伤，这个可怕的喊声就是他发出来的。可是，他依然站着，紧紧地抓住一扇窗。我母亲想撞开那扇门以便和他死在一起，但是门从里面扣住了。他的周围横七竖八地躺着的那些卫兵在痛苦地抽搐着，有两三个只受些轻伤的正试图从窗口跳出去逃命。在这危急的时刻，整个地板突然塌陷了。我父亲弯下一条腿，这时候多少只手一齐向他伸过来，手里拿着长刀、手枪、匕首，二十个人同时攻击他，于是我父亲就在这些恶鬼发射出来的一阵烟火中倒下了，正像是地狱在他的脚下裂开了一样。我觉得自己在向地上倒下去，而我的母亲已晕倒了。”

海黛的手臂无力地垂到身边，发出一声深长的叹息，同时望着伯爵，像是在问他是否已对她的顺从感到满意。

基督山伯爵起身走到她面前，握住她的手，用希腊语对她说：“镇定一点，我的好孩子，上帝是会惩罚那些叛徒的，想想这个你就会坚强起来了。”

“这个故事真可怕，伯爵，”阿尔贝说，他被海黛惨白的脸色吓坏了，“我现在真怪自己不该提出这么一个残酷的要求。”

“噢，没什么！”基督山伯爵说，然后，他用手抚摩着年轻女郎的头，继续说：“海黛是非常坚强的，她有时候甚至都以叙述她的不幸来获得安慰。”

“因为，我的老爷，”海黛热切地说，“我的痛苦使我想到了您对我的恩典。”

阿尔贝好奇地看着她，因为她还没有讲到他最想知道的那个部分——她是怎么成为伯爵的奴隶的。海黛看到两位听者的脸上都有着同样的希望，就叹了一口气，“我母亲恢复知觉的时候，我们已被带到了那位土耳其将军的面前。‘杀了我吧！’母亲说，‘但请不要侮辱阿里的遗孤。’‘这种话用不着跟我说。’高乞特说。‘那么，跟谁说呢？’‘跟你们的新主人说。’高乞特答。‘他是谁？在哪儿？’‘他就在这儿。’于是高乞特就指出一个人，而他就是那个对我父亲的死应负罪最大的人。”

海黛用一种含蓄却愤怒的口吻说。

“那么，”阿尔贝说，“您就成了这个人的私有财产了吗?”

“不，”海黛答道，“他不敢收留我们，于是我们就被卖给了一个君士坦丁堡的奴隶贩子。我们穿过希腊，半死不活地到达了土耳其的都城。城门口围着一群人，他们让开了一条路让我们过去，但突然，我母亲的眼光转向了那件吸引他们注意的东西，她发出一声尖叫，倒在地上，指着挂在城门口的一个人头，在那个人头下面写着‘此乃亚尼纳总督阿里·铁贝林的头颅’。我痛哭起来，我想把我的母亲扶起来，可她已经死了！我被带到了奴隶市场上，被一个有钱的阿美尼亚人买去。他请了教师教育我，在我十三岁的时候，他把我卖给了马穆德苏丹。”

“我就是从他手里把她买来的，”基督山伯爵说，“至于代价，我已经告诉过您了，阿尔贝，就是那块跟我装大麻精的盒子配对的翡翠。”

“噢！您真好，您太伟大了，我的老爷!”海黛说，拿起伯爵的手吻了一下，“我能够归属这样一位主人，真是万幸极了。”

这一切的所见所闻简直让阿尔贝糊涂了。“嘿，把您的咖啡喝完吧，”基督山伯爵说，“这是一段已经过去了的历史。”

第七十八章　亚尼纳来的消息

若是弗兰兹离开诺瓦蒂埃先生房间时的那种脚步和神情被瓦朗蒂娜看到，她很有可能会对他产生怜悯之情。维尔福在回到自己的书房之前，说了几句令人无法理解的话，约莫两个小时之后，他收到了这封信，内容如下：“早上的那一番揭露，必定让诺瓦蒂埃·维尔福先生看出：他与弗兰兹·伊皮奈先生家联姻的希望破灭了。弗兰兹·伊皮奈先生感觉到维尔福先生似乎早已知晓了今天早上所发生的事，但却依旧没有预料到会是如此的结果，弗兰兹先生深感震惊。”

若此时有人看见这位法官大人，看见他被弄得垂头丧气的模样，就会相信连维尔福都不曾料到会出现如今的局面；确实，他无论如何都不会想到他的父亲竟然会冒失地坦白出这样一段历史。说句实话，维尔福一直相信奎斯奈尔将军或伊皮奈男爵——这两种称呼都有人在用，这要看说话的是愿意称呼他的家名还是称呼他的爵衔而定——是被暗杀的，而非在一场公平的决斗中败在了对手的手下；只因诺瓦蒂埃先生无论做任何事都不会去倾听儿子的想法，那件事他也从未向维尔福说过。这封言语犀利的信对维尔福的自尊而言，无疑是致命的打击，因为在此之前，写这封信的人永远都是那样彬彬有礼。

维尔福刚回到书房，他的妻子就进来了。弗兰兹在诺瓦蒂埃先生召见之后的不辞而别使每一个人都深感吃惊，维尔福夫人和公证人以及见证人在一起，她此时愈来愈感到迷惑不解。她再也忍受不了了，起身便要离开，说她要去问问原因。维尔福先生对于这件事只是说诺瓦蒂埃先生向伊皮奈先生和他做了一番解释，瓦朗蒂娜和弗兰兹的婚姻即将因此而破裂。用这个理由去向那些等着她回去的人汇报未免太说不过去了。所以她只说诺瓦蒂埃先生在开始商讨的时候突然昏了过去，签约仪式要推迟几天才能举行。这个消息虽然是编造的，但是是紧跟着那两件同样的不幸事件宣布出来的，显然把听的人都惊呆了，他们一言不发地告退了。此时此刻，瓦朗蒂娜真是又惊又喜，她拥抱着那个衰弱的老人，感谢他一下子就解除了她以前一直认为无法摆脱的枷锁，然后请求让她回到自己的屋里去休息一下；诺瓦蒂埃表示他可以答应她的请求。但瓦朗蒂娜获得自由后，却并没有回到她自己的屋里去，她转进一条走廊，打开走廊一头的一扇小门，随后就到了花园里。在怪事连连发生的过程中，瓦朗蒂娜的脑子里老是有一个极为不安的想法。她感觉莫雷尔随时都可能面带苍白的脸色和颤抖的身子出现，然后阻止婚约的签订，像《拉马摩尔的新娘》[①] 一书中的莱文斯乌德爵士一样。瓦朗蒂娜此时的确也应该到后门口去一下了。马西米兰看到弗兰兹和维尔福先生一起离开了坟场，就料到了他们的心事。他跟着伊皮奈先生，见他进去，出来，然后又带着阿尔贝和夏多·勒诺进去。事情已经再明白不过了。

他急忙赶到他的菜园里去等候消息——因为瓦朗蒂娜一有脱身的机会，一定就会赶来见他。他想得没有错，他从木板缝里瞧见那位年轻女郎摆脱了往常那种小心谨慎的样子，风风火火地向他奔来。马西米兰一见到她就完全放了心，而她说出的第一句话又使他的心兴奋得猛跳起来。

“我们得救啦！”瓦朗蒂娜说。

“得救啦！”莫雷尔随声说，他想象不到竟能有这样的快乐，“是谁救了我们？”

“我的祖父。噢，莫雷尔，爱他吧！是他给了我们这种好运！”

莫雷尔发誓要用全部的心去爱他。他做这个誓言毫不勉强，因为此时他觉得爱诺瓦蒂埃超过了朋友和父亲——他崇拜他如同崇拜一位天神。

“不过告诉我，瓦朗蒂娜，这事是怎么办成的呢？他用的是什么奇

---

① 英国十九世纪小说家司各特的历史小说。

特的方法呢?”

瓦朗蒂娜正想把一切经过讲出来，但忽然又意识到，如果那么做就必须泄露一个可怕的秘密，而这个秘密不但牵连到别人而且也牵涉到她的祖父，于是她就说：“这件事我将来可以原原本本地跟你说。”

“可那得什么时候呢?”

“在我成为你的妻子以后。”

现在话题已转向莫雷尔最喜欢的方面了，此时他愿意接受所有的让步，他感到他所得知的这些消息已足以让自己满意了。一天能得知这么多的消息已不算少了。可是，在瓦朗蒂娜没有答应第二天傍晚再和他见面以前，他还是不肯离开。瓦朗蒂娜答应了莫雷尔向她提出的一切要求，一小时以前，如果有人对她说她可以不嫁给弗兰兹，实在感到难以相信，但现在假如有人向她说她可以和马西米兰结婚，她自然就不会感到非常吃惊了。

在刚才描写的那场会见中，维尔福夫人已去拜访过了诺瓦蒂埃先生。老人像往常见到她的时候一样，用严厉和厌恶的眼神看着她。

“阁下,”她说,“瓦朗蒂娜的婚事已经无法挽回了，我跟您说这个是多余的，因为矛盾就发生在这儿。”

诺瓦蒂埃依然毫无反应。

“但我可以跟您说一件事情，这件事儿我想您也许还不知道。那就是，对于这门亲事，我从来都是反对的，最初谈这项婚约的时候，压根儿没有得到过我的同意或赞许。”

诺瓦蒂埃用一种希望对方解释的眼神望着他的儿媳妇。

“我知道您非常讨厌这门亲事，现在它已经结束了，我来向您提出一个维尔福先生或瓦朗蒂娜不好提出的请求。”

诺瓦蒂埃用眼神问那个请求是什么。

“我请求您，阁下,”维尔福夫人继续说,“因只有我一个人可以有资格这么做，也只有我在这件事情上毫无私人的利害关系。我请求您把您的财产赐回给您的孙女，我不是请求您对她格外恩宠，因为恩宠她始终享有着。”

诺瓦蒂埃的眼神里流露出一种不信任，他显然想了解这个请求的动机，但并没有成功。

“阁下，”维尔福夫人说，“我可以希望您满足我的要求吗？”

诺瓦蒂埃表示可以。

“那么，阁下，”维尔福夫人又说，“我就告退了，我此时很激动，也很高兴。”她向诺瓦蒂埃先生鞠躬告辞。

第二天，诺瓦蒂埃先生派人去请公证人把以前的那张遗嘱销毁，重新立一份。在新立的那份遗嘱里，他把全部财产都遗赠给了瓦朗蒂娜，条件是她永远不能离开他。于是大家都传说：维尔福小姐本来就是圣·梅朗侯爵夫妇的继承人，现在又获得了她祖父的欢心，将来每年可以得到一笔三十万里弗的收入。

与维尔福先生家里解除婚约的同时，基督山伯爵已去拜访过一次马尔塞夫伯爵。然后，马尔塞夫伯爵为了表示他对腾格拉尔的尊敬，穿上了中将制服，挂上了全部勋章，打扮好以后，就吩咐人备上他最健壮的马匹，赶到安顿大马路。腾格拉尔正核算他的月账，有人如果在他最高兴的时候找他，那将不是最好的时机。一看到他的老朋友，腾格拉尔就表现出庄重的神情，四平八稳地在他的安乐椅里摆好架子。马尔塞夫平时十分骄矜拘束，这一次却面带笑容，以殷勤的态度向银行家问候。由于确信他的提议对方一定肯接受，于是就省去一切外交辞令，开门见山地说起下文。

“嗯，男爵，”他说，“我总算来了，自从我们的计划议定以后，已经过去相当长时间了，可那些计划到现在还没有实行呢。”

马尔塞夫以为对方那种冷淡的态度是因为自己不开口造成的，那么现在他说了这句话，银行家的面孔应该会放松起来的。然而刚好相反，让他大感吃惊的是，那张面孔竟然更加严肃无情了。

“您指的是哪一件事情，伯爵阁下？”腾格拉尔说，好像他一直没猜出将军话里的真正含义。

“啊！”马尔塞夫说，“看来您是一个非常讲究形式的人，我亲爱的先生，您提醒我不应该剔除古板的仪式。我请您原谅，但因为我只有一个儿子，而且又是生平第一次打算给他娶亲，所以我还是个学徒的生手，好吧，我愿意加以改进。”于是马尔塞夫面带勉强的微笑站起身来，向腾格拉尔深深地鞠了一躬，说："男爵阁下，我很荣幸地为我儿子阿尔贝·马尔塞夫子爵来请求您同意他与欧热妮·腾格拉尔小姐结亲。"

然而腾格拉尔不仅不像马尔塞夫所期望的那样以热情的态度来接受这次请求，反而紧皱眉头，仍然让伯爵站着，不请他落座，说："伯爵阁下，在我给您一个答复以前，我必须得考虑考虑这件事情。"

"考虑考虑！"马尔塞夫说，愈加感到惊愕了，"自从我们一开始谈起这桩婚事，已经有八个年头了，在这八年时间里，您难道考虑得还不够吗？"

"伯爵阁下，"银行家说，"有些事情我们原以为是决定了，但每天发生的事使我们必须随机应变。"

"我不明白您的意思，男爵阁下。"马尔塞夫说。

"我的意思是，阁下——在最近这两星期里，发生了一些我预料不到的事情——"

"请原谅，"马尔塞夫说，"但我们是在演戏吗？"

"演戏？"

"是的，因为很像在演戏，我们直截了当地说吧，尽量互相了解对方的意思。"

"那正是我所希望的。"

"您见过基督山先生了，是吗？"

"我常常见到他，"腾格拉尔挺直了身子说，"我们是非常亲密的朋友。"

"最近您和他谈话的时候，您说，我对这件婚事的态度不够坚决，好像把它淡忘了。"

"我的确这么说过。"

"好吧，我现在来了。您看，我既没有淡忘，也没有不坚决的意思，我现在是在提醒您履行诺言。"

腾格拉尔不作答。

"难道您这么快就改变了主意，"马尔塞夫又说，"或者您是想让我再三向您恳求，以屈辱我来博取快乐？"

腾格拉尔感到谈话如果继续这样进行下去，对他就非常不利了，于是就改变口气，对马尔塞夫说："伯爵阁下，您有权对我的含蓄表示吃惊——这一点我承认——而我向您保证，用这种态度对待您，我也感觉十分别扭。但请相信我说的那句话，我实在也是万不得已。"

"这些话听上去感觉空空洞洞的，我亲爱的先生，"马尔塞夫说，"这些话也许可以让一个萍水相逢的朋友感到满足，但马尔塞夫伯爵却并不是一个萍水相逢的朋友。他以这样的身份去拜访另外一个人，要求对方履行诺言的时候，如果这个人不能履行自己的诺言，那么他起码应该给出一个充分的理由。"

腾格拉尔是一个懦夫，但他在表面上却不愿意表现得如此，显然马尔塞夫刚才的那种口吻把他惹怒了。"我的举动并不是没有充分的理由。"他答道。

"您的意思是什么呢？"

"我的意思是，我有一个很充分的理由，但却不好明说。"

"总而言之，您一定要明白，您的沉默并不会使我感到满意，但至少有一点是显而易见的，就是您不想和我们家联姻。"

"不，阁下，"腾格拉尔说，"我只是想推迟我的决定而已。"

"而您真的这么自以为是，以为我竟可以随着您反复无常，低三下四地等待您回心转意吗？"

"那么，伯爵阁下，如果您不愿意等待的话，我们就只好当作从来没有谈到过这些事情好了。"

伯爵的脾气本来就傲慢急躁，为了阻止脾气迸发，他紧紧地咬住嘴唇，直到咬出血。可是，他明白在目前这种状况下，遭嘲笑的一定是他，所以本来已向客厅门口跨出了几步，但一转念，又走了回来。一片阴云掠过他的额头，抹去了脑门上的怒气，剩下一种淡淡的、不安的痕迹。"我亲爱的腾格拉尔，"他说，"我们相识已经很多年了，所以我们应该彼此尊重对方的脾气。您应该向我解释一下，我也应该知道我的儿子为什么失去了您的欢心，这本来是很公平的。"

"那并不是因为对子爵本人有什么不好的感觉，我能告诉您的仅此而已，阁下。"腾格拉尔回答，他一看到马尔塞夫态度软下来了一点，马上就又恢复了他那种傲慢的态度。

“那么您对谁产生了恶感呢？”马尔塞夫脸色发白，语调都变了。

伯爵脸上的表情并没有瞒过银行家的眼睛，他用更加坚定的眼神盯着对方，说：“您最好还是不要勉强我说得更明白吧。”

伯爵气得浑身颤抖，他极力克制住自己的狂怒，说：“我有权要求您必须向我解释清楚。是不是马尔塞夫夫人不讨您喜欢？是不是您觉得我的财产不够？是不是因为我的政见和您不一致？”

“绝对不是那么一回事，阁下，”腾格拉尔答道，“如果是那样，那就只能怪我自己了，因为这些事情在一开始讨论婚约的时候我就知道了。不，不要再追究原因了吧。我真感到非常惭愧，让您这样做严格的自我检讨。我们姑且先不提这件事，采取折中的办法，也就是说先放一放，不算破裂也不算成约，用不着着急。我的女儿才十七岁，令郎才二十一岁。在我们等待的过程中，时间自然会促使事情不断地发展。晚上看东西只觉得一片黑暗模糊，但在晨光中看就非常清楚了。有的时候，最残酷的诽谤会突然从天而降。”

“诽谤，这是您说的吗，阁下？”马尔塞夫脸色变得苍白，顿时喊道，“难道有人敢造我谣？”

“伯爵阁下，我已经告诉过您了，我认为最好不要做什么解释。”

“那么，阁下，我就耐心地忍受被您拒绝的屈辱吗？”

“这件事对我来说更是痛苦，阁下！是的，我比您感到更加痛苦，因为别人都知道我要跟您高攀，而一次婚约的破裂，女方所受的损害总比男方要大。”

“行了，阁下，”马尔塞夫说，“这件事情我们不必再谈论了。”

于是他气冲冲地紧抓着他的手套走出了房间。

腾格拉尔注意到，在这次谈话的过程中，马尔塞夫自始至终不敢问是不是因为自己腾格拉尔才背弃了他的诺言。

那天晚上，腾格拉尔和几位朋友商量了很久。卡瓦尔康蒂先生则在客厅里陪着太太、小姐，并最后一个离开那位银行家的家。

第二天早晨，腾格拉尔一醒过来就找报纸并拿了过来。他把其他三四份放在一边，拿起波尚主编的《大公报》。他急急忙忙地撕掉封套，慌慌张张地打开那份报纸，不顾一切地掀过“巴黎大事”版，翻到杂项消息栏，带着恶毒的微笑将目光停驻在一段以“亚尼纳通讯”开始的消息上。“好极了！”腾格拉尔看完那一段消息后说，“这儿有一小段关于弗尔南多上校的文字，这一段文字，如果我没有弄错的话，可以省掉我一番劲儿，免得再跟马尔塞夫伯爵解释了。”

与此同时——也就是说，在早晨九点钟，阿尔贝·马尔塞夫穿上一套笔挺的黑制服，激动地来到香榭丽舍大道去拜访基督山伯爵，但当他草草地问伯爵在不在家的时候，门房告诉他，伯爵已经在半小时前出去了。

“他带没带巴浦斯汀去？”

“没有，子爵阁下。”

“那么，叫他来，我要跟他说几句话。”

门房去找那位贴身跟班，一会儿就跟跟班一起回来了。

“我的好朋友，”阿尔贝说，“请原谅我的冒昧，但我很想从你这儿知道你的主人是不是真的出去了。”

“他真的出去了，阁下。”巴浦斯汀答道。

“出去了？对我您也这么回答吗？”

“我知道主人见到子爵阁下一向十分高兴，”巴浦斯汀说，“所以我决不会将您当作普通客人来看待。”

“你说得对，我现在有一件非常要紧的事情想见见他。他要很久才能回来吗？”

“不，我想不会，因为他吩咐在十点钟给他备好早餐。”

“好吧，我在香榭丽舍大道上转一转，十点钟的时候再过来。在这期间，如果伯爵阁下回来了，你告诉他不要再出去，等着见我，行不行？”

“我一定给你转达的，阁下。”巴浦斯汀说。

阿尔贝把他的马车停在伯爵门口，准备徒步去转圈儿。当他经过浮维斯巷的时候，似乎看到伯爵的马停在高塞射击房的门口，他走过去，认出了那个车夫。“伯爵阁下在里面射击吗？”马尔塞夫说。

“是的，先生。”车夫回答。

他正说着，阿尔贝听到两三下手枪响声，往里走去，遇到一位射击房里的侍者。

“对不起，子爵阁下，”侍者说，“您等一下好吗?”

“为什么，菲力?”阿尔贝问，他是那儿的老顾客，不明白为什么这次被阻止。

“因为现在房子里的那位先生不愿意被人打扰，他是从来不在外人面前练枪的。”

“连你也不许去吗? 那么谁给他上子弹?”

“他的仆人。”

“一个努比亚人吗?”

“一个黑人。”

“那么，就是他了。”

“你认识这位先生吗?”

“是的，我就是来找他的，他是我的朋友。”

“噢! 那又是一回事了。我马上去告诉他，说您来了。”于是菲力在好奇心的驱使下走进射击房，没过一会儿后，基督山伯爵出现在了门口。

“我亲爱的伯爵，”阿尔贝说，“请原谅我跟踪您到了这里，我必须先跟您坦白，这种失礼的行为不是您仆人的过错，只怪我自己。我到您府上，他们告诉我说您出去了，但十点钟回来吃早餐。我打算散步散到十点钟，不想，却看见了您的车马。”

“您刚才说这一通，倒希望让我觉得您是准备来和我一起吃早餐的。”

“不，谢谢您，我现在想的不是早餐，而是别的事情。那顿饭我们也许可以迟一些时候吃，等心情更恶劣了。”

“您在胡言乱语些什么?”

“我今天要跟人决斗。”

“您? 为什么?”

“我要去跟人决斗!”

“好了，我明白。可为什么事吵起来的呢? 决斗是有很多原因的，您知道。”

“我是为了名誉而决斗。”

“哎呀！那可是一件很严重的事情了。”

“严重到我来请求您帮我一个忙。”

“帮什么忙呢？”

“做我的陪证人。”

“这是件非同寻常的事情，我们不要在这儿说了，回家以后再说吧。阿里，给我拿一点水来。”

伯爵卷起袖子，走进那间练习完后供射击的先生们洗手的小耳房里。

“请进，子爵阁下，”菲力小声说，“我给您看一件滑稽事儿。”马尔塞夫进去，见到墙上钉着的不是普通靶子，而是几张纸牌。阿尔贝远看以为那是一整套的纸牌，因为他可以从A数到十。

“啊！啊！”阿尔贝说，“我看您是在准备玩纸牌了。”

“不，”伯爵说，“我是在制造一套纸牌。”

“怎么回事？”阿尔贝说。

“您看到的那些牌实际上都是A和2，但我的枪弹却把它们变成了3、5、7、8、9和10。”

阿尔贝走过去看。果然，纸牌上子弹穿过的地方极其准确，行次的距离都符合规定。马尔塞夫朝靶子走过去的时候，半路上又拾到两三只燕子，它们是被伯爵打死的，因为它们鲁莽地飞进了伯爵手枪的射击范围。

“哎呀！”马尔塞夫说。

“我有什么办法呢？我亲爱的子爵？”基督山伯爵一面用阿里递来的毛巾擦手，一面说：“我总得在空闲的时间找些事儿做做呀。过来吧，我等着您呢。”

于是他们一起走进基督山伯爵的双轮马车。几分钟后，那辆马车就把他们拉到了三十号门口。基督山伯爵领着阿尔贝到他的书斋里，指着一个位子让他坐下，自己也找了一个位子坐下来。“现在我们心平气和地把事情说一说吧。”他说。

“您也看得出，我是相当心平气和的了。”阿尔贝说。

“您打算跟谁决斗？”

“波尚。”

“你们不是朋友吗？”

“当然啰，决斗的对手总是朋友。”

“我想你们这次争吵总是有原因的吧？”

“当然有原因！”

“他怎么着您了？”

“昨天晚上，他的报纸上——还是等一等，您自己去看吧。”于是阿尔贝把那份报纸递给伯爵，伯爵念道：“亚尼纳通讯：我们现在听说一个至今大家还不知道，或者至少还没有公布过的事实，本市的城堡是被阿里·铁贝林总督非常信任的法国军官弗尔南多出卖给土耳其人的。”

“嗯，”基督山伯爵说，“这段消息为什么使你恼怒呢？”

“为什么使我恼怒吗？”

“是啊，亚尼纳的城堡被一个法国军官出卖，这与你有何相干？”

“这关系到家父马尔塞夫伯爵，因为弗尔南多是他的教名。”

“令尊在阿坦克总督手下做过事吗？”

“是的，也就是说，他曾为希腊的独立而奋战过，诽谤就是因此而起的。”

“噢，我亲爱的子爵，您说话得理智一些！”

“我并非想不理智。”

“那么请告诉我，弗尔南多军官和马尔塞夫伯爵是有两个称呼的一个人，这件事在法国有谁知道呢？亚尼纳是在一八二二或一八二三年攻陷的，现在还有谁会注意到它呢？”

“那正好说明这种伎俩的恶毒。他们让时间过去这么久，然后突然又重新翻出大家早已忘记的事情，以此作为诽谤材料来玷污我们的好名声。我继承着家父的姓，不愿意这个姓被耻辱所玷污。我要去找波尚，这个消息是在他的报纸上发布的，我一定要他当着两个证人的面来更正。”

“波尚是决不肯更正的。”

“那么我们就决斗。”

“不，你们不会决斗的，因为他会告诉您——而且这也是非常现实的——在希腊陆军里，名叫弗尔南多的军官或许有五十个之多。”

“但我们还将要决斗，我要洗刷掉家父名誉上的污点。家父是一个那么勇敢的军人，他有那么辉煌的历史——”

“嗯，他会说：‘我们保证这个弗尔南多不是那位人人皆知的马尔塞夫伯爵，虽然他也有过这个教名。’”

“除非完全更正，我决不肯善罢甘休。”

“您准备当着两个证人的面叫他这么做吗？”

“对。”

“那么您错了。”

“我想您的意思就是要拒绝我的要求，不肯帮助我了？”

“您知道我是怎么看待决斗的吗？不知道您还记得不记得，我们在罗马的时候，我曾对您讲过我的看法。”

“可是，我亲爱的伯爵，我觉得今天早晨您做的那件事，跟您持有的那种观念根本不相符合。”

“因为，我的大好人，您知道一个人决不能偏激得太厉害。如果和傻瓜们在一起，那就必须学会做一些傻事。有一天，也许会有一个非常暴躁的家伙来找到我，他跟我或许也像您和波尚那样并没有值得吵架的真正理由，但他也许会逼着我操心一件无聊的小事，他会叫他的陪证人来见我，或者是在一个公众场所侮辱我——噢，那我就只得杀死那个浅薄的家伙。”

“那么您承认是可以决斗的了？”

“非常正确。”

“好吧，既然如此，您为什么要反对我决斗呢？”

“我并没有让您不决斗，我只是说，决斗是一件非同小可的事情，如果没有经过仔细考虑，是不应该去做的。”

“他在侮辱家父以前，可没有进行过什么考虑。”

“如果这是他疏忽造成的错误，而且自己也承认，您就应该善罢甘休了。”

“啊，我亲爱的伯爵，您未免太宽容了。”

“而您也太计较了。如果，比方说，我说这句话您别生气——”

“可以!”

“如果那段消息的确是真的呢?”

“一个儿子不应该承认有损自己父亲名誉的假设。”

“噢！天哪！我们这个时代需要承认的事情实在太多啦!”

“那完全是时代的错误。”

“可您打算实施改革吗?”

“是的，如果和我有关系的话。”

“嗯！您真刚强，我的好人!”

“我知道我是很刚强。”

“您不想听听忠告吗?”

“朋友的忠告当然是要听的。”

“您认为我够不够得上那个称呼呢?”

“当然够得上。”

“嗯，那么，在带着证人到波尚那儿去以前，可以再去了解了解这件事情。”

“向谁去了解?”

“比方说，跟海黛。”

“何必要把一个女人扯到这里面呢，她对这件事情能起到什么作用?”

“比方说，她可以向您保证，说令尊对于总督的失败和死亡毫无关系。或者，如果正巧她的确被牵连到了里面，这件不幸的事情也——”

“我已经跟您说过了，我亲爱的伯爵，我决不会承认这么一个假设。”

“那么，您也将拒绝这个了解内情的方法了?”

“我坚决拒绝。”

“那么我要再给您一个忠告。”

“说吧，但希望这是最后一个了。”

“或许您不愿意听吧?”

“恰恰相反，我请求您说出来。”

“在您到波尚那儿去的时候，不要带着证人，独自去见他。”

“那可是违背惯例的。”

“您的情况本来就异于一般情况。”

“您为什么要我自个儿去呢?”

“因为那样，这件事情就可以由您和波尚私下来解决。”

“请说得再清楚一些。”

“好的。如果您要波尚更正消息，您起码应该给他一个机会，让他心甘情愿地那么去做。只要他愿意更正，您在这方面，结果最后也是一样的。如果他拒绝那么做，到那时再让两个外人知道您的秘密也不迟。”

“他们不是什么外人，而是朋友。”

“啊，但今天的朋友就是明天的仇敌，波尚就是一个很好的例子。”

“所以您劝我。”

“我劝您得谨慎些。”

“那么您劝我独自去找波尚。”

“对，而且我可以告诉您理由。在您希望一个人的自尊心向您让步的时候，您表面上至少必须做出不想伤害它的样子。”

“我相信您说得对。”

“啊！这就是再好不过的了。”

“那么我就一个人去。”

“好吧，但您如果直接不去会更好。”

“那我做不到。”

“那么去吧，起码这总比您刚开始的想法好一点。”

“但如果不管我多么谨慎，最后我却还是不得不决斗的话，您愿不愿做我的陪证人?”

“我亲爱的子爵，”基督山伯爵郑重地答道，“您一定也看出来了，在此之前，无论什么时候，也无论在什么地点，我始终都听候您的吩咐。但您刚才要求的那件事，我就爱莫能助了。”

“这是为什么?”

“不说也许您将来也会明白。此时，我要求您原谅我暂时保密不说。”

“好吧，那么我就去邀弗兰兹和夏多·勒诺，办这种事情他们是再恰当不过的人选了。”

“那么就这样吧。”

“但如果我真的要决斗的话，您肯定会乐意教我一两手射击或剑术喽？”

“那个也是绝对不可能的。”

“您这个人可真古怪！您什么事情都不想管。”

“您说得很对！这是我处世的原则。”

“那么，这件事情我们暂且不谈了，再会，伯爵。”

马尔塞夫拿起他的帽子，离开了那个房间。他在门口找到他的双轮马车，极力克制着自己的怒气，立马驱车赶到波尚家里。波尚在他的办公室里，这是一个阴暗的房间，看上去四处都是灰尘，不知从什么年代起，报馆编辑的办公室就是这么个样子。仆人通报阿尔贝·马尔塞夫先生来访。波尚要他再重说一遍，似乎有点不相信，他喊道：“请进！”阿尔贝进来了。波尚见他的朋友跳过并踩着散乱堆放在房间里的报纸走进来，于是发出了一声叫喊。“这儿走！这儿走！我亲爱的阿尔贝！”他把手伸给那个青年说，“你这是怎么啦？是发疯了还是就想来和我一起吃顿早餐呢？想办法找个地方坐吧，那盆天竺葵的旁边有把椅子，房间里就这么把椅子了，它让我记得世界上除了纸张还有别的东西。”

“波尚，”阿尔贝说，“我是来找你的报纸说话来的。”

“你，马尔塞夫？你有什么事情要找它说话？”

“我觉得那里面的一段话需要更正。”

“你指的是哪一段言论？坐下来说吧。”

“谢谢你。”阿尔贝说着便冷淡而机械地鞠了一躬。

“现在请你把那段话的意思解释一下吧，因为什么它使你不高兴了？”

“那段话影响了我家里一个人的名誉。”

“哪一段话？”波尚非常惊奇地说，“你肯定搞错了。”

“就是亚尼纳寄给你的那篇通讯——”

“亚尼纳寄来的？”

“是的，你似乎真的一点儿不知道那件事？”

“我以人格担保！倍铁斯蒂，把昨天的报纸给我。”波尚喊道。

“这儿有，我带来了一份。”阿尔贝回答道。

波尚接过那份报纸，轻声念道：“亚尼纳通讯。”

“你看，这段新闻多么使人烦恼。”波尚读完以后，马尔塞夫说。

“那么这上面说的那个军官是你的一位亲戚吗？”这位总编辑问。

“是的。”阿尔贝说，脸羞得通红。

“那么，你打算要我怎么做呢？”波尚温和地说。

“我亲爱的波尚，我希望你更正这则消息。”

波尚用十分亲切的神情望着阿尔贝。“我说，”他说，“这件事情，需要好好地谈一谈。更正一则消息向来都是一件非常要紧的事，你知道。坐下吧，我把它再念一遍。”

阿尔贝重新坐了下来，而波尚比第一次更加仔细地把朋友谴责的那几行消息又看了一遍。

“嗯，”阿尔贝以坚定的口气说，“你看，你的报纸侮辱了我家里的一个人，我坚决要求予以更正。”

“你——坚决？”

“对，我坚决。”

“请允许我提醒你，你可不是议员，我亲爱的子爵。”

“我也不想做议员，”那位青年站起身来说道，“我再跟你说一遍，我下决心要更正昨天这则消息，你了解我已经很久了，”阿尔贝见波尚轻蔑地昂起头，就咬了一下嘴唇，继续说，“以前我们是朋友，所以你和我的关系相当密切，应该知道我在这一点上是一定要坚持到底的。”

“如果我以前是你的朋友，马尔塞夫，你现在说话的这种样子让我几乎想不起来我曾经荣幸地享有过那种称呼，但请你等一等，我们都不要发火，起码现在不要发火。你的态度太急躁烦恼，告诉我，这个弗尔南多跟你是什么关系？”

“他是我的父亲，”阿尔贝说，“弗尔南多·蒙台哥先生，马尔塞夫伯爵，他是一位老军人，身经二十次大战，而他们却要用臭水沟里的烂泥来抹杀他那些光荣的痕迹。”

“是你的父亲吗?”波尚说，“那就不是一回事了。我现在能理解你为什么这么气愤了，我亲爱的阿尔贝，我再来念一遍。”于是他一个字一个字地读，第三次读那则消息。

“但报纸上没有哪个地方表明这个弗尔南多就是你的父亲呀。”

“没有，但这种关系别人是可以看得出来的，所以我坚持要更正这则消息。”

听到“我坚持要”这几个字，波尚抬起眼睛坚定地望着阿尔贝的脸，然后目光又渐渐低垂下去，沉吟了一会儿。

“你可以更正这则消息的吧，答不答应呢，波尚?”阿尔贝说，他火气愈来愈大了，但仍竭力克制着。

“可以。”波尚答道。

“现在吗?”阿尔贝问道。

“在我证实了这则消息是不确实的之后。”

“什么?”

“这件事情非常需要调查一下，而我要进行调查。”

“但那又何必调查呢，阁下?”阿尔贝怒不可遏地说，“假如你不相信那是我的父亲，那么请你立刻声明；如果你相信那就是他，那么请说明你的理由。”

波尚脸上露出一个特有的微笑，这种微笑可以在不同的情况下传达出他心里不同的情感。“阁下，”他面带那种微笑望着阿尔贝答道，“如果你是到我这儿来寻求某种满足，你应该直接说出来，不必和我进行这种毫无意义的谈话。我已经耐心地听了半个钟头了，你这次到我这里来难道是我请你来的吗?”

“是的，如果你不答应更正那些有损名誉的诽谤之言。”

“等一下，请你不要吓唬人，弗尔南多·蒙台哥先生，马尔塞夫子爵！我从来不准许我的敌人向我恐吓，更不愿意我的朋友对我有这种态度。你坚持要我更正这则关于弗尔南多上校的消息，但我可以以我的人格向你担保，这则新闻与我一点关系都没有，你还要坚持吗?”

“是的，我仍然坚持要求更正!”阿尔贝说，由于他过度的兴奋，脑子已经开始有点糊涂了。

“如果我拒绝更正，你就要和我决斗，是这样的吗?”波尚用平静的口气说。

“是的!”阿尔贝提高声音说。

“好吧，”波尚说，“我的答复如下，我亲爱的先生。那则消息不是我刊登的，我甚至毫不知情。但你的行径已使我对这则消息产生了注意力，它不管是要更正，还是要证实，都得进行足够的调查以后才能决定。”

“阁下，”阿尔贝站起来说，“看来我要荣幸地请我的陪证人来这儿见你，请你费点神和他们商量相会的地点和我们需要用的武器。你明白我的意思吗?”

“当然明白，我亲爱的先生。”

“那么今天晚上，如果你愿意的话或者最晚明天早晨，我们再见。”

“不，不！什么时间适合那得由我来决定。我有权决定先决条件，因为我是受挑战的一方。但现在看来，那个时候还没到来。我知道你的剑术很熟练，而我的剑术只是马马虎虎。我也知道你是一个很好的射击手。这方面我们水平相当。我知道我们两个人之间的决斗是一件非同小可的事情，因为你很勇敢，而我亦然。我不愿意无缘无故地杀死你或者我自己被你杀死。现在轮到我来问你一个问题了。我已经不止一次地反复向你阐明，并且以我的人格向你担保，对你攻击我的这件事情我一无所知。我还可以向你申明，除了你，谁都不可能以为弗尔南多那个名字就是马尔塞夫伯爵。在我做了这样的声明以后，你是否还坚持要我更正，而且若我不更正，就要和我决一死战?”

“我不改变原来的决定。”

“那么好，我亲爱的先生，现在我同意和你拼个你死我活。但我需要三个星期的准备时间，当时间来临的时候，我就会对你说‘那个消息是不正确的，我同意更正’，或是‘那个消息是确实的’。然后，我会立即从剑鞘里抽出剑，或从匣子里拔出手枪，两者皆可。”

“三个星期!”阿尔贝叫道，“当我蒙受羞辱的时候，三个星期如同于三个世纪。”

“要是你还是我的朋友，我就会说：‘耐心一点吧，我的朋友。’但你自己要与我为仇，所以我说‘那跟我有什么关系，阁下?’”

“好吧，那就三个星期吧，”马尔塞夫说，“但请记住，三个星期结束的时候，不许再拖延或者推托，以此避免——”

“阿尔贝·马尔塞夫先生，”波尚也站起身来说，“在三个星期之内——那就是说，二十一天之内——我不会把你甩到窗口外面去，而在时间还没有过去以前，你也没有权利来打破我的脑袋。今天是八月二十九日，所以约定的时间是在九月二十一，在那个时间还没有到来之前，我现在要给你一个体面的忠告，我们不要狂叫乱嚷，像那两条绑在对面屋柱上的狗似的。”

说完这番话，波尚就冷冷地向阿尔贝鞠了一躬，转身走进了印刷间。阿尔贝把他的怒气发泄到了一堆报纸上，用手杖把它们打得满屋子乱飞。一番发泄以后他走了，但在离开以前，他还朝印刷间的门口走过去几次，似乎很想进去。

阿尔贝用劲儿鞭打着他的马，正如刚才杖打那些给他带来烦恼的无辜的报纸一样。在经过林荫大道的时候，他看见莫雷尔睁大眼睛，步伐匆匆地走过。他正往中国澡堂方向走，看来像是从圣·马丁门那个方向来的，正向玛德伦大道去。“啊，”马尔塞夫说，“那边儿倒有一个快活的人!”阿尔贝的观察是对的。

第七十九章　柠檬水

莫雷尔确实很快乐。刚才，诺瓦蒂埃先生派人来叫他，因为急于想知道此次让他前来的原因，莫雷尔非常匆忙以至于还没来得及叫辆车，然而较之于马，他更相信自己的两条腿。他从密斯雷路以异常惊人的速度朝着圣·奥诺路急行。莫雷尔是以一个运动健将的步速向前运动的，但那位可怜的巴罗斯却只能气喘吁吁且步履蹒跚地跟在后面。较之于刚刚三十岁的莫雷尔，巴罗斯已经年过花甲；莫雷尔沉醉在爱情中，而巴罗斯却要饱受酷热的折磨。两个人不论是在年龄上，抑或是在兴趣上，都有着非常大的差别，就像三角形的两条边——底部互不相连却能在顶部汇合。

很显然，诺瓦蒂埃先生就是那个顶部，他让莫雷尔即刻前来看他——而莫雷尔毫不迟疑地奉行了此命令，却让巴罗斯也跟着受苦。到达目的地时，莫雷尔看上去一点儿都不累，那是因为他有爱神给予的双翼；而那位早将爱情抛得不见踪影的巴罗斯却累得大汗淋漓。

那个老仆人领着莫雷尔从一扇小门进去，书斋的门关上以后，不久就传来一阵衣裙的窸窣声，这是宣告瓦朗蒂娜到来了。她穿的深颜色的丧服显得美丽非凡，莫雷尔望着她心里感到无比喜悦，想她的祖父不同他谈话也没有关系。不过他们听到老人的安乐椅已顺着地板滚动过来，不一会儿他就来到了房间里。莫雷尔热情地向他道谢，感激他及时中止了那桩婚事，把瓦朗蒂娜和他从绝望中拯救了出来。诺瓦蒂埃用一种慈祥的眼神接受了他的感谢。于是莫雷尔就朝那年轻女郎投去一个征询的眼神，想知道现在又有什么新的恩典要赐予他。瓦朗蒂娜的座位稍微离开了他们一段距离，她正在小心翼翼地等待着她说话的时机。诺瓦蒂埃的眼睛盯着她。“我可以把您跟我说的那些话讲出来吗？”瓦朗蒂娜问，诺瓦蒂埃仍然望着她。

“那么，我可以把那些话讲出来，是吗？”她又问。

“是的。”诺瓦蒂埃示意。

“莫雷尔先生，”瓦朗蒂娜对那个凝神屏气倾听着的年轻人说，“我的祖父诺瓦蒂埃先生有很多事情要跟你说，那是他三天以前告诉我的，现在他把你请来，就是要我把那些话转达给你。现在，我就要开始转达了，既然他选中我做他的传话人，那么我当然就要忠于他的嘱托，决不把他的意思改变。”

“噢，我正非常耐心地听着呢，”那位青年说道，“请你说吧！”

瓦朗蒂娜低垂下眼睛，这在莫雷尔看来是一个好的征兆，因为他明白只有快乐才能使瓦朗蒂娜这样情不自禁。“我祖父准备离开这儿了，”她说，“巴罗斯正在给他寻找合适的房子。”

“不过你，小姐，”莫雷尔说，“你和诺瓦蒂埃先生的幸福是不能割裂的——”

“我？”瓦朗蒂娜打断他的话头说，“我不会离开我的祖父，这我们早就商量好了，我和他住在一起。现在，父亲必须对这个打算表示同意或拒绝。如果他同意，我就马上离开；如果他拒绝，我就得等到我成年以后再走，那就得再等十个月左右，然后我就自由了，我可以拥有一笔由个人支配的财产，而——”

“而什么？”莫雷尔问道。

“而经我祖父允许，我就可以兑现我对你说的诺言了。”

瓦朗蒂娜说出最后这句话的时候声音是如此的低，如果不是莫雷尔在全神贯注地倾听，恐怕早就听不清了。

“我把你的意思说清楚了吗，爷爷？”瓦朗蒂娜对诺瓦蒂埃说。

“清楚了。”老人表示。

“一旦到了我祖父的家里，莫雷尔先生就可以到我那位敬爱的保护人那儿去看我，如果我们依然觉得我们设想的婚姻可以保证我们将来幸福，那么，我希望莫雷尔先生那时会亲自来向我求婚。不过，唉！我听人说，当人的愿望受到阻碍的时候，他们的心会由此炽热起来，而在得到保障的时候，心就变得冷淡了。”

“噢！”莫雷尔喊道，他多么想扑过去跪在诺瓦蒂埃面前，就像跪在上帝面前一样；也想跪在瓦朗蒂娜面前，就像跪在一位天使面前一样，“我今生行了什么善，竟让我能享受这样的福分呢？”

“现在，那个时候之前，”这位年轻女郎用镇定、矜持的语气继续说，“我们得尊重礼俗，凡是不希望把我们拆开的朋友，我们都得听取他们的意见。总之，我还是那句老话，因为这句老话可以最好地表达我的意思——我们得等待。”

“我发誓要不惜一切代价接受这句话的约束，阁下，”莫雷尔说，“我不但愿意接受，而且很乐意接受。”

“所以，”瓦朗蒂娜调侃地望着马西米兰继续说道，“不要再做轻率的举动，不要再提出头脑发热的计划，因为从今天起，我觉得自己一定将会光荣而幸福地成为你的一部分，你当然不想拖累她的名誉的喽？”

莫雷尔把手按在心上，诺瓦蒂埃用无限慈爱的目光望着这对情人。巴罗斯是一个有资格了解一切经过的特权人物，他这时还留在房间里，一面擦拭着他那光秃的脑门上的汗珠，一面朝那对年轻人微笑。

“你看起来非常热呀，我的好巴罗斯！”瓦朗蒂娜说。

“啊！我刚才跑得太快了，小姐。不过我必须说一句公道话，莫雷尔先生比我跑得还要快呢。”

诺瓦蒂埃使他们注意到了一只茶盘，盘上面放着一大樽柠檬水和一只杯子，那只玻璃樽几乎装满了，诺瓦蒂埃先生仅喝了一点点。

“来，巴罗斯，”那位年轻女郎说，“喝点儿柠檬水吧，我看你很想痛饮一番呢。”

“小姐，”巴罗斯说，“我真的口渴死了，既然您这么好心请我喝，我当然不能反对喝上一杯祝您健康。”

“那么，拿去喝吧，马上回来呀。”

巴罗斯端着茶盘走了出去，匆忙中却忘了关门。他们见他一跨出房门就立刻把头一仰将瓦朗蒂娜给他斟满的那一杯柠檬水喝了个精光。

在瓦朗蒂娜和莫雷尔正在诺瓦蒂埃面前脉脉含情地互送秋波之时，

忽然听到门铃响了。这表明有客人来了，瓦朗蒂娜看了一看她的表。

“十二点多了，”她说，“而今天是星期六，我敢说那肯定是医生，爷爷。”

诺瓦蒂埃表示他相信她说得很对。

“他会到这儿来的，莫雷尔先生最好还是走吧。您说对吗，爷爷？”

“是的。”老人表示。

“巴罗斯！”瓦朗蒂娜喊道，“巴罗斯！”

“来了，小姐。”他回答。

“巴罗斯会给你开门的，”瓦朗蒂娜对莫雷尔说，“现在，请牢记一点，军官阁下，对我祖父的指令你不要有任何轻举妄动，以免影响我们的幸福。”

“我已经答应他等待了，”莫雷尔答道，“我会等待的。”

这时巴罗斯进来了。

“是谁拉的铃？”瓦朗蒂娜问道。

“阿夫里尼医生。”巴罗斯说，他步履踉跄，好像要倒下来。

“怎么啦，巴罗斯？”瓦朗蒂娜说。

老人没有答话，只是用失神而呆滞的眼神望着他的主人，他那痉挛的手则紧紧地抓着一件家具，来防止自己跌倒。

“啊！他要摔倒啦！”莫雷尔叫道。

巴罗斯的身体愈抖愈厉害，他的面容几乎已经完全变形，肌肉一个劲儿地抽搐，预示着一场极其严重的神经错乱马上来临。诺瓦蒂埃看到巴罗斯成了这副可怜的样子，他的目光里流露出了悲哀与怜悯的神情。巴罗斯向他的主人走近了几步。

“啊，我的上帝！我的上帝！我怎么啦？”他说，“我难受极了！我什么也看不见啦！我的脑子里像是有千万支火箭在乱窜！噢，别碰我，别碰我啊！”

这时，他的眼珠已严重地凸出来，他的头向后仰，身体的其他部分也开始僵硬起来。

瓦朗蒂娜发出一声恐怖的尖叫，莫雷尔上前抱住了她，好像要保护她抵御不可预知的危险似的。“阿夫里尼先生！阿夫里尼先生！”她用窒息的声音喊道，“救命哪！救命哪！”

巴罗斯转了一个身，竭力踉跄地挣扎了几步，然后倒在了诺瓦蒂埃的脚下，一只手则搭在他的膝头上，喊道：“我的主人呀！我的好主人呀！”

此刻，维尔福先生因听到了这阵喧闹声，来到了房间。莫雷尔放开了几乎快要昏过去的瓦朗蒂娜，退到房间最里边的一个角落里，躲在一张帷幕后面。他脸色苍白得像是突然看到面前蹿出了一条赤练蛇一样，他那惊愕的目光依然凝望着那个不幸的受难者。

诺瓦蒂埃焦急着并感觉恐怖到了极点，只恨自己一点劲儿也使不上来帮助他老人家。他从来不把巴罗斯看作是一个仆人，而是把他当作一位朋友。诺瓦蒂埃额头上的青筋暴涨，眼睛周围的肌肉猛烈地抽搐着，这种迹象表明他那活跃有力的大脑和那麻痹无助的肉体之间正在进行着可怕的斗争。巴罗斯这时面部痉挛，眼睛充血，仰面躺在地上，两手敲打着地板，两腿已变得非常僵硬，不像是在弯曲而像是被折断了一样。他的嘴角流着淡淡的白沫，呼吸变得十分艰难。

维尔福吓呆了，不知所措地盯着这个场景。他没有看见莫雷尔。在他这么哑然凝视的过程中，他的脸渐渐地变得苍白，头发好像竖了起来，过了一会儿他跳到门口，大声喊道：“医生！医生！来呀，来呀！”

“夫人，夫人！”瓦朗蒂娜奔上楼去叫她的后母，向她喊道，“快来，快！把您的嗅瓶拿来！”

“发生什么事了？”维尔福夫人以一种做作的语气说。

“噢！来！来呀！”

“可医生在哪儿呀？”维尔福喊道，“他上哪儿去啦？”

维尔福夫人此时从容不迫地走下楼，她一只手里握着一条手帕像是准备抹脸似的，另一只手里拿着一瓶英国嗅瓶。她走进房间来的时候，第一眼先扫向诺瓦蒂埃，诺瓦蒂埃的脸上有着这种情况不必有的神情，可仍然可以看出他保持着往常的健康。她的第二眼才扫向那个将死的人。她的脸色立时苍白起来，眼神又从那位仆人身上返回到他的主人身上。

“看在上帝的分上，夫人，”维尔福说，“告诉我医生在哪儿？他刚才还在你那儿，你看，这像是中风，如果能够给他放血，他大概还有救。”

“他最近吃过什么东西吗?”维尔福夫人没有直接回答丈夫的问题，却反问道。

“夫人，”瓦朗蒂娜答道，“他连早餐都没有吃，祖父派他去干了一件事，他跑得很快，回来只喝了一杯柠檬水。”

“啊?”维尔福夫人说，“他为什么不喝葡萄酒呢？柠檬水对他是很不利的呀。”

“爷爷的那樽柠檬水就在他的身边，可怜的巴罗斯当时口渴极了，只要是喝的东西，他都欢迎。”

维尔福夫人吃了一惊，诺瓦蒂埃用一种探询的眼光望着她。“他真倒霉。”她说。

“夫人，”维尔福先生说，“我问你阿夫里尼先生在哪儿？看上帝的面上，快告诉我!”

“他在爱德华那儿，爱德华也不大舒服。”这次维尔福夫人再也无法避而不答了。

维尔福亲自走上楼去叫他。

“这个你拿着吧。”维尔福夫人说，把她的嗅瓶交给了瓦朗蒂娜，“他们肯定会给他放血，所以我得走了，因为我见不得血。”于是她跟在丈夫的后面上楼去了。

莫雷尔从他躲藏的地方走了出来，因当时的情形十分混乱不堪，所以他躲在那里并没有被人发觉。

“你赶快走，马西米兰，”瓦朗蒂娜说，“我会派人来找你的，走吧。”

莫雷尔看了一眼诺瓦蒂埃，征求他的意见。老人的神志依然十分清醒，他示意莫雷尔应该那么做。那位青年吻了一下瓦朗蒂娜的手，然后从后楼梯走出了那座房子。在他离开房间的时候，维尔福先生和医生从对面的一个门口走了进来。巴罗斯这会儿已有了恢复知觉的迹象，危险好像已经过去了。他发出一声低微的呻吟，撑起了身子，阿夫里尼和维尔福扶他躺到了一张睡榻上。

“您需要什么东西，医生？”维尔福问。

“拿一些水和酒精给我，你家里有吗？”

“有。”

“派人去买一些松节油和吐酒石来。”

维尔福立刻派了一个人去买。

“现在请大家先出去。”

“我也必须出去吗？”瓦朗蒂娜怯生生地问。

“是的，小姐，你更要出去。”医生冒失地回答。

瓦朗蒂娜吃惊地望着阿夫里尼先生，然后在她祖父的前额上吻了一下，走出了房间。她一出去，医生就带着一种阴沉的神情关上了门。

“看！看呀！医生，”维尔福说，“他苏醒过来了，看来，他似乎没事了。”

阿夫里尼先生只是无可奈何地微微一笑。“你自己感觉怎么样，巴罗斯？”他问道。

“好一点了，先生。”

“你喝一些酒精和水吗？”

“我试试吧，但请别碰我。”

“为什么？”

“我觉得如果您用您的手指尖碰我一下，毛病就又要复发了。”

“喝吧。”

巴罗斯接过那只杯子，端到他那已经发紫的嘴唇上，喝了一半。

“你觉得哪儿难受？”医生问。

“浑身都难受，我感觉全身都在痉挛。”

“你有没有觉得眼睛里似乎是在冒火花？”

“是的。”

“耳朵里鸣叫吗？”

“响得可怕极了。”

“你开始是什么时候感觉得到的？”

“就在刚才。”

“是突然发生的吗？”

“是的，像是一阵晴天霹雳。”

“昨天或前天你丝毫都没有感觉到什么吗？”

“没有。”

“没有想昏睡的感觉吗？”

“没有。”

“你今天吃什么东西了吗？”

“我什么也没有吃，就喝了一杯我主人的柠檬水。”于是巴罗斯把视线转向诺瓦蒂埃。诺瓦蒂埃虽然坐在他的圈椅里一动都不能动，但却注视着这幕可怕的情景，一个字甚至一个动作也逃不过他的耳目。

“你喝的柠檬水在哪儿？”医生急切地问。

“在楼下的玻璃樽里。”

“放在楼下的什么地方？”

“厨房里。”

“要我去把它拿来吗，医生？”维尔福问道。

“不，您留在这儿，设法让巴罗斯把这一杯酒精和水喝完，我自己去拿那樽柠檬水。”

阿夫里尼急忙跑到门口，飞也似的奔下后楼梯，情急之中差一点撞倒维尔福夫人，因为维尔福夫人也正要往厨房里去。

她惊喊了一声，阿夫里尼并没有留意到她。他的脑子里只有一个念头，他跳下最后的四级楼梯，冲进厨房里，见那只玻璃樽还在茶盘上，樽里还剩下四分之一的柠檬水。他像老鹰扑小鸡似的蹿上去抓住它，然后又上气不接下气地奔回刚才离开的那个房间。维尔福夫人正慢慢腾腾地走向她楼上的房间。

“你说的就是这只玻璃樽吗？”阿夫里尼问道。

“是的，医生。”

“你喝的就是这些柠檬水吗？”

“我想应该是的。”

“你感到是什么味道？”

“有一点苦味。”

医生倒了几滴柠檬水在手心里，吮在嘴巴里并含了一会儿，似乎像在品酒，然后又把嘴里的东西吐进了壁炉里。

“肯定就是这种东西，”他说，“您也喝了一些吧，诺瓦蒂埃先生？”

“应该是。”

“您也感到有苦味吗？”

“是的。”

“噢，医生！”巴罗斯喊道，“我的病又要发作了！我的上帝！主呀，可怜可怜我吧！”

医生飞奔到他的病人跟前说道：“吐酒石，维尔福，看买来了没有？”

维尔福跳进走廊里，大喊：“吐酒石，吐酒石！买来了没有呀？”

没有一个人回答。阴森森的恐怖感笼罩着整个屋子。

“如果我可以设法扩张他的肺部，”阿夫里尼望着四周说，“也许我可以解除他的窒息感。可这里什么都没有！什么都没有！”

“噢，先生，”巴罗斯喊道，“您就让我这么死去吗，不救救我吗？噢，我要死啦！我的上帝！我要死啦！”

“拿支笔！拿支笔！”医生说。桌子上放着一支笔，他竭力想设法把它插进病人的嘴里去，可病人此时正在痉挛着，牙关咬得非常紧，那支笔插不进去。这次发作比第一次更猛烈，他从睡榻上滚落到地上，痛苦地在地上扭来扭去。医生知道已是毫无办法，就只得由着他痉挛。他走到诺瓦蒂埃面前，低声说：“您自己感觉怎么样？还好吗？”

“是的。”

“您是否觉得胸部没有以前那么紧，腹部稍微轻松了，嗯？”

“是的。”

“那么您觉得与服下我每个星期日给您吃的药以后的那种状况差不多是吗？”

“是的。”

“您的柠檬汁是巴罗斯给您调制的吗？”

“是的。”

“刚才是您让他喝的吗？”

“不是的。”

“那么是维尔福先生吗?”

“也不是。”

“夫人?”

“不对。”

“那么是您的孙女儿了，是吗?”

“是的。”

巴罗斯发出一声呻吟，接着又嘘出一口气，仿佛牙床骨已经裂开了一般。这两种声音又把阿夫里尼先生吸引了过去，他离开诺瓦蒂埃先生，走到了病人那儿。“巴罗斯，”他说，“你能说话吗?”巴罗斯喃喃地说出几个含混不清的字。“尽管试试看，我的大好人。”阿夫里尼说，巴罗斯重新睁开他那充血的眼睛。

“柠檬水是谁调制的?”

“我。”

“你一调好就端到你主人这儿来了吗?”

“没有。”

“那么，其中有一段时间你把它放在什么地方了?”

“是的，我把它放在食器室里，因为有人把我叫走了。”

“那么是谁把它拿到这个房间里来的呢?”

“瓦朗蒂娜小姐。”

阿夫里尼用手敲打着自己的前额，“仁慈的天主哪!”他低声地说。

“医生！医生!”巴罗斯喊道，他觉得自己的病又要发作了。

“难道他们就拿不出来吐酒石了吗?”医生问道。

“这儿有一杯已经调好的。”维尔福走进房来说。

“是谁调制的?”

“跟我一起来的那个药剂师。”

“喝吧。”医生对巴罗斯说。

“不可能喝下去了，医生，太晚啦。我的喉咙都堵塞住了！我快断气了！噢，我的心呀！噢，我的头！噢，太痛苦了！我还得如此痛苦很长时间吗?”

“不，不，朋友，”医生回答说，“你马上就不会痛苦了。”

“啊，我明白你的意思了，”这个不幸的人说，“我的上帝，发发慈悲吧！”于是巴罗斯发出一声可怕的尖叫声，如同遭了雷击一样的向后倒了下去。阿夫里尼用手摸摸他的心脏，把那只杯子凑到了他的嘴巴上。

“怎么样?”维尔福说。

“到厨房里再去给我拿些堇菜汁来。”

维尔福立刻就去了。

“别怕，诺瓦蒂埃先生，”阿夫里尼说，“我带病人到隔壁房间里去给他放血，这种手术看上去很可怕。”

于是他抱起巴罗斯，把他拖到隔壁房间里，但却马上又回来拿那瓶剩余的柠檬水。诺瓦蒂埃紧闭着他的右眼，“您要见瓦朗蒂娜，对不对?我告诉他们去找她过来见您。”

维尔福回来了，阿夫里尼在走廊里碰到了他，“哎！他现在情况怎么样了?”他问道。

“到这儿来。”阿夫里尼说，于是他带他走到巴罗斯躺着的那个房间里。

“他的病还在发作吗?”检察官说。

“他死掉了。”

维尔福后退了几步，紧攥双手，极其哀痛地喊道：“死了，死得这样突然！”

“是的，非常突然，不是吗?”医生说，“但这个应该不会使你吃惊的，圣·梅朗夫妇也是这样突然死去的。您家里的人都死得非常突然，维尔福先生。”

“什么！”那位法官用狼狈而恐怖的声音喊道，“您又有那个可怕的想法了吗?”

“我一直没有忘记，阁下，我一直没有忘记，”阿夫里尼严肃地说，“因为它从来都没有从我的脑子里消失过，您可以相信我这一次是不会弄错的，请您好好地听着我下面的话，维尔福先生。”这位法官痉挛地颤抖起来。“有一种毒药可以杀死人而基本不会留下任何明显的痕迹，我很熟悉这种毒药，我曾研究过它不同的分量所产生出来的不同效果。

我在那可怜的巴罗斯和圣·梅朗夫人的病症上看出了这种毒药的药效，有一种方法可以察觉到它的存在。它可以使被酸素变红的蓝色试纸恢复它的本色，它可以使堇菜汁变成绿色。我们没有蓝色试纸，但是，听！他们拿堇菜汁来了。”

医生没有说错，走廊里传出脚步声。阿夫里尼先生打开门，从女仆的手里接过一杯约有两三匙的菜汁，然后他又小心地把门关上。“看着！”他对检察官说，检察官的心这时跳得如此剧烈，几乎可以听到它的响声了，“这只杯子里盛的是堇菜汁，而这只玻璃樽里装的是诺瓦蒂埃先生和巴罗斯喝剩的柠檬水，如果柠檬水是无毒的，这种菜汁就能保持它原来的颜色，而如果柠檬水里掺有毒药，菜汁就会变成绿色。看好了！”

医生于是慢慢地把玻璃樽里的柠檬水往杯子里滴了几滴，杯底里立刻就形成了一层薄薄的云彩状的沉淀物。这种沉淀物最初呈现蓝色，然后由翡翠色变成了猫眼石色，又从猫眼石色变成了绿宝石色，而后就不再变动了。实验的结果已是毫无疑问了。

“这位不幸的巴罗斯是被‘依那脱司’毒死的。”阿夫里尼说，“不管在上帝还是普通人的面前我都要坚持这项断言。”

维尔福没有说什么，只是紧紧地握着自己的双手，睁着那一对憔悴的眼睛，瘫软无力地倒在一把椅子里。

第八十章　控诉

不久之后，阿夫里尼先生让那位法官苏醒了，他看上去就像那间屋里的第二具尸体。

“哦，上帝，死神已经降临我家了！”维尔福喊道。

医生回答道：“准确的是罪神吧！”

“阿夫里尼先生，”维尔福说道，“我此刻的感想简直无法与您言说，几乎是恐怖、疯狂和忧愁综合而成。”

阿夫里尼先生却用一种平静而郑重的口吻说道：“是的。但是在我看来现在就是采取行动之时，同时也是应该阻止这种死亡之时。我既然知道了秘密，就想看到有人能够为社会和死去的人讨回公道。”

维尔福闻言，用他那忧郁的目光环顾四周，“在我家里！”他很无力，“在我家里！”

“法官先生，听我说，”阿夫里尼先生说，“拿出作为一个男人的勇气，您代表着法律，何不牺牲一下您的私利来光耀您的职守呢？”

“您把我吓坏了，医生！您的意思是说要有牺牲吗？”

“是的。”

“那么您已经怀疑到谁了吗？”

“我没有怀疑谁。死神一个劲儿地敲您的门，它进来了，它在徘徊了，它倒不是盲目乱走，而是仔细地从一个房间到另一个房间去巡逻。哼！我跟踪着它的路线，找出了它行进的踪迹，我运用古人聪明的办法摸索我的途径，因为我对你们家的友谊和对您的尊敬好像是一条双层的绑带蒙住了我的眼睛，嗯——”

“噢！说吧，说吧，医生，我是有勇气听的。”

“嗯，先生，在您的房子里，在您的家里，也许也曾出现了一个每个世纪都曾有过的那种可怕的现象。罗迦丝泰和爱格丽琵娜①在同一时辰出生只是一个例外，这证明天意要让那罪恶万端的罗马帝国整个儿变成废墟。布伦霍德和弗丽蒂贡第②是文化在它的婴儿时代痛苦挣扎的产物，那时人类正在学习控制思想，所以即使是从黑暗世界里派来的使者也会很受欢迎。这些女人都是，或曾经是很美丽的。她们额头上曾经开过纯洁的花朵，而您家里的那个嫌疑犯的额头上现在也正盛开着那种同样的花。”

维尔福惊叫了一声，紧扭着自己的双手，以一种恳求的神情望着医生，而医生则毫不怜悯地继续说下去：“法学上有一句格言：‘从唯利是图的人身上去找嫌疑犯。’”

“医生，”维尔福喊道，“唉，医生！司法界因为这句话曾上过多少次当呀！我知道为什么，但我觉得这个罪恶——”

“那么，这样说来您承认罪恶是存在的啰？”

“是的，它的确是存在着的，我看得很清楚。但我相信它只针对我一个人，而不是去世的那几位。在这一切古怪的祸事之后，恐怕我还要受到一次袭击。”

“噢，人哪！”阿夫里尼愤愤地说道，“是一切动物中最自负、最自私的呀，他相信地球只为他一个人而转动，太阳只为他一个人而照耀，而死神也只打击他一个人——就像一只蚂蚁站在一片草尖上诅咒上帝！难道那些人就这样白白地失去了他们的生命吗？圣·梅朗先生，圣·梅朗夫人，诺瓦蒂埃先生。”

“怎么，诺瓦蒂埃先生？”

“是的，您以为这次是有人存心要害那个可怜的仆人吗？不，不，

---

① 公元一世纪时，罗马皇后爱格丽琵娜借罗迦丝泰之助毒死当皇帝的叔父，以便使其前夫之子尼罗继位。

② 布伦霍德是六世纪时欧洲古国奥斯达拉西亚王后，其妹嫁给纽斯特亚王契尔帕里克。契尔帕里克在情妇弗丽蒂贡第挑唆下杀了妻子，布伦霍德为其妹报仇，唆使丈夫向契尔帕里克发动战争。契尔帕里克战败，但布伦霍德的丈夫也被弗丽蒂贡第派人暗杀。

他就像莎士比亚剧本里的波罗纽斯[1]，只是一个替死鬼而已。柠檬水本来是准备给诺瓦蒂埃喝的，从逻辑上讲，喝柠檬水的应该是诺瓦蒂埃。别人喝了它纯属偶然，虽然死了的是巴罗斯，但本来是要害死诺瓦蒂埃的。”

“为什么家父喝了竟没有死呢?”

“原因我已在圣·梅朗夫人去世的那天晚上在花园里对您讲过了，因为他的身体已习惯了那种毒药。谁都不知道，甚至那个暗杀者也不知道在过去的十二个月里，我曾给诺瓦蒂埃先生服用木鳖精治疗他的瘫痪病。而那个暗杀者只是从经验中得知木鳖精是一种剧烈的毒药。”

“我的上帝！我的上帝!”维尔福动着双手喃喃地说。

“让我们来详细看一下那个罪犯是如何杀人的吧。他最先杀死了圣·梅朗先生——”

“噢，医生!”

“我敢发誓，确实如此。以我所听到的来说，他的病症和我亲眼看到的那两次病症简直太相似了。”维尔福停止了争辩，呻吟了一声。“他最先杀死了圣·梅朗先生，”医生重复说，“然后是圣·梅朗夫人，这样就能够继承两笔财产。”

维尔福抹了一把前额上的汗珠。

“请认真听着。”

“唉!”维尔福结结巴巴地说道，“我一个字也没漏掉呀。”

“诺瓦蒂埃先生，”阿夫里尼先生继续用同样无情的语气说道，“诺瓦蒂埃先生曾立过一张不利于您以及您家庭的遗嘱，他要用他的财产去资助穷人。诺瓦蒂埃先生被放过了，因为他身上已没有什么值得指望的了。但当他销毁了他的第一张遗嘱，又立了第二张的时候，因怕他再次改变主意，于是他就遭了暗算。我确信，遗嘱是前天才修改的。您也看得出，时间安排得很紧凑。”

“噢，发发慈悲吧，阿夫里尼先生!”

“没什么慈悲可发的，阁下！医生在世界上有一项神圣的使命，为

---

① 莎士比亚戏剧《哈姆雷特》里被误杀的老臣。

了履行那使命，他得从生命的来源探索到神秘的死亡。当罪恶发生的时候，上帝一定极为愤怒，但假如上帝掉头不管的话，那么医生就应该把那个罪人带到法庭上去。”

“可怜可怜我的孩子吧，阁下！”维尔福轻声地说道。

“您看，是您自己最先把她提出来的，是您，她的父亲。”

“可怜可怜瓦朗蒂娜吧！听我说！这绝对是不可能的。我宁愿归罪于我自己！瓦朗蒂娜！她有着一颗钻石般的心，她就像一枝纯洁的水仙！”

“没什么值得可怜的，检察官阁下，这桩罪已经非常明显了。寄给圣·梅朗先生的一切药品都是小姐亲自准备的，而圣·梅朗先生死了。圣·梅朗夫人所用的冷饮也都是维尔福小姐调制的，圣·梅朗夫人也死了。诺瓦蒂埃先生每天早晨所喝的柠檬水，虽然是巴罗斯调制的，但他却被临时支走了，由维尔福小姐接手端了上去，诺瓦蒂埃先生之幸免一死，仅仅是一个奇迹。维尔福小姐就是嫌疑犯！她就是罪犯！检察官阁下，我要告发维尔福小姐，尽您的职责吧。”

“医生，我不再坚持了，我也不再为自己辩护了。我相信您，但请您发发慈悲，饶了我的性命，饶了我的名誉吧！”

“维尔福先生，”医生愈来愈激愤地说道，“我常常顾及愚蠢的人情。如果令爱只犯了一次罪，而我又看到她在预谋第二次犯罪，我会说：‘警告她，惩罚她，让她到一家修道院里在哭泣和祈祷中度过她的余生吧。’假如她犯了两次罪，我就会说：‘维尔福先生，这儿有一种那个罪犯不认识的毒药，它像思想一样敏捷，像闪电一样迅速，像霹雳一样厉害。给她吃这种毒药吧，把她的灵魂交给上帝来救您的名誉和您的性命，因为她的目标就是您。我能想象得到，她会带着她那种虚伪的微笑和甜蜜的劝告走近您的枕边。维尔福先生，假如您不先下手，您就要遭殃啦！’假如她只杀死了两个，我就会那样说。但是她已经目击了三次死亡，已经蓄意谋杀了三个人，已经接近过三个尸体啦！请您把那个罪犯送上断头台吧！送上断头台吧！您不是说要保全您的名誉吗？照我说的去做吧，那么不朽的名誉就近在眼前了！”

维尔福跪了下来，“听我说，”他说道，“我承认自己不如您那样坚强，或更准确地说，假如这次连累的不是我的女儿瓦朗蒂娜，而是您的女儿梅蒂兰，您也许就不会这么坚决了。”医生的脸色顿时变白了。“医生，每个女人的儿子天生就是为了受苦和等死而来的，我宁愿受苦，情愿等死。”

“小心啊!”阿夫里尼先生说，“它也许是慢慢地来的，袭击了您的父亲以后，您就会看到它将袭击您的太太，或您的儿子了。”

维尔福紧紧地拉着医生的胳膊，激动得喘不过气来。“听着!”他大声说道，“可怜我，帮帮我吧！不，我女儿是无罪的。假如您把我们父女两个拖到法庭上去，我还是要说：‘不，我女儿是无罪的，我家里没出什么罪案。我不承认我家里有一名罪犯，因为当罪犯走进一座房子的时候，它就如同死神一样，是不会独自来的。’听着！要是我被人谋害了，那与您又有何相干呢？您是我的朋友吗？您是人吗？您有良心吗？不，您只是一个医生！我告诉您，我不想把我的女儿拖到法庭上去，也不愿意把她交给刽子手！单是想一想这个就足以杀死我，足以逼得我像疯子一样用指甲把自己的心挖出来。如果您猜错了呢，医生！假如那不是我女儿呢？假如有一天，我会苍白得像一个鬼似的来对您说：‘刽子手！是您杀了我的女儿!’那时又怎么办呢？听着！假如真的发生了那样的事情，阿夫里尼先生，即便我是个基督徒，我也要自杀的。”

“好吧，”医生沉默了一会儿说道，“我等着看吧。”维尔福呆呆地望着他，像是听不懂他的话似的。“只是，”阿夫里尼先生用一种缓慢庄严的口吻继续说，“假如您家里再有人生了病，假如您感到自己已受到了袭击，不要再来找我，因为我不会再来了。我同意为您保守这个可怕的秘密，但我不愿意再增加良心上的羞愧和悔恨，像您的家里增加罪恶和痛苦一样。”

“那么您不管我了吗，医生?”

“是的，因为我不能再跟着您往前走了，我只能在断头台的跟前止步。再走近一步，我就会让这一幕可怕的悲剧宣告结束，我告辞了。”

“我求求您，医生!”

“我的心思已被这种种恐怖的现象给搅乱了，我觉得您的这间屋子很阴沉、很可怕。告辞了，阁下。”

“再说一句话，只一句话，医生。我的处境本来已够可怕的了，经您这么一揭露，感觉就更恐怖了。您撇下我走了，可是这个可怜的老仆人死得这样突然，我怎么向外人解释呢?”

“不错，”阿夫里尼先生说，“送我出去吧。”

医生先走了出去，维尔福先生跟在他后面。一群吓呆了的仆人聚集在走廊的楼梯口处，这是医生的必经之路。

“阁下，”阿夫里尼对维尔福说，声音很响，以至于大家都能听得到，“可怜的巴罗斯近来的生活太平静了，他以前总是跟着他的主人车马不停地在欧洲东奔西走，而近来则始终只在那圈椅旁边侍候，这种单调的生活害死了他。他的血液太浓了，身体也太胖了，脖子又短又粗，他这次是中风，我来得太迟了。顺便告诉您，”他压低了声音继续说道，“别忘了把那杯堇菜汁倒在炉灰里。”

医生并没和维尔福握手，也没再多说一句话，就这样在全家人的哀泣和悲叹声中走了出去。当天晚上，维尔福的仆人全体聚集在厨房里，商量了很久，然后出来告诉维尔福夫人说，他们都要走了。任何恳求和增加工钱的提议对他们来说也无用了，不管怎么说，他们都一个劲儿地说：“我们是非走不可了，因为死神已经进了这座房子了。”

他们终于全都走了，同时还表示他们很舍不得离开这样好的主人和主妇，尤其是瓦朗蒂娜小姐，这样好心、仁慈、温和。当他们说这几句话的时候，维尔福望着瓦朗蒂娜，她已成了一个泪人儿。

然后一件怪事发生了。在这一片哭泣声中，他也望了维尔福夫人一眼，他似乎看见她那两片较薄的嘴唇上掠过了一丝阴险的微笑，就像是在乌云四起的天空中从两片云中间倏地掠过的流星一般。

第八十一章　一位退休的面包师

就在马尔塞夫伯爵受了腾格拉尔的冷遇，并含羞带怒地离开银行家的府邸的那天晚上，安德烈·卡瓦尔康蒂先生带着鬈曲的头发、式样美观的胡须以及松紧适宜的白手套，走进了安顿大马路腾格拉尔爵府的前庭。他在客厅里坐了不到十分钟，就把腾格拉尔拉到一边，拖到了一个凸出的窗口前面。他先说了一段机巧的序言，说自从他那高贵的父亲离开以后，他是多么的想念和担心他。然后就向那位银行家道谢，说他一家人待他真是太好了，简直把他当作他们的侄子一样看待。再然后，他承认他已找到了一个归宿，而那个归宿点便是腾格拉尔小姐。腾格拉尔极其认真地倾听着，最近几天来，他一直期待着这么一番表白，现在终于听到了，眼睛里闪出了兴奋的光芒。这和听马尔塞夫讲话时那种低头沉思的神情形成了鲜明的对比，但他还不愿意马上就答应那个青年的要求，表面上略微犹豫了一下。“您现在考虑结婚不是太早了一点儿吗，安德烈先生？”

“不，不是这样的，阁下，”卡瓦尔康蒂先生答道，“在意大利，贵族一般都很早结婚，这是一种很合理的风俗。人生是这样易于变幻的，当快乐来到我们面前的时候，我们应该及时地抓住它。”

“嗯，阁下，”腾格拉尔说，“您的建议使我感觉很荣幸，如果我太太和女儿也同意的话，那些初步的手续由谁来办理呢？我想，这样重要的一次洽谈，应该由双方的父亲出面才好。”

“阁下，家父是一个极有先见之明并非常审慎的人。他正在想我或许愿意在法国成家立业，所以他在离开的时候，把那些证明我身份的文件都交给了我，并且还留下一封信，说假如我的选择符合他的心意，就答应我从结婚的那天起，会使我每年有十五万里弗的收入。这笔款子，我估计，约占家父每年收入的四分之一。”

腾格拉尔说：“我早已准备给我的女儿五十万法郎做嫁妆，况且，她还是我的独生女儿。”

“嗯，”安德烈说，“您看，这样就已经很好了。假如腾格拉尔男爵夫人和欧热妮小姐不拒绝我的求婚的话，我们每年就可以有十七万五千里弗任意支配。要是我能劝动侯爵把我的本金给我，这虽然不见得能实现，但还是很有可能的，我们就把这两三百万交给您，而这两三百万一旦到了一个老手的手里，至少可以赚个一分利。”

“我给别人的利息从来没有超过四厘，普通的只有三厘半，但对我的女婿，我可以给五厘，我们大家可以分享利益。”

“非常好，岳父大人。”卡瓦尔康蒂说，这句话使他那下贱的本性暴露无遗，他虽极力想利用贵族的派头掩饰那种本性，但有时却仍不免要流露出来。他立刻校正自己说道：“原谅我，阁下。您看，单是希望就已使我快要发疯了，假如希望真的变成了现实，我还不知要变成什么样了呢！”

“但是，”腾格拉尔说，他并没发觉这番最初与金钱毫无关系的谈话变成了一场商业谈判，“在你的财产当中，有一部分令尊肯定是不会拒绝给您的。”

“哪一笔？”青年问。

“就是您从令堂那儿继承来的那一笔。”

“是的。我从家母奥丽伐·高塞奈黎那儿继承了一笔财产。”

“那笔财产有多少？”

“老实说，阁下，”安德烈说，“我向您保证，我从没去想过，但据我猜测，那笔财产至少应当有两百万。”

腾格拉尔喜不自胜，犹如守财奴找回了一笔失踪的财宝，或沉船的海员在筋疲力尽的时候忽然感觉脚踏到了实地一样。

“嗯，阁下，”安德烈说，毕恭毕敬地向银行家鞠了一躬，“我可以怀有希望吗?”

“安德烈先生，”腾格拉尔说，“您不但可以希望，而且可以认为这件事情已是确定无疑的了，如果您这方面没什么阻碍的话。只是，”他若有所思地又加了一句话，“您的保护人基督山先生这次怎么不来代您提亲呢?”

安德烈微微涨红了脸。“我刚从伯爵那儿来，阁下，”他说，“他无疑是个非常风趣的人，但他有些想法却古怪得难以想象。他非常赞成我这桩婚事，甚至告诉我说，他相信家父不会仅仅让我收用利息，而会把那笔本金也给我，他答应为我设法办到这一点。但他又说，他从不代人提亲，将来也决不做这种事。但是，我必须为他说句公道话，他说道，如果他生平对自己的这种态度曾表示过遗憾的话，那么就是这一次了，因为他认为这桩婚姻将来一定会非常美满的。而且，他还告诉我，尽管他不公开露面，但假如您有什么问题去问他，他一定会答复您的。”

“啊！好极了！”

“现在，”安德烈面带他那种最可爱的微笑说道，“我跟岳父谈过了，我现在还得跟银行家谈一谈。”

“您有什么事要跟他谈?”腾格拉尔也微笑着问道。

“后天我就可以从您这儿提取四千法郎了。伯爵怕我的平常收入不够下个月的开支，给了我一张两万法郎的支票。您看，这上面有他的签名，您能够接受吗?”

“这样的支票，”腾格拉尔说，“就是一百万票面的我也很愿意接受，”他把那张支票塞进了口袋里，“时间您来定吧，明天什么时候要，我的出纳将带着一张两万四千法郎的支票来拜访您。”

“那么，十点钟吧，假如您方便的话。我希望可以早一点，因为明天我要到乡下去。”

“好的，十点钟。您还住在太子旅馆吗?”

“是的。”

那位银行家的确很守时，第二天早晨，正当那个年轻人要出门的时候，那两万四千法郎就被交到了他的手里，于是他就出门去了，留下了两百法郎给卡德鲁斯。他这次出门主要就是为了躲避这个危险的敌人，所以尽可能地在外逗留到很晚才回来。但他刚从马车里跨出来，门房手拿着一包东西就来见他了，“先生，”他说，“那个人已经来过了。”

“什么人?”安德烈随意地问道，表面上似乎已经把他时刻害怕着的那个人给忘了。

“就是大人给了他一小笔养老金的那个人。”

“哦!”安德烈说，“我父亲的老乡，嗯，你把我留给他的那两百法郎交给他了吧?”

“是的，大人。”安德烈曾表示过希望人家这样称呼他，“但是，”门房继续说道，“他不肯拿。”

安德烈的脸色顿时变白了。由于天黑，门房没有看到他这种变化。“什么！他不肯拿?”他用一种略带焦急的口吻问道。

“是的，他说想见见大人，但我告诉他说您出门去了。他坚持说要见您，但最后似乎相信了我的话，就交给了我这封信，这封信是他随身带来的，原来已经封好口了。”

“给我，”安德烈说，于是他借着车灯的光拆开了那封信：“你知道我住的地方。明天早晨九点钟，我等你来。”

安德烈仔细地检查了一下那封信，看是否曾被人拆开过，是否被人偷看过里面的内容，但这封信的封口完好，假如有人想偷看，则必须撕破封口，可封口丝毫未动。“好极了，”他说，“可怜！他真是一个老好人。”他丢下门房，让他去细细地咀嚼这几句话，而门房被弄得莫名其妙，不知道这主仆二人究竟哪一个更值得钦佩。

“赶快卸马，上来见我，”安德烈对他的马夫说，这个青年跑进了他的房间，立刻烧掉了卡德鲁斯的信。刚一做完，仆人就进来了。“你的身材和我差不多，庇利。”他说。

“非常荣幸，大人。”

“你昨天做了一套新制服?”

“是的，大人。”

“我今晚要跟一位漂亮的小姐约会，但我不想让人知道。把你那套制服借给我用一下，把证件也拿来，假如可以的话，我就能够在一家客栈里过夜了。”庇利遵命照办。五分钟之后，安德烈就化装妥当，叫了一辆双轮马车，离开了旅馆，吩咐车夫驶往洛基旅馆。第二天早晨，他像离开太子旅馆那样丝毫未被注意地离开了那家小客栈，穿过圣·安多尼路，顺着林荫大道走到密尼蒙旦街，在左边第三座房子门口停了下来。当时门房正好不在，他四下里张望，想找个人打听一下。

“你找谁呀，我的好小伙子？”对面卖苹果的女人问。

“找派里登先生，我的胖大妈。”安德烈回答。

“是那个退休的面包师吗？”卖苹果的女人问。

“非常正确。”

“他住在院子尽头左边的四层楼上。”

安德烈顺着她指的方向找去。在四楼的房间门外，他拉了拉兔掌形的拉铃绳，铃声立刻急促地响起来，由此看来，他拉铃的时候脾气坏极了。一会儿之后，卡德鲁斯的脸在门上的小洞里出现了。“啊，你很守时。”他一边说，一边拔开了门闩。

“当然！”安德烈说，他走了进去，使劲把帽子一摔，但没摔到椅子上，那顶硬边的制服帽在地板上骨碌碌地转了一个圈儿。

“喂，喂，我的小家伙，别生气呀。瞧，我很想念你呢。看看我们这顿丰盛的早餐吧，都是你爱吃的东西。”

安德烈的确嗅到了饭菜的香味，他对这种气味倒非常感兴趣，因为他实在饿极了。他所闻到的，是下等乡下厨房里所特有的那种马肉和大蒜的混合味。此外，还有红烧鱼的香味，而最强烈的，则是那刺鼻的茴香味。这些气味是从炉子上盖着的两个菜碟和放在铁炉上的一只锅里散发出来的。在隔壁房间里，安德烈看到一张非常干净的桌子，上面摆着两副餐具，两瓶酒，一瓶的封口是绿色的，一瓶的封口是黄色的，一只玻璃杯里装着很多白兰地，一只瓦盆里巧妙地堆叠着几种水果，水果底下垫着一片椰菜。

“你觉得如何，我的小家伙？”卡德鲁斯说，“呀，味道非常好，你知道我是一个烧菜的好手。还记得你以前常常舔手指头的事吗？凡是我能烧的菜，你都尝过，我想你对它们应该很喜欢吧。”卡德鲁斯一边说，一边继续剥洋葱。

“但是，”安德烈发火了，“哼！假如你这次打扰我，只是要我来和你吃一顿早餐，那真是活见鬼了！”

“我的孩子，”卡德鲁斯咬文嚼字地说，“我们可以边吃边谈嘛。喏，又忘恩负义啦！见一位老朋友让你感觉很不高兴吗？我可是高兴得直流眼泪啊。”

他确实正在流眼泪，但究竟那是高兴的结果，还是洋葱对杜加桥客栈老店主的泪腺起了作用，谁也说不清楚。

“闭上你的嘴吧，伪君子！”安德烈说，“你爱我？”

“是的，我真的爱你，说假话就天诛地灭！我知道这是我的弱点，”卡德鲁斯说，“但是我自己却无法克制。”

“可是那却并没有阻止你把我叫来，跟我玩鬼把戏。”

“喏！”卡德鲁斯说，并把他那把很长的小刀在围裙上抹了几下，“要不是我喜欢你，你觉得我会忍受你赐给我的这种可怜的生活吗？你姑且想想看。你身上穿的是你仆人的衣服，因此可知你雇着一个仆人，而我则没有仆人，我只得自己烧饭。你瞧不起我烧的菜，因为你可以在巴黎酒家或太子旅馆的餐厅里吃饭。嗯，我也可以雇个仆人，我也可以有一辆轻便马车，我也可以爱到哪儿吃饭就去哪儿吃饭，但我为什么不这样做呢？因为我不愿意让我的小贝尼代托不高兴。来！我这番话你总得承认是对的吧，嗯？”说这番话的时候，他目光中的含义是非常容易被读懂的。

“嗯！”安德烈说，“就算承认你是爱我的，但你为什么要我来和你吃早餐呢？”

“就是为了能看到你呀，我的小家伙。”

“我们一切都商量好了嘛，又何必再见我呢？”

“哎！好朋友，”卡德鲁斯说，“立遗嘱难道就没有附言吗？你主要是来吃早餐的，不是吗？嗯，请坐吧，我们先来吃这些鲱鱼，还有新鲜的奶油，你看，我把它放在葡萄叶子上，就是为了要讨你喜欢，你这浑蛋。啊，是的！你再观察我的房间，看我这四张凳脚椅子，看我这只值三个法郎一张的画片。但你还想能看到什么好东西呢？这里可不是太子旅馆。”

“喏！你愈来愈不知满足了，难道又不快乐啦？你本来只想扮演一位退休的面包师的。”

卡德鲁斯叹了一口气。

“嗯！你还有什么话要说？你已经看到你的梦想变成现实了。”

“我只能说那仍仅仅是一个梦想。我可怜的贝尼代托，一个退休的面包师是很富有的，他可以拿年金。”

“嗯，你不也一样可以拿年金呀。”

“我有吗？”

“是的，因为我已经把你那两百法郎带来了。”

卡德鲁斯耸了耸他的肩，“像这样向人讨钱用，实在太丢脸了，”他说，“一笔不稳定的收入不久或许就会断绝的。你看，我不得不省吃俭用，以防你的倒运。唉，我的朋友，命运是变化无常的，这是那个——那个军队里的教士说的话。我知道你的运气很好，你这浑蛋，你马上就要娶腾格拉尔的女儿了。”

“什么！腾格拉尔！”

“是的，是那样的！难道要我必须说腾格拉尔男爵吗？老实告诉你，贝尼代托伯爵，他是我的老朋友。如果他的记忆力不是那么糟的话，他应该来请我去喝你的喜酒，因为他曾参加了我的婚礼。是的，是的，参加了我的！当然！他以前可不像现在这样骄傲，那时的他只是那好心肠的莫雷尔先生手下的一个小职员。我跟他和马尔塞夫伯爵曾一起吃过好多次饭，所以你看，我也有一些体面的关系，要是我把那种关系稍加发展，我们或许还能在同一个客厅里见面。”

“哼，你的妒忌心简直使你异想天开了，卡德鲁斯。”

“异想天开也很不错呀，我的贝尼代托，我知道自己在讲什么。或许有一天我会穿上像样的衣服，走到他们家的大门口，说：‘请开门！’

但现在，我们先坐下来吃东西吧。”

卡德鲁斯自做榜样，胃口极好地吃起那顿早餐来，每端一样菜到他的客人面前，就称赞一番。客人似乎屈服了，他拔出了酒瓶塞子，割了一大块鱼以及大蒜和肥肉。

“啊，伙伴！”卡德鲁斯说，“你同你的老东家渐渐地好起来了吧！”

“是的。”安德烈回答，他那年轻而强健的胃口暂时压倒了其他的一切。

“那么你非常喜欢这些菜了，乖儿子？”

“很喜欢，我感到奇怪的是一个人能吃到这么好的东西，怎么还要抱怨说生活太苦。”

“你难道看不出来吗？”卡德鲁斯说，“我虽然快乐，但脑子里却总放不下一个念头。”

“什么念头？”

“那就是，我是靠朋友过活的——我，我向来都是自己养活自己的。”

“你不必为这点感到不安，我还养得起一个人。”

“不，真的，信不信由你，每到月底，我心里就懊恼极了。”

“善良的卡德鲁斯！”

“以至昨天我不肯接受那两百法郎。”

“是的，你想跟我说说话。但请给我说你的真实想法，你真的很悔恨吗？”

“真的很悔恨，而且，我忽然有了一个想法。”

安德烈不禁打了个寒战。卡德鲁斯每想起一个念头，他总是要打寒战。

“这真痛苦，你看可不是吗？老是要等到每个月的月底。”

“噢！”安德烈决定严密关注他的同伴，就以哲学家的口吻说，“人生不就是在等待中过去的吗？举个例子来说，我的情形难道比你好吗？嗯，我很耐心地等待着，不是这样吗？”

“是的，因为你所等待的不仅仅是区区两百法郎，而是五六千，或许一万，一万两千，因为你是个狡猾的家伙。过去，你总是藏着一个小钱袋，想瞒过你这可怜的朋友卡德鲁斯。幸亏这个朋友有一个很灵敏的鼻子。”

“你又来啰唆了，谈来谈去总是谈过去的事情！你用那种事来打扰我有什么用呢？”

“啊！你才二十一岁，能够忘记过去。可我已经是五十岁的人了，我不得不怀念那些往事。还是让我们回到正经事上来吧。”

“好的。”

“我想说，如果我处于你的位置——”

“那又如何？”

“我就得想方设法地去实现——”

“你想实现什么？”

“我会以买农场为借口，要求预支六个月的钱，有了这六个月的收入，我就可以溜之大吉了。”

“嗯，嗯，”安德烈说，“这个想法倒不错。”

“我的好朋友，”卡德鲁斯说，“吃了我的面包，就接受我的忠告吧。不论从肉体或精神上讲，你都决不会吃亏的。”

“但是，”安德烈说，“你为何不按你给我的忠告去做呢？你为什么不预支六个月甚至一年的收入，然后隐退到布鲁塞尔去呢？你不必伪装退休的面包师，而是一个破产者，那也非常不错呀。”

“只有一千二百法郎，你让我怎么退休呢？”

“啊，卡德鲁斯，”安德烈说，“你多贪心呀！一个月以前，你还在饥饿中挣扎。”

“胃口是越来越大的呀，”卡德鲁斯说，他狞笑了一下，像猴子大笑或老虎咆哮时那样露出了他的牙齿，“而且，”他用他那又大又白的牙齿咬下了一大块面包，又说道，“我想出了一个计划。”卡德鲁斯的计划比他的念头更让安德烈感到害怕，念头只是胚胎，计划却是现实了。

“让我来看看你的计划吧，我敢说那肯定非常不错。”

“为什么不呢？我们离开那个地方的计划是谁想出来的，难道不是我吗？我相信那个计划非常不错。因为我们现在已经到了这儿了。”

“我并非在说你从来不曾想出过一个好计划，”安德烈回答，“但且让我们来看看你现在的这个计划吧。”

“嗯，”卡德鲁斯说，“你能不花一分钱就让我获得一万五千法郎吗？不，一万五千还不够，要是少了三万法郎，我就无法再做一个规规矩矩的人。”

“不，”安德烈毫无兴趣地答道，“不，我不能。”

“我想你大概还没弄懂我的意思，”卡德鲁斯心平气和地回答说，“我是说你自己不必掏一分钱。”

“你要我去偷去抢，把我的好运——我们两个人的好运——就此断送掉，把我们两个人再拖进那个地方去吗？”

“我倒毫不在乎，”卡德鲁斯说，“即使再被捉去也无所谓，我是一个孤零零的可怜虫，有时候很怀念我那些老同伴。我与你可不同，你是一个没心没肺的人，只希望永远不再见到他们。”

安德烈这次不仅打了一个寒战，而且脸色也变苍白了。

“得了，卡德鲁斯，别说废话了！”他说。

“你不要急，我的小贝尼代托，我并不要你帮我去弄那五万法郎，而只是要你给我说明一些情形，我自然能想办法的。”

“那么，让我来看看吧！我来给你考虑考虑！”安德烈说。

“目前，你能把我的月薪提高到五百法郎吧，我的小家伙？我有个想法，那就是很想雇一个管家。”

“好吧，就给你五百法郎，”安德烈说，“但在我这方面，已经是很为难的了，我可怜的卡德鲁斯。你利用——”

“嘿！”卡德鲁斯说，“你的身边就有取之不尽、用之不竭的宝库哪。”

或许有人会说安德烈正期待着他的同伴说这句话，因为他的眼睛顿时亮了起来，但那种光马上就消失了。

“不错，”他答道，“我的保护人对我非常亲切。”

“可爱的保护人！”卡德鲁斯说，“他每月给你多少钱？”

“五千法郎。”

“你给我五百，他给你五千！真是的，只有私生子才能有如此好运。五千法郎一个月！那么多钱你如何用呢？”

“噢，那很快就会被花光的，所以就像你一样，我也需要一笔本金。”

“一笔本金！是的，我明白，人人都希望有一笔本金呀。”

“嗯！我可以弄到一笔。”

“是谁给你呢？是你那位王爷吗？”

“是的，是我那位王爷。”

“但你不得不等一下了吧？”卡德鲁斯问。

“等到他死的时候。”

“等到你的那位王爷死的时候？”

“非常正确。”

“因为什么呢？”

“因为他在遗嘱里写明要遗赠给我一笔钱。”

“是真的吗？”

“以我的人格担保。”

“给你多少？”

“五十万！”

“就这么个数目！那实在是太少了！”

“但情况确实如此。”

“不，不可能的！”

“你是我的朋友吗，卡德鲁斯？”

“当然，我们是生死之交的朋友。”

“那么，我来告诉你一个秘密吧。”

“什么秘密？”

“要记住——”

“啊，当然啰！决不会泄露。”

“嗯！我想——”

安德烈住了嘴，往四下里张望了一下。

“你在想什么？别怕，真的！这里只有我们两个人。”

“我想我已经发现了我的父亲。”

“你的亲生父亲？”

“是的。”

“不是老卡瓦尔康蒂？”

“不，因为他已经走了，我说的是亲生父亲。”

“那么，那个父亲就是——”

“嗯，卡德鲁斯，就是基督山伯爵。”

“什么！”

“是的，你也明白，一切都非常明白。看来他不能公开承认我，所以他通过卡瓦尔康蒂先生来达到那个目的，因为这件事他给了他五万法郎。”

“五万法郎做你的父亲！只要一半我就干了，有两万，有一万五千，我也绝对干的。你为什么不愿意见我呢，你这个忘恩负义的家伙？”

“这件事事先我怎么知道？我们还在那个地方的时候一切就都安排好了。”

“啊，这倒也是！而你说，在他的遗嘱里——”

“留给了我五十万里弗。”

“你可以确定吗？”

“他给我看过的。事情还不仅仅如此，遗嘱里还有一笔附言。”

“非常有可能。”

“在那笔附录里，他认可了我。”

“噢，善良的父亲！勇敢的父亲！万分忠实的父亲呀！”卡德鲁斯一边说，一边把一只菜碟抛到空中，又用双手将它接住。

“现在你自己说吧，我对你隐瞒什么了吗？”

“没有，依我看来，你对我的信任也为你增光不少，你那位富甲王侯的父亲很有钱、非常有钱吗？”

“是的，那倒是事实，他自己也不知道他的财产到底有多少。”

“有这样的事情吗?”

“我看那是非常明显的了。我常常待在他的家里，有一天，银行里的一个职员用一只和你的菜碟差不多大小的文书夹了五万法郎给他送来。昨天，银行里的人又给他带来了十六法郎的金币。”

卡德鲁斯感到非常吃惊。在他听来，这个青年人的话简直如同金属那样响亮，他好像已听到了金路易叮当响的声音。“你能走进那座房子?”他直率地喊道。

“只要我高兴，随时都可以进去。”

卡德鲁斯想了一会儿，他脑子里正在思考一个重要的问题，这是显而易见的。然后他突然大声说道：“我多想去看看呀！那一定很美吧!”

“是的，的确，非常美。”安德烈说。

“他不是住在香榭丽舍大道吗?”

“是的，三十号门牌。”

“啊!”卡德鲁斯说，“三十号。”

“是的，一座很漂亮的孤立的房子，正面有前庭，后面有花园，你肯定认得的。”

“也许，但我所关心的并不是它的外表，而是它的内部。里面的家具一定漂亮极了!”

“你见过土伊勒里宫没有?”

“没见过。”

“嗯，它胜过了那座王宫。”

“安德烈，不知那位好心肠的基督山先生要什么时候才能扔一个钱袋下来?”

“噢！不必等他扔下一个钱袋来，”安德烈说，“那座房子里的钱就像果园里的果子那么多。”

“你应该找个合适的时间带我到那儿去一次。”

“我怎么能这样呢？借口是什么呢?”

“你说得很对，但你已经使我流口水了。当然啰，我一定要去看看，我能够想出一个办法的。”

“别说废话了，卡德鲁斯!”

“我可以伪装成一个擦地板的工人，找上门去。”

“所有的房间都铺着地毯。”

“嗯，那么，我只能在想象中看看那一切来聊以自慰了。”

“那再好不过了，相信我吧。”

“它究竟是怎么样的呢？至少也得给我一个印象呀。”

“我如何形容呢?”

“那是再容易不过的事了。那房子大不大?”

“一般。”

“位置如何?”

“真的，我得要支笔、墨水和纸来画幅图了。”

“都在这里，”卡德鲁斯连忙说，他从旧写字台里拿出了一张白纸、笔和墨水，“喏，”他说，“都给我画在这张纸上吧，我的孩子。”

安德烈带着一个难以觉察的微笑拿起笔，开始画起来。

“那座房子，我已经说过，前后都有庭园，是这个样子的，你明白了吗?”安德烈把花园、房屋和前庭都画了出来。

“墙头非常高吗?”

“也就八到十尺。”

“这么谨慎呀。”卡德鲁斯说。

“前庭里有子树盆景、草地和花丛。”

“有铁丝网吗?”

“没有。”

“马厩呢?”

“在大门的两侧，就是这个地方。”安德烈继续画他的草图。

“让我们来看看楼下的情形吧。”卡德鲁斯说。

“楼下那一层是餐厅、两间客厅、弹子房，大厅里有一座楼梯，后面有一座小楼梯。”

“那么窗子呢?”

“窗户也华丽得很，很漂亮，非常大，我相信像你这样身材的人，从那个窗眼里钻进去都不成问题的。”

“有了如此大的窗户，他们干吗还要装楼梯呢？”

“阔人家里是什么都有的。”

“百叶窗呢？”

“有的，但向来不用。基督山伯爵是一个非常特别的人，他甚至喜欢在夜里看天空。”

“仆人们住在哪里呢？”

“噢，他们自己有一座房子。右边这儿有一间很小的车房，里面有梯子。嗯！那间车房的楼上就是仆人的房间，里面有拉铃，能够和正屋里的房间通消息。”

“啊，见鬼！你说有拉铃？”

“你这话是什么意思？”

“噢，没什么。我只是说，装那些拉铃要花费很大一笔钱，而它们的用途也是我很想知道的。”

“以前晚上有一只狗在园子里巡逻，但它已被带到欧特伊别墅去了。就是你去过的那个地方，这个你是知道的。”

“对，我知道。”

“我昨天还对他说：‘你太大意了，伯爵阁下，因为当您带着仆人到欧特伊去的时候，这座房子就是空着的。’他说：‘那又怎么样？’我回答说：‘那样，您总有一天会被别人偷去东西的。’”

“他是怎么说的？”

“他说：‘即使有人来偷，我又何必在意呢？’”

“安德烈，他的写字台是有机关的。”

“你这句话怎么讲？”

“是的，那机关能捉贼和发警报。我听人说，上次博览会上展出的就有那种东西。”

“他只有一个桃花心木的写字台，钥匙总是插在抽屉上。”

“他没有遭过偷盗吗？”

“没有，他的仆人都对他非常忠心。”

“那写字台里应该有点钱吧?”

“也许有。谁都不知道那里面装的是些什么东西。”

“那写字台在什么地方?”

“在二楼。”

“也画个二楼的图给我看看，就像你画楼下的那张一样，我的孩子。”

“那很简单。”安德烈拿起笔来，“二楼上，你看，这是候见室和客厅，客厅的右面是一间藏书室和一间书房，左面是一间卧室和一间更衣室。那个值得注意的写字台就在更衣室里。”

“更衣室里有窗子吗?”

“有两个窗口。一个在这儿，一个在那儿。”安德烈在那个房间上画上了两个窗口。在他的草图上，更衣室是屋角上的一个小方块，旁边是一个长方形，那是卧室。

卡德鲁斯做出了一副沉思的模样。“他常常到欧特伊去吗?”他问道。

“每星期去两三次。举例来说，明天他就要到那儿去过一天一夜。”

“你可以肯定吗?”

“他已请我到那儿去吃饭。”

“这种生活倒非常不错，”卡德鲁斯说，“城里有一座房子，乡下有一座房子。”

“这就是有钱的好处。”

“你明天去那儿吃饭吗?”

“也许是去的。”

“你到那儿去吃饭，你也住在那儿吗?”

“只要我高兴，在那儿就等于是在自己家里。”

卡德鲁斯望着那个年轻人，像是要从他的心里掏出真情来似的。安德烈从他的口袋里摸出了一只雪茄烟盒子，拿了一支雪茄，静静地点上，开始抽起烟来。“你那五百法郎什么时候要?”他对卡德鲁斯说。

“现在就要，如果你有的话。”

安德烈从他的口袋里摸出了二十五个金路易来。

“是金货吗?”卡德鲁斯说，“不，谢谢你。”

“噢！你看不起它。”

“恰恰相反，我非常尊重它，却不愿意要它。”

“你可以去兑换的呀，傻瓜，金市可以多兑五个铜板。”

“非常正确。而那个兑钱的人就会跟随着你的朋友卡德鲁斯，拉住他，问他哪个农夫会用金币付地租。别说废话了，我的好人，给银币吧，圆圆的，上面有人头像的那种。五法郎的银币谁都会有的。”

“但你以为我身边会带着五百法郎的银币吗?那样的话我得雇一个挑夫了。”

“嗯，留在你的门房那儿吧，他是非常可靠的。我自己去拿好了。”

“今天?”

“不，明天，今天我没有时间。”

“好吧，明天我到欧特伊去的时候交给门房好了。”

“你确定能拿得到吗?”

“非常确定。”

“因为我要利用它来雇一个管家。”

“得了！完了吗?哼！你不再来折磨我了吗?”

“决不了。”卡德鲁斯的脸色已变得如此阴沉，安德烈非常害怕他又会来一个变化，便加倍装出愉快和随便的神情。

“你多快活呀!”卡德鲁斯说，“人家会说你已经获得你那笔产业了呢。”

“没有呢，可惜得很。但当我得到的时候——”

“如何?”

“我会记得老朋友的。无须再多说了。”

“是的，因为你的记忆力是如此的强。”

“你要怎么样?我还以为你要敲我的竹杠呢。”

“我?真是异想天开！我要再给你一个很好的忠告。”

“什么忠告?”

“留下你手上的那枚钻戒，否则我们都会被它连累的。你这股傻劲会把你和我都搅得身败名裂。”

“怎么会呢?”安德烈说。

“怎么会？你身上穿着制服，你把自己化装成一个仆人，可手指上却戴着一枚价值四五千法郎的钻戒。”

“唷，你说得真正确，你为什么不去做拍卖商呢?”

“我对于钻石还是知道一点的，我自己也曾有过。”

“你尽管吹牛吧。”安德烈说。卡德鲁斯唯恐安德烈听到这个新的苛求会动怒，但安德烈却没有发怒，反而平心静气地把那枚戒指摘了下来。卡德鲁斯非常仔细地查看那枚戒指，安德烈知道他在检查棱角是否锋利。

“这是一只假钻石。”卡德鲁斯说。

“喏，喏，又在开玩笑了吗?”安德烈答道。

“别生气，我们可以试一试。”卡德鲁斯走到窗前，用钻石去划玻璃，发现确实能划破。

“老天爷!”卡德鲁斯一面说，一面把钻戒戴到小手指上，“我错了，但那些做贼的珠宝商模仿得这样惟妙惟肖，以至盗贼不再冒险去珠宝店偷盗了，这对扒手手段的发展是一种阻碍。”

“你现在说完了吗?”安德烈说，“你还要什么东西？要不要我的背心或我的证书？反正你现在已经做开头了，尽管说吧。”

“不，归根结底，你是一个好同伴。我不耽搁你了，我得自己设法来治疗我的野心。”

“但小心啊，你怕接受金币，当心在卖钻戒的时候再发生这样的事情。”

“我不卖的，别怕。”

“至少在后天以前不要卖掉。”那青年人想。

“幸运的乖儿子呀!”卡德鲁斯说，“你是要去找你的仆人、你的马、你的车子和你的未婚妻去了吧!”

“对。”安德烈说。

“好吧，我希望你在和我朋友腾格拉尔的女儿结婚的那天，能送给我一个漂亮的结婚礼物。”

“我已经告诉过你了，那是心中的一个幻想。”

“她有多少财产？”

“我对你说了——”

“一百万吗？”

安德烈耸耸肩膀。

“就算是一百万吧，”卡德鲁斯说，“不管你能得到多少，但是却永远比不上我祝愿你获得的数目。”

“谢谢你。”青年人说。

“噢，我真的诚心诚意地希望你发财！”卡德鲁斯带着他那种嘶哑的笑声说，“且慢，我来给你开门。”

“不必劳驾您了。”

“不，要开。”

“为什么？”

“因为这里边有一个小小的秘密，一种我认为很值得采取的预防措施——一把经过葛司柏·卡德鲁斯设计并加以改良过的保险锁，当你成为一个资本家的时候，我可以给你照样造一把。”

“谢谢你，”安德烈说，“我在一星期以前通知你好了。”他们分别了。卡德鲁斯站在楼梯口，目送安德烈走下三重楼梯和天井。然后他急忙回来，小心翼翼地关上他的房门，像一个建筑师似的开始研究安德烈留给他的那张图样。

“可爱的贝尼代托，”他说，“我想他会非常高兴地继承那财产的，当他摸到他那五十万法郎的时候，还不至于把那个使他提前拿到那笔款子的人作为他最坏的朋友吧。”

第八十二章　夜盗

在我们所叙述的那一场谈话发生后的翌日，基督山伯爵便带着阿里以及几个随从前往欧特伊了，他们还带了几匹马，想要去那里验证它们品质如何。这次他出门，安德烈并不知晓，甚至就连伯爵自己也从未想到；这次他去欧特伊是由贝尔图乔一手促成的，事情的起因是他刚从诺曼底回来，并带回了关于房子和单桅船的消息。房子已经安排妥当，而那艘单桅船也在一星期前到了，现已下锚泊在一条小溪里，船上的六个船员也都将必要的手续办妥，万事俱备，随时都可以出海。对于贝尔图乔的热情帮助，伯爵赞赏了几句，并嘱咐他做好随时起程的准备，因为他待在法国的时间可能会很短暂，绝不会超过一个月。

他说道："现在，我可能需要一夜的时间从巴黎到黎港，准备好八匹快马以备不时之需，最好能让我在十小时之内走完一百五十里的路程。"

"大人已经表示过那种希望了，"贝尔图乔说，"那些马已经准备好了，都是我亲自去买的，地点也是我亲自去选定的。我所选的都是最适宜的地点，就在没有人驻足的普通小村子里。"

"那很好，"基督山伯爵说，"我要在这儿住一两天，你据此去布置吧。"

贝尔图乔正要离开房间去做必要的吩咐，巴浦斯汀开门进来了，他拿着一只银盘，银盘上放着一封信。

"你到这儿来干什么？"伯爵看到他那种风尘仆仆的样子，就问道，"我想，我并没有派人去叫你吧？"

巴浦斯汀并不回答，走到伯爵面前，呈上那封信。“是紧要的急信。”他说。伯爵拆开信，读道：

兹通知基督山先生：今天晚上有人要到他香榭丽舍大道的家里去，想在更衣室的写字台里窃取某些文件。伯爵素以勇敢闻名，因而没有必要请警察局帮忙，警察局的干涉可能会严重地影响到送这封忠告信的人。伯爵只要躲在寝室的门窗后面，或隐藏在更衣室里，就足以独自保护他的财产。过多的侍从或明显的防范会阻止那个恶棍的出现；而基督山先生也会因此丧失发现一个敌人的机会。写这封警告信给伯爵的人是恰巧探听到这个企图的，如果这第一次失败，将来再发生同样的事情时，他就不能再来警告了。

伯爵最初以为是贼党的一个诡计——是一套大骗法，要把他的注意力转移到一个较小的危险上去，以便使他遭受更大的危险。他原想不顾及他那位匿名朋友的劝告——或许正因为那个劝告——要把那封信送到警察总监那儿去，但转念一想，那或许真的是一个只有他自己才能认识的仇人，如果真是如此，那么还是他独自对付为妙。我们知道伯爵是怎样的一个人，他的脑子里有着坚强而大胆的意志，他自称天下没有不可能的事情，单凭那种魄力，就足以证明他与常人不同。根据他过去的生活，根据他那种无所畏惧的决心，伯爵在他以往所经历的种种斗争里获得了难以想象的好斗精神，有时他斗争的对象是自然，也就是上帝；有时他斗争的对象是世界，可以说是魔鬼。

“他们不是要我的文件，”基督山伯爵说，“他们是想来杀死我，他们不是窃贼，而是刺客。我不愿意让警察总监来干涉我的私事。我很有钱，大可不必为这件事用掉他部门里的一部分预算经费。”巴浦斯汀交了信以后就退出了房间，这会儿伯爵又把他叫了回来。“你回到巴黎去，”他说，“把那儿的仆人都找来，我要所有人都到欧特伊来。”

“那座房子里一个人都不留吗，大人？”巴浦斯汀问。

“不，留下门房。”

“大人，记得门房离正屋是很远的。”

“嗯！”

“假如有人去偷东西，他一点都听不到声音。”

“谁去偷？”

“贼。”

“你真是一个傻瓜，巴浦斯汀先生！贼也许会到房子里去偷东西，但那种事情却还不如有人不服从我更使我恼怒。”巴浦斯汀鞠了一躬。

“你明白我的意思了吗？”伯爵说，“把你的同伴都带到这儿来，全都过来。但一切东西照旧，只是把楼下的百叶窗关了。”

“二楼的呢？”

“你知道那儿的从来不关的。去吧！”

伯爵表示他想独自进餐，只要阿里一个人侍候他。他照旧从容不迫地吃了饭，然后向阿里做了一个手势，叫他跟随他。他从边门出去，走到布洛涅大道，好像无意似的踏上了到巴黎去的路，黄昏时候，发现自己已经到了香榭丽舍大道三十号对面。他的屋子里一片漆黑，只有门房的卧室里点着一盏昏黄的灯，正如巴浦斯汀所说，门房和正室之间还隔着四十步距离。基督山伯爵靠在一棵树上，用敏锐的目光搜索马路，审察往来的行人，仔细探望邻近的街道，看有没有人躲在那儿。这样过了十分钟，他相信并没有人在注意他。他急忙带着阿里趋向侧门，轻捷地用钥匙打开门上的锁，挨身进去，从仆人的楼梯走上他的寝室。他不曾掀动一张窗帷，所以甚至连门房都未曾怀疑到屋主已经回来，他始终认为那是一座空屋。一到寝室，伯爵就示意阿里止步，然后他走进更衣室里，详细检查了一番。一切都照旧——那张宝贵的写字台仍在原位，钥匙依旧插在抽屉上。他结结实实地把抽屉锁上，拿了钥匙，回到寝室门口，除掉了门上的搭扣，走进寝室。这当儿，阿里已准备好伯爵需要的武器——一支短柄的马枪和一对如单铳手枪一样容易瞄准的双铳手枪。有了这样的武装，伯爵手里就握有五个人的性命。那时大约是九点半。伯爵和阿里匆匆吃了一块面包，喝了一杯西班牙葡萄酒，然后基督山伯爵移开一块可移动的嵌板，来注视隔壁房间里的情形。手枪和马枪就在他身边，阿里站在他附近，手里握着一把自十字军以来从未变过样儿的阿拉伯小斧头。从和更衣室平行的寝室的窗口望去，伯爵可以看到外面的街道。两个钟头就这样过去了。夜色深沉，可是阿里和伯爵，前者由于他那野性的本质，后者无疑多亏他长期的狱中生活，使得他们能在黑暗中辨别出树枝的微动。门房里的那盏小灯早已熄灭。假如真的有人要来袭击的话，那么，他们应该从下面的楼梯上来，而不会从窗口进来。

在基督山伯爵看来，那些匪徒所要的是他的性命，而不是金钱。他们攻击的目标将是他的寝室，他们必须从后面的楼梯上来，或是从更衣室的窗口里进来。他让阿里守住通往楼梯的那个门口，自己则继续注视着更衣室。残废军人疗养院的时钟敲打十一点三刻了，西风带来了三下凄凉的、颤抖的钟声。当最后一刻钟声消逝的时候，伯爵好像听到更衣室的方向发出了一下轻微的响声。这是第一下响声，说得更准确些，这是一下刻划东西的声音，接着就来了第二下、第三下，当第四下响声发出的时候，伯爵知道那是怎么一回事了。一只坚定而熟练的手正在用一颗钻石刻划着一格玻璃窗的四边，伯爵感到他的心跳得更急促了。凡是事先知道要遭遇危险的人，当危险真正来临的时候，他们的心还是会猛跳，他们的身体还是会不由自主地颤抖，这就是梦境与现实以及计划与实行之间的区别。但基督山伯爵却只做了一个手势通知阿里，阿里知道危险是从更衣室那边传过来的，就向他的主人挨近了一点。基督山伯爵急于想确定敌人的人数和实力。

发出响声的那个窗口正和伯爵眺望更衣室的那个洞口相对。他的眼睛一眨不眨地盯着那个洞口。他在黑暗中辨别出一个人影，然后有一格玻璃变成不透明的了，像是在外面粘上了一张纸似的。接着，那一方块玻璃咔咔地响了一声，但并没有掉下来。一只手臂从窗洞里伸进来找搭扣，一秒钟以后，整个窗子开了，外面进来了一个人，只有一个人。

“那个浑蛋真大胆！”伯爵低声说。那时，阿里轻轻地在他的肩胛上拍了一下。他转过去，阿里指指寝室向街的那个窗口，基督山伯爵向那个窗口跨近三步，他知道他这个忠仆的目光非常敏锐。的确，他又看见了一个人，那个人正从门影里走出来，爬到矮墙顶上，似乎想探望里面的情形。“好！”他说，“有两个人，一个动手，一个望风。”他向阿里做了个手势，要他监视街上的那个人。自己则回来观察更衣室里的那一个。那个划玻璃的人已经进来了，正伸着两臂在那儿摸索。最后，他好像已经熟悉了房间里的情形。房间里有两扇门，他把那两个房门都闩上。当他走近通向寝室的那扇门的时候，基督山伯爵以为他会进来，就举起一支手枪，但他只听到门闩滑动的声音。这只是一种预防手段。那位午夜的访客因为不知道伯爵已把搭扣除掉，觉得自己现在已非常安全，就开始泰然自若地行动起来。他从口袋里摸出一样东西，但究竟是什么东西，伯爵看不清楚，只见他把那样东西放在一张茶几上，然后笔直地立到写字台前面，去摸抽屉的锁，而出乎他意料的是，钥匙竟没有在那儿。但那个划玻璃的是一个心思很周到的人，他带着各种应急用具。伯爵不久就听到一串钥匙的声音，就是锁匠总是放在身边准备开各种锁的那种钥匙串，这个玩意儿被窃贼们称之为“夜莺”，那无疑是因为开锁的时候它会唱出丁零当啷的夜曲的缘故。“啊，啊！”基督山伯爵带着一个失望的微笑低声说，“他原来只是一个贼！”

但那个人在黑暗里却找不到合适的钥匙。他拿起放在茶几上的那样东西，一按按钮，立刻就有一片仅可辨物的青白色的光映到那个人的手和脸上。“啊唷！”基督山伯爵吃惊地退后一步说，“这是——”

阿里举起他的斧头。

“不要动，”基督山伯爵低声说，“放下你的斧头，我们不必用武器。”因为伯爵刚才那声惊呼虽然很轻，却已惊动了那个人，他迅速翻出窗外，房间恢复了划玻璃时的状态。伯爵刚才所说的话是一个命令，因为阿里立刻无声地走出去，拿回来一件黑色的长袍和一顶三色帽。这当儿，基督山伯爵已经急忙脱掉外套、背心和衬衫，露出一件闪闪发光的柔软的钢丝背心。这种钢丝背心国王路易十六也曾穿过，只是路易十六并没有因为穿钢丝背心而保住性命，因为他最初只怕有人用匕首刺他的胸口，但结果却是脑袋被人砍了一斧头。这件钢丝背心不久就被淹没在一件长长的法衣底下了，他的头发也已被教士的假发所掩盖，再加上那顶三角帽，伯爵立刻就变成了一位神甫。

那个人听不到别的声音，就又耸起身来，当基督山伯爵快要化装完毕的时候，他已直趋到写字台前面，写字台上的锁也开始在他那“夜莺”的探试之下嘎吱嘎吱地响起来。“干得好！”伯爵低声说，他无疑很信任锁上的某种秘密机关，相信那个撬锁的人虽然聪明，恐怕也不一定能知道他有这种设备，“干得好！你还得工作几分钟呢。”于是他走到窗边。坐在矮墙上的那个人已经下去了，依旧在街上走来走去，但非常奇怪，他毫不顾忌从香榭丽舍大道或圣·奥诺路过来的行人。他似乎在全神贯注地想象伯爵屋里的情形，这唯一的目的全在于看清更衣室里发生了什么。

基督山伯爵突然拍了一下自己的前额，嘴唇上掠过一丝微笑，然后把阿里拖到身边，对他耳语说：“留在这儿，躲在黑暗里，不论你听到什么声音，不论发生什么事情，你都不要进来，也不要露面，除非我叫你。”阿里鞠了一躬，表示他已听明白，而且愿意服从。基督山伯爵于是从衣柜里拿出一支点燃着的小蜡烛，当窃贼正在全神贯注地拨弄锁的时候，他悄悄地推开门，小心翼翼地不使烛光直接照到他的脸上。那扇门开得如此静寂，以至那个窃贼竟一点都没有听到声音，但使他惊诧的是房间里竟忽然亮起来了，他转过身来。“晚上好，亲爱的卡德鲁斯先生！”基督山伯爵说，“你在这个时候到这儿来干什么？”

“布沙尼神甫！”卡德鲁斯惊喊道。他不知道这个怪人是怎么进来的，因为他已经把两扇门都闩住了，他手上的那串钥匙无力地落了下来，他一动不动地站着，惊呆了。伯爵走过去站在卡德鲁斯和窗口之间，这样就割断了窃贼唯一的退路，“布沙尼神甫！”卡德鲁斯又说，目光呆滞地看着伯爵。

“是的，当然啰，正是布沙尼神甫，因为我们自从上次见面以来，至少已有十年左右的时间了。”

布沙尼这种镇定、讽刺和大胆的态度使卡德鲁斯踉跄地倒退了几步。“神甫，神甫！”他喃喃地说，紧握着拳头，牙齿咯咯地发抖。

“你是要偷到基督山伯爵的头上来吗？”假神甫又说。

“神甫阁下，”卡德鲁斯惶恐地说，他想回到窗口那儿去，但窗口已被伯爵无情地挡住，“神甫阁下，我不知道——相信我——我向您发誓——”

“玻璃窗划破了一格，”伯爵又说，“一盏夜光灯，一串假钥匙，写字台的抽屉被撬开了一半——这已经非常明显了——”

卡德鲁斯急得直喘气，他四面观望，打算找一个角落躲进去，或找一条路逃走。

“算了，”伯爵继续说，“我看你还是和从前一样——是一个暗杀犯。”

“神甫阁下，既然你什么都知道，你就一定知道那件事不是我干的，而是卡康脱人干的，那已经在法庭上证实过了，因此我只会被判罚到苦工船上去做苦工。”

“那么，既然你已从那儿回来，你的服刑期大概已经满了吧?”

“不，神甫阁下，我是被一个人救出来的。”

“那个人倒对社会做了非常有益的事情。”

“啊，”卡德鲁斯说，“我曾答应——”

“但你却践踏了你的诺言!”基督山伯爵打断他的话说。

“唉，是的!”卡德鲁斯非常不安地说。

“旧病复发！而那种毛病，如果我没有弄错的话，是会把你带到格里维广场[1]去的。那就糟了，那就糟了！劣性难改！这是我国的一句俗语。”

“神甫阁下，我是被迫——”

“每一个犯人都会如此这般地说。”

“因为穷——”

“哼!”布沙尼轻蔑地说，“贫穷可以迫使一个人乞求施舍，或迫使他到一家面包店门口去偷一块面包，但却不会迫使他到有人住的房子里去撬开一张写字台。再说，当珠宝商蒋尼斯向你买我给你的那枚钻戒的时候，你刚刚拿到四万五千法郎，便立刻杀死了他，要把钻戒和钱一同拿到手，那也是因为穷吗?”

“饶了我吧，神甫阁下!”卡德鲁斯说，“你救过我一次，就再救我一次吧!”

“这种话并不十分动听。”

“你只是一个人呢，还是另外有兵埋伏在那儿准备捉我，神甫阁下?”

---

① 巴黎处决死刑犯的地方。

"我只有一个人，"神甫说，"我可以再可怜你一次让你逃走，不怕自己将来后悔当时心肠太软——只要你对我说实话。"

"啊，神甫阁下，"卡德鲁斯紧握着双手喊道，并向基督山伯爵靠近一些，"我的确该说你是我的救世主！"

"你曾说有一个人把你从苦工船上救出来？"

"是的，确实是这样的，神甫阁下。"

"救你的那个人是谁？"

"一个英国人。"

"他叫什么名字？"

"威玛勋爵。"

"我是认识他的，所以我将来能够知道你究竟有没有说谎。"

"神甫阁下，我对你说的都是实话。"

"那么是这个英国人保护了你？"

"不，不是保护了我，而是保护了一个年轻的科西嘉人——和我拴在一条铁链上的同伴。"

"这个年轻的科西嘉人的名字叫什么？"

"贝尼代托。"

"那是一个教名。"

"他再没用别的名字了。他是一个弃儿。"

"那么这个青年人和你一块逃走了？"

"是的。"

"他是怎样逃走的？"

"我们在土伦附近的圣·曼德里工厂做工。你知道那地方是吧？"

"对，我知道。"

"嗯，在午睡的时候，就是在中午十二点到一点钟之间——"

"苦工船上的奴隶吃过午饭以后竟还能打瞌睡！我们确实应该多可怜可怜那些穷人了！"神甫说。

"不，"卡德鲁斯说，"一个人不能永远做工呀，我们又不是一条狗！"

"还是可怜狗好！"基督山伯爵说。

"当其余那些人睡觉的时候，我们走远一点，用那个英国人给我们的锉刀砍断我们的脚镣，然后游泳逃走。”

“那么这个贝尼代托后来怎么样了?”

“我不清楚。”

“你应该知道。”

“不，真的，我们在耶尔就分手了。”为了加重这句话的语气，卡德鲁斯又走近了神甫一步，神甫一动不动地站在原来的地方，态度很坚决，目光中带着询问的神情。

“你撒谎!”布沙尼神甫用一种使人无法抗拒的威严的口气说。

“神甫阁下!”

“你撒谎！这个人依旧是你的朋友，你或许还在利用他来做你的同党。”

“噢，神甫阁下!”

“自从你离开土伦以来，你是怎么生活的？回答我!”

“我能获得什么就吃什么。”

“你撒谎!”神甫第三次说这句话，口吻之前更威严了。

卡德鲁斯吓得呆呆地望着伯爵。

“你是靠他给你的钱生活的。”

“是的，不错，”卡德鲁斯说，“贝尼代托已变成一个大贵族的儿子了。”

“他怎么可能变成一个大贵族的儿子呢?”

“他原本就是他的儿子。”

“那个大贵族叫什么名字?”

“基督山伯爵，就是我们目前所在的这座房子的主人。”

“贝尼代托是伯爵的儿子!”基督山伯爵答道，这次可是轮到他表示吃惊了。

“嗯！我认为是的，伯爵给他找了一个假父亲，每月给他四千法郎，并且伯爵在遗嘱里留给他五十万法郎。”

“哦，哦!”假神甫说，他开始明白了，“那个青年人现在叫什么名字呢?”

“安德烈·卡瓦尔康蒂。”

“那么，就是我的朋友基督山伯爵曾在家里招待过，并快要和腾格拉尔小姐结婚的那个青年人了？”

“非常正确。”

“你这个浑蛋！——你，你知道他过去那种可耻的生活，你竟隐瞒不说吗？”

“我何必要阻碍一个伙伴的好事呢？”卡德鲁斯说。

“你说得对，去通知腾格拉尔先生的不是你，而应该是我。”

“别那么做，神甫阁下。”

“为什么呢？”

“因为你会把我们两个都弄垮的。”

“但你觉得，为了救你们这样的恶棍，我竟能纵容你们的阴谋，做你们的帮凶吗？”

“神甫阁下。”卡德鲁斯说，又靠近来一些。

“我要将一切都揭露出来。”

“向谁揭露？”

“腾格拉尔先生。”

“天哪！”卡德鲁斯一面喊，一面从他的背心里拔出一把张开的小刀，向伯爵的胸口刺去，“你什么都将揭露不了啦，神甫阁下。”

使卡德鲁斯万分吃惊的是，那把小刀非但没有刺进伯爵的胸口，反而折断刀锋弹了回来。此时，伯爵用他的左手抓住那暗杀者的手腕，用力一扭，那把小刀就从他僵硬的手指间掉了下来。卡德鲁斯发出一声痛苦的尖叫，但不管他怎么叫，伯爵继续扭那匪徒的手腕，直到他的手臂脱节，直到他跪下来，又跌倒在地板上。于是伯爵用一只脚踏住他的头，说：“我不知道究竟是什么力量阻止我不踏破你的脑袋，你这浑蛋！”

“啊，发发慈悲吧，发发慈悲吧！”卡德鲁斯喊道。

伯爵收回他的脚，“起来！”他说。

卡德鲁斯爬起身来，“噢，你的腕力多大呀，神甫阁下！”他说，一面拍打着他那条被钳得青紫斑斑的手臂——“多大的腕力呀！”

“住口！是上帝给我力量来制服像你这样的野兽。我是在替上帝行道——记住吧，畜生！我现在饶赦你，也是为了他。”

“噢！”卡德鲁斯痛苦地呻吟着说。

“拿着这支笔和这张纸，我讲你写。”

“我不会写字，神甫阁下。”

“你撒谎！赶紧拿起这支笔，写！”

卡德鲁斯慑于神甫的威严，坐下来写道：

> 先生，现在蒙你优礼接待，快要和令媛结婚的那个人是和我一同从土伦苦工船里逃出来的重犯，他是五十九号，我是五十八号。他名叫贝尼代托，但他却不知道他的真姓名，因为他始终不知道他的父母是谁。

“签名！”伯爵继续说。

“你这不是要断送我的性命吗？”

“傻瓜，假如我要断送你的性命，我就会把你拖到最近的警察局去。而且，这封信一发出去，你大概就可以不再有什么恐惧的了。所以，签名吧！”

卡德鲁斯签了名。

“地址是：‘安顿大马路，腾格拉尔男爵府。’”

卡德鲁斯写上了地址。神甫接过那张信笺。“现在，”他说，“够了，去吧！”

“从哪一条路出去？”

“按你来时的那条路。”

“你是说我从那个窗口出去吗？”

“你进来的时候就非常方便呀。”

“噢！你已经想好了一个打击我的计划了吧，神甫阁下。”

“呆子！我能有什么计划呢？”

“那么，不让我从大门出去的原因是什么？”

“把门房吵醒有什么好处？”

“神甫阁下，告诉我，你不希望看到我死吧？”

“我以上帝的意志做我所希望的。”

“但你发一个誓，决不会在我下去的时候打我。”

“怯懦的傻瓜！”

“你准备把我怎么样？”

“我问你我能把你怎么样？我曾尝试着想把你造成一个快乐的人，但却把你造成了一个暗杀者。”

“神甫阁下，”卡德鲁斯说，“再来尝试一次，再试一试我吧！”

“好的，”伯爵说，“听着！你知道我是一个信守诺言的人。”

“是的。”卡德鲁斯说。

“假如你平平安安地回到了家里——”

“除了你，我还有什么好怕的呢？”

“如果你平平安安地回到了家里，就离开巴黎，离开法国，无论你在什么地方，只要你规规矩矩地做人，我就会派人送你一笔小小的养老金。因为假如你平平安安地回到了家里，那么——”

“那么？”卡德鲁斯打了一个寒战。

“那么我就相信上帝已宽恕你，而我也可以宽恕你了。”

“说实话，”卡德鲁斯结结巴巴地说，“你简直要把我吓死了！”

“快去吧！”伯爵指着窗口说。

卡德鲁斯虽然得到了这一番保证，却依然并不十分放心，他两腿跨出窗外，站在梯子上。

“快下去。”神甫交叉着两臂说，卡德鲁斯知道没必要再怕他了，就开始下去。于是伯爵把那支小蜡烛移到窗前，使香榭丽舍大道上可以看到有一个人在从窗口里往外翻，一个人则拿着一支蜡烛给他照明。

“你这是干什么，神甫阁下？要是有巡警经过可怎么好呢？”于是他吹灭蜡烛，走了下去，直到他的脚踏到地面的时候才放心了。

基督山伯爵回到他的寝室里，然后急速地从花园望到街道。他先看卡德罗斯走到花园的墙脚下，把梯了靠在墙上，靠梯了的地点和进来的时候不同。然后伯爵向街上望去，看见那个似乎在等待的人向相同的方向奔过来，躲在卡德鲁斯就要翻出去的那个墙角里。卡德鲁斯慢慢地爬上梯子，从墙头上望过去，想看看街道是否静寂。他看不见人，也听不到声音。残废军人疗养院的时钟响了一下。于是卡德鲁斯骑在墙头上，把梯子抽起来，把它靠在墙外。然后他开始下去，或说得更准确些，是跨着梯子的两条直柱滑下去，这个动作他做得很悠闲自得，说明他是多么的训练有素。但一开始滑下去，他就无法停止了。虽然他在滑到一半的时候看见有一个人从阴影里出来，却也毫无办法；虽然他在滑到下面的时候看见有一条手臂举起来，却也毫无办法。在他还无法保护自己以前，那条手臂就已非常猛烈地击打到他的背上，他放开梯子，喊出一声"救命哪！杀人呀！"当他这样在地上滚来滚去的时候，对手抓住他的头发，在他的胸部又刺了一刀。这一次，卡德鲁斯虽然竭力想喊叫，但却只能发出一声呻吟。鲜血从他的三处伤口里汩汩地流出来，他的全身不由自主地打着寒战。凶手看到他已不能叫喊，就拉住他的头发，扳起他的头。他双眼紧闭，嘴巴歪在一边。凶手以为他已经死了，就放开他的头，溜走了。卡德鲁斯感到凶手已经离开，就用手肘撑起身体，以一种垂死的声音竭力大喊："杀人啦！我要死啦！救命呀，神甫阁下！救命呀！"

这种凄惨的呼喊刺破了黑暗。暗梯的门开了，接着，花园的侧门也开了，阿里和他的主人拿着蜡烛来到出事的地点。

第八十三章 上帝的手

卡德鲁斯继续着他的惨叫："救命呀！神甫阁下，请救命啊！"

"何事如此惊慌？"基督山伯爵问道。

卡德鲁斯立刻喊道："救命啊！我就要被人害死啦！"

"请勇敢一点，我们都在这儿！"

"完蛋啦！你们来迟了一步，只不过是来给我送终而已。好多血！刺得太深了！"说完他便昏厥了。

阿里同主人一起合力将那位受伤的人抬到了一个房间中，基督山伯爵吩咐阿里脱了那人的衣服，在他的身上发现了三处令人咋舌的可怕伤口。"哦，上帝！"他惊叹道，"这都是报应啊，对于您来说可能有点迟了，但那只是为了施加更有力的报应。"阿里看着他的主人，等待着下一个命令。

"你立刻去叫检察官维尔福先生来这里，他就住在圣·奥诺路。出去的时候顺便帮我把门房叫醒，让他去请位医生过来。"阿里领命而去，此时房间里只有神甫和卡德鲁斯，而后者却昏迷不醒。

当那恶人又睁开他的眼睛的时候，伯爵正带着一种怜悯的神情望着他，他的嘴巴在微动，像是在做祷告。

"医生，神甫阁下，找一个医生来吧！"卡德鲁斯说。

"我已经派人去请了。"神甫回答。

"我知道他不能救我的命，但他也许可以让我多活一会儿，让我有时间告发他。"

“你是指告发谁?”

“告发杀我的凶手。”

“你认识他吗?”

“认识，他是贝尼代托。”

“那个年轻的科西嘉人?”

“是的。”

“你的同伙?”

“对。他给我这座房子的图样，无疑是希望我杀死伯爵，以便让他继承他的财产，或者伯爵杀死我，免得我阻碍他。他埋伏在墙角里，打算暗杀我。”

“我已经派人去请检察官了。”

“他是来不及赶到了，我觉得我的生命马上就要走到尽头了。”

“等一等!”基督山伯爵说，他离开了房间，不到五分钟，手里拿着一只小药瓶回来了。

那个垂死的人的眼睛不断地盯着那扇门，他希望救兵会从那扇门里进来。“赶快，神甫阁下！赶快！我又要昏过去啦!”

基督山伯爵走过去，把小瓶里的药水滴了三四滴到他那发紫的嘴唇上。卡德鲁斯深深地吸了一口气，“噢!”他说，“真是救命良药，多一点，多一点!”

“再多两滴就会杀死你。”神甫回答。

“噢，我只要求来一个人，让我向他告发那个恶棍就好了!”

“要我给你写口供吗？你只要签一个字就行了。”

“好的，好的。”卡德鲁斯说，想到死后能够复仇，他的眼睛顿时焕发出了光彩。

基督山伯爵写道：

我是被科西嘉人贝尼代托害死的，他是土伦苦工船上五十九号囚犯，是我一条锁链上的同伴。

"快！快！"卡德鲁斯说，"否则我就不能签字了。"

基督山伯爵把笔递给卡德鲁斯，卡德鲁斯集中了全部精力签了字，倒回到床上，说："剩下的由你来口述吧，神甫阁下，你可以说，他自称为安德烈·卡瓦尔康蒂，住在太子旅馆里。噢，我要死啦！"

说完，他又昏了过去。神甫让他嗅小瓶里的药水，于是他又睁开了眼睛。复仇的希望并没有舍弃他。

"啊，您会把我所说的一切都讲出来的吧，您答应吗，神甫阁下？"

"是的，而且还将会讲得更多。"

"您还打算讲些什么？"

"我要说，这座房子的图样无疑是他给你的，希望伯爵杀死你；我还要说，他写了一封信给伯爵，把你的企图告知他，伯爵不在，我读了那封信，于是就坐在这儿等候你。"

"他会被杀头的吧，是这样吗？"卡德鲁斯说，"答应我那一点吧，让我抱着那个希望死——那可以使我死得容易些。"

"我要说，"伯爵继续说，"他始终跟踪着你，监视着你，当他看到你从房子里出去的时候，就奔到墙角里躲了起来。"

"你都看到了所说的一切吗？"

"想一想我的话：'假如你平平安安地回到家里，我就相信上帝已宽恕了你，而我也将宽恕你。'"

"但你却不警告我一声！"卡德鲁斯用手肘撑起身体喊道，"你知道我一旦离开这座房子就要被人杀死，但你却不警告我！"

"不，因为我看上帝是在借贝尼代托在执行他的法律，我认为违反天意是在亵渎神明。"

"上帝的法律！算了吧，神甫阁下。假如上帝是公正的，你知道有许多本应该受惩罚的人现在却依旧逍遥法外。"

"耐心一点吧！"神甫说，他说这句话的口吻使那个垂死的人打了一个寒战，"耐心一点！"

卡德鲁斯吃惊地望着他。

"而且，"神甫说，"上帝是慈悲普赐的，他也曾对你慈悲过，他最初是一位慈父，后来才成为一位法官。”

“那么你非常相信上帝啰?”

“即使我命穷福薄，截至目前还不相信他，”基督山伯爵说，“但看到你这种情形，我也不得不相信了。”

卡德鲁斯举起他那紧捏的双拳，伸向天空。

“听着，”神甫一面说，一面伸出一只手虚悬在伤者的头上，似乎是要命令他相信一样，“你在你的灵床上竟然还拒绝相信上帝，而上帝却曾为你做过那么多事情：他给你健康、精力、正当的职业，甚至朋友——这种生活，凡是良心安稳、没有非分之想的人，的确是可以非常满足的了。他很少赏赐这么多的恩惠给人，而你不仅不想好好利用这些天恩，却反而自甘怠惰酗酒，在一次酩酊大醉中断送了你一个最好的朋友。”

“救命呀!”卡德鲁斯喊道，“我要的是一位医生，而不是一个教士。或许我所受的不是致命伤，或许我还不会死，或许他们还能救我的命。”

“你的伤是非常致命的，要不是我给你滴了三滴药水，现在你早就死了。所以，听着吧。”

“啊!”卡德鲁斯低声地说，“你这个神甫如此古怪！你非但不安慰垂死的人，反而逼迫他们绝望。”

“听着，”神甫继续说道，“当你出卖你的朋友的时候，上帝并不马上惩罚你，而只给你一个警告。你被贫穷所迫，半辈子都贪望富贵，却不想用正当的手段去寻求；你借口生活所迫想去犯罪。那时，上帝为你创造了一个奇迹，借我的手送给了你一笔财产。对你来说，那已是非常可观的了，因为你不曾有过什么财产。但当你获得了那笔意想不到、闻所未闻的意外之财的时候，你又感到不满足了。你想要再增加一倍，用什么办法呢？杀人！你成功了。那时，上帝剥夺了你的财产，把你带到了法庭上。”

“想杀那个犹太人的不是我，”卡德鲁斯说，“是卡康脱女人。”

“是的，”基督山伯爵说，“所以上帝——我不能说他执法公正无私，因为按理他应该把你处死，——但上帝慈悲为怀，饶恕了你的性命。”

“哼！将我送到苦工船上去做终身苦工，多慈悲呀！”

“你当时却认为那是慈悲的呀，你这该死的浑蛋！你那懦弱的心一想到死就发抖，听到被宣判终身监禁，就高兴得狂跳起来。像苦工船上所有的奴隶一样，你说：‘那扇门是通到苦工船上去的，不是通到坟墓里去的。’你说对了，因为那扇通到苦工船上去的门对你非常有利。一个英国人碰巧去访问土伦，他发誓要拯救两个受罪的人，而选择了你和你的同伴。你又得到了一笔财产——金钱和安宁又回到了你的身边。你，你本来命中注定是要终生过囚徒生活的，但又可以过常人那种生活了。那时，贱人呀！——那时你又第三次触怒了上帝，你那时的财产甚至比以前更多了，而你却说：‘我还不够。’你又第三次毫无理由，丝毫不能被原谅地再次犯罪。这次上帝厌倦了，他惩罚了你。”卡德鲁斯的呼吸渐渐地微弱了，“给我喝点儿水！”他说道，“我口渴极了，我浑身像火烧一样！”基督山伯爵给了他一杯水。“可是贝尼代托那个浑蛋，”卡德鲁斯交回了玻璃杯，说道，“他倒逃脱了！”

“我告诉你吧，谁都逃不了，贝尼代托也是要受惩罚的。”

“那么你也得受惩罚，因为你没有尽到当教士的职责，你应该阻止贝尼代托，阻止他来杀我。”

“我？”伯爵微笑着说道，那种微笑把那个垂死的人吓呆了，“你的刀尖刚才不是折断在保护我胸膛的钢丝背心上了吗！可是，假如我发觉你虚心受教、自知悔悟，我或许会阻止贝尼代托，不让你被杀。但我发觉你依旧傲慢凶悍，所以我就让你落在了上帝的手里。”

“我不相信有上帝，”卡德鲁斯咆哮道，“你自己也是不相信的。你撒谎！你撒谎！”

“住口！”神甫说道，“你将把你血管里的最后一滴血都挤出来。现在处死你的正是上帝，而你竟然还不相信他的存在，是吗？他要你做一次祷告，说一句话，掉一滴眼泪，这样上帝就可以宽恕你，难道你还不肯相信他吗？上帝本来可以使凶手的匕首瞬时就结束你的生命，但他却给了你这一刻钟的时间，让你有时间来忏悔。所以，想一想吧，贱人，忏悔吧。”

“不，”卡德鲁斯说，“不，我不忏悔。天地间根本没有上帝，没有神，唯有命运是存在的。”

“天地间有一位神，有上帝，”基督山伯爵说，“其证据就是：你躺在这儿，绝望地否认着他，而我却站在你面前，富有、快乐、安全，并恳求上帝宽恕你，因为你虽竭力想不相信他，但你的心里却仍然是相信他的。”

“那么，你是谁呢？”卡德鲁斯用他那垂死的眼睛盯着伯爵问道。“仔细看着我！”基督山伯爵说道，把灯光移近了他的脸。“嗯，神甫，布沙尼神甫。”伯爵摘掉了那改变他相貌的假发，垂下了他那漆黑的头发，因而那苍白的脸立马英俊了起来。“噢！”卡德鲁斯大吃了一惊，说道，“要不是那一头黑发，我认为你就是那个英国人威玛勋爵啦。”“我既不是布沙尼神甫，也不是威玛勋爵，”基督山伯爵说，“再想想看，想得更远一些，在你早年的记忆里搜寻一下。”伯爵的话里有一股魔力，使那个可怜虫那非常衰弱的神志又再度恢复了过来。“是的，”他说，“我想我从前见过你，也认识你。”

“对，卡德鲁斯，你见过我，我们曾经相识。”

“那么你是谁呢？你既然认识我，怎么还要让我去死呢？”

“因为已没有办法再救你了，你受的是致命伤。假如还有可能救你的命，我就会认为这是上帝对你再一次发慈悲，我也一定努力救你，我以我父亲的坟墓发誓！”

“以你父亲的坟墓发誓！”卡德鲁斯说道，这时正是回光返照，他半撑起身子，想更加清楚地看看那个发誓的人，因为他所发的誓言是所有人都认为是神圣不可亵渎的，“你到底是谁？”

伯爵已注意到对方即将死去。他知道这是最后的回光返照，就走近了那个垂死挣扎的人，脸上露出了镇静而忧郁的神色，弯下腰去轻声说道：“我是——我是——”从他那几乎闭着的嘴里轻轻地吐出一个名字，声音是如此的低，仿佛连伯爵自己也怕听见似的。卡德鲁斯本来已撑起了身子跪着，伸出了一只胳膊，但一听到那名字身子又缩回来了。他攥紧了拳头，用尽全身的力气将两手伸向天空，喊道："啊，上帝！我的上帝！原谅我刚才否认了您！您的确是存在的，您确实是人类的在天之父，也是人间的审判官。我的上帝！接受我吧，我的主啊！"他紧闭双眼，发出了最后一声呻吟和最后一个叹息，然后就倒了下去。此时他的伤口已不再流血了，他已经死了。

"一个！"伯爵神秘地说着，两眼盯着那尸体，这具尸体因为死得很惨，所以其形状非常可怕。

十分钟后，医生和检察官都来了，一个由门房领着，另一个由阿里陪同着。接待他们的是布沙尼神甫，当时他正在尸体旁边做祷告呢。

第八十四章 波尚

伯爵府潜入了歹徒企图行窃的事情，在之后的两个星期中成为了全巴黎人们茶余饭后的话题。在临死之前，那个人曾写了一份自白书，指责并控诉将其暗杀的人就是贝尼代托，警察局曾下令严密搜查凶手。他还指控卡德鲁斯的隐显灯、小刀、钥匙串以及衣服都在档案库里保存着，唯独他的背心没有找到，尸体就已经被送到了尸体陈列所。每逢跟人说及此事，伯爵都说那次的意外事件发生于他在阿都尔别墅时，有位布沙尼神甫正好在他家过夜，还在他的图书馆中找了几本珍贵的书籍，因而这件事他还是从布沙尼神甫那里听说的。唯有贝尔图乔一听到人们提及贝尼代托，就“闻名色变”，然而他的这种变化没有一个人注意到。而维尔福则是因为曾为那件罪案做过证，便欣然接受了此次案件，并且以处理一切刑事罪案时的满腔热忱为预审前的工作做着准备。

三个星期过去了，虽竭尽全力搜索仍毫无结果，由于腾格拉尔小姐和安德烈·卡瓦尔康蒂子爵的婚期即将来临，那次行窃的企图以及窃贼被同伴所杀的事几乎被人遗忘。

婚期已宣布，青年人也已在那位银行家的府上被看作未来的女婿。子爵曾写了几封信去征求他父亲卡瓦尔康蒂老先生的意见，老先生复信说他非常赞成这件婚事，但同时也感到遗憾，因为他那时不能离开巴马，但他同意拿出那笔每年可以产生十五万里弗利息的本金。这三百万本金，他已同意交给腾格拉尔去投资。有些人把那位银行家的近况告诉了那个青年人，说他这位未来岳父近来接连遭受损失。但那青年人不把金钱放在眼里，丝毫不理会这种种暗示。也从不向男爵提及那些话。男爵崇拜安德烈·卡瓦尔康蒂子爵，欧热妮·腾格拉尔小姐却并不这样。由于天生憎恶结婚，她接受安德烈的追求为的是摆脱马尔塞夫。但当安德烈步步紧逼时，她不免也向他显露出憎恶。男爵或许也觉察到了她那种态度，但他认为这只是女孩儿的怪僻，便假装不知道。

波尚要求宽延的时间快到了。马尔塞夫现在已觉察到伯爵劝他息事宁人的用意所在。谁都不曾留心到关于将军的那则消息，谁也不会认出那个出卖亚尼纳城的法国军官就是贵族院里那个高贵的伯爵。但是阿尔贝并不觉得他所受的侮辱已减轻，让他感到愤怒的消息很明显是在故意侮辱他。此外，波尚结束上次会谈时的态度给他留下了一个痛苦的回忆。所以他脑子里依然有着决斗的想法，并希望瞒住这次决斗的真正原因，甚至瞒过他的陪证人。波尚自阿尔贝去拜访他以后，便再没有人见到过他。阿尔贝每次向人问到他时，人家总是答复他已旅行去了，要过些日子才能回来。但是他究竟到哪儿去了，谁都不知道。直到一天早晨，阿尔贝的贴身跟班唤醒他，回报波尚来访。阿尔贝擦擦眼睛，吩咐仆人让波尚在楼下的小吸烟室里稍候，便飞快地穿好衣服后走下楼去。他发现波尚在房间里踱来踱去，一看到他，波尚就止住了脚步。

“阁下，您不等我今天到您府上去拜访，就先到我这儿来，看来似乎是个好兆头。”阿尔贝说，“告诉我，我究竟是应该和你握手，说，‘波尚，承认你曾经伤害我，恢复咱们的友谊’呢，还是我只要请你选择武器就够了？”

“阿尔贝，”波尚面带使阿尔贝惶恐不安的忧郁神色说，“让我们先坐下来再谈吧。”

“阁下，我情愿在坐下来之前先知道你的答复。”

“阿尔贝，”那新闻记者说，“客观环境使我难于回答。”

“我可以使你很容易地答复，方法是再重复一遍那个问题，你愿不愿意？”

“马尔塞夫，当问题牵涉到法国贵族马尔塞夫中将伯爵的名誉、地位和生命的时候，仅仅回答是或否是非常不够的。”

“那到底应该怎样办呢？”

“就是照我的方法办，阿尔贝，我这样想：金钱、时间和疲劳，和一个家庭的名誉和利益比起来，是不值一提的。‘大概如此’这几个字还不够有力，只有确凿的事实才能决定是否应该和一个朋友来一场致命的决斗。如果我把我的剑或手枪里的子弹对准一个三年来曾与我交往密切的朋友，我至少应该知道我为什么要那样做，我应该问心无愧去与他决斗，而当一个人必须用他自己的武器拯救自己生命的时候，是需要那种心理准备的。”

“唉，”马尔塞夫不耐烦地说，“这一切究竟是什么意思？”

“意思就是，我刚从亚尼纳回来。”

“从亚尼纳来？”

“是的。”

“不可能的。”

“这是我的护照，检查一下上面的签署吧，日内瓦、米兰、威尼斯、的里雅斯特、德尔维纳和亚尼纳。你总该相信一个共和国、一个王国和一个帝国的警察局吧？”

阿尔贝的目光落到护照上，然后又惊愕地抬起头来望着波尚，“你到亚尼纳去过了？”他说。

“阿尔贝，假若你是一个陌生人、一个外国人、一个像三四个月前来寻求赔礼道歉而被我杀掉的那个英国人那样头脑简单的贵族，我就不会找这种麻烦了，但我觉得你应该重视这一切。我去那里就花了一个星期的时间，回来一个星期，隔离检疫花了四天，在那儿逗留了四十八小时，加起来正是三个星期。我昨天晚上刚回来，而现在就在这儿了。”

“不要再多啰唆了！究竟你要多久才能告诉我我最想知道的事情呢？”

“因为，说实话，阿尔贝——”

“你吞吞吐吐！”

“是的，我怕。”

“你怕承认你的记者欺骗了你？抛开你的骄傲吧，波尚！承认了吧，波尚，别让别人质疑你的勇敢。”

“哦，不是这样的，”那记者吞吞吐吐地说，“恰恰相反——”阿尔贝的脸色变得苍白起来，他竭力想说话，但却说不出一句话。

“我的朋友，”波尚用非常恳切的语气说，“我非常高兴能向你道歉，但是，唉！——”

“但是什么？”

“那段消息是准确的，我的朋友。”

“什么！那个法国军官——”

“对。”

“那个弗尔南多？”

“是的。”

“那个卖城叛主的奸徒是——”

“请原谅我，我的朋友，那个人就是你的父亲。”

阿尔贝狂怒地向波尚冲过去，但波尚并不准备出手反抗，只是用一种很温和的目光制止住了他。

“别忙！我的朋友，”他一面说，一面从口袋里抽出一张文件来，“证据在这儿。”

阿尔贝打开那张文件，那是亚尼纳四个德高望重的人写的一份证明书，证明弗尔南多·蒙台哥在阿里·铁贝林手下服务的时候曾为两百万钱财去卖城投降。那四个名人的签字是经领事鉴定过的，阿尔贝脚步踉跄，四肢无力地跌坐在一把椅子里。这是不能再怀疑的事实了——家庭名誉全完了。短暂痛苦的沉默以后，他心口发涨了，眼泪禁不住流起来。波尚怀着深深的怜悯之情注视着这悲痛欲绝的青年，走到他的身边。

“阿尔贝，”他说，“你理解我了，是吗？我想亲眼看到一切，亲自判断一切，希望获得的结果能有利于你的父亲，希望我能为他主持公道。但事实证明那个被阿里总督提拔到督军职位的弗尔南多·蒙台哥不是别人，正是弗尔南多·马尔塞夫伯爵，于是，想到我们那份真挚的友情，就赶快过来看你了。”

阿尔贝仍旧躺在椅子上，双手遮着眼睛，像是要阻止光线照射到他身上似的。

“我赶到你这儿来，”波尚继续说，“告诉你，阿尔贝，在这个动荡的年代里，一个父亲的过错是不能转移到他的孩子身上的。我们是在战争中长大的，而凡是经过这次战争的人，几乎不能不在他军人的制服或法官的长袍上沾染到一些不光彩的污迹或血。现在我有了这些证据，阿尔贝，现在我已拥有了你的秘密，没有哪一个人能再强迫决斗，因为你的良心将谴责你，使你感到自己像是一个罪人，我却能给你你不可能再向我要求的事。你愿意我独有这些证据，这些证明书吗？你愿意这个可怕的秘密只有我们两个人共享吗？相信我，我决不对别人讲，说吧，阿尔贝，我的朋友，你愿意吗？”

阿尔贝扑上去抱住波尚的脖子。

“啊，多么高贵的心地啊！”他喊道。

“拿着吧。”波尚说，他把那些文件递给阿尔贝。

阿尔贝用一只颤抖的手抓过来，把它们撕得粉碎。他浑身发抖，唯恐撕碎的一小片将来再出现在他面前似的，他走到那支总是燃着的供人点雪茄的蜡烛前面，把每一片碎纸都烧掉。

“亲爱的好朋友！”他一面烧那些文件，一面轻轻地说。

“忘掉这一切就像忘记一个噩梦吧，”波尚说，“让它像那变黑的纸张上的最后的火花那样消失，像那从无声的灰烬上散发出来的青烟那样飘散吧。”

“是的，是的，”阿尔贝说，“只让永恒的友谊天长地久吧，我答应我的救星，那种友谊将在我们的子孙中世世代代永存下去，并使我永远记得：我的生命和名誉都是你对我的恩赐！因为，假如这件事被别人知道，啊！波尚，我就得毁灭我自己，或是——不，我可怜的母亲！我不能让她承受这个致命的打击——我就得逃离我的祖国了。”

“可怜的阿尔贝！”波尚说。

但这种突如其来并毫无意义的欢乐不久就远离了那个青年人，随之而来的，是更大的忧伤。

“波尚，”阿尔贝说，“听我说，波尚！我的父亲白璧无瑕般的声誉曾使我对他尊敬、信任和自豪，现在顷刻间却要我抛弃这些感情，我是办不到的。噢，波尚，波尚呀！我现在该怎样看待我的父亲呢？我要不接受他的拥抱、不让他吻我的额头、不与他握手吗？我是一个最痛苦的人了。啊，我的母亲，我可怜的母亲呀！”阿尔贝用满含热泪的双眼凝视着母亲的画像说，“假如你知道了真相，你将会是多么痛苦啊!”

“来，”波尚拉住他的双手说，“勇敢一点，我的朋友。”

“但报纸上的那一条消息是如何得来的呢？在这一切的背后，显然有着一个隐藏着的冤家、一个看不到的敌人。”

“所以你更应该早做准备，阿尔贝。你的脸上不要露出什么来，把你的悲哀全隐藏在心里，像暴风雨发作时再让人猜透这致命的秘密，去吧。”

“看来，你认为这一切还未完结吗?”阿尔贝惊恐地说。

“不是我认为，我的朋友，一切事情皆有可能。顺便问你一句——”

“什么?”阿尔贝说，他看波尚似乎有点犹豫。

“你快要和腾格拉尔小姐结婚了吗?”

“你为什么现在问我这个问题?”

“因为在我看来，这个婚约的失败或成功，和我们目前关注的事情有关系。”

“怎么可能呢?”阿尔贝脸涨得通红，“你认为腾格拉尔先生——”

“我只问你的婚约是否还有效？请不要猜我话里不曾有的意思，不要太看重我的话。”

“不，”阿尔贝说，“那个婚约已解除了。”

“好!”波尚说。然后，看到那青年人又快要变得抑郁起来，便说，“我们出去吧，阿尔贝，乘着轻便马车或骑马到树林里去兜一圈，可以调整一下你的情绪。我们回来再吃早餐，然后我们各自去干自己的事情。”

“好的，”阿尔贝说，“让我们散步去吧。我想，稍稍走动一下对我很有好处。”

两位朋友走到马路上。当走到玛德伦大道时，波尚说：“既然我们出来了，就去拜访基督山先生吧，他最能振奋人的情绪，因为他从不追根问底，我认为，那些不追根问底的人最能给人以安慰。”

“我也认为如此，”阿尔贝说，“我爱他，我们去拜访他吧。”

第八十五章　旅行

看着那两个青年人一同向他走来，基督山伯爵发出一声高兴的叫喊。“啊呀呀，啊呀呀，”他欣喜道，“我祈祷一切都已成过往，被澄清，被妥善处理了结了吧。”

波尚回答道：“是的，那种离谱的报导已经被撤销了。如果再有那种消息，我会第一个站出来反对的，所以我们就让它过去吧，往事莫要再提。”

伯爵回道：“阿尔贝会告诉您，因为我也曾这样劝说过他。您瞧，”他继续说道，“我正在为这件令人厌烦的早晨工作而忙碌着。”

阿尔贝问道：“那是什么？您不会是在整理您的文件吧。”

“我的文件，哦上帝，当然不！我的文件早就被整理得井井有条了，因为我连一份文件都没有。这些都是卡瓦尔康蒂先生的。”

“卡瓦尔康蒂先生的？”波尚问道。

“没错，您难道不知道他是受伯爵推荐的一位青年人吗？”马尔塞夫说。

“我们大家不要误会，”基督山伯爵答道，“我没有引荐任何人，当然更没有介绍卡瓦尔康蒂先生。”

“而他，”阿尔贝面带勉强的微笑继续说，“正要取代我，与腾格拉尔小姐结婚，我亲爱的波尚，您大概可以想象得到，那件事让我很伤心。”

“什么！卡瓦尔康蒂要和腾格拉尔小姐结婚？”波尚问道。

“是的！您来自世界的尽头吗？”基督山伯爵说，“您，一位新闻记者，大名鼎鼎的人物！这是眼下全巴黎的谈话焦点啊。”

“而您，伯爵，是您促成的吗？”波尚问。

“我？请不要这样说，新闻记者阁下，别散布那个消息。我促成的！不，您难道不了解我？恰恰相反，我曾竭力反对那件婚事。”

“啊！我懂了，”波尚说，“是为了我们的朋友阿尔贝。”

“为了我？”阿尔贝说，“啊，不，真的！伯爵将为我主持公道，因为我一直在求他解除我的婚约，现在解决了，我很快乐。伯爵装作这一切不是他干的，是希望我不要感谢他，就算如此吧，——我将像古人那样给一位不知名的神建立一个祭坛。”

“听着，”基督山伯爵说，“这件事跟我没有什么关系，因为那岳父和那青年人和我都不是非常投机，只有欧热妮小姐，——她对婚姻问题似乎毫无兴趣，——她看到我无意劝她放弃她那宝贵的自由，才对我保有着一点好感。”

“您不是说这件婚事快要举行了吗？”

“哦，是的，我说的话起不了什么作用，我并不了解那青年人。据说他的出身很好，很有钱，但在我看来，这不过是些传闻罢了。我曾几次三番地把这一点告诉腾格拉尔先生，直到自己都厌倦了，但他还是迷着他那位卢卡人。我甚至告诉他一个我认为非常严重的事实：那个青年人大概曾被他的保姆掉过包，或是被波希米业人拐走过，或是被他的家庭教师丢失过，究竟属于哪一类，我也不十分清楚，但我的确知道他与他的父亲曾有十多年未见过面。他在那十年里面究竟做了些什么，只有上帝知道。嗯，任何语言都没有用。他们要将我的事写信告诉少校，要求证明文件，现在证明文件也在这儿了。把这些文件送出去，我就像彼拉多①一样，洗手不管了。”

“亚密莱小姐对您说了些什么？”波尚问道，“您抢走了她的学生。”

“什么！我不知道，但我知道她要到意大利去了。腾格拉尔夫人要求我写几封介绍信给意大利歌剧团，我写了张便笺给梵尔剧院的董事，因为我曾有恩于他。怎么了，阿尔贝？您看来无精打采，难道您真的爱

① 《圣经》传说：“流这义人的血，罪不在我，你们承当罢。”

欧热妮小姐吗?”

“我自己也不很清楚。”阿尔贝带着一种忧愁的微笑说。

“但是,”基督山伯爵继续说,“您不像平常那样有精神。来,有什么事说说看!”

“我头疼。”阿尔贝说。

“唉,我亲爱的子爵,”基督山伯爵说,“我有一种百试百灵的药方要向您推荐,每当我有烦恼的时候,吃了这种药没有不管用的时候。”

“是什么药?”

“换个环境,真的,我现在也很烦恼,想离开家去散散心。我们一同去好吗?”

“您烦恼,伯爵?”波尚说,“因为什么呢?”

“您把事情看得非常轻松,我倒很希望看到在您府上也有一件诉讼案准备办理!”

“什么诉讼案?”

“就是维尔福先生正在准备的那一件,他要提出公诉控告我那位可爱的刺客,看上去就像一个从监狱里逃出来的匪徒。”

“不错,”波尚说,“我在报纸上看到过这则消息。这个卡德鲁斯是谁?”

“看来是一个乡下人。维尔福先生在马赛的时候曾听说过他,腾格拉尔也记得曾见过他。因此,检察官阁下对这件事非常关心,警察总监也极感兴趣。我当然很感激,因为非常关切,他们把巴黎附近所有的窃贼都押到我这儿来了,以辨认其中有无杀害卡德鲁斯的凶手。假如这样继续下去,不出三个月,法国的每一个窃贼和刺客都会把我家里的情形了如指掌了。所以我决定离开他们,逃避到世界一个遥远的地方,我很高兴您能陪我一同去,子爵。”

“非常愿意。”

“那就这样决定了?”

“是的,但到哪儿去?”

“我已经告诉您了,到那空气清新、到那每一种声音都使人很平静、到那无论天性怎样骄傲的人都会感到自己渺小和卑微的地方去。我喜欢那种虚怀若谷的情调，尽管我曾像奥古斯都那样被人称为宇宙的主宰。”

“但你到底要到哪儿去？”

“到海上去，子爵，到海上去，您知道我是一个水手。当我还是一个婴儿的时候，我便是在老海神和那美丽的安费德丽蒂①的怀抱里长大的。我曾在老海神那绿色的袍子和安费德丽蒂蔚蓝的衣衫上嬉戏。我爱海，海是我的情人，假如我长时间见不到她，便会感到苦恼。”

“我们去吧，伯爵。”

“到海上去？”

“对。”

“您接受了我的建议？”

“是的。”

“好吧，子爵，今天晚上，我的院子里将有一辆用四匹驿马拉着的旅行马车，那辆车子很好，人躺在里面感觉就像躺在床上。波尚先生，它可以容纳四个人，您能陪我们一起去吗？”

“谢谢您，我是刚从海上回来的。”

“什么？您到海上去过了？”

“是的，我刚才到波罗米群岛去巡游了一番。”

“那有什么关系？跟我们一起去吧。”阿尔贝说。

“不，亲爱的马尔塞夫，你知道我只对感觉做不到的事情才会推托。而且，”他又低声说，“我现在应该留在巴黎密切关注报纸，这是很重要的。”

“啊！你是一个好朋友，一个非常好的朋友，”阿尔贝说，“是的，你说得对，多留些神吧，细心注意着，波尚，设法查出究竟是哪一个敌人透露了这个消息的。”

阿尔贝与波尚分手了，分手时那紧紧的最后一握表达了外人所不能理解的情感。

“波尚是一个可敬的人，”那新闻记者走后，基督山伯爵说，“对吗，阿尔贝？”

---

① 希腊神话中海神之妻。

“是的，而且是一个真诚的朋友，我非常爱他。现在只有我们两个人了，我虽然无所谓，但我们究竟要到哪儿去呢？”

“如果您愿意的话，我们到诺曼底去。”

“很有趣，我们能完全脱离人群吗，没有社交、没有邻居吗？”

“我们的伴侣将是供驰骋的马、供打猎的狗和一艘渔船。”

“与我的想法正不谋而合，我要把这通知家母，然后再回到您这儿来。”

“但您被允许到诺曼底去吗？”

“我愿意去就可以了。”

“是的，我知道您能单独出门，因为有一次我在意大利遇到您。但若是陪伴那神秘的基督山伯爵同去呢？”

“您忘了，伯爵，我常常告诉您，家母对您非常关心。”

“弗朗斯瓦一世[①]说‘女人是易变的’，莎士比亚说，‘女人像是大海里的一个浪’，他们两位一个是伟大的国王，一个是一位伟大的诗人，他们应该是了解女人的。”

“是的，那是一般的女人，但家母并非是普通女人，她是一个好女人。”

“一个可怜的外国人没办法完全理解贵国语言的这种微妙之处。对此不知您能否见谅？”

“我的意思是，家母不轻易对人表现出关切，但一旦称赞了一个人，那便是永不更改的了。”

“啊，真的，”基督山伯爵说，叹息了一声，“而您以为她真的对我那样关心，并不是对我毫不关心吗？”

“听着！我已经说过了，但是再说一遍：你确实是一个非常神奇、非常卓越的人。”

“噢！”

“是的，因为家母对您的关切完全是出于关心，而不是出于好奇心。当我和她在一起的时候，她从没有谈论过别人。”

---

① 弗朗斯瓦一世（1494—1547），法国一五一五至一五四七年的国王。

“而她在竭尽全力劝您不要信任我这个曼弗雷特是不是？”

“恰恰相反，她说：‘马尔塞夫，我想伯爵是一个生性高贵的人，尽力获得他的欢心吧。’”

基督山伯爵转过眼去，叹了一口气。“啊，真的？”他说。

“在我看来，”阿尔贝说，“她非但不会反对我的旅行，而且将热心赞成，因为这符合她每天嘱咐我的话。”

“那好，下午五点钟再会。请遵守时间，我们在夜里十二点钟或一点钟就可以到了。”

“到达的黎港吗？”

“是的，或许在的黎港附近。”

“但我们能在八个小时之内走完一百四十四里的路吗？”

“非常容易。”基督山伯爵说。

“您一定是一个奇迹创造者，不用多久，您不但将超过火车——超过火车并不难，尤其是在法国——甚至将超过急报。”

“子爵，既然我们要在七八个钟头以后才能起程，请务必遵守时间。”

“别怕，除了准备一些行装，并无其他事情。”

阿尔贝走了。基督山伯爵和阿尔贝点头道别的时候他还是面带微笑的，这时他陷入了沉思。然后，像是要驱散他这种恍惚状态似的，他用手抹了抹额头，拉了两下铃，贝尔图乔进来了。

“贝尔图乔，”他说，“我本来打算明天或后天到诺曼底去，但现在却准备今天就去。你在五点钟以前可以有充分的时间去准备，派一个人去通知第一站的马夫，马尔塞夫先生陪我一起去。去吧。”

贝尔图乔遵命行事，派了一个跑差赶到蓬图瓦兹去传达旅行马车他在六点钟到达。蓬图瓦兹站另派一个专差去通知第二站；在六小时之内，路上的各处驿站都已准备好了。

在起程以前，伯爵到海黛的房间里去，把他即将出门的消息告诉她，嘱托她照顾好一切。

阿尔贝很守时。这次旅行最初似乎很乏味，但不久就因为速度而变得有趣起来，马尔塞夫想不到马竟跑得如此之快。

“你们的驿马每小时只走六里，”基督山伯爵说，“而且还有那荒谬的法律，规定没有经过前车旅客的允许后车不能超车，这样的话一个不中用的或坏脾气的旅客就会妨碍一个生性活跃的旅客，在这样的限制之下，的确是寸步难行了。我用自己的马夫和马避开这种恼人的状况，不是吗，阿里？”

伯爵把头伸到窗外打了一个呼哨，不久那几匹马看起来像是插上了翅膀。马车带着一种雷鸣似的喧闹声滚过街道，每一个人都转头过来注视这颗飞驰而过而又耀眼的流星。阿里面带微笑，连连吹着呼哨，用一只手紧紧地抓住缰绳，骏马奔腾，驿马美丽的鬃毛迎风飘扬。阿里这个沙漠之子这时得意非凡，在他所掀起的阵阵尘雾中，他那黝黑的面孔和闪闪发光的眼睛使人想到风沙之魂和飓风之神。

“我到现在才知道速度带来的快感，”马尔塞夫说，他额头上最后的一片阴霾也消失了，“但这些马您是怎么弄来的呢？是专门驯养的吗？”

“是的，”伯爵说，“六年以前，我在匈牙利买进一匹以速度而闻名的种马，价钱多少我不知道，是贝尔图乔付钱买的。我们今天晚上用的三十二匹马都是它的后裔，它们全身漆黑，只有前额上有一颗白星。”

“真神奇！但是，伯爵，您要这些马来做什么用呢？”

“您看见了，我用它们来旅行。”

“但您也不总是旅行呀？”

“当我不再需要它们的时候，贝尔图乔会把它们卖掉的，他预计可以卖到三四万法郎。”

“没有哪一个欧洲国王有如此多的钱来买的。”

“那么他可以卖给一个东方的大君，那个大君倾其所有把它们买去，然后再回去敲诈他的人民，重新装满他的钱箱。”

“伯爵，我可以问您个事情吗？”

“当然可以。”

“除了你，贝尔图乔也许是欧洲最有钱的人了吧？”

“您错了，子爵，我觉得假如您搜遍贝尔图乔的口袋，您不会找到十个苏。”

“那这样他一定是一个奇迹了。我亲爱的伯爵，假如您再告诉我这样神奇的事情，我会表示怀疑的。”

“我从不讲瞎话，阿尔贝，告诉我，一个管家为什么要在他的主人身上揩油？”

“我想，那是因为他的天性如此，天生爱揩油。”

“您错啦，那是因为他有妻子和家庭，而他本人及家人都欲壑难填。同时他也不确信是否可以永远保持他的职位，希望能给自己找条后路。现在，贝尔图乔先生在这个世界上孤苦伶仃，他可以任意动用我的财产。他确信他决不会离开他的职务。”

“为什么？”

“因为我肯定找不到一个更好的人了。”

“您把假定当作既定，讲来讲去依旧是在说可能性。”

“噢，决不，我讲的是必然性。在您可以对他们操生死大权的这些仆人之中，他是最好的了。”

“您对贝尔图乔有那种权力吗？”

“是的。”伯爵冷冷地回答。

有些字句可以像一扇铁门似的截断一次谈话，伯爵的“是的”便是这一类的字句。

全部旅程以同等的速度完成，分成八段的那三十二匹马在八小时之内走完了一百四十四里路。

他们在午夜来到一个美丽的花园门前。看门人已经起身了，开着大门在等候，因为最后一站的马夫已来通知过他了。清晨两点半，马尔塞夫被领进他的房间里，洗澡水和晚餐都已准备好了。由站在马车后面的那个仆人侍候他。同来的巴浦斯汀则侍候伯爵坐在马车前面。阿尔贝洗了澡，用完膳，然后上床。整夜，他都在苍凉的潮声中闭着眼。早晨起来，他走到窗前，打开窗子，走到一个小小的阳台上。他的前面是海，是那浩瀚无垠、一望无际的大海，在他的后面，是一个环绕在小树林里的美丽花园。一条小溪里，停着一艘两舷狭窄而帆樯高耸的船，桅顶上挂着一面旗，旗上绣有基督山伯爵的徽章，那徽章的图案是：一片天蓝色的海上耸立着一座金山，徽章上部有一个十字架，这显然象征着“基督山伯爵”这个名字，上帝使这座山变得比金山更值钱，同时它也象征着耶稣蒙难的髑髅地，红十字表示被耶稣的神圣的血所染红的十字架，或是象征着这个人在神秘的往事里的一段受苦和再生的经历。独桅船的四周停着几艘附近村庄里渔夫们的渔船，像是卑微的臣仆在等候他们的女王吩咐。这儿，像基督山伯爵逗留一两天的任何地点一样，一切都安排得很舒适，日子过得很惬意。

阿尔贝在他的小厅里找到两支枪，和其他一些打猎的工具。在楼下的另一个房间里，藏着英国人使用的种种巧妙的渔具，他们都是好渔夫，但还不曾劝服靠原始捕鱼法度日的法国渔夫采用它们。时间就在打猎、捕鱼中过去了，基督山伯爵的战绩非常突出，他们在林园里射死了一打野雉，在小溪里捉到同样多的鳟鱼，在一个可以俯瞰大海的阁楼里进餐，在书斋里用茶。

到第三天傍晚，阿尔贝因为连日奔波，十分疲倦，躺在窗口附近的一把圈椅里睡觉，伯爵只当那些运动是游戏，正在设计一张图纸，准备在他的家里造一间温室。这时，大路上一阵疾驰的马蹄声使阿尔贝抬起头来。他紧张地在院子里看到了自己的贴身跟班，但他并没有吩咐他跟来，恐惧使阿尔贝感到不安。

“弗劳兰丁来了！”他跳起来喊道，“是我的母亲病了吗？”

他急急忙忙向门口奔去。基督山伯爵凝视着他，看到他走近那跟班，跟班从口袋里抽出一密封的小包，里面是一张报纸和一封信。“这是谁送来的？”他急切地问。

“波尚先生。”弗劳兰丁回答。

“是他派你来的吗？”

“是，先生，他派人把我叫到了他的家里，给了我旅费，弄到了一匹马，叫我答应不见你就不停下来。于是我在十五个小时之内赶到了这里。”

阿尔贝哆哆嗦嗦地拆开那封信，才读了几行，就发出了一声惊喊，浑身颤抖地抓住了那份报纸。突然，他的眼睛变得黯然无神了，腿也软了下去，要不是弗劳兰丁扶住他，他就要跌坐在地上了。

“可怜的青年人，”基督山伯爵低声说，“俗话说，父亲的罪将连累到三四代子孙，这句话看来是正确的了。”

这时，阿尔贝已经醒了过来，他把落在湿漉漉的前额上的头发甩回去，继续阅读，然后双手把信和报纸揉成一团，说：“弗劳兰丁，你的马还能立刻回去吗？”

“那匹马的腿瘸了。”

“你离开的时候家里是什么情况？”

“一切都很安静，但我从波尚先生那儿回去的时候，发觉夫人在流泪。她派人把我叫过去，问您几时回来。我告诉她说，我要来找您了，是波尚先生差我来的，她最初想阻止我，但想了一会儿以后，她说：‘是的，去吧，弗劳兰丁，让他回来吧。’”

“是的，我的母亲，”阿尔贝说，“我这就回去了，叫那不要脸的浑蛋等着瞧吧！但我必须得先去告辞一声。”

他回到刚才离开基督山伯爵的那个房间。他已不再是刚才那个人了，五分钟的时间里他已有了巨大的变化。他出去的时候一切如常，回来时却带着一种颤抖的声音、一种狂乱的神色、一种气势汹汹的目光和一种踉跄的脚步。

“伯爵，”他说，“我感谢您的盛情款待，也很乐意能多享受些，但我现在不得不回到巴黎去了。”

“发生了什么事？”

“一件非常不幸的事，在我看来比生命更重要的事情。别问我，我求求您，请您借给我一匹马。”

“我的马厩任您选用，子爵，但骑马回去肯定会累垮您的。乘驿车或轿车吧。”

“不，那会耽误我的时间，而且我需要经受使我累垮的那种疲劳，它对我是非常有好处的。”

阿尔贝走了几步，像中了枪弹似的一仰身，倒入房门附近的一把椅子里。基督山伯爵并没有注意到他这第二次虚脱，他正站在窗口喊：“阿里，给马尔塞夫先生备一匹马！他急着要走！”

这几句话使阿尔贝的精神振作了起来，他跑出房间，伯爵跟在后面。“谢谢您！”他跃上马背，喊道，“你也赶快回来，弗劳兰丁。路上换马还需要说什么话吗?”

“只要您从所骑的马背上跳下来，另外一匹马马上就会备好。”

阿尔贝迟疑了一会儿。“您也许会以为我这次告辞奇特而愚蠢，但你不知道报纸上的几行字就会使一个人陷入绝望。好吧，”他把那张报纸一扔，又说，“念一念吧，但等我走了以后再念，免得您看见我气得发疯。”

当伯爵拾起那张报纸的时候，阿尔贝用马刺踢了他的马肚子一下，马像一支箭似的疾驰而去。伯爵带着一种无限怜悯的心情望着他，在他人影完全消失的时候，他读道：

> 三星期前，《大公报》曾讽刺亚尼纳总督阿里手下服务的法国军官把亚尼纳堡拱手让敌，并出卖他的恩主给土耳其人的消息。那个法国军官当时确实自称为弗尔南多，但此后他已在他的教名上加了一个贵族的头衔和一个姓氏。他现在自称为马尔塞夫伯爵，并在贵族院里占有一个席位。

这个被波尚大度掩盖起来的可怕的秘密，就这样犹如一个张牙舞爪的怪物又出现了。在阿尔贝起程到诺曼底去的两天以后，竟有人残酷地去通知另一家报馆，发表了这几行几乎足以使阿尔贝发疯的消息。

第八十六章　审问

早上八点，阿尔贝犹如一道霹雳在波尚的门前落下。而仆人也早已收到命令，带着他来到他们主人的卧房，此刻主人正在沐浴。

“现在感觉怎么样?”阿尔贝问道。

“怎么样？我的朋友，”波尚答道，“你难道不知道我正在等你吗?”

“我一来到这里就赶过来了。不要告诉我，波尚，我相信你，你一直是讲交情、守信用的，必定不会跟任何人说那件事，——肯定不会，我的朋友。而且你差人来找我，就证明了你还是很关心我的。所以不要再浪费时间了，快跟我说说吧，你能否猜到这个令人惊悚的消息来自何处?”

“我可以立刻用两个字告诉你。”

“不，在此之前还是先告诉我这个令人不齿的阴谋的一切细枝末节吧。”

接下来，波尚便跟那个饱受羞辱和痛苦折磨的青年讲述了事情的始末：两天前，那则消息在除了《大公报》的另外一家报纸上出现，而更为严重的是，那家报纸是家喻户晓的政府机关报。读到那段新闻时，波尚正在吃早餐，看到消息之后不等用完早膳，他立刻让人叫了一辆轻便马车，向报馆赶过去。

波尚的主张虽然与那家报纸的编辑正好相反，可是他们倒是非常亲密的朋友，这原本是很普通的事。那位编辑正在津津有味地读报上一篇讨论甜菜问题的文章，那篇文章也许是他自己写的。

“啊，真好!”波尚说，“既然你手里拿着报纸，我的朋友，我就没必要告诉你我这次拜访的原因了。”

“莫不是你也关心食糖问题了?”那家政府报纸的编辑问道。

“不,”波尚回答,“对于这个问题,我完全是个外行,我所关心的是一个性质完全不同的问题。”

“那是什么问题?”

“就是那篇关于马尔塞夫的文章。”

“真的!那不是一件非常奇怪的事吗?”

“我认为你冒着很大的危险,因为很有可能被指控为破坏名誉罪。”

“决不会的,我们除了那则消息,同时还拿有一切必需的证据,我们相信马尔塞夫先生不会向我们抗议。此外,把那些不值得享受国家荣誉的奸恶歹徒揭露出来,也算是报效祖国。”

波尚犹如五雷轰顶,“那么,是谁来如此正式地通知你的呢?”他问道,“这件事情是我的报纸先发动的,但因证据不足,不得不停止刊载,其实对揭露马尔塞夫先生这件事,更感兴趣的应该是我们,因为他是法国贵族院的一个议员,而我们是反对派。”

“噢!这很简单的,那则诽谤消息不是我们找来的,而是‘送货上门’的。昨天一个从亚尼纳来的人,带来了那些可怕的东西,当我们对那篇文章发表与否在犹豫不决的时候,他对我们说,假如我们拒绝,那篇文章就会在别家报纸上出现。”

波尚知道除了忍气吞声毫无办法,就离开报馆派人去找马尔塞夫。但他却没办法把下面这些事情通知马尔塞夫,因为这些事情是信差离开以后才发生的:那天,一向冷清的贵族院里也出现了很大的骚动。每一个人都比以往来得早,纷纷谈论着这不祥的事情,因为这件事会使大众的注意力全都集中到他们这个显赫机构里一个最著名的议员身上。有些人在细读那则消息,有些人在发表议论,追述并附和着这种攻击性往事。伯爵与同僚们的关系并不融洽。像一切暴发户一样,他以前经常装出一种过分的骄傲以维持自己的地位。老贵族嘲笑他;才智之士排斥他;德高望重的人本能地厌恶他。伯爵陷入了祭坛上牺牲品似的惨境,一旦被上帝的手指为牺牲品,每一个人便都会攻击他。

只有马尔塞夫伯爵不知道当天发生的事情。他没有看到那份登载诽谤消息的报纸，以写信和骑马度过了早晨的时光。所以他在往常的时间到达议会，仍带着一种骄横的神色和傲慢的态度，走下车，经过走廊，进入议院，并没有注意到听差的迟疑和他同僚的冷淡。会议在他到达半小时以前就已经开始了。虽然伯爵的神态和举止都未曾改变——我们已经说过，他对于当日的事情毫不知情——但在旁人看来，他的态度和举止似乎比往常更显得傲慢不逊。他的出席被视为是对议会的一种挑衅，以至全体议员都为议院的尊严受到侮辱而深感愤怒。有些人认为这是一种失礼；有些人认为这是一种目中无人；有些人则认为是一种侮辱。整个议院虽然都急于开始辩论，但像往常一样，谁都不愿意担起发难的责任。

最后，一个令人尊敬的议员即马尔塞夫的知名敌人，带着庄严的神色跨上讲台。这表示预期的时间已经到了，议院里顿时鸦雀无声。只有马尔塞夫不明白这个一向并不如此受重视的演讲者为何会受到这样的重视。发言者宣称他有非常重要的消息要发布，要求全场一致注意，伯爵对这一段开场白并没有特别注意。但当听到亚尼纳和弗尔南多上校的时候，他的脸色就变得异常的苍白，以至每一个议员都打了一个寒战，所有眼光都集中到他身上。精神上的创伤就有这种特性——它可以被掩盖起来，但却决不会收口。它是永远痛苦的，被触及就会流血，永远鲜血淋漓地留在心头。

他的演说在鸦雀无声的会场里进行下去，只偶尔被一阵阵叹息声打断，当他继续讲下去时，全场又肃静起来，他讲到他为这件事感到不安，查明这件案子的任务相当艰巨。他之所以要引起一场私人问题的辩论，是为了保全马尔塞夫先生的个人名誉和整个议院的名誉。他的结论是要求立即进行一次审查，以尽快揭穿谣言，不令其散布出去，借此恢复马尔塞夫先生在舆论界建立起来的地位。

这个意想不到的横祸就是这样打倒了马尔塞夫，以至当他带着一种迷惑不解的表情环顾全场的时候，他简直说不出一句话来。这种胆怯的表情既可以看作无辜者过分的受惊，也可以说是有罪者自愧的表现，这种神情为他赢得了一部分同情。因为当真正宽厚仁义的人见到他们敌人的不幸超过他们仇恨的范围时，总是会产生同情之心的。

主席把这件事付诸表决，结果决定应该进行审查，主席问伯爵需要多长时间来准备他的辩护。马尔塞夫发觉经受这个痛苦的打击后自己居然还活着，便恢复了勇气。

“诸位勋爵，”他答说，“对于这种敌人暗中指使的攻击，是不能靠时间来反击的，我必须立刻用一个霹雳来答复那曾暂时吓了我一跳的闪电。我不但能辩护，而且将流尽自己最后一滴血向我高贵的同僚们证明我无愧于与他们为伍!”这番话使人产生了一种对被告有利的印象，“所以，我要求审查尽可能赶快举行，我会把一切必需的资料提供给院方参考。”

“您指定哪一天?”主席问。

“从今天起，我悉听院方处置。”伯爵回答。

主席摇了摇铃，“全体是否同意今天就举行审查?”

“同意!”全场一致回答。

议院选出了一个十二人委员会来审查马尔塞夫提供的证据。审查委员会决定当天晚上八点在小组会议室里开会。如果有必要继续，每天晚上在同样的时间里开会。

马尔塞夫要求退席，他得去搜集那些早就准备以便应付这种风波的证据，他的机警使他预料到这种风暴的可能性。

波尚把我们现在所叙述的一切事情原原本本地讲给了阿尔贝听，他的叙述当然比我们的叙述更富有生气，因为当时事件正处于演变中，而现在则已时过境迁。

阿尔贝浑身颤抖着，有时抱着希望，有时愤怒，有时又羞愧。因为凭他对波尚的信任，他知道他的父亲是有罪的。但他却又自问道，既然他是有罪的，他又如何能证明他的无辜?波尚迟疑着不再叙述下去。

“后来呢?”阿尔贝问。

“后来?我的朋友，你给了我一件痛苦的工作。你非得要全部知道吗?”

“绝对要，与其从别人的嘴里知道，还不如从你的嘴里知道的好。”

“那么，请你做好思想准备，因为这是需要勇气的时候了。”

阿尔贝伸手摸一摸自己的额头，似乎是在证明自己的精力，像一个人在准备防卫自己生命的时候试一试他的盾和弯一弯他的剑一样。他以为自己很强壮，因为他把自己激动的情绪误认为是一种力量了。

“讲下去。”他说。

“那天晚上，”波尚继续说，“全巴黎都在等待消息。许多人说，只有你的父亲出面才能让指控不攻自破，许多人说他不会出席，有些人则斩钉截铁地说他们亲眼看见他动身到布鲁塞尔去了，也有人到警察局去查他有没有去领护照。我认识一个年轻的贵族，他也是审查委员之一，我竭力恳求他给我一个旁听的机会。他在七点钟的时候来找我，趁开会的人还没来，要求一个听差把我藏在一间边厢里。我躲在一根圆柱后面，希望能把这一切尽收眼底。八点整，大家都已到齐了，马尔塞夫先生在时钟敲到最后一下的时候走了进来，手里拿着一些文件，看上去脸色平静，脚步坚定，衣服漂亮而不浮华。根据老军人的习惯，他的上装一直扣到颈下，他的出场产生了一个良好的效果。审查委员会是由中立人士组成的，其中有几个上前来与他握手。”

阿尔贝在听这些事情的时候，觉得他的心快要爆炸了，但他的忧伤纠缠着感激之情。他很想拥抱一下那些在他父亲的名誉受到如此攻击的时候还能给他这种敬意的人。

“这时，一个听差拿了一封信来交给主席。‘您可以发言了，马尔塞夫先生。’主席一面说，一面拆开那封信，于是伯爵开始为自己辩护起来。我敢向你保证，阿尔贝，他的辩护是最雄辩和最有技巧的。拿出文件证明亚尼纳总督到最后一刻对他是完全信任的，因为他曾要派他去和土耳其皇帝做一次生死攸关的谈判。他拿出那只戒指，这是阿里总督权威的象征，他常常用这只戒指来做他的信物。阿里总督给他这只戒指就是为了让他回来的时候，无论何时都可以凭此直接去见他，甚至到他的寝室去见他。不幸的是，他说，那次谈判失败了，当他回来保卫他的恩主的时候，他已经死了。‘但是，’伯爵说，‘阿里总督对我是如此的信任，甚至在他临死的时候，还把他的宠妾和女儿托我照顾。’”

阿尔贝听到这几句话不觉吃了一惊。他想起海黛的身世来了，他还记得她讲述那个使者和那只戒指时所说的话，以及她被出卖和变成一个奴隶的经过。

“这一段话起了什么作用呢?”阿尔贝急切地问。

“我承认这段话感动了我,也的确感动了全体委员,”波尚说,“这时,主席漫不经心地阅读起那封送来的信,开头那几行就引起了他的注意。他把那几行读了读,然后眼睛盯住马尔塞夫先生,‘伯爵阁下,’他说,‘您说亚尼纳总督曾把他的妻女托付给您照顾?’‘是的,阁下,’马尔塞夫答道,‘但在那件事情上,像在其他一切事情上一样,不幸总随着我,当我回去的时候,凡瑟丽姬和她的女儿海黛已失踪了。’‘您认识她们吗?’‘我和总督的密切关系以及他对我的忠诚的无限信任使得我们见过二十多次面。’‘您知道她们后来的下落吗?’‘是的,阁下,我听说她们非常忧伤,或许已沦为贫穷的牺牲品。我并不富有,我的生命经常处在危险中。我不能去寻找她们,这是我非常遗憾的。’主席难以觉察地皱了皱眉头。‘诸位,’他说,‘你们已听到马尔塞夫伯爵阁下的解释了。伯爵阁下,您能提供出证人来证实您所说的话吗?’‘唉!不能,阁下,’伯爵答道,‘总督周围的人物,或是朝廷里认识我的人,不是过世了就是走散了。我相信,在我的同胞之中,我是唯一一个经历了那场可怕的战争还依然活着的人。我只有阿里·铁贝林的信件,现在已经呈交给您了,那只作为信物的戒指,也在这儿了。最后,我所能提供的最有力的证据就是:在一次匿名的攻击之后,并没有一个证人可以站出来否认我是一个正直和诚实的人以及一个纯洁的军人。’全场发出一阵低低的赞许声。这时,阿尔贝,假如再没有别的事情发生,再经过最后一次表决,你的父亲便可以胜利了。但主席又说:‘诸位,还有您,伯爵阁下,我想,你们大概不会反对听取一个自称为非常重要的证人的证词。这个证人是他自己找上门来的,而听了伯爵刚才那一番话,我们知道他是为证明我们这位同僚的无辜而来的,这封刚才收到的信就是关于那件事的,我们应该把它读一读呢,还是搁在一边只当没有那回事?’马尔塞夫先生的脸色变苍白了,抓住文件的那只手紧紧地捏成了拳头。委员会决定听一听那封信的内容,伯爵默不作声,装出沉思的样子。主席读道:

主席阁下:我能向审查委员会提供非常确实的资料来证实

马尔塞夫中将伯爵在伊皮鲁斯和马其顿的行为。

“主席顿了一顿，伯爵的脸更苍白了。主席望了一眼他的听众们，‘念下去。’四周都这样说。主席继续道：

阿里总督临终的时候我也在场，我亲眼看到他临终时的情形，我知道凡瑟丽姬和海黛的下场。我可以悉听委员会的吩咐，甚至要求赐我做证的光荣，当这封信交到您手里的时候，我已在外厅等候了。

“‘这个证人，或说得更准确些，这个敌人究竟是谁呢？’伯爵问道，他的语气明显改变了。‘我们马上就会知道的，阁下，’主席答道，‘委员会愿意听这位证人的陈述吗？’‘要听，要听。’他们都这样说。主席把听差叫来，问他：‘外厅里有没有人！’‘有的，先生。’‘是什么人？’‘一个女人，有一个仆人陪着。’每一个人都面面相觑，‘领那个女人来。’主席说。五分钟之后，听差又出现了，所有的眼睛都盯住了门口，包括我，”波尚说，“也跟大家一样期望和焦急。在听差的之面，走进来一位遮着一张大面纱的女人，那张面纱完全遮住了她的脸，但从她的身材和身上的香气推断，显然是一个年轻而高雅的女人。主席要求她揭开面纱，此时，大家才看到她穿着希腊人的装束，而且极其美丽。”

“啊！”阿尔贝说，“竟是她。”

“她？谁？”

“海黛。”

“谁告诉你的？”

“唉！我知道了，说下去吧，波尚。你看得出我很镇定且坚强，我们一定很快就可以知道真相的。”

“马尔塞夫先生惊奇而恐怖地望着这个女人。”波尚继续说，“她说出来的话即将关系到他的生死了。全体委员觉得这个插曲是如此离奇，以至现在他们把伯爵的安危当作了次要的事情。主席亲自端了一把椅子给那青年女子，但她并没有坐下。至于伯爵，他早已经跌倒在椅子里了，显然他的两腿已经支持不住了。

"'夫人，'主席说，'您自称能向委员会提供关于亚尼纳事件的资料，并声称您是亲眼目击那些事件的证人。''的确如此！'那陌生女子用一种甜蜜而悲伤的语气和那种专属于东方人的悦耳的声音说，'请允许我说，您那时一定还非常年幼吧。''我那时才四岁，但因为那些事情和我有密切的关系，所以没有一件事情会脱离我的记忆。''那些事情跟您有怎样的关系呢？您是谁，怎么会对那些事情有这么深刻的印象呢？''那些事情关系着我父亲的生死，'她答道，'我是海黛，是亚尼纳总督阿里·铁贝林和他的爱妻凡瑟丽姬的女儿。'交杂着骄傲和谦逊的红晕顿时涨满了那位青年女子的两颊，再加上她那明亮的眼睛和她那充满尊严的一段话，在全场上产生了一种无法形容的效果。至于伯爵，即使一个霹雳打在他的脚下和深沟裂开在他的面前，也不能使他更惶惑了。'夫人，'主席非常恭敬地鞠了一躬说道，'允许我提出一个问题，这是最后的一个问题了，您能证明您现在所说的这一番话的真实性吗？''可以，阁下，'海黛说着从她的面纱底下摸出一只异香扑鼻的小包来，'这是我的出生证明书，是我父亲亲笔所写并且由他的高级官吏签署的，还有我的受洗证书，因为我的父亲同意我可以信我母亲的宗教，这张受洗证上有马其顿和伊皮鲁斯大主教的签署。最后——而这无疑的是最主要的——还有那个法国军官把我和我的母亲卖给亚美尼亚奴隶商艾尔考柏的卖身文契，那个法国军官在他与土耳其政府的无耻交易中，竟把他恩主的妻子和女儿作为战利品的一部分，把她们卖了，得到了四十万法郎。'全场在一种可怕的寂静中倾听着这一番惊心动魄的谴责，伯爵的两颊泛出青白色，眼睛里布满了血丝。海黛依旧很镇定，但这宁静却比别人的愤怒更可怕，她把那张用阿拉伯文写的卖身契交给了主席。在这些证件之中，有些大概是用阿拉伯文、罗马文或土耳其文写的，因为议院的译员已被传唤了上去。有一个议员曾在伟大的埃及战争中研究过阿拉伯语，在他的监视之下，那译员高声读道：

我，艾尔考柏，一个奴隶商人，皇帝陛下的纳妃使者，承认代皇帝陛下从自由贵族基督山伯爵手里收到一颗价值两千袋钱的绿宝石作为一个十一岁的幼年基督徒奴隶的赎金。这个奴隶名叫海黛，是故亚尼纳总督阿里·铁贝林勋爵及其宠妾凡瑟丽姬的女儿。七年以前和她的母亲一起被卖给我，但她的母亲在到达君士坦丁堡的时候即已去世。原售是一个在阿里·铁贝林总督手下服务的法国上校，名叫弗尔南多·蒙台哥。上述的交易由我代表皇帝陛下支付一千袋钱币。

本约已经皇帝陛下批准，地点在君士坦丁堡，时间伊斯兰教纪元一二四七年——签字艾尔考柏。

此约应办齐一切批准手续，并由售主备盖皇帝御玺。

“在那奴隶贩子的签字旁边，确实有土耳其大皇帝御玺的印记。这个文件读完以后，会议室内接着就陷入了一种可怕的沉默里。伯爵完全愣住了，他那似乎是下意识地盯住海黛的眼睛已经变成了一团火与血。‘夫人，’主席说，‘我们能向基督山伯爵去调查一下吗？我相信他现在也在巴黎吧。’‘阁下，’海黛答道，‘我的再生之父基督山伯爵在三天以前已到诺曼底去了。’‘那么是谁建议采取这个步骤的呢？当然，对于您这个步骤本庭深表感谢，而且，对于您的身世和不幸遭遇来说，这本来是十分自然的。’‘阁下，’海黛回答，‘这个步骤是我的自尊心和我的悲哀促使我采取的，相信上帝会宽恕我的，虽然我是一个基督徒，但我却总是想为我那英名显赫的父亲复仇。自从我来到法国，并且知道那叛徒住在巴黎以来，我就时时小心地密切关注着。我隐居在我那高贵的保护人家里，但这是我自愿的，我喜欢静居和寂寞，因为我能靠我的思想和我对过去日子的回忆生活。基督山伯爵像慈父般地对我爱护备至，我对于外界的事情无所不知，虽然我是在我的卧室里观察这一切的。比方说，我看每一种报纸、每一种期刊和每一个新歌剧。就这样注视着旁人的生活的时候，我知道了今天早晨贵族院里所发生的事情，以及今天晚上将要发生的事情，于是我就写了那封信。’‘那么，’主席说，‘基督山伯爵对于您现在的行为毫不知情吗？’‘他完全不知道，我担心一件事，就是怕他会不赞成我现在所做的一切。但今天是我感到最高兴的一天，’那女郎用那火热的眼睛凝视着天空，继续说，‘今天，

我终于找到一个机会来为我的父亲复仇了！’

“在这期间，伯爵没有出过一次声，也没有说过一句话。同僚们望着他，对他那被一个女人的芬芳的气息所打破的好景感到一丝怜悯，他脸上那种可怕的皱纹勾勒出了他的痛苦。‘马尔塞夫阁下，’主席说，‘您认识这位太太吗？她是不是亚尼纳总督阿里·铁贝林的女儿？’‘不，’马尔塞夫说，他挣扎着站起来，‘这是一个卑鄙的阴谋，是我的敌人设计出来的。’海黛本来用眼睛盯着门口，像是在期待着一个人进来似的，这时急忙转过头来，看到伯爵站在那儿，便发出一声恐怖的喊叫。‘你不认识我？’她说，‘哼，幸亏我还认识你！你是弗尔南多·蒙台哥，那个指挥我那高贵父亲的军队的法国军官！是你出卖了亚尼纳堡！是你受命到君士坦相堡去和土耳其皇帝谈判关系到你恩主的生死问题，却带回来一个假造的赦免状！是你骗取总督的戒指去获得了守火者西立姆的信任！是你刺杀了西立姆！是你把我的母亲和我出卖给奴隶贩子艾尔考柏！凶手！凶手！凶手！你的额头上还沾着你主子的血呢！看，诸位，大家看！’这些话产生了巨大的说服力，每一双眼睛都盯着伯爵的额头，他自己竟也用手去抹了一抹，好像自己也感觉到阿里的血依旧还黏在上面似的。‘您确实认定马尔塞夫先生就是那个军官弗尔南多·蒙台哥吗？’‘我确实认定！’海黛喊道，‘我的母亲曾经告诉我说：“你本来是自由的，你有一个疼爱你的爹爹，你本来可以成为一个皇后，仔细看清楚那个人，是他使你变成了一个奴隶，是他把你父亲的头颅挑在枪尖上，是他出卖了我们，是他把我们交给那个奴隶贩子！仔细看看他的右手，那只手上有一个大伤疤，如果你忘记了他的面容，但一看那只手你就可以认出他，奴隶贩子艾尔考柏的金洋便是一块一块地落到那只带有伤疤的手里的。”我认不认识他？啊！现在让他说说看，他怎么能说不认识我！’每一个字都像一把匕首似的插入马尔塞夫的心里，每一个字都可以摧毁他的一部分精力。当她说出最后那一句话的时候，他急忙把他的手藏到了怀里（他的手上的确有一个大伤疤），满脸绝望地跌回到他的座位上，这情景改变了全场对伯爵的看法。‘马尔塞夫伯爵阁下，’主席说，‘您难道就被压倒了吗？答辩吧。本庭大公无私，并且具有最高的权力，就像上帝的法庭一样，本庭决不让您横受敌人的践踏而不给您一个反抗的机会。是否再继续进行调查？要不要派两位议员到亚尼纳去？说呀！’马尔塞夫不回答，于是全体议员都面带惊恐的表情面面相觑。他们知道伯爵的脾气暴戾强横，只有致命的打击才能剥夺他反抗的勇气。他们以为这个沉默像是一场暴风雨的前兆，预示即将出现一个霹雳似的惊醒。‘唉，’主席问道，‘您决定怎么样?’‘我没有话回答。’伯爵站起来低声说。‘那么，阿里·铁贝林的女儿所说的都是实情吗?’主席说，‘看来，她是一个有利的证人，以至于使您不敢再说“无罪”吗？您真的犯了所控的那些罪吗?’伯爵环顾四周，他那种万般绝望的表情即使是老虎看了也会心软，但却不能感动他的法官。于是，他抬头看天花板，但立刻又收回了目光，像是怕那屋顶裂开，使他痛苦地看到那被称为天庭的另一个法庭和那名叫上帝的另一位法官似的。于是，他急匆匆地撕开那件似乎使他快要窒息的上衣，像一个可悲的疯子似的冲出房间，他的脚步声在走廊里响了一阵，然后是马车隆隆地响起并急速离开的声音。‘诸位，’当房间里恢复肃静的时候，主席说，‘马尔塞夫伯爵阁下是犯了叛逆罪和暴行迫害罪吗?’‘是的。’审查委员会的全体委员异口同声地回答。

“海黛一直等候到结束。当她听到宣判的时候，她并未露出十分高兴或怜悯的神情，然后，她用面纱遮住面孔，庄严地向委员们鞠了一躬，迈着女神般庄严的步伐离开了会场。”

第八十七章　挑衅

波尚继续说道："此时，趁着黑暗和沉静我离开了会议厅，因而没有人发现我。那个放我进来的听差就等候在房门口，并且带着我穿过走廊，进了一个通向凡琪拉路的暗门。那时的我带着一种悲喜交加的情绪，阿尔贝，请原谅我，我悲是因为你，喜则是因为那个如此高贵的姑娘竟然能为了父母这样复仇。是的，阿尔贝，无论那次的揭发消息是出自谁的手笔，消息是从何而来，我要说的是：即便它是来自一个敌人那里，但那个敌人一定扮演了上帝的使者的角色。"

阿尔贝双手环抱着自己，将他那羞得通红、泪流满面的脸颊抬了起来，他抓住波尚的手臂，说道："我的朋友，我的生命即将结束。我无法平静地跟你说这一切都是上帝的报应，我一定要知道究竟是何人以如此手段迫害我，在我找到他时，不是他死，就是我亡。我需要用我们之间的友谊来助我一臂之力，波尚，如果你对我的轻视不曾让我们之间的友谊破灭的话。"

"蔑视，我的朋友！这件不幸的事情与你有何干系呢？不，幸亏儿子要为父亲的行为负责才能充满公正的偏见时代已经过去了。回顾一下你的生活，阿尔贝，你的生活才刚刚开始，每一个黎明都会给你的生活带来更纯洁的希望。不，阿尔贝，接受我的忠告吧，你年轻而又富有，离开法国吧。在这寻求刺激和经常改变口味的伟大的巴比伦，不久一切都会被忘记的。在三四年以后你娶一位俄国公主做新娘带回来，谁都不会认为昨天所发生的事情比十六年前所发生的事情更严重。"

"谢谢你，我亲爱的波尚，谢谢你那想使我放弃这种想法的好意，但我是不能这样做的。我已经把我的打算告诉你了，假如有可能的话，那很好，也可以说那就是我的决心。你知道，以我跟这件事情的关系而论，我不能采取与你同样的态度。在你看来纯粹是天意的事情，在我看来却远没有那样简单，我认为上帝跟这件事情毫无关系。也幸亏是这样，因为只有这样，这一个月来我所忍受的痛苦，才能不以那摸不到、看不见的惩恶天使为对象，而可以向一个既摸得到又看得见的人去寻求报复。现在，我再说一遍，波尚，我愿意回到人和物质的世界，而假如正如你所说我们还是朋友的话，就帮助我来找出那只出拳的手吧！”

“这样也好，”波尚说，“假如你一定要拉我回到现实，我就屈服了。假如你一定要查出你的敌人，我就来帮助你，这件事情对我的名誉几乎同样有关系。”

“嗯，那好，你知道，波尚，我们立刻开始搜索吧。每一瞬间的拖延对我来说似乎都是很长的时间，那个诽谤者到现在还没有受到任何惩罚，他或许希望可以不受惩罚。但是，我以我的名誉担保，假如他那样想的话，他不过是自欺欺人而已。”

“好吧，听我说，马尔塞夫。”

“啊，波尚，我看你已经明白这一点了，你恢复了我的生命。”

“我并没有说事情果真是那样的，但它至少是黑夜中的一道光芒，沿着这道光芒，我们或许可以达到我们的目的。”

“告诉我吧，我都迫不及待了。”

“嗯，我把我从亚尼纳回来的时候很想对您说的那件事告诉你。”

“说吧。”

“我到了那里，当然先到当地的大银行家那儿去调查。一开始，我还没有提及你父亲的名字，他就说：‘啊，我猜道你是因为什么来的了。’‘怎么猜到的呢?’‘因为两星期以前，也有人来问过我同样的问题。’‘谁?’‘巴黎的一个银行家，我的业务伙伴。’‘他的名字是——’‘腾格拉尔。’”

“他！”阿尔贝喊道，“是的，他确实早就对我的父亲嫉恨得不得了。他常以平民自居，不甘心看到马尔塞夫伯爵被任命为贵族院的议员，而这次婚姻又是毫无理由破裂的。对，一切都是因为那个。”

“去调查一下，阿尔贝，但不要无缘无故地发火。调查一下，如果真是这样的话……”

“噢，是的，假如是真的，”那青年人喊道，“他就要偿还我所忍受的一切痛苦。”

“要小心，马尔塞夫，他已经是一个老年人了。”

“我尊敬他的年龄就像他尊敬我的家庭一样。假如他恨我的父亲，他为什么不打死我父亲呢？噢，他是怕跟一个人当面作对的。”

“我并不是在责备你，阿尔贝，我仅仅是提醒你不要感情用事，要慎重一些。”

“噢，不用怕，而且，你要陪我去的，波尚，严肃的事情应该当着证人的面来做的。今天，假如腾格拉尔先生是有罪的，不是他死，就是我死。嘿！波尚，我将以一次庄严的葬礼来维护我的名誉。”

“既然你已下了这样的决心，阿尔贝，那就应该立刻去行动。你想立即到腾格拉尔先生那儿去吗？那我们走吧。”

他们派人叫了一辆轻便马车。一进那个银行家的院子，他们便看到安德烈·卡瓦尔康蒂的四轮马车和他的仆人在门口。

“啊，太好了！很好，”阿尔贝用一种阴郁的口吻说，“假如腾格拉尔先生不和我决斗，我就杀死他的女婿，他应该是愿意决斗的，——一个卡瓦尔康蒂家族的人！”

仆人通知说阿尔贝来访，那位银行家想起昨天的事情，便吩咐仆人关门。可惜已经太迟了，阿尔贝跟着那听差进来了，听到他这样吩咐仆人，便硬推开门，径自闯入那位银行家的书房里，波尚跟在他的后面。

“阁下，”那银行家喊道，“难道我没有权力在我的家里拒绝不想接见的人吗？你似乎已经忘乎所以了。”

“不，阁下，”阿尔贝冷冷地说，“在这种状况下，如果不是由于怯懦——这是我给你的托词——一个人就不能拒绝接见某些人。”

“那么，你对我有什么要求呢，阁下？”

“我要求，”阿尔贝一面说，一面走近他，似乎并未留意到那背对壁炉站着的卡瓦尔康蒂，“我想让我们在一个没有人打扰的地方交谈十分钟，我对你只有这一点要求，仇人相遇，必定是一死一生。”

腾格拉尔的脸色顿时变得苍白了，卡瓦尔康蒂向前走了一步，阿尔贝于是转向他，“还有你，”他说，“假如你高兴的话，你也来吧，子爵阁下，你也是有资格的，因为你几乎已经是这个家庭的一分子了，只要有人愿意接受这种要约，多约几个也无妨。”

卡瓦尔康蒂带着一种愕然的神情望着腾格拉尔，腾格拉尔竭力振作了一下，站起来走到那两个青年人的中间。阿尔贝对安德烈的攻击使他有了一种不同的立场，他希望这次拜访另有缘故，而不是以前他假设的原因。

“实话实说，阁下，”他对阿尔贝说，“假如你因为我喜欢他而不喜欢你，所以到这儿来找这位先生吵架，我就要把这件事情交给检察官去处理。”

“你弄错了，阁下，”马尔塞夫面带阴郁地微笑说，“这与婚事丝毫无关，我之所以要对卡瓦尔康蒂先生那样说，是因为他刚才似乎要来干涉我们。一方面，你说对了，我今天准备要跟每一个人吵架，但你有优先权，腾格拉尔先生。”

“阁下，”腾格拉尔回答，愤怒和恐惧使他的脸色变得异常苍白，“我警告你，当我遇到一只疯狗的时候，我会杀了它，但我决不认为自己是在犯错，而是觉得我为社会做了一件好事。假如你发了疯，要来咬我，我会毫不留情地杀死你。难道你父亲受辱是我的过错？”

“是的，你这坏蛋！”马尔塞夫喊道，“是你的过错。”

腾格拉尔后退了一步。“我的错！”他说，“你一定疯了！我如何能知道希腊的历史？我到那些国家去旅行了吗？是我劝告你的父亲出卖亚尼纳堡，背叛——”

“住口！”阿尔贝用一种快要窒息的声音说，“不，你并没有直接揭露这件事情，也没有直接来伤害我们，但这件事情是你暗中唆使的。”

“我？”

“是的，你！那则消息是从哪儿来的？”

“咦，我想报纸已经明确地告诉你了，当然是从亚尼纳来的！”

“是谁写信到亚尼纳去的？”

“写信到亚尼纳？”

“是的。是谁写信去打听关于我父亲的消息的?”

“我认为谁都可以写信到亚尼纳去的吧。”

“可是只有一个人写了那封信!”

“只有一个人?”

“对，而那个人就是你!”

“我当然是要写的。没错，我觉得，当自己的女儿即将嫁给一个青年人的时候，是非常应该去打听一下他的家庭情况的。这不但是一种权利，而且是我的责任。”

“你写那封信的时候，阁下，已经知道了你将得到什么回答。”

“我！真的，我可以保证，”腾格拉尔用一种信任而放心的神情喊道，这或许并不完全是吓出来的，多半是因为他对那个可怜的青年真正关切了起来，“我庄严地向你保证，我本来是绝对想不到要写信到亚尼纳去的，我怎会知道阿里总督的遭遇呢?”

“那肯定是有人鼓动你写的?”

“是的。”

“那个人是谁？说说呀!”

“啊！这事非常简单，我谈到了你父亲的过去。我说他的财产向来不十分清楚，那个人就问我，你父亲的财产是哪儿弄来的？我回答说：‘在希腊啊。’于是他就对我说：‘好呀！写信到亚尼纳去就是了。’”

“劝你的那个人是谁?”

“不是别人，就是你的朋友基督山伯爵。”

“基督山伯爵让你写信到亚尼纳去的?”

“是的，于是我就写了，如果你愿意的话我可以把回信拿给你看。”

阿尔贝和波尚彼此望了一眼。

“阁下，”波尚说，“你似乎在指责伯爵，而你知道伯爵此刻不在巴黎，无法为自己辩护。”

“我没有指责任何人，阁下，”腾格拉尔说，“我只是实话实说，即便是在伯爵面前。”

“伯爵知道回信的内容吗?”

“知道，我曾给他看过回信。”

“他知道我父亲的教名叫弗尔南多，姓蒙台哥吗?”

“知道，我早就告诉他了。此外，任何人处于我的处境，都会如我所做的，甚至比我做得更多一些。在我收到回信的第二天，你父亲在基督山伯爵的怂恿下，正式来为你提亲，我坚决地拒绝了他，什么都没有解释。我没有必要去揭他的老底，马尔塞夫先生露脸还是丢脸，与我有什么关系？我既不会因此多赚些钱，也不会因此少赚些。”

阿尔贝觉得自己连额头都涨红了，没有什么值得怀疑的了。

腾格拉尔在卑鄙地为自己辩解，但语气却并不像在为自己辩解，好像他说的每句话都是千真万确的，当然他吐露真情并非是良心发现而多半是由于害怕。但马尔塞夫不是要证实腾格拉尔和基督山伯爵谁的罪大，而是要寻求一个肯答复侮辱的人，一个肯和自己决斗的人，但腾格拉尔显然是不肯决斗的。这时那些被遗忘或当初并未留意的事情都从他的记忆中冒了出来。基督山伯爵既然买了阿里总督的女儿，当然知道这一切，知道了一切，他才劝腾格拉尔写信到亚尼纳去，完全是有预谋的。他知道了回信的内容，所以顺从阿尔贝的意愿，介绍他会见海黛，又有意使谈话转移到阿里之死，并不反对海黛讲述这个故事（但当他用罗马语对那个青年女郎说话的时候，无疑的是在警告她，叫她不要指明马尔塞夫的父亲）。而且，他不是还要求马尔塞夫不要在海黛的面前提及他父亲的名字吗？最后，当他得知决定性的打击就要来临的时候，他就带阿尔贝去了诺曼底。这一切无疑都是经过精心安排的，那么基督山伯爵也是他父亲的敌人之一了。阿尔贝把波尚拉到一边，把这些想法告诉了他。

“你说得有理，”波尚说，“腾格拉尔先生在这件事情上只是做得鲁莽俗气一些，而这位基督山先生，你确实应该要求他解释清楚。”

阿尔贝转过身来，“阁下，”他对腾格拉尔说，“我得证实您的说法是否成立，现在我就去问基督山伯爵。”

他向那位银行家鞠了一躬，和波尚一同向外走去，丝毫不在意卡瓦尔康蒂。

腾格拉尔一直陪他到门口，他在门口又向阿尔贝申明他对马尔塞夫伯爵并无个人恩怨，并不想去得罪他。

第八十八章　侮辱

波尚让马尔塞夫在那位银行家的门口停了一下，他吩咐道：“听着，我刚才已经对你说过了，必须让基督山先生解释清楚。”

“是的，我们现在就去找他。”

“等一下，马尔塞夫，在与他见面之前，你最好先考虑考虑。”

“考虑什么？”

“考虑后果，这么做会产生怎样的后果？”

“这难道还会比到腾格拉尔先生那里更严重吗？”

“是的，腾格拉尔先生很爱钱，而爱钱的人通常都会事先考虑危险性而不轻易与人决斗。而这一位则恰恰相反，他是一位真正的绅士。你就不担心他会接受你的挑战，从而与你决斗吗？”

“只有一件事是我害怕的，那便是，遇到一个怎样都不肯与我决斗的人。”

闻言，波尚说道：“这个你大可放心，他肯定会与你决斗的。我只是担心他实力太强，你赢不了他。”

“我的朋友，”马尔塞夫微笑着，“为了我的父亲，如果能在决斗场上死去，我将死而无憾。并且如果那样的话，我们就都能得救了。”

“你的母亲会因此伤心死的。”

“我可怜的母亲！”阿尔贝揉了揉眼睛，“我知道她会的，但这样总比被羞死好。”

“你已经下定决心了吗，阿尔贝？”

“是的。”

“我们可以在家里找到他吗？”

“他说要比我晚几个钟头回来的，他现在应该是在家了。”

他们登上马车向香榭丽舍大道三十号驶去。波尚想一个人进去，但阿尔贝说，这次的情况与往常不一样，他不必严格遵守决斗的规则。年轻人完全基于一种神圣的动机，波尚只能顺从他的心意，他同意和马尔塞夫一同进去。阿尔贝从大门口跑到台阶上，巴浦斯汀在门口接他。伯爵刚回家，现在正在洗澡，不让任何人进去。

“洗完澡要去干什么？”马尔塞夫问道。

“主人要去吃饭。”

“那么吃完饭呢？”

“他要睡一个钟头。”

“然后呢？”

“他要到歌剧院去。”

“你可以确定吗？”阿尔贝问。

“十分确定，伯爵曾吩咐过八点整为他准备好马。”

“好极了，”阿尔贝回答，“我想知道的就是这些情况。”然后，他转身对波尚说：“要是您有什么事情需要办理，波尚，那就赶快就去办它。要是你今天晚上有约会，那就请把它改到明天。我要你陪我到剧院去，假如可能的话，把夏多·勒诺也带上。”

波尚在阿尔贝同意以后就离开了他，答应在七点钟的时候去拜访他。回家以后，阿尔贝通知弗兰士、德布雷和莫雷尔，希望今天晚上能在剧院里看见他们，然后他又去见他的母亲。他的母亲从昨天开始，就不愿见任何人，独自躺在她的卧室里。阿尔贝发现她躺在床上，这次公开的羞辱把她完全击倒了。阿尔贝的出现使她感到了极大的安慰，她紧紧地抓住儿子的手，忍不住抽泣起来。但眼泪也不能减少她的痛苦，阿尔贝默默地站在母亲的床边。从那苍白的脸色和紧皱的眉头上可以看出他复仇的心愿已渐渐熄灭了。

“我亲爱的母亲，”他说，“您知道马尔塞夫先生有什么敌人吗？”

梅塞苔丝非常吃惊，她注意到她的儿子并没有说“我的父亲”。“我的儿子，”她说，“像伯爵这样有如此显赫地位的人总是在暗中有许多仇敌的，那些明目张胆的仇敌并不是最危险的。”

“是的，我知道的，所以来请求您的判断。您思维敏捷，什么事都逃不过您的眼睛。”

“为何要说那些话？”

“因为，比如说，在我们家举行舞会的那天晚上，您就留意到基督山先生根本没有吃我们家的一点东西。”

梅塞苔丝用她那颤抖的手支撑起身体，“基督山先生！”她惊讶地喊道，“他跟这一切有什么关系呢？”

“您知道，妈妈，基督山先生可以说完全是一个东方人，而根据东方人的习惯，不在他们仇敌家里吃一点东西、喝一口水就可以保住他复仇的全部希望。”

“你是说基督山先生是我们的仇敌吗？”梅塞苔丝问道，脸色变得比身上那张床单更显苍白，“谁告诉你的？你疯啦，阿尔贝！基督山先生一直对我们彬彬有礼，基督山先生也救了你的命，是你把他推荐给我们的呀。啊，我求求你，我的儿子，假如你有这种想法，赶快抛开它，我告诉你——不，我请求你和他保持你们之间的友谊。”

“妈妈，”阿尔贝回答，“您要我向那个人妥协，难道有什么特殊原因的吗？”

“我？”梅塞苔丝说，她的脸上红一阵、白一阵，但很快又变得苍白起来。

“是的，一定有的，而那个理由是，”阿尔贝说，“是不是——唯恐这个人会伤害我们？”

梅塞苔丝打了一个寒战，用探询的眼神盯住她的儿子。

“你说的话离奇而古怪，”她对阿尔贝说，“好像怀着某种古怪成见似的，伯爵做什么使你不高兴了？三天以前，你还和他一同在诺曼底，三天以前，我们还把他当成是我们最好的朋友。”

阿尔贝的嘴边掠过一丝自嘲的微笑，梅塞苔丝看见了，她凭着女人和母亲的双重直觉预知了一切，但她是一个审慎和坚强的人，她把她的悲哀和恐惧深深地掩藏了起来。

阿尔贝默不作声，过了好久，伯爵夫人又说："你来问我健康怎么样，我坦白说我很不舒服，你留在这儿陪我一会儿吧。我不愿意一个人待在房间里。"

"妈妈，"那青年说，"您知道我很高兴陪您，但有一件非常紧要而重大的事情使我不得不离开您一晚上。"

"好吧。"梅塞苔丝说道，叹了一口气，"去吧，阿尔贝，我不愿意你成为一个孝顺的奴隶。"

阿尔贝假装没有听到这句话，他向母亲鞠了一躬，于是离开了她。

他刚把门关上，梅塞苔丝便去招来一个心腹，吩咐晚上跟着阿尔贝出去，并把他所看到的立刻回来报告给她。然后她按铃让她的侍婢进来，支撑起虚弱的身子，梳妆好，准备随时应对可能发生的事情。

那个仆人的差事并不难做。阿尔贝回到他的寝室里，像往常一样仔细地打扮齐整。七点五十分，波尚来了，他已见过夏多·勒诺，他答应他在开幕以前到达剧院。两人坐进阿尔贝的四轮双座马车里，阿尔贝没有丝毫隐瞒，便喊道："到歌剧院去。"他在焦躁不安的情绪中于开幕前到达了剧院。

夏多·勒诺已经到了，波尚已经把全部事情通知给他了，无需阿尔贝向他解释。儿子为父亲复仇是天经地义的，所以夏多·勒诺并不劝阻他，只是重申他一定会把他当作永远的朋友。

德布雷还没有来，但阿尔贝知道他是很少错过一场戏的。阿尔贝在剧院里到处闲荡，直到幕拉开，他希望在外厅或楼梯上遇到基督山伯爵。铃声召他回座，他与夏多·勒诺和波尚一同走进剧院。但他的眼睛始终没有离开过两根廊柱之间的那个包厢，可是在第一幕演出时候，那个包厢的门却始终紧紧地关闭着。最后，当阿尔贝差不多是第一百次望他的手表时，也就是第二幕开始的时候，门开了，基督山伯爵穿着一套黑衣服走了进来，站到包厢前面的栏杆上，向大厅环视。莫雷尔跟在他的后面，目光搜寻着他的妹妹和妹夫。不久他就发现他们在另一个包厢里，然后向他们点头示意。

伯爵在环顾正厅的时候看到一张苍白的脸和一双气势汹汹的眼睛，而且那一对眼睛显然引起了他的注意。他认出那是阿尔贝，看到他如此愤怒和失常，还是觉得最好不去看他。

他不露声色地坐下，拿出他的望远镜，向别处观望，表面上虽然并没有去留意阿尔贝，但实际上阿尔贝却从未离开过他的视线。当第二幕的帷幕落下来的时候，他看见他和他的两个朋友离开了正厅前座，然后又看见他的头在包厢后面经过，伯爵就知道那逐渐接近的风暴将要落到他身上来了。这时，他正在和莫雷尔高兴地聊天，但他已经准备好了随时应付可能发生的一切。门开了，基督山伯爵转过头去，看到阿尔贝脸色苍白，浑身颤抖地走进来，后面跟着波尚和夏多·勒诺。

“嗨，”他喊道，他的语气是那样的慈爱殷勤，显然与一般人的普通打招呼不同，“我的骑士到达目的地啦。晚上好，马尔塞夫先生。”这个人很善于控制自己的情绪，他的脸上露出十分亲热的表情。莫雷尔到达时才想起子爵给他的那封信，那封信里并没有说明任何理由，只是要求他到剧院来，但他知道有一件可怕的事情即将发生。

“阁下，我们不是到这儿来听你这些虚伪的客套话的，也不是来跟你谈什么友谊的，”阿尔贝说，“我们是来解释的，伯爵阁下。”那青年颤抖的声音像是从咬紧的牙齿里传出来一样。

“在剧院做解释?”伯爵说，那镇定的声音和洞察一切的目光证明他始终保持着自制力，“对于巴黎人的习惯我知道得很少，但我认为在这种地方是不适宜提出这种要求的。”

“可是，假如有时把他们自己关在家里，”阿尔贝说，“只因为他在洗澡、吃饭或睡觉就不能见客，我们就只能在哪儿碰到他就在哪儿向他提出些问题。”

“我不是很难找的呀，阁下，因为，假如我的记忆力还算可以的话，昨天您还在我的家里。”

“昨天，我的确是在你的家里，阁下，”阿尔贝说，“因为那时我还不知道你是谁。”

说“我还不知道你是谁”这几句话的时候，阿尔贝已提高了他讲话的嗓门，这样，附近的包厢和休息室的人都可以听得到，因此已经有许多人的注意力被这一声争吵吸引过来了。

“您是从哪儿来的，阁下？”基督山伯爵说，脸上毫无表情。“您似乎已完全丧失理智了。”

“只要我懂得你是一个不义的家伙，阁下，而且还要你明白我要报复，这就够清醒的了。”阿尔贝狂怒地说。

“我不明白您的意思，阁下，”基督山伯爵回答，“就算我知道您的意思，您的声音太大。这儿是我的地方，这里只有我有权利可以比旁人音调高。请您出去，阁下！”基督山伯爵以威严的神情指着门。

“啊，我要你离开，离开你的地方”基督山伯爵以更威严的神态指着门。

“啊，我要你离开，离开你的地方！”阿尔贝一面回答，一面把他的手套在他那痉挛的手掌里捏成一团，基督山伯爵清楚地看见了这一切。

“好了，好了！”基督山伯爵平静地说，“我看您想要跟我打架，但我要奉劝您一句，请您不要忘记，挑衅是一个坏习惯。况且并不是对每一个人都有效的，马尔塞夫先生。”

听到这个名字，看着这场争吵，旁观者之中发出了一阵阵惊奇的低语声。从昨天以来他们整天都在谈论马尔塞夫，阿尔贝立刻明白了这个暗示的意思，正当阿尔贝要把手套向伯爵脸上摔过去时，莫雷尔及时迅速地捉住了他的手，波尚和夏多·勒诺也担心这种局面会越出决斗的界限，一齐挡住了他。但基督山伯爵并没有起身，只是从椅背上转过身来，从阿尔贝捏紧的手里拿出了那只又湿又皱的手套。

“阁下，”他用一种庄严的语气说，“就算您的手套已经扔了，我会用它裹好一颗子弹送给您的。现在离开我的包厢，否则我就要我的仆人来赶您到门外去了。”

阿尔贝退了出去，他的神色迷乱，眼睛冒火，几乎丧失了理智，摩莱关上门。基督山伯爵又拿起他的望远镜，似乎根本不曾发生过任何事，他有一颗铜做的心和大理石雕成的脸。

莫雷尔耳语说："您对他做过什么事情？"

"我？没有什么，至少对他个人没做什么事情。"基督山伯爵说。

"但所有这一切让那个年轻人感到非常愤怒。"

"他父亲的那回事让他感到恼火了。"

"那件事跟您有什么关系吗？"

"他父亲的叛逆罪是海黛去告诉贵族院的。"

"真的？"莫雷尔说，"我听人说过，但我不相信，我不相信在这个包厢里见到过的和您在一起的那个希腊奴隶说她是阿里总督的女儿。"

"这一切确实是真的。"

"看来，"莫雷尔说，"我明白了，刚才这场争吵是有预谋的。"

"怎么会呢？"

"是的，阿尔贝写信要求我到歌剧院来，无疑是想让我做一个看见他侮辱您的见证人。"

"也许是的。"基督山伯爵泰然自若地说。

"但您打算怎样反击他呢？"

"对谁？"

"阿尔贝。"

"我准备对阿尔贝怎么样？马西米兰，如同我现在握住您的手一样确定无疑，明天早晨十点钟以前，我一定会杀死他。"

莫雷尔把基督山伯爵的手捧在两手之间，他打了一个寒战，觉得那只手是如此的冰冷和坚定。

"啊，伯爵，"他说，"他的父亲是那样地爱他！"

"不要向我再提那个人！"基督山伯爵说，这是他第一次发火，"我要让他痛苦。"

莫雷尔在惊愕之下让伯爵将那只手抽了出去，"伯爵！伯爵！"他说。

"亲爱的马西米兰，"伯爵打断他的话说，"听杜普里兹①吧。"

---

① 杜普里兹（1806—1896），法国歌剧演员。

莫雷尔知道多说无益，只好不吭声了。阿尔贝吵完退出时，拉起的那道舞台帷幕不一会便又降落下来了。

这是一阵急促的敲门声。

“请进！”基督山伯爵说，他的声音仍然像往常一样的平静，波尚立刻出现了，“晚上好，波尚先生，”基督山伯爵说，好像是今天晚上第一次看见那位新闻记者似的，“请坐。”

波尚鞠了一躬然后坐下，“阁下，”他说，“您刚才已经看到我是陪马尔塞夫先生的。”

“那就是说，”基督山伯爵面带微笑说，“你们大概还是一块用餐的，波尚先生，我很高兴看到您比他稳重一些。”

“阁下，”波尚说，“我承认阿尔贝不应该向您发如此大的火，但道歉了以后，您应该明白，伯爵阁下，我只是代表我本人道歉的，我还要说，我相信你肯定会给我这个面子，不会拒绝向我解释一下你和亚尼纳的关系。再者，还有那位希腊姑娘，我还要说几句话。”

基督山伯爵示意他住口，“喏，”他微笑着说，“我的全部希望都已经破灭了。”

“怎么会呢？”波尚说。

“您当然希望我是一个非常怪僻的人物。依您来看，我是一个勒拉，一个曼弗雷特，一个罗思文勋爵。然后，当众人都如此看的时候，您却破坏了我的形象，又想把我塑造成一个普通人了。您要把我拉回到现实中去，最后，您竟要求我做出什么解释！真的，波尚先生，这也太可笑啦。”

“可是，”波尚傲慢地答道，“有的时候，当正义的命令——”

“波尚先生，”这个怪人打断了他的话，“基督山伯爵只是接受基督山伯爵的命令，所以，什么都不要说了。我爱怎么做就怎么做，波尚先生，而且我一直会做得很好的。”

“阁下，”波尚答道，“正义之士得到的不应该是这样的答复。信义是需要有个保证的。”

“阁下，我就是一个活生生的例子，”基督山伯爵不动声色却气势汹汹地回答，“我们两人的血管里都有我们愿意抛洒的热血——我们彼此的保证。就这样去告诉子爵吧，明天早晨十点钟以前，我就能够看到他的血究竟是什么颜色了。”

“看来我只好安排你们决斗的手续了。”波尚说。

“这个对我来说是无所谓的，阁下，”基督山伯爵说，“用这种小事在剧院里来打扰我，实在是没有什么必要的。在法国，人们用剑或手枪决斗；在殖民地，用马枪决斗；在阿拉伯，用匕首决斗。告诉你的委托人，虽然我是忍受侮辱的一方，为了保持我的怪僻，我允许他选择武器，而且可以不经讨论，毫无异议地接受，你听清楚了吗？什么都行，甚至用抽签的办法也可以，虽然它是愚蠢而可笑的，然而，对我来说都没关系，我一定可以取胜。”

“一定可以取胜！”波尚用惊愕的目光望着伯爵重复说。

“当然了，”基督山伯爵微微耸一耸肩膀说，“不然我就不会和阿尔贝先生决斗，我要杀死他，这是没有办法的事。今天晚上写一张字笺送到我家里来，让我知道决斗的武器和时间就行了，我不想花太多的时间等待。”

“那么，是用手枪，八点钟，在万森树林。”波尚神情狼狈地说，不知道对方究竟是一个傲慢的自大者还是一个超人。

“好极了，阁下，”基督山伯爵说，“现在一切都已解决了，请让我听歌剧吧，并且请您告诉您的朋友阿尔贝，今天晚上请他不要再来了，他这种粗鲁野蛮的行为只会伤害他自己。让他回家先养精蓄锐吧。”波尚惊愕地离开了包厢。“现在，”基督山伯爵转过去对莫雷尔说，“请您当我们的证人，可以吗？”

“当然，”莫雷尔说，“愿意听从您的吩咐，伯爵，可是——”

“可是什么？”

“我想我应该知道真正的原因。”

“也就是说，您拒绝我了？”

“没有。”

“真正的原因吗？莫雷尔，阿尔贝本人也是在盲目行事，他也不知道真正的原因是什么，真正的原因只有上帝和我知道。但我可以向您保证，莫雷尔，上帝不仅知道原因，而且是站在我们这一边的。”

“这就足够了，”莫雷尔说，“谁是您的第二个陪证人？”

“莫雷尔，除了您和您的妹夫艾曼纽，我在巴黎所认识的人中没有一个人可以享受这种荣耀。您觉得艾曼纽会答应我的要求吗？”

“我可以替他答应您，伯爵。”

“好，这就是我所需要的一切了。明天早晨七点钟，你们一块到我这儿来，好不好？”

“我们一定会来。”

“嘘！开幕了。听！这个歌剧，我尽可能地一个字都不让它漏过的，《威廉·退尔》这支曲子真是太美妙了！”

第八十九章　夜

像平时一样，在本普里唱完《随我来》这首最著名的曲子之后，基督山先生才离开。基督山先生走到门口时，一直等着的莫雷尔向他保证，次日早上七点自己肯定会和艾曼纽一起过来。基督山先生听完愉悦地进了车厢，只消五分钟就进了家门。他一进门就说：“阿里，取那对儿象牙十字的手枪来。”这时，他脸上的表情是每个了解他的人都能明白的。

枪一交到伯爵手中，就被主人非常仔细地检查着。伯爵表现得十分关切，因为他要将生命交付给一小片铅和铁。伯爵专门定制了这只手枪，为的是在房里练习打靶。伯爵只要轻轻推一下，子弹就会射出去，这种情况就连隔壁房间的人都想不到。伯爵手里拿着枪，瞄准了当作靶子的铁盆，这时，巴浦斯汀打开了书房门。

还没等他说话，伯爵就看见门口——门没有关——有一个头罩面纱的女人站在巴浦斯汀的身后。那女人看见伯爵手里握着枪，桌上放着剑，便冲了进来。巴浦斯汀望着他的主人，伯爵示意了他一下，他便退出房间，随手把门关上。

“您是谁，夫人？”伯爵对那个蒙面的女人说。

来客向四周环视了一下，确定房间里只有他们两个人时，便紧合双手，弯下身子，像是要跪下来似的，用一种近乎绝望的语气说：“爱德蒙，请你不要杀死我的儿子！”

伯爵退了一步，轻轻地喊了一声，手枪便从他的手里掉了下来，“您刚才说的是什么，马尔塞夫夫人？”他说。

“你的名字!”她喊道，并把面纱撩起，“你的名字，或许只有我一个人还没有忘记。爱德蒙，现在来见你的不是马尔塞夫夫人，而是梅塞苔丝。

“梅塞苔丝已经死了，夫人，”基督山说，“现在我再不认识叫这个名字的人了。”

梅塞苔丝还活着，伯爵，而且她还记得你，因为她刚见你就认出了你，甚至在还没有看见你的时候，她就从你的声音认出了你，爱德蒙。从那个时候起，她就步步紧跟着你，注视着你，而她不用问就知道是谁给了马尔塞夫先生现在正遭受的打击。”

“夫人，您的意思是指弗尔南多吧，”基督山伯爵以苦涩讥讽的口吻回答，“既然我们在回忆当年的名字，那么我们就把它们全都记起来吧。”

当基督山伯爵说到弗尔南多这个名字的时候，脸上流露出十分憎恨的表情，使得梅塞苔丝觉得有一股恐怖的寒流流进她的心里。

“你瞧，爱德蒙，我并没有弄错，我有理由说，‘饶了我的儿子吧。’”

“谁告诉您，夫人，说我恨您的儿子?”

“谁都没有告诉我，但一个母亲是有着双重直觉的。我已经猜出来了，今天晚上，我跟踪他到剧院里，看到了一切。”

“假如您看到了一切，夫人，您就会知道弗尔南多的儿子是如何当众羞辱我的。”基督山伯爵用十分平静的语气说。

“噢，发发慈悲吧!”

“您看到了，要不是我的朋友摩莱拦住了他，他可能早已把他的手套摔到我的脸上来了。”

“听我说，我的儿子也已猜出你是谁，他把他父亲的不幸全怪罪到你身上来了。”

“夫人，您弄错了，那不是一种不幸，而是一种惩罚，不是我在惩罚马尔塞夫先生，而是上帝在惩罚他。”

“但为何你要代表上帝呢?”梅塞苔丝喊道，“当上帝已经忘记了这一切，你为什么还要记着呢? 亚尼纳和它的总督与你有什么关系呢，爱德蒙? 弗尔南多·蒙台哥出卖阿里·铁贝林，这些让你有什么损失吗?”

“不错，夫人，”基督山伯爵答道，“这一切都是那法国军官和凡瑟丽姬的女儿之间的事情，这一切和我毫不相干，您说得不错。如果我曾经发誓要为自己复仇的话，那么我的复仇对象绝不是那个法国军官，也不是马尔塞夫伯爵，而是迦太兰人梅塞苔丝的丈夫渔人弗尔南多。”

“啊，伯爵，”伯爵夫人喊道，“厄运让我犯下的这桩过错是该得到这可怕的报复的！我是有罪的人，爱德蒙，假如你必须向人报复的话，就应该向我报复，因为我不够坚强，不能忍受寂寞和孤独。”

“但是，”基督山伯爵叹了口气说，“为什么我会离开您？您为什么会感觉孤独呢？”

“因为你被捕了，爱德蒙，因为你变成了一个囚徒。”

“为什么我会被捕？是什么原因使我成为了一个囚徒呢？”

“我不知道。”梅塞苔丝说。

“您确实不知道，夫人，至少，我希望您不知道。但我现在可以告诉您，我之所以被捕并变成一个囚徒，是因为我和您即将结婚的前一天，在里瑟夫酒家的凉棚下面，一个名叫腾格拉尔的人写了这封信，而那个打鱼的弗尔南多则亲手把它投入了邮筒。”

基督山伯爵走到一张写字台前面，打开抽屉从里面取出了一张纸，纸张已失去了原来的色泽，墨水也已变成铁锈色。他把这个文件拿给梅塞苔丝。这就是腾格拉尔写给检察官的那封信，是基督山伯爵装扮成汤姆生（即弗伦奇银行的代理人）付给波维里先生二十万法郎，从爱德蒙·唐太斯的档案里抽出来的。梅塞苔丝惊恐万分地读下去：

> 阁下，鄙人系拥护王室及教地之人士，兹报告检察官，有爱德蒙·唐太斯其人，系法老号之人副，今晨从士麦拿经那不勒斯抵埠，中途曾停靠费拉约港。此人受缪拉之命送信给叛贼，并受逆贼命令送信给巴黎拿破仑党委员会。犯罪证据在将其逮捕时即可获得，假若信不在其身上，则必在其父家中，或在其法老号之船舱内。

“噢，我的上帝！”梅塞苔丝说着用手抹一抹她那大汗淋漓的额头，

“这封信——”

“这是我用二十万法郎买来的，夫人，”基督山伯爵说，“但这是值得的，今天我就可以在您面前证明我是无辜的。”

“这封信的结果怎么样？”

“您知道得很清楚，夫人，就是我被捕了，但您不知道那次我在监狱待了多久。您不知道十四年来，我始终在离您一里以内的地方，也就是伊夫堡的一间黑牢里。您不知道，这十四年中我每天都要重述一遍我的誓言，我要复仇，可是我不知您已经嫁给了诬告我的弗尔南多，也不知道我的父亲已经饿死了！”

“公正的上帝！”梅塞苔丝浑身发抖地喊道。

“当我在狱里待了十四年以后，在我即将离开牢房的时候就听到了那两个消息，正因为如此，为了梅塞苔丝的生和我父亲的死，我发誓一定要向弗尔南多复仇，现在就是在为我自己复仇。”

“您确信这一切都是可怜的弗尔南多干的吗？”

“夫人，我确实知道他干了那些事情。而且，他还干过更见不得人的事，他身为法国公民，却去投靠英国人。他的祖籍是西班牙，他竟参加攻打西班牙人的战争。受恩于阿里，他竟出卖并杀害了阿里。跟这些丑事比起来，您刚才所读的那封信算什么？这是一个情人的圈套，利用这种圈套，他与那个人结婚。那个女人或许可以被饶恕，但是本来娶她的那个情人却无法容忍这一切。好吧！法国人并没有向那个叛徒复仇，西班牙人也没有枪毙那个叛徒，已经死了的阿里更没有惩罚那个叛徒。但是我，被出卖、被杀害、被埋葬的我，却被慈悲的上帝从坟墓里救出来惩罚那个人。上帝派我来就是为了复仇，而现在我来了。”

那可怜的女人把头一下埋在了双手之中，她的腿实在支持不住了，跪了下去。“原谅了吧，爱德蒙，为了我，宽恕这一切吧。我依旧爱着你！”

但妻子的尊严阻止了她充当情人和母亲的冲动。当伯爵跑上去把她扶起来的时候，她的额头几乎要触到地毯了。然后，她坐在一把椅子里，望着基督山先生那刚毅的脸，悲痛和忌恨的表情仍然使那张脸显得很可怕。

“让我如何不去毁灭这个家伙！”他低声地说，“上帝把我从死亡里救出来，就是要我来惩罚他们的，而我竟不服从上帝的指令！不可能，夫人，这是绝对不可能的！”

“爱德蒙，”那可怜的母亲说，她换了一种方式，“当我呼唤你爱德蒙的时候，你为什么不称我梅塞苔丝呢?”

“梅塞苔丝！”基督山伯爵把那个名字重复了一遍，“梅塞苔丝，嗯，是的，你说得对，好在名字依旧还有它的魅力，很久以来，这是我第一次用这样的声音叫出这个名字。啊，梅塞苔丝！我曾在满怀惆怅的悲叹声中，在伤心的呻吟声中，绝望地呼喊着你的名字。在寒风刺骨的冬天，我曾蜷伏在黑牢的草堆里呼喊它；当酷暑难当时，我曾在监狱的石板上滚来滚去地呼喊它。梅塞苔丝，我必须要为自己复仇，因为我受了十四年的苦——十四年中，我哭泣过、我诅咒过，现在我告诉你，梅塞苔丝，我必须要为我自己复仇了！”

因为他曾热烈地爱过她，他唯恐自己会被她的恳求软化，就回忆起当时受苦的情形来帮助自己坚定复仇的决心。

“那么就为你自己复仇吧，爱德蒙，”那可怜的母亲哭道，“你应该让你的报复落到罪人的头上——你去报复他、报复我，但不要报复我的儿子！”

“圣经上写道，”基督山伯爵答道，“父亲的罪将会落到他们第三、第四代儿女身上。上帝在他的预言里都如此说了，我为什么要比上帝更仁慈呢?”

“因为上帝拥有时间和永恒，人却无法拥有这两样东西。”

基督山伯爵发出一声呻吟似的长叹，双手抓紧了自己的头发。

“爱德蒙，”梅塞苔丝向伯爵伸出双手，继续说，“自从认识你开始，我就喜欢你的名字，并时常想起你。爱德蒙，我的朋友，不要打碎我心里时刻保留着的那个高贵而又美好的形象。爱德蒙，假如你听到过我对上帝的祈祷，那就好了，那时我多么的希望你还活着，但我想你肯定已经死了！是的，死了，唉！我想你的身体早已被埋在了一座阴森森的塔底，我以为你的尸体已被扔到装狱卒死尸的一个洞底下。于是我哭了！爱德蒙，除了祈祷和哭泣，我还能为你做些什么呢? 听着，十年来，我几乎每天晚上都做着同样的梦。我听说你企图逃跑，听说你冒充另外一个犯人，听说你钻进包尸体的布袋里，听说你在伊夫堡的顶上活生生地被人扔下去，听说你撞到岩石上时发出惨叫声，这惨叫声向埋葬者表明死尸已被代替，他们又变成了害你的人。哦，爱德蒙，我向你发誓，从我现在恳求你饶恕的我儿子的生命发誓，——爱德蒙，这十年来，我每天晚上都看到有人在一个岩石山顶上晃悠。这十年来，我每天晚上都被一种可怕的喊声叫醒，醒来时浑身颤抖。爱德蒙，噢，相信我！尽管我有罪，噢，是的，我也同样受了那么多的痛苦！"

"你可曾尝过父亲在你离开时死去的滋味吗？"基督山伯爵把双手插进头发里，喊道，"你可曾见过你所爱的女人嫁给你的情敌而你自己却在一间不见天日的黑牢里奄奄待毙吗？"

"没有，"梅塞苔丝说，"但我看见我所爱的那个人就要杀死我的儿子了。"

梅塞苔丝说这句话的时候，她的神情是那样的痛苦不堪，语气十分绝望，以至基督山伯爵再也控制不住自己，失声哭泣起来。狮子终于被驯服了；复仇者终于被征服了。"你要我怎么做呢？"他说，"你儿子的生命吗？现在，他可以活下去了！"

梅塞苔丝发出一声惊奇的欢叫，这一声喊叫使基督山伯爵禁不住热泪盈眶。但这些眼泪很快就消失了，因为上帝或许已派来了一个天使把它们收了去，在上帝的眼睛里，这种眼泪比古西拉和奥费亚[①]两地最圆润的珍珠更显珍贵。

"噢！"她说着抓住伯爵的手，按到自己的嘴唇上，"噢，谢谢你，谢谢你，爱德蒙！现在的你真是我梦中的你了，真是我始终所爱的你了。啊！现在我可以这样说了。"

"那样就太好了，"基督山伯爵答道，"因为爱德蒙不会让你爱久了。死者就会回到坟墓中，幽灵就要回到黑暗里。"

"你说什么，爱德蒙？"

"我说，既然你命令我死，梅塞苔丝，那么我就只有死了。"

---

① 古代盛产金子、象牙和珍珠的地方。

“死！那是谁说的？谁说你要死？你怎么会有这种想法？”

“你想，在歌剧院里当着全体观众的面，当着你的朋友和你儿子的那些朋友的面我受到了公开的侮辱，受到一个小孩子的挑战，他会把我的宽恕大度当作胜利，你想，我怎么还有脸面再活下去呢？梅塞苔丝，除了你，我最爱的便是我自己、我的尊严和使我超越其他人的那种力量，那种力量就是我的生命。你用一个字就摧毁了它，我肯定是要死了。”

“但是，爱德蒙，既然你宽恕了他，那场决斗就不会举行了吧？”

“要举行的，”基督山伯爵用十分严肃的语气说，“但流到地上的血将不会是你儿子的而是我的了。”

梅塞苔丝惊叫一声，向基督山伯爵冲了过来，但又突然停住了脚步。“爱德蒙，”她说，“我们的头上都有上帝，既然你还活着，既然我又见到了你，我就真心诚意地相信你。在等待他的帮助时，我相信你的话。你说我的儿子可以活下去，是这样吗？”

“是的，夫人，他可以活下去。”基督山伯爵说，他很惊讶梅塞苔丝竟能那样冷静地接受了他为她所做的这种视死如归的牺牲。

梅塞苔丝把她的手伸给伯爵。“爱德蒙，”她说，当她望着他的时候，已经热泪盈眶，“爱德蒙，你是多么高贵呀，你刚才的举动是如此的高尚，对一个无依无靠的可怜女人，你仍然给予同情，这是多崇高呀！唉！我老了，促使我变老的倒不是年月而是忧伤。现在，我不能再以一个微笑或一个眼神使我的爱德蒙想起他曾花过那么长时间默默凝视着的梅塞苔丝了。啊，相信我，爱德蒙，告诉你，我曾受了多少痛苦。我再说一遍，当一个人觉得生命中没有一件愉快的事值得回忆，也没有一点希望时，这该是多么可悲，但这也证明了世间的一切尚未了结。不，一切还未了结，我从自己心里尚存的情感里就知道这一点。啊！我再说一遍，爱德蒙，你刚才宽恕的行动多么高尚、多么伟大而崇高！”

“你这么说，梅塞苔丝，假如你知道了我为你所做的牺牲有多大，你又该怎样说呢？假若那至高无上的主，在创造了世界、澄清了一切以后，恐怕一位天使会因为我们凡人的罪恶而流泪，因此会停止他的创世工作，假若在一切都已准备齐全，一切都已成形，一切都已欣欣向荣以后，当他正在欣赏自己工作的时候，上帝熄灭了太阳，一脚把世界又踢入到永远的黑暗里，只有在那时，你或许可以了解我此时丧失的是什么，不，不，即使那时你还是无法体会到这一切。”

梅塞苔丝带着一种惊愕、崇拜和感激的神情望着伯爵。基督山伯爵把他的脸紧埋在他那双滚烫的双手里，好像他的脑子已不能承受这样沉重的思想负担。

“爱德蒙，”梅塞苔丝说，“我还有一句话要对你说。”伯爵的脸上露出痛苦的微笑。“爱德蒙，”她继续说，“你将来或许可以知道，假如我的脸已变得苍白，我的眼已变得迟钝，我的美丽也已经消逝，总之，假如梅塞苔丝在外貌上已经和她以前不再相像，你将来会知道，她的心依旧如从前。那么，再会了，爱德蒙，我对上天不再有任何企求。我又见到了你，并且你还是像以前那样的高贵和伟大。再会了，爱德蒙，再会了，而且谢谢你！”

但伯爵并不回答。复仇变成了泡影，他陷入了一种痛苦难受的恍惚状态中，在他还没有从这种恍惚状态中醒来时，梅塞苔丝已打开书房的门走了出去。当马车载着马尔塞夫夫人在香榭丽舍大道上驶去的时候，残废军人院响起了半夜一点的钟声。钟声使基督山伯爵抬起头来。

“我多么傻呀，”他说，“在我下定决心要为自己复仇的那一天，我为什么没有把我的心摘下来呢！”

第九十章　决斗

自从梅塞苔丝离开，基督山先生就被凄凉的阴影笼罩了。不管是他的身体还是内心，所有的思想都停止了，他现在无比疲倦，就连强健的身体和头脑都进入了微睡的状态。蜡烛和灯油都要燃尽了，在外厅等着的仆人也不耐烦了。伯爵自言自语道："什么！这座大厦是我辛辛苦苦准备这么久才建起来的，难道被指指点点就会毁于一旦吗？这个大厦在伊夫堡的牢里分文不值，而我耗尽了心思使它变得如此伟大，我曾经多么骄傲啊！"难道明天它就要成为泥土了？唉！我并不是惋惜肉体的消逝。生命的逝去可以使万事万物都安息，这正是每个不幸的人想要的。我期盼的不是肉体的安息，法利亚去我的黑牢时，我也是通过绝食这种痛苦的方式来达到自己的目的的。死亡只是离安息更近了，这对我来说有什么意义呢？

不，生命的终结并不可怕，可怕的是我这样辛辛苦苦、长年累月设想出来的计划就这样毁于一旦了。我原以为上帝是赞成这些计划的，现在看来其实他是反对的！上帝不同意这些计划被实施。这个负担，这个几乎像一个世界一样沉重的负担，我曾肩负了，并且以为能负担到终点，但实际上它太沉重了，使我不得不在半路上放下来。噢！十四年的绝望和十年的希望把我变成了一个上帝的信徒，难道我现在又要成为任凭命运摆布的人？而这一切都只因为那颗我自以为已经死掉的心实际上只是麻木而已，因为它已醒过来且又开始了跳动，因为一个女人的声音在我的胸膛里跳动所激起的痛苦使我屈从了！可是，"伯爵继续说，他对于梅塞苔丝所接受的明天他将为她忍受那场残酷决斗的厄运感到苦恼，“可是，一个心地如此高贵的女人，是不可能这样自私地在我身强力壮的时候就让我如此死掉的吧，母爱，或者母性的疯狂绝不会使她走到这一步！有些美德在过分夸大以后便变成了罪恶。不，她一定已经想好了某种动人的场面，她会插身到我们中间来阻止我们的决斗，但这时看来是非常崇高的举动，在决斗场上便会变得荒诞可笑。”想这一切时，自尊的红晕浮上了伯爵的脸。“荒诞可笑，”他又说，“而那种耻笑将落到我的身上，我将被人耻笑！不，我还是死了的好！”

伯爵认为他在答应梅塞苔丝饶恕她儿子的时候已经判了自己的死刑，而这种厄运被自己夸大得那么可怕！这样的自怨自艾终于使伯爵大声喊叫起来：“蠢！蠢！蠢！竟慷慨到让自己的身体成为那个青年打靶的目标。他决不会相信我的死只是一种自杀。可是，为了我的荣誉，这当然不是虚荣，而是一种正常的自尊心，我必须让全世界知道，我是自愿放下了那只已经高举起来准备反击的手，用那只本来打算反击旁人的强有力的手来打击我自己。这是必须的，这是应该的！”

他抓起一支笔，从书桌的一只秘密抽屉里抽出一张纸来，现在他又附加了很多东西，清清楚楚地解释着他死的原因。“噢，我的上帝！”他抬头向天说，“我这样做，是为了我的光荣，也为了您的光荣。十年来，我总是把自己看作复仇的天使。而那些坏蛋，像马尔塞夫、腾格拉尔、维尔福这种人，不要让他们以为他们的敌人已没有复仇的机会了。相反，要让他们知道，他们受罚是上帝的旨意，我现在的决定只是延期执行而已。虽然他们在这个世界里逃避了惩罚，但惩罚正在另一个世界里等待他们，这只不过是时间早晚的问题！”

当他正备受这些伤心可怕的幻景煎熬的时候，晨曦染白了窗上的玻璃，照亮了他手下那张淡蓝色的纸。突然，一种轻微的声音传到他耳朵里，听来像是一声窒息的叹息声，他转过头来，环视四周，没看见人。但那种声音又非常清晰地传了过来，使他确信这不是自己的幻觉。他站起身来，静悄悄地打开客厅的门，看见海黛坐在一把椅子上，两手垂下，她那美丽的头无力地向后仰着。她本来是站在门口，想在伯爵出来的时候见他一面，但因为等待了太长时间，她那虚弱的身体再也支持不住了，就倒在椅子上睡着了，开门的响声并没有把她惊醒，基督山伯爵带着一种充满爱怜的目光凝视着她。

“她记得她有一个儿子，”他说，“而我却忘记了我有一个女儿。”

于是，他伤心地摇摇头，“可怜的海黛!”他说，“她想见我，想和我说话，她担心某种事情要发生，已经猜到了明天即将发生某种事情。噢！我不能就这样和她告别，我必须把她托给一个人才能死掉。”他又回到他的座位上，接下去写道：

我把两千万遗赠给我的旧东家马赛船商比埃尔·莫雷尔的儿子即驻阿尔及利亚骑兵队长马西米兰·莫雷尔，他可以将其中的一部分转赠给他的妹妹尤莉和妹夫艾曼纽，前提是他不认为这种财产的增加会减少他们的快乐。这两千万财产藏在我基督山伯爵的岩窟里，贝尔图乔知道那个岩窟的秘密。如果他还没有心上人的话，他可以和亚尼纳总督阿里的女儿海黛结婚，这样，他就实现我最后的希望了。海黛是我用一个父亲的爱来抚养着的，而她也像一个女儿一样的爱我。这份遗书已写明海黛将继承我其余的财产，包括我在英国、奥地利与荷兰的土地和资金，以及我各处大厦别墅里的家具。这笔财产，除了那两千万和赠给我仆人的遗产，剩下的还值六千万。

正当他写完最后一行的时候，身后的一声尖叫把他吓了一跳，手中的笔松手掉了下去。

“海黛，”他说，“你都看到了吗?”

原来海黛早已被照到脸上的曙光唤醒，起身走到伯爵身后，但伯爵并没有听到地毯上那轻微的脚步声。

“噢，我的大人，”她说，“为何要在这个时候写这种东西呢？你为什么要把你的财产全部遗赠给我呢？难道你要离开我了吗?”

“我要去旅行，好孩子，”基督山伯爵带着一种忧郁、充满无限温情的神情说，“如果我遭到任何的不幸——”伯爵停了下来。

“什么？”那青年女郎用一种庄严的语气问，伯爵以前从未见过她用这种语气，不禁吃了一惊。

“嗯，假如我遇到了任何的不幸，”基督山伯爵答道，“我希望我的女儿要幸福。”

海黛苦笑了一下，摇摇头，“你想到死了吗，大人？”她说。

“这是一种有益的想法，我的女儿，智者这么说过。”

“那么，如果你死了，”她说，“你把财产遗赠给别人吧。”

她把这份遗嘱撕成四片，抛到了房子中央。然后，筋疲力尽地跌倒在地板上，但这一次不是睡过去，而是昏了过去。伯爵俯下身去，把她抱起来，望着那张纯净而苍白的面孔，那一双可爱的闭拢的眼睛，那个窈窕、僵挺的似乎毫无生气的身体，他忽然有了一个想法：或许她对他的爱并不是一个女儿对一个父亲的爱。

“唉！”他万分沮丧地喃喃道，“那么，我本来也许可以得到的。”于是他把海黛抱到她的房间里，吩咐她的侍女照顾她，然后回到了他的书房里。这一次他立刻把门关上，然后把那撕毁的遗嘱重新抄写了一遍。当他快要抄完的时候，听到前院里驶进一辆马车，基督山伯爵走到窗口，看见马西米兰和艾曼纽走下车来。

“好！”他说，“时间到了。”于是他用三颗火漆封住了遗嘱。

过了一会儿了，他听到客厅里有声音了，就走过去亲自打开门。

莫雷尔已等在客厅里了，他比约定的时间早来了二十分钟，“我或许来得太早了，伯爵，”他说，“但我坦率地承认，我整夜未眠，家里的人也都和我一样。我要看到您精力充沛才能放下心来。”

基督山伯爵无法不被感动，但他并没伸手给那青年，而是去拥抱他。“莫雷尔，”他说，“今天是一个快乐的日子，因为能得到像你这样一个人的真挚的爱。早安，艾曼纽，那么你们和我一起去吗，马西米兰？”

“你还不相信吗？”那青年队长说。

“但假如是我错了呢？”

“在昨天那场挑衅中，我始终关注着你，昨天晚上我整夜地回想着你那种坚定的表情，于是我对自己说，正义一定是在你这边的，否则，你是不会那样镇静的。”

“但是，莫雷尔，阿尔贝不是你的朋友吗？”

“我们只是相识而已，伯爵。”

“你不是在我们初次见面的那一天见到他的吗？”

“是的，不错，要不是你提醒，我已忘记了。”

“谢谢你，莫雷尔。”然后按了一下门铃，“喂，”他对进来的阿里说，“把这个拿去送给我的律师，这是我的遗嘱，莫雷尔。我死了以后，请再打开看。”

“什么！”莫雷尔说，“你要死吗？”

“是的，我不是应该先准备好吗？亲爱的朋友？你昨天离开我以后又去做了些什么呢？”

“我到托多尼俱乐部去了，那儿，正如我自己预想的一样，我找到了波尚和夏多·勒诺。我向你坦白承认是我去找他们的。”

“为什么，不是一切都安排好了吗？”

“听我说，伯爵，这件事很严重，而且是无法避免的。”

“你还在怀疑什么呢？”

“不，那次挑战是在大庭广众之下进行的，现在几乎每一个人都已经在谈论这件事了。”

“那又能如何？”

“嗯，我希望换一种武器，用长剑代替手枪，手枪是不长眼睛的。”

“他们同意了吗？”基督山伯爵急切地问，他的心里怀有别人难以察觉的希望之光。

“没有，因为你的剑术实在是太好了。”

“啊！那是谁出卖了我？”

“那个被你击败的剑术教师。”

“而你失败了。”

“他们断然拒绝。”

"莫雷尔，"伯爵说，"你未曾见过我打枪吧？"

"从来没有。"

"嗯，我们还有时间，瞧。"基督山伯爵拿起那支梅塞苔丝进来时握在手里的手枪，把每一张梅花爱司钉在靶板上，他接连开了四枪打掉了梅花的四边。

每射一枪，莫雷尔的脸就变得苍白一次。他看到基督山伯爵用来造成这种神妙奇术的弹丸比绿豆还小。"真是太令人吃惊了"他说，"看，艾曼纽。"然后，他转过去对基督山伯爵说，"伯爵，看在上帝的面上，我求你不要杀死阿尔贝！他有一个可怜的母亲。"

"你说得非常正确，"基督山伯爵说，"而我却没有。"这句话的语气使莫雷尔打了一个寒战。

"你是受挑衅的一方，伯爵。"

"当然，这话怎么讲呢？"

"就是你将先开枪。"

"我先开枪？"

"噢！这是我极力要求得来的；我们对他们的让步已经够多了，他们应该在这一点上对我们让步了。"

"相隔几步？"

"二十步。"

一个可怕的微笑掠过伯爵的嘴唇，"莫雷尔，"他说，"请记住你刚才所看到的一切。"

"看来，阿尔贝唯一能逃命的机会，只有在你临时情绪激动的情况下了。"

"我会激动？"基督山伯爵说。

"或许是出于你的宽容，我的朋友，你是一位非常杰出的射手，我也许想说一句别人会觉得荒谬可笑的话。"

"什么话？"

"打断他的手臂，也就是说打伤他，但不要打死他。"

"我可以告诉你，莫雷尔，"伯爵说，"你不必向我恳求饶恕马尔塞夫先生的性命，他一定可以保全生命，可以平安地和他的两位朋友回去，而我……”

“而你?”

“那就是另外一回事了，我将被扛回家来。”

“不，不。”马西米兰情不自禁地喊起来。

“就像我对您说的，亲爱的莫雷尔，马尔塞夫先生会杀死我。”

莫雷尔迷惑不解地望着伯爵：“昨天晚上有什么事情发生了吗，伯爵?”

“像布鲁特斯在菲利普之战的前夜一样，我看见了一个鬼。”

“但是那个鬼——”

“他告诉我，莫雷尔，说我已经活得太长久了。”

马西米兰和艾曼纽面面相觑。基督山伯爵拿出他的表来看了一下，“我们去吧，”他说，“七点五分了，我们约定的时间是八点钟。”

一辆马车已等在门口，基督山伯爵和他的两个朋友跨进车厢。他在经过走廊时停了一下，听了一下门内的声音。马西米兰和艾曼纽已经向前走了几步，他们似乎听到了他的叹息声，像是从内心深处发出来的一种无声的哭泣。

八点整，他们驶到约会的地点。

“我们到了，”莫雷尔从车窗里探出头来，“而且是我们先到的。”

“请主人原谅，”跟随主人同来的巴浦斯汀带着难以形容的恐怖神色说，“我好像看见那边树林底下有一辆马车。”

“可不是，”艾曼纽说，“我好像也看到有两个青年人，他们显然是在等人。”

基督山伯爵轻快地跳下车子，伸手扶下艾曼纽和马西米兰。马西米兰把伯爵的手握在双手中。

“啊，太好了，”他说，“我很高兴看到一个面临生死决斗的人，他的手依旧还是如此的坚定。”

基督山伯爵拉了莫雷尔一下，不是把他拉到旁边，而是把他拉到他妹夫后边一两步的地方。

“马西米兰，”他说，“你有心上人了吗？”莫雷尔惊奇地望着基督山伯爵，“我并非在打听你的私事，我亲爱的朋友。我只是在问你一个简单的问题，回答吧！我只有这么一个请求。”

“我爱着一位年轻姑娘，伯爵。”

“你非常爱她吗？”

“胜过爱我的生命。”

“又一个希望成了泡影！”伯爵说，然后，叹了一口气，“可怜的海黛！”他轻声地说道。

“老实说，伯爵，假如我不是这样熟悉你，真会觉得您没有那么勇敢呢！”

“我叹息是因为我想到我要离开一个人。唉！莫雷尔，难道一个军人不知道什么叫真正的勇敢吗？我曾在生与死之间活了二十年，生死对我而言有什么关系？所以，不要惊慌，莫雷尔，假如这是一种软弱的话，这种软弱也只是向你一个人流露。我知道世界是一个客厅，我们必须客客气气地退出。也就是说，鞠躬退出，这样才能算作体面。”

“原本如此。你把你的武器带来了吗？”

“我？何必呢？我倒希望那几位先生把武器带来。”

“我去问一下。”莫雷尔说。

“去问吧，但不要去请求什么，你懂我在说什么吗？”

“请不必担心。”

莫雷尔朝波尚和夏多·勒诺走过去，他们看见莫雷尔走了过来，便上前迎了过去。三位青年人客客气气地（即使不是殷勤地）鞠了一躬。

“原谅我，二位，”莫雷尔说，“我怎么没有看见马尔塞夫先生。”

“他今天早晨派人来通知我们，”夏多·勒诺答道，“说到这儿来和我们相会。”

“啊！”莫雷尔说。

波尚掏出他的表，“才八点过五分，”他对莫雷尔说，“还不算太晚。”

“哦！这不是我想说的。”莫雷尔回答。

“啊，”夏多·勒诺插话说，“有一辆马车驶过来啦。”

这时，一辆马车正从大路上向他们这里疾驰而来。

“二位，”莫雷尔说，“你们一定带着手枪啰。基督山先生已经放弃了使用他的武器的权利。”

“我们已经想到伯爵一定会这样客气，”波尚说，“我带来了几支手枪，这都是我八九天以前买的，本来也以为要用它们来做同样的事。它们还是新的，还没有用过，需要试一下吗？”

“哦，波尚先生，”莫雷尔鞠了一躬说，“既然你已经向我保证马尔塞夫先生没有碰过这些武器，我相信你说话是算数的。”

“二位，”夏多·勒诺说，“在那辆马车里的不是马尔塞夫。我敢保证，那是弗兰兹和德布雷！”他们谈论的那两个青年正朝这边走过来。“是什么风把你们吹到这儿来的，二位？”夏多·勒诺一面说，一面与他们逐一握手。

“因为，”德布雷说，“阿尔贝今天早晨派人请我们来的。”

波尚和夏多·勒诺诧异地彼此望了一下。

“我想我明白他的意思。”莫雷尔说。

“什么意思？”

“昨天下午我接到马尔塞夫先生的一封信，请我到歌剧院去。”

“我也收到了。”德布雷说。

“我也是。”弗兰士说。

“我们也收到过。”波尚和夏多·勒诺也说。

“在你们目睹那场挑衅以后，现在又希望你们来观看这场决斗。”

“一点不错，”那几个青年说，“肯定是这样的。”

“但怎么回事，他自己竟然还没有来，”夏多·勒诺说，“阿尔贝已经晚了十分钟了。”

“喏，他来啦，”波尚说，“那个骑马飞奔而来的就是，后面跟着一个仆人。”

“真粗心！”夏尔·勒诺说，“我曾嘱咐过他，竟还骑着马来决斗。”

“而且，”波尚说，“戴着大领圈，穿上一件敞胸上装和白背心。他为什么不直接在胸上做一个记号呢？——那不是更简单啦。”

这时，阿尔贝已经来到距离那五个青年十步以内的地方了。

他跳下马来，把缰绳扔给仆人，向他们走来。他脸色苍白，眼睛红肿，很明显一夜无眠。他的脸上布满了忧郁庄重的阴影，这种悲情在他脸上是不多见的。“诸位，”他说，“谢谢你们接受了我的要求，我也非常感激你们给予这种友谊。”当马尔塞夫走近的时候，莫雷尔已往后退去，但仍站在不远的地方，“还有您，莫雷尔先生，我也感谢您。来吧，朋友是永远都不嫌多的。”

“阁下，”马西米兰说，“您或许不知道，我是基督山先生的证人吧？”

“我不敢确定，但也已经猜想到了。再好不过了，这里可尊敬的人愈多，我就愈满意。”

“莫雷尔先生，”夏多·勒诺说，“请你去通知基督山伯爵先生好吗？说马尔塞夫先生已经到了，我们在等候他的吩咐。”

莫雷尔走过去去告诉伯爵先生，同时，波尚从马车里取出装手枪的盒来。

“等一下，诸位！”阿尔贝说，“我有两句话要对基督山伯爵说。”

“要私下里说吗？”莫雷尔问。

“不，阁下，当着大家的面说就可以。”

阿尔贝的证人们都吃惊地面面相觑；弗兰兹和德布雷低声交谈了几句话；莫雷尔非常喜欢这个意料之外的小插曲，便走去找伯爵，伯爵正和艾曼纽在一条僻静的小路上散步。

“他找我去有什么事情？”基督山伯爵说。

“噢！”基督山伯爵说，“我相信他不会再有什么新的花样去激怒上帝了！”

“我看他并没有这种意思。”莫雷尔说。

伯爵由马西米兰和艾曼纽陪着走了过去，他那安详而从容的脸与阿尔贝的愁眉苦脸形成了鲜明的对比。阿尔贝这时也已走了过来，后面跟着那四个青年。当他们相距大约三步远的时候，阿尔贝和伯爵都停了下来。“来吧，诸位，”阿尔贝说，“我希望你们不要漏听我即将荣幸地向基督山伯爵所说的每一句话，或许这番话你们听来会感到很奇怪，但只要有人愿意听，你们必须讲给他听。”

“请说，阁下。”伯爵说。

“阁下。”阿尔贝说，最初他的声音有些颤抖，但很快就安定了下来，“我曾责备你不应该揭露马尔塞夫先生在伊皮奈的行为，因为我认为，不论他有什么罪，你毫无权利去惩罚他，但后来我才知道你有那种权利。促使我这样想的，不是弗尔南多·蒙台哥出卖阿里总督这件事，而是渔夫弗尔南多出卖您，这件事以及出卖给您带来的种种痛苦。所以我说，而且我公开宣布，您有权利向我父复仇，而我，他的儿子，现在感谢您没有用更狠毒的手段。”

即使打一个霹雳，也不会有人想到出现这种局面，也没有比阿尔贝的宣布更使他们惊诧的事了。至于基督山伯爵，他的眼睛慢慢地望着天空，脸上露出无限感激的神情。他从罗马强盗那里已听说过阿尔贝那暴烈的脾气，所以很吃惊他会突然这样忍辱负重。至此他感觉到了梅塞苔丝的影响，这时，他这才明白昨天晚上她那高贵的心为什么没有反对他的牺牲，因为她早料到那是肯定不会发生的。

“现在，阁下，”阿尔贝说，“假使您以为我的歉意已经够了，就请您把手伸给我。我觉得一个人若像您这样没有过错，可一旦有了过错就能坦白承认，或许这种美德只可以用在我一个人身上。我只是一个好人，而您却是最好的人。只有天使能让我们之中的一个人免于死亡，那个天使是从天上来的，即便她不能使我们成为朋友（那一点，唉！命中注定是不可能的了），至少可以使我们彼此尊重些。”

基督山伯爵的眼睛湿润了，微张着嘴，伸出一只手给阿尔贝，阿尔贝带着一种敬畏的心情握住它。“诸位，”他说，“基督山先生已经接受了我的道歉，昨天我的举动很鲁莽，鲁莽之中总是很容易做错事情的。我做错了事情，但现在我已经弥补了自己的过错。我的良心要求我这样做的，我希望外界不要称我是一个懦夫。但假如每个人都对我有错误的认识，”他挺起胸膛，像是在向朋友和仇敌同时挑战似的，“我也愿意纠正他们的。”

“那么，昨天晚上发生了什么事呢?”波尚问夏多·勒诺，“我们在这里觉得尴尬极了。”

“的确，阿尔贝刚才的举动若不是十分可鄙，那就是十分高尚。”夏多·勒诺回答。

“这都是什么事?”德布雷对弗兰士说，“基督山伯爵损坏马尔塞夫先生的名誉，而他的儿子竟认为那是应该的！要是我的家庭中也发生过十次亚尼纳事件，我认为自己只有一种义务，那就是——决斗十次。”

再看基督山伯爵，他的头低着，两臂软弱无力地垂着。在二十四年回忆的重压之下，他没有想到阿尔贝、波尚、夏多·勒诺，或那群人里面的任何一个，但他想到了那个勇敢的女人，她曾来乞求他放过她的儿子，他把自己的生命献给了她，而现在她又用吐露一个家庭秘密拯救了他。这个青年人心里的那片孝心可能因此就全部毁灭了，这就是代价。

“上帝还是有的!”他轻声地说，“今天我才相信我是上帝的使者了!”

第九十一章　母与子

面带庄严而忧郁的微笑，伯爵对五个青年鞠了个躬，随后他和艾曼纽、马西米兰一起坐上马车离开了，只留下阿尔贝、夏多·勒诺和波尚。阿尔贝的眼睛中没有丝毫怯懦，他看着另外两人，用眼神探询他们如何看待他刚才的做法。

不清楚波尚是受到了感动，还是在装装样子，总之他先说话了："亲爱的朋友，实话实说，单就这样一件难以理解的事情而言，这确实是一个出乎意料的结果，我要向你表示祝贺。"

阿尔贝依然在思考，所以沉默不语。夏多·勒诺手中拿着那根极富弹性的手杖，窘迫地敲打着皮靴，片刻之后，他说："走吧？"

波尚说："我要先祝贺一下马尔塞夫先生，他今天做的事是多么宽宏大量，又是多么罕见啊！"

夏多·勒诺说："嗯，是啊。"

波尚接着说："真是不简单，竟然有这样的自制力！"

"当然啰，要是我，我就办不到啦。"夏多·勒诺用明显冷淡的语气说。

"二位，"阿尔贝插进来说，"我想你们大概不知道基督山先生与我曾发生过一桩非常严肃的事情。"

"可能的，可能的，"波尚立即说，"但无论如何任何傻瓜都不会明白你的英雄气概的，而你早晚会发现自己不得不费尽心机向他们解释。作为朋友我可以给你一个忠告，到那不勒斯、海牙或圣·彼得堡去，到那些宁静的地方，那些人比我们性急的巴黎人对于名誉攸关的事情更理智。静静地、隐姓埋名地在那儿住下来。那么，几年以后你就可以平平安安地回到法国来了。我说得对吗，夏多·勒诺先生？”

“那正是我的意思，”那位绅士说，“如此严肃的决斗在今天毫无结果地散伙，那就只有这条路可走了。”

“谢谢你们二位，”阿尔贝面带淡淡的微笑答道，“我将听从你们的劝告，倒并不是因为你们给了这个劝告，而是我已经下决心要离开法国。我感谢你们二位帮助了我并做我的陪证人，它会深深地印刻在我的心上，因为你们虽然说了那些话，但我却只记得这一点。”

夏多·勒诺和波尚互望了一眼，他们两个人的感觉相同：马尔塞夫刚才表示感谢的语气是如此的坚决，假如谈话再继续下去，只会使大家更加为难。

“告辞了，阿尔贝。”波尚突然说，并漫不经心地把手伸给那个青年，但阿尔贝看起来似乎还处于恍惚状态中，并未注意到那只伸过来的手。

“告辞了。”夏多·勒诺说，他的左手握着那根小手杖，只用右手打了一个手势。

阿尔贝用低得几乎让人听不见的声音说了句“再见”，但他的目光却很惹人注目。那种目光是一首诗，饱含着抑制的愤怒、傲慢的轻视和宽容的庄重。他的两位朋友回到马车里之后，他依旧抑郁地、一动不动地待了一会儿。随后，突然解下仆人拴在小树上的那匹马，跃到马背上，朝巴黎方向疾驰而去。一刻钟后，他回到了海尔达路的那座大厦。当他下马的时候，他似乎从伯爵卧室的窗帘后面看到了他父亲那张苍白的脸，阿尔贝叹息了一声转过头去，走进了自己的房间里。他向那些童年时代曾给他带来安逸生活和快乐的华丽奢侈望了最后一眼。他望了望那些图画，图画上的人似乎在微笑，图画上的风景似乎更色彩鲜明了。他从镜框里拿出母亲的画像，把它卷了起来，只留下那只镶金边的空框子。然后，他整理一下他那些漂亮的土耳其武器，那些精致的英国枪，那些日本瓷器，那些银盖的玻璃杯，以及那些刻有“费乞里斯”[①] 或

① 费乞里斯（1807—1852），法国雕塑家。

“巴埃”等名字的铜器艺术品；他仔细看了一下衣柜，把钥匙都插在框门里；打开一只书桌抽屉，把他身上所有的零用钱，以及珠宝箱里的千百种珍奇的古玩品都扔到里面，然后他再列了一张详细的财产清单并将它放在最引人注目的地方。

他吩咐仆人不许进来，但当他开始做这些事情的时候，他的仆人却依然走了进来。“什么事?”马尔塞夫伤心且恼怒地问道。

“请原谅我，少爷，”仆人说道，“您不许我来打扰您，但马尔塞夫伯爵派人来吩咐我了。”

“那又如何呢?”阿尔贝说。

“在见他之前，他希望我先来见一下您。”

“为什么?”

“因为伯爵可能已经知道我今天早晨陪着您去决斗了。”

“有可能吧。”阿尔贝说。

“既然他派人来叫我，肯定想知道整件事情。我该怎么回答呢?”

“那就实话实说。”

“那么我就说决斗没有如期举行?”

“你说我向基督山伯爵道歉了。就这么说。”

仆人鞠了一躬退了出去，阿尔贝继续列他的财产清单。当这件工作完成时，园子里响起了马蹄声，车轮滚动的声音震动了他的窗户，这引起了他的注意，他走近窗口，看见他的父亲正坐着马车出去。伯爵走后，大门还未关闭，阿尔贝便向他母亲的房间走去，没有人告诉他的母亲，他便一直走到她的卧室里去，他在卧室门口站了一会儿，痛苦地发觉他所看见的一切正如他所想。这两个人的心灵是相通的，梅塞苔丝在房间里所做的也正是阿尔贝此时在做的。一切都已安排妥当——首饰、衣服、珠宝、衣料、金钱，全都已整齐地放在抽屉里——伯爵夫人正在仔细地汇集钥匙。阿尔贝看见这一切，明白母亲在干什么，于是大声喊道：“妈妈!”便上去抱住她的脖子。假如一位画家能画出这两张脸上此时的表情，他一定能有一幅出色的作品。阿尔贝自己下这种强有力的决定时并不可怕，但看到他母亲也这样做时他却慌了。“你在干什么?”他问。

“你在干什么?”她回答。

“噢，妈妈!”阿尔贝喊道，他激动得已经讲不出话来了，“我们是不一样的，你不能和我下同样的决心，因为我这次来是来和家告别的，而且——而且是来向你告别的!”

“我也要走了，”梅塞苔丝答道，“如果我没想错的话，你会陪我的。”

“妈妈，”阿尔贝坚决地说，“我不能让你和我一起去接受我的命运。从此以后，我必须过一种没有爵位和财产的生活。在开始这种艰苦生活之前，在我还没有赚到钱以前，我必须向朋友借钱来度日。所以，我亲爱的妈妈呀，我现在要去向弗兰兹借一小笔款子应急了。”

“你，我可怜的孩子，竟然要忍受贫穷和饥饿！噢，别那样说，这会使我改变决定的。”

“但却改变不了我的，妈妈，”阿尔贝回答，“我年轻力壮，而且我相信自己也很勇敢。自昨天起，我已懂得了意志的力量。唉！亲爱的妈妈，有人受过那样的苦，但还是坚强地活了下来，而且从苍天赐给他们的废墟上，从上帝所给他们的希望的碎片上重新建立了功名利禄！我见过了那种事情，妈妈，从这时候起，我已经和过去割断了一切联系，并且决不接受过去的任何东西，甚至我的姓，因为你明白，是不是?你的儿子是不能接受别人的姓的。”

“阿尔贝，我的孩子，”梅塞苔丝说，“假如我的心再坚强些，我也是要给你这劝告的。但因为在我的声音仍旧微弱的时候，你的良知已替我把它说了出来，那么就按照你的意思办。你有朋友，阿尔贝，现在暂时割断和他的关系。但不要绝望，你的生命还长，你有一颗纯洁的心，的确需要一个纯洁无瑕的姓。接受我父亲的姓吧，那个姓是希里拉。我相信，我的阿尔贝，不论你将来从事什么工作，你不久一定会使那个姓氏光芒四射的。那时，我的孩子，让那不堪回首的往事会使你的世界变得更加光辉，万一事与愿违，那么至少让我怀有这些希望吧，因为我仅有这些了，可现在——当我跨出这座房门的时候，坟墓已经打开了。”

“依照你的愿望做，我亲爱的妈妈，”阿尔贝说，“是的，我跟你有同样的希望，上苍的愤怒不会一直追逐着我们，你是这样的纯洁，而我又是这样无辜。但既然我们决心已定，就让我们赶快行动吧。马尔塞夫先生已在半小时前出去了，这是一个很好的机会，可以免除口舌。”

“我已经准备好了，我的孩子。”梅塞苔丝说。

阿尔贝立刻跑到街上，叫了一辆出租马车载着他们离开了家，他记得圣父街上有一个备有家具的小房子要出租，那儿虽不太好，但还算过得去，他准备带伯爵夫人到那儿去住。当马车在门口停下，阿尔贝正要下车的时候，有个人走过来，交给他了一封信，阿尔贝认识那个送信的人。“是伯爵送来的。”贝尔图乔说，阿尔贝接过那封信，拆开并读了一遍，然后四处去寻找贝尔图乔，但他已经走了。他含着眼泪，胸膛激动地回到梅塞苔丝那儿，一言不发地把那封信交给她。梅塞苔丝念道：

阿尔贝——在向你说明我已发觉你的计划的时候，我也希望你能相信我的用心。你是自由的，你离开伯爵的家，带你的母亲离开你的家。但请想一想，阿尔贝，你欠她的恩惠，不是你那可怜的高贵的心所能偿付得了的。你尽可去奋斗，去忍受一切艰难，但不要使她遭受到那贫穷。因为今天落到她身上的那种不幸的阴影，她本来也是不让她遭受的，而上帝是决不肯让一个无辜者为罪人受苦的。我知道你们俩就要身无分文地离开海尔达路了。不要想我是怎么知道的，我知道了那就够了，现在，听我说，阿尔贝。二十四年前，我骄傲而快乐地回到我的故乡。我有一个未婚妻，阿尔贝，一个我崇拜的可爱的姑娘。而我也给我的未婚妻带来了辛辛苦苦积攒起来的一百五十块金路易，这笔钱是给她的。我特地把这笔钱留给她，只因为我知道大海是变化莫测的，我把我们的宝藏埋在马赛的米兰巷我父亲所住的那座房子的小花园里，你的母亲，阿尔贝，她很熟悉那座房子。不久之前，我路过马赛，去看看那座老房子，它唤起了我许许多多痛苦的回忆。晚上，我带了一把铲子到花园里我埋宝藏的那个地方，挖出了当时种植的那棵美丽的无花果树。唉，阿尔贝，这笔钱，我以前是准备用来给所崇拜的那个女人安乐和宁静用的。现在，可悲的是，它仍可以用于同样的用途。噢，我本来是可以给那个可怜的女人几百万的，但现在我却只给了她那一片自从我被人从我所爱的人身边拉走时留下的黑面包，我希望你能明白我的这番用意！阿尔贝，你是一个心地宽厚的人，但也许会被骄傲或怨恨所蒙蔽，你也许会拒绝我，而另向别人去寻求我可以给你的帮助，那我就要说，有个人的父亲是受你父亲的迫害在饥饿和恐怖中而死的，而你竟拒绝接受他向你的母亲提供生活费，这样，你未免太不够仁慈了。

阿尔贝脸色苍白，一动不动地站着，等待母亲读完这封信以后再做决定。梅塞苔丝带着一种无法形容的神情抬头望着天空。

“我接受了，”她说，“他有权利给予我这样的赠与，我应当带着它进修道院去！”她把那封信藏在怀里，挽起儿子的手臂，跨着一种或许她自己都想象不到的、坚定的步伐走下车去。

第九十二章　自杀

这个时候，基督山伯爵和马西米兰、艾曼纽已经抵达了巴黎，这是一段欢愉的旅程。艾曼纽完全没有掩饰他博爱主义的思想，发现和平取代了战争，他十分高兴。马车的一个角落里，莫雷尔的心里也非常愉悦，可是他并没有明显地表现出来。妹夫所表达的欢喜好像也表现了他自己的愉悦之情。在土伦城栅口，他们看到了纹丝不动的贝尔图乔，他俨然哨兵站岗一般地在那儿等待着他们。伯爵将头伸到车厢外面，和贝尔图乔低语了几句，管家就走了。马车行驶到皇家广场的尽头时，艾曼纽说："伯爵阁下，为了避免我太太担忧我和你，我还是在我家门口下车吧。"

莫雷尔说："伯爵目前最需要抚慰，现在庆祝难免有些滑稽，如果不是这种情况，我一定会请伯爵到我家去，目前这种情况，最好让伯爵先回家吧。"

"等一等，"基督山伯爵说，"不要让我同时失掉两个朋友，艾曼纽，你回去看你那可爱的太太吧，并尽量代我向她致意，而你，莫雷尔，请务必陪我到香榭丽舍大街。"

"太好了，"马西米兰说，"我恰好在那一带有件事需要办理。"

"要我们等你吃早餐吗？"艾曼纽问。

"不用了，"马西米兰回答。门关了，马车继续前进。

"看我给你带来了多么好的运气！"当莫雷尔独自和伯爵在一起的时候，他说，"你不这样认为吗？"

“是的，”基督山伯爵说，“正因为如此，我才希望你留在我的身边。”

“那简直是奇迹！”莫雷尔继续说。

“什么事？”基督山伯爵问。

“就是刚才所发生的那件事。”

“是的，”伯爵说，“你说得对，那是个奇迹。”

“因为阿尔贝是个非常勇敢的人。”莫雷尔又说。

“非常勇敢，“基督山伯爵说，“我曾见过，匕首悬在头顶的时候他却安然睡觉。”

“我知道他曾经和人决斗过两次，”马西米兰说，“你怎么使得他取消今天早晨的决斗呢？”

“可能得归功于你呢。”基督山伯爵面带微笑回道。

“幸亏阿尔贝不是军队里的士兵。”莫雷尔说。

“为什么？”

“没有在决斗场上向敌人道歉的！”那青年队长摇摇头说。

“来，”伯爵温和地说，“不要存着一般人的偏见，莫雷尔！难道你不明白吗？我知道阿尔贝是勇敢的，他就不可能是一个懦夫，一定有某种特殊的理由才使他做出今天早晨的举动，所以他这种行为是更为勇敢的。”

“当然啰，当然啰，”莫雷尔说，“但正如西班牙人说得那样，他今天不如昨天那么勇敢。”

“一起吃早餐，好吗，莫雷尔？”伯爵换了话题说。

“不，我在十点钟必须离开你。”

“那肯定是有人约你吃早餐了？”伯爵说，莫雷尔微笑一下，但摇了摇头。

“但你总得有一个地方吃早餐呀。”

“如果我不饿呢？”那青年人说。

“噢！”伯爵说，“我知道只有两样东西会破坏你的胃口：忧愁——但我看你非常高兴，可见不是因为忧愁和爱，现在，知道了你今天早晨告诉我的心事以后，我相信——”

“嗯，伯爵，”莫雷尔愉快地答道，“我承认。”

“你还没有把这件事讲给我听呢，马西米兰！”伯爵说，语气里流露出他是多么想知道这个秘密。

“今天早晨我对你说过了，我有一颗心，不是吗，伯爵？”

基督山伯爵听他这样说，也没说什么，只把手伸给了莫雷尔。

“嗯！既然那颗心已不再跟你一同在一起了，它就是到别处了，而我必须去找到它。”

“去吧，”伯爵从容地说，“去吧，亲爱的朋友，但请答应我，假如你遇到了什么麻烦，请记住我在这个世界里还是有些影响的。我很乐意用那种权力来造福那些我所爱的人，而我爱你，莫雷尔。”

“我会记得的，”那青年人说，“像自私的孩子每当需要帮助的时候就会记起他们的父母一样。当我需要你帮助的时候，我会去找你的，伯爵，而那个时候很快就会到来的。”

“嗯，我记住了你的话。那么，再会了。”

“再见。”

他们已经到达香榭丽舍大街了。基督山伯爵打开车门，莫雷尔跳到阶沿上，贝尔图乔已在阶沿上等他了。莫雷尔走进玛里尼街便不见了，基督山伯爵便急忙去见贝尔图乔。

“情况怎么样？”他问。

“她就要离开家了。”那位管家说。

“那么她儿子呢？”

“弗劳兰丁，就是他的随从，认为他也是要走的。”

“到这儿来，”基督山伯爵带贝尔图乔走到他的书房里，写了如上所述的那封信，把它交给了管家。“去，”他急切地说，“顺便通知海黛说我回来了。”

“我来啦。”海黛说，她一听见马车的声音就马上奔下楼来，看到伯爵平安归来，她的脸上露出了喜悦的光芒。贝尔图乔退出。在焦虑不安地等待了这么久以后，海黛一见他就表达了一个女儿见到心爱的父亲或一个情妇看见她钟爱的情人时的全部喜悦。基督山伯爵心里的喜悦虽然没有如此明显地表达出来，但也不逊色。在忍受过长期的痛苦以后，好比雨露落在了久旱的土地上，心和土地都会吸收那甜美的甘露，但从外表上是看不出来的。

基督山伯爵开始想他长时间不敢相信的一件事情，就是，世界上是有两个梅塞苔丝的，或许这是真的了，他也许还能得到幸福。当他那洋溢着幸福的眼睛正匆匆搜寻海黛那一对润湿眼睛所要表达的意思的时候，房门突然打开了，伯爵皱了一下眉头。

“马尔塞夫先生来访！”巴浦斯汀说，似乎是只要他说出那个名字就得恳请伯爵的原谅似的。果然，伯爵的脸上露出了光彩，“是哪一个，”他问道，“子爵还是伯爵？”

“伯爵。”

“噢！”海黛喊道，“这件事还没结束吗？”

“我不知道有没有结束，我心爱的孩子，”基督山伯爵握住海黛的双手说，“我只知道你不需再害怕了。”

“那奸恶的——”

“那个人是不能伤害我的，海黛，”基督山伯爵说，“可怕的只是他的儿子。”

“你不会知道我忍受了多大的痛苦，老爷。”海黛说。

基督山伯爵微笑了一下，“我以我父亲的坟墓发誓！”他伸出一只手放在海黛的头上说，“海黛，如果有任何不幸的事情发生的话，那种不幸是决不会落到你头上的。”

“我相信你，大人，像上帝在对我说话一样。”那青年女郎说，并将她的额头凑给伯爵。

基督山伯爵在这个纯洁而美丽的额头上吻了一下，这一吻使两颗心同时跳跃起来，一颗是剧烈地跳，另一颗则是沉着地在跳。

“啊！”他低声地说，“是上帝又允许我恋爱了吗？”他一面领那个美丽的希腊人向一座暗梯走去，一面对巴浦斯汀说，“请马尔塞夫先生到客厅里吧。”

这次拜访基督山伯爵或许早已经预料到了，但对我们的读者来说就未必如此了，所以有必要先来解释一下。前文说过，梅塞苔丝也像阿尔贝那样曾列了一张财产目录表，当她在整理她的珠宝、锁上她的抽屉、收集她的钥匙、把一切都有条理地留下的时候，她不曾发现有一个苍白而阴险的脸正在通往走廊的那道玻璃门上窥视。马尔塞夫夫人没有看见那个人或听到那个人的声音，但那个人却已经看见并听到了房间里发生的一切。那个脸色苍白的人从那道玻璃门走到了伯爵的卧室里，一只痉挛的手拉开朝向院子里的那个窗口的窗帘。他在那儿站立了十分钟，一动不动、一言不发，听着自己怦怦的心跳声，对于他来说，那十分钟是非常艰难的。

而就在那个时候，从约会地回来的阿尔贝发现父亲正在一道窗帘后面等他归来。伯爵睁大了眼睛，他知道阿尔贝曾毫不留情地侮辱过基督山伯爵，而无论在哪里，这样的一次侮辱必然会引起一场你死我活的决斗。阿尔贝安全回来了，那么基督山伯爵一定遭受报复了。

他那忧郁的脸上掠过一丝说不出的快乐，犹如太阳消失在云彩中，或进入坟墓前的最后一丝光亮。但我们已经说过，他等了很长时间，始终不见儿子到他的房间里来向他叙述他的胜利。他很明白儿子在为父亲的名誉去复仇以前为什么不先来见他。但现在复仇已经成功了，他的儿子怎么还不投到他的怀里来呢？

那时，伯爵既然不见阿尔贝来，便派人去找来仆人。

我们应该还记得，阿尔贝曾吩咐他的仆人不必向伯爵隐瞒任何事情。十分钟之后，马尔塞夫将军身穿黑衣、黑裤，系着军人的领结，戴着黑手套，出现在台阶上。显然事先他已经吩咐过，此时，当他走到台阶最后一级的时候，从车房里已驶出一辆车子在等着他。跟班把将军那件裹着两把剑的军大衣扔进了车子里，关上车门坐到车夫的旁边，车夫弯下身来等候着主人的吩咐。

“香榭丽舍大街，”将军说，“基督山伯爵府，快！”

马疾驰起来，五分钟以后，他们已来到了伯爵的门口。马尔塞夫先生自己打开了车门，当马车还未停妥的时候，他就像一个年轻人似的跳到阶沿上，按了铃，和他的仆人一同进门。

一会儿之后，巴浦斯汀向基督山伯爵通报马尔塞夫伯爵来访，基督山伯爵一面送走海黛，一面吩咐请马尔塞夫伯爵到客厅里等候他。将军在客厅里踱来踱去的时候，一转身便发现基督山伯爵已站在门口了。

“噢！是马尔塞夫先生，”基督山伯爵语气平静地说，“我还以为听错了呢。”

“没错，是我。”伯爵说，由于嘴唇抽搐得厉害，所以没法清楚地发出声音来。

“可以让我知道为什么这么早就荣幸地见到马尔塞夫先生吗？”

“你今天早晨不是和我的儿子决斗过了吗？”将军问。

“您知道那件事了吗？”伯爵回答。

“我还知道，我的儿子有非常充分的理由要和你决斗，并且是要豁出性命来的。”

“可不是大人，他有非常充分的理由。但您看，他虽然有那样充分的理由，但他却并没有杀死我，甚至不曾和我决斗。”

“可是他认为他的父亲蒙受耻辱，使全家都受到了奇耻大辱。”

“不错，阁下，”基督山伯爵带着可怕而镇定的神色说，“这是一个次要的原因，却不是主要的原因。”

“那么，一定是你向他道歉，或是做了某种解释了？”

“我没有向他做任何解释，道歉的是他而不是我。”

“但你认为原因是什么呢？”

“大概是他觉得有一个人比我的罪更大。”

“那个人是谁？”

“他的父亲。”

“或许是吧，”伯爵脸色苍白地说，“但你知道，有罪的人是不愿意让人相信他是有罪的。”

“我知道，我已预料到此时即将发生什么事情了。”

“你料到我的儿子是一个懦夫！”伯爵喊道。

“阿尔贝·马尔塞夫先生绝不是一个懦夫！”基督山伯爵说。

“一个手里握着一把剑的人见到他的仇敌就在眼前竟不决斗，就是一个懦夫！他为什么不到这儿？我可以当面告诉他。”

“阁下，”基督山伯爵冷冷地回答，“我想不到您这么早到这儿来是向我叙述家庭琐事的。回去跟阿尔贝先生讲吧，他也许知道该怎么回答您。”

“噢，不，不，”将军面带微笑说，但那个笑容瞬间就消失了，“我不是为了这个目的来的。你说得对！我是来告诉你：我本能地憎恨你！我好像早就认识你，而且早就恨你了。总之，既然我的儿子不肯与你决斗，那就只有我来与你决斗了。你觉得怎么样，阁下？”

“当然。我告诉您，我说预料将要发生什么事的时候，指得当然是您光临这件事。”

“那样最好了，那么，你准备好了吗？”

“我是始终准备着的，阁下。”

“你要明白，我们要决斗到底，直到我们中死去一个为止。”将军狂怒着咬牙切齿地说。

“直到我们中死去一个为止。”基督山伯爵复述了一遍这句话，轻轻地点了点头。

“那么我们现在就开始吧，我们不需要见证人。”

“是的，”基督山伯爵说，“我认为这是不必要的，我们已是老相识了。”

“恰恰相反，”伯爵说，“我们之间非常生疏。”

“哼！”基督山伯爵仍用那种让人琢磨不透的冷淡语气说，“让我们来算算看。您不就是那个在滑铁卢开战之前开小差逃走的小弗尔南多吗？您不就是那个在西班牙充当法军的向导和间谍的弗尔南多中尉吗？而这些个弗尔南多结合起来，不就变成了法国贵族院议员马尔塞夫中将了吗？”

“噢，”将军像是被一块热铁烙了一下似的狂喊道，“浑蛋！当你要杀死我的时候，竟还要数落我！不，我并没有说你不清楚我。我知道得十分清楚，恶鬼，你看透过去的黑暗，那些往事，我不知道你凭借着哪一种火炬的光，读遍了我每一页生活史，但我的耻辱比起你用华丽的外衣掩盖着的耻辱或许更可敬一些。不，不，我知道你认识我，但我却不太清楚你这个披着金银珠宝的冒险家。你在巴黎自称为基督山伯爵，在意大利自称为水手辛巴德，在马耳他我不知道你又自称为什么。但在你千百个名字中，我现在想知道的是你的真名，在我们决斗的时候，当我把剑插进你的心窝的时候，我可以用那个名字来称你。”

基督山伯爵的脸苍白了，他的眼睛里似乎燃烧着一种毁灭一切的火焰。他跑到卧室的一间更衣室里，不到一分钟，就撕下他的领结、上装、背心，穿上一件短褂、戴上一顶水手帽，水手帽底下露出他那又长又黑的头发。他就这样又回来，把双手叉在胸前，带着仇深似海的表情气势汹汹地向将军走过去。将军最初不懂他为什么忽然不见了，但当再见到他的时候，将军全身发起抖来，他的腿软了下去，步步后退，直到找了一张桌子支撑住身体。

“弗尔南多！”伯爵大声说，“在我千百个名字之中，我只要告诉你一个就可以把你击倒！你现在已经猜到了，或更准确地说，你还记得这个名字，不是吗？因为我虽然经历过种种忧虑和痛苦，但我今天让你看到了一个因为复仇的快乐又变得年轻了的面孔，这个面孔，自从你娶了我的未婚妻梅塞苔丝后，一定就常常梦到了！”

将军张开双手，头向后仰着，目光凝滞，默不作声地盯着这个可怕的人。然后，他往后退靠在墙上，紧紧地贴着墙壁溜到门口，一面往后退出门口，一面发出一阵悲凉、哀伤、凄厉的叫喊：“爱德蒙·唐太斯！”然后，带着丝毫不像人声的悲叫，踉踉跄跄地奔向门廊，越过庭院，跌入他贴身男仆的怀抱里，用含糊不清的声音说：“回家！回家！”

新鲜的空气和在仆人面前显露了自己软弱的那种羞耻感使他恢复了一部分知觉。但那段路程太短了，当他快要到家的时候，他的全部痛苦又重新回来了。他在离家一小段路的地方下车。

那座房子的前门大开着，一辆出租马车停在前院中央，在这样高贵的一座大厦里面，这是一种很少见到的情景。伯爵恐惧地望着一切，但他不敢向别人询问，只是向自己的房间跑去。两个人正从楼梯上走下来，他急忙躲到一个小间里来避开他们。来者是梅塞苔丝，正扶着她儿子的臂膀离开这座院子。他们经过那个人的身边，将军躲在门帘后面，几乎感觉到梅塞苔丝的衣服擦过他的身体，和他儿子讲话时的那股热气，这时阿尔贝正巧在这时说："勇敢一点，妈妈！来，这已不是我们的家了！"语声渐渐沉寂，脚步声愈去愈远。将军直挺起身子，紧紧地抓着门帘，从一个同时被他的妻子和儿子所抛弃的父亲的胸膛里，发出了人世间最可怕的啜泣声。不久，他就听到马车铁门的关闭声，以及车夫的吆喝声，然后，那辆笨重车子的滚动声震得窗户都动了起来。他跑到卧室里，想再看一眼他在这个世界上所爱的一切。但马车继续向前走动，梅塞苔丝或阿尔贝的脸都未在车窗上出现，他们都没有向那座被抛弃的房子和那个被抛弃的丈夫和父亲投送过去最后一个告别和留恋的目光——也就是宽恕的目光。正当那辆马车走过门口的时候，从屋子里传出一声枪响，一扇被震破的窗口里，冒出了一缕暗淡的轻烟。

第九十三章　瓦朗蒂娜

对于莫雷尔所说的事情以及他即将要去见的人，我们很容易就能推测到。离开基督山伯爵后，他向维尔福的家慢慢地走去，我们之所以说“慢慢地”，是因为他用了半个多钟头的时间却只走了五百多步，而刚刚他那样急切地想要离开基督山伯爵，是因为他想独处一会儿。对于自己的时间，他很清楚——此刻正是瓦朗蒂娜伺候诺瓦蒂埃用早膳的时间，而这样的天伦之乐必然是不想被任何人打扰的。诺瓦蒂埃和瓦朗蒂娜允许他每星期去两次，现在他正要利用这个权利。他来了，而瓦朗蒂娜也正在等待着他，她很不安，几乎是焦躁地抓住了他的手，带着他去见她的祖父。

而这种近乎狂乱的不安的起因是因为马尔塞夫事件；歌剧院里发生的那件事早已家喻户晓。维尔福家里的人没有一个怀疑那件事将引起一场决斗。凭借女性的直觉，瓦朗蒂娜猜到莫雷尔即将成为基督山伯爵的陪证人；而碍于对伯爵的友谊以及那青年的勇敢，她敢肯定他不会仅仅只当证人，作壁上观的。我们很容易想象到，瓦朗蒂娜会如何迫切地追问决斗的细节以及莫雷尔又会如何向她解释这一切，当瓦朗蒂娜得知这件事的结果是那样意外而喜人时，莫雷尔看到他的爱人的眼神中显露出的是不可名状的高兴。

“现在，”瓦朗蒂娜示意莫雷尔坐在她祖父的旁边，她自己也在祖父面前的小矮凳上坐下来，说，“现在来谈谈我们之间的事情吧。你知道吗，马西米兰，爷爷有一阵曾经打算离开这座房子，与维尔福先生分开住。”

“是的，”马西米兰说，“我记得那个计划，而且当时是非常赞同的。”

“嗯，”瓦朗蒂娜说，“你现在又可以赞成了，因为爷爷又想到那个计划啦。”

“非常好!”马西米兰说。

“你可知道爷爷要离开这座房子的原因吗?”瓦朗蒂娜说。

诺瓦蒂埃望着瓦朗蒂娜，意思是叫她不要说出来，但她并没有留意到这一切，她的表情、她的眼光、她的微笑，一切都为了莫雷尔。

“噢！不论诺瓦蒂埃先生因为什么而搬出去，”莫雷尔答道，“我相信一定是很有道理的。”

“非常有道理!”瓦朗蒂娜说，“他的理由是圣·奥诺路的空气很适合我。”

“说实话!”莫雷尔说，“这一点，诺瓦蒂埃先生也许是对的，我发现两个星期以来你的身体变坏了。”

“是的，有点不好，这是真的，”瓦朗蒂娜说，“爷爷现在已成了我的私人医生了，我非常信任他，因为他什么都知道。”

“那么你真的病了?”莫雷尔关心地问。

“哦，那不能说是病，我只是觉得周身不舒服。我没有食欲，我的胃像是在翻腾，好像在消化什么食物似的。”

诺瓦蒂埃对瓦朗蒂娜所说的话一个字都没有漏过。

“你是用什么方法来治疗这种怪病的呢?”

“非常简单，”瓦朗蒂娜说，“我每天早晨吃一匙羹给我祖父吃的那种药。我说一匙羹，是说我开始的时候吃一匙羹，现在已是四匙羹了，爷爷说那是一种万灵药。”瓦朗蒂娜微笑了一下，但她显得忧郁又痛苦。

沉醉在爱情中的马西米兰默默地注视着她。她非常美丽，但她平常苍白的脸色现在更苍白了，她的眼睛比以前更明亮了，但她的双手，本来像珍珠那样白的，现在则像陈年的白蜡那样有点泛黄了。马西米兰把目光从瓦朗蒂娜身上移到诺瓦蒂埃身上。他正带着一种非常关切的神情望着他的青年女郎，他也如莫雷尔一样看出了这种病态的病征，这种病征虽然非常轻微，但却逃不过祖父和爱人的眼睛。

“但是，”莫雷尔说，“我想这种药，就是你现在吃四匙羹的那种药，应该是开给诺瓦蒂埃先生服用的吧？”

“我知道它很苦，”瓦朗蒂娜说，“苦得我以后不论喝什么东西似乎都带有这种苦涩。”诺瓦蒂埃疑惑地望着他的孙女儿，“是的，爷爷，”瓦朗蒂娜说，“确实是这样。刚才，在你到这来以前，我喝了一杯糖水，我只喝了一半，因为它似乎太苦了。”

诺瓦蒂埃的脸色变得苍白了起来，示意他想说话，瓦朗蒂娜站起来去拿字典。诺瓦蒂埃面带担忧的神色注视着她。

的确，血冲到那青年女郎的头部来了，她的两颊开始发红。

“噢！”她喊道，但还是很高兴，“这么奇怪！一道亮光！是太阳照到我的眼睛上了吗？”她靠在窗口。

“没有太阳。”莫雷尔说，诺瓦蒂埃的表情要比瓦朗蒂娜的身体不舒服使他更惊慌，他向她奔了过去。

瓦朗蒂娜微笑了一下，“放心吧！”她对诺瓦蒂埃说，“别惊慌，马西米兰，没有什么，已经过去了。听！我听到前院里有马车的声音。”她打开诺瓦蒂埃的房门，走到走廊的窗口前，又急忙转回来，“是的，”她说，“是腾格拉尔夫人和她的女儿，她们来拜访我们了。告别了！我必须赶快去，因为她们会派人到这儿来找我的，再见。陪着爷爷，马西米兰，我答应你，不留她们。”

莫雷尔目送她离开房间，他听她走上那座通到维尔福夫人和她的房间去的小楼梯。她一走，诺瓦蒂埃便向莫雷尔示意要那本字典。莫雷尔遵命，他在瓦朗蒂娜的指导之下，已很快地学会了如何明白那老人的意思。他虽然已经熟练，但因为要背诵字母，要把每一个字从字典里找来，所以花了十分钟才把老人的思想译成这几个字：“把瓦朗蒂娜房间里的那杯水和玻璃瓶拿来给我看一看。”

莫雷尔立刻按铃招呼那个接替巴罗斯的仆人进来，按照诺瓦蒂埃的意思吩咐他。仆人不久就回来了，玻璃瓶和玻璃杯都已完全空了。诺瓦蒂埃表示他想说话，“玻璃杯和玻璃瓶怎么会空？”他问，“瓦朗蒂娜说她只喝了一半。”这个新问题的翻译又花了五分钟。

“我不知道，”仆人说，“但婢女在瓦朗蒂娜小姐的房间里，可能是她倒空的。”

“去问她。”莫雷尔说，这一次，他从诺瓦蒂埃的眼神里明白了他的意思。

仆人出去后，但几乎马上就回来了。

“瓦朗蒂娜小姐到维尔福夫人那儿去的时候经过卧房，”他说，“经过的时候，因为口渴，她喝干了那杯糖水。至于玻璃瓶的水，爱德华先生把它倒给他的鸭子做池塘了。”

诺瓦蒂埃抬头望着天，面带赌徒孤注一掷时的表情。从那时起，老人的眼睛便始终盯着门口，不再移动。

瓦朗蒂娜所接见的的确是腾格拉尔夫人和她的女儿，她们已被领进了维尔福夫人的房间里，因为维尔福夫人说要在那儿接见她们，那就是瓦朗蒂娜为什么会经过她房间的缘故。她的房间和她继母的房间同在一排，中间就是爱德华的房间。腾格拉尔夫人母女进入客厅的时候，脸上带着要报告一个正式消息的那种神情。在上流社会，察言观色是每一个人的本领，维尔福夫人便也用庄严的神色来对待。这个时候，瓦朗蒂娜进来了，将那种庄严的仪式又扮演了一遍。

“我亲爱的朋友，”当那两位青年姑娘握手的时候，男爵夫人说，“我带欧热妮来向你宣布一个消息：我的女儿与卡瓦尔康蒂王子的婚期快要到了。”

腾格拉尔保持着“王子”的头衔，那位平民化的银行家觉得这个头衔比“子爵”更顺口。

“允许我先衷心地祝贺你，”维尔福夫人回答道，“卡瓦尔康蒂王子阁下看来是一个性情高雅的青年人。”

“听着，”男爵夫人微笑着说，“站在朋友的立场上我要说，从这位王子的外表似乎还看不出他的未来。他带有一点外国人的风度，法国人一见就认得出他是意大利或德国贵族。但是，他的本性非常仁厚，资质十分敏慧，腾格拉尔先生曾向我说过，他的财产真是‘壮观’——这可是他的原话。”

“那么，”欧热妮一面翻看维尔福夫人的纪念册，一面说，“再加一句吧，妈妈，说你对那个青年人抱有很大的希望。”

“不用我问，”维尔福夫人说，“你不是也抱有同样的希望吗？”

“我！”欧热妮仍用往常那果断恣意的口吻答道，“噢，丝毫没有，夫人！我的天性使我不愿意将自己拴在家庭琐事或应付任何一个男子上，而希望成为一名艺术家，求得心灵、身体和思想的自由。”

欧热妮的语气是那样的坚决，以至瓦朗蒂娜的脸红了起来。那个胆怯的姑娘不能理解这种似乎不属于女性的强硬个性。

“但是，”欧热妮继续说，“既然不论是否我愿意都得结婚，那么我就应该感谢上帝解除了我与阿尔贝先生的婚约，要不是他的干涉，我今天或许是一个声名狼藉的人的妻子了。”

“不错，”男爵夫人直率地说，这种率直的语气在平民的谈话中是常见的，在贵妇人中间时而也可以听得到，“非常对，要不是马尔塞夫犹豫不决，我的女儿就嫁给阿尔贝先生啦。将军自以为很有把握，他甚至来胁迫腾格拉尔先生。我们幸免了一劫。”

“但是，”瓦朗蒂娜怯生生地说，“难道父亲的一切耻辱都要转移到儿子身上吗？在我看来，将军的叛逆罪与阿尔贝先生是毫无关系的呀。”

“原谅？”欧热妮深恶痛绝地说，“阿尔贝先生应该逃脱不了那种羞耻。听说昨天在歌剧院里向基督山先生挑战以后，今天他在决斗场上道歉了。”

“绝对不可能！”维尔福夫人说。

“啊，我亲爱的朋友，”腾格拉尔夫人依旧直率地说，“这是事实！我是听德布雷先生说的，而且今天道歉的时候他也在场。”

瓦朗蒂娜也知道事实的全部真相，但她并不回答，她只知道莫雷尔还在诺瓦蒂埃先生的房间里等候她。由于内心在这样思索，瓦朗蒂娜暂时没有参与他们的谈话。刚才她们所说的话，她实在没有听清楚。突然，腾格拉尔夫人的手抓住了她的臂膀，把她从精神恍惚的状态中摇醒过来。

“发生什么事了？”她说，腾格拉尔夫人的手把她吓了一跳，像是触了电一样。

“我亲爱的瓦朗蒂娜，”男爵夫人说，“你一定病了。”

“我？”瓦朗蒂娜一边说，一边用手摸一摸她那滚烫的额头，“是的，去对面照照镜子吧。你的脸色白一阵红一阵，一分钟要变三四次。”

“是的，”欧热妮喊道，“你的脸色太苍白了！”

“噢，用不着担心！我这样已经好几天了。”

她虽然不善外交辞令，但也知道这是一个离开的机会，而且，维尔福夫人也帮了她。

“休息去吧，瓦朗蒂娜，”她说，“你真的病了，她们会体谅你的。去喝一杯清水，它可以恢复你的精神。”

瓦朗蒂娜吻了一下欧热妮，向腾格拉尔夫人深深鞠了一躬，走出了房间，腾格拉尔夫人这时已站起身来告辞了。

“那可怜的孩子！”瓦朗蒂娜去后，维尔福夫人说，“她使我非常不安，恐怕她要生一场大病了。”

这时，瓦朗蒂娜在一种莫名的兴奋中，已走过爱德华的房间和她自己的房间，来到那座小楼梯口。她走下楼梯，当还只有三级楼梯的时候，她已经听到莫雷尔的声音，但突然眼前一阵发黑，她的脚摇摇晃晃地踩不到踏阶，手无力握住栏杆，撞到了墙上。莫雷尔跑到门口，打开门，发现瓦朗蒂娜躺在地板上，他一把将她抱起来放到一把椅子里。瓦朗蒂娜睁开了她的眼睛。

“噢，我多笨啊！”她解释说，“我认不得路啦。我忘了还有三级才到地。”

“你跌伤了吗？”莫雷尔说，“我能为你做些什么呢，瓦朗蒂娜？”

瓦朗蒂娜向四周环顾了一下，她看到了诺瓦蒂埃眼睛里那种使人害怕的神情，“你放心吧，亲爱的爷爷，”她说，并极力想微笑，“没什么，真的没什么，我只是有点头晕而已。”

“又头晕了！”莫雷尔搓着双手说，“噢，要注意啊，瓦朗蒂娜，我求求你了。”

“不，”瓦朗蒂娜说，“不，我告诉你那一切都已过去了，没有什么了。现在，让我来告诉你一个好消息吧，欧热妮在一星期内要结婚了，三天之后，就要有一场盛大的宴会，一个订婚宴会。我们都被邀请了，我父亲、维尔福夫人和我——至少我猜是这样的。”

“那么，什么时候轮到我们准备自己的事情呢？噢，瓦朗蒂娜，你，你的爷爷这样听你的话，设法使他回答说‘快了’吧。”

“而你，”瓦朗蒂娜说，“你要让我来督促爷爷，唤醒他的记忆吗？”

“是的，”莫雷尔喊道，“要快！在你还不完全属于我的时候，瓦朗蒂娜，我总觉得不久我就会失去你。”

“噢！”瓦朗蒂娜带着一个痉挛的动作答道，“噢，真的，马西米兰，你太胆小了，不配做军官，因为他们说，一个军人是从不知道害怕的呀。哈！哈！哈！”

她爆发出一阵阵痛苦的大笑声，她的手臂僵硬地抽搐着，她的头仰在椅背上，接着就一动不动了。那冻结在诺瓦蒂埃嘴唇上的恐怖喊叫似乎从他的眼睛里发了出来。莫雷尔明白那种眼神的意思，他知道必须找人来帮忙。他猛烈地拉铃，瓦朗蒂娜小姐房间里的女婢和那个代替巴罗斯的男仆同时奔了进来。瓦朗蒂娜那苍白、冷冰冰地缺少生气的脸使他们不必听什么话就已感到弥漫在那座房子里的恐怖气氛，于是飞奔到走廊里去呼救。腾格拉尔夫人和欧热妮那时正走出来，她们听见了慌乱的原因。

“我对你们说过了的！”维尔福夫人喊道，“可怜的孩子！”

第九十四章　吐露真情

维尔福先生的声音此时从他的书房中传了出来："发生了何事?"莫雷尔急忙向诺瓦蒂埃的目光征询意见，诺瓦蒂埃先生也已经恢复了自制力，他用目光示意着，在以前遇到类似的情况的时候他曾在那间耳房躲避过。就在他拿起帽子气喘吁吁地准备向那间耳房冲去的时候，检察官的脚步声已经由远及近地从走廊里传来，维尔福冲进房内，奔向瓦朗蒂娜，将其紧抱在怀里。"快叫医生！快！去将阿夫里尼先生请过来!"维尔福继续喊道，"不用了，我自己去请。"

说着他已经冲出了房门，同时莫雷尔则从另外一扇门冲了进来。他心里突然就想到了一件可怕的事情——他想起来在圣·梅朗夫人去世的那天夜里，维尔福与医生交谈的那段话：这些病症与巴罗斯死前的症状几乎一模一样，虽然程度上有些不同。与此同时，基督山伯爵的声音似乎也在他耳边回荡着，就在两小时之前，他曾说过："莫雷尔，不管你需要的是什么，到我这里来，我的力量很强大。"思及此，他已经冲了出去，却又向香榭丽舍大道转过去。

这时，维尔福先生已乘着一辆出租的轻便马车赶到了阿夫里尼先生的门前，他把门铃拉得特别响，吓了门房一跳。维尔福一句话都不说，直向楼上奔去。门房认识他，也没阻拦，只是对他喊道："在书斋里，检察官先生，他在书斋里!"维尔福推开——或是说得更贴切些，撞开——书斋的门冲了进去。

"啊!"医生说，"是您?"

"是的，"维尔福说，顺手关上房门，"是我，现在轮到我来问您这儿是不是只有我们两个人在？医生，我的家受到上天的惩罚啦！”

“什么！”医生说，表面上虽然很冷淡，但内心却非常激动，“您家里又有一个人病倒了吗？”

“是的，医生。”维尔福用一只痉挛的手抓住自己的头发喊道，“是的！”

阿夫里尼的眼神像是在说，“我早就告诉你这些是迟早要发生的。”然后他慢慢地说出这些话，“您家里现在要死的是谁？是哪一个新的牺牲者又要到上帝面前去控告您的软弱无能了？”

维尔福的心里爆发出一阵悲哀的呜咽，他走近医生，抓住他的胳膊。“瓦朗蒂娜！”他说，“这一次轮到瓦朗蒂娜了！”

“您的女儿！”阿夫里尼无限悲哀而惊讶地喊道。

“您瞧，您完全看到了啦，”那法官喃喃地说，“去看看她吧，在她临死的床边，去请求她宽恕您曾对她的怀疑吧。”

“您每一次来找我，”医生说，“总是太迟了，可是，我还是要去的。我们赶快吧，阁下，对付仇敌是不能浪费时间的。”

“噢，这一次，医生，你不会再责备我软弱无能了。这一次，假如我知道谁是凶犯，我会惩罚的。”

“我们先去设法挽救那个牺牲者吧，然后再去想为她复仇的事情，”阿夫里尼说，“来吧。”

维尔福那辆轻便的马车载着他们疾驰而去，这时，莫雷尔正在敲基督山伯爵的门。

伯爵在书房里，正在用匆忙的目光快速地看着贝尔图乔匆匆地拿进来的一封信。听到两小时前离开他的莫雷尔又来见他，伯爵于是立即抬起头来。莫雷尔像伯爵一样，在两小时之内显然曾受过不少考验，因为他是面带笑容离开，现在却带着一张痛苦的面孔回来，伯爵跑过去迎接他。

“怎么啦，马西米兰？”他问道，“你满头大汗，脸色苍白得很。”

莫雷尔一下子跌坐在一把椅子上，“是的，”他说，“我来得非常匆忙，我要跟你说一说。”

“你家里的人都好吗？”伯爵亲切慈爱地问，他的诚恳任何人都能看得出来。

“谢谢你，伯爵，谢谢你，”那青年说，他觉得难以启口，“是的，我家里的每一个都很好。”

“那就好了，你是有什么事情要告诉我吧？”伯爵焦急地问道。

“是的，”莫雷尔说，“不错，我刚才离开一座死神即将进去的房子，奔到你这儿来。”

“那么你是从马尔塞夫先生家里来的吗？”基督山伯爵问道。

“不，”莫雷尔说，“他家里死人了？”

“将军刚才自杀了。”基督山伯爵非常冷淡地回答。

“噢，如此可怕的命运啊！”马西米兰喊道。

“对伯爵夫人或阿尔贝来说却不是，”基督山伯爵说，“一个死掉的父亲或丈夫比使他们受辱好——血洗清了他们身上的耻辱。”

“可怜的伯爵夫人！”马西米兰说，“我非常可怜她——这样高贵的女人。”

“也可怜一下阿尔贝吧，马西米兰，因为，相信我，他不愧是伯爵夫人的儿子。让我们回到你这里来吧，你匆匆地赶到我这儿来，有什么事需要我帮助吗？”

“是的，我需要你的帮助，也就是说，我像一个疯子一样，认为你能帮助我做一件只有上帝才能帮助我的事情。”

“告诉我那是什么事情。”基督山伯爵答道。

“噢！”莫雷尔说，“我实在不知道我是否可以把这个秘密说给别人听。但厄运在逼迫着我，情势逼迫着我非说不可——”他吞吞吐吐地说。

“你觉得我爱你吗？”基督山伯爵亲热地握着那青年的手说。

“噢，你鼓励了我！而这里告诉我，”他用手按在心上说，“我对你应该没有秘密可言。”

“你说得对，莫雷尔，上帝在对你的心说话，而你的心需要你转告。告诉我它说了些什么话。”

“伯爵，你能让我派巴浦斯汀去打听一个人的消息吗？那个人也是你认识的。”

“我随时听你的吩咐，我的仆人也一样。”

“噢，如果我听不到她好转的消息，我就不活了。”

“要我把巴浦斯汀叫来吗？”

“不，我亲自去跟他说。”

莫雷尔去叫巴浦斯汀，对他低声说了几句话，巴浦斯汀匆匆地走了。

“嗯，你派他去了吗？”基督山伯爵看见莫雷尔回来，关切地问。

“是的，现在我可以相对安心一些了。”

“你知道我在等着你的秘密呢。”基督山伯爵微笑道。

“是的，我来告诉你。有一天晚上，我在一个花园里，一丛树木遮住了我，谁都没留意到我在那儿。有两个人走到我附近——允许我暂时不说出他们的名字，他们的谈话声，可是，他们所说的事情我非常关切，所以我一个字也没有漏过他们的谈话。”

“莫雷尔，如果我可以从你苍白的脸色和颤抖不止的身体来推断的话，我敢说这是一个悲剧的开始。”

“噢，是的，非常悲惨，我的朋友！在这座花园的房子里，刚才死了一个人。我窃听他们谈话的那两个人，一个是那座房子的主人，一个是医生。前者正在向后者诉说他的忧心和恐惧，因为在一个月内，这已是死神第二次进入那座房子了。”

“啊，啊！”基督山伯爵急切地望着那个青年说，并以一个难以觉察的动作转动了一下他的椅子，这样，他自己可以坐在阴暗的光线里，而马西米兰则全部沐浴在阳光里。

“是的，”莫雷尔继续说，“死神一个月之内连续两次进入了那座房子。”

“那医生是怎么回答呢？”基督山伯爵问。

“他回答说——他回答说，那种死绝对不是一种自然的死亡，而全都归罪于——”

“归罪于什么？”

“归罪于毒药。”

“真的是这样吗？”基督山伯爵说，轻轻咳嗽了一声，这种咳嗽可以在他情绪极其激动的时候帮助他掩饰住脸上的红涨或苍白，或是掩饰住在听对方说话时的关注神情。

“是的，我亲爱的伯爵，我听到的。那医生还说，假如再有人这样死掉，他就一定要诉诸法律了。”

基督山伯爵听话时态度非常镇定，至少从表面上看起来是这样的。

“嗯！”马西米兰说，“死神第三次又来了，那座房子的主人或医生都没哼一声。死神现在又将要第四次降临了，伯爵，现在我既然已经知道了这个秘密，我到底应该怎样办呢？”

“我亲爱的朋友，”基督山伯爵说，“看来你是在讲述一个我们大家都心照不宣的故事。我知道你窃听谈话的那座房子或至少我知道有一座非常类似的房子——在那座房子里，有一个花园、一个主人、一个医生和三次意想不到的突然死亡。嗯，我不曾窃听到任何秘密谈话，可是我心里像你一样清楚，我并没有觉得良心上有什么不安。不，这与我无关。你说，一位绝灭天使似乎已把那座房子当作了毁灭的对象。嗯！谁说你的假定不是事实？不要再去注意那些理所当然会发生的事情。假如来到那座房子里的不是上帝的灭绝天使而是他的正义之神，马西米兰，你装作没有听见这一切，让正义之神去行动吧。”

莫雷尔打了一个寒战。伯爵的语气中带有某种哀伤、庄严和可怕的东西。“而且，”他继续说，他突然改变了的语气，使人难以相信这是同一个人在说话，“而且，谁说它会再来呢？”

“它已经又来啦，伯爵！”莫雷尔喊道，“这就是为什么我要赶过来见你。”

“嗯！你希望我怎么做呢？难道你希望我，譬如，把这个消息去告知检察官吗？”

基督山伯爵说出意味深长地最后这几个字，莫雷尔站起来喊道：“你知道我所说的是谁，是这样吗，伯爵？”

“知道得十分清楚，我的好朋友，我可以举出那些人的姓名来向你证明我知道这些。有一天晚上你走进维尔福先生的花园，而根据你的叙述，我猜那是在圣·梅朗夫人去世的那天晚上。你听到维尔福先生和阿夫里尼先生谈论圣·梅朗先生和侯爵夫人的死。阿夫里尼先生说，他相信他们两人都是中毒才死的，而你这个注重名誉的人，从此就日夜扪心自问究竟应不应该揭露这个秘密，或隐讳这个秘密。我们现在已不是在中世纪了，亲爱的朋友，现在已不再有宗教的秘密法庭或良心裁判所。你跟那些人有什么关系呢？正如斯特恩①所说的：‘良心啊，你跟我有什么关系？’我亲爱的，假如良心睡着了，就让它继续睡下去，假如良心醒着，就让它醒着难受一会儿吧。为了上帝的爱，安安静静地生活吧，他并不想来打扰你的生活！”

莫雷尔的脸上露出一种可怕而痛苦的神情，他抓住基督山伯爵的手。“但是现在它又来了。”

“啊！”伯爵说，他非常惊讶于莫雷尔这种坚持的态度，他不明白这是为了什么，只是更急切地望着他，“让它再来吧。那是一个阿特拉斯族②的家庭，上帝已判了他们的罪，他们必须承受他们的惩罚。他们都将像孩子们用纸牌搭成的东西，被创造者轻轻地一吹就一个一个地倒下，即便他们有两百个之多。三个月前是圣·梅朗先生，两个月前是圣·梅朗夫人，不久前是巴罗斯，今天，是那年老的诺瓦蒂埃或年轻的瓦朗蒂娜了。”

“你知道了吗？”莫雷尔喊道，基督山伯爵已让他陷入极度的恐怖中，“你什么都知道了，却什么都不说？”

“这跟我有什么关系？”基督山伯爵耸耸肩答道，“我认识那些人吗？我何必损失了这个去救那个呢？哼，不，因为我对害人的人和牺牲者之间没有偏爱。”

“可是，”莫雷尔悲哀地喊道，“我爱她呀！”

“你爱——谁？”基督山伯爵喊道，跳起来抓住莫雷尔举向天空的那两只手。

“我舍命不顾一切地爱她，我疯狂地爱她，我愿意用自己生命之血去替换她的一滴眼泪。我爱瓦朗蒂娜·维尔福，就是他们现在正在谋害的那个人！你明白我的话吗？我爱她，代我去问上帝，我怎样才能挽

① 斯特恩（1713—1768），英国小说家。
② 希腊神话中受到天罚、自相残杀的一族人。

救她?”

基督山伯爵发出一声受伤狮子般的低吼。“不幸的人啊!”他喊道,这一次轮到他来搓自己的双手了,“你爱瓦朗蒂娜!爱那个该死的家族的女儿!”莫雷尔从来不曾见过他有这样的表情,他从来不曾遇过这样可怕的眼神。即使在战场上,在与阿尔及利亚激烈搏斗的夜间,当枪弹在他四周横飞的时候,他也不曾经历过这样的恐怖,他惊惶地往后退了几步。

在一阵激动过后,基督山伯爵的眼睛闪了一会儿,像是内心的闪光照花了眼睛。一会儿,他已非常有力地克制住了自己,他那猛烈地起伏的胸膛平息了下去,像是乌云过去后那汹涌的波涛受到了阳光和蔼的照射一样。这种沉默挣扎和自制大约持续了二十秒钟,然后,伯爵抬起了他那苍白的脸。“瞧。”他说,“我亲爱的朋友,上帝在惩罚那些最粗心和无情的人,惩罚他们漠视出现在眼前的恐怖情景。我,一个无情而好奇的旁观者;我,曾冷眼注视着这场悲剧的发生;我,在秘密的保护之下(有钱有势就容易保持秘密),像一个恶作剧的天使那样嘲笑着人们所犯的罪恶。我也被那条我注视着它行动的赤练蛇咬伤了,而且现在它正咬在我的心口上!”

莫雷尔呻吟着。

“来,来,”伯爵继续说,“怨艾是没有用的!拿出男子汉的勇气来,坚强一点,不要失掉希望,因为有我在这儿,我可以为你想办法。”

莫雷尔伤心地摇摇头。

“我告诉你不要放弃希望,你可明白我的意思?”基督山伯爵大声说,“要记得,我从来不撒谎,也从不受人欺骗。现在是十一点钟,马西米兰,感谢上帝让你在中午而不是晚上或明天早晨来!听着,莫雷尔!现在是中午,假如瓦朗蒂娜现在没有死,她就不会死了。”

“怎么会呢?”莫雷尔喊道,“我离开的时候她已经奄奄一息啦!”

基督山伯爵用双手捧住他的头。在那个沉甸甸的装满秘密的脑子里,究竟在想些什么呢?光明天使或黑暗之神对那个冤仇难解而同时又宽宏大量的头脑到底说了些什么话呢?那就只有上帝知道了。

基督山伯爵再一次抬起头来,这一次,他的脸平静得像刚睡醒的小孩子。“马西米兰，”他说，“回家去吧。我命令你老实待着，不要采取任何行动，不要让你的脸上流露出一丝忧愁。我会把消息给你的。去吧！”

“噢，伯爵，你那种镇定的态度吓坏我了。难道你有起死回生的妙方吗？难道你是超人吗？难道你是一位天使？难道你是上帝吗？”那个从不在危险面前发抖的青年，感到基督山伯爵面带慈爱而忧郁的微笑望着他，马西米兰的眼泪充盈了眼眶。

“我能够为你做许多事情，我的朋友，”伯爵答道，“去吧，我必须独自好好想一会儿。”

基督山伯爵对周围的一切都有一种特别的控制力，莫雷尔不想再说什么，只是紧紧地握了握伯爵的手就走了。他在门口站了一会儿等待巴浦斯汀，他正从梅狄侬路跑过来。

这时，维尔福和阿夫里尼已经赶回家来了。他们到家的时候，瓦朗蒂娜还没有苏醒过来，医生正十分仔细地检查着这个虚弱的病人。维尔福密切地注视着她的脸和嘴唇，等待着检查的结果。诺瓦蒂埃的脸甚至比那瓦朗蒂娜更苍白，他也是全神贯注地等待着，比维尔福更急于想知道医生的诊断。终于，阿夫里尼慢吞吞地说出这几个字：“她居然还活着！”

“居然？”维尔福喊道，“哦！大夫，您说的是个多可怕的字眼！”

“是的，”医生说，“我再说一遍，她居然还活着，这实在令人难以置信。”

“她得救了吗？”她的父亲问。

“是的，只要她还活着就行了。”

这时，阿夫里尼接触到了诺瓦蒂埃的目光，他的眼睛里闪烁着一种异样的喜悦，似乎包含着很深的涵义，这些全引起了医生的注意。他把瓦朗蒂娜放回到椅子上，她的嘴唇是那样苍白无色，简直与她的面孔一样灰白。然后他一动不动地站着，望着诺瓦蒂埃，诺瓦蒂埃似乎已预料到他所做的一切。

“阁下，”阿夫里尼对维尔福说，“请您去叫瓦朗蒂娜小姐的婢女来。”

维尔福亲自去找她，阿夫里尼走到诺瓦蒂埃面前，“您有什么话要对我说吗?”他问。

老人意味深长地眨一眨他的眼睛，我们应该知道，这是他所能做的唯一表示肯定的动作。

“私下说吗?”

“是的。”

“嗯，我陪您谈一会儿。”

这时维尔福回来了，后面跟着那个贴身婢女，再后面是维尔福夫人。

“这可怜的孩子怎样啦?她离开我房间的时候就说有点不舒服，但我以为那是没关系的。”维尔福夫人含着眼泪，面带亲生母亲对女儿的那种怜爱表情走近瓦朗蒂娜，并拿起她的一只手。阿夫里尼继续望着诺瓦蒂埃，他看到老人的两眼瞪得滚圆，面颊变得苍白而颤抖，汗珠顺着他的额头往下流。

“啊!”他说，不由自主地顺着诺瓦蒂埃的目光望过去，而诺瓦蒂埃的眼神正紧紧地盯着维尔福夫人。维尔福再三地说：“让这可怜的孩子躺在床上比较好些，芬妮，我们抬她到床上去。”

阿夫里尼先生觉到那个建议给了他一个单独跟诺瓦蒂埃密谈的机会，便表示那是最好的办法。但他吩咐，除了他的命令，禁止给她吃喝任何东西。

她们抬着瓦朗蒂娜走了。瓦朗蒂娜已经醒过来，但却还不能行动或说话，这次发作把她周身的骨头都抖松了，可是她还能给她的祖父一个眼神。阿夫里尼跟着病人出去了，开了一个药方，吩咐维尔福乘一辆轻便马车亲自到药剂师那儿去取药，亲自拿来，他在他女儿的卧室里等他。之后，又重新吩咐了一遍不准给瓦朗蒂娜吃喝任何东西，然后他回到了诺瓦蒂埃的房间里，小心地关上房门，确定没有人在偷听，便说：“嗯，您对于您孙女儿的病，了解吗?”

“是的。”老人示意。

“我们不能再浪费时间了，我问，你必须回答我。”

诺瓦蒂埃做了一个愿意回答的表示。

“您预料到瓦朗蒂娜将会遭受到这种意外打击了吗?”

“是的。”

阿夫里尼想了一会儿，然后走近到诺瓦蒂埃面前。“请原谅我下面所说的话，”他说，“但在目前这种形势下，任何一点迹象都不应该轻视。您可曾看到可怜的巴罗斯去世的情形吗?”

诺瓦蒂埃抬起眼睛望着上天。

“您知道他是因为什么而死的吗?”阿夫里尼把手搭在诺瓦蒂埃的肩上问。

“是的。”老人示意。

“您认为他是自然死亡的吗?”

在诺瓦蒂埃僵硬的嘴唇上，有一种难以辨察的微笑。

“那么您认为巴罗斯是被毒死的?”

“对。”

“您认为他服下的毒药原本是预备给他吃的吗?”

“不。”

“您认为现在想害死瓦朗蒂娜的那个人，就是无意之间毒死巴罗斯的吗?”

“是的。”

“那么她也要死吗?”阿夫里尼用他那尖锐的目光盯着诺瓦蒂埃问，他等待着老人的反应。

“不!”他面带任何人都难以推测到并感到迷茫的神情回答。

“那么您还抱有希望?”阿夫里尼惊奇地说。

“是的。”

“那么您希望什么呢?”老人用目光表示他无法回答。

“啊，是了，不错!”阿夫里尼慢慢地说，然后，他转身对诺瓦蒂埃说，“您希望那凶手就此罢手不干?”

“不。”

“那么您指望毒药在瓦朗蒂娜身上不产生效果吗?”

“是的。”

“您当然也知道，”阿里夫里尼说，“这一次是有人故意要毒死她的。”

老人表示他对此毫无异议。

“那么您怎么能希望瓦朗蒂娜可以逃脱呢?”

诺瓦蒂埃的眼睛紧紧地盯着一个地方，阿夫里尼顺着那个方向望过去，发觉他的目光盯在他每天早晨服用的那只药瓶上。

“啊，啊!”阿夫里尼说，突然有了一个想法，“难道您已经……”

诺瓦蒂埃不等他讲完就示意：“是的。”

“为的是要她能经受住这种毒药吗?”

“是的。”

“而您的方法是让她逐渐适应……”

“是的，是的，是的。”诺瓦蒂埃说，很高兴对方能明白他的意思。

“的确，您听我说过，我给您的药里加有木鳖精的吧?”

“是的。”

“她逐渐适应了那种毒药，您希望她可以因此产生抵抗同类毒药的能力?”

诺瓦蒂埃接着露出惊喜的表情。

“您成功了!”阿夫里尼喊道，“没有那些预防措施，瓦朗蒂娜在我赶来以前早就死掉了。那毒药尽管分量非常重，但她只是昏厥过去而已，这一次，看来瓦朗蒂娜是不会死了。”

一种无法形容的喜悦之情充满了老人的眼睛，他无限感激地抬头望着天空。这个时候，维尔福回来了。“医生，”他说，“您派我去买的东西买回来了。”

“这是当着您的面配制的吗?”

“是的。”检察官回答。

“它一直未曾离开过您的手吗?”

“是的。”

阿夫里尼接过药瓶，把几滴药水滴在掌心里，尝了一下。“嗯，”他说，“我们到瓦朗蒂娜那儿去吧，我要去吩咐每一个人该干的事情，而您，维尔福先生，您要亲自监督他们不要违背我的命令。”

当阿夫里尼在维尔福的陪伴下回到瓦朗蒂娜的房间里的时候，一位神情严肃、语气平和而果断的意大利神甫租下了维尔福先生隔壁的那座房子。谁都不知道房子里的三个房客会在两小时内搬走。不过这一阵有人传说，那座房子的地基不稳固，随时都有倒塌的可能。但是，这种随时倒塌的危险并没有阻止那位新房客，他在当天五点钟左右带着他最简单的家具搬了进来。那位新房客签了一张三年、六年或九年的租约，并按照房子主人的规定，预付了六个月房租。这位新房客，我们已经说过，是一个意大利神甫，自称为琪亚柯摩·布沙尼先生。他很快就找来了工匠，当天晚上，街上的行人吃惊地看到木匠和泥水匠在匆匆地修理危房的墙基。

第九十五章　父与女

在前一章中我们曾提到：在维尔福夫人那里，腾格拉尔夫人正式公布了欧热妮·腾格拉尔和安德烈·卡瓦尔康蒂的婚期。这个公布似乎是想说明，凡是跟这件事有关联的人都已经同意了此事，但是在做决定之前，还曾发生过我们的读者不甚清楚的一幕。在这里我们要求读者们将思维拉到马尔塞夫伯爵自杀的那天早上，走进腾格拉尔男爵引以为豪的那间奢华的镀金客厅。时间约莫是早上十点的样子，就在那间客厅中，银行家在那里踱着步，这个动作已经维持了很长一段时间，他脸上的神情流露出的是惶恐、不安以及深思，他对每一扇门都很在意，聆听着每一个声音。终于他按捺不住了，对仆人吩咐道："依脱尼，你去看看为何欧热妮小姐让我在客厅里等她却又让我等待如此之久。"

发了一阵脾气之后，男爵心里感到平静了。腾格拉尔小姐那天早晨曾要求见她的父亲一次，并指定客厅作为会见的地点。这个奇怪的做法并没有使那位银行家感到惊奇，他立刻遵从女儿的意愿，先到客厅等候。依脱尼不久就回来交差了。"小姐的婢女告诉我，"他说，"小姐快要梳妆完毕了，一会儿就来。"

腾格拉尔点点头，表示他很满意，对外界和对他的仆人，腾格拉尔像是一位好好先生但又像是一位软弱的父亲。这是他在这幕戏剧里所扮演的角色之一，这个角色很适合他，正如古代的戏剧里，有些父亲的假面具，右嘴唇是向上翘而带笑的，而左嘴唇是向下垂，假装哭泣的。我们得赶快声明一句，在内心，那副笑嘴笑脸常常消失而露出那副死板的面孔来，所以我们经常见不到那个宽厚大度的人，见到的只是那残酷的丈夫和专制的父亲。“那傻丫头既然想和我说话，为什么不到我的书房里来呢？又为什么要和我谈话呢？”

正当这个恼人的念头在他的脑子里转到第二十遍的时候，客厅的门开了，欧热妮走了进来，她穿着一件贴身的缎子衣服，头发梳得整整齐齐，戴着手套，像是要到意大利歌剧院去看戏的。

“噢，欧热妮，你有什么事要跟我说？为什么不到舒服的书房里去而要到这庄严的客厅里来？”

“您说得对，阁下，”欧热妮说，并示意请她的父亲坐下来，“因为您提出了两个问题，这两个问题可以包含到我们下面的全部谈话中去。两个问题我都要回答，但我却违反常规，先来回答第二个问题，因为这个问题比较简单。阁下，我之所以选择客厅作为我们见面的地点，是为了要避免一位银行家的书房里的那种令人不快乐气氛。那些烫金的账簿，那些像堡垒的大门那样锁得严严实实的抽屉，那些我不知道从哪儿弄来的成堆的票据，以及那些从英国、荷兰、西班牙、印度、中国和秘鲁寄来的一沓沓的信件。而这些通常会对一个父亲的思维产生一种奇怪的影响，使他忘记世界上还有比社会地位和他来往银行的建议更应关切和更神圣的事情。所以我选择了庄严的客厅，在这里，在这些华丽的镜框里，您可以看到您、我和我母亲微笑的画像，以及各种各样的田园风光和牧场景色，我很看重环境的影响力。尤其是在跟您见面的时候，这也许是一个错误，但如果我没有一点幻想的话，我就不能称为艺术家啦。”

“非常好。”腾格拉尔回答，他极其冷静地听着这一番长篇大论的演讲，但一个字也没有听明白，他虽然竭力在倾听，但正如那些别有用心的人一样，只是在旁人的话里来寻找适合自己的话题。

“看来，第二点你已经明白了，”欧热妮说，她说话时不慌不忙，神态和语气里都带有那种男性的自恃，“或许差不多说明白了，因为您看来已满意那一番解释。现在我们再回过头来谈第一点吧？您问我为什么要和您做如此一番谈话，我可以用一句话来答复您，阁下——我不愿意跟安德烈·卡瓦尔康蒂子爵结婚。”

腾格拉尔从椅子上跳了起来，猛然受到如此打击，他不由得把手臂和眼睛都抬了起来。

“是真的，阁下，”欧热妮依旧很平静地说，“我看出您很吃惊。因为当在准备这件小事的时候，我丝毫没有表示反对。不错，我总是在等机会反对那些不征求我意见的人和使我讨厌的事情，我知道自己太倔强专横。但这一次，我的安静和消极并不是因为在等待机会，而是另有原因，它来源于一种希望。”说到这里，从那青年姑娘发紫的嘴唇上露出一个淡淡的微笑。

“然后呢？”腾格拉尔问。

“嗯，阁下，”欧热妮继续说，“我已经被折腾得筋疲力尽了，现在时间已经到了。同时我发觉，虽然我做了种种努力，但要我做更进一步的服从是不可能的。”

“但是，”腾格拉尔说，他的才智太差了，被这种深思熟虑和残忍的逻辑吓呆了，“你这次拒绝究竟是什么原因呢，欧热妮，究竟为了什么呀？”

“原因？”那青年姑娘答道，“嗯！并不是为了这个人比别的人更丑、更笨或更令人讨厌。不，安德烈·卡瓦尔康蒂先生从外貌上讲，甚至可以说是一个长得不错的人，也不是为了他能感动我的心——那只是一个女学生的理由，我认为我已经过了那个阶段。我实在没有爱过一个人，阁下，您知道的，难道不是吗？我始终不明白为什么要给我的生活加上一个永久的拖累。一位哲学家不是说过‘不要去寻求你不需要的东西’，而另一位哲人不是也说‘以你本身的一切为满足’吗？这两句格言我是从拉丁文和希腊文里学来的。前一句，我相信，是费陀①说的；后一句，是庇阿斯②说的。嗯，我亲爱的爹爹，在生活的方舟里——因为生活就意味着一次次希望的沉灭——我把一切无用的拖累都扔到海里，仅此而已。我靠着自己的意志活下来，完全自愿过独身生活，这样

① 费陀是公元前五世纪希腊预言家。
② 庇阿斯是公元前六世纪希腊所谓七贤之一。

就可以完全保持自由。”

“不幸的孩子！不幸的孩子！”腾格拉尔嘟囔着说，脸色变得苍白起来，因为根据长期的经验，他知道今天突然遭到的障碍是如此结实。

“不幸！”欧热妮答道，“阁下，您说这是不幸吗？绝不是的，那种叹息在我看来似乎是装出来的，正巧相反，我很幸福。我问您，我现在还缺少什么？人家都说我长得很美，这可以帮助我受到盛情款待，我喜欢得到热情的接待，因为当旁人笑脸相迎的时候，我周围的人就显得没有那么丑了。我有一点智慧，并且还相当敏感，这总可以使我把一般人生活里所能找到的优点全部纳入到我自己的生活里，像猴子打碎胡桃壳吃其中的肉一样。我很富有，因为您是法国第一流的富翁，我是您的独生女儿，而您不会顽固到像圣·马丁和拉加蒂剧院舞台上的父亲一样，仅仅因为他们的女儿给他们生不出外孙女儿就剥夺她的继承权。况且，根据继承法，您也不能剥夺我的继承权，至少不能剥夺我的全部继承权。我之所以要特别提出这一点，因为这也是一种强迫我嫁人的方法。所以，我美丽、聪明、有钱，而且就像喜剧里所说的那样，又有几分天赋，那就是幸福了呀，阁下，您为什么要说我是不幸的呢？”

腾格拉尔看到女儿笑容满面，傲慢得几乎到了狂妄的地步，于是再也忍不住心中的一股怒气，但是，那股怒气只是从一声叹息里发泄了出来。在他女儿询问的凝视之下，面对着那两条带有疑问表情的美丽的黑眉毛，他小心地转过头去，立刻非常谨慎地平静了自己。

“真的，我的女儿呀，”他面带微笑说道，“你所说的一切都是正确的，只有一件事情是不对的，我暂时先不告诉你那是什么，你自己慢慢去思考吧。”

欧热妮望着腾格拉尔，很吃惊地发觉那引以自傲的优点竟没有一项被反驳。

“我的女儿呀，”那位银行家继续说，“你已经把一个决心不嫁人的姑娘的感想，完全解释给我听了，现在应该由我来告诉你，像我这样一个执意要让他的女儿嫁人的父亲，究竟是为了什么。”

欧热妮鞠了一躬，但她的神情却不像是一个驯服的女儿，而像是一个随时准备辩论的对手。

“我的女儿呀，”腾格拉尔继续说，“当一个父亲要他的女儿选择一个丈夫的时候，他希望她嫁人总是有道理的。有些人正是因为热衷于你刚才所说的那种事情——想抱外孙女儿。

“我可以坦白地告诉你，我可不是因为这个，家庭之乐对我来说并没有太大的诱惑力。这一点，对于像你这样的孩子，我不妨承认，因为你有哲学家的风度，足可以理解我的淡漠，不会把它视作一种罪名。”

“非常好，”欧热妮说，“我们坦白讲吧，阁下，我很喜欢坦白。”

“嗯！”腾格拉尔说，“当情势需要我这样做的时候，我可以采取你的办法，虽然这并不符合我一贯的作风。我之所以要你结婚，并不是为了你的缘故，因为至少在当时我的确没有想到你，你赞成坦白，在这一点上你可以满足了。我之所以要催促你赶快结婚，是为了我的商业。”欧热妮显出不安的神情，“的确是这样，我可以保证，但你一定不要恼怒，因为这是你自己要我讲出来的。对于你这样的一个艺术家，我不愿意做详细的数字解释，你甚至怕走进我的书房，害怕染上反诗意的印象和感触。但就在那间银行家的书房里，就在你昨天心甘情愿地走进来向我讨要那每月数千法郎零用钱的地方，你必须知道，我亲爱的小姐，可以学到许多事情，甚至学到对一个不愿结婚的姑娘也有用的事情。譬如说，在那儿——不怕你怀疑，我在客厅里也可以这样告诉你——一个人就可以学到：一位银行家的信用，也就是他的肉体生命和道德生命。信用于他来说，正如呼吸对于他的生命一样。基督山先生曾在这一点上对我讲过如此一番话，那是我永远不会忘记的。在那儿，一个人可以学到：当信用消失的时候，肉体就没有生命了。这就是那位有幸做一个女艺术家之父的银行家不久就不得不遭遇到的情形。”

但欧热妮在这个打击之下并没有显得垂头丧气，反而挺直了身子，“破产了！”她说。

“你说对了，我的女儿，这两个字用得很恰当，”腾格拉尔说，他用手紧紧捂住自己胸口，但他那严酷的脸上却依旧面带机智但却没有心肝似的微笑，“破产！是的，正是这句话。”

“啊！”欧热妮说。

“是的，破产啦！现在，这个正如悲剧诗人所说的‘充满着恐怖的秘密已经揭露了’，现在，我的女儿啊，即使这样也会影响到你，且让我来告诉你，你或许能够避免这场不幸。”

“噢，”欧热妮喊道，“阁下，假如您以为你所宣布的破产会使我悲哀自己的命运的话，您就是一位蹩脚相士了。我破产！那对我无足轻重！我不是还有我的才华吗？我难道不能像巴斯达①、马里邦②和格里契③那样，凭我自己的能力去获得您永远不会给我的一切吗？当您一年给我那可怜的一万两千法郎零用钱的时候，您总是面露不悦，还要责备我浪费，那时，我自己一年就可以赚十万或十五万里弗，拿到那笔钱，我不必感激旁人，只要感激自己就行了，而且那些钱还会伴随着喝彩、欢呼和鲜花一同来。假如我没有那种才能——您的微笑使我明白您很怀疑我的才能——我不是还有我所热爱的独立吗？我认为独立比钱财更可贵，在我看来，它甚至比生命更重要。不，我并不为我自己担忧，我总是有办法活下去的。我的书、我的笔、我的钢琴，这些永远是属于我的，而且那些东西都不值钱，即使失去了，我也可以再得到的。您或许认为我会为腾格拉尔夫人担心，您又在欺骗自己了，如果我没说错的话，我知道母亲对于威胁您的那场大难早已有所准备，那场大难也会影响到她。她很会照顾她自己的财产——至少，我希望如此——而她并没有因为照顾我而分了心，因为，感谢上帝，她借口我喜欢自由，一切完全由我自己做主。噢，不，阁下，在我小的时候，就经常受着不幸的威胁，我对于周围的一切看得太多、懂得太多了。从我能记事的那天起，我就不曾被任何人所爱，那本来可以说非常不幸！这样我自然也就谁也不爱了，这也未尝不是一件好事！现在，您知道我的处世哲学了吧。”

“那好，”腾格拉尔说，他气得脸色发青，但那种气愤却不是因为父爱遭到了儿女的背叛才有的，“那么，小姐，你坚持要加速我的破产

---

① 巴斯达（1745—1819），意大利高音歌剧演员。
② 马里邦（1808—1836），法国高音歌剧演员。
③ 格里契（1811—1869），意大利高音歌剧演员。

了吗?”

“您的破产?我加快您的破产?您是什么意思?我不明白您的意思。”

“那样还好,我还有一线希望,听着。”

“我全神贯注地在听。”欧热妮说,同时密切地注视着他的父亲,这使父亲很难承受她那强有力的凝视。

“卡瓦尔康蒂先生快要和你结婚了,”腾格拉尔继续说,“他将把他的财产委托给我,那笔财产约有三百万。”

“这可是个可观的数目!”欧热妮极其轻蔑地说,玩弄着她的手套。

“你以为我会要你们的那三百万,”腾格拉尔说,“不要害怕。这笔钱现在至少可以得到一分利息。我从另外一位银行家——我的同行——那儿得到一条铁路的承股权,而铁路是目前唯一立刻就能发财的事业,目前巴黎人投资于铁路,就像以前投资于野猫横行的密西西比河流域的土地一样能发大财。根据我的估算,目前能拥有一条铁路的百万分之一的股权,正如以前在俄亥俄河两岸拥有一亩处女地一样。这是一种抵押投资,你看,这可是一种进步了,因为你所投资的钱至少可以换到十磅、十五磅、二十磅或一百磅铁。嗯,在一星期之内,必须买进四百万股票,这四百万,我答应给你一分或一分二的利息。”

“但阁下,看来您也记得很清楚,当我前天来见您的时候,”欧热妮答道,“我看到您的进账,‘进账’这两个字说得不错吧?五百五十万。您甚至把那两张支票拿给我看,并且很吃惊地发现这样贵重的一张支票并没有像闪电一样照花我的眼睛。”

“是的,但那五百五十万不是我的,只是一种信任我的证据。我这个平民化的银行家的头衔使我获得了医院的信任,那五百五十万是属于医院的。以前,我可以毫不犹豫地动用那笔款子,但近来我接连遭受损失是众所周知的事情,我已经告诉过你,我的信誉已经开始动摇了。那笔存款随时都有可能被提取,假如我拿它来做另外的用途,我就会给自己招致一次可耻的倒闭。相信我,我并不厌恶倒闭,但那必须是使人发财的倒闭而不是使人破产的倒闭。现在,要是你能与卡瓦尔康蒂先生结婚，而我拿到了那三百万，或者只要旁人以为我拿到了那三百万，我的信誉便恢复了，而我的财产，虽然在过去一两个月内被大块大块地吞掉，以至自己的前途产生了很大的阻碍，那时便可以重新建立起来。你明白我的意思了吗？”

“听得十分明白。你把我抵押了三百万，是这样吗？”

“数目越大，你便越有面子。这是可以使你想到自己的身价的。”

“谢谢您。还有一句话，阁下，您能不能答应我：您可以利用卡瓦尔康蒂先生即将把他的财产委托给您的这个消息，而不去碰那笔款子？这不是我自私，而是一个处理问题的办法。我很愿意帮助您重振您的财产，但我却不愿意在促成别人破产的计划中做一个从犯。”

“但我告诉过你啦，”腾格拉尔喊道，“有了这三百万！”

“阁下，您认为，如果不动用那三百万，可以使您摆脱困境吗？”

“我希望如此，假如这件婚事能顺利举行的话，也许会恢复我的信誉。”

“您能够答应我签订婚约后就把那五十万法郎嫁资付给卡瓦尔康蒂先生吗？”

“他从市长公署回来就可以收到那笔钱。”

“非常好！”

“还有什么？你还要什么？”

“我想知道，在我签字以后，您是否允许我的行动完全自由？”

“绝对自由！”

“那么，好极了，阁下，我愿意嫁给卡瓦尔康蒂先生了。”

“但你有什么计划？”

“啊，那是我的秘密。假如知道了您的秘密以后，我再把自己的秘密告诉您，那对您来说还能有什么优势呢？”

腾格拉尔咬一咬自己的嘴唇，“那么，”他说，“你愿意向亲戚朋友进行必不可少的拜访吗？——那是绝对免不了的呀！”

“愿意。”欧热妮回答。

“并且在三天以内签订婚约？”

“可以。”

“那么，这回轮到我来说‘好极了’啦!”腾格拉尔双手紧握着女儿的手，这太奇怪了——那做父亲的不敢说“谢谢你，我的孩子”，那做女儿的则未曾向父亲露出一点微笑。

“会谈结束了吗?”欧热妮站起身来问。

腾格拉尔表示他已无话说了。五分钟之后，钢琴声在亚密莱小姐的手指下又响了起来，接着腾格拉尔小姐的歌声也传了出来。一曲唱罢，依脱尼走进来，向欧热妮通报马车已经准备好了，男爵夫人在等她一同去访客。我们已在维尔福家里见到过她们母女俩，那是第一个接受她们拜访的人家。

第九十六章　婚约

在上章场景过后的第三天，也就是被那银行家坚持称为王子的安德烈·卡瓦尔康蒂和欧热妮·腾格拉尔小姐将要与腾格拉尔订下婚约的下午五点钟，基督山伯爵正准备出门，阵阵微风吹过房前的小花园，他的马烦躁地扬起马蹄踢着地面，车夫用力控制住马，他在座位上已经等了好一会儿了。正在这时，那辆我们所熟悉的漂亮而轻便的马车已经驶到了大门口，打扮十分整齐的安德烈·卡瓦尔康蒂先生高兴得如娶公主为妻一般慢慢地走下车来。他还是如以往一样先问了问伯爵是否在家，随后敏捷地蹿上二楼，与楼梯上的伯爵相遇。伯爵一见安德烈就停住了脚步，而安德烈正在往上冲，而当他往上冲的时候，是什么也阻拦不了他的。

"啊，亲爱的伯爵，早安。"安德烈说。

伯爵用他半带戏弄的语气说："啊，原来是安德烈先生！您还好吗？"

"我很好，您应该能看出来，我有很多事情想跟您谈谈。您这是刚回来吗？"

"阁下，我刚刚准备出去。"

"好吧，我跟您一起去吧，这样也不耽误您的时间，让汤姆驾着我的马车一起跟着，我乘您的车子。"

伯爵脸上展露出一丝不易觉察的轻蔑的微笑，他可不想让别人看见他与安德烈·卡瓦尔康蒂在一起，于是说："不，亲爱的安德烈先生，我宁可在这儿跟您谈，这样在屋子里不会有车夫窃听到我们的谈话，相对更好一些。"

来到二楼的一间小客厅里，伯爵跷起腿坐了下来，并示意那个年轻人也坐下来。安德烈笑容满面地说道："亲爱的伯爵，今晚我要订婚了，九点钟在我岳父家里签约。"

"是吗！真的吗？"

"什么！您还不知道吗？难道腾格拉尔先生还未把这个消息转告您吗？"

"噢，已经转告我了，昨天有收到他的来信，只是没有记清详细的时间。"

"可能的，岳父大概认为所有人都已经知晓这件事了。"

"嗯，卡瓦尔康蒂先生，您很幸运，不仅腾格拉尔小姐十分漂亮，这场婚姻也是门当户对的。"

卡瓦尔康蒂谦虚地回答："嗯，她确实非常漂亮。"

"尤其是腾格拉尔小姐十分有钱——至少，我是这么认为的。"基督山伯爵说。

"十分有钱？是吗？"

"那是当然啦，听说腾格拉尔先生隐藏了自己一多半的资产。"

"但他自己说只有一千五百万至两千万左右。"安德烈说道，眼睛里闪烁着兴奋的火花。

"而且，"基督山伯爵又说，"他很快又要开始一种新的投机事业了，这种事业在英美已非常流行，但在法国却还很新奇。"

"是的，是的，我知道您所指的是什么，是铁路，对吗？他已获得了铁路的承股权。"

"非常正确，大家都认为他在那件事情上可以赚到一千万。"

"一千万？您这样认为吗？真是太有意思了。"卡瓦尔康蒂说，他被这些无懈可击的花言巧语冲昏了头脑。

"而且，"基督山伯爵继续说，"他的全部财产将来都要归您，这是天经地义的事，因为腾格拉尔小姐是独生女儿。再说，您自己的财产，令尊告诉我几乎也和您未婚妻的一样多，现在先把钱的事稍为搁一搁吧。您知道吗，安德烈先生，我认为您这件事情办得很巧妙。"

"至少还不算太坏，"那青年说，"我天生就是一个外交家。"

“嗯，您一定要成为一位外交家，外交辞令，您知道不是学得到的，它是一种本能。这么说，您的心已被征服了吗？”

“是的，我是这样认为的。”安德烈模仿着法兰西戏院里杜郎特或梵丽丽回答阿尔西斯提问时那种腔调说道。

“她也有些喜欢您吗！”

“我觉得是的，”安德烈面带得意的微笑说，“因为她已经接受我了。但我不能忘记很重要的一点。”

“那是什么？”

“就是我曾得到过您的帮助。”

“胡说。”

“真的是。”

“是环境帮助了您！”

“不是的，是您。”

“我？绝不是的，王子，”基督山伯爵说，并故意对那个头衔加重了语气，“我对您有什么帮助？单凭您的名望，您的社会地位和您的品貌，就已经足够了吗！”

“不，”安德烈说，“不，您那样说是没有用的，伯爵。我一直认为我的名望、我的社会地位和我的学问不及您对我的一点儿帮助。”

“您完全搞错了，阁下，”基督山伯爵冷冷地说，他从青年的那种无赖态度上明白了他话里的意思，“您是在我了解了令尊的权利和财产情况以后才获得我的保护的，我从来不曾见过您或您那显赫的父亲。这样说来，究竟是谁让我有幸地认识了你们的呢？是我的两个好朋友，威玛勋爵和布沙尼神甫。是什么原因让我，不是当您的担保人，而是当保护人呢？那是因为令尊的名望，因为令尊在意大利无人不知无人不晓，十分受人尊崇。从您个人来说，我可并不认识您。”这种平静的语气和十分安详的态度使安德烈知道此时他已遭遇到一只比自己更有力的手，并且明白要从那只手的压力下逃出来是不容易的。

“噢，那么家父真的有一笔非常可观的财产吗，伯爵？”

“看来是如此，阁下。”基督山伯爵回答。

“您知道家父答应我的结婚费用是否已经到了吗？”

“令尊已通知过我。”

“但那三百万现款呢?”

“那三百万也许已经在路上了。”

“那么我果真能得到它吗?”

“吓!”伯爵说,“我想您还不至于如此缺钱用吧。”

安德烈感到如此惊奇,好一会他不知道该说些什么。然后,他从迷糊状中醒来,说:“现在,阁下,我对您只有一项请求了,那件事,即使您不愿意,也一定可以谅解我的。”

“请说。”基督山伯爵说。

“因为我的好运,我已经结识了许多知名的人士,同时,至少在目前,还有着一群朋友。但是,既然我要在巴黎举行盛大的结婚典礼,可以应该有一个鼎鼎大名的人来主持。如果家父不在场,就应该有一位非常有地位的人领我到圣坛①前面。现在家父似乎是不能来巴黎了,是吗?”

“他年岁已高,满身伤疤,他说,每一次旅行都使他感到痛苦难捱。”

“我明白。嗯,所以我来恳请您给我一个面子。”

“什么请求?”

“哦,就是代替他的位置。”

“啊,我亲爱的先生!在我有幸跟您接触过这么多次以后,您竟还这样不了解我的为人,竟然来要求我做这样的事情?要我借五十万给您,老实说,虽然这样的借款是并不多,但也未必会让我如此为难。我记得我曾经告诉过您,在参与世事方面——尤其是伦理道德方面的事情——基督山伯爵从未参与过忌讳的事,说得更明白一点,这是东方人的迷信。我在开罗、士麦拿、君士坦丁堡都有藏娇的迷宫,可是我为人主持过一次婚礼吗?——绝对没有!”

“如此说来您拒绝我了?”

“坚决拒绝,即使您是我的儿子或我的兄弟,我也会拒绝您。”

“那我该如何办才好呢?”安德烈失望地说。

---

① 欧洲风俗,在教堂里结婚,新郎新娘须在圣坛前受神甫祝福。

“您自己刚才不是说，您的朋友很多吗。”

“不错，但介绍我到腾格拉尔先生家里去的却是您。”

“绝不是的！让我们来回忆一下那个事实。您在我家里的一次宴会席上遇到他，您自己到他家里去拜访，那是一件与我毫无关系的事情。”

“是的，但我的婚姻，却是您促成的。”

“我！完全不是，您记得的。请回忆一下当您要我为您去做媒的时候，我对您说了些什么。噢，我是绝不会去为别人促成婚事的，我亲爱的王子，这是我坚定不移的原则。”

安德烈咬了咬嘴唇，“但至少，”他说，“您是会去参加的吧。”

“全巴黎的人都去吗？”

“噢，当然啰。”

“嗯，我跟全巴黎的人一样，肯定也是会去的。”伯爵说。

“您会在婚约上签名吗？”

“我对这一点毫无意义，我还不至于忌讳到那种程度。”

“好吧，既然您不肯给我面子，我也只能对您给我的这一点就感到满足了。但还有两个字，伯爵。”

“是什么？”

“忠告。”

“请注意，忠告比效劳更差劲儿。”

“但您可以给我这个忠告而不会连累自己。”

“告诉我，那是什么？”

“我太太的财产有五十万里弗吗？”

“那是腾格拉尔先生亲自告诉我的。”

“我应该收下这笔款子呢，还是把它留给公证人？”

“这种事情通常总是按特定的惯例来办理的：在签订婚约的时候，你们男女双方的律师约好聚会的时间，或在第二天，或在第三天。然后，他们交换嫁资和聘金，各给一张收据。然后，在举行婚礼的时候他们把钱转到你们的名下，因为那时你就是一家之主了。”

“我之所以要这样问，是因为，”安德烈带着毫不掩饰的不安说，“我好像听岳父说，他准备把我们的财产全投资在您刚才说过的那种赚钱的铁路事业上。"

"嗯，"基督山伯爵答道，"人人都说那种投资可以使你的财产在十二月前翻三倍。腾格拉尔男爵是一个好岳父，而且非常会算计。"

"嗯，那好，"安德烈说，"一切都很好，只是您的拒绝使我非常伤心。"

"您只能把这点归因于某种情况下的、非常自然的清规戒律。"

"嗯，"安德烈说，"就说这些吧，那么今天晚上九点钟。"

"到时再见。"

安德烈抓起伯爵的手，紧紧地握了一下，跳上他的轻便马车里很快就驶远了。握手的时候，基督山伯爵曾想拒绝，他的嘴唇苍白起来，却仍保持着彬彬有礼的微笑。

在九点以前的那四五个钟头里，安德烈乘着马车四处拜访，想结交那些曾在他岳父那儿见过的富豪们，把腾格拉尔即将开始投资的铁路股票的惊人利润向他们夸耀了一番。

当晚八点半，那间大客厅，与客厅相连的走廊，还有楼下的另外三间客厅里，都挤满了香气扑鼻的人们。这些人并不是为交情而来，而是被一种不可抗拒的欲望吸引来的，打算看看有没有什么新鲜的事物。一位院士曾说：上流社会的宴会等于是名花的汇集，它会吸引轻浮的蝴蝶、饥饿贪婪的蜜蜂和嗡嗡的雄蜂。

当然每个房间里都灯火辉煌。墙壁镀金的嵌线上密密地排着灯火。那些除了炫富以外别无用处的家具大放光彩。欧热妮小姐的服饰文雅朴素，穿着一件合身的白绸长袍。她唯一的装饰品是一朵半插在她那乌黑头发里的白玫瑰，没有一颗珠宝。她的打扮虽然显得纯洁高雅，但眼睛里却流露出一种与之相反的傲慢神态。在距她不远的地方，腾格拉尔夫人正在与德布雷、波尚和夏多·勒诺闲谈。德布雷被邀请来参加这次盛大的典礼，但像每一个人一样，他并没有获得任何特权。腾格拉尔先生正被包围在一群财政部官员和与财政部有关的人士中间，正在向他们解释着一种新的税收原则，等到将来形势迫使政府必须邀他入部参与大计的时候再来实施。安德烈的手臂上挽着一个歌剧里那种洋味十足的花花公子，伪装出很随便的神情——但多少有点尴尬——向他解释将来的计划，描述着以他那每年十七万五千里弗的收入，他将怎样向巴黎的时髦上层社会介绍新的奢侈品。

人群拥来拥去，犹如一道由蓝宝石、红宝石、翡翠、猫眼石和金刚石组成的涡流。像往常一样，年龄最老的女人打扮得最华丽，而最丑的女人最引人注目。如果当时有一棵美丽的水仙花，或一朵甜甜的玫瑰，你得仔细搜寻才能找到，因为她总是躲在一个角落里，或者藏在一个戴面巾的母亲或戴孔雀毛帽子的姑母后面。

在这喧哗笑闹的人群中，随时可以听到司仪的声音，通报一位金融巨头、军界要员或文学名士的姓名。那时，各个人群里便会随着那个姓名的喊声发出一阵轻微的骚动。虽然你有权利在这儿激起人海的波浪，但多数人却只得到了漠视的一瞥或轻蔑的一笑！当金面大时钟上的时针指到九、当机械的钟锤敲打了九下的时候，司仪报出了基督山伯爵的名字，像触了电一样，全场的人都把目光转向了门口。基督山伯爵穿着黑衣服，像他往常一样简单而朴素。他唯一的装饰虽是一条极其精致的金链，但却挂在他的白背心上让人难以觉察。伯爵一眼就看到了坐在客厅一端的腾格拉尔夫人、在客厅另一端的腾格拉尔先生，以及在他对面的欧热妮。他首先向男爵夫人走过去，男爵夫人这时正与维尔福夫人聊天（维尔福夫人是独自来的，因为瓦朗蒂娜还不能走动）。然后，他从男爵夫人那儿一直走到——人群中间早已给他让出了一条路——欧热妮那儿，用非常急速而含蓄的话语向她道贺，使这位骄傲的女艺术家也不得不感到惊奇。亚密莱小姐就站在她的身边，她感谢伯爵这样慷慨地答应她给意大利剧院写封介绍信，并表示她立刻就要用到那封介绍信。离开这些太太们之后，基督山伯爵走近腾格拉尔，因为腾格拉尔已向他迎了上来。

完成了这三项社交义务以后，基督山伯爵停了下来，充满自信的目光环顾着四周，像是在说："我已完成了我的责任，现在让旁人去履行完他们的责任吧。"安德烈本来在隔壁房间里，这时也已感觉到基督山伯爵的到来所引起的骚动，起来向伯爵致意。

他发现伯爵已被大家包围得水泄不通。大家都盼望与他讲话，这是一个不轻易说话而每次说话必定很有分量的人经常遇到的事情。这时，双方的律师到了，他们把拟定好的文件放在了那张签字用的桌子上。那是一张描金的桌子，四条桌腿雕成狮爪形，桌面上铺着绣金的天鹅绒毛毯。其中的一位律师坐了下来，其余的都站着。他们即将宣读那份来参加这个典礼的半数巴黎人都要签字的婚约了。大家都在为自己找一个好的位置，太太小姐们围成一个圆圈，先生们则处于比较远的位置，评论着安德烈的紧张不安、腾格拉尔先生的全神贯注、欧热妮的从容自若以及男爵夫人在处理整个大厅这类重要事情时的雍容大度以及敏捷的态度。

读婚约的时候四处鸦雀无声。但婚约一读完，那几间客厅里便更加喧闹起来。那即将属于未婚夫妇的几百万巨款，那些放在一个大房间里的礼物以及那位未来新娘的钻石，四处充满了羡慕的声音。在青年男子的眼中，腾格拉尔小姐的可爱又增加了几倍，她光彩夺目。至于太太小姐们，不用说，她们当然嫉妒那几百万，但心里却觉得自己的美丽可以不用金钱点缀。安德烈被朋友包围了起来，在一片道喜和赞美声中，他开始相信自己的梦想已变成了现实，简直飘飘然了。

律师庄严地拿起笔，举过头顶，说："诸位，婚约开始签字了。"

按照仪式，第一个签字的是男爵，然后是老卡瓦尔康蒂先生的代表签字，然后是男爵夫人，男爵夫人之后，才是婚约上的所谓未婚夫妇。男爵接过笔来签了字，然后代表也签了字。男爵夫人扶着维尔福夫人的肩走过来，"亲爱的，"她一面说，一面接过笔来，"这太使人恼火了，一件意想不到的事情，就是为了上次基督山伯爵几乎险遭不测的那件谋杀案和偷窃案，几乎竟使我们不能让维尔福先生来这儿观礼。"

"真的！"腾格拉尔说，他的语气像是在说，"哼，我毫不在乎！"

"啊！"基督山伯爵走过来说，"我怕这件事情是我无意中造成的。"

"什么！您，伯爵？"腾格拉尔夫人一面说，一面签字，"假如是您，可得小心，我可是永远不会宽恕您的呀。"

安德烈竖起他的耳朵。

"但那不是我的错，我应当努力证明给您看。"

每个人都在留心听着，平时极少说话的基督山伯爵快要说话了。

"您记得，"伯爵在一片寂静中开口道，"想来偷东西的那个狠毒的恶棍是死在我家里的，据当时推测，他是在企图离开我家里的时候被他的同谋犯刺死的。”

“是的。”腾格拉尔说。

“嗯，为了检查他的伤口，脱下了他的衣服，扔在一个角落里，后来法院方面的警官把它捡了回去，但他们却漏下了他的一件背心。”

安德烈的脸色变得苍白，向门口走过去，他看见天上忽然升起了一朵乌云，似乎预示一场暴风雨即将来临。

“嗯！今天发现了那件背心，上面满是血迹，心口处有一个洞。”太太小姐失声尖叫起来，有两三个假装要晕倒的样子。“仆人拿那件背心给我看，谁都猜不出那块弄脏的破东西是什么，只有我猜想到它是那个死者的背心。我的仆人在检查这阴森可怕的遗物的时候，摸到口袋里有一张纸，抽出来一看，原来是一封写给您的信，男爵。”

“给我的！”腾格拉尔喊道。

“是的，确实是写给您的，那封信虽然沾满了血迹，但我却从血迹底下辨认出您的名字。”基督山伯爵在一片惊讶声中回答道。

“但是，”腾格拉尔夫人恐惧不安地望着她的丈夫问道，“那件事怎么能阻止维尔福先生——”

“非常简单，夫人，”基督山伯爵答道，“那件背心和那封信都是确凿的证据，所以我就把它们都送到检察官那儿去了。您知道，我亲爱的男爵，遇到案件，依法办理是最妥当的了，那也许是一个攻击您的阴谋。”

安德烈两眼发直地望着基督山伯爵，偷偷溜进了隔壁的那间客厅里。

“也许，”腾格拉尔说，“这个被杀的人不是一个苦役犯吗？”

“是的，”伯爵答道，“是一个名叫卡德鲁斯的凶犯。”

腾格拉尔的脸色微微变得苍白了。安德烈离开第二间客厅，溜进了候见室里。

“请继续签字吧，”基督山伯爵说，“我看我的故事使大家都惊呆啦，我向您、男爵夫人和腾格拉尔小姐表示歉意。”

男爵夫人这时已签过字，把笔交给了律师。“卡瓦尔康蒂王子！”

后者说，“卡瓦尔康蒂王子，您在哪儿呀?”

“安德烈！安德烈！”有几个青年人连连喊道，他们亲密到可以称呼他的教名了。

“去叫王子来！通知他现在已经轮到他签字了！”腾格拉尔大声对一个司仪说。

就在这时，大客厅里的宾客们忽然惊惶地向后退去，像是一个吓人的妖怪闯进屋来要吞食谁似的，他们的后退、惊惶和喊叫是有理由的。一个军官在客厅的每一个门口派了两个兵看守，军官则跟在一个胸佩绶带的警官后面，向腾格拉尔走过来。腾格拉尔以为他们的对象就是他(有些人的良心是永远不安的)，在他的宾客面前展现出一副惊恐的面孔。“什么事，阁下?”基督山伯爵迎上去问那个警官。

“诸位，”那位法官不去回答伯爵，问道，“你们之中有位叫安德烈·卡瓦尔康蒂的吗?”

房间里到处可以听到惊慌的喊叫声，他们四处搜寻，互相探问着。

“安德烈·卡瓦尔康蒂究竟是什么人呀?”腾格拉尔在极度惊愕中问。

“是从土伦监狱里逃出来的苦役犯。”

“他犯了什么罪?”

“他被控，”那执事官用冷漠的声音说，“杀害了那个名叫卡德鲁斯的人，那个人当初跟他是一条链上的同伴，被告在他从基督山伯爵家里逃出来的时候杀害了他。”

基督山伯爵向四周急速地瞥视了一眼，发现安德烈已经不见了。

第九十七章　去比利时

士兵出乎意料的出现以及他们的宣布，让客厅瞬间变得凌乱，像是宾客中发现了瘟疫和霍乱般，大家匆匆忙忙地逃出大厦，刹那间每个门口，每层楼梯，每个出口，都挤满了迫不及待想要退出来的宾客。在这样的情况下，普通的安慰是无效的，所以当一个人遇到灾难时，他的朋友们也会感到十分烦恼。此时在大厦里，只剩下腾格拉尔在书房里将门关得牢牢的正与军官谈话，被吓坏了的腾格拉尔夫人躲在她那间我们十分熟悉的卧室里，还有欧热妮带着她那骄傲的神态和蔑视的面孔，以及永远跟随着她的罗茜·亚密莱小姐退回到房间里去了。那些多过以往的仆人们（临时从巴黎咖啡馆借来的一部分厨师和侍者）则纷纷汇聚在大厅、厨房以及自己的房间中，他们认为自己受到了莫大的屈辱，把愤怒统统发泄到了他们的主人身上，他们再也不想什么地位和要执行的义务了，自然也不需要再工作了。在同样气愤的人当中，只有欧热妮·腾格拉尔小姐和罗茜·亚密莱小姐引起了我们的注意。

我们上文已谈到，腾格拉尔小姐离开的时候带着傲慢的神态、鄙视的目光以及像一位发怒的女皇的那种表情，后面跟着那位比她自己更苍白、更激动的同伴。到了她的房间里以后，欧热妮闩上房门，而罗茜则坐在一把椅子上。

“啊，多可怕的一件事！”那青年音乐家说，“谁会去怀疑？安德烈·卡瓦尔康蒂先生竟是一个凶手，一个监狱里逃出来的苦役犯，一个囚徒！”

欧热妮撇了一下嘴唇，露出一个讥讽的微笑，“看来，我是命中注定了的，”她说，“我逃过了马尔塞夫却落在了卡瓦尔康蒂的手里。”

“噢，别把那两个人混为一谈，欧热妮。”

“住嘴！那两个人都非常无耻，我很高兴现在能够认清他们的真面目。”

“我们该怎么办呢？”罗茜问。

“我们要怎么办？”

“对。”

“咦，还是我们三天以前就商量好的办法——走。”

“什么！即使现在不要你结婚了，你还是要……”

“听着，罗茜！我厌恶上流社会的这种生活，事事要规规矩矩，受人批评、受人牵制，像我们的乐谱一样。我始终希望、盼望和渴慕的是自由独立，要依靠的只有自己，这才是艺术家的生活。继续留在这儿！为什么要留在这儿？让他们在一个月以后再拿我嫁人吗？而且，嫁给谁呢？一定是德布雷先生，他的确有一阵子说起过此事。不，罗茜，不！今天晚上发生的意外可以当作我的借口，上帝把这个借口给我，而且来得正是时候！”

“你是多么的坚强和勇敢呀！”那柔弱的白皮肤女郎对她的同伴说。

“难道你还不了解我吗？来，罗茜，让我们来谈谈我们自己的事情吧。驿车——”

“幸亏三天前就买好了。”

“你可曾说好我们在哪里上车吗？”

“说过了。”

“那么我们的护照呢？”

“在这儿！”

于是，欧热妮带着她以往那种自信的态度，打开一张纸念道：“莱翁·亚密莱先生，二十岁；艺术家；黑发黑眼；旅伴，妹一人。”

“太妙了！这张护照你是如何搞到的？”

“当我去求基督山伯爵向罗马和那不勒斯剧院经理写一封介绍信的时候，我表示一个女人出门旅行很不方便。他十分明白我们的意思，便负责给我弄到一张男人的护照。我接到这张护照两天之后，就手写上了

‘旅伴，妹一人’。”

“好，”欧热妮高兴地说，“那么我们只要收拾好行李就行了。我们取消在结婚之夜起程的计划，改在订婚之夜起程，其差别也仅仅如此而已。”

“你必须考虑清楚呀，欧热妮!”

“噢，我什么都想过了！我已听厌了月终的报表以及西班牙公债和海地公债的起落。而代替那些的——罗茜，你明白吗？——却是清新空气、自由、婉转的鸟声、伦巴第的平原、威尼斯的运河、罗马的宫殿、那不勒斯的海湾。我们还有多少钱，罗茜?”

她的同伴从一只嵌花的写字台里拿出一只小皮夹，把皮夹里的钱数了数，一共有二十三张。

“两万三千法郎。”她说。

“而珠宝钻石至少也应该值这么多，”欧热妮说，“我们很有钱啊，有了四万五千法郎，我们就可以过两年公主一般的生活。如果只是想舒服一点，便可以过四年。但在六个月之内，你靠你的乐器，我靠我的歌喉，我们便可以把我们的钱增加一倍了。来，你保管钱，我保管珠宝箱。如果我们之中不幸有一个人丢失了她的财宝，那还有另外一个可用。来，收拾提包，我们赶快吧，收拾提包!”

“等一下!”罗茜说，走到通腾格拉尔夫人房间的门前听了一下。

“你在害怕什么呢?”

“怕被人发觉。”

“门已经关上了。”

“说不定有人可能叫我们开门。”

“让他们去叫吧，但我们坚决不开。”

“你是一个名副其实的女汉子，欧热妮!”于是那两个青年姑娘开始把她们认为最需要的东西都装进了一只旅行提包里。

“现在，”欧热妮说，“我换衣服，你锁上那只提包。”

罗茜竭尽全力地在压那只提包的盖子，“我不行，”她说，“我气力不够，你来关吧。”

“啊，你说得对!”欧热妮笑着说，“我忘记了我是大力士，而你却只是白面女皇！”于是那青年女郎膝盖顶在提包盖上，把提包的箱盖盖好，而亚密莱小姐则把锁插到锁臼里。

做完这些以后，欧热妮用随身带着的钥匙打开一个衣橱，从里面取出一件用紫绸做成的旅行棉披风。

“喏，”她说，“你看，我一切都想好了，有了这件披风，你就不会挨冻了。”

“那么你呢？”

“噢，我是向来不怕冷的，你知道！而且，穿了这些男人的衣服——”

“你在这儿穿吗？”

“那是。”

“还来得及吗？”

“不用担心，你这胆小鬼！全体仆人现在都忙着讨论那件大事呢。况且，你想想看，按照常规我本应该多么伤心，关紧房门又有什么奇怪的呢？你说！”

“不错，那倒是真的，这样我就安心了。”

“来，帮帮我的忙。”

她从取出的那件披风的衣橱抽屉里，又拿出一套男人的衣服来，从领结到皮靴一应俱全，又拿出一只口袋，里面全是必需的东西，没有一件多余的。然后她穿上皮靴和裤子，打好领结，扣好背心，穿了一件非常适合她的上装。从她打扮的速度，可以推测出她扮演异性已不是第一次了。

“噢，好极了！真的好极了！”罗茜以赞美的目光望着她说，“但是，那一头美丽的黑发，那条使所有的太太小姐们都发出嫉妒叹息的漂亮的辫子，可以全部装在现在这一顶男人的帽子底下吗？”

“你瞧着吧。”欧热妮说，她左手抓住那头浓密的头发——她那细长的手指几乎不能把它们全部抓住——右手拿起一把长剪刀，不久，剪刀在秀发上咔哒一声，那青年姑娘把身体向后一仰，以免玷污她的上装，那一头浓密美丽的头发便都落到她的脚下。然后，她把前面的刘海剪掉，在她那黑檀木一样漆黑的眼睛里，非但没流露出遗憾的表情，反而显得更加炯炯有神。

"噢，那漂亮的头发！"亚密莱小姐遗憾地说。

"我这样不是更好吗？"欧热妮喊道，一面抚弄那些零碎的鬈发，她的样子现在已非常像男人，"你觉得我这样不漂亮吗？"

"噢，你很漂亮，永远是漂亮的！"罗茜喊道，"我们现在到哪儿去？"

"到布鲁塞尔去，假如你同意的话，这是一条出境最近的路。我们可以到布鲁塞尔，次日，埃克斯-拉夏佩勒，然后沿莱茵河到达斯特拉斯堡。我们将横穿瑞士，经圣哥塔进入意大利。你看可以吗？"

"行。"

"你在看什么？"

"我在看你，真的，你这副样子真叫人羡慕！人家还以为你带着我私奔呢。"

"哦，真的！那样的话他们就说对了。"

"噢！我快要挨骂了，欧热妮！"于是，这两个别人认为一定是非常悲哀的青年女郎—— 一个是为了她自己，一个是为了她的朋友——都大笑起来。她们整理了一下逃走时可能留下的每一丝痕迹。然后，吹熄她们的灯，睁大眼睛，竖起耳朵，伸长脖子，这两个逃跑者打开一间更衣室的门，从一道侧梯走到了前院里。欧热妮走在前头，一只手拉着提包的一端，后面的亚密莱小姐则用双手拉着提包的另一端。前院里空无一人，这时正是十二点钟，门房还没有上床。欧热妮轻轻地走过去，看到那个老头儿正在他那个小房间的一把圈椅里酣睡。她回到罗茜那儿，提起那只放在地上的旅行提包，两人顺着墙根走到了门廊下。

欧热妮把罗茜藏在门廊的一个角落里，这样，假如那门房恰巧醒来，他也只能看见一个人。然后，她走到那盏照亮前庭的灯光底下，一面拍打窗门，一面压低了声音喊："开门！"

正如欧热妮所设想的，门房爬起来，甚至走上前来几步，想看看究竟是谁要出去，但看到一个青年男子在用他的马鞭不耐烦地拍击着他的皮靴，他赶快把门打开了。罗茜像一条蛇似的从门里溜出去并轻快地向前跑了几步。欧热妮接着也出来了，她表面上很镇定，但是内心却比往常跳得快了一点。这时正巧有一个脚夫经过，她们便把那只提包交给他，告诉他要提到维克多路三十六号，然后这两个青年女郎就跟在他的后面走。脚夫的出现使罗茜的心安定了下来，至于欧热妮，她坚强得像一个犹蒂丝[①]或一个狄丽拉[②]一样，她们到达了约好的地点。欧热妮吩咐脚夫放下提包，给了他一些钱打发他走开，然后拍打那座房子的百叶窗，正在洗衣服的小妇人，因曾在事先得到通知，所以还不曾上床睡觉，她出来打开门。

“大姐，”欧热妮说，“叫那看门人把旅行马车从车房里拉出来，再叫他到旅馆里去租驿马。这五个法郎是他的酬劳。”

“真的，”罗茜说，“我真佩服你，我简直说得上敬重你啦。”

那洗衣女露出惊奇的神色，但因为说好她可以拿到二十个路易，所以并不曾说话。

不到一刻钟，那看门人带着马夫和马车回来了，马夫立刻把马套到马车上，而看门人则用一条绳子绑住那只提包。

“护照在这儿，”马夫说，“我们要到哪儿去，先生？”

“到枫丹白露。”欧热妮用近似男性的声音回答。

“你说什么？”罗茜说。

“我是故意这么说的，”欧热妮说，“我们虽然给了这个女人二十路易，但她也许会为了四十路易而出卖我们，我们不久就会改变方向的。”她们跳进那辆布置得可以睡觉的四轮马车里。

“你永远是对的。”罗茜说，一面坐到她朋友的旁边。

一刻钟之后马夫已拐上正道，扬鞭通过了圣·马丁城栅的城门。

“啊！”罗茜说，“我们已经离开巴黎了。”

“是的，我亲爱的，这次逃跑我们干得漂亮极了。”欧热妮回答。

“是的，不曾用暴力。”罗茜说。

“即使用暴力也完全值得。”欧热妮回答，这些话渐渐地消失在辘辘的车轮滚动声里。

腾格拉尔先生永远地失去了他的女儿。

---

① 古代用计杀死敌将、解救危城的一个犹太女人，事见《圣经》。
② 《圣经》中大力女子。

第九十八章　钟瓶旅馆

此刻我们先不说腾格拉尔小姐与她的朋友是如何乘车赶赴布鲁塞尔的，先回头来看一看在飞黄腾达的道路中受到的意想不到的打击的安德烈·卡瓦尔康蒂吧。安德烈·卡瓦尔康蒂是个十分机智且聪明的青年。我们之前有说过：当他一听到风声不好，便慢慢靠近门口，快速穿过几个房间，溜之大吉了。我们之前还说过一件绝对不能漏掉的事情，那就是：在安德烈所穿过的房间里，有一间放着新娘的嫁妆——有数盒钻石、克什米尔羊毛披巾、威尼斯花边、英国面纱，以及一些听到名字就让年轻姑娘们欢呼雀跃的诱人的东西。安德烈在穿过这个房间时，毫不犹豫地偷走了一些最贵重的首饰，不仅显示了自己的聪明才智，也显示了自己的深谋远虑。拿到这些东西之后，安德烈便心情轻松地跳出了窗口，筹划如何溜出宪兵之手。

高大得像一个古代的武士、强健得像一个斯巴达人的他，毫无头绪地在街上走了一刻钟，心里只有一个念头，就是要赶快离开必定会被逮捕的那个地方。穿过蒙勃兰克路以后，凭着每个窃贼避开城栅的本能，他发现自己已到了拉法叶特路的尽头，他在那儿上气不接下气地停了下来。这个地方很寂静，一边是空旷的圣拉柴荒原，另一边是那黑沉沉的巴黎。“我就这样完蛋了吗？”他喊道，“不，假如我能比我的敌人跑得更快那样就能得救，我就不会完蛋，我的安全现在只是一个速度快慢问题而已。”这个时候，他看见有一辆单人马车停在波尼丽街口，车夫懒洋洋地吸着烟，似乎想把车子驶回到对面的圣·但尼街口去，他显然是经常停在那儿的。

“喂，朋友!”安德烈说。

“怎么样，先生?”那车夫问。

“你的马跑累了吗?”

“跑累了?噢，是的，非常疲倦啦!今天是个好日子，但一点好买卖都不曾做过!四个倒霉的乘客，二十几个铜板，合起来一共只有七个法郎，这就是今天的全部收入，而我却得付给车行老板十个法郎。”

“你可愿意再加上二十个法郎，在你已经有的七个法郎的基础上?”

“那当然好，先生，二十个法郎可不是个小数目呀。告诉我如何才能得到它?”

“如果你的马不疲劳，那就是一件非常容易做到的事情。”

“我告诉你，它跑起来像一阵风，只要你告诉我到哪儿去就得啦。”

“去罗浮。”

“啊，我知道的!那出苦杏仁酒的地方。”

“非常正确，我只希望能追上我的一个朋友，我跟他说好明天一同到塞凡尔镇去打猎。我们约定他的一辆轻便马车在这儿等到我十一点半，现在十二点了，他一定是等得不耐烦，先走了。”

“也许是的。”

“噢，你愿意帮助我追上他吗?”

“非常乐意。”

“要是在我们到达布尔歇的时候你还不曾追上他，我给你二十法郎，假如到罗浮还追不上，就付给三十。”

“但假如我们追上了他呢?”

“四十。”安德烈犹豫了一会儿，但随即想起来不应该这样许诺。

“那好吧!”那个人说，“进来吧，我们走。”

安德烈坐进单人马车，车子便急速地走过圣但尼街，顺着圣马丁街越过城栅，进入了那无穷尽的旷野。他们一直不曾追上那位幻想中的朋友，可是安德烈却时时向路上的行人和尚未关门的小客栈，打听是否有一辆由栗色马所拉的绿色轻便马车经过。因为到倍斯湾去的路上有许多轻便马车，而十之八九的轻便马车又是绿色的，所以他随时都能够打听到消息。每一个人都刚看见那样的一辆马车驶过去，就在前面五百步，二百步，一百步，最后他们终于追上它了，但却不是他那位朋友的。有一次，单人马车越过一辆由两匹马拉着的正在疾驰的四轮马车，“啊!”卡瓦尔康蒂在心里对自己说，“要是我有了那辆四轮马车，那两匹善奔跑的快马，尤其是，那辆马车上的人所带的护照，那就好极啦!”于是他深深地叹了一口气。那辆双人马车里载着腾格拉尔小姐和亚密莱小姐。

“快！快!”安德烈说，“我们一会肯定能赶上他了。”于是那匹自离开城门就不曾减缓速度的可怜的马，就继续拼命地往前奔跑，上气不接下气地跑到罗浮。

“当然了,”安德烈说，“我是追不上我的朋友了，但这样也许会把你的马累死的，所以我们还是停下来吧。这是三十法郎，我到红马旅馆去过夜，明天再搭便车前去。晚安，朋友。”

于是安德烈把六枚五法郎的银币放到了那个人的手里，轻快地跳到路上。那车夫欢天喜地拿了那笔钱，往回走去，安德烈假装向红马旅馆走去，但他只在旅馆门外站了一会儿，等到车轮的声音渐渐消逝了，马车的影子渐渐模糊的时候，他便立刻上路，急匆匆地步行了六里路程。他休息了一会儿，这就在他要去的塞凡尔镇附近了。安德烈这次的休息并不是因为疲倦，而是要仔细想一想，做一个计划。他不能利用马车，乘马车或租马必须要有护照。他也不能留在瓦兹区，这是法国最难藏身和防卫最严密的省份之一，像安德烈这样一位犯罪专家，知道要在这一带隐匿起来是很困难的。他在一座土墙旁边坐了下来，把脸埋在双手里深深地思考了一会。十分钟之后，他抬起头来，他已经做出决定了。他从地下抓起一把碎土，抹在当时从候见室里取下来穿在晚礼服外的那件外套上，走进塞凡尔镇，用力拍打镇上那间唯一的小客栈的门。

“我的朋友,”安德烈说，“我从蒙芳丹来，到森里斯去，我那匹可怜的马折断了腿，摔了我一跤，我必须在今夜到达贡比涅，不然我家里人就会非常担心的。你能租一匹马给我吗?”

一个客栈老板总是有一匹马出租的，但是马的好坏就不敢说了。塞凡尔镇的那位老板赶快把那管马厩的小伙计叫来，吩咐给他那匹“追风马”加鞍子。然后他喊醒七岁的儿子，吩咐他与这位先生合骑那匹马，到了目的地再把马骑回来。安德烈给那个客栈老板十法郎，当从口袋里往外掏钱的时候，他丢下了一张名片。那张名片是他在巴黎咖啡馆认识的一位朋友的，所以安德烈离开之后，客栈老板拾起名片一看，便认为他把马租给了家住圣·多米尼克街二十五号的马伦伯爵，因为名片上印着这个名字和地址。追风马并不是一匹跑得非常快的马，但它却走得很均匀且不停歇。三个半钟头以后，安德烈走完了到贡比涅的二十七里路，四点钟的时候，他已经到了公共驿车的终点。贡比涅有一家很豪华的旅馆，凡是曾经到过那儿的人应该都记得非常清楚。安德烈从巴黎骑马出游的时候经常在那儿停留，当然记得钟瓶旅馆。他一转身，在路灯的光线里看见了那家旅馆的招牌，便掏出他身上所有的零钱，打发走了那个孩子，然后开始去敲门。他想得很清楚：现在还有三四个钟头的时间，最好是能有一个甜美的睡眠和一顿丰盛的晚餐来消除自己的疲劳。

一个侍者出来开门。

“我的朋友，”安德烈说，“我在圣波耳斯用了晚餐，希望搭一辆午夜经过的便车，结果像一个傻瓜似的迷了路，在森林里走了四个钟头。给我弄一间面朝院子的精致的小房间，然后送一只冻鸡和一瓶波尔多酒来。”

侍者毫不疑心，安德烈说话的神情从容自若，他的嘴里含着一支雪茄，双手插在套袋里，衣服高雅，下巴光滑，皮靴雪亮，看上去他只是一个在外面待到非常晚的人而已。当侍者为他收拾房间的时候，旅馆老板娘起来了，安德烈露出他最可爱的微笑，问他是否能住在第三号房间，因为上次来贡比涅他也是住在那个房间里。不巧的是，第三号房间已有一个青年男客和他的妹妹住上了。安德烈很失望的样子，但旅馆老板娘向他保证，现在为他准备的那个第七号房间，里面的布置与第三号房间一样，他就又高兴了起来，便一面在壁炉旁边烤暖他的脚，一面与老板娘闲聊尚蒂伊最近的赛马情况，一直等到侍者来告诉他的房间已准备就绪。

安德烈称赞钟瓶旅馆那些朝向院子的房间漂亮，是有原因的，原来钟瓶旅馆的门口像歌剧院一样，有三重门廊，两旁的廊柱上缠着一些素馨花和铁线莲，看上去是一个最美丽的入口。鸡非常新鲜，酒是陈年老酿，壁炉的火熊熊燃烧，安德烈惊奇地发觉自己的胃口竟然像什么事情都未曾发生时那样好。吃完后他就上了床，而且立刻就进入了梦乡，这本就是二十岁左右的青年的情形，即使他们在满心悔恨的时候也是这样。我们本来认为安德烈应该感到悔恨，但他却不这样觉得。

他已经有了一个非常安全的计划。他在天亮以前醒来，迅速付清了账单，离开旅馆，进入森林，然后，借口要画画，花钱受到一个农民的友好接待，从而给自己弄到一套伐木者的衣服，一把斧头，脱掉身上的行头，打扮成伐木者的模样；然后，他用泥土涂抹双手，用一把铅梳弄脏他的头发，用他的一个老同行传授他的方法把皮肤染成褐色，白天睡觉，晚上行路，只在必要的时候才到有人的地方去买一块面包吃，在森林里来回穿梭，一直到达最近的边境。一旦越过了国界，安德烈便把他的钻石换成钱，加上他一直藏在身边以备不时之需的那十张钞票，他还可以有五万里弗左右，这样，他乐观地认为自己的状况已并不十分悲惨了。而且，他认为腾格拉尔为了面子，一定会阻止那件丑事四处张扬。这些理由，再加上疲倦，竟使安德烈睡得非常香甜。为了早醒，他不曾关百叶窗，但他小心地闩好房门，并把那柄永不离身的尖利小刀放在了桌子上。早晨七点钟左右，一缕温暖而又耀眼的阳光照射到安德烈的脸上，唤醒了他。凡是条理清晰的头脑里，晚上临睡前的最后一个念头和早晨醒来时的第一个念头总是相同的。安德烈还不曾睁开眼睛，昨晚的念头便浮现在了他脑海里，并且在他的耳边轻轻地说，你睡得太久了，他从床上一跃而起，奔到窗口。一个宪兵正在院子里踱步，即便对一个良心上没有任何内疚感的人，宪兵也是世界上最让人心理上发怵的，那黄、蓝、白的三色制服，实在是非常让人惊惶的。

“那个宪兵为什么在那儿呢？”安德烈自言自语地说，但立刻——读者们无疑也会这样说——他又理智地对他自己说，“在一家旅馆里看见一个宪兵是没有什么可惊奇的。我不能惊慌，赶紧穿好衣服再说吧!”于是那青年人便飞快地穿起衣服来；他在巴黎过豪华生活的那几个月中，仆人给他脱衣服也没有自己现在穿衣服这样快。“好!”安德烈一面穿衣服，一面说，“等到他离开，我就可以溜了。”安德烈现在已穿上皮靴、打好领结，他一面这样说，一面轻轻地走到窗口，第二次掀起麻纱窗帘。不但第一个宪兵依旧站在那儿，现在他发觉第二个穿黄、蓝、白三色制服的人则站在楼梯脚下——他下楼唯一的楼梯——而第三个宪兵则骑着马，手里握着火枪，像一个哨兵似的站在大门口的街上，而钟瓶旅馆又只有这样一个出口。这第三个宪兵的出现肯定有特殊的原因，因为他的前面有一群好奇的闲荡汉阻塞了旅馆的进口。“糟糕!他们在找我!”这是安德烈的第一个想法。他的脸色立刻变得煞白，焦急地向四面观望。他的房间，像这一层楼里所有的房间一样，只有一扇通向走廊的门，从那道门出去是谁都看得见的。“我完啦!”这是他的第二个想法。的确，一个犯像安德烈那样罪的人，一次被捕就等于被叛终身的监禁、审判和处死，而且毫不被人同情或将早晚被处死。他痉挛地把头在双手里埋了一会儿，在那一刹那间，他几乎吓得发疯。不久，从那混乱不清的脑子和杂乱的思想里闪出了一线希望，他变白的嘴唇和苍白的脸上露出一丝微笑。环顾四周，他在壁炉架上看见了搜索的目标：笔、墨水和纸。他勉强镇定下来，将笔在墨水里蘸了一蘸，在一张纸上写了下面这几行字：

我没有钱付账，但我并非是一个不忠实的人；我留下这只十倍于房钱、饭钱的别针作为抵押品。我在天刚亮时就逃走了，因为面对会使我感觉很难堪。

于是他从领结上除下别针，放在那张纸上。等这一切办完之后，他并没让房门继续紧闭，而是走过去拔开门闩，甚至把门拉成半开半掩的样子，像是他已离开房间，忘记关门似的。他抹掉地板上的足迹，熟练地溜进壁炉烟囱，开始顺着空烟囱往上爬。烟囱是他逃走的唯一机会了。与此同时，安德烈注意到第一个宪兵已跟着警察局的执事官走上楼来，第二个宪兵仍守着楼梯，第三个宪兵仍守在大门口。

安德烈这次受追捕，背景是这样的：天一亮，紧急急报发向四面八方，各区的地方当局几乎立刻就希望尽最大的努力来捕捉谋杀卡德鲁斯的凶手。贡比涅是一个警卫森严的市镇，有众多地方行政官吏、宪兵和警察，所以急报一到，他们便立即开始行动，而钟瓶旅馆是镇上的第一家大旅馆，他们自然要先到这里来调查。而且，据钟瓶旅馆隔壁的市政府门口站岗的哨兵报告，知道当天晚上那家旅馆住进了几个旅客。那个在早晨六点钟下班的哨兵甚至清楚地记得，正当他在四点零几分上班的时候，有一个青年人和一个小孩子合骑着一匹马到来。

那个青年在打发走了那个骑马的孩子后，就去敲钟瓶旅馆的门，旅馆开门让他进去，然后又关上了门。于是疑点便落到了那个夜深出门的青年人身上。

那个青年不是别人，就是安德烈。所以，警察局的执事官和宪兵——他是团长——便朝安德烈的房间走来。他们发觉房门半开半掩。“噢，噢！”宪兵团长说，他是一个老狐狸，对罪犯的这套把戏称得上是见多识广，“开着门可是一个坏兆头！我宁愿发现门关得紧紧的。”的确，桌了上的那张小纸条和别针证实了，或者可以说，应验了他那句话的正确性。我们说应验，是因为那位宪兵团长经验丰富，绝不是只见到一件证据就深信不疑的人。他四面张望，翻一翻床，掀动帐帏，打开柜门，最后，在壁炉前面停了下来。安德烈曾非常小心想不在炉灰里留下脚迹，但这是一个出口，而在那种情形下，每一个出口都需要严格检查，宪兵团长派人去拿一些麦秆来，将它塞满壁炉，然后点着火。火毕毕剥剥地烧起来，一股浓黑的烟柱沿着烟囱往上蹿，但烟囱里却没有像他预期的那样有犯人掉下来。事实上，那宪兵虽非常有经验，但自小就与社会作战的安德烈同样有丰富的经验，他早就预料到有这一场火攻，所以已爬到屋顶上，蜷缩在烟囱旁边。他现在认为自己已得救，因为他听到那宪兵团长大声对那两个宪兵喊道：“他不在这里啦。”他小心地探出头看了一下，发觉宪兵听到这个宣布之后非但没有退走，反而显得更警惕了。现在轮到他向四周观望了。他的右边是市政府，一座十六世纪的大厦，任何人都可以从楼顶的窗口向下看，仔细察看下面的屋顶上的每一个角落。而安德烈看见随时可能有一个宪兵的头颅从那些窗口里探出来。要是被发觉，自己就完了，屋顶上的一场追逐也是不能幸免的，所以他决定下去，但不是从刚才的烟囱下去，而是从通到另一个房间的烟囱下去。他四面环顾，找到一个不冒烟的烟囱，爬到那儿之后，他就神不知鬼不觉地消失在那烟囱口里了。与此同时，市政府楼顶的一扇小窗猛地被推开了，宪兵团长的头露了出来。他在那儿一动不动地停留了一会儿，像是那座建筑物上的石雕装饰品一般，然后，就听到一声失望的长叹，他就不见了。那镇定并庄严得似乎是代表法律的宪兵团长穿过人群，并不理会落到他身上来的种种询问的目光，重新走入钟瓶旅馆。

“怎么样?”那两个宪兵问。

“嗯，孩子们，”团长说，“那逃犯一定是今天一早就逃走了。但我们将派人到通维莱科特雷和诺永的路上去追赶他，并且加紧搜索森林，我们一定能捉到他。”

这位可敬的官员刚才用宪兵团长所特有的那种抑扬顿挫的腔调说完这番话，就听得一声长长的惊叫声，并伴随着猛烈的铃声，传到了旅馆的院子里。

“啊，那是什么声音?”宪兵团长喊道。

“似乎是有一位旅客等得不耐烦了，”老板说，“是哪一个房间在拉铃?”

“三号。”

“快跑过去，侍者!”

这时，喊叫和铃声又响了起来。

“啊，啊!”宪兵团长阻止那仆人，说，“拉铃的那个人看来不仅仅只需要一个侍者，我们带一个宪兵去。第三号房间里住的是谁?”

“昨天晚上来的一个小伙子，是乘马车来的，带着他的妹妹，他要了一个双铺房间。”这时铃声第三次响起来，听起来焦急万分。

“跟我来，警长先生！”宪兵团长说，“紧跟着我。”

“等一等，”老板说，“第三号房间有两道楼梯，一道内梯，一道外梯。”

“好！”宪兵团长说。“我负责内楼。枪里装好子弹了吗？”

“是的，团长。”

“嗯，你们把守外梯，如果他想逃跑，就开枪打他，据急报上所说，他一定是一个危险的犯人。”

宪兵团长的安排在人群里激起了一片喧哗声，而他就和警察局的先生在一片喧哗声中走上楼梯去了。

刚才的情形是这样的：安德烈非常熟练地下落到烟囱三分之二的地方，那时，他的脚一滑，虽然他两手仍旧抱着烟囱，他带着比原来设想的更快、更大速度和声音落到了房间里。

假若那房间是空的，本来也无所谓，但不幸的是房间里却住着人。

那种响声惊醒了睡在一张床上的两个女人，她们的眼睛向发出声音的地方看了一眼，发现了一个男人。这两个女人之中皮肤白皙的那一个，发出了令人恐怖的尖叫，另外那一个则抓住那条拉铃的绳带，用尽全力猛拉。我们可以看出，安德烈是被不幸包围了。

“发发慈悲吧，”他脸色苍白，迷惑地喊着，根本看不清是在向谁说话，“发发慈悲吧，不要喊人！救救我！我不会伤害你们的。”

“安德烈！竟会是他！”她们当中的一个喊道。

“欧热妮·腾格拉尔小姐！”亚密莱小姐一面喊，一面从她同伴的手里夺过绳带，更猛烈地拉铃。

“救救我，有人追我！”安德烈合拢双手说，“可怜可怜我，发发慈悲吧，不要把我交给警方！”

“太迟啦，他们来了。”欧热妮说。

“嗯，把我藏起来，你们可以说，你们无缘无故地惊惶，你们可以引开他们的视线，救救我的命！”

那两位小姐紧紧地挨一起，用床单紧紧地裹住她们的身体，一声不响地听着这种恳求；种种恐惧和厌恶的想法在她们的脑子里缠绕。

“好！那么这样吧，”欧热妮终于说，“从你来的那条路回去吧，我不会说出你的事情，你这卑鄙的坏蛋。”

“他在这儿！他在这儿！”楼梯顶上的一个声音喊道，“他在这儿！我看见他啦！”

原来那宪兵团长将眼睛放在钥匙孔上，已看见安德烈站在那儿苦苦哀求，枪托猛烈一击，震开了锁，接连又两下，打掉了门闩，那扇打破了的门倒了下来。安德烈奔到通往走廊的那扇门前，打开门想冲出去。两个宪兵端着火枪站在那儿，他们把枪端平了对准他。安德烈顿时站住，身体微微后仰，脸色苍白，手里紧紧地捏着那把无用的小刀。

“赶快逃呀！”亚密莱小姐喊道，她的恐惧感渐渐消失，又开始发起慈悲心，“逃呀！”

“不然就自杀！”欧热妮说，她的语气似乎是在吩咐竞技场上胜利的武士来了结他那被征服的对手一样。

安德烈打了一个寒战，带着一个轻蔑的微笑望着欧热妮，很明显他那腐败的头脑无法懂得这种崇高的荣誉感，“自杀！”他抛下小刀喊道，“我为什么要那样做？”

“你还说为什么？”腾格拉尔小姐回答道，“你会像穷凶极恶的犯人那样被判处死刑的。”

“哼！”卡瓦尔康蒂交叉起两臂说，“一个人总是有朋友帮助的呀！”

宪兵团长手里握着剑向他走过来。

“来，来，”安德烈说，“把你的剑插回到鞘里去吧，勇敢的人，我既然已屈服，又何必这样剑拔弩张呢。”于是他伸出双手等待上铐。两位姑娘恐怖地望着这可怕的一切——那凡夫俗子已剥掉了他的假面具，露出监狱里犯人的真面目。安德烈转向她们，带着一种无礼的微笑问道：“你有什么话要带给令尊吗，腾格拉尔小姐？因为我多半还是要回到巴黎去的。”

欧热妮用双手挡住自己面孔，“噢，噢！”安德烈说，“何必难为情呢，即使你真的跟踪我，我对你的印象也不是太坏。我不是几乎做了你的丈夫了吗？”

安德烈带着嘲弄走了出去，留下那两个姑娘来承受她们所受的侮辱和看热闹的人的评论。一小时之后，她们都穿戴上了女子的衣服并跨进了她们的四轮马车里。旅馆曾关上门来挡住闲人的目光，但当大门重开的时候，她们却只好从两排带着发光的眼睛和窃窃私语的好奇的旁观者之中挤出去。欧热妮关上了百叶窗，她虽然看不见，却还能听得些什么，群众的讥笑声依旧能钻进马车里来。“噢！为什么世界不是一片旷野呢?”她一面这样悲叹，一面倒入亚密莱小姐的怀里，此时她眼睛里流露出的怒火，正如尼罗王希望罗马世界有一颗头颅，他一击就能把它斩断。第二天，她们的车子在希鲁塞尔法兰达旅馆的门口停了下来。当天晚上，安德烈被拘禁在卫兵室里。

第九十九章　法律

所有人都忙于自己的事情，没有工夫顾及别人，使我们知道了腾格拉尔小姐和亚密莱小姐是怎样从容地成功乔装并逃亡的。我们暂时让那位银行家满脸汗珠地面对那败落的灵魂，一个人去打理他所欠下的巨额债务，先去尾随男爵夫人。男爵夫人好像已经因打击而垮掉了，没过多久就去拜访她的老顾问吕西安·德布雷了。她本来期望这桩婚姻能让她远离监护的责任，因为作为类似欧热妮这种姑娘的监护人实在是让人头疼，并且想让一个家庭和睦的话，家庭成员必须要非常默契而且能彼此体谅，作为母亲一定要不断地在智慧和品德方面做出榜样，才能得到女儿的喜欢，然而腾格拉尔夫人经常担心欧热妮的明察秋毫及亚密莱小姐为她献计献策。她常常感觉女儿以蔑视的眼神看待德布雷——那种眼神好像是在说她了解母亲和那位部长的私人秘书之间的隐晦和金钱关系。倘若男爵夫人能够机敏而深刻地剖析，她就会知道：事实完全相反，欧热妮讨厌德布雷，并不是由于他使得父母失和、家庭充满流言，而是由于她与柏拉图一样，将他划归为一种没有羽毛的两脚动物。

可惜的是，在这个世界里，每一个人都用自己的尺度去衡量事物，因此他们无法得到与旁人同样的见解。而从腾格拉尔夫人的观点来说，她非常遗憾欧热妮的婚变，不但是因为那是一桩好姻缘，看起来可以使她的孩子幸福，而且也因为这件婚姻可以使她得到自由。所以她得赶快到德布雷寓所去。

但德布雷，像其他的巴黎人一样，在目击了那幕签约场上发生的丑事之后，早已赶回到他的俱乐部，并在那儿和几个人闲谈那件大事。在这个号称世界京都的城市里，这件事情已成了大部分人士的谈资。当腾格拉尔夫人穿着黑衣服，戴着长面纱，不管德布雷的跟班再三声明他的主人不在家，仍径自走上楼梯，向德布雷的房间走去，而德布雷正在反驳一位朋友的建议。那位朋友劝他，在发生了刚才那可怕的一切之后，作为那个家庭的朋友，应该把腾格拉尔小姐和她的两百万娶过来。德布雷为自己辩护时的神情，像是一个极力想使自己被对方说服的人一样，因为那个念头常常在他的脑子里浮现。但想起欧热妮那种傲慢不逊的性格，他便又采取了完全抗拒的态度，声称那件婚事从各方面来看都是不可能的，但自己仍在偷偷地转向那个坏念头，这一切，据所有的道德专家说，甚至最可敬和头脑最纯洁的人也是在所难免的，因为那种坏念头藏在他的灵魂深处，像魔鬼撒旦藏在十字架后面一样。喝茶、玩牌以及在讨论那件事情时愈来愈有趣的谈话，一直延续到早晨一点钟。

这会儿，腾格拉尔夫人戴着面纱，焦急地在那绿色的小房间里等候德布雷归来。她坐在两瓶鲜花之间，这些花是她早晨派人送来的，而我们必须承认，德布雷非常小心地亲自给花加水和插瓶，所以在那个可怜的女人心里，他已得到了原谅。到十一点四十分，她终于等得不耐烦回家去了。某一阶层的女人在这一点上很像那些正在谈恋爱的轻佻的女工——她们极少在十二点钟以后回家。男爵夫人回到那座大厦去的时候，正如欧热妮离开那座大厦时那样小心。她轻轻地走到楼上，带着一颗痛楚的心走进她的房间，那个房间，我们知道，是在欧热妮的隔壁。她非常害怕引起流言，从心底里坚信——可怜的女人，至少在那一点上，她是值得尊敬的——她女儿的无辜和她对家庭的一往情深，她在欧热妮的门口听了一会，但没有听到声音，她想进去，但门从里面闩住了的。腾格拉尔夫人认为晚上那场可怕的刺激已把她搞得筋疲力尽，她已上床睡觉了。她把婢女叫来。

“欧热妮小姐，”那婢女答道，“和亚密莱小姐一同回到她的房间里。她们一同用茶，然后就吩咐我离开，说她们再没有事要我做了。”

从那时起，那个婢女就在楼下，与别人一样也以为那两位小姐现在正在她们自己的房间里。所以腾格拉尔夫人毫不怀疑地上了床，虽然躺在床上，但脑子却依旧在想事情。随着思绪愈来愈清晰，感觉签订婚约时发生的那件事情也就愈来愈大了。这不仅是一件丑闻，而且是一件轰动全城的大事。这已经不仅是一种羞辱，而且是一场名誉扫地的侮辱。然后，男爵夫人又想起：当可怜的梅塞苔丝因她的丈夫和儿子受到同样严重的打击时，她并没有对她表示同情。

"欧热妮，"她对自己说，"她是完了，但是我们也完了。这件事情一旦传扬出去，我们将羞于见人，因为在我们这样的社会里，别人的嘲笑会给自己带来不可医治的痛苦和创伤。幸而上帝赋予欧热妮那种常常使我感到可怕而奇怪的性格！"于是她用充满感激的目光望着天空，那儿，神秘的上帝早就安排好了一切，即使你有了一次过错，不，犯了一次罪，有时也能得到祝福。然后，她那飘忽不定的念头，又落到卡瓦尔康蒂身上，"那个安德烈是一个坏蛋、一个强盗、一个凶手，可是从他的神态上看，似乎曾受过相当好的教育，虽然或许他所受的教育并不完全，但从处表上看起来，他似乎有着庞大的财产，是名门贵族的子弟。"

她怎样才能摆脱让人无法忍受的困境？她该向谁去求援，帮助她脱离这个痛苦的境地呢？她曾带着一个女人求助于她所爱的男子的那种冲动去见德布雷，但德布雷只能给她一些忠告。她必须向一个比德布雷更坚强的人寻求救援。男爵夫人于是想到维尔福先生，使她的家庭遭受这次不幸的，是维尔福呀，可是，仔细想一想，那位检察官不是一个无情无义的人。那位忠于职责的法官，那位忠心的朋友，粗鲁而坚决地在溃疡的地方割了一刀。他不是刽子手，而是外科医生，他是要保全腾格拉尔的名誉，割断那种妨碍他声誉的关系，免得那个罪犯做他们的女婿。腾格拉尔的朋友维尔福既然这样做，便谁都不会怀疑那位银行家曾经知道或帮助安德烈的任何阴谋，所以，仔细一想，男爵夫人觉得维尔福的举动似乎是以他们的利益为出发点的。但检察官的铁面无私也应该到此为止了，她明天就去见他，如果她不能使他放弃法官的职责，但至少可以要求尽量从宽处理。她将用陈旧的回忆，使他想起那些有罪却甜蜜的日子来答应她的恳求。维尔福先生搁下这宗案子，或者至少他将把警戒转移到另一个方向，让安德烈逃走，事后以一张通缉令结案。想到这些之后，她安然入睡了。

第二天早晨九点钟，她起床之后，并不按铃唤她的婢女，也不让人知道她的行踪，只是穿上昨天夜晚那套简单的服装，然后跑下楼梯，离开大厦，走到普罗旺斯路，叫了一辆出租马车，来到了维尔福先生的家里。最近一个月来，这座遭天诅咒的府邸始终展现着阴郁的外表，像是一家收容瘟疫病人的传染病院一样。有些房间的门关得紧紧的，只是偶然开一下百叶窗透一透气。或许你可以看到窗口上露出一张仆人的惊惶的脸，但那扇窗立刻又关拢了，像是一块墓板盖严了一座坟墓一样。邻居们相互窃窃私语："莫非我们今天又将会看见一辆运棺材的车子离开检察官的家吗？"

腾格拉尔夫人一看到那座房子凄凉的外表，便禁不住打了一个寒战。她从那辆出租马车上走下来，浑身颤抖着走近大门，拉了门铃。门铃发出一种迟钝浑浊的声音，似乎它也已经感受到抑郁的气氛似的。她接连拉了三次门铃，门房才出来开门，但他只把门开了一条缝，刚刚够说话声从中通过。他看见一位太太，一位高雅时髦的太太，但是那扇门却依旧只裂开一条缝。

"你不打算开门吗？"男爵夫人说。

"夫人，首先请问您是谁？"

"我是谁？这个你应该知道得很清楚。"

"我们现在谁也不认识了，夫人。"

"我看您一定疯了，我的朋友。"男爵夫人说。

"您是从哪儿来的？"

"噢！这简直太过分了！"

"夫人，我是遵命办事。敬请您原谅——请通报您的名字？"

"腾格拉尔男爵夫人，你见过我二十次啦。"

"也许吧，夫人。请问，您有何事？"

"噢，瞧您真奇怪！我要告诉维尔福先生，他的下人也太放肆了。"

"夫人，这不是放肆，也不是无礼，除非有阿夫里尼先生的命令，或有事跟检察官商量，否则都不能进门。”

“好吧！我是有事跟检察官商量。”

“是非常要紧的事情吗？”

“你自己想想吧，不然我早就回到我的马车里去了，够了，这是我的名片。拿它去通报你的主人吧。”

“夫人等我回来吗？”

“是的，去吧。”

那门房关上门，留腾格拉尔夫人站在街上。她并没有等多久，不一会儿，门便开了一条较大的缝让她进去，然后门又关上了。门房一面领着她，一面从口袋里摸出一只哨子，他们一进前院，他便吹起哨子来。仆人们应声在门廊下出现。

“请夫人原谅这位正直的人，”他一面说，一面给男爵夫人引路，“他接受过严格的命令，维尔福先生也让我转告夫人，他这种做法实在是迫不得已的。”

前院里有一个供货商人，他也是经过同样的手续才进来的，现在有人正在检查他带来的货物，男爵夫人走上台阶，她觉得自己强烈地感受到了周围惨淡的气氛。她跟那仆人到了法官的书房里。腾格拉尔夫人一心想着这次访问的目的，但这些人对她的态度是那样的不恭敬，她开始抱怨起来。然而当维尔福抬起他那被悲哀压低了的头，面带着惨淡的微笑望着她时，她那到嘴边的怨气又压了下去。“请原谅我的仆人这种惊慌失措的样子，”他说，“因为他们受到猜疑，所以就特别多疑了。”

腾格拉尔夫人常常在社交场中听人说到法官家里的恐怖气氛，但不曾亲眼目睹以前，她无论如何也想象不到这种恐怖气氛竟然达到了如此地步。“这么说，您也不快乐吗？”她说。

“是的，夫人。”法官回答。

“这么说来您是同情我的？”

“由衷地同情，夫人。”

“那您知道我来这里的原因吗？”

“您希望跟我谈一谈您所遭遇的可怕的事情，不是吗？”

“是的，阁下，那是一场可怕的灾难!”

“应该说那是不幸。”

“是不幸!”男爵夫人喊道。

“唉！夫人，”检察官镇定地说，“我觉得只有无法挽回的事情才是灾难。”

“您以为这件事情人们会忘记吗?”

“任何事情都可能被人遗忘，夫人，”维尔福说，“令爱不久就又会结婚的，不是今天，就是明天，不是明天，反正就在一星期之内。我想您不会为令爱失去未婚夫而遗憾吧。”

腾格拉尔夫人望着维尔福，她觉得这种态度是对她的侮辱，“谁说我见到了一位朋友?”她气愤地反问道。

“是的，夫人。”维尔福说，当他说这话的时候，他那苍白的脸红了一下，他刚才的话使他想起自己与男爵夫人过去的事情。

“嗯，那么热情一点吧，亲爱的维尔福，”男爵夫人说，“不要用法官的态度而是朋友似的对我说话，在我痛苦的时候，不要说我应该快乐。”

维尔福鞠了一躬。

“最近几个月我染上了一种坏习惯，”他说，“每当听到有人提到灾难的时候，我便想起我自己，我便情不自禁地要做出一个对比。我觉得，与我的灾难比起来，您的只是一件不幸。与我的境况相比，您的境况还是令人羡慕的，我知道这使您很不高兴，让我们换一个话题吧。您刚才说，夫人——”

“我是来问您，我的朋友，”男爵夫人说，“您打算如何处置这个骗子?”

“骗子!”维尔福重复道，“夫人，看来您是把某些事情轻描淡写而又把某些事情夸大其词了。骗子！安德烈·卡瓦尔康蒂先生，更准确地说，贝尼代托先生，是一个不折不扣的暗杀犯。”

“阁下，我不否认您的更正更确切，但您对那个家伙处置得愈严厉，我的家庭蒙受的损失就愈厉害。啊，暂时忘掉他吧，不要去追捕他，让他逃走吧。”

“您来晚了，夫人，通缉令已经发出去了。”

“哦，要是抓住了他？——您认为他们可以抓到他吗？”

“我希望能够。”

“如果他们抓到了他，我知道监狱里也有逃走的机会，您肯让他被关在监狱里吗？”

检察官摇摇头。

“至少把他关到我女儿结婚以后再说吧。”

“不行，夫人，法院要按司法程序办事。”

“什么！对我也如此！”男爵夫人半开玩笑半认真地反问。

“对所有的人都一样，甚至包括我在内。”维尔福答道。

“啊！”男爵夫人轻轻地喊了一声，但并未表明她是失望还是别的什么意思。

维尔福望着她。极力想看透男爵夫人的心思，“是了，我知道您想说什么，”他说，“您指的是外界散布的那些可怕的流言蜚语，三个月来我家里的那些人不明不白地死去，还有瓦朗蒂娜奇迹般地幸免于难。”

“我没有想到那个。”腾格拉尔夫人急忙回答。

“不，您想了，夫人，您这样想也无可厚非，您不能不那样想，您也许在心里说：‘你既然这样铁面无私地办理罪案，为什么有的罪犯却逍遥法外？’”男爵夫人的脸色发白，“您是这么想的，是这样吗，夫人？”

“嗯，我承认我确实是这么想的。”

“让我来回答您吧。”维尔福将圈椅挪向腾格拉尔夫人一些，然后，他两手支在桌子上，用一种比以往更暗哑的声音说，“是有罪犯未受惩罚，这是因为我还不知道罪犯是谁，我怕会错罚了无辜的人，一旦罪犯被发现，”说到这里，维尔福把手伸向他桌子对面的一个十字架，“一旦他们被发现，我将面对上帝发誓，夫人，不论他们是谁，都得去死！现在，夫人，您还要求我宽恕那个坏蛋吗？”

“但是，阁下，您能确定他就是如别人所说的那样罪行严重吗？”

“听着，这儿是他的档案：贝尼代托，十六岁时因伪造钞票罪被判处苦役五年，后来，您看——最初是越狱逃跑，然后又杀人。”

“这个可怜虫是谁？”

“谁知道！一个流浪汉，一个科西嘉人。”

“没有亲属来认他吗？”

“没有人认他，甚至没有人知道他的父母是谁。”

“将把他从卢卡带来的那个人是谁呢？”

“他一样是个流氓，也许就是他的同谋。”

男爵夫人双手合拢，“维尔福！”她用最温柔最甜蜜的音调叫道。

“算了吧，夫人，”维尔福用一种坚定得近乎冷酷的声音回答道，“算了吧，别再为一个罪犯向我求情了！我是什么人？我就是法律。法律可能有眼睛来看您的愁容吗？法律可能有耳朵来听您那甜蜜的声音吗？法律能回忆您竭力唤醒的那些柔情蜜意的往事吗？不，夫人，法律只知道命令，而当命令发出的时候，那就是最无情的打击。您会告诉我，说我是一个有生命的人，不是一部法典，是一个人，不是一部书。看看我，夫人，看看我的周围，人类像兄弟般那样待我吗？他们爱我吗？他们宽容过我吗？可有任何人曾以您现在向我要求的那种仁爱来对待我吗？不，夫人，他们打击我，只是无情地打击我！您用那种迷人的目光盯着我，使我惭愧，就让我惭愧吧，为您所知道的我的过失，甚至其他更多的过失。尽管我自己也有罪，尽管我的罪也许比旁人更深重，但我却永不停止地去撕破自己的伪装，找出他们的弱点。我始终在揭发他们，可以进一步肯定地说，当我发现那些人类的弱点或邪恶的证据时，我感到高兴，感到胜利，因为每次判处一个犯人，我就似乎得到了一个活的证据，证明我不比别人更坏。唉！整个世界都充满邪恶。所以让我们来打击邪恶吧！”维尔福说最后这几句话的时候狂怒万分，因此他的话听来雄辩有力。

“但是，”腾格拉尔夫人说，她决心要做最后一次努力，“这个青年人虽然是一个杀人犯，但他却是一个被人遗弃的孤儿呀。”

“那就更糟了，或是更贴切地说，那就更妙了，这是上帝的安排，这样就不会有谁为了他哭泣。”

“但这是蹂躏弱者的行为呀，阁下。”

“杀人的弱者！”

“他的坏名声会影响到我的家庭。”

“死亡不也在影响着我的家庭吗？”

“噢，阁下，”男爵夫人喊道，“您对旁人毫无怜悯之心！那么，我告诉您，旁人也不会怜悯您的！”

“让它去吧！”维尔福把双手举向天空说。

“至少，拖延到下一次大审的时候再审判他吧，还有六个月的时间可以缓冲人们的记忆。”

“不，夫人，”维尔福说，“预审准备已经做好了，现在还有五天时间，其实五天已超过我的要求了。您不知道我也是在盼着冲淡记忆吗？当我夜以继日地工作的时候，我便忘记了一切的往事，那时我体验到死者感受到的那种快乐，与痛苦比起来还是要好一点。”

“但是，阁下，他已逃走了，让他逃走吧，行动不利是一个可以原谅的过失。”

“我告诉您那已经太迟了，今天一早就用急报发出了通缉令，这个时候——”

“老爷，”跟班走进房间里来说，“内政部的一个龙骑兵送来了这封信。”

维尔福抢过那封信，心急地拆开它，腾格拉尔夫人吓得直打哆嗦。维尔福则高兴地跳了起来：“捉住了！”他喊道，“在贡比涅捉住他了，成功了！”

腾格拉尔夫人脸色苍白，浑身冰冷地站起身来，“告辞了，阁下！”她说。

“再会，夫人！”检察官一面回答，一面愉快地送她出门。然后，他回到桌子前面，用右手拍着那封信说：“妙，我已经有了一件伪造钞票案，三件抢劫案和两件纵火案，我只缺一件谋杀案，现在它来了。这次开庭一定会大获成功。”

第一〇〇章　显身

就像检察官和腾格拉尔夫人说的一样，瓦朗蒂娜的身体尚未恢复。她异常疲倦且非常孱弱，对她来说一直躺在床上和坐牢没有什么分别，但是，从维尔福夫人的嘴里，她听说了以前说到过的一些怪事——欧热妮的离家出走及安德烈·卡瓦尔康蒂被捕并被指控犯了谋杀罪。瓦朗蒂娜是那么的孱弱，听说件件怪事并没有令她出现与健康时相同的反应。她的头脑中出现的不过是一些空洞的想法及凌乱的形象和幻景而已。白天的时候，瓦朗蒂娜的神志还算清醒，诺瓦蒂埃命人将他抬到孙女的房间，这样他就能常常陪着她，像慈父一样照顾她。维尔福每次从法院回来之后，也会与他的父亲、女儿一起度过几个钟头的时间。六点左右，维尔福会返回自己的书房；八点钟，阿夫里尼先生亲自将瓦朗蒂娜晚上需要服用的药水送过来之后，诺瓦蒂埃先生才会被抬走。医生亲自选择的一名护士，会等到瓦朗蒂娜睡熟，并守候到十点或十一点钟才会离开。护士离开的时候，会将房间的钥匙交到维尔福先生手里。这样一来，如果不从维尔福夫人及爱德华的房间穿过，任何人都无法去往病房。

莫雷尔每天早晨来拜访诺瓦蒂埃，来打听瓦朗蒂娜的消息，奇怪的是，他看上去一天比一天安心了。首先，瓦朗蒂娜虽然依旧处于极度亢奋的状态，但她已一天天好转；其次，当他在半昏迷状态中冲到基督山伯爵家里去的时候，伯爵告诉他，假如她两小时内不死，就可以得救，现在，四天过去了，而瓦朗蒂娜依旧活着。

瓦朗蒂娜睡着的时候——更准确地说，是在她醒来后的那种半醒半睡状态中——她仍然处于亢奋状态。那时，夜深人静，壁炉架上那盏乳白色的灯罩射出一片昏暗的光线，在这寂静和昏暗中，她似乎看见那些影子在病床上空一一走过，用它们颤抖的翅膀扇动着寒热。首先，她好像看见她的继母来威胁她，然而，莫雷尔张着两臂向她迎上来。有的时候，像基督山伯爵这样的生客也会来拜望她。在这种迷糊状态中，甚至连家具都会移动。这种状态一直持续到凌晨三点钟左右，那时，一阵深沉的睡意征服了那青年姑娘，于是她一直睡到早晨才醒来。

在瓦朗蒂娜知道欧热妮出走和贝尼代托被捕的那天晚上，维尔福和阿夫里尼出去以后，她的思绪纷繁迷乱地彷徨着，她时而想到她自己的处境，时而又想到她刚才听到的那些事情。当十一点敲过，护士把医生准备的饮料放在她伸手就能拿到的地方，锁上房门，在厨房里吓得浑身哆嗦，一些可怕的事情印在她的记忆里。那些故事，在最近三个月来是检察官家里被谈论的主题。

这时，在那间如此小心地锁住病人的房间里，发生了一件意想不到的事情。护士离开已六十分钟了，那每夜必来的寒冷袭击瓦朗蒂娜也快一个小时了，她无法控制自己的意志，那些幻景和虚像，那盏孤灯射出无数的光线，每一条光线都在她那混乱的幻想里变成某种奇特的形状，突然，在那摇动的灯光下，瓦朗蒂娜好像看见壁炉旁边凹进去的那扇通向她书房的门慢慢地开了，但她却听不到门链转动的声音。平时瓦朗蒂娜会抓住悬在床头的丝带，拉铃叫人，但现在，什么都不会让她吃惊。她的理智告诉她，她所见到的一切都只是自己的幻觉。她确信，天一亮，夜间所见的一切便会消失得无影无踪，它们会随着曙光的出现而消失。门后面出现了一个人影，她习惯了这种幻觉，所以并不害怕，只是睁大眼睛希望能认出是莫雷尔。那个人影继续向床边走过来，她像在仔细谛听。这时，一道灯光映在那个午夜访客的脸上。

“不是他!”她喃喃地说，于是她想着这个幻觉会像往常一样消失或变成另外一个人，可是，她能感觉到自己的脉搏，而且能感到它跳得非常厉害，她记得驱散这种幻象的最好的方法是喝一口药水，那种用来减轻她发烧的饮料可以刺激她的脑子，使她暂时减少一些痛苦。所以瓦朗蒂娜就伸手去拿那只玻璃杯，但她的手臂刚伸出床外，那幻觉中的人影就急步向她走过来，而且跟她离得这样近，甚至可以听到他的呼吸，感觉到他手的压力。这一次，这种幻景不同于瓦朗蒂娜以前所经历的一切，她开始相信自己的神志是完全清醒的，并不由得打了一个寒战。她手上感觉到的那一按，显然不想让她把手伸出去，她慢慢地把手缩了回去，目不转睛地望着那个人影，那个人影看来对她没有任何恶意，倒像是来保护她的。他拿起那只玻璃杯，凑到灯光旁边，举起杯子看了一下里面的液体，这还不够，那个人，——更确切地说，是个幽灵，因为他的脚步是如此之轻，甚至根本听不到声音。

他从玻璃杯里倒出一匙羹来，喝了下去。瓦朗蒂娜茫然地望着眼前这一切，她以为眼前这一切会突然消失，接着出现另一幅图景，但这个人不但没有消失，反而走到她面前，用一种诚恳的声音说："现在，喝吧！"

瓦朗蒂娜浑身哆嗦起来，这是她第一次听到幻象用一个活人的声音对她说话，她张嘴要喊，但那个人用手指掩住了她的嘴唇。"基督山伯爵！"她喃喃地说。

瓦朗蒂娜对于这一切的真实性显然不再有丝毫怀疑，她的眼睛里流露出惊恐的神情，抖得几乎不能拉毯子裹紧身体。基督山伯爵此时出现，而且是透过墙壁走进她的房间，对神志恍惚的瓦朗蒂娜来说，更是难以置信。

"别喊，也不要怕，"伯爵说，"即使在心里也别感到疑惑或不安，瓦朗蒂娜，站在你面前的是个人，不是幻景，是你所能想象到的最慈爱的父亲和最可敬的朋友。"

瓦朗蒂娜不知该如何是好，这种声音证明向她说话的是个实实在在的人，她惊惶万状，一个字都讲不出来，她的目光似乎在问："既然你是光明磊落的，现在怎么会在这儿呢？"

聪明的伯爵完全清楚青年女郎脑子里在想什么。"听我说，"他说，"或者不如说看看我吧，看看我苍白的脸，看看我这因疲倦而发红的眼睛。这一对眼睛已经整整四天不曾合拢了，在这四天夜里我一直守在你身边，为马西米兰而保护你的安全。"

瓦朗蒂娜感到脸颊因兴奋而红晕起来，伯爵刚才提到的马西米兰这个名字驱散了她因基督山伯爵的出现所引起的所有恐惧。“马西米兰!”她重复道，她觉得这个名字对她来说是多么亲切啊!

“马西米兰！那么他将一切都告诉你了吗?”

“是的，他告诉了我一切。他说，你的生命就是他的生命，我答应他你会活下去的。”

“你答应过他我会活下去?”

“是的。”

“但是，阁下，你刚才说到守夜和保护，这么说来，你是一位医生吗?”

“是的，而且是此刻上天派来可以照顾你的最好的医生，相信我吧。”

“你说你一直守护着我?”瓦朗蒂娜不安地说，“你以前在哪儿呢?我没有见到你呀。”

伯爵伸手指着书房，“我躲在那扇门后面，”他说，“那个房间与隔壁的房子相连，我已经租下了那座房子。”

瓦朗蒂娜把眼光移开，带着骄傲的冲动和轻微的恐惧喊道：“阁下，你擅自闯入人家是有罪的，你所说的保护倒像是一种侮辱。”

“瓦朗蒂娜，”他答道，“我虽然一直在守护着你，但我所观察的是看你的人、你吃的食物、喝的饮料，当我觉得那种饮料似乎对你有危险的时候，我就进来，正如现在这样进来，用饮料代替那杯毒药，我的饮料不会产生旁人预想的死亡，而且可以使生命在你的血管里循环不息。”

“毒药！死!”瓦朗蒂娜喊道，她以为自己又在发高热，产生了错觉，“你说什么，阁下?”

“嘘，我的孩子!”基督山伯爵说着用手指掩住她的嘴唇，“我是说了‘毒药’和‘死’，喝一点吧。”伯爵从口袋里摸出一只瓶子，把瓶子里红色的液体倒几滴到玻璃杯里，“喝了这个，今天晚上不要再喝别的东西了。”

瓦朗蒂娜伸手去拿杯子，但她的手刚碰到那只杯子，便因害怕而缩了回去。基督山伯爵端起那只杯子，自己喝掉一半，然后把它递给瓦朗蒂娜。瓦朗蒂娜微笑了一下，把剩下的一半喝了下去。

“噢，是的！”她喊道，“我尝得出这种味道，这几天晚上都是喝的这个，它使我的神志清醒，似乎减轻了头痛。谢谢您，阁下，谢谢您！”

“这就是你活着的原因，瓦朗蒂娜，”伯爵说，“可我，我是如何活的？噢，我熬过了多少痛苦难耐的时间呵！当我看见那致命的毒药倒进你杯子里，我会浑身颤抖地想，万一我来不及把它倒掉就被你喝下去……我是在忍受着怎样的痛苦呀！”

“阁下，”瓦朗蒂娜恐惧地说，“当您看见那致命的毒药倒进我的杯子的时候您感到非常痛苦，假如您看见了这种情形，想必您也看见那个倒毒药的人了？”

“是的。”

瓦朗蒂娜撑起身来，用绣花被掩住她那雪白的胸膛，胸膛发烧时所出的冷汗，现在又加上了冷汗。“你看见那个人了？”那青年女郎再问一遍。

“是的！”伯爵又说一遍。

“你告诉了我一件可怕的事情，阁下，那件事情简直太可怕了。什么！想在我父亲家里——在我的房间里——在我的床上——想害死我？噢，请出去吧，阁下！你在蛊惑我！你亵渎了神灵！这是不可能的，不会有这种事的。”

“你是这只手要打击的第一个人吗？你没看见圣·梅朗先生，圣·梅朗夫人，巴罗斯都倒了下去吗？如果诺瓦蒂埃先生最近三年来不继续服药，中和了那毒药的效力，他不是也已成了一个牺牲者了吗？”

“噢，天哪！”瓦朗蒂娜说，“最近几个月来，爷爷要我喝他的药水，就是为了那个理由吗？”

“那些药水是不是带一点儿苦味，类似陈皮那种味道？”

“噢，天哪，是的！”

“那么一切都清楚了，”基督山伯爵说，“他也知有一个人在下毒——或许他还知道那个人是谁，他在帮助你，帮助他心爱的孩子抵抗毒药，由于你已开始有那种习惯，所以毒药丧失了一部分效力。你在四天以前中了致死的毒药，能活到现在就是因为喝了这种药水的缘故，我现在总算明白了。”

“那么下毒药的凶手究竟是谁呢?”

“你从来未曾看见有人在晚上走进你的房间吗?”

“噢，有的！我每天晚上都看见有人影，走进来经过我身边，然后又消失了，我认为那是我发烧时所见的幻像，真的，当你进来的时候，我还以为自己又神志不清或是在做梦呢。”

“那你不知道是谁要谋害你，对吗?”

“是的，”瓦朗蒂娜说，“谁会希望我死呢?”

“那么，你马上就可以知道了。”基督山伯爵说，并侧耳倾听。

“你这是什么意思?”瓦朗蒂娜说，惊恐地向四周望去。

“你今天晚上并没有发烧，你现在神志完全是清醒的，午夜的钟声已经响起了，那凶手就要出现了。”

“噢，天!”瓦朗蒂娜一面说，一面擦着额头上的汗珠。

午夜的钟声迟缓而抑郁地敲打着，那铜锤的每一击似乎都像是敲打着那青年女郎的心。

“瓦朗蒂娜，”伯爵说，“用你全部的力量控制住自己，不要发出一点声音，假装睡着，那么你就可以看见了。”

瓦朗蒂娜抓住伯爵的手，“我好像听到有声音，”她说，“您快离开吧!”

“待会儿见。”伯爵回答，然后就蹑手蹑脚地向书房门口走去，看着他面带微笑的脸，瓦朗蒂娜心里充满了感激。在关门以前，他又回过头来说：“不要动，不要出声，让他们以为你睡着了，否则，也许我还来不及帮你，你就被杀死了。”说完了这个可怕的叮嘱，伯爵便消失在门后了，门随即被悄悄地关上了。

第一〇一章 赤练蛇

只有瓦朗蒂娜一人在房间里了。两只比圣·罗尔教堂略慢的钟在远处敲出了午夜的钟声，之后，除了偶尔经过的马车声，周围静悄悄一片。瓦朗蒂娜注视着房内那只有秒针的时钟，她数着秒针的走动，发现它的摆动比自己的心跳要慢得多。她十分困惑：瓦朗蒂娜从不伤害别人，谁会希望她死，这又是为什么？究竟有怎样的目的呢？她做了些什么得罪了这样一个仇敌？她此刻睡不着，脑海中出现了一个可怕的念头——那就是有人想要杀死她，而这个人就要来了。如果这个人对毒药没有信心，如同基督山伯爵说过的那样用刀子谋杀，该怎么办呢！如果人来了伯爵没办法救她，该怎么办呢？如果她生命已经到了尽头，再也见不到莫雷尔了，又该怎么办呢！联想到这些，瓦朗蒂娜吓得面色苍白，直冒冷汗，差点要拉铃求援了。但她好像看到了伯爵的那双眼睛——这双发亮的眼睛已深深印在了她的脑海里，每当想到他，她便觉得十分愧疚，不禁默默地问自己：假如自己冒冒失失地做了傻事，该如何报答对伯爵的感激之情呢？

二十分钟，极长的二十分钟，便这样过去了，然后又过去了十分钟，时钟终于敲打半点了。这时，书房门上传来轻微的指甲敲打声通知瓦朗蒂娜，告诉她伯爵仍在警惕着，并告知她要同样警惕。果然，在对面，也就是在爱德华的房间那面，瓦朗蒂娜似乎听到了地板上有震动的声音，她侧起耳朵，屏住呼吸，憋得几乎要透不过气来了，门柄转动了，门被慢慢地拉开了。瓦朗蒂娜本来是用手支撑着身子的，这时急忙倒到床上，用一条手臂遮在眼睛上；然后她惊慌战栗地等待着，一种难以形容的恐惧感紧揪着她的心。

有一个人走到床前，拉开了帐子。瓦朗蒂娜竭力控制着自己，发出均匀的呼吸，好像睡得非常平稳。“瓦朗蒂娜!”一个声音轻轻地喊道，姑娘心底打了一个寒战，但没有作声。“瓦朗蒂娜!”那个声音重复着。依然是寂静，瓦朗蒂娜打定主意决不醒来。随后一切归于寂静，但瓦朗蒂娜听到一种轻微得几乎听不到的声音，那是液体倒入她刚喝空的玻璃杯子里的声音，她壮着胆子睁开眼睛，从手臂底下望过去。她看见一个穿白睡衣的女人正将一只瓶子里的液体向她杯子里倒。一瞬间，瓦朗蒂娜也许呼吸急促了些，动弹了一下，因为那个女人不安地停住手，朝病床俯下身来，确认瓦朗蒂娜是否睡着了。

那是维尔福夫人！瓦朗蒂娜认出是继母后，禁不住打了一个寒战，连她的床也跟着震动了一下。维尔福夫人立即闪身退到墙边，隔着帐子，警觉地留心观察瓦朗蒂娜最轻微的动作。瓦朗蒂娜想起了基督山伯爵那可怕的叮嘱，她看到那只没握瓶子的手里握着一把又长又尖的刀子在闪闪发光，她聚集起全部的力量，想拼命合上眼睛。但这个简单的动作在平时是非常容易完成的，这时却变得几乎不可能了，强烈的好奇心驱使她睁开眼睛看看到底是怎么回事。听瓦朗蒂娜呼吸均匀，周围一片寂静，维尔福夫人便放心地重新从帐子后面伸出手，继续把瓶子里的东西倒到杯子里。然后她悄无声息地退了出去，瓦朗蒂娜并没听见她已离开房间，她只看见那只手臂缩了回去——洁白浑圆，一个二十五岁的年轻美貌的女人的手臂，而那只手臂却在倾注着死亡。

尽管维尔福夫人只在房间里逗留了一分来钟，但在这段时间里，要讲清瓦朗蒂娜所体验到的感触是不可能的。书房门上的敲打声把那青年女郎从近乎麻木的痴呆状态中惊醒了过来。她吃力地抬起头来，那扇门又无声地打开了，基督山伯爵出现了。

“怎么样，”他说，“你还不相信吗?”

“噢，我的上帝!”年轻的姑娘喃喃地说。

“你看见了吗?”

“天哪!”

“你看清楚了吗?”

瓦朗蒂娜呻吟了一声，“噢，是的!”她说，“我看见了，但我难以置信!”

“那么，你情愿死，而且情愿马西米兰也死吗?”

“我的上帝！我的上帝!”青年姑娘重复地叹道，她几乎要神经错乱了，“难道我不能离开这个家，我不可以逃走吗?”

“瓦朗蒂娜，那只对你下毒的手，将跟随你到任何地方，你的仆人将受金钱的笼络，死神会以各种形式降临到你身上。即使你喝泉水，吃树上摘下来的果子，都可能有危险。”

“你不是说过，祖父的预防措施已中和了毒药的药性了吗?”

“是的，那只能应付一种毒药，毒药是可以更换的，或是增加分量。”他拿起那只杯子，用嘴唇抿了一下。“瞧，她已经这样做了，”他说，“不再用木鳖精而改用那可汀了！我可以从溶解它的酒精味上辨出它的存在。如果你把维尔福夫人倒在你杯子里的东西喝下去，那么，瓦朗蒂娜！瓦朗蒂娜呀！你已经完啦!”

“但是，”青年女郎喊道，“她为何要害死我呢?”

“为什么？难道你竟这样仁慈，这样善良，这样毫无防人之心，到现在还不清楚吗，瓦朗蒂娜?”

“不，我从未伤害过她。”

“但是你有钱呀，瓦朗蒂娜。你每年有二十万法郎的收入，因而你妨碍了她的儿子享受那二十万。”

“怎么能这么说呢？我的财产又不是她的，那是我的外公外婆留给我的呀。”

“当然啰，正是因为这个，圣·梅朗先生夫妇才会去世，也正是因为这个，诺瓦蒂埃先生在立你做他的继承人的当天就成为被谋害的对象，现在轮到你死了——这样的话，你的父亲会继承你的财产，而你的弟弟，作为独子，将从你父亲手里继承到那笔财产。”

“爱德华！可怜的孩子！她所做的一切都是为了他吗?”

“啊！那么你总算明白了。”

“愿上天的报应不会降落在他身上!”

“瓦朗蒂娜，你是一个天使!”

“但为什么她最后却不再去害祖父呢?”

“因为你死以后，除非剥夺你弟弟的继承权，否则那笔财产自然会转移到他手上，所以她感到对你的祖父下毒手已没有必要了。”

“这个可怕的计谋竟是一个女人想出来的！”

“你记不记得在比鲁沙波士蒂旅馆的凉棚里，有一个身穿棕色大衣的人，你的继母曾问他‘托弗娜毒水’？嗯，从那个时候起，那个恶毒的计划就渐渐地开始在她的脑子里酝酿了。”

“啊，那么，真的，阁下，”那温柔的姑娘满面泪痕地说，“那么我是必死无疑了！”

“不，瓦朗蒂娜，我已识破了他们的阴谋，你的敌人已被识破了，我们已知道她。你可以活下去，瓦朗蒂娜，你可以幸福地活下去，并且使一颗高贵的心获得幸福，但要得到这一切，你必须完全信任我。”

“请吩咐吧，阁下，我该如何做？”

“你必须不假思索地按我所说的去做。”

“噢！上帝为我做证，”瓦朗蒂娜喊道，“如果我只是一个人，我宁愿让自己死去。”

“你不能相信任何人，甚至连你的父亲也不能相信。”

“我的父亲与这个可怕的阴谋毫不相干，是这样吗，阁下？”瓦朗蒂娜把双手合在一起问道。

“是的，可是，你的父亲，一个在法院里办惯了起诉状的人，应该知道这些死亡不是自然发生的。本来应该是他守在你身边，应该由他站在我这个位置上，应该由他来倒空那只杯子，应该由他来对付那个凶手。魔鬼对魔鬼嘛！”他低声地说了最后这一句话。

“阁下，”瓦朗蒂娜说，“我会尽力活下去，我的祖父和马西米兰。他们深爱着我，他们的生命悬在我身上。”

“我会照顾他们，就像我照顾你一样。”

“好吧，阁下，我听您的吩咐，”她又压低声音说，“噢，天哪！会有什么事情发生在我身上呢？”

“不管发生什么，瓦朗蒂娜，都不要怕，如果你醒来的时候不知道自己在什么地方，也不要怕——即使你发现自己躺在坟墓里或棺材里。那时你得提醒自己：‘此时此刻，一位朋友，一个父亲为我和马西米兰的幸福而活着的父亲，正在守护着我！’”

“唉！唉！多么可怕的情景呀！”

“瓦朗蒂娜，你愿意揭发你继母的阴谋吗？”

“我情愿死一百次，噢，是的，情愿死！”

“不，你不会死的，你肯答应我，不管遇见什么事情，你决不抱怨并且永远抱有希望吗？”

“我会想到马西米兰！”

“你是我喜爱的好孩子，瓦朗蒂娜！而且只有我一个人能救你，而我一定会把你救出去的！”

瓦朗蒂娜害怕之极，合拢了双手，她觉得这是恳求上帝赐她勇气的时候了，于是她开始祈祷。当她在这样断断续续地祈祷的时候，她忘记了她那雪白的肩头只有她的长发遮盖着，忘记了从她睡衣的花边缝里能看见她那令人怦然心跳的胸脯。

基督山伯爵轻轻地把手按在那青年姑娘的手臂上，把天鹅绒的毯子拉来盖到她的颈部，面带微笑地说："我的孩子，相信我对你的真情，正如你相信上帝的仁慈和马西米兰的爱情一样。"

然后他从背心口袋里摸出一只翡翠小盒子，揭开金盖，从里面取出一粒豌豆般大小的药丸放在她手里。瓦朗蒂娜拿着那粒药丸，神情专注地望着伯爵。在这位勇敢的保护人脸上，有一种神圣庄严而权威的光芒，她用目光向他询问。

“是的。”他说。

瓦朗蒂娜把药丸放进嘴里，咽了下去。

“现在，我亲爱的孩子，暂时再会了。我要睡一会儿，因为你已经得救了。”

“去吧，”瓦朗蒂娜说，“不论遇到什么事情，我答应您决不害怕。”

基督山伯爵凝视了青年姑娘一会儿，看到她在药丸的作用下，渐渐入睡。然后他拿起那只杯子，把大部分液体倒在壁炉里，让人以为是瓦朗蒂娜喝掉的，然后把杯子放回到桌子上。他向瓦朗蒂娜投去一个告别的目光，瓦朗蒂娜像一个躺在上帝脚下的纯洁天使那样放心地睡着了，伯爵随即也消失了。

第一〇二章 瓦朗蒂娜

那盏灯依然在壁炉架上燃烧着，但也已经烧尽了那些漂浮在水面上所剩的最后几滴油。灯被映射成了淡红色，在灯要熄灭前火焰突然又变得明亮了起来，闪烁着最后一丝光亮。这时的光，虽然是不具有生命力的，但常常被人们用来形容人类在临死前的一阵垂死挣扎，一缕缕昏暗凄凉的微光笼罩着那位青年姑娘身上的被罩以及她四周的帐子。

街道上所有烦乱的嘈杂声都戛然而止了，周围安静无声。此时，爱德华卧室的房门突然被人打开了，在房门对面的镜子中，映出了一张我们曾经见过的脸庞：那是维尔福夫人的脸，她是来看那药水是否已经奏效了的。她静悄悄地站在门口听了一会儿动静，现在在那个屋子里，仅剩下灯花的毕剥声，她慢慢来到桌前，观察瓦朗蒂娜是不是已经把药水喝下，杯子里还有些喝剩下的药水，维尔福夫人把残留的药水倒进了炉灰里，并把炉灰搅拌了几下，这样炉灰能更快地吸收液体；随后她把那只杯子仔仔细细地涮干净，并用手帕把它抹干，然后又悄悄地放回到桌子上。

如果有人能将目光穿透房间，就会看到维尔福夫人带着犹豫的神色走近了床边，眼睛一眨不眨地望着瓦朗蒂娜。惨淡的光线，死一般的寂静，深夜所能引起的一切可怕的东西，尤其是她自己的良心，这一切交织在一起产生了一种可怕的夜的氛围，她害怕去看自己的成绩。但她终于鼓起了勇气，拉开帐子，俯到枕头上，瞧着瓦朗蒂娜。她已没有了呼吸，那半开半闭的牙齿间已不再有气息通过，那雪白的嘴唇已停止了颤动，那一对眼睛似乎浮在浅蓝色的雾气里，又长又黑的头发散在那蜡白的脸颊上。维尔福夫人凝视着这个静止的但依旧动人的面孔，然后她壮起胆子揭开被子，把手按在那青年姑娘的胸膛上，胸膛冷冰冰的没有丝毫动静。她感觉到的只有自己手指上的脉搏，她战栗地收回自己的手。一只手臂垂出在床外——那样一只美丽的手臂，自肩至腕似乎都是由一个雕刻家雕刻出来的；但前臂似乎因为痉挛而稍微有点变形，而那只精致纤细的手，则伸着僵硬的手指搁在床架上，手指甲已经发青。维尔福夫人不再怀疑——一切都已成为过去，她已经完成了最后一件可怕的工作。

在房间里已没有别的事情做了，下毒者偷偷地退出去，像是怕听到她自己的脚步声似的；但当她出去的时候，她依旧拉下帐子，死者的形象对她有一种不可抗拒的吸引力。

灯花又毕剥地爆了一下，那声音把维尔福夫人吓了一跳，她打了一个寒战，离开帐子。灯熄灭了，整个房间陷入可怕的黑暗里，时钟那时恰巧敲打四点半。下毒者顿时惊惶起来，摸索到门口，满怀着恐惧回到她的房间。可怕的黑暗持续了两个钟头以后，一片淡白的光从百叶窗里爬进来，终于照亮了房间里的一切。大约这个时候，楼梯上响起了护士的咳嗽声，她手里拿着一只杯子走进房来。若是一位父亲或一个情人，第一眼就足以明白一切——瓦朗蒂娜已死，但在护士看来，她仅仅只像是睡着了。“好！”她走到桌子前面说，“她已经喝了一部分药水，杯子里已只剩三分之一了。”

她走到壁炉前生起了火，虽然她刚刚起床，但她想在瓦朗蒂娜睡醒前再打个瞌睡。八点的钟声惊醒了她，她惊奇她的病人竟睡得这样熟，令她吃惊的是，她看见那只手臂依旧垂在床外，她向瓦朗蒂娜走过去，这时才注意到她那失血的嘴唇。她想把那只手臂放回床上，但那只手臂的僵硬是瞒不过一个护士的。她大叫一声，然后奔到门口，喊道：“救命呀！救命呀！”

“你嚷什么？”阿夫里尼先生在楼梯脚下问，此时也是他每天来看病的时间。

“怎么啦？”维尔福从他的房间里冲出来问，“医生，你听见她喊救命了吗？”

“是的，是的，我听见了，我们赶快上去吧！是在瓦朗蒂娜的房间里。”

医生和维尔福还没有赶到，二楼的仆人们已跑进瓦朗蒂娜房间，看到瓦朗蒂娜脸色苍白一动不动地躺在床上，他们一齐举手向天，像遭了雷击似的纹丝不动地愣在那儿。

“去叫维尔福夫人！去喊醒维尔福夫人！”检察官站在房门口喊道，似乎不敢进去。但仆人们并没有理会他的命令，全都站在那儿看着阿夫里尼先生，阿夫里尼已跑到瓦朗蒂娜的床边，然后抱起她，“什么！这一个也……”他低声说着，让她从他的手臂里落了下去，“噢，我的上帝！我的上帝呀！您什么时候才厌倦呢?”

维尔福冲进房间，“您说什么，医生?”他举手向天大声问道。

“我说瓦朗蒂娜死了！”阿夫里尼用一种庄严的声音回答道。

维尔福先生踉跄地摔倒了，把头埋在瓦朗蒂娜的床上。听到医生的喊叫和那父亲的哭喊，仆人们喃喃地祈祷着离开了。只听见他们奔下楼梯的脚步声，穿过长廊，冲入前庭，他们都已逃离了这座受天诅咒的房子。这时，维尔福夫人披着睡衣掀开门帘，在门槛上站了一会儿，像是在问房间里的人究竟发生了什么事，并竭力想流出几滴眼泪。突然，她伸着两臂向那张桌子跳了一步。她看见阿夫里尼正检查那只她确信在晚上已经倒空的杯子，杯子里还有三分之一的药水，和她倒在炉灰里的一样多。即使瓦朗蒂娜的灵魂出现在维尔福夫人面前，她也不会感到如此害怕，药水的颜色与她倒在杯子里被瓦朗蒂娜喝掉的一模一样，这种毒药是瞒不过阿夫里尼先生的眼睛的。这一定是上帝创造的奇迹，尽管她已经非常小心了，但还是留下了证据来揭穿她的罪行。

维尔福夫人像一尊恐怖女神似的钉在地上，维尔福把头埋在床上，这时阿夫里尼为了更清楚地看清杯子里的东西，走到窗前，用手指尖伸进去蘸了一滴来尝。“啊！”他大声说道，“不再是木鳖精了，我来看看杯子里到底是什么！”于是他跑到瓦朗蒂娜房间里一只药橱前面，从一只银盒里取出一小瓶硝酸，滴了几滴到那液体里，液体立刻变成了血红色。

“啊！”阿夫里尼喊道，他的声音里夹杂着喜悦，像一位法官揭破实情时的恐惧和一位学生解决了一个问题时的喜悦。维尔福夫人再也受不了了，她的眼前最初是火花乱迸，后来变成一片漆黑，她踉踉跄跄地走向门口，然后就不见了。一会儿，门外传来身体跌倒在地板上的声音，但没有人注意到她。护士正在关注化学分析，维尔福则沉浸在悲哀里。只有阿夫里尼用目光跟随着维尔福夫人，看到她仓皇地退了出去。他拉开爱德华房门口的门帘，向维尔福夫人的房间里望去，看见她晕倒在地板上，“去帮助维尔福夫人，”他对护士说，“维尔福夫人病了。”

“但维尔福小姐——”护士犹豫地说。

“维尔福小姐不需要帮助了，”阿夫里尼说，“因为她已经死了。”

“死了！死了！”维尔福悲痛地喃喃道，在他那铁石一样的心里，悲痛是一种新奇的感觉，所以他的悲痛比一般人更令人心碎。

“你说她死了吗？”忽然一个声音喊道，“谁说瓦朗蒂娜死了？”

两个人回过头去，看见莫雷尔脸色苍白，神情激动地站在门口。

事情是这样的：莫雷尔按照往常的时间来到通向诺瓦蒂埃先生房间的小门口，与往常不同的是，门是开着的，因为没有拉铃的必要，于是他就走了进去。他在厅里等了一会儿，想叫一个仆人来带他去见诺瓦蒂埃先生，他喊了一声，但没有人回答，因为房子里的仆人都逃走了。莫雷尔心里没有感到特别不安的理由，因为基督山伯爵已答应他瓦朗蒂娜不会死，而直到目前为止，他始终履行着他的诺言。伯爵每天晚上给他消息，那些消息在第二天早晨就会被诺瓦蒂埃证实。可是，这种出奇的寂静使他感到非常奇怪，他第二次、第三次叫人，还是没有人答应，于是他决定上楼去。诺瓦蒂埃的房门也像其他的房门那样大开着，他第一眼就看到老人照常坐在他的圈椅里，大大地睁着眼睛表示着一种内心的恐惧，那种表情从他苍白的脸上得到了证实。

“您好吗，阁下？”莫雷尔问，心里感到了某种恐惧。

“好！”老人闭上眼睛回答，但他的脸上却显出更明显的不安。

“您在想心事，阁下，”莫雷尔又说，“您是在要什么东西吧，要我去叫一个仆人吗？”

“是的。”诺瓦蒂埃回答。

莫雷尔于是就拉铃，可是他几乎拉断绳带，却依旧没有人来。

他回过头去看诺瓦蒂埃，他脸色苍白，痛苦的表情与时俱增。

“噢!”莫雷尔喊道，“为什么没有人来？这屋子里难道有人病了吗?”

诺瓦蒂埃的眼睛似乎要从眼眶里迸射出来了。

“出什么事啦？您吓坏我啦。瓦朗蒂娜，难道是瓦朗蒂娜出事啦?”

“是的，是的。”诺瓦蒂埃表示。

马西米兰想说话，但他什么都没有说出来，他踉跄了一下，靠在了壁板上，然后他抬手指一指门口。

“是的，是的。”老人继续表示。

马西米兰一步并作两步冲上那座小楼梯，而诺瓦蒂埃的眼睛似乎在对他喊：“快一点！再快一点!”

一眨眼，年轻人已穿过几个房间，来到瓦朗蒂娜房门口，门是大开着的。他听到的第一个声音是一声啜泣，他像是透过一层云雾看见一个黑色人影跪在地上，头埋在一大片白色的帐帏里。一阵可怕的恐惧使他站在了那儿，他听见一个声音：“瓦朗蒂娜已经死了!”而另一个声音像回声似的重复着：“死了！死了!”

第一〇三章　马西米兰

维尔福站起来，被人发现他正在痛哭流涕，他觉得有些不堪，二十五年的法官职业生涯早已让他泯灭了一些人性。他的目光非常恍惚，最后落在莫雷尔的身上。“你是哪位，阁下?”他问道，“你难道不知道外人是不可以随便进出一座被死神诅咒的房子的吗?快点出去，阁下，快点出去吧!”

可是莫雷尔纹丝不动，他死死地盯着那张凌乱的床以及床上死去的姑娘惨白的脸。

“出去!你没有听见吗?”维尔福叫道。阿夫里尼这时候要把莫雷尔带出去。马西米兰满脸疑惑地盯着尸体看了一会儿，然后缓慢地扫了一圈屋里的陈设，最后落到两个男人身上。他想要讲话，虽然他脑中有太多想不明白的事情，却一句话都说不出口，便两手抓住自己的头发走了出去。他神志模糊的样子，让维尔福和阿夫里尼暂时忘记了眼下最需要关心的事情，他们相互交换了一个眼神，似乎在说：“他疯了!”

可是不到五分钟的时间，楼梯在一种特别的重压下呻吟起来。他们看见莫雷尔以超人的力气抱着那张坐着诺瓦蒂埃的圈椅，把老人抬上楼来。上楼以后，他把圈椅放到地板上，迅速地把它推进了瓦朗蒂娜的房间。这一切都是在近乎疯狂的亢奋状态下完成的，那青年的气力比平时似乎吋大了十倍。但最让人感到吃惊的还是诺瓦蒂埃，他被莫雷尔推近床前，从他脸上可以看出他心里所想的一切，他的眼睛弥补了其他各种器官的不足，他苍白的脸和那因激动而发红的眼睛对维尔福来说似乎是一个可怕的幽灵。每一次他与父亲接触的时候，便总要发生一件可怕的事情。

“看他们干了些什么事!”莫雷尔一手扶着椅背，一手指着瓦朗蒂娜喊道。

维尔福往后退了一步，惊讶地望着这个青年人，他不认识他，可是他却叫诺瓦蒂埃爷爷。这时，那老人的整个思维似乎都从他的眼睛里反映了出来；他眼睛里充满了血丝；脖子上的血管涨了起来；他的脸和太阳穴变成了青紫色，像是患了癔症似的。他内心极度激动，只差一声惊叫，而那惊叫声似乎是从他的毛孔里发出的，因此才比无声更可怕。阿夫里尼迅速向老人冲过去，给他喝了一种强烈的兴奋剂。

“阁下!”莫雷尔抓住瘫痪老人那只潮湿的手大声道，“他们问我是谁，说我没有权利到这儿来！噢，您是知道的，请告诉他们，告诉他们吧!”那青年已经泣不成声了。

“请告诉他们,”莫雷尔用嘶哑的声音说，“告诉他们我是她的未婚夫，告诉他们她是我心爱的人，是这个世界上我唯一的爱人，告诉他们呀——噢！告诉他们那具尸体是属于我的!”

那年轻人的手指痉挛着，忽然像力不能支似的跪倒在床前，阿夫里尼不忍再看这令人悲痛的情景，急忙转过身去。维尔福也不再要求他解释，他好像被一股不可抗拒的力量吸引着，走到年轻人身边向他伸出一只手，因为凡是爱我们所哀悼的人，总是有这股磁力的。但莫雷尔似乎没有看见这一切，他抓住瓦朗蒂娜那只冰冷的手，他欲哭无泪，呻吟着用牙齿咬着床单。此时，只能听到房间里的啜泣声、叹息声和祈祷声。夹杂在这些声音中的是诺瓦蒂埃那呼噜呼噜的喘息声，每一声喘息似乎随时都可能使老人的生命戛然中止。最后，这几个人之中最能自持的维尔福说话了。“阁下,”他对马西米兰说，“你说你爱瓦朗蒂娜，你和她订有婚约，我作为她的父亲却不知道这一切，我看出你对她的心是真挚的，所以我宽恕你，但是你所爱的人已离开了这个世界，她与人世间已最后告别了。阁下，再握一次那只你希望得到的手，然后永远与她分别了吧。瓦朗蒂娜现在只需要神甫来为她祝福了。”

“你错了，阁下,”莫雷尔站起身来大声道，他的心里感受到了未曾经历过的剧痛,“你错了，瓦朗蒂娜虽然已经死了，她不但要一位神甫，更需要一个为她报仇的人。维尔福先生，请你派人去请神甫，我来为瓦朗蒂娜报仇。”

“你在说什么，阁下?”维尔福不安地问，莫雷尔的话使他不寒而栗。

“我是说，阁下，你有双重身份，作为父亲你已经伤心够了，但作为检察官请你开始履行职责吧。”

诺瓦蒂埃的眼睛亮了一下，阿夫里尼先生走到老人身边来。

“诸位，”莫雷尔说，所有在场的人的表情都没有逃过他的眼睛，“我明白我所说的话，你们也同样明白——瓦朗蒂娜是被人害死的!”

维尔福垂下头去，诺瓦蒂埃用目光表示同意莫雷尔的意见。

莫雷尔继续说：“我们所处的这个时代，一个人，即使是一个普通人忽然离开了这个世界，我们也一定会调查他离开这个世界的原因，更不用说瓦朗蒂娜这样一个年轻、美丽、可爱的姑娘了。检察官阁下，”莫雷尔愈说愈激动，“不能手软。我向您揭发了罪行，你去寻找凶手吧!”

那年轻人用仇深似海的眼睛看着维尔福，维尔福则把求助的眼光从诺瓦蒂埃转向阿夫里尼。看到医生和他父亲的眼睛里都没有同情，又转向马西米兰那样坚决的表情，老人用目光表示说：“是的!”阿夫里尼说：“一定的!”

“阁下，”维尔福说，那三个人的决定和他自己的情感纠缠在一起，“阁下，想必是你弄错了，这儿不会有人犯罪。命运在打击我，上帝在磨炼我。这些事情的发生确实让人害怕，但并不是有人在杀人。”

诺瓦蒂埃的眼睛似乎要冒出火来，阿夫里尼刚要说话，莫雷尔伸出手臂，阻止了他。“我告诉您这儿仍然有人在杀人!”莫雷尔说，他的声音低沉而悲愤，“我告诉你，这是最近四个月来第四个惨遭毒手的牺牲者了；我告诉你，那凶手在四天以前就想用毒药害死瓦朗蒂娜，只是由于诺瓦蒂埃先生早有防备，凶手才没有得逞；我还要告诉你，凶手或许换了另一种毒药，也许是加大了药量，这一次，让他得逞了。提醒你，这些事情你比我更清楚，因为这位先生作为医生和朋友曾事先警告过你。”

“噢，你胡说八道，阁下！”维尔福大声嚷道，竭力想从他已经陷入的被动局面里逃脱出来。

“我胡说？”莫雷尔说，“嗯，那么，我请阿夫里尼先生主持公道。问问他，阁下，问他是否记得，在圣·梅朗夫人去世的那天晚上，在这座房子的花园里，他说了一些什么话。你以为花园里当时只有你们两个人吗？你把圣·梅朗夫人的惨死，像刚才那样归罪于命运，归罪于上帝，由于你推脱责任才造成了瓦朗蒂娜的被杀。”维尔福和阿夫里尼交换了一下目光。

“是的，是的，”莫雷尔继续说，“你一定还记得，你自以为没有人听见你们的谈话，但那些话被我听到了。当然，维尔福先生漠视他的亲戚被害以后，我应该向当局去告发他，如果那样，可爱的瓦朗蒂娜就不会死！现在我要为你报仇，谁都看得很明白。如果你的父亲再不理会，瓦朗蒂娜，那么我——我向你发誓——我就要去寻找杀害你的凶手。”莫雷尔那强壮的身体几乎要爆炸了，这一次，好像连上帝也同情那个可怜的年轻人了，莫雷尔如鲠在喉，继而号啕大哭，不听话的眼泪从他的眼睛里涌了出来，他大哭着扑倒在瓦朗蒂娜床边。

这时，阿夫里尼用一种低沉的声音说道：“我同意莫雷尔先生的意见，要求公正地处罚罪犯，一想到我的怯懦怂恿了一个凶手，我心里感到非常难过。”

“噢，仁慈的上帝呀！”维尔福沮丧地说道，他被他们悲愤而又坚决的态度征服了。

莫雷尔抬起头来，发现老人的眼睛闪着不自然的光辉，便说：“等一等，诺瓦蒂埃先生想说话。”

“是的。”诺瓦蒂埃用眼睛回答道，因为他所有的功能都集中到了眼睛上，所以他的样子看上去很可怕。

“您知道那个凶手吗？”莫雷尔问他。

“是的。”诺瓦蒂埃表示。

“而您要告诉我们吗？”那年轻人喊道，“听着，阿夫里尼先生！听着！”

诺瓦蒂埃面带着抑郁的微笑望着那不幸的莫雷尔，他眼睛里这种慈祥的微笑曾给瓦朗蒂娜带来多少欢乐啊！这种微笑使莫雷尔的注意力随着他的眼光转向门口。

“您是打算要我离开吗？”莫雷尔伤心地问。

“是的。”诺瓦蒂埃表示。

“唉，唉，阁下，可怜可怜我吧！”

老人的眼睛还是盯着门口。

“我还能够回来是吧？”莫雷尔问。

“是的。”

“就让我一个人出去吗？”

“不是。”

“我该把谁带走呢，检察官先生吗？”

“不。”

“医生？”

“对。”

“您要和维尔福先生谈话？”

“是的。”

“他能懂得您的意思吗？”

“能。”

“噢！”维尔福说，调查工作可以在私下进行了……

“噢，放心吧，我能够明白家父的意思。”

阿夫里尼扶住那年轻人的胳膊，领他走出了房间，这时，整幢房子被死一般的寂静笼罩着。一刻钟之后，他们听到了踉跄的脚步声，维尔福出现在阿夫里尼和莫雷尔痛苦等待着的房间门口。他们一个在沉思，一个因为痛苦几乎透不过气来，“你们可以来了。”他说。他们回到了诺瓦蒂埃那儿。莫雷尔看到维尔福脸色青白，大滴汗珠从他的脸颊上滚下来，他手里的一支笔已经被捏碎了。“二位，”他用一种嘶哑的声音说，“你们用人格向我担保：决不把这个可怕的秘密泄露出去。”两个人下意识地退了一步，“我真诚地恳求你们——”维尔福继续说。

“但是，”莫雷尔说，“那个罪犯——那个杀人犯——那个凶手呢？”

“请放心，阁下，正义会得到伸张的，”维尔福说，“家父已经告诉了我那个杀人犯是谁，家父也像你一样渴望报仇，但他也像我一样请求你们保守这个秘密。是这样吗，父亲?”

“是的。”诺瓦蒂埃坚决地表示。莫雷尔不禁发出一声恐惧和置疑的叫声。

“噢，阁下!”维尔福抓住马西米兰的手臂说，“家父是个很坚强的人，他提出了这个要求，那是因为他知道，而且非常确信瓦朗蒂娜的仇一定能报。是这样吗，父亲?”老人做了一个肯定的表示。维尔福继续说：“父亲是了解我的，我已向他发过誓。放心吧，二位，在三天之内，司法机关所需的时间更短，我要向谋杀我孩子的人报仇。我报仇的手段让最勇敢的人看了也会发抖。”当他说这几句话的时候，咬牙切齿，紧握住老人那只没有感觉的手。

“这个诺言会履行吗，诺瓦蒂埃先生?”莫雷尔问，阿夫里尼也用询问的眼神望着他。

“是的。”诺瓦蒂埃面带凶狠的惬意表情回答。

“那么请发誓吧，”维尔福把莫雷尔和阿夫里尼的手拉向一起说，“你们发誓要保全我家的名誉，让我来为我的孩子报仇。”

阿夫里尼把头转到一边，极不情愿地说“是”，但莫雷尔挣脱了他的手，冲到床前，在瓦朗蒂娜那冰冷的嘴唇上吻了一下，发出一声绝望的呻吟，然后急匆匆地离开了。

前面已经说过，所有的仆人都跑光了。所以维尔福先生不得不要求阿夫里尼先生来主持丧事的一切事宜，在一个大城市里办丧事是件麻烦事，尤其是在这种情况下死了人。

无论怎么安慰劝说，诺瓦蒂埃先生就是不肯离开他的孙女儿，眼泪默默地顺着他的脸颊滚落下来，这种无言的痛苦和沉默的绝望，让人目不忍睹。维尔福回到书房里，阿夫里尼去找市政府专门负责验尸的医生，那位医生因其负责验尸，所以被人称为“死医生”。一刻钟以后，阿夫里尼先生带着“死医生”回来了。他发现大门是关着的，由于门房和仆人们已经逃走，维尔福只能亲自出来开门。但他走到楼梯顶上就停下了，他没有勇气再进那个房间，所以只有两位医生走进瓦朗蒂娜的房间。诺瓦蒂埃仍坐在床前，像死者一样的苍白、寂然无声。“死医生”漠然地走到床前，揭开盖在死者身上的床单，轻轻地掰了掰姑娘的嘴唇。

“唉，”阿夫里尼说，“她确实已经死啦，可怜的孩子！你可以走了。”

“是的。”医生简洁地回答，将床单又盖在姑娘身上。

诺瓦蒂埃发出一阵呼噜呼噜的喘息声，老人的眼睛闪闪发光，阿夫里尼明白他是希望再看一眼他的孩子。他走到床前，趁“死医生”把他那刚接触过死人嘴唇的手浸在漂白液里的时候，他揭开床单，看到那个宁静而苍白，像一个睡着了的天使，老人的眼泪滚了下来，表示了他对医生的感谢。“死医生”那时已把他的验尸报告放在桌子角上，他的任务完成后，阿夫里尼便陪他出去了。维尔福在他的书斋门口遇见了他们，他对“死医生”说了几句感谢的话，然后转向阿夫里尼说：“现在请个神甫吗？”

“您打算特地去指定一位神甫来为瓦朗蒂娜祈祷吗？”阿夫里尼问。

“不，”维尔福说，“就近找一位就可以了。”

“近处有一位善良的意大利神甫，”“死医生”说，“他就在您的隔壁。我顺便请他过来好吗？”

“阿夫里尼，”维尔福说，“那就麻烦您陪这位先生一起去。把大门钥匙带上，这样您进出方便。您带那位神甫来，我领他到瓦朗蒂娜的房间里去。”

“您希望见见他吗？”

“我只希望单独待一会儿，请原谅我，一位神甫是理解这种悲伤的，尤其是一位父亲失去女儿的悲伤。”维尔福先生把钥匙交给阿夫里尼，向那位“死医生”道了别，就回到他的书房里开始工作了。对于某些人来说，工作是医治悲伤的良药。

当两位医生走到街上的时候，他们注意到一个穿法衣的人站在隔壁房门口。“这就是我所说的那位神甫。”“死医生”对阿夫里尼说。

阿夫里尼走上前去同那位神甫打招呼，“阁下，”他说，“您愿意为一个刚失去女儿的不幸的父亲尽一次伟大的义务吗？他就是维尔福先生，那位检察官。”

“啊！”神甫的意大利口音很重，“是的，我听说那座房子里刚死了人。”

“我正要去自荐，阁下，”那神甫说，“恪尽职守就是我们的职责。”

“死者是一位年轻的姑娘。”

“我知道的，阁下，从那座房子里逃出来的仆人对我说了，我还知道她叫瓦朗蒂娜，我已经为她祈祷过了。”

“谢谢您，阁下，”阿夫里尼说，“既然您已开始了您那神圣的职责，就请继续下去吧。请去坐在死者身边，他们全家人都会感激您的。”

“我马上去，阁下，谁的祈祷也不会比我的更虔诚。”

阿夫里尼搀着那神甫的手，没有去见维尔福，而是径自走到瓦朗蒂娜的房间里，那个房间没有丝毫变动，殡仪馆的人要到傍晚才来收尸。当神甫进去的时候，诺瓦蒂埃那异样的目光望着他的眼睛，感到他已从神甫的眼睛里看到了某种特殊的表示，他要继续留在房间里。阿夫里尼请神甫照顾那死者和老人，神甫答应尽力为瓦朗蒂娜祈祷并照看诺瓦蒂埃。为了在履行这种神圣职责时不受人打扰，阿夫里尼离去，神甫闩上房门，而且把通向维尔福夫人房间的房门也闩上了。

第一〇四章 腾格拉尔的签字

第二日，天空异常阴霾。殡仪馆的工作人员连夜完成了他们的任务，将尸体装进裹尸布中，虽然有人声称每个人都公平地享受死亡，但是一块裹尸布却很好地证明了这些人生前享受了怎样的富贵。这块裹尸布是半个月前瓦朗蒂娜刚买到的一块质量很好的麻布衣料。当天晚上，收尸人将诺瓦蒂埃搬离瓦朗蒂娜的房间时，让人想不到是：这并没有多麻烦，让他离开自己的孩子也不是多费心的事儿。布沙尼神甫一直守到天亮，接着没有和任何人招呼一声就自己离开了。早上八点左右，阿夫里尼过来了，在去诺瓦蒂埃房间的路上，他遇见了维尔福，他们一起去看老人睡得怎么样。令他们吃惊的是，老人躺在一张大圈椅里面，面容平静，一脸微笑，睡得十分香甜。

“瞧啊，”阿夫里尼和维尔福说，“上帝懂得如何慰藉人的悲伤。谁不知道诺瓦蒂埃先生有多么爱自己的孩子？然而他还是睡着了。”

“是的，您说得非常对，”维尔福神情诧异地回答说，“他真的睡着了！这真奇怪，因为以前即使是最轻微的骚扰都使他整夜睡不着。”

“悲哀使他麻木了。”阿夫里尼回答，他们深思着回到检察官的书房。

“看，我没有睡过，”维尔福指着他那张根本没动过的床说，“悲哀并没有使我麻木。我都两夜没睡了，看看我的书桌，我在这两天两夜里写了很多东西，我写满了那些纸，已写好了控告凶手贝尼代托的起诉状。噢，工作！工作！工作是我的热情，让我愉快，让我喜悦！工作减轻我的悲伤！”他痉挛地握着阿夫里尼的手。

“您现在有什么需要我帮忙吗?”阿夫里尼问。

“不,”维尔福说,“请您在十一点钟的时候回来,到十二点,那——那——噢,天哪!我那可怜的、可怜的孩子!”检察官的铁石心肠也变软了,他抬起头望着天呻吟起来。

“您准备到客厅里去接待来客吗?”

“不,我的一个堂弟代我履行了这种伤心的职责。我要工作,医生,当我工作的时候,我就忘掉一切悲伤了。”的确,医生一离开书房,维尔福便又专心致志地工作起来。

阿夫里尼在大门口恰好遇见维尔福的堂弟,此人在我们的故事里就像他在这个家族里一样,是一个无足轻重的角色——是那生来就供人差遣的角色。他很守时,穿着黑衣服,手臂上缠着黑纱,带着一张根据情况需要而随时可以变化的脸去见他的堂兄。到十二点钟,丧车驶进铺着石板的院子,圣·奥诺路上挤满了游手好闲的人,这些人对有钱人家的丧事就如同对节日一样感兴趣,他们像去看一次大出丧或看一位公爵小姐的婚礼一样情绪高涨。客厅被人挤满了,我们的几位老朋友都已经来到,先前是德布雷、夏多·勒诺和波尚,然后是当时司法界、文学界和军界的领袖人物;因为维尔福先生是巴黎社会中的第一流人物——这一部分是基于他的社会地位,但更重要的,还是基于他个人的能力。

他那位堂弟站在门口接待着宾客,他神情漠然,并没有像一位父亲,一位兄长,一个爱人那样哀伤或者勉强挤出几滴眼泪。

这使宾客们感到很轻松,那些相识的人便组成了小团体。其中有一个小团体是由德布雷、夏多·勒诺和波尚组成的。

“可怜的姑娘!”德布雷说,像其他来宾一样,他也对这位年轻姑娘的死言不由衷地说了几句,“可怜的姑娘,这样年轻,这样有钱,这样漂亮!夏多·勒诺,当我们——那是多久以前的事呀?三个星期前,也许最多一个月以前吧!我们不是在这儿参加了那次并没有成功的婚约签订仪式的吗?那时你曾想到会发生这样的事吗?”

“确实想不到。”夏多·勒诺说。

“你认识她吗?”

“我曾在马尔塞夫夫人家里见过她一两次,不过我感到她非常可爱,当时她有点儿忧郁。她的继母去哪里了？你知道吗？”

“她去陪伴接待我们的那位先生的太太去了。”

“他是谁？”

“哪一位？”

“就着那个接待我们的人。他是议员吗？”

“噢，不，那些议员我每天都见得到，”波尚说，“他，我却不认识。”

“这件丧事登报了吗？”

“报纸上提及过，但文章不是我写的。真的，我不知道维尔福先生看了那篇文章是否会感到高兴，因为上面说，如果那接连四次发生的死亡事件不是发生在检察官家里，他对这件事情就会特别感兴趣了。”

“可是，”夏多·勒诺说，“为家母看病的阿夫里尼医生却说维尔福的情绪非常沮丧。你在找谁呀，德布雷？”

“我在找基督山伯爵。”德布雷道。

“我的银行家？他的银行家是腾格拉尔，不是吗？”夏多·勒诺问德布雷。

“我认为是的，”那秘书稍微有些尴尬地回答，“但这儿不仅只缺少基督山伯爵一个人，我也没有看见莫雷尔。”

“莫雷尔！他们认识他吗？”夏多·勒诺问。

“我记得别人只给他介绍过维尔福夫人。”

“可是，他是应该到这儿来的呀，”德布雷说，“今天晚上我们谈论些什么？谈论这件事件，这是今天的新闻。但是，不要再说了，我们的司法部长来了，他一定得对那个哭哭啼啼的堂弟说几句话。”于是那三个青年赶紧凑过去听。

波尚说的是实话。在他来参加丧礼的途中，他曾遇见过基督山伯爵，当时基督山伯爵正在朝安顿大马路腾格拉尔先生府上的那个方向驶去。那银行家看见伯爵的马车驶进了前院，面带着伤心但殷勤的微笑出来迎接他。“噢，”他把手伸给基督山伯爵说，“我想您是来向我表示同情的吧，因为不幸确实已三番五次地光临我们家了。当我看见您的时候，我正在问自己：我究竟是否伤害到了那可怜的马尔塞夫一家人，假若我曾那样希望过，那么‘凡希望旁人遭遇不幸者，他自己也必遭遇不幸’那句谚语就说对了。唉！我以人格担保，不！我决没有希望马尔塞夫遭祸。他有一点儿骄傲，也许那是因为，像我一样，他也是一个白手起家的人，可是每个人都是有缺点的。啊！请看，伯爵，请看看我们这一代人，我们这一代人今年都特别倒霉。举例来说，看看那清正严谨的检察官所遭遇的怪事，他虽然刚失去了他的女儿，而实际上他的全家几乎都已经死光了。马尔塞夫已经身败名裂、自杀身亡，而我因受贝尼代托的耻辱，受尽了人家的奚落。”

“还有什么？”伯爵问。

“唉！您不知道吗？”

“又发生什么新的不幸了？”

“我的女儿——”

“腾格拉尔小姐怎样啦？”

“欧热妮已离开我们了！”

“天哪！你在说什么呀？”

“是真的，我亲爱的伯爵。噢，您没有妻子儿女是多么幸福啊！”

“您真的这样认为吗？”

“我确实这样想。”

“那么腾格拉尔小姐——”

“她无法容忍那坏蛋对我们的羞辱，她要求我允许她去旅行。”

“她已经离开了吗？”

“前天晚上走的。”

“与腾格拉尔夫人同去的吗？”

“不，与一位朋友。可是，我们恐怕是再也见不到欧热妮了，因为她的骄傲是不允许她再回到法国的。”

“可是，男爵呀，”基督山伯爵说，“家里发生的伤心事，或是其他任何的烦恼，只会压倒那些将他们的儿女作为唯一宝物的穷人，但对一位百万富翁来说，那些痛苦则是可以忍受的。哲学家说得好：金钱可以减少许多苦恼。凡是实事求是的人一直认为这是正确的，假如您认为这是灵丹妙药，您应该感到非常满足——因为您是金融界的国王，是一切权力的中心！”

腾格拉尔斜眼望着他，看他是否在取笑他。

“是的，”他答道，“假如财富能使人得到慰藉的话，我是理应感到安慰的了，我很有钱嘛。”

“富有极了，我亲爱的男爵，您的财产像金字塔——您要想毁掉它都不可能，即使可能的话，您也不愿意！”

腾格拉尔对伯爵这种好心的打趣微笑了一下，“我一下想起来了，”他说，“当您进来的时候，我正在签署五张小小的凭单。现在已签了两张，您能允许我把其余那几张也签好吗？”

“请签吧，我亲爱的男爵，请签吧。”

房屋里沉默了一会儿，此时，只听得见那位银行家沙沙的签票声，基督山伯爵则在细看天花板上镀金的图案。

“那是西班牙支票、海地支票或那不勒斯支票吗？”基督山伯爵问。

“都不是，”腾格拉尔微笑着说，“那是当场现付的法兰西银行凭单，噢，”他又说，“伯爵，假如我可以被称为金融界国王的话，您自己应该是金融界皇帝了，但是，像这样每张价值一百万的支票，您见得很多吗？”

伯爵接过腾格拉尔非常骄傲地递给他的那些纸片，读道：

总经理台鉴：请在本人存款名下按票面额付一百万整——腾格拉尔男爵。

“一、二、三、四、五，”基督山伯爵说，“五百万！啊，您简直就是一个克罗苏斯[①]啦！”

“我平时做生意也是这样的！”腾格拉尔说。

“那非常好，”伯爵说，“尤其是，我相信，这是能付现钱的吧。”

“是这样的。”腾格拉尔说。

“有这种信用可不赖，真的，只有在法国才有这样的事情。五张小卡片就等于五百万！不亲眼见到谁也不能相信。”

① 克罗苏斯，六世纪时里地的国王，以富有闻名。

“难道您不相信它吗?”

“相信。”

“听您的口气好像还有一些怀疑的成分，等一下，我要让您完全相信。跟我的职员到银行里去，您就会看见他留下这些纸片，带着同等面额的现款了。”

“不必了!”基督山伯爵一面说，一面收起那五张支票，“这样就不必了，这种事情如此的稀奇，我要亲自去体验一下。我预定在您这儿提六百万，现在已经提用了九十万法郎，所以您还得支付我五百一十万法郎，就给我这五张纸片吧，只要有您的签字我就相信了，这是一张我打算用的六百万的收条。这张纸条是我事先准备好的，因为今天我急需钱用。”于是基督山伯爵一手把支票放进他的口袋，一手把收据递给腾格拉尔。即使一个霹雳落到那位银行家脚前，他也未必会这样惊恐万分。

“什么!”他结结巴巴地说，“您的意思是现在要提钱吗?对不起，对不起!但这笔钱是我欠医院的，——是我答应在今天早晨付出的一笔存款。”

“噢，嗯，那好!”基督山伯爵说，“并不是一定要这几张支票，换一种方式付钱给我也可以。我拿这几张支票是因为好奇，希望我可以对人家说：腾格拉尔银行不用准备就可以立即付给我五百万，那一定会让人家感到惊奇。这几张支票还给你，另外开几张给我吧。”他把那五张纸片递给腾格拉尔，银行家急忙伸手抓过去，像是一只秃头鹰隔着铁笼子伸出利爪来想要抓回从它那儿失去的食物。但他突然停住手，竭力控制住自己，然后，他那张失态的面孔渐渐露出了微笑。

“当然啰，”他说，“您的收条就是钱。”

“噢，是的。假如您在罗马，汤姆生·弗伦奇银行就会像您刚才那样不必太麻烦就会付款给您。”

“原谅我，伯爵，请原谅我。”

“这么说来我现在可以收下这笔钱了?”

“是的，”腾格拉尔一边说，一边擦着流下来的汗珠，“是的，收下吧，收下吧。”

基督山伯爵把那几张支票重新放回口袋里，脸上带着一种说不出的表情，像是在说：“好好想一想，假如您反悔，现在还来得及。”

“不，”腾格拉尔说，“不，绝对不，收了我签的支票吧。您知道，银行家是办事最讲究形式的人。我原本是准备把这笔钱付给医院的，因为一时头脑糊涂，觉得假如不用这几张支票来付钱，就像被抢了钱似的！——就好像这些钱没有那些钱好似的！原谅我。”然后他开始高声笑起来，但那种笑声却掩饰不了他的心慌。

“我当然可以原谅您，”基督山伯爵宽宏大量地说，“那我收起来了。”于是他把支票放进皮夹里。

“还有一笔十万法郎的款子还没有结清。”腾格拉尔说。

“噢，小事一桩！”基督山伯爵说，“差额大概就是那个数目，但不必付了，我们两清了。”

“伯爵，”腾格拉尔说，“您此话当真吗?”

“我是向来不和银行家开玩笑的，”基督山伯爵冷冰冰地说道，他总是用这种态度来制止别人的鲁莽，然后他转向了门口，而此时，跟班进来通报说：“慈善医院主任波维里先生来到。”

“哎呀！”基督山伯爵说，“我来得正好，刚好拿到您的支票，不然他们就要和我争执了。”

腾格拉尔的脸色顿时变得苍白，他赶紧跟伯爵告别。基督山伯爵与站在候见室里的波维里先生交换了一个礼节性的鞠躬，伯爵离开以后，波维里先生便立刻被引入腾格拉尔的房里。伯爵注意到那位出纳主任的手里拿着一只公文包，他那种十分严肃的脸上不由得掠过一个转瞬即逝的微笑。伯爵在门口登上他的马车，立刻向银行驶去。

这时，腾格拉尔抑制住内心的激动，走上去迎接那位出纳主任，当然，他的脸上肯定挂着一个殷勤的微笑。“早安，债主，”他说，“因为我敢说，这次来拜访我的一定是一位债主。”

“您说对了，男爵，”波维里先生答道，“医院派我来见您。寡妇、孤儿委托我到您这儿来问那五百万捐款。”

“都说孤儿是应该怜悯的，”腾格拉尔说，借开玩笑来延长时间，“可怜的孩子！”

“我是以他们的名义来见您的，”波维里先生说，“您收到我昨天的信了吗？”

“是的。”

“今天我把收据带来了。”

“我亲爱的波维里先生，我不得不请您的寡妇和孤儿再等待二十四个小时，因为基督山先生，就是您刚刚看到离开的那位先生，您一定看见他了吧，是吗？”

“是的，怎么啦？”

“嗯，基督山先生刚才把他们的五百万带走了。”

“这是怎么回事？”

“伯爵曾在我这儿开了一个无限提款户头——是罗马汤姆生·弗伦奇银行介绍来的，他刚才从我这儿立刻提到了五百万，于是我就开了一张银行支票给他。我的资金都存在银行里，而您也应该明白，假如我在一天之内提出一千万，总经理就一定会觉得非常奇怪。如果能分两天提，”腾格拉尔微笑着说，“那就不同了。”

“哦，”波维里用一种非常不相信的口气说，“那位刚才离开的先生已经提走了五百万！他还对我鞠躬，像是我认识他似的。”

“虽然您不认识他，或许他认识您，基督山先生社交广泛。”

“五百万！”

“这是他的收据。请您要像圣多马①一样，验看一下吧。”

波维里先生接过腾格拉尔递给他的那张纸条，读道：

兹收到腾格拉尔男爵五百一十万法郎整，此款可随时向罗马汤姆生·弗伦奇银行支取。

“确实是这样的！”波维里说。

“您肯定知道汤姆生·弗伦奇银行吧？”

“是的，我曾经与它有过二十万法郎的交易，但此后就再没有听人

① 圣多马，宗教传说他是十二“圣徒”之一，曾怀疑耶稣复活，后人将他比喻多疑的人。

提起过它。”

“那是欧洲最有信誉的银行之一。”腾格拉尔说着把那张收据漫不经心地抛在了他的写字台上。

“而他仅在您这儿就有五百万！看来，这位基督山伯爵是一位富豪了！”

“说实话，我不知道他究竟是什么人，但他有三封无限提款的委托书——一封给我，一封给罗斯希尔德，一封给拉费德，而您看，”他漫不经心地又说，“他把优惠权给了我，并且留下了十万法郎给我做手续费用。”

波维里先生面带十分钦佩的神情。“我一定去拜访他，求他捐一点款给我们。”

“他每月慈善捐款总在两万以上。”

“真令人佩服！我应当把马尔塞夫夫人和她儿子的事例讲给他听。”

“什么事例？”

“他们把全部财产捐给了医院。”

“什么财产？”

“他们自己的——已故的马尔塞夫将军给他们留下的全部财产。”

“因为什么？”

“因为他们不愿意接受因犯罪而获得的钱。”

“那么他们怎么生活呢？”

“母亲隐居在乡下，儿子去参军。”

“嗯，我不得不承认，这些都是造孽钱。”

“我昨天把他们的赠契登记好了。”

“他们有多少？”

“噢，不太多！大约一百二三十万法郎。来说说我们的那笔款吧。”

“当然啰，”腾格拉尔轻松地说道，“那么，您急于用这笔钱吗？”

“是的，因为我们明天就要查点账目了。”

“明天，您为什么不早告诉我呢？不过明天还早点吧？几点钟开始查点？”

“两点钟。”

“十二点钟准时送去。”腾格拉尔微笑着说。

波维里先生不再说什么了，只是点点头，拿起了那只公文夹。

“现在我想起来了，您可以有更好的办法。”腾格拉尔说。

“什么办法？”

“基督山先生的收据等于是钱，您拿它到罗斯希尔德或拉费德的银行里去，他们立刻会给您兑现。”

“什么，在罗马付款的单据都可以兑现？”

“当然啰，只收您千分之五或千分之六的利息就得了。”

那位出纳主任吓得倒退一步，“不！”他说，“我宁愿等到明天。亏您想得出！”

“我认为，”腾格拉尔鲁莽地说，“要填补呢？”

“啊！”那出纳主任说。

“如果真是那样的话，也就是他做点牺牲了。”

“感谢上帝，不！”波维里先生说。

“那么您可以等到明天吗，我亲爱的出纳主任？”

“是的，但不会再失约了吗？”

“啊！您在开玩笑！明天十二点派人来，我先通知银行。”

“我亲自来取就是。”

“那样最好，那样我就有幸可以跟您见一面了。”他们握了握手。

“顺便问问，”波维里先生说，“我到这儿来的路上遇到了那可怜的维尔福小姐的葬礼，您不去送丧吗？”

“不，”那银行家说，“自从发生贝尼代托的事件以后，我几乎成了人家的笑柄，所以我不会出头露面！”

“您说错了。那件事情怎么可以怪您呢？”

“请听我说，当一个人有了像我这样受过名誉被玷污的事情时，他总是有点敏感的。”

“每一个人都会同情您，阁下，尤其同情腾格拉尔小姐！”

“可怜的欧热妮！”腾格拉尔说，“您知道她要进修道院吗？”

“唉！这件事非常不幸，但却是真的。事情发生后的第二天，她就带着一个认识的修女离开了巴黎，她们已到意大利或西班牙去寻找一座教规非常严格的修道院去了。"

"噢！真可怕！"波维里先生带着深表同情的叹息声出去了。腾格拉尔于是做了一个极富表情的姿态，喊道："傻瓜！"只有看过弗列德里克扮演罗伯·马克[①]的人才能想象出这个姿势是什么意思。然后，一面把基督山伯爵的收据放进一只小皮夹里，一面说："好吧，十二点钟的时候来吧，那时我早就离开了。"他闩上房门，把他所有的抽屉都倒空了，凑了大约五万法郎的钞票，烧了一些文件，其余的让它堆在那儿，然后开始写一封信，信封上写着："腾格拉尔男爵夫人启。"

"我今天晚上亲自去放在她的桌子上，"他低声说，然后，他从抽屉里拿出一张护照，"好！有效期还有两个月哩。"

---

① 《罗伯·马克》是一八三四年前后在巴黎流行的一个喜剧。

第一〇五章　公墓

波维里先生的确曾经在庐山遇到了瓦朗蒂娜的送葬队。那时候天空满是阴霾。寒风吹过，树枝上面残留的枯叶都散落到挤满了人的马路上。维尔福先生是个地道的巴黎人，在他眼中，只有拉雪兹神甫的墓地才配得上一名巴黎成员的遗体，只有在那里，死者才能得到真正的安息。因此，他买下了那里的永久性墓地，没过多久，那块坟地就被他的家人占满了。墓碑的最下面刻着“圣·米兰·维尔福家族”，这是瓦朗蒂娜的母亲，可怜的丽妮临终前最后的愿望。庄严的送殡队伍从圣·奥诺路出发，浩浩荡荡地向拉雪兹神甫墓地行进。队伍穿过巴黎市区和寺院路，离开郊区的马路，到达了坟场。最前面是三十辆丧车，后面有五十多辆私家马车，马车的后面，又有五百多个人徒步走着。最后面的一群人都非常年轻，瓦朗蒂娜的死对他们来说不亚于晴天霹雳。天气虽然阴沉沉的，但仍阻止不了人们为这位纯洁、美丽、可爱而又花季凋零的姑娘送行。离开巴黎市区时，一辆四匹马拉动的马车突然驶过来，马车中的人就是基督山伯爵。伯爵走下车子，混入步行的人群中。夏多·勒诺看到了他，也立即下了自己的车子，和他一起走，波尚也离开了自己的马车加入进来。伯爵在人群中看来看去，一副找人的样子。“莫雷尔去哪里了？”他问道，“你们有谁看见他了吗？”

“我们在丧家吊唁时就已经问过这个问题了，”夏多·勒诺说，“因为我们也没有见过他。”

伯爵一声不吭，但继续四下张望。送殡队列到达坟场了，基督山伯爵那敏锐的目光突然向树丛里望去，不一会儿他焦急不安的神情消失了，因为他看见一个人影在紫杉树间闪过，并认出那个人影就是他要找的人。

这个豪华大都市里的丧葬情形，人家想必都知道。黑压压的人群分散地站在白色的墓道上，天地间一片寂静，只有那围绕墓碑的篱笆竹偶尔的折断声会打破寂静，然后神甫用抑郁而单调的声调诵经，其中还不时地夹杂着女人发出的啜泣声。基督山伯爵注意到的那个人影迅速绕到亚比拉和哀绿伊丝[①]的坟墓后面，来到柩车的马头旁边，与死者的几个仆人一同到达指定的墓穴跟前。人们的注意力都集中在墓穴上，基督山伯爵却只注意那个人影。伯爵曾两次走出队列，是想看清他所关切的那个人究竟有没有在衣服底下藏着武器。当殡葬队列停下的时候，可以清楚地看到那个人是莫雷尔，黑色礼服的纽扣一直扣到颔下。他脸色苍白，痉挛的手指紧紧地抓住帽子，站到一块可以看清坟墓的高地上，斜靠着一棵树，看着入穴的每一个细节。一切进行正常，某些不易动情的人仍旧像往常一样发表一些演讲——有的对逝者的夭折表示同情，有的就父亲的伤心侃侃而谈；有些自认为非常聪明的人还说，这个青年女郎曾几次向她的父亲求情，求他宽恕那些即将受法律惩处的罪犯；这样一直讲到他们耗尽他们那些华丽的辞藻为止。

基督山伯爵什么也没有听，什么也没有看见，或者说得准确些，他只注意莫雷尔，莫雷尔那种镇定的态度让那些知道他心事的看到都感觉非常担心。

“看，”波尚一指莫雷尔，对德布雷说，“他在那儿干什么？”

“他的脸色真苍白呀！”夏多·勒诺说，禁不住打了一个寒战。

“他受凉了！”德布雷说。

“绝对不是，”夏多·勒诺慢慢地说，“我想他的心里一定非常难受，他向来是多愁善感的。”

“唉！”德布雷说，“你说过他不认识维尔福小姐呀！怎么会为她如

---

① 指法国神学家亚比拉（1079—1142）和他所恋爱的少女哀绿伊丝。

此伤心呢?”

“不错，可是我记得他曾在马尔塞夫夫人家里和维尔福小姐跳过三次舞。您还记得那次舞会吗，伯爵？您在那次舞会上是那么的引人注目。”

“不，我记不得了。”基督山伯爵回答，他根本不知道他们在说什么，他正全神贯注地观察着莫雷尔，莫雷尔好像激动得呼吸都停止了。

“演讲完了，再会，诸位。”伯爵说，他转身走了，但没有人看见他去了哪里了，葬礼结束了，来宾们纷纷回到巴黎去。

夏多·勒诺四处寻找莫雷尔，当他寻找伯爵的时候，莫雷尔已经挪动了地方，夏多·勒诺再回头已看不见莫雷尔了，便去追德布雷和波尚。

基督山伯爵躲在一座大坟后面等着莫雷尔，莫雷尔走近那座刚建好但已被旁观者和工匠所遗弃的坟墓。他神情茫然地环顾四周，当他的目光离开基督山伯爵所躲藏的那个圆形墓地时，基督山伯爵已走到离他十来步远的地方，年轻人却仍没有发现他，年轻人在墓前跪了下来。伯爵走到莫雷尔身后，伸长了脖子，他膝盖弯曲，像是随时都会扑到莫雷尔身上去似的。莫雷尔低着头，直到头接触到石板，然后双手抓着栅栏喃喃地说道：“噢，瓦朗蒂娜啊!”

这几个字使伯爵的心都碎了，他走上去扶住那青年人的肩头，说：“是你，亲爱的朋友，我正在找你。”

基督山伯爵原本以为莫雷尔看到他会痛哭流涕，并对他大发雷霆，但他错了，莫雷尔回过头来，很平静地对他说：“你看见了我在祈祷。”

伯爵用疑惑的目光把那年轻人从头到脚打量了一番，然后似乎比较放心了。“要我用车子送你回巴黎吗?”他问。

“不，谢谢你。”

“你打算干什么吗?”

“让我祈祷。”

伯爵并不反对，他只躲到一边，注视着莫雷尔的一举一动。莫雷尔终于站了起来，拂去膝头的灰尘，然后头也不回地走上了回巴黎的路，他顺着罗琪里路慢慢往回走。伯爵没乘马车，在莫雷尔身后约一百步远的距离步行尾随着他。莫雷尔穿过运河，沿着林荫大道折回了密斯雷路，他刚到家五分钟，伯爵便赶到了。尤莉站在花园入口处，全神贯注地看园丁为一棵孟加拉玫瑰接枝，“啊，基督山伯爵！”她喊道，他每次来访问密斯雷路的时候，这个家庭里的每一个成员都会如此喜欢他。

“马西米兰刚才回来了，是吗，夫人?”伯爵问道。

“是的，我好像看见他进去了，要不要去叫艾曼纽来呀?”

“对不起，夫人，我必须马上到马西米兰的房间里去，”基督山伯爵答道，“我有非常重要的事情要告诉他。”

“那么请吧。”她微笑着说，目送他消失在楼梯口。基督山伯爵冲上通到马西米兰房间去的楼梯，到了楼梯顶，他全神贯注地倾听，但没有任何动静。与许多独家住的老屋一样，这儿的房门上装着玻璃格子。房门闩着，马西米兰把自己关在房间里，玻璃格后面遮着红色的门帘，无法知道他在房间里干什么，伯爵脸都红了，有着铁石心肠的人是不容易动情的。“我怎么办呢?”他不安地自语道，并想了片刻，“拉铃吗?不，铃声只会使马西米兰实行他的行动，那时铃声就会由另一种声音来回答。”他浑身发抖，情急生智，用手臂撞碎了一格玻璃，随后他拨开门帘，看见莫雷尔伏在书桌上写东西，听到玻璃格破碎的声音，他从座位上跳了起来。

“一千个对不起！”伯爵说，“没有什么，只是我滑了一下，手肘不小心碰破了一格玻璃。既然玻璃被打破了，那就来你的房间里和你谈谈，不必惊惶！”伯爵从那打破的玻璃格里伸进手来，打开了房门。

莫雷尔神情不悦地向基督山伯爵迎上来，但他不是来迎接他，而是要阻止他进来。

“嘿！”基督山伯爵擦着自己的手肘说，“这是你仆人的过错，把楼梯擦得这样滑，就像走在玻璃上一样。”

“你碰伤了吗，阁下?”莫雷尔冷冷地问。

“我感觉没有。你在写什么呀?在写文章吗?”

“我?”

“你的手指上染有墨水。”

“啊，不错，我在写东西。我虽然是一个军人，但有的时候却喜欢动动笔。”

基督山伯爵走进房间里，马西米兰无法阻止他了，只得跟在伯爵身后。

“你在写文章吗？”基督山伯爵用目光逼视着对方。

“我已经告诉过你了。”莫雷尔说。

伯爵向四周打量了一下，“你的手枪怎么放在写字台上？”基督山伯爵指着书桌上的手枪说。

“我就要出门去旅行了。”莫雷尔答道。

“我的朋友！”基督山伯爵用一种非常友好的口吻喊道。

“阁下！”

“我的朋友，我亲爱的马西米兰，不要如此匆忙地做决定，我求求你。”

“我做匆忙的决定？”莫雷尔耸耸肩说，“出门去旅行一次这有什么好奇怪的呢？”

“马西米兰，”伯爵说，“让我们取下我们的假面具，你不要再用那种假镇定来欺骗我，我也不用再对你装出儿戏式的关怀。你当然明白我刚才撞破玻璃窗，打扰一位朋友的原因，我之所以这么做，正是因为我怀着极度的不安，或更确切地说，是有一种可怕的想法。莫雷尔，你想自杀！”

“伯爵！”莫雷尔打了一个寒战说，“你怎么会这样想呢？”

“我告诉你，你是想自杀，”伯爵继续说，“这就是证据。”

他走到写字台前，移开莫雷尔遮住的那张纸，将那封信拿在手里。

莫雷尔冲上来抢那封信，但基督山伯爵早已看出他会这么做，用他有力的手抓住了他的手，“你看，你想自杀，”伯爵说，“你已经把这种想法写在纸上了。”

“好吧！”莫雷尔说，他的表情又从疯狂的激动变为平静，“好吧，即使我是想用这支手枪自杀，谁又能阻止得了我？谁敢阻止我？当我说，我生命的全部希望已被熄灭，我的心已经死了。我的生命之火熄灭了，周围的一切都让我伤心，地球已变成灰烬，每一个人的声音都伤害我，当我说让我死是慈悲，假如我活下去，我就会因丧失理智而发疯，阁下，告诉我，当听了这一番话以后，谁还会对我说‘你错了’。谁还敢来尝试阻止我去死呢！告诉我，阁下，难道你有那种勇气吗？”

“是的，莫雷尔，”基督山伯爵说，他的态度非常坚决，与莫雷尔的异常激动形成了鲜明对比，“是的，我要那样做。”

“你！”莫雷尔愤怒地喊道，“你，当我还可以救她，或者可以看着她死在我怀里的时候，你竟来欺骗我，用空洞的诺言来鼓励和安慰我。你，你假装无所不知，无所不能，你扮演上帝，却不能拯救一个年轻的姑娘！啊！说实话，阁下，如果不是你让我看了感到可怕的话，我简直会认为你很可怜！”

“莫雷尔！”

“你叫我取下假面具，我把它放下了，请放心吧！”

“当你在她的坟前跟我说话的时候，我回答了你，那是因为我的心软了，你到这儿来的时候，我让你进来。既然你得寸进尺，既然你到将被作为坟墓用的房间里来激怒我，我已经受尽了人间的痛苦，你又为我设计出一种新的苦刑。那么假装是我的恩人的基督山伯爵呀，人间天使的基督山伯爵呀，你可以满意了，你就目睹一位朋友的死吧。”说着，莫雷尔狂笑着扑过去抢那支手枪。

基督山伯爵脸色惨白，但他的眼睛依旧闪闪发光，他用手压住手枪，对疯狂的人说：“我再对你说一遍，你不可以自杀。”

“你还想阻止我。”莫雷尔说，挣扎着要摆脱伯爵的手，但像第一次一样，他的挣扎毫无用处。

“那么你认为你是谁，竟敢用这种暴虐的态度对待自由而理智的人？”

“我是谁？”基督山伯爵重复道，“听着，在这个世界上，只有我有权利能对你说：‘莫雷尔，你父亲的儿子不应该死在今天。’”基督山伯爵两臂交叉，神情庄严地向那年轻人走过去，他看上去是那么崇高、那么神圣，年轻人不由自主地在这种近乎神圣的威严面前屈服了，他后退了一步。

“你为什么要提到我的父亲?”他结结巴巴地问，“你为何要把他和今天的事情混在一起?”

“因为当你的父亲就像你今天这样要自杀的时候，阻止他的人就是我；送钱袋给你的妹妹，送埃及王号给老莫雷尔先生的人就是我。因为我就是那个当你还是一个小孩子的时候就把你抱在膝头上玩的爱德蒙·唐太斯。”

莫雷尔震惊得几乎透不过气来了，他踉踉跄跄地倒退了一步；他再也支持不住了，大叫一声俯伏到基督山伯爵脚下。然后，他又立刻爬起来，冲向房门，在楼梯顶上放开嗓子大喊：“尤莉，尤莉！艾曼纽！艾曼纽!”

基督山伯爵想出来，但马西米拦住门不让伯爵出来，宁死也不肯放松门柄。尤莉、艾曼纽和那个仆人听到马西米兰的喊声，便惊慌失措地奔上来。莫雷尔拉着他们的手，把门推开，用一种呜咽的声音喊道：“跪下，跪下！他是我们的恩人！是我们父亲的救命恩人，他是——”

他本来还想说出“爱德蒙·唐太斯”这个名字，但伯爵抓住了他的手臂，阻止了他。尤莉扑到伯爵的怀抱里；艾曼纽热情地拥抱他；莫雷尔又跪了下来，用他的额头碰着地板。此时，那个意志坚强的人觉得他的心膨胀起来，喉部似乎有一道火焰要冲上眼睛，他低下头哭泣起来。一时间，房间里只听见啜泣声，尤莉异常激动，她冲出房间，奔到楼下，跑进客厅，揭开水晶罩，取出她的恩人送给她的那只钱袋。

这时，艾曼纽用哽咽的声音对伯爵说：“噢，伯爵，您怎么能这样冷酷呢？您常听我们谈起我们的恩人，常常看见我们这样感激他、崇拜他，您怎么忍心对我们隐瞒真相呢？噢，这对我们太残酷了，而且——我能这样说吗？——对您自己也太残酷了!”

“听着，我的朋友，”伯爵说，“我可以这样称呼你，因为尽管你不知道，但实际上却已经和我做了十一年的朋友——秘密的泄露，是由一件你不知道的大事引出来的。上帝做证，我本来希望终生保留这个秘密，但你的内兄马西米兰用过火的语言逼我讲了出来，他现在一定非常后悔当时的举动。”他转过头去看着莫雷尔，莫雷尔仍跪在地上，但已把头伏在一把圈椅里，他便深情地握了握艾曼纽的手，然后低声说：“留心他。”

“为什么？”艾曼纽吃惊地问。

“我不能明说，但留心他。”

艾曼纽向房间里看了看，看见手枪放在桌子上，他的目光不禁停留在上面，他用手指了一指，基督山伯爵点了点头，艾曼纽走过去拿手枪。

“就让它放在那儿好了。”基督山伯爵说。他向莫雷尔走过去，抓住他的手，那年轻人的心在极度的激动以后陷入了一种麻木状态。这时，尤莉跑回来，双手捧着那只丝带织成的钱袋，欢喜的泪珠一串串地滚了下来。

“这是纪念品，”她说，“我不会因为知道了我们的恩人就减少对它的珍视！”

“我的孩子，”基督山伯爵的脸红了，“允许我拿回那只钱袋吧。你们现在既然已经认识我，我只希望你们在心里会时时会想起我就行了。”

“噢，”尤莉把钱袋紧紧地搂在怀里说，“不，不，我求求您，不要把它带走，因为某一天，您要离开我们的，是吗？”

“你猜对了，夫人，”基督山伯爵微笑着答道，“在一星期之内，我就要离开这个国家了，因为在这里，许多应受惩罚的人过着快乐的生活，而我的父亲却在饥愁交迫中死去。”

当他说要离开的时候，伯爵看看莫雷尔，他发现“我就要离开这个国家”这几个字并不能把他从麻木状态中唤醒。他知道必须用另一种方法来帮他的朋友抑制悲哀，便握住艾曼纽和尤莉的手，用父亲般温和而威严的口吻说：“我的好朋友，让我单独和马西米兰待一会儿。”

尤莉看到基督山伯爵并不留意那只钱袋，她可以带走她那宝贵的纪念物了，便拉着丈夫到门口，“我们离开他们吧。”她说。

房间里只剩下伯爵和莫雷尔了，莫雷尔仍如石像似的一动不动。

“来，”基督山伯爵用手指碰了碰他的肩膀说，“你总算又变成男子汉了，马西米兰。”

“是的，因为我又开始痛苦了。”

伯爵皱了皱眉头，犹豫地说：“马西米兰，马西米兰，”他说，“你心里的想法不是一个基督徒所应有的。”

“噢，不必怕，我的朋友，”莫雷尔说，他抬起头来，向伯爵挤出一个伤心的微笑，“我不想自杀了。”

“这么说来你用不着手枪，也用不着绝望了。”

“用不着了，要治愈我的悲哀，有一种比子弹或小刀更好的办法。”

“可怜的人，那是什么？”

“我的悲哀会让我死去！”

“我的朋友，”基督山伯爵同样忧郁地说，“听我说，以前的某天我跟你现在一样绝望，我下过与你一样的决心，想自杀；以前的某天，你的父亲在同样绝望的时候，也想自杀。假如在你的父亲举起手枪准备自杀的时候，假如我在监狱里三天不曾吃东西的时候，有人来对他或对我说：‘活下去，将来有一天，你会快乐，会赞美生活的！’不论那些话是谁说的，我们听了总感觉是不可思议而且会难以相信。可是，当你父亲在拥抱你的时候，他曾多少次赞美生活呀！我自己也曾多少次——”

“啊！”莫雷尔打断伯爵的话叹道，“你只丧失了你的自由，家父也仅仅丧失了他的财产，但是我——我失去了瓦朗蒂娜。”

“看看我，莫雷尔，”基督山伯爵庄严地说，这种庄严的态度使他看起来是如此的伟大，让人不得不信服他，“看看我，我的眼睛里没有眼泪，我的情绪并不狂热，可是我却眼看着你在痛苦——你，马西米兰，我是把你当作我自己的儿子一样看待的。嗯，这不是在告诉你：悲哀也像生活一样，总是伴随着一些你意想不到的事情吗？现在，假如我求你活下去的话，莫雷尔，那是因为我相信将来有一天，你会感谢我保全了你的生命的。”

那青年说：“噢，天哪！你在说什么呀，伯爵？或许你从来没有恋爱过！”

“孩子！”伯爵回答。

“我是指像我这样的恋爱。你看，我成年以后，就是一个军人。我到二十九岁没有恋爱过，在那以前，我所体验的情感没有一种可以被称为爱情。嗯，在二十九岁的时候，我遇见了瓦朗蒂娜，我爱上了她，两年间，我从她身上看见了为妻为女的一切美德，就像写在纸上一样。伯爵，拥有了瓦朗镑娜将是一种无限的、空前的幸福——一种在世界上太大、太完整、太超凡的幸福。既然这个世界不允许我得到这种幸福，伯爵，失掉了瓦朗蒂娜，世界给我留下的就只有绝望和凄凉了。”

“我告诉你，要抱有希望。”伯爵说。

“那么，我再说一遍：留点儿神，因为你想要说服我，假如你成功了，我便会失去理智，因为要劝服我，除非使我相信我还能再得到瓦朗蒂娜。”

伯爵微笑了一下。

“我的朋友，我的父亲，”莫雷尔兴奋地喊道，“我再第三次声明：留点儿神，因为你对我的影响太大了。你在说话以前先想好，因为我的眼睛又有神了，我的心又复活了。留点儿神，因为你是想让我相信那些神乎其神的事。假如你吩咐我掘起那埋葬睚鲁[①]之女的墓石，我就会去做；假如你指示我方向，吩咐我像圣徒那样在大海的波浪上行走，我也会服从你，留神哪，什么都会服从你的。”

“要抱有希望吧，我的朋友。”伯爵仍旧这样说。

“啊，”莫雷尔说，情绪顿时从兴奋的高峰跌回到绝望的深谷，“啊，你在逗我，像那些善良而自私的母亲用甜言蜜语哄她们的孩子一样，因为孩子的哭喊使她们感到烦恼。不，我的朋友，我要你留神是不对的，不用怕，我将把我的痛苦埋在我心灵的深处，我会让它成为秘密，甚至连你也不必怜悯我。别了，我的朋友，别了！”

“恰恰相反，”伯爵说，“从此刻起，你必须要和我住在一起。你一定不能离开我，在一星期之内，我们就要离开法国了。”

---

① 传说耶稣使他的女儿复活。

“仍然要我抱有希望吗?”

“我告诉你应该抱有希望，因为我知道有一种方法可以医治你。”

“伯爵，如果可能的话，你这样做只能使我比以前更伤心了。你以为这只是一种普通的打击，你可以用一种普通的方法：通过改变环境来医好它?”莫雷尔鄙夷不屑地怀疑着摇摇头说。

“我还能说什么呢,”基督山伯爵说道。“我对于我的方法非常自信，求你允许我来试一试。”

“伯爵，你只会使我痛苦拖得更长。”

“那么”伯爵说，“你的心就那么脆弱，甚至连给我一个尝试的勇气都没有吗？来！你可知道基督山伯爵的能力有多大吗？你可知道他掌握着多少权力？你可知道他可以多么自信地从上帝那儿获得奇迹？上帝说，人有信仰，可以移山。嗯，等一等吧，对那个奇迹抱有希望，不然——不然，小心哪，莫雷尔，否则就要说你忘恩负义了。”

“可怜可怜我吧，伯爵!”

“我对你是这样的同情，马西米兰，请听我说，如果我不能在一个月内医好你，那么到那一天的时候，留意我的话，莫雷尔，我就把手枪放在你面前，此外再给你一杯最厉害的意大利毒药——它比杀死瓦朗蒂娜的毒药更有效更迅速。”

“你答应我了?”

“是的，因为我是一个男子汉，因为正如我告诉你的一样，我也曾想过死。真的，自从不幸离开我以后，我时常想到长眠的快乐。”

“但你确定能答应我这一点吗?”莫雷尔陶醉地问。

“我不但答应，而且可以发誓!”基督山伯爵伸出一只手说。

“那么，以你的人格担保，在一个月内，假如我还不能得到安慰，我自由处理我的生命，而无论如何，你都不会说我忘恩负义了?”

“一个月，十年前的这个时间和日期是神圣的，马西米兰。我不知道你是否还记得：今天是九月五日，十年前的今天，你的父亲想死，是我救了他的命。”

莫雷尔抓住伯爵的手吻了一下，伯爵任凭他这样做，他觉得这是他应该得到的。“一个月期满的时候，”基督山伯爵继续说，“你将在我们那时所坐的桌子面前看到一支手枪，你可以愉快地去死，但是，你必须答应我这一个月内决不自杀。”

“噢！我也发誓。”

基督山伯爵把那年轻人紧紧地搂在怀里，“现在，”他说，“过了今天，你就来和我住在一起。你可以住在海黛的房间里，至少可以有个儿子来代替我的女儿了。”

“海黛?”莫雷尔说，“她怎么了?”

“她昨天晚上离开了。”

“离开你吗?”

“因为她要去等着我。所以，你准备一下，到香榭丽舍大街去找我。现在陪我走出去，但不要让任何人看见我。”

马西米兰低下头，像一个孩子或圣徒似的按照他的吩咐做了。

第一〇六章　财产分享

阿尔贝和马尔塞夫夫人在圣·日尔曼选定了一家旅馆，楼上还有一间小套房，一个非常神秘的人租下了这个小套间。门房从来不曾见到过，因为在冬天，他的下巴用一条大红围巾围着。马车夫在寒冷的夜晚才用，而在夏天，每当他走近门口的时候，总是在擤鼻涕。可是，这位先生并没有被监视，据说他是一个地位很高的人，不允许遭受到无礼的干涉，他的微服秘行是受人尊敬的。他来旅馆的时间是固定的，虽然偶尔会有迟早。一般地说，不论冬夏，大约在四点钟的时候他会回到他的房间里来，但从不在这儿过夜。冬天，到三点半钟的时候，管理这个小房间的仆人便来生起炉火；夏天，那个仆人便把冰块端上去。四点钟的时候，那位神秘的人物便来了。二十分钟以后，一辆马车在门前停下，一个身穿黑色或深蓝色衣服的贵妇人从车子里走下来，像一个幽灵似的经过门房，悄悄地奔上楼梯。从来没有人问她去找谁，所以她的脸，像那位绅士的脸一样，两个门房也完全不曾见过，在整个巴黎，大概也只有这两个能这样谨慎识礼的门房。她走到二楼就停下了。

然后，她用一种特殊的方式轻轻叩门，进去以后，门又被紧紧地关住了。至于他们在房里干什么则没人知道。离开那座房子的时候也像进来的时候那样小心。那贵妇人先出去，出去的时候也总是戴着面纱，登上马车后，不是消失在街的这一头，就是消失在街的那一头，大约二十分钟之后，那位绅士也把脸埋在围巾里离去了。

在基督山伯爵拜访腾格拉尔的第二天，也就是瓦朗蒂娜出丧的那一天，那神秘的房客在早晨十点钟进来了。几乎同时而不是如往常那样间隔了一段时间，来了一辆马车，那戴面纱的贵妇人匆匆地从车子上走下来奔上楼去。门开了，但在门关上以前，那贵妇人就喊了一声："噢，吕西安！我的朋友！"门房这才第一次知道那房客的名字叫吕西安，可是，因为他是一个模范门房，他决定这件事情连老婆都不告诉。

"嗯，什么事，亲爱的？"名字被那贵妇人在仓猝中泄漏出来的那位绅士说，"告诉我，什么事？"

"噢，吕西安！我能依靠你吗？"

"当然啰，你是知道的。但是发生什么事了？你今天早晨的那张便条把我完全弄糊涂了。你写得那样仓促，字迹那样潦草。快说出来，好让我放心，要不会吓我一跳的。"

"吕西安，出大事了！"那贵妇人用探询的目光望着吕西安说，"腾格拉尔先生昨天晚上出走了！"

"出走了，腾格拉尔先生出走了！他去了哪里了？"

"我不知道。"

"你这话什么意思？你不知道？那么他这一走就不回来了吗？"

"可能是吧！昨天晚上十点钟，他乘马车到了卡兰登城门，那儿有辆驿车在等着他，他带着贴身仆人上了车，对车夫说是到枫丹白露去。"

"那么你刚才为何说——"

"等一等，他留了一封信给我。"

"一封信？"

"是的，你念吧。"于是男爵夫人从她的口袋里拿出一封信来交给德布雷。

然后德布雷开始读信并沉思了一会儿，像是在猜测那封信的内容，又像是在思考，不论那封信的内容如何，他想先考虑一下下一步该怎么做。几分钟后他无疑已拿定了主意，那封使男爵夫人心神不定的信是这样写的：

我忠实的夫人：

德布雷毫不思索地住了口，望了望男爵夫人，男爵夫人羞得连眼睛都红了。

“念吧。”她说，

德布雷继续念道：

当你收到这封信的时候，你已失去你的丈夫了！噢！你不必惊慌，只是像你失去女儿一样失去他，我的意思是，我正在三四十条从法国出境的大路上。我这样做是应该向你解释，而你也是一个能完全理解这种解释的女人，我现在就说给你听，所以，请仔细听着：今天，有人来到我这儿提取五百万的款项，那笔提款支付了，紧接着又有一个人来向我提取了一笔同样数目的款项，我告诉来人让他明天来取，我今天出走就是为了逃避明天，明天是太不好过了。你能理解是吗，夫人？我说你能理解的原因是，因为你对于我的财务就像我自己一样熟悉。甚至我认为你更清楚，因为在我那从前还非常可观的财产中有相当大的一部分我不知道到哪儿去了，而你则不然，夫人，我确信你知道得清清楚楚。因为女人天生就有万无一失的本能——她们甚至能自己发明代数公式来解释不可思议的事情；但是我只懂得自己的数字，只要有一天这些数字欺骗我，我就什么都不知道了。你是否奇怪我的失败来得如此快？我的金条突然熔化烧掉，你可曾感到有点迷乱吗？我承认我只看见了火，但愿你能从灰堆中找到一点金子。我带着这个宽慰的想法离开了你，我审慎的夫人，我虽然离开了你，但良心上却并没有任何遗弃你的内疚感。你有朋友，和那我已经提及过的灰烬，而尤其重要的是我急于归还给你自由。关于这个，夫人，我必须再写几句解释一下。以前，当我以为你还能增加我们家庭的收益和女儿幸福的时候，我乐观地闭上眼睛，然而你却把这个家庭变成了一片废墟，我也不愿意做另一个人发财的垫脚石了。当我要娶你的时候，你很有钱，但却不受人尊重，原谅我的直率，既然涉及你我之间的事，我看我似乎并不需要闪烁其词。我增加了我们的财产，十五年来，它持续不断地增加，直到意想不到的灾祸从天而降，可以坦白地说，对于这场灾祸，我没有任何过错。你，夫人，你只希望增加你自己的财产，而你也已经成功了。所以，在我离开你的时候，仍让你处于我娶你时的境况——有钱，但却不受人尊重。别了！从今天起，我也准备要为自己而努力了，你为我做出了榜样，我会依照这个榜样去做的。

你忠诚的丈夫，——腾格拉尔男爵。

当德布雷读这封长信的时候，男爵夫人始终看着他，他虽然竭力控制着自己，却仍禁不住变了一两次脸色。读完信以后，他把信叠好，恢复了他那若有所思的神情。

“怎么样？”腾格拉尔夫人焦急地问，她的焦急心情是非常容易理解的。

“怎么样？夫人？”德布雷机械地反问。

“你对这封信有什么看法？”

“噢，非常简单，夫人，我认为腾格拉尔先生走时是有所猜疑的。”

“当然啰，但你要说的，就只有这一句话吗？”

“我不明白你的意思。”德布雷冷冰冰地说。

“他走了——走了，永远不回来了！”

“噢，夫人！不要那样想！”

“我对你说，他是绝对不会回来了。我了解他的个性，凡是对他自己有利的，他是绝不会改变的。如果我对他还有用，他会带着我一起走的，他把我丢在巴黎，那是因为这样有利于他达到自己的目的。所以，他一个人走了，我是永远获得自由了。”腾格拉尔夫人面带祈求的表情最后说道。

德布雷并不回答，这使她的询问态度变得很焦急。

“怎么？”她终于说，“你不回答我？”

“我只想问你一个问题，你准备怎么办？”

“我正要问你我该怎么办？”男爵夫人心情紧张地说。

“啊！这么说来你希望从我这儿得到忠告？”

“是的，我确实希望你给我忠告。”腾格拉尔夫人急切地说。

“那么，假如你希望我给您忠告，”那青年冷淡地说，“我就建议你去旅行。”

“去旅行！”她吃惊地说。

“当然啰，正如腾格拉尔先生说的，你很有钱，而且是自由的。按我的意见，腾格拉尔小姐婚约的两次破裂，腾格拉尔先生失踪，在这双重不幸发生以后，你离开巴黎是很有必要的。你必须使外界相信你遭遗弃了，而且贫苦无依，一个破产者的妻子如果保持着奢华的外表，人家是无法原谅的。你只须在巴黎逗留两星期，让外界知道你被遗弃了，把这次被遗弃的过程讲给你的朋友听，她们很快就会把消息散布出去。然后你就可以离开了，留下你的首饰，放弃你法定的继承权，那样每一个人都会赞美你，称赞你洁身自好。他们如果知道你被遗弃了，会以为你很穷苦，因为只有我一个人知道你的真实经济状况，而且我很愿意把我的账目交给你，做你忠实的合伙人。”

男爵夫人吓呆了，脸色苍白，一动都不动地站着，她此时的恐惧心情，与德布雷说话时的那种漠不关心的镇定形成了鲜明的对比。“遗弃！”她复述德布雷的话说，“啊，是的，我的确被遗弃了！您说得对，阁下，谁都无法不相信我的处境。”这个堕入情网的骄傲女人用这几句话来回答德布雷。

“但你还有钱，非常有钱。”德布雷一面说，一面从他的皮夹里拿出几张纸来，铺在桌子上，腾格拉尔夫人并不看他——她想竭力抑制自己的心跳和那就要涌出来的眼泪。

最终，还是自尊心获得胜利，即使她没有完全控制住激动的心情，但至少也没让眼泪掉下来。

“夫人，”德布雷说，“自从我们合作以来，六个月了，你提供了十万法郎的本钱，我们的合伙是从四月份开始的。五月，我们开始经营，在一个月中赚了四十五六法郎；六月，利润达九十万；七月，我们又增加了一百七十万法郎，你知道，就是做西班牙公债的那个月；八月，我们在月初亏损三十万法郎，但到十三号便已赚了回来。现在，我们的账上一共赚了二百四十万法郎——也就是说，我们每人一百二十万。现在，夫人，”德布雷像一个股票掮客一样一本正经地说，“另外还有八万法郎，是这笔钱的利息。”

“但是，”男爵夫人说，“我没想到你拿钱出去入利息。”

“请原谅，夫人，”德布雷冷冷地说，“我这样做是得到过你的允许的，所以，除了你提供的十万法郎以外，你还可以分到四万利息，加起来，你的部分一共是一百三十四万法郎。嗯，夫人，为了安全起见，我前天已经把你的钱从银行提出来了。你瞧，两天的时间不算长，如果我迟迟不算账，等人找上门来，我就要被人怀疑了。你的钱在那儿，一半现金，一半是支票。我说‘那儿’是因为我的家里不够安全，律师也不够可靠；房地产预订契约，尤其是，你没有权利保存属于你丈夫的任何东西，所以我把属于你的这笔钱——放在那只衣柜里面的一只钱箱里，为了可靠起见，是我亲自把它锁进去的。现在，夫人，”德布雷打开衣柜，拿出钱箱打开，继续说，“现在，夫人，这是八百张一千法郎的钞票，你看，像是一本装订好的画册。此外，还有一笔两万五千法郎的股息，余数大概还有十一万法郎[1]，这是一张开给我的银行家的支票，他是会照数付给你的，这个你大可放心。”

腾格拉尔夫人机械地接受了支票股息和那堆钞票，这笔庞大的财产在桌子上占的位置并不多。腾格拉尔夫人欲哭无泪、情绪激动，她把钞票放进钱袋里，将股息和支票夹入笔记本里，然后，她脸色苍白地一声不响地站着，等待着一句安慰话。但她等了一个空。

“现在，夫人，”德布雷说，“你有了一笔非常可观的财产，一笔能使你每年获益八万法郎的收入，这笔收入，对于一个一年内不能在这儿立足的女人来说，是够大的了。你以后可以随心所欲，而且，如果发觉你的收入不够用的话，夫人，看在过去的面上，你可以用我的，我很乐意把我的全部都给你，当然是借给你。”

“谢谢你，阁下，谢谢你，”男爵夫人答道，“你知道，你刚才付给我的那些钱，对于一个打算退隐的可怜女人来说，已经太多了。”

德布雷一时感到有点儿惊诧，但很快便恢复了常态，他鞠了一躬，

① 原著计算错误。

神色似乎是在说："那随便你，夫人。"

在此之前，腾格拉尔夫人或许还抱着某种希望，但当她看到德布雷那漫不经心的表情，那种姑妄听之的目光，以及那种意味深长的沉默的时候，她昂起头，既不发怒也不发抖，而是毫不犹豫地走出了房门，甚至不屑与他告别。

"唔！"德布雷在她离开以后说，"这些计划很妙呀！她可以待在家里读读小说，她虽然不再能在证券交易所投机，但却仍可以在纸牌上投机。"

然后，他拿起账簿，小心地把他刚才付掉的款项一笔笔划去。

"我还有一百零六万，"他说，"维尔福小姐死了多可惜呀！她各方面都很适合我的胃口，我本来可以娶她的。"他心平气和地等腾格拉尔夫人离开二十分钟以后才离开那座房子，在这期间，他全神贯注地计算着数字，把他的表放在一边。

勒萨日剧中那个魔鬼的角色阿斯摩狄思①，如果勒萨日没有把他写进自己的作品里，其他想象力丰富的作家也会创造出他来的；如果在德布雷算账的时候，揭开圣·日尔曼路那座小房子的屋顶，就会看到一幕奇特的情景。在德布雷和腾格拉尔夫人平分二百五十万的那个房间的隔壁，住着两个熟人，他们在我们以前所讲的事情里占有极重要的地位，而且我们以后还要更关切地讲述他们两个人。那个房间里住着梅塞苔丝和阿尔贝。最近几天来，梅塞苔丝改变了许多——这并不是因为她现在穿着平淡朴素的服装，以至我们认不出她了，即使在她有钱的时候，她也从不作华丽的打扮；也并不是由于她穷困潦倒以致无法掩饰住那穷苦的外貌。不，梅塞苔丝的改变是她的眼睛不再发光了，她也不再微笑了，她那以前富于机智的流利的谈吐现在听不见了，她常欲言又止。使她的精神崩溃的不是贫穷，她并不缺乏勇气忍受贫穷，梅塞苔丝从以前优越的地位降低到现在的这种境况，像是一个人从金碧辉煌的宫殿进入了一片无边的黑暗——梅塞苔丝像是一位皇后从她的宫殿跌到了一间茅舍里，她只能有最低限度的生活必需品，她不习惯那种放在桌子上的粗

---

① 勒萨日所作剧本《瘸脚魔鬼》中的人物，魔鬼阿斯狄思。

瓷碗，也不习惯用下等草褥来代替床铺。那个美丽的迦太兰人和高贵的伯爵夫人失掉了高傲的目光和动人的微笑，她在周围所见的，只有穷苦。房东在墙上糊了灰色的纸张，地板并不明显，没有地毯，房中的家具引人注目没法让人将目光从硬充阔气的寒酸相上引开，看惯了精美高雅的眼睛看了这些永远不会感到舒服。

马尔塞夫夫人自从离开宅邸后，就住在这儿，周围的寂静使她感到郁闷。可是，看到阿尔贝注意着自己脸色想了解她的情绪，她的嘴唇露出一个单调的微笑，这种微笑没有一丝暖意，与她以前眼睛里光彩四射的样子截然不同，似乎没有温暖的亮光。阿尔贝也忧心忡忡，过去奢侈的习惯使他与目前的情况极不协调。如果他不戴手套出去，他的一双手便显得太白了；如果他想徒步走在街上，他的皮靴似乎太亮了。可是，这两个高贵而聪明的人，在母子之爱的联系之下，得到了无言的谅解，他们不用像朋友之间那样必须经过初步的尝试阶段才能达到开诚布公，开诚坦白在这种情况下是非常重要的。阿尔贝至少不会对他的母亲说："妈妈，我们没有钱了。"他至少不会用这种话来使她难过。以前梅塞苔丝从不知道穷苦是怎么回事，她在年轻时代常常谈到贫穷，但在"需要"和"必需"这两个同义词之间，她不清楚有什么区别。住在迦太兰村的时候，梅塞苔丝想得到而得不到的东西也很多，但很多东西是她从不缺少的。只要渔网不破，他们就能捕鱼，而只要他们的鱼能卖钱，他们就能买线织新网。

那时候，她没有朋友，只有一个爱人，那时的她只须照顾自己。

她经济状况虽然不是很好，但她还可以尽量宽裕地应付自己的一份开销；现在她手头一无所有，却有两份开销得应付。

冬天临近。在那个寒冷的房间里，梅塞苔丝没有生火，她以前最喜欢享受炉火的温暖，从大厅到寝室都暖烘烘的。现在她甚至连一朵小花都没有，她以前的房间曾经像是一间培植珍贵花卉的温室。她还有儿子，直到那时，一种责任感激起的兴奋在支持着他们。兴奋像热情一样，有时会使我们忘记很多困难，一旦兴奋之后平静下来，他们必须从梦境回到现实，在说尽了理想以后，不得不谈论到现实。

"妈妈！"马尔塞夫夫人下楼梯的时候，阿尔贝喊道，"如果感兴趣，我们来算一算我们还剩多少钱好吗？我需要一笔钱来实施我的计划。”

“钱！现在什么都没有！”梅塞苔丝苦笑道。

“不，妈妈，三千法郎。我有一个主意，可以用三千法郎过上愉快的生活。”

“孩子！”梅塞苔丝叹息道。

“唉，亲爱的妈妈呀！”那年轻人说，“可惜过去我花了您太多的钱，却不知道钱的重要。这三千法郎是一个大数目，我要用它开辟一个充满安宁而神奇的道路。”

“可以这么说，我亲爱的孩子，但你认为我们应该接受这三千法郎吗？”梅塞苔丝红着脸说。

“我认为是的，”阿尔贝用坚决的口气答道，“我们可以接受，因为我们缺钱用，您知道，这零钱就埋在马赛米兰巷一所小房子的花园里。有两百法郎，我们就可以到达马赛了。”

“凭两百法郎？你就是这样认为的吗，阿尔贝？”

“噢，至于那一点，我已向公共驿车站和轮船公司调查过了，而且我已经算好了。您可以乘双人驿车到厦龙，您瞧，妈妈，我待您像对待一位皇后一样，这笔车费是三十五法郎。”

阿尔贝于是拿起一支笔写了起来：

> 双人驿车——三十五法郎；从夏龙到里昂，坐轮船——六法郎；从里昂到阿维尼翁，仍坐轮船——十六法郎；从阿维尼翁到马赛——七法郎；沿途零用——五十法郎，总计一百一十四法郎。

“就算是一百二十吧，”阿尔贝笑着说，“您看，我算得很宽裕了，不是吗，妈妈？”

“那么你呢，我可怜的孩子？”

“我！您没看见我为自己留了八十法郎吗？一个青年是不能奢侈的，而且，我知道出门是怎么一回事。”

“可那是乘着私人驿车，带着仆人。”

“随便怎样都可以，妈妈。”

“嗯，就算是这样吧。但这两百法郎呢?”

“这不是? 而且另外还多两百。我把我的表卖了一百法郎，表链和坠子卖了三百法郎。多幸运，那些小玩意儿比表还值钱。这些都是多余的东西！现在，我们很有钱了，因为您旅途只需要一百一十四法郎，您却可以带着二百五十法郎上路。”

“但我们还欠这间房子的租金呢!”

“三十法郎，从我的一百五十法郎里偿付好了，我只需要八十法郎的旅费。您看，我是绰绰有余的。您感觉怎么样，妈妈?”

于是阿尔贝摸出一本嵌金搭扣的小笔记本，这是他唯一心爱的东西，也许是那些常常来敲他那扇小门的神秘的蒙面女郎送给他的定情信物。阿尔贝从这本笔记本里抽出一张一千法郎的钞票。

“这是什么?”梅塞苔丝问。

“一千法郎，妈妈。噢，这是真的。”

“你从哪儿搞到的?”

“听我说，妈妈，别激动。”阿尔贝站起来，在母亲的两颊上各吻了一下，然后站在那儿望着她，“妈妈，您不知道您是多么的美!”年轻人怀着深挚的母子情激动地说，“您确实是我生平所见到的最美丽最高贵的女人了!”

“好孩子!”梅塞苔丝说，她竭力抑制不让眼泪掉下来，但最终还是失败了。

“真的，只要看到您忍受痛苦，我对您的爱就变成崇拜了。”

“我有了儿子就不会痛苦，”梅塞苔丝说，“只要我还有你，我就不会觉得痛苦。”

“啊！是这样的。”阿尔贝说，“现在开始考验了。您知道我们不得不实行的协议吗，妈妈?”

“有什么协议?”

“有的，我们的协议是，您去住在马赛，而我则动身到非洲去，在那儿，我将不会用已经抛弃的那个姓，而用我现在这个姓氏。”

梅塞苔丝叹了一口气。

"嗯，妈妈！我昨天已经去应征加入驻阿尔及利亚的骑兵联队了，"年轻人说到这里，便低垂着眼睛，感到有点难为情，因为连他自己都不理解他这种自卑的伟大，"我觉得我的身体是我自己的，我有权利卖掉它。昨天我去顶替了一个人的位置，我想不到自己那么值钱，"年轻人竭力想微笑一下，"整整两千法郎。"

"那么，这一千法郎——"梅塞苔丝浑身打着寒战说。

"是那笔款子的一半，妈妈，剩下的将在一年之内付清。"

梅塞苔丝带着一种无法形容的表情抬头向天，一直被抑制着的眼泪，终于涌了出来。

"用血换来的代价。"她难过地说。

"是的，如果我战死的话，"阿尔贝笑着说，"但我向您发誓，妈妈，我有坚强的意志要保护自己的身体，我求生的意志从来还没有像现在这样坚强过。"

"仁慈的上帝啊！"

"而且，妈妈，为什么您一定以为我会战死呢？拉摩利萨①可曾被杀？姜茄尼②可曾被杀？皮杜③可曾被杀？莫雷尔，我们认识的，可曾被杀？想想看，妈，当您看到我穿着一套镶花制服回来的时候，您将多么高兴呀！我要说，我感到前途一片光明，我选择那个军团只是为了名誉。"

梅塞苔丝竭力想笑，结果却只是叹了一口气，这个神圣的母亲感到她不应该只让儿子肩负重担。

"嗯！现在您明白了吧，妈妈！"阿尔贝继续说，"我们有四千多法郎供您花。这笔钱，至少供您生活两年。"

"你是这样想的吗？"梅塞苔丝问。

这句话说出来是如此悲伤，阿尔贝理解母亲的心思，他的心在猛跳，他抓住母亲的手，温柔地说："是的，您会活下去的！"

"我会活下去！那么你即将离开我了吗，阿尔贝？"

---

①②③ 以上三人均为当时侵略阿尔及利亚等非洲土地的法国将军。

“妈妈，我不得不去的，”阿尔贝用一种坚定而平静的声音说，“您很爱我！所以不愿意看见我无所事事地在您的身边闲荡，而且，我已经签了约了。”

“你可以按你自己的意愿行事，我的孩子，而我——我将按上帝的意志行事。”

“那不是我的意志，妈妈，是我的理智——难道我们不是两个绝望的人吗？生命对您有什么意义？没有什么可留恋的。生命对我有什么意义？没有了您，我也无可留恋了，相信我，要不是为了您，早在我怀疑父亲，抛弃姓氏的那一天，我就不会再活了。如果您答应我继续怀有希望，我就可以活下去；如果您允许我照顾您未来的生活，我的力量就会增加一倍。那时，我就去见阿尔及利亚总督，他有一颗仁慈的心，而且是一个地道的军人，我将把我悲惨身世告诉他。我将要求他照顾我，如果他能信守诺言，对我很感兴趣，那么在六个月之内，如果我不死，我就是一个军官了。如果我成了军官，您就必定会幸福，因为那时我就有够两个人用的钱了，尤其是，我们将有一个足以引以为豪的姓氏，因为那就是我们自己的姓氏了。如果我牺牲了，那么，妈妈呀，如果您愿意的话，您也可以死了，那么我们的不幸也就可以结束了。”

“很好，”梅塞苔丝说，眼里流露出高贵而动人的神色，“你说得对，我的宝贝，向那些注意我们行动的人表明：我们至少是值得同情的。”

“但我们不要去想那种可怕的结果，”那青年说，“我向您保证：说得更确切些，我们将来是快乐的。您是一个对生活充满希望同时又是乐天安命的女人，我要改掉坏习惯，希望能不轻易动感情。一旦到了部队，我就会有钱；一旦住进唐太斯先生的房子，您就会得到安宁。让我们奋斗吧，我求求您，让我们用奋斗去寻找快乐吧！”

“是的，让我们奋斗吧，因为你是应该活下去的，而且是应该得到快乐的，阿尔贝。”

“那么我们的财产分割就这么说定了，妈妈，”那青年装出满不在乎的模样说，“我们今天就可以出发了，我按我们商定的办法去给您定位子。”

“你呢，我亲爱的孩子？”

“我在这儿再住几天，我们必须让自己习惯于分别，我要去弄几封介绍信，还要打听一些关于非洲的情况。我到马赛再去见您。”

“那么，就这样吧！我们走吧。”梅塞苔丝一面说，一面披上围巾，她只带出来这一条围巾，那是一条黑色的珍贵的克什米尔羊毛围巾。阿尔贝匆匆忙忙地收集好他的文件，付清三十法郎房租，伸手扶着他的母亲，走下楼梯。这时，有一个人走在他们的前面，这个人听到绸衣服的窸窣声，恰好转过头来，“德布雷！”阿尔贝轻声地说。

“是你，马尔塞夫。”大臣秘书站在楼梯上说道，好奇心战胜了他想掩饰真面目的愿望，而且，他也已被马尔塞夫认出来了。在这个意想不到的地方遇见那个青年，他的不幸曾在巴黎轰动一时，这的确是够新奇的。

“马尔塞夫！”德布雷说，然后，在昏暗的光线里他看到马尔塞夫夫人那依旧还很美的身材和那黑色的面纱，他便带着一个微笑说，“原谅我！我走了，阿尔贝。”

阿尔贝明白他的意思，“妈妈，”他转过去对梅塞苔丝说，“这位是德布雷先生，内政部长的私人秘书，曾经是我们的朋友。”

“怎么说曾经呢？”德布雷结结巴巴地说，“你这话是什么意思？”

“我这样说，德布雷先生，是因为我现在没有朋友了，我应该是没有朋友的了。我感谢您还能认出我。”

德布雷走上来热情地和对方握手，“相信我，亲爱的阿尔贝，”他尽量用友好而热情的口吻说，“相信我，我对你的不幸深表同情，如果我可以为你效劳的话，我可以听从你的吩咐。”

“谢谢您，阁下，”阿尔贝微笑着说，“我们虽遭不幸，却还过得去。我们要离开巴黎了，在我们付清车费以后，我们还可以剩下五千法郎。”

德布雷的脸都红了，他的钱袋里装着一百万呢，他虽然不善于想象，但他不禁联想到：就在片刻之前，这座房子里有两个女人，一个是应该遭受耻辱的，但在她的披风底下装着一百五十万还感觉穷；另一个是遭受了不公平的打击，她却在忍受着自己的不幸，虽然身边只有几个钱，却感到很富足。这种对比使他以前的那种殷勤的态度，实例所证明的哲理使他迷惑了。他含糊地说了几句客套话，便奔下楼梯。那天，部里的职员，他的下属都成了他的出气筒。但当天晚上，他成了一座坐落在玛德伦大道上的漂亮房子的主人，并且每年有五万里弗的收入。

第二天，当德布雷在签署房契的时候——也就是说在下午五点钟左右，——马尔塞夫夫人满怀热情地拥抱了儿子，登上公共驿车，随后关上了车门。这时，在拉费德银行一扇拱形小窗口后面，躲着一个人，他看见美茜丝走进驿车，看见驿车开走，看见阿尔贝回去，这时他举起手，按在他那布满疑云的额头上："唉！我从这些可怜的无辜者手中夺来的幸福！怎样才能把幸福还给他们呢？上帝帮助我吧！"

第一〇七章　狮穴

在福斯监狱里，有一个圣·伯纳院，是专门关押危险而凶横的犯人的牢区，不过也许是因为里面的罪犯常用牙齿去咬铁栅，有时甚至也咬看守，所以犯人们又将其命名为“狮穴”。这是一个监狱中的监狱，有比别处要厚一倍的墙壁。特选出来的铁栅每天都由狱卒对其认真检查，这些威猛、冷酷的狱卒十分擅长以恐怖和机警来统治囚徒。因为四面都是极高的墙头，牢区院子只有在太阳当空的那一刻才能晒到一点太阳，这不禁让人觉得这真是一群连太阳也懒得多看的精神和肉体的怪物。每天从早到晚都有一群脸色惨白、满面忧愁、外貌凶狠且正在遭受法律惩罚的人在铺着石板的院子里踱步，看上去就跟一群憧憬着未来的幽灵一样。

在那吸收并保留了一些阳光余热的墙脚下，可以看见两三个囚犯蜷缩着在聊天，但更常见的是一个人蹲在那儿——眼睛望着铁门，那扇门有时也打开，从这悲惨的人群里唤出去一个，或是又抛一个社会的渣滓进来。

圣·伯纳院有专门的会见室，那是一个长方形的房间，两道笔直的栅栏，栅栏之间相距三尺，以防止探监的人和犯人握手或递东西。这是一个阴森、潮湿，甚至是令人恐怖的地方，尤其是想到这两道铁栅之间那种可怕的谈话的时候。可是，这个地方虽然可怕，但对于那些数着时间过日子的人来说，却像是一个天堂，他们一旦离开狮穴，大多被送到圣·杰克司城栅①或苦工船或狱中隔离室去。

① 巴黎枪决死刑犯的地方。

牢区里散发着寒冷的潮气，一个年轻人双手插在口袋里来回走动，这已引起了狮穴成员们的好奇心。他身上的衣服如果没被撕破，从剪裁来看，他应该是一位高雅的绅士，那套衣服并不算旧，在年轻人的小心整理之下，撕破的那一部分不久便恢复了原有的光泽，让人一看就知道那衣服的质地很不错。他同样爱护身上那件白葛布衬衫，自从他入狱以来，衬衫的颜色已改变了很多，他用一块角上绣着一顶皇冠的手帕角把他的皮靴擦亮。狮穴里的几个囚犯对这个人的修饰表示了非常大的兴趣。

“瞧！王子在打扮自己了。”一个囚犯说。

“他天生长得非常漂亮，”另一个囚犯说，“假如他有一把梳子和一些发蜡，他就能把那些戴白手套的先生们比下去了。”

“他的上衣似乎是新的，他的皮靴真亮。我们有了这样体面的伙伴，真是增光不少，那些宪兵们不要脸，嫉妒得撕烂这样好的衣服！”

“他像是一个重要人物，”另一个说，“他穿着体面的衣服。”在这种恶意的赞美下，年轻人向侧门走过去，侧门上靠着一个看守。

“先生，”他说，“借二十法郎给我，很快就还给你，你跟我交往是没有危险的。我亲戚的钱，一百万一百万地计算，比你一个子一个子地计算都多呢。我求求你，借二十法郎给我，让我去买一件睡衣，一天到晚地穿着上装和皮靴真让人受不了，而且，先生，这件上装怎么配穿在卡瓦尔康蒂王子身上呀！”

看守转过身去，耸了耸肩。他对于这种谁听了都会觉得好笑的话毫无反应，这种话他听得太多了。实际上，他所听到的，都是这样的话。

“很好，”安德烈说，“你是一个没有同情心的人，我会让你丢掉饭碗的。”

那看守转过身来，爆发出一阵大笑。这时，囚犯们已走了过来，把他俩围在了中间。

“我告诉你，”安德烈继续说，“有了二十法郎，我就可以弄到一件上装和一个房间，我就可以接见我天天盼望着的贵客了。”

“他说得对！他说得对！”囚犯们说，“谁都可以看得出他是一个上等人。”

“嗯，那么，你们借二十法郎给他吧，”看守换了一个肩膀靠在侧门上说，“你们肯定不会拒绝一个伙伴的请求的。”

“我不是这些人的伙伴，”那年轻人骄傲地说，“你没有权利这样侮辱我。”

囚犯们彼此望了一眼，口里发出不满的嘟囔，一场暴风雨已在这贵族派头的囚犯头上聚集起来了，这场暴风雨不是他的话惹起的，而是由于那看守的态度。看守因为确信事态闹大时他可以让它平息下来，所以听任事态发展，以便让那个喋喋不休的家伙挨顿教训，而且，对他来说也是一种消遣。盗贼们已经逼近安德烈了，有些囚犯嘴里喊道“破鞋子！破鞋子！”——那是一种残酷的刑罚，方法是用一只钉掌的破鞋来殴打、侮辱同伴，另外一些囚犯建议用“钉包”——那又是他们的一种消遣，方法是用一块手帕包住沙泥、石子和他们身边所有的半便士的铜板，用它来敲打那倒霉者的头和肩，有些人则说：“让我们用马鞭子把那位漂亮先生抽一顿！”

安德烈转过身去，对他们眨眨眼睛，用舌头鼓起面颊，噘起嘴唇，发出一种声音，这种举动对盗贼们来说抵得上一百句话。

这是卡德罗斯教他的暗号，他立刻被认为是自己人了，手帕包被摔掉了，铁掌鞋回到了领头者的脚上。有人说，这位先生说得对，他有权利随心所欲地打扮，他们决不妨碍旁人的自由，骚乱平息下去了。看守对于这种场面感到非常惊诧，他开始搜查安德烈的身体，认为狮穴里的囚犯突然变得这样驯服了，靠他个人的目光威慑是办不到的，应该有别的理由。安德烈虽然抗议，但并不抗拒。突然，侧门外面传来一个声音。

“贝尼代托！”

“有人叫我。”安德烈说，看守只好放手。

“到会见室去！”同一个声音说。

“你看，有人来看我了。啊，我亲爱的先生，您瞧着吧，对待卡瓦尔康蒂究竟是不可以像对一个普通人一样的！”

于是安德烈像幽灵似的溜过天井，冲出栅门，留下他的伙伴们和那看守沉浸在惊讶里。

对于这次被召到会见室里安德烈本人并不像旁人那样感到惊奇。因为，自从跨进福斯监狱，那工于心计的青年便保持着坚韧的沉默，不像旁人那样到处写信向人求援。“显然，”他对自己说，“有一个强有力的人在保护着我，所有的一切都向我证明了这一点。突如其来的好运气，种种困难轻而易举地被克服了，一个即兴而来的父亲和一个送上门来的光辉的姓氏，黄金雨点般地落到我身上，我几乎结上了一门显赫的亲事。命中注定的一场波折和我那保护人的一时疏忽使我落到今天这个地步，但我决不会永远如此。当我坠入深渊的时候，那个人又会伸出手来把我救出去的！我无须冒险采取鲁莽的行动。如果鲁莽行动，也会让我的保护人疏远我。他有两种办法能够把我从这种困境里解救出来——他可以用贿赂的方法为我设计一次神秘的出逃，要不，他就用黄金收买我的法官。我暂且不说话，也不做任何举动，直到我确信他已完全抛弃我的时候，那时——”

安德烈已经拟订了一个相当狡猾的计划，这不幸的年轻人勇于进攻，防守时也很厉害。他一生下来就与监狱为伍，匮乏的生活他都经受过，可是，渐渐地，他的天性显露出来了，他忍受不了污秽、饥饿和褴褛的生活。正当他处在这种度日如年的境况中的时候，有人来看他了。安德烈感到自己的心因欢喜而狂跳着。检察官不会来得这样早，狱医不会来得这样迟，所以，这一定是他所盼望的人来了。

到了会见室栅栏后面以后，安德烈惊奇地睁大了眼睛，他看见了贝尔图乔先生那张阴郁而精明的脸，后者这时也带着戚然的目光凝视那铁栅，那闩住的门以及在那对面栅栏后面晃动的人影。

“啊！”安德烈大为感动地说。

“早安，贝尼代托。”贝尔图乔深沉地说道。

“你！你！”那青年惊慌地四处张望。

“难道你不认识我了吗，可怜的孩子？”

“轻一点！轻一点！”安德烈说，他知道墙壁另一边会有人听的，“看在上帝的面上，别说得那么响！”

“你希望和我单独谈，对吗？”贝尔图乔说。

“噢，是的！”

“很好！”于是贝尔图乔从他的口袋里摸出一张纸，向那个站在侧门窗外的看守打了一个招呼。

“看！”他说。

“那是什么?”安德烈问道。

“一道可以让你搬到一个单间里去和我谈话的命令。”

“噢！”安德烈喊道，他高兴得跳了起来，然后他心里思忖道，“还是那位无名的保护人做的，他没有忘记我，他要保密，所以要找个单间谈话。我明白，贝尔图乔是我的保护人派来的。”

看守和一位上司商量了一会儿，然后打开铁门，领安德烈来到二楼上的一个房间里。房间的墙上照例刷着石灰，但在一个犯人看来，它已经够漂亮的了，虽然它里面的全部家当仅有一只火炉、一张床、一把椅子和一张桌子。贝尔图乔坐在椅子上，安德烈往床上一躺，看守退了出去。

“现在，”那位管家说，“你想跟我谈什么?”

“你有什么话呢?”安德烈说。

“你先说。”

“噢，不！你肯定有很多话要对我说，因为是你来找我的。”

“好，就算是吧！你不断地在作恶，你抢劫，你杀人。”

“哼！假如你带我到这个房间里来只是想告诉我这些话，你大可不必这么麻烦了，因为这些事情我都知道，但有些事情我还不知道，如果你高兴，说一说我不知道的那些事情吧。谁派你来的?”

“你太着急了吧，贝尼代托先生?”

“是的，但我说了问题的关键！废话少说，到底是谁派你来的?”

“没有谁派我来。”

“你是如何知道我在监狱里呢?”

“不久以前，我在香榭丽舍大道上认出你，看到你打扮得像个花花公子，神气活现地骑在马上。”

“噢，香榭丽舍大道！啊，啊！我们是搅在一起啦。香榭丽舍大道！来，谈一谈我的父亲吧！”

“那么，我又是谁呢?”

“你吗，阁下？你是我的养父。但我想，让我在四五个月里面花掉十万法郎，应该不是你吧。我那在意大利的绅士父亲，不是你给我制造出来的吧，我进入社交界，到阿都尔去赴宴，我现在似乎还觉得在与巴黎上层的那些人物一起吃东西，那些人物中有一位检察官，可惜我没有借那个机会与他多多接触。他该不是你介绍给我的吧？现在，我的秘密泄露了，大概是你不肯花一两百万来保我出去吧？说话呀，我尊敬的科西嘉人，说呀！”

“你打算让我说什么？”

“我来提醒你。你刚才提到香榭丽舍大道，我可敬的养父！”

“那又如何？”

“嗯，在香榭丽舍大道，一位非常有钱的绅士就住在那儿。”

“你到他家里去偷过东西、杀过人，不是吗？”

“我想应该是的。”

“是基督山伯爵？”

“你说得非常对。嗯，我是不是要冲进他的怀里，紧紧地抱住他，像演员们在舞台那样大哭大叫‘爹爹，爹爹’呢？”

“我们不要开玩笑，”贝尔图乔严肃地说，“这个名字是不可以随便说的，你不要太放肆了。”

“噢！”安德烈说，贝尔图乔那种庄严的态度使他有点害怕，“为什么不可以随便说？”

“因为叫那个名字的人是蒙天主厚爱，是不会有你这样一个浑蛋儿子的！”

“噢，这句话真是太好听了！”

“如果你不小心，还有更糟糕的事情在后面呢！”

“吓唬我，我不怕的，我要说——”

“你以为你的对手是一个像你一样的胆小鬼吗？”贝尔图乔说。

他的语气平静而坚定，使得安德烈的心都发抖了，“你以为你的对手是监狱里的败类，是初出茅庐的毛头小伙子吗？贝尼代托，你已经落入一只可怕的手里了，有一只手准备来救你，你应该好自为之！别去玩弄那些鬼花样，如果你想阻碍他行动，他一定会严惩你的。”

“我的父亲！我要知道谁是我的父亲！”那固执的年轻人说，“假如我一定要死，我就死好了，但我要知道这件事情。我不怕出丑，我应该拥有什么财产，什么名誉？你们这些大人物拥有家财万贯，但碰到丑闻总是要损失惨重。来，告诉我到底谁是我的父亲？”

“我就是来告诉你这件事情的。”

“啊！”贝尼代托说，眼睛里闪烁着惊喜的光。

正当这时，门开了，狱卒对贝尔图乔说：“对不起，先生，检察官等着要查犯人了。”

“那么我们的谈话就此结束，”安德烈对那可敬的管家说，“那该死的捣蛋鬼！”

“我明天再来。”贝尔图乔说。

“好！宪兵，我会听从你们的吩咐。啊，好先生，务必请你给我留下几个钱放在门房里，好让他们为我买几样急需的物品。”

“我会给他们的。”贝尔图乔回答。

安德烈向他伸过手来，贝尔图乔依旧把手插在口袋里，把口袋里的几块钱弄得叮叮当当发响，“正是我所需要的，”安德烈说，他想笑，但却被贝尔图乔那种出奇的镇静慑服了。

“我不上当！”他一面低声说着，一面跨进那被称为“杂拌篮”的长方形的铁栅车里，“没关系，我们等着瞧吧！那么，明天见。”他转过去对贝尔图乔说。

“明天见。”那管家回答说。

第一〇八章 法官

读者应该没有忘记，在瓦朗蒂娜的房间里，布沙尼神甫和诺瓦蒂埃曾留下来为那年轻女郎守过灵。也许是因为他那种富于说服力的劝诫，也许是因为他那种温文慈爱的态度，也许是因为神甫的劝诫，总之，诺瓦蒂埃又变得勇敢了，因为他自从与神甫谈过话，他的那种绝望的心情已转变为一种沉静的、听天由命的态度了，懂他的人，都觉得很神奇。

维尔福先生从瓦朗蒂娜去世那天到现在，一次都没去看过他的父亲。整幢房子和从前相比，已经大变样了，他用了一个新仆人，诺瓦蒂埃的仆人也换了，维尔福夫人也换了两个新的侍候自己的女佣。实际上，整座房子里所有的仆人全都换了新人，而自从这几个新人来到那座受上天诅咒的房子以后，他们本就十分冷淡的关系变得越发疏远淡漠了。

法庭再过两三天就要开庭，维尔福把自己关在房间里，带着狂热的心情在准备控告谋害卡德罗斯的凶手材料。这件案子，像其他一切有关基督山伯爵的案子一样，已轰动了巴黎。证据当然并不确凿，主要证据是监狱里的逃犯留下的几个字，他有可能因旧恨宿怨而诬告他的同伴。但检察官已下定决心，他确信贝尼代托是有罪的，他想从那种克服困难的胜利中获取一种自私的喜悦以便温暖他那冰冷的心。

维尔福希望把这件谋杀案排为大审中的第一件案子，他不停地工作，一切都已准备就绪。他不得不更严密地隐藏自己，以躲避那无数来向他讨听证的人。可怜的瓦朗蒂娜去世只有几天，笼罩这座屋子的阴郁还这样浓重，这位父亲严守自己的岗位，谨慎地工作，因为这是他在悲痛中可以找到的唯一的排遣办法，谁看到这种情景都会被感动的。

维尔福和他的父亲只见过一次面，那是在贝尔图乔第二次访问贝尼代托，贝尼代托知道他父亲名字的第二天。那位法官疲惫不堪地走进花园，他心中已经由于怨恨而下了决定，他像塔根王[1]揺抽细高的罂粟花一样，用他的手杖敲断了走道两边玫瑰树上垂死的长枝，这些长枝虽然曾开出过灿烂的花朵，但现在似乎已像幽灵一样。他以同样的步伐和态度在一条走道上来回踱步。他偶尔回头向屋子里望去，因为他听到了儿子喧闹的嬉笑声。他的儿子每逢星期天便从学校里回来，到星期二再离开他的母亲回学校。当维尔福向屋子里望的时候，正巧看见诺瓦蒂埃先生坐在一扇打开着的窗子后面享受落日的余晖。傍晚的太阳还能给人一些暖意，照射在那盘绕在阳台四周的爬墙类植物那枯萎的花和红色的叶子上。

老人在看什么，维尔福看不清楚，但老人的目光充满着仇恨、残酷和暴躁。维尔福随着老人的目光急忙转出那条小路望去，他看见，在一大丛几乎落光了叶子的菩提树下，维尔福夫人坐在那儿，手里拿着一本书，她不时停下阅读，向她的儿子微笑一下，或是把他顽皮地从客厅里抛出来的皮球投回去。维尔福随即脸色苍白，他明白老人的意思。诺瓦蒂埃一直望着维尔福夫人，突然，老人的目光从妻子转移到丈夫的身上，用那双气势汹汹的眼睛来攻击维尔福。那种目光虽然已改变了目标和含义，却丝毫未减少它的威胁力。维尔福夫人没察觉到诺瓦蒂埃的目光，这时她正拿着儿子的球，向他表示要吻他，爱德华推迟了好一会儿，因为他认为母亲的一吻或许还抵偿不了他取得这一吻的麻烦。但是，他终于答应母亲了，他翻过窗口，穿过一丛金盏草和延命菊，汗流满面地向母亲奔过来。维尔福夫人抹掉他脸上的汗，在他的前额上吻了一下，然后他一手拿着球，一手拿着糖果跑了回去。

维尔福被一种不可抗拒的力吸引着，像被蛇慑服的小鸟一样，不由

---

① 罗马的第五朝国王。

自主地向屋子里走过去。此时，诺瓦蒂埃的目光始终跟随着维尔福，他眼睛里的怒火似乎要喷射出来，维尔福觉得那一对眼睛中的怒火已穿透到他心灵的深处。这种急切的目光所要表达的是一种深刻的谴责和可怕的威胁。然后，诺瓦蒂埃抬起头望着天，像是在提醒他的儿子，不要忘记了自己的誓言。“好，父亲，”维尔福在下面说道，“好吧，请再忍耐一天，我说话是算数的。”诺瓦蒂埃听了这几句话似乎平静了，他的眼睛漠然地转到另一个方向。维尔福用力解开那件似乎要使他窒息的大衣纽扣，用他那只毫无血色的手按在额上，走进他的书房。夜冷而静，全家人都休息了，只有维尔福一直工作到早晨五点钟，他又重新审阅检察官昨天晚上录的最后的预审口供，编纂证人的供述词，终于结束了那份他生平写的最雄辩有力、最面面俱到的起诉书。

第二天是星期一，是法庭开庭审判的日子。早晨的天气阴沉得很，维尔福看见灰白色的光线照到他用红墨水写成的起诉书上。他只在蜡烛垂熄的时候睡了一会儿，烛火的毕剥声唤醒了他，他发觉手指像浸在血里一样潮湿。他打开窗户，天边上横贯着一条橘红的晨露，把那在黑暗里显出轮廓的白杨横截为二。在栗子树后面的苜蓿园里，一只百灵鸟冲向天空，唱起清脆的晨歌。润湿的空气向维尔福迎面扑来，他的记忆又清晰起来。“今天，”他有力地说，“今天，只要是有罪的地方，那个握着法律之刀的人就必须打击一切罪犯。”他的眼睛不由自主地转向他昨天傍晚看见诺瓦蒂埃的那个窗口。窗帘垂下，可是，他父亲的样子在他的脑子里是如此的清晰，以至他对那关着的窗户说着话，似乎它依旧开着，而且仍然还可以看见那愤怒的老人似的。

“是的，”他低声说，“是的，放心吧。”

他的头垂到胸前，就这么垂着头在书房里踱来踱去，然后倒在一张沙发上。他彻夜未眠，想休息一下。因为工作的疲劳、破晓的寒意，使他四肢僵硬。渐渐地，大家都醒来了，维尔福从他的书斋里相继听到了那构成一个家庭的生活的声音——门的开关声，维尔福夫人召唤侍女的铃声，夹杂着孩子起床时和以往一样的欢呼声。维尔福也拉铃，他的仆人给他拿来了报纸和一杯巧克力。

“这是什么?”他说。

“一杯巧克力。”

“我并没有要。是谁这样关心我的?”

“是夫人，先生。她说您在今天审理那件谋杀案时要说许多话，您应该吃些东西来保证您的精力。”于是那跟班就把杯子放在离沙发最近的那张桌子上，桌子上堆满了文件——，然后离开房间。

维尔福神情阴郁地向那杯子望了一会儿，然后，突然神经质地端起杯子，一口喝干。他的样子让人感觉他希望那杯巧克力置他于死地，他是在用死推脱他应该履行一种比死更难过的责任。然后他站起来，带着一个令人发怵的微笑在房间里踱来踱去。那杯巧克力并不是毒药，维尔福先生喝了以后并没有不良反应。该进午餐了，但维尔福先生没有去就餐，也没有让仆人走进他的书房。

“维尔福夫人想提醒您一声，先生，”仆人说，“十一点钟已经敲过了，法院是在十二点钟开庭。”

“嗯!”维尔福说，“还有呢?”

“维尔福夫人换好了衣服，做好了准备，问是否要她陪您去，先生?”

“到哪儿去?”

“到法院去。”

“去干什么?”

“夫人说，她很希望能去旁听。”

“哼!”维尔福用一种让仆人感到吃惊的口气说，“她想去旁听?”

仆人往后退了一步说：“先生，如果您希望一个人去，我这就去告诉夫人。”

维尔福沉默片刻，用手指按着他那苍白的脸颊。“告诉夫人，”他终于答道，“我有话要跟她说，请她在她房间里等我。”

“是，先生。”

“然后就回来给我穿衣服、刮脸。”

“马上就来，先生。”

仆人出去以后，很快赶了回来，给他的主人刮了脸，服侍他穿上庄严的黑色的衣服。当他做完这一切的时候，他就说：“夫人说，希望先生穿好衣服以后就过去。”

“我这就去。”于是，维尔福带着文件，手里拿着帽子，向他妻子的房间走去。到房门口，他停了一会儿，用手按了按他那潮湿的苍白的额头。然后他走进房间，维尔福夫人正坐在一张长榻上，正不耐烦地翻阅几张报纸和一些还未读完就被儿子撕破了的小册子。她穿着出门的衣服，她的帽子放在身边的一把椅子上，手上戴着手套。

“啊！你来了，阁下，”她用她那种很自然、很平静的声音说，“你的脸色不太好！你又整夜没睡？你为什么不下来用午餐呢？嗯，你带我去呢，还是让我在家里看着爱德华？”

维尔福夫人问了许多问题，想得到一个答复，但对于她所提出的问题，维尔福先生冷淡得像一尊石像一样。

“爱德华！”维尔福用一种威严的语气对孩子说，“到客厅里去玩，我的宝贝。我要和你妈妈谈话。”

维尔福夫人看到那张冷酷的面孔、那种坚决的口气以及那种奇怪的开场白，不禁打了个寒战。爱德华抬起头来，看看他的母亲，发觉她并没有认可父亲的命令，便开始削他那些小铅笔头。

“爱德华！”维尔福喊道，他的口气严厉异常，把孩子吓了一跳，“你听到我的话了吗？去！”那孩子不习惯被这样对待，站起身来，面无血色，但很难看出是因为愤怒还是由于害怕。他的父亲走到他身边，抓住他的胳膊，在他的前额上吻了一下。“去，”他说，“去吧，我的孩子。”

爱德华跑了出去。等那孩子一出去，维尔福立马关上门，上了门闩。

“噢，天哪！”那青年女人说，竭力想猜出她丈夫心里想些什么，她的脸上露出一个微笑，但那个微笑却不能软化维尔福冷冰冰的面孔，“出什么事了啊？”

“夫人，你平时用的毒药放在哪里了？”那法官站在他妻子的房中间，单刀直入地问道。

维尔福夫人这时的感觉，想必就像百灵鸟看到鹞鹰在它的头顶上盘旋时的那种感觉。她发出了一声嘶哑的叫声，脸色由白变成死灰色。“阁下，”她说，“我——我不明白你在说什么。”

在第一阵恐怖的刺激下，她从沙发上站起来，而在第二阵更强烈的恐怖中，她又倒回到沙发上。

“我问你，”维尔福继续用一种十分平静的口气说，“你用来害死我岳父圣·梅朗先生、我岳母圣·梅朗夫人、巴罗斯以及我女儿瓦朗蒂娜的那种毒药，藏在什么地方了?”

“啊，阁下，”维尔福夫人双手合在胸前喊道，“你究竟在说什么呀?”

“我不是要你问我，而是要你回答。”

“回答丈夫还是回答法官?”维尔福夫人问。

“是回答法官，回答法官，夫人!”

那个女人惨白的脸色、痛苦的表情，以及她全身颤抖的样子，实在令人可怕，“啊，阁下……”她结结巴巴地说。

“啊，阁下。”她只能说出这几个字。

“你没有回答，夫人!”那可怕的审问者喊道，然后他露出比发怒时更恐怖的微笑说，“那么，你并不否认!”她禁不住全身一震，“而且你无法否认!”维尔福又说，向她伸出一只手，似乎是要凭法院的名义去捉她似的，“你以卑鄙的手段完成了那几次罪恶的行为，但你只能骗过那些因为爱情而盲目的人。自从圣·梅朗夫人去世的那天起，我就知道我的家里住着一个杀人犯，这一点阿夫里尼先生提醒了我。巴罗斯死后，上帝宽恕我，我竟疑心过一个天使一样的人!即使家里没有杀人犯，我的心里也总是存有疑心的。但自从瓦朗蒂娜死后，我脑子里所有不确定的疑念都排除了，不但是我，夫人，旁人也是如此。所以，你的罪，有两个人知道，有许多人怀疑，不久便要公开了，正如我刚才所说的，你已经不再是对丈夫说话而是在对法官说话了。”

那年轻女人将脸埋在了手里，“噢，阁下……”她结结巴巴地说，

“我求求你不要被表面现象迷惑了。”

“那么，你是一个懦夫吗?”维尔福用一种非常鄙视的口气大声说，“我注意到：杀人犯都是懦夫。不过，你也是一个懦夫吗?你杀死了两个老人和一个年轻的姑娘，而且还非常有勇气面对他们的死。”

“阁下！阁下!”

“你能是一个懦夫吗?”维尔福愈来愈激动地继续说，“你，你能一分钟一分钟地计算四个人临死时痛苦的时间，你，你曾经熟练而成功地策划了你那恶毒的计划且调配你的毒药。你把一切事情计算得如此清楚，那么，难道你忘了考虑一件事情——当你的罪行被揭发的时候，你会是什么样的下场?噢，这是不可能的！你一定藏起了一些最有效、最可靠、最致命的毒药，好使你逃脱那等待着你的惩罚。你这样做了是吧?我至少希望如此。”

维尔福夫人紧握着双手，跪了下来。

“我明白，”他说，“你认罪了，但对法官认罪，在必须认罪的时候认罪，是不能被减轻惩罚的!”

“惩罚!”维尔福夫人喊道，“惩罚，阁下！那句话你说了两遍啦!”

“当然啰。你以为你犯了四次罪就可以逃脱吗?你以为因为你的丈夫是检察官法律就会对你有所例外吗?不，夫人，不！断头台等待着罪犯，无论她是谁，除非，正如我刚才所说的，那下毒犯事先早有准备，为她自己也留下了最致命的毒药。”

维尔福夫人发出一声疯狂的喊叫，无法控制的可怕与恐怖感使她的脸都变了形。

“噢！不用担心断头台，夫人，”那法官说，“我不会让你名声扫地的，因为那也会使我自己名声扫地。不！如果你明白我的意思，你就知道你不会死在断头台上。”

“不！我不明白，你是什么意思?”那不幸的女人惶恐地说，她完全被弄糊涂了。

“我的意思是，首都首席检察官的妻子不会用她的耻辱去玷污一个清白无瑕的姓氏，她也不会让她的丈夫和她的孩子落到声名狼藉的地步。”

“不会的，噢，不会的！”

“嗯，夫人，对你来说这将是一个值得赞美的行动，我向你表示感谢。”

“你感谢我，因为什么？”

“为了你刚才所说的那句话。”

“刚才我说什么了？噢，我吓昏了头了！我什么都不明白了！我的上帝！我的上帝呀！”她头发散乱，口吐白沫地站起来。

“夫人，我进房来的时候问你：‘夫人，你常用的那种毒药放在什么地方了？’你已经答复那个问题了。”

维尔福夫人双臂举向天空，然后痉挛地将两手握在一起。

“不，不！”她呼叫着，“不，你不希望看到那个！”

“我所希望的，夫人，是你不应该死在断头台上。你明白吗？”维尔福问。

“噢，发发慈悲吧，发发慈悲吧，阁下！”

“我所要求的，是伸张正义。我到这个世界上是为了惩恶扬善，夫人，”他眼中冒着火，“其他的任何女人，即使她是皇后，我也要把她交给刽子手，但对你，我已经心存慈悲了。对你，夫人，你没有保留几滴那种最可靠、最致命、最见效的毒药吗？”

“噢，饶了我吧，阁下！给我留条命吧！”

“你是一个杀人犯！”

“请看在上帝的面上！”

“不！”

“看在你我相爱的分上！”

“不，不行！”

“那就看在我们孩子的面上！啊，为了我们的孩子，留我一条命吧！”

“不！不！不！我告诉你，如果我允许你活下去的话，你或许会在某天像杀死那几个人一样杀死我的孩子！”

“我！——我杀死我的孩子!”那迷惑的母亲向维尔福冲过去说，“我杀死我的孩子！哈！哈！哈!”在一阵可怕的魔鬼般的狂笑中结束了那句话，那种笑声最后变成了嘶哑的啜泣声。

维尔福夫人双膝跪下，维尔福走到她身边，“记住，夫人，”他说，“假如在我回来的时候，正义还没有得到伸张，我就要亲自来宣布你的罪行，亲自来逮捕你!”

她喘息着，听他说着却完全糊涂了，只有她的眼睛还表明她是个活物，那一对眼睛里还隐藏着一团可怕的火焰。

“你懂我的意思了?”维尔福说，“我得去法庭要求判一个杀人犯死刑。如果我回来的时候发现你还活着，那你今天晚上就要睡在拘留所里了。”

维尔福夫人呻吟了一声，全身瘫痪地倒在了地毯上。

检察官似乎动了恻隐之心，缓慢地说：“永别了，夫人!”

那一声“永别了”像刽子手的刀似的刺到了维尔福夫人的身上，她昏了过去。检察官锁住房门，走了出去。

第一〇九章　开庭

由于法院和普通人嘴里所说的贝尼代托案件，整个巴黎都轰动了。鉴于贝尼代托经常在巴黎咖啡馆、安顿大马路和布洛涅大道上露面，因此即便他显赫的日子非常短暂，这个假卡瓦尔康蒂依然结交了为数众多的人。他在监狱中的生活及假冒上流绅士时的那段经历都曾见诸报端；只要是知道卡瓦尔康蒂王子的人，都无法抑制关注他的命运的好奇心，因此关于贝尼代托这个案件的审判，他们下定决心，无论用什么方法，都必须去旁听。在很多人看来，即使贝尼代托算不上法律的牺牲品，也算得上法律的过失。

他的父亲卡瓦尔康蒂先生曾在巴黎露过面，大家以为他会再来保护这个闻名遐迩的儿子。很多人知道他到基督山伯爵家里时穿的是绿底绣黑青蛙的外套，他们对他那种庄严的姿态和绅士风度曾留下非常深刻的印象。的确，只要不张口说话，不计算财富，他扮演一个老贵族实在是非常出色的。至于被告本人，在许多人的记忆中，他非常和蔼、漂亮豪爽，以至大家都认为他可能是一次阴谋的牺牲品，因为在这个世界里，拥有财富常常会引起别人暗中的怨恨和嫉妒。所以，人人都想到法院里去，有些是去看热闹，有些是去评头论足。从早晨七点钟起，铁门外便已排起了长队，在开庭前一小时，法庭里便已挤满了那些获得特许证的听众每逢到审判某一件特殊案子的日子，在法官进来前甚至进来后，法庭就像一个客厅一样，许多互相认识的人打招呼、谈话，当他们中间隔着太多的律师、旁观者和宪兵的时候，他们就用暗号来互相交流。

这是夏季过后一个秋高气爽的日子，维尔福先生早晨看见的那些云层都已像耍魔术似的消失了，这是九月里最温和最灿烂的一天。

波尚正在向四周张望，他是无冕国王，每一个地方都有他的宝座。他看见了夏多·勒诺和德布雷，德布雷这时刚说服坐在他们前面的一个副警长和他们交换座位。那可敬的副警长，认识部长的秘书和这位新的财主，便答应特别照顾这两位旁听者，允许他们去同波尚打招呼的时候也为他们保留座位。

“嗯！”波尚说，“我们马上就要见到我们的朋友啦！”

“是的，确实！”德布雷答道，“那可敬的王子！那个意大利王子真是见鬼！”

“但是但丁给他写过家谱，在《神曲》里有据可查呀。”

“该上绞刑架的贵族！”夏多·勒诺冷冷地说。

“他会被判刑吗？”德布雷问波尚。

“亲爱的，我觉得这个问题应该是我们来问你呐，这种消息你比我们灵通得多。昨天晚上你在部长的家里见到审判长了吗？”

“是的。”

“他是怎么说的？”

“说出来会让你们大吃一惊。”

“噢，那么赶快告诉我吧，我好久都没有听到什么惊人的消息了。”

“嗯，他告诉我说，贝尼代托被公认为是一条狡猾的蛇、一个机警的巨人，其实他只是一个非常愚蠢的下等流氓，他的脑子结构在死后是不值得加以分析的。”

“什么！”波尚说，“他扮演王子扮得非常妙呀。”

“对你来说是这样的，你厌恶那些倒霉的亲王，总是非常高兴能在他们身上发现过错，但在我则不然，我凭本能就可以辨别一位绅士，就像一只研究家谱学的猎犬那样嗅出一个贵族家庭的气息。”

“如此说来，你从来都不相信他有头衔喽？”

“相信！相信亲王头衔，但不认为他有王子的风度。”

“错啊，”德布雷说，“可是，我向你保证，他跟许多人的交情都非常好，我曾在部长的家里遇到过他。”

“啊，是的！”夏多·勒诺说，“你认为部长就可以懂得王子的风度吗!”

“你刚才说的话很妙，夏多·勒诺。”波尚大笑着说。

“但是，”德布雷对波尚说，“假如说我与审判长谈过话，你大概就与检察官谈过话了吧?”

“那是不可能的事，最近这一星期来，维尔福先生家发生了一连串奇怪的伤心事，还有他女儿离奇地死去。”

“离奇！你是什么意思，波尚?”

“噢，行了！不要装了，难道部长家里发生的这一切你毫不知情吗?”波尚说，一面把单眼镜搁到他的眼睛上，竭力想使它不掉下来。

“我亲爱的阁下，”夏多·勒诺说，“请允许我告诉你，对于摆弄单片眼镜，你懂得还不及德布雷的一半呢。教教他，德布雷。”

“看，”波尚说，“我不会弄错的呀。”

“发生什么事了?”

“是她!”

“她？她是谁呀?”

“据说她已离开巴黎了呀。”

“欧热妮小姐?”夏多·勒诺说，“难道她回来了吗?”

“不，是她的母亲。”

“腾格拉尔夫人？胡说！绝对不是。”夏多·勒诺说，“她女儿出走才十天，她丈夫破产才三天，难道她就到外面来了?”

德布雷略微红了红脸，顺着波尚所指的方向望去，“噢，”他说，“那只是一位戴面纱的贵妇人，一位外国公主，也许是卡瓦尔康蒂的母亲。但你刚才在谈的是一个非常有趣的问题，波尚。”

“我?”

“是的，你在给我们讲述关于瓦朗蒂娜奇特的死。”

“啊，对，不错。但维尔福夫人为什么不在这儿呢?”

“可怜又可爱的女人!”德布雷说，“她无疑是正忙着为医院提炼药水，或为她自己和她的朋友配制美容剂。你们可知道她每年在这种娱乐上要花掉两三千银币吗？我非常高兴能看见她，因为我非常喜欢她。”

“我却很讨厌她。”夏多·勒诺说。

“什么原因?”

“我不知道。我们为什么会爱?又为什么会恨?我是天生就讨厌她的。”

“更准确地说，是出于本能。”

“或许是这样，但还是回到你所说的话题上来吧，波尚。”

“好!”波尚答道，“诸位，你们想知道维尔福家为何一下子死了如此多的人吗?”

“多才好呢。”夏多·勒诺说。

“亲爱的，你能在圣西门的书里找到那句话。”

“但事情却发生在维尔福先生的家里，所以，让我们还是回到事情本身上来吧。”

“对!”德布雷说，“你知道我一直都在注意着那座房子，最近三个月来，那儿始终挂着黑纱。前天，夫人还对我说起那座房子与瓦朗蒂娜的关系呢。”

“夫人是谁?”夏多·勒诺问道。

“当然是部长的太太啰!”

“噢，对不起!我从来没有拜访过部长，只是让王子们去做那种事情的。”

“真的，以前你仅仅是漂亮，现在你变得光彩照人了，伯爵。可怜可怜我们吧，否则你就像另外一个朱庇特，会把我们都烧死的。”

“我不再说话了!”夏多·勒诺说，“真见鬼，请不要挑剔我所说的每一个字吧。”

“来，让我们来听完你的故事吧，波尚。我告诉你，夫人前天还问过我这件事情。开导一下我吧，让我去告诉她一些消息。”

“嗯，诸位，维尔福先生家里的人之所以死得那样多，是因为那座屋子里有一个杀人犯!”

那两个年轻人都打了一个寒战，因为这种念头他们已不止一次地想到了。

“那个杀人犯是谁呢?”他们同声问。

“爱德华!”

听者爆发出来的一阵大笑并没有使那个说话的人感到窘迫，他继续说：“是的，诸位，是爱德华，他在杀人的技术方面可称得上是一个老手。”

“你在开玩笑。”

“绝对不是。我昨天雇用了一个刚从维尔福先生家逃出来的仆人，我打算明天就打发他走，他的饭量是如此的大，他要弥补他在那座屋子里吓得不敢进食的损失。嗯！听我说。”

“我们都在听着呢。”

“看来很有可能是那可爱的孩子弄到了一只装有某种药水的瓶子，他可以随时用来对付他不喜欢的那些人。最初是圣·梅朗夫人让他厌恶，所以他就把他的药倒出了三滴——三滴就可以让她丧命了。然后是那勇敢的巴罗斯，诺瓦蒂埃爷爷的老仆人，他很有可能会触犯那可爱的孩子，这你们是知道的，那可爱的孩子也给了他三滴药。之后就轮到那可怜的瓦朗蒂娜了，她并没有得罪他，但是他嫉妒她，他同样给她倒了三滴药，于是她也像其他人一样，走向了末日。”

“咦，你讲给我们听的是一个什么鬼故事呀？”夏多·勒诺说。

“是的，”波尚说，“属于另一个世界的故事，不是吗？”

“荒谬绝伦。”德布雷说。

“啊！”波尚说，“你不相信我？嗯，你可以去问我的仆人，或更确切地说，去问那个明天就不再是我的仆人的那个人，那座屋子里的人都这样说。”

“那那种药水呢？它在什么地方？它是什么东西？”

“那孩子将它藏起来了。”

“可是他在哪儿找到的呢？”

“在他母亲的实验室里。”

“这么说来，是他的母亲把毒药放在实验室里的吗？”

“这叫我如何回答呢？你简直像一个检察官在审问犯人，我只不过在复述我所听到的话而已。我让你们自己去打听，此外我就无能为力了。那个可怜的家伙前一阵吓得不敢吃东西。”

“实在让人难以置信！”

“不，亲爱的，这并没有什么不可理解的，你看见去年黎希街的那个孩子了吗？他乘他哥哥姐姐睡着的时候把一枚针戳到他们的耳朵里，弄死了他们，他只是觉得这样好玩。我们的后一代是非常早熟的！”

“来，波尚，”夏多·勒诺说，“我可以打赌，你讲给我们听的这个故事其实你自己都不相信，是不是？我没有看见基督山伯爵，为什么他不来？”

“他是不爱凑热闹的，”德布雷说，“而且，他在这儿露面不大合适，因为他刚被卡瓦尔康蒂敲去了一笔钱，卡瓦尔康蒂大概是拿着假造的介绍信去见他，骗走了他十万法郎。”

“且慢，夏多·勒诺先生，”波尚说，“莫雷尔出什么事了吗？”

“是的！我拜访过他三次，一次都没有见到他。可是，他的妹妹似乎并没有感到不安，她对我说，虽然她也有两三天没有见到他了，但她相信他很好。”

“啊，现在我明白为什么基督山伯爵不可以在法庭上露面了！”波尚说。

“是什么原因？”

“因为他是这幕戏里的一个演员。”

“这么说，难道是他暗杀了谁吗？”德布雷问。

“不，恰恰相反，他是他们暗杀的目标。你们知道，卡德鲁斯先生是在离开他家的时候被他的朋友贝尼代托杀死的；你们也知道，那件曾轰动一时的背心是在伯爵的家里找到的，里面藏着那封阻止签订婚约的信。你们见过那件背心吗？血迹斑斑的，在那张桌子上，充作物证。”

“啊，非常好！”

“嘘，诸位，法官来了，让我们回到各自的位子上去吧。”

法庭里响起一阵骚动声，那位副警长向他的两个被保护人用力地招呼了一声“喂！”司仪出现了，他用博马舍时代以来他这一职业的人所特有的尖锐的声音喊道：“开庭了，诸位！”

第一一〇章 起诉书

一片严肃的氛围中，法官和陪审员先后入座，大家注目的焦点都在维尔福先生身上，甚至可以说大家对他有些崇拜了。他在圈椅里坐着，目光平静地扫视了一下四周的人群。人们看着他那张庄重而严峻的脸时，都觉得非常惊讶，因为人们并没从他的脸上发现任何一点属于个人的哀伤情绪，人们看到的只是一个不受人类感情影响的人，这令人感到毛骨悚然。

“带被告。”审判长说。

听到这句话后，人们的注意力更加集中了，大家的目光集中到了贝尼代托即将进来的那扇门，门打开之后，被告随之出现。在场的人清清楚楚地看到了他的表情，他的脸上并没有会令人心脏骤停或是脸色煞白的激动情绪。他的两只手很优雅地放着，一只手压着帽子，另一只手置于背心的开口处，手指没有一点颤抖的迹象，他的目光是平静甚至明亮的。走入法庭之后，他的目光从法官和陪审员身上扫过，最后在审判长和检察官身上停住。安德烈的身边坐着他的律师，由于安德烈自己并没有请律师，所以律师是法院指定的，他好像是认为这是无关痛痒的小事，没有必要为这件事聘请律师。那个律师是个长着一头浅黄色头发的青年，他甚至比被告要激动一百倍。

审判长宣布读起诉书，那份起诉书占用了很长时间里，在那个时间，大家的目光几乎都集中在安德烈的身上了，安德烈以斯巴达人那种不在乎的神情漠视着众人的关注。维尔福的话比任何时候都简洁雄辩，他声情并茂地描绘了犯罪的始末：犯人以前的经历、他的变化、从童年起他所犯的罪。这一切，检察官都是竭尽全力才写出来的。单凭这一份起诉书不用等到宣判，大家就认为贝尼代托已经完蛋了。安德烈听着维尔福起诉书中接连提出来的罪名，维尔福先生不时地看他一眼，无疑他在向犯人实施他惯用的心理攻势，虽然他不时地逼视那被告，却始终都没能使他低头，起诉书终于读完了。

“被告，”审判长说，“你的姓名？”

安德烈站了起来，“原谅我，审判长阁下，”他用清晰的声音说，“我看您是采用了普通的审判程序，如果用那种程序，我将无法遵从。我要求——而且不久就可以证明我的要求是正当的——开一个例外，我恳求您允许我在回答的时候遵从一种不同的程序，这样我才愿意回答您提出的所有问题。”

审判长惊奇地看了看陪审官，陪审官则转过头去看检察官，整个法庭因为惊奇而变得鸦雀无声，但安德烈却依旧不动声色。

“你的年龄？”审判长说，“这个问题你愿意回答吗？”

“这个问题像其他的问题一样，愿意回答，审判长阁下，但却要到适当的时候才可以答复。”

“你的年龄？”审判长重复那个问题。

“我二十一岁，更确切地说，过几天就要满二十一岁了，因为我是在一八一七年九月二十七日晚上生的。”

维尔福先生正在忙于记录，听到这个日期，抬起头来。

“你出生在哪里？”审判长继续问。

“在巴黎附近的阿都尔。”

维尔福先生第二次抬起头来，望着贝尼代托，像是看到了墨杜萨的头一般，他的脸变得毫无血色。贝尼代托则用上好的白葛布手帕潇洒地抹一抹他的嘴唇。

“你是做什么的？”

“最初我制造假币，”安德烈平静地答道，“然后又偷东西，最近我则杀了人。”

法庭里爆发出愤怒的骚动声，法官们也呆住了，陪审员现出厌恶的表情，想不到这么一个体面人竟会如此的厚颜无耻。维尔福先生用手按着额头，他的额头最初发白，然后转红，以至于最后热得烫手。然后他突然起来，神情恍惚地环顾四周，他想透一透气。

“你丢了什么东西了吗，检察官阁下？”贝尼代托带着他和蔼可亲的微笑问，维尔福先生并不回答，跌倒在椅子里。

“现在，被告，你可以讲出你的姓名了吗？”审判长说，“你历数自己罪名时那种残酷的神情，你认罪时的那种骄傲，不论从法律还是从道义上讲，法院方面都将对你进行严厉的惩罚，这大概就是你延迟宣布你的姓名的原因吧，你是想把姓名作为你引以为豪的高潮。”

“真妙，审判长阁下，我的心思您全看透了，”贝尼代托尽量用柔和的声音和最礼貌的态度说，“这确实就是我要求您把审问程序改变一下的原因。”

人们的惊愕已达到了无法形容的程度，被告的态度已不再有欺诈或浮夸的样子。情绪激动的人们则预感到必然会从黑暗深处爆发出雷声。

“嗯！”审判长说，“你的姓名？”

“我无法将我的姓告诉您，因为我不知道自己姓什么，但我知道我父亲的姓名，我可以把那个姓告诉您。”

一阵痛苦的晕眩使维尔福几乎看不见东西，大滴的汗珠从他的脸上滚落了下来，他颤抖的手抓住了稿纸。“那么，说出你父亲的名字来。”审判长说。

偌大的法庭里鸦雀无声，每一个人都屏声静气地等待着。

“我的父亲是检察官。”安德烈平静地回答。

“检察官？”审判长说，他愣住了，并没有留意到维尔福先生脸上惊慌的表情，“检察官？”

“是的，如果您想知道他的名字，我可以告诉您，他叫维尔福。”

人们激动的情绪被抑制了这么久，现在雷鸣似的从每一个人的胸膛里爆发了出来，法官无意去制止众人的骚动。人们对面无表情的贝尼代托喊叫、辱骂、讥诮、舞臂挥拳，法警跑来跑去。这是每一次骚动时必有的现象，这一切持续了大约五分钟，法官和宪警才使法庭恢复了肃静。在这阵骚乱中，只听到那审判长喊道："被告，你打算戏弄法庭吗？你要在这世风日下的时代独创一帜，胆敢在你的同胞面前开一个藐视法庭的先例？"

有几个人围住了那几乎已瘫倒在椅子里的维尔福先生，劝慰他，鼓励他，对他表示关切和同情。法庭里的一切又变得井然有序了，只有一个地方还有一群人在那儿骚动，据说有一位太太昏了过去，他们给她闻了嗅瓶，目前已经醒过来了。这段时间里，安德烈始终微笑着看大家，然后，他一只手扶着被告席的橡木栏杆，做出个优美的姿势，说："诸位，上帝是不允许我侮辱法庭并在这可敬的法庭上造成徒然的骚乱的。他们问我的年龄，我说了；他们问我的出生地，我答复了；他们问我的姓名，我讲不出来，因为我的父母遗弃了我。我讲不出自己的姓名，因为我根本没有姓名，但我却知道我父亲的姓名。现在，我再说一遍，我父亲是维尔福先生，我很愿意证明这一点是正确的。"

那个年轻人的态度里有种让人无法质疑的东西，骚动平静了下来。随即，所有的目光都盯向检察官，检察官一动不动地坐着，像是一具刚遭雷劈的死尸。

"诸位！"安德烈说，他用他的声音和态度使得全场鸦雀无声，"对于我刚才所说的话，我应该向你们出示证据并解释清楚。"

"但是，"审判长恼怒地说，"在预审的时候，你自称是贝尼代托，说自己是一个孤儿，并声称原籍是科西嘉。"

"那是我随便说说的，目的是为了使自己有机会公布刚才那个事实，否则，就一定会有人阻止我。我现在再说一遍，我是在一八一七年九月二十七日晚上在阿都尔降生的，我是检察官维尔福先生的儿子，我可以告诉你们详细的情节。我降生的地点是芳丹街二十八号，在一个挂着红色窗帷的房间里。我的父亲抱起我，对我的母亲说我已经死了，于是将我包在一块绣有一个'H'字样和一个'N'字样的襁褓里，然后抱到后花园，在那儿活埋了我。"

法庭里的人禁不住都打起寒战来，他们看见那犯人越说越自信，而维尔福先生却越来越惊惶。

“但你是怎么知道这些事的呢?”审判长问。

“让我来告诉您，审判长阁下。有一个人曾发誓要向我的父亲报仇，他早就在寻找杀死他的机会。那天晚上，他偷偷地爬进我父亲埋我的那个花园，躲在树丛后面，他看见我的父亲把一样东西埋进地里，就在这个时候上去刺了我父亲一刀。然后他以为地里藏着宝贝，所以挖开了地面，却发觉我还活着。那个人把我抱到育婴堂里，在那儿，我被编为五十七号。三个月以后，他的嫂嫂从洛格里亚诺赶到巴黎来，声称我是她的儿子，把我带走了。所以，我虽然生在巴黎，却是在科西嘉长大的。”

法庭里一片静寂，这时，外面的人或许会以为法庭里没有人，因为当时里面确实是鸦雀无声。

“说下去!”审判长说。

“当然啰，”贝尼代托继续说，“抚养我的那些人都很爱我，我原本能够和那些人过很快乐的生活，但我那邪恶的本性超过了我养母灌输在我心里的美德，我愈变愈坏，直到犯罪。有一天，当我在诅咒上帝把我造得如此恶劣，让我注定有这样一个不幸的命运的时候，我的养父对我说：‘不要亵渎神灵，可怜的孩子！因为上帝在赐给你生命的时候并无恶意。罪孽是你父亲造成的，他连累你生遭孽报，死入地狱。’从那以后，我不再诅咒上帝，而是诅咒我的父亲。因为这个我才说了那些让你们谴责的话，也正因为这，我才使法庭上充满了恐怖。如果这一番话能够加重我的罪名，那么请惩罚我；如果你们相信，自从我落地的那天起，我的命运就注定会悲惨、痛苦和伤心，那么请宽恕我。”

“那么你的母亲呢?”审判长问道。

“我的母亲以为我死了，她是无罪的。我不知道她的姓名，也不想知道。”

这时，刚刚昏厥过一次的那个贵妇人发出了一声尖锐的喊叫，接着是一阵啜泣，那个贵妇人此时陷入一种剧烈的歇斯底里的状态了。当她被扶出法庭的时候，遮住面孔的那张厚面纱掉了下来，腾格拉尔夫人的真面目露出来了。维尔福虽然精神恍惚，头昏脑涨，却还是认出了她，他站了起来。

“证据！证据呢！”审判长说，“要记得，这种话是必须要有最确凿的证据来证实的。”

“证据？”贝尼代托大笑着说，“您说的是证据吗？”

“是的。”

“嗯，那么，请先看看维尔福先生，然后再来向我要证据。”

每一个人都转过头去看检察官，检察官无法忍受那么多人的目光全集中在他一个人身上。他踉踉跄跄地走到法庭中央，头发散乱，脸上布满被指甲抓出的血痕，全场响起一阵持续颇久的低语声。

“父亲，”贝尼代托说，“他们问我要证据，那么你希望我给他们吗？”

“不，不，”维尔福先生用一种嘶哑的声音结结巴巴地说，“不，没有必要了！”

“怎么没有必要呢？”审判长喊道：“你这话什么意思？”

“我的意思是，我觉得我无法和这种落到我身上的致命的重压抗争了，诸位，我是落到一个复仇之神的手里了！无须证据，这个年轻人说的全是真的。”

全场被一种像预示某种恶劣的自然现象那样阴森凄惨的沉寂弥漫着，大家都惊慌地打着寒战。

“什么！维尔福先生，”审判长喊道，“你难道昏了头吗？什么！你还有理智吗？你的头脑很明显是被一个奇特、可怕、意想不到的污蔑弄糊涂了。来，恢复你的理智吧。”

检察官低下头，他的牙齿像一个大发寒热的人那样咯咯地打着抖，脸色也像死人一样毫无血色。

“我没有丧失理智，阁下，”他说，“你可以看得出失常的只是我的肉体。那个年轻人指控的，我全部承认。从现在起，我悉听下任检察官对我的处置。”

当他用一种近乎嘶哑窒息的声音说完这几句话后，就踉踉跄跄地向门口走去，一个法警机械地打开了那扇门。全场的人都因吃惊而变得哑口无言，这次开庭审判使半个月以来轰动巴黎的那一连串可怕的事情闹到了最高峰。

“噢，”波尚说，“现在谁会说这幕戏演得不自然?”

“噢!”夏多·勒诺说，“我宁愿像马尔塞夫先生那样用手枪结束他的生命，那样的话总比这场灾祸来得舒服点。”

“那么他犯了杀人罪了。”波尚说。

“以前我还曾想要他的女儿呢!”德布雷说，“幸亏她死了，可怜的姑娘!”

“诸位，审问暂停，”审判长说，“本案延期到下次开庭审理，案情当另派法官重新审查。”

至于安德烈，他仍然很平静，而且比以前更让人感兴趣了，他在法警的护送下离开了法庭，法警们不由自主地也对他产生了另一种看法。

“嗯，你觉得这件事情怎么样，我的好汉?”德布雷问那副警长，并把一块金路易塞到他的手里。

“也许会酌情减刑。”他回答。

第一一一章 抵罪

维尔福先生看见稠密的人群在他的面前闪开了一条路。极度的惨痛会使别人产生一种敬畏，即使是在历史中最不幸的时期，群众的第一个反应总是对一场大难中的受苦者表示同情。有许多人会在一场动乱中被杀死，但罪犯在接受审判时，却极少受到侮辱。所以维尔福安全地从法院里的旁听者和军警面前走过，他虽然已认罪，但他有他的悲哀作为保护。在这种情况下，人们不是用理智来判断，而是凭感觉行事。在这样的情况下，最伟大的人就是那种最富有感情和最自然的人。大家把他们的表情看作是一种完美的语言，而且有理由以此为满足，尤其是当那种语言符合实际情况的时候。维尔福离开法院时的那种恍惚迷离的状态是难以形容的，那是一种极度的亢奋，每一条神经都紧张，每一条血管都鼓了起来，他身体的每一部分似乎都受着痛苦的宰割，这使他的痛苦增加了一千倍。他凭着习惯走出法庭，他抛开他法官的长袍，并不是理应如此，而是因为他的肩膀已不胜重压，似乎是披着一件饱含痛苦的尼苏斯的衬衫一样[①]。他踉踉跄跄地走到道宾路，看见他的马车停在那里，便亲自打开车门，摇醒那瞌睡的车夫，然后摔倒在车座上，停在那里，他向圣·奥诺路指了一指，马车便开始行驶了。这场灾祸的全部重量似乎都压在了他的头上，那种重量把他压垮了，他并没有看到后果，也没

① 尼苏斯是希腊神话中半人半马的怪物，因诱拐大力士赫克里斯之妻被赫克里斯以毒箭射死。赫之妻遵尼苏斯的遗言，把丈夫的衬衣用这怪物的血浸过，赫克里斯穿上后因此中毒，苦恼不堪，卒致自杀。

有考虑，他只能直觉地感觉到它们的重压。他不能像一个惯于杀人的冷酷凶手那样理智地分析他的处境，他在灵魂的深处想到了上帝。“上帝呀！”他呆呆地说，实际上他并不清楚自己在说些什么，“上帝呀！上帝呀！”在这降临的灾祸后面，他看见了上帝。马车急速地行驶着，在车垫上不停地晃动着的维尔福感觉到背后有一样东西顶着他，他伸手去拿开那样东西，原来是维尔福夫人落在车子里的一把扇子，这把扇子像黑暗中的闪电那样唤起了他的回忆，他想起了他的妻子。

“噢！”他喊道，像是一块烧红的铁烙在了他的心上一样。在过去这一小时内，他只想到了自己的罪恶，现在，另一个可怕的东西突然浮现在他的头脑里。他的妻子！他曾以一个铁面无私的法官身份对待她，他曾判她死刑，而她，受着悔恨与恐怖的煎熬，受着他义正词严的雄辩所激起的羞耻的煎熬。

她，一个无力抗拒法律的可怜的弱女子，她这时也许正在那儿准备去死！自从她被宣判有罪以来，已过去一个钟头了。在这个时候，无疑她正在回忆自己犯下的种种罪行，她也许正在企求饶恕她的罪行，或许她在写信给她丈夫，请求她那道德高尚的丈夫饶恕她，维尔福又惨痛和绝望地呻吟了一声。

“啊！”他叹道，“那个女人只是因为跟我结合才变成罪犯的！我身上带着犯罪的细菌，她只是受了传染，像传染到伤寒、霍乱和瘟疫一样！可是，我却要惩罚她！我竟敢对她说：‘忏悔吧，死吧！’噢，不！不！她可以活下去的，她可以跟着我，我们可以逃走，离开法国，逃到世界的尽头。我对她提到断头台！万能的上帝！我怎么能够对她说那句话！噢，断头台也在等着我呢！是的，我们将远走高飞，我将向她承认一切，我今天就告诉她，我也是罪犯！噢，真是老虎和赤练蛇的结合！噢，真配做我的妻子！她一定不能死，我的耻辱也许可以减轻她的内疚。”于是维尔福猛力打开车厢前面的窗口，“快点！快点！”他喊道，他喊叫时的口吻使那车夫觉得似乎触了电一样，马被赶得惊恐万分，飞一般地跑回家去。

“是的，是的，”在途中，维尔福反复念叨，“是的，那个女人不能死，应该让她忏悔，抚养我的儿子，我那可怜的孩子，在我不幸的家里，除了那生命力特别顽强的老人以外，就只剩下他一个人了。她爱这孩子，她是为他才变成一个罪人的，一个母亲只要还爱她的孩子，她的心就不会坏到无可挽回的地步。她会忏悔的，谁都不会知道她犯过的罪，那些罪恶是在我的家里发生的，尽管现在大家已经怀疑，但过些时候就会忘记，假如还有仇人记得，唉，上帝来惩罚我吧！我再多加两三重罪能有什么关系？我的妻子可以带着孩子和珠宝逃走，她可以活下去，也许还可以活得很幸福，因为她把爱都倾注在了孩子身上，这样我的心就可以好受一些了。”于是检察官感到他的呼吸也比较畅通了。

马车在宅邸院子里停下。维尔福从车子里出来，他看出仆人们都感到很吃惊，因为他回来得这样早，除此之外他从他们的脸上再也看不出别的表情。没有人跟他说话，像以往一样，他们站在一边让他过去。当他经过诺瓦蒂埃先生的房间时，他从那半开着的门里看见了两个人影，但他不想知道是谁在拜访他的父亲，于是他匆匆地继续向前走。

“啊，没事，”当他走上通向妻子房间去的楼梯时，他说，“没事，一切都是老样子。”他随手关拢楼梯口的门，“不能让人来打扰我们，”他想，“我必须毫无顾忌地告诉她，在她面前认罪，把一切都告诉她。”他走到门口，握住那水晶门柄，门却自行打开了，“门没关！”他自言自语地说，“很好。”他走进爱德华睡觉的那个小房间，孩子白天到学校去上学，晚上和母亲住在一起。他忙向房间里看了看，“不在这儿，”他说，“她在自己的房间里。”他冲到门口，门关着，他站在那儿浑身打着哆嗦。“爱萝绮丝！”他喊道，他似乎听到了家具移动的声音，“爱萝绮丝！”他再喊。

“是谁？”他要找的女人问道，他觉得那个声音比往常要微弱得多。

“开门！”维尔福喊道，“开门，是我！”

不管他怎样请求，不管他的口气让人听上去多么痛苦，门却依旧关着。维尔福一脚把门踹开，在房间里，维尔福夫人直挺挺地站着，她的脸色苍白，五官收缩，恐怖地望着他。“爱萝绮丝！爱萝绮丝！”他说，“你怎么啦？说呀！”

那年轻女子向他伸出一只僵硬而苍白的手。“我按你的要求做了，阁下！”她声音嘶哑，喉咙似乎随时都有可能被撕裂。

“你还想怎么样呢?”说着她摔倒在地板上。

维尔福奔过去抓住她的手，痉挛的那只手里握着一只金盖子的水晶瓶。维尔福夫人自杀了，维尔福吓疯了，他退回到门口，两眼盯住那具尸体。“我的儿子呢!”他突然喊道，“我的儿子在哪儿？爱德华！爱德华!”他冲出房间，疯狂地喊着，“爱德华！爱德华!”他的声音不胜悲恸，仆人们听到喊声都跑了上来。

“我的儿子在哪儿?”维尔福问道，“带他离开这座房子，不要让他看见——”

“爱德华少爷不在楼下，先生。”仆人答道。

“那么他也许在花园里玩，去看看。”

“不，先生，夫人在半小时前派人来找他，他到夫人的房间里去了，之后就没有下过楼。”

维尔福的额头上直冒冷汗，双腿发抖，各种不祥的想法在他的脑子里乱转，“在维尔福夫人的房间里?”他喃喃地说，妻子的房间，在里面他不能来看不幸妻子的尸体。如果喊爱德华，一定会在那变成坟墓的房间里造成回音，似乎不应该说话而打破坟墓的宁静，维尔福觉得自己的舌头已经麻木了。“爱德华!”他口吃地说，“爱德华!”没有回音。如果孩子到母亲的房间里就没有再出来过，他又会在哪儿呢？他踮着脚走过去。维尔福夫人的尸体横躺在门口，爱德华一定在房间里面，那个尸体似乎在看守房门，瞪着眼睛，脸上分明带着一种可怕的、神秘的、讥讽的微笑。从那打开着的门向里望去，可以看见一架直立钢琴和一张蓝缎的睡榻，维尔福向前走了两三步，看见他的孩子躺在沙发上睡着了。他发出一声欢喜的喊叫，好像穿透了那绝望黑暗的深渊，他只要跨过那尸体，走进房间，抱起他的孩子，带他远走高飞就行了。

维尔福已不再是那个精明的近乎深谋远虑的上层人物了，现在他只是一只受伤将死的老虎，他的牙齿已被最后的痛苦磨碎了。他不怕现实，而只怕鬼。他跨过尸体，好像那是能把他吞噬的一只火炉，他把那孩子抱在自己的怀里，搂着他，摇他，喊他，但那孩子并没有反应。他用嘴唇去亲那孩子的脸颊，孩子是冰冷惨白的。他感到他的四肢僵硬，他把手放在他的胸膛上，心脏已不再跳动，孩子死了。一张叠着的纸从爱德华的胸口上落了下来，维尔福如同五雷轰顶，双腿一软跪了下来，孩子从他麻木的手上滑下来，滚到了他母亲的身边。维尔福拾起那张纸，那是妻子的笔迹，他迫不及待地看了起来。信上是这样写的：

> 你知道我是一个好母亲，为了儿子，我不惜让自己变成一个罪人。一个好母亲是不能和她的儿子分离的。

维尔福无法相信他的眼睛，无法相信他的理解。他向孩子的尸体爬过去，像一只母狮看着它死掉的小狮子一样，悲痛欲绝地喊道："上帝啊！上帝永在啊！"那两具死尸吓坏了他，他不能忍受两具尸体来填充寂静。直到那时，他被一种绝望和悲痛支持着，悲痛力大无比，而绝望却使他产生了一种异乎寻常的勇气。现在，他站了起来，但他的头低着，悲哀压得他已抬不起头来。他甩了甩那被冷汗润湿的头发，决定去找他的父亲，他从没对任何人表示过怜悯，但现在他要找一个人来听他诉苦，他要找一个人来听他哭泣。他走下楼梯，走进诺瓦蒂埃的房间，那老人正用他所能够表达出的最亲热的表情倾听着布沙尼神甫说话，布沙尼神甫仍像往常一样冷淡而平静。维尔福一看见那神甫，便把手按在前额上，他记得他曾在阿都尔那次晚宴后去拜访过他，也记得神甫曾在瓦朗蒂娜去世的那天到这座房子里来过。"你在这儿，阁下！"他叹道，"你怎么总是伴随死神一起来呢？"

布沙尼转过身来，看到了检察官变了形的脸和他眼睛里野蛮的凶光，他知道开庭的那出戏已经收场了，但他当然不知道发生了别的事情。"我以前曾来为你的女儿祈祷过。"他答道。

"那么今天来做什么？"

"我来告诉你，你的债已经偿还得差不多了，从此刻起，我将祈祷上帝像我一样来宽恕你。"

“上帝呀!”维尔福神情慌张地喊道,“你不是布沙尼神甫!”

“是的,我不是。”神甫拉掉他的头发,摇一摇头,黑发披散到他那英俊的面孔两旁。

“你是基督山伯爵!”检察官带着惊呆的神情喊道。

“你说得并不全对,检察官阁下,再好好想一想。”

“你是在马赛第一次听到我的声音的,在二十三年以前,你与圣·梅朗小姐举行婚礼的那一天。仔细想一想吧。”

“你不是布沙尼?你不是基督山伯爵?那你就是那个躲在幕后与我不共戴天的死对头!在马赛的时候,我一定得罪过你。哦,该我倒霉!”

“是的,你说得对,”伯爵将双手交叉在宽阔的胸前,说,“想想吧,仔细想想吧!”

“那么我怎样得罪了你?”维尔福喊道,他的脑子正在那既非幻梦也非现实的境地中徘徊在理智和疯狂之间,“我怎样得罪了你?告诉我吧!说呀!你是谁,你究竟是谁?”

“我是被你埋在伊夫堡黑牢里的一个可怜的人的阴魂。那个阴魂终于从他的坟墓里爬了出来,上帝赐给他一个基督山伯爵的面具,并带给他许多金银宝贝,使你直到今天才认出他。”

“啊!我知道你是谁了!我认出你了!”检察官喊道,“你是——”

“我是爱德蒙·唐太斯!”

“你是爱德蒙·唐太斯!”维尔福抓住伯爵的手腕喊道,“那么到这儿来。”于是他拉着基督山伯爵往楼上走,伯爵不知道发生了什么事情,只是他的心里也预料到又发生了某种新的灾难。

“看吧,爱德蒙·唐太斯!”他指着他妻子和孩子的尸体说,“看!你的仇报了吗?”

基督山伯爵看到这令人毛骨悚然的情景,他的脸色变得非常苍白,他把报复的权利用得过了头,他已没有权利说“上帝助我,上帝与我同在”那句话了。他带着一种无法形容的悲哀表情扑到那孩子的尸体上,拨开他的眼睛,摸一摸他的脉搏,然后抱着他冲进瓦朗蒂娜的房间,关上门。

“我的孩子!”维尔福喊道，“他抢走了我的孩子! 噢，你这坏蛋，你不得好死!”他想去追基督山伯爵，但像是在做梦一样，他的脚一步也动不得。他拼命想睁大眼睛，眼珠像是要从眼眶里跳出来似的。指甲扎进了胸膛里，被血染红了。太阳穴上的血管胀得像要爆裂开来似的，他头脑发热。几分钟，他已经没有了理智，大叫一声，接着爆发出一阵大笑，冲下楼去了。

一刻钟以后，瓦朗蒂娜的房间门开了，基督山伯爵走了出来。他的目光呆滞，脸上毫无血色，他那一向宁静、高贵的脸由于悲哀而神色大变，臂弯里抱着那个已经无法起死回生的孩子。他单腿跪下，虔敬地把孩了放到孩子母亲的旁边，然后走出房间，在楼梯上遇到一个仆人。“维尔福先生在哪儿?”他问仆人，那个仆人没吭声，却指了指花园。基督山伯爵走下楼梯，向仆人所指的那个方向走过去，看见维尔福正被他的仆人围在中间，手里拿着一把铲子，正在疯狂地挖着泥土。

“这儿没有!”他喊道，于是他再向前面走几步，重新再挖。

基督山伯爵走到他的身边，低声说:“阁下，你确实失去了一个儿子，但是——”

维尔福打断他的话，他听不明白，也根本听不到。“噢，我会找到他的!”他喊道，“你们都哄我，说他不在这儿，我会找到他的，一定得找下去!”

基督山伯爵惊恐地往后退去。“噢!”他说，“他疯啦!”似乎是怕那座受天诅咒的房子的墙壁会突然倒塌似的，他跑到街上，并第一次开始怀疑自己究竟有没有权利做他所做的这些事情。“噢，够啦，够啦，”他喊道，“快去把最后的一个救出来吧。”

一回到家，他就遇到莫雷尔正像一个幽灵似的在他的客厅里来回徘徊。“准备一下吧，马西米兰。”伯爵带着微笑说，“我们明天离开巴黎。”

“您没有其他事情要做了吗?”莫雷尔问。

“没有了，”基督山伯爵答道，“上帝宽恕我，也许我已经做得太过分了!”

第一一二章　离开

所有巴黎人谈话的焦点都集中在最近发生的几件事上。艾曼纽和他的妻子也是其中的一员，这时他们正在密斯雷路属于他们自己的小房子里十分兴奋地谈论那些事件，他们在对比马尔塞夫、腾格拉尔和维尔福那三件接连而来的灾难。去拜访他们的马西米对他们的谈话没有多大的兴趣，只是百无聊赖地在一旁呆呆地坐着。

“真的，”尤莉说，“我们真的要这样想了，艾曼纽，在富有、快乐的时候，这些人，却忘记了有一个凶神正在他们的头上盘旋，而那凶神，像佩罗童话里那些奸恶的小妖精一样，因为没有被邀请去参加婚礼或受洗典礼，而不肯被忽视，于是就突然出来为自己复仇了。”

“真是意想不到的灾难!”艾曼纽说，他想到了马尔塞夫和腾格拉尔。

“这是多么让人难以忍受的痛苦呀!”尤莉说，他想到了瓦朗蒂娜，但凭着一个女人的直觉，她没有在哥哥的面前提起她。

“假如是上帝在惩罚他们，”艾曼纽说，“也就是说，至高无上的上帝发现在他们过去的生活里找不到可以减轻他们痛苦的事情，也就是说他们命中注定是要被惩罚的。”

“你这个判断是不是鲁莽了一点，艾曼纽?”尤莉说。

“当我的父亲拿着手枪打算自杀的时候，假如那时有人说‘这个人是理应受苦的’，那个人岂不是大错特错了吗?”

“是的，但上帝并没有让我们的父亲去死呀，就像他不许亚伯拉罕献出他的儿子一样。上帝对那位老人，正像对我们一样，派了一位天使来捉住了死神的翅膀。”

艾曼纽刚说出这几句话，铃声响了，这是门房的信号，表示有客人来访。接着，房门打开了，基督山伯爵出现在门口。那对青年夫妇发出一声欢呼，马西米兰抬起头来，但立刻又垂了下去。

“马西米兰，”伯爵说，似乎并没留意到自己的来访在主人身上引起的反应，“我是来找你的。”

“来找我？”莫雷尔把他的话复述了一遍，像是刚从一场梦里醒来。

“是的，”基督山伯爵说，“不是说定由我带着你一起走的吗？你做好起程的准备了吗？”

“我准备好了，”马西米兰说，“我是特地来向他们告别的。”

“您将要到哪儿去，伯爵？”尤莉问道。

“首先到马赛，夫人。”

“到马赛去！”那对青年夫妇喊道。

“对，我打算带你们的哥哥一起去。”

“噢，伯爵！”尤莉说，“你能够医好他的抑郁症吗？

莫雷尔转过脸去想，掩饰住他狼狈的表情。

“那么你们感觉到他并不快乐了吗？”伯爵说。

“是的，”那年轻女子答道，“我很担心，他是不是认为我们的家庭是一个没有乐趣的家庭？”

“我没有改变他的。”伯爵答道。

“我马上可以陪你去，阁下。”马西米兰说，“别了，我的朋友们！艾曼纽！尤莉！别了！”

“怎么，别了？”尤莉喊道，“你难道就这样离开我们，没有任何准备，甚至连护照都没有？”

“时间拖得越长就只会增加分离的悲痛，”基督山伯爵说，“一切必需的东西马西米兰毫无疑问都已经准备好了，至少，我这样提醒过他。”

“我有护照了，箱子也收拾好了。”莫雷尔用他那种宁静而哀伤的语气说。

“非常好!”基督山伯爵微笑着说,“由此可见一个训练有素的军人做事就是利索。”

“您这就要走了,马上就离开了吗?”尤莉说,“您就不可以再多待一天,哪怕再多待一个钟头啊!”

“我的车子在门口等着,夫人,我不得不在五天之内赶到罗马。”

“马西米兰也到罗马去吗?”艾曼纽喊道。

“他带我去哪儿我就到哪儿去,”莫雷尔带着忧郁的笑容说,“在此后的这一个月内,我是属于他的。”

“噢,天哪,他这话说得多么奇怪,伯爵。”尤莉说。

“马西米兰陪着我去,”伯爵用他那种慈爱并最有说服力的语气说,“所以你们没有必要为你们的哥哥担心。”

“别了,我亲爱的妹妹,别了,艾曼纽!”莫雷尔又说。

“看他那种漫不经心的样子我的心都要碎了,”尤莉说,“噢,马西米兰,马西米兰,你一定有什么事没对我说。”

“嗯!”基督山伯爵说,“不久你们将看到他高高兴兴、脸带笑容地回来。”

马西米兰向伯爵轻蔑地(几乎是愤怒地)看了一眼。

“我们出发吧。”基督山伯爵说。

“在您离开我们以前,伯爵,”尤莉说,“请允许我们向您表示,将来有一天——”

“夫人,”伯爵打断她的话,把她的双手合在自己的手里,说,“你所能讲的话,绝对抵不上我在你的眼睛里读到的意思,我完全明白你的意思。作为传奇小说里的恩人我原本应该不辞而别的,但是我却做不到,因为我是一个软弱且有虚荣心的人,也喜欢我的同类给我温柔、慈爱和感激的目光。现在我要走了,请允许我自负地对你们说,别忘记我,我的朋友们,因为你们也许永远都见不到我了。”

“永远见不到你!”艾曼纽喊道,两大滴泪顺着尤莉的脸颊滚下来,“永远也见不到你!那么,离开我们的不是一个人而是一位天使了。这位天使到人间来做了好事以后,便又要回到天上去了。”

“别那么说，”基督山伯爵急忙答道，“别那么说，我的朋友们。天使是不会做错事情的，天使可以随心所欲地行事，他们的力量胜过命运。不，艾曼纽，我只是一个人，你的赞扬不当，你的话是亵渎神灵的。”于是他吻了吻尤莉的手，尤莉扑到他的怀里，他伸出手握了握艾曼纽的手，然后依依不舍地离开了这座房子，离开了这和平而幸福的家庭。离开时，他向马西米兰做了个手势，示意马西米兰跟他走，他脸色漠然，毫无表情。自从瓦朗蒂娜逝世以来，他一直都是这个样子。

“请让我哥哥恢复安宁和快乐。”尤莉低声对基督山伯爵说，伯爵捏一捏她的手，算是回答，像十一年以前他在莫雷尔的书斋门前的楼梯口握她的手时一样。

“那么，你相信水手辛巴德吗？”他微笑着问道。

“噢，是的！”

“嗯，那么，放心安睡，将一切都托付给上帝好了。”

正如我们前面所说的，马车已等在了门口，四匹强壮的马在不耐烦地蹬踏着地面。台阶前，站着那满头大汗的阿里，他显然刚赶了远路回来。

“噢，”伯爵用阿拉伯语问道，“你到那位老人家那里去过了吗？”

阿里做了 个肯定的表示。

“你按照我说的，让他看了那封信？”

“他怎么说？更确切地说，他是怎么表示的？”

阿里走到光线下面，这样可以使他的主人清晰地看到他的脸，看到他模仿诺瓦蒂埃说“对”时闭拢双眼的动作。

“很好！他答应了，”基督山伯爵说，“那么，我们走吧。”

他话音刚落，车子便开动了，马蹄在石板路上溅起夹着火花的尘埃，马西米兰一言不发，坐在车厢的角落里。半小时以后，车子突然停住了，原来伯爵拉了一下那条从车子里通出去绑在阿里手指上的丝带，那个努比亚人立刻下来，打开了车门。这是一个繁星满天的夜晚，他们已到达维儿殊山的山顶上，从山上望去，巴黎像是一片黑色的海，上面闪烁着磷光，像那些银光闪烁的海浪一样，但这些浪头闪烁得比那些海洋里翻腾不息的波浪更喧闹，更激奋，更多变，更凶猛，也更贪婪。这些浪头永远吐着白沫，永不停息。伯爵独自立在那儿，他挥挥手，车子又向前走了几步。他两臂交叉在胸前，沉思了一会儿，他的脑子像一座熔炉，曾铸造出种种动摇世界的那些念头。当他那锐利的目光注视着这个被热心的宗教家、唯物主义者同样注视的现代巴比伦的时候，他低垂着头，合拢双手，像做祈祷似的说道：“伟大的城市呀，自从我第一次闯进你的大门到现在，还不到半年。我这次到这里来的原因，我只向天主透露过，只有他才有力量看穿我的心思。只有上帝知道，我离开你的时候，既没有带走骄傲也没有带走仇恨，但却带走了遗憾；只有上帝知道，他所交给我的权力，我并没有用来满足我的私欲或做任何无意义的举动。噢，伟大的城市呀！在你那跳动的胸膛里，我找到了我要找的东西，像一个耐心的矿工一样，我在你的体内挖掘，铲除了其中的祸害。现在我的工作完成了，我的使命即将结束了，现在你不能再给我痛苦或欢乐了。别了，巴黎！别了！”

他的目光像一个夜间的精灵一样在那广大的平原上流连着，他将手放在额头上走进马车，关上车门，于是车子便在一阵尘沙和响声中消失在山的那一边了。

车行了六里路，没有人说一句话。莫雷尔在梦想，基督山伯爵则一直望着他。

“莫雷尔，”伯爵终于对他说，“你非常后悔跟我来吗？”

“不，伯爵，但离开巴黎——”

“假如我认为巴黎会让你快乐，莫雷尔，我就会让你留在那儿的。”

“瓦朗蒂娜安息在巴黎，离开巴黎就像是第二次失去她一样。”

“马西米兰，”伯爵说，“我们失去的朋友不是安息在大地的胸膛里，而是深深地埋在我们的心底，上帝是这样安排的，他们永远陪伴着我们。我的两个朋友——一个给了我这个身体，一个给了我智慧，他们的精神活在我的身上。我每当有疑问的时候就与他们商量。如果我做了什么好事的话，就归功于他们的忠告。听听自己心里的声音吧，莫雷尔，你问问它，究竟你是否应该继续给我看这个忧郁的面孔。”

“我的朋友，”马西米兰说，“我心里的声音非常悲哀，我听到的只是不幸。”

“这是神经衰弱的缘故，一切东西看上去都似乎是隔着一层黑纱似的。灵魂有它自己的视线，你的灵魂被遮住了，所以你看到的未来是黑暗险恶的。”

“也许真是那样。”马西米兰说，他又回到了梦想的状态中。

伯爵的无限本领使旅程以惊人的速度完成了，在他们经过的路上，市镇像影子似的向后飞去，那被初秋的风吹得左右摇摆的树木，巨人般地向他们疯狂地迎面冲来，但一冲到面前便又急速地后退。第二天早上，他们到达夏龙，在那儿，伯爵的汽船已在等待他们，马车立刻被拉上甲板，两位旅客也立即登船。那艘汽船是特造的快艇，它那两只划水轮像翅膀一样，船则像鸟儿似的在水面上滑行。莫雷尔感受到了这种在空中急速穿越的快感，风吹起他前额的头发，似乎暂时驱散了那凝聚在他额头上的愁云。两位旅客与巴黎之间的距离愈来愈远，伯爵的身上也愈呈现出一种超常的宁静气氛，像是一个流亡多年的人回到了阔别的故乡似的。不久，马赛映入眼帘了——那充满着生命活力的马赛，那繁衍着泰尔和迦太兰族后裔的马赛，那随着时间的推移愈来愈精力充沛的马赛。看到那圆塔、圣·尼古拉堡和那砖块砌成的码头，记忆便拨动了他们的内心，他们还是小孩子的时候，曾在这些地方玩耍，他们怀着同样的心情踏上了卡尼般丽街。

一艘大船正在升帆待发，准备开往阿尔及尔，船上洋溢着一片起程前常有的那种匆忙和喧闹。乘客和他们的亲友们群集在码头上，朋友们彼此亲切而伤心地告别，有的哭泣，有的诉说着告别的话，出现了一个令人感动的场面，即使那些每天都会看到这种情形的人也不会无动于衷，但这却不能使马西米兰从他那奔腾的思潮里唤醒过来。

“这儿，”他无力地扶着基督山伯爵的手臂说，“就在这个地方，我的父亲曾站着看埃及王号进港，就在这个地方，你救了他。脱离了死境和耻辱的父亲扑入我的怀里，现在我似乎还觉得脸上沾着他那温热的眼泪，但那时并不只有他一个人流泪，许多旁观的也都哭了。”

基督山伯爵温和地微笑着说："我那时站在那个地方。"他指着一个街角，当他说话的时候，就在他所指的那个方向，传来一声痛苦的呻吟，一个女人正在向即将起航的船上的一个旅客挥手。若不是这时莫雷尔的目光集中在船上，他一定会看到基督山伯爵看见那个女人时那种激动的情绪。

"噢，天哪！"莫雷尔喊道，"如果我没有弄错！就是那个在挥帽子的青年人，那个穿制服的年轻人，是阿尔贝·马尔塞夫！"

"是的，"基督山伯爵说，"我也认出他了。"

"怎么可能呢？你在盯着他对面的方向呀。"

伯爵微笑了一下，当他不想回答的时候，他总是这样微笑的，他将目光拉回到那蒙面的女人身上，那女人不久便消失在街角上了。伯爵回过头来对他的朋友说："亲爱的马西米兰，你在这儿没有什么事情要做吗？"

"我得到我父亲的坟上去一趟。"莫雷尔用哽咽的声音说。

"去吧，在那儿等我，我很快就会来找你。"

"你现在是要离开我了？"

"是的，我也要去拜访一个人。"

莫雷尔将手放在伯爵伸过来的手里，然后低垂着头悲伤地离开了伯爵，向城东走去。基督山伯爵仍站在老地方，一直等到马西米兰走出他的视线，然后他慢慢地向梅朗巷走去，去找一所小房子，那所小房子，想必读者们已对它非常熟悉了。

它坐落在无事的马赛人最爱去那儿散步的大道的后面，一棵极大的葡萄树那年老发黑的枝条伏在被南方灼热的太阳晒得发黄的墙上。两级被鞋底磨光的石头台阶通向由三块木板所拼成的门，那扇门，从来没上过油漆，早已露出裂缝，只在每年夏季到来的时候才会因潮湿而合成一块。这座房子外表看上去虽然很破，但却有它美丽动人的地方。它和老唐太斯之前住在这儿的时候并没有什么两样，但老人只住阁楼，而现在伯爵则已把整幢房子都交给梅塞苔丝掌管。

伯爵看见郁郁不欢地离开码头的那个女人走进了这座房子，她刚走进去关上门，基督山伯爵才在街角出现，所以他几乎刚看见她便又失去了她的踪迹。那磨损的石阶是他的老相识，他比谁都清楚，用一枚大头钉就可以拨开里面的插销并打开那扇风雨剥蚀的门。他进去的时候不敲门也没做任何其他表示，好像他是主人的亲密朋友或房东一样。在一条砖块铺成的甬道尽头有一个小花园沐浴在阳光里，在这个小花园里，梅塞苔丝曾根据伯爵的指示找到了他二十四年以前埋下的那笔钱。站在门口的阶沿上就可以看见花园里的树木。伯爵在踏进那座房子的时候好像听见一声啜泣一样的叹息，他循声望过去，那儿，在一个由素馨木架成的凉棚底下，在那浓密的枝叶和紫色的细长花朵下面，梅塞苔丝正在垂头哭泣。她已揭起面纱，将脸埋在手里，独对苍天之际，她自由地发泄着她在儿子面前抑制了很久的叹息和眼泪。基督山伯爵向前走了几步，小石子在他的脚底下发出的声音使梅塞苔丝抬起头来，看见一个男人站在她的面前，她惊恐地大叫。

“夫人，”伯爵说，“我已经没有办法使你快乐了，但我还可以给你安慰，你可以把我当朋友看待，并接受我的安慰吗?”

“我确实薄命，”梅塞苔丝答道，“孤零零地活在世界上，我只有一个儿子，但他已经离我远去了!”

“他有一颗高贵的心，夫人，”伯爵答道，“他做得非常对。他觉得每一个人都应该对他的国家有所贡献，有人贡献他们的才能，有人贡献他们的勤勉，有人献出了他们的血，有人献出了他们的才智，都是为了同样的目的。如果他留在你的身边，那么他的生命肯定会变得毫无意义，他将无法分担你的忧虑。与厄运抗争，这将增加他的精力并提升他的名誉，将逆境变为顺境。让他去为你们创造美好的未来吧，因为我敢向你保证他会得到细心照料的。”

“噢!”那可怜的女人悲戚地摇摇头，“你所说的那种顺境，我从心坎里祈祷上帝能够赐给他，但我不能享受了。我已万念俱灰，我感到坟墓已离我不远了。你是个好心人，伯爵，把我带回我曾经快乐的地方，人是应该死在他曾经拥有过快乐的那个地方的。”

“唉!”基督山伯爵说，“你的话让我心痛，你非常有理由恨我，因为你的一切不幸都是我造成的。但你为什么要怜悯我呢？这样你会使我更难堪，如果——”

“恨你，责备你，你？爱德蒙？憎恨并责备那个饶恕过我儿子一命的人？你原本发誓，要毁掉马尔塞夫先生特别引以自傲的那个儿子，但您却没有那么做。”

伯爵看着梅塞苔丝，她站起身来，向他伸出双手。

“噢，看着我！”她带着一种非常哀戚的神情继续说，“我的眼睛已没有光彩了，以前，我到这儿来，向在他父亲所住的阁楼窗口等待我的爱德蒙·唐太斯微笑，但那是很久以前的事了。岁月随着痛苦流逝，过去与现在之间形成了一道深渊。咒你，爱德蒙！恨你，我的朋友！不，应该责备的是我自己，我所恨的也是我自己！噢，我这可怜的人哪！”她紧握着双手，抬头向天喊道，“我受了怎样的惩罚呀！——那让天使快乐的三个因素，我曾一度拥有虔敬、纯洁和爱——而现在的我则变成了一个可怜虫，居然怀疑上帝的仁慈了！”

基督山伯爵走过去，默默地握住她的一只手。

“不，”她轻轻地抽回那只手说，“不，我的朋友，不要碰我。你饶恕了我，但在遭你报复的那些人之中，我是罪孽最深的。他们或是因为仇恨，或是因为贪欲，或是出于私爱，但我却下贱，缺乏勇气，竟违背自己的判断行事。不，不要握我的手，爱德蒙，你打算说一些亲切的话，我看出来了，但别说了，还是留给别人吧，我是不配再接受那种话的了。瞧，”她抬起头，让他看到她的脸，“瞧，不幸已使我白了头，我曾流过那么多的眼泪，眼睛已没有了光彩，我的额头也出现了皱纹。你，爱德蒙，却正好相反，你依然还那么年轻、漂亮、威风，那是因为你从未怀疑过上帝的仁慈，上帝保佑你经历了数次风险。”

梅塞苔丝说话的时候，成串成串的泪珠滚下她的脸颊。

记忆使她的痛苦更加清晰，那可怜的女人的心都要碎了。基督山伯爵拿起她的手，恭敬地吻了一下，但她感到那是一个没有温情的吻，像是他在吻一个圣女的大理石像的手一样。“人的一生是命中注定的，”她继续说，“一次过失就会失去终生的幸福，我相信你已经死了，本来也该去死，我在心里为你哀悼对我又有什么好处呢？只能使一个三十九岁的女人看上去像一个五十岁的老太婆而已。为什么，只有我一个人认出你，而我却只能救我儿子一个人呢？我也应该拯救那个虽然有罪但却已成为丈夫的那个人，可是我却只能任由他去死！我说什么呀？噢，仁慈的上帝！他的死难道不是我促成的吗？因为我因循守旧，瞧不起他，不愿意记得他是因为我的缘故才犯下变节叛卖的罪行。我陪我的儿子来了这儿，有什么用呢？既然我现在又失去了他，让他独自去受非洲恶毒的天气。噢，我告诉你，我曾是个下贱、怯懦的女人，我也曾背弃我的爱情，像所有背叛教义的人一样，我把不幸带给了我周围的人！”

“不，梅塞苔丝，”基督山伯爵说，“不，你把自己说得太坏了。你是一位高尚、纯洁的女人，是你的悲痛软化了我的心。可是，我只是一个使者，指使我这样做的是一位看不见的恼怒的上帝，他不想使我那已经开始的惩罚半途而废。我以那位过去十年来我曾每天俯伏在他脚上的上帝为证，我本来愿意为你牺牲我的生命，和那与我的生命不可分割的各项计划，但是，我可以很骄傲地说，梅塞苔丝，上帝很需要我，为了上帝我活下来了。请审视我的过去与现在，并预测未来，然后再说我究竟是否仅仅是神的工具。不幸、痛苦、被人遗弃、受人迫害，这一切就是我青年时代的苦难。然后，突然地，从囚禁、孤独、痛苦中，重新获得了光明和自由，拥有了一大笔闻所未闻的财富，假如那时我不明白是上帝要我用那笔财产来实施他伟大的计划，我一定是瞎了眼睛了。从那时起，我就把这笔财产看成上帝的神圣嘱托；从那时起，我就没有再想过那种即使像你这样可怜的女人有时也能享受到甜蜜的生活，这不曾得到一小时的安静，一次都没有。我觉得自己像是一片要去烧毁那些命中注定该毁灭的城市的火云，被驱赶着在天空中飞行，像那些富有冒险精神的船长要去进行某种充满危险的航程一样，我做了种种准备，在枪膛里装上子弹，拟定各种进攻和防守的方案，我用最剧烈的运动锻炼我的身体，用最痛苦的考验磨炼我的灵魂。我训练手臂使它习惯于杀人；训练眼睛使之习惯于看人受折磨；训练我的嘴巴以便对最恐怖的情景微笑。我本性虽然善良、坦率和宽大，但我却能变成了狡猾、奸诈、有仇必报，或说得更确切一些，变得像命运一样冷酷无情。然后我踏上展现在我面前的征途，我克服了种种障碍，达到了我的目标，那些企图挡住我道路的人却因此遭了殃！”

“够了！”梅塞苔丝说，“够了，爱德蒙！相信我，只有那个一开始就认识你的人是最了解你的，尽管她曾挡住你的路，尽管你曾把她像一块脆玻璃那样踩得粉碎，可是，爱德蒙，她依然还是非常崇拜你！像我与过去之间存在着一条鸿沟一样，你与其他的人之间，也存在着一道深渊。我可以坦白地告诉你，在我心中将你和其他男人相比较，这是我痛苦的主要原因。不，世界上再没有像你那样可敬和善良的人了，现在让我们告别吧，爱德蒙，让我们分手吧。”

“在我离开你以前，梅塞苔丝，你没有其他任何要求了吗？”伯爵说。

“我在这个世上仅存有一个希望，爱德蒙，那就是希望我儿子能够幸福。”

“请祈祷上帝保佑他，我可以努力让他幸福。”

“谢谢，谢谢，爱德蒙！”

“那么对你自己难道也毫无所求吗，梅塞苔丝？”

“我自己什么都不需要，我像是生活在两座坟墓之间。一座是爱德蒙·唐太斯的，我在很久很久以前已经失去了他，我爱他。虽然这句话从我这褪色的嘴唇上说出来并不动听，但它是我心里珍藏的一个宝贵记忆，即使用世界上所有的东西来和它交换，我也不愿意失去它。另外那座坟墓是死在爱德蒙手里的那个人的，我并不惋惜他死，但我必须为死者祈祷。”

“你的儿子一定会幸福的，夫人。”伯爵说。

“这样我就能够得到一些安慰了。”

“但你打算怎么办呢？”

“如果说我在这儿能像以前的梅塞苔丝那样凭着自己的劳动换取面包，那当然不是真话，说了你肯定也不会相信。我除了祈祷以外，已经不可以再做别的事情了，但是，我也没有必要工作，你埋下的那一笔钱，我已经找到了，那已足够维持我的生活了。关于我的谣言大概会很多，猜测我的职业，谈论我的生活态度，只要有上帝做证，那无足轻重。”

“梅塞苔丝，”伯爵说，“我说这句话并不是在责备你，但你放弃马尔塞夫先生的全部财产是一种没有必要的牺牲。其中至少有一半理应是属于你的，那是你精心操持那个家应该获得的。”

“我不能接受，爱德蒙。我的儿子不会答应的，我明白你要向我建议什么。”

“一切当然应该得到阿尔贝·马尔塞夫的完全认可，我将亲自去征询他的意见。如果他肯接受我的建议，你会反对吗？”

“你很清楚，爱德蒙，我已经不再是一个非常理智的人了，没有了意志，也就不能决定了。我已被那冲到我头上来的惊涛骇浪弄糊涂了，我已变得听天由命、任凭上帝摆布，犹如大鹰扑住的燕子一样。我活着，仅仅是因为我命中注定还不应该死，假如上帝来救援我，我是肯接受的。”

“啊，夫人，”基督山伯爵说，“我们是不应该这样崇拜上帝的。上帝的本意是希望我们了解他并辨明他的真意，正因为这个，他给了我们自由的意志。”

“噢！”梅塞苔丝喊道，“不要对我说那句话！难道我应该相信上帝给了我自由的意志，我能用它把自己从绝望中解救出来吗？”

基督山伯爵低下了头，在她如此沉痛的悲哀面前不禁有点畏缩。

“你不想和我说一声再见吗？”他问道，并向她伸出手。

“当然，我要对你说再见，”梅塞苔丝说，并庄严地指着天，“我对你说这两个字，就是向你表明我还是怀着希望的。”于是，梅塞苔丝用她那颤抖的手握了握伯爵的手，然后便冲上楼去。

基督山伯爵慢慢地离开那所房子，向码头走去。梅塞苔丝虽然坐在老唐太斯以前住的那个房间的小窗前面，却并没有看到他的离开。她正寻找着大海上那艘载着她儿子的船，不由自主地用温柔的声音轻轻地说：“爱德蒙！爱德蒙！爱德蒙！”

第一一三章　往事

伯爵离开那座他和梅塞苔丝分手的小屋时，心里十分难过，因为他再也不可能见到她了。基督山伯爵的心情在小爱德华去世之后的这段时间里发生了非常大的变化。当他这条漫长、艰苦的复仇之路达到高峰之后，怀疑也渐渐在他的内心深处出现。尤其是刚刚与梅塞苔丝的那番谈话在他心中唤醒了许多的回忆，他觉得有必要与那些回忆搏斗。伯爵是个性格十分刚强、坚毅的人，他是不会让自己在这种抑郁的情绪里沉浸太久的，或许对于普通人来说，那种抑郁可以刺激大脑并在脑内产生某些新思想，但对于一个像基督山伯爵这样优秀的人来说则是有害的。他想，现在他既然已经到了几乎要责备自己的地步，那么他以前的策划肯定是有了错误了。

"我不能这样自欺欺人，"他说，"我并没有把以前的事看清楚，为什么!"他继续说，"难道在过去的十年里，我走的道路是错误的吗?难道我预计的竟是一个错误的结果？难道一小时的时间就足以向一位建筑师证明：他那寄托着全部希望的工程，虽然不是不可能，但却是违反上帝旨意的吗？我不能接受这种观点，它会使我发疯的，现在我之所以不满意，是因为对于往事我没有完全了解，就像我们所经过的地方一样，我们走得愈远，它便愈模糊。我的情况像是一个在梦里受伤的人，虽然感觉到受了伤，但却记不得是在什么时候受的伤。那么，来吧，你这个获得重生的人，你这个奢侈的阔佬，你这个醒来的梦游者，你这个万能的幻想家，你这个无敌的百万富翁！再来回忆一下你过去那种饥饿痛苦的生活吧，再去访问一下那逼迫你，或不幸引导你，或绝望接受你的地方吧。基督山伯爵从唐太斯的镜子里，现在看到的是钻石、黄金和华丽的服饰。藏起你的钻石，埋掉你的黄金，遮住你华丽的服饰，变富为穷，变自由人为罪犯，让一个重生的人重新变回尸体吧！”

基督山伯爵一面这样沉思默想，一面顺着凯塞立街走。二十四年以前，他夜里被一言不发的宪兵押走的时候，走的也是这条街。那些房子，今天虽充满欢乐且富有生气，但那天晚上却黑乎乎、静悄悄的，门户紧闭着。“可是，它们还是以前的那些房子，”基督山伯爵对自己说，“不同的是现在是白天，是太阳照亮了这个地方，让它看来使人如此高兴。”

他顺着圣·洛朗街向码头走过去，走到了灯塔那儿，这是他登船的地方。一艘装着条纹布篷的游艇正巧经过这里，基督山伯爵向船老板招呼了一下，船老板便立刻带着一个船夫和希望做一笔好生意的急切心情向他划来。

天气好极了，适合出游。鲜红的、光芒四射的太阳正向水里沉下去，渐渐被水吞没。海面光滑得像玻璃一样，只是偶尔被一条为了躲避敌人的追捕跳出海面以寻求安全的鱼暂时扰乱了宁静。从地平线远望，那些船像海鸥一样白，姿态是那样的优美，可以看见回到马地古去的渔艇和开赴科西嘉或西班牙的商船。

虽然晴朗的天气有美丽的船只，和那笼罩着一切的金色的光芒，紧裹在大氅里的基督山伯爵却只想到那次可怕的航程。

过去的一切都在他的记忆里复活了。迦太兰村那盏孤独的灯光；初见伊夫堡猛然回忆起他们要带他到那儿去时的那种感觉；当他想逃走时与宪兵的那一场挣扎；马枪枪口触到他额头时那种冷冰冰的感觉……这一切在他眼前都成了生动而可怕的现实。就像那些被夏天的炎热蒸干，但在多雨的秋天又渐渐贮积起流水的小溪一样，伯爵也感到心里渐渐地充满了以前几乎压毁爱德蒙·唐太斯的那种痛苦。他再也看不到那晴朗的天空，那美丽的船只，那沐浴在金色阳光下的迷人的景色。天空中似乎布满了乌云，庞大的伊夫堡像是一个死鬼的幽灵。当他们抵岸的时候，伯爵不由自主地退到了船尾，船夫不得不迫切地催促道："先生，我们到岸啦。"

基督山伯爵记得，就在这个地方，就在这块礁石上，他曾被士兵凶暴地拖上去，用刺刀顶着腰走上那个斜坡。当初唐太斯眼前是漫长的路程，但现在基督山伯爵却觉得它非常短，每一桨都唤起了许多记忆，往事像海的泡沫一样浮了起来。

自从七月革命以来，伊夫堡里便不再关犯人。这儿现在只住着一个缉私队，一个看守在门口站着，等待引导访客去参观这个恐怖的遗迹。伯爵虽然知道这些事实，但当他走进那个拱形的门廊，走上那座黑洞洞的楼梯，向导应他的要求带他到黑牢里去的时候，他的脸色还是变惨白了，心在一阵阵发冷。他问旧时的狱卒是否还有人留下来，但他们或者退休，或者转业去做另外的行当了。带他参观的那个向导是一八三〇年来的，向导把他带到了当年关押他的那间黑牢。他又看见了从那狭小窗口透进来的微弱的光线；又看见了当年放床的位置，但那张床早已搬走了，床后的墙脚下有几块新的石头，这是以前法利亚神甫所掘的那条地道的出口，基督山伯爵感到四肢发抖，便拉过一个木凳坐了下来。

"除了毒死米拉波[①]的故事以外，这里还发生过什么没有？"伯爵问道，"这些阴森可怕的地方竟关押过我们的同类，简直令人难以置信，对于这些房间有什么传说吗？"

"有的，先生，狱卒安多尼曾对我讲过一个关于这间黑牢的故事。"

基督山伯爵打了一个哆嗦，安多尼就是看管他的狱卒，他几乎已经快忘掉他的名字和长相了，但一听到这个名字，他便想起了他——他那满是络腮胡子的脸，棕色的短褂和钥匙串。伯爵似乎现在还能听到那种丁零当啷的响声，他回过头去，在那条被火把照得更加阴森的地道里，他似乎又见到了那个狱卒。

---

① 米拉波伯爵（1749—1791），法国大革命时代的政治家，在伊夫堡被他的政敌用毒药毒死。

“您想听那个故事吗，先生?”

“想听，讲吧。”基督山伯爵说，把手压在胸膛上，按着怦怦直跳的心，他感觉怕听自己的往事。

“这间黑牢，”向导说，“以前在这里曾住过一个非常可怕的犯人，可怕的是因为他富有心计。当时堡里还关着另外一个人，但那个人并不坏，他只是一个可怜的疯神甫。”

“啊，是吗?是疯子吗?”基督山伯爵说，“什么原因使他发疯的?”

“他总是说，如果谁能放他出去，他就给谁几百万块钱。”

基督山伯爵抬头向上望，但看不见天空，在他和苍穹之间，似乎隔着一道石墙。他想，在那些得到法利亚的宝藏的人的眼睛和宝库之间，也有一道厚厚的墙啊。

“犯人之间可以互相见面的吗?”他问道。

“噢，不，先生，这是被明文禁止的，但他们却逃过了看守的监视，在两个黑牢之间挖出了一条地道。”

“那么这条地道是谁挖的呢?”

“噢，那肯定是那个年轻人干的，当然啰，他身体强壮，而神甫则已年老体弱。而且他疯疯癫癫的，绝对想不出这个办法。”

“睁眼的瞎子!”伯爵低声说道。

“但是，不管怎样吧，那个年轻人挖了一条地道，至于如何挖的，用什么工具挖的，没有人知道，但他总算是挖成了，那边还有新砌的石头可以证明。您看见了吗?”

“啊，是的，我看到了。”伯爵说，他的声音因激动而变嘶哑了。

“结果是，两个人可以相互来往了，他们曾经来往了多久，谁都不知道。有一天，那神甫生病死了。您猜那年轻人是如何做的?”

“如何做的?”

“他搬走那具尸体，放在自己的床上，使其面向墙壁。然后他走进神甫的黑牢，把进口塞住，钻进装尸体的那只布袋里。您能想到这样的策略吗?”

基督山伯爵闭上眼睛，似乎又体验到冰冷的粗布碰到他面孔时的那种感觉。那向导继续讲道：“他的计划是这样的，他以为他们是把死人埋在伊夫堡，认为他们不会给犯人买棺材，所以可以用他的肩胛顶开泥土。但不幸的是，按照伊夫堡的规定，他们从不埋葬死人，只是会在死人脚上绑上一颗很重的铁球，然后抛到海里。结果，那个年轻人从悬岩顶上被抛了下去。第二天，在床上发现了神甫的尸体，真相大白了，抛尸体的那两个人也说他们当时曾听到尖声的喊叫，但尸体一沉到水里，那喊声便听不到了。”

伯爵呼吸困难，大滴的冷汗从他的额头上滚了下来，他的心被痛苦填满了。“不，”他喃喃地说道，“我感受到的复仇动摇只是健忘的结果，现在，伤口又被撕裂开了，心里又在渴望复仇了。而那个犯人，”伯爵提高了嗓门说，“此后有他的消息吗？”

“噢，没有，当然没有。您知道，他肯定会遭遇以下的两种情况之一——不是平跌下去，便是竖跌下去。如果从五十尺的高度平跌下去，他立刻会摔死；如果竖跌下去，则脚上的铁球就会拉他到海底，他就会永远留在那儿了，可怜的人！”

“那么你可怜他吗？”伯爵说。

“我当然怜悯他，虽然他也是自作自受。”

“你这话是什么意思？”

“据说他原本是一个海军军官，因为参加拿破仑党才坐牢的。”

“是的！”伯爵又自言自语道，“你是死里逃生的！那可怜的水手只活在讲述他故事的那些人的记忆里。他那可怕的经历被人当作故事在屋角里传述着，当向导讲到他从空中被大海吞噬的时候，便会让人战栗发抖。”随后伯爵提高了声音又说，“你知道他的名字吗？”

“噢，只知道是三十四号。”

“噢，维尔福，维尔福！”伯爵轻轻地说，“当你无法入眠的时候，我的灵魂肯定让你想到这件事！”

“您还有什么想看的吗，先生？”向导说。

“是的，如果你可以领我去看一下那可怜的神甫的房间的话。”

“啊！二十七号。”

“是的，二十七号。”伯爵复述一遍向导的话，他似乎听到神甫的声音隔着墙壁在说。

“来，先生。”

“等一等，”基督山伯爵说，“我想再看一看这个房间。”

“好的，”向导说，“我恰巧忘了带这个房间的钥匙。”

“那么请再回去拿吧。”

“我把火把留给您，先生。”

“不，带走吧，我可以在黑暗里看到东西。”

“咦，您就像那三十四号一样。他们说，他是如此习惯于黑暗，竟能在黑牢最黑暗的角落里看到一枚针。”

“他需要十年时间才能练就那种功夫。”伯爵心里这样自语。

向导拿着火把走了，伯爵说得很对，几秒钟以后，他对一切都像是在白天看到的那样清晰。他向四周看看，完全看清了他曾待过的黑牢。

“是的，”他说，“那是我常坐的石头，那墙上是我的肩膀留下的印记，那是我以头撞壁时留下的痕迹。噢，那些数字！我记得很清楚呀！这是有一天我用它来计算我父亲和梅塞苔丝的年龄的，想知道当我出去的时候，父亲是否还活着，梅塞苔丝是不是依然年轻。在那之后，我曾有过短暂的希望，但我却没有计算到饥饿和背叛！”于是伯爵发出一声苦笑。

他在幻想中看到了父亲的丧事和梅塞苔丝的婚礼。在黑牢的另一面墙上，他看到一片刻划的痕迹，绿色的墙上依旧还可以看出那些白字，那些字是这样写的，“噢，上帝呀，”他念道，“保留我的记忆吧！”

“噢，是的！”他喊道，“那是我临终时的祈祷，我那时不再祈求自由，而只祈求记忆，我怕自己会发疯而忘了一切。噢，上帝呀，您保全了我的记忆！我感谢您！我感谢您！”

这时，墙上映出火把的光，向导走了过来。基督山伯爵向他迎上去。

“跟我来，先生。”向导说，他不上楼梯，而是领着伯爵从一条地道走到另一间黑牢的门口。到了那儿，另一些记忆又冲到伯爵脑子里。他首先看到的是神甫画在墙上用来计算时间的子午线，然后是那可怜的神甫死时所躺的那张破床。这些东西不但没有激起伯爵的悲哀，反而使他的心里充满了一种柔和的感激之情，他禁不住流下泪来。

“疯神甫曾被关在那儿，先生，这是那年轻人进来的地方，”向导指着那仍未填塞的洞口，“根据那块石头的外表，”他继续说，“一位有学问的专家考证出那两个犯人大概已经往来了十年了。可怜的人！那十年时间一定非常难过。”

唐太斯从口袋里摸出几块金路易，交给那个虽不认识他但却已两次对他表示同情的向导。向导接过来，本以为那只是几块银币，但火把的光使他看清了它们的真实价值，“先生，”他说，“您弄错啦，您给我的是金币。”

“我知道。”

向导吃惊地望着伯爵，“先生，”他喊道，简直无法相信自己的好运，“您的慷慨真是让我无法理解！”

“噢，非常简单，我也曾当过水手，你讲的故事听起来比别人的更感动。”

“那么，先生，既然您这样慷慨，我也应该送您一样东西。”

“你将送给我什么东西，我的朋友？贝壳吗？麦秆纺织的东西吗？谢谢你！”

“不，先生。不是那些，是一样和这个故事有关的东西。”

“是吗？”伯爵急切地问道，“那是什么？”

“听我说，”向导说，“我想，在一个关了十五年犯人的牢房里，总是会留下一些东西的，所以我就开始敲墙壁。”

“呀！”基督山伯爵喊道，想起了神甫藏东西的那两个地方。

“找了一段时间以后，我发觉床头和壁炉底下似乎是空的。”

“是的，”伯爵说，“是的。”

“我翻开石板，然后就找到了——”

“一条绳梯和一些工具？”

“您是如何知道的？”向导惊奇地问道。

“我并不知道，我只是这样猜测，因为在牢房里发现的大多是那一类的东西。”

“是的，先生，是一条绳梯和一些工具。”

“你还留着这些东西吗？”

“不，先生，我把它卖给游客了，他们觉得那是些非常稀奇的东西，但我还留着一件东西。”

“什么东西？”伯爵着急地问。

“似乎是一本书，写在布条子上的。”

“去把它拿来，那可能是我感兴趣的东西，你尽管放心好了。”

“我这就去拿，先生。”那向导出去了。

伯爵于是在那张死神使它变成了一座祭台的床前跪了下来，“噢，我的再生之父呀！”他叹道，“您给了我自由、知识和财富，您，像天上的神一样，能分辨善恶。如果死人和那些活着的人还能互相沟通的话，如果人死后其灵魂还能重访我们曾经生活和受苦的地方，那么，高贵的心呀！崇高的灵魂呀！我求求您，为了您给我的父爱，为了我对您的服从，请赐我一些征兆，赐我一些启示吧！请剔除我心中剩余的怀疑吧，那种怀疑如果不变成满足，也会变成悔恨的。”

伯爵低下头，两手合在一起。

“拿来了，先生。”背后传来向导的声音。

基督山伯爵打了一个寒战，站起身来。向导递给他一卷布片，那些布片是法利亚神甫的知识宝藏，这是法利亚神甫的那篇“论建立意大利统一王国”的文章的原稿。伯爵急忙拿过来，将目光落到题铭上，他读道。“主说：‘你将拔掉龙的牙齿，将狮子踩在你的脚下。’”

“啊！”他喊道，“这就是回答。谢谢您，我的父亲，谢谢您！”他伸手从口袋里摸出一只夹着十张一千法郎钞票的小皮夹，“喏，”他说，“这个皮夹送给你。”

“送给我？”

“对，但有一个条件——你得等我走了以后才能打开来看，”于是，他把刚才找到的那卷布条藏在怀里——在他看来，它比最值钱的珠宝还要珍贵——他跑出地道，跳上船，喊道：“回马赛！”然后，他回头盯着那座阴森森的牢狱，“该死，”他喊道，“那些把我关到那座痛苦的监狱里去的人！该死，那些忘记我曾待在那里的人！”

当他经过迦太兰村的时候，伯爵把头埋进大衣里，轻声呼唤一个女人的名字，他两次消除了疑虑，用一种温柔的近乎爱恋的声音呼唤的那个名字，就是海黛。

上岸以后，伯爵向坟地走去，他相信在那儿一定能找到莫雷尔。十年以前，他也曾虔敬地去找过一座坟墓，却枉费了一番心思。他带着千百万钱财回法国来，却没找到他那被饿死的父亲的坟墓。当年，老莫雷尔的确在他父亲坟墓那里插过一个十字架，但十字架早已倒了，掘坟的人已经把它烧毁，就像他们坟场里所有腐朽的木头十字架一样。而那可敬的老莫雷尔就比较幸运了，他是在他儿女的怀抱里去世的，他们把他埋在先他两年去世的妻子身边。两块大理石上分别刻着他们的名字，竖在一片小坟地的两边，四周围着栏杆，长着四棵柏树。

马西米兰靠在一棵柏树上，两眼直盯着坟墓，他悲痛欲绝，几乎要失去知觉。

“马西米兰，”伯爵说，“你不应该看坟墓，而应该看那儿。”他以手指天。

“死者是无所不在的，”莫雷尔说，“我们离开巴黎的时候，你不就是这样告诉过我吗？”

“马西米兰，”伯爵说，“在途中你要求我让你在马赛住几天。你现在还有这种想法吗？”

“我什么都不想了，伯爵，我只是想，我在这里可以比在别处少一点儿痛苦。”

“那也好，因为我不得不离开你了，但我还带着你的诺言呢，不是吗?”

“啊，伯爵，我会忘了它的。”

“不，你不会忘记的，莫雷尔，因为你是一个讲信用的人，因为你曾经发过誓，而且你要重发一遍誓。”

“噢，伯爵，可怜可怜我吧！我是如此的不幸。”

“我知道有一个人比你更不幸，莫雷尔。”

“不会有的!”

“唉!”基督山伯爵说，“这是我们人类的可怜的骄傲，每一个人都觉得自己比身边哭泣的人更痛苦。”

“一个人如果丧失了他在世界上所爱所希望的所有东西，谁还会比他更痛苦?”

“听着，莫雷尔。我认识一个人，他也像你一样，曾把他全部的幸福、希望寄托在一个女人身上。他很年轻，有一个他爱的老父，一个他所恋慕的未婚妻，他们快要结婚了，但那时，使我们几乎要怀疑上帝公正的一场命中注定的波折，夺去了他的爱人，夺去了他所梦想的未来，他还被关进了一间黑牢里。”

“啊!”莫雷尔说，“黑牢里的人迟早是可以出来的。”

“他在那儿住了十四年，莫雷尔。”伯爵把手放在那青年的肩头上说。

马西米兰打了一个寒战，“十四年?”他自言自语地说。

“十四年!”伯爵重复说，“在那期间，他有过很多次绝望的时候，也像你一样，认为自己是最不幸的人，想到过要自杀。”

“真的吗?”莫雷尔问道。

“是的，在他绝望到顶点的时候，上帝显灵了，因为上帝早已不再创造奇迹了。在一开始，他也许并没有在那个人身上显示出无穷的仁慈，因为蒙着泪水的眼睛看不清东西，最后，他接受了忍耐和等待。有一天，他神奇地离开了那座死牢，成为一个有钱有势的人，他首先去找他的父亲，但他的父亲已经死了。”

“我的父亲也死了。”莫雷尔说。

“是的，但你的父亲是死在你的怀里的，他有钱，受人尊敬，享受过快乐，享尽了天年。但他的父亲却是死在穷苦、绝望、怀疑之中的。当他的儿子十年以后来找他的坟墓的时候，坟墓已经无法辨认了，没有一个人能说：‘那儿躺着你深爱的父亲！’”

“上帝啊！”莫雷尔叹道。

“所以他是一个比你更不幸的人，莫雷尔，因为他甚至连自己父亲的坟墓都找不到了！”

“但他至少还有他所爱的那个女人。”

“你错了，莫雷尔，那个女人——”

“难道她死了吗？”

“比那更糟！她忘恩负义，嫁给了一个迫害她未婚夫的人。所以，你看，莫雷尔，他是一个比你更加不幸的人。”

“那么他得到上帝的安慰了吗？”

“上帝至少给了他安宁。”

“他还希望再获得快乐吗？”

“他一直努力在追求着，马西米兰。”

年轻人把头垂到胸前，“你牢记我的诺言吧，”他沉思了一下，把手伸向基督山伯爵说，“只是记得——”

“十月五日，莫雷尔，我在基督山岛上等你。四日那天，一艘游艇会在巴斯蒂亚港等你，船名叫‘欧罗斯号’，你将你的名字告诉船长，他就会带你来见我了。就这样约定了，好吗？”

“好的，伯爵，我会照你的话做的，但你记得是十月五日——”

“孩子！”伯爵答道，“你不知道一个男子汉的承诺意味着什么！我对你讲过二十遍啦，假如你想在那一天死，我是能帮你的忙的。莫雷尔，再见了！”

“你准备离开我了吗?”

“是的，我在意大利有事情要办。我让你自己在这儿和不幸抗争，独自和上帝派来迎他的选民的神鹰搏斗。甘密蒂的故事[①]不是一个神话，马西米兰，它是一个比喻。”

“那你什么时候走?”

“马上就走，汽船已经在那儿等着了，一个小时以后，我就会离你很远啦。你愿意陪我到港口去吗，马西米兰?”

“我悉听你的吩咐，伯爵。”

莫雷尔把伯爵送到了港口，黑色的烟囱里已经冒出了鹅绒似的白色水蒸气。汽船不久就开航了，一小时后，正如伯爵所说的，烟囱里冒出的白烟消失在地平线上，与夜雾融在一起，分辨不清了。

① 希腊神话中甘密蒂是弗烈琪亚地方一个美丽而孤苦伶仃的牧羊童子，有一天，宙斯经过，看出他是一个可造之材，便将太阳神化为神鹰，飞到牧场上，把它抓到奥林匹斯山，叫他充当众神的司酒童子。

第一一四章　庇皮诺

那艘汽船消失在摩琴岬后面时，一个乘着驿车从佛罗伦萨赶往罗马的人，经过了阿瓜本特小镇。他把驿车赶得相当快。这人穿着一件外套，确切地说，是一件紧身长外套，穿着这种衣服旅行是十分不舒服的，但它却能把鲜明灿烂的荣誉团军官的缎带显示出来，他的上装上佩着一枚勋章，从这两个标志以及他对车夫讲话时的口音可以看出他是一个法国人。另外一点可以证明他是来自世界通用语言的国家的就是，他只知道乐谱上用作术语的那几个意大利字，像费加罗老说“goddam”①一样，这些字可以代替特殊语言的一切奥妙。

当马车上坡的时候，他就对车夫大喊“Allegro”②；当他下坡的时候，他就喊“Moderato！”③ 凡是走过那条路的人，都知道佛罗伦萨经阿瓜本特到罗马，途中有许多的上坡和下坡！这两个字使人感到非常有趣。车到勒斯多塔，罗马业已在望，一般旅客到这里总会流露出强烈的好奇心，站起来看那最先闯入眼帘的圣·彼得教堂的圆顶，但这位旅客却没有这种兴趣。他只是从口袋里摸出一只皮夹，从皮夹里抽出一张折成两片的纸片，用恭敬的态度将它查看了一遍以后，说：“好！它还在我身边呢。”

马车从波波罗门进城，向左转，在爱斯巴旅馆门口停下来，我们的

① 法国最流行的外国字之一。十五世纪时，法国人叫英国人为 goddam。
② 意大利语，音乐术语：“急调，加快！”
③ 意大利语，音乐术语：“不疾不徐，稍慢！”

老相识派里尼老板恭恭敬敬地在门口迎接那位旅客。那位旅客下车，吩咐给他预备一顿丰盛的午餐，然后便打听汤姆生·弗伦奇银行的地址。

当然一问就可以知道了，因为汤姆生·弗伦奇银行是罗马最有名的银行之一，它就在圣·彼得教堂附近的银行街上。罗马，像在其他各地一样，来一辆旅行车是一件大事。十几个年轻的闲汉，赤脚露肘，一手叉腰，一手有模有样地放到后脑勺上，凝视着那旅客、驿车和马；此外还有五十个左右游手好闲的二流子，他们来自教皇统治下的各省，因为教皇重征人头税，要从圣·安琪罗桥抽水灌入梯伯河[①]，所以无力纳税的人们只能让他们的孩子出来流浪且乞讨为生。但罗马的闲汉和流民比巴黎的幸运，他们能听懂各国语言，尤其是法语，他们听到那旅客吩咐要一个房间、一顿午餐，后来又打听汤姆生·弗伦奇银行的地址。

于是，当那位客人带着一个向导离开旅馆的时候，一个闲汉离开了他的同伴，像巴黎警局的密探那样巧妙地跟着那旅客，竟然未被那旅客发现，也未被向导注意到。那个法国人非常急于要到汤姆生·弗伦奇银行去，以至于等不及套车，只是留话给车夫，叫车夫套好马以后追上来，或到银行门口去等他。他比马车先到银行，那法国人走进银行把向导留在外厅里，向导于是立刻和两三个职业闲汉谈起话来。

在罗马的银行、教堂、废墟、博物馆和剧院门口，总是会有一些职业闲汉，跟踪法国人的那个家伙也走进了银行。那法国人敲一敲内门，走进了第一个房间，跟踪他的闲汉也如此这般地做。

“请问经理先生在吗?”那旅客问道。

坐在第一张写字台前的一个重要职员打了一个手势，一个仆役便站起身来，“您是哪一位?”那仆役问。

“腾格拉尔男爵。”

“那么请跟我来!”那个人说。

一扇门开了，那仆役和男爵都消失在了门里面，那个跟腾格拉尔来的人则在一条长凳上坐了下来。在之后的五分钟里，那职员继续写字，

---

① 梯伯河经意大利中部诸省，该河比海平面高出两百四十四尺。

凳子上的那个人也保持着沉默，纹丝不动地坐在那儿。然后，当那职员停笔的时候，他抬起头来，四处张望了一下，确定房间里只有两个人，便说："啊，啊！你来啦，庇皮诺！"

"是的。"回答很简单。

"你觉得这个人有值得探听的消息吗？"

"我没有多少事情要打听，因为我们已经获得情报了。"

"那么你知道他为什么到这里来喽？"

"当然，他是来提款的，但我不知道具体数目。"

"但不久你就可以知道了，我的朋友。"

"好极了，你也许还是像前次那样，给我错误的消息。"

"你这话怎么讲？你指哪一个人？是不久之前从这儿拿走三万艾居的那个英国人吗？"

"不，他真的有三万艾居，我们找到了。我说的是那个俄国王子，你说他有三万里弗，而我们却只找到两万四千里弗。"

"你肯定搜得不仔细。"

"是罗吉·万帕亲自搜查的。"

"假如真是那样的话，他大概是还了债——"

"一个俄国人竟然肯还债！"

"要不就是花掉了一部分。"

"那倒是有可能的。"

"一定是的，你必须让我去听一听，不然，那个法国人在我不知道数目以前就要办完手续了。"

庇皮诺点点头，从他的口袋里拿出一串念珠来，开始低声地祈祷，而那职员则走进了腾格拉尔和仆役进去的那间房子。十分钟以后，那职员春风满面地回来了。

"怎么样？"庇皮诺问他的朋友。

"小心，小心！数目非常大。"

"五六百万，是吗？"

"是的，你知道那数目了吗？"

“记在基督山伯爵阁下的账上?”

“你认识伯爵吗?”

“那笔钱，他们给他开立户头，任他在罗马、威尼斯和维也纳提取?”

“正是如此!”那职员喊道，“你怎么打听得如此清楚啊?”

“我告诉过你，事先我们就得到情报了。”

“那么你为何要来问我呢?”

“我要确定一下我有没有认错人。”

“是的，确实是他！五百万，一笔很可观的数目，不是吗，庇皮诺?”

“是的。”

“嘘！我们的人来啦!”

那职员抓起笔，庇皮诺则抓起他的念珠，门开的时候，一个在写字，一个在祈祷。腾格拉尔满面喜色，银行经理一直陪他到门口，庇皮诺跟着腾格拉尔出去，约定的马车等在门口。向导拉开车门，他们很能干，什么事情他都能派上用场。腾格拉尔跳进车子，动作轻捷得像个小伙子，向导关上车门，跳上去坐在车夫旁边，庇皮诺则跳上车坐在车厢外的后座上。

“大人是要到圣·彼得教堂去吗?”向导问道。

“到那里去做什么呀?”

“当然是去观光啦!”

“我到罗马不是来观光的，”腾格拉尔大声说，然后，他又面带贪婪的微笑着说，“我是来取钱的!”于是他拍一拍他的皮夹，皮夹里刚才已装进一份信用证。

“那么大人是要到——”

“到旅馆去。”

“到派里尼旅馆去!”向导对车夫说，马车疾驶而去。十分钟后，男爵回到他的房间，庇皮诺则在旅馆门外的长凳上坐了下来，他与本章开始时提及的那些闲汉中的一个耳语了几句，那个闲汉便立刻顺着通到朱庇特殿的那条路飞一般地跑了回去。腾格拉尔感到疲乏但满足，睡意很浓，他上了床，并将皮夹塞在枕头底下。庇皮诺闲得无事，便和闲汉们玩骰子，输了三个艾居，但为了安慰自己，喝了一瓶奥维多酒。

腾格拉尔虽然睡得很早，但第二天早晨却醒得很迟，他有连续五六夜没有睡好了，有时甚至压根没有睡觉时间。他美美地吃了早餐，然后，就像他说的，因为对这“不朽之城”的美景并不关心，便吩咐车夫在中午给他备好马车。但腾格拉尔可没有想到警察局的手续会如此麻烦，驿站站长又是如此地懒惰。驿车到两点钟才来，去代领护照的向导则直到三点钟才到，而备好的马车在派里尼老板的门口早吸引了一群游手好闲的人的兴趣，这些人之中当然有不少职业闲汉。男爵得意扬扬地穿过这些看热闹的人，有不少是为了得到些赏钱，那些闲汉便齐声唤他“阁下”，在那以前，腾格拉尔一直为被尊称为男爵而自满。但“阁下”这个称呼使他有点受宠若惊，便撒了十几个苏给那群人，那群人为了再多得十几个苏，立刻改称他为“殿下”。

“走哪一条路?”车夫用意大利语问。

“去安科纳省的那条路。”男爵回答。

派里尼老板翻译了这一问一答，于是马车便疾驶而去。腾格拉尔准备先到威尼斯，并在那儿取出一部分钱，然后赴维也纳，休息几天以后，他准备在维也纳住下来，因为他听说那是一个可以寻欢作乐的好地方。

他离开罗马不到十里路，天色便晴了起来。腾格拉尔没想到起程会这么晚，否则，他宁愿在罗马多留一夜。

他伸出头去，问车夫要多长时间才能到达一个市镇。

车夫用意大利语回答：“NonCapisco。”[①] 腾格拉尔点一点头，意思是说：“非常好。”

马车继续向前走，“我到第一个驿站就停车。”腾格拉尔心想。昨天晚上，他美美地睡了一宿，现在似乎还能感受到那种舒适惬意的余

---

① 意大利语：“听不懂。”

味。他现在舒舒服服地躺在一辆华丽的英国马车里，身下有双重弹簧坐垫，由四匹好马拉着车子疾驶，他知道离前面的驿站只有二十里路了。一个这样幸运的破产的银行家，他的脑子里到底在想什么呢?

腾格拉尔想到了他那在巴黎的太太，大约过了十分钟，他又想起了和亚密莱小姐一同出门的女儿。大约又过了十分钟，他想到了他的债权人以及他将来如何花他们的钱。在这十分钟之后，他没有东西可想了，便闭上眼睛睡了。时而，一阵比较猛烈的颠簸使他睁开了眼睛，于是他感觉到车子依旧载着他在依稀相似的罗马郊外急速地前进，沿途布满着残存的高架引水桥[①]，远远看上去像化为花岗石的巨人挡住了他们的去路。但这天晚上天气很冷，又阴暗，而且下着雨，一个旅客坐在温暖的车厢里，比一个只会回答“NonCapisco”的车夫要舒服得多。腾格拉尔继续睡觉，心想反正到达驿站的时候他一定会醒来的。

马车停了，腾格拉尔以为他们到达了那盼望已久的地点。他睁开眼睛向窗外望去，以为他已来到了一个市镇或至少到了一个村庄，但他看见的却是像废墟一样的地方，有三四个人像幽灵似的在那儿走来走去。腾格拉尔等了一会儿，心想车夫既已赶完了他那一段路，肯定会来向他要钱的，他可以借那个机会向新车夫问话。但马已经解镨了，另外几匹马被换了上去，却始终没有人来向他要钱。腾格拉尔吃惊地推开车门，却被一只强有力的手推了回来，车子又开始行驶了。男爵目瞪口呆，完全醒了，“喂!”他对车夫说，“喂，miocaro[②]!”这两个意大利字，男爵也是在听他的女儿和卡瓦尔康蒂对唱时学来的，但 miocaro 并没有回答，腾格拉尔于是把车窗打开。

“喂，我的朋友，”他把头伸到窗外说，“我们这是到哪儿去呀?”“Dentrolatesta!”[③] 一个庄严而专横的声音喊道，并伴随着一个恫吓的手势。腾格拉尔明白了，“Dentrolatesta”的意思是“把头缩回去”，由此

---

① 罗马水道是罗马著名的古代建筑，最早的筑于公元前三世纪，一般都是用巨石和砖砌成的引水渠道。

② 意大利语：“亲爱的。”

③ 意大利语：“头缩进去!”

可见他的意大利语进步神速。他服从了，但心里却七上八下，而且那种不安与时俱增。他已不再像开始旅行时那样无忧无虑，现在脑子里充满了各种念头。这些念头无疑使他情绪激动、头脑清醒，但后来却由于过分紧张又糊涂了。在我们未曾惊慌的时候，我们对外界的一切都看得很清楚，而当我们惊慌的时候，外界的一切在我们眼中便都有了双重意义，但是当我们已经吓慌了的时候，除了麻烦，便什么都看不见了。腾格拉尔看见一个披着披风的人骑着马在车子的右边疾驰，“宪兵!”他喊道，“难道当局已把我的情形发急报给教皇当局了吗?”他决定要解决这个疑团，“你们要带我到哪儿去?”他问道。

“Dentrolatesta!”以前那个声音又气势汹汹地回答。腾格拉尔朝车厢左边转过身去，他看见左边也有一个人骑着马在疾驰。“一定是那样的!”腾格拉尔说，额头上直冒出汗来，“我肯定是被捕了。”于是他便往背垫上一靠，但这一次可不是睡觉而是在动脑筋了。不久，月亮升起来了，他看见了那庞大的引水渠架，就是他以前看见过的那些花岗石的鬼怪，不过以前它们在他的右边，而现在则已在他的左边。他知道他们已掉转车头，正把他带回到罗马去。“唉，倒霉!”他喊道，“他们一定已弄到了我的引渡权。”马车继续疾驰，一小时就在这样的担惊受怕中过去了，他们经过的每一个地方似乎都是在提醒这个逃亡者他们现在走的是回头路。终于，他看见一片黑压压的庞然大物，看来马车一定会撞在那个东西上，但车子一转弯，那个庞然大物便已落在后面了，原来那是环绕着罗马四周的一个城垒。

“喂，喂!”腾格拉尔喊道，“我们不是回罗马，那么，并不是法院派人来追我，我仁慈的上帝!”另外一个想法浮上他的脑海，“但如果他们真是——”他的头发竖了起来。他想起了那些在巴黎几乎没人相信的关于罗马强盗的有趣的故事。他想起了阿尔贝·马尔塞夫在与欧热妮小姐的婚约未破裂前讲述的那一番冒险，“他们或许是强盗!”他自言自语地说。就在那时，车子驶上了一条比碎石路更硬的路面，腾格拉尔壮着胆子向路的两边望了望，看见两边都是一式的纪念碑，马尔塞夫那场冒险的具体细节在他的脑海里面盘旋着，他确信自己已被带上了阿匹爱氏路上，在一块像山谷似的地方，他看见有一个圆形凹陷的建筑物，那是卡拉卡勒竞技场。车子右边那个骑马的人一声令下马车便停住了，同时，车子左侧的门被打开了。

“Scendi!”① 一个命令式的声音喊道，腾格拉尔本能地下车，他虽然不会讲意大利语，但却已经懂得这个字。半死不活的男爵向四周看了一看，车夫之外的四个人把他围了起来。“Diqua!”② 其中有一个人一面说，一面带头走上一条离开阿匹爱氏路的岔道。腾格拉尔一声不吭地跟在他的身后，并不反抗。不用说，另外那三个人一定跟在他的后面，不过，他好像觉得每隔一段的距离就站着一个人，像哨兵似的。这样走了大约十分钟，期间，腾格拉尔并没有和他前面的人说一句话，最后，他发现自己已站在一座小丘和一丛长得很高的杂草之间，三个人默默地站成一个三角形，而他是那个三角形的中心。他想说话但舌头已不听使唤。“Avanti!”③ 那个严厉和专横的声音说道。

这一次，腾格拉尔更加明白了，他不但听明白了话，而且也领会了动作的意思，因为他身后的那个人非常粗鲁地把他一推，使得他差点撞倒在前面带路的那个人身上，这个人就是我们的老相识庇皮诺。他扎进杂草丛中，沿着一条只有蜥蜴或黄鼠狼才觉得是一条大道的小径向前走去。在一块由小树掩遮的岩石前面他停了下来。那块岩石半开半掩，恰好可以容纳一个人钻进去，那个小伙子一转身便像童话里的妖精似的不见了。腾格拉尔后面的那个人吩咐他也要照样做。现在他已经非常确信他已经落入罗马强盗手里。腾格拉尔像是一个身临险境，进退两难，却又被恐惧激起了勇气的人那样，他执行了命令，像庇皮诺那样钻了进去，尽管他的肚子给他带来了很大的不便。他闭上眼睛，直到脚触到地面的时候，才睁开了双眼，里面的路很宽，但却很黑。庇皮诺划火点燃了一支火把，他现在已到了自己的地方，不再怕被人认出来了。另外那两个人也紧随着腾格拉尔下来，做他的后卫，腾格拉尔一停步，他们就

---

① 意大利语：“跟着来。”
② 意大利语：“下来!”
③ 意大利语：“向前走!”

推着他向前走。他们顺着一条平缓的下坡路走到一处阴森恐怖的十字路口，墙上挖着一个个装棺材的墓穴，衬托着白石的墙头，就像是骷髅那黑洞洞的大眼睛一样。

一个哨兵把他的步枪“啪”的一声换到左手，“谁?”他喊道。

“自己人，自己人!”庇皮诺说，“队长在哪儿?”

“在那边!”哨兵用手向背后面一指，那儿的一个大厅像是用岩石挖出来的，大厅里的灯光透过拱形的大门廊照入隧道。

“好买卖，队长，好买卖!”庇皮诺用意大利语说，他抓住腾格拉尔的衣领，拖着他向门洞走去，穿过门洞进入了大厅，看来队长就在那里。

“就是这个人吗?”队长问道，他正在聚精会神地读普罗塔克的《亚历山大传》。

“对，队长，就是他。”

“非常好，让我看看。”听到这一声非常不客气的命令，庇皮诺便把火把举起来直逼到腾格拉尔的脸上，腾格拉尔吓得忙向后退去，以免烧焦眼睫毛，他脸色苍白，充满了惊恐之色。

“这个人累了，”队长说，“带他上床去睡吧。”

“上帝，”腾格拉尔暗暗地说，“他所说的床也许就是墙壁空洞里的棺材，而我所能享受的睡眠，大概就是在那黑影里闪闪发光的匕首带来的长眠了。”

就是当年阿尔贝·马尔塞夫发现他在读《恺撒历史回忆录》的那个人，这位腾格拉尔发现他在研究《亚历山大传》的首领的话，他的话惊醒了他的同伴，他们从大厅四角用枯叶或狼皮铺成的床上坐了起来。那位银行家发出一声呻吟，跟着领他的人向前走，他既未恳求也未哀叫。因为他已经没有了精力、意志、感觉，不论他们领他到什么地方去，他都会乖乖地跟着走，最后他发现自己已到了一座楼梯脚下，他机械地抬起腿，向上走了五六步。一扇矮门在他的面前打开了，他低下头，以免撞伤额角，走进一个用岩石挖成的小地下室。这个地窖虽然未加粉饰，却很清洁，虽然深埋在地下，却很干燥。地窖的一个角落里有一张干草做的床，上面铺着羊皮，腾格拉尔一看见那张床，眼睛顿时发光了，他认为那是一种安全的象征。“噢，赞美上帝！”他说“这是一张真的床！”

“Ecco！”[①] 那向导说，他把腾格拉尔往地窖里一推，随手关上门。门闩嘎的一响，腾格拉尔于是就变成一个俘虏了，况且，即使没有门闩，他也不可能从这戒备森严的圣·西伯斯坦陵墓里逃出去。至于这群强盗的首领，我们的读者一定已认出那是鼎鼎大名的罗吉·万帕，腾格拉尔也认出了他，当阿尔贝·马尔塞夫在巴黎讲到这个强盗的时候，腾格拉尔并不相信他的存在，但现在，他不但认出了他，而且也认出了这个曾关过阿尔贝的地窖，这个地方也许是特地留给外客用的。这些记忆给腾格拉尔带来了几分欢喜，使他的心情平静了一些，那些强盗既然不打算立刻结束他的性命，那么他认为他们压根儿就不想杀他。他们捉他来的目的是为了要钱，尽管他身边只带着几枚金路易，但他也相信他们肯定会放他出去，他记得马尔塞夫的赎款好像是四千艾居，因为他自认为自己比马尔塞夫重要得多，于是他把自己的赎款定为八千艾居，八千艾居相当于四万八千里弗。而他现在却有五百零五万法郎，凭着这笔款子，他一定可以使自己恢复自由，而且他从来没有听说过绑票的赎款有高达五百零五万法郎的，所以，他相信自己不必破费很多钱就可以离开这个地方。他躺到床上，在翻了两三次身以后，于是像罗吉·万帕所读的那本书中的主角那样宁静地睡着了。

---

① 意大利语：“到了！”

第一一五章　罗吉·万帕的菜单

每一次入睡，只要不是腾格拉尔惧怕的那种睡眠，我们终究是要醒过来的。对于一个习惯了天鹅绒的帷幕、闻惯了檀香香味和睡惯了丝绸床单的巴黎人而言，当他发现自己醒来的时候正待在一个石灰岩的石洞里，当然会认为这仅仅是个不舒心的困境而已。然而只是一眨眼的工夫，他就已经认定这种情况是不容置疑的事实了。“确实，”他自言自语，“落在阿尔贝·马尔塞夫提到过的那些强盗手中了。”他首先做的事情是做一次深呼吸，以确定自己究竟受没受伤，这种方法是他从《堂·吉诃德》那本书中学来的，他一生中并不是只读过这一本书，可是只有这本书给他留下了一些印象而已。“不，”他大叫着，“他们虽然没有杀死我或伤害我，可他们也许已经抢走了我的东西！”于是他急忙用双手去摸口袋，他发现了那个装着五百零五万法郎支付券的小皮夹。“莫名其妙的强盗！”他自言自语道，“他们并没将我的钱袋和皮夹抢走，如同我昨晚说的一样，他们是想让我付赎款。啊！没想到我的表还在这儿！我得瞧瞧现在几点了。”腾格拉尔的表是钟表名匠勃里古的杰作，昨天晚上他小心地包藏起来，现在时针正指在五点半上，如果没有这只表，腾格拉尔根本无法知道白天和黑夜，因为光是不能照射到这间地窖里来的。他应该要求和强盗谈判呢，还是耐心地等待着由他们来提出？后面这个办法似乎更妥当，所以他就等待着，并一直等到十二点钟。这期间，他门口的一个哨兵始终在守着，八点钟的时候，哨兵换了一次班。腾格拉尔突然有一种强烈的愿望，非常想去看一看看守着他的那个人。

他注意到有几缕灯光从那扇拼得不甚严密的门板缝中透了进来，他把眼睛凑到一条门缝上，正巧看见那个强盗在喝白兰地酒，因为装在一只皮囊里，所以发出了一种使腾格拉尔嗅了极不愉快的气味，“啐!”他喊了一声，退回到地窖最远的那个角落里。十二点的时候，又有一个强盗来换班，腾格拉尔想看一看这个新的看守人，于是又走近门去。他是一个身材魁梧、肌肉发达的强盗，大眼睛，厚嘴唇，塌鼻子，红头发像蛇似的披散在肩上。“啊，上帝呀，”腾格拉尔喊道，“这个家伙看上去像是一个吃人的妖怪，但是，我太老了，啃起来太硬，吃起来也没有味道。”由此可见，腾格拉尔还有足够的精力来开玩笑。这时，似乎是为了证明他不是一个吃人的妖怪似的，那人从他的干粮袋里取出一些黑面包、黄油和大蒜，开始狼吞虎咽地大嚼起来。“见鬼，”腾格拉尔从门缝里注视着强盗的那顿午餐说，“见鬼，我真不明白人怎么可以吃那样的脏东西!”于是他退回去坐在床上，那羊皮又使他想起了刚才的那种酒味。

但自然规律是无法违背的，对于一个饥饿的胃来说，即使最粗糙的食物也具有不可抗拒的吸引力。腾格拉尔此时觉得自己的胃里没有东西了，渐渐地，在他眼里那个人似乎没有那样丑了，面包也没有那样黑了，黄油也比较新鲜了，甚至庸俗的大蒜——令人讨厌的野蛮人的食物也使他想起了以前当他吩咐厨子准备鸡汤时连带端上来的那些精美的小菜。他站起身，敲了敲门，那强盗抬起头来，腾格拉尔知道他已听见，便连续敲门。“Checosa?”[①] 这强盗问。“来，来，”腾格拉尔用手指敲着门说，“我想，这个时候也应该弄点东西给我吃了吧!”

但不知道到底是因为听不懂他的话，还是因为他没有接到过应如何对待腾格拉尔的饮食问题的命令，那看守并不回答，只是继续吃他的黑面包。腾格拉尔感到自己的自尊心受了伤害，便不再想和这个丑恶的家伙打交道，于是把自己往羊皮床上一搁，不再吭声。又过了四个钟头，

① 意大利语：“干什么?”

另一个强盗来换班。腾格拉尔的胃这时痛得似乎像有什么东西在啮咬似的，他慢慢地站起来，再将眼睛凑在门缝上，认出了那个聪明的向导的脸。这个人确实是庇皮诺，他正在准备以最舒服的方式来担任这项看守工作，他面对着门坐着，两腿之间放着一只瓦盆，瓦盆里装的是咸肉煮豌豆，瓦盆旁边还有一小筐韦莱特里葡萄和一瓶奥维多酒，庇皮诺显然是一个对饮食非常讲究的人。这种情景使腾格拉尔顿时口水直流，“好吧，”他心想，“让我来看看他是否比那一个人好说话！”于是他轻轻地敲敲门。“来了！”庇皮诺喊道，他时常在派里尼老板的旅馆里出入，完全了解法国人的习惯。

腾格拉尔立刻认出他就是那个在路上恶狠狠地对他吆喝“把头缩进去”的那个人，但现在不是报复的时候，所以他尽量装出最亲热的态度，带着一个和蔼的微笑说：“对不起，阁下，你们难道不打算给我吃点东西吗？”

“大人可是感觉有点饿了？”

“有点儿！不饿才怪呢，我有二十四小时都没有吃东西啦！”

腾格拉尔自言自语道，然后他提高了声音说：“是的，阁下，我感觉肚子饿了，非常饿了！”

“那么大人希望——”

“马上就有东西可以吃，如果有可能的话。”

“那是最容易不过的事情了，”庇皮诺说，“我们这儿要吃什么有什么，但当然得付钱，像到所有诚实的基督徒开的饭店里那样。”

“当然啰！”腾格拉尔喊道，“可是按理说，那些抓人的人至少应该喂饱他们的俘虏。”

“啊，大人！”庇皮诺答道，“我们这儿并没有这种规矩。”

“这个理由实在不充分，”腾格拉尔说，他感觉他的监守者很和善可亲，“可是，这样我也感到非常满意了。好吧，拿一点东西给我吃吧。”

“马上就会拿来。那么大人喜欢吃什么呢？”于是庇皮诺便把他的瓦盆放在地上，让咸肉煮豌豆的香味直冲进腾格拉尔的鼻孔里，“敬请吩咐吧!”

“你们这儿有厨房吗?”

“厨房?当然是有的,我们这儿完整得很!”

“厨师呢?”

“绝对是一流的!”

“嗯,鸡、鱼、野禽,什么都可以,我是什么都吃的。”

“真替大人高兴。您要一只鸡吧,我想?”

“好吧,那就一只鸡。”庇皮诺转过身去喊道:“给大人拿一只鸡来!”他这句话的回声还在甬道里来回回荡的时候,一个英俊、和蔼、赤膊的年轻人便出现了,他头顶着一只银盘走过来,但并不用手去扶,银盘里盛着一只鸡。

“我几乎要相信自己是在巴黎咖啡馆里啦!”腾格拉尔自言自语地说。

“来了,大人!”庇皮诺一面说,一面从那小强盗的头上取下鸡,将它放在地窖里一张蛀得满是斑孔的桌子上,这张桌子,再加上一条长凳和那张羊皮床,便是地窖里的全部家当了。腾格拉尔又要刀和叉,“喏,大人。”庇皮诺一面说,一面给他一把钝口的小刀和一只黄杨木做的餐叉,腾格拉尔一手拿刀,一手拿叉,准备切那只鸡。

“原谅我,大人,”庇皮诺把手按在那银行家的肩上说,“这儿的人是先付款后吃饭的,您这样会使他们很不高兴,可是——”

“啊,啊!”腾格拉尔心想,“这就不像在巴黎了,我刚才倒没有想到他们会敲我的竹杠!但我还是慷慨一些吧,听说意大利的东西便宜,一只鸡在罗马大概值十二个苏。拿去吧。”

说着他朝地下抛了一块金路易。庇皮诺拾起那块金路易。腾格拉尔刚要割那只鸡,“等一等,大人,”庇皮诺站起身来说,“你还欠我一些钱呢。”

“我说他们真会敲我竹杠的。”腾格拉尔心想,但也决定要对这种敲诈逆来顺受,便说:“来,说吧,我在这只鸡上还欠你多少钱?”

“大人付了我一块路易的定钱。”

“一块路易吃一只鸡还算是定钱!”

“当然啰，大人现在还欠我四千九百九十九块路易!”

腾格拉尔睁大眼睛听这个大笑话，“啊！奇怪，”他吃惊地说，“奇怪!”

于是他又准备去切那只鸡，但庇皮诺用左手抓住腾格拉尔的右手，右手则伸到腾格拉尔的面前，“拿来。”他说。

“什么！你不是在和我开玩笑吧?”腾格拉尔说。

“我们是从来不开玩笑的，大人。”庇皮诺说，严肃得犹如一个基督教徒一样。

“什么！一只鸡竟然要卖十万法郎?”

“大人，您想象不到在这种该死的地洞里养鸡是多么困难。”

“算了吧，算了吧，”腾格拉尔说，“这种玩笑真是够滑稽，够有趣的，我的肚子实在饿极了，所以还是让我吃吧。喏，再拿一块路易给你。”

“那么还欠四千九百九十八块路易了。”庇皮诺还是用那种口气说，“我们耐心地等你付清。”

“噢！那个，”腾格拉尔对他这种行为感到非常气愤，“那个，你是决不会成功的。去见鬼吧！你不知道你的对手是谁!”

庇皮诺一挥手，那青年强盗便急忙搬开那盘鸡，腾格拉尔往他的羊皮床上一躺，庇皮诺则关上门，重新开始吃他的咸肉豆。腾格拉尔虽然看不见庇皮诺的吃相，但咀嚼声很明显说明他在吃东西，而且吃得颇有滋味，像那些没有教养的人一样，腾格拉尔感到自己的胃似乎穿了底了。他不知道他究竟是否还能再填满它，但他居然又熬了半个钟头，那半个钟头竟然像一世纪那样久，他又站起身来，走到门口。“来，阁下，”他说，“别让我再挨饿了，告诉我吧，他们究竟想要我怎么样。”

“不，大人，应该说你想要我们怎么样。请您吩咐，我们马上可以照办。”

“那么请马上开门。”

庇皮诺遵命。

“哼！我想要吃东西！要吃东西！你听到了吗？”

“你感觉饿了吗？”

“算了吧。你是非常清楚的。”

“那么大人喜欢吃什么东西呢？”

“既然这个鬼地方的鸡如此贵，那么就给我来一块干面包吧。”

“面包？好极了。喂，听着！拿点面包来！”他喊道。

小强盗拿来一小块面包。

“多少钱？”腾格拉尔问。

“四千九百九十八块路易，”庇皮诺说，“不过您已经预付过两路易了。”

“什么！十万法郎一块面包？”

“十万法郎。”庇皮诺又重复一遍。

“一只鸡你竟然要我十万法郎呀！”

“我们这儿不是按菜论钱而是每餐都有定价的。无论您吃多吃少，不管是十碟或一碟，价钱总是一样的。”

“什么！还想说这种无趣的玩笑吗？这实在是太愚蠢、太荒唐啦！你不如直接告诉我吧，你们想把我饿死是不是？”

“不，上帝啊！不，人人，只要您不想自杀，我们这里只要付钱就有东西吃。”

“你让我用什么支付呢，禽兽？”腾格拉尔愤怒地说，“你认为我出门时会装十万法郎在口袋里吗？”

“您的口袋里有五百零五万法郎，可以吃到五十只半十万法郎一只的鸡。”

腾格拉尔浑身颤抖了一下，他终于明白了，他之前的猜测根本就是错误的。“来，”他说，“假如我将十万法郎支付给你，你就能遵守诺言，让我踏踏实实地吃了吗？”

“当然啦。”庇皮诺说。

“那我如何支付呢？”

“噢，这实在是太容易了。在罗马银行街的汤姆生·弗伦奇银行里，您开有户头，您给我开一张四千九百九十八路易的支票，我们就会委托和我们有来往的银行去代收的。”

腾格拉尔感觉还是遵从他比较好，于是他从庇皮诺手中接过笔、墨水和纸，开了张支票，签上了名字。“喏，”他说，“这张支票是凭票即付的。”

“这是您的鸡。”腾格拉尔一边吃鸡一边叹息，这只用十万法郎买来的鸡实在是太瘦了。庇皮诺认真地看了看支票，将它放到口袋里，之后接着吃他的咸肉豆。

第一一六章　宽恕

第二天，腾格拉尔又感觉饿了，不知道为什么，那间黑牢中的空气竟然令人胃口大开。那囚徒本来是想这几天就不必如此浪费了，因为他就像那些善打经济算盘的人一样，提前在地窖的角落里藏起了半只鸡和一块面包。可是他才吃完东西，就感觉口渴了，这可完全出乎他的意料。可他依然硬撑到舌头粘到上颚上，实在无法坚持的时候才大喊起来。开门的守卫是一张陌生的脸孔，腾格拉尔认为还是找个熟悉的人做交易相对容易一些，于是他就让守卫去叫庇皮诺。“我来啦，大人，”庇皮诺带着急切的神情说，腾格拉尔觉得这种急切的神情对他来说十分有利，“您需要什么?”

“需要一点喝的东西。”

“大人很清楚罗马附近的酒是非常贵的。”

“这样的话给我一些水吧。”腾格拉尔叫喊着，想努力躲开新的打击。

“哦，水比酒更加珍贵，今年的天气是这么干旱。”

“别说了，”腾格拉尔说，“这么说我们又得兜那个老圈子啦。”

腾格拉尔面带微笑，期待把这件事情看作一个玩笑，可是额头上已经冒出了汗珠。“来，我的朋友。”腾格拉尔发现他的话并没有得到庇皮诺的回应，于是接着说，“你一定不会反对给我一杯酒的吧?”

“我已经和您说过了，”庇皮诺严正地答道，“我们不零售。”

“哦，这样的话，就请拿一瓶最便宜的给我吧。”

“价钱都是一样的。”

“多少钱?”

“一瓶两万五千法郎。”

“说吧,”腾格拉尔以万分痛苦的口气说道,“直接说你们想把我敲诈得身无分文,那总比这样一点一点地宰割我更舒服些。”

“也许这正是头儿的意思。”

“头儿!谁是你们的头?”

“就是前天带您去见的那个人。”

“他现在在哪儿?”

“就在这儿。”

“那么请让我见见他。”

“当然可以。”

不一会儿,罗吉·万帕便出现在腾格拉尔的面前了。“阁下,你就是将我带到这儿来的那些人的首领吗?”

“非常正确,大人。”

“你打算让我付多少赎金?”

“哦,实话实说,就是您带在身边的那五百万。”

腾格拉尔的心感到一阵可怕的剧痛,“以前我虽有大笔的财产,”他说,“现在却只剩下这一笔钱了。假如你想把这笔钱拿走,就同时要了我的命吧。”

“我们不打算让您流血。”

“那么是谁给你们下的命令?”

“我们服从命令的那个人。”

“那么你也是服从那个人的吗?”

“对,服从一位首领。”

“我听说,你就是首领。”

“另有一个人是我的首领。”

“那位首领——他也是被谁指挥的吗?”

“是的。”

“是谁在指挥他?”

“上帝。”

腾格拉尔想了一会儿，“我不明白你的意思。”他说。

“也许吧。”

“你这样对待我是你首领的意思吗?”

“对。”

“他究竟想达到什么目的?”

“关于这个我一点都不知道。”

“我的钱包即将被掏空了呀。”

“也许会的。”

“好，”腾格拉尔说，“给你一百万怎么样?”

“不可以。”

“两百万？三百万？四百万？来，四百万哪？条件是你得放我走。”

“值五百万的东西您为什么只给我四百万呢?银行家阁下，您这么杀价我实在搞不懂。”

“都拿去吧，那么就请统统都拿去吧，我告诉你，连我也杀了吧!”

“好了，好了，别生气。这样会刺激你的血液循环并使其加速，那样就会产生一个每天需要一百万才会满足的胃口。您还是节省一点儿吧。”

“但在我还没有钱付给你们的时候，你们又会怎么样呢?”腾格拉尔绝望地问。

“那时您就不得不挨饿。”

“挨饿?”腾格拉尔说，他的脸色不由得苍白了起来。

“可能会的。”万帕冷冷地回答。

“但你不是说你不打算杀死我的吗?”

“是的。”

“那你为何又想让我饿死?”

“那将是另一回事了。”

“那么，你们这群浑蛋!”腾格拉尔喊道，“我是决不会让你们的阴谋得逞的！我宁愿马上就死！你们可以拷打我、虐待我、杀死我，但你们将再也拿不到我的签字了！”

“悉听尊便。”万帕说着就离开了地窖。

腾格拉尔狂怒地把自己往羊皮床上一甩。这些家伙到底是些什么人呢？那个躲在幕后的首领又会是谁呢？为什么旁人都可以出了赎金就被释放，唯有他却不能这么做呢？噢，是的，这些残酷的敌人既然用这种令人不可理解的手段来迫害他，那么，迅速并突然地死去，应该是报复他们的一种好方法。死？在腾格拉尔的一生中，这大概是他第一次带着恐惧和希望的矛盾心理想到死。这时，他的目光停留在一个毫不留情的幽灵身上，这个幽灵深藏在每个人的心中，而且随着每次的心跳一遍遍地说道：“你要死了！”腾格拉尔像是一头被围捕的野兽，野兽在被追逐的时候，最初是飞逃，然后是绝望，最后，凭着绝望刺激出来的力量，有时也能绝处逢生。腾格拉尔寻思着逃脱的办法，但四壁都是实心岩石，而且地窖唯一的出口处有一个人坐在那儿看书，那个人的后面还不断地有带枪的人经过。他那不签字的决心持续了两天，两天以后，他出了一百万买食物，他们送来了一顿丰美的晚餐，拿走一百万法郎的支票。

从这时起，那不幸的囚犯就干脆听天由命了。他已受了如此多的痛苦，他决定不让自己再受苦，什么要求他都可以答应。在他像有钱的时候那样大吃大喝地享受了十二天以后，一算账，发觉只剩下的五万法郎了。于是在这个囚犯的身上产生了一个奇怪的反应——为了保住剩下的五万法郎，他宁愿再去受饥饿的折磨也不肯放弃那笔钱。有一个濒于疯狂的希望在他眼前闪烁，早将上帝抛在脑后的他，这时又想起了上帝。上帝有时会创造奇迹的，教皇的巡官或许会发现这个该死的洞窟，然后把他释放出去，那时他还可以用剩下的五万法郎，并保证他此后不致挨饿，他祈祷上帝让他保存这笔钱，于是一面祈祷一面哭泣。三天就这样过去了，在这三天里，尽管他的心里也许并没有想到上帝，但嘴巴上总是挂着上帝的名字。有时他神志不清，好像看见一个老人躺在一张破床上，那个老人也已饿得奄奄一息了。到第四天，他已饿得不成人形而像是一具活尸了，在捡完了以前进餐时掉在地上的每一粒面包屑后，他开始嚼起干草来了。然后他恳求庇皮诺，像恳求一个守护神似的向他讨东西吃，他出一千法郎向他换一小块面包，但庇皮诺不理他。到第五天，他挣扎着摸到地窖的门口。“你难道不是一个基督徒吗？”他支撑着起来说，“你们忍心看着一个在上帝面前与你同是兄弟的人死去吗？我的朋友，我当年的朋友呀！”他喃喃地说，脸贴到地上，然后他绝望地站起来，喊道：“首领！首领！”

“我在这儿，”万帕立刻出现了，说，“您想要什么？”

“把我最后的一个金币拿去吧！”腾格拉尔递出他的皮夹，结结巴巴地说，“让我住在这个洞里吧。我不再打算要自由了，我唯一的要求是让我活下去！”

“那么您的确感到痛苦了？”

“哦，是的，是的，我感觉痛苦极了！”

“可是，还曾有人比您受过更大的痛苦。”

“我决不相信。”

“有的，想想那些活活被饿死的人。”

腾格拉尔想到了他在昏迷状态时看到的那个躺在床上呻吟的老人，他用额头撞地，也呻吟起来，“是的，”他说，“虽有人比我痛苦，但他们至少是殉道而死的。”

“这么说来你忏悔了吗？”一个庄严、低沉的声音问道，腾格拉尔听了吓得头发根都直竖了起来，他睁大衰弱的眼睛竭力想看清眼前的东西，在那强盗的后面，有一个人裹着披风站在石柱的阴影里。

“你要我忏悔什么呢？”腾格拉尔结结巴巴地说。

“忏悔你曾做过的坏事。”那个声音说。

“噢，是的！我忏悔了！我忏悔了！”腾格拉尔说，他用那瘦削的拳头用力地捶着自己的胸膛。

“那么我将宽恕你。”那人说着就摔下他的披风，走到亮光里。

“基督山伯爵！”腾格拉尔说，饥饿和痛苦使他的脸色变得苍白，恐惧更使他面如土色了。

“你说错了，我不是基督山伯爵！”

“那么你到底是谁呢？”

“我就是那个被你陷害、背叛和玷污的人。我的未婚妻因为你而过上了屈辱的生活；我遭到你无情的践踏，被你当作升官敛财的垫脚石；我的父亲因为你而落得活活饿死的结局。我原本也想让你死于饥饿之中，但是我宽恕了你，因为我也希望得到宽恕。我就是爱德蒙·唐太斯。”

腾格拉尔大喊一声，倒在地上蜷缩成一团。“起来吧，”伯爵说，“你的性命不会受到威胁。可是你的那两个同伴就没你这么走运了，一个疯了，一个死了。你手里的五万法郎自己留着吧，我赠送给你了，你从医院蒙骗来的那五百万法郎，我已经归还给他们了。眼下你可以美美地吃上一顿，今晚你是我的贵客。万帕，这个人吃完饭之后，就把他释放了吧。”伯爵走开的时候，腾格拉尔依然在地上倒着。当他将头抬起来的时候，只看到一个人影消失在甬道里，甬道两侧的强盗都给他鞠着躬。万帕按照伯爵的命令，好好地款待了腾格拉尔，让他享用了意大利顶尖的酒和美食。之后，万帕用他的马车送走腾格拉尔，将他放在路边，靠在一棵树干上。他在树下待了整整一夜，不清楚自己身处何方。天亮之后，他发现自己处于一条小溪旁边，他非常口渴，于是摇摇晃晃地走到小溪边，当他弯下腰喝水的时候，才注意到自己的头发已经全都变白了。

第一一七章　十月五日

晚上六点钟左右，蔚蓝色的海面上笼罩着一层乳白色的暮霭，穿透这层暮霭，秋日的太阳将它那金黄色的光芒抛洒在蔚蓝色的海面上。白天的炎热已经逐渐散去，微风轻拂海面，好像大自然午睡清醒之后呼出的气息一般。一阵凉爽的微风轻吹着地中海的海岸，将掺杂着清新的海的气息的花草香味传播到各处。在这片从直布罗陀到达达尼尔，从突尼斯到威尼斯的无边无际的大海上，一艘洁净、漂亮、迅捷的游艇正穿行于黄昏的暮霭之中，仿佛一只逆风飞翔的天鹅一般，在水面上平稳地滑行着，它迅捷而优雅地在身后留下了一道光闪闪的水痕。慢慢地，太阳在西方的地平线上消失了，可是它仿佛要证明神话家的幻想一般，还没有收尽的余晖像火焰一样在每一个波浪的浪尖上跳动，似乎想让人们知道海神安费德丽蒂将火神抱在怀里，尽管她努力想将自己的爱人隐藏在那蔚蓝色的大毯子下面，可终究徒劳无益。尽管海面上的风并不能将一个少女头上的鬈发吹乱，可是那艘游艇的速度是相当快的。船头上立着一个身材高大、皮肤微黑的男子，他睁圆了眼睛看着他们慢慢靠近的那一片黑乎乎的陆地，那块陆地耸立于万顷波涛之中，仿佛一顶巨大的迦太兰人的圆锥形的帽子。“那就是基督山岛吗?”这位旅客以一种深沉而忧郁的音调问道，这艘游艇好像是遵从他的命令行驶的。“没错，大人，”船长说，“我们到了！”“我们到了！”那旅客以一种难以言说的悲伤的语气重复了一遍这句话，接着他又低声说，“没错，就是那个港口。”接着他就带着一种比哭泣更伤心的微笑又一次陷入一连串的思考之中。几分钟之后，岛上出现一道瞬间消失的亮光，一声枪响差不多同时传到游艇上。

“大人，”船长说，“岛上发信号了，您打算亲自回答吗？”

“那是什么信号？”船长向这座岛指了指，岛边升起了一缕渐渐向上扩散的轻烟。

“啊，是的，”他说，就像是从一场梦里醒来似的，“拿给我。”

船长给了他一支实弹的马枪，旅客把它慢慢地举起来，向空中放了一枪。十分钟以后，水手收起帆，在离小港口大约五百尺的地方抛下锚，小艇已经放到了水上，艇里有四个船夫和一个舵手。那旅客走下小艇，小艇的船尾上铺着一块蓝色的毡毯以供他坐，但他并没有坐下来，兀自把手叉在胸前。船夫们等待着，他们的桨半举在水面上，像是海鸟在晾干它们的翅膀似的。“走吧。”那旅客说，于是八把桨一齐插入了水里，没有溅起一滴水花，小船迅速地向前滑去。一会儿，他们已到了一个天然形成的小港里，船底触到沙滩不动了。

“大人，请骑在这两个人的肩头上让他们送您上岸去。”那青年做了一个毫不在乎的动作来回绝这种邀请，自己跨到水里，水正好齐腰。“啊，大人！”舵手轻声地说，“您是不应该这样的，主人会责怪我们的。”

那青年继续跟着前面的水手向前走，走了大约三十步以后，他们上岸了。那青年在干硬的地面上蹬了蹬脚使水往下掉，并四下张望，他想找一个人为他引路，因为这时天色已经完全黑了。正当他转过身去的时候，一只手落到了他的肩头上，同时一个声音将他吓了一跳。“您好，马西米兰！你非常守时，谢谢你！”

“啊！是你吗，伯爵？”那青年人用一种听上去非常欢喜的声音说，双手紧紧地握住了基督山伯爵的手。“是的，你瞧，我也像你一样如约而至，但你身上还在滴水，我亲爱的朋友，我得像凯丽普索对德勒马克[1]所说的那样对你说，你得换换衣服了。来，我为你准备了一个住处，住在那里，不久就会忘掉疲劳和寒冷了。”基督山伯爵发现那年轻人又转过身去，似乎在等什么人。莫雷尔感到非常奇怪，因为那些带他来的人竟一言不发，甚至不要报酬就走了，他们已经回到游艇上去了，以至他可以听到他们的划桨声。

“啊，对了，”伯爵说，“你是在找那些水手吗?”

“是的，我还没付给他们钱，他们就走了。”

“别去管这事了，马西米兰，”基督山伯爵微笑着说，“我曾和航海业中的人约定：凡是到我的岛上来的旅客，一切费用全免。用文明国家的说法，我与他们之间是有‘协定’的。”

马西米兰惊讶地望着伯爵，“伯爵，”他说，“你跟在巴黎时不一样了。”

“怎么这么说呢?”

“在这儿，你笑了。”

伯爵的脸色又变得阴郁起来，“你说得很对，马西米兰，你提醒我要回到现实中去，”他说，“我非常高兴能再看见你，可忘记了所有的快乐都是过眼云烟。”

“噢，不，不，伯爵!”马西米兰抓住伯爵的双手喊道，“请笑吧，你应该快乐，你应该得到幸福，应该用你那谈笑自若的态度来证明：生命只有对这些受苦的人来说才是一个累赘。噢，你是多么善良，多么仁慈呀！你是为了鼓励我才假装高兴的。”

“你错了，莫雷尔，我刚才是真的感到很高兴。”

“那么你是忘了，这样的话也好。”

“为什么要这么说?”

“是的，正如古罗马的斗士在走进角斗场之前对罗马皇帝所说的那样，我也要对你说：‘去赴死的人来向你致敬了。’”

---

① 典出荷马名著《奥德赛》：凯丽普索是住在奥癸其亚岛上的女神，德勒马克船破落海，被救起，收留在她的岛上。

“你的痛苦还没有减轻吗?”伯爵面带惊奇的神情问道。“哦!”莫雷尔的目光中充满了苦涩，“你难道真的觉得我能够吗?”

“请听我说，”伯爵说，“你懂我的意思吗? 你不能把我看作一个普通人，看作一个只会喋喋不休地说废话的人。当我问你是否觉得痛苦已减轻的时候，我是作为一个能洞悉人心底的秘密的人来对你说的。嗯，莫雷尔，让我们一同深入你的心灵，来对它进行一番探索吧。难道使你像受伤的狮子一样跳动的痛苦还仍然那么强烈? 难道你仍然渴望坟墓里熄灭你的痛苦吗? 难道那种迫使你舍生求死的悔恨依然存在吗? 难道是勇气耗尽，烦恼要将希望之光抑制? 难道你丧失的记忆使你不能哭泣了? 噢，亲爱的朋友，如果你把一切都托付给上帝，那么，马西米兰，你是已经得到了上帝的宽慰，别再抱怨了。”

“伯爵，”莫雷尔用坚定而平静的语气说，“且听我说，我的肉体虽然还在人间，但我的思想却已升到了天上。我之所以到你这儿来，是因为希望自己会死在一个朋友的怀抱里。世界上确实还有几个我所爱的人，我爱我的妹妹，我爱她的丈夫，但我需要有人对我张开臂膀，在我临终的时候能微笑地面对我。我的妹妹会满脸泪痕地昏过去，我会因为她的痛苦而痛苦；艾曼纽会阻止我的行动，还会嚷得全家人都知道，只有你，伯爵，你不是凡人，如果你没有肉体的话，我是会把你称为神的，你甚至可以温和亲切地把我领到死神的门口，不是吗?”

“我的朋友，”伯爵说，“我还有一点疑虑，你是否是因为太软弱了，才以炫耀自己的痛苦来作为自己的骄傲?”

“不，真的，我很平静，”莫雷尔一面说，一面伸出一只手给伯爵，“我的脉搏既不比平时快也不比平时慢，不，我只觉得我已经走到了路的尽头，没法再往前走了。你要我等待，要我希望，你知道你让我付出了多大的代价吗? 你这位不幸的智者! 我已经等了一个月了，也就是说，我被痛苦折磨了一个月! 我希望过（人是一种可怜的动物），我希望过——希望什么? 我说不出来，——一件神奇的事情，一件荒唐的事情，一个奇迹。只有上帝才明白那是什么，上帝把希望的那种念头和我们的理智掺杂在了一起。是的，我等待过，是的，我希望过，伯爵，在我们谈话的这一刻钟里，你可能并没有意识到你一次又一次地刺痛了我的心，——因为你所说的每一个字似乎都在向我表明我没有希望了。噢，伯爵！请让我宁静地、愉快地走进死神的怀抱吧！”莫雷尔说这最后几个字的时候情绪非常激动，伯爵看了禁不住打了一个寒战。“我的朋友，”莫雷尔继续说，“你把十月五日作为最后的期限，今天是十月五日了，”他掏出怀表，“现在是九点钟，我还有三个小时。”

“那好吧，”伯爵说，“请跟我来。”莫雷尔机械地跟着伯爵走，不知不觉之中，他们走进了一个岩洞。他感到脚下铺着地毯，一扇门打开了，馥郁的香气包围了他，一片灿烂的灯光照花了他的眼睛。莫雷尔停下脚步，不敢再往前走，他怕看见的一切会软化他的意志。基督山伯爵轻轻地拉了他一把，说：“古代的罗马人在被他们的皇帝尼罗王判处死刑的时候，他们就在堆满鲜花的桌子前面坐下来，吸着玫瑰和紫堇花的香气从容地赴死，我们为什么不学学那些罗马人，像他们那样来消磨剩下的三个小时呢？”

莫雷尔微笑了一下，“随便你好了，”他说，“总归是要死，是忘却，是休息，是生命的超脱，也是痛苦的超脱。”他坐下来，基督山伯爵坐在他的对面，他们是在我们以前曾说过的那间神奇的餐厅里，在那儿，石像头上的篮子里，永远满盛着水果和鲜花。

莫雷尔茫然地注视着这一切，似乎什么都没有看见，“让我们像真正的男子汉那样谈一谈吧。”他望着伯爵说。

“请说吧！”伯爵答道。

“伯爵！”莫雷尔说，“在你身上集中了人类的全部知识，你给我的印象，好像你是从一个比我们这个世界进步的世界里来的。”

“你说的话有点道理，”伯爵带着那种使他非常英俊但忧郁的微笑说，“我是从一个名叫痛苦的星球上下来的。”

“你对我说的一切，我都相信，甚至可以不去追问它的含意。所以，你要我活下去，我就活下来了，你要求我要抱有希望，我似乎也抱有希望了。所以伯爵，我把你当作一个已经死过一回的人，我冒昧地问一句，死是痛苦的吗？”

基督山伯爵带着无法形容的怜爱之情望着莫雷尔，“是的，”他说，“是的，当然很痛苦，你是用暴力把那执着地求生的躯壳毁掉，那当然是非常痛苦的。如果你用一把匕首插进你的肉里，如果你将在窗口乱窜的子弹射进你那软弱的大脑里，你当然会痛苦，你会在一种可憎的方式下抛弃生命，痛苦、绝望的代价会比这样昂贵的安息要好得多。”

“是的，”莫雷尔说，“我明白，死和生一样，也有它痛苦和快乐的秘密，只是不为一般人知道罢了。”

“你说得非常对，马西米兰。死，按照我们处理它的方法的好坏，可以以一个朋友的面目出现，像护士轻轻地拍着我们入睡一样；也可以以一个敌人的面目出现，像一个粗暴地把灵魂从肉体里拖出来的敌人一样。将来有一天，当人类再生活上千年，当人类能够控制大自然那一切毁灭性的力量来造福人类的时候，或者正如你刚才所说，当人类已发现死亡的秘密的时候，那时，死亡就会像睡在心爱的人的怀抱里一样甜蜜而愉快。”

“你想死的时候，你是会打算这样死去的，是这样吗，伯爵？”

“是的。”

莫雷尔伸出他的手，“现在我明白了。”他说，“现在我明白你为何要带我到大海中的这个孤岛的地下宫殿来了，那是因为你爱我，是吗，伯爵？因为你爱我极深，所以想让我甜蜜、愉快地死去，感觉不到任何痛苦，而且可以握着你的双手，呼唤着瓦朗蒂娜的名字，慢慢死去，是这样吗？”

“是的，你猜对了，莫雷尔，”伯爵说，“那的确是我的本意。”

“谢谢！想到明天我就可以不再痛苦了，我心里就感到很甜蜜。”

“那么你就毫无挂念了？”

“没有什么可牵挂的了。”

“甚至也不牵挂我吗？”伯爵非常动情地问道。莫雷尔那对明亮的眼睛黯淡了一下，但很快又恢复了那种不寻常的光泽，一滴眼泪顺着他的脸颊滚落了下来。“什么！”伯爵说，“难道当你在这个世界上还有所挂念的时候，竟然还想死吗？”

“哦，我求求你!”莫雷尔用低沉且虚弱的声音喊道，“别再说了，伯爵，不要再延长我的痛苦了!”

伯爵感觉他要死的决心动摇了，这种信念使他在伊夫堡一度已经被克服的那种可怕的怀疑又复活了。“我正在极力要使这个人快乐，”他想道，“我要让他快乐，以此来弥补我给他带来的痛苦，现在，万一我弄错了呢？万一这个人的不幸还不够重，还不配享受我即将给他的幸福呢？但偏偏只有在让他感觉幸福以后，我才能忘记自己给他带来的痛苦。我该怎么办？”于是他大声说：“听着，莫雷尔，我看你的确非常痛苦，但你依旧相信上帝，是不愿意用灵魂的解脱来冒险的[①]。”莫雷尔无奈地笑了一下，“伯爵，”他说，“我不会多愁善感地做样子，我的灵魂早已不再属于我了。”

“马西米兰，你知道我在这个世界上没有任何亲人，我一向把你当作我儿子。为了救我的儿子，我连生命都可以牺牲，更何况财产呢。”

“你这话是什么意思？”

“我的意思是，你之所以想结束生命，是因为你不懂得拥有一笔大财产可以获得一切享乐。莫雷尔，我的财产差不多有一亿，我会将它都给你。有了这样的一笔财产，你就可以无往而不利，任凭自己。你有雄心吗？每一种事业你都可以干。任凭自己去干吧！不要紧！只要活下去。”

“伯爵，你是已经答应过我的了。”莫雷尔冷冷地说。随后他掏出怀表说：“已经十一点半了。”

“莫雷尔，你忍心在我的家里，让我亲眼看着你死去吗？”

“那么请让我走吧，”马西米兰说，“不然，我就要以为你之所以爱我，并不是为了我而是为了你自己了。”说着他站起身来。

“很好，”基督山伯爵说，他的脸上顿时现出光彩，“你执意要死，是的，正如你自己所说的，你确实痛苦万分，只有奇迹才能治愈你的痛

---

① 按基督教教义，人的生命是上帝赋予的，人没有权利可以消灭自己的生命，所以自杀的人的灵魂不能得到解脱。

苦。坐下，莫雷尔，再等一会儿。”莫雷尔照他说的做了。伯爵站起身来，用一把悬在他金链上的钥匙打开了一个碗柜，从碗柜里取出一只雕镶得非常精致的银质小箱子，箱子的四个角雕镂着四个仰面弯着身子的女人，象征着即将飞上天堂去的天使。他把这只银箱放在桌子上，然后打开箱子，取出一只小小的金匣，一按按钮，匣盖便自动开启了。匣里装着一种胶冻，因为匣上装饰着金子、翡翠、红宝石和蓝宝石，映得匣里五彩缤纷，所以看不清这种胶冻的颜色。伯爵用一只镀金的银匙把这种东西舀了一小匙递给莫雷尔，并用坚定的目光盯着他，这时可以看出那种东西是淡绿色的。

“这就是你要的东西，”他说，“也就是我曾答应给你的东西。”

“我发自内心地感谢你。”年轻人从伯爵手里接过那只银匙说。基督山伯爵另外又拿了一只银匙浸到金匣里。“你打算干什么，我的朋友？”莫雷尔抓住他的手问道。“莫雷尔，”他微笑着说，“愿上帝宽恕我！我也像你一样厌倦了生命，既然有这样一个机会。”

“慢来！”那青年人说，“你，这个世界上有你爱的人，别人也爱着你，你是有信心和希望的。哦，别跟我一样，对你来说，这是一种罪。永别了，我高尚而慷慨的朋友，永别了，我将把你为我所做的一切告诉瓦朗蒂娜。”

于是，他一面按住伯爵的手，一面慢慢地，但却毫不犹豫地吞下了基督山伯爵给他的那种神秘的东西，然后两个人都沉默了，哑巴阿里小心地拿来烟管和咖啡以后便退了出去。渐渐地，石像手里的那儿盏灯渐渐变暗了，莫雷尔感到房间里的香气似乎也没有以前那样强烈了，基督山伯爵坐在他对面的阴影里看着他，莫雷尔只看见伯爵那一对发光的眼睛。一阵巨大的忧伤向年轻人袭来，他的手渐渐放松，房间里的东西逐渐失去了它们的形状和色彩，昏昏沉沉地，他似乎看见墙上出现了门和门帘。“朋友，”他喊道，“我感觉自己是在死了，谢谢！”他努力想伸出手，但那只手却无力地垂落在身边。这时，他似乎觉得基督山伯爵在那儿微笑，不是看透他心里的秘密时的那种奇怪而可怕的微笑，而是像一位父亲对一个婴儿的那种慈爱的微笑。同时，伯爵在他的眼睛里变得高大起来，几乎比平常高大了一倍，并呈现在红色的帷幕上。他那乌黑的头发掠到后面，巍巍然地站在那儿，似乎是一位将在末日审判时惩办恶人的天使。莫雷尔软弱无力地倒在圈椅里，一种惬意的麻木感渗入到每一根血管里，他的脑子里呈现出变幻莫测的镜头，像是万花筒里的图案一样。他软弱无力，失去了对外界事物的知觉。他似乎已进入临死以前那种漠然的昏迷状态里了，他希望再紧握一次伯爵的手，但他的手却丝毫不能动弹。他希望同伯爵做最后的告别，但他的舌头却笨拙地堵住了喉咙，像是一尊雕像嘴巴里的石块一样，他那倦息的眼睛不由自主地闭上了。可是，从他垂下的眼睑里望去，他依稀看见一个人影在移动，尽管他感到周围一片昏暗，他还是认出了这个人影是伯爵，他刚去打开了一扇门。隔壁的房间，更准确地说，是一座神奇的宫殿，立刻有一片灿烂的灯光射进莫雷尔所在的大厅门口。这时，有一位貌美如花的女子走到那间大厅门口，停在两个房间的交界处。她脸色苍白，带着甜蜜的微笑，像是一位赶走复仇天使的慈爱天使，“莫非是天国的大门已经为我打开了吗?”那个垂死的人想道，“那位天使真像我失去的那位姑娘啊。”基督山伯爵向那青年女子示意到莫雷尔奄奄待毙的那把圈椅旁边来，她合拢双手，面带微笑地向他走过去。

“瓦朗蒂娜！瓦朗蒂娜!”莫雷尔从灵魂的深处喊道，但嘴里却发不出一点声音来。他的全部精力似乎都已集中到内心的激情上去了，他叹息了一声，闭上了眼睛，瓦朗蒂娜向他冲过去，他的嘴唇还在翕动。“他在喊你，”伯爵说，“你把你的命运寄托在他的身上，死神却想将你们拆开。幸亏我在那儿，我战胜了死神。瓦朗蒂娜，从此以后，你们在人世间再也不会分离了，因为他为了找你已经勇敢地经历死亡了。要是没有我，你们都已死了，我使你们两个重新团圆。愿上帝把我所救的两条性命记在我的账上。”瓦朗蒂娜抓住伯爵的手，带着一种无法抑制的喜悦和冲动把那只手捧到嘴唇上吻着。

“哦，再谢谢我吧!”伯爵说，“请你不厌其烦地告诉我，是我恢复了你们的幸福，你不知道我多么需要能确信这一点啊!”

“哦，是的，是的，我真心诚意地感谢你!”瓦朗蒂娜说，“如果你怀疑我这种感激的诚意，那么去找海黛吧！去问问我那亲爱的姐姐海黛吧，自从我们离开法国以来，她就一直在对我讲述你，让我耐心地等待今天这个幸福的日子。”

“那么，你爱海黛！”基督山伯爵用一种抑制不住的激动情绪问。

“哦，是的！我诚心诚意地爱她。”

“哦，那么！听着，瓦朗蒂娜，”伯爵说，“我想求你做件事。”

“我？天哪，我可以有这样的殊荣吗？”

“是的，你刚才称呼海黛为姐姐，让她真的做你的姐姐吧，瓦朗蒂娜，把你对我的全部感激都给她。请和莫雷尔好好保护她，因为，”伯爵的声音因激动而哽咽了，“从此以后，她在这个世界上就是孤苦伶仃一个人了。”

“孤苦伶仃的一个人！”伯爵身后的一个声音复述说，“是什么原因呢？”基督山伯爵转过身去，海黛脸色苍白而冷峻地站在那儿，带着一种惊讶而奇怪的表情望着伯爵。“因为明天，海黛，你就自由了，可以在社会上取得你应有的地位，你是位公主，你是一位国王的女儿！我要把你父亲的财富和名誉都还给你。”海黛的脸色变得更惨白，她把那两只洁白的手举向天空，含着泪并用嘶哑的声音喊道：“那么你即将要离开我了，大人？”

“海黛！海黛！你还年轻，你非常美，请忘掉我的名字，去过幸福的生活吧！”

“很好，”海黛说，“你的命令我是应该服从的，大人。我将忘掉你的名字，去过幸福的生活。”她向后退一步，准备离去。

“哦，天呀！”瓦朗蒂娜喊道，她这时已靠在莫雷尔的身旁，让他的头靠在她的肩上，“你难道看不到她的脸色是多么的苍白吗？你没见她有多么痛苦吗？”海黛带着一种令人心碎的表情答道：“你为什么希望他能明白我是不是痛苦呢，我的妹妹？他是我的主人，而我只不过是他的奴隶，他有权利看不到这些的。”

伯爵听着这拨动他心弦的声音，当他与姑娘的目光相对时，他感到自己已承受不住那耀眼的光芒了。“哦，上帝，”他喊道，“你让我在心里曾隐约想到的事情难道是真的吗？海黛，你真的觉得留在我身边会非常幸福吗？”

“我还年轻，”海黛温柔地答道，“我爱这个你给我安排得如此甜蜜的生活，我不想去死。”

“那么你的意思是，假如我离开你，海黛——”

“是的，我会去死，大人。”

“那么你爱我吗？”

“噢，瓦朗蒂娜！他问我是否爱他！瓦朗蒂娜，快告诉他你是否爱马西米兰。”

伯爵感到自己的心在胀大，在狂跳，他张开两臂，海黛高叫一声，扑进他的怀里。“噢，是的！”她喊道，“我爱你！我爱你就像人家爱一位父亲、兄弟和丈夫一样！我爱你，就像爱生命、爱上帝一样。因为你是世界上最好、最崇高的人。”

“那么，但愿一切都像你所希望的，我的天使呀，上帝激励我与敌人抗战，给了我胜利却又不肯让我以苦修生活来结束我的胜利，我曾想惩罚自己，但上帝宽恕了我！那么爱我吧，海黛！有谁知道呢？也许你的爱会让我忘记那一切应该忘记的事情。”

“你想说的到底是什么，大人？”

“我想说的是，比起二十年漫长的经验，你的一句话反而启示我更多，你是我在这个世界上唯一剩下的人了，海黛。因为你，我将开始全新的生活，有了你，我又有了感受痛苦与幸福的能力了。”

“他说的话你听见没有，瓦朗蒂娜？”海黛大声喊，“他说，因为有我，他又能感受到痛苦了——可是我，为了他我是能将自己的生命交付出去的。”

伯爵冷静地考虑了一下。“难道我已经找到真理了吗？”他说，“无论这是一种补偿，还是一种惩罚，总而言之，我认可了我的命运。来吧，海黛，来吧！”于是他将那姑娘拥到自己身旁，与瓦朗蒂娜握了一下手，就走开了。一个小时过去了，瓦朗蒂娜忧虑但平静地望着莫雷尔，最终，她感觉到了他的心跳和呼吸，这呼吸正式向人们宣示，这个年轻人恢复过来了。他的脸上没有丝毫表情，接着视觉慢慢恢复过来，可是随着视觉的恢复愁闷也重新袭来。“哦，”他无望地叫道，“我受到了伯爵的欺骗，为什么我还活着。”于是他伸手将桌上的一把小刀拿了起来。“亲爱的！”瓦朗蒂娜面带微笑地喊道，“赶紧醒一醒，看看我。”

莫雷尔一声大喊，他如痴如醉，一脸迷惑，感觉自己确实到了天堂，否则怎么会看到日夜思念的瓦朗蒂娜呢，随后他感觉一阵天旋地转，就跪了下去。第二天早上，在天刚蒙蒙亮的时候，瓦朗蒂娜和莫雷尔手拉着手在沙滩上散步，瓦朗蒂娜将所有的事情都告诉了莫雷尔：她是怎样奇迹般地了解了事情的真实情况，伯爵是怎样揭露了那些罪名并挽救了她的生命，而其他人都认为她已经死了。他们刚刚是发现岩洞恰好开着门，才从洞里出来的。此时，淡青色的天空中仍然有几颗不愿落下的星星在那里闪闪发光，莫雷尔发现有一个人在岩石堆中站着，那人看起来似乎是在等他们和他打招呼，莫雷尔指着那人让瓦朗蒂娜看。“哦！他是游船的船长，名叫贾可布。”说完她就向那人招手让他走过来。

“你是想和我们说什么事吗？”莫雷尔问道。

“伯爵留下了一封信给你们。”

“伯爵的信？”他们两个都觉得非常诧异。

“没错，请看吧。”

莫雷尔将信拆开，念道：

我亲爱的马西米兰，——这只停在岛边的帆船，是为了带你们离开这座岛而等在那里的，船长贾可布会将你们带到里窝那去，此刻诺瓦蒂埃先生正在那里等候着他的孙女，他期待着可以先祝福你们，然后再领着他的孙女到圣坛去。我的朋友，这个洞里的每一样东西，以及我在香榭丽舍大道的房子和黎港的别墅，全是爱德蒙·唐太斯为莫雷尔船主的儿子准备的结婚礼物。同时请维尔福小姐接受我另外一半的财产，这是因为她父亲的精神已经不正常，而且在九月的时候，她的母亲和弟弟也离开了人世，我希望她能将她父亲和弟弟留给她的那些财产捐赠给穷人。莫雷尔，麻烦你转告那位你将照顾一生一世的天使，请她记得为一个朋友祷告——那个如撒旦一般的人，曾经自负地认为自己能够匹敌上帝；可是现在，他已经怀着基督徒的卑怯承认了，只有上帝才拥有无与伦比的权力和无穷无尽的智慧。或许那些祷告能够稍微减轻一些他心中的愧疚感。对于莫雷尔，我只有一句真心话想和你说：这个世界上本来是没有所谓的快乐和痛苦的，只存在一种情况和另外一种情况的比较，如此而已，只有经受过真正的不幸，才能体会到最大的幸福。莫雷尔，只有在我们感受过死亡的痛苦之后，才能切实感受到活着的快乐。

因此，我亲爱的孩子们，全身心地享受生命的愉悦吧！永远不要忘记，在上帝揭示人类的未来之前，人类全部的智慧，都蕴含在“等待”和“希望”这四个字之中。

你的朋友基督山伯爵爱德蒙·唐太斯

父亲发疯和弟弟死亡都是瓦朗蒂娜从这封信中得到的消息，在听这封信的过程中，她的脸色变得煞白，她的胸膛中发出一声悲伤的叹息，脸颊上默默地流淌着让人心碎的泪珠，为了自己的幸福，她付出了太过昂贵的代价。莫雷尔心神不宁地环顾四周。“可是，”他说，“伯爵也太慷慨了，即便我没有多少财产，瓦朗蒂娜一样会很满足的。伯爵现在在哪里，朋友？带着我去见他。”

贾可布用手指着远处的地平线。“你想说什么？”瓦朗蒂娜问道，“伯爵和海黛到哪里去了？”

“看！”贾可布说。顺着水手指着的方向，两个年轻人发现，远处有一片白色的大帆，出现在那分隔天空和地中海的蓝线上。

“他离开了！”莫雷尔说，“他确实离开了！再见了，朋友！再见了，我的父亲！”

“他离开了!”瓦朗蒂娜也小声说道，“再会了，我的朋友！再会了，我的姐姐!”

“我们是不是还能见到他，也许只有上帝知道了吧?”莫雷尔噙着眼泪说。

“我的朋友，”瓦朗蒂娜说道，“伯爵在信里不是跟我们说过了吗?人类全部的智慧都蕴含在这四个字里面：‘等待’和‘希望’!”

（全书完）